„BÜCHER SIND WIE FALLSCHIRME. SIE NÜTZEN UNS NICHTS, WENN WIR SIE NICHT ÖFFNEN."

Gröls Verlag

Redaktionelle Hinweise und Impressum

Das vorliegende Werk wurde zugunsten der Authentizität sehr zurückhaltend bearbeitet. So wurden etwa ursprüngliche Rechtschreibfehler *nicht* systematisch behoben, denn kleine Unvollkommenheiten machen das Buch – wie im Übrigen den Menschen – erst authentisch. Mitunter wurden jedoch zum Beispiel Absätze behutsam neu getrennt, um den Lesefluss zu erleichtern.

Um die Texte zu rekonstruieren, werden antiquarische Bücher von Lesegeräten gescannt und dann durch eine Software lesbar gemacht. Der so entstandene Text wird von Menschen gegengelesen und korrigiert – hierbei treten auch Fehler auf. Wenn Sie ebenfalls antiquarische Texte einreichen möchten, finden Sie weitere Informationen auf www.groels.de

Viel Freude bei der Lektüre wünscht Ihnen das Team des Gröls-Verlags.

Adressen

Verleger: Sophia Gröls, Im Borngrund 26, 61440 Oberursel

Externer Dienstleister für Distribution & Herstellung: BoD, In de Tarpen 42, 22848 Norderstedt

Unsere „Edition | Werke der Weltliteratur" hat den Anspruch, eine der größten und vollständigsten Sammlungen klassischer Literatur in deutscher Sprache zu sein. Nach und nach versammeln wir hier nicht nur die „üblichen Verdächtigen" von Goethe bis Schiller, sondern auch Kleinode der vergangenen Jahrhunderte, die – zu Unrecht – drohen, in Vergessenheit zu geraten. Wir kultivieren und kuratieren damit einen der wertvollsten Bereiche der abendländischen Kultur. Kleine Auswahl:

Francis Bacon • Neues Organon • **Balzac** • Glanz und Elend der Kurtisanen • **Joachim H. Campe** • Robinson der Jüngere • **Dante Alighieri** • Die Göttliche Komödie • **Daniel Defoe** • Robinson Crusoe • **Charles Dickens** • Oliver Twist • **Denis Diderot** • Jacques der Fatalist • **Fjodor Dostojewski** • Schuld und Sühne • **Arthur Conan Doyle** • Der Hund von Baskerville • **Marie von Ebner-Eschenbach** • Das Gemeindekind • **Elisabeth von Österreich** • Das Poetische Tagebuch • **Friedrich Engels** • Die Lage der arbeitenden Klasse • **Ludwig Feuerbach** • Das Wesen des Christentums • **Johann G. Fichte** • Reden an die deutsche Nation • **Fitzgerald** • Zärtlich ist die Nacht • **Flaubert** • Madame Bovary • **Gorch Fock** • Seefahrt ist not! • **Theodor Fontane** • Effi Briest • **Robert Musil** • Über die Dummheit • **Edgar Wallace** • Der Frosch mit der Maske • **Jakob Wassermann** • Der Fall Maurizius • **Oscar Wilde** • Das Bildnis des Dorian Grey • **Émile Zola** • Germinal • **Stefan Zweig** • Schachnovelle • **Hugo von Hofmannsthal** • Der Tor und der Tod • **Anton Tschechow** • Ein Heiratsantrag • **Arthur Schnitzler** • Reigen • **Friedrich Schiller** • Kabale und Liebe • **Nicolo Machiavelli** • Der Fürst • **Gotthold E. Lessing** • Nathan der Weise • **Augustinus** • Die Bekenntnisse des heiligen Augustinus • **Marcus Aurelius** • Selbstbetrachtungen • **Charles Baudelaire** • Die Blumen des Bösen • **Harriett Stowe** • Onkel Toms Hütte • **Walter Benjamin** • Deutsche Menschen • **Hugo Bettauer** • Die Stadt ohne Juden • **Lewis Caroll** • *und viele mehr....*

Adalbert Stifter

Der Nachsommer

Inhalt

Die Häuslichkeit 6
Der Wanderer 16
Die Einkehr 27
Die Beherbergung 40
Der Abschied 79
Der Besuch 109
Die Begegnung 139
Die Erweiterung 187
Die Annäherung 219
Der Einblick 270
Das Fest 306
Der Bund 323
Die Entfaltung 342
Das Vertrauen 366
Die Mitteilung 382
Der Rückblick 427
Der Abschluß 474

Die Häuslichkeit

Mein Vater war ein Kaufmann. Er bewohnte einen Teil des ersten Stockwerkes eines mäßig großen Hauses in der Stadt, in welchem er zur Miete war. In demselben Hause hatte er auch das Verkaufsgewölbe, die Schreibstube nebst den Warenbehältern und anderen Dingen, die er zu dem Betriebe seines Geschäftes bedurfte. In dem ersten Stockwerke wohnte außer uns nur noch eine Familie, die aus zwei alten Leuten bestand, einem Manne und seiner Frau, welche alle Jahre ein oder zwei Male bei uns speisten, und zu denen wir und die zu uns kamen, wenn ein Fest oder ein Tag einfiel, an dem man sich Besuche zu machen oder Glück zu wünschen pflegte. Mein Vater hatte zwei Kinder, mich, den erstgeborenen Sohn, und eine Tochter, welche zwei Jahre jünger war als ich. Wir hatten in der Wohnung jedes ein Zimmerchen, in welchem wir uns unseren Geschäften, die uns schon in der Kindheit regelmäßig aufgelegt wurden, widmen mußten, und in welchem wir schliefen. Die Mutter sah da nach und erlaubte uns zuweilen, daß wir in ihrem Wohnzimmer sein und uns mit Spielen ergötzen durften.

Der Vater war die meiste Zeit in dem Verkaufsgewölbe und in der Schreibstube. Um zwölf Uhr kam er herauf, und es wurde in dem Speisezimmer gespeiset. Die Diener des Vaters speisten an unserem Tische mit Vater und Mutter, die zwei Mägde und der Magazinsknecht hatten in dem Gesindezimmer einen Tisch für sich. Wir Kinder bekamen einfache Speisen, der Vater und die Mutter hatten zuweilen einen Braten und jedesmal ein Glas guten Weines. Die Handelsdiener bekamen auch von dem Braten und ein Glas desselben Weines. Anfangs hatte der Vater nur einen Buchführer und zwei Diener, später hatte er viere.

In der Wohnung war ein Zimmer, welches ziemlich groß war. In demselben standen breite, flache Kästen von feinem Glanze und eingelegter Arbeit. Sie hatten vorne Glastafeln, hinter den Glastafeln grünen Seidenstoff, und waren mit Büchern angefüllt. Der Vater hatte darum die grünen Seidenvorhänge, weil er es nicht leiden konnte, daß die Aufschriften der Bücher, die gewöhnlich mit goldenen Buchstaben auf dem Rücken derselben standen, hinter dem Glase von allen Leuten gelesen werden konnten, gleichsam als wolle er mit den Büchern prahlen, die er habe. Vor diesen Kästen stand er gerne und öfter, wenn er sich nach Tische oder zu einer andern Zeit einen Augenblick abkargen konnte, machte die Flügel eines Kastens auf, sah die Bücher an, nahm eines oder das andere heraus, blickte hinein, und stellte es wieder an seinen Platz.

An Abenden, von denen er selten einen außer Hause zubrachte, außer wenn er in Stadtgeschäften abwesend war oder mit der Mutter ein Schauspiel besuchte, was er zuweilen und gerne tat, saß er häufig eine Stunde, öfter aber auch zwei oder gar darüber, an einem kunstreich geschnitzten alten Tische, der im Bücherzimmer auf einem ebenfalls altertümlichen Teppiche stand, und las. Da durfte man ihn nicht stören, und niemand durfte durch das Bücherzimmer gehen. Dann kam er heraus und sagte, jetzt könne man zum Abendessen gehen, bei dem die Handelsdiener nicht zugegen waren, und das nur in der Mutter und in unserer Gegenwart eingenommen wurde. Bei diesem Abendessen sprach er sehr gerne zu uns Kindern und erzählte uns allerlei Dinge, mitunter auch scherzhafte Geschichten und Märchen. Das Buch, in dem er gelesen hatte, stellte er genau immer wieder in den Schrein, aus dem er es genommen hatte, und wenn man gleich nach seinem Heraustritte in das Bücherzimmer ging, konnte man nicht im geringsten wahrnehmen, daß eben jemand hier gewesen sei und gelesen habe. Überhaupt durfte bei dem Vater kein Zimmer die Spuren des unmittelbaren Gebrauches zeigen, sondern mußte immer aufgeräumt sein, als wäre es ein Prunkzimmer. Es sollte dafür aber aussprechen, zu was es besonders bestimmt sei. Die gemischten Zimmer, wie er sich ausdrückte, die mehreres zugleich sein können, Schlafzimmer, Spielzimmer und dergleichen, konnte er nicht leiden. Jedes Ding und jeder Mensch, pflegte er zu sagen, könne nur eines sein, dieses aber muß er ganz sein. Dieser Zug strenger Genauigkeit prägte sich uns ein und ließ uns auf die Befehle der Eltern achten, wenn wir sie auch nicht verstanden. So zum Beispiele durften nicht einmal wir Kinder das Schlafzimmer der Eltern betreten. Eine alte Magd war mit Ordnung und Aufräumung desselben betraut.

In den Zimmern hingen hie und da Bilder, und es standen in manchen Geräte, die aus alten Zeiten stammten und an denen wunderliche Gestalten ausgeschnitten waren, oder in welchen sich aus verschiedenen Hölzern eingelegte Laubwerke und Kreise und Linien befanden.

Der Vater hatte auch einen Kasten, in welchem Münzen waren, von denen er uns zuweilen einige zeigte. Da befanden sich vorzüglich schöne Taler, auf welchen geharnischte Männer standen oder die Angesichter mit unendlich vielen Locken zeigten, dann waren einige aus sehr alten Zeiten mit wunderschönen Köpfen von Jünglingen oder Frauen, und eine mit einem Manne, der Flügel an den Füßen hatte. Er besaß auch Steine, in welche Dinge geschnitten waren. Er hielt diese Steine sehr hoch und sagte, sie stammen aus dem kunstgeübtesten Volke alter Zeiten, nehmlich aus dem alten Griechenlande her. Manchmal zeigte er sie Freunden; diese standen lange an dem Kästchen derselben, hielten den einen oder den andern in ihren Händen und sprachen darüber.

Zuweilen kamen Menschen zu uns, aber nicht oft. Manches Mal wurden Kinder zu uns eingeladen, mit denen wir spielen durften, und öfter gingen wir auch mit den Eltern zu Leuten, welche Kinder hatten, und uns Spiele veranstalteten. Den Unterricht erhielten wir in dem Hause von Lehrern, und dieser Unterricht und die sogenannten Arbeitsstunden, in denen von uns Kindern das verrichtet werden mußte, was uns als Geschäft aufgetragen war, bildeten den regelmäßigen Verlauf der Zeit, von welchem nicht abgewichen werden durfte.

Die Mutter war eine freundliche Frau, die uns Kinder ungemein liebte, und die weit eher ein Abweichen von dem angegebenen Zeitenlaufe zugunsten einer Lust gestattet hätte, wenn sie nicht von der Furcht vor dem Vater davon abgehalten worden wäre. Sie ging in dem Hause emsig herum, besorgte alles, ordnete alles, ließ aus der obgenannten Furcht keine Ausnahme zu und war uns ein ebenso ehrwürdiges Bildnis des Guten wie der Vater, von welchem Bildnisse gar nichts abgeändert werden konnte. Zu Hause hatte sie gewöhnlich sehr einfache Kleider an. Nur zuweilen, wenn sie mit dem Vater irgend wohin gehen mußte, tat sie ihre stattlichen seidenen Kleider an und nahm ihren Schmuck, daß wir meinten, sie sei wie eine Fee, welche in unsern Bilderbüchern abgebildet war. Dabei fiel uns auf, daß sie immer ganz einfache, obwohl sehr glänzende Steine hatte, und daß ihr der Vater nie die geschnittenen umhing, von denen er doch sagte, daß sie so schöne Gestalten in sich hätten.

Da wir Kinder noch sehr jung waren, brachte die Mutter den Sommer immer mit uns auf dem Lande zu. Der Vater konnte uns nicht Gesellschaft leisten, weil ihn seine Geschäfte in der Stadt festhielten; aber an jedem Sonntage und an jedem Festtage kam er, blieb den ganzen Tag bei uns und ließ sich von uns beherbergen. Im Laufe der Woche besuchten wir ihn einmal, bisweilen auch zweimal in der Stadt, in welchem Falle er uns dann bewirtete und beherbergte.

Dies hörte endlich auf, anfänglich weil der Vater älter wurde und die Mutter, die er sehr verehrte, nicht mehr leicht entbehren konnte; später aber aus dem Grunde, weil es ihm gelungen war, in der Vorstadt ein Haus mit einem Garten zu erwerben, wo wir freie Luft genießen, uns bewegen und gleichsam das ganze Jahr hindurch auf dem Lande wohnen konnten.

Die Erwerbung des Vorstadthauses war eine große Freude. Es wurde nun von dem alten, finstern Stadthause in das freundliche und geräumige der Vorstadt gezogen. Der Vater hatte es vorher im allgemeinen zusammen richten lassen, und selbst, da wir schon darin wohnten, waren noch immer in verschiedenen Räumen desselben Handwerksleute beschäftigt. Das Haus war nur für unsere Familie bestimmt. Es wohnten nur noch unsere Handlungsdiener in demselben und gleichsam als Pförtner und Gärtner ein ältlicher Mann mit seiner Frau und seiner Tochter.

In diesem Hause richtete sich der Vater ein viel größeres Zimmer zum Bücherzimmer ein, als er in der Stadtwohnung gehabt hatte, auch bestimmte er ein eigenes Zimmer zum Bilderzimmer; denn in der Stadt mußten die Bilder wegen Mangels an Raum in verschiedenen Zimmern zerstreut sein. Die Wände dieses neuen Bilderzimmers wurden mit dunkelrotbraunen Tapeten überzogen, von denen sich die Goldrahmen sehr schön abhoben. Der Fußboden war mit einem mattfarbigen Teppiche belegt, damit er die Farben der Bilder nicht beirre. Der Vater hatte sich eine Staffelei aus braunem Holze machen lassen, und diese stand in dem Zimmer, damit man bald das eine, bald das andere Bild darauf stellen und es genau in dem rechten Lichte betrachten konnte.

Für die alten geschnitzten und eingelegten Geräte wurde auch ein eigenes Zimmer hergerichtet. Der Vater hatte einmal aus dem Gebirge eine Zimmerdecke mitgebracht, welche aus Lindenholz und aus dem Holze der Zirbelkiefer geschnitzt war. Diese Decke ließ er zusammen legen und ließ sie mit einigen Zutaten versehen, die man nicht merkte, so daß sie als Decke in dieses Zimmer paßte. Das freute uns Kinder sehr, und wir saßen nun doppelt gerne in dem alten Zimmer, wenn uns an Abenden der Vater und die Mutter dahin führten, und arbeiteten dort etwas, und ließen uns von den Zeiten erzählen, in denen solche Sachen gemacht worden sind.

Am Ende eines hölzernen Ganges, der in dem ersten Geschosse des Hauses gegen den Garten hinaus lief, ließ er ein gläsernes Stübchen machen, das heißt, ein Stübchen, dessen zwei Wände, die gegen den Garten schauten, aus lauter Glastafeln bestanden; denn die Hinterwände waren Holz. In dieses Stübchen tat er alte Waffen aus verschiedenen Zeiten und mit verschiedenen Gestalten. Er ließ an den Stäben, in die das Glas gefügt war, viel Efeu aus dem Garten herauswachsen, auch im Innern ließ er Efeu an dem Gerippe ranken, daß derselbe um die alten Waffen rauschte, wenn einzelne Glastafeln geöffnet wurden, und der Wind durch dieselben herein zog. Eine große hölzerne Keule, welche in dem Stübchen war und welche mit gräulichen Nägeln prangte, nannte er Morgenstern, was uns Kindern gar nicht einleuchten wollte, da der Morgenstern viel schöner war.

Noch war ein Zimmerchen, das er mit kunstreich abgenähten rotseidenen Stoffen, die er gekauft hatte, überziehen ließ. Sonst aber wußte man noch nicht, was in das Zimmer kommen würde.

In dem Garten war Zwergobst, es waren Gemüse- und Blumenbeete, und an dem Ende desselben, von dem man auf die Berge sehen konnte, welche die Stadt in einer Entfernung von einer halben Meile in einem großen Bogen umgeben, befanden sich hohe Bäume und Grasplätze. Das alte Gewächshaus hatte der Vater teils ausbessern, teils durch einen Zubau vergrößern lassen.

Sonst hatte das Haus auch noch einen großen Hof, der gegen den Garten zu offen war, in dem wir, wenn das Gartengras naß war, spielen durften, und gegen welchen die Fenster der Küche, in der die Mutter sich viel befand, und der Vorratskammern herab sahen.

Der Vater ging täglich morgens in die Stadt in sein Verkaufsgewölbe und in seine Schreibstube. Die Handelsdiener mußten der Ordnung halber mit ihm gehen. Um zwölf Uhr kam er zum Speisen so wie auch jene Diener, welche nicht eben die Reihe traf, während der Speisestunde in dem Verkaufsgewölbe zu wachen. Nachmittag ging er größtenteils auch wieder in die Stadt. Die Sonntage und die Festtage brachte er mit uns zu.

Von der Stadt wurden nun viel öfter Leute mit ihren Kindern zu uns geladen, da wir mehr Raum hatten, und wir durften im Hofe oder in dem Garten uns ergötzen. Die Lehrer kamen zu uns jetzt in die Vorstadt, wie sie sonst in der Stadt zu uns gekommen waren.

Der Vater, welcher durch das viele Sitzen an dem Schreibtische sich eine Krankheit zuzuziehen drohte, gönnte sich nur auf das Andringen der Mutter täglich eine freie Zeit, welche er dazu verwendete, Bewegung zu machen. In dieser Zeit ging er zuweilen in eine Gemäldegalerie oder zu einem Freunde, bei welchem er ein Bild sehen konnte, oder er ließ sich bei einem Fremden einführen, bei dem Merkwürdigkeiten zu treffen waren. An schönen Sommerfesttagen fuhren wir auch zuweilen ins Freie und brachten den Tag in einem Dorfe oder auf einem Berge zu.

Die Mutter, welche über die Erwerbung des Vorstadthauses außerordentlich erfreut war, widmete sich mit gesteigerter Tätigkeit dem Hauswesen. Alle Samstage prangte das Linnen „weiß wie Kirschenblüte" auf dem Aufhängeplatze im Garten, und Zimmer für Zimmer mußte unter ihrer Aufsicht gereinigt werden, außer denen, in welchen die Kostbarkeiten des Vaters waren, deren Abstäubung und Reinigung immer unter seinen Augen vor sich gehen mußte. Das Obst, die Blumen und die Gemüse des Gartens besorgte sie mit dem Vater gemeinschaftlich. Sie bekam einen Ruf in der Umgebung, daß Nachbarinnen kamen und von ihr Dienstboten verlangten, die in unserem Hause gelernt hätten.

Als wir nach und nach heran wuchsen, wurden wir immer mehr in den Umgang der Eltern gezogen; der Vater zeigte uns seine Bilder und erklärte uns manches in denselben. Er sagte, daß er nur alte habe, die einen gewissen Wert besitzen, den man immer haben könne, wenn man einmal genötigt sein sollte, die Bilder zu verkaufen. Er zeigte uns, wenn wir spazieren gingen, die Wirkungen von Licht und Schatten, er nannte uns die Farben, welche sich an den Gegenständen befanden, und erklärte uns die Linien, welche Bewegung verursachten, in welcher Bewegung doch wieder eine Ruhe herrsche, und Ruhe in Bewegung sei die Bedingung eines jeden Kunstwerkes. Er sprach mit uns auch von seinen Büchern. Er erzählte uns, daß manche da seien, in welchen das enthalten wäre, was sich mit dem menschlichen Geschlechte seit seinem Beginne bis auf unsere Zeiten zugetragen habe, daß da die Geschichten von Männern und Frauen erzählt werden, die einmal sehr berühmt gewesen seien und vor langer Zeit, oft vor mehr als tausend Jahren gelebt haben. Er sagte, daß in anderen das enthalten sei, was die Menschen in vielen Jahren von der Welt und anderen Dingen, von ihrer Einrichtung und Beschaffenheit in Erfahrung gebracht hätten. In manchen sei zwar nicht enthalten, was geschehen sei, oder wie sich manches befinde, sondern was die Menschen sich gedacht haben, was sich hätte zutragen können, oder was sie für Meinungen über irdische und überirdische Dinge hegen.

In dieser Zeit starb ein Großoheim von der Seite der Mutter. Die Mutter erbte den Schmuck seiner vor ihm gestorbenen Frau, wir Kinder aber sein übriges Vermögen. Der Vater legte es als unser natürlicher Vormund unter mündelgemäßer Sicherheit an und tat alle Jahre die Zinsen dazu.

Endlich waren wir so weit herangewachsen, daß der gewöhnliche Unterricht, den wir bisher genossen hatten, nach und nach aufhören mußte. Zuerst traten diejenigen Lehrer

ab, die uns in den Anfangsgründen der Kenntnisse unterwiesen hatten, die man heutzutage für alle Menschen für notwendig hält, dann verminderten sich auch die, welche uns in den Gegenständen Unterricht gegeben hatten, die man Kindern beibringen läßt, welche zu den gebildeteren oder ausgezeichneteren Ständen gehören sollen. Die Schwester mußte nebst einigen Fächern, in denen sie sich noch weiter ausbilden sollte, nach und nach in die Häuslichkeit eingeführt werden und die wichtigsten Dinge derselben erlernen, daß sie einmal würdig in die Fußstapfen der Mutter treten könnte. Ich trieb noch, nachdem ich die Fächer erlernt hatte, die man in unseren Schulen als Vorkenntnisse und Vorbereitungen zu den sogenannten Brotkenntnissen betrachtet, einzelne Zweige fort, die schwieriger waren und in denen eine Nachhilfe nicht entbehrt werden konnte. Endlich trat in Bezug auf mich die Frage heran, was denn in der Zukunft mit mir zu geschehen habe, und da tat der Vater etwas, was ihm von vielen Leuten sehr übel genommen wurde. Er bestimmte mich nehmlich zu einem Wissenschafter im Allgemeinen. Ich hatte bisher sehr fleißig gelernt und jeden neuen Gegenstand, der von den Lehrern vorgenommen wurde, mit großem Eifer ergriffen, so daß, wenn die Frage war, wie ich in einem Unterrichtszweige genügt habe, das Urteil der Lehrer immer auf großes Lob lautete. Ich hatte den angedeuteten Lebensberuf von dem Vater selber verlangt und er dem Verlangten zugestimmt. Ich hatte ihn verlangt, weil mich ein gewisser Drang meines Herzens dazu trieb. Das sah ich wohl trotz meiner Jugend schon ein, daß ich nicht alle Wissenschaften würde erlernen können; aber was und wie viel ich lernen würde, das war mir eben so unbestimmt, als mein Gefühl unbestimmt war, welches mich zu diesen Dingen trieb. Mir schwebte auch nicht ein besonderer Nutzen vor, den ich durch mein Bestreben erreichen wollte, sondern es war mir nur, als müßte ich so tun, als liege etwas innerlich Gültiges und Wichtiges in der Zukunft. Was ich aber im Einzelnen beginnen und an welchem Ende ich die Sache anfassen sollte, das wußte weder ich, noch wußten es die Meinigen. Ich hatte nicht die geringste Vorliebe für das eine oder das andere Fach, sondern es schienen alle anstrebenswert, und ich hatte keinen Anhaltspunkt, aus dem ich hätte schließen können, daß ich zu irgend einem Gegenstande eine hervorragende Fähigkeit besäße, sondern es erschienen mir alle nicht unüberwindlich. Auch meine Angehörigen konnten kein Merkmal finden, aus dem sie einen ausschließlichen Beruf für eine Sache in mir hätten wahrnehmen können.
Nicht die Ungeheuerlichkeit, welche in diesem Beginnen lag, war es, was die Leute meinem Vater übelnahmen, sondern sie sagten, er hätte mir einen Stand, der der bürgerlichen Gesellschaft nützlich ist, befehlen sollen, damit ich demselben meine Zeit und mein Leben widme, und einmal mit dem Bewußtsein scheiden könne, meine Schuldigkeit getan zu haben.
Gegen diesen Einwurf sagte mein Vater, der Mensch sei nicht zuerst der menschlichen Gesellschaft wegen da, sondern seiner selbst willen. Und wenn jeder seiner selbst willen auf die beste Art da sei, so sei er es auch für die menschliche Gesellschaft. Wen Gott zum

besten Maler auf dieser Welt geschaffen hätte, der würde der Menschheit einen schlechten Dienst tun, wenn er etwa ein Gerichtsmann werden wollte: wenn er der größte Maler wird, so tut er auch der Welt den größten Dienst, wozu ihn Gott erschaffen hat. Dies zeige sich immer durch einen innern Drang an, der einen zu einem Dinge führt, und dem man folgen soll. Wie könnte man denn sonst auch wissen, wozu man auf der Erde bestimmt ist, ob zum Künstler, zum Feldherrn, zum Richter, wenn nicht ein Geist da wäre, der es sagt, und der zu den Dingen führt, in denen man sein Glück und seine Befriedigung findet.

Gott lenkt es schon so, daß die Gaben gehörig verteilt sind, so daß jede Arbeit getan wird, die auf der Erde zu tun ist, und daß nicht eine Zeit eintritt, in der alle Menschen Baumeister sind. In diesen Gaben liegen dann auch schon die gesellschaftlichen, und bei großen Künstlern, Rechtsgelehrten, Staatsmännern sei auch immer die Billigkeit, Milde, Gerechtigkeit und Vaterlandsliebe. Und aus solchen Männern, welche ihren innern Zug am weitesten ausgebildet, seien auch in Zeiten der Gefahr am öftesten die Helfer und Retter ihres Vaterlandes hervorgegangen.

Es gibt solche, die sagen, sie seien zum Wohle der Menschheit Kaufleute, Ärzte, Staatsdiener geworden; aber in den meisten Fällen ist es nicht wahr. Wenn nicht der innere Beruf sie dahin gezogen hat, so verbergen sie durch ihre Aussage nur einen schlechteren Grund, nehmlich daß sie den Stand als ein Mittel betrachteten, sich Geld und Gut und Lebensunterhalt zu erwerben. Oft sind sie auch, ohne weiter über eine Wahl mit sich zu Rate zu gehen, in den Stand geraten oder durch Umstände in ihn gestoßen worden und nehmen das Wohl der Menschheit in den Mund, das sie bezweckt hätten, um nicht ihre Schwäche zu gestehen. Dann ist noch eine eigene Gattung, welche immer von dem öffentlichen Wohle spricht. Das sind die, welche mit ihren eigenen Angelegenheiten in Unordnung sind. Sie geraten stets in Nöte, haben stets Ärger und Unannehmlichkeiten, und zwar aus ihrem eigenen Leichtsinne; und da liegt es ihnen als Ausweg neben der Hand, den öffentlichen Zuständen ihre Lage schuld zu geben und zu sagen, sie wären eigentlich recht auf das Vaterland bedacht, und sie würden alles am besten in demselben einrichten. Aber wenn wirklich die Lage kömmt, daß das Vaterland sie beruft, so geht es dem Vaterlande, wie es früher ihren eigenen Angelegenheiten gegangen ist. In Zeiten der Verirrung sind diese Menschen die selbstsüchtigsten und oft auch grausamsten. Es ist aber auch kein Zweifel, daß es solche gibt, denen Gott den Gesellschaftstrieb und die Gesellschaftsgaben in besonderem Maße verliehen hat. Diese widmen sich aus innerem Antriebe den Angelegenheiten der Menschen, erkennen sie auch am sichersten, finden Freude in den Anordnungen und opfern oft ihr Leben für ihren Beruf. Aber in der Zeit, in der sie ihr Leben opfern, sei sie lange oder sei sie ein Augenblick, empfinden sie Freude, und diese kömmt, weil sie ihrem innern Andrange nachgegeben haben.

Gott hat uns auch nicht bei unseren Handlungen den Nutzen als Zweck vorgezeichnet, weder den Nutzen für uns noch für andere, sondern er hat der Ausübung der Tugend einen eigenen Reiz und eine eigene Schönheit gegeben, welchen Dingen die edlen Gemüter nachstreben. Wer Gutes tut, weil das Gegenteil dem menschlichen Geschlechte schädlich ist, der steht auf der Leiter der sittlichen Wesen schon ziemlich tief. Dieser müßte zur Sünde greifen, sobald sie dem menschlichen Geschlechte oder ihm Nutzen bringt. Solche Menschen sind es auch, denen alle Mittel gelten, und die für das Vaterland, für ihre Familie und für sich selber das Schlechte tun. Solche hat man zu Zeiten, wo sie im Großen wirkten, Staatsmänner geheißen, sie sind aber nur Afterstaatsmänner, und der augenblickliche Nutzen, den sie erzielten, ist ein Afternutzen gewesen und hat sich in den Tagen des Gerichtes als böses Verhängnis erwiesen.

Daß bei dem Vater kein Eigennutz herrschte, beweist der Umstand, daß er im Rate der Stadt ein öffentliches Amt unentgeltlich verwaltete, daß er öfter die ganze Nacht in diesem Amte arbeitete, und daß er bei öffentlichen Dingen immer mit bedeutenden Summen an der Spitze stand.

Er sagte, man solle mich nur gehen lassen, es werde sich aus dem Unbestimmten schon entwickeln, wozu ich taugen werde, und welche Rolle ich auf der Welt einzunehmen hätte.

Ich mußte meine körperlichen Übungen fortsetzen. Schon als sehr kleine Kinder mußten wir so viele körperliche Bewegungen machen, als nur möglich war. Das war einer der Hauptgründe, weshalb wir im Sommer auf dem Lande wohnten, und der Garten, welcher bei dem Vorstadthause war, war einer der Hauptbeweggründe, weshalb der Vater das Haus kaufte.

Man ließ uns als kleine Kinder gewöhnlich so viel gehen und laufen, als wir selber wollten, und machte nur ein Ende, wenn wir selber aus Müdigkeit ruhten. Es hatte in der Stadt sich eine Anstalt entwickelt, in welcher nach einer gewissen Ordnung Leibesbewegungen vorgenommen werden sollten, um alle Teile des Körpers nach Bedürfnis zu üben, und ihrer naturgemäßen Entfaltung entgegen zu führen. Diese Anstalt durfte ich besuchen, nachdem der Vater den Rat erfahrener Männer eingeholt und sich selber durch den Augenschein von den Dingen überzeugt hatte, die da vorgenommen wurden. Für Mädchen bestand damals eine solche Anstalt nicht, daher ließ der Vater für die Schwester in einem Zimmer unserer Wohnung so viele Vorrichtungen machen, als er und unser Hausarzt, der ein Begünstiger dieser Dinge war, für notwendig erachteten, und die Schwester mußte sich den Übungen unterziehen, die durch die Vorrichtungen möglich waren. Durch die Erwerbung des Vorstadthauses wurde die Sache noch mehr erleichtert. Nicht nur hatten wir mehr Raum im Innern des Hauses, um alle Vorrichtungen zu Körperübungen in besserem und ausgedehnterem Maße anlegen zu können, sondern es war auch der Hofraum und der Garten da, in denen an sich körperliche Übungen vorgenommen werden konnten und die auch weitere Anlagen möglich machten. Daß wir diese Sachen sehr gerne taten, begreift sich aus der

Feurigkeit und Beweglichkeit der Jugend von selber. Wir hatten schon in der Kindheit schwimmen gelernt und gingen im Sommer fast täglich, selbst da wir in der Vorstadt wohnten, von wo aus der Weg weiter war, in die Anstalt, in welcher man schwimmen konnte. Selbst für Mädchen waren damals schon eigene Schwimmanstalten errichtet. Auch außerdem machten wir gerne weite Wege, besonders im Sommer. Wenn wir im Freien außer der Stadt waren, erlaubten die Eltern, daß ich mit der Schwester einen besonderen Umgang halten durfte. Wir übten uns da im Zurücklegen bedeutender Wege oder in Besteigung eines Berges. Dann kamen wir wieder an den Ort zurück, an welchem uns die Eltern erwarteten. Anfangs ging meistens ein Diener mit uns, später aber, da wir erwachsen waren, ließ man uns allein gehen. Um besser und mit mehr Bequemlichkeit für die Eltern an jede beliebige Stelle des Landes außerhalb der Stadt gelangen zu können, schaffte der Vater in der Folge zwei Pferde an, und der Knecht, der bisher Gärtner und gelegentlich unser Aufseher gewesen war, wurde jetzt auch Kutscher. In einer Reitschule, in welcher zu verschiedenen Zeiten Knaben und Mädchen lernen konnten, hatten wir reiten gelernt und hatten später unsere bestimmten Wochentage, an denen wir uns zu gewissen Stunden im Reiten üben konnten. Im Garten hatte ich Gelegenheit, nach einem Ziele zu springen, auf schmalen Planken zu gehen, auf Vorrichtungen zu klettern und mit steinernen Scheiben nach einem Ziele oder nach größtmöglicher Entfernung zu werfen. Die Schwester, so sehr sie von der Umgebung als Fräulein behandelt wurde, liebte es doch sehr, bei sogenannten gröberen häuslichen Arbeiten zuzugreifen, um zu zeigen, daß sie diese Dinge nicht nur verstehe, sondern an Kraft auch die noch übertreffe, welche von Kindheit an bei diesen Arbeiten gewesen sind. Die Eltern legten ihr bei diesem Beginnen nicht nur keine Hindernisse in den Weg, sondern billigten es sogar. Außerdem trieb sie noch das Lesen ihrer Bücher, machte Musik, besonders auf dem Klaviere und auf der Harfe, zu der sie auch sang, und malte mit Wasserfarben.

Als ich den letzten Lehrer verlor, der mich in Sprachen unterrichtet hatte, als ich in denjenigen wissenschaftlichen Zweigen, in welchen man einen längeren Unterricht für nötig gehalten hatte, weil sie schwieriger oder wichtiger waren, solche Fortschritte gemacht hatte, daß man einen Lehrer nicht mehr für notwendig erachtete, entstand die Frage, wie es in Bezug auf meine erwählte wissenschaftliche Laufbahn zu halten sei, ob man da einen gewissen Plan entwerfen und zu dessen Ausführung Lehrer annehmen sollte. Ich bat, man möchte mir gar keinen Lehrer mehr nehmen, ich würde die Sachen schon selber zu betreiben suchen. Der Vater ging auf meinen Wunsch ein, und ich war nun sehr freudig, keinen Lehrer mehr zu haben und auf mich allein angewiesen zu sein. Ich fragte Männer um Rat, welche einen großen wissenschaftlichen Namen hatten und gewöhnlich an der einen oder der andern Anstalt der Stadt beschäftigt waren. Ich näherte mich ihnen nur, wenn es ohne Verletzung der Bescheidenheit geschehen konnte. Da es meistens nur eine Anfrage war, die ich in Bezug auf mein Lernen an solche Männer stellte, und da ich mich nicht in ihren Umgang drängte, so nahmen sie meine

Annäherung nicht übel, und die Antwort war immer sehr freundlich und liebevoll. Auch waren unter den Männern, die gelegentlich in unser Haus kamen, manche, die in gelehrten Dingen bewandert waren. Auch an diese wandte ich mich. Meistens betrafen die Anfragen Bücher und die Folge, in welcher sie vorgenommen werden sollten. Ich trieb Anfangs jene Zweige fort, in denen ich schon Unterricht erhalten hatte, weil man sie zu jener Zeit eben als Grundlage einer allgemeinen menschlichen Bildung betrachtete, nur suchte ich zum Teile mehr Ordnung in dieselben zu bringen, als bisher befolgt worden war, zum Teile suchte ich mich auch in jenem Fache auszudehnen, das mir mehr zuzusagen begann. Auf diese Weise geschah es, daß in dem Ganzen doch noch eine ziemliche Ordnung herrschte, da bei der Unbestimmtheit des ganzen Unternehmens die Gefahr sehr nahe war, in die verschiedensten Dinge zersplittert und in die kleinsten Kleinlichkeiten verschlagen zu werden. In Bezug auf die Fächer, die ich eben angefangen hatte, besuchte ich auch Anstalten in unserer Stadt, die ihnen förderlich werden konnten: Büchersammlungen, Sammlungen von Werkzeugen und namentlich Orte, wo Versuche gemacht wurden, die ich wegen meiner Unreifheit und wegen Mangels an Gelegenheit und Werkzeugen nie hätte ausführen können. Was ich an Büchern und überhaupt an Lehrmitteln brauchte, schaffte der Vater bereitwillig an.

Ich war sehr eifrig und gab mich manchem einmal ergriffenen Gegenstande mit all der entzündeten Lust hin, die der Jugend bei Lieblingsdingen eigen zu sein pflegt. Obwohl ich bei meinen Besuchen der öffentlichen Anstalten zu körperlicher oder geistiger Entwicklung, ferner bei den Besuchen, welche Leute bei uns oder welche wir bei ihnen machten, sehr viele junge Leute kennen gelernt hatte, so war ich doch nie dahin gekommen, so ausschließlich auf bloße Vergnügungen und noch dazu oft unbedeutende erpicht zu sein, wie ich es bei der größten Zahl der jungen Leute gesehen hatte. Die Vergnügungen, die in unserem Hause vorkamen, wenn wir Leute zum Besuche bei uns hatten, waren auch immer ernsterer Art.
Ich lernte auch viele ältere Menschen kennen; aber ich achtete damals weniger darauf, weil es bei der Jugend Sitte ist, sich mit lebhafter Beteiligung mehr an die anzuschließen, die ihnen an Jahren näher stehen, und das, was an älteren Leuten befindlich ist, zu übersehen.
Als ich achtzehn Jahre alt war, gab mir der Vater einen Teil meines Eigentums aus der Erbschaft vom Großoheime zur Verwaltung. Ich hatte bis dahin kein Geld zu regelmäßiger Gebarung gehabt, sondern wenn ich irgend etwas brauchte, kaufte es der Vater, und zu Dingen von minderem Belange gab mir der Vater das Geld, damit ich sie selber kaufe. Auch zu Vergnügungen bekam ich gelegentlich kleine Beträge. Von nun an aber, sagte der Vater, werde er mir am ersten Tage eines jeden Monats eine bestimmte Summe auszahlen, ich solle darüber ein Buch führen, er werde diese Auszahlungen bei der Verwaltung meines Gesammtvermögens, welche Verwaltung ihm noch immer zustehe, in Abrechnung bringen, und sein Buch und das meinige müßten stimmen. Er

gab mir einen Zettel, auf welchem der Kreis dessen aufgezeichnet war, was ich von nun an mit meinen monatlichen Einkünften zu bestreiten hätte. Er werde mir nie mehr von seinem Gelde einen Gegenstand kaufen, der in den verzeichneten Kreis gehöre. Ich müsse pünktlich verfahren und haushälterisch sein; denn er werde mir auch nie und nicht einmal unter den dringendsten Bedingungen einen Vorschuß geben. Wenn ich zu seiner Zufriedenheit eine Zeit hindurch gewirtschaftet hätte, dann werde er meinen Kreis wieder erweitern, und er werde nach billigstem Ermessen sehen, in welcher Zeit er mir auch vor der erreichten gesetzlichen Mündigkeit meine Angelegenheiten ganz in die Hände werde geben können.

Der Wanderer

Ich verfuhr mit der Rente, welche mir der Vater ausgesetzt hatte, gut. Daher wurde nach einiger Zeit mein Kreis erweitert, wie es der Vater versprochen hatte. Ich sollte von nun an nicht bloß nur einen Teil meiner Bedürfnisse von dem zugewiesenen Einkommen decken, sondern alle. Deshalb wurde meine Rente vergrößert. Der Vater zahlte sie mir von nun an auch nicht mehr monatlich, sondern vierteljährlich aus, um mich an größere Zeitabschnitte zu gewöhnen. Sie mir halbjährlich oder gar nach ganzen Jahren einzuhändigen wollte er nicht wagen, damit ich doch nicht etwa in Unordnungen geriete. Er gab mir nicht die ganzen Zinsen von der Erbschaft des Großoheims, sondern nur einen Teil, den andern Teil legte er zu der Hauptsumme, so daß mein Eigentum wuchs, wenn ich auch von meiner Rente nichts erübrigte. Als Beschränkung blieb die Einrichtung, daß ich in dem Hause meiner Eltern wohnen und an ihrem Tische speisen mußte. Es ward dafür ein Preis festgesetzt, den ich alle Vierteljahre zu entrichten hatte. Jedes andere Bedürfnis, Kleider, Bücher, Geräte oder was es immer war, durfte ich nach meinem Ermessen und nach meiner Einsicht befriedigen.
Die Schwester erhielt auch Befugnisse in Hinsicht ihres Teiles der Erbschaft des Großoheims, in so weit sie sich für ein Mädchen schickten.
Wir waren über diese Einrichtung sehr erfreut und beschlossen, nach dem Wunsche und dem Willen der Eltern zu verfahren, um ihnen Freude zu machen.
Ich ging, nachdem ich in den verschiedenen Zweigen der Kenntnisse, die ich zuletzt mit meinen Lehrern betrieben hatte und welche als allgemein notwendige Kenntnisse für einen gebildeten Menschen gelten, nach mehreren Richtungen gearbeitet hatte, auf die Mathematik über. Man hatte mir immer gesagt, sie sei die schwerste und herrlichste Wissenschaft, sie sei die Grundlage zu allen übrigen, in ihr sei alles wahr, und was man aus ihr habe, sei ein bleibendes Besitztum für das ganze Leben. Ich kaufte mir die Bücher, die man mir riet, um von den Vorkenntnissen, die ich bereits hatte, ausgehen und zu dem Höheren immer weiter streben zu können. Ich kaufte mir eine sehr große Schiefertafel, um auf ihr meine Arbeiten ausführen zu können. So saß ich nun in

manchen Stunden, die zum Erlernen von Kenntnissen bestimmt waren, an meinem Tische und rechnete. Ich ging den Gängen der Männer nach, welche die Gestaltungen dieser Wissenschaft nach und nach erfunden hatten und von diesen Gestaltungen zu immer weiteren geführt worden waren. Ich setzte mir bestimmte Zeiträume fest, in welchen ich vom Weitergehen abließ, um das bis dahin Errungene wiederholen und meinem Gedächtnisse einprägen zu können, ehe ich zu ferneren Teilen vorwärts schritt. Die Bücher, welche ich nach und nach durchnehmen wollte, hatte ich in der Ordnung auf einem Bücherbrett aufgestellt. Ich war nach einer verhältnismäßigen Zeit in ziemlich schwierige Abteilungen des höheren Gebietes dieser Wissenschaft vorgerückt.

Der Vater erlaubte mir endlich, zuweilen im Sommer eine Zeit hindurch entfernt von den Eltern auf irgend einem Punkte des Landes zu wohnen. Zum ersten Aufenthalte dieser Art wurde das Landhaus eines Freundes meines Vaters nicht gar ferne von der Stadt erwählt. Ich erhielt ein Zimmerchen in dem obersten Teile des Hauses, dessen Fenster auf die nahen Weinberge und zwischen ihren Senkungen durch auf die entfernten Gebirge gingen. Die Frau des Hauses gab mir in sehr kurzen Zwischenzeiten immer erneuerte schneeweiße Fenstervorhänge. Sehr oft kamen die Eltern heraus, besuchten mich und brachten den Tag auf dem Lande zu. Sehr oft ging ich auch zu ihnen in die Stadt und blieb manchmal sogar über Nacht in ihrem Hause.
Der zweite Aufenthalt im nächst darauf folgenden Sommer war viel weiter von der Stadt entfernt in dem Hause eines Landmanns. Man hat häufig in den Häusern unserer Landleute, in welchen alle Wohnstuben und andere Räumlichkeiten ebenerdig sind, doch noch ein Geschoß über diesen Räumlichkeiten, in welchem sich ein oder mehrere Gemächer befinden. Unter diesen Gemächern ist auch die sogenannte obere Stube. Häufig ist sie bloß das einzige Gemach des ersten Geschosses. Die obere Stube ist gewissermaßen das Prunkzimmer. In ihr stehen die schöneren Betten des Hauses, gewöhnlich zwei, in ihr stehen die Schreine mit den schönen Kleidern, in ihr hängen die Scheiben- und Jagdgewehre des Mannes, wenn er dergleichen hat, so wie die Preise, die er im Schießen etwa schon gewonnen, in ihr sind die schöneren Geschirre der Frau, besonders wenn sie Krüge aus Zinn oder etwas aus Porzellan hat, und in ihr sind auch die besseren Bilder des Hauses und sonstige Zierden, zum Beispiel ein schönes Jesuskindlein aus Wachs, welches in weißem feinem Flaume liegt. In einer solchen oberen Stube des Hauses eines Landmanns wohnte ich. Das Haus war so weit von der Stadt entfernt, daß ich die Eltern nur ein einziges Mal mit Benutzung des Postwagens besuchen konnte, sie aber gar nie zu mir kamen.
Dieser Aufenthalt brachte Veränderungen in mir hervor.
Weil ich mit den Meinigen nicht zusammen kommen konnte, so lebte die Sehnsucht nach Mitteilung viel stärker in mir, als wenn ich zu Hause gewesen wäre und sie jeden Augenblick hätte befriedigen können. Ich schritt also zu ausführlichen Briefen und Berichten. Ich hatte bisher immer aus Büchern gelernt, deren ich mir bereits eine

ziemliche Menge in meine Bücherkästen von meinem Gelde gekauft hatte; aber ich hatte mich nie geübt, etwas selber in größerem Zusammenhange zusammen zu stellen. Jetzt mußte ich es tun, ich tat es gerne, und freute mich, nach und nach die Gabe der Darstellung und Erzählung in mir wachsen zu fühlen. Ich schritt zu immer zusammengesetzteren und geordneteren Schilderungen.

Auch eine andere Veränderung trat ein.
Ich war schon als Knabe ein großer Freund der Wirklichkeit der Dinge gewesen, wie sie sich so in der Schöpfung oder in dem geregelten Gange des menschlichen Lebens darstellte. Dies war oft eine große Unannehmlichkeit für meine Umgebung gewesen. Ich fragte unaufhörlich um die Namen der Dinge, um ihr Herkommen und ihren Gebrauch und konnte mich nicht beruhigen, wenn die Antwort eine hinausschiebende war. Auch konnte ich es nicht leiden, wenn man einen Gegenstand zu etwas Anderem machte, als er war. Besonders kränkte es mich, wenn er, wie ich meinte, durch seine Veränderung schlechter wurde. Es machte mir Kummer, als man einmal einen alten Baum des Gartens fällte und ihn in lauter Klötze zerlegte. Die Klötze waren nun kein Baum mehr, und da sie morsch waren, konnte man keinen Schemel, keinen Tisch, kein Kreuz, kein Pferd daraus schnitzen. Als ich einmal das offene Land kennen gelernt und Fichten und Tannen auf den Bergen stehen gesehen hatte, taten mir jederzeit die Bretter leid, aus denen etwas in unserem Hause verfertigt wurde, weil sie einmal solche Fichten und Tannen gewesen waren. Ich fragte den Vater, wenn wir durch die Stadt gingen, wer die große Kirche des heiligen Stephan gebaut habe, warum sie nur einen Turm habe, warum dieser so spitzig sei, warum die Kirche so schwarz sei, wem dieses oder jenes Haus gehöre, warum es so groß sei, weshalb sich an einem andern Hause immer zwei Fenster neben einander befänden und in einem weiteren Hause zwei steinerne Männer das Sims des Haustores tragen.
Der Vater beantwortete solche Fragen je nach seinem Wissen. Bei einigen äußerte er nur Mutmaßungen, bei anderen sagte er, er wisse es nicht. Wenn wir auf das Land kamen, wollte ich alle Gewächse und Steine kennen und fragte um die Namen der Landleute und der Hunde. Der Vater pflegte zu sagen, ich müßte einmal ein Beschreiber der Dinge werden oder ein Künstler, welcher aus Stoffen Gegenstände fertigt, an denen er so Anteil nimmt, oder wenigstens ein Gelehrter, der die Merkmale und Beschaffenheiten der Sachen erforscht.
Diese Eigenschaft nun führte mich, da ich auf dem Lande wohnte, in eine besondere Richtung. Ich legte die Mathematik weg und widmete mich der Betrachtung meiner Umgebungen. Ich fing an, bei allen Vorkommnissen des Hauses, in dem ich wohnte, zuzusehen. Ich lernte nach und nach alle Werkzeuge und ihre Bestimmungen kennen. Ich ging mit den Arbeitern auf die Felder, auf die Wiesen und in die Wälder und arbeitete gelegentlich selber mit. Ich lernte in kurzer Zeit auf diese Weise die Behandlung und Gewinnung aller Bodenerzeugnisse des Landstriches, auf dem ich wohnte, kennen. Auch

ihre erste ländliche Verarbeitung zu Kunsterzeugnissen suchte ich in Erfahrung zu bringen. Ich lernte die Bereitung des Weines aus Trauben kennen, des Garnes und der Leinwand aus Flachs, der Butter und des Käses aus der Milch, des Mehles und Brotes aus dem Getreide. Ich merkte mir die Namen, womit die Landleute ihre Dinge benannten, und lernte bald die Merkmale kennen, aus denen man die Güte oder den geringeren Wert der Bodenerzeugnisse oder ihre nächsten Umwandlungen beurteilen konnte. Selbst in Gespräche, wie man dieses oder jenes auf eine vielleicht zweckmäßigere Weise hervorbringen könnte, ließ ich mich ein, fand aber da einen hartnäckigen Widerstand.
Als ich diese Hervorbringung der ersten Erzeugnisse in jenem Striche des Landes, in welchem ich mich aufhielt, kennen gelernt hatte, ging ich zu den Gegenständen des Gewerbfleißes über. Nicht weit von meiner Wohnung war ein weites flaches Tal, das von einem Wasser durchströmt war, welches sich durch seine gleichbleibende Reichhaltigkeit und dadurch, daß es im Winter nicht leicht zufror, besonders zum Treiben von Werken eignete. In dem Tale waren daher mehrere Fabriken zerstreut. Sie gehörten meistens zu ansehnlichen Handelshäusern. Die Eigentümer lebten in der Stadt und besuchten zuweilen ihre Werke, die von einem Verwalter oder Geschäftsleiter versehen wurden.
Ich besuchte nach und nach alle diese Fabriken und unterrichtete mich über die Erzeugnisse, welche da hervorgebracht wurden. Ich suchte den Hergang kennen zu lernen, durch welchen der Stoff in die Fabrik geliefert wurde, durch welchen er in die erste Umwandlung, von dieser in die zweite und so durch alle Stufen geführt wurde, bis er als letztes Erzeugnis der Fabrik hervorging. Ich lernte hier die Güte der einlangenden Rohstoffe kennen und wurde auf die Merkmale aufmerksam gemacht, aus denen auf eine vorzügliche Beschaffenheit der endlich in der Fabrik fertig gewordenen Erzeugnisse geschlossen werden konnte. Ich lernte auch die Mittel und Wege kennen, durch welche die Umwandlungen, die die Stoffe nach und nach zu erleiden hatten, bewirkt wurden.
Die Maschinen, welche hiezu größtenteils verwendet wurden, waren mir durch meine bereits erworbenen Vorkenntnisse in ihren allgemeinen Einrichtungen schon bekannt. Es war mir daher nicht schwer, ihre besonderen Wirkungen zu den einzelnen Zwecken, die hier erreicht werden sollten, einsehen zu lernen. Ich ging durch die Gefälligkeit der dabei Angestellten alle Teile durch, bis ich das Ganze so vor mir hatte und zusammen begreifen konnte, als hätte ich es als Zeichnung auf dem Papier liegen, wie ich ja bisher alle Einrichtungen solcher Art nur aus Zeichnungen kennen zu lernen Gelegenheit hatte.
In späterer Zeit begann ich, die Naturgeschichte zu betreiben. Ich fing bei der Pflanzenkunde an. Ich suchte zuerst zu ergründen, welche Pflanzen sich in der Gegend befanden, in welcher ich mich aufhielt. Zu diesem Zwecke ging ich nach allen Richtungen aus und bestrebte mich, die Standorte und die Lebensweise der verschiedenen Gewächse kennen zu lernen und alle Gattungen zu sammeln. Welche ich mit mir tragen konnte und welche nur einiger Maßen aufzubewahren waren, nahm ich mit in meine Wohnung. Von solchen, die ich nicht von dem Orte bringen konnte, wozu

besonders die Bäume gehörten, machte ich mir Beschreibungen, welche ich zu der Sammlung einlegte. Bei diesen Beschreibungen, die ich immer nach allen sich mir darbietenden Eigenschaften der Pflanzen machte, zeigte sich mir die Erfahrung, daß nach meiner Beschreibung andere Pflanzen in eine Gruppe zusammen gehörten, als welche von den Pflanzenkundigen als zusammengehörig aufgeführt wurden. Ich bemerkte, daß von den Pflanzenlehrern die Einteilungen der Pflanzen nur nach einem oder einigen Merkmalen, zum Beispiele nach den Samenblättern oder nach den Blütenteilen, gemacht wurden, und daß da Pflanzen in einer Gruppe beisammen stehen, welche in ihrer ganzen Gestalt und in ihren meisten Eigenschaften sehr verschieden sind. Ich behielt die herkömmlichen Einteilungen bei und hatte aber auch meine Beschreibungen daneben. In diesen Beschreibungen standen die Pflanzen nach sinnfälligen Linien und, wenn ich mich so ausdrücken dürfte, nach ihrer Bauführung beisammen.
Bei den Mineralien, welche ich mir sammelte, geriet ich beinahe in dieselbe Lage. Ich hatte mir schon seit meiner Kinderzeit manche Stücke zu erwerben gesucht. Fast immer waren dieselben aus anderen Sammlungen gekauft oder geschenkt worden. Sie waren schon Sammlungsstücke, hatten meistens das Papierstückchen mit ihrem Namen auf sich aufgeklebt.
Auch waren sie wo möglich immer im Kristallzustande. Das System von Mohs hatte einmal großes Aufsehen gemacht; ich war durch meine mathematischen Arbeiten darauf geführt worden, hatte es kennen und lieben gelernt. Allein da ich jetzt meine Mineralien in der Gegend meines Aufenthaltes suchte und zusammen trug, fand ich sie weit öfter in unkristallisirtem Zustande als in kristallisirtem, und sie zeigten da allerlei Eigenschaften für die Sinne, die sie dort nicht haben. Das Kristallisiren der Stoffe, welches das System von Mohs voraussetzt, kam mir wieder wie ein Blühen vor, und die Stoffe standen nach diesen Blüten beisammen. Ich konnte nicht lassen, auch hier neben den Einteilungen, die gebräuchlich waren, mir ebenfalls meine Beschreibungen zu machen.

Ungefähr eine Meile von unserer Stadt liegt gegen Sonnenuntergang hin eine Reihe von schönen Hügeln. Diese Hügel setzen sich in Stufenfolgen und nur hie und da von etwas größeren Ebenen unterbrochen immer weiter nach Sonnenuntergang fort, bis sie endlich in höher gelegenes, noch hügligeres Land, das sogenannte Oberland, übergehen. In der Nähe der Stadt sind die Hügel mehrfach von Landhäusern besetzt und mit Gärten und Anlagen geschmückt, in weiterer Entfernung werden sie ländlicher. Sie tragen Weinreben oder Felder auf ihren Seiten, auch Wiesen sind zu treffen, und die Gipfel oder auch manche Rückenstrecken sind mit laubigen, mehr busch- als baumartigen Wäldern besetzt. Die Bäche und sonstigen Gewässer sind nicht gar häufig, und oft traf ich im Sommer zwischen den Hügeln, wenn mich Durst oder Zufall hinab führte, das ausgetrocknete, mit weißen Steinen gefüllte Bett eines Baches. In diesem Hügellande war mein Aufenthalt, und in demselben rückte ich immer weiter gegen

Sonnenuntergang vor. Ich streifte weit und breit herum und war oft mehrere Tage von meiner Wohnung abwesend. Ich ging die einsamen Pfade, welche zwischen den Feldern oder Weingeländen hinliefen und sich von Dorf zu Dorf, von Ort zu Ort zogen und manche Meilen, ja Tagereisen in sich begriffen. Ich ging auf den abgelegenen Waldpfaden, die in Stammholz oder Gebüschen verborgen waren und nicht selten im Laubwerk, Gras oder Gestrippe spurlos endeten. Ich durchwanderte oft auch ohne Pfad Wiesen, Wald und sonstige Landflächen, um die Gegenstände zu finden, welche ich suchte. Daß wenige von unseren Stadtbewohnern auf solche Wege kommen, ist begreiflich, da sie nur kurze Zeit zu dem Genusse des Landlebens sich gönnen können und in derselben auf den breiten herkömmlichen Straßen des Landvergnügens bleiben und von anderen Pfaden nichts wissen. An der Mittagseite war das ganze Hügelland viele Meilen lang von Hochgebirge gesäumt. Auf einer Stelle der Basteien unserer Stadt kann man zwischen Häusern und Bäumen ein Fleckchen Blau von diesem Gebirge sehen. Ich ging oft auf jene Bastei, sah oft dieses kleine blaue Fleckchen und dachte nichts weiter als: das ist das Gebirge. Selbst da ich von dem Hause meines ersten Sommeraufenthaltes einen Teil des Hochgebirges erblickte, achtete ich nicht weiter darauf. Jetzt sah ich zuweilen mit Vergnügen von einer Anhöhe oder von dem Gipfel eines Hügels ganze Strecken der blauen Kette, welche in immer undeutlicheren Gliedern ferner und ferner dahin lief. Oft, wenn ich durch wildes Gestrippe plötzlich auf einen freien Abriß kam und mir die Abendröte entgegen schlug, weithin das Land in Duft und roten Rauch legend, so setzte ich mich nieder, ließ das Feuerwerk vor mir verglimmen, und es kamen allerlei Gefühle in mein Herz.

Wenn ich wieder in das Haus der Meinigen zurückkehrte, wurde ich recht freudig empfangen, und die Mutter gewöhnte sich an meine Abwesenheiten, da ich stets gereifter von ihnen zurück kam. Sie und die Schwester halfen mir nicht selten, die Sachen, die ich mitbrachte, aus ihren Behältnissen auspacken, damit ich sie in den Räumen, die hiezu bestimmt waren, ordnen konnte.

So war endlich die Zeit gekommen, in welcher es der Vater für geraten fand, mir die ganze Rente der Erbschaft des Großoheims zu freier Verfügung zu übertragen. Er sagte, ich könne mit diesem Einkommen verfahren, wie es mir beliebe, nur müßte ich damit ausreichen. Er werde mir auf keine Weise aus dem Seinigen etwas beitragen, noch mir je Vorschüsse machen, da meine Jahreseinnahme so reichlich sei, daß sie meine jetzigen Bedürfnisse, selbst wenn sie noch um Vieles größer würden, nicht nur hinlänglich decke, sondern daß sie selbst auch manche Vergnügungen bestreiten könne, und daß doch noch etwas übrig bleiben dürfte. Es liege somit in meiner Hand, für die Zukunft, die etwa größere Ausgaben bringen könnte, mir auch eine größere Einnahme zu sichern. Meine Wohnung und meinen Tisch dürfe ich nicht mehr, wenn ich nicht wolle, in dem Hause der Eltern nehmen, sondern wo ich immer wollte. Das Stammvermögen selber werde er an dem Orte, an welchem es sich bisher befand, liegen lassen. Er fügte bei, er werde mir dasselbe, sobald ich das vierundzwanzigste Jahr erreicht habe, einhändigen. Dann könne ich es nach meinem eigenen Ermessen verwalten. „Ich rate dir aber", fuhr er fort, „dann nicht nach einer größeren Rente zu geizen, weil eine solche meistens nur mit einer größeren Unsicherheit des Stammvermögens zu erzielen ist. Sei immer deines Grundvermögens sicher und mache die dadurch entstehende kleinere Rente durch Mäßigkeit größer. Solltest du den Rat deines Vaters einholen wollen, so wird dir derselbe nie entzogen werden. Wenn ich sterbe oder freiwillig aus den Geschäften zurück trete, so werdet ihr beide auch noch von mir eine Vermehrung eures Eigentums erhalten. Wie groß dieselbe sein wird, kann ich noch nicht sagen, ich bemühe mich, durch Vorsicht und durch gut gegründete Geschäftsführung sie so groß als möglich und auch so sicher als möglich zu machen; aber alle stehen wir in der Hand des Herrn, und er kann durch Ereignisse, welche kein Menschenauge vorher sehen kann, meine Vermögensumstände bedeutend verändern. Darum sei weise und gebare mit dem Deinigen, wie du bisher zu meiner und zur Befriedigung deiner Mutter getan hast." Ich war gerührt über die Handlungsweise meines Vaters und dankte ihm von ganzem Herzen. Ich sagte, daß ich mich stets bestreben werde, seinem Vertrauen zu entsprechen, daß ich ihn inständig um seinen Rat bitte, und daß ich in Vermögensangelegenheiten wie in anderen nie gegen ihn handeln, und daß ich auch nicht den kleinsten Schritt tun wolle, ohne nach diesem Rat zu verlangen. Eine Wohnung außer dem Hause zu beziehen, solange ich in unserer Stadt lebe, wäre mir sehr schmerzlich, und ich bitte, in dem Hause meiner Eltern und an ihrem Tische bleiben zu dürfen, solange Gott nicht selber durch irgend eine Schickung eine Änderung herbei führe.

Der Vater und die Mutter waren über diese Worte erfreut. Die Mutter sagte, daß sie mir zu meiner bisherigen Wohnung, die mir doch als einem nunmehr selbständigen Manne besonders bei meinen jetzigen Verhältnissen zu klein werden dürfte, noch einige Räumlichkeiten zugeben wolle, ohne daß darum der Preis unverhältnismäßig wachse. Ich war natürlicher Weise mit Allem einverstanden. Ich mußte gleich mit der Mutter gehen und die mir zugedachte Vergrößerung der Wohnung besehen. Ich dankte ihr für ihre Sorgfalt. Schon in den nächsten Tagen richtete ich mich in der neuen Wohnung ein. Den Winter benutzte ich zum Teile mit Vorbereitungen, um im nächsten Sommer wieder große Wanderungen machen zu können. Ich hatte mir vorgenommen, nun endlich einmal das Hochgebirge zu besuchen, und in ihm so weit herum zu gehen, als es mir zusagen würde.

Als der Sommer gekommen war, fuhr ich von der Stadt auf dem kürzesten Wege in das Gebirge. Von dem Orte meiner Ankunft aus wollte ich dann in ihm längs seiner Richtung von Sonnenaufgang nach Sonnenuntergang zu Fuße fort wandern. Ich begab mich sofort auf meinen Weg. Ich ging den Tälern entlang, selbst wenn sie von meiner Richtung abwichen und allerlei Windungen verfolgten. Ich suchte nach solchen Abschweifungen immer meinen Hauptweg wieder zu gewinnen. Ich stieg auch auf Bergjoche und ging auf der entgegengesetzten Seite wieder in das Tal hinab.

Ich erklomm manchen Gipfel und suchte von ihm die Gegend zu sehen und auch schon die Richtung zu erspähen, in welcher ich in nächster Zeit vordringen würde. Im Ganzen hielt ich mich stets, soweit es anging, nach dem Hauptzuge des Gebirges und wich von der Wasserscheide so wenig als möglich ab.

In einem Tale an einem sehr klaren Wasser sah ich einmal einen toten Hirsch. Er war gejagt worden, eine Kugel hatte seine Seite getroffen, und er mochte das frische Wasser gesucht haben, um seinen Schmerz zu kühlen. Er war aber an dem Wasser gestorben. Jetzt lag er an demselben so, daß sein Haupt in den Sand gebettet war und seine Vorderfüße in die reine Flut ragten. Ringsum war kein lebendiges Wesen zu sehen. Das Tier gefiel mir so, daß ich seine Schönheit bewunderte und mit ihm großes Mitleid empfand. Sein Auge war noch kaum gebrochen, es glänzte noch in einem schmerzlichen Glanze, und dasselbe, so wie das Antlitz, das mir fast sprechend erschien, war gleichsam ein Vorwurf gegen seine Mörder. Ich griff den Hirsch an, er war noch nicht kalt. Als ich eine Weile bei dem toten Tiere gestanden war, hörte ich Laute in den Wäldern des Gebirges, die wie Jauchzen und wie Heulen von Hunden klangen. Diese Laute kamen näher, waren deutlich zu erkennen, und bald sprang ein Paar schöner Hunde über den Bach, denen noch einige folgten. Sie näherten sich mir. Als sie aber den fremden Mann bei dem Wilde sahen, blieben einige in der Entfernung stehen und bellten heftig gegen mich, während andere heulend weite Kreise um mich zogen, in ihnen dahin flogen und in Eilfertigkeit sich an Steinen überschlugen und überstürzten. Nach geraumer Zeit kamen auch Männer mit Schießgewehren. Als sich diese dem Hirsche genähert hatten und neben mir standen, kamen auch die Hunde herzu, hatten vor mir keine Scheu mehr, beschnupperten mich und bewegten sich und zitterten um das Wild herum. Ich entfernte mich, nachdem die Jäger auf dem Schauplatze erschienen waren, sehr bald von ihm.

Bisher hatte ich keine Tiere zu meinen Bestrebungen in der Naturgeschichte aufgesucht, obwohl ich die Beschreibungen derselben eifrig gelesen und gelernt hatte. Diese Vernachlässigung der leiblichen wirklichen Gestalt war bei mir so weit gegangen, daß ich, selbst da ich einen Teil des Sommers schon auf dem Lande zubrachte, noch immer die Merkmale von Ziegen, Schafen, Kühen aus meinen Abbildungen nicht nach den Gestalten suchte, die vor mir wandelten.

Ich schlug jetzt einen andern Weg ein. Der Hirsch, den ich gesehen hatte, schwebte mir immer vor den Augen. Er war ein edler gefallner Held und war ein reines Wesen. Auch die Hunde, seine Feinde, erschienen mir berechtigt wie in ihrem Berufe. Die schlanken springenden und gleichsam geschnellten Gestalten blieben mir ebenfalls vor den Augen. Nur die Menschen, welche das Tier geschossen hatten, waren mir widerwärtig, da sie daraus gleichsam ein Fest gemacht hatten. Ich fing von der Stunde an, Tiere so aufzusuchen und zu betrachten, wie ich bisher Steine und Pflanzen aufgesucht und betrachtet hatte. Sowohl jetzt, da ich noch in dem Gebirge war, als auch später zu Hause und bei meinen weiteren Wanderungen betrachtete ich Tiere und suchte ihre

wesentlichen Merkmale sowohl an ihrem Leibe als auch an ihrer Lebensart und Bestimmung zu ergründen. Ich schrieb das, was ich gesehen hatte, auf und verglich es mit den Beschreibungen und Einteilungen, die ich in meinen Büchern fand. Da geschah es wieder, daß ich mit diesen Büchern in Zwiespalt geriet, weil es meinen Augen widerstrebte, Tiere nach Zehen oder anderen Dingen in einer Abteilung beisammen zu sehen, die in ihrem Baue nach meiner Meinung ganz verschieden waren. Ich stellte daher nicht wissenschaftlich, aber zu meinem Gebrauche eine andere Einteilung zusammen.
Einen besonderen Zweck, den ich bei dem Besuche des Gebirges befolgen wollte, hatte ich dieses erste Mal nicht, außer was sich zufällig fand. Ich war nur im Allgemeinen in das Gebirge gegangen, um es zu sehen. Als daher dieser erste Drang etwas gesättigt war, begab ich mich auf dem nächsten Wege in das flache Land hinaus und fuhr auf diesem wieder nach Hause.
Allein der kommende Sommer lockte mich abermals in das Gebirge. Hatte ich das erste Mal nur im Allgemeinen geschaut, und waren die Eindrücke wirkend auf mich heran gekommen, so ging ich jetzt schon mehr in das Einzelne, ich war meiner schon mehr Herr und richtete die Betrachtung auf besondere Dinge. Viele von ihnen drängten sich an meine Seele. Ich saß auf einem Steine und sah die breiten Schattenflächen und die scharfen, oft gleichsam mit einem Messer in sie geschnittenen Lichter. Ich dachte nach, weshalb die Schatten hier so blau seien und die Lichter so kräftig und das Grün so feurig und die Wässer so blitzend. Mir fielen die Bilder meines Vaters ein, auf denen Berge gemalt waren, und mir wurde es, als hätte ich sie mitnehmen sollen, um vergleichen zu können. Ich blieb in kleinen Ortschaften zuweilen länger und betrachtete die Menschen, ihr tägliches Gewerbe, ihr Fühlen, ihr Reden, Denken und Singen. Ich lernte die Zither kennen, betrachtete sie, untersuchte sie und hörte auf ihr spielen und zu ihr singen. Sie erschien mir als ein Gegenstand, der nur allein in die Berge gehört und mit den Bergen Eins ist. Die Wolken, ihre Bildung, ihr Anhängen an die Bergwände, ihr Suchen der Bergspitzen so wie die Verhältnisse des Nebels und seine Neigung zu den Bergen waren mir wunderbare Erscheinungen.
Ich bestieg in diesem Sommer auch einige hohe Stellen, ich ließ mich von den Führern nicht bloß auf das Eis der Gletscher geleiten, welches mich sehr anregte und zur Betrachtung aufforderte, sondern bestieg auch mit ihrer Hilfe die höchsten Zinnen der Berge. Ich sah die Überreste einer alten, untergegangenen Welt in den Marmoren, die in dem Gebirge vorkommen und die man in manchen Tälern zu schleifen versteht. Ich suchte besondere Arten aufzufinden und sendete sie nach Hause. Den schönen Enzian hatte ich im früheren Sommer schon der Schwester in meinen Pflanzenbüchern gebracht, jetzt brachte ich ihr auch Alpenrosen und Edelweiß. Von der Zirbelkiefer und dem Knieholze nahm ich die zierlichen Früchte. So verging die Zeit, und so kam ich bereichert nach Hause.
Ich ging von nun an jeden Sommer in das Gebirge.

Wenn ich von den Zimmern meiner Wohnung in dem Hause meiner Eltern nach einem dort verbrachten Winter gegen den Himmel blickte und nicht mehr so oft an demselben die grauen Wolken und den Nebel sah, sondern öfter schon die blauen und heiteren Lüfte, wenn diese durch ihre Farbe schon gleichsam ihre größere Weichheit ankündigten, wenn auf den Mauern und Schornsteinen und Ziegeldächern, die ich nach vielen Richtungen übersehen konnte, schon immer kräftigere Tafeln von Sonnenschein lagen, kein Schnee sich mehr blicken ließ und an den Bäumen unseres Gartens die Knospen schwollen: so mahnte es mich bereits in das Freie. Um diesem Drange nur vorläufig zu genügen, ging ich gerne aus der Stadt und erquickte mich an der offenen Weite der Wiesen, der Felder, der Weinberge. Wenn aber die Bäume blühten und das erste Laub sich entwickelte, ging ich schon dem Blau der Berge zu, wenngleich ihre Wände noch von mannigfaltigem Schnee erglänzten. Ich erwählte mir nach und nach verschiedene Gegenden, an denen ich mich aufhielt, um sie genau kennen zu lernen und zu genießen.
Mein Vater hatte gegen diese Reisen nichts, auch war er mit der Art, wie ich mit meinem Einkommen gebarte, sehr zufrieden. Es blieb nehmlich in jedem Jahre ein Erkleckliches über, was zu dem Grundvermögen getan werden konnte. Ich spürte desohngeachtet in meiner Lebensweise keinen Abgang. Ich strebte nach Dingen, die meine Freude waren und wenig kosteten, weit weniger als die Vergnügungen, denen meine Bekannten sich hingaben. Ich hatte in Kleidern, Speise und Trank die größte Einfachheit, weil es meiner Natur so zusagte, weil wir zur Mäßigkeit erzogen waren und weil diese Gegenstände, wenn ich ihnen große Aufmerksamkeit hätte schenken sollen, mich von meinen Lieblingsbestrebungen abgelenkt hätten. So ging alles gut, Vater und Mutter freuten sich über meine Ordnung, und ich freute mich über ihre Freude.

Da verfiel ich eines Tages auf das Zeichnen. Ich könnte mir ja meine Naturgegenstände, dachte ich, eben so gut zeichnen als beschreiben, und die Zeichnung sei am Ende noch sogar besser als die Beschreibung. Ich erstaunte, weshalb ich denn nicht sogleich auf den Gedanken geraten sei. Ich hatte wohl früher immer gezeichnet, aber mit mathematischen Linien, welche nach Rechnungsgesetzen entstanden, Flächen und Körper in der Meßkunst darstellten und mit Zirkel und Richtscheit gemacht worden waren. Ich wußte wohl recht gut, daß man mit Linien alle möglichen Körper darstellen könne, und hatte es an den Bildern meines Vaters vollführt gesehen: aber ich hatte nicht weiter darüber gedacht, da ich in einer andern Richtung beschäftigt war. Es mußte diese Vernachlässigung von einer Eigenschaft in mir herrühren, die ich in einem hohen Grade besaß und die man mir zum Vorwurfe machte. Wenn ich nehmlich mit einem Gegenstande eifrig beschäftigt war, so vergaß ich darüber manchen andern, der vielleicht größere Bedeutung hatte. Sie sagten, das sei einseitig, ja es sei sogar Mangel an Gefühl. Ich fing mein Zeichnen mit Pflanzen an, mit Blättern, mit Stielen, mit Zweigen. Es war Anfangs die Ähnlichkeit nicht sehr groß, und die Vollkommenheit der Zeichnung ließ viel zu wünschen übrig, wie ich später erkannte. Aber es wurde immer besser, da ich eifrig war und vom Versuchen nicht abließ. Die früher in meine Pflanzenbücher eingelegten Pflanzen, wie sorgsam sie auch vorbereitet waren, verloren nach und nach nicht bloß die Farbe, sondern auch die Gestalt, und erinnerten nicht mehr entfernt an ihre ursprüngliche Beschaffenheit.

Die gezeichneten Pflanzen dagegen bewahrten wenigstens die Gestalt, nicht zu gedenken, daß es Pflanzen gibt, die wegen ihrer Beschaffenheit, und selbst solche, die wegen ihrer Größe in ein Pflanzenbuch nicht gelegt werden können, wie zum Beispiele Pilze oder Bäume. Diese konnten in einer Zeichnung sehr wohl aufbewahrt werden. Die bloßen Zeichnungen aber genügten mir nach und nach auch nicht mehr, weil die Farbe fehlte, die bei den Pflanzen, besonders bei den Blüten, eine Hauptsache ist. Ich begann daher, meine Abbildungen mit Farben zu versehen und nicht eher zu ruhen, als bis die Ähnlichkeit mit den Urbildern erschien und immer größer zu werden versprach.

Nach den Pflanzen nahm ich auch andere Gegenstände vor, deren Farbe etwas Auffallendes und Faßliches hatte. Ich geriet auf die Falter und suchte mehrere nachzubilden. Die Farben von minder hervorragenden Gegenständen, die zwar unscheinbar, aber doch bedeutsam sind, wie die der Gesteine im unkristallischen Zustande, kamen später an die Reihe, und ich lernte ihre Reize nach und nach würdigen. Da ich nun einmal zeichnete und die Dinge deshalb doch viel genauer betrachten mußte, und da das Zeichnen und meine jetzigen Bestrebungen mich doch nicht ganz ausfüllten, kam ich auch noch auf eine andere, viel weiter gehende Richtung.

Ich habe schon gesagt, daß ich gerne auf hohe Berge stieg und von ihnen aus die Gegenden betrachtete. Da stellten sich nun dem geübteren Auge die bildsamen Gestalten der Erde in viel eindringlicheren Merkmalen dar und faßten sich übersichtlicher in großen Teilen zusammen. Da öffnete sich dem Gemüte und der Seele der Reiz des Entstehens dieser Gebilde, ihrer Falten und ihrer Erhebungen, ihres Dahinstreichens und Abweichens von einer Richtung, ihres Zusammenstrebens gegen einen Hauptpunkt und ihrer Zerstreuungen in die Fläche. Es kam ein altes Bild, das ich einmal in einem Buche gelesen und wieder vergessen hatte, in meine Erinnerung. Wenn das Wasser in unendlich kleinen Tröpfchen, die kaum durch ein Vergrößerungsglas ersichtlich sind, aus dem Dunste der Luft sich auf die Tafeln unserer Fenster absetzt, und die Kälte dazu kömmt, die nötig ist, so entsteht die Decke von Fäden, Sternen, Wedeln, Palmen und Blumen, die wir gefrorene Fenster heißen. Alle diese Dinge stellen sich zu einem Ganzen zusammen, und die Strahlen, die Täler, die Rücken, die Knoten des Eises sind durch ein Vergrößerungsglas angesehen bewunderungswürdig. Eben so stellt sich von sehr hohen Bergen aus gesehen die niedriger liegende Gestaltung der Erde dar. Sie muß aus einem erstarrenden Stoffe entstanden sein und streckt ihre Fächer und Palmen in großartigem Maßstabe aus. Der Berg selber, auf dem ich stehe, ist der weiße, helle und sehr glänzende Punkt, den wir in der Mitte der zarten Gewebe unserer gefrorenen Fenster sehen. Die Palmenränder der gefrorenen Fenstertafeln werden durch

Abbröcklung wegen des Luftzuges oder durch Schmelzung wegen der Wärme lückenhaft und unterbrochen. An den Gebirgszügen geschehen Zerstörungen durch Verwitterung in Folge des Einflusses des Wassers, der Luft, der Wärme und der Kälte. Nur braucht die Zerstörung der Eisnadeln an den Fenstern kürzere Zeit als der Nadeln der Gebirge. Die Betrachtung der unter mir liegenden Erde, der ich oft mehrere Stunden widmete, erhob mein Herz zu höherer Bewegung, und es erschien mir als ein würdiges Bestreben, ja als ein Bestreben, zu dem alle meine bisherigen Bemühungen nur Vorarbeiten gewesen waren, dem Entstehen dieser Erdoberfläche nachzuspüren und durch Sammlung vieler kleiner Tatsachen an den verschiedensten Stellen sich in das große und erhabene Ganze auszubreiten, das sich unsern Blicken darstellt, wenn wir von Hochpunkt zu Hochpunkt auf unserer Erde reisen und sie endlich alle erfüllt haben und keine Bildung dem Auge mehr zu untersuchen bleibt als die Weite und die Wölbung des Meeres.

Ich begann, durch diese Gefühle und Betrachtungen angeregt, gleichsam als Schlußstein oder Zusammenfassung aller meiner bisherigen Arbeiten die Wissenschaft der Bildung der Erdoberfläche und dadurch vielleicht der Bildung der Erde selber zu betreiben. Nebstdem, daß ich gelegentlich von hohen Stellen aus die Gestaltung der Erdoberfläche genau zeichnete, gleichsam als wäre sie durch einen Spiegel gesehen worden, schaffte ich mir die vorzüglichsten Werke an, welche über diese Wissenschaft handeln, machte mich mit den Vorrichtungen, die man braucht, bekannt, so wie mit der Art ihrer Benützung.

Ich betrieb nun diesen Gegenstand mit fortgesetztem Eifer und mit einer strengen Ordnung.

Dabei lernte ich auch nach und nach den Himmel kennen, die Gestaltung seiner Erscheinungen und die Verhältnisse seines Wetters.

Meine Besuche der Berge hatten nun fast ausschließlich diesen Zweck zu ihrem Inhalte.

Die Einkehr

Eines Tages ging ich von dem Hochgebirge gegen das Hügelland hinaus. Ich wollte nehmlich von einem Gebirgszuge in einen andern übersiedeln und meinen Weg dahin durch einen Teil des offenen Landes nehmen. Jedermann kennt die Vorberge, mit welchen das Hochgebirge gleichsam wie mit einem Übergange gegen das flachere Land ausläuft. Mit Laub- oder Nadelwald bedeckt ziehen sie in angenehmer Färbung dahin, lassen hie und da das blaue Haupt eines Hochberges über sich sehen, sind hie und da von einer leuchtenden Wiese unterbrochen, führen alle Wässer, die das Gebirge liefert und die gegen das Land hinaus gehen, zwischen sich, zeigen manches Gebäude und manches Kirchlein und strecken sich nach allen Richtungen, in denen das Gebirge sich abniedert, gegen die bebauteren und bewohnteren Teile hinaus.

Als ich von dem Hange dieser Berge herab ging und eine freiere Umsicht gewann, erblickte ich gegen Untergang hin die sanften Wolken eines Gewitters, das sich sachte zu bilden begann und den Himmel umschleierte. Ich schritt rüstig fort und beobachtete das Zunehmen und Wachsen der Bewölkung. Als ich ziemlich weit hinaus gekommen war und mich in einem Teile des Landes befand, wo sanfte Hügel mit mäßigen Flächen wechseln, Meierhöfe zerstreut sind, der Obstbau gleichsam in Wäldern sich durch das Land zieht, zwischen dem dunkeln Laube die Kirchtürme schimmern, in den Talfurchen die Bäche rauschen und überall wegen der größeren Weitung, die das Land gibt, das blaue, gezackte Band der Hochgebirge zu erblicken ist, mußte ich auf eine Einkehr denken; denn das Dorf, in welchem ich Rast halten wollte, war kaum mehr zu erreichen. Das Gewitter war so weit gediehen, daß es in einer Stunde und bei begünstigenden Umständen wohl noch früher ausbrechen konnte.

Vor mir hatte ich das Dorf Rohrberg, dessen Kirchturm von der Sonne scharf beschienen über Kirschen- und Weidenbäumen hervor sah. Es lag nur ganz wenig abseits von der Straße. Näher waren zwei Meierhöfe, deren jeder in einer mäßigen Entfernung von der Straße in Wiesen und Feldern prangte. Auch war ein Haus auf einem Hügel, das weder ein Bauerhaus noch irgend ein Wirtschaftsgebäude eines Bürgers zu sein schien, sondern eher dem Landhause eines Städters glich. Ich hatte schon früher wiederholt, wenn ich durch die Gegend kam, das Haus betrachtet, aber ich hatte mich nie näher um dasselbe bekümmert. Jetzt fiel es mir um so mehr auf, weil es der nächste Unterkunftsplatz von meinem Standorte aus war und weil es mehr Bequemlichkeit als die Meierhöfe zu geben versprach. Dazu gesellte sich ein eigentümlicher Reiz. Es war, da schon ein großer Teil des Landes, mit Ausnahme des Rohrberger Kirchturmes, im Schatten lag, noch hell beleuchtet und sah mit einladendem schimmerndem Weiß in das Grau und Blau der Landschaft hinaus.

Ich beschloß also, in diesem Hause eine Unterkunft zu suchen.

Ich forschte dem zu Folge nach einem Wege, der von der Straße auf den Hügel des Hauses hinaufführen sollte. Nach meiner Kenntnis des Landesgebrauches war es mir nicht schwer, den mit einem Zaune und mit Gebüsch besäumten Weg, der von der Landstraße ab hinauf ging, zu finden. Ich schritt auf demselben empor und kam, wie ich richtig vermutet hatte, vor das Haus. Es war noch immer von der Sonne hell beschienen. Allein da ich näher vor dasselbe trat, hatte ich einen bewunderungswürdigen Anblick. Das Haus war über und über mit Rosen bedeckt, und wie es in jenem fruchtbaren hügligen Lande ist, daß, wenn einmal etwas blüht, gleich alles mit einander blüht, so war es auch hier: die Rosen schienen sich das Wort gegeben zu haben, alle zur selben Zeit aufzubrechen, um das Haus in einen Überwurf der reizendsten Farbe und in eine Wolke der süßesten Gerüche zu hüllen.

Wenn ich sage, das Haus sei über und über mit Rosen bedeckt gewesen, so ist das nicht so wortgetreu zu nehmen. Das Haus hatte zwei ziemlich hohe Geschosse.

Die Wand des Erdgeschosses war bis zu den Fenstern des oberen Geschosses mit den Rosen bedeckt. Der übrige Teil bis zu dem Dache war frei, und er war das leuchtende weiße Band, welches in die Landschaft hinaus schaut und mich gewissermaßen herauf gelockt hatte. Die Rosen waren an einem Gitterwerke, das sich vor der Wand des Hauses befand, befestigt. Sie bestanden aus lauter Bäumchen. Es waren winzige darunter, deren Blätter gleich über der Erde begannen, dann höhere, deren Stämmchen über die ersten empor ragten, und so fort, bis die letzten mit ihren Zweigen in die Fenster des oberen Geschosses hinein sahen. Die Pflanzen waren so verteilt und gehegt, daß nirgends eine Lücke entstand und daß die Wand des Hauses, soweit sie reichten, vollkommen von ihnen bedeckt war.
Ich hatte eine Vorrichtung dieser Art in einem so großen Maßstabe noch nie gesehen. Es waren zudem fast alle Rosengattungen da, die ich kannte, und einige, die ich noch nicht kannte. Die Farben gingen von dem reinen Weiß der weißen Rosen durch das gelbliche und rötliche Weiß der Übergangsrosen in das zarte Rot und in den Purpur und in das bläuliche und schwärzliche Rot der roten Rosen über. Die Gestalten und der Bau wechselten in eben demselben Maße. Die Pflanzen waren nicht etwa nach Farben eingeteilt, sondern die Rücksicht der Anpflanzung schien nur die zu sein, daß in der Rosenwand keine Unterbrechung statt finden möge. Die Farben blühten daher in einem Gemische durch einander.
Auch das Grün der Blätter fiel mir auf. Es war sehr rein gehalten, und kein bei Rosen öfter als bei andern Pflanzen vorkommender Übelstand der grünen Blätter und keine der häufigen Krankheiten kam mir zu Gesichte. Kein verdorrtes oder durch Raupen zerfressenes oder durch ihr Spinnen verkrümmtes Blatt war zu erblicken. Selbst das bei Rosen so gerne sich einnistende Ungeziefer fehlte. Ganz entwickelt und in ihren verschiedenen Abstufungen des Grüns prangend standen die Blätter hervor. Sie gaben mit den Farben der Blumen gemischt einen wunderlichen Überzug des Hauses. Die Sonne, die noch immer gleichsam einzig auf dieses Haus schien, gab den Rosen und den grünen Blättern derselben gleichsam goldene und feurige Farben.

Nachdem ich eine Weile mein Vorhaben vergessend vor diesen Blumen gestanden war, ermahnte ich mich und dachte an das Weitere. Ich sah mich nach einem Eingange des Hauses um. Allein ich erblickte keinen. Die ganze ziemlich lange Wand desselben hatte keine Tür und kein Tor. Auch durch keinen Weg war der Eingang zu dem Hause bemerkbar gemacht; denn der ganze Platz vor demselben war ein reiner, durch den Rechen wohlgeordneter Sandplatz. Derselbe schnitt sich durch ein Rasenband und eine Hecke von den angrenzenden, hinter meinem Rücken liegenden Feldern ab. Zu beiden Seiten des Hauses in der Richtung seiner Länge setzten sich Gärten fort, die durch ein hohes, eisernes, grün angestrichenes Gitter von dem Sandplatze getrennt waren. In diesen Gittern mußte also der Eingang sein.
Und so war es auch.

In dem Gitter, welches dem den Hügel heranführenden Wege zunächst lag, entdeckte ich die Tür oder eigentlich zwei Flügel einer Tür, die dem Gitter so eingefügt waren, daß sie von demselben bei dem ersten Anblicke nicht unterschieden werden konnten. In den Türen waren die zwei messingenen Schloßgriffe und an der Seite des einen Flügels ein Glockengriff.

Ich sah zuerst ein wenig durch das Gitter in den Garten. Der Sandplatz setzte sich hinter dem Gitter fort, nur war er besäumt mit blühenden Gebüschen und unterbrochen mit hohen Obstbäumen, welche Schatten gaben. In dem Schatten standen Tische und Stühle; es war aber kein Mensch bei ihnen gegenwärtig. Der Garten erstreckte sich rückwärts um das Haus herum und schien mir bedeutend weit in die Tiefe zu gehen.

Ich versuchte zuerst die Türgriffe, aber sie öffneten nicht. Dann nahm ich meine Zuflucht zu dem Glockengriffe und läutete.

Auf den Klang der Glocke kam ein Mann hinter den Gebüschen des Gartens gegen mich hervor. Als er an der innern Seite des Gitters vor mir stand, sah ich, daß es ein Mann mit schneeweißen Haaren war, die er nicht bedeckt hatte. Sonst war er unscheinbar und hatte eine Art Hausjacke an, oder wie man das Ding nennen soll, das ihm überall enge anlag und fast bis auf die Knie herabreichte. Er sah mich einen Augenblick an, da er zu mir herangekommen war, und sagte dann: „Was wollt ihr, lieber Herr?"

„Es ist ein Gewitter im Anzuge", antwortete ich, „und es wird in Kurzem über diese Gegend kommen. Ich bin ein Wandersmann, wie ihr an meinem Ränzchen seht, und bitte daher, daß mir in diesem Hause so lange ein Obdach gegeben werde, bis der Regen, oder wenigstens der schwerere, vorüber ist."

„Das Gewitter wird nicht zum Ausbruche kommen", sagte der Mann.

„Es wird keine Stunde dauern, daß es kömmt", entgegnete ich, „ich bin mit diesen Gebirgen sehr wohl bekannt und verstehe mich auch auf die Wolken und Gewitter derselben ein wenig."

„Ich bin aber mit dem Platze, auf welchem wir stehen, aller Wahrscheinlichkeit nach weit länger bekannt als ihr mit dem Gebirge, da ich viel älter bin als ihr", antwortete er, „ich kenne auch seine Wolken und Gewitter und weiß, daß heute auf dieses Haus, diesen Garten und diese Gegend kein Regen niederfallen wird."

„Wir wollen nicht lange darüber Meinungen hegen, ob ein Gewitter dieses Haus netzen wird oder nicht", sagte ich; „wenn ihr Anstand nehmet, mir dieses Gittertor zu öffnen, so habet die Güte und ruft den Herrn des Hauses herbei."

„Ich bin der Herr des Hauses."

Auf dieses Wort sah ich mir den Mann etwas näher an. Sein Angesicht zeigte zwar auch auf ein vorgerücktes Alter, aber es schien mir jünger als die Haare und gehörte überhaupt zu jenen freundlichen, wohlgefärbten, nicht durch das Fett der vorgerückten Jahre entstellten Angesichtern, von denen man nie weiß, wie alt sie sind. Hierauf sagte ich: „Nun muß ich wohl um Verzeihung bitten, daß ich so zudringlich gewesen bin, ohne weiteres auf die Sitte des Landes zu bauen. Wenn eure Behauptung, daß kein Gewitter kommen werde, einer Ablehnung gleich sein soll, werde ich mich augenblicklich entfernen. Denkt nicht, daß ich als junger Mann den Regen so scheue; es ist mir zwar nicht so angenehm, durchnäßt zu werden als trocken zu bleiben, es ist mir aber auch nicht so unangenehm, daß ich deshalb jemandem zur Last fallen sollte. Ich bin oft von dem Regen getroffen worden, und es liegt nichts daran, wenn ich auch heute getroffen werde."

„Das sind eigentlich zwei Fragen", antwortete der Mann, „und ich muß auf beide etwas entgegnen. Das Erste ist, daß ihr in Naturdingen eine Unrichtigkeit gesagt habet, was vielleicht daher kömmt, daß ihr die Verhältnisse dieser Gegend zu wenig kennt oder auf die Vorkommnisse der Natur nicht genug achtet. Diesen Irrtum mußte ich berichtigen; denn in Sachen der Natur muß auf Wahrheit gesehen werden. Das Zweite ist, daß, wenn ihr mit oder ohne Gewitter in dieses Haus kommen wollt, und wenn ihr gesonnen seid, seine Gastfreundschaft anzunehmen, ich sehr gerne willfahren werde. Dieses Haus hat schon manchen Gast gehabt und manchen gerne beherbergt, und wie ich an euch sehe, wird es auch euch gerne beherbergen und so lange verpflegen, als ihr es für nötig erachten werdet. Darum bitte ich euch, tretet ein."

Mit diesen Worten tat er einen Druck am Schlosse des Torflügels, der Flügel öffnete sich, drehte sich mit einer Rolle auf einer halbkreisartigen Eisenschiene und gab mir Raum zum Eintreten.

Ich blieb nun einen Augenblick unentschlossen.

„Wenn das Gewitter nicht kömmt", sagte ich, „so habe ich im Grunde keine Ursache, hier einzutreten; denn ich bin nur des anziehenden Gewitters willen von der Landstraße abgewichen und zu diesem Hause heraufgestiegen. Aber verzeiht mir, wenn ich noch einmal die Frage anrege. Ich bin beinahe eine Art Naturforscher und habe mich mehrere Jahre mit Naturdingen, mit Beobachtungen und namentlich mit diesem Gebirge beschäftigt, und meine Erfahrungen sagen mir, daß heute über diese Gegend und dieses Haus ein Gewitter kommen wird."

„Nun müßt ihr eigentlich vollends herein gehen", sagte er, „jetzt handelt es sich darum, daß wir gemeinschaftlich abwarten, wer von uns beiden recht hat. Ich bin zwar kein Naturforscher und kann von mir nicht sagen, daß ich mich mit Naturwissenschaften beschäftigt habe; aber ich habe manches über diese Gegenstände gelesen, habe während meines Lebens mich bemüht, die Dinge zu beobachten und über das Gelesene und Gesehene nachzudenken. In Folge dieser Bestrebungen habe ich heute die unzweideutigen Zeichen gesehen, daß die Wolken, welche jetzt noch gegen Sonnenuntergang stehen, welche schon einmal gedonnert haben und von denen ihr veranlaßt worden seid, zu mir herauf zu steigen, nicht über dieses Haus und überhaupt über keine Gegend einen Regen bringen werden. Sie werden sich vielleicht, wenn die Sonne tiefer kömmt, verteilen und werden zerstreut am Himmel herum stehen. Abends werden wir etwa einen Wind spüren, und morgen wird gewiß wieder ein schöner Tag sein. Es könnte sich zwar ereignen, daß einige schwere Tropfen fallen oder ein kleiner Sprühregen nieder geht, aber gewiß nicht auf diesen Hügel."

„Da die Sache so ist", erwiderte ich, „trete ich gerne ein und harre mit euch gerne der Entscheidung, auf die ich begierig bin."

Nach diesen Worten trat ich ein, er schloß das Gitter und sagte, er wolle mein Führer sein.

Er führte mich um das Haus herum; denn in der den Rosen entgegengesetzten Seite war die Tür. Er führte mich durch dieselbe ein, nachdem er sie mit einem Schlüssel geöffnet hatte. Hinter der Tür erblickte ich einen Gang, welcher mit Amonitenmarmor gepflastert war.

„Dieser Eingang", sagte er, „ist eigentlich der Haupteingang; aber da ich mir nicht gerne das Pflaster des Ganges verderben lasse, halte ich ihn immer gesperrt, und die Leute gehen durch eine Tür in die Zimmer, welche wir finden würden, wenn wir noch einmal um die Ecke des Hauses gingen. Des Pflasters willen muß ich euch auch bitten, diese Filzschuhe anzuziehen."

Es standen einige Paare gelblicher Filzschuhe gleich innerhalb der Tür. Niemand konnte mehr als ich von der Notwendigkeit überzeugt sein, diesen so edlen und schönen Marmor zu schonen, der an sich so vortrefflich ist und hier ganz meisterhaft geglättet war. Ich fuhr daher mit meinen Stiefeln in ein Paar solcher Schuhe, er tat desgleichen, und so gingen wir über den glatten Boden. Der Gang, welcher von oben beleuchtet war, führte zu einer braunen getäfelten Tür. Vor derselben legte er die Filzschuhe ab, verlangte von mir, daß ich dasselbe tue, und, nachdem wir uns auf dem hölzernen Antritte der Tür der Filzschuhe entledigt hatten, öffnete er dieselbe und führte mich in ein Zimmer. Dem Ansehen nach war es ein Speisezimmer; denn in der Mitte desselben stand ein Tisch, an dessen Bauart man sah, daß er vergrößert oder verkleinert werden könne, je nachdem eine größere oder kleinere Anzahl von Personen um ihn sitzen sollte. Außer dem Tische befanden sich nur Stühle in dem Zimmer und ein Schrein, in welchem die Speisegerätschaften enthalten sein konnten.

„Legt in diesem Zimmer", sagte der Mann, „euern Hut, euern Stock und euer Ränzlein ab, ich werde euch dann in ein anderes Gemach führen, in welchem ihr ausruhen könnt."

Als er dies gesagt und ich ihm Folge geleistet hatte, trat er zu einer breiten Strohmatte und zu Fußbürsten, die sich am Ausgange des Zimmers befanden, reinigte sich an beiden sehr sorgsam seine Fußbekleidung und lud mich ein, dasselbe zu tun. Ich tat es, und da ich fertig war, öffnete er die Ausgangstür, die ebenfalls braun und getäfelt war, und führte mich durch ein Vorgemach in ein Ausruhezimmer, welches an der Seite des Vorgemaches lag.

„Dieses Vorgemach", sagte er, „ist der eigentliche Eingang in das Speisezimmer, und man kömmt von der andern Tür in dasselbe."

Das Ausruhezimmer war ein freundliches Gemach und schien recht eigens zum Sitzen und Ruhehalten bestimmt. Es befaßte nichts als lauter Tische und Sitze. Auf den Tischen lagen aber nicht, wie es häufig in unsern Besuchzimmern vorkömmt, Bücher oder Zeichnungen und dergleichen Dinge, sondern die Tafeln derselben waren unbedeckt und waren ausnehmend gut geglättet und gereinigt. Sie waren von dunklem Mahagoniholze, das in der Zeit noch mehr nachgedunkelt war. Ein einziges Geräte war da, welches kein Tisch und kein Sitz war, ein Gestelle mit mehreren Fächern, welches Bücher enthielt. An den Wänden hingen Kupferstiche.

„Hier könnt ihr ausruhen, wenn ihr vom Gehen müde seid oder überhaupt ruhen wollt", sagte der Mann, „ich werde gehen und sorgen, daß man euch etwas zu essen bereitet. Ihr müßt wohl eine Weile allein bleiben. Auf dem Gestelle liegen Bücher, wenn ihr etwa ein wenig in dieselben blicken wollet."

Nach diesen Worten entfernte er sich.

Ich war in der Tat müde und setzte mich nieder.

Als ich saß, konnte ich den Grund einsehen, weshalb der Mann vor dem Eintritte in dieses Zimmer so sehr seine Fußbekleidung gereinigt und mir den Wunsch zu gleicher Reinigung ausgedrückt hatte. Das Zimmer enthielt nehmlich einen schön getäfelten Fußboden, wie ich nie einen gleichen gesehen hatte. Es war beinahe ein Teppich aus Holz. Ich konnte das Ding nicht genug bewundern. Man hatte lauter Holzgattungen in ihren natürlichen Farben zusammengesetzt und sie in ein Ganzes von Zeichnungen gebracht. Da ich von den Geräten meines Vaters her an solche Dinge gewohnt war und sie etwas zu beurteilen verstand, sah ich ein, daß man alles nach einem in Farben ausgeführten Plane gemacht haben mußte, welcher Plan mir selber wie ein Meisterstück erschien. Ich dachte, da dürfe ich ja gar nicht aufstehen und auf der Sache herum gehen, besonders wenn ich die Nägel in Anschlag brachte, mit denen meine Gebirgsstiefel beschlagen waren. Auch hatte ich keine Veranlassung zum Aufstehen, da mir die Ruhe nach einem ziemlich langen Gange sehr angenehm war.

Da saß ich nun in dem weißen Hause, zu welchem ich hinauf gestiegen war, um in ihm das Gewitter abzuwarten.

Es schien noch immer die Sonne auf das Haus, blickte durch die Fenster dieses Zimmers schief herein und legte lichte Tafeln auf den schönen Fußboden desselben.

Als ich eine Weile gesessen war, bemächtigte sich meiner eine seltsame Empfindung, welche ich mir Anfangs nicht zu erklären vermochte. Es war mir nehmlich, als sitze ich nicht in einem Zimmer, sondern im Freien, und zwar in einem stillen Walde. Ich blickte gegen die Fenster, um mir das Ding zu erklären; aber die Fenster erteilten die Erklärung nicht: ich sah durch sie ein Stück Himmel, teils rein, teils etwas bewölkt, und unter dem Himmel sah ich ein Stück Gartengrün von emporragenden Bäumen, ein Anblick, den ich wohl schon sehr oft gehabt hatte. Ich spürte eine reine, freie Luft mich umgeben. Die Ursache davon war, daß die Fenster des Zimmers in ihren oberen Teilen offen waren. Diese oberen Teile konnten nicht nach Innen geöffnet werden, wie das gewöhnlich der

Fall ist, sondern waren nur zu verschieben, und zwar so, daß einmal Glas in dem Rahmen vorgeschoben werden konnte, ein anderes Mal ein zarter Flor von weiß-grauer Seide. Da ich in dem Zimmer saß, war das Letztere der Fall. Die Luft konnte frei herein strömen, Fliegen und Staub waren aber ausgeschlossen.

Wenn nun gleich die reine Luft eine Mahnung des Freien gab, sah ich doch hierin nicht völlige Erklärung allein.

Ich bemerkte noch etwas anderes. In dem Zimmer, in welchem ich mich befand, hörte man nicht den geringsten Laut eines bewohnten Hauses, den man doch sonst, es mag im Hause noch so ruhig sein, mehr oder weniger in Zwischenräumen vernimmt. Diese Art Abwesenheit häuslichen Geräusches verbarg allerdings die Nachbarschaft bewohnter Räume, konnte aber eben so wenig als die freie Luft die Waldempfindung geben.

Endlich glaubte ich auf den Grund gekommen zu sein. Ich hörte nehmlich fast ununterbrochen, bald näher, bald ferner, bald leiser, bald lauter vermischten Vogelgesang. Ich richtete meine Aufmerksamkeit auf diese Wahrnehmung und erkannte bald, daß der Gesang nicht bloß von Vögeln herrühre, die in der Nähe menschlicher Wohnungen hausen, sondern auch von solchen, deren Stimme und Zwitschern mir nur aus den Wäldern und abgelegenen Bebuschungen bekannt war. Dieses wenig auffallende, mir aus meinem Gebirgsaufenthalte bekannte und von mir in der Tat nicht gleich beachtete Getön mochte wohl die Hauptursache meiner Täuschung gewesen sein, obwohl die Stille des Raumes und die reine Luft auch mitgewirkt haben konnten. Da ich nun genauer auf dieses gelegentliche Vogelzwitschern achtete, fand ich wirklich, daß Töne sehr einsamer und immer in tiefen Wäldern wohnender Vögel vorkamen. Es nahm sich dies wunderlich in einem bewohnten und wohleingerichteten Zimmer aus.

Da ich aber nun den Grund meiner Empfindung aufgefunden hatte oder aufgefunden zu haben glaubte, war auch ein großer Teil ihrer Dunkelheit und mithin Annehmlichkeit verschwunden.

Wie ich nun so fortwährend auf den Vogelgesang merkte, fiel mir sogleich auch etwas anderes ein. Wenn ein Gewitter im Anzuge ist und schwüle Lüfte in dem Himmelsraume stocken, schweigen gewöhnlich die Waldvögel. Ich erinnerte mich, daß ich in solchen Augenblicken oft in den schönsten, dichtesten, entlegensten Wäldern nicht den geringsten Laut gehört habe, etwa ein einmaliges oder zweimaliges Hämmern des Spechtes ausgenommen oder den kurzen Schrei jenes Geiers, den die Landleute Gießvogel nennen. Aber selbst er schweigt, wenn das Gewitter in unmittelbarer Annäherung ist. Nur bei den Menschen wohnende Vögel, die das Gewitter fürchten wie er, oder solche, die im weiten Freien hausen und vielleicht dessen majestätische Annäherung bewundern, zeigen sein Bevorstehen an. So habe ich Schwalben vor den dicken Wolken eines heraufsteigenden Gewitters mit ihrem weißen Bauchgefieder kreuzen gesehen und selbst schreien gehört, und so habe ich Lerchen singend gegen die dunkeln Gewitterwolken aufsteigen gesehen. Das Singen der Waldvögel erschien mir nun als ein schlimmes Zeichen für meine Voraussagung eines Gewitters. Auch fiel mir auf, daß sich noch immer keine Merkmale des Ausbruches zeigten, welchen ich nicht für so ferne gehalten hatte, als ich die Landstraße verließ. Die Sonne schien noch immer auf das Haus, und ihre glänzenden Lichttafeln lagen noch immer auf dem schönen Fußboden des Zimmers.

Mein Beherberger schien es darauf angelegt zu haben, mich lange allein zu lassen, wahrscheinlich, um mir Raum zur Ruhe und Bequemlichkeit zu geben; denn er kam nicht so bald zurück, als ich nach seiner Äußerung erwartet hatte.
Als ich eine geraume Weile gesessen war und das Sitzen anfing, mir nicht mehr jene Annehmlichkeit zu gewähren wie Anfangs, stand ich auf und ging auf den Fußspitzen, um den Boden zu schonen, zu dem Büchergestelle, um die Bücher anzusehen. Es waren aber bloß beinahe lauter Dichter. Ich fand Bände von Herder, Lessing, Goethe, Schiller, Übersetzungen Shakespeares von Schlegel und Tieck, einen griechischen Odysseus, dann aber auch etwas aus Ritters Erdbeschreibung, aus Johannes Müllers Geschichte der Menschheit und aus Alexander und Wilhelm Humboldt. Ich tat die Dichter bei Seite und nahm Alexander Humboldts Reise in die Äquinoctialländer, die ich zwar schon kannte, in der ich aber immer gerne las. Ich begab mich mit meinem Buche wieder zu meinem Sitze zurück.
Als ich nicht gar kurze Zeit gelesen hatte, trat mein Beherberger herein.
Ich hatte, weil er so lange abwesend war, gedacht, er werde sich etwa auch umgekleidet haben, weil er doch nun einmal einen Gast habe und weil sein Anzug so gar unbedeutend war. Aber er kam in den nehmlichen Kleidern zurück, in welchen er vor mir an dem Gittertore gestanden war.
Er entschuldigte sein Außenbleiben nicht, sondern sagte, ich möchte, wenn ich ausgeruht hätte und es mir genehm wäre, zu speisen, ihm in das Speisezimmer folgen, es würde dort für mich aufgetragen werden.
Ich sagte, ausgeruht hätte ich schon, aber ich sei nur gekommen, um Unterstand zu bitten, nicht aber auch in anderer Weise, besonders in Hinsicht von Speise und Trank, lästig zu fallen.
„Ihr fallt nicht lästig", antwortete der Mann, „ihr müßt etwas zu essen bekommen, besonders da ihr so lange da bleiben müßt, bis sich die Sache wegen des Gewitters entschieden hat. Da schon Mittag vorüber ist, wir aber genau mit der Mittagstunde des Tages zu Mittag essen und von da bis zu dem Abendessen nichts mehr aufgetragen wird, so muß für euch, wenn ihr nicht bis Abends warten sollet, besonders aufgetragen werden. Solltet ihr aber schon zu Mittag gegessen haben und bis Abends warten wollen, so fordert es doch die Ehre des Hauses, daß euch etwas geboten werde, ihr möget es dann annehmen oder nicht. Folgt mir daher in das Speisezimmer."
Ich legte das Buch neben mich auf den Sitz und schickte mich an, zu gehen.
Er aber nahm das Buch und legte es auf seinen Platz in dem Büchergestelle.

„Verzeiht", sagte er, „es ist bei uns Sitte, daß die Bücher, die auf dem Gestelle sind, damit jemand, der in dem Zimmer wartet oder sich sonst aufhält, bei Gelegenheit und nach Wohlgefallen etwas lesen kann, nach dem Gebrauche wieder auf das Gestelle gelegt werden, damit das Zimmer die ihm zugehörige Gestalt behalte."

Hierauf öffnete er die Tür und lud mich ein, in das mir bekannte Speisezimmer voraus zu gehen.

Als wir in demselben angelangt waren, sah ich, daß in ausgezeichnet schönen weißen Linnen gedeckt sei, und zwar nur ein Gedecke, daß sich eingemachte Früchte, Wein, Wasser und Brot auf dem Tische befanden und in einem Gefäße verkleinertes Eis war, es in den Wein zu tun. Mein Ränzlein und meinen Schwarzdornstock sah ich nicht mehr, mein Hut aber lag noch auf seinem Platze.

Mein Begleiter tat aus einer der Taschen seines Kleides ein, wie ich vermutete, silbernes Glöcklein hervor und läutete. Sofort erschien eine Magd und brachte ein gebratenes Huhn und schönen rot gesprenkelten Kopfsalat.

Mein Gastherr lud mich ein, mich zu setzen und zu essen.

Da es so freundlich geboten war, nahm ich es an. Obwohl ich wirklich schon einmal gegessen hatte, so war das vor dem Mittag gewesen, und ich war durch das Wandern wieder hungrig geworden. Ich genoß daher von dem Aufgesetzten.

Mein Beherberger setzte sich zu mir, leistete mir Gesellschaft, aß und trank aber nichts. Da ich fertig war und die Eßgeräte hingelegt hatte, bot er mir an, wenn ich nicht zu müde sei, mich in den Garten zu führen.

Ich nahm es an.

Er läutete wieder mit dem Glöcklein, um den Befehl zu geben, daß man abräume, und führte mich nun nicht durch den Gang, durch welchen wir herein gekommen waren, sondern durch einen mit gewöhnlichen Steinen gepflasterten in den Garten. Er hatte jetzt ein kleines Häubchen von durchbrochener Arbeit auf seinen weißen Haaren, wie man sie gerne Kindern aufsetzt, um ihre Locken gleichsam wie in einem Netze einzufangen.

Als wir in das Freie kamen, sah ich, daß, während ich aß, die Sonne auf das Haus zu scheinen aufgehört hatte, sie war von der Gewitterwand überholt worden. Auf dem Garten sowie auf der Gegend lag der warme, trockene Schatten, wie er bei solchen Gelegenheiten immer erscheint. Aber die Gewitterwand hatte sich während meines Aufenthaltes in dem Hause wenig verändert und gab nicht die Aussicht auf baldigen Ausbruch des Regens.

Ein Umblick überzeugte mich sogleich, daß der Garten hinter dem Hause sehr groß sei. Es war aber kein Garten, wie man sie gerne hinter und neben den Landhäusern der Städter anlegt, nehmlich, daß man unfruchtbare oder höchstens Zierfrüchte tragende Gebüsche und Bäume pflegt und zwischen ihnen Rasen und Sandwege oder einige Blumenhügel oder Blumenkreise herrichtet, sondern es war ein Garten, der mich an den meiner Eltern bei dem Vorstadthause erinnerte. Es war da eine weitläufige Anlage von Obstbäumen, die aber hinlänglich Raum ließen, daß fruchtbare oder auch nur zum Blühen bestimmte Gesträuche dazwischen stehen konnten und daß Gemüse und Blumen vollständig zu gedeihen vermochten. Die Blumen standen teils in eigenen Beeten, teils liefen sie als Einfriedigung hin, teils befanden sie sich auf eigenen Plätzen, wo sie sich schön darstellten. Mich empfingen von jeher solche Gärten mit dem Gefühle der Häuslichkeit und Nützlichkeit, während die anderen einerseits mit keiner Frucht auf das Haus denken und andererseits wahrhaftig auch kein Wald sind. Was zur Rosenzeit blühen konnte, blühte und duftete, und weil eben die schweren Wolken am Himmel standen, so war aller Duft viel eindringender und stärker. Dies deutete doch wieder auf ein Gewitter hin.

Nahe bei dem Hause befand sich ein Gewächshaus. Es zeigte uns aber gegen den Weg, auf dem wir gingen, nicht seine Länge, sondern seine Breite hin. Auch diese Breite, welche teilweise Gebüsche deckten, war mit Rosen bekleidet und sah aus wie ein Rosenhäuschen im Kleinen.

Wir gingen einen geräumigen Gang, der mitten durch den Garten lief, entlang. Er war Anfangs eben, zog sich aber dann sachte aufwärts.

Auch im Garten waren die Rosen beinahe herrschend. Entweder stand hie und da auf einem geeigneten Platze ein einzelnes Bäumchen oder es waren Hecken nach gewissen Richtungen angelegt, oder es zeigten sich Abteilungen, wo sie gute Verhältnisse zum Gedeihen fanden und sich dem Auge angenehm darstellen konnten. Eine Gruppe von sehr dunkeln, fast violetten Rosen war mit einem eigenen zierlichen Gitter umgeben, um sie auszuzeichnen oder zu schützen. Alle Blumen waren wie die vor dem Hause besonders rein und klar entwickelt, sogar die verblühenden erschienen in ihren Blättern noch kraftvoll und gesund.

Ich machte in Hinsicht des letzten Umstandes eine Bemerkung.

„Habt ihr denn nie eine jener alten Frauen gesehen", sagte mein Begleiter, „die in ihrer Jugend sehr schön gewesen waren und sich lange kräftig erhalten haben? Sie gleichen diesen Rosen. Wenn sie selbst schon unzählige kleine Falten in ihrem Angesichte haben, so ist doch noch zwischen den Falten die Anmut herrschend und eine sehr schöne, liebe Farbe."

Ich antwortete, daß ich das noch nie beobachtet hätte, und wir gingen weiter.

Es waren außer den Rosen noch andere Blumen im Garten. Ganze Beete von Aurikeln standen an schattigen Orten. Sie waren wohl längst verblüht, aber ihre starken grünen Blätter zeigten, daß sie in guter Pflege waren. Hie und da stand eine Lilie an einer einsamen Stelle, und voll entwickelte Nelken prangten in Töpfen auf einem eigenen Schragen, an dem Vorrichtungen angebracht waren, die Blumen vor Sonne zu bewahren. Sie waren noch nicht aufgeblüht, aber die Knospen waren weit vorgerückt und ließen treffliche Blumen ahnen. Es mochten nur die auserwählten auf dem Schragen stehen; denn ich sah die Schule dieser Pflanzen, als wir etwas weiter kamen, in langen, weithingehenden Beeten angelegt. Sonst waren die gewöhnlichen Gartenblumen da, teils in Beeten, teils auf kleinen, abgesonderten Plätzen, teils als Einfassungen. Besonders schien sich auch die Levkoje einer Vorliebe zu erfreuen, denn sie stand in großer Anzahl und Schönheit sowie in vielen Arten da. Ihr Duft ging wohltuend durch die Lüfte. Selbst in Töpfen sah ich diese Blume gepflegt und an zuträgliche Orte gestellt. Was an Zwiebelgewächsen, Hyazinthen, Tulpen und dergleichen vorhanden gewesen sein mochte, konnte ich nicht ermessen, da die Zeit dieser Blumen längst vorüber war.

Auch die Zeit der Blütengesträuche war vorüber, und sie standen nur mit ihren grünen Blättern am Wege oder an ihren Stellen.

Die Gemüse nahmen die weiten und größeren Räume ein. Zwischen ihnen und an ihren Seiten liefen Anpflanzungen von Erdbeeren. Sie schienen besonders gehegt, waren häufig aufgebunden und hatten Blechtäfelchen zwischen sich, auf denen die Namen standen.

Die Obstbäume waren durch den ganzen Garten verteilt, wir gingen an vielen vorüber. Auch an ihnen, besonders aber an den zahlreichen Zwergbäumen, sah ich weiße Täfelchen mit Namen.

An manchen Bäumen erblickte ich kleine Kästchen von Holz, bald an dem Stamme, bald in den Zweigen. In unserem Oberlande gibt man den Staren gerne solche Behälter, damit sie Ihr Nest in dieselben bauen. Die hier befindlichen Behältnisse waren aber anderer Art. Ich wollte fragen, aber in der Folge des Gespräches vergaß ich wieder darauf.

Da wir in dem Garten so fortgingen, hörte ich besonders aus seinem bebuschten Teile wieder die Vogelstimmen, die ich in dem Wartezimmer gehört hatte, nur hier deutlicher und heller.

Auch ein anderer Umstand fiel mir auf, da wir schon einen großen Teil des Gartens durchwandert hatten; ich bemerkte nehmlich gar keinen Raupenfraß. Während meines Ganges durch das Land hatte ich ihn aber doch gesehen, obwohl er mir, da er nicht außerordentlich war und keinen Obstmißwachs befürchten ließ, nicht besonders aufgefallen war. Bei der Frische der Belaubung dieses Gartens fiel er mir wieder ein. Ich sah das Laub deshalb näher an und glaubte zu bemerken, daß es auch vollkommener sei als anderwärts, das grüne Blatt war größer und dunkler, es war immer ganz, und die grünen Kirschen und die kleinen Äpfelchen und Birnchen sahen recht gesund daraus hervor. Ich betrachtete, durch diese Tatsache aufmerksam gemacht, nun auch den Kohl genauer, der nicht weit von unserm Wege stand. An ihm zeigte keine kahle Rippe, daß die Raupe des Weißlings genagt habe. Die Blätter waren ganz und schön. Ich nahm mir vor, diese Beobachtung gegen meinen Begleiter gelegentlich zur Sprache zu bringen.

Wir waren mittlerweile bis an das Ende der Pflanzungen gelangt, und es begann Rasengrund, der steiler anstieg, Anfangs mit Bäumen besetzt war, weiter oben aber kahl fortlief.

Wir stiegen auf ihm empor.

Da wir auf eine ziemliche Höhe gelangt waren und Bäume die Aussicht nicht mehr hinderten, blieb ich ein wenig stehen, um den Himmel zu betrachten. Mein Begleiter hielt ebenfalls an. Das Gewitter stand nicht mehr gegen Sonnenuntergang allein, sondern jetzt überall. Wir hörten auch entfernten Donner, der sich öfter wiederholte. Wir hörten ihn bald gegen Sonnenuntergang, bald gegen Mittag, bald an Orten, die wir nicht angeben konnten. Mein Mann mußte seiner Sache sehr sicher sein; denn ich sah, daß in dem Garten Arbeiter sehr eifrig an den mehreren Ziehbrunnen zogen, um das Wasser in die durch den Garten laufenden Rinnen zu leiten und aus diesen in die Wasserbehälter. Ich sah auch bereits Arbeiter gehen, ihre Gießkannen in den Wasserbehältern füllen und ihren Inhalt auf die Pflanzenbeete ausstreuen. Ich war sehr begierig auf den Verlauf der Dinge, sagte aber gar nichts, und mein Begleiter schwieg auch.

Wir gingen nach kurzem Stillstande auf dem Rasengrunde wieder weiter aufwärts, und zuletzt ziemlich steil.

Endlich hatten wir die höchste Stelle erreicht und mit ihr auch das Ende des Gartens. Jenseits senkte sich der Boden wieder sanft abwärts. Auf diesem Platze stand ein sehr großer Kirschbaum, der größte Baum des Gartens, vielleicht der größte Obstbaum der Gegend. Um den Stamm des Baumes lief eine Holzbank, die vier Tischchen nach den vier Weltgegenden vor sich hatte, daß man hier ausruhen, die Gegend besehen oder lesen und schreiben konnte. Man sah an dieser Stelle fast nach allen Richtungen des Himmels. Ich erinnerte mich nun ganz genau, daß ich diesen Baum wohl früher bei meinen Wanderungen von der Straße oder von anderen Stellen aus gesehen hatte. Er war wie ein dunkler, ausgezeichneter Punkt erschienen, der die höchste Stelle der Gegend krönte. Man mußte an heiteren Tagen von hier aus die ganze Gebirgskette im Süden sehen, jetzt aber war nichts davon zu erblicken; denn alles floß in eine einzige Gewittermasse zusammen. Gegen Mitternacht erschien ein freundlicher Höhenzug, hinter welchem nach meiner Schätzung das Städtchen Landegg liegen mußte.

Wir setzten uns ein wenig auf das Bänklein. Es schien, daß man an diesem Plätzchen niemals vorüber gehen konnte, ohne sich zu setzen und eine kleine Umschau zu halten; denn das Gras war um den Baum herum abgetreten, daß der kahle Boden hervorsah, wie wenn ein Weg um den Baum ginge. Man mußte sich daher gerne an diesem Platze versammeln.

Als wir kaum ein Weilchen ausgeruht hatten, sah ich eine Gestalt aus den nicht sehr entfernten Büschen und Bäumen hervortreten und gegen uns empor gehen. Da sie etwas näher gekommen war, erkannte ich, daß es ein Gemische von Knabe und Jüngling war. Zuweilen hätte man meinen können, der Ankommende sei ganz ein Jüngling, und zuweilen, er sei noch ganz ein Knabe. Er trug ein blau- und weißgestreiftes Leinenzeug als Bekleidung, um den Hals hatte er nichts und auf dem Haupte auch nichts als eine dichte Menge brauner Locken.

Da er herzugekommen war, sagte er: „Ich sehe, daß du mit einem fremden Manne beschäftigt bist, ich werde dich also nicht stören und wieder in den Garten hinab gehen."
„Tue das", sagte mein Begleiter.
Der Knabe machte eine schnelle und leichte Verbeugung gegen mich, wendete sich um und ging in derselben Richtung wieder zurück, in der er gekommen war.
Wir blieben noch sitzen.
Am Himmel änderte sich indessen wenig. Dieselbe Wolkendecke stand da, und wir hörten denselben Donner. Nur da die Decke dunkler geworden zu sein schien, so wurde jetzt zuweilen auch ein Blitz sichtbar.
Nach einer Zeit sagte mein Begleiter: „Eure Reise hat wohl nicht einen Zweck, der durch den Aufenthalt von einigen Stunden oder von einem Tage oder von einigen Tagen gestört würde."
„Es ist so, wie ihr gesagt habt", antwortete ich, „mein Zweck ist, soweit meine Kräfte reichen, wissenschaftliche Bestrebungen zu verfolgen und nebenbei, was ich auch nicht für unwichtig halte, das Leben in der freien Natur zu genießen."
„Dieses Letzte ist in der Tat auch nicht unwichtig", versetzte mein Nachbar, „und da ihr euren Reisezweck bezeichnet habt, so werdet ihr gewiß einwilligen, wenn ich euch einlade, heute nicht mehr weiter zu reisen, sondern die Nacht in meinem Hause zuzubringen. Wünschet ihr dann am morgigen Tage und an mehreren darauf folgenden noch bei mir zu verweilen, so steht es nur bei euch, so zu tun."
„Ich wollte, wenn das Gewitter auch lange angedauert hätte, doch heute noch nach Rohrberg gehen", sagte ich. „Da ihr aber auf eine so freundliche Weise gegen einen unbekannten Reisenden verfahrt, so sage ich gerne zu, die heutige Nacht in eurem Hause zuzubringen und bin euch dafür dankbar. Was morgen sein wird, darüber kann ich noch nicht entscheiden, weil das Morgen noch nicht da ist."
„So haben wir also für die kommende Nacht abgeschlossen, wie ich gleich gedacht habe", sagte mein Begleiter, „ihr werdet wohl bemerkt haben, daß euer Ränzlein und euer Wanderstock nicht mehr in dem Speisezimmer waren, als ihr zum Essen dahin kamet."
„Ich habe es wirklich bemerkt", antwortete ich.
„Ich habe beides in euer Zimmer bringen lassen", sagte er, „weil ich schon vermutete, daß ihr diese Nacht in unserm Hause zubringen würdet."

Die Beherbergung

Nach einer Weile sagte mein Gastfreund: „Da ihr nun meine Nachtherberge angenommen habt, so könnten wir von diesem Baume auch ein wenig in das Freie gehen, daß ihr die Gegend besser kennen lernet. Wenn das Gewitter zum Ausbruche kommen sollte, so kennen wir wohl beide die Anzeichen genug, daß wir rechtzeitig umkehren, um ungefährdet das Haus zu erreichen."

„So kann es geschehen", sagte ich, und wir standen von dem Bänkchen auf.
Einige Schritte hinter dem Kirschbaume war der Garten durch eine starke Planke von der Umgebung getrennt. Als wir zu dieser Planke gekommen waren, zog mein Begleiter einen Schlüssel aus der Tasche, öffnete ein Pförtchen, wir traten hinaus und er schloß hinter uns das Pförtchen wieder zu.
Hinter dem Garten fingen Felder an, auf denen die verschiedensten Getreide standen. Die Getreide, welche sonst wohl bei dem geringsten Luftzuge zu wanken beginnen mochten, standen ganz stille und pfeilrecht empor, das feine Haar der Ähren, über welches unsere Augen streiften, war gleichsam in einem unbeweglichen goldgrünen Schimmer.
Zwischen dem Getreide lief ein Fußpfad durch. Derselbe war breit und ziemlich ausgetreten. Er ging den Hügel entlang, nicht steigend und nicht sinkend, so daß er immer auf dem höchsten Teile der Anhöhe blieb. Auf diesem Pfade gingen wir dahin.
Zu beiden Seiten des Weges stand glühroter Mohn in dem Getreide, und auch er regte die leichten Blätter nicht.
Es war überall ein Zirpen der Grillen; aber dieses war gleichsam eine andere Stille und erhöhte die Erwartung, die aller Orten war. Durch die über den ganzen Himmel liegende Wolkendecke ging zuweilen ein tiefes Donnern, und ein blasser Blitz lüftete zeitweilig ihr Dunkel.
Mein Begleiter ging ruhig neben mir und strich manchmal sachte mit der Hand an den grünen Ähren des Getreides hin. Er hatte sein Netz von den weißen Haaren abgenommen, hatte es in die Tasche gesteckt und trug sein Haupt unbedeckt in der milden Luft.
Unser Weg führte uns zu einer Stelle, auf welcher kein Getreide stand. Es war ein ziemlich großer Platz, der nur mit sehr kurzem Grase bedeckt war. Auf diesem Platze befand sich wieder eine hölzerne Bank und eine mittelgroße Esche.
„Ich habe diesen Fleck freigelassen, wie ich ihn von meinen Vorfahren überkommen hatte", sagte mein Begleiter, „obwohl er, wenn man ihn urbar machte und den Baum ausgrübe, in einer Reihe von Jahren eine nicht unbedeutende Menge von Getreide gäbe. Die Arbeiter halten hier ihre Mittagsruhe und verzehren hier ihr Mittagsmahl, wenn es ihnen auf das Feld nachgebracht wird. Ich habe die Bank machen lassen, weil ich auch gerne da sitze, wäre es auch nur, um den Schnittern zuzuschauen und die Feierlichkeit der Feldarbeiten zu betrachten. Alte Gewohnheiten haben etwas Beruhigendes, sei es auch nur das des Bestehenden und immer Gesehenen. Hier dürfte es aber mehr sein, weshalb die Stelle unbebaut blieb und der Baum auf derselben steht. Der Schatten dieser Esche ist wohl ein sparsamer, aber da er der einzige dieser Gegend ist, wird er gesucht, und die Leute, obwohl sie roh sind, achten gewiß auch auf die Aussicht, die man hier genießt. Setzt euch nur zu mir nieder und betrachtet das Wenige, was uns heute der verschleierte Himmel gönnt."

Wir setzten uns auf die Bank unter der Esche, so daß wir gegen Mittag schauten. Ich sah den Garten wie einen grünen Schoß schräg unter mir liegen.

An seinem Ende sah ich die weiße mitternächtliche Mauer des Hauses und über der weißen Mauer das freundliche rote Dach. Von dem Gewächshause war nur das Dach und der Schornstein ersichtlich.

Weiter hin gegen Mittag war das Land und das Gebirge kaum zu erkennen wegen des blauen Wolkenschattens und des blauen Wolkenduftes. Gegen Morgen stand der weiße Turm von Rohrberg und gegen Abend war Getreide an Getreide, zuerst auf unserm Hügel, dann jenseits desselben auf dem nächsten Hügel und so fort, so weit die Hügel sichtbar waren. Dazwischen zeigten sich weiße Meierhöfe und andere einzelne Häuser oder Gruppen von Häusern. Nach der Sitte des Landes gingen Zeilen von Obstbäumen zwischen den Getreidefeldern dahin, und in der Nähe von Häusern oder Dörfern standen diese Bäume dichter, gleichsam wie in Wäldchen, beisammen. Ich fragte meinen Nachbar teils nach den Häusern, teils nach den Besitzern der Felder.

„Die Felder von dem Kirschbaume gegen Sonnenuntergang hin bis zu der ersten Zeile von Obstbäumen sind unser", sagte mein Begleiter. „Die wir von dem Kirschbaum bis hieher durchwandert haben, gehören auch uns. Sie gehen noch bis zu jenen langen Gebäuden, die ihr da unten seht, welche unsere Wirtschaftsgebäude sind. Gegen Mitternacht erstrecken sie sich, wenn ihr umsehen wollt, bis zu jenen Wiesen mit den Erlenbüschen. Die Wiesen gehören auch uns und machen dort die Grenze unserer Besitzungen. Im Mittag gehören die Felder uns bis zur Einfriedigung von Weißdorn, wo ihr die Straße verlassen habt. Ihr könnt also sehen, daß ein nicht ganz geringer Teil dieses Hügels von unserm Eigentume bedeckt ist. Wir sind von diesem Eigentume umringt wie von einem Freunde, der nie wankt und nicht die Treue bricht."

Mir fiel bei diesen Worten auf, daß er vom Eigentume immer die Ausdrücke uns und unser gebrauchte. Ich dachte, er werde etwa eine Gattin oder auch Kinder einbeziehen. Mir fiel der Knabe ein, den ich im Heraufgehen gesehen hatte, vielleicht ist dieser ein Sohn von ihm.

„Der Rest des Hügels ist an drei Meierhöfe verteilt", schloß er seine Rede, „welche unsere nächsten Nachbarn sind. Von den Niederungen an, die um den Hügel liegen, und jenseits welcher das Land wieder aufsteigt, beginnen unsere entfernteren Nachbarn."

„Es ist ein gesegnetes, ein von Gott beglücktes Land", sagte ich.

„Ihr habt recht gesprochen", erwiderte er, „Land und Halm ist eine Wohltat Gottes. Es ist unglaublich, und der Mensch bedenkt es kaum, welch ein unermeßlicher Wert in diesen Gräsern ist. Laßt sie einmal von unserem Erdteile verschwinden, und wir verschmachten bei allem unserem sonstigen Reichtume vor Hunger. Wer weiß, ob die heißen Länder nicht so dünn bevölkert sind und das Wissen und die Kunst nicht so tragen wie die kälteren, weil sie kein Getreide haben. Wie viel selbst dieser kleine Hügel gibt, würdet ihr kaum glauben. Ich habe mir einmal die Mühe genommen, die Fläche dieses Hügels, soweit sie Getreideland ist, zu messen, um auf der Grundlage der

Erträgnisse unserer Felder und der Erträgnisfähigkeit der Felder der Nachbarn, die ich untersuchte, eine Wahrscheinlichkeitsrechnung zu machen, welche Getreidemenge im Durchschnitte jedes Jahr auf diesem Hügel wächst.
Ihr würdet die Zahlen nicht glauben, und auch ich habe sie mir vorher nicht so groß vorgestellt. Wenn es euch genehm ist, werde ich euch die Arbeit in unserem Hause zeigen. Ich dachte mir damals, das Getreide gehöre auch zu jenen unscheinbaren, nachhaltigen Dingen dieses Lebens wie die Luft. Wir reden von dem Getreide und von der Luft nicht weiter, weil von beiden so viel vorhanden ist und uns beide überall umgeben. Die ruhige Verbrauchung und Erzeugung zieht eine unermeßliche Kette durch die Menschheit in den Jahrhunderten und Jahrtausenden. Überall, wo Völker mit bestimmten geschichtlichen Zeichnungen auftreten und vernünftige Staatseinrichtungen haben, finden wir sie schon zugleich mit dem Getreide, und wo der Hirte in lockeren Gesellschaftsbanden, aber vereint mit seiner Herde lebt, da sind es zwar nicht die Getreide, die ihn nähren, aber doch ihre geringeren Verwandten, die Gräser, die sein ebenfalls geringeres Dasein erhalten. – Aber verzeiht, daß ich da so von Gräsern und Getreiden rede, es ist natürlich, da ich da mitten unter ihnen wohne und auf ihren Segen erst in meinem Alter mehr achten lernte."
„Ich habe nichts zu verzeihen", erwiderte ich; „denn ich teile eure Ansicht über das Getreide vollkommen, wenn ich auch ein Kind der großen Stadt bin. Ich habe diese Gewächse viel beachtet, habe darüber gelesen, freilich mehr von dem Standpunkte der Pflanzenkunde, und habe, seit ich einen großen Teil des Jahres in der freien Natur zubringe, ihre Wichtigkeit immer mehr und mehr einsehen gelernt."
„Ihr würdet es erst recht", sagte er, „wenn ihr Besitztümer hättet oder auf euren Besitztümern euch mit der Pflege dieser Pflanzen besonders abgäbet."
„Meine Eltern sind in der Stadt", antwortete ich, „mein Vater treibt die Kaufmannschaft, und außer einem Garten besitzt weder er noch ich einen liegenden Grund."
„Das ist von großer Bedeutung", erwiderte er, „den Wert dieser Pflanzen kann keiner vollständig ermessen, als der sie pflegt."

Wir schwiegen nun eine Weile.
Ich sah an seinen Wirtschaftsgebäuden Leute beschäftigt. Einige gingen an den Toren ab und zu, in häuslichen Arbeiten begriffen, andere mähten in einer nahen Wiese Gras und ein Teil war bedacht, das im Laufe des Tages getrocknete Heu in hochbeladenen Wägen durch die Tore einzuführen. Ich konnte wegen der großen Entfernung das Einzelne der Arbeiten nicht unterscheiden, so wie ich die eigentliche Bauart und die nähere Einrichtung der Gebäude nicht wahrnehmen konnte.
„Was ihr von den Häusern und den Besitzern der Felder gesagt habt, daß ich sie euch nennen soll", fuhr er nach einer Weile fort, „so hat dies seine Schwierigkeit, besonders heute. Man kann zwar von diesem Platze aus die größte Zahl der Nachbarn erblicken; aber heute, wo der Himmel umschleiert ist, sehen wir nicht nur das Gebirge nicht,

sondern es entgeht uns auch mancher weiße Punkt des untern Landes, der Wohnungen bezeichnet, von denen ich sprechen möchte. Anderen Teils sind euch die Leute unbekannt. Ihr solltet eigentlich in der Gegend herumgewandert sein, in ihr gelebt haben, daß sie zu eurem Geiste spräche und ihr die Bewohner verstündet. Vielleicht kommt ihr wieder und bleibt länger bei uns, vielleicht verlängert ihr euren jetzigen Aufenthalt. Indessen will ich euch im Allgemeinen etwas sagen und von Besonderem hinzufügen, was euch ansprechen dürfte. Ich besuche auch meiner Nachbarn willen gerne diesen Platz; denn außerdem, daß hier auf der Höhe selbst an den schönsten Tagen immer ein kühler Luftzug geht, außerdem daß ich hier unter meinen Arbeitern bin, sehe ich von hier aus alle, die mich umgeben, es fällt mir manches von ihnen ein, und ich ermesse, wie ich ihnen nützen kann oder wie überhaupt das Allgemeine gefördert werden möge. Sie sind im Ganzen ungebildete, aber nicht ungelehrige Leute, wenn man sie nach ihrer Art nimmt und nicht vorschnell in eine andere zwingen will. Sie sind dann meist auch gutartig. Ich habe von ihnen manches für mein Inneres gewonnen und ihnen manchen äußeren Vorteil verschafft. Sie ahmen nach, wenn sie etwas durch längere Erfahrung billigen. Man muß nur nicht ermüden. Oft haben sie mich zuerst verlacht und endlich dann doch nachgeahmt. In Vielem verlachen sie mich noch, und ich ertrage es. Der Weg da durch meine Felder ist ein kürzerer, und da geht Mancher vorbei, wenn ich auf der Bank sitze, er bleibt stehen, er redet mit mir, ich erteile ihm Rat, und ich lerne aus seinen Worten. Meine Felder sind bereits ertragfähiger gemacht worden als die ihrigen, das sehen sie, und das ist bei ihnen der haltbarste Grund zu mancher Betrachtung. Nur die Wiese, welche sich hinter unserem Rücken befindet, tiefer als die Felder liegt und von einem kleinen Bache bewässert wird, habe ich nicht so verbessern können, wie ich wollte; sie ist noch durch die Erlengesträuche und durch die Erlenstöcke verunstaltet, die sich am Saume des Bächleins befinden und selbst hie und da Sumpfstellen veranlassen; aber ich kann die Sache im Wesentlichen nicht abändern, weil ich die Erlengesträuche und Erlenstöcke zu anderen Dingen notwendig brauche."
Um meine Frage nach dem Einzelnen seiner Nachbarn zu unterbrechen, die er, wie ich jetzt einsah, nicht beantworten konnte, wenigstens nicht, wie sie gestellt war, fragte ich ihn, ob denn zu seinem Anwesen nicht auch Waldgrund gehöre.
„Allerdings", antwortete er, „aber derselbe liegt nicht so nahe, als es der Bequemlichkeit wegen wünschenswert wäre; aber er liegt auch entfernt genug, daß die Schönheit und Anmut dieses Getreidehügels nicht gestört wird. Wenn ihr auf dem Wege nach Rohrberg fortgegangen wäret, statt zu unserem Hause heraufzusteigen, so würdet ihr nach einer halben Stunde Wanderns zu eurer Rechten dicht an der Straße die Ecke eines Buchenwaldes gefunden haben, um welche die Straße herum geht. Diese Ecke erhebt sich rasch, erweitert sich nach rückwärts, wohin man von der Straße nicht sehen kann, und gehört einem Walde an, der weit in das Land hinein geht. Man kann von hier aus ein großes Stück sehen. Dort links von dem Felde, auf welchem die junge Gerste steht."

„Ich kenne den Wald recht gut", sagte ich, „er schlingt sich um eine Höhe und berührt die Straße nur mit einem Stücke; aber wenn man ihn betritt, lernt man seine Größe kennen. Es ist der Alizwald. Er hat mächtige Buchen und Ahorne, die sich unter die Tannen mischen. Die Aliz geht von ihm in die Agger. An der Aliz stehen beiderseits hohe Felsen mit seltenen Kräutern, und von ihnen geht gegen Mittag ein Streifen Landes mit den allerstärksten Buchen talwärts."

„Ihr kennt den Wald", sagte er.

„Ja", erwiderte ich, „ich bin schon in ihm gewesen. Ich habe dort die größte Doppelbuche gezeichnet, die ich je gesehen, ich habe Pflanzen und Steine gesammelt und die Felsenlagen betrachtet."

„Jener Waldstreifen, der mit den starken Buchen bestanden ist, und noch mehreres Land jenes Waldes gehört zu diesem Anwesen", sagte mein Beherberger. „Es ist weiter von da gegen Mittag auch ein Bergbühel unser, auf dem stellenweise die Birke sehr verkrüppelt vorkommt, welche zum Brennen wenig taugt, aber Holz zu feinen Arbeiten gibt."

„Ich kenne den Bühel auch", sagte ich, „dort geht der Granit zu Ende, aus dem der ganze mitternächtliche Teil unseres Landes besteht, und es beginnt gegen Mittag zu nach und nach der Kalk, der endlich in den höchsten Gebirgen die Landesgrenze an der Mittagsseite macht."

„Ja, der Bühel ist der südlichste Granitblock", sagte mein Begleiter, „er übersetzt sogar die Wässer. Wir können hier trotz des Duftes der Wolken hie und da die Grenze sehen, in der sich der Granit abschneidet."

„Dort ist die Klamspitze", sagte er, „die noch Granit hat, rechts der Gaisbühl, dann die Asser, der Losen und zuletzt die Grumhaut, die noch zu sehen ist."

Ich stimmte in allem bei.

Der Abend kam indessen immer näher und näher, und der Nachmittag war bedeutend vorgerückt.

Das Gewitter an dem Himmel war mir aber endlich besonders merkwürdig geworden. Ich hatte den Ausbruch desselben, als ich den Hügel zu dem weißen Hause empor stieg, um eine Unterkunft zu suchen, in kurzer Zeit erwartet; und nun waren Stunden vergangen und es war noch immer nicht ausgebrochen. Über den ganzen Himmel stand es unbeweglich. Die Wolkendecke war an manchen Stellen fast finster geworden und Blitze zuckten aus diesen Stellen bald höher, bald tiefer hervor. Der Donner folgte in ruhigem, schwerem Rollen auf diese Blitze; aber in der Wolkendecke zeigte sich kein Zusammensammeln zu einem einzigen Gewitterballen, und es war kein Anschicken zu einem Regen.

Ich sagte endlich zu meinem Nachbar, indem ich auf die Männer zeigte, welche weiter unten in der Niederung, in welcher die Wirtschaftsgebäude lagen, Gras machten: „Diese scheinen auch auf kein Gewitter und auf kein gewöhnliches Nachregnen für den morgigen Tag zu rechnen, weil sie jetzt Gras mähen, das ihnen in der Nacht ein tüchtiger Regen durchnässen oder morgen eine kräftige Sonne zu Heu trocknen kann."

„Diese wissen gar nichts von dem Wetter", sagte mein Begleiter, „und sie mähen das Gras nur, weil ich es so angeordnet habe."

Das waren die einzigen Worte, die er über das Wetter gesprochen hatte. Ich veranlaßte ihn auch nicht zu mehreren.

Wir gingen von diesem Feldersitze, auf dem wir nun schon eine Weile gesessen waren, nicht mehr weiter von dem Hause weg, sondern, nachdem wir uns erhoben hatten, schlug mein Begleiter wieder den Rückweg ein.

Wir gingen auf demselben Wege zurück, auf dem wir gekommen waren.

Die Donner erschallten nun sogar lauter und verkündeten sich bald an dieser Stelle des Himmels, bald an jener.

Als wir wieder in den Garten eingetreten waren, als mein Begleiter das Pförtchen hinter sich geschlossen hatte, und als wir von dem großen Kirschbaume bereits abwärts gingen, sagte er zu mir: „Erlaubt, daß ich nach dem Knaben rufe und ihm etwas befehle."

Ich stimmte sogleich zu, und er rief gegen eine Stelle des Gebüsches: „Gustav!"

Der Knabe, den ich im Heraufgehen gesehen hatte, kam fast an der nehmlichen Stelle des Gartens zum Vorscheine, an welcher er früher herausgetreten war. Da er jetzt länger vor uns stehen blieb, konnte ich ihn genauer betrachten. Sein Angesicht erschien mir sehr rosig und schön, und besonders einnehmend zeigten sich die großen schwarzen Augen unter den braunen Locken, die ich schon früher beobachtet hatte.

„Gustav", sagte mein Begleiter, „wenn du noch an deinem Tische oder sonst irgendwo in dem Garten bleiben willst, so erinnere dich an das, was ich dir über Gewitter gesagt habe. Da die Wolken über den ganzen Himmel stehen, so weiß man nicht, wann überhaupt ein Blitz auf die Erde niederfährt und an welcher Stelle er sie treffen wird. Darum verweile unter keinem höheren Baume. Sonst kannst du hier bleiben, wie du willst. Dieser Herr bleibt heute bei uns, und du wirst zur Abendspeisestunde in dem Speisezimmer eintreffen."

„Ja", sagte der Knabe, verneigte sich und ging wieder auf einem Sandwege in die Gesträuche des Gartens zurück.

„Dieser Knabe ist mein Pflegesohn", sagte mein Begleiter, „er ist gewohnt, zu dieser Tageszeit einen Spaziergang mit mir zu machen, darum kam er, da wir bei dem Kirschbaume saßen, von seinem Arbeitstische, den er im Garten hat, zu uns empor, um mich zu suchen; allein da er sah, daß ein Fremder da sei, ging er wieder an seine Stelle zurück."

Mir, der ich mich an den einfachen, folgerichtigen Ausdruck gewöhnt hatte, fiel es jetzt abermals auf, daß mein Begleiter, der, wenn er von seinen Feldern redete, fast immer den Ausdruck unser gebraucht hatte, nun, da er von seinem Pflegesohne sprach, den Ausdruck mein wählte, da er doch, wenn er etwa seine Gattin einbezog, jetzt auch das Wort unser gebrauchen sollte.

Als wir von dem Rasengrunde hinab gekommen waren und den bepflanzten Garten betreten hatten, gingen wir in ihm auf einem anderen Wege zurück als auf dem wir herauf gegangen waren.

Auf diesem Wege sah ich nun, daß der Besitzer des Gartens auch Weinreben in demselben zog, obwohl das Land der Pflege dieses Gewächses nicht ganz günstig ist. Es waren eigene dunkle Mauern aufgeführt, an denen die Reben mittelst Holzgittern empor geleitet wurden. Durch andere Mauern wurden die Winde abgehalten. Gegen Mittag allein waren die Stellen offen. So sammelte er die Hitze und gewährte Schutz. Auch Pfirsiche zog er auf dieselbe Weise, und aus den Blättern derselben schloß ich auf sehr edle Gattungen.

Wir gingen hier an großen Linden vorüber, und in ihrer Nähe erblickte ich ein Bienenhaus.

Von dem Gewächshause sah ich auf dem Rückwege wohl die Längenseite, konnte aber nichts Näheres erkennen, weil mein Begleiter den Weg zu ihm nicht einschlug. Ich wollte ihn auch nicht eigens darum ersuchen: ich vermutete, daß er mich zu seiner Familie führen würde.

Da wir an dem Hause angekommen waren, geleitete er mich bei dem gemeinschaftlichen Eingange desselben hinein, führte mich über eine gewöhnliche Sandsteintreppe in das erste Stockwerk und ging dort mit mir einen Gang entlang, in dem viele Türen waren. Eine derselben öffnete er mit einem Schlüssel, den er schon in seiner Tasche in Bereitschaft hatte, und sagte: „Das ist euer Zimmer, solange ihr in diesem Hause bleibt. Ihr könnt jetzt in dasselbe eintreten oder es verlassen, wie es euch gefällt. Nur müsset ihr um acht Uhr wieder da sein, zu welcher Stunde ihr zum Abendessen werdet geholt werden. Ich muß euch nun allein lassen. In dem Wartezimmer habt ihr heute in Humboldts Reisen gelesen, ich habe das Buch in dieses Zimmer legen lassen. Wünschet ihr für jetzt oder für den Abend noch irgend ein Buch, so nennt es, daß ich sehe, ob es in meiner Büchersammlung enthalten ist."

Ich lehnte das Anerbieten ab und sagte, daß ich mit dem Vorhandenen schon zufrieden sei, und wenn ich mich außer Humboldt mit noch andern Buchstaben beschäftigen wolle, so habe ich in meinem Ränzchen schon Vorrat, um teils etwas mit Bleifeder zu schreiben, teils früher Geschriebenes durchzulesen und zu verbessern, welche Beschäftigung ich auf meinen Wanderungen häufig Abends vornehme.

Er verabschiedete sich nach diesen Worten, und ich ging zur Tür hinein.

Ich übersah mit einem Blicke das Zimmer. Es war ein gewöhnliches Fremdenzimmer, wie man es in jedem größeren Hause auf dem Lande hat, wo man zuweilen in die Lage kömmt, Herberge erteilen zu müssen. Die Geräte waren weder neu, noch nach der damals herrschenden Art gemacht, sondern aus verschiedenen Zeiten, aber nicht unangenehm ins Auge fallend. Die Überzüge der Sessel und des Ruhebettes waren gepreßtes Leder, was man damals schon seltner mehr fand. Eine gesellige Zugabe, die man nicht häufig in solchen Zimmern findet, war eine altertümliche Pendeluhr in vollem Gange. Mein Ränzlein und mein Stock lagen, wie der Mann gesagt hatte, schon in diesem Zimmer.

Ich setzte mich nieder, nahm nach einer Weile mein Ränzlein, öffnete es und blätterte in den Papieren, die ich daraus hervor genommen hatte, und schrieb gelegentlich in denselben.

Da endlich die Dämmerung gekommen war, stand ich auf, ging gegen eines der beiden offenstehenden Fenster, lehnte mich hinaus und sah herum. Es war wieder Getreide, das ich vor mir auf dem sachte hinabgehenden Hügel erblickte. Am Morgen dieses Tages, da ich von meiner Nachtherberge aufgebrochen war, hatte ich auch Getreide rings um mich gesehen; aber dasselbe war in einem lustigen Wogen begriffen gewesen, während dieses reglos und unbewegt war wie ein Heer von lockeren Lanzen. Vor dem Hause war der Sandplatz, den ich bei meiner Ankunft schon gesehen und betreten hatte. Meine Fenster gingen also auf der Seite der Rosenwand heraus. Von dem Garten tönte noch schwaches Vogelgezwitscher herüber, und der Duft von den Tausenden der Rosen stieg wie eine Opfergabe zu mir empor.

An dem Himmel, dessen Dämmerung heute viel früher gekommen war, hatte sich eine Veränderung eingefunden. Die Wolkendecke war geteilt, die Wolken standen in einzelnen Stücken gleichsam wie Berge an dem Gewölbe herum, und einzelne reine Teile blickten zwischen ihnen heraus. Die Blitze aber waren stärker und häufiger, die Donner klangen heller und kürzer.

Als ich eine Weile bei dem Fenster hinaus gesehen hatte, hörte ich ein Pochen an meiner Tür, eine Magd trat herein und meldete, daß man mich zum Abendessen erwarte. Ich legte meine Papiere auf das Tischchen, das neben meinem Bette stand, legte den Humboldt darauf und folgte der Magd, nachdem ich die Tür hinter mir gesperrt hatte. Sie führte mich in das Speisezimmer.

Bei dem Eintritte sah ich drei Personen: den alten Mann, der mit mir den Spaziergang gemacht hatte, einen andern, ebenfalls ältlichen Mann, der durch nichts besonders auffiel als durch seine Kleidung, welche einen Priester verriet, und den Pflegesohn des Hausbesitzers in seinem blaugestreiften Linnengewande.

Der Herr des Hauses stellte mich dem Priester vor, indem er sagte: „Das ist der hochwürdige Pfarrer von Rohrberg, der ein Gewitter fürchtet und deshalb diese Nacht in unserm Hause zubringen wird", und dann auf mich weisend fügte er bei: „Das ist ein fremder Reisender, der auch heute unser Dach mit uns teilen will."

Nach diesen Worten und nach einem kurzen stummen Gebete setzten wir uns zu dem Tische an unsere angewiesenen Plätze. Das Abendessen war sehr einfach. Es bestand aus Suppe, Braten und Wein, zu welchem, wie zu dem an meinem Mittagsmahle, verkleinertes Eis gestellt wurde. Dieselbe Magd, welche mir mein Mittagessen gebracht hatte, bediente uns. Ein männlicher Diener kam nicht in das Zimmer. Der Pfarrer und mein Gastfreund sprachen öfter Dinge, die die Gegend betrafen, und ich ward gelegentlich einbezogen, wenn es sich um Allgemeineres handelte. Der Knabe sprach gar nicht.

Die Dunkelheit des Abends wurde endlich so stark, daß die Kerzen, welche früher mit der Dämmerung gekämpft hatten, nun vollkommen die Herrschaft behaupteten, und die schwarzen Fenster nur zeitweise durch die hereinleuchtenden Blitze erhellt wurden.

Da das Essen beendet war und wir uns zur Trennung anschickten, sagte der Hauswirt, daß er den Pfarrer und mich über die nähere Treppe in unser Zimmer führen würde. Wir nahmen jeder eine Wachskerze, die uns angezündet von der Magd gereicht wurde, während dessen sich der Knabe Gustav empfahl und durch die gewöhnliche Tür entfernte. Der Hauseigentümer führte uns bei der Tür hinaus, bei der ich zuerst herein gekommen war. Wir befanden uns draußen in dem schönen Marmorgange, von dem eine gleiche Marmortreppe emporführte. Wir durften die Filzschuhe nicht anziehen, weil jetzt über den Gang und die Treppe ein Tuchstreifen lag, auf dem wir gingen. In der Mitte der Treppe, wo sie einen Absatz machte, gleichsam einen erweiterten Platz oder eine Stiegenhalle, stand eine Gestalt aus weißem Marmor auf einem Gestelle. Durch ein paar Blitze, die eben jetzt fielen und das Haupt und die Schultern der Marmorgestalt noch röter beschienen, als es unsere Kerzen konnten, ersah ich, daß der Platz und die Treppe von oben herab durch eine Glasbedeckung ihre Beleuchtung empfangen mußten. Als wir an das Ende der Treppe gelangt waren, wendete sich der Hauswirt mit uns durch eine Tür links, und wir befanden uns in jenem Gange, in welchem mein Zimmer lag. Es war der Gang der Gastzimmer, wie ich nun zu erkennen vermeinte. Unser Gastfreund bezeichnete eines als das des Pfarrers und führte mich zu dem meinigen.

Als wir in dasselbe getreten waren, fragte er mich, ob ich zu meiner Bequemlichkeit noch etwas wünsche, besonders, ob mir Bücher aus seinem Bücherzimmer genehm wären.

Als ich sagte, daß ich keinen Wunsch habe und bis zum Schlafen schon Beschäftigung finden würde, antwortete er: „Ihr seid in eurem Gemache und in eurem Rechte. Schlummert denn recht wohl."

„Ich wünsche euch auch eine gute Nacht", erwiderte ich, „und sage euch Dank für die Mühe, die ihr heute mit mir gehabt habt."

„Es war keine Mühe", antwortete er, „denn sonst hätte ich sie mir ja ersparen können, wenn ich euch gar nicht zu Nacht geladen hätte."

„So ist es", antwortete ich.

„Erlaubt", sagte er, indem er ein kleines Wachskerzchen hervorzog und an meinem Lichte anzündete.

Nachdem er dieses Geschäft vollbracht hatte, verbeugte er sich, was ich erwiderte, und ging auf den Gang hinaus.

Ich schloß hinter ihm die Tür, legte meinen Rock ab und lüftete mein Halstuch, weil, obgleich es schon spät war, die ruhige Nacht noch immer eine große Hitze und Schwüle

in sich hegte. Ich ging einige Male in dem Zimmer hin und her, trat dann an ein Fenster, lehnte mich hinaus und betrachtete den Himmel. So viel die Dunkelheit und die noch immer hell leuchtenden Blitze erkennen ließen, war die Gestalt der Dinge dieselbe, wie sie am Abend vor dem Speisen gewesen war. Wolkentrümmer standen an dem Himmel und, wie die Sterne zeigten, waren zwischen ihnen reine Stellen. Zu Zeiten fuhr ein Blitz aus ihnen über den Getreidehügel und die Wipfel der unbewegten Bäume, und der Donner rollte ihm nach.
Als ich eine Weile die freie Luft genossen hatte, schloß ich mein Fenster, schloß auch das andere und begab mich zur Ruhe.
Nachdem ich noch eine Zeit lang, wie es meine Gewohnheit war, in dem Bette gelesen und mitunter sogar mit Bleifeder etwas in meine Schriften geschrieben hatte, löschte ich das Licht aus und richtete mich zum Schlafen.
Ehe der Schlummer völlig meine Sinne umfing, hörte ich noch, wie sich draußen ein Wind erhob und die Wipfel der Bäume zu starkem Rauschen bewegte. Ich hatte aber nicht mehr genug Kraft, mich zu ermannen, sondern entschlief gleich darauf völlig.
Ich schlief recht ruhig und fest.
Als ich erwachte, war mein Erstes, zu sehen, ob es geregnet habe. Ich sprang aus dem Bette und riß die Fenster auf. Die Sonne war bereits aufgegangen, der ganze Himmel war heiter, kein Lüftchen rührte sich, aus dem Garten tönte das Schmettern der Vögel, die Rosen dufteten und die Erde zu meinen Füßen war vollkommen trocken. Nur der Sand war ein wenig gegen das Grün des begrenzenden Rasens gefegt worden, und ein Mann war beschäftigt, ihn wieder zu ebnen und in ein gehöriges Gleichgewicht zu bringen.
Also hatte mein Gegner Recht gehabt, und ich war begierig, zu erfahren, aus welchen Gründen er seine Gewißheit, die er so sicher gegen mich behauptet hatte, geschöpft und wie er diese Gründe entdeckt und erforscht habe.
Um das recht bald zu erfahren und meine Abreise nicht so lange zu verzögern, beschloß ich, mich anzukleiden und meinen Gastherrn ungesäumt aufzusuchen.
Als ich mit meinem Anzuge fertig war und mich in das Speisezimmer hinab begeben hatte, fand ich dort eine Magd mit den Vorbereitungen zu dem Frühmahle beschäftigt und fragte nach dem Herrn.
„Er ist in dem Garten auf der Fütterungstenne", sagte sie.
„Und wo ist die Fütterungstenne, wie du es nennst?" sprach ich.
„Gleich hinter dem Hause und nicht weit von den Glashäusern", erwiderte sie.
Ich ging hinaus und schlug die Richtung gegen das Gewächshaus ein.
Vor demselben fand ich meinen Gastfreund auf einem Sandplatze. Es war derselbe Platz, von dem aus ich schon gestern das Gewächshaus mit seiner schmalen Seite und dem kleinen Schornsteine gesehen hatte. Diese Seite war mit Rosen bekleidet, daß das Haus wie ein zweites, kleines Rosenhäuschen hervor sah. Mein Gastfreund war in einer seltsamen Beschäftigung begriffen. Eine Unzahl Vögel befand sich vor ihm auf dem Sande. Er hatte eine Art von länglichem geflochtenem Korbdeckel in der Hand und

streuete aus demselben Futter unter die Vögel. Er schien sich daran zu ergötzen, wie sie pickten, sich überkletterten, überstürzten und kollerten, wie die gesättigten davon flogen und wieder neue herbei schwirrten. Ich erkannte es nun endlich, daß außer den gewöhnlichen Gartenvögeln auch solche da waren, die mir sonst nur von tiefen und weit abgelegenen Wäldern bekannt waren. Sie erschienen gar nicht so scheu, als ich mit allem Rechte vermuten mußte. Sie trauten ihm vollkommen. Er stand wieder barhäuptig da, so daß es mir schien, daß er diese Sitte liebe, da er auch gestern auf dem Spaziergange seine so leichte Kopfbedeckung eingesteckt hatte. Seine Gestalt war vorgebeugt und die schlichten, aber vollen weißen Haare hingen an seinen Schläfen herab. Sein Anzug war auch heute wieder sonderbar. Er hatte wie gestern eine Art Jacke an, die fast bis auf die Knie hinab reichte. Sie war weißlich, hatte jedoch über die Brust und den Rücken hinab einen rötlichbraunen Streifen, der fast einen halben Fuß breit war, als wäre die Jacke aus zwei Stoffen verfertigt worden, einem weißen und einem roten. Beide Stoffe aber zeigten ein hohes Alter; denn das Weiß war gelblichbraun und das Rot zu Purpurbraun geworden. Unter der Jacke sah eine unscheinbare Fußbekleidung hervor, die mit Schnallenschuhen endete.

Ich blieb hinter seinem Rücken in ziemlicher Entfernung stehen, um ihn nicht zu stören und die Vögel nicht zu verscheuchen.

Als er aber seinen Korb geleert hatte und seine Gäste fortgeflogen waren, trat ich näher. Er hatte sich eben umgewendet, um zurückzugehen, und da er mich erblickte, sagte er: „Seid ihr schon ausgegangen? Ich hoffe, daß ihr gut geschlafen habt."

„Ja, ich habe sehr gut geschlafen", erwiderte ich, „ich habe noch den Wind gehört, der sich gestern Abends erhoben hat, was weiter geschehen ist, weiß ich nicht; aber das weiß ich, daß heute die Erde trocken ist und daß ihr Recht gehabt habet."

„Ich glaube, daß nicht ein Tropfen auf diese Gegend vom Himmel gefallen ist", antwortete er.

„Wie das Aussehen der Erde zeigt, glaube ich es auch", erwiderte ich; „aber nun müßt ihr mir auch wenigstens zum Teile sagen: woher ihr dies so gewiß wissen konntet und wie ihr euch diese Kenntnis erworben habt; denn das müßt ihr zugestehen, daß sehr viele Zeichen gegen euch waren."

„Ich will euch etwas sagen", antwortete er, „die Darlegung der Sache, die ihr da verlangt, dürfte etwas lang werden, da ich sie euch, der sich mit Wissenschaften beschäftigt, doch nicht oberflächlich geben kann: versprecht mir, den heutigen Tag und die Nacht noch bei uns zuzubringen, da kann ich euch nicht nur dieses sagen, sondern noch vieles Andere, ihr könnt Verschiedenes anschauen, und ihr könnt mir von eurer Wissenschaft erzählen."

Dieses offen und freundlich gemachte Anerbieten konnte ich nicht ausschlagen, auch erlaubte mir meine Zeit recht gut, nicht nur einen, sondern mehrere Tage zu einer Nebenbeschäftigung zu verwenden. Ich gebrauchte daher die gewöhnliche Redeweise von Nichtlästigfallenwollen und sagte unter dieser Bedingung zu.

„Nun so geht mit mir zuerst zu einem Frühmahle, das ich mit euch teilen will", sagte er, „der Herr Pfarrer von Rohrberg hat uns schon vor Tagesanbruch verlassen, um zu rechter Zeit in seiner Kirche zu sein, und Gustav ist bereits zu seiner Arbeit gegangen."

Mit diesen Worten wendeten wir uns auf den Rückweg zu dem Hause. Als wir dort angekommen waren, gab er das, was ich Anfangs für einen Korbdeckel gehalten hatte, was aber ein eigens geflochtenes, sehr flaches und längliches Fütterungskörbchen war, einer Magd, daß sie es auf seinen Platz lege, und wir gingen in das Speisezimmer.

Während des Frühmahles sagte ich: „Ihr habt selbst davon gesprochen, daß ich hier Verschiedenes anschauen könne, wäre es denn zu unbescheiden, wenn ich bäte, von dem Hause und dessen Umgebung Manches näher besehen zu dürfen. Es ist eine der lieblichsten Lagen, in der dieses Anwesen liegt, und ich habe bereits so Vieles davon gesehen, was meine Aufmerksamkeit aufregte, daß der Wunsch natürlich ist, noch Mehreres besehen zu dürfen."

„Wenn es euch Vergnügen macht, unser Haus und einiges Zubehör zu besehen", antwortete er, „so kann das gleich nach dem Frühmahle geschehen, es wird nicht viele Zeit in Anspruch nehmen, da das Gebäude nicht so groß ist. Es wird sich dann auch das, was wir noch zu reden haben, natürlicher und verständlicher ergeben."

„Ja freilich", sagte ich, „macht es mir Vergnügen."

Wir schritten also nach dem Frühmahle zu diesem Geschäfte.

Er führte mich über die Treppe, auf welcher die weiße Marmorgestalt stand, hinauf. Heute fiel statt des roten zerstreuten Lichtes der Kerzen und der Blitze von der vergangenen Nacht das stille weiße Tageslicht auf sie herab und machte die Schultern und das Haupt in sanftem Glanze sich erhellen. Nicht nur die Treppe war in diesem Stiegenhause von Marmor, sondern auch die Bekleidung der Seitenwände. Oben schloß gewölbtes Glas, das mit feinem Drahte überspannt war, die Räume. Als wir die Treppe erstiegen hatten, öffnete mein Gastfreund eine Tür, die der gegenüber war, die zu dem Gange der Gastzimmer führte. Die Tür ging in einen großen Saal. Auf der Schwelle, an der der Tuchstreifen, welcher über die Treppe empor lag, endete, standen wieder Filzschuhe. Da wir jeder ein Paar derselben angezogen hatten, gingen wir in den Saal. Er war eine Sammlung von Marmor. Der Fußboden war aus dem farbigsten Marmor zusammengestellt, der in unseren Gebirgen zu finden ist. Die Tafeln griffen so ineinander, daß eine Fuge kaum zu erblicken war, der Marmor war sehr fein geschliffen und geglättet, und die Farben waren so zusammengestellt, daß der Fußboden wie ein liebliches Bild zu betrachten war. Überdies glänzte und schimmerte er noch in dem Lichte, das bei den Fenstern hereinströmte. Die Seitenwände waren von einfachen, sanften Farben. Ihr Sockel war mattgrün, die Haupttafeln hatten den lichtesten, fast weißen Marmor, den unsere Gebirge liefern, die Flachsäulen waren schwach rot und die Simse, womit die Wände an die Decke stießen, waren wieder aus schwach Grünlich und Weiß zusammengestellt, durch welche ein Gelb wie schöne Goldleisten lief. Die Decke war blaßgrau und nicht von Marmor, nur in der Mitte derselben zeigte sich eine

Zusammenstellung von roten Amoniten, und aus derselben ging die Metallstange nieder, welche in vier Armen die vier dunkeln, fast schwarzen Marmorlampen trug, die bestimmt waren, in der Nacht diesen Raum beleuchten zu können. In dem Saale war kein Bild, kein Stuhl, kein Geräte, nur in den drei Wänden war jedesmal eine Tür aus schönem, dunklem Holze eingelegt, und in der vierten Wand befanden sich die drei Fenster, durch welche der Saal bei Tag beleuchtet wurde. Zwei davon standen offen, und zu dem Glanze des Marmors war der Saal auch mit Rosenduft erfüllt.
Ich drückte mein Wohlgefallen über die Einrichtung eines solchen Zimmers aus; den alten Mann, der mich begleitete, schien dieses Vergnügen zu erfreuen, er sprach aber nicht weiter darüber.
Aus diesem Saale führte er mich durch eine der Türen in eine Stube, deren Fenster in den Garten gingen.
„Das ist gewissermaßen mein Arbeitszimmer", sagte er, „es hat außer am frühen Morgen nicht viel Sonne, ist daher im Sommer angenehm, ich lese gerne hier oder schreibe oder beschäftige mich sonst mit Dingen, die Anteil einflößen."

Ich dachte mit Lebhaftigkeit, ich könnte sagen mit einer Art Sehnsucht auf meinen Vater, da ich diese Stube betreten hatte. In ihr war nichts mehr von Marmor, sie war wie unsere gewöhnlichen Stuben; aber sie war mit altertümlichen Geräten eingerichtet, wie sie mein Vater hatte und liebte. Allein die Geräte erschienen mir so schön, daß ich glaubte, nie etwas ihnen Ähnliches gesehen zu haben. Ich unterrichtete meinen Gastfreund von der Eigenschaft meines Vaters und erzählte ihm in Kurzem von den Dingen, welche derselbe besaß. Auch bat ich, die Sachen näher betrachten zu dürfen, um meinem Vater nach meiner Zurückkunft von ihnen erzählen und sie ihm, wenn auch nur notdürftig, beschreiben zu können. Mein Begleiter willigte sehr gerne in mein Begehren. Es war vor allem ein Schreibschrein, welcher meine Aufmerksamkeit erregte, weil er nicht nur das größte, sondern wahrscheinlich auch das schönste Stück des Zimmers war. Vier Delphine, welche sich mit dem Unterteil ihrer Häupter auf die Erde stützten und die Leiber in gewundener Stellung emporstreckten, trugen den Körper des Schreines auf diesen gewundenen Leibern. Ich glaubte Anfangs, die Delphine seien aus Metall gearbeitet, mein Begleiter sagte mir aber, daß sie aus Lindenholz geschnitten und nach mittelalterlicher Art zu dem gelblich grünlichen Metalle hergerichtet waren, dessen Verfertigung man jetzt nicht mehr zuwege bringt. Der Körper des Schreines hatte eine allseitig gerundete Arbeit mit sechs Fächern. Über ihm befand sich das Mittelstück, das in einer guten Schwingung flach zurückging und die Klappe enthielt, die geöffnet zum Schreiben diente. Von dem Mittelstücke erhob sich der Aufsatz mit zwölf geschwungenen Fächern und einer Mitteltür. An den Kanten des Aufsatzes und zu beiden Seiten der Mitteltür befanden sich als Säulen vergoldete Gestalten. Die beiden größten zu den Seiten der Tür waren starke Männer, die die Hauptsimse trugen. Ein Schildchen, das sich auf ihrer Brust öffnete, legte die Schlüsselöffnungen dar. Die zwei

Gestalten an den vorderen Seitenkanten waren Meerfräulein, die in Übereinstimmung mit den Tragfischen jedes in zwei Fischenden ausliefen. Die zwei letzten Gestalten an den hintern Seitenkanten waren Mädchen in faltigen Gewändern. Alle Leiber der Fische sowohl als der Säulen erschienen mir sehr natürlich gemacht. Die Fächer hatten vergoldete Knöpfe, an denen sie herausgezogen werden konnten. Auf der achteckigen Fläche dieser Knöpfe waren Brustbilder geharnischter Männer oder geputzter Frauenzimmer eingegraben. Die Holzbelegung auf dem ganzen Schrein war durchaus eingelegte Arbeit. Ahornlaubwerk in dunkeln Nußholzfeldern, umgeben von geschlungenen Bändern und geflammtem Erlenholze.
Die Bänder waren wie geknitterte Seide, was daher kam, daß sie aus kleinem, feingestreiftem, vielfarbigem Rosenholz senkrecht auf die Achse eingelegt waren. Die eingelegte Arbeit befand sich nicht bloß, wie es häufig bei derlei Geräten der Fall ist, auf der Daransicht, sondern auch auf den Seitenteilen und den Friesen der Säulen.
Mein Begleiter stand neben mir, als ich diesem Geräte meine Aufmerksamkeit widmete, und zeigte mir Manches und erklärte mir auf meine Bitte Dinge, die ich nicht verstand. Auch eine andere Beobachtung machte ich, da ich mich in diesem Zimmer befand, die meine Geistestätigkeit in Anspruch nahm. Es kam mir nehmlich vor, daß der Anzug meines Begleiters nicht mehr so seltsam sei, als er mir gestern und als er mir heute erschienen war, da ich ihn auf dem Fütterungsplatze gesehen hatte. Bei diesen Geräten erschien er mir eher als zustimmend und hieher gehörig, und ich begann die Vermutung zu hegen, daß ich vielleicht noch diesen Anzug billigen werde und daß der alte Mann in dieser Hinsicht verständiger sein dürfte als ich.
Außer dem Schreibschreine erregten noch zwei Tische meine Aufmerksamkeit, die an Größe gleich waren und auch sonst gleiche Gestalt hatten, sich aber nur darin unterschieden, daß jeder auf seiner Platte eine andere Gestaltung trug. Sie hatten nehmlich jeder ein Schild auf der Platte, wie es Ritter und adeliche Geschlechter führten, nur waren die Schilde nicht gleich. Aber auf beiden Tischen waren sie umgeben und verschlungen mit Laubwerk, Blumen- und Pflanzenwerk, und nie habe ich die feinen Fäden der Halme, der Pflanzenbärte und der Getreideähren zarter gesehen als hier, und doch waren sie von Holz in Holz eingelegt. Die übrige Gerätschaft waren hochlehnige Sessel mit Schnitzwerk, Flechtwerk und eingelegter Arbeit, zwei geschnitzte Sitzbänke, die man im Mittelalter Gesiedel geheißen hatte, geschnitzte Fahnen mit Bildern und endlich zwei Schirme von gespanntem und gepreßtem Leder, auf welchem Blumen, Früchte, Tiere, Knaben und Engel aus gemaltem Silber angebracht waren, das wie farbiges Gold aussah. Der Fußboden des Zimmers war gleich den Geräten aus Flächen alter eingelegter Arbeit zusammengestellt. Wir hatten wahrscheinlich wegen der Schönheit dieses Bodens bei dem Eintritte in diese Stube die Filzschuhe an unsern Füßen behalten.

Obwohl der alte Mann gesagt hatte, daß dieses Zimmer sein Arbeitszimmer sei, so waren doch keine unmittelbaren Spuren von Arbeit sichtbar. Alles schien in den Laden verschlossen oder auf seinen Platz gestellt zu sein.

Auch hier war mein Begleiter, als ich meine Freude über dieses Zimmer aussprach, nicht sehr wortreich, genau so wie in dem Marmorsaale; aber gleichwohl glaubte ich das Vergnügen ihm von seinem Angesicht herablesen zu können.

Das nächste Zimmer war wieder ein altertümliches. Es ging gleichfalls auf den Garten. Sein Fußboden war wie in dem vorigen eingelegte Arbeit, aber auf ihm standen drei Kleiderschreine und das Zimmer war ein Kleiderzimmer. Die Schreine waren groß, altertümlich eingelegt und jeder hatte zwei Flügeltüren. Sie erschienen mir zwar minder schön als das Schreibgerüste im vorigen Zimmer, aber doch auch von großer Schönheit, besonders der mittlere, größte, der eine vergoldete Bekrönung trug und auf seinen Hohltüren ein sehr schönes Schild-, Laub- und Bänderwerk zeigte. Außer den Schreinen waren nur noch Stühle da und ein Gestelle, welches dazu bestimmt schien, gelegentlich Kleider darauf zu hängen. Die inneren Seiten der Zimmertüren waren ebenfalls zu den Geräten stimmend und bestanden aus Simswerk und eingelegter Arbeit.

Als wir dieses Zimmer verließen, legten wir die Filzschuhe ab.

Das nächste Zimmer, gleichfalls auf den Garten gehend, war das Schlafgemach. Es enthielt Geräte neuer Art, aber doch nicht ganz in der Gestaltung, wie ich sie in der Stadt zu sehen gewohnt war. Man schien hier vor Allem auf Zweckmäßigkeit gesehen zu haben. Das Bett stand mitten im Zimmer und war mit dichten Vorhängen umgeben. Es war sehr nieder und hatte nur ein Tischchen neben sich, auf dem Bücher lagen, ein Leuchter und eine Glocke standen und sich Geräte befanden, Licht zu machen. Sonst waren die Geräte eines Schlafzimmers da, besonders solche, die zum Aus- und Ankleiden und zum Waschen behilflich waren. Die Innenseiten der Türen waren hier wieder zu den Geräten stimmend.

An das Schlafgemach stieß ein Zimmer mit wissenschaftlichen Vorrichtungen, namentlich zu Naturwissenschaften. Ich sah Werkzeuge der Naturlehre aus der neuesten Zeit, deren Verfertiger ich entweder persönlich aus der Stadt kannte oder deren Namen, wenn die Geräte aus andern Ländern stammten, mir dennoch bekannt waren. Es befanden sich Werkzeuge zu den vorzüglichsten Teilen der Naturlehre hier.

Auch waren Sammlungen von Naturkörpern vorhanden, vorzüglich aus dem Mineralreiche. Zwischen den Geräten und an den Wänden war Raum, mit den vorhandenen Vorrichtungen Versuche anstellen zu können. Das Zimmer war gleichfalls noch immer ein Gartenzimmer.

Endlich gelangten wir in das Eckzimmer des Hauses, dessen Fenster teils auf den Hauptkörper des Gartens gingen, teils nach Nordwesten sahen. Ich konnte aber die Bestimmung dieses Zimmers nicht erraten, so seltsam kam es mir vor. An den Wänden standen Schreine aus geglättetem Eichenholze mit sehr vielen kleinen Fächern. An diesen Fächern waren Aufschriften, wie man sie in Spezereiverkaufsbuden oder

Apotheken findet. Einige dieser Aufschriften verstand ich, sie waren Namen von Sämereien oder Pflanzennamen. Die meisten aber verstand ich nicht. Sonst war weder ein Stuhl noch ein anderes Geräte in dem Zimmer. Vor den Fenstern waren wagrechte Brettchen befestigt, wie man sie hat, um Blumentöpfe darauf zu stellen; aber ich sah keine Blumentöpfe auf ihnen, und bei näherer Betrachtung zeigte sich auch, daß sie zu schwach seien, um Blumentöpfe tragen zu können. Auch wären gewiß solche auf ihnen gestanden, wenn sie dazu bestimmt gewesen wären, da ich in allen Zimmern, mit Ausnahme des Marmorsaales, an jedem nur einiger Maßen geeigneten Platze Blumen aufgestellt gesehen hatte.
Ich fragte meinen Begleiter nicht um den Zweck des Zimmers, und er äußerte sich auch nicht darüber.

Wir gelangten nun wieder in die Gemächer, die an der Mittagseite des Hauses lagen und über den Sandplatz auf die Felder hinaus sahen.
Das erste nach dem Eckzimmer war ein Bücherzimmer. Es war groß und geräumig und stand voll von Büchern. Die Schreine derselben waren nicht so hoch, wie man sie gewöhnlich in Bücherzimmern sieht, sondern nur so, daß man noch mit Leichtigkeit um die höchsten Bücher langen konnte. Sie waren auch so flach, daß nur eine Reihe Bücher stehen konnte, keine die andere deckte und alle vorhandenen Bücher ihre Rücken zeigten. Von Geräten befand sich in dem Zimmer gar nichts als in der Mitte desselben ein langer Tisch, um Bücher darauf legen zu können. In seiner Lade waren die Verzeichnisse der Sammlung. Wir gingen bei dieser allgemeinen Beschauung des Hauses nicht näher auf den Inhalt der vorhandenen Bücher ein.
Neben dem Bücherzimmer war ein Lesegemach. Es war klein und hatte nur ein Fenster, das zum Unterschiede aller anderen Fenster des Hauses mit grünseidenen Vorhängen versehen war, während die anderen grauseidne Rollzüge besaßen. An den Wänden standen mehrere Arten von Sitzen, Tischen und Pulten, so daß für die größte Bequemlichkeit der Leser gesorgt war. In der Mitte stand, wie im Bücherzimmer, ein großer Tisch oder Schrein – denn er hatte mehrere Laden -, der dazu diente, daß man Tafeln, Mappen, Landkarten und dergleichen auf ihm ausbreiten konnte. In den Laden lagen Kupferstiche. Was mir in diesem Zimmer auffiel, war, daß man nirgends Bücher oder etwas, das an den Zweck des Lesens erinnerte, herumliegen sah.
Nach dem Lesegemache kam wieder ein größeres Zimmer, dessen Wände mit Bildern bedeckt waren. Die Bilder hatten lauter Goldrahmen, waren ausschließlich Ölgemälde und reichten nicht höher, als daß man sie noch mit Bequemlichkeit betrachten konnte. Sonst hingen sie aber so dicht, daß man zwischen ihnen kein Stückchen Wand zu erblicken vermochte. Von Geräten waren nur mehrere Stühle und eine Staffelei da, um Bilder nach Gelegenheit aufstellen und besser betrachten zu können. Diese Einrichtung erinnerte mich an das Bilderzimmer meines Vaters.

Das Bilderzimmer führte durch die dritte Tür des Marmorsaales wieder in denselben zurück, und so hatten wir die Runde in diesen Gemächern vollendet.

„Das ist nun meine Wohnung", sagte mein Begleiter, „sie ist nicht groß und von außerordentlicher Bedeutung, aber sie ist sehr angenehm. In dem anderen Flügel des Hauses sind die Gastzimmer, welche beinahe alle dem gleichen, in welchem ihr heute Nacht geschlafen habt. Auch ist Gustavs Wohnung dort, die wir aber nicht besuchen können, weil wir ihn sonst in seinem Lernen stören würden. Durch den Saal und über die Treppe können wir nun wieder in das Freie gelangen."

Als wir den Saal durchschritten hatten, als wir über die Treppe hinabgegangen und zu dem Ausgange des Hauses gekommen waren, legten wir die Filzschuhe ab, und mein Begleiter sagte: „Ihr werdet euch wundern, daß in meinem Hause Teile sind, in welchen man sich die Unbequemlichkeit auflegen muß, solche Schuhe anzuziehen; aber es kann mit Fug nicht anders sein, denn die Fußböden sind zu empfindlich, als daß man mit gewöhnlichen Schuhen auf ihnen gehen könnte, und die Abteilungen, welche solche Fußböden haben, sind ja auch eigentlich nicht zum Bewohnen, sondern nur zum Besehen bestimmt, und endlich gewinnt sogar das Besehen an Wert, wenn man es mit Beschwerlichkeit erkaufen muß. Ich habe in diesen Zimmern gewöhnlich weiche Schuhe mit Wollsohlen an. In mein Arbeitszimmer kann ich auch ohne allen Umweg gelangen, da ich in dasselbe nicht durch den Saal gehen muß, wie wir jetzt getan haben, sondern da von dem Erdgeschosse ein Gang in das Zimmer hinaufführt, den ihr nicht gesehen haben werdet, weil seine beiden Enden mit guten Tapetentüren geschlossen sind. Der Pfarrer von Rohrberg leidet an der Gicht und verträgt heiße Füße nicht, daher belege ich für ihn, wenn er anwesend ist, die Treppe oder die Zimmer mit einem Streifen von Wollstoff, wie ihr es gestern gesehen habt."

Ich antwortete, daß die Vorrichtung sehr zweckmäßig sei und daß sie überall angewendet werden muß, wo kunstreiche oder sonst wertvolle Fußböden zu schonen sind.

Da wir nun im Garten waren, sagte ich, indem ich mich umwendete und das Haus betrachtete: „Eure Wohnung ist nicht, wie ihr sagt, von geringer Bedeutung. Sie wird, so viel ich aus der kurzen Besichtigung entnehmen konnte, wenige ihres Gleichen haben. Auch hatte ich nicht gedacht, daß das Haus, wenn ich es so von der Straße aus sah, eine so große Räumlichkeit in sich hätte."

„So muß ich euch nun auch noch etwas anderes zeigen", erwiderte er, „folgt mir ein wenig durch jenes Gebüsch."

Er ging nach diesen Worten voran, ich folgte ihm. Er schlug einen Weg gegen dichtes Gebüsch ein. Als wir dort angekommen waren, ging er auf einem schmalen Pfade durch dessen Verschlingung fort. Endlich kamen sogar hohe Bäume, unter denen der Weg dahin lief. Nach einer Weile tat sich ein anmutiger Rasenplatz vor uns auf, der wieder ein langes, aus einem Erdgeschosse bestehendes Gebäude trug. Es hatte viele Fenster, die gegen uns hersahen. Ich hatte es früher weder von der Straße aus erblickt noch von den Stellen des Gartens, auf denen ich gewesen war. Vermutlich waren die Bäume daran Schuld, die es umstanden.

Da wir uns näherten, ging ein feiner Rauch aus seinem Schornsteine empor, obwohl, da es Sommer war, keine Einheizzeit, und da es noch so früh am Vormittage war, keine Kochzeit die Ursache davon sein konnte. Als wir näher kamen, hörte ich in dem Hause ein Schnarren und Schleifen, als ob in ihm gesägt und gehobelt würde. Da wir eingetreten waren, sah ich in der Tat eine Schreinerwerkstätte vor mir, in welcher tätig gearbeitet wurde. An den Fenstern, durch welche reichliches Licht hereinfiel, standen die Schreinertische und an den übrigen Wänden, welche fensterlos waren, lehnten Teile der in Arbeit begriffenen Gegenstände. Hier fand ich wieder eine Ähnlichkeit mit meinem Vater. So wie er sich einen jungen Mann abgerichtet hatte, der ihm seine altertümlichen Geräte nach seiner Angabe wieder herstellte, so sah ich hier gleich eine ganze Werkstätte dieser Art; denn ich erkannte aus den Teilen, die herumstanden, daß hier vorzüglich an der Wiederherstellung altertümlicher Gerätschaften gearbeitet werde. Ob auch Neues in dem Hause verfertigt werde, konnte ich bei dem ersten Anblicke nicht erkennen.

Von den Arbeitern hatte jeder einen Raum an den Fenstern für sich, der von dem Raume seines Nachbars durch gezogene Schranken abgesondert war. Er hatte seine Geräte und seine eben notwendigen Arbeitsstücke in diesem Raume bei sich, das Andere, was er gerade nicht brauchte, hatte er an der Hinterwand des Hauses hinter sich, so daß eine übersichtliche Ordnung und Einheit bestand. Es waren vier Arbeiter. In einem großen Schreine, der einen Teil der einen Seitenwand einnahm, befanden sich vorrätige Werkzeuge, welche für den Fall dienten, daß irgend eines unversehens untauglich würde und zu seiner Herstellung zu viele Zeit in Anspruch nähme. In einem andern Schreine an der entgegengesetzten Seitenwand waren Fläschchen und Büchschen, in denen sich die Flüssigkeiten und andere Gegenstände befanden, die zur Erzeugung von Firnissen, Polituren oder dazu dienten, dem Holze eine bestimmte Farbe oder das Ansehen von Alter zu geben. Abgesondert von der Werkstube war ein Herd, auf welchem das zu Schreinerarbeiten unentbehrliche Feuer brannte. Seine Stätte war feuerfest, um die Werkstube und ihren Inhalt nicht zu gefährden.

„Hier werden Dinge", sagte mein Begleiter, „welche lange vor uns, ja oft mehrere Jahrhunderte vor unserer Zeit verfertigt worden und in Verfall geraten sind, wieder hergestellt, wenigstens soweit es die Zeit und die Umstände nur immer erlauben. Es wohnt in den alten Geräten beinahe wie in den alten Bildern ein Reiz des Vergangenen und Abgeblühten, der bei dem Menschen, wenn er in die höheren Jahre kömmt, immer stärker wird. Darum sucht er das zu erhalten, was der Vergangenheit angehört, wie er ja auch eine Vergangenheit hat, die nicht mehr recht zu der frischen Gegenwart der rings um ihn Aufwachsenden paßt. Darum haben wir hier eine Anstalt für Geräte des Altertums gegründet, die wir dem Untergange entreißen, zusammenstellen, reinigen, glätten und wieder in die Wohnlichkeit einzuführen suchen."

Es wurde, da ich mich in dem Schreinerhause befand, eben an der Platte eines Tisches gearbeitet, die, wie mein Begleiter sagte, aus dem sechzehnten Jahrhunderte stammte. Sie war in Hölzern von verschiedener, aber natürlicher Farbe eingelegt. Bloß wo grünes Laub vorkam, war es von grüngebeiztem Holze. Von außen war eine Verbrämung von in einander geschlungenen und schneckenartig gewundenen Rollen, Laubzweigen und Obst. Die innere Fläche, welche von der Verbrämung durch ein Bänderwerk von rotem Rosenholze abgeschnitten war, trug auf einem Grunde von braunlich weißem Ahorne eine Sammlung von Musikgeräten. Sie waren freilich nicht in dem Verhältnisse ihrer Größen eingelegt. Die Geige war viel kleiner als die Mandoline, die Trommel und der Dudelsack waren gleich groß und unter beiden zog sich die Flöte wie ein Weberbaum dahin. Aber im Einzelnen erschienen mir die Sachen als sehr schön, und die Mandoline war so rein und lieblich, wie ich solche Dinge nicht schöner auf den alten Gemälden meines Vaters gesehen hatte. Einer der Arbeiter schnitt Stücke aus Ahorn, Buchs, Sandelholz, Ebenholz, türkisch Hasel und Rosenholz zurecht, damit sie in ihrer kleineren Gestalt gehörig austrocknen konnten. Ein anderer löste schadhafte Teile aus der Platte und ebnete die Grundstellen, um die neuen Bestandteile zweckmäßig einsetzen zu können. Der dritte schnitt und hobelte die Füße aus einem Ahornbalken und der vierte war beschäftigt, nach einer in Farben ausgeführten Abbildung der Tischplatte, die er vor sich hatte, und aus einer Menge von Hölzern, die neben ihm lagen, diejenigen zu bestimmen, die den auf der Zeichnung befindlichen Farben am meisten entsprächen. Mein Begleiter sagte mir, daß das Gerüste und die Füße des Tisches verlorengegangen seien und neu gemacht werden mußten.

Ich fragte, wie man das einrichte, daß das Neue zu dem Vorhandenen passe.

Er antwortete: „Wir haben eine Zeichnung gemacht, die ungefähr darstellte, wie die Füße und das Gerüste ausgesehen haben mögen."

Auf meine neue Frage, wie man denn das wissen könne, antwortete er: „Diese Dinge haben so gut wie bedeutendere Gegenstände ihre Geschichte, und aus dieser Geschichte kann man das Aussehen und den Bau derselben zusammen setzen. Im Verlaufe der Jahre haben sich die Gestaltungen der Geräte immer neu abgelöst, und wenn man auf diese Abfolge sein Augenmerk richtet, so kann man aus einem vorhandenen Ganzen auf verlorengegangene Teile schließen und aus aufgefundenen Teilen auf das Ganze gelangen. Wir haben mehrere Zeichnungen entworfen, in deren jede immer die Tischplatte einbezogen war, und haben uns auf diese Weise immer mehr der mutmaßlichen Beschaffenheit der Sache genähert. Endlich sind wir bei einer Zeichnung geblieben, die uns nicht zu widersprechend schien."

Auf meine Frage, ob er denn immer Arbeit für seine Anstalt habe, antwortete er: „Sie ist nicht gleich so entstanden, wie ihr sie hier sehet. Anfangs zeigte sich die Lust an alten und vorelterlichen Dingen, und wie die Lust wuchs, sammelten sich nach und nach schon die Gegenstände an, die ihrer Wiederherstellung entgegen sahen. Zuerst wurde die Ausbesserung bald auf diesem, bald auf jenem Wege versucht und eingeleitet. Viele Irrwege sind betreten worden. Indessen wuchs die Zahl der gesammelten Gegenstände immer mehr und deutete schon auf die künftige Anstalt hin. Als man in Erfahrung brachte, daß ich altertümliche Gegenstände kaufe, brachte man mir solche oder zeigte mir die Orte an, wo sie zu finden wären. Auch vereinigten sich mit uns hie und da Männer, welche auf die Dinge des Altertums ihr Augenmerk richteten, uns darüber schrieben und wohl auch Zeichnungen einsandten. So erweiterte sich unser Kreis immer mehr.

Ungehörige Ausbesserungen aus früheren Zeiten gaben ebenfalls Stoff zu erneuerter Arbeit, und da wir anfangs auch an verschiedenen Orten arbeiten ließen und häufig genötigt waren, die Orte zu wechseln, ehe wir uns hier niederließen, so verschleppte sich manche Zeit und die Arbeitsgegenstände mehrten sich. Endlich gerieten wir auch auf den Gedanken, neue Gegenstände zu verfertigen. Wir gerieten auf ihn durch die alten Dinge, die wir immer in den Händen hatten. Diese neuen Gegenstände wurden aber nicht in der Gestalt gemacht, wie sie jetzt gebräuchlich sind, sondern wie wir sie für schön hielten. Wir lernten an dem Alten; aber wir ahmten es nicht nach, wie es noch zuweilen in der Baukunst geschieht, in der man in einem Stile, zum Beispiele in dem sogenannten gothischen, ganze Bauwerke nachbildet. Wir suchten selbstständige Gegenstände für die jetzige Zeit zu verfertigen mit Spuren des Lernens an vergangnen Zeiten. Haben ja selbst unsere Vorfahrer aus ihren Vorfahrern geschöpft, diese wieder aus den ihrigen und so fort, bis man auf unbedeutende und kindische Anfänge stößt. Überall aber sind die eigentlichen Lehrmeister die Werke der Natur gewesen."

„Sind solche neugemachte Gegenstände in eurem Hause vorhanden?" fragte ich.

„Nichts von Bedeutung", antwortete er, „einige sind an verschiedenen Punkten der Gegend zerstreut, einige sind in einem anderen Orte als in diesem Hause gesammelt. Wenn ihr Lust zu solchen Dingen habt oder sie in Zukunft fassen solltet und euer Weg euch wieder einmal hieher führt, so wird es nicht schwer sein, euch an den Ort zu geleiten, wo ihr mehrere unserer besten Gegenstände sehen könnt."

„Es sind der Wege sehr verschiedene", erwiderte ich, „die die Menschen gehen, und wer weiß es, ob der Weg, der mich wegen eines Gewitters zu euch heraufgeführt hat, nicht ein sehr guter Weg gewesen ist und ob ich ihn nicht noch einmal gehe."

„Ihr habt da ein sehr wahres Wort gesprochen", antwortete er, „die Wege der Menschen sind sehr verschiedene. Ihr werdet dieses Wort erst recht einsehen, wenn ihr älter seid."

„Und habt ihr dieses Haus eigens zu dem Zwecke der Schreinerei erbaut?" fragte ich weiter.

„Ja", antwortete er, „wir haben es eigens zu diesem Zwecke erbaut. Es ist aber viel später entstanden als das Wohnhaus. Da wir einmal so weit waren, die Sachen zu Hause machen zu lassen, so war der Schritt ein ganz leichter, uns eine eigene Werkstätte hiefür einzurichten. Der Bau dieses Hauses war aber bei weitem nicht das Schwerste, viel schwerer war es, die Menschen zu finden. Ich hatte mehrere Schreiner und mußte sie entlassen. Ich lernte nach und nach selber, und da trat mir der Starrsinn, der Eigenwille und das Herkommen entgegen. Ich nahm endlich solche Leute, die nicht Schreiner waren und sich erst hier unterrichten sollten. Aber auch diese hatten wie die Frühern eine Sünde, welche in arbeitenden Ständen und auch wohl in andern sehr häufig ist, die Sünde der Erfolggenügsamkeit oder der Fahrlässigkeit, die stets sagt: es ist so auch recht, und die jede weitere Vorsicht für unnötig erachtet. Es ist diese Sünde in den unbedeutendsten und wichtigsten Dingen des Lebens vorhanden, und sie ist mir in meinen früheren Jahren oft vorgekommen. Ich glaube, daß sie die größten Übel gestiftet hat. Manche Leben sind durch sie verloren gegangen, sehr viele andere, wenn sie auch nicht verloren waren, sind durch sie unglücklich oder unfruchtbar geworden. Werke, die sonst entstanden wären, hat sie vereitelt und die Kunst und was mit derselben zusammenhängt wäre mit ihr gar nicht möglich. Nur ganz gute Menschen in einem Fache haben sie gar nicht, und aus denen werden die Künstler, Dichter, Gelehrten, Staatsmänner und die großen Feldherren. Aber ich komme von meiner Sache ab. In unserer Schreinerei machte sie bloß, daß wir zu nichts Wesentlichem gelangten. Endlich fand ich einen Mann, der nicht gleich aus der Arbeit ging, wenn ich ihn bekämpfte; aber innerlich mochte er recht oft erzürnt gewesen sein und über Eigensinn geklagt haben. Nach Bemühungen von beiden Seiten gelang es. Die Werke gewannen Einfluß, in denen das Genaue und Zweckmäßige angestrebt war, und sie wurden zur Richtschnur genommen. Die Einsicht in die Schönheit der Gestalten wuchs und das Leichte und Feine wurde dem Schweren und Groben vorgezogen. Er las Gehilfen aus und erzog sie in seinem Sinne. Die Begabten fügten sich bald. Es wurde die Chemie und andere Naturwissenschaften hergenommen, und im Lesen schöner Bücher wurde das Innere des Gemütes zu bilden versucht."

Er ging nach diesen Worten gegen den Mann, der mit dem Aussuchen der Hölzer nach dem vor ihm liegenden Plane der Tischplatte beschäftigt war, und sagte: „Wollt ihr nicht die Güte haben, uns einige Zeichnungen zu zeigen, Eustach?"
Der junge Mann, an den diese Worte gerichtet waren, erhob sich von seiner Arbeit und zeigte uns ein ruhiges, gefälliges Wesen. Er legte die grüne Tuchschürze ab, welche er vorgebunden hatte, und ging aus seiner Arbeitsstelle zu uns herüber. Es befand sich neben dieser Stelle in der Wand eine Glastür, hinter welcher grüne Seide in Falten gespannt war. Diese Tür öffnete er und führte uns in ein freundliches Zimmer. Das Zimmer hatte einen künstlich eingelegten Fußboden und enthielt mehrere breite, glatte Tische. Aus der Lade eines dieser Tische nahm der Mann eine große Mappe mit Zeichnungen, öffnete sie und tat sie auf der Tischplatte auseinander. Ich sah, daß diese Zeichnungen für mich zum Ansehen heraus genommen worden waren und legte daher die Blätter langsam um. Es waren lauter Zeichnungen von Bauwerken, und zwar teils im Ganzen, teils von Bestandteilen derselben. Sie waren sowohl, wie man sich ausdrückt, im Perspective ausgeführt, als auch in Aufrissen, in Längen- und Querschnitten. Da ich

mich selber geraume Zeit mit Zeichnen beschäftigt hatte, wenn auch mit Zeichnen anderer Gegenstände, so war ich bei diesen Blättern schon mehr an meiner Stelle als bei den alten Geräten. Ich hatte immer bei dem Zeichnen von Pflanzen und Steinen nach großer Genauigkeit gestrebt und hatte mich bemüht, durch den Schwarzstift die Wesenheit derselben so auszudrücken, daß man sie nach Art und Gattung erkennen sollte. Freilich waren die vor mir liegenden Zeichnungen die von Bauwerken. Ich hatte Bauwerke nie gezeichnet, ich hatte sie eigentlich nie recht betrachtet. Aber andererseits waren die Linien, die hier vorkamen, die von großen Körpern, von geschichteten Stoffen und von ausgedehnten Flächen, wie sie bei mir auch an den Felsen und Bergen erschienen; oder sie waren die leichten Wendungen von Zieraten, wie sie bei mir die Pflanzen boten.

Endlich waren ja alle Bauwerke aus Naturdingen entstanden, welche die Vorbilder gaben, etwa aus Felsenkuppen oder Felsenzacken oder selbst aus Tannen, Fichten oder anderen Bäumen. Ich betrachtete daher die Zeichnungen recht genau und sah sie um ihre Treue und Sachgemäßheit an. Als ich sie schon alle durchgeblättert hatte, legte ich sie wieder um und schaute noch einmal jedes einzelne Blatt an.

Die Zeichnungen waren sämmtlich mit dem Schwarzstifte ausgeführt. Es war Licht und Schatten angegeben und die Linienführung war verstärkt oder gemäßigt, um nicht bloß die Körperlichkeit der Dinge, sondern auch das sogenannte Luftperspective darzustellen. In einigen Blättern waren Wasserfarben angewendet, entweder, um bloß einzelne Stellen zu bezeichnen, die eine besonders starke oder eigentümliche Farbe hatten, wie etwa, wo das Grün der Pflanzen sich auffallend von dem Gemäuer, aus dem es sproßte, abhob oder wo der Stoff durch Einfluß von Sonne oder Wasser eine ungewöhnliche Farbe erhalten hatte, wie zum Beispiele an gewissen Steinen, die durch Wasser bräunlich, ja beinahe rot werden; oder es waren Farben angewendet, um dem Ganzen einen Ton der Wirklichkeit und Zusammenstimmung zu geben; oder endlich es waren einzelne sehr kleine Stellen mit Farben, gleichsam mit Farbdruckern, wie man sich ausdrückt, bezeichnet, um Flächen oder Körper oder ganze Abteilungen im Raume zurück zu drängen. Immer aber waren die Farben so untergeordnet gehalten, daß die Zeichnungen nicht in Gemälde übergingen, sondern Zeichnungen blieben, die durch die Farbe nur noch mehr gehoben wurden. Ich kannte diese Verfahrungsweise sehr gut und hatte sie selber oft angewendet. Was den Wert der Zeichnungen anbelangt, so erschien mir derselbe ein ziemlich bedeutender. Die Hand, von der sie verfertigt worden waren, hielt ich für eine geübte, was ich daraus schloß, daß in den vielen Zeichnungen kein Fortschritt zu bemerken war, sondern daß dieser schon in der Zeit vor den Zeichnungen lag und hier angewendet wurde. Die Linien waren rein und sicher gezogen, das sogenannte Linearperspective war, so weit meine Augen urteilen konnten – denn eine mathematische Prüfung konnte ich nicht anlegen -, richtig, der Stoff des Schwarzstiftes war gut beherrscht, und mit seinen geringen Mitteln war Haushaltung getroffen, darum standen die Körper klar da und lösten sich von der Umgebung. Wo die Farbe eine Art Wirklichkeit angenommen hatte, war sie mit Gegenständlichkeit und Maß hingesetzt, was, wie ich aus Erfahrung wußte, so schwer zu finden ist, daß die Dinge als Dinge, nicht als Färbungen gelten. Dies ist besonders bei Gegenständen der Fall, die minder entschiedene Farben haben, wie Steine, Gemäuer und dergleichen, während Dinge von deutlichen Farben leichter zu behandeln sind, wie Blumen, Schmetterlinge, selbst manche Vögel.

Eine besondere Tatsache aber fiel mir bei Betrachtung dieser Zeichnungen auf. Bei den Bauverzierungen, welche von Gegenständen der Natur genommen waren, von Pflanzen oder selbst von Tieren, kamen bedeutende Fehler vor, ja es kamen sogar Unmöglichkeiten vor, die kaum ein Anfänger macht, sobald er nur die Pflanze gut betrachtet. Bei den ganz gleichen Verzierungen an andern Bauwerken in andern Zeichnungen waren diese Fehler nicht da, sondern die Verzierungen waren in Hinsicht ihrer Urbilder in der Natur mit Richtigkeit angegeben. Ich hatte, da ich einmal zeichnete, öfter die Bilder meines Vaters betrachtet und in ihnen, selbst in solchen, die er für sehr gut hielt, ähnliche Fehler gefunden. Da die Bilder meines Vaters aus alter Zeit waren, diese Zeichnungen aber auch alte Bauwerke darstellten, so schloß ich, daß sie vielleicht Abrisse von wirklichen Bauten seien und daß die Fehler in den Zieraten der Zeichnungen Fehler in den wirklichen Zieraten der Bauarten seien, und daß die Zieraten, deren Zeichnungen fehlerlos waren, auch an den Bauwerken keinen Fehler gehabt haben.

Es gewannen durch diesen Umstand die Zeichnungen in meinen Augen noch mehr, da er gerade ihre große Treue bewies.

Auch ein eigentümlicher Gedanke kam mir bei der Betrachtung dieser Zeichnungen in das Haupt. Ich hatte nie so viele Zeichnungen von Bauwerken beisammen gesehen, so wie ich Bauwerke selber nicht zum Gegenstande meiner Aufmerksamkeit gemacht hatte. Da ich nun alle diese Laubwerke, diese Ranken, diese Zacken, diese Schwingungen, diese Schnecken in großer Abfolge sah, erschienen sie mir gewissermaßen wie Naturdinge, etwa wie eine Pflanzenwelt mit ihren zugehörigen Tieren. Ich dachte, man könnte sie eben so zu einem Gegenstande der Betrachtung und der Forschung machen wie die wirklichen Pflanzen und andere Hervorbringungen der Erde, wenn sie hier auch nur eine steinerne Welt sind. Ich hatte das nie recht beachtet, wenn ich auch hin und wieder an einer Kirche oder an einem anderen Gebäude einen steinernen Stengel oder eine Rose oder eine Distelspitze oder einen Säulenschaft oder die Vergitterung einer Tür ansah. Ich nahm mir vor, diese Gegenstände nun genauer zu beobachten.

„Diese Zeichnungen sind lauter Abbildungen von wirklichen Bauwerken, die in unserem Lande vorhanden sind", sagte mein Begleiter. „Wir haben sie nach und nach zusammen gebracht. Kein einziges Bauwerk unseres Landes, welches entweder im Ganzen schön ist oder an dem Teile schön sind, fehlt. Es ist nehmlich auch hier im Lande wie überall vorgekommen, daß man zu den Teilen alter Kirchen oder anderer Werke, die nicht fertig geworden sind, neue Zubaue in ganz anderer Art gemacht hat, so daß Bauwerke entstanden, die in verschiedenen Stilen ausgeführt und teils schön und teils häßlich sind.

Die Landkirchen, die auf verschiedenen Stellen in unserer Zeit entstanden sind, haben wir nicht aufgenommen."

„Wer hat denn diese Zeichnungen verfertigt?" fragte ich.

„Der Zeichner steht vor euch", antwortete mein Begleiter, indem er auf den jungen Mann wies.

Ich sah den Mann an, und es zeigte sich ein leichtes Erröten in seinem Angesichte.

„Der Meister hat nach und nach die Teile des Landes besucht", fuhr mein Gastfreund fort, „und hat die Baugegenstände gezeichnet, die ihm gefielen. Diese Zeichnungen hat er in seinem Buche nach Hause gebracht und sie dann auf einzelnen Blättern im Reinen ausgeführt. Außer den Zeichnungen von Bauwerken haben wir auch die von inneren Ausstattungen derselben. Seid so gefällig und zeigt auch diese Mappe, Eustach."

Der junge Mann legte die Mappe, die wir eben betrachtet hatten, zusammen und tat sie in ihre Lade. Dann nahm er aus einer anderen Lade eine andere Mappe und legte sie mir mit den Worten vor: „Hier sind die kirchlichen Gegenstände."

Ich sah die Zeichnungen in der Mappe, die er mir geöffnet hatte, an, wie ich früher die der Bauwerke angesehen hatte. Es waren Zeichnungen von Altären, Chorstühlen, Kanzeln, Sakramentshäuschen, Taufsteinen, Chorbrüstungen, Sesseln, einzelnen Gestalten, gemalten Fenstern und anderen Gegenständen, die in Kirchen vorkommen. Sie waren wie die Zeichnungen der Baugegenstände entweder ganz in Schwarzstift ausgeführt oder teils in Schwarzstift, teils in Farben. Hatte ich mich schon früher in diese Gegenstände vertieft, so geschah es jetzt noch mehr. Sie waren noch mannigfaltiger und für die Augen anlockender als die Bauwerke. Ich betrachtete jedes Blatt einzeln, und manches nahm ich noch einmal vor, nachdem ich es schon hingelegt hatte. Als ich mit dieser Mappe fertig war, legte mir der Meister eine neue vor und sagte: „Hier sind die weltlichen Gegenstände."

Die Mappe enthielt Zeichnungen von sehr verschiedenen Geräten, die in Wohnungen, Burgen, Klöstern und dergleichen vorkommen, sie enthielt Abbildungen von Vertäflungen, von ganzen Zimmerdecken, Fenster- und Türeinfassungen, ja von eingelegten Fußböden. Bei den weltlichen Geräten war viel mehr mit Farben gearbeitet als bei den kirchlichen und bei den Bauten; denn die Wohngeräte haben sehr oft die Farbe als einen wesentlichen Gegenstand ihrer Erscheinung, besonders wenn sie in verschiedenfarbigen Hölzern eingelegt sind. Ich fand in dieser Sammlung von Zeichnungen Abbildungen von Gegenständen, die ich in der Wohnung meines Gastfreundes gesehen hatte. So war der Schreibschrein und der große Kleiderschrein vorhanden. Auch der Tisch, an dem noch in der Schreinerstube gearbeitet wurde, stand hier schon fertig vor uns auf dem Papiere. Ich bemerkte hiebei, daß nur die Platte klar und kräftig ausgeführt war, das Gerüste und die Füße minder, gleichsam schattenhaft behandelt wurden. Ich erkannte, daß man so das Neue, was zu Geräten hinzukommen mußte, bezeichnen wollte. Mir gefiel diese Art sehr gut.

„Die Kirchengeräte unseres Landes dürften in dieser Sammlung ziemlich vollständig sein", sagte mein Gastfreund, „wenigstens wird nichts Wesentliches fehlen. Bei den weltlichen kann man das weniger sagen, da man nicht wissen kann, was noch hie und da in dem Lande zerstreut ist."

Als ich diese Mappe auch angesehen hatte, sagte mein Begleiter: „Diese Zeichnungen sind Nachbildungen von lauter wirklichen aus älterer Zeit auf uns gekommenen Gegenständen, wir haben aber auch Zeichnungen selbstständig entworfen, die Geräte oder andere kleinere Gegenstände darstellen. Zeigt uns auch diese, Meister."
Der junge Mann legte die Mappe auf den Tisch.
Sie war viel umfassender als jede der früheren und enthielt nicht bloß die vollständige Darstellung der ganzen Gegenstände, sondern auch ihre Quer- und Längenschnitte und ihre Grundrisse. Es waren Abbildungen von verschiedenen Geräten, dann von Verkleidungen, Fußböden, Zimmerdecken, Nischen und endlich sogar von Baugegenständen, Treppenhäusern und Seitenkapellen. Man war mit großer Zweifelsucht und Gewissenhaftigkeit zu Werke gegangen; manche Zeichnung war vier-, ja fünfmal vorhanden und jedes Mal verändert und verbessert. Die letzten waren stets mit Farben angegeben und dies besonders deutlich, wenn die Gegenstände in Holz oder Marmor auszuführen waren. Ich fragte, ob einige dieser Dinge ausgeführt worden sind.
„Freilich", antwortete mein Begleiter, „wozu wären denn so viele Zeichnungen angefertigt worden? Alle Gegenstände, die ihr öfter gezeichnet sahet und deren letzte Zeichnung in Farben angegeben ist, sind in Wirklichkeit ausgearbeitet worden. Diese Zeichnungen sind die Pläne und Vorlagen zu den neuen Geräten, auf deren Verfertigung, wie ich früher sagte, wir geraten sind. Wenn ihr einmal in den Ort, von dem ich euch gesagt habe, daß er mehrere enthält, kommen solltet, so würdet ihr dort nicht nur viele von denen, die hier gezeichnet sind, sehen, sondern auch solche, die zusammen gehören und ein Ganzes bilden."
„Wenn man diese Zeichnungen betrachtet", sagte ich, „und wenn man die anderen betrachtet, welche ich früher gesehen habe, so kömmt man auf den Gedanken, daß die Bauwerke einer Zeit und die Geräte, welche in diesen Bauwerken sein sollten, eine Einheit bilden, die nicht zerrissen werden kann."
„Allerdings bilden sie eine", erwiderte er, „die Geräte sind ja die Verwandten der Baukunst, etwa ihre Enkel oder Urenkel, und sind aus ihr hervorgegangen. Dieses ist so wahr, daß ja auch unsere heutigen Geräte zu unserer heutigen Baukunst gehören. Unsere Zimmer sind fast wie hohle Würfel oder wie Kisten, und in solchen stehen die geradlinigen und geradflächigen Geräte gut. Es ist daher nicht ohne Begründung, wenn die viel schöneren altertümlichen Geräte in unseren Wohnungen manchen Leuten einen unheimlichen Eindruck machen, sie widersprechen der Wohnung; aber hierin haben die Leute Unrecht, wenn sie die Geräte nicht schön finden, die Wohnung ist es, und diese sollte geändert werden. Darum stehen in Schlössern und altertümlichen Bauten derlei

Geräte noch am schönsten, weil sie da eine ihnen ähnliche Umgebung finden. Wir haben aus diesem Verhältnisse Nutzen gezogen und aus unseren Zeichnungen der Bauwerke viel für die Zusammenstellung unserer Geräte gelernt, die wir eben nach ihnen eingerichtet haben."

„Wenn man so viele dieser Dinge in so vielen Abbildungen vor sich sieht, wie wir jetzt getan haben", sagte ich, „so kann man nicht umhin, einen großen Eindruck zu empfinden, den sie machen."

„Es haben sehr tiefsinnige Menschen vor uns gelebt", erwiderte er, „man hat es nicht immer erkannt und fängt erst jetzt an, es wieder ein wenig einzusehen. Ich weiß nicht, ob ich es Rührung oder Schwermut nennen soll, was ich empfinde, wenn ich daran denke, daß unsere Voreltern ihre größten und umfassendsten Werke nicht vollendet haben. Sie mußten auf eine solche Ewigkeit des Schönheitsgefühles gerechnet haben, daß sie überzeugt waren, die Nachwelt werde an dem weiter bauen, was sie angefangen haben. Ihre unfertigen Kirchen stehen wie Fremdlinge in unserer Zeit. Wir haben sie nicht mehr empfunden oder haben sie durch häßliche Aftergebilde verunstaltet. Ich möchte jung sein, wenn eine Zeit kömmt, in welcher in unserem Vaterlande das Gefühl für diese Anfänge so groß wird, daß es die Mittel zusammenbringt, diese Anfänge weiter zu führen. Die Mittel sind vorhanden, nur werden sie auf etwas anderes angewendet, so wie man diese Bauwerke nicht aus Mangel der Mittel unvollendet ließ, sondern aus anderen Gründen."

Ich sagte nach diesen Worten, daß ich in dem berührten Punkte weniger unterrichtet sei; aber in einem anderen Punkte könnte ich vielleicht etwas sagen, nehmlich in Hinsicht der Zeichnungen. „Ich habe durch längere Zeit her Pflanzen, Steine, Tiere und andere Dinge gezeichnet, habe mich sehr geübt und dürfte daher etwa ein Urteil wagen können. Diese Zeichnungen erscheinen mir in Reinheit der Linien, in Richtigkeit des Perspectives, in kluger Hinstellung jedes Körperteiles und in passender Anwendung der Farben als ganz vortrefflich, und ich fühle mich gedrungen, dieses zu sagen."

Der Meister sagte zu diesem Lobe nichts, sondern er senkte den Blick zu Boden, meinen Gastfreund aber schien mein Urteil zu freuen.

Er bedeutete den Meister, die Mappe zusammen zu binden und in die Lade zu legen, was auch geschah.

Wir gingen von diesem Zimmer in die weiteren Räume des Schreinerhauses. Als wir über die Schwelle schritten, dachte ich, daß ich von altertümlichen Gegenständen trotz der Sammlungen meines Vaters, von denen ich doch lebenslänglich umgeben gewesen war, eigentlich bisher nicht viel verstanden habe und erst lernen müsse.

Von dem Zimmer der Zeichnungen gingen wir in das Wohnzimmer des Meisters, welches neben den gewöhnlichen Gerätstücken ebenfalls Zeichnungstische und Staffeleien enthielt. Es war ebenso freundlich eingerichtet wie das Zimmer der Zeichnungen.

Auch die Zimmer der Gehilfen besuchten wir und betraten dann die Nebenräume. Es waren dies Räume, die zu verschiedenen Gegenständen, die eine solche Anstalt fordert, notwendig sind. Der vorzüglichste war das Trockenhaus, welches hinter der Schreinerei angebracht war, aus der man in die untere und obere Abteilung desselben gelangen konnte. Es hatte den Zweck, daß in ihm alle Gattungen von Holz, die man hier verarbeitete, jenen Zustand der Trockenheit erreichen konnten, der in Geräten notwendig ist, daß nicht später wieder Beschädigungen eintreten. In dem unteren Raume wurden die größeren Holzkörper aufbewahrt, in dem oberen die kleineren und feineren. Ich konnte sehen, wie sehr es Ernst mit der Anlegung dieses Werkhauses war; denn ich fand in dem Trockenhause nicht nur einen sehr großen Vorrat von Holz, sondern auch fast alle Gattungen der inländischen und ausländischen Hölzer. Ich hatte hierin von der Zeit meiner naturwissenschaftlichen Bestrebungen her einige Kenntnis. Außerdem war das Holz beinahe durchgängig schon in die vorläufigen Gestalten geschnitten, in die es verarbeitet werden sollte, damit es auf diese Weise zu hinreichender Beruhigung austrocknen konnte. Mein Begleiter zeigte mir die verschiedenen Behältnisse und erklärte mir im Allgemeinen ihren Inhalt.

In dem unteren Raume sah ich Lärchenholz zu sehr großen seltsamen Gestalten verbunden, gleichsam zu schlanken Gerüsten, Rahmen und dergleichen, und fragte, da ich mir die Sache nicht erklären konnte, um ihre Bedeutung.

„In unserem Lande", antwortete mein Begleiter, „sind mehrere geschnitzte Altäre. Sie sind alle aus Lindenholz verfertigt und einige von bedeutender Schönheit. Sie stammen aus sehr früher Zeit, etwa zwischen dem dreizehnten und fünfzehnten Jahrhundert, und sind Flügelaltäre, welche mit geöffneten Flügeln die Gestalt einer Monstranze haben. Sie sind zum Teile schon sehr beschädigt und drohen, in kürzerer oder längerer Zeit zu Grunde zu gehen. Da haben wir nun einen auf meine Kosten wiederhergestellt und arbeiten jetzt an einem zweiten. Die Holzgerüste, um die ihr fragt, sind Grundlagen, auf denen Verzierungen befestigt werden müssen. Die Verzierungen sind noch ziemlich erhalten, ihre Grundlagen aber sind sehr morsch geworden, weshalb wir neue anfertigen müssen, wozu ihr hier die Entwürfe sehet."

„Hat man euch denn erlaubt, in einer Kirche einen Altar umzugestalten?" fragte ich.

„Man hat es uns erst nach vielen Schwierigkeiten erlaubt", antwortete er, „wir haben aber die Schwierigkeiten besiegt. Besonders kam uns das Mißtrauen in unsere Kenntnisse und Fähigkeiten entgegen, und hierin hatte man Recht. Wohin käme man denn, wenn man an vorhandenen Werken vorschnell Veränderungen anbringen ließe? Es könnten ja da Dinge von der größten Wichtigkeit verunstaltet oder zerstört werden. Wir mußten angeben, was wir verändern oder hinzufügen wollten und wie die Sache nach der Umarbeitung aussehen würde. Erst da wir dargelegt hatten, daß wir an den bestehenden Zusammenstellungen nichts ändern würden, daß keine Verzierung an einen andern Platz komme, daß kein Standbild an seinem Angesichte, seinen Händen oder den Faltungen seines Gewandes umgestaltet werde, sondern daß wir nur das Vorhandene in seiner jetzigen Gestalt erhalten wollen, damit es nicht weiter zerfallen könne, daß wir den Stoff, wo er gelitten hat, mit Stoff erfüllen wollen, damit die Ganzheit desselben vorhanden sei, daß wir an Zutaten nur die kleinsten Dinge anbringen würden, deren Gestalt vollkommen durch die gleichartigen Stücke bekannt wäre und in gleichmäßiger Vollkommenheit wie die alten verfertigt werden könnte, ferner als wir eine Zeichnung in Farben angefertigt hatten, die darstellte, wie der gereinigte und wieder hergestellte Altar aussehen würde, und endlich als wir Schnitzereien von geringem Umfange, einzelne Standbilder und dergleichen in unserem Sinne wieder hergestellt und zur Anschauung gebracht hatten, ließ man uns gewähren. Von Hindernissen, die nicht von der Obrigkeit ausgingen, von Verdächtigungen und ähnlichen Vorkommnissen rede ich nicht, sie sind auch wenig zu meiner Kenntnis gekommen."

„Da habt ihr ein langwieriges und, wie ich glaube, wichtiges Werk unternommen", sagte ich.

„Die Arbeit hat mehrere Jahre gedauert", erwiderte er, „und was die Wichtigkeit anbelangt, so hat sich wohl niemand mehr den Zweifeln hingegeben, ob wir die nötige Sachkenntnis besäßen, als wir selber. Darum haben wir auch gar keine Veränderung in der Wesenheit der Sache vorgenommen. Selbst dort, wo es deutlich erwiesen war, daß Teile des Altars in der Zeit in eine andere Gruppe gestellt worden waren, als sie ursprünglich gewesen sein konnten, ließen wir das Vorgefundene bestehen. Wir befreiten nur die Gebilde von Schmutz und Übertünchung, befestigten das Zerblätterte und Lediggewordene, ergänzten das Mangelnde, wo, wie ich gesagt habe, dessen Gestalt vollkommen bekannt war, füllten alles, was durch Holzwürmer zerstört war, mit Holz aus, beugten durch ein erprobtes Mittel den künftigen Zerstörungen dieser Tiere vor und überzogen endlich den ganzen Altar, da er fertig war, mit einem sehr matten Firnisse. Es wird einmal eine Zeit kommen, in welcher vom Staate aus vollkommen sachverständige Männer in ein Amt werden vereinigt werden, das die Wiederherstellung alter Kunstwerke einleiten, ihre Aufstellung in dem ursprünglichen Sinne bewirken und ihre Verunstaltung für kommende Zeiten verhindern wird; denn so gut man uns gewähren ließ, die ja auch eine Verunstaltung hätten hervorbringen können, so gut wird man in Zukunft auch andere gewähren lassen, die minder zweifelsüchtig sind oder im Eifer für das Schöne nach ihrer Art verfahren und das Wesen des Überkommenen zerstören."

„Und glaubt ihr, daß ein Gesetz, welches verbietet, an dem Wesen eines vorgefundenen Kunstwerkes etwas zu ändern, dem Verfalle und der Zerstörung desselben für alle Zeiten vorbeugen würde?" fragte ich.

„Das glaube ich nicht", erwiderte er; „denn es können Zeiten so geringen Kunstsinnes kommen, daß sie das Gesetz selber aufheben; aber auf eine längere Dauer und auf eine bessere Weise wäre doch durch ein solches Gesetz gesorgt, als wenn gar keines wäre. Den besten Schutz für Kunstwerke der Vorzeit würde freilich eine fortschreitende und nicht mehr erlahmende Kunstempfindung gewähren. Aber alle Mittel, auch in ihrer größten Vollkommenheit angewendet, würden den endlichen Untergang eines

Kunstwerkes nicht aufhalten können; dies liegt in der immerwährenden Tätigkeit und in dem Umwandlungstriebe der Menschen und in der Vergänglichkeit des Stoffes. Alles, was ist, wie groß und gut es sei, besteht eine Zeit, erfüllt einen Zweck und geht vorüber. Und so wird auch einmal über alle Kunstwerke, die jetzt noch sind, ein ewiger Schleier der Vergessenheit liegen, wie er jetzt über denen liegt, die vor ihnen waren."

„Ihr arbeitet an der Herstellung eines zweiten Altares", sagte ich, „da ihr einen schon vollendet habt; würdet ihr auch noch andere herstellen, da ihr sagt, daß es mehrere in dem Lande gibt?"

„Wenn ich die Mittel dazu hätte, würde ich es tun", erwiderte er, „ich würde sogar, wenn ich reich genug wäre, angefangene mittelalterliche Bauwerke vollenden lassen. Da steht in Grünau hart an der Grenze unseres Landes an der Stadtpfarrkirche ein Turm, welcher der schönste unseres Landes ist und der höchste wäre, wenn er vollendet wäre; aber er ist nur ungefähr bis zu zwei Drittteilen seiner Höhe fertig geworden. Dieser altdeutsche Turm wäre das Erste, welches ich vollenden ließe. Wenn ihr wieder kommt, so führe ich euch in eine Kirche, in welcher auf Landeskosten ein geschnitzter Flügelaltar wieder hergestellt worden ist, der zu den bedeutendsten Kunstwerken gehört, welche in dieser Art vorhanden sind."

Wir traten bei diesen Worten den Rückweg aus dem Trockenhause in die Arbeitstube an. Mein Begleiter sagte auf diesem Wege: „Da Eustach jetzt vorzugsweise damit beschäftigt ist, die im Laufe befindlichen Werke auszufertigen, so hat er seinen Bruder, der herangewachsen ist, unterrichtet, und dieser versieht jetzt hauptsächlich das Geschäft des Zeichnens. Er ist eben daran, die Verzierungen, die in unserem Lande an Bauwerken, Holzarbeiten oder sonstwo vorkommen und die wir in unseren Blättern von größeren Werken noch nicht haben, zu zeichnen. Wir erwarten ihn in kurzer Zeit auf einige Tage zurück. An diesen Dingen könnte auch die Gegenwart lernen, falls sie lernen will. Nicht bloß aus dem Großen, wenn wir das Große betrachteten, was unsere Voreltern gemacht haben und was die kunstsinnigsten vorchristlichen Völker gemacht haben, könnten wir lernen, wieder in edlen Gebäuden wohnen oder von edlen Geräten umringt sein, wenigstens wie die Griechen in schönen Tempeln beten; sondern wir könnten uns auch im Kleinen vervollkommnen, die Überzüge unserer Zimmer könnten schöner sein, die gewöhnlichen Geräte, Krüge, Schalen, Lampen, Leuchter, Äxte würden schöner werden, selbst die Zeichnungen auf den Stoffen zu Kleidern und endlich auch der Schmuck der Frauen in schönen Steinen; er würde die leichten Bildungen der Vergangenheit annehmen, statt daß jetzt oft eine Barbarei von Steinen in einer Barbarei von Gold liegt. Ihr werdet mir Recht geben, wenn ihr an die vielen Zeichnungen von Kreuzen, Rosen, Sternen denkt, die ihr in unseren Blättern mittelalterlicher Bauwerke gesehen habt."

Ich bewunderte den Mann, der, da er so redete, in einem sonderbaren, ja abgeschmackten Kleide neben mir ging.

„Wenigstens Achtung vor Leuten, die vor uns gelebt haben, könnte man aus solchen Bestrebungen lernen", fuhr er fort, „statt daß wir jetzt gewohnt sind, immer von unseren Fortschritten gegenüber der Unwissenheit unserer Voreltern reden zu hören. Das große Preisen von Dingen erinnert zu oft an Armut von Erfahrungen."

Wir waren bei diesen Worten wieder in die Werkstube gekommen und verabschiedeten uns von dem Meister. Ich reichte ihm die Hand, die er annahm, und schüttelte die seinige herzlich. Da wir aus dem Hause getreten waren und ich umschaute, sah ich durch das Fenster, wie er eben seine grüne Schürze herab nahm und wieder umband. Auch hörten wir das Hobeln und Sägen wieder, das bei unserem Besuche des Werkhauses ein wenig verstummt war.
Wir betraten den Gebüschpfad und kamen wieder in die Nähe des Wohnhauses.
„Ihr habt nun meine ganze Behausung gesehen", sagte mein Gastfreund.
„Ich habe ja Küche und Keller und Gesindestuben nicht gesehen", erwiderte ich.
„Ihr sollt sie sehen, wenn ihr wollt", sagte er.
Ich nahm mein mehr im Scherze gesprochenes Wort nicht zurück, und wir gingen wieder in das Haus.
Ich sah hier eine große gewölbte Küche, eine große Speisekammer, drei Stuben für Dienstleute, eine für eine Art Hausaufseher, dann die Waschstube, den Backofen, den Keller und die Obstkammer. Wie ich vermutet hatte, war dies alles reinlich und zweckmäßig eingerichtet. Ich sah Mägde beschäftigt, und wir trafen auch den Hausaufseher in seinem Tagewerke begriffen. Das flache feine Körbchen, aus welchem mein Beherberger die Vögel gefüttert hatte, lehnte in einer eigenen Mauernische neben der Tür, welche sein bestimmter Platz zu sein schien.
Wir gingen von diesen Räumen in das Gewächshaus. Es enthielt sehr viele Pflanzen, meistens solche, welche zur Zeit gebräuchlich waren. Auf den Gestellen standen Camellien mit gut gepflegten grünen Blättern, Rhododendren, darunter, wie mir die Aufschrift sagte, gelbe, die ich nie gesehen hatte, Azaleen in sehr mannigfaltigen Arten und besonders viele neuholländische Gewächse. Von Rosen war die Teerose in hervorragender Anzahl da, und ihre Blumen blühten eben. An das Gewächshaus stieß ein kleines Glashaus mit Ananas. Auf dem Sandwege vor beiden Häusern standen Citronen- und Orangenbäume in Kübeln. Der alte Gärtner hatte noch weißere Haare als sein Herr. Er war ebenfalls ungewöhnlich gekleidet, nur konnte ich bei ihm das Ungewöhnliche nicht finden. Das fiel mir auf, daß er viel reines Weiß an sich hatte, welches im Vereine mit seiner weißen Schürze mich eher an einen Koch als an einen Gärtner erinnerte.
Daß die schmale Seite des Gewächshauses von Außen mit Rosen bekleidet sei, wie die Südseite des Wohnhauses, fiel mir wieder auf, aber es berührte mich nicht unangenehm. Die alte Gattin des Gärtners, die wir in der Wohnung desselben fanden, war ebenso weiß gekleidet wie ihr Mann. An die Gärtnerswohnung stießen die Kammern der Gehilfen.

„Jetzt habt ihr alles gesehen", sagte mein Gastfreund, da wir aus diesen Kammern traten, „außer den Gastzimmern, die ich euch zeigen werde, wenn ihr es verlangt, und der Wohnung meines Ziehsohnes, die wir aber jetzt nicht betreten können, weil wir ihn in seinem Lernen stören würden."

„Wir wollen das auf eine spätere Stunde lassen, in der ich euch daran erinnern werde", sagte ich, „jetzt habe ich aber ein anderes Anliegen an eure Güte, das mir näher am Herzen ist."

„Und dieses nähere Anliegen?" fragte er.

„Daß ihr mir endlich sagt", antwortete ich, „wie ihr zu einer so entschiedenen Gewißheit in Hinsicht des Wetters gekommen seid."

„Der Wunsch ist ein sehr gerechter", entgegnete er, „und um so gerechter, als eure Meinung über das Gewitter der Grund gewesen ist, weshalb ihr zu unserem Hause herauf gegangen seid, und als unser Streit über das Gewitter der Grund gewesen ist, daß ihr länger da geblieben seid. Gehen wir aber gegen das Bienenhaus, und setzen wir uns auf eine Bank unter eine Linde. Ich werde euch auf dem Wege und auf der Bank meine Sache erzählen."

Wir schlugen einen breiten Sandpfad ein, der Anfangs von größeren Obstbäumen und später von hohen, schattenden Linden begrenzt war. Zwischen den Stämmen standen Ruhebänke, auf dem Sande liefen pickende Vögel und in den Zweigen wurde heute wieder das Singen vollbracht, welches ich gestern schon wahrgenommen hatte.

„Ihr habt die Sammlung von Werkzeugen der Naturlehre in meiner Wohnung gesehen", fing mein Begleiter an, als wir auf dem Sandwege dahin gingen, „sie erklären schon einen Teil unserer Sache."

„Ich habe sie gesehen", antwortete ich, „besonders habe ich das Barometer, Thermometer sowie einen Luftblau- und Feuchtigkeitsmesser bemerkt; aber diese Dinge habe ich auch, und sie haben eher, da ich sie vor meiner Wanderung beobachtete, auf einen Niederschlag als auf sein Gegenteil gedeutet."

„Das Barometer ist gefallen", erwiderte er, „und wies auf geringeren Luftdruck hin, mit welchem sehr oft der Eintritt von Regen verbunden ist."

„Wohl", sagte ich.

„Der Zeiger des Feuchtigkeitsmessers", fuhr er fort, „rückte mehr gegen den Punkt der größten Feuchtigkeit."

„Ja, so ist es gewesen", antwortete ich.

„Aber der Electricitätsmesser", sagte er, „verkündigte wenig Luftelectricität, daß also eine Entladung derselben, womit in unseren Gegenden gerne Regen verbunden ist, nicht erwartet werden konnte."

„Ich habe wohl auch die nehmliche Beobachtung gemacht", entgegnete ich, „aber die electrische Spannung steht nicht so sehr im Zusammenhange mit Wetterveränderungen

und ist meistens nur ihre Folge. Zudem hat sich gestern gegen Abend Electricität genug entwickelt, und alle Anzeichen, von denen ihr redet, verkündeten einen Niederschlag."
„Ja, sie verkündeten ihn und er ist erfolgt", sagte mein Begleiter; „denn es bildeten sich aus den unsichtbaren Wasserdünsten sichtbare Wolken, die ja wohl sehr fein zerteiltes Wasser sind. Da ist der Niederschlag. Auf die geringe electrische Spannung legte ich kein Gewicht; ich wußte, daß, wenn einmal Wolken entstünden, sich auch hinlängliche Electricität einstellen würde. Die Anzeichen, von denen wir geredet haben, beziehen sich aber nur auf den kleinen Raum, in dem man sich eben befindet, man muß auch einen weiteren betrachten, die Bläue der Luft und die Gestaltung der Wolken."
„Die Luft hatte schon gestern Vormittags die tiefe und finstere Bläue", erwiderte ich, „welche dem Regen vorangeht, und die Wolkenbildung begann bereits am Mittage und schritt sehr rasch vorwärts."
„Bis hieher habt ihr Recht", sagte mein Begleiter, „und die Natur hat euch auch Recht gegeben, indem sie eine ungewöhnliche Menge von Wolken erzeugte. Aber es gibt auch noch andere Merkmale als die wir bisher besprochen haben, welche euch entgangen sind.
Ihr werdet wissen, daß Anzeichen bestehen, welche nur einer gewissen Gegend eigen sind und von den Eingeborenen verstanden werden, denen sie von Geschlecht zu Geschlecht überliefert worden sind. Oft vermag die Wissenschaft recht wohl den Grund der langen Erfahrung anzugeben. Ihr wißt, daß in Gegenden ein kleines Wölklein, an einer bestimmten Stelle des Himmels, der sonst rein ist, erscheinend und dort schweben bleibend, ein sicherer Gewitteranzeiger für diese Gegend ist, daß ein trüberer Ton an einer gewissen Stelle des Himmels, ein Windstoß aus einer gewissen Gegend her Vorboten eines Landregens sind und daß der Regen immer kömmt. Solche Anzeichen hat auch diese Gegend, und es sind gestern keine eingetreten, die auf Regen wiesen."
„Merkmale, die nur dieser Gegend angehören", erwiderte ich, „konnte ich nicht beobachten; aber ich glaube, daß diese Merkmale allein euch doch nicht bestimmen konnten, einen so entscheidenden Ausspruch zu tun, wie ihr getan habt."
„Sie bestimmten mich auch nicht", antwortete er, „ich hatte auch noch andere Gründe."
„Nun?"
„Alle die Vorzeichen, von denen wir bisher geredet haben, sind sehr grobe", sagte er, „und werden meistens von uns nur mittelst räumlicher Veränderungen erkannt, die, wenn sie nicht eine gewisse Größe erreichen, von uns gar nicht mehr beobachtet werden können. Der Schauplatz, auf welchem sich die Witterungsverhältnisse gestalten, ist sehr groß; dort, wohin wir nicht sehen und woher die Wirkungen auf unsere wissenschaftlichen Werkzeuge nicht reichen können, mögen vielleicht Ursachen und Gegenanzeigen sein, die, wenn sie uns bekannt wären, unsere Vorhersage in ihr Gegenteil umstimmen würden. Die Anzeichen können daher auch täuschen. Es sind aber noch viel feinere Vorrichtungen vorhanden, deren Beschaffenheit uns ein Geheimnis ist,

die von Ursachen, die wir sonst gar nicht mehr messen können, noch betroffen werden und deren Wirkung eine ganz gewisse ist."
„Und diese Werkzeuge?"
„Sind die Nerven."
„Also empfindet ihr durch eure Nerven, wenn Regen kommen wird?"
„Durch meine Nerven empfinde ich das nicht", antwortete er. „Der Mensch stört leider durch zu starke Einwirkungen, die er auf die Nerven macht, das feine Leben derselben, und sie sprechen zu ihm nicht mehr so deutlich, als sie sonst wohl könnten. Auch hat ihm die Natur etwas viel Höheres zum Ersatze gegeben, den Verstand und die Vernunft, wodurch er sich zu helfen und sich seine Stellung zu geben vermag. Ich meine die Nerven der Tiere."
„Es wird wohl wahr sein, was ihr sagt", antwortete ich. „Die Tiere hängen mit der tiefer stehenden Natur noch viel unmittelbarer zusammen als wir. Es wird nur darauf ankommen, daß diese Beziehungen ergründet werden und dafür ein Ausdruck gefunden wird, besonders, was das kommende Wetter betrifft."
„Ich habe diesen Zusammenhang nicht ergründet", entgegnete er, „noch weniger den Ausdruck dafür gefunden; beides dürfte in dieser Allgemeinheit wohl sehr schwer sein; aber ich habe zufällig einige Beobachtungen gemacht, habe sie dann absichtlich wiederholt und daraus Erfahrungen gesammelt und Ergebnisse zusammen gestellt, die eine Voraussage mit fast völliger Gewißheit möglich machen. Viele Tiere sind von Regen und Sonnenschein so abhängig, ja bei einigen handelt es sich geradezu um das Leben selber, je nachdem Sonne oder Regen ist, daß ihnen Gott notwendig hat Werkzeuge geben müssen, diese Dinge vorhinein empfinden zu können. Diese Empfindung als Empfindung kann aber der Mensch nicht erkennen, er kann sie nicht betrachten, weil sie sich den Sinnen entzieht; allein die Tiere machen in Folge dieser Vorempfindung Anstalten für ihre Zukunft, und diese Anstalten kann der Mensch betrachten und daraus Schlüsse ziehen. Es gibt einige, die ihre Nahrung finden, wenn es feucht ist, andere verlieren sie in diesem Falle. Manche müssen ihren Leib vor Regen bergen, manche ihre Brut in Sicherheit bringen. Viele müssen ihre für den Augenblick aufgeschlagene Wohnung verlassen oder eine andere Arbeit suchen. Da nun die Vorempfindung gewiß sein muß, wenn die daraus folgende Handlung zur Sicherung führen soll, da die Nerven schon berührt werden, wenn noch alle menschlichen wissenschaftlichen Werkzeuge schweigen, so kann eine Voraussage über das Wetter, die auf eine genaue Betrachtung der Handlungen der Tiere gegründet ist, mehr Anhalt gewähren als die aus allen wissenschaftlichen Werkzeugen zusammen genommen."
„Ihr eröffnet da eine neue Richtung."
„Die Menschen haben darin schon Vieles erfahren. Die besten Wetterkenner sind die Insekten und überhaupt die kleinen Tiere. Sie sind aber viel schwerer zu beobachten, da sie, wenn man dies tun will, nicht leicht zu finden sind und da man ihre Handlungen auch nicht immer leicht versteht. Aber von kleineren Tieren hängen oft größere ab,

deren Speise jene sind, und die Handlungen kleinerer Tiere haben Handlungen größerer zur Folge, welche der Mensch leichter überblickt. Freilich steht da ein Schluß in der Mitte, der die Gefahr zu irren größer macht, als sie bei der unmittelbaren Betrachtung und der gleichsam redenden Tatsache ist. Warum, damit ich ein Beispiel anführe, steigt der Laubfrosch tiefer, wenn Regen folgen soll, warum fliegt die Schwalbe niedriger und springt der Fisch aus dem Wasser? Die Gefahr, zu irren, wird wohl bei oftmaliger Wiederholung der Beobachtung und bei sorglicher Vergleichung geringer; aber das Sicherste bleiben immer die Herden der kleinen Tiere. Das habt ihr gewiß schon gehört, daß die Spinnen Wetterverkündiger sind und daß die Ameisen den Regen vorhersagen. Man muß das Leben dieser kleinen Dinge betrachten, ihre häuslichen Einrichtungen anschauen, oft zu ihnen kommen, sehen, wie sie ihre Zeit hinbringen, erforschen, welche Grenzen ihre Gebiete haben, welche die Bedingungen ihres Glückes sind und wie sie denselben nachkommen. Darum wissen Jäger, Holzhauer und Menschen, welche einsam sind und zur Betrachtung dieses abgesonderten Lebens aufgefordert werden, das Meiste von diesen Dingen und wie aus dem Benehmen von Tieren das Wetter vorherzusagen ist. Es gehört aber wie zu allem auch Liebe dazu."

„Hier ist der Sitz", unterbrach er sich, „von welchem ich früher gesprochen habe. Hier ist die schönste Linde meines Gartens, ich habe einen bessern Ruheplatz unter ihr anbringen lassen und gehe selten vorüber, ohne mich eine Weile nieder zu setzen, um mich an dem Summen in ihren Ästen zu ergötzen. Wollen wir uns setzen?"

Ich willigte ein, wir setzten uns, das Summen war wirklich über unsern Häuptern zu hören, und ich fragte: „Habt ihr nun diese Beobachtungen an den Tieren, wie ihr sagtet, gemacht?"

„Auf Beobachtungen bin ich eigentlich nicht ausgegangen", antwortete er; „aber da ich lange in diesem Hause und in diesem Garten gelebt habe, hat sich Manches zusammengefunden; aus dem Zusammengefundenen haben sich Schlüsse gebaut, und ich bin durch diese Schlüsse umgekehrt wieder zu Betrachtungen veranlaßt worden. Viele Menschen, welche gewohnt sind, sich und ihre Bestrebungen als den Mittelpunkt der Welt zu betrachten, halten diese Dinge für klein; aber bei Gott ist es nicht so; das ist nicht groß, an dem wir vielmal unsern Maßstab umlegen können, und das ist nicht klein, wofür wir keinen Maßstab mehr haben. Das sehen wir daraus, weil er alles mit gleicher Sorgfalt behandelt. Oft habe ich gedacht, daß die Erforschung des Menschen und seines Treibens, ja sogar seiner Geschichte, nur ein anderer Zweig der Naturwissenschaft sei, wenn er auch für uns Menschen wichtiger ist, als er für Tiere wäre. Ich habe zu einer Zeit Gelegenheit gehabt, in diesem Zweige Manches zu erfahren und mir Einiges zu merken. Doch ich will zu meinem Gegenstande zurückkehren. Von dem, was die kleinen Tiere tun, wenn Regen oder Sonnenschein kommen soll, oder wie ich überhaupt aus ihren Handlungen Schlüsse ziehe, kann ich jetzt nicht reden, weil es zu umständlich sein würde, obwohl es merkwürdig ist; aber das kann ich sagen, daß nach meinen bisherigen

Erfahrungen gestern keines der Tierchen in meinem Garten ein Zeichen von Regen gegeben hat.
Wir mögen von den Bienen anfangen, welche in diesen Zweigen summen, und bis zu den Ameisen gelangen, die ihre Puppen an der Planke meines Gartens in die Sonne legen, oder zu dem Springkäfer, der sich seine Speise trocknet. Weil mich nun diese Tiere, wenn ich zu ihnen kam, nie getäuscht haben, so folgerte ich, daß die Wasserbildung, welche unsere gröberen wissenschaftlichen Werkzeuge voraussagten, nicht über die Entstehung von Wolken hinausgehen würde, da es sonst die Tiere gewußt hätten. Was aber mit den Wolken geschehen würde, erkannte ich nicht genau, ich schloß nur, daß durch die Abkühlung, die ihr Schatten erzeugen müßte, und durch die Luftströmungen, denen sie selber ihr Dasein verdankten, ein Wind entstehen könnte, der in der Nacht den Himmel wieder rein fegen würde."
„Und so geschah es auch", sagte ich.
„Ich konnte es um so sicherer voraussehen", erwiderte er, „weil es an unserem Himmel und in unserem Garten oft schon so gewesen ist wie gestern und stets so geworden ist wie heute in der Nacht."
„Das ist ein weites Feld, von dem ihr da redet", sagte ich, „und da steht der menschlichen Erkenntnis ein nicht unwichtiger Gegenstand gegenüber. Er beweist wieder, daß jedes Wissen Ausläufe hat, die man oft nicht ahnt, und wie man die kleinsten Dinge nicht vernachlässigen soll, wenn man auch noch nicht weiß, wie sie mit den größeren zusammenhängen. So kamen wohl auch die größten Männer zu den Werken, die wir bewundern, und so kann mit Hereinbeziehung dessen, von dem ihr redet, die Witterungskunde einer großen Erweiterung fähig sein."
„Diesen Glauben hege ich auch", erwiderte er. „Euch Jüngeren wird es in den Naturwissenschaften überhaupt leichter, als es den Älteren geworden ist. Man schlägt jetzt mehr die Wege des Beobachtens und der Versuche ein, statt daß man früher mehr den Vermutungen, Lehrmeinungen, ja Einbildungen hingegeben war. Diese Wege wurden lange nicht klar, obgleich sie Einzelne wohl zu allen Zeiten gegangen sind. Je mehr Boden man auf die neue Weise gewinnt, desto mehr Stoff hat man als Hilfe zu fernern Erringungen.
Man wendet sich jetzt auch mit Ernst der Pflege der einzelnen Zweige zu, statt wie früher immer auf das Allgemeine zu gehen; und es wird daher auch eine Zeit kommen, in der man dem Gegenstande eine Aufmerksamkeit schenken wird, von dem wir jetzt gesprochen haben. Wenn die Fruchtbarkeit, wie sie durch Jahrzehnte in der Naturwissenschaft gewesen ist, durch Jahrhunderte anhält, so können wir gar nicht ahnen, wie weit es kommen wird. Nur das eine wissen wir jetzt, daß das noch unbebaute Feld unendlich größer ist als das bebaute."
„Ich habe gestern einige Arbeiter bemerkt", sagte ich, „welche, obwohl der Himmel voll Wolken war, doch Wasser pumpten, ihre Gießkannen füllten und die Gewächse begossen. Haben diese vielleicht auch gewußt, daß kein Regen kommen werde, oder

haben sie bloß eure Befehle vollzogen, wie die Mäher, die an dem Meierhofe Gras abmähten?"

„Das Letztere ist der Fall", erwiderte er. „Diese Arbeiter glauben jedes Mal, daß ich mich irre, wenn der äußere Anschein gegen mich ist, wie oft sie auch durch den Erfolg belehrt worden sein mögen. Und so werden sie gewiß auch gestern geglaubt haben, daß Regen komme. Sie begossen die Gewächse, weil ich es angeordnet habe und weil es bei uns eingeführt ist, daß der, welcher wiederholt den Anordnungen nicht nachkömmt, des Dienstes entlassen wird. Es sind aber endlich auch noch andere Dinge außer den Tieren, welche das Wetter vorhersagen, nehmlich die Pflanzen."

„Von den Pflanzen wußte ich es schon, und zwar besser, als von den Tieren", erwiderte ich.

„In meinem Garten und in meinem Gewächshause sind Pflanzen", sagte er, „welche einen auffallenden Zusammenhang mit dem Luftkreise zeigen, besonders gegen das Nahen der Sonne, wenn sie lange in Wolken gewesen war. Aus dem Geruche der Blumen kann man dem kommenden Regen entgegen sehen, ja sogar aus dem Grase riecht man ihn beinahe. Mir kommen diese Dinge so zufällig in den Garten und in das Haus; ihr aber werdet sie weit besser und weit gründlicher kennen lernen, wenn ihr die Wege der neuen Wissenschaftlichkeit wandelt und die Hilfsmittel benützt, die es jetzt gibt, besonders die Rechnung. Wenn ihr namentlich eine einzelne Richtung einschlagt, so werdet ihr in derselben ungewöhnlich große Fortschritte machen."

„Woher schließt ihr denn das?" fragte ich.

„Aus eurem Aussehen", erwiderte er, „und schon aus der sehr bestimmten Aussage, die ihr gestern in Hinsicht des Wetters gemacht habt."

„Diese Aussage war aber falsch", antwortete ich, „und aus ihr hättet ihr gerade das Gegenteil schließen können."

„Nein, das nicht", sagte er, „eure Äußerung zeigte, weil sie so bestimmt war, daß ihr den Gegenstand genau beobachtet habt, und weil sie so warm war, daß ihr ihn mit Liebe und mit Eifer umfaßt; daß eure Meinung deßohngeachtet irrig war, kam nur daher, weil ihr einen Umstand, der auf sie Einfluß hatte, nicht kanntet und ihn auch nicht leicht kennen konntet; sonst würdet ihr anders geurteilt haben."

„Ja, ihr redet wahr, ich würde anders geurteilt haben", antwortete ich, „und ich werde nicht wieder so voreilig urteilen."

„Ihr habt gestern gesagt, daß ihr euch mit Naturdingen beschäftiget", fuhr er fort, „darf ich wohl fragen, ob ihr eine bestimmte Richtung gewählt habt und welche."

Ich war durch die Frage ein wenig in Verwirrung gebracht und antwortete: „Ich bin doch im Grunde nur ein gewöhnlicher Fußreisender. Ich besitze gerade so viel Vermögen, um unabhängig leben zu können, und gehe in der Welt herum, um sie anzusehen. Ich habe wohl vor Kurzem alle Wissenschaften angefangen; aber davon bin ich zurückgekommen und habe mir nur hauptsächlich die einzelne Wissenschaft der Erdbildung zur Aufgabe gemacht. Um die Werke, welche ich hierin lese, zu ergänzen, suche ich auf den Reisen, die ich in verschiedene Landesteile mache, zu beobachten, schreibe meine Erfahrungen auf und verfertige Zeichnungen. Da die Werke vorzüglich von Gebirgen handeln, so suche ich auch vorzüglich die Gebirge auf. Sie enthalten sonst auch Vieles, das mir lieb ist."

„Diese Wissenschaft ist eine sehr weite", entgegnete mein Gastfreund, „wenn sie in der Bedeutung der Erdgeschichte genommen wird. Sie schließt manche Wissenschaften ein und setzt manche voraus. Die Berge sind wohl jetzt, wo diese Wissenschaft noch jung ist und wo man ihre ersten und greifbarsten Züge sammelt, von der größten Bedeutung; aber es wird auch die Ebene an die Reihe kommen, und ihre einfache und schwerer zu entziffernde Frage wird gewiß nicht von geringerer Wichtigkeit sein."

„Sie wird gewiß wichtig sein", antwortete ich. „Ich habe die Ebene und ihre Sprache, die sie damals zu mir sprach, schon geliebt, ehe ich meine jetzige Aufgabe betrieb und ehe ich die Gebirge kannte."

„Ich glaube", entgegnete mein Begleiter, „daß in der gegenwärtigen Zeit der Standpunkt der Wissenschaft, von welcher wir sprechen, der des Sammelns ist. Entfernte Zeiten werden aus dem Stoffe etwas bauen, das wir noch nicht kennen. Das Sammeln geht der Wissenschaft immer voraus; das ist nicht merkwürdig; denn das Sammeln muß ja vor der Wissenschaft sein; aber das ist merkwürdig, daß der Drang des Sammelns in die Geister kömmt, wenn eine Wissenschaft erscheinen soll, wenn sie auch noch nicht wissen, was diese Wissenschaft enthalten wird. Es geht gleichsam der Reiz der Ahnung in die Herzen, wozu etwas da sein könne und wozu es Gott bestellt haben möge. Aber selbst ohne diesen Reiz hat das Sammeln etwas sehr Einnehmendes. Ich habe meine Marmore alle selber in den Gebirgen gesammelt und habe ihren Bruch aus den Felsen, ihr Absägen, ihr Schleifen und ihre Einfügungen geleitet. Die Arbeit hat mir manche Freude gebracht, und ich glaube, daß mir nur darum diese Steine so lieb sind, weil ich sie selber gesucht habe."

„Habt ihr alle Arten unsers Gebirges?" fragte ich.

„Ich habe nicht alle", antwortete er, „ich hätte sie vielleicht nach und nach erhalten können, wenn ich meine Besuche stetig hätte fortsetzen können. Aber seit ich alt werde, wird es mir immer schwieriger. Wenn ich jetzt zu seltnen Zeiten einmal an den Rand des Simmeises hinaufkomme, empfinde ich, daß es nicht mehr ist wie in der Jugend, wo man keine Grenze kennt als das Ende des Tages oder die bare Unmöglichkeit. Weil ich nun nicht mehr so große Strecken durchreisen kann, um etwa Marmor, der mir noch fehlt, in Blöcken aufzusuchen, so wird die Ausbeute immer geringer; sie wird auch aus dem Grunde geringer, weil ich bereits so viel habe und die Stellen also seltener sind, wo ich ein noch Fehlendes finde. Da ich allen Marmor selber gesammelt habe, so kann ich wohl auch kein Stück an meinem Hause anbringen, das mir von fremder Hand käme."

„Ihr habt also wahrscheinlich das Haus selber gebaut oder es sehr umgestaltet?" fragte ich.

„Ich habe es selber gebaut", antwortete er. „Das Wohnhaus, welches zu den umliegenden Gründen gehört, war früher der Meierhof, an dem ihr gestern, da wir auf dem Bänkchen der Felderrast saßen, Leute Gras mähen gesehen habt. Ich habe ihn von dem früheren Besitzer sammt allen Ländereien, die dazu gehören, gekauft, habe das Haus auf dem Hügel gebaut und habe den Meierhof zum Wirtschaftsgebäude bestimmt."

„Aber den Garten könnt ihr doch unmöglich neu angelegt haben?"

„Das ist eine eigene Entstehungsgeschichte", erwiderte er. „Ich muß sagen: ich habe ihn neu angelegt, und ich muß sagen: ich habe ihn nicht neu angelegt.

Ich habe mir mein Wohnhaus für den Rest meiner Tage auf einen Platz gebaut, der mir entsprechend schien. Der Meierhof stand in dem Tale, wie meistens die Gebäude dieser Art, damit sie das fette Gras, das man häufig in den Wirtschaften braucht, um das Gehöfte herum haben; ich wollte aber mit meiner Wohnung auf die Anhöhe. Da sie nun fertig war, sollte der Garten, der an dem Meierhofe stand und nur mit vereinzelten Bäumen oder mit Gruppen von ihnen zu mir langte, heraufgezogen werden. Die Linde, unter welcher wir jetzt sitzen, sowie ihre Kameraden, die um sie herum stehen oder einen Gartenweg bilden, stehen da, wo sie gestanden sind. Der große alte Kirschbaum auf der Anhöhe stand mitten im Getreide. Ich zog die Anhöhe zu meinem Garten, legte einen Weg zu dem Kirschbaume hinauf an und baute um ihn ein Bänklein herum. Und so ging es mit vielen andern Bäumen. Manche, und darunter sehr bedeutende, daß man es nicht glauben sollte, haben wir übersetzt. Wir haben sie im Winter mit einem großen Erdballen ausgegraben, sie mit Anwendung von Seilen umgelegt, hierher geführt und mit Hilfe von Hebeln und Balken in die vorgerichteten, gut zubereiteten Gruben gesenkt. Waren die Zweige und Äste gehörig gekürzt, so schlugen sie im Frühlinge desto kräftiger an, gleichsam als wären die Bäume zu neuem Leben erwacht. Die Gesträuche und das Zwergobst ist alles neu gesetzt worden. In kürzerer Zeit, als man glauben sollte, hatten wir die Freude, zu sehen, daß der Garten so zusammengewachsen erschien, als wäre er nie an einem andern Platze gewesen. In der Nähe des Meierhofes habe ich manchen Rest von Bäumen fällen lassen, wenn er dem Getreidebau hinderlich war; denn ich legte dort Felder an, wo ich die Bäume genommen hatte, um an Boden auf jener Seite zu gewinnen, was ich auf dieser durch Anlegung des Gartens verloren hatte."

„Ihr habt da einen reizenden Sitz", bemerkte ich.

„Nicht der Sitz allein, das ganze Land ist reizend", erwiderte er, „und es ist gut da wohnen, wenn man von den Menschen kömmt, wo sie ein wenig zu dicht an einander sind, und wenn man für die Kräfte seines Wesens Tätigkeit mitbringt. Zuweilen muß man auch einen Blick in sich selbst tun. Doch soll man nicht stetig mit sich allein auch in dem schönsten Lande sein; man muß zu Zeiten wieder zu seiner Gesellschaft zurückkehren, wäre es auch nur, um sich an mancher glänzenden Menschentrümmer, die aus unsrer Jugend noch übrig ist, zu erquicken, oder an manchem festen Turm von einem Menschen empor zu schauen, der sich gerettet hat. Nach solchen Zeiten geht das Landleben wieder wie lindes Öl in das geöffnete Gemüt. Man muß aber weit von der

Stadt weg und von ihr unberührt sein. In der Stadt kommen die Veränderungen, welche die Künste und die Gewerbe bewirkt haben, zur Erscheinung: auf dem Lande die, welche naheliegendes Bedürfnis oder Einwirken der Naturgegenstände auf einander hervorgebracht haben. Beide vertragen sich nicht, und hat man das Erste hinter sich, so erscheint das Zweite fast wie ein Bleibendes, und dann ruht vor dem Sinne ein schönes Bestehendes und zeigt sich dem Nachdenken ein schönes Vergangenes, das sich in menschlichen Wandlungen und in Wandlungen von Naturdingen in eine Unendlichkeit zurückzieht."

Ich antwortete nichts auf diese Rede, und wir schwiegen eine Weile.

Endlich sagte er wieder: „Ihr bleibt noch heute nachmittag und in der Nacht bei uns?"

„Nach dem, wie ich hier aufgenommen worden bin", antwortete ich, „ist es ein angenehmes Gefühl, noch den Tag und die Nacht hier zubringen zu dürfen."

„So ist es gut", erwiderte er, „ihr müßt aber auch erlauben, daß ich euch einen Teil des Vormittags allein lasse, weil die Stunde naht, in der ich zu Gustav gehen und ihm in seinem Lernen beistehen muß."

„Tut euch nur keinen Zwang an", entgegnete ich.

„So werde ich euch verlassen", antwortete er, „geht indessen ein wenig in dem Garten herum, oder seht das Feld an, oder besucht das Haus."

„Ich wünsche für den Augenblick noch eine Weile unter diesem Baume sitzen bleiben zu dürfen", erwiderte ich.

„Tut, wie es euch gefällt", antwortete er, „nur erinnert euch, daß ich gestern gesagt habe, daß in diesem Hause um zwölf Uhr zu Mittag gegessen wird."

„Ich erinnere mich", sagte ich, „und werde keine Unordnung machen."

Eine kleine Weile nach diesen Worten stand er auf, strich sich mit seiner Hand die Tierchen und sonstigen Körperchen, die von dem Baume auf ihn herabgefallen waren, aus den Haaren, empfahl sich und ging in der Richtung gegen das Haus zu.

Der Abschied

Ich saß noch eine geraume Zeit unter dem Baume und legte mir zurecht, was ich gesehen und vernommen. Die Bienen summten in dem Baume, und die Vögel sangen in dem Garten. Das Haus, in welches der alte Mann gegangen war, blickte mit einzelnen Teilen, sei es von der weißen Wand, sei es von dem Ziegeldache durch das Grün der Bäume herüber, und zu meiner Rechten ging jenseits der Gebüsche, in der Gegend, in welcher ich das Schreinerhaus vermutete, ein dünner Rauch in die Luft empor. Das Singen der Vögel und das Summen der Bienen war mir beinahe eine Stille, da ich durch meine Gebirgswanderungen an solche andauernde Laute gewohnt war. Die Stille wurde unterbrochen durch einzelne Laute, welche von den Arbeitern im Garten herrührten, entweder daß man das Quieken einer Pumpe hörte, mit der man Wasser pumpte, und mittelst Rinnen in eine Tonne leitete, um es abends zum Begießen zu verwenden, oder daß eine menschliche Rede ferner oder näher erscholl, die einen Befehl oder eine Auskunft enthielt. Die verschiedenen Flecke des Himmels, welche durch das Grün der Bäume hereinsahen, waren ganz blau und zeigten, wie sehr mein Gastfreund mit seiner Voraussage des schönen Wetters Recht gehabt hatte.

Ich riß mich endlich aus meinen Gedanken und ging in dem Garten empor.

Ich ging zu dem großen Kirschbaume. Ich suchte das Freie, weil ich in dem Garten wegen der beschränkten Aussicht doch nicht einen genauen Überblick in Hinsicht der Witterungsverhältnisse machen konnte. Hier oben stand der Himmel als eine große, ausgedehnte Glocke über mir, und in der ganzen Glocke war kein einziges Wölklein. Das Hochgebirge, welches wir gestern nicht hatten sehen können, stand heute in seiner ganzen Klarheit an der Länge des südlichen Himmels dahin. Vor ihm waren die Vorlande mit manchen weißen Punkten von Kirchen und Dörfern, näher zu mir zeigte sich mancher Turm von einer Ortschaft, die ich kannte, und unter meinen Füßen ruhten der Garten und das Haus, in welchem ich gestern so freundlich aufgenommen worden war. Die Getreide, welche nicht weit von mir hinter der Planke des Gartens standen, und die gestern ganz ruhig gewesen waren, befanden sich heute in einem zwar schwachen, aber fröhlichen Wogen. Ich mußte denken, daß das Wetter nicht nur jetzt so schön sei, sondern daß es noch lange so schön bleiben werde.

Von dem großen Kirschbaume ging ich wieder in den Garten zurück und betrachtete verschiedene Gegenstände.

Ich ging auch noch einmal in das Gewächshaus. Ich konnte nun manches genauer ansehen, als es mir früher möglich gewesen war, da ich mit meinem Begleiter das Haus gleichsam nur durchschritten hatte. Der weiße Gärtner gesellte sich zu mir, erläuterte mir manches, gab mir über Verschiedenes Auskunft und beantwortete bereitwillig alle meine Fragen, wie weit seine Kenntnisse und seine Übersicht es zuließen. Als ich das Gebäude verlassen wollte, sagte er mir, er wolle mir noch etwas zeigen, was der Herr mir zu zeigen vergessen habe. Er führte mich auf einen Platz, der mit Sand bedeckt war, der von allen Seiten der Sonne zugänglich und doch durch Bäume und Gebüsche, die ihn in einer gewissen Entfernung umgaben, vor heftigen Winden geschützt war. Mitten auf dem Platze stand ein kleines gläsernes Haus, welches zum Teile in der Erde steckte. Dieser Umstand und dann der, daß es von Bäumen umringt war, machten, daß ich es früher nicht wahrgenommen hatte. Als wir näher kamen, sah ich, daß es ganz von Glas sei und nur so viel Gerippe habe, als sich zur Festigkeit der Tafeln notwendig zeige. Es war auch mit einem starken eisernen Gitter, wahrscheinlich des Hagels wegen, umspannt. Als wir die einigen Stufen von der Fläche des Gartens in das Innere hinabgestiegen waren, sah ich, daß sich Pflanzen in dem Hause befanden, und zwar nur eine einzige Gattung, nehmlich lauter Cactus. Mehr als hundert Arten standen in Tausenden von kleinen Töpfen da. Die niederen und runden standen frei, die langen, welche Luftwurzeln treiben, hatten Wände von Baumrinden neben sich, die mit Erde eingerieben waren, damit die Pflanzen die Luftwurzeln in sie schlagen konnten. Alle Glastafeln über unseren Häuptern waren geöffnet, daß die freie Luft den ganzen Raum durchdringen konnte und doch die Wirkung der Sonnenstrahlen nicht beirrt war. Die Töpfe standen in Reihen auf hölzernen Gestellen, die Gestelle aber waren wieder unterbrochen, so daß man in allen Richtungen herum gehen und alles betrachten konnte. Der Gärtner führte mich herum und zeigte mir die Abteilungen und Unterabteilungen, in welchen die Gewächse beisammenstanden.

Ich sagte, daß ich mich freue, daß mein Gastfreund auf die Familie dieser Pflanzen eine solche Sorgfalt wende, da sie gewiß besonders und merkwürdig wären.

„Wenn man sie länger betrachtet und länger mit ihnen umgeht, werden sie immer merkwürdiger", antwortete mein Nachbar. „Die Stellung ihrer Bildungen ist so mannigfaltig, die Stacheln können zu einer wahren Zierde und zu einer Bewaffnung dienen, und die Blüten sind verwunderlich wie Märchen. In einem Monate würdet ihr sehr schöne sehen, jetzt sind sie noch zu wenig entwickelt."

Ich sagte ihm, daß ich schon Blüten gesehen habe, nicht bloß solche, die, wie schön sie seien, doch überall wachsen, sondern auch andere, die selten sind, und solche, die mit der Schönheit den lieblichen Duft vereinen. Ich sagte ihm, daß ich in früheren Zeiten Pflanzenkunde getrieben habe, zwar nicht in Bezug auf Gartenpflege, sondern zu meiner Belehrung und Erheiterung, und daß die Cactus nicht das Letzte gewesen wären, dem ich eine Aufmerksamkeit geschenkt habe.

„Wenn der Herr alte Sachen sammelt", sagte er, „so wäre es wohl auch recht, wenn er dies auch mit alten Pflanzen täte. Im Inghofe ist in dem Gewächshause ein Cereus, der stärker als ein Mannesarm sammt seiner Bekleidung ist. Er geht an der Wand empor, biegt sich um und wächst an der Decke des Hauses hin, an welcher er mit Bändern befestigt ist. Der untere Teil ist schon Holz geworden, daß man Namen eingeschnitten hat. Ich glaube, es ist ein Cereus peruvianus. Sie schätzen ihn nicht so hoch, und der Herr sollte den Cereus kaufen, wenn man auch wegen seiner Länge drei Wägen aneinander binden müßte, um ihn herüber bringen zu können. Er ist gewiß schon zweihundert Jahre alt."

Ich antwortete auf diese Rede nicht, um ihm seine Zeitrechnung in Hinsicht der Cactuspflege in Europa nicht zu stören.

Ich dankte ihm, da ich endlich alles gesehen hatte, für seine Mühe und verließ das kleine Haus. Er verabschiedete sich sehr freundlich und mit vielen Verbeugungen.

Ich ging nun zu dem Eingangsgitter, durch welches mein Gastfreund mich gestern hereingelassen hatte, weil ich auch außerhalb des Gartens ein wenig herumsehen wollte. Ein Arbeiter, welcher in der Nähe beschäftigt war, öffnete mir die Tür, weil ich die Einrichtung des Schlosses nicht kannte, und ich trat in das Freie. Ich ging auf der Seite des Hügels, auf welcher ich gestern heraufgekommen war, in mehreren Richtungen herum. Wenn ich auch die Gegend des Landes, in der ich mich befand, im Allgemeinen sehr wohl kannte, so hatte ich mich doch nie so lange in ihr aufgehalten, um in das

Einzelne eindringen zu können. Ich sah jetzt, daß es ein sehr fruchtbarer, schöner Teil sei, der mich aufgenommen hatte, daß sich anmutige Stellen zwischen die Krümmungen der Hügel hineinziehen und daß ein dichtes Bewohntsein der Gegend etwas sehr Heiteres erteile. Der Tag wurde nach und nach immer wärmer, ohne heiß zu sein, und es war jene Stille, die zur Zeit der Rosenblüte weit mehr als zu einer anderen auf den Feldern ist. In dieser Zeit sind alle Feldgewächse grün, sie sind im Wachsen begriffen, und wenn nicht viele Wiesen in der Gegend sind, auf welchen zu jener Zeit die Heuernte vorkömmt, so haben die Leute keine Arbeit auf den Feldern und lassen sie allein unter der befruchtenden Sonne.
Die Stille war wie in dem Hochgebirge; aber sie war nicht so einsam, weil man überall von der Geselligkeit der Nährpflanzen umgeben war.

Der Klang einer fernen Dorfglocke und meine Uhr, die ich herauszog, erinnerte mich daran, daß es Mittag sei.
Ich ging dem Hause zu, das Gitter wurde mir auf einen Zug an der Glockenstange geöffnet, und ich ging in das Speisezimmer. Dort fand ich meinen Gastfreund und Gustav, und wir setzten uns zu Tische. Wir drei waren allein bei dem Mahle.
Während des Essens sagte mein Gastfreund: „Ihr werdet euch wundern, daß wir so allein unsere Speisen verzehren. Es ist in der Tat sehr zu bedauern, daß die alte Sitte abgekommen ist, daß der Herr des Hauses zugleich mit den Seinigen und seinem Gesinde beim Mahle sitzt. Die Dienstleute gehören auf diese Weise zu der Familie, sie dienen oft lebenslang in demselben Hause, der Herr lebt mit ihnen ein angenehmes gemeinschaftliches Leben, und weil alles, was im Staate und in der Menschlichkeit gut ist, von der Familie kömmt, so werden sie nicht bloß gute Dienstleute, die den Dienst lieben, sondern leicht auch gute Menschen, die in einfacher Frömmigkeit an dem Hause wie an einer unverrückbaren Kirche hängen und denen der Herr ein zuverlässiger Freund ist. Seit sie aber von ihm getrennt sind, für die Arbeit bezahlt werden und abgesondert ihre Nahrung erhalten, gehören sie nicht zu ihm, nicht zu seinem Kinde, haben andere Zwecke, widerstreben ihm, verlassen ihn leicht und fallen, da sie familienlos und ohne Bildung sind, leicht dem Laster anheim. Die Kluft zwischen den sogenannten Gebildeten und Ungebildeten wird immer größer; wenn noch erst auch der Landmann seine Speisen in seinem abgesonderten Stübchen verzehrt, wird dort eine unnatürliche Unterscheidung, wo eine natürliche nicht vorhanden gewesen wäre."
„Ich habe", fuhr er nach einer Weile fort, „diese Sitte in unserem hiesigen Hause einführen wollen; allein die Leute waren auf eine andere Weise herangewachsen, waren in sich selber hineingewachsen, konnten sich an ein Fremdes nicht anschließen und hätten nur die Freiheit ihres Wesens verloren. Es ist kein Zweifel, daß sie sich nach und nach in das Verhältnis würden eingelebt haben, besonders die Jüngeren, bei denen die Erziehung noch wirkt; allein ich bin so alt, daß das Unternehmen weit über den Rest meiner Jahre hinausgeht. Ich befreie daher meine Dienstleute von dem Zwange, und

jüngere Nachfolger mögen den Versuch wieder erneuern, wenn sie meine Meinung teilen."

Mir fiel bei dieser Rede mein Elternhaus ein, in welchem es wohltuend ist, daß wenigstens die Handlungsdiener meines Vaters mit uns an dem Mittagstische essen.

Die Zeit nach dem Mittagsessen ward dazu bestimmt, den Meierhof zu besuchen, und Gustav durfte uns begleiten.

Wir gingen nicht den Weg, der an dem großen Kirschbaume vorüber und auf der Höhe der Felder dahin führt. Dieser Weg, sagte mein Gastfreund, sei mir schon bekannt; sondern wir gingen in der Nähe der Bienenhütte durch ein Pförtchen in das Freie und gingen auf einem Pfade über den sanften Abhang hinab, der noch mit hohen Obstbäumen, die die besseren Arten des Landes trugen und von dem Meierhofgarten übrig geblieben waren, bedeckt war. Die Wiesen, über die wir wandelten, waren so gut, wie ich sie selten angetroffen habe.

Da wir zu dem Gebäude gekommen waren, sah ich, daß es ein weitläufiges Viereck war wie die größeren Landhöfe der Gegend, daß man aber hie und da daran gebessert und daß man es durch Zubauten erweitert hatte. Der Hofraum war an den Gebäuden herum mit breiten Steinen gepflastert, der übrige Teil desselben war mit grobem Quarzsande bedeckt, der öfter umgearbeitet wurde. Die Gebäude, welche diesen Raum umgaben, enthielten die Ställe, Scheunen, Wagengewölbe und Wohnungen. Das Vorratshaus stand weiter entfernt in dem Garten. Wir besahen die Tiere, welche eben zu Hause waren, von den Pferden und Rindern angefangen bis zu den Schweinen und dem Federvieh hinunter. Für die Rinder war hinter dem Hause ein schöner Platz eingefangen, auf welchem sie in freie Luft gelassen werden konnten. Es strömte frisches Wasser in einer tiefen Steinrinne durch den Platz, von welchem sie trinken konnten. Ich hatte diese Einrichtung nie gesehen, und sie gefiel mir sehr.

Ein ähnlicher Platz war für das Federvieh eingefangen, und nicht weit davon war ein Anger, auf welchem sich die Füllen tummeln konnten. Wir besuchten auch die Wohnungen der Leute. Hier fielen mir die großen, schönen Steinrahmen auf, die an den Fenstern gesetzt waren, auch konnte man leicht die bedeutende Vergrößerung der Fenster sehen. In der Wagenhalle waren nicht bloß die Wägen und anderen Fahrzeuge, sondern auch die übrigen Landwirtschaftsgeräte in Vorrate vorhanden. Die Düngerstätte, welche auch hier wie in den meisten Wirtschaftshäusern unseres Landes in dem Hofe gewesen war, ist auf einen Platz hinter dem Hause verwiesen worden, den ringsum hohe Gebüsche umfingen.

„Es ist hier noch Vieles im Entstehen und Werden begriffen", sagte mein Gastfreund, „aber es geht langsam vorwärts. Man muß die Vorurteile der Leute schonen, die unter anderen Umgebungen herangewachsen und sie gewohnt sind, damit sie nicht durch das Neue beirrt werden und ihre Liebe zur Arbeit verlieren. Wir müssen uns beruhigen, daß schon so Vieles geschehen ist, und auf das Weitere hoffen."

Die Leute, welche dieses Haus bewohnten, waren damit beschäftigt, das Heu, welches gestern gemäht worden war, einzubringen oder, wo es not tat, vollkommen zu trocknen. Mein Gastfreund redete mit Manchem und fragte um Verschiedenes, das sich auf die täglichen Geschäfte bezog.

Als wir von der entgegengesetzten Seite des Hauses fortgingen, sahen wir auch den Garten, in welchem die Gemüse und andere Dinge für den Gebrauch des Hofes gezogen wurden.

Auf dem Rückwege schlugen wir eine andere Richtung ein, als auf der wir gekommen waren. Hatten wir auf unserem Herwege den großen Kirschbaum nördlich gelassen, so ließen wir ihn jetzt südlich, so daß es schien, daß wir den ganzen Garten des Hauses umgehen würden. Wir stiegen gegen jene Wiese hinan, von der mir mein Gastfreund gestern gesagt hatte, daß sie die nördliche Grenze seines Besitztums sei und daß er sie nicht nach seinem Willen habe verbessern können. Der Weg führte sachte aufwärts, und in der Tiefe der Wiese kam uns in vielen Windungen ein Bächlein, das mit Schilf und Gestrippe eingefaßt war, entgegen. Als wir eine Strecke gegangen waren, sagte mein Begleiter: „Das ist die Wiese, die ich euch gestern von dem Hügel herab gezeigt habe und von der ich gesagt habe, daß bis dahin unser Eigentum gehe und daß ich sie nicht habe einrichten können, wie ich gewollt hätte. Ihr seht, daß die Stellen an dem Bache versumpft sind und saures Gras tragen. Dem wäre leicht abzuhelfen und das mildeste Gras zu erzielen, wenn man dem Bache einen geraden Lauf gäbe, daß er schneller abflösse, die Wände hie und da mit Steinen ausmauerte und die Niederungen mit trockener Erde anfüllte. Ich kann euch jetzt den Grund zeigen, weshalb dieses nicht geschieht. Ihr seht an beiden Seiten des Baches Erlenschößlinge wachsen. Wenn ihr näher herzutretet, so werdet ihr sehen, daß diese Schößlinge aus dicken Blöcken, gleichsam aus Knollen und Höckern von Holz hervorwachsen, welches Holz teils über der Erde ist, teils in dem feuchten Boden derselben steckt."

Wir waren bei diesen Worten zu dem Bache hinzugegangen, und ich sah, daß es so war. „Diese ungestalteten Anhäufungen von Holz", fuhr er fort, „aus denen die dünnen Ruten oder krüppelhafte Äste hervorragen, bilden sich hier in sumpfigem Boden, sie entstehen aber auch im Sande oder in Steinen und sind ein Aftererzeugnis des sonst recht schön emporwachsenden Erlenbaumes. In dem vielteiligen Streben des Holzes, eine Menge Ruten oder zwieträchtige Äste anzusetzen und sich selber dabei zu vergrößern, entsteht ein solches Verwinden und Drehen der Fasern und Rinden, daß, wenn man einen solchen Block auseinandersägt und die Sägefläche glättet, sich die schönste Gestaltung von Farbe und Zeichnung in Ringen, Flammen und allerlei Schlangenzügen darstellt, so daß diese Gattung Erlenholz sehr gesucht für Schreinerarbeiten und sehr kostbar ist. Als ich das Anwesen hier gekauft, die Wiese besehen und die Erlenblöcke entdeckt hatte, ließ ich einen ausgraben, auseinandersägen und untersuchte ihn dann. Da fand ich, der ich damals im Erkennen des Holzes schon mehrere Übung hatte, daß diese Blöcke zu den schönsten gehören, die bestehen, und daß die feurige Farbe und der weiche, seidenartige Glanz des Holzes, auf welche Dinge man besonders das Augenmerk richtet, kaum ihresgleichen haben dürften. Ich ließ mehrere Blöcke ausgraben und Blätter aus ihnen schneiden. Ihr werdet die Verwendung derselben in unserer Nachbarschaft sehen, wenn ihr uns wieder besuchen wollt und uns Zeit gebt, euch dorthin zu führen, wo sie sind. Die übrigen Blöcke ließ ich in dem Boden als einen Schatz, der da bleiben und sich vermehren sollte. Nur wenn einer derselben nicht mehr zu treiben, sondern vielmehr abzusterben beginnt, wird er herausgenommen und wird zu Blättern geschnitten, welche ich dann zu künftigen Arbeiten aufbewahre oder verkaufe. An seiner Stelle bildet sich dann leicht ein anderer. Zu dem Entschlusse, diesen Anwuchs zu pflegen, kam ich, nachdem ich einerseits vorher nach und nach die Gegend um unser Haus immer näher kennen gelernt, alle Talmulden und Bachrinnen erforscht und nirgends auch nur annähernd so brauchbares Erlenholz gefunden hatte, und nachdem anderseits auch das, was mir auf mein Verlangen aus mehreren Orten eingesendet worden war, sich dem unseren als nicht gleichkommend gezeigt hatte. Ich ließ oberhalb des Erlenwuchses einen Wasserbau aufführen, um die Pflanzung vor Überschwemmung und Überkiesung zu sichern und das zu sehr anschwellende Wasser in ein anderes Rinnsal zu leiten.

Meine Nachbarn sahen das Zweckdienliche der Sache ein, und zwei derselben legten sogar in öden Gründen, die nicht zu entwässern waren, solche Erlenpflanzungen an. Mit welchem Erfolge dies geschah, läßt sich noch nicht ermitteln, da die Pflanzen noch zu jung sind."

Wir betrachteten die Reihen dieser Gewächse und gingen dann weiter.

Wir gingen die Wiese entlang, streiften an einem Gehölze hin, überschritten den Wasserbau, von dem mein Gastfreund gesprochen hatte, und begannen nicht nur den Garten, sondern den ganzen Getreidehügel, auf dem das Haus steht, zu umgehen.

Da die Sonne immer wärmer, wenn auch nicht gar heiß schien, wunderte ich mich, daß keiner von meinen zwei Begleitern eine Bedeckung auf dem Haupte trug. Sie waren ohne einer solchen von dem Hause fortgegangen. Der alte Mann breitete dem Glanz der Sonne die Fülle seiner weißen Haare unter, und der Zögling trug auf seinem Scheitel die dichten, glänzenden braunen Locken. Ich wußte nicht, kamen mir die beiden ohne Kopfbedeckung sonderbar vor oder ich neben ihnen mit meinem Reisehute auf dem Haupte. Der Jüngling hatte wenigstens den Vorteil, daß ihm die Sonne die Wangen noch mehr rötete und noch schöner färbte, als sie sonst waren.

Ich betrachtete ihn überhaupt gerne. Sein leichter Gang war ein heiterer Frühlingstag gegen den zwar auch noch kräftigen, aber bestimmten und abgemessenen Schritt seines Begleiters, seine schlanke Gestalt war der fröhliche Anfang, die seines Erziehers das Hinneigen zum Ende. Was sein Benehmen anbelangt, so war er zurückgezogen und bescheiden und mischte sich nicht in die Gespräche, außer wenn er gefragt wurde. Ich wendete mich häufig an ihn und fragte ihn um verschiedene Dinge, besonders um solche, die die Gegend umher betrafen und deren Kenntnis ich bei ihm voraussetzen mußte. Er antwortete sicher und mit einer gewissen Ehrerbietung gegen mich, obwohl ich ihm an Jahren nicht so ferne stand als sein Erzieher. Er ging meistens, auch wenn der Weg breit genug gewesen wäre, hinter uns.

Als wir den Hügel vollends umgangen hatten und an mehreren ländlichen Wohnungen vorbeigekommen waren, stiegen wir auf der nehmlichen Seite und auf dem nehmlichen Wege gegen das Haus empor, auf welchem ich gestern gegen dasselbe hinangekommen war. Da wir es erreicht hatten, traten uns die Rosen entgegen, wie sie mir gestern entgegengetreten waren. Ich nahm von diesem Anblicke Gelegenheit, meinen Gastfreund der Rosen wegen zu fragen, da ich überhaupt gesonnen war, dieser Blumen willen einmal eine Frage zu tun. Ich bat ihn, ob wir denn zu besserer Betrachtung nicht näher auf den großen Sandplatz treten wollten. Wir taten es und standen vor der ganzen Wand von Blumen, die den unteren Teil des weißen Hauses deckte.
Ich sagte, er müsse ein besonderer Freund dieser Blumen sein, da er so viele Arten hege, und da die Pflanzen hier in einer Vollkommenheit zu sehen seien wie sonst nirgends.
„Ich liebe diese Blume allerdings sehr", antwortete er, „halte sie auch für die schönste und weiß wirklich nicht mehr, welche von diesen beiden Empfindungen aus der andern hervorgegangen ist."
„Ich wäre auch geneigt", sagte ich, „die Rose für die schönste Blume zu halten. Die Camellia steht ihr nahe, dieselbe ist zart, klar und rein, oft ist sie voll von Pracht; aber sie hat immer für uns etwas Fremdes, sie steht immer mit einem gewissen vornehmen Anstande da: das Weiche, ich möchte den Ausdruck gebrauchen, das Süße der Rose hat sie nicht. Wir wollen von dem Geruche gar nicht einmal reden; denn der gehört nicht hieher."
„Nein", sagte er, „der gehört nicht hieher, wenn wir von der Schönheit sprechen; aber gehen wir über die Schönheit hinaus und sprechen wir von dem Geruche, so dürfte keiner sein, der dem Rosengeruche an Lieblichkeit gleichkömmt."
„Darüber könnte nach einzelner Vorliebe gestritten werden", antwortete ich, „aber gewiß wird die Rose weit mehr Freunde als Gegner haben. Sie wird sowohl jetzt geehrt, als sie in der Vergangenheit geehrt wurde. Ihr Bild ist zu Vergleichen das gebräuchlichste, mit ihrer Farbe wird die Jugend und Schönheit geschmückt, man umringt Wohnungen mit ihr, ihr Geruch wird für ein Kleinod gehalten und als etwas Köstliches versendet, und es hat Völker gegeben, die die Rosenpflege besonders schützten, wie ja die waffenkundigen Römer sich mit Rosen kränzten. Besonders liebenswert ist sie, wenn sie so zur Anschauung gebracht wird wie hier, wenn sie durch eigentümliche Mannigfaltigkeit und Zusammenstellung erhöht und ihr gleichsam geschmeichelt wird. Erstens ist hier eine wahre Gewalt von Rosen, dann sind sie an der großen weißen Fläche des Hauses verteilt, von der sie sich abheben; vor ihnen ist die weiße Fläche des Sandes, und diese wird wieder durch das grüne Rasenband und die Hecke, wie durch ein grünes Samtband und eine grüne Verzierung, von dem Getreidefelde getrennt."

„Ich habe auf diesen Umstand nicht eigens gedacht", sagte er, „als ich sie pflanzte, obwohl ich darauf sah, daß sie sich auch so schön als möglich darstellten."

„Aber ich begreife nicht, wie sie hier so gut gedeihen können", entgegnete ich. „Sie haben hier eigentlich die ungünstigsten Bedingungen. Da ist das hölzerne Gitter, an das sie mit Zwang gebunden sind, die weiße Wand, an der sich die brennenden Sonnenstrahlen fangen, das Überdach, welches dem Regen, Taue und dem Einwirken des Himmelsgewölbes hinderlich ist, und endlich hält das Haus ja selber den freien Luftzug ab."

„Wir haben dieses Gedeihen nur nach und nach hervorrufen können", antwortete er, „und es sind viele Fehlgriffe getan worden. Wir lernten aber und griffen die Sache dann der Ordnung nach an. Es wurde die Erde, welche die Rosen vorzüglich lieben, teils von anderen Orten verschrieben, teils nach Angabe von Büchern, die ich hiezu anschaffte, im Garten bereitet.

Ich bin wohl nicht ganz unerfahren hieher gekommen, ich hatte auch vorher schon Rosen gezogen und habe hier meine Erfahrungen angewendet. Als die Erde bereit war, wurde ein tiefer, breiter Graben vor dem Hause gemacht und mit der Erde gefüllt. Hierauf wurde das hölzerne Gitter, welches reichlich mit Ölfarbe bestrichen war, daß es von Wasser nicht in Fäulnis gesetzt werden konnte, aufgerichtet, und eines Frühlings wurden die Rosenpflanzen, die ich entweder selbst gezogen oder von Blumenzüchtern eingesendet erhalten hatte, in die lockere Erde gesetzt. Da sie wuchsen, wurden sie angebunden, im Laufe der Jahre versetzt, verwechselt, beschnitten und dergleichen, bis sich die Wand allgemach erfüllte. In dem Garten sind die Vorratsbeete angelegt worden, gleichsam die Schule, in welcher die gezogen werden, die einmal hieher kommen sollen. Wir haben gegen die Sonne eine Rolle Leinwand unter dem Dache anbringen lassen, die durch einige leichte Züge mit Schnüren in ein Dach über die Rosen verwandelt werden kann, das nur gedämpfte Strahlen durchläßt. So werden die Pflanzen vor der zu heißen Sommersonne und die Blumen vor derjenigen Sonne geschützt, die ihnen schaden könnte. Die heutige ist ihnen nicht zu heiß, ihr seht, daß sie sie fröhlich aushalten. Was ihr von Tau und Regen sagt, so steht das Gitter nicht so nahe an dem Hause, daß die Einflüsse des freien Himmels ganz abgehalten werden. Tau sammelt sich auf den Rosen und selbst Regen träufelt auf sie herunter. Damit wir aber doch nachhelfen und zu jener Zeit Wasser geben können, wo es der Himmel versagt, haben wir eine hohle Walze unter der Dachrinne, die mit äußerst feinen Löchern versehen ist und aus Tonnen, die unter dem Dache stehen, mit Wasser gefüllt werden kann. Durch einen leichten Druck werden die Löcher geöffnet, und das Wasser fällt wie Tau auf die Rosen nieder. Es ist wirklich ein angenehmer Anblick, zu sehen, wie in Zeiten hoher Not das Wasser von Blättern und Zweigen rieselt und dieselben sich daran erfrischen. Und damit es endlich nicht an Luft gebricht, wie ihr fürchtet, gibt es ein leichtes Mittel. Zuerst ist auf diesem Hügel ein schwacher Luftzug ohnehin immer vorhanden und streicht an der Wand des Hauses. Sollten aber die Blumen an ganz stillen Tagen doch einer Luft bedürfen, so werden alle

Fenster des Erdgeschosses geöffnet, und zwar sowohl an dieser Wand als auch an der entgegengesetzten. Da nun die entgegengesetzte Seite die nördliche ist und dort die Luft durch den Schatten abgekühlt wird, so strömt sie bei jenen Fenstern herein und bei denen der Rosen heraus. Ihr könnt da an den windstillsten Tagen ein sanftes Fächeln der Blätter sehen."

„Das sind bedeutende Anstalten", erwiderte ich, „und beweisen eure Liebe zu diesen Blumen; aber aus ihnen allein erklärt sich doch noch nicht die besondere Vollkommenheit dieser Gewächse, die ich nirgends gesehen habe, so daß keine unvollkommene Blume, kein dürrer Zweig, kein unregelmäßiges Blatt vorkömmt."

„Zum Teile erklärt sich die Tatsache doch wohl aus diesen Anstalten", sagte er. „Luft, Sonne und Regen sind durch die südliche Lage des Standortes und die Vorrichtungen so weit verbessert, als sie hier verbessert werden können. Noch mehr ist an der Erde getan worden. Da wir nicht wissen, welches denn der letzte Grund des Gedeihens lebendiger Wesen überhaupt ist, so schloß ich, daß den Rosen am meisten gut tun müsse, was von Rosen kömmt. Wir ließen daher seit jeher alle Rosenabfälle sammeln, besonders die Blätter und selbst die Zweige der wilden Rosen, welche sich in der ganzen Gegend befinden. Diese Abfälle werden zu Hügeln in einem abgelegenen Teile unseres Gartens zusammengetan, den Einflüssen von Luft und Regen ausgesetzt, und so bereitet sich die Rosenerde. Wenn in einem Hügel sich keine Spur mehr von Pflanzentum zeigt und nichts als milde Erde vor die Augen tritt, so wird diese den Rosen gegeben. Die Pflanzen, welche neu gesetzt werden, erhalten in ihrem Graben gleich so viel Erde, daß sie auf mehrere Jahre versorgt sind. Ältere Rosen, welche von ihrem Standboden längere Zeit gezehrt haben, werden mit einer Erneuerung beteilt. Entweder wird die Erde oberhalb ihrer Wurzeln weggetan und ihnen neue gegeben, oder sie werden ganz ausgehoben und ihr Standpunkt durchaus mit frischer Erde erfüllt. Es ist auffällig sichtbar, wie sich Blatt und Blume an dieser Gabe erfreuen. Aber trotz der Erde und der Luft und der Sonne und der Feuchtigkeit würdet ihr die Rosen hier nicht so schön sehen, als ihr sie seht, wenn nicht noch andre Sorgfalt angewendet würde; denn immer entstehen manche Übel aus Ursachen, die wir nicht ergründen können oder die, wenn sie auch ergründet sind, wir nicht zu vereiteln vermögen. Endlich trifft ja die Gewächse wie alles Lebende der natürliche Tod. Kranke Pflanzen werden nun bei uns sogleich ausgehoben, in den Garten, gleichsam in das Rosenhospital getan und durch andere aus der Schule ersetzt. Abgestorbene Bäumchen kommen hier nicht leicht vor, weil sie schon in der Zeit des Absterbens weggetan werden. Tötet aber eine Ursache eines schnell, so wird es ohne Verzug entfernt. Eben so werden Teile, die erkranken oder zu Grunde gehen, von dem Gitter getrennt. Die beste Zeit ist der Frühling, wo die Zweige bloß liegen. Da werden Winkelleitern, die uns den Zugang zu allen Teilen gestatten, angelegt, und es wird das ganze Gitter untersucht.

Man reinigt die Rinde, pflegt sie, verbindet ihre Wunden, knüpft die Zweige an und schneidet das Untaugliche weg. Aber auch im Sommer entfernen wir gleich jedes fehlerhafte Blatt und jede unvollständige Blume. Es haben nach und nach alle im Hause eine Neigung zu den Rosen bekommen, sehen gerne nach und zeigen es sogleich an, wenn sich etwas Unrechtes bemerken läßt. Auch in der Umgegend hat man Wohlgefallen an diesen Blumen gefunden, man setzt sie in Gärten und pflegt sie, ich schenke den Leuten die Pflanzen aus meinen Vermehrungsbeeten und unterrichte sie in der Behandlung. Zwei Wegestunden von hier ist ein Bauer, der wie ich eine ganze Wand seines Hauses mit Rosen bepflanzt hat."

„Je mehr es mir wichtig erscheint, wie ihr mit euren Rosen umgeht", antwortete ich, „und für je wichtiger ihr sie selbst betrachtet, desto mehr muß ich doch die Frage tun, warum ihr denn gerade vorzugsweise an dieser Wand eures Hauses die Rosen zieht, wo ihr Standort doch nicht so ersprießlich ist, und wo man solche Anstalten machen muß, um ihr völliges Gedeihen zu sichern. Es ist zwar sehr schön, wie sie sich hier ausbreiten und darstellen; aber sollte man sie denn im Garten nicht auch in Stellungen und Gruppen bringen können, die eben so schön oder schöner wären als diese hier, und noch den Vorteil hätten, daß ihre Pflege viel leichter wäre?"

„Ich habe die Rosen an die Wand des Hauses gesetzt", erwiderte er, „weil sich eine Jugenderinnerung an diese Blume knüpft und mir die Art, sie so zu ziehen, lieb macht. Ich glaube, daß mir einzig darum die Rose so schön erscheint und daß ich darum die große Mühe für diese Art ihrer Pflege verwende."

„Ihr habt nichts von Ungeziefer gesagt", entgegnete ich. „Nun weiß ich aber aus Erfahrung, daß kaum eine Pflanzengattung, etwa die Pappel ausgenommen, so gerne von Ungeziefer heimgesucht wird als die Rose, die in verschiedenen Arten und Geschlechtern von demselben bewohnt und entstellt wird. Hier sehe ich von dieser Plage gar nichts, als wäre sie nicht vorhanden oder als würde die Rose von ihr durch irgendein künstliches Mittel befreit. Ihr werdet doch nicht so wie jedes kranke Blatt auch jeden Blattwickler, jede Spinne, jede Blattlaus abnehmen lassen?

Dieses bringt mich sogar noch auf einen weiteren Umstand, über den ich mir eine Frage an euch zu tun vorgenommen habe, welche ich gewiß noch vor meiner Abreise bei einer schicklichen Gelegenheit getan hätte, welche ich mir aber jetzt erlaube, da ihr mit solcher Güte und Bereitwilligkeit mir die Einsicht in die Dinge dieses Landsitzes gestattet habt. Bei meiner Wanderung durch das flache Land hatte ich mehrfach Gelegenheit zu bemerken, daß Obstbäume häufig kahle Äste haben oder daß überhaupt das Laub zerstört oder verunstaltet war, was von Raupenfraß herrührte. Mir fiel die Sache nicht weiter auf, da ich sie von Jugend an zu sehen gewohnt war und da sie sich nicht in einem ungewöhnlichen Grade zeigte; aber das fiel mir auf, daß so wie an diesen Rosen auch in eurem ganzen Garten nichts von dem Übel zu sehen ist, kein dürres Reis, kein kahles Zweiglein, kein Stengel eines abgefressenen Blattes, ja nicht einmal ein verletztes Blatt des Kohles, dem doch sonst der Weißling so gerne Schaden tut. Im Angesichte dieses Wohlbefindens kamen mir die Zerstörungen wieder zu Sinne, die ich in dem Lande gesehen hatte, und ich beschloß, in dieser Hinsicht eine Frage an euch zu tun, ob ihr denn da eigentümliche Vorkehrungen habt; denn das Ablesen der Raupen und Insekten hat sich ja überall als unzulänglich gezeigt."

„Wir würden allerdings durch Ablesen des Ungeziefers weder unsere Rosen noch die Bäume und Gesträuche im Garten vor Verunglimpfung frei halten können", antwortete er. „Wir haben nun in der Tat andere Einrichtungen dagegen. Ich muß euch sagen, daß es mich freut, daß ihr in meinem Garten die Abwesenheit des Raupenfraßes bemerkt habt, und ich werde euch recht gerne darüber Aufklärung geben, und besonders darum, daß es sich auch ausbreiten könne. Die Beantwortung eurer Frage kann aber am besten in dem Garten geschehen, weil ich euch zur Bekräftigung gleich manche Vorrichtungen zeigen und die Beweise dartun kann. Wenn es euch genehm ist, so gehen wir in den Garten, in welchem auch eine kleine Ruhe auf irgend einem Bänkchen nach dem Gange von dem Meierhofe herauf nicht unangenehm sein wird."

„Einen Augenblick laßt mich noch diese Rosen betrachten", sagte ich.

„Tut nach eurem Gefallen", antwortete er.

Ich trat zuerst näher an das Gitter, um Einzelnes zu betrachten. Ich sah nun wirklich die reinliche Erde, in welcher die Stämmchen standen und die nicht von einem einzigen Gräschen bewachsen war. Ich sah das gutbestrichene Holzgitter, an welchem die Bäumchen angebunden und an welchem ihre Zweige ausgebreitet waren, daß sich keine leere Stelle an der Wand des Hauses zeigte. An jedem Stämmchen hing der Name der Blume auf Papier geschrieben und in einer gläsernen Hülse hernieder. Diese gläsernen Hülsen waren gegen den Regen geschützt, indem sie oben geschlossen, unten umgestülpt und mit einer kleinen Abflußrinne versehen waren. Nach dieser Betrachtung in der Nähe trat ich wieder zurück und besah noch einmal die ganze Wand der Blumen durch mehrere Augenblicke. Nachdem ich dieses getan hatte, sagte ich, daß wir jetzt in den Garten gehen könnten.

Wir näherten uns dem Torgitter, der alte Mann tat einen Druck wie gestern, da er mich eingelassen hatte, das Tor öffnete sich und wir gingen in den Garten.

Dort näherten wir uns einer Bank, die in angenehmem nachmittägigem Schatten stand. Als wir uns auf ihr niedergesetzt hatten, sagte mein Gastfreund: „Unsere Mittel, die Bäume, Gesträuche und kleineren Pflanzen vor Kahlheit zu bewahren, sind so einfach und in der Natur gegründet, daß es eine Schande wäre, sie aufzuzählen, wenn es andererseits nicht auch wahr wäre, daß sie nicht überall angewendet werden, besonders das letzte. Was nun das Kahlwerden von Bäumen und Ästen anlangt, so entsteht es nicht immer durch Raupen, sondern oft auch auf andern Wegen nach und nach. Gegen ein endliches Sterben und also Entlaubtwerden des ganzen Baumes gibt es so wenig ein Mittel als gegen den Tod des Menschen; aber so weit darf man es bei einem Baume im Garten nicht kommen lassen, daß er tot in demselben dasteht, sondern wenn man ihm durch Zurückschneiden seiner Äste öfter Verjüngungskräfte gegeben hat; wenn aber nach und nach dieses Mittel anfängt, seine Wirkung nicht mehr zu bewähren, so tut man dem Baume und dem Garten eine Wohltat, wenn man beide trennt. Ein solcher Baum steht also in einem nur einiger Maßen gut besorgten Garten oder auf anderem Grunde gar nicht. Damit aber auch nicht Teile eines Baumes kahl dastehen, haben wir mehrere Mittel. Sie bestehen aber darin, dem Baume zu geben, was ihm not tut, und ihm zu nehmen, was ihm schadet. Darum gilt als Oberstes, daß man nie einen Baum an eine Stelle setze, auf der er nicht leben kann. Auf Stellen, die Bäumen überhaupt das Leben versagen, setzt wohl kein vernünftiger Mensch einen. Aber es gibt auch Stellen, die nur darum nicht taugen, weil sie nicht bearbeitet sind, oder weil ihnen etwas mangelt, was einem bestimmten Gewächse notwendig ist. Um nun die Stelle gut zu bearbeiten, haben wir, ehe wir einen Baum setzten, eine so tiefe Grube gegraben und mit gelockerter Erde gefüllt, daß der Baum bedeutend alt werden konnte, ehe er genötigt war, seine Wurzeln in unbearbeiteten Boden zu treiben. Selbst alte Stämme, die ich hier gefunden hatte und deren Zustand mir nicht gefiel, habe ich durch Herausnehmen, Lockern ihres Standortes und Wiedereinsetzen zu vortrefflichem Gedeihen gebracht. Aber ehe wir die Grube gegraben haben, ehe wir den Baum in dieselbe gesetzt haben, haben wir auch durch Erfahrung oder Bücher herauszubringen gesucht, was ihm auch nebst der Erde noch not tue und welchen Platz er haben müsse. Für welchen Baum ein geeigneter Platz im Garten nicht ist, der soll auch im Garten gar nicht sein. Welche Bäume viele Luft brauchen, setzten wir in die Luft, die das Licht lieben, in das Licht, die den Schatten, in den Schatten. In den Schutz der größeren oder windwiderstandsfähigeren setzten wir diejenigen, welche des Schutzes bedurften. Die Frost und Reif scheuen, stehen an Wänden oder warmen Orten. Und auf diese Weise gedeihen nun alle durch ihre Lebenskraft und natürliche Nahrung. Im Frühlinge wird jeder Stamm und seine stärkeren Äste durch eine Bürste und gutes Seifenwasser gewaschen und gereinigt. Durch die Bürste werden die fremden Stoffe, die dem Baume schaden könnten, entfernt, und das Waschen ist ein nützliches Bad für die Rinde, die wie die Haut der Tiere von dem höchsten Belange für das Leben ist, und endlich werden die Stämme dadurch auch schön. Unsere Bäume haben kein Moos, die Rinde ist klar und bei den Kirschbäumen fast so fein wie graue Seide."

Ich hatte wohl gesehen, daß alle Bäume eine sehr gesunde Rinde haben; aber ich hatte dieses mit ihren schönen Blättern und mit ihrem guten Gedeihen überhaupt als eine notwendige Folge in Zusammenhang gebracht.
„Wenn nun trotz aller Vorsichten doch einzelne Teile der Bäume durch Winde, Kälte oder dergleichen kahl werden", fuhr mein Gastfreund fort, „so werden dieselben bei dem Beschneiden der Bäume im Frühlinge entfernt. Der Schnitt wird mit gutem Kitte verstrichen, daß keine Nässe in das Holz dringen und in dem noch gesunden Teile eine Krankheit erzeugen kann. Und so würde in einem Garten nie eine Kahlheit zu erblicken sein, wenn nicht äußere Feinde kämen, die eine solche zu bewirken trachteten. Derlei Feinde sind Hagel, Wolkenbrüche und ähnliche Naturerscheinungen, gegen die es keine Mittel gibt. Sie schaden aber auch nicht so sehr. In unseren Gegenden sind sie selten,

und ihre Wirkungen können auch leicht durch schnelles Beseitigen des Zerstörten, durch Nachwuchs und Nachpflanzungen unbemerkbar gemacht werden. Aber gefährlichere Gegner sind die Insekten, diese können die Güte eines Gartens zerstören, können seine Schönheit entstellen und ihm in manchen Jahren einen wahrhaft traurigen Anblick geben. Dies ist der Umstand, von dem ich sagte, daß ich seiner zuletzt Erwähnung tun werde. Ihr seht, daß unser Garten von der Insektenplage, die ihr, wie ihr sagt, auf eurer Wanderung an anderen Bäumen bemerkt habt, in diesem Jahre frei ist."
„Ich habe Äpfelbäume an warmen und stillen Orten fast ganz entlaubt gesehen", antwortete ich. „Es sind mir mehrere Fälle dieser Art vorgekommen. Aber daß einzelne Äste entlaubt waren, daß das Laub von ganzen Bäumen entstellt war, habe ich oft gesehen. Allein ich habe es für kein großes Übel gehalten, und habe auf kein schlechtes Jahr geschlossen, weil ich wußte, daß diese Zerstörungen immer vorkommen und daß ihr Schaden, wenn sie nicht im Übermaße auftreten, nicht erheblich ist. Ich betrachtete die Erscheinung als ein Ding, das so sein muß."
„Daran möchtet ihr Unrecht getan haben", sagte mein Gastfreund, „einen Schaden bringt diese Erscheinung immer, und wenn man ihn nach ganzen Länderstrichen berechnete, so könnte er ein sehr beträchtlicher sein, zu dem noch der andere kömmt, daß man den entlaubten Baum anschauen muß. Auch ist das Ding keine Erscheinung, die so sein muß. Es gibt ein Mittel dagegen, und zwar ein Mittel, das außer seiner Wirksamkeit auch noch sehr schön ist und also zum Nutzen einen Genuß beschert, durch den uns die Natur gleichsam zu seiner Anwendung leiten will. Aber dennoch, wie ich früher sagte, wird dieses Mittel unter allen am wenigsten gebraucht, ja man beeifert sich sogar an vielen Orten, es zu zerstören. Ihr solltet das Mittel schon wahrgenommen haben."
Ich sah ihn fragend an.
„Habt ihr nicht etwas in unserem Garten gehört, das euch besonders auffallend war?" fragte er.
„Den Vogelsang", sagte ich plötzlich.
„Ihr habt richtig bemerkt", erwiderte er. „Die Vögel sind in diesem Garten unser Mittel gegen Raupen und schädliches Ungeziefer. Diese sind es, welche die Bäume, Gesträuche, die kleinen Pflanzen und natürlich auch die Rosen weit besser reinigen, als es Menschenhände oder was immer für Mittel zu bewerkstelligen im Stande wären. Seit diese angenehmen Arbeiter uns Hilfe leisten, hat sich in unserm Garten so wie im heurigen Jahre auch sonst nie mehr ein Raupenfraß eingefunden, der nur im Geringsten bemerkbar gewesen wäre."
„Aber Vögel sind ja an allen Orten", entgegnete ich. „Sollten sie in eurem Garten mehr sein, um ihn mehr schützen zu können?"
„Sie sind auch mehr in unserem Garten", erwiderte er, „weit mehr als an jeder Stelle dieses Landes und vielleicht auch anderer Länder."
„Und wie ist denn diese Mehrheit hieher gebracht worden?" fragte ich.

„Es ist so, wie ich früher von den Bäumen gesagt habe, man muß ihnen die Bedingungen ihres Gedeihens geben, wenn man sie an einem Orte haben will; nur daß man die Tiere nicht erst an den Ort setzen muß wie die Bäume, sie kommen selber, besonders die Vögel, denen das Übersiedeln so leicht ist."
„Und welche sind denn die Bedingungen ihres Gedeihens?" fragte ich.
„Hauptsächlich Schutz und Nahrung", erwiderte er.
„Wie kann man denn einen Vogel schützen?" fragte ich.
„Ihn kann man nicht schützen", sagte mein Gastfreund, „er schützt sich selber; aber die Gelegenheit zum Schutze kann man ihm geben. Die Singvögel, welche sich nicht mit Waffen verteidigen können, suchen gegen Feinde und Wetter Höhlungen in Bäumen, Felsen, Mauern oder dergleichen auf, die so enge sind, daß ihnen ihr meistens größerer Feind in dieselben nicht folgen kann, und so tief, daß er auch nicht mit einem Schnabel oder einer Tatze bis auf den Grund zu langen vermag – einige, wie die Spechte, machen sich selber die Höhlungen in die Bäume -, oder sie gehen in solche Dickichte, daß Raubvögel, Wiesel und ähnliche Verfolger nicht durchzudringen vermögen. Hiebei ist es ihnen noch mehr um den Schutz ihrer Jungen, die sie in solchen Orten haben, als um ihren eigenen zu tun. Erst, wenn so gesicherte Stellen nicht zu finden sind und die Zeit drängt, begnügt sich der Singvogel zum Wohnen und Brüten mit schlechteren Plätzen. Hat eine Gegend häufige solche Zufluchtsorte, so darf man sicher schließen, daß sie auch, wenn die andern Bedingungen nicht fehlen, viele Vögel hat. Denkt nur an ein altes löcheriges Turmdach, wie ist es von Dohlen und Mauerschwalben umschwärmt. Will man Vögel in eine Gegend ziehen, so muß man solche Zufluchtsorte schaffen, und zwar so gut als möglich. Wir können, wie ihr seht, nicht Felsen und Baumstämme aushöhlen, aber aus Holz gemachte Höhlungen können wir überall auf die Bäume aufhängen. Und dies tun wir auch. Wir machen diese Höhlungen tief genug, richten das Schlupfloch von der Wetterseite weg meistens gegen Mittag und machen es gerade so weit, daß der Vogel, für den es bestimmt ist, ein und aus kann.
Ihr müßt ja derlei in den Bäumen unseres Gartens gesehen haben?"
„Ich habe sie gesehen", erwiderte ich, „habe dunkel vermutet, wozu sie dienen könnten, habe aber die Vorstellung in Folge anderer Eindrücke wieder aus dem Haupte verloren."
„Wenn wir etwa noch einmal ein wenig in dem Garten herumgehn", sagte mein Gastfreund, „so werden wir mehrere solche Vogelbehälter sehen. Den Heckennistern bauen wir ein so dichtes Geflechte von Dornzweigen und Dornästen in unsere Büsche, daß man meinen sollte, es könne kaum eine Hummel ein- und ausschlüpfen; aber der Vogel findet doch einen Eingang und baut sich sein Nest. Solcher Nester könnt ihr mehrere sehen, wenn ihr wollt. Sie haben das Angenehme, daß man diese Federfamilien in ihrem Haushalte sieht, was bei den Höhlennistern nicht angeht. Auf diese Weise schützen wir die kleineren Vögel, die wir in unserem Garten brauchen. Die großen, welche sich mit Schnabel, Krallen und Flügeln verteidigen können, sind bei uns eher Feinde als Freunde und werden nicht geduldet."

„Außer dem Schutze", fuhr er nach einer Weile fort, „brauchen die Vögel auch Nahrung. Sie meiden die nahrungsarmen Orte und unterscheiden sich hierdurch von den Menschen, welche zuweilen große Strecken weit gerade dahin wandern, wo sie ihren Unterhalt nicht finden. Die Vögel, die für unseren Garten passen, ernähren sich meistens von Gewürmen und Insekten; aber wenn an einem Platze, der zum Nisten geeignet ist, die Zahl der Vögel so groß wird, daß sie ihre Nahrung nicht mehr finden, so wandert ein Teil aus und sucht den Unterhalt des Lebens anderswo. Will man daher an einem Orte eine so große Zahl von Vögeln zurückhalten, daß man vollkommen sicher ist, daß sie auch in den ungezieferreichsten Jahren hinlänglich sind, um Schaden zu verhüten, so muß man ihnen außer ihrer von der Natur gegebenen Nahrung auch künstliche mit den eigenen Händen spenden. Tut man das, so kann man so viele Vögel an einem Platze erziehen, als man will. Es kömmt nur darauf an, daß man, um seinen Zweck nicht aus den Augen zu verlieren, nur so viel Almosen gibt, als notwendig ist, einen Nahrungsmangel zu verhindern. Es ist wohl in dieser Hinsicht im allgemeinen nicht zu befürchten, daß in der künstlichen Nahrung ein Übermaß eintrete, da den Tieren ohnehin die Insekten am liebsten sind. Nur wenn diese Nahrung gar zu reizend für sie gemacht würde, könnte ein solches Übermaß erfolgen, was leicht an der Vermehrung des Ungeziefers erkannt werden würde. Einige Erfahrung läßt einen schon den rechten Weg einhalten. Im Winter, in welchem einige Arten dableiben, und in Zeiten, wo ihre natürliche Kost ganz mangelt, muß man sie vollständig ernähren, um sie an den Platz zu fesseln. Durch unsere Anstalten sind Vögel, die im Frühlinge nach Plätzen suchten, wo sie sich anbauen könnten, in unserem Garten geblieben, sie sind, da sie die Bequemlichkeit sahen und Nahrung wußten, im nächsten Jahre wieder gekommen oder, wenn sie Wintervögel waren, gar nicht fortgegangen. Weil aber auch die Jungen ein Heimatsgefühl haben und gerne an Stellen bleiben, wo sie zuerst die Welt erblickten, so erkoren sich auch diese den Garten zu ihrem künftigen Aufenthaltsorte. Zu den vorhandenen kamen von Zeit zu Zeit auch neue Einwanderer, und so vermehrt sich die Zahl der Vögel in dem Garten und sogar in der nächsten Umgebung von Jahr zu Jahr. Selbst solche Vögel, die sonst nicht gewöhnlich in Gärten sind, sondern mehr in Wäldern und abgelegenen Gebüschen, sind gelegentlich gekommen, und da es ihnen gefiel, dageblieben, wenn ihnen auch manche Dinge, die sonst der Wald und die Einsamkeit gewähren, hier abgehen mochten. Zur Nahrung rechnen wir auch Licht, Luft und Wärme. Diese Dinge geben wir nach Bedarf dadurch, daß wir die Bauplätze zu den Nestern an den verschiedensten Stellen des Gartens anbringen, damit sich die Paare die wärmeren oder kühleren, luftigeren oder sonnigeren aussuchen können. Für welche keine taugliche Stelle möglich ist, die sind nicht hier. Es sind das nur solche Vögel, für welche die hiesigen Landstriche überhaupt nicht passen, und diese Vögel sind dann auch für unsere Landstriche nicht nötig. Zu den geeigneten Zeiten besuchen uns auch Wanderer und Durchzügler, die auf der Jahresreise begriffen sind.

Sie hätten eigentlich keinen Anspruch auf eine Gabe, allein da sie sich unter die Einwohner mischen, so essen sie auch an ihrer Schüssel und gehen dann weiter."

„Auf welche Weise gebt ihr denn den Tieren die nötige Nahrung?" fragte ich.

„Dazu haben wir verschiedene Einrichtungen", sagte er. „Manche von den Vögeln haben bei ihrem Speisen festen Boden unter den Füßen, wie die Spechte, die an den Bäumen hacken, und solche, die ihre Nahrung auf der platten Erde suchen; andere, besonders die Waldvögel, lieben das Schwanken der Zweige, wenn sie essen, da sie ihr Mahl in eben diesen Zweigen suchen. Für die ersten streut man das Futter auf was immer für Plätze, sie wissen dieselben schon zu finden. Den anderen gibt man Gitter, die an Schnüren hängen, und in denen, in kleine Tröge gefüllt oder auf Stifte gesteckt, die Speise ist. Sie fliegen herzu und wiegen sich essend in dem Gitter. Die Vögel werden auch nach und nach zutraulich, nehmen es endlich nicht mehr so genau mit dem Tische, und es tummeln sich Festfüßler und Schaukler auf der Fütterungstenne, die neben dem Gewächshause ist, wo ihr mich heute morgen gesehen habt."

„Ich habe das von heute morgen mehr für zufällig als absichtlich gehalten", sagte ich.

„Ich tue es gerne, wenn ich anwesend bin", erwiderte er, „obwohl es auch andere tun können. Für die ganz schüchternen, wie meistens die neuen Ankömmlinge und die ganz und gar eingefleischten Waldvögel sind, haben wir abgelegene Plätze, an die wir ihnen die Nahrung tun. Für die vertraulicheren und umgänglicheren bin ich sogar auf eine sehr bequeme und annehmliche Verfahrungsweise gekommen. Ich habe in dem Hause ein Zimmer, vor dessen Fenster Brettchen befestigt sind, auf welche ich das Futter gebe. Die Federgäste kommen schon herzu und speisen vor meinen Augen. Ich habe dann auch das Zimmer gleich zur Speisekammer eingerichtet und bewahre dort in Kästen, deren kleine Fächer mit Aufschriften versehen sind, dasjenige Futter, das entweder in Sämereien besteht oder dem schnellen Verderben nicht ausgesetzt ist."

„Das ist das Eckzimmer", sagte ich, „das ich nicht begriff, und dessen Brettchen ich für Blumenbrettchen ansah und doch für solche nicht zweckmäßig fand."

„Warum habt ihr denn nicht gefragt?" erwiderte er.

„Ich nahm es mir vor und habe wieder darauf vergessen", antwortete ich.

„Da die meisten Sänger von lebendigen Tierchen leben", setzte er seine Erzählung fort, „so ist es nicht ganz leicht, die Nahrung für alle zu bereiten. Da aber doch ein großer Teil nebst dem Ungeziefer auch Sämereien nicht verschmäht, so sind in der Speisekammer alle Sämereien, welche auf unseren Fluren und in unseren Wäldern reifen und werden, wenn sie ausgehen oder veralten, durch frische ersetzt. Für solche, welche die Körner nicht lieben, wird der Abgang durch Teile unseres Mahles, zartes Fleisch, Obst, Eierstückchen, Gemüse und dergleichen, ersetzt, was unter die Körner gemischt wird. Die Kohlmeise erhält sehr gerne, wenn sie tätig ist, und besonders, wenn sie um ihre Jungen sich gut annimmt, ein Stückchen Speck zur Belohnung, den sie außerordentlich liebt. Auch Zucker wird zuweilen gestreut. Für den Trank ist im Garten reichlich gesorgt. In jede Wassertonne geht schief ein befestigter Holzsteg, an welchem sie zu dem Wasser hinabklettern können. In den Gebüschen sind Steinnäpfe, in die Wasser gegossen wird, und in dem Dickichte an der Abendseite des Gartens ist ein kleines Quellchen, das wir mit steinernen Rändern eingefaßt haben."

„Da habt ihr ja Arbeit und Sorge in Fülle mit diesen Gartenbewohnern", sagte ich.

„Es übt sich leicht ein", antwortete er, „und der Lohn dafür ist sehr groß. Es ist kaum glaublich, zu welchen Erfahrungen man gelangt, wenn man durch mehrere Jahre diese gefiederten Tiere hegt und gelegentlich die Augen auf ihre Geschäftigkeit richtet. Alle Mittel, welche die Menschen ersonnen haben, um die Gewächse vor Ungeziefer zu bewahren, so trefflich sie auch sein mögen, so fleißig sie auch angewendet werden, reichen nicht aus, wie es ja in der Lage der Sache gegründet ist. Wie viele Hände von Menschen müßten tätig sein, um die unzählbaren Stellen, an denen sich Ungeziefer erzeugt, zu entdecken und die Mittel auf sie anzuwenden. Ja, die ganz gereinigten Stellen geben auf die Dauer keine Sicherheit und müssen stets von neuem untersucht werden. In den verschiedensten Zeiten und unbeachtet entwickeln sich die Insekten auf Stengeln, Blättern, Blüten, unter der Rinde und breiten sich unversehens und schnell aus. Wie könnte man da die Keime entdecken und vor ihrer Entwicklung vernichten? Oft sind die schädlichen Tierchen so klein, daß wir sie mit unseren Augen kaum zu entdecken vermögen, oft sind sie an Orten, die uns schwer zugänglich sind, zum Beispiele in den äußersten Spitzen der feinsten Zweige der Bäume. Oft ist der Schaden in größter Schnelligkeit entstanden, wenn man auch glaubt, daß man seine Augen an allen Stellen des Gartens gehabt, daß man keine unbeachtet gelassen und daß man seine Leute zur genauesten Untersuchung angeeifert hat. Zu dieser Arbeit ist von Gott das Vogelgeschlecht bestimmt worden und insbesondere das der kleinen und singenden, und zu dieser Arbeit reicht auch nur das Vogelgeschlecht vollkommen aus. Alle Eigenschaften der Insekten, von denen ich gesprochen habe, ihre Menge, ihre Kleinheit, ihre Verborgenheit und endlich ihre schnelle und plötzliche Entwicklung schützen sie gegen die Vögel nicht. Sprechen wir von der Menge. Alle Singvögel, wenn sie auch später Sämereien fressen, nähren doch ihre Jungen von Raupen, Insekten, Würmern, und da diese Jungen so schnell wachsen und so zu sagen unaufhörlich essen, so bringt ein einziges Paar in einem einzigen Tage eine erkleckliche Menge von solchen Tierchen in das Nest, was erst hundert Paare in zehn, vierzehn, zwanzig Tagen! So lange brauchen ungefähr die Jungen zum Flüggewerden. Und alle Stellen, wie zahlreich sie auch sein können, werden von den geschäftigen Eltern durchsucht. Sprechen wir von der Kleinheit der Tierchen. Sie oder ihre Larven und Eier mögen noch so klein sein, von den scharfen, spähenden Augen eines Vogels werden sie entdeckt. Ja manche Vögel, wie das Goldhähnchen, der Zaunkönig, dürfen ihren Jungen nur die kleinsten Nahrungsstückchen bringen, weil dieselben, wenn sie dem Ei entschlüpft sind, selber kaum so groß wie eine Fliege oder eine kleine Spinne sind. Gehen wir endlich auf die Abgelegenheit und Unerreichbarkeit der Aufenthaltsorte der Insekten über, so sind sie dadurch nicht vor dem Schnabel der Vögel geschützt, wenn sie für ihre Jungen oder sich

Nahrung brauchen. Was wäre einem Vogel leicht unzugänglich? In die höchsten Zweige schwingt er sich empor, an der Rinde hält er sich und bohrt in sie, durch die dichtesten Hecken dringt er, auf der Erde läuft er, und selbst unter Blöcke und Steingerölle dringt er. Ja, einmal sah ich einen Buntspecht im Winter, da die Äste zu Stein gefroren schienen, auf einen solchen mit Gewalt loshämmern und sich aus dessen Innern die Nahrung holen. Die Spechte zeigen auf diese Weise – ich sage es hier nebenbei – auch die Äste an, die morsch und vom Gewürme ergriffen sind, und daher weggeschafft werden müssen. Was zuletzt den unvorhergesehenen und plötzlichen Raupenfraß anlangt, den der Mensch zu spät entdeckt, so kann er sich nicht einstellen, da die Vögel überall nachsehen und bei Zeiten abhelfen."

„Wie sehr diese Tiere für das Ungeziefer geschaffen sind", sagte er nach einer Weile, „zeigt sich aus der Beobachtung, daß sie die Arbeit unter sich teilen. Die Blaumeise und die Tannenmeise entdeckt die Brut der Ringelraupe und anderer Raupengattungen an den äußersten Spitzen der Zweige, wo sie unter der Rinde verborgen ist, indem sie, sich an die Zweige hängend, dieselben absucht, die Kohlmeise durchsucht fleißig das Innere der Baumkrone, die Spechtmeise klettert Stamm auf Stamm ab und holt die versteckten Eier hervor, der Finke, der gerne in den Nadelbäumen nistet, weshalb auch solche Bäume in dem Garten sind, geht gleichwohl gerne von ihnen herab und läuft den Gängen der Käfer und der gleichen nach, und ihn unterstützen oder übertreffen vielmehr die Ammerlinge, die Grasmücken, die Rotkehlchen, die auf der Erde unter Kohlpflanzen und in Hecken ihre Nahrung suchen und finden. Sie beirren sich wechselseitig nicht und lassen in ihrer unglaublichen Tätigkeit nicht nach, ja sie scheinen sich eher darin einander anzueifern. Ich habe nicht eigens Beobachtungen angestellt; aber wenn man mehrere Jahre unter den Tieren lebt, so gibt sich die Betrachtung von selber."

„Auch einen eigentümlichen Gedanken", fuhr er fort, „hat das Walten dieser Tiere in mir erweckt oder vielmehr bestärkt; denn ich hatte ihn schon längst. Allen Tatsachen, die wichtig sind, hat Gott außer unserem Bewußtsein ihres Wertes auch noch einen Reiz für uns beigesellt, der sie annehmlich in unser Wesen gehen läßt.

Diesen Tierchen nun, die so nützlich sind, hat er, ich möchte sagen, die goldene Stimme mitgegeben, gegen die der verhärtetste Mensch nicht verhärtet genug ist. Ich habe in unserem Garten mehr Vergnügen gehabt als manchmal in Sälen, in denen die kunstreichste Musik aufgeführt wurde, die selten zu hören ist. Zwar singt ein Vogel in einem Käfige auch; denn der Vogel ist leichtsinnig, er erschrickt zwar heftig, er fürchtet sich; aber bald ist der Schrecken und die Furcht vergessen, er hüpft auf einen Halt für seine Füße und trällert dort das Lied, das er gelernt hat und das er immer wiederholt. Wenn er jung und sogar auch alt gefangen wird, vergißt er sich und sein Leid, wird ein Hin- und Widerhüpfer in kleinem Raume, da er sonst einen großen brauchte, und singt seine Weise; aber dieser Gesang ist ein Gesang der Gewohnheit, nicht der Lust. Wir haben an unserm Garten einen ungeheuren Käfig ohne Draht, Stangen und Vogeltürchen, in welchem der Vogel vor außerordentlicher Freude, der er sich so leicht hingibt, singt, in welchem wir das Zusammentönen vieler Stimmen hören können, das in einem Zimmer beisammen nur ein Geschrei wäre, und in welchem wir endlich die häusliche Wirtschaft der Vögel und ihre Gebärden sehen können, die so verschieden sind und oft dem tiefsten Ernste ein Lächeln abgewinnen können. Man hat uns in diesem Hegen von Vögeln in einem Garten nicht nachgeahmt. Die Leute sind nicht verhärtet gegen die Schönheit des Vogels und gegen seinen Gesang, ja diese beiden Eigenschaften sind das Unglück des Vogels. Sie wollen dieselben genießen, sie wollen sie recht nahe genießen, und da sie keinen Käfig mit unsichtbaren Drähten und Stangen machen können wie wir, in dem sie das eigentliche Wesen des Vogels wahrnehmen könnten, so machen sie einen mit sichtbaren, in welchem der Vogel eingesperrt ist und seinem zu frühen Tode entgegen singt. Sie sind auf diese Weise nicht unfühlsam für die Stimme des Vogels, aber sie sind unfühlsam für sein Leiden. Dazu kommt noch, daß es der Schwäche und Eitelkeit des Menschen, besonders der Kinder, angenehm ist, eines Vogels, der durch seine Schwingen und seine Schnelligkeit gleichsam aus dem Bereiche menschlicher Kraft gezogen ist, Herr zu werden und ihn durch Witz und Geschicklichkeit in seine Gewalt zu bringen. Darum ist seit alten Zeiten der Vogelfang ein Vergnügen gewesen, besonders für junge Leute; aber wir müssen sagen, daß es ein sehr rohes Vergnügen ist, das man eigentlich verachten sollte. Freilich ist es noch schlechter und muß ohne weiteres verabscheut werden, wenn man Singvögel nicht des Gesanges wegen fängt, sondern sie fängt und tötet, um sie zu essen. Die unschuldigsten und mitunter schönsten Tiere, die durch ihren einschmeichelnden Gesang und ihr liebliches Benehmen ohnehin unser Vergnügen sind, die uns nichts anders tun als lauter Wohltaten, werden wie Verbrecher verfolgt, werden meistens, wenn sie ihrem Triebe der Geselligkeit folgen, erschossen, oder, wenn sie ihren nagenden Hunger stillen wollen, erhängt. Und dies geschieht nicht, um ein unabweisliches Bedürfnis zu erfüllen, sondern einer Lust und Laune willen. Es wäre unglaublich, wenn man nicht wüßte, daß es aus Mangel an Nachdenken oder aus Gewohnheit so geschieht. Aber das zeigt eben, wie weit wir noch von wahrer Gesittung entfernt sind. Darum haben weise Menschen bei wilden Völkern und bei solchen, die ihre Gierde nicht zu zähmen wußten oder einen höheren Gebrauch von ihren Kräften noch nicht machen konnten, den Aberglauben aufgeregt, um einen Vogel seiner Schönheit oder Nützlichkeit willen zu retten. So ist die Schwalbe ein heiliger Vogel geworden, der dem Hause Segen bringt, das er besucht, und den zu töten Sünde ist. Und selten dürfte es ein Vogel mehr verdienen als die Schwalbe, die so wunderschön ist und so unberechenbaren Nutzen bringt. So ist der Storch unter göttlichen Schutz gestellt, und den Staren hängen wir hölzerne Häuser in unsere Bäume. Ich hoffe, daß, wenn unseren Nachbarn die Augen über den Erfolg und den Nutzen des Hegens von Singvögeln aufgehen, sie vielleicht auch dazu schreiten werden, uns nachzuahmen; denn für Erfolg und Nutzen sind sie am empfänglichsten. Ich glaube aber auch, daß unsere Obrigkeiten das Ding nicht gering achten sollten, daß ein strenges Gesetz gegen das Fangen und Töten der Singvögel zu geben wäre und daß das Gesetz

auch mit Umsicht und Strenge aufrecht erhalten werden sollte. Dann würde dem menschlichen Geschlechte ein heiligendes Vergnügen aufbewahrt bleiben, wir würden durch die Länder wie durch schöne Gärten gehen, und die wirklichen Gärten würden erquickend dastehen, in keinem Jahre leiden und in besonders unglücklichen nicht den Anblick der gänzlichen Kahlheit und der traurigen Veröduug zeigen. Wollt ihr nicht auch ein wenig unsere gefiederten Freunde ansehen?"
„Sehr gerne", sagte ich.

Wir standen von dem Sitze auf und gingen mehr in die Tiefe des Gartens zurück.
Das vielstimmige Vogelgezwitscher durch den Garten und das helle Singen in unserer Nähe, welches mir gestern nachmittag, da ich es in das Zimmer hinein gehört hatte, seltsam gewesen war, erschien mir nun sehr lieblich, ja ehrwürdig, und wenn ich einen Vogel durch einen Baum huschen sah oder über einen Sandweg laufen, so erfüllte es mich mit einer Gattung Freude. Mein Begleiter führte mich zu einer Hecke, wies mit dem Finger hinein und sagte: „Seht!"
Ich antwortete, daß ich nichts sähe.
„Schaut nur genauer", sagte er, indem er mit dem Finger neuerdings die Richtung wies. Ich sah nun unter einem äußerst dichten Dornengeflechte, welches in die Hecke gemacht worden war, ein Nest. In dem Neste saß ein Rotkehlchen, wenigstens dem Rücken nach zu urteilen. Es flog nicht auf, sondern wendete nur ein wenig den Kopf gegen uns und sah mit den schwarzen, glänzenden Augen unerschrocken und vertraulich zu uns herauf.
„Dieses Rotkehlchen sitzt auf seinen Eiern", sagte mein Begleiter, „es ist eine Spätehe, wie sie öfter vorkommen. Ich besuche es schon mehrere Tage und lege ihm die Larve des Mehlkäfers in die Nähe. Das weiß der Schelm, darum frägt er mich schon darnach und fürchtet den Fremden nicht, der bei mir ist."
In der Tat, das Tierchen blieb ruhig in seinem Neste und ließ sich durch unser Reden und durch unsere Augen nicht beirren.
„Man muß eigentlich ehrlich gegen sie sein", sagte mein Gastfreund; „aber ich habe keine Larve in der Hand, darum bitte ich dich, Gustav, gehe in das Haus und hole mir eine."
Der Jüngling wendete sich schnell um und eilte in das Haus.
Indessen führte mich mein Begleiter eine Strecke vorwärts und zeigte mir neuerdings in einer Hecke unter Dornen ein Nest, in welchem eine Ammer saß.
„Diese sitzt auf ihren Jungen, die noch kaum die ersten Härchen haben, und erwärmt sie", sagte mein Begleiter. „Sie kann nicht viel von ihnen weg, darum bringt den meisten Teil der Nahrung der Vater herbei. Nach einigen Tagen aber werden sie schon so stark, daß sie der Mutter überall hervor sehen, wenn sie sich auch zeitweilig auf sie setzt."
Auch die Ammer flog bei unserer Annäherung nicht auf, sondern sah uns ruhig an.
So zeigte mir mein Begleiter noch ein paar Nester, in denen Junge waren, die, wenn sie sich allein befanden, auf das Geräusch unserer Annäherung die gelben Schnäbel

aufsperrten und Nahrung erwarteten. In zwei anderen waren Mütter, die bei unserem Herannahen nicht aufflogen. Da wir im Vorbeigehen noch eins trafen, bei welchem die Eltern ätzten, ließen sich diese nicht von ihrem Geschäfte abhalten, flogen herzu und nährten in unserer Gegenwart die Kinder.

„Ich habe euch jetzt Nester gezeigt, die noch bevölkert sind", sagte mein Gastfreund, „die meisten sind schon leer, die Jugend flattert bereits in dem Garten herum und übt sich zur Herbstreise. Die Nester sind zahlreicher als man vermutet, wir besuchen nur die, die uns bei der Hand sind."

Indessen war Gustav mit der verlangten Larve gekommen und gab sie dem alten Manne in die Hand. Dieser ging zu der Hecke, in welcher das Nest des Rotkehlchens war, und legte die Larve auf den Weg daneben. Kaum hatte er sich entfernt und war zu uns getreten, die wir in der Nähe standen, so schlüpfte das Rotkehlchen unter den untersten Ästen der Hecke heraus, rannte zu der Larve, nahm sie und lief wieder in die Hecke zurück.

Ich weiß nicht, welche tiefe Rührung mich bei diesem Vorfalle überkam. Mein Gastfreund erschien mir wie ein weiser Mann, der sich zu einem niedreren Geschöpfe herabläßt.

Auch der Jüngling Gustav war sehr heiter und zeigte Freude, wenn er in die Büsche blickte, in denen eine Wohnung war. Es war mir dies ein Beweis, daß das Zerstören der Vogelnester durch Wegnahme der Eier oder der Jungen und das Fangen der Vögel überhaupt den Kindern nicht angeboren ist, sondern daß dieser Zerstörungstrieb, wenn er da ist, von Eltern oder Erziehern hervorgerufen und in diese Bahn geleitet wurde, und daß er durch eine bessere Erziehung sein Gegenteil wird.

Wir schritten weiter. In einer kleinen Fichte, die am Rande des Gartens stand, zeigten sie mir noch eine Finkenwohnung, die an dem Stamme in das Geflechte teils hervorgewachsener, teils künstlich eingefügter Äste und Zweige gebaut war. An anderen Bäumen sahen wir auch in die aufgehängten Behälter Vögel aus- und einschlüpfen. Mein Begleiter sagte, daß, wenn ich nur länger hier wäre, mir selbst die Sitten der Vögel verständlicher werden würden.

Ich erwiderte, daß ich schon Mehreres aus meinen Reisen im Gebirge und aus meinen früheren Beschäftigungen in den Naturwissenschaften kenne.

„Das ist doch immer weniger", sagte mein Gastfreund, „als was man durch das lebendige Beisammenleben inne wird."

Es wurden einige Behälter, die mit aus Ruten geflochtenen Seilen an Bäumen befestigt waren und von denen man wußte, daß sie nicht mehr bewohnt seien, herabgenommen und auseinander gelegt, damit ich ihre Einrichtung sähe. Es war nur eine einfache Höhlung, die aus zwei halbhohlen Stücken bestand, die man mittelst Ringen, die enger zu schrauben waren, aneinanderpressen konnte.

„Kein Singvogel", sagte mein Begleiter, „geht in ein fertiges Nest, es mag nun dasselbe in einer früheren Zeit von ihm selber oder einem anderen Vogel gebaut worden sein,

sondern er verfertigt sich sein Nest in jedem Frühlinge neu. Deshalb haben wir die Behälter aus zwei Teilen machen lassen, daß wir sie leicht auseinander nehmen und die veralteten Nester heraustun können. Auch zum Reinigen der Behälter ist diese Einrichtung sehr tauglich; denn wenn sie unbewohnt sind, nimmt allerlei Ungeziefer seine Zuflucht zu diesen Höhlungen, und der Vogel scheut Unrat und verdorbene Luft und würde eine unreine Höhlung nicht besuchen. Im letzten Teile des Winters, wenn der Frühling schon in Aussicht steht, werden alle diese Behälter herabgenommen, auf das Sorgfältigste gescheuert und in Stand gesetzt. Im Winter sind sie darum auf den Bäumen, weil doch mancher Vogel, der nicht abreist, Schutz in ihnen sucht. Die alten Nester werden zerfasert und gegen den Frühling ihre Bestandteile mit neuen vermehrt in dem Garten ausgestreut, damit die Familien Stoff für ihre Häuser finden."
Ich sah im Vorübergehen auch die Kletterstäbchen in den Wassertonnen, und im Gebüsche fanden wir das kleine rieselnde Wässerlein.

Als wir uns auf dem Rückwege zum Hause befanden, sagte mein Begleiter: „Ich habe noch eine Art Gäste, die ich füttere, nicht daß sie mir nützen, sondern daß sie mir nicht schaden. Gleich in der ersten Zeit meines Hierseins, da ich eine sogenannte Baumschule anlegte, nehmlich ein Gärtchen, in welchem die zur Veredlung tauglichen Stämmchen gezogen wurden, habe ich die Bemerkung gemacht, daß mir im Winter die Rinde an Stämmchen abgefressen wurde, und gerade die beste und zarteste Rinde an den besten Stämmchen. Die Übeltäter wiesen sich teils durch ihre Spuren im Schnee, teils, weil sie auch auf frischer Tat ertappt wurden, als Hasen aus. Das Verjagen half nicht, weil sie wieder kamen und doch nicht Tag und Nacht jemand in der Baumschule Wache stehen konnte. Da dachte ich: die armen Diebe fressen die Rinde nur, weil sie nichts Besseres haben, hätten sie es, so ließen sie die Rinde stehen. Ich sammelte nun alle Abfälle von Kohl und ähnlichen Pflanzen, die im Garten und auf den Feldern übrig blieben, bewahrte sie im Keller auf und legte sie bei Frost und hohem Schnee teilweise auf die Felder außerhalb des Gartens. Meine Absicht wurde belohnt: die Hasen fraßen von den Dingen und ließen unsere Baumschule in Ruhe. Endlich wurde die Zahl der Gäste immer mehr, da sie die wohleingerichtete Tafel entdeckten; aber weil sie mit dem Schlechtesten, selbst mit den dicken Strünken des Kohles, zufrieden waren und ich mir solche von unseren Feldern und von Nachbarn leicht erwerben konnte, so fragte ich nichts darnach und fütterte. Ich sah ihnen oft aus dem Dachfenster mit dem Fernrohre zu. Es ist possierlich, wenn sie von der Ferne herzulaufen, dem bequem daliegenden Fraße mißtrauen, Männchen machen, hüpfen, dann aber sich doch nicht helfen können, herzustürzen und von dem Zeuge hastig fressen, das sie im Sommer nicht anschauen würden. Manche Leute legten Schlingen, da sie wußten, daß hier Hasen zusammenkamen. Aber da wir sehr sorgfältig nachspürten und die Schlingen wegnehmen ließen, da ich auch verbot, über unsere Felder zu gehen, und die Betroffenen zur Verantwortung zog, verlor sich die Sache wieder. Auch den Vögeln legten Buben in unserer Nähe Schlingen; aber das half sehr wenig, da die Vögel in unserem Garten sehr gute Kost hatten und nach der fremden Lockspeise nicht ausgingen. Die Beute an Vögeln war daher nie groß, und mit einiger Aufsicht und Wachsamkeit, die wir in den ersten Jahren einleiteten, geschah es, daß dieser Unfug auch bald wieder aufhörte."

Der alte Mann lud mich ein, in das Haus zu gehen und die Fütterungskammer anzusehen.

Auf dem Wege dahin sagte er: „Unter die Feinde der Sänger gehören auch die Katzen, Hunde, Iltisse, Wiesel, Raubvögel. Gegen letzte schützen die Dornen und die Nestbehälter, und Hunde und Katzen werden in unserm Hause so erzogen, daß sie nicht in den Garten gehen, oder sie werden ganz von dem Hause entfernt."

Wir waren indessen in das Haus gekommen und gingen in das Eckzimmer, in welchem ich die vielen Fächer gesehen hatte. Mein Begleiter zeigte mir die Vorräte, indem er die Fächer herauszog und mir die Sämereien wies. Die Speisen, welche eben nicht in Sämereien bestehen, wie Eier, Brot, Speck, werden beim Bedarfe aus der Speisekammer des Hauses genommen.

„Meine Nachbarn äußerten schon", sagte mein Begleiter, „daß außer der Mühe, die das Erhalten der Singvögel macht, auch die Kosten zu ihrer Ernährung in keinem Verhältnisse zu ihrem Nutzen stehen. Aber das ist unrichtig. Die Mühe ist ein Vergnügen, das wird der, welcher einmal anfängt, bald inne werden; so wie der Blumenfreund keine Mühe, sondern nur Pflege kennt, welche zudem bei den Blumen viel mehr Tätigkeit in Anspruch nimmt als das Ziehen der Gesangvögel im Freien; die Kosten aber sind in der Tat nicht ganz unbedeutend; allein wenn ich die edlen Früchte eines einzigen Pflaumenbaumes, welchen mir die Raupen der Vögel wegen nicht abgefressen haben, verkaufe, so deckt der Kaufschilling die Nahrungskosten der Sänger ganz und gar. Freilich ist der Nutzen desto größer, je edler das Obst ist, welches in dem Garten gezogen wird, und dazu, daß sie edles Obst in dieser Gegend ziehen, sind sie schwer zu bewegen, weil sie meinen, es gehe nicht. Wir müssen ihnen aber zeigen, daß es geht, indem wir ihnen die Früchte weisen und zu kosten geben, und wir müssen ihnen zeigen, daß es nützt, indem wir ihnen Briefe unserer Handelsfreunde weisen, die uns das Obst abgekauft haben. Von den Stämmchen, die in unserer Obstschule wachsen, geben wir ihnen ab und unterrichten sie, wie und auf welchen Platz sie gesetzt werden sollen."

„Wenn wieder einmal ein Jahr kommen sollte wie das, welches wir vor fünf Jahren hatten", fuhr er fort, „es war ein schlimmes Jahr, heiß mit wenig Regen und ungeheurem Raupenfraß. Die Bäume in Rohrberg, in Regau, in Landegg und Pludern standen wie Fegebesen in die Höhe, und die grauen Fahnen der Raupennester hingen von den entwürdigten Ästen herab. Unser Garten war unverletzt und dunkelgrün, sogar jedes Blatt hatte seine natürliche Ränderung und Ausspitzung. Wenn noch einmal ein solches Jahr käme, was Gott verhüte, so würden sie wieder ein Stückchen Erfahrung machen, das sie das erste Mal nicht gemacht haben."

Ich sah unterdessen die Sämereien und die Anstalten an, fragte manches und ließ mir manches erklären.

Wir verließen hierauf das Zimmer, und da wir auf dem Gange waren und gegen Gustavs Zimmer gingen, sagte er: „Daß auch unnütze Glieder herbeikommen, Müßiggänger, Störefriede, das begreift sich. Ein großer Händelmacher ist der Sperling. Er geht in fremde Wohnungen, balgt sich mit Freund und Feind, ist zudringlich zu unsern Sämereien und Kirschen. Wenn die Gesellschaft nicht groß ist, lasse ich sie gelten und streue ihnen sogar Getreide. Sollten sie hier aber doch zu viel werden, so hilft die Windbüchse, und sie werden in den Meierhof hinabgescheucht. Als einen bösen Feind zeigte sich der Rotschwanz. Er flog zu dem Bienenhause und schnappte die Tierchen weg. Da half nichts, als ihn ohne Gnade mit der Windbüchse zu töten. Wir ließen beinahe in Ordnung Wache halten und die Verfolgung fortsetzen, bis dieses Geschlecht ausblieb. Sie waren so klug, zu wissen, wo Gefahr ist, und gingen in die Scheunen, in die Holzhütte des Meierhofes und die Ziegelhütte, wo die großen Wespennester unter dem Dache sind. Wir lassen auch darum im Meierhofe und anderen entfernteren Orten die grauen Kugeln solcher Nester, die sich unter den Latten und Sparren der Dächer oder Dachvorsprünge ansiedeln, nicht zerstören, damit sie diese Vögel hinziehen."

Während dieses Gespräches waren wir in dem Gange der Gastzimmer zu der Tür gekommen, die in Gustavs Wohnung führte. Mein Gastfreund fragte, ob ich diese Wohnung nicht jetzt besehen wollte, und wir traten ein.

Die Wohnung bestand aus zwei Zimmern, einem Arbeitszimmer und einem Schlafzimmer. Beide waren, wie es bei solchen Zimmern selten der Fall ist, sehr in Ordnung. Sonst war ihr Geräte sehr einfach. Bücherkästen, Schreib- und Zeichnungsgeräte, ein Tisch, Schreine für die Kleider, Stühle und das Bett. Der Jüngling stand fast errötend da, da ein Fremder in seiner Wohnung war. Wir entfernten uns bald, und der Bewohner machte uns die leichte, feine Verbeugung, die ich gestern schon an ihm bemerkt hatte, weil er uns nicht mehr begleiten, sondern in den Zimmern zurückbleiben wollte, in welchen er noch Arbeit zu verrichten hatte.

„Ihr könnt nun auch die Gastzimmer besuchen", sagte mein Begleiter, „dann habt ihr alle Räume unseres Hauses gesehen."

Ich willigte ein. Er nahm ein kleines silbernes Glöcklein aus seiner Tasche und läutete. Es erschien in kurzem eine Magd, von welcher er die Schlüssel der Zimmer verlangte. Sie holte dieselben und brachte sie an einem Ringe, von welchem einzelne los zu lösen waren. Jeder trug die Zahl seines Zimmers auf sich eingegraben. Nachdem mein Beherberger die Magd verabschiedet hatte, schloß er mir die einzelnen Zimmer auf. Sie waren einander vollkommen gleich. Sie waren gleich groß, jedes hatte zwei Fenster, und jedes hatte ähnliche Geräte wie das meine.

„Ihr seht", sagte er, „daß wir in unserem Hause nicht so ungesellig sind und bei dessen Anlegung schon auf Gäste gerechnet haben. Es können im äußersten Notfalle noch mehr untergebracht werden als die Zimmer anzeigen, wenn wir zwei in ein Gemach tun und noch andere Zimmer, namentlich die im Erdgeschosse, in Anspruch nehmen. Es ist aber in der Zeit, seit welcher dieses Haus besteht, der Notfall noch nicht eingetreten."

Als wir an die östliche Seite des Hauses gekommen waren, an die Seite, die seiner Wohnung gerade entgegengesetzt lag, öffnete er eine Tür, und wir traten nicht in ein Zimmer wie bisher, sondern in drei, welche sehr schön eingerichtet waren und zu lieblichem Wohnen einluden. Das erste war ein Zimmer für einen Diener oder eigentlich eine Dienerin; denn es sah ganz aus wie das Zimmer, in welchem die Mädchen meiner Mutter wohnten. Es standen große Kleiderkästen da, mit grünem Zitz verhängte Betten, und es lagen Dinge herum wie in dem Mädchenzimmer meiner Mutter. Die zwei anderen Gemächer zeigten zwar nicht solche Dinge, im Gegenteile, sie waren in der musterhaftesten Ordnung; aber sie wiesen doch eine solche Gestalt, daß man schließen mußte, daß sie zu Wohnungen für Frauen bestimmt sind. Die Geräte des ersten waren von Mahagoniholz, die des zweiten von Cedern. Überall standen weichgepolsterte Sitze und schöne Tische herum. Auf dem Fußboden lagen weiche Teppiche, die Pfeiler hatten hohe Spiegel, außerdem stand in jedem Zimmer noch ein beweglicher Ankleidespiegel, an den Fenstern waren Arbeitstischchen, und in der Ecke jedes Zimmers stand, von weißen Vorhängen dicht und undurchdringlich umgeben, ein Bett. Jedes Gemach hatte ein Blumentischchen, und an den Wänden hingen einige Gemälde.

Als ich diese Zimmer eine Weile betrachtet hatte, öffnete mein Begleiter im dritten Zimmer mittelst eines Drückers eine Tapetentür, die sich den Blicken nicht gezeigt hatte, und führte mich noch in ein viertes, kleines Zimmer mit einem einzigen Fenster. Das Zimmerchen war sehr schön. Es war ganz in sanft rosenfarbener Seide ausgeschlagen, welche Zeichnungen in derselben, nur etwas dunkleren Farbe hatte. An dieser schwach rosenroten Seide lief eine Polsterbank von lichtgrauer Seide hin, die mit mattgrünen Bändern gerändert war. Sessel von gleicher Art standen herum. Die Seide, grau in Grau gezeichnet, hob sich licht und lieblich von dem Rot der Wände ab, es machte fast einen Eindruck, wie wenn weiße Rosen neben roten sind. Die grünen Streifen erinnerten an das grüne Laubblatt der Rosen. In einer der hinteren Ecken des Zimmers war ein Kamin von ebenfalls grauer, nur dunklerer Farbe mit grünen Streifen in den Simsen und sehr schmalen Goldleisten. Vor der Polsterbank und den Sesseln stand ein Tisch, dessen Platte grauer Marmor von derselben Farbe wie der Kamin war. Die Füße des Tisches und der Sessel so wie die Fassungen an der Polsterbank und den anderen Dingen waren von dem schönen veilchenblauen Amarantholze; aber so leicht gearbeitet, daß dieses Holz nirgends herrschte. An dem mit grauen Seidenvorhängen gesäumten Fenster, welches zwischen grünen Baumwölbungen auf die Landschaft und das Gebirge hinaussah, stand ein Tischchen von demselben Holze und ein reichgepolsterter Sessel und Schemel, wie wenn hier der Platz für eine Frau zum Ruhen wäre. An den Wänden hingen nur vier kleine, an Größe und Rahmen vollkommen gleiche Ölgemälde. Der Fußboden war mit einem feinen grünen Teppiche überspannt, dessen einfache Farbe sich nur ein wenig von dem Grün der Bänder abhob. Es war gleichsam der Rasenteppich, über dem die Farben der Rosen schwebten. Die Schürzange und die anderen Geräte an dem Kamine hatten vergoldete Griffe, auf dem Tische stand ein goldenes Glöcklein.

Kein Merkmal in dem Gemache zeigte an, daß es bewohnt sei. Kein Geräte war verrückt, an dem Teppiche zeigte sich keine Falte und an den Fenstervorhängen keine Verknitterung.

Als ich eine Zeit diese Dinge mit Staunen betrachtet hatte, öffnete mein Begleiter wieder die Tapetentür, die man auch im Innern dieses Zimmers nicht sehen konnte, und führte mich hinaus. Er hatte in dem Rosenzimmerchen nicht ein Wort gesprochen, und ich auch nicht. Als wir durch die anderen Zimmer gegangen waren und er sie hinter uns zugeschlossen hatte, sagte er mir ebenfalls über den Zweck dieser Wohnung nichts, und ich konnte natürlich nicht darum fragen.

Als wir auf den Gang hinausgekommen waren, sagte er: „Nun habt ihr mein ganzes Haus gesehen; wenn ihr wieder einmal in der Zukunft vorüberkommt oder euch gar in der Ferne desselben erinnert, so könnt ihr euch gleich vorstellen, wie es im Inneren aussieht."

Bei diesen Worten nestelte er den Ring mit den Schlüsseln in irgend eine Tasche seines seltsamen Obergewandes.

„Es ist ein Bild", erwiderte ich auf seine Rede, „das sich mir tief eingeprägt hat und das ich nicht so bald vergessen werde."

„Ich habe mir das beinahe gedacht", antwortete er.

Da wir in die Nähe meines Zimmers gekommen waren, verabschiedete er sich, indem er sagte, daß er nun einen großen Teil meiner Zeit in Anspruch genommen habe und daß er, um mich nicht noch mehr einzuengen, mir nichts weiter davon entziehen wolle.

Ich dankte ihm für seine Gefälligkeit und Freundlichkeit, mit welcher er mir einen Teil des Tages gewidmet und mir seine Häuslichkeit gezeigt habe, und wir trennten uns. Ich nahm den Schlüssel aus meiner Tasche und öffnete mein Zimmer, um einzutreten; ihn aber hörte ich die Treppe hinabgehen.

Ich blieb nun bis gegen Abend in meinem Gastgemache, teils weil ich ermüdet war und wirklich einige Ruhe nötig hatte, teils weil ich meinem Gastfreunde nicht weiter lästig sein wollte.

Am Abende ging ich wieder ein wenig auf die Felder außerhalb des Gartens hinaus und kam erst zur Speisestunde zurück. Ich hatte bei dieser Gelegenheit gelernt, mir selber das Gitter zu öffnen und zu schließen.

Es war kein Gast da, und beim Abendessen wie beim Mittagessen waren nur mein Gastfreund, Gustav und ich. Die Gespräche waren über verschiedene gleichgültige Dinge, wir trennten uns bald, ich verfügte mich auf mein Zimmer, las noch, schrieb, entkleidete mich endlich, löschte das Licht und begab mich zur Ruhe.

Der nächste Morgen war wieder herrlich und heiter. Ich öffnete die Fenster, ließ Duft und Luft hereinströmen, kleidete mich an, erfrischte mich mit reichlichem Wasser zum Waschen, und ehe die Sonne nur einen einzigen Tautropfen hatte aufsaugen können, stand ich schon mit meinem Ränzlein auf dem Rücken und mit meinem Hute und dem Schwarzdornstocke in der Hand im Speisezimmer. Der alte Mann und Gustav warteten meiner bereits.
Nachdem das Frühmahl verzehrt worden war, wobei ich trotz der Forderung mein Ränzlein nicht abgelegt hatte, dankte ich noch einmal für die große Freundlichkeit und Offenheit, mit welcher ich hier aufgenommen worden war, verabschiedete mich und begab mich auf meinen Weg.

Der alte Mann und Gustav begleiteten mich bis zum Gittertore des Gartens. Der Alte öffnete, um mich hinauszulassen, so wie er vorgestern geöffnet hatte, um mir den Eingang zu gestatten. Beide gingen mit mir durch das geöffnete Tor hinaus. Als wir auf dem Sandplatze vor dem Hause, angeweht von dem Dufte der Rosen, standen, sagte mein Beherberger: „Nun lebt wohl und geht glücklich eures Weges. Wir kehren durch unser Gitter wieder in unseren Landaufenthalt und zu unseren Beschäftigungen zurück. Wenn ihr in einer anderen Zeit wieder in die Nähe kommt und es euch gefällt, uns zu besuchen, so werdet ihr mit Freundlichkeit aufgenommen werden. Wenn ihr aber gar, ohne daß euch euer Weg hier vorüberführt, freiwillig zu uns kommt, um uns zu besuchen, so wird es uns besonders freuen. Es ist keine Redensart, wenn ich sage, daß es uns freuen würde, ich gebrauche diese Redensarten nicht, sondern es ist wirklich so. Wenn ihr das einmal wollt, so lebt in diesem Hause, so lange es euch zusagt, und lebt so ungebunden als ihr wollt, so wie auch wir so ungebunden leben werden als wir wollen. Wenn ihr uns die Zeit vorher etwa durch einen Boten wissen machen könntet, wäre es gut, weil wir, wenn auch nicht oft, doch manchmal abwesend sind."
„Ich glaube, daß ihr mich freundlich aufnehmen werdet, wenn ich wieder komme", antwortete ich, „weil ihr es sagt und euer Wesen mir so erscheint, daß ihr nicht eine unwahre Höflichkeit aussprechen würdet. Ich begreife zwar den Grund nicht, weshalb ihr mich einladet, aber da ihr es tut, nehme ich es mit vieler Freude an und sage euch, daß ich im nächsten Sommer, wenn mich auch mein gewöhnlicher Weg nicht hieher führt, freiwillig in diese Gegend und in dieses Haus kommen werde, um eine kleine Zeit da zu bleiben."
„Tut es, und ihr werdet sehen, daß ihr nicht unwillkommen seid", sagte er, „wenn ihr auch die Zeit ausdehnt."
„Ich werde vielleicht das Letztere tun", antwortete ich, „und so lebet wohl."
„Lebt wohl."
Bei diesen Worten reichte er mir die Hand und drückte sie.
Ich reichte meine Hand, da er sie losgelassen hatte, auch an den Knaben Gustav, welcher sie annahm, aber nichts sprach, sondern mich bloß mit seinen Augen freundlich ansah.

Hierauf schieden wir, indem sie durch das Gitter zurückgingen, ich aber den Hut auf dem Haupte den Weg hinabwandelte, den ich vor zwei Tagen heraufgegangen war.
Ich fragte mich nun, bei wem ich denn diesen Tag und die zwei Nächte zugebracht habe. Er hat um meinen Namen nicht gefragt und hat mir den seinigen nicht genannt. Ich konnte mir auf meine Frage keine Antwort geben.

Und so ging ich denn nun weiter. Die grünen Ähren gaben jetzt in der Morgensonne feurige Strahlen, während sie bei meinem Heraufgehen im Schatten des herandrohenden Gewitters gestanden waren.
Ich sah mich noch einmal um, da ich zwischen den Feldern hinabging, und sah das weiße Haus im Sonnenscheine stehen, wie ich es schon öfter hatte stehen gesehen, ich konnte noch den Rosenschimmer unterscheiden und glaubte, noch das Singen der zahlreichen Vögel im Garten vernehmen zu können.
Hierauf wendete ich mich wieder um und ging abwärts, bis ich zu der Hecke und der Einfriedigung der Felder kam, bei der ich vorgestern von der Straße abgebogen hatte. Ich konnte mich nicht enthalten, noch einmal umzusehen. Das Haus stand jetzt nur mehr weiß da, wie ich es öfter bei meinen Wanderungen gesehen hatte.
Ich ging nun auf der Landstraße in meiner Richtung vorwärts.
Den ersten Mann, welcher mir begegnete, fragte ich, wem das weiße Haus auf dem Hügel gehöre und wie es hieße.
„Es ist der Aspermeier, dem es gehört", antwortete der Mann, „ihr seid ja gestern selber in dem Asperhofe gewesen und seid mit dem Aspermeier herumgegangen."
„Aber der Besitzer jenes Hauses ist doch unmöglich ein Meier?" fragte ich; denn mir war wohlbekannt, daß man in der Gegend jeden größeren Bauern einen Meier nannte.
„Er ist anfangs nicht der Aspermeier gewesen", antwortete der Mann, „aber er hat von dem alten Aspermeier den Asperhof gekauft, und das Haus hat er gebaut, welches in dem Garten steht und zu dem Asperhof gehört, und jetzt ist er der Aspermeier; denn der alte ist längst gestorben."
„Hat er denn nicht auch einen andern Namen?" fragte ich.
„Nein, wir heißen ihn den Aspermeier", antwortete er.
Ich sah, daß der Mann nichts Weiteres von meinem Gastfreunde wisse und sich nicht um denselben gekümmert habe, ich gab daher bei ihm jedes weitere Forschen auf.
Es begegneten mir noch mehrere Menschen, von denen ich dieselbe Antwort erhielt. Alle kehrten das Verhältnis um und sagten, das Haus im Garten gehöre zu dem Asperhofe.
Ich beschloß daher, vorläufig jedes Forschen zu unterlassen, bis ich zu einem Menschen gekommen sein würde, von dem ich berechtigt war, eine bessere Auskunft zu erwarten.
Da mir aber der Name Aspermeier und Asperhof nicht gefiel, nannte ich das Haus, in welchem ein solcher Rosendienst getrieben wurde, in meinem Haupte vorläufig das Rosenhaus.
Es begegnete mir aber niemand, den ich noch einmal hätte fragen können.

Ich ließ, da ich so meines Weges weiter wandelte, die Dinge des letzten Tages in mir vorübergehen. Mich freute es, daß ich in dem Hause eine so große Reinlichkeit und Ordnung getroffen hatte, wie ich sie bisher nur in dem Hause meiner Eltern gesehen hatte. Ich wiederholte, was der alte Mann mir gezeigt und gesagt hatte, und es fiel mir ein, wie ich mich viel besser hätte benehmen können, wie ich auf manche Reden bessere Antworten geben und überhaupt viel bessere Dinge hätte sagen können.

In diesen Betrachtungen wurde ich unterbrochen. Als ich ungefähr eine Stunde auf dem Wege gewandert war, kam ich an die Ecke des Buchenwaldes, von dem wir vorgestern abends gesprochen hatten, der zu den Besitzungen meines Gastfreundes gehört und in welchem ich einmal eine Gabelbuche gezeichnet hatte. Der Weg geht an dem Walde etwas steiler hinan und biegt um die Ecke desselben herum. Da ich bis zu der Biegung gelangt war, kam mir ein Wagen entgegen, welcher mit eingelegtem Radschuhe langsam die Straße herabfuhr. Er mochte darum langsamer als gewöhnlich fahren, weil sich diejenigen, welche in ihm saßen, Vorsicht zum Gesetze gemacht haben konnten. Es saßen nehmlich in dem offenen und des schönen Wetters willen ganz zurückgelegten Wagen zwei Frauengestalten, eine ältere und eine jüngere. Beide hatten Schleier, welche von den Hüten über die Schultern niedergingen. Die ältere hatte den Schleier über das Angesicht gezogen, welches aber doch, da der Schleier weiß war, ein wenig gesehen werden konnte. Die jüngere hatte den Schleier zu beiden Seiten des Angesichts zurückgetan und zeigte dieses Angesicht der Luft. Ich sah sie beide an und zog endlich zu einer höflichen Begrüßung meinen Hut. Sie dankten freundlich, und der Wagen fuhr vorüber. Ich dachte mir, da der Wagen immer tiefer über den Berg hinabging, ob denn nicht eigentlich das menschliche Angesicht der schönste Gegenstand zum Zeichnen wäre.
Ich sah dem Wagen noch nach, bis er durch die Biegung des Weges unsichtbar geworden war. Dann ging ich an dem Waldrande vorwärts und aufwärts.
Nach drei Stunden kam ich auf einen Hügel, von welchem ich in die Gegend zurücksehen konnte, aus der ich gekommen war. Ich sah mit meinem Fernrohre, das ich aus dem Ränzlein genommen hatte, deutlich den weißen Punkt des Hauses, in welchem ich die letzten zwei Nächte zugebracht hatte, und hinter dem Hause sah ich die duftigen Berge. Wie war nun der Punkt so klein in der großen Welt.
Ich kam bald in den Ort, in welchem ich, da ich bisher nirgends angehalten hatte, mein Mittagsmahl einzunehmen gesonnen war, obwohl die Sonne bis zum Scheitel noch einen kleinen Bogen zurückzulegen hatte.
Ich fragte in dem Orte wieder um den Besitzer des weißen Hauses und beschrieb dasselbe und seine Lage, so gut ich konnte. Man nannte mir einen Mann, der einmal in hohen Staatsämtern gestanden war; man nannte mir aber zwei Namen, den Freiherrn von Risach und einen Herrn Morgan. Ich war nun wieder ungewiß wie vorher.

Am andern Tage morgens kam ich in den Gebirgszug, welcher das Ziel meiner Wanderung war und in welchen ich von dem anderen Gebirgszuge durch einen Teil des flachen Landes überzusiedeln beschlossen hatte. Am Mittage kam ich in dem Gasthofe an, den ich mir zur Wohnung ausgewählt hatte. Mein Koffer war bereits da, und man sagte mir, daß man mich früher erwartet habe. Ich erzählte die Ursache meiner verspäteten Ankunft, richtete mich in dem Zimmer, das ich mir bestellt hatte, ein und begab mich an die Geschäfte, welche in diesem Gebirgsteile zu betreiben ich mir vorgesetzt hatte.

Der Besuch

Ich blieb ziemlich lange in meinem neuen Aufenthaltsorte. Es entwickelte sich aus den Arbeiten ein Weiteres und Neues und hielt mich fest. Ich drang später noch tiefer in das Gebirgstal ein und begann Dinge, die ich mir für diesen Sommer gar nicht einmal vorgenommen hatte.

Im späten Herbste kehrte ich zu den Meinigen zurück. Es erging mir auf dieser Reise, wie es mir auf jeder Heimreise ergangen war. Als ich das Gebirge verließ, waren die Bergahornblätter und die der Birken und Eschen nicht nur schon längst abgefallen, sondern sie hatten auch bereits ihre schöne gelbe Farbe verloren und waren schmutzig schwarz geworden, was nicht mehr auf die Kinder der Zweige erinnerte, die sie im Sommer gewesen waren, sondern auf die befruchtende Erde, die sie im Winter für den neuen Nachwuchs werden sollten; die Bewohner der Bergtäler und der Halden, die wohl gelegentlich in jeder Jahreszeit Feuer machen, unterhielten es schon den ganzen Tag in ihrem Ofen, um sich zu wärmen, und an heiteren Morgen glänzte der Reif auf den Bergwiesen und hatte bereits das Grün der Farrenkräuter in ein dürres Rostbraun verwandelt: da ich aber in die Ebene gelangt war und die Berge mir am Rande derselben nur mehr wie ein blauer Saum erschienen, und da ich endlich gar auf dem breiten Strome zu unserer Hauptstadt hinabfuhr, umfächelten mich so weiche und warme Lüfte, daß ich meinte, ich hätte die Berge zu früh verlassen. Es war aber nur der Unterschied der Himmelsbeschaffenheit in dem Gebirge und in den entfernten Niederungen. Als ich das Schiff verlassen hatte und an den Toren meiner Heimatstadt angekommen war, trugen die Akazien noch ihr Laub, warmer Sonnenschein legte sich auf die Umfassungsmauern und auf die Häuser, und schöngekleidete Menschen lustwandelten in den Stunden des Nachmittages. Die liebliche rötliche und dunkelblaue Farbe der Weintrauben, die man an dem Tore und auf dem Platze innerhalb desselben feil bot, brachte mir manchen freundlichen und fröhlichen Herbsttag meiner Kindheit in Erinnerung.

Ich ging die gerade Gasse entlang, ich bog in ein paar Nebenstraßen und stand endlich vor dem wohlbekannten Vorstadthause mit dem Garten.

Da ich die Treppe hinangegangen war, da ich die Mutter und die Schwester gefunden hatte, war die erste Frage nach Gesundheit und Wohlbefinden aller Angehörigen. Es war alles im besten Stande, die Mutter hatte auch meine Zimmer ordnen lassen, alles war abgestaubt, gereinigt und an seinem Platze, als hätte man mich gerade an diesem Tage erwartet.

Nach einem kurzen Gespräche mit der Mutter und der Schwester kleidete ich mich, ohne meinen Koffer zu erwarten, von meinen zurückgelassenen Kleidern auf städtische Weise an, um in die Stadt zu gehen und den Vater zu begrüßen, der noch auf seiner Handelsstube war. Das Gewimmel der Leute in den Gassen, das Herumgehen geputzter Menschen in den Baumgängen des grünen Platzes zwischen der Stadt und den Vorstädten, das Fahren der Wägen und ihr Rollen auf den mit Steinwürfeln gepflasterten Straßen und endlich, als ich in die Stadt kam, die schönen Warenauslagen und das Ansehnliche der Gebäude befremdeten und beengten mich beinahe als ein Gegensatz zu meinem Landaufenthalte; aber ich fand mich nach und nach wieder hinein, und es stellte sich als das Langgewohnte und Allbekannte wieder dar. Ich ging nicht zu meinen Freunden, an deren Wohnung ich vorüberkam, ich ging nicht in die Buchhandlung, in der ich manche Stunde des Abends zuzubringen gewohnt war und die an meinem Wege lag, sondern ich eilte zu meinem Vater. Ich fand ihn an dem Schreibtische und grüßte ihn ehrerbietig und wurde auch von ihm auf das Herzlichste empfangen. Nach kurzer Unterredung über Wohlbefinden und andere allgemeine Dinge sagte er, daß ich nach Hause gehen möchte, er habe noch Einiges zu tun, werde aber bald nachkommen, um mit der Mutter, der Schwester und mir den Abend zuzubringen.

Ich ging wieder gerades Weges nach Hause. Dort machte ich einen Gang durch den Garten, sprach einige liebkosende Worte zu dem Hofhunde, der mich mit Heulen und Freudensprüngen begrüßte, und brachte dann noch eine Weile bei der Mutter und der Schwester zu. Hierauf ging ich in alle Zimmer unserer Wohnung, besonders in die mit den alten Geräten, den Büchern und Bildern. Sie kamen mir beinahe unscheinbar vor.

Nach einiger Zeit kam auch der Vater. Es war heute in dem Stübchen, in welchem die alten Waffen hingen und um welches der Epheu rankte, zum Abendessen aufgedeckt worden. Man hatte sogar bis gegen Abend die Fenster offen lassen können. Da während meines Ganges in die Stadt mein Koffer und meine Kisten von dem Schiffe gekommen waren, konnte ich die Geschenke, welche ich von der Reise mitgebracht hatte, in das Stübchen schaffen lassen: für die Mutter einige seltsame Töpfe und Geschirre, für den Vater ein Amonshorn von besonderer Größe und Schönheit, andere Marmorstücke und eine Uhr aus dem siebenzehnten Jahrhunderte, und für die Schwester das gewöhnliche Edelweiß, getrockneten Enzian, ein seidenes Bauertüchlein und silberne Brustkettlein, wie man sie in einigen Teilen des Gebirges trägt. Auch was man mir als Geschenke vorbereitet hatte, kam in das Stüblein: von der Mutter und Schwester verfertigte Arbeiten, darunter eine Reisetasche von besonderer Schönheit, dann sämtliche Arten guter Bleifedern, nach den Abstufungen der Härte in einem Fache geordnet, besonders treffliche Federkiele, glattes Papier, und von dem Vater ein Gebirgsatlas, dessen ich schon einige Male Erwähnung getan und den er für mich gekauft hatte. Nachdem alles mit Freuden gegeben und empfangen worden war, setzte man sich zu dem Tische, an dem wir heute Abend nur allein waren, wie es nach und nach bei jeder meiner Zurückkünfte nach einer längeren Abwesenheit der Gebrauch geworden war. Es wurden die Speisen aufgetragen, von denen die Mutter vermutete, daß sie mir die liebsten sein könnten. Die Vertraulichkeit und die Liebe ohne Falsch, wie man sie in jeder wohlgeordneten Familie findet, tat mir nach der längeren Vereinsamung außerordentlich wohl.

Als die ersten Besprechungen über alles, was zunächst die Angehörigen betraf und was man in der jüngsten Zeit erlebt hatte, vorüber waren, als man mir den ganzen Gang des Hauswesens während meiner Abwesenheit auseinandergesetzt hatte, mußte ich auch von meiner Reise erzählen. Ich erklärte ihren Zweck und sagte, wo ich gewesen sei und was ich getan habe, ihn zu erreichen. Ich erwähnte auch des alten Mannes und erzählte, wie ich zu ihm gekommen sei, wie gut ich von ihm aufgenommen worden sei und was ich dort gesehen habe. Ich sprach die Vermutung aus, daß er, seiner Sprache nach zu urteilen, aus unserer Stadt sein könnte. Mein Vater ging seine Erinnerungen durch, konnte aber auf keinen Mann kommen, der dem von mir beschriebenen ähnlich wäre. Die Stadt ist groß, meinte er, es könnten da viele Leute gelebt haben, ohne daß er sie hätte kennen lernen können. Die Schwester meinte, vielleicht hätte ich ihn auch der Umgebung zufolge, in welcher ich ihn gefunden habe, schon in einem anderen und besonderen Lichte gesehen und in solchem dargestellt, woraus er schwerer zu erkennen sei. Ich entgegnete, daß ich gar nichts gesagt habe, als was ich gesehen hätte und was so deutlich sei, daß ich es, wenn ich mit Farben besser umzugehen wüßte, sogar malen könnte. Man meinte, die Zeit werde die Sache wohl aufklären, da er mich auf einen zweiten Besuch eingeladen habe und ich gewiß nicht anstehen werde, denselben abzustatten. Daß ich ihn nicht geradezu um seinen Namen gefragt habe, billigten alle meine Angehörigen, da er weit mehr getan, nehmlich mich aufgenommen und beherbergt habe, ohne um meinen Namen oder um meine Herkunft zu forschen.
Der Vater erkundigte sich im Laufe des Gespräches genauer nach manchen Gegenständen in dem Hause des alten Mannes, deren ich Erwähnung getan hatte, besonders fragte er nach den Marmoren, nach den alten Geräten, nach den Schnitzarbeiten, nach den Bildsäulen, nach den Gemälden und den Büchern.
Die Marmore konnte ich ihm fast ganz genau beschreiben, die alten Geräte beinahe auch. Der Vater geriet über die Beschreibung in Bewunderung und sagte, es würde für ihn eine große Freude sein, einmal solche Dinge mit eigenen Augen sehen zu können. Über Schnitzarbeiten konnte ich schon weniger sagen, über die Bücher auch nicht viel, und das wenigste, beinahe gar nichts, über Bildsäulen und Gemälde. Der Vater drang

auch nicht darauf und verweilte nicht lange bei diesen letzteren Gegenständen – die Mutter meinte, es wäre recht schön, wenn er sich einmal aufmachte, eine Reise in das Oberland unternähme und die Sachen bei dem alten Manne selber ansähe. Er sitze jetzt immer wieder zu viel in seiner Schreibstube, er gehe in letzter Zeit auch alle Nachmittage dahin und bleibe oft bis in die Nacht dort. Eine Reise würde sein Leben recht erfrischen, und der alte Mann, der den Sohn so freundlich aufgenommen habe, würde ihn gewiß herzlich empfangen und ihm als einem Kenner seine Sammlungen noch viel lieber zeigen als einem andern. Wer weiß, ob er nicht gar auf dieser Reise das eine oder andere Stück für seine Altertumszimmer erwerben könnte. Wenn er immer warte, bis die dringendsten Geschäfte vorüber wären und bis er sich mehr auf die jüngeren Leute in seiner Arbeitsstube verlassen könne, so werde er gar nie reisen; denn die Geschäfte seien immer dringend, und sein Mißtrauen in die Kräfte der jüngeren Leute wachse immer mehr, je älter er werde und je mehr er selber alle Sachen allein verrichten wolle.
Der Vater antwortete, er werde nicht nur schon einmal reisen, sondern sogar eines Tages sich in den Ruhestand setzen und keine Handelsgeschäfte weiter vornehmen.
Die Mutter erwiderte, daß dies sehr gut sein und daß ihr dieser Tag wie ein zweiter Brauttag erscheinen werde.
Ich mußte dem Vater nun auch die einzelnen Holzgattungen angeben, aus denen die verschiedenen Geräte in dem Rosenhause eingelegt seien, aus denen die Fußböden beständen, und endlich aus welchen geschnitzt würde. Ich tat es so ziemlich gut, denn ich hatte bei der Betrachtung dieser Dinge an meinen Vater gedacht und hatte mir mehr gemerkt, als sonst der Fall gewesen sein würde. Ich mußte ihm auch beschreiben, in welcher Ordnung diese Hölzer zusammengestellt seien, welche Gestalten sie bildeten und ob in der Zusammenstellung der Linien und Farben ein schöner Reiz liege. Ebenso mußte ich ihm auch noch mehr von den Marmorarten erzählen, die in dem Gange und in dem Saale wären, und mußte darstellen, wie sie verbunden wären, welche Gattungen an einander grenzten und wie sie sich dadurch abhöben. Ich nahm häufig ein Stück Papier und die Bleifeder zur Hand, um zu versinnlichen, was ich gesehen hätte. Er tat auch weitere Fragen, und durch ihre zweckmäßige Aufeinanderfolge konnte ich mehr beantworten, als ich mir gemerkt zu haben glaubte.
Als es schon spät geworden war, mahnte die Mutter zur Ruhe, wir trennten uns von dem Waffenhäuschen und begaben uns zu Bette.
Am anderen Tage begann ich meine Wohnung für den Winter einzurichten. Ich packte nach und nach die Sachen, welche ich von meiner Reise mitgebracht hatte, aus, stellte sie nach gewohnter Art und Weise auf und suchte sie in die vorhandenen einzureihen. Diese Beschäftigung nahm mehrere Tage in Anspruch.

Am ersten Sonntage nach meiner Ankunft war ein Bewillkommungsmahl. Alle Leute von dem Handelsgeschäfte meines Vaters waren besonders eingeladen worden, und es wurden bessere Speisen und besserer Wein auf den Tisch gesetzt. Auch die zwei alten

Leute, die in dem dunkeln Stadthause unsere Wohnungsnachbarn gewesen waren, sind zu diesem Mahle geladen worden, weil sie mich sehr lieb hatten und weil die Frau gesagt hatte, daß aus mir einmal große Dinge werden würden. Diese Mahle waren schon seit ein paar Jahren Sitte, und die alten Leute waren jedesmal Gäste dabei.

Als ich mit dem Hauptsächlichsten in der Anordnung meiner Zimmer fertig war, besuchte ich auch meine Freunde in der Stadt und brachte wieder manche Abenddämmerung in der Buchhandlung zu, welche mir ein lieber Aufenthalt geworden war. Wenn ich durch die Gassen der Stadt ging, war es mir, als hätte ich das, was ich von dem alten Manne wußte, in einem Märchenbuche gelesen; wenn ich aber wieder nach Hause kam und in die Zimmer mit den altertümlichen Gegenständen und mit den Bildern ging, so war er wieder wirklich und paßte hieher als Vergleichsgegenstand.

Die Spuren, welche mit einer Ankunft nach einer längeren Reise in einer Wohnung immer unzertrennlich verbunden sind, namentlich wenn man von dieser Reise viele Gegenstände mitgebracht hat, welche geordnet werden müssen, waren endlich aus meinem Zimmer gewichen, meine Bücher standen und lagen zum Gebrauche bereit, und meine Werkzeuge und Zeichnungsgerätschaften waren in der Ordnung, wie ich sie für den Winter bedurfte. Dieser Winter war aber auch schon ziemlich nahe. Die letzten schönen Spätherbsttage, die unserer Stadt so gerne zu Teil werden, waren vorüber, und die neblige, nasse und kalte Zeit hatte sich eingestellt.

In unserem Hause war während meiner Abwesenheit eine Veränderung eingetreten. Meine Schwester Klotilde, welche bisher immer ein Kind gewesen war, war in diesem Sommer plötzlich ein erwachsenes Mädchen geworden. Ich selber hatte mich bei meiner Rückkehr sehr darüber verwundert, und sie kam mir beinahe ein wenig fremd vor.

Diese Veränderung brachte für den kommenden Winter auch eine Veränderung in unser Haus. Unser Leben war für die Hauptstadt eines großen Reiches bisher ein sehr einfaches und beinah ländliches gewesen. Der Kreis der Familien, mit denen wir verkehrten, hatte keine große Ausdehnung gehabt, und auch da hatten sich die Zusammenkünfte mehr auf gelegentliche Besuche oder auf Spiele der Kinder im Garten beschränkt. Jetzt wurde es anders. Zu Klotilden kamen Freundinnen, mit deren Eltern wir in Verbindung gewesen waren, diese hatten wieder Verwandte und Bekannte, mit denen wir nach und nach in Beziehungen gerieten. Es kamen Leute zu uns, es wurde Musik gemacht, vorgelesen, wir kamen auch zu anderen Leuten, wo man sich ebenfalls mit Musik und ähnlichen Dingen unterhielt. Diese Verhältnisse übten aber auf unser Haus keinen so wesentlichen Einfluß aus, daß sie dasselbe umgestaltet hätten. Ich lernte außer den Freunden, die ich schon hatte und an deren Art und Weise ich gewöhnt war, noch neue kennen. Sie hatten meistens ganz andere Bestrebungen als ich und schienen mir in den meisten Dingen überlegen zu sein. Sie hielten mich auch für besonders, und zwar zuerst darum, weil die Art der Erziehung in unserem Hause eine andere gewesen war als in anderen Häusern, und dann, weil ich mich mit anderen Dingen beschäftigte als auf die sie ihre Wünsche und Begierden richteten. Ich vermutete, daß sie mich wegen meiner Sonderlichkeit geringer achteten als sich unter einander selbst.

Sie erwiesen meiner Schwester große Aufmerksamkeiten und suchten ihr zu gefallen. Die jungen Leute, welche in unser Haus kommen durften, waren nur lauter solche, deren Eltern zu uns eingeladen waren, die wir auch besuchten und an deren Sitten sich kein Bedenken erhob. Meine Schwester wußte nicht, daß ihr die Männer gefallen wollten, und sie achtete nicht darauf. Ich aber kam in jenen Tagen, wenn mir einfiel, daß meine Schwester einmal einen Gatten haben werde, immer auf den nehmlichen Gedanken, daß dies kein anderer Mann sein könne als der so wäre wie der Vater.

Auch mich zogen diese jungen Männer und andere, die nicht eben der Schwester willen in das Haus kamen, öfter in ihre Gespräche; sie erzählten mir von ihren Ansichten, Bestrebungen, Unterhaltungen und manche vertrauten mir Dinge, welche sie in ihrem geheimen Inneren dachten. So sagte mir einmal einer namens Preborn, welcher der Sohn eines alten Mannes war, der ein hohes Amt am Hofe bekleidete und öfter in unser Haus kam, die junge Tarona sei die größte Schönheit der Stadt, sie habe einen Wuchs, wie ihn niemand von der halben Million der Einwohner der Stadt habe, wie ihn nie irgend jemand gehabt habe, und wie ihn keine Künstler alter und neuer Zeit darstellen könnten. Augen habe sie, welche Kiesel in Wachs verwandeln und Diamanten schmelzen könnten. Er liebe sie mit solcher Heftigkeit, daß er manche Nacht ohne Schlaf auf seinem Lager liege oder in seiner Stube herum wandle. Sie lebe nicht hier, komme aber öfter in die Stadt, er werde sie mir zeigen, und ich müsse ihm als Freund in seiner Lage beistehen.

Ich dachte, daß vieles in diesen Worten nicht Ernst sein könne. Wenn er das Mädchen so sehr liebe, so hätte er es mir oder einem andern gar nicht sagen sollen, auch wenn wir Freunde gewesen wären. Freunde waren wir aber nicht, wenn man das Wort in der eigentlichen Bedeutung nimmt, wir waren es nur, wie man es in der Stadt mit einer Redeweise von Leuten nennt, die einander sehr bekannt sind und mit einander öfter umgehen. Und endlich konnte er ja keinen Beistand von mir erwarten, der ich in der Art mit Menschen umzugehen nicht sehr bewandert war und in dieser Hinsicht weit unter ihm selber stand.

Ich besuchte zuweilen auch den einen oder den anderen dieser jungen Leute außer der Zeit, in der wir in Begleitung unserer Eltern zusammenkamen, und da war ebenfalls öfter von Mädchen die Rede. Sie sagten, wie sie diese oder jene lieben, sich vergeblich nach ihr sehnen oder von ihr Zeichen der Gegenneigung erhalten hätten. Ich dachte, das sollten sie nicht sagen; und wenn sie eine mutwillige Bemerkung über die Gestalt oder das Benehmen eines Mädchens ausdrückten, so errötete ich, und es war mir, als wäre meine Schwester beleidigt worden.

Ich ging nun öfter in die Stadt und betrachtete aufmerksamer den alten Bau unseres Erzdomes. Seit ich die Zeichnungen von Bauwerken in dem Rosenhause so genau und in solcher Menge angesehen hatte, waren mir die Bauwerke nicht mehr so fremd wie früher. Ich sah sie gerne an, ob sie irgend etwas Ähnliches mit den Gegenständen hätten, die ich in den Zeichnungen gesehen hatte. Auf meiner Reise von dem Rosenhause in das Gebirgstal, in welchem ich mich später aufgehalten hatte, und von diesem Gebirgstale bis zu dem Schiffe, das mich zur Heimreise aufnehmen sollte, war mir nichts besonders Betrachtenswertes vorgekommen. Nur einige Wegsäulen sehr alter Art erinnerten an die reinen und anspruchlosen Gestalten, wie ich sie bei dem Meister auf dem reinen Papier mit reinen Linien gesehen hatte. Aber in der Nische der einen Wegsäule war statt des Standbildes, das einst darinnen gewesen war und auf welches der Sockel noch hinwies, ein neues Gemälde mit bunten Farben getan worden, in der anderen fehlte jede Gestalt. Auf meiner Stromesfahrt kam ich wohl an Kirchen und Burgen vorüber, die der Beachtung wert sein mochten, aber mein Zweck führte mich in dem Schiffe weiter. An dem Erzdome sah ich beinahe alle Gestalten von Verzierungen, Simsen, Bögen, Säulen und größeren Teilwerken, wie ich sie auf dem Papier im Rosenhause gesehen hatte. Es ergötzte mich, in meiner Erinnerung diese Gestalten mit den gesehenen zu vergleichen und sie gegenseitig abzuschätzen.

Auch in Beziehung der Edelsteine fiel mir das ein, was der alte Mann in dem Rosenhause über die Fassung derselben gesagt hatte. Es gab Gelegenheit genug, gefaßte Edelsteine zu sehen. In unzähligen Schaufenstern der Stadt liegen Schmuckwerke zur Ansicht und zur Verlockung zum Kaufe aus. Ich betrachtete sie überall, wo sie mir auf meinem Wege aufstießen, und ich mußte denken, daß der alte Mann recht habe. Wenn ich mir die Zeichnungen von Kreuzen, Rosen, Sternen, Nischen und dergleichen Dingen an mittelalterlichen Baugegenständen, wie ich sie im Rosenhause gesehen hatte, vergegenwärtigte, so waren sie viel leichter, zarter und, ich möchte den Ausdruck gebrauchen, inniger als diese Sachen hier, und waren doch nur Teile von Bauwerken, während diese Schmuck sein sollten. Mir kam wirklich vor, daß sie, wie er gesagt hatte, unbeholfen in Gold und unbeholfen in den Edelsteinen seien. Nur bei einigen Verkaufsorten, die als die vorzüglichsten galten, fand ich eine Ausnahme. Ich sah, daß dort die Fassungen sehr einfach waren, ja daß man, wenn die Edelsteine einmal eine größere Gestalt und einen höheren Wert annahmen, schier gar keine Fassung mehr machte, sondern nur so viel von Gold oder kleinen Diamanten anwendete, als unumgänglich nötig schien, die Dinge nehmen und an dem menschlichen Körper befestigen zu können. Mir schien dieses schon besser, weil hier die Edelsteine allein den Wert und die Schönheit darstellen sollten. Ich dachte aber in meinem Herzen, daß die Edelsteine, wie schön sie auch seien, doch nur Stoffe wären, und daß es viel vorzüglicher sein müßte, wenn man sie, ohne daß ihre Schönheit einen Eintrag erhielte, doch auch mit einer Gestalt umgäbe, welche außer der Lieblichkeit des Stoffes auch den Geist des Menschen sehen ließe, der hier tätig war und an dem man Freude haben könnte. Ich nahm mir vor, wenn ich wieder zu meinem alten Gastfreunde käme, mit ihm über die Sache zu reden. Ich sah, daß ich in dem Rosenhause etwas Ersprießliches gelernt hatte.

Ich wurde bei jener Gelegenheit zufällig mit dem Sohne eines Schmuckhändlers bekannt, welcher als der vorzüglichste in der Stadt galt. Er zeigte mir öfter die wertvolleren Gegenstände, die sie in dem Verkaufsgewölbe hatten, die aber nie in einem Schaufenster lagen, er erklärte mir dieselben und machte mich auf die Merkmale aufmerksam, an denen man die Schönheit der Edelsteine erkennen könne. Ich getraute mir nie, meine Ansichten über die Fassung derselben darzulegen. Er versprach mir, mich näher in die Kenntnis der Edelsteine einzuführen, und ich nahm es recht gerne an.

Weil ich durch meine Gebirgswanderungen an viele Bewegung gewöhnt war, so ging ich alle Tage entweder durch Teile der Stadt herum, oder ich machte einen Weg in den Umgebungen derselben. Das Zuträgliche der starken Gebirgsluft ersetzte mir hier die Herbstluft, die immer rauher wurde, und ich ging ihr sehr gerne entgegen, wenn sie mit Nebeln gefüllt oder hart von den Bergen her wehte, die gegen Westen die Umgebungen unserer Stadt säumten.

Ich fing auch in jener Zeit an, das Theater zuweilen zu besuchen. Der Vater hatte, so lange wir Kinder waren, nie erlaubt, daß wir ein Schauspiel zu sehen bekämen. Er sagte, es würde dadurch die Einbildungskraft der Kinder überreizt und überstürzt, sie behingen sich mit allerlei willkürlichen Gefühlen und gerieten dann in Begierden oder gar Leidenschaften. Da wir mehr herangewachsen waren, was bei mir schon seit längerer Zeit, bei der Schwester aber kaum seit einem Jahre der Fall war, durften wir zu seltenen Zeiten das Hoftheater besuchen. Der Vater wählte zu diesen Besuchen jene Stücke aus, von denen er glaubte, daß sie uns angemessen wären und unser Wesen förderten. In die Oper oder gar in das Ballet durften wir nie gehen, eben so wenig durften wir ein Vorstadttheater besuchen. Wir sahen auch die Aufführung eines Schauspiels nie anders als in Gesellschaft unserer Eltern. Seit ich selbstständig gestellt war, hatte ich auch die Freiheit, nach eigener Wahl die Schauspielhäuser zu besuchen. Da ich mich aber mit wissenschaftlichen Arbeiten beschäftigte, hatte ich nach dieser Richtung hin keinen mächtigen Zug. Aus Gewohnheit ging ich manchmal in eines von den nehmlichen Stücken, die ich schon mit den Eltern gesehen hatte. In diesem Herbste wurde es anders. Ich wählte zuweilen selber ein Stück aus, dessen Aufführung im Hoftheater ich sehen wollte.

Es lebte damals an der Hofbühne ein Künstler, von dem der Ruf sagte, daß er in der Darstellung des Königs Lear von Shakespeare das Höchste leiste, was ein Mensch in diesem Kunstzweige zu leisten im Stande sei. Die Hofbühne stand auch in dem Rufe der Musteranstalt für ganz Deutschland. Es wurde daher behauptet, daß es in deutscher Sprache auf keiner deutschen Bühne etwas gäbe, was jener Darstellung gleich käme, und ein großer Kenner von Schauspieldarstellungen sagte in seinem Buche über diese Dinge von dem Darsteller des Königs Lear auf unserer Hofbühne, daß es unmöglich wäre, daß er diese Handlung so darstellen könnte, wie er sie darstellte, wenn nicht ein Strahl jenes wunderbaren Lichtes in ihm lebte, wodurch dieses Meisterwerk erschaffen und mit unübertrefflicher Weisheit ausgestattet worden ist.

Ich beschloß daher, da ich diese Umstände erfahren hatte, der nächsten Vorstellung des König Lear auf unserer Hofbühne beizuwohnen.

Eines Tages war in den Zeitungen, die täglich zu dem Frühmahle des Vaters kamen, für die Hofbühne die Aufführung des König Lear angekündigt und als Darsteller des Lear der Mann genannt, von dem ich gesprochen habe und der jetzt schon dem Greisenalter entgegen geht. Die Jahreszeit war bereits in den Winter hinein vorgerückt. Ich richtete meine Geschäfte so ein, daß ich in der Abendzeit den Weg zu dem Hoftheater einschlagen konnte. Da ich gerne das Treiben der Stadt ansehen wollte, wie ich auf meinen Reisen die Dinge im Gebirge untersuchte, ging ich früher fort, um langsam den Weg zwischen der Vorstadt und der Stadt zurück zu legen. Ich hatte einen einfachen Anzug angelegt, wie ich ihn gerne auf Spaziergängen hatte, und eine Kappe genommen, die ich bei meinen Reisen trug. Es fiel ein feiner Regen nieder, obwohl es in der unteren Luft ziemlich kalt war. Der Regen war mir nicht unangenehm, sondern eher willkommen, wenn er mir auch auf meinen Anzug fiel, an dem nicht viel zu verderben war. Ich schritt seinem Rieseln mit Gemessenheit entgegen. Der Weg zwischen den Bäumen auf dem freien Raume vor der Stadt war durch das Eis, welches sich bildete, gleichsam mit Glas überzogen, und die Leute, welche vor und neben mir gingen, glitten häufig aus. Ich war an schwierige Wege gewöhnt und ging auf der Mitte der Eisbahn ohne Beschwerde fort. Die Zweige der Bäume glänzten in der Nachbarschaft der brennenden Laternen, sonst war es überall finstere Nacht, und der ganze Raum und die Mauern der Stadt waren in ihrer Dunkelheit verborgen. Als ich von dem Gehwege in die Fahrstraße einbog, rasselten viele Wägen an mir vorüber, und die Pferde zerstampften und die Räder zerschnitten die sich bildende Eisdecke. Die meisten von ihnen, wenn auch nicht alle, fuhren in das Theater. Mir kam es beinahe sonderbar vor, daß sie und ich selber in diesem unfreundlichen Wetter einem Raume zustrebten, in welchem eine erlogene Geschichte vorgespiegelt wird. So kam ich in die erleuchtete Überwölbung, in der die Wägen hielten, ich wendete mich von ihr in den Eingang, kaufte meine Karte, steckte meine Kappe in die Tasche meines Überrocks, gab diesen in das Kleiderzimmer und trat in den hellen ebenerdigen Raum des Darstellungssaales. – Ich hatte von meinem Vater die Gewohnheit angenommen, nie von oben herab oder von großer Entfernung die Darstellung eines Schauspieles zu sehen, weil man den Menschen, welche die Handlung darstellen, in ihrer gewöhnlichen Stellung nicht auf die obere Fläche ihres Kopfes oder ihrer Schultern sehen soll und weil man ihre Mienen und Geberden soll betrachten können. Ich blieb daher ungefähr am Ende des ersten Dritttheiles der Länge des Raumes stehen und wartete, bis sich der Saal füllen würde und die Glocke zum Beginne des Stückes tönte.
Sowohl die gewöhnlichen Sitze als auch die Logen füllten sich sehr stark mit geputzten Leuten, wie es Sitte war, und wahrscheinlich von dem Rufe des Stückes und des Schauspielers angezogen strömte heute eine weit größere und gemischtere Menge, wie

man bei dem ersten Blicke erkennen konnte, in diese Räume. Männer, die neben mir standen, sprachen dieses aus, und in der Tat war in der Versammlung manche Gestalt zu sehen, die von den entferntesten Teilen der Vorstädte gekommen sein mußte. Die meisten, da endlich gleichsam Haupt an Haupt war, blickten neugierig nach dem Vorhange der Bühne.

Es war damals nicht meine Gewohnheit, und ist es jetzt auch noch nicht, in überfüllten Räumen die Menge der Menschen, die Kleider, den Putz, die Lichter, die Angesichter und dergleichen zu betrachten. Ich stand also ruhig, bis die Musik begann und endete, bis sich der Vorhang hob und das Stück den Anfang nahm.

Der König trat ein und war, wie er später von sich sagte, jeder Zoll ein König. Aber er war auch ein übereilender und bedaurungswürdiger Tor. Regan, Goneril und Cordelia redeten, wie sie nach ihrem Gemüte reden mußten, auch Kent redete so, wie er nicht anders konnte. Der König empfing die Reden, wie er nach seinem heftigen, leichtsinnigen und doch liebenswürdigen Gemüte ebenfalls mußte. Er verbannte die einfache Cordelia, die ihre Antwort nicht schmücken konnte, der er desto heftiger zürnte, da sie früher sein Liebling gewesen war, und gab sein Reich den beiden anderen Töchtern, Regan und Goneril, die ihm auf seine Frage, wer ihn am meisten liebe, mit übertriebenen Ausdrücken schmeichelten und ihm dadurch, wenn er der Betrachtung fähig gewesen wäre, schon die Unechtheit ihrer Liebe dartaten, was auch die edle Cordelia mit solchem Abscheu erfüllte, daß sie auf die Frage, wie *sie* den Vater liebe, weniger zu antworten wußte, als sie vielleicht zu einer anderen Zeit, wo das Herz sich freiwillig öffnete, gesagt hätte. Gegen Kent, der Cordelia verteidigen wollte, wütete er und verbannte ihn ebenfalls, und so sieht man bei dieser heftigen und kindischen Gemütsart des Königs üblen Dingen entgegen.

Ich kannte dieses Schauspiel nicht und war bald von dem Gange der Handlung eingenommen.

Der König wohnt nun mit seinen hundert Rittern im ersten Monate bei der einen Tochter, um im zweiten dann bei der anderen zu sein und so abwechselnd fortzufahren, wie es bedungen war. Die Folgen dieser schwachen Maßregel zeigten sich auch im Lande. In dem hohen Hause Glosters empört sich ein unehelicher Sohn gegen den Vater und den rechtmäßigen Bruder und ruft unnatürliche Dinge in die Welt, da auch in des Königs Hause unnatürliche und unzweckmäßige Dinge geschahen. In dem Hofhalte der Tochter und in der in diesen Hofhalt eingepflanzten zweiten Hofhaltung des Königs und seiner hundert Ritter entstehen Anstände und Widrigkeiten, und die Entgegnungen der Tochter gegen das Tun des Königs und seines Gefolges sind sehr begreiflich, aber fast unheimlich. Beinahe herzzerreißend ist nun die treuherzige, fast blöde Zuversicht des Königs, womit er die eine Tochter, die mit schnöden Worten seinen Handlungen entgegen getreten war, verläßt, um zu der anderen, sanfteren zu gehen, die ihn mit noch härterem Urteile abweist. Sein Diener ist hier in den Stock geschlagen, er selber findet keine Aufnahme, weil man nicht vorbereitet ist, weil man die andere Schwester erwartet, die man aufnehmen muß, man rät dem König, zu der verlassenen Tochter zurückzukehren und sich ihren Maßregeln zu fügen. Bei dem Könige war vorher blindes Vertrauen in die Töchter, Übereilung im Urteile gegen Cordelia, Leichtsinn in Vergebung der Würden: jetzt entsteht Reue, Scham, Wut und Raserei. Er will nicht zu der Tochter zurückkehren, eher geht er in den Sturm und in das Ungewitter auf die Haide hinaus, die gegen ihn wüten dürfen, denen er ja nichts geschenkt hat. Er tritt in die Wüste bei Nacht, Sturm und Ungewitter, der Greis gibt die weißen Haare den Winden preis, da er auf der Haide vorschreitet, von niemandem begleitet als von dem Narren, er wirft den Mantel in die Luft, und da er sich in Ausdrücken erschöpft hat, weiß er nichts mehr als die Worte: Lear! Lear! Lear! aber in diesem einzigen Worte liegt seine ganze vergangene Geschichte und liegen seine ganzen gegenwärtigen Gefühle. Er wirft sich später dem Narren an die Brust und ruft mit Angst: Narr, Narr! ich werde rasend – ich möchte nicht rasend werden – nur nicht toll! Da er die drei letzten Worte milder sagte, gleichsam bittend, so flossen mir die Tränen über die Wangen herab, ich vergaß die Menschen herum und glaubte die Handlung als eben geschehend. Ich stand und sah unverwandt auf die Bühne. Der König wird nun wirklich toll, er kränzt sich in den Tagen nach jener Sturmnacht mit Blumen, schwärmt auf den Hügeln und Haiden und hält mit Bettlern einen hohen Gerichtshof. Es ist indessen schon Botschaft an seine Tochter Cordelia getan worden, daß Regan und Goneril den Vater schnöd behandeln. Diese war mit Heeresmacht gekommen, um ihn zu retten. Man hatte ihn auf der Haide gefunden, und er liegt nun im Zelte Cordelias und schläft. Während der letzten Zeit ist er in sich zusammengesunken, er ist, während wir ihn so vor uns sahen, immer älter, ja gleichsam kleiner geworden. Er hatte lange geschlafen, der Arzt glaubt, daß der Zustand der Geisteszerrüttung nur in der übermannenden Heftigkeit der Gefühle gelegen war und daß sich sein Geist durch die lange Ruhe und den erquickenden Schlaf wieder stimmen werde. Der König erwacht endlich, blickt die Frau an, hat nicht den Mut, die vor ihm stehende Cordelia als solche zu erkennen, und sagt im Mißtrauen auf seinen Geist mit Verschämtheit, er halte diese fremde Frau für sein Kind Cordelia. Da man ihn sanft von der Wahrheit seiner Vorstellung überzeugt, gleitet er ohne Worte von dem Bette herab und bittet knieend und händefaltend sein eigenes Kind stumm um Vergebung. Mein Herz war in dem Augenblicke gleichsam zermalmt, ich wußte mich vor Schmerz kaum mehr zu fassen. Das hatte ich nicht geahnt, von einem Schauspiele war schon längst keine Rede mehr, das war die wirklichste Wirklichkeit vor mir. Der günstige Ausgang, welchen man den Aufführungen dieses Stückes in jener Zeit gab, um die fürchterlichen Gefühle, die diese Begebenheit erregt, zu mildern, tat auf mich keine Wirkung mehr, mein Herz sagte, daß das nicht möglich sei, und ich wußte beinahe nicht mehr, was vor mir und um mich vorging. Als ich mich ein wenig erholt hatte, tat ich fast scheu einen Blick auf meine Umgebung, gleichsam um mich zu überzeugen, ob man mich beobachtet habe. Ich sah, daß alle Angesichter auf die Bühne blickten und daß sie in starker Erregung gleichsam auf den Schauplatz geheftet seien. Nur in einer ebenerdigen Loge sehr nahe bei mir saß ein Mädchen, welches nicht auf die Darstellung merkte, sie war schneebleich, und die Ihrigen waren um sie beschäftigt. Sie kam mir unbeschreiblich schön vor. Das Angesicht war von Tränen übergossen, und ich richtete meinen Blick unverwandt auf sie. Da die bei ihr Anwesenden sich um und vor sie stellten, gleichsam um sie vor der Betrachtung zu decken, empfand ich mein Unrecht und wendete die Augen weg.

Das Stück war indessen aus geworden, und um mich entstand die Unruhe, die immer mit dem Fortgehen aus einem Schauspielhause verbunden ist. Ich nahm mein Taschentuch heraus, wischte mir die Stirne und die Augen ab und richtete mich zum Fortgehen. Ich ging in das Kleiderzimmer, holte mir meinen Überrock und zog ihn an. Als ich in den Vorsaal kam, war dort ein sehr starkes Gedränge, und da er mehrere Ausgänge hatte, wogten die Menschen vielfach hin und her. Ich gab mich einem größeren Zuge hin, der langsam bei dem Hauptausgange ausmündete. Plötzlich war es mir, als ob sich meinen Blicken, die auf den Ausgang gerichtet waren, ganz nahe etwas zur Betrachtung aufdrängte. Ich zog sie zurück, und in der Tat hatte ich zwei große, schöne Augen den meinigen gegenüber, und das Angesicht des Mädchens aus der ebenerdigen Loge war ganz nahe an dem meinigen. Ich blickte sie fest an, und es war mir, als ob sie mich freundlich ansähe und mir lieblich zulächelte. Aber in dem Augenblicke war sie vorüber. Sie war mit einem Menschenstrome aus dem Logengange gekommen, dieser Strom hatte unseren Zug gekreuzt und strebte bei einem Seitenausgange hinaus. Ich sah sie nur noch von rückwärts und sah, daß sie in einen schwarzseidenen Mantel gehüllt war. Ich war endlich auch bei dem Hauptausgange hinausgekommen. Dort zog ich erst meine Kappe aus der Tasche des Überrockes, setzte sie auf und blieb noch einen Augenblick stehen und sah den abfahrenden Wägen nach, die ihre roten Laternenlichter in die trübe Nacht hinaustrugen. Es regnete noch viel dichter als bei meinem Hereingehen. Ich schlug den Weg nach Hause ein. Ich gelangte aus den fahrenden Wägen, ich gelangte aus dem größeren Strome der Menschen und bog in den vereinsamteren Weg ein, der im Freien durch die Reihen der Bäume der Vorstadt zuführte. Ich schritt neben den düsteren Laternen vorbei, kam wieder in die Gassen der Vorstadt, durchging sie und war endlich in dem Hause meiner Eltern.

Es war beinahe Mitternacht geworden. Die Mutter, welche es sich bei solchen Gelegenheiten nicht nehmen läßt, besonders auf die Gesundheit der Ihrigen bedacht zu sein, war noch angekleidet und wartete meiner im Speisezimmer. Die Magd, welche mir die Wohnung geöffnet hatte, sagte mir dieses und wies mich dahin. Die Mutter hatte noch ein Abendessen für mich in Bereitschaft und wollte, daß ich es einnehme. Ich sagte ihr aber, daß ich noch zu sehr mit dem Schauspiele beschäftigt sei und nichts essen könne. Sie wurde besorgt und sprach von Arznei. Ich erwiderte ihr, daß ich sehr wohl sei und daß mir gar nichts als Ruhe not tue.

„Nun, wenn dir Ruhe not tut, so ruhe", sagte sie, „ich will dich nicht zwingen, ich habe es gut gemeint."

„Gut gemeint wie immer, teure Mutter", antwortete ich, „darum danke ich auch."
Ich ergriff ihre Hand und küßte sie. Wir wünschten uns gegenseitig eine gute Nacht, nahmen Lichter und begaben uns auf unsere Zimmer.
Ich entkleidete mich, legte mich auf mein Bett, löschte die Lichter aus und ließ mein heftiges Herz nach und nach in Ruhe kommen. Es war schon beinahe gegen Morgen, als ich einschlief.
Das erste, was ich am andern Tage tat, war, daß ich den Vater um die Werke Shakespeares aus seiner Büchersammlung bat und sie, da ich sie hatte, in meinem Zimmer zur Lesung für diesen Winter zurecht legte. Ich übte mich wieder im Englischen, damit ich sie nicht in einer Übersetzung lesen müsse.
Als ich im vergangenen Sommer von meinem alten Gastfreunde Abschied genommen hatte und an dem Saume seines Waldes auf der Landstraße dahin ging, waren mir zwei in einem Wagen fahrende Frauen begegnet. Damals hatte ich gedacht, daß das menschliche Angesicht der beste Gegenstand für das Zeichnen sein dürfte. Dieser Gedanke fiel mir wieder ein, und ich suchte mir Kenntnisse über das menschliche Antlitz zu verschaffen. Ich ging in die kaiserliche Bildersammlung und betrachtete dort alle schönen Mädchenköpfe, welche ich abgemalt fand. Ich ging öfter hin und betrachtete die Köpfe. Aber auch von lebenden Mädchen, mit denen ich zusammentraf, sah ich die Angesichter an, ja ich ging an trockenen Wintertagen auf öffentliche Spaziergänge und sah die Angesichter der Mädchen an, die ich traf. Aber unter allen Köpfen, sowohl den gemalten als auch den wirklichen, war kein einziger, der ein Angesicht gehabt hätte, welches sich an Schönheit nur entfernt mit dem hätte vergleichen können, welches ich an dem Mädchen in der Loge gesehen hatte. Dieses eine wußte ich, obwohl ich mir das Angesicht eigentlich gar nicht mehr vorstellen konnte und obwohl ich es, wenn ich es wieder gesehen hätte, nicht erkannt hätte. Ich hatte es in einer Ausnahmsstellung gesehen, und im ruhigen Leben mußte es gewiß ganz anders sein.
Mein Vater hatte ein Bild, auf welchem ein lesendes Kind gemalt war. Es hatte eine so einfache Miene, nichts war in derselben als die Aufmerksamkeit des Lesens, man sah auch nur die eine Seite des Angesichtes, und doch war alles so hold. Ich versuchte das Angesicht zu zeichnen; allein ich vermochte durchaus nicht die einfachen Züge, von denen noch dazu das Auge nicht zu sehen war, sondern durch das Lid beschattet wurde, auch nur entfernt mit Linien wieder zu geben. Ich durfte mir das Bild herabnehmen, ich durfte ihm eine Stellung geben, wie ich wollte, um die Nachahmung zu versuchen; sie gelang nicht, wenn ich auch alle meine Fertigkeit, die ich im Zeichnen anderer Gegenstände bereits hatte, darauf anwendete.
Der Vater sagte mir endlich, daß die Wirkung dieses Bildes vorzüglich in der Zartheit der Farbe liege, und daß es daher nicht möglich sei, dieselbe in schwarzen Linien nachzuahmen. Er machte mich überhaupt, da er meine Bestrebungen sah, mehr mit den Eigenschaften der Farben bekannt, und ich suchte mich auch in diesen Dingen zu unterrichten und zu üben.

Sonderbar war es, daß ich nie auf den Gedanken kam, meine Schwester zu betrachten, ob ihre Züge zum Nachzeichnen geeignet wären, oder den Wunsch hegte, ihr Angesicht zu zeichnen, obgleich es in meinen Augen nach dem des Mädchens in der Loge das schönste auf der Welt war. Ich hatte nie den Mut dazu. Oft kam mir auch jetzt noch der Gedanke, so schön und rein wie Klotilde könne doch nichts mehr auf der Erde sein; aber da fielen mir die Züge des weinenden Mädchens ein, das die Ihrigen zu beruhigen gestrebt hatten und von dem ich mir einbildete, daß es mich im Vorsaale des Theaters freundlich angeblickt habe, und ich mußte sie vorziehen. Ich konnte sie mir zwar nicht vorstellen; aber es schwebte mir ein unbestimmtes, dunkles Bild von Schönheit vor der Seele. Die Freundinnen meiner Schwester oder andere Mädchen, mit denen ich gelegentlich zusammen kam, hatten manche liebe, angenehme Eigenschaften in ihrem Angesichte, ich betrachtete sie und dachte mir, wie dieses oder jenes zu zeichnen wäre; aber ich mochte sie ebenfalls nie ersuchen, und so kam ich nicht dazu, ein lebendes, vor mir befindliches Angesicht zu zeichnen. Ich wiederholte also die Züge in der Erinnerung oder zeichnete nach Gemälden. Man machte mich endlich auch darauf aufmerksam, daß ich immer Mädchenköpfe entwerfe. Ich war beschämt und begann später Männer, Greise, Frauen, ja auch andere Teile des Körpers zu zeichnen, so weit ich sie in Vorlagen oder Gipsabgüssen bekommen konnte.
Trotz dieser Bestrebungen, welchen nach dem Grundsatze unseres Hauses kein Hindernis in den Weg gelegt wurde, vernachlässigte ich meine Hauptbeschäftigung doch nicht. Es tat mir sehr wohl, zu Hause unter meinen Sammlungen herum zu gehen, ich dachte oft an die Worte des alten Mannes in dem Rosenhause, und im Gegensatze zu den Festen, zu denen ich geladen war, oder selbst zu Spaziergängen und Geschäftsbesuchen war mir meine Wohnung wie eine holde, bedeutungsvolle Einsamkeit, die mir noch lieber wurde, weil ihre Fenster auf Gärten und wenig geräuschvolle Gegenden hinausgingen.

Die Heiterkeiten wurden in der Stadt immer größer, je näher der Winter seinem Ende zuging, und ich hatte in dieser Hinsicht und oft auch in anderer mehr Ursache und Pflicht, zu dieser oder jener Familie einen Gang zu tun.
Bei einer solchen Gelegenheit ereignete sich mit mir ein Vorfall, der mich nach dem Beiwohnen bei der Aufführung des Lear in jenem Winter am meisten beschäftigte.
Wir waren seit Jahren mit einer Familie sehr befreundet, welche in der Hofburg wohnte. Es war die Wittwe und Tochter eines berühmten Mannes, der einmal in großem Ansehen gestanden war. Da der Vater ein bedeutendes Hofamt bekleidet hatte, wurde die Tochter nach seinem Tode auch ein Hoffräulein, weshalb sie mit der Mutter in der Burg wohnte. Von den Söhnen war einer in der Armee, der andere bei einer Gesandtschaft. Wenn das Fräulein nicht eben im Dienste war, wurde zuweilen abends ein kleiner Kreis zur Mutter geladen, in welchem etwas vorgelesen, gesprochen oder Musik gemacht wurde. Da die Mutter etwas älter wurde, spielte man sogar zuweilen Karten. Wir waren öfter an solchen

Abenden bei dieser Familie. In jenem Winter hatte ich ein Buch, welches mir von der Mutter des Hoffräuleins war geliehen worden, länger behalten, als es eigentlich die Höflichkeit erlaubte. Deshalb ging ich eines Mittags hin, um das Buch persönlich zu überbringen und mich zu entschuldigen. Als ich von dem äußeren Burgplatze durch das hohe Gewölbe des Gehweges in den inneren gekommen war, fuhren eben aus dem Hofe zu meiner Rechten mehrere Wägen heraus, die meinen Weg kreuzten und mich zwangen, eine Weile stehen zu bleiben. Es standen noch mehrere Menschen neben mir, und ich fragte, was diese Wägen bedeuteten.

„Es sind Glückwünsche, welche dem Kaiser nach seiner Wiedergenesung von großen Herren abgestattet worden sind und welche er eben angenommen hatte", sagte ein Mann neben mir.

Der letzte der Wägen war mit zwei Rappen bespannt, und in ihm saß ein einzelner Mann. Er hatte den Hut neben sich liegen und trug die weißen Haare frei in der winterlichen Luft. Der Überrock war ein wenig offen, und unter ihm waren Ordenssterne sichtbar. Als der Wagen bei mir vorüberfuhr, sah ich deutlich, daß mein alter Gastfreund, der mich in dem Rosenhause so wohlwollend aufgenommen hatte, in demselben sitze. Er fuhr schnell vorbei, wie es bei Wägen dieser Art Sitte ist, und schlug die Richtung nach der Stadt ein. Er fuhr bei dem Tore aus der Burg, an welchem die zwei Riesen als Simsträger angebracht sind. Ich wollte jemand von meinen Nachbaren fragen, wer der Mann sei; aber da von den Wägen, welche die Fußgänger aufgehalten hatten, der seinige der letzte gewesen und der Weg sodann frei war, so waren alle Nachbaren bereits ihrer Wege gegangen, und diejenigen, welche jetzt neben mir waren, hatten die Wägen nicht in der Nähe gesehen.

Ich ging daher über den Hof und stieg über die sogenannte Reichskanzleitreppe empor. Ich traf die alte Frau allein, übergab ihr das Buch und sagte meine Entschuldigungen.

Im Verlaufe des Gespräches erwähnte ich des Mannes, den ich in dem Wagen gesehen hatte und fragte, ob sie nicht wisse, wer er sei. Sie wußte von gar nichts.

„Ich habe nicht bei den Fenstern hinabgeschaut", sagte sie, „es geht Vieles auf dem großen Hofe vor, ich achte nicht darauf. Ich habe gar nicht gewußt, daß bei dem Kaiser eine Vorfahrt gewesen ist, er war vorgestern noch nicht ganz gesund. Da mein Mann noch lebte, haben wir immer die Aussicht auf den großen Platz der Hofburg gehabt, und wie bedeutende Dinge da auch vorgehen, so wiederholen sich doch immer die nehmlichen, wenn man viele Jahre zuschaut; und endlich schaut man gar nicht mehr zu und hat herinnen ein Buch oder sein Strickzeug, wenn draußen in das Gewehr gerufen wird, oder Reiter zu hören sind, oder Wagen rollen."

„Wer ist denn von denen, die in der Aufwartung bei dem Kaiser wegfuhren, in dem letzten Wagen gesessen, Henriette?" fragte sie ihre eben eintretende Tochter, das Hoffräulein.

„Das ist der alte Risach gewesen", antwortete diese, „er ist eigens hereingekommen, um sich Seiner Majestät vorzustellen und seine Freude über dessen Wiedergenesung auszudrücken."

Ich hatte in meiner Jugend öfter den Namen Risach nennen gehört, allein ich hatte damals so wenig darauf geachtet, was ein Mann, dessen Namen ich hörte, tue, daß ich jetzt gar nicht wußte, wer dieser Risach sei. Ich fragte daher mit jener Rücksicht, die man bei solchen Fragen immer beobachtet, und erfuhr, daß der Freiherr von Risach zwar nicht die höchsten Staatswürden bekleidet habe, daß er aber in der wichtigen und schmerzlichen Zeit des nunmehr auch alternden Kaisers in den belangreichsten Dingen tätig gewesen sei, daß er mit den Männern, welche die Angelegenheiten Europas leiteten, an der Schlichtung dieser Angelegenheiten gearbeitet habe, daß er von fremden Herrschern geschätzt worden sei, daß man gemeint habe, er werde einmal an die Spitze gelangen, daß er aber dann ausgetreten sei. Er lebe meistens auf dem Lande, komme aber öfter herein und besuche diesen oder jenen seiner Freunde. Der Kaiser achte ihn sehr, und es dürfte noch jetzt vorkommen, daß hie und da nach seinem Rate gefragt werde. Er soll reich geheiratet, aber seine Frau wieder verloren haben. Überhaupt wisse man diese Verhältnisse nicht genau.
Alles dieses hatte mir das Hoffräulein gesagt.
„Siehst du, meine liebe Henriette", sprach die alte Frau, „wie sich die Dinge in der Welt verändern. Du weißt es noch nicht, weil du noch jung bist und weil du nichts erfahren hast. Das Niedrige wird hoch, das Hohe wird niedrig, Eines wird so, das Andere wird anders, und ein Drittes bleibt bestehen. Dieser Risach ist sehr oft in unser Haus gekommen. Da uns der Vater noch zuweilen in dem alten Doktorwagen, den er hatte, und der dunkelgrün und schwarz angestrichen war, spazieren fahren ließ, ist er nicht einmal, sondern oft auf dem Kutschbocke gesessen, oder er ist gar, wenn wir im Freien fuhren und uns die Leute nicht sehen konnten, hinten aufgestanden wie ein Leibdiener, denn der Wagen des Vaters hat ein Dienerbrett gehabt. Wir waren kaum anders als Kinder, er war ein junger Student, der wenig Bekanntschaft hatte, dessen Herkunft man nicht wußte und um den man auch nicht fragte. Wenn wir in dem Garten auf dem Landhause waren, sprang er mit den Brüdern auf den hölzernen Esel, oder sie jagten die Hunde in das Wasser oder setzten unsere Schaukel in Bewegung. Er brachte deinen Vater zu meinen Brüdern als Kameraden in das Haus. Man wußte damals kaum, wer schöner gewesen sei, Risach oder dein Vater. Aber nach einer Zeit wurde Risach weniger gesehen, ich weiß nicht warum, es vergingen manche Jahre, und ich trat mit deinem Vater in den heiligen Stand der Ehe. Die Brüder waren als Staatsdiener zerstreut, die Eltern waren endlich tot, von Risach wurde oft gesprochen, aber wir kamen wenig zusammen. Der Vater begann seine Tätigkeit hauptsächlich erst dann, als Risach schon ausgetreten war. Da sitze ich jetzt nun wieder, aber in einem anderen Teile der Burg, dein Vater hat die Erde verlassen müssen, du bist nicht einmal mehr ein Kind, dienst deiner hohen, gütigen

Herrin, und da von Risach die Rede war, meinte ich, es seien kaum einige Jahre vergangen, seit er die Schaukel in unserem Garten bewegt hat."

Ich fragte, ob nicht Risach eine Besitzung im Oberlande habe.

Man sagte mir, daß er dort eine habe.

Ich wollte nicht weiter fragen, um nicht die ganze Darlegung meiner Einkehr in diesem Sommer machen zu müssen.

Als ich aber nach Hause gekommen war, erzählte ich die heutige Begegnung meinen Angehörigen bei dem Mittagessen. Der Vater kannte den Freiherrn von Risach sehr gut. Er war in früherer Zeit mehrere Male mit ihm zusammengekommen, hatte ihn aber jetzt schon lange nicht gesehen. Als Anhaltspunkte, daß mein Beherberger in dem Rosenhause der Freiherr von Risach gewesen sei, dienten, daß ich ihn, wenn mich nicht in der Schnelligkeit des Fahrens eine Ähnlichkeit getäuscht hat, selber gesehen habe, daß er im Oberlande eine Besitzung hat, daß er wohlhabend sei, was mein Beherberger sein müsse, und daß er hohe Geistesgaben besitze, die mein Beherberger auch zu haben scheine. Man beschloß, in dieser Sache nicht weiter zu forschen, da mein Beherberger mir seinen Namen nicht freiwillig genannt habe, und die Dinge so zu belassen, wie sie seien.

Außer diesen zwei Begebenheiten, die wenigstens für mich von Bedeutung waren, ereignete sich nichts in jenem Winter, was meine Aufmerksamkeit besonders in Anspruch genommen hätte. Ich war viel beschäftigt, mußte oft Stunden der Nacht zu Hilfe nehmen, und so ging mir der Winter weit schneller vorüber, als es in früheren Jahren der Fall gewesen war. Im allgemeinen aber befriedigten mich besonders die Hilfsmittel, die eine große Stadt zur Ausbildung gibt und die man sonst nicht leicht findet.

Als die Tage schon länger wurden, als die eigentliche Stadtlust schon aufgehört hatte und die stillen Wochen der Fastenzeit liefen, fragte ich eines Tages Preborn, weshalb er mir denn die Gräfin Tarona nicht gezeigt habe, die er so liebe, die so schön sein soll, und zu deren Gewinnung er meinen Beistand angerufen habe.

„Erstens ist sie keine Gräfin", antwortete er mir, „ich weiß nicht genau ihren Stand, ihr Vater ist tot, und sie lebt in der Gesellschaft einer reichen Mutter; aber das weiß ich, daß sie nicht von Adel ist, was mir sehr zusagt, da ich es auch nicht bin – und zweitens ist sie und ihre Mutter in diesem Winter nicht in die Stadt gekommen. Das ist die Ursache, daß ich sie dir nicht zeigen konnte und daß du Gelegenheit fandest, einen Spott gegen mich zu richten. Du mußt sie aber vorerst sehen. Alle, denen heuer Schönheiten gesagt worden sind, alle, die man gerühmt hat, alle, die geblendet haben, sind nichts, ja sie sind noch weniger als nichts gegen sie."

Ich antwortete ihm, daß ich nicht spotten, sondern die Sache einfach habe sagen wollen.

Wie sich der Frühling immer mehr näherte, rüstete ich mich zu meiner Reise. Ich wollte heuer früher reisen, weil ich mir vorgenommen hatte, ehe ich in die Berge ginge, einen

Besuch in dem Rosenhause zu machen. Mit jedem Jahre wurden meine Zurüstungen weitläufiger, weil ich in jedem Jahre mehr Erfahrungen hatte und meine Entwürfe weiter hinaus gingen. Heuer hatte ich auch beschlossen, umfassendere Zeichnungswerkzeuge und sogar Farben mitzunehmen. Wie es mit jeder Gewohnheit ist, war es auch bei mir. Wenn ich mich in jedem Herbste nach der Häuslichkeit zurück sehnte, war es mir in jedem Frühlinge wie einem Zugvogel, der in jene Gegenden zurückkehren muß, die er in dem Herbste verlassen hatte.

Als sich im März in der Stadt schon recht liebliche Tage einstellten, welche die Menschen in das Freie und auf die Wälle lockten, war ich mit meinen Vorbereitungen fertig, und nachdem ich von den Meinigen den gewöhnlichen herzlichen Abschied genommen hatte, reisete ich eines Morgens ab.

Mir war damals, so wie jetzt noch, jedes Fortfahren von den Angehörigen in der Nacht sowie das Antreten irgend einer Reise in der Nacht sehr zuwider. Die Post ging aber damals in das Oberland erst abends ab, darum fuhr ich lieber in einem Mietwagen. Die Landhäuser außer der Stadt, welche reichen Bewohnern derselben gehörten, waren noch im Winterschlafe. Sie waren teilweise in ihren Umhüllungen mit Stroh oder mit Brettern befangen, was einen großen Gegensatz zu dem heiteren Himmel und zu den Lerchen machte, welche schon überall sangen. Ich fuhr nur durch die Ebene. Da ich in den Bereich der Hügel gelangte, verließ ich den Wagen und setzte meinen Weg nach meiner gewöhnlichen Art in kurzen Fußreisen fort.

Ich betrachtete wieder überall die Bauwerke, wo sie mir als betrachtenswert aufstießen. Ich habe einmal irgendwo gelesen, daß der Mensch leichter und klarer zur Kenntnis und zur Liebe der Gegenstände gelangt, wenn er Zeichnungen und Gemälde von ihnen sieht, als wenn er sie selber betrachtet, weil ihm die Beschränktheit der Zeichnung alles kleiner und vereinzelter zusammen faßt, was er in der Wirklichkeit groß und mit Genossen vereint erblickt. Bei mir schien sich dieser Ausspruch zu bestätigen. Seit ich die Bauzeichnungen in dem Rosenhause gesehen hatte, faßte ich Bauwerke leichter auf, beurteilte sie leichter, und ich begriff nicht, warum ich früher auf sie nicht so aufmerksam gewesen war.

Im Oberlande war es noch viel rauher, als ich es in der Stadt verlassen hatte. Als ich eines Morgens an der Ecke des Buchenwaldes meines Gastfreundes ankam, in welchem der Alizbach in die Agger fällt, war noch manches Wässerchen mit einer Eisrinde bedeckt. Da ich das Rosenhaus erblickte, machte es einen ganz anderen Eindruck als damals, da ich es als weiße Stelle in dem gesättigten und dunkeln Grün der Felder und Bäume unter einem schwülen und heißen Himmel gesehen hatte. Die Felder hatten noch, mit Ausnahme der grünen Streifen der Wintersaat, die braunen Schollen der nackten Erde, die Bäume hatten noch kein Knöspchen, und das Weiß des Hauses sah zu mir herüber, als sähe ich es auf einem schwach veilchenblauen Grunde.

Ich ging auf der Straße in der Nähe von Rohrberg vorüber und kam endlich zu der Stelle, wo der Feldweg von ihr über den Hügel zu dem Rosenhause hinaufführt. Ich ging zwischen den Zäunen und nackten Hecken dahin, ich ging auf der Höhe zwischen den Feldern und stand dann vor dem Gitter des Hauses. Wie anders war es jetzt. Die Bäume ragten mit dem schwarzen oder bräunlichen Gezweige nackt in die dunkelblaue Luft. Das einzige Grün waren die Gartengitter. Über die Rosenbäumchen an dem Hause war eine schöngearbeitete Decke von Stroh herabgelassen. Ich zog den Glockengriff, ein Mann erschien, der mich kannte und einließ, und ich wurde zu dem Herrn geführt, der sich eben in dem Garten befand.

Ich traf ihn in einer Kleidung wie im Sommer, nur daß sie von wärmerem Stoffe gemacht war. Die weißen Haare hatte er wieder wie gewöhnlich unbedeckt.

Er schien mir wieder so sehr ein Ganzes mit seiner Umgebung, wie er es mir im vorigen Sommer geschienen hatte.

Man war damit beschäftigt, die Stämme der Obstbäume mit Wasser und Seife zu reinigen. Auch sah ich, wie hie und da Arbeiter auf Leitern neben den Bäumen waren, um die abgestorbenen und überflüssigen Äste abzuschneiden. Als ich im vorigen Sommer fort gegangen war, hatte mein Gastfreund gesagt, daß ich meine Wiederkunft vorher durch eine Botschaft anzeigen möge, damit ich ihn zu Hause treffe. Er hatte aber wahrscheinlich nicht bedacht, daß dieses Schwierigkeiten habe, indem ich in der Regel selber nicht wissen kann, wie sich durch Witterungsverhältnisse oder andere Umstände meine Vorhaben zu ändern gezwungen sein dürften. Ich habe ihm also eine Botschaft nicht geschickt und ihn auf meine Gefahr hin überrascht. Er aber nahm mich so freundlich auf, da er mich auf sich zuschreiten sah, wie er mich bei dem vorigjährigen Aufenthalte in seinem Hause freundlich behandelt hat.

Ich sagte, er möge es sich selber zuschreiben, daß ich ihn schon so früh im Jahre in seinem Hause überfalle; er habe mich so wohlwollend eingeladen, und ich habe mir es nicht versagen können, hieher zu kommen, ehe die Täler und die Fußwege in dem Gebirge so frei wären, daß ich meine Beschäftigungen in ihnen anfangen könnte.

„Wir haben eine ganze Reihe von Gastzimmern, wie ihr wißt", sagte er, „wir sehen Gäste sehr gerne, und ihr seid gewiß kein unlieber unter ihnen, wie ich euch schon im vergangenen Sommer gesagt habe."

Er wollte mich in das Haus geleiten, ich sagte aber, daß ich heute erst drei Stunden gegangen sei, daß meine Kräfte sich noch in sehr gutem Zustande befänden und daß er erlauben möge, daß ich hier bei ihm in dem Garten bleibe. Ich bitte ihn nur um das einzige, daß er mein Ränzlein und meinen Stock in mein Zimmer tragen lasse.

Er nahm das silberne Glöcklein, das er bei sich trug, aus der Tasche und läutete. Der Klang war selbst im Freien sehr durchdringend, und es erschien auf ihn eine Magd aus dem Hause, welcher er auftrug, mein Ränzlein, das ich mittlerweile abgenommen hatte, und meinen Stock, den ich ihr darreichte, in mein Zimmer zu tragen. Er gab ihr noch ferner einige Weisungen, was in dem Zimmer zu geschehen habe.

Ich fragte nach Gustav, ich fragte nach dem Zeichner in dem Schreinerhause, und ich fragte sogar nach dem weißen alten Gärtner und seiner Frau. Gustav sei gesund, erhielt ich zur Antwort, er vervollkomme sich an Geist und Körper. Er sei eben in seiner Arbeitsstube beschäftigt, er werde sich gewiß sehr freuen, mich zu sehen. Der Zeichner lebe fort wie früher und sei sehr eifrig, und was die Gärtnersleute anbelange, so verändern sich diese schon seit mehreren Jahren gar nicht mehr und seien heuer wie ich sie im vorigen Sommer gesehen habe. Ich fragte endlich auch noch nach dem Gesinde, den Gartenarbeitern und den Meierhofleuten. Sie seien alle ganz wohl, wurde geantwortet, es sei seit meinem vorjährigen Besuche kein Krankheitsfall vorgekommen, und es habe auch keines der Leute eine gründliche Ursache zur Unzufriedenheit gegeben.

Nach mehreren gleichgültigen Gesprächen namentlich über die Beschaffenheit der Wege, auf denen ich hieher gekommen war, und über das Vorrücken der Wintersaaten auf den Feldern wendete er sich wieder mehr der Arbeit, die vor ihm geschah, zu, und auch ich richtete meine Aufmerksamkeit auf dieselbe. Ich hatte mir einmal, da er mir erzählte, daß er die Baumstämme waschen lasse, die Sache sehr umständlich gedacht. Ich sah aber jetzt, daß sie mittelst Doppelleitern und Brettern sehr einfach vor sich gehe. Mit den langstieligen Bürsten konnte man in die höchsten Zweige emporfahren, und da die Leute von der Zweckmäßigkeit der Maßregel fest überzeugt waren und emsig arbeiteten, so schritt das Werk mit einer von mir nicht geahnten Schnelligkeit vor. In der Tat, wenn man einen gewaschenen und gebürsteten Stamm ansah, wie er rein und glatt in der Luft stand, während sein Nachbar noch rauh und schmutzig war, so meinte man, daß dem einen sehr wohl sein müsse und daß der andere verdrossen aussehe. Mir fiel die stolze Äußerung ein, die mein Gastfreund im vergangenen Sommer zu mir getan hatte, daß ich mir den Stamm jenes Kirschbaumes ansehen solle, ob seine Rinde nicht aussähe wie feine graue Seide. Sie war wirklich wie Seide und mußte es gerade immer mehr werden, da sie in jedem Jahre aufs Neue gepflegt wurde.

Als wir nach einer Weile weiter in den Garten zurückgingen, sah ich auch noch andere Arbeiten. Die Hecken wurden gebunden und geordnet, das Dornenreisig zu den Nestern der Vögel unter ihnen hergerichtet, die Wege von den Schäden des Winters ausgebessert, unter den Zwergbäumen, die schon beschnitten waren, die Erde gelockert und bei den schwächeren, welche Stäbe hatten, nachgesehen, ob diese festhielten und nicht etwa in der Erde abgefault wären. Es wurden losgegangene Bänder wieder geknüpft, im Gemüsegarten umgegraben, Fenster an Winterbeeten gelüftet oder zugedeckt, die Pumpen ausgebessert, mancher Nagel eingeschlagen und endlich hie und da ein Behältnis für die Vögel gereinigt und befestigt.

Ich verabschiedete mich von meinem Gastfreunde, da er sehr mit der Leitung der Arbeiten beschäftigt war, und ging allein in dem Garten herum, in Teilen, in die ich wollte. Die Vögel waren schon zahlreich da, sie schlüpften durch die laublosen Zweige der Bäume, und es begann schon hie und da ein Laut oder ein Zwitschern. Besonders

lieblich und hell schallte der Gesang der aufsteigenden Lerchen von den den Garten umgebenden Feldern herein. Die Vorrichtungen zur Ernährung und Tränkung der Vögel waren wegen der Blattlosigkeit der Bäume und Gesträuche mehr sichtbar, auch schaute ich mehr nach ihnen aus als bei meiner ersten Ankunft, da ich jetzt bereits von ihnen wußte. Ich sah mehrere zum Aufstecken von Kernen dienende Gitter, von denen mir mein Gastfreund erzählt hatte.
Ich betrachtete auch die Zweige. Die Knospen der Blätter und der Blüten waren schon sehr geschwollen und harrten der Zeit, in welcher sie aufbrechen würden.
Ich stieg bis zu dem großen Kirschbaume empor und sah über den Garten, über das Haus und auf die Berge. Eine ganz heitere dunkelblaue Luft war über alles ausgegossen. Dieser schöne Tag, deren es in der frühen Jahreszeit noch ziemlich wenige gibt, war es auch, der meinen Gastfreund bewog, so viele Arbeiten in dem Garten zu veranlassen. Unter der heiteren Luft lag die Erde noch in bedeutender Öde. Ich wollte auch zu der Felderrast hinüber gehen; allein der Weg, der am Morgen gefroren gewesen sein mochte, war jetzt weich und tief durchfeuchtet, daß das Gehen auf ihm sehr unangenehm und verunreinigend gewesen wäre. Ich sah die dunkeln Wintersaaten und die nackten Schollen der neben ihnen liegenden Felder eine Weile an und ging dann wieder hinab.
Ich ging zu den Gärtnerleuten. Mir kam es nicht vor, wie mein Gastfreund gesagt hatte, daß sie sich nicht verändert hätten. Der Mann schien mir noch weißer geworden zu sein. Seine Haare unterschieden sich nicht mehr von der Leinwand. Die Frau aber war unverändert. Sie mußte von einer sehr reinlichkeitliebenden Familie stammen, weil sie das Häuschen so nett hielt und den alten Mann so fleckenlos und knapp heraus kleidete. Er machte mir ganz genau wieder den nehmlichen Eindruck wie im vergangenen Jahre, als ob er einer ganz anderen Beschäftigung angehörte.
Da ich von dem Gewächshause gegen die Fütterungstenne ging, begegnete mir Gustav. Er lief mit einem Rufe auf mich zu und grüßte mich.
Der Knabe hatte sich in kurzer Zeit sehr geändert. Er stand sehr schön neben mir da, und gegen die rauhe Art der Natur, die noch kein Laub, kein Gras, keinen Stengel, keine Blume getrieben hatte, sondern der Jahreszeit gemäß nur die braunen Schollen, die braunen Stämme und die nackten Zweige zeigte, war er noch schöner; wie ich oft beim Zeichnen bemerkt hatte, daß zum Beispiele Augen der Tiere in struppigen Köpfen noch glänzender erschienen und daß feine Kinderangesichtchen, wenn sie von Pelzwerk umgeben sind, noch feiner aussehen. Ein sanftes Rot war auf seinen Wangen, braune Haarfülle um die Stirne, und die großen schwarzen Augen waren wie bei einem Mädchen. Es war, obwohl er sehr heiter war, fast etwas Trauerndes in ihnen.
Wir gingen dem Platze zu, auf welchem sein Ziehvater beschäftigt war. Ich erzählte ihm auf dem Wege von meinen Angehörigen; von meiner Mutter, von meinem Vater und von meiner lieblichen Schwester. Auch erzählte ich ihm von der Stadt, wie man dort lebe, was sie für Vergnügungen biete, was sie für Unannehmlichkeiten habe und wie ich in ihr

meine Zeit hinbringe. Er sagte mir, daß er jetzt schon in die Naturlehre eingerückt sei, daß ihm der Vater Versuche zeige und daß ihn die Sache sehr freue.
Wir blieben eine Weile bei dem Ziehvater. Gustav zeigte mir allerlei und machte mich bald auf diese, bald auf jene Veränderung aufmerksam, welche sich seit meiner früheren Anwesenheit ergeben habe.
Der Mittag vereinigte uns in dem Hause.
Da ich so, da die Speisen erschienen, meinem alten Gastfreunde gegenüber saß, fiel mir plötzlich auf, was der Mann für schöne Zähne habe. Sehr dicht, weiß, klein und mit einem feinen Schmelze überzogen saßen sie in dem Munde, und kein einziger fehlte. Seine Wangen hatten durch den vielen Aufenthalt in der freien Luft ein gutes und gesundes Rot, nur seine Haare schienen mir wie bei dem Gärtner noch weißer geworden zu sein.
Nach dem Essen begab ich mich ein wenig in mein Zimmer. Es war sehr freundlich hergerichtet worden, und in dem Ofen brannte ein erwärmendes Feuer.
Nachmittags gingen wir in das Schreinerhaus. Eustach begrüßte mich aus seiner Stelle tretend sehr heiter, und ich erwiderte seinen Gruß auf das herzlichste. Auch die andern Arbeiter gaben zu erkennen, daß sie mich noch kannten. Ich besah zuerst die Dinge nur flüchtig und im allgemeinen. Der schöne Tisch war sehr weit vorgerückt; aber er war noch lange nicht fertig. Es waren wieder ein paar neue Erwerbungen gemacht worden. Man zeigte sie mir und machte mich darauf aufmerksam, was aus ihnen werden könne. Auch Plane zu selbstständigen Arbeiten waren wieder gemacht worden, und man legte mir in kurzem die Grundansichten auseinander. Ich bat Eustach, daß er erlaube, daß ich ihn während meiner Anwesenheit ein paar Male besuche. Er gestand es sehr gerne zu.
Nach diesem Besuche machten wir trotz der sehr schlechten Wege einen weiten Spaziergang. Da ich davon sprach, daß ich schon die Vögel in dem Garten bemerkt habe, sagte mein Gastfreund: „Wenn ihr länger bei uns wäret, so würdet ihr jetzt eine ganze Lebensgeschichte dieser Tiere erfahren. Die Zurückgebliebenen fangen schon an, sich zu erheitern, die fortgezogen sind, treffen bereits allmählich ein und werden mit Geschrei empfangen. Sie drängen sich sehr an die Tafel und sputen sich, bis die in der Fremde erfahrenen Nahrungssorgen verwunden sind; denn dort werden sie schwerlich einen Brotvater finden, der ihnen gibt. Von da an werden sie immer inniger und singen täglich schöner. Dann wird ein Gekose in den Zweigen, und sie jagen sich. Hieran schließt sich die Häuslichkeit. Sie sorgen für die Zukunft und schleppen sich mit närrischen Lappen zu dem Nesterbau. Ich lasse ihnen dann allerlei Fäden zupfen, sie nehmen sie aber nicht immer, sondern ich sehe manchmal einen, wie er an einem kotigen Halme zerrt. Nun kömmt die Zeit der Arbeit wie bei uns in den Männerjahren. Da werden die leichtsinnigen Vögel ernsthaft, sie sind rastlos beschäftigt, ihre Nachkommen zu füttern, sie zu erziehen und zu unterrichten, daß sie zu etwas Tüchtigem tauglich werden, namentlich zu der großen bevorstehenden Reise. Gegen den Herbst kömmt wieder eine

freiere Zeit. Da haben sie gleichsam einen Nachsommer und spielen eine Weile, ehe sie fort gehen."

Als wir von dem Spaziergange zurückgekehrt waren und es Abend wurde, versammelten wir uns an dem Kamine des Speisezimmers, in welchem ein lustiges Feuer brannte. Auch Eustach wurde herüber geholt, und der weiße Gärtner mußte kommen und sagen, welche Fortschritte die Pflanzen in den Winterbeeten und in den Gewächshäusern gemacht hatten. Die Haushälterin Katharina setzte hie und da ein warmes Getränke auf ein Tischchen.

Am andern Tage morgens ging ich zu meinem Gastfreunde in das Fütterungszimmer, um zuzusehen. Er suchte sich alle Gattungen Nahrung aus den Fächern zurecht, öffnete dann die Fenster und tat das Futter auf die Brettchen. Er blieb an dem Fenster stehen und ich bei ihm. Trotzdem kamen die Vögel in Bögen oder geraden Linien herbei geflogen. Ihn fürchteten sie nicht, weil sie ihn als den Nährvater kannten, und mich nicht, weil ich bei ihm stand. Sie drängten sich, pickten, zwitscherten und balgten sich sogar mitunter.

„Ich gebe im späteren Frühlinge und Sommer den Weibchen sehr gerne noch eine leckere Draufgabe", sagte er, „weil manches Mal eine bedrängte Mutter unter ihnen sein kann. Die so hastig und zugleich so erschreckt fressen, sind Fremde. Sie würden um keinen Preis zu einem Menschen herzu gehen, wenn sie nicht der bitterste Hunger nötigte. Ich habe in harten Wintern schon die seltensten Vögel auf diesen Brettern gesehen."

Als alles vorüber war und sich keine Gäste mehr einfanden, schloß er die Fenster.

Ich stieg von da auf den Dachboden des Hauses empor, weil er gesagt hatte, daß jetzt auch den Hasen außerhalb des Gartens Futter gestreut würde und daß man sie von da sehen könnte. Sie haben noch nichts als die karge Wintersaat und Nadelreiser, weshalb man noch nachhelfen müsse. Da die Magd die Blätter ausgestreut und sich entfernt hatte, kamen schon Hasen herzu. Ich schraubte ein Fernrohr an einen Balken, und es war lächerlich anzusehen, worauf mich Gustav aufmerksam machte, wenn ein riesiger Hase in dem Fernrohre saß, mit schreckhaften Augen auf das verdächtige Mahl sah und schnell die Lippen bewegte, als fräße er schon. Da ich auch dies gesehen hatte, stieg ich wieder herunter und ging mit Gustav in das Zimmer, in welchem die Geräte zur Naturlehre standen.

Es sollte nun erst das Frühmahl eingenommen werden. Dasselbe wurde zur Winterszeit immer in dem Zimmer der naturwissenschaftlichen Gerätschaften genommen, weil man, da man einen Teil des Vormittages in seinen Zimmern zubrachte, nicht eigens dazu in das Speisezimmer hinabsteigen wollte und weil in derselben Zeit in den andern Wohngemächern des alten Mannes, im Arbeitszimmer und Schlafzimmer, eben aufgeräumt und gelüftet wurde.

Mein Gastfreund erwartete mich und Gustav schon, denn er war nicht mit uns auf den Dachboden hinauf gestiegen. Das Gemach war sanft erwärmt, und in der Nähe des Ofens stand ein Tisch, der gedeckt und mit allen Geräten versehen war, ein angenehmes Frühmahl zu bereiten. Er stand auf einem freien Raume, um den herum sich die Werkzeuge der Wissenschaft befanden.

Da wir nach dem Frühmahle nun so saßen, da eine anmutige Wärme das Zimmer erfüllte, da von dem Widerscheine der ganz schief die Fenster treffenden Morgensonne das Messing, das Glas und das Holz der verschiedenartigen Werkzeuge erglänzte, sagte ich zu meinem alten Gastfreunde: „Es ist seltsam, da ich von eurer Besitzung in die Stadt und ihre Bestrebungen kam, lag mir euer Wesen hier wie ein Märchen in der Erinnerung, und nun, da ich hier bin und das Ruhige vor mir sehe, ist mir dieses Wesen wieder wirklich und das Stadtleben ein Märchen. Großes ist mir klein, Kleines ist mir groß."

„Es gehört wohl Beides und Alles zu dem Ganzen, daß sich das Leben erfülle und beglücke", antwortete er. „Weil die Menschen nur ein Einziges wollen und preisen, weil sie, um sich zu sättigen, sich in das Einseitige stürzen, machen sie sich unglücklich. Wenn wir nur in uns selber in Ordnung wären, dann würden wir viel mehr Freude an den Dingen dieser Erde haben. Aber wenn ein Übermaß von Wünschen und Begehrungen in uns ist, so hören wir nur diese immer an und vermögen nicht die Unschuld der Dinge außer uns zu fassen. Leider heißen wir sie wichtig, wenn sie Gegenstände unserer Leidenschaften sind, und unwichtig, wenn sie zu diesen in keinen Beziehungen stehen, während es doch oft umgekehrt sein kann."

Ich verstand dieses Wort damals noch nicht so ganz genau, ich war noch zu jung und hörte selber oft nur mein eigenes Innere reden, nicht die Dinge um mich.

Gegen Mittag kam derjenige meiner Koffer, den ich in das Rosenhaus bestellt hatte. Ich packte ihn aus und zeigte Gustav, der mich besuchte, manche Bücher, Zeichnungen und andere Dinge, die er enthielt, und richtete mich in meinem Zimmer häuslich ein.

So gingen nun mehrere Tage dahin.

In diesem Hause war jeder unabhängig und konnte seinem Ziele zustreben. Nur durch die gemeinsame Hausordnung war man gewissermaßen zu einem Bande verbunden. Selbst Gustav erschien völlig frei. Das Gesetz, welches seine Arbeiten regelte, war nur einmal gegeben, es war sehr einfach, der Jüngling hatte es zu dem seinigen gemacht, er hatte es dazu machen müssen, weil er verständig war, und so lebte er darnach.

Gustav bat mich sehr, ich möchte einmal seinem Unterrichte in der Naturlehre beiwohnen. Ich sagte es meinem Gastfreunde, und dieser hatte nichts dawider. So war ich dann nicht einmal, sondern mehrere Male bei diesem Unterrichte zugegen. Mein alter Gastfreund saß in einem Lehnsessel und erzählte. Er beschrieb eine Erscheinung, er machte die Erscheinung recht deutlich, zeigte sie, wenn es möglich war, mit den Vorrichtungen seiner Sammlung oder, wo dies nicht möglich war, suchte er sie durch Zeichnung oder Versinnbildlichung darzustellen. Dann erzählte er, auf welchem Wege die Menschen zur Kenntnis dieser Erscheinung gekommen waren. Wenn er dieses vollendet hatte, tat er das gleiche mit einer zweiten, verwandten Erscheinung. Und wenn er nun einen Kreis von zusammengehörigen Erscheinungen, der ihm hinlänglich schien, ausgeführt hatte, dann hob er dasjenige, was allen Erscheinungen gleichartig ist, hervor und stellte die Grunderscheinung oder das Gesetz dar.

Bei diesem Unterrichte wurde nicht ein gewisses Buch zu Grunde gelegt, sondern Gustav schrieb später das, was ihm erzählt worden war, aus dem Gedächtnisse auf, der alte Mann besserte es dann in seiner Gegenwart aus, und so erhielt der Knabe nicht nur ein Handbuch der Naturwissenschaft, sondern lernte den Stoff selber schon durch das Aufschreiben und Ausbessern. Was sich Gustav angeeignet hatte, wurde zu Zeiten gleichsam in freundlichen Gesprächen durchgenommen. Die Sprache des Unterrichtes war stets so einfach und klar, daß ich meinte, ein Kind müsse diese Dinge verstehen können. Mir fiel es jetzt erst recht auf, wie ungehörig manche Lehrer in der Stadt in dieser Wissenschaft verfahren, welche sie gewissermaßen in eine wissenschaftliche Necksprache kleiden, die ein Schüler nicht versteht und mit welcher sie die Mathematik so in eins verflechten, daß beide beides nicht sind und ein Ganzes auch nicht darstellen. Ich sah, daß Gustav auch die Rechnung auf die Naturlehre anwandte, aber wo er es tat, erkannte ich, daß er es stets mit Sachkenntnis und Klarheit tat, und daß er immer die Rechnung nicht als Hauptsache, sondern hier als Dienerin der Natur betrachtete. Ich urteilte aus meinen eigenen früheren Arbeiten, daß er auch in diesem Fache einen gründlichen Unterricht erhalten haben mußte. Ich fragte ihn einmal darnach und erfuhr, daß auch hierin sein Ziehvater sein Lehrer gewesen sei.

Ich besuchte später auch den Unterricht in der Länderkunde. Hier fiel mir auf, daß gezeichnete Karten gebraucht wurden, welche alle den nehmlichen Maßstab hatten, so daß Rußland in einer außerordentlich großen, die Schweiz in einer sehr kleinen Karte dargestellt war. Mir leuchtete der Zweck dieser Maßregel ein, damit nehmlich bei der lebhaften jugendlichen Einbildungskraft ein Bild der Größenverhältnisse dauernd eingeprägt werde. Ich erinnerte mich bei dieser Gelegenheit einer Wette, die wir Kinder um eine Kleinigkeit über die Frage abgeschlossen hatten, ob Philadelphia nicht beinahe so südlich wie Rom liege, was die meisten mit Lachen verneinten. Eine herbeigebrachte Karte zeigte, daß es südlicher als Neapel liege.

Allgemein sagten damals auch die großen Leute, die zugegen waren, daß bei Kindern dieser Irrtum, durch die Raumverhältnisse, in denen unsere gewöhnlichen Karten gezeichnet seien, veranlaßt werden mußte. Die Karten, welche Gustav gebrauchte, waren von dem Zeichner im Schreinerhause nach Karten unserer sogenannten Atlasse verfertigt worden.

Ich fragte meinen Gastfreund, ob Gustav auch Geschichte lerne, worauf er erwiderte: „Man nimmt sehr häufig mit jungen Schülern gleich zur Erdbeschreibung auch Geschichte vor; ich glaube aber, daß man hierin Unrecht tut. Wenn man in der Erdbeschreibung nicht bloß die geschichtliche Einteilung der Erde und Länder vor

Augen hat, was ich auch für einen Fehler halte, sondern wenn man auf die bleibenden Gestaltungen der Erde sieht, auf denen sich eben durch ihren Einfluß verschiedenartige Völker gebildet haben, so ist die Erde ein Naturgegenstand und Erdbeschreibung zum großen Teile ein Bestandteil der Naturwissenschaft. Die Naturwissenschaften sind uns aber viel greifbarer als die Wissenschaften der Menschen, wenn ich ja Natur und Menschen gegenüber stellen soll, weil man die Gegenstände der Natur außer sich hinstellen und betrachten kann, die Gegenstände der Menschheit aber uns durch uns selber verhüllt sind.
Man sollte meinen, daß das Gegenteil statthaben solle, daß man sich selber besser als Fremdes kennen solle, viele glauben es auch; aber es ist nicht so. Tatsachen der Menschheit, ja Tatsachen unseres eigenen Innern werden uns, wie ich schon einmal gesagt habe, durch Leidenschaft und Eigensucht verborgen gehalten oder mindestens getrübt. Glaubt nicht der größte Teil, daß der Mensch die Krone der Schöpfung, daß er besser als Alles, selbst das Unerforschte sei? Und meinen die, welche aus ihrem Ich nicht heraus zu schreiten vermögen, nicht, daß das All nur der Schauplatz dieses Ichs sei, selbst die unzähligen Welten des ewigen Raumes dazu gerechnet? Und dennoch dürfte es ganz anders sein. Ich glaube daher, daß Gustav erst nach Erlernung der Naturwissenschaften zu den Wissenschaften des Menschen übergehen soll und daß er da ungefähr die Reihe beobachten soll: Körperlehre, Seelenlehre, Denklehre, Sittenlehre, Rechtslehre, Geschichte. Hierauf mag er etwas von den Büchern der sogenannten Weltweisheit lesen, dann aber muß er in das Leben selber hinaus kommen."
Zum Unterrichte für Gustav waren gewisse Stunden festgesetzt, welche der alte Mann nie versäumte, andere Stunden waren für die Selbstarbeit bestimmt, welche Gustav wieder gewissenhaft hielt. Die übrige Zeit war zu freier Beschäftigung überlassen.
In solchen Zeiten waren wir manches Mal in dem Lesezimmer. Mein Gastfreund kam auch öfter und gelegentlich auch Eustach oder der eine und der andere Arbeiter. Für Gustav waren nach der Wahl seines Lehrers die Bücher, die er lesen durfte, bestimmt. Er benutzte sie fleißig, ich sah aber nie, daß er nach einem anderen langte. Eustach und die anderen Leute hatten freie Auswahl, und natürlich ich auch. Da ich das erste Mal in diesem Hause war, hatte ich es getadelt, daß das Bücherzimmer von dem Lesezimmer abgesondert sei, es erschien mir dieses als ein Umweg und eine Weitschweifigkeit. Da ich aber jetzt länger bei meinem Gastfreunde war, erkannte ich meine Meinung als einen Irrtum. Dadurch, daß in dem Bücherzimmer nichts geschah, als daß dort nur die Bücher waren, wurde es gewissermaßen eingeweiht; die Bücher bekamen eine Wichtigkeit und Würde, das Zimmer ist ihr Tempel, und in einem Tempel wird nicht gearbeitet. Diese Einrichtung ist auch eine Huldigung für den Geist, der so mannigfaltig in diesen gedruckten und beschriebenen Papieren und Pergamentblättern enthalten ist. In dem Lesezimmer aber wird dann der wirkliche und der freundliche Gebrauch dieses Geistes vermittelt, und seine Erhabenheit wird in unser unmittelbares und irdisches Bedürfnis gezogen. Das Zimmer ist auch recht lieblich zum Lesen. Da scheint die freundliche

Sonne herein, da sind die grünen Vorhänge, da sind die einladenden Sitze und Vorrichtungen zum Lesen und Schreiben. Selbst daß man jedes Buch nach dem zeitlichen Gebrauche wieder in das Bücherzimmer an seinen Platz tragen muß, erschien mir jetzt gut; es vermittelt den Geist der Ordnung und Reinheit und ist gerade bei Büchern wie der Körper der Wissenschaft das System. Wenn ich mich jetzt an Bücherzimmer erinnerte, die ich schon sah, in welchen Leitern, Tische, Sessel, Bänke waren, auf denen allen etwas lag, seien es Bücher, Papiere, Schreibzeuge oder gar Geräte zum Abfegen, so erschienen mir solche Büchersäle wie Kirchen, in denen man mit Trödel wirtschaftet.

Ich ging auch öfter zu Eustach in das Schreinerhaus. An einem der ersten sehr heiteren Tage nahm ich alle Zeichnungen mit seiner Erlaubnis heraus und sah sie noch einmal mit großer Muße und Genauigkeit an. Ich konnte es fast kaum glauben, wie sehr mich meine Zeichnungsübungen während des vergangenen Winters gefördert hatten. Ich verstand jetzt Vieles, was ich da vorfand, besser als im Sommer, und es gefielen mir die meisten Dinge auch mehr. Ich teilte ihm manches von meinen Zeichnungen mit, namentlich von Zeichnungen von Pflanzen, deren ich dieses Mal eine größere Anzahl in meinem Koffer mitgebracht hatte.

Bei meiner ersten Anwesenheit hatte ich in dem Ränzchen nur einige Schriften, ein Fernrohr und andere Sachen getragen, die in ein so kleines Behältnis gehen, Zeichnungen aber nicht. Er hatte eine Freude an diesen Dingen; aber sonderbar war es anzusehen, wie er die Pflanzenzeichnungen nicht als Pflanzenfreund und Kenner anblickte, sondern als Baumeister, der ihre Gestalt verwenden kann. Er versuchte später selber auch Zeichnungen nach lebenden Pflanzen; aber hier trat der Unterschied von einem Pflanzenfreunde noch mehr hervor: die Bilder wurden ihm allgemach durch unmerkliche Zusätze aus Gewächsen schöne Verzierungen. Er suchte sich auch in der Regel solche Vorbilder aus, die zu seinem Berufe in näherer Beziehung standen oder in eine solche gebracht werden konnten. In Bezug auf die anderen Dinge, die in dem Schreinerhause gearbeitet wurden, zeigte er mir Alles und erklärte mir Manches, wenn ich nach Erklärung verlangte. Auch hierin glaubte ich seit dem vorigen Sommer Fortschritte gemacht zu haben, namentlich da ich die Gegenstände, die mein Vater besaß, wohl genau betrachtet und mir eingeprägt hatte, um ihre Bilder hieher übertragen und mit dem, was sich hier befand, vergleichen zu können.

Die Gestalten gingen jetzt leichter in mein Wesen ein, mir gefiel Vieles mehr als im vorigen Sommer, und ich wurde auf Manches aufmerksam, was ich damals nicht beachtet hatte. Wir saßen zuweilen in dem freundlichen Zimmer Eustachs, wenn die Vormittagssonne durch die geschlossenen Vorhänge sanft hereinblickte, und redeten von allerlei Dingen.

An Nachmittagen, besonders wenn trübes Wetter war und die Geschäfte im Freien nicht eine große Ausdehnung hatten, versammelte man sich in dem Arbeitszimmer meines Gastfreundes. Dieses Zimmer war an Nachmittagen, wo es sehr zusammengeräumt und wo mehr Muße war, der Vereinigungspunkt der kleinen Gesellschaft, wenn sie sich überhaupt vereinigte. Mein alter Gastfreund hatte sich dieses Gemach sehr wohnlich, wenn auch für Einsamkeit geeignet, herrichten lassen, wie er überhaupt, wenn er nicht eigens Menschen um sich versammelte, die Einsamkeit liebte. Er hatte neben seinem Sessel einen Glockenzug, der durch den Fußboden in die Gesindezimmer hinab ging, um schnell einen Diener rufen zu können. In dem Schlafzimmer war etwas Ähnliches. Dort befanden sich außer dem gewöhnlichen Glockenzuge an den Seitenbrettern des Bettes zwei Platten, die durch das leiseste Auflegen einer Hand eine laut und lange tönende Glocke in Bewegung setzten, damit man, wenn dem alten Manne etwas zustieße, schnell zu Hilfe eilen könnte. Zwei Diener hatten immer die Schlüssel zu seinen Gemächern, um auch in der Nacht von außen aufsperren zu können. Diese Vorrichtungen waren eine Erfindung Eustachs, weil der alte Mann jede Einschränkung durch Dienerschaft, ja die Nähe derselben nicht wollte, um nicht gestört zu werden. Er ließ auch nicht zu, daß Gustav in einem Zimmer neben ihm schlafe, um sich nicht an ihn zu gewöhnen und ihn dann zu vermissen, da der Jüngling doch einmal fort müsse. Wenn man in dem Arbeitszimmer meines Gastfreundes versammelt war, besprach man gewöhnlich Angelegenheiten des Besitztums, Veränderungen, die notwendig sind, Arbeiten, die man vornehmen müsse, und Gegenstände der Kunst. Hieher wurden die Pläne und Entwürfe von Dingen gebracht, die man entweder in Holz ausführen wollte oder die Anlagen in dem Garten oder Umänderungen an Gebäuden betrafen. Es war gut, diese Entwürfe gerade in dieses Zimmer zu bringen, weil sie da eine sehr schöne und ausgezeichnete Umgebung antrafen, und sich daher jeder Fehler und jede Unzulänglichkeit, wenn derlei in dem Entwurfe waren, sogleich aufzeigte und verbessert werden konnte. An dem Tage, wo mehrere Menschen in das Arbeitszimmer des alten Mannes kamen, war immer ein Teppich über den auserlesenen Fußboden desselben gebreitet, damit er keine Beschädigung erleide.

Wenn trockene Wege waren, gingen wir öfter in den Meierhof. Dort wurden die Arbeiten, welche der erste Frühling bringt, rüstig betrieben. Das Ganze war seit meiner vorjährigen Anwesenheit in Ordnung und Fülle sehr vorgeschritten. Man mußte bis spät in den Herbst hinein und selbst im Winter, soweit es tunlich war, fleißig gearbeitet haben. Im Innern des Hofes war nicht mehr bloß die schöne Pflasterung an den Gebäuden herum und der reinliche Sand über den ganzen Hofraum, sondern es war in der Mitte desselben ein kleiner Springquell, der mit drei Strahlen in ein Becken fiel und eine Blumenanlage um sich hatte.
Auf das alles sahen die hellen Fenster des Hofes ringsum heraus. So sah dieser Teil des Gebäudes, obwohl zwei Seiten des Hofes Ställe und Scheunen waren, wie ein Edelsitz aus. Ich fragte meinen Gastfreund, ob er neues Mauerwerk habe aufführen lassen, da ich den Meierhof viel vollkommener sehe als im vergangenen Jahre, und da er auch schöner sei, als sie hier im Lande gebaut würden.

„Ich habe keine Mauern aufführen lassen", antwortete er, „nur die letzten äußeren Verschönerungen habe ich angebracht, und die Fenster habe ich vergrößert, der Grund war schon da. Die Meierhöfe und größeren Bauerhöfe unserer Gegend sind nicht so häßlich gebaut, als ihr meint. Nur sind sie stets bis auf ein gewisses Maß fertig, weiter nicht; die letzte Vollendung, gleichsam die Feile, fehlt, weil sie in dem Herzen der Bewohner fehlt. Ich habe bloß dieses Letzte gegeben. Wenn man mehrere Beispiele aufstellte, so würden sich im Lande die Ansichten über das notwendige Aussehen und die Wohnbarkeit der Häuser ändern. Dieses Haus soll so ein Beispiel sein."
Die Wege um den Hof und dessen Wiesen und Felder waren auch nicht mehr so, wie sie größtenteils in dem vorigen Sommer gewesen waren. Sie waren fest, mit weißem Quarze belegt und scharf und wohl abgegrenzt.
An schönen Mittagen, die bereits auch immer wärmer wurden, saß ich gerne auf dem Bänkchen, das um den großen Kirschbaum lief, und sah auf die unbelaubten Bäume, auf die frisch geeggten Felder, auf die grünen Tafeln der Wintersaat, die schon sprossenden Wiesen und durch den Duft, der in dem ersten Frühlinge gerne aus Gründen quillt, auf die Hochgebirge, die mit dem Glanze des noch in ungeheurer Menge auf ihnen liegenden Schnees spielten. Gustav schloß sich an mich viel an, wahrscheinlich weil ich unter allen Bewohnern des Hauses ihm an Alter am nächsten war. Er saß deshalb gerne bei mir auf dem Bänkchen. Wir gingen manches Mal auf die Felderrast hinüber, und er zeigte mir einen Strauch, auf dem bald Blüten hervor kommen würden, oder eine sonnige Stelle, auf der das erste Grün erschien, oder Steine, um die schon verfrühte Tierchen spielten.
Eines Tages entdeckte ich in den Schreinen der Natursammlung eine Zusammenstellung aller inländischen Hölzer. Sie waren in lauter Würfeln aufgestellt, von denen zwei Flächen quer gegen die Fasern, die übrigen vier nach den Fasern geschnitten waren. Von diesen vier Flächen war eine rauh, die zweite glatt, die dritte poliert und die vierte hatte die Rinde. Im Innern der Würfel, welche hohl waren und geöffnet werden konnten, befanden sich die getrockneten Blüten, die Fruchtteile, die Blätter und andere merkwürdige Zugehöre der Pflanze, zum Beispiel gar die Moose, die auf gewissen Orten gewöhnlich wachsen. Eustach sagte mir, der alte Herr – so nannten alle Bewohner des Hauses meinen Gastfreund, nur Gustav nannte ihn Ziehvater – habe diese Sammlung angelegt und die Anordnung so ausgedacht. Sie soll nach dem Willen des alten Herrn noch einmal gemacht und der Gewerbschule zum Geschenke gegeben werden.
Seine seltsame Kleidung und seine Gewohnheit, immer barhäuptig zu gehen, welch beides mir Anfangs sehr aufgefallen war, beirrte mich endlich gar nicht mehr, ja es stimmte eigentlich zu der Umgebung sowohl seiner Zimmer als der um ihn herum wohnenden Bevölkerung, von der er sich nicht als etwas Vornehmes abhob, der er vielmehr gleich war und von der er sich doch wieder als etwas Selbstständiges unterschied. Mir fiel im Gegenteile ein, daß manches nicht geschmackvoll sei, was wir so heißen, am wenigsten der Stadtrock und der Stadthut der Männer.

In die Zimmer, welche nach Frauenart eingerichtet waren, wurde ich einmal auf meine Bitte geführt. Sie gefielen mir wieder sehr, besonders das letzte, kleine, welchem ich jetzt den Namen „die Rose" gab. Man konnte in ihm sitzen, sinnen und durch das liebliche Fenster auf die Landschaft blicken. Daß ich nicht um den Gebrauch dieser Zimmer fragte, begreift sich.
Ich erzählte meinem Gastfreunde oft von meinem Vater, von der Mutter und von der Schwester. Ich erzählte ihm von allen unsern häuslichen Verhältnissen und beschrieb ihm mehrfach, so genau ich es konnte, die Dinge, die mein Vater in seinen Zimmern hatte und auf welche er einen Wert legte. Meinen Namen nannte ich hiebei nicht, und er fragte auch nicht darnach.
Ebenso wußte ich, obwohl ich nun länger in seinem Hause gewesen war, noch immer seinen Namen nicht. Zufällig ist er nicht genannt worden, und da er ihn nicht selber sagte, so wollte ich aus Grundsatz niemanden darum fragen. Von Gustav oder Eustach wäre er am leichtesten zu erfahren gewesen; aber diese zwei mochte ich am wenigsten fragen, am allerwenigsten Gustav, wenn er unzählige Male unbefangen den Namen Ziehvater aussprach. Der Mann war sehr gut, sehr lieb und sehr freundlich gegen mich, er nannte seinen Namen nicht, ich konnte auch nicht mit Gewißheit voraussetzen, daß er meine, ich kenne denselben; daher beschloß ich, gar nicht, selbst nicht in der größten Entfernung von diesem Orte, um den Namen des Besitzers des Rosenhauses zu fragen.

Nach und nach änderte sich die Zeit immer mehr und immer gewaltiger. Die Tage waren viel länger geworden, die Sonne schien schon sehr warm, die Fristen, in denen der Himmel sich klar und wolkenlos zeigte, wurden bereits länger als die, in denen er umwölkt oder neblich war; die Erde sproßte, die Bäume knospten, an den Rosenbäumchen vor dem Hause wurde sehr fleißig gearbeitet, alles war heiter, und der Frühling war in seine ganze Fülle eingetreten. Diese Zeit war schon lange als diejenige bestimmt gewesen, in welcher ich abreisen würde. Ich sagte dieses noch einmal meinem Gastfreunde, und da ich Anstalten getroffen hatte, meinen Koffer fort zu senden, wurde der Tag der Abreise festgesetzt.
Wir hatten früher noch die Verabredung getroffen, daß ich meine Arbeiten so einrichten wolle, daß ich zur Zeit der Rosenblüte wiederkommen und wieder längere Zeit in dem Hause verbleiben könne. Da ich sah, daß ich gerne aufgenommen werde und daß ich in Hinsicht der äußeren Mittel keine Last in dem Hause sei, und da mein Gemüt sich auch diesem Orte zugeneigt fühlte, so war mir diese Verabredung ganz nach meinem Sinne. Nur, meinte mein Gastfreund, müßte ich dann in den Gebirgstälern schon zur Herreise aufbrechen, wenn dort kaum die Rosen völlige Knospen hätten, weil sie hier der bessern Erde und der bessern Pflege willen früher blühten als an allen Teilen des Landes. Ich sagte es zu, und so war alles in Ordnung.
Am Tage vor meiner Abreise kam Eustachs Bruder zurück. Er mochte zwanzig und einige Jahre alt sein, war schön gewachsen, hatte braune Wangen und dunkle Locken und ein

klein wenig aufgeworfene Lippen. Mir war, als wäre ich dem Manne schon einige Male auf meinen Reisen begegnet. Er brachte in seinem Buche viele und darunter schöne Zeichnungen mit, welche mit Anteil betrachtet wurden. Sie sollten nun auf größerem Papiere und in künstlerischer Richtung ausgeführt werden.

Als ich am Abende vor der Abreise noch im Meierhofe gewesen war, als ich am Morgen derselben zu Eustach und den Gärtnersleuten gegangen war, als ich den Hausbewohnern Lebewohl gesagt und von meinem Gastfreunde und von Gustav vor dem Hause Abschied genommen hatte, ging ich den Hügel hinunter, und ich hörte schon von dem Garten und von den Hecken und aus den Saaten den kräftigen Frühlingsgesang der Vögel.

Die Begegnung

Auf der Reise nach dem Orte meiner Bestimmung zeichnete ich ein schönes Standbild, welches ich in der Nische einer Mauertrümmer fand. Ich hatte dazu mein Zeichnungsbuch aus dem Ränzlein genommen, in welchem ich es jetzt immer trug. Dies war die einzige Unterbrechung und der einzige Aufenthalt auf dieser Reise gewesen.

Als ich an meinem Bestimmungsorte angelangt war, war das erste, was ich tat, daß ich meine Zeit besser zu Rate hielt als früher. Ich mußte mir bekennen, daß die Art, wie in dem Rosenhause das Tagewerk betrieben wurde, auf mich von großem Einflusse sein solle. Da dort der Wert der Zeit sehr hoch angeschlagen und dieses Gut sehr sorgfältig angewendet wurde, so fing ich, wenn ich mir auch bisher einen großen Vorwurf nicht hatte machen können, dennoch an, mit viel mehr Ordnung als bisher nach einem einzigen Ziele während einer bestimmten Zeit hinzuarbeiten, während ich früher, durch augenblickliche Eindrücke bestimmt, mit den Zielen öfter wechselte und, obwohl ich eifrig strebte, doch eine dem Streben entsprechende Wirkung nicht jederzeit erreichte. Ich machte mir nun zur Aufgabe, eine bestimmte Strecke zu durchforschen und im Verlaufe überhaupt nichts liegen zu lassen, was von Wesenheit wäre, aber auch nichts auf eine gelegenere Zukunft zu verschieben, so daß, sollte ich bis zur Rosenzeit mit der vorgesetzten Strecke nicht fertig werden, wenigstens der Teil, den ich vollendete, wirklich fertig wäre und ich auf genau umschriebene Ergebnisse zu deuten im Stande wäre. Das sah ich nach dem Beginne der Arbeiten sehr bald, daß ich mir den Raum zu groß ausgesteckt hatte; aber auch das sah ich sehr bald, daß der kleinere Raum, den ich überwinden würde, mir mehr an Erfolg sicherte, als wenn ich wie in meiner Vergangenheit durch geraume Zeit den Blick so ziemlich auf Alles gespannt hätte. Hiezu kam auch eine gewisse Zufriedenheit, die ich fühlte, wenn ich sah, daß sich Glied an Glied zu einer Ordnung aneinander reihte, während früher mehr ein ansprechender Stoff durcheinander lag, als daß eine aus dem Stoffe hervorgehende Gestaltung sich entwickelt hätte.

Meine Kisten füllten sich und stellten sich an einander.

Meine Führer und meine Träger gewannen auch einen Halt in der neuen Ordnung und es wuchs ihnen ein Zutrauen zu mir. Ich bekam eine Neigung zu ihnen, die sie erwiderten, so daß sich ein fröhliches Zusammenleben immer mehr gestaltete und die Arbeit heiter und darum auch zweckmäßig wurde. Oft, wenn wir abends in der Wirtsstube um den großen viereckigen Ahorntisch oder, da die Tage endlich heißer wurden, statt an den toten Brettern des Tisches draußen unter den lebenden und rauschenden Ahornen saßen, um welche ein fichtener Tisch zusammen gezimmert war und auf welche das vielfenstrige Gasthaus heraus sah, rechneten sie sich vor, was heute, was seit vierzehn Tagen geschehen sei, wie viel wir, wie sie sich ausdrückten, abgetan haben, und wie viel Gebirge zusammen gestellt worden sei. Sie fingen auch bald an, die Sache nach ihrer Art zu begreifen, über Vorkommnisse in den Gebirgszügen zu reden und zu streiten und mir zuzumuten, daß, wenn ich mir merken könnte, woher alle die gesammelten Stücke seien, und wenn ich die Höhe und die Mächtigkeit der Gebirge zu messen im Stande wäre, ich das Gebirge im Kleinen auf einer Wiese oder auf einem Felde aufstellen könnte. Ich sagte ihnen, daß das ein Teil meines Zweckes sei, und wenn gleich das Gebirge nicht auf einer Wiese oder auf einem Felde zusammengestellt werde, so werde es doch auf dem Papiere gezeichnet und werde mit solchen Farben bemalt, daß jeder, der sich auf diese Dinge verstände, das Gebirge mit allem, woraus es bestehe, vor Augen habe. Deshalb merke ich mir nicht nur, woher die Stücke seien und unter welchen Verhältnissen sie in den Bergen bestehen, sondern schreibe es auch auf, damit es nicht vergessen werde, und beklebe auch die Stücke mit Zetteln, auf denen alles Notwendige stehe. Diese Stücke, in ihrer Ordnung aufgestellt, seien dann der Beweis dessen, was auf dem Papiere oder der Karte, wie man das Ding nenne, aufgemalt sei. Sie meinten, daß dieses sehr klug getan sei, um, wenn einer einen Stein oder sonst etwas zu einem Baue oder dergleichen bedürfe, gleich aus der Karte heraus lesen zu können, wo er zu finden sei. Ich sagte ihnen, daß ein anderer Zweck auch darin bestehe, aus dem, was man in den Gebirgen finde, schließen zu können, wie sie entstanden seien.
Die Gebirge seien gar nicht entstanden, meinte einer, sondern seien seit Erschaffung der Welt schon dagewesen.
„Sie wachsen auch", sagte ein anderer, „jeder Stein wächst, jeder Berg wächst wie die anderen Geschöpfe. Nur", setzte er hinzu, weil er gerne ein wenig schalkhaft war, „wachsen sie nicht so schnell wie die Schwämme."
So stritten sie länger und öfter über diesen Gegenstand, und so besprachen wir uns über unsere Arbeiten. Sie lernten durch den bloßen Umgang mit den Dingen des Gebirges und durch das öftere Anschauen derselben nach und nach ein Weiteres und Richtigeres, und lächelten oft über eine irrige Ansicht und Meinung, die sie früher gehabt hatten.
Mein Tagebuch der Aufzeichnungen zur Festhaltung der Ordnung dehnte sich aus, die Blätter mehrten sich und gaben Aussicht zu einer umfassenden und regelmäßigen Zusammenstellung des Stoffes, wenn die Wintertage oder sonst Tage der Muße gekommen sein würden.

An Sonntagen oder zu anderen Zeiten, wo die Arbeit minder drängte, gab es noch Gelegenheit zu manchen angenehmen Freuden und zu stärkender Erholung.
Eines Tages fanden wir ein Stück Marmor, von dem ich dachte, daß ihn mein Gastfreund in seinem Rosenhause noch gar nicht habe. Er war von dem reinsten Weiß, Rosenrot und Strohgelb in kleiner und lieblicher Mischung. Seine Art ist eine der seltensten, und hier war sie in einem so großen Stücke vorhanden, wie ich sie noch nie gesehen hatte. Ich beschloß, diesen Marmor meinem Gastfreunde zum Geschenke zu machen. Ich versuchte, mir ein Eigentumsrecht darüber zu erwerben, und als mir dieses gelungen war, ging ich daran, das Stück, soweit seine Festigkeit ununterbrochen war, heraus nehmen und in eine Gestalt schneiden zu lassen, deren es fähig war. Es zeigte sich, daß eine schöne Tischplatte aus diesem Stoffe zu verfertigen wäre. Von den losen Schuttstücken nahm ich mehrere der besseren mit, um allerlei Dinge der Erinnerung daraus machen zu lassen. Eines ließ ich zu einer Tafel schleifen und dieselbe glätten, daß mein Gastfreund die Zeichnung und die Farbe des Marmors auf das beste sehen könne.

So war eine Strecke abgetan, als in den Tälern sich die kleinen Knospen der Rosen zu zeigen anfingen und selbst an dem Hagedorn, der in Feldgehegen oder an Gebirgssteinen wuchs, die Bällchen zu der schönen, aber einfachen Blume sich entwickelten, die die Ahnfrau unserer Rosen ist. Ich beschloß daher, meine Reise in das Rosenhaus anzutreten. Ich habe mich kaum mit größerem Vergnügen nach einem langen Sommer zur Heimreise vorbereitet, als ich mich jetzt nach einer wohlgeordneten Arbeit zu dem Besuche im Rosenhause anschickte, um dort eine Weile einen angenehmen Landaufenthalt zu genießen.
Eines Nachmittages stieg ich zu dem Hause empor und fand die Rosen zwar nicht blühend, aber so überfüllt mit Knospen, daß in nicht mehr fernen Tagen eine reiche Blüte zu erwarten war.
„Wie hat sich alles verändert", sagte ich zu dem Besitzer, nachdem ich ihn begrüßt hatte, „da ich im Frühlinge von hier fortging, war noch alles öde, und nun blättert, blüht und duftet alles hier beinahe in solcher Fülle wie im vorigen Jahre zu der Zeit, da ich zum ersten Male in dieses Haus heraufkam."
„Ja", erwiderte er, „wir sind wie der reiche Mann, der seine Schätze nicht zählen kann. Im Frühlinge kennt man jedes Gräschen persönlich, das sich unter den ersten aus dem Boden hervor wagt, und beachtet sorgsam sein Gedeihen, bis ihrer so viele sind, daß man nicht mehr nach ihnen sieht, daß man nicht mehr daran denkt, wie mühevoll sie hervor gekommen sind, ja daß man Heu aus ihnen macht und gar nicht darauf achtet, daß sie in diesem Jahre erst geworden sind, sondern tut, als ständen sie von jeher auf dem Platze."
Man hatte mir eine eigene Wohnung machen lassen und führte mich in dieselbe ein. Es waren zwei Zimmer am Anfange des Ganges der Gastzimmer, welche man durch eine neugebrochene Tür zu einer einzigen Wohnung gemacht hatte. Das eine war bedeutend

groß und hatte ursprünglich die Bestimmung gehabt, mehrere Personen zugleich zu beherbergen. Es war jetzt ausgeleert, an seinen Wänden standen Tische und Gestelle herum, sowie in seiner Mitte ein langer Tisch angebracht war, damit ich meine Sachen, die ich etwa von dem Gebirge brächte, ausbreiten könnte. Das zweite Zimmer war kleiner und war zu meinem Schlaf- und Wohngemache hergerichtet. Der alte Mann reichte mir die Schlüssel zu dieser Wohnung. Auch zeigte man mir in der leichten gemauerten Hütte, die nicht weit hinter der Schreinerei an der westlichen Grenze des Gartens lag und in früheren Zeiten zu den Steinarbeiten benutzt worden war, einen Raum, den man ausgeleert hatte und in welchen ich Gegenstände, die ich gesammelt hätte, bis auf weitere Verfügung niederlegen könnte. Sollte ich mehr brauchen, so könne noch mehr geräumt werden, da jetzt die Arbeiten mit den Steinen fast beendigt seien und selten etwas gesägt, geschliffen oder geglättet werde. Ich war über diese Aufmerksamkeiten so gerührt, daß ich fast keinen Dank dafür zu sagen vermochte. Ich begriff nicht, was ich mir denn für Verdienste um den Mann oder seine Umgebung erworben habe, daß man solche Anstalten mache. Das Eine gereichte zu meiner Beruhigung, daß ich aus diesen Vorrichtungen sah, daß ich in dem Hause nicht unwillkommen sei, denn sonst wäre man nicht auf den Gedanken derselben geraten. Dieses Bewußtsein versprach meinen Bewegungen in den hiesigen Verhältnissen viel mehr Freiheit zu geben. Ich stattete endlich doch meinen Dank ab und man nahm ihn mit Vergnügen auf.

Da ich in meiner Wohnung meine Wandersachen abgelegt hatte und die ersten allgemeinen Gespräche vorüber waren, wollte ich einen übersichtlichen Gang durch den Garten machen. Ich ging bei der Seitentür des Hauses hinaus, und da ich auf den kleinen Raum kam, der hier eingefaßt ist, kam der große Hofhund auf mich zu und wedelte. Als ich sah, daß der alte Hilan mich erkenne und begrüße, war ich so kindisch, mich darüber zu freuen, weil es mir war, als sei ich kein Fremder, sondern gehöre gewissermaßen zur Familie.
Am nächsten Tage nach meiner Ankunft erschien der Wagen mit meinem Gepäcke und mit der Marmorplatte. Ich ließ abladen und übergab die Platte meinem Gastfreunde mit dem Bedeuten, daß ich ihm in derselben eine Erinnerung aus dem Gebirge bringe. Zugleich händigte ich ihm das kleinere geschliffene Stück zur genaueren Einsicht in die Natur des Marmors ein. Er besah das Stück und dann auch die Platte sehr sorgfältig. Hierauf sagte er: „Dieser Marmor ist außerordentlich schön, ich habe ihn noch gar nicht in meiner Sammlung, auch scheint die Platte dicht und ohne Unterbrechung zu sein, so daß ein reiner Schliff auf ihr möglich sein wird, ich bin sehr erfreut, in dem Besitze dieses Stückes zu sein und danke euch sehr dafür. Allein in meinem Hause kann er als Bestandteil desselben nicht verwendet werden, weil dort nur solche Stücke angebracht sind, welche ich selber gesammelt habe, und weil ich an dieser Art der Sammlung und an der Verbuchung darüber eine solche Freude habe, daß ich auch in der Zukunft nicht

von diesem Grundsatze abgehe. Es wird aber ganz gewiß aus diesem Marmor etwas gemacht werden, das seiner nicht unwert ist, ich hege die Hoffnung, daß es euch gefallen wird, und ich wünsche, daß die Gelegenheit seiner Verwendung euch und mir zur Freude gereiche."

Ich hatte ohnehin ungefähr so etwas erwartet und war beruhigt.

Der Marmor wurde in die Steinhütte gebracht, um dort zu liegen, bis man über ihn verfügen würde. Meine übrigen Dinge aber ließ ich in meine Wohnung bringen.

Ich ging im Sommer immer sehr leicht gekleidet, entweder in ungebleichtem oder gestreiftem Linnen. Den Kopf bedeckte meistens ein leichter Strohhut. Um nun hier nicht aufzufallen und um weniger von der einfachen Kleidung der Hausbewohner abzustechen, nahm ich ein paar solcher Anzüge sammt einem Strohhute aus dem Koffer, kleidete mich in einen und legte dafür meinen Reiseanzug für eine künftige Wanderung zurück.

Mein Gastfreund hatte auf seiner Besitzung eine etwas eigentümliche Tracht teils eingeführt, teils nahmen sie die Leute selber an. Die Dienerinnen des Hauses waren in die Landestracht gekleidet, nur dort, wo diese, wie namentlich in unserem Gebirge, ungefällig war oder in das Häßliche ging, wurde sie durch den Einfluß des Hausbesitzers gemildert und mit kleinen Zutaten versehen, die mir schön erschienen. Diese Zutaten fanden im Anfange Widerstand, aber da sie von dem alten Herrn geschenkt wurden und man ihn nicht kränken wollte, wurden sie angenommen und später von den Umwohnerinnen nicht nur beneidet, sondern auch nachgeahmt. Die Männer, welche in dem Hause dienten oder in dem Meierhofe arbeiteten oder in dem Garten beschäftigt waren, trugen gefärbtes Linnen, nur war dasselbe nicht so dunkel, als es bei uns im Gebirge gebräuchlich ist. Eine Jacke oder eine andere Art Überrock hatten sie im Sommer nicht, sondern sie gingen in lediglichen Hemdärmeln, und um den Hals hatten sie ein loses Tuch geschlungen. Auf dem Haupte trugen einige wie der Hausherr nichts, andere hatten den gewöhnlichen Strohhut. Eustach schien in seiner Kleidung niemanden nachzuahmen, sondern sie selbst zu wählen. Er ging auch in gestreiftem Linnen, meistens rostbraun mit grau oder weiß; aber die Streifen waren fast handbreit, oder es hatte der ganze Stoff nur zwei Farben, die Hälfte des Längenblattes braun, die Hälfte weiß. Oft hatte er einen Strohhut, oft gar nichts auf dem Haupte. Seine Arbeiter hatten ähnliche Anzüge, auf denen selten ein Schmutzfleck zu sehen war; denn bei der Arbeit hatten sie große grüne Schürzen um. Unter allen diesen Leuten hoben sich der Gärtner und die Gärtnerin heraus, welche bloß schneeweiß gingen.

Ich zeigte meinem Gastfreunde und Eustach die Zeichnung, welche ich von dem Standbilde in der Mauernische gemacht hatte. Sie freuten sich, daß ich auf derlei Dinge aufmerksam sei, und sagten, daß sie dasselbe Bild auch unter ihren Zeichnungen hätten, nur daß es jetzt mit mehreren anderen Blättern außer Hause sei.

Ich betrachtete nun alles, was mir in dem Garten und auf dem Felde im vorigen Jahre in derselben Jahreszeit merkwürdig gewesen war. Die Blätter der Bäume, die Blätter des

Kohles und die von anderen Gewächsen waren vom Raupenfraße frei, und nicht nur die im Garten, sondern auch die in der nächsten und in der in ziemliche Ferne reichenden Umgebung. Ich hatte bei meiner Herreise eigens auf diesen Umstand mein Augenmerk gerichtet. Dennoch entbehrte der Garten nicht des schönen Schmuckes der Faltern; denn einerseits konnten die Vögel doch nicht alle und jede Raupen verzehren und andererseits wehte der Wind diese schönen lebendigen Blumen in unsern Garten oder sie kamen auf ihren Wanderungen, die sie manchmal in große Entfernungen antreten, selber hieher. Der Gesang der Vögel war mir wieder wie im vorigen Jahre eigentümlich, und er war mir wieder ganz besonders schmelzend.

Dadurch, daß sie in verschiedenen Fernen sind, die Laute also mit ungleicher Stärke an das Ohr schlagen, dadurch, daß sie sich gelegenheitlich unterbrechen, da sie inzwischen allerlei zu tun haben, eine Speise zu haschen, auf ein Junges zu merken, wird ein reizender Schmelz veranlaßt wie in einem Walde, während die besten Singvögel in vielen Käfigen nahe bei einander nur ein Geschrei machen, und dadurch, daß sie in dem Garten sich doch wieder näher sind als im Walde, wird der Schmelz kräftiger, während er im Walde zuweilen dünn und einsam ist. Ich sah die Nester, besuchte sie und lernte die Gebräuche dieser Tiere kennen.

In meinen Zimmern richtete ich mich ein, ich tat die Bücher und Papiere, die ich mitgebracht hatte, heraus, um zu lesen, einzuzeichnen und zu ordnen. Ich legte auch auf den großen Tisch und auf die Gestelle an den Wänden kleinere Gegenstände, die ich mitgebracht hatte, besonders Versteinerungen oder andere deutlichere Überreste, um sie zu benutzen.

Gustav kam häufig zu mir, er nahm Anteil an diesen Dingen, ich erklärte ihm manches, und mein Gastfreund sah es nicht ungern, wenn ich mit ihm, entweder ein Buch in der Hand unter den schattigen Linden des Gartens oder ohne Buch auf großen Spaziergängen – denn der alte Mann liebte die Bewegung noch sehr – von meiner Wissenschaft sprach. Er erzählte mir dagegen von der seinigen, und ich hörte ihm freundlich zu, wenn er auch Dinge brachte, die mir schon besser bekannt waren. Zeiten, in denen ich ohne Beschäftigung und allein war, brachte ich auf Gängen in den Feldern oder auf einem Besuche in dem Schreinerhause oder in dem Gewächshause oder bei den Cactus zu.

Die wogenden Felder, die ich im vorigen Jahre um dieses Anwesen getroffen hatte, waren auch heuer wogende und wurden mit jedem Tage schöner, dichter und segensreicher, der Garten hüllte sich in die Menge seiner Blätter und der nach und nach schwellenden Früchte, der Gesang der Vögel wurde mir immer noch lieblicher und schien die Zweige immer mehr zu erfüllen, die scheuen Tiere lernten mich kennen, nahmen von mir Futter und fürchteten mich nicht mehr. Ich lernte nach und nach alle Dienstleute kennen und nennen, sie waren freundlich mit mir, und ich glaube, sie wurden mir gut, weil sie den Herrn mich mit Wohlwollen behandeln sahen. Die Rosen gediehen sehr, Tausende harrten des Augenblicks, in dem sie aufbrechen würden. Ich half oft an den

Beschäftigungen, die diesen Blumen gewidmet wurden, und war dabei, wenn die Rosenarbeiten besichtigt wurden und ausgemittelt ward, ob alles an ihnen in gutem Stande sei. Ebenso ging ich gerne zum Besehen anderer Dinge mit, wenn auf Wiesen oder im Walde gearbeitet wurde, in welch letzterem man jetzt daran war, das im Winter geschlagene Holz zu verkleinern oder zum Baue oder zu Schreinerarbeiten herzurichten. Ich trug oft meinen Strohhut, wenn der alte Mann und Gustav neben mir barhäuptig gingen, in der Hand, und ich mußte bekennen, daß die Luft viel angenehmer durch die Haare strich, als wenn sie durch einen Hut auf dem Haupte zurück gehalten wurde, und daß die Hitze durch die Locken so gut wie durch einen Hut von dem bloßen Haupte abgehalten wurde.

Eines Tages, da ich in meinem Zimmer saß, hörte ich einen Wagen zu dem Hause herzufahren. Ich weiß nicht, weshalb ich hinabging, den Wagen ankommen zu sehen. Da ich an das Gitter gelangte, stand er schon außerhalb desselben. Er war von zwei braunen Pferden herbeigezogen worden, der Kutscher saß noch auf dem Bocke und mußte eben angehalten haben. Vor der Wagentür, mit dem Rücken gegen mich gekehrt, stand mein Gastfreund, neben ihm Gustav und neben diesem Katharina und zwei Mägde. Der Wagen war noch gar nicht geöffnet, er war ein geschlossener Gläserwagen und hatte an der innern Seite seiner Fenster grüne zugezogene Seidenvorhänge. Einen Augenblick nach meiner Ankunft öffnete mein Gastfreund die Wagentür. Er geleitete an seiner Hand eine Frauengestalt aus dem Wagen. Sie hatte einen Schleier auf dem Hute, hatte aber den Schleier zurückgeschlagen und zeigte uns ihr Angesicht. Sie war eine alte Frau. Augenblicklich, da ich sie sah, fiel mir das Bild ein, welches mein Gastfreund einmal über manche alternde Frauen von verblühenden Rosen hergenommen hatte. „Sie gleichen diesen verwelkenden Rosen. Wenn sie schon Falten in ihrem Angesichte haben, so ist doch noch zwischen den Falten eine sehr schöne, liebe Farbe", hatte er gesagt, und so war es bei dieser Frau. Über die vielen feinen Fältchen war ein so sanftes und zartes Rot, daß man sie lieben mußte und daß sie wie eine Rose dieses Hauses war, die im Verblühen noch schöner sind als andere Rosen in ihrer vollen Blüte. Sie hatte unter der Stirne zwei sehr große schwarze Augen, unter dem Hute sahen zwei sehr schmale Silberstreifen des Haares hervor, und der Mund war sehr lieb und schön. Sie stieg von dem Wagentritte herab und sagte die Worte: „Gott grüße dich, Gustav!"
Hiebei neigte sich der alte Mann gegen sie, sie neigte ihr Angesicht gegen ihn und die beiderseitigen Lippen küßten sich zum Willkommensgruße.
Nach dieser Frau kam eine zweite Frauengestalt aus dem Wagen. Sie hatte auch einen Schleier um den Hut und hatte ihn auch zurückgeschlagen. Unter dem Hute sahen braune Locken hervor, das Antlitz war glatt und fein, sie war noch ein Mädchen. Unter der Stirne waren gleichfalls große schwarze Augen, der Mund war hold und unsäglich gütig, sie schien mir unermeßlich schön. Mehr konnte ich nicht denken; denn mir fiel plötzlich ein, daß es gegen die Sitte sei, daß ich hinter dem Gitter stehe und die

Aussteigenden anschaue, während die, die sie empfangen, mir den Rücken zuwenden und von meiner Anwesenheit nichts wissen. Ich ging um die Ecke des Hauses zurück und begab mich wieder in mein Wohnzimmer.

Dort hörte ich nach einiger Zeit an Tritten und Gesprächen, daß die ganze Gesellschaft an meinem Zimmer vorbei den ganzen Gang entlang wahrscheinlich in die schönen Gemächer an der östlichen Seite des Hauses gehe.

Was weiter an dem Wagen geschehen sei, ob noch eine oder zwei Personen aus demselben gestiegen seien, konnte ich nicht wissen; denn auch nicht einmal beim Fenster wollte ich nun hinabsehen. Daß aber Gegenstände von demselben abgepackt und in das Haus gebracht wurden, konnte ich an dem Reden und Rufen der Leute erkennen. Auch den Wagen hörte ich endlich fortfahren, wahrscheinlich wurde er in den Meierhof gebracht.

Ich blieb immer in der Tiefe des Zimmers sitzen. Ich ging weder zu dem Fenster, noch ging ich in den Garten, noch verließ ich überhaupt das Zimmer, obwohl eine ziemlich lange Zeit ruhig und still verfloß. Ich wollte lesen oder schreiben und tat es dann doch wieder nicht.

Endlich, da vielleicht ein paar Stunden vergangen waren, kam Katharina und sagte, der alte Herr lasse mich recht schön bitten, daß ich in das Speisezimmer kommen möge, man erwarte mich dort.

Ich ging hinab.

Als ich eingetreten war, sah ich, daß mein Gastfreund in einem Lehnsessel an dem Tische saß, neben ihm saß Gustav. An der entgegengesetzten Seite saß die Frau. Ihr Sessel war aber ein wenig von dem Tische abgewendet und der Tür, durch welche ich eintrat, zugekehrt. Hinter ihr und um eine Sesselhälfte seitwärts saß das Mädchen.

Sie waren nun ganz anders gekleidet, als da ich sie aus dem Wagen steigen gesehen hatte. Statt des städtischen Hutes, den sie da getragen hatten, deckte jetzt ein Strohhut mit nicht gar breiten Flügeln, so daß sie eben genug Schatten gaben, das Haupt, die übrigen Kleider bestanden aus einem einfachen, lichten, mattfärbigen Stoffe und waren ohne alle besonderen Verzierungen verfertigt, so wie der Schnitt nichts Auffälliges hatte, weder eine zur Schau getragene Ländlichkeit noch ein zu strenge festgehaltenes städtisches Wesen.

Es standen mehrere Diener herum, so wie Katharina, die mich geholt hatte, auch wieder hinter mir in das Zimmer gegangen war und sich zu den dastehenden Mägden gesellt hatte. Selbst der Gärtner Simon war zugegen.

Als ich in die Nähe des Tisches gekommen war, stand mein Gastfreund auf, umging den Tisch, führte mich vor die Frau und sagte: „Erlaube, daß ich dir den jungen Mann vorstelle, von dem ich dir erzählt habe." Hierauf wandte er sich gegen mich und sagte: „Diese Frau ist Gustavs Mutter, Mathildis."

Die Frau sagte in dem ersten Augenblicke nichts, sondern richtete ein Weilchen die dunkeln Augen auf mich.
Dann wies er mit der Hand auf das Mädchen und sagte: „Diese ist Gustavs Schwester Natalie."
Ich wußte nicht, waren die Wangen des Mädchens überhaupt so rot oder war es errötet. Ich war sehr befangen und konnte kein Wort hervor bringen. Es war mir äußerst auffallend, daß er jetzt, wo er den Namen beinahe mit Notwendigkeit brauchte, weder um den meinigen gefragt noch den der Frauen genannt hatte. Ehe ich recht mit mir zu Rate gehen konnte, ob zu der Verbeugung, welche ich gemacht hatte, etwas gesagt werden solle oder nicht, fuhr er in seiner Rede fort und sagte: „Er ist ein freundlicher Hausgenosse von uns geworden und schenkt uns einige Zeit in unserer ländlichen Einsamkeit. Er strebt die Berge und das Land zu erforschen und zur Kenntnis des Bestehenden und zur Herstellung der Geschichte des Gewordenen etwas beizutragen. Wenn auch die Taten und die Förderung der Welt mehr das Geschäft des Mannes und des Greises sind, so ziert ein ernstes Wollen auch den Jüngling, selbst wo es nicht so klar und so bestimmt ist wie hier."
„Mein Freund hat mir von euch erzählt", sagte die Frau zu mir, indem sie mich wieder mit den dunkeln glänzenden Augen ansah, „er hat mir gesagt, daß ihr im vergangenen Jahre bei ihm waret, daß ihr ihn im Frühlinge besucht habt und daß ihr versprochen habt, zur Zeit der Rosenblüte wieder eine Weile in diesem Hause zuzubringen. Mein Sohn hat auch sehr oft von euch gesprochen."
„Er scheint nicht ganz ungerne hier zu sein", sagte mein Gastfreund; „denn sein Angesicht wenigstens hat noch nicht, bei dem früheren so wie bei dem jetzigen Besuche, die Heiterkeit verloren."
Ich hatte mich während dieser Reden gesammelt und sagte: „Wenn ich auch aus der großen Stadt komme, so bin ich doch wenig mit fremden Menschen in Verkehr getreten und weiß daher nicht, wie mit ihnen umzugehen ist. In diesem Hause bin ich, da ich irrtümlich ein Gewitter fürchtete und um einen Unterstand heraufging, sehr freundlich aufgenommen worden, ich bin wohlwollend eingeladen worden, wieder zu kommen und habe es getan. Es ist mir hier in Kurzem so lieb geworden wie bei meinen teuren Eltern, bei welchen auch eine Regelmäßigkeit und Ordnung herrscht wie hier. Wenn ich nicht ungelegen bin und die Umgebung mir nicht abgeneigt ist, so sage ich gerne, wenn ich auch nicht weiß, ob man es sagen darf, daß ich immer mit Freuden kommen werde, wenn man mich einladet."
„Ihr seid eingeladen", erwiderte mein Gastfreund, „und ihr müßt aus unsern Handlungen erkennen, daß ihr uns sehr willkommen seid. Nun werden auch Gustavs Mutter und Schwester eine Weile in diesem Hause zubringen, und wir werden erwarten, wie sich unser Leben entwickeln wird. Wollt ihr euch nicht ein wenig zu mir setzen und abwarten, bis der Willkommensgruß von allen, die da stehen, vorüber ist?"

Er ging wieder um den Tisch herum zurück, und ich folgte ihm. Gustav machte mir Platz neben seinem Ziehvater und sah mich mit der Freude an, welche ein Sohn empfindet, der in der Fremde den Besuch der Mutter empfängt.
Natalie hatte kein Wort gesprochen.
Ich konnte jetzt, da ich ein wenig gegen die Frauen hin zu blicken vermochte, recht deutlich sehen, daß hier Gustavs Mutter und Schwester zugegen seien; denn beide hatten dieselben großen schwarzen Augen wie Gustav, beide dieselben Züge des Angesichtes, und Natalie hatte auch die braunen Locken Gustavs, während die der Mutter die Silberfarbe des Alters trugen. Sie gingen nun, recht schön geordnet, in einem viel breiteren Bande an beiden Seiten der Stirne herab, als sie es unter dem Reisestrohhute getan hatten.
Vor Mathilde war, während wir unsere Sitze eingenommen hatten, die Haushälterin Katharina getreten.
Die Frau sagte: „Sei mir vielmal gegrüßt, Katharina, ich danke dir, du hast deinen Herrn und meinen Sohn in deiner besonderen Obhut und übst viele Sorgfalt an ihnen aus. Ich danke dir sehr. Ich habe dir etwas gebracht, nur als eine kleine Erinnerung, ich werde es dir schon geben."
Als Katharina zurück getreten war, als sich die anderen insgesammt näherten, sich verbeugten und mehrere Mädchen der Frau die Hand küßten, sagte sie: „Seid mir alle von Herzen gegrüßt, ihr sorgt alle für den Herrn und seinen Ziehsohn. Sei gegrüßt, Simon, sei gegrüßt, Klara, ich danke euch allen und habe allen etwas gebracht, damit ihr seht, daß ich keines in meiner Zuneigung vergessen habe; denn sonst ist es freilich nur eine Kleinigkeit."
Die Leute wiederholten ihre Verbeugung, manche auch den Handkuß, und entfernten sich. Sie hatten sich auch vor Natalie geneigt, welche den Gruß recht freundlich erwiderte.
Als alle fort waren, sagte die Frau zu Gustav: „Ich habe auch dir etwas gebracht, das dir Freude machen soll, ich sage noch nicht was; allein ich habe es nur vorläufig gebracht, und wir müssen erst den Ziehvater fragen, ob du es schon ganz oder nur teilweise oder noch gar nicht gebrauchen darfst."
„Ich danke dir, Mutter", erwiderte der Sohn, „du bist recht gut, liebe Mutter, ich weiß jetzt schon, was es ist, und wie der Ziehvater ausspricht, werde ich genau tun."
„So wird es gut sein", antwortete sie.
Nach dieser Rede waren alle aufgestanden.
„Du bist heuer zu sehr guter Zeit gekommen, Mathilde", sagte mein Gastfreund, „keine einzige der Rosen ist noch aufgebrochen; aber alle sind bereit dazu."
Wir hatten uns während dieser Rede der Tür genähert, und mein Gastfreund hatte mich gebeten, bei der Gesellschaft zu bleiben.
Wir gingen bei dem grünen Gitter hinaus und gingen auf den Sandplatz vor dem Hause. Die Leute mußten von diesem Vorgange schon unterrichtet sein; denn ihrer zwei

brachten einen geräumigen Lehnsessel und stellten ihn in einer gewissen Entfernung mit seiner Vorderseite gegen die Rosen.

Die Frau setzte sich in den Sessel, legte die Hände in den Schoß und betrachtete die Rosen.

Wir standen um sie. Natalie stand zu ihrer Linken, neben dieser Gustav, mein Gastfreund stand hinter dem Stuhle und ich stellte mich, um nicht zu nahe an Natalie zu sein, an die rechte Seite und etwas weiter zurück.

Nachdem die Frau eine ziemliche Zeit gesessen war, stand sie schweigend auf, und wir verließen den Platz.

Wir gingen nun in das Schreinerhaus. Eustach war nicht bei der allgemeinen Bewillkommnung im Speisezimmer gewesen. Er mußte wohl als Künstler betrachtet werden, dem man einen Besuch zudenke. Ich erkannte aus dem ganzen Benehmen, daß das Verhältnis in der Tat so sei und als das richtigste empfunden werde. Eustach mußte das gewußt haben; denn er stand mit seinen Leuten ohne die grünen Schürzen vor der Tür, um die Angekommenen zu begrüßen. Die Frau dankte freundlich für den Gruß aller, redete Eustach herzlich an, fragte ihn um sein und seiner Leute Wohlbefinden, um ihre Arbeiten und Bestrebungen, und sprach von vergangenen Leistungen, was ich, da mir diese fremd waren, nicht ganz verstand. Hierauf gingen wir in die Werkstätte, wo die Frau jede der einzelnen Arbeiterstellen besah. In dem Zimmer Eustachs sprach sie die Bitte aus, daß er ihr bei ihrem längeren Aufenthalte manches Einzelne zeigen und näher erklären möge.

Von dem Schreinerhause gingen wir in die Gärtnerwohnung, wo die Frau ein Weilchen mit den alten Gärtnerleuten sprach.

Hierauf begaben wir uns in das Gewächshaus, zu den Ananas, zu den Cacteen und in den Garten.

Die Frau schien alle Stellen genau zu kennen; sie blickte mit Neugierde auf die Plätze, auf denen sie gewisse Blumen zu finden hoffte, sie suchte bekannte Vorrichtungen auf und blickte sogar in Büsche, in denen etwa noch das Nest eines Vogels zu erwarten war. Wo sich etwas seit früher verändert hatte, bemerkte sie es und fragte um die Ursache. So waren wir durch den ganzen Garten bis zu dem großen Kirschbaume und zu der Felderrast gekommen. Dort sprach sie noch etwas mit meinem Gastfreunde über die Ernte und über die Verhältnisse der Nachbarn.

Natalie sprach äußerst wenig.

Als wir in das Haus zurück gekommen waren, begaben wir uns, da das Mittagsmahl nahe war, auf unsere Zimmer. Mein Gastfreund sagte mir noch vorher, ich möge mich zum Mittagessen nicht umkleiden; es sei dieses in seinem Hause selbst bei Besuchen von Fremden nicht Sitte, und ich würde nur auffallen.

Ich dankte ihm für die Erinnerung.

Als ich, da die Hausglocke zwölf Uhr geschlagen hatte, in das Speisezimmer hinunter gegangen war, fand ich in der Tat die Gesellschaft nicht umgekleidet. Mein Gastfreund war in den Kleidern, wie er sie alle Tage hatte, und die Frauen trugen die nehmlichen Gewänder, in denen sie den Spaziergang gemacht hatten. Gustav und ich waren wie gewöhnlich.

Am oberen Ende des Tisches stand ein etwas größerer Stuhl und vor ihm auf dem Tische ein Stoß von Tellern. Mein Gastfreund führte, da ein stummes Gebet verrichtet worden war, die Frau zu diesem Stuhle, den sie sofort einnahm. Links von ihr saß mein Gastfreund, rechts ich, neben meinem Gastfreunde Natalie und neben ihr Gustav. Mir fiel es auf, daß er die Frau als ersten Gast zu dem Platze mit den Tellern geführt hatte, den in meiner Eltern Hause meine Mutter einnahm und von dem aus sie vorlegte. Es mußte aber hier so eingeführt sein; denn wirklich begann die Frau sofort die Teller der Reihe nach mit Suppe zu füllen, die ein junges Aufwartmädchen an die Plätze trug.

Mich erfüllte das mit großer Behaglichkeit. Es war mir, als wenn das immer bisher gefehlt hätte. Es war nun etwas wie eine Familie in dieses Haus gekommen, welcher Umstand mir die Wohnung meiner Eltern immer so lieb und angenehm gemacht hatte.

Das Essen war so einfach, wie es in allen Tagen gewesen war, die ich in dem Rosenhause zugebracht hatte.

Die Gespräche waren klar und ernst, und mein Gastfreund führte sie mit einer offenen Heiterkeit und Ruhe.

Nach dem Essen kam ein großer Korb, welchen Arabella, das Dienstmädchen Mathildens, welches mit den Frauen gekommen war, welches ich aber nicht mehr hatte aussteigen gesehen, herein gebracht hatte. Außer dem Korbe wurde auch ein Pack in grauem Papiere und mit schönen Schnüren zugeschnürt gebracht und auf zwei Sessel gelegt, die an der Wand standen. In dem Korbe befanden sich die Geschenke, welche Mathilde den Leuten mitgebracht hatte und welche jetzt ausgepackt waren. Ich sah, daß diese Geschenkausteilung gebräuchlich war und öfter vorkommen mußte. Das Gesinde kam herein, und jede der Personen erhielt etwas Geeignetes, sei es ein schwarzes seidnes Tuch für ein Mädchen oder eine Schürze oder ein Stoff auf ein Kleid, oder sei es für einen Mann eine Reihe Silberknöpfe auf eine Weste oder eine glänzende Schnalle auf das Hutband oder eine zierliche Geldtasche. Der Gärtner empfing etwas, das in sehr feine Metallblätter gewickelt war. Ich vermutete, daß es eine besondere Art von Schnupftabak sein müsse.

Als schon alles ausgeteilt war, als sich schon alle auf das beste bedankt und aus dem Zimmer entfernt hatten, wies Mathilde auf den Pack, der noch immer auf den Sesseln lag, und sagte: „Gustav, komme her zu mir."

Der Jüngling stand auf und ging um den Tisch herum zu ihr. Sie nahm ihn freundlich bei der Hand und sagte: „Was noch da liegt, gehört dir. Du hast mich schon lange darum gebeten, und ich habe es dir lange versagen müssen, weil es noch nicht für dich war. Es sind Goethes Werke. Sie sind dein Eigentum. Vieles ist für das reifere Alter, ja für das reifste. Du kannst die Wahl nicht treffen, nach welcher du diese Bücher zur Hand nehmen oder auf spätere Tage aufsparen sollst. Dein Ziehvater wird zu den vielen Wohltaten, die er dir erwies, auch noch die fügen, daß er für dich wählt, und du wirst ihm in diesen Dingen ebenso folgen, wie du ihm bisher gefolgt hast."

„Gewiß, liebe Mutter, werde ich es tun, gewiß", sagte Gustav.

„Die Bücher sind nicht neue und schön eingebundene, wie du vielleicht erwartest", fuhr sie fort. „Es sind dieselben Bücher Goethes, in welchen ich in so mancher Nachtstunde und in so mancher Tagesstunde mit Freude und mit Schmerzen gelesen habe und die mir oft Trost und Ruhe zuzuführen geeignet waren. Es sind meine Bücher Goethes, die ich dir gebe. Ich dachte, sie könnten dir lieber sein, wenn du außer dem Inhalte die Hand deiner Mutter daran fändest, als etwa nur die des Buchbinders und Druckers."

„O lieber, viel lieber, teure Mutter, sind sie mir", antwortete Gustav, „ich kenne ja die Bücher, die mit dem feinen braunen Leder gebunden sind, die feine Goldverzierung auf dem Rücken haben und in der Goldverzierung die niedlichen Buchstaben tragen, die Bücher, in denen ich dich so oft habe lesen gesehen, weshalb es auch kam, daß ich dich schon wiederholt um solche Bücher gebeten habe."

„Ich dachte es, daß sie dir lieber sind", sagte die Frau, „und darum habe ich sie dir gegeben. Da ich aber auch wohl noch gerne für den Überrest meines Lebens ein Wort von diesem merkwürdigen Manne vernehmen möchte, werde ich mir die Bücher neu kaufen, für mich haben die neuen die Bedeutung wie die alten. Du aber nimm die deinigen in Empfang und bringe sie an den Ort, der dir dafür eingeräumt ist."

Gustav küßte ihr die Hand und legte seinen Arm wie in unbeholfener Zärtlichkeit auf die Schulter ihres Gewandes. Er sprach aber kein Wort, sondern ging zu den Büchern und begann, ihre Schnur zu lösen.

Als ihm dies gelungen war, als er die Bücher aus den Umschlagpapieren gelöst und in mehreren geblättert hatte, kam er plötzlich mit einem in der Hand zu uns und sagte: „Aber siehst du, Mutter, da sind manche Zeilen mit einem feinen Bleistifte unterstrichen und mit demselben feingespitzten Stifte sind Worte an den Rand geschrieben, die von deiner Hand sind. Diese Dinge sind dein Eigentum, sie sind in den neugekauften Büchern nicht enthalten, und ich darf dir dein Eigentum nicht entziehen."

„Ich gebe es dir aber", antwortete sie, „ich gebe es dir am liebsten, der du jetzt schon von mir entfernt bist und in Zukunft wahrscheinlich noch viel weiter von mir entfernt leben wirst. Wenn du in den Büchern liesest, so liesest du das Herz des Dichters und das Herz deiner Mutter, welches, wenn es auch an Werte tief unter dem des Dichters steht, für dich den unvergleichlichen Vorzug hat, daß es dein Mutterherz ist. Wenn ich an Stellen lesen werde, die ich unterstrichen habe, werde ich denken, hier erinnert er sich an seine Mutter, und wenn meine Augen über Blätter gehen werden, auf welche ich Randbemerkungen niedergeschrieben habe, wird mir dein Auge vorschweben, welches hier von dem Gedruckten zu dem Geschriebenen sehen und die Schriftzüge von Einer vor sich haben wird, die deine beste Freundin auf der Erde ist. So werden die Bücher immer ein Band zwischen uns sein, wo wir uns auch befinden. Deine Schwester Natalie ist bei mir, sie hört öfter als du meine Worte, und ich höre auch oft ihre liebe Stimme und sehe ihr freundliches Angesicht."

„Nein, nein, Mutter", sagte Gustav, „ich kann die Bücher nicht nehmen, ich beraube dich und Natalie."

„Natalie wird schon etwas anderes bekommen", antwortete die Mutter. „Daß du mich nicht beraubst, habe ich dir schon erklärt, und es war seit längerer Zeit mein wohldurchdachter Wille, daß ich dir diese Bücher geben werde."

Gustav machte keine Einwendungen mehr. Er nahm ihre Rechte in seine beiden Hände, drückte sie, küßte sie und ging dann wieder zu den Büchern.

Als er alle ausgepackt hatte, holte er einen Diener und ließ sie durch ihn in seine Wohnung tragen.

Nach dem Essen war es im Plane, daß wir uns zerstreuen sollten und jeder sich nach seinem Sinne beschäftige.

Ich hatte es während des Vorganges mit den Büchern nicht vermocht, auf das Angesicht Nataliens zu schauen, was etwa in ihr vorgehen möge und was sich in den Zügen spiegle. Ich mußte mir nur denken, sie werde von dem höchsten Beifalle über die Handlung ihrer Mutter durchdrungen sein. Als wir uns aber von dem Tische erhoben, als wir das stumme Gebet gesprochen und uns wechselweise verneigt hatten, wobei ich meine Augen immer nur auf meinen alten Gastfreund und auf die Frau gerichtet hatte, und als wir uns jetzt anschickten, das Zimmer zu verlassen, und Natalie den Arm Gustavs nahm und beide Geschwister sich umkehrten, um der Tür zuzugehen, wagte ich es, den Blick zu dem Spiegel zu erheben, in dem ich sie sehen mußte. Ich sah aber fast nichts mehr als die vier ganz gleichen schwarzen Augen sich in dem Spiegel umwenden.

Wir traten alle in das Freie.

Mein Gastfreund und die Frau begaben sich in eine Wirtschaftsstube.

Natalie und Gustav gingen in den Garten, er zeigte ihr Verschiedenes, das ihm etwa an dem Herzen lag oder worüber er sich freute, und sie nahm gewiß den Anteil, den die Schwester an den Bestrebungen des Bruders hat, den sie liebt, auch wenn sie die Bestrebungen nicht ganz verstehen sollte und sie, wenn es auf sie allein ankäme, nicht zu den ihrigen machen würde. So tut es ja auch Klotilde mit mir in meiner Eltern Hause. Ich stand an dem Eingange des Hauses und sah den beiden Geschwistern nach, so lange ich sie sehen konnte. Einmal erblickte ich sie, wie sie vorsichtig in ein Gebüsch schauten. Ich dachte mir, er werde ihr ein Vogelnest gezeigt haben und sie sehe mit Teilnahme auf die winzige befiederte Familie. Ein anderes Mal standen sie bei Blumen und schauten sie an. Endlich sah ich nichts mehr. Das lichte Gewand der Schwester war unter den Bäumen und Gesträuchen verschwunden, manche schimmernde Stellen wurden zuweilen noch sichtbar und dann nichts mehr. Ich ging hierauf in meine Zimmer.

Mir war, als müsse ich dieses Mädchen schon irgendwo gesehen haben; aber da ich mich bisher viel mehr mit leblosen Gegenständen oder mit Pflanzen beschäftigt hatte als mit

Menschen, so hatte ich keine Geschicklichkeit, Menschen zu beurteilen, ich konnte mir die Gesichtszüge derselben nicht zurecht legen, sie mir nicht einprägen und sie nicht vergleichen; daher konnte ich auch nicht ergründen, wo ich Natalie schon einmal gesehen haben könnte.

Ich blieb den ganzen Nachmittag in meiner Wohnung.

Als die Hitze des Tages, welcher ganz heiter war, sich ein wenig gemildert hatte, wurde ich aufgefordert, einen Spaziergang mit zu machen. An demselben nahmen mein Gastfreund, Mathilde, Natalie, Gustav und ich Teil. Wir gingen durch eine Strecke des Gartens. Mein Gastfreund, Mathilde und ich bildeten eine Gruppe, da sie mich in ihr Gespräch gezogen hatten, und wir gingen, wo es die Breite des Sandweges zuließ, neben einander. Die andere Gruppe bildeten Natalie und Gustav, und sie gingen eine ziemliche Anzahl Schritte vor uns. Unser Gespräch betraf den Garten und seine verschiedenen Bestandteile, die sich zu einem angenehmen Aufenthalte wohltuend ablösten, es betraf das Haus und manche Verzierungen darin, es erweiterte sich auf die Fluren, auf denen wieder der Segen stand, der den Menschen abermals um ein Jahr weiter helfen sollte, und es ging auf das Land über, auf manche gute Verhältnisse desselben und auf anderes, was der Verbesserung bedürfte. Ich sah den zwei hohen Gestalten nach, die vor uns gingen. Gustav ist mir heute plötzlich als völlig erwachsen erschienen. Ich sah ihn neben der Schwester gehen und sah, daß er größer sei als sie. Dieser Gedanke drängte sich mir mehrere Male auf. War er aber auch größer, so war ihre Gestalt feiner und ihre Haltung anmutiger. Gustav hatte wie sein Ziehvater nichts auf dem Haupte als die Fülle seiner dichten braunen Locken, und als Natalie den sanft schattenden Strohhut, den sie wie ihre Mutter auf hatte, abgenommen und an den Arm gehängt hatte, so zeigten ihre Locken genau die Farbe wie die Gustavs, und wenn die Geschwister, die sich sehr zu lieben schienen, sehr nahe an einander gingen, so war es von ferne, als sähe man eine einzige braune, glänzende Haarfülle und als teilen sich nur unten die Gestalten.

Wir gingen bei der Pforte hinaus, die gegen den Meierhof führt, gingen aber nicht in den Meierhof, sondern machten einen großen Bogen durch die Felder und kamen dann schief über den südlichen Abhang des Hügels wieder zu dem Hause hinauf.

Da die Tage sehr lang waren, so leuchtete noch die Abendröte, wenn wir von unserem Abendessen, das pünktlich immer zur gleichen Zeit sein mußte, aufstanden. Wir gingen daher heute auch noch nach dem Abendessen in den Garten. Wir gingen zu dem großen Kirschbaume empor. Dort setzten wir uns auf das Bänklein. Mein Gastfreund und Mathilde saßen in der Mitte, so daß ihre Angesichter gegen den Garten hinab gerichtet waren. Links von meinem Gastfreunde saß ich, rechts von der Mutter saßen Natalie und Gustav. Die Lüfte dunkelten immer mehr, ein blasser Schein war über die Wipfel des Gartens, der jetzt schwieg, und über das Dach des Hauses gebreitet. Das Gespräch war heiter und ruhig, und die Kinder wendeten oft ihr Angesicht herüber, um an dem Gespräche Anteil zu nehmen und gelegentlich selber ein Wort zu reden.

Da sich der eine und der andere Stern an dem Himmel entzündete und in den Tiefen der Gartengesträuche schon die völlige Dunkelheit herrschte, gingen wir in das Haus und in unsere Zimmer.

Ich war sehr traurig. Ich legte meinen Strohhut auf den Tisch, legte meinen Rock ab und sah bei einem der offenen Fenster hinaus. Es war heute nicht wie damals, da ich zum ersten Male in diesem Hause über dem Rosengitter aus dem offenen Fenster in die Nacht hinausgeschaut hatte. Es standen nicht die Wolken am Himmel, die ihn nach Richtungen durchzogen und ihm Gestaltung gaben, sondern es brannte bereits über dem ganzen Gewölbe der einfache und ruhige Sternenhimmel. Es ging kein Duft der Rosen zu meiner Nachtherberge herauf, da sie noch in den Knospen waren, sondern es zog die einsame Luft kaum fühlbar durch die Fenster herein, ich war nicht von dem Verlangen belebt wie damals, das Wesen und die Art meines Gastfreundes zu erforschen, dies lag entweder aufgelöst vor mir oder war nicht zu lösen. Das einzige war, daß wieder Getreide außerhalb des Sandplatzes vor den Rosen ruhig und unbewegt stand; aber es war eine andere Gattung und es war nicht zu erwarten, daß es in der Nacht im Winde sich bewegen und am Morgen, wenn ich die geklärten Augen über die Gegend wendete, vor mir wogen würde.

Als die Nacht schon sehr weit vorgerückt war, ging ich von dem Fenster und obwohl ich jeden Abend gewohnt war, ehe ich mich zur Ruhe begab, zu meinem Schöpfer zu beten, so kniete ich doch jetzt vor dem einfachen Tischlein hin und tat ein heißes, inbrünstiges Gebet zu Gott, dem ich alles und jedes, besonders mein Sein und mein Schicksal und das Schicksal der Meinigen, anheim stellte.

Dann entkleidete ich mich, schloß die Schlösser meiner Zimmer ab und begab mich zur Ruhe.

Als ich schon zum Entschlummern war, kam mir der Gedanke, ich wolle nach Mathilden und ihren Verhältnissen eben so wenig eine Frage tun, als ich sie nach meinem Gastfreunde getan habe.

Ich erwachte sehr zeitig; aber nach der Natur jener Jahreszeit war es schon ganz licht, ein blauer, wolkenloser Himmel wölbte sich über die Hügel, das Getreide unter meinen Füßen wogte wirklich nicht, sondern es stand unbewegt, mit starkem Taue wie mit feurigen Funken angetan, in der aufgehenden Sonne da.

Ich kleidete mich an, richtete meine Gedanken zu Gott und setzte mich zu meiner Arbeit.

Nach geraumer Zeit hörte ich durch meine Fenster, welche ich bei weiter fortschreitendem Morgen geöffnet hatte, daß auch am äußersten Ende des Hauses gegen Osten Fenster erklangen, welche geöffnet wurden. In jener Gegend wohnten die Frauen in den schönen, nach weiblicher Art eingerichteten Gemächern. Ich ging zu meinem Fenster, schaute hinaus und sah wirklich, daß alle Fensterflügel an jenem Teile des Hauses offen standen. Nach einer Zeit, da es bereits zur Stunde des Frühmahles ging, hörte ich weibliche Schritte an meiner Tür vorüber der Marmortreppe zugehen, welche

mit einem weichen Teppiche belegt war. Ich hatte auch, obwohl sie gedämpft war, wahrscheinlich, um mich nicht zu stören, Gustavs Stimme erkannt.
Ich ging nach einer kleinen Weile auch über die Marmortreppe an dem Marmorbilde der Muse vorüber in das Speisezimmer hinunter.
Der Tag verging ungefähr wie der vorige, und so verflossen nach und nach mehrere.
Die Ordnung des Hauses war durch die Ankunft der Frauen fast gar nicht gestört worden, nur daß solche Vorrichtungen vorgenommen werden mußten, welche die Aufmerksamkeit für die Frauen verlangte. Die Unterrichts- und Lernstunden Gustavs wurden eingehalten wie früher, und ebenso ging die Beschäftigung meines Gastfreundes ihren Gang. Mathilde beteiligte sich nach Frauenart an dem Hauswesen. Sie sah auf das, was ihren Sohn betraf, und auf alles, was das häusliche Wohl des alten Mannes anging. Sie wurde gar nicht selten in der Küche gesehen, wie sie mitten unter den Mägden stand und an den Arbeiten Teil nahm, die da vorfielen. Sie begab sich auch gerne in die Speisekammer, in den Keller oder an andere Orte, die wichtig waren. Sie sorgte für die Dinge, welche den Dienstleuten gehörten, insoferne sie sich auf ihre Nahrung bezogen oder auf ihre Wohnung oder auf ihre Kleider und Schlafstellen. Sie legte das Linnen, die Kleider und anderes Eigentum des alten Herrn und ihres Sohnes zurecht und bewirkte, daß, wo Verbesserungen notwendig waren, dieselben eintreten könnten. Unter diesen Dingen ging sie manches Mal des Tages auf den Sandplatz vor dem Hause und betrachtete gleichsam wehmütig die Rosen, die an der Wand des Hauses empor wuchsen. Natalie brachte viele Zeit mit Gustav zu. Die Geschwister mußten sich außerordentlich lieben. Er zeigte ihr alle seine Bücher, namentlich die neu zu den alten hinzu gekommen waren, er erklärte ihr, was er jetzt lerne, und suchte sie in dasselbe einzuweihen, wenn sie es auch schon wußte und früher die nehmlichen Wege gegangen war. Wenn es die Umstände mit sich brachten, schweiften sie in dem Garten herum und freuten sich all des Lebens, was in demselben war, und freuten sich des gegenseitigen Lebens, das sich an einander schmiegte und dessen sie sich kaum als eines gesonderten bewußt wurden. Die Zeit, welche alle frei hatten, brachten wir häufig gemeinschaftlich mit einander zu. Wir gingen in den Garten oder saßen unter einem schattigen Baume oder machten einen Spaziergang oder waren in dem Meierhofe. Ich vermochte nicht in die Gespräche so einzugehen, wie ich es mit meinem Gastfreunde allein tat, und wenn auch Mathilde recht freundlich mit mir sprach, so wurde ich fast immer noch stummer.

Die Rosen fingen an, sich stets mehr zu entwickeln, sehr viele waren bereits aufgeblüht und stündlich öffneten andere den sanften Kelch. Wir gingen sehr oft hinaus und betrachteten die Zierde, und es mußte manchmal eine Leiter herbei, um irgend etwas Störendes oder Unvollkommenes zu entfernen.
Die Mittage waren lieb und angenehm. Auch das, daß Mathilde und Natalie so fein und passend, wenn auch einfach angezogen waren, wie ich es von meiner Mutter und Schwester gewohnt war, gab dem Mahle einen gewissen Glanz, den ich früher vermißt

hatte. Die Vorhänge waren gegen die unmittelbare Sonne jederzeit zu, und es war eine gebrochene und sanfte Helle in dem Zimmer.

Die Abende nach dem Abendessen brachten wir immer im Freien zu, da noch lauter schöne Tage gewesen waren. Meistens saßen wir bei dem großen Kirschbaume oben, welches bei weitem der schönste Platz zu einem Abendsitze war, obgleich er auch zu jeder andern Zeit, wenn die Hitze nicht zu groß war, mit der größten Annehmlichkeit erfüllte. Mein Gastfreund führte die Gespräche klar und warm, und Mathilde konnte ihm entsprechend antworten. Sie wurden mit einer Milde und Einsicht geführt, daß sie immer an sich zogen, daß ich gerne meine Aufmerksamkeit hin richtete und, wenn sie auch Gewöhnliches betrafen, etwas Neues und Eindringendes zu hören glaubte. Der alte Mann führte dann die Frau im Sternenscheine oder bei dem schwachen Lichte der schmalen Mondessichel, die jetzt immer deutlicher in dem Abendrote schwamm, über den Hügel in das Haus hinab, und die schlanken Gestalten der Kinder gingen an den dunkeln Büschen dahin.

Das war alles so einfach, klar und natürlich, daß es mir immer war, die zwei Leute seien Eheleute und Besitzer dieses Anwesens, Gustav und Natalie seien ihre Kinder, und ich sei ein Freund, der sie hier in diesem abgeschiedenen Winkel der Welt besucht habe, wo sie den stillen Rest ihres Daseins in Unscheinbarkeit und Ruhe hinbringen wollten.

Eines Tages wurde eine feierliche Mahlzeit in dem Speisezimmer gehalten. Es war Eustach, dann der Hausaufseher, der alte Gärtner mit seiner Frau, der Verwalter des Meierhofes und die Haushälterin Katharina geladen worden. Statt Katharinen mußte ein anderes die Herrschaft in der Küche führen. Es mußte, wie ich aus allem entnahm, jedes Mal bei der Anwesenheit Mathildens die Sitte sein, ein solches Gastmahl abzuhalten; die Leute fanden sich auf eine natürliche Art in die Sache, und die Gespräche gingen mit einer Gemäßheit vor sich, welche auf Übung deutete. Mathilde konnte sie veranlassen, etwas zu sagen, was paßte und was daher dem Sprechenden ein Selbstgefühl gab, das ihm den Aufenthalt in der Umgebung angenehm machte. Eustach allein erhielt die Auszeichnung, daß man das bei ihm nicht für nötig erachtete, er sprach daher auch weniger und nur in allgemeinen Ausdrücken über allgemeine Dinge. Er empfand, daß er der höheren Gesellschaft zugezählt werde, wie ich es auch, da ich ihn näher kennen gelernt hatte, ganz natürlich fand, während die anderen nicht merkten, daß man sie empor hebe. Der Gärtner und seine Frau waren in ihrem weißen, reinlichen Anzuge ein sehr liebes greises Paar, welches auch die anderen mit einer gewissen Auszeichnung behandelten. An Speisen war eine etwas reichlichere Auswahl als gewöhnlich, die Männer bekamen einen guten Gebirgswein zum Getränke, für die Frauen wurde ein süßer neben die Backwerke gestellt.

Da die Rosen immer mehr der Entfaltung entgegen gingen, wurden einmal Sessel und Stühle in einem Halbkreise auf dem Sandplatze vor dem Hause aufgestellt, so daß die Öffnung des Kreises gegen das Haus sah, und ein langer Tisch wurde in die Mitte gestellt. Wir setzten uns auf die Sessel, der Gärtner Simon war gerufen worden, Eustach kam, und von den Leuten und Gartenarbeitern konnte kommen, wer da wollte. Sie machten auch Gebrauch davon.

Die Rosen wurden einer sehr genauen Beurteilung unterzogen. Man fragte sich, welche die schönsten seien oder welche dem einen oder dem anderen mehr gefielen. Die Aussprüche erfolgten verschieden und jedes suchte seine Meinung zu begründen. Es lagen Druckwerke und Abbildungen auf dem Tische, zu denen man dann seine Zuflucht nahm, ohne eben jedes Mal ihrem Ausspruche beizupflichten. Man tat die Frage, ob man nicht Bäumchen versetzen solle, um eine schönere Mischung der Farben zu erzielen. Der allgemeine Ausspruch ging dahin, daß man es nicht tun solle, es täte den Bäumchen wehe, und wenn sie groß wären, könnten sie sogar eingehen; eine zu ängstliche Zusammenstellung der Farben verrate die Absicht und störe die Wirkung; eine reizende Zufälligkeit sei doch das Angenehmste. Es wurde also beschlossen, die Bäume stehen zu lassen, wie sie standen. Man sprach sich nun über die Eigenschaften der verschiedenen Bäumchen aus, man beurteilte ihre Trefflichkeit an sich, ohne auf die Blumen Rücksicht zu nehmen, und oft wurde der Gärtner um Auskunft angerufen. Über die Gesundheit der Pflanzen und ihre Pflege konnte kein Tadel ausgesprochen werden, sie waren heuer so vortrefflich, wie sie alle Jahre vortrefflich gewesen waren. Auf den Tisch wurden nun Erfrischungen gestellt und alle jene Vorrichtungen ausgebreitet, die zu einem Vesperbrote notwendig sind. Aus den Reden Mathildens sah ich, daß sie mit allen hier befindlichen Rosenpflanzen sehr vertraut sei und daß sie selbst kleine Veränderungen bemerkte, welche seit einem Jahre vorgegangen sind. Sie mußte wohl Lieblinge unter den Blumen haben, aber man erkannte, daß sie allen ihre Neigung in einem hohen Maße zugewendet habe. Ich schloß aus diesem Vorgange wieder, welche Wichtigkeit diese Blumen für dieses Haus haben.

Gegen Abend desselben Tages kam ein Besuch in das Rosenhaus. Es war ein Mann, welcher in der Nähe eine bedeutende Besitzung hatte, die er selber bewirtschaftete, obwohl er sich im Winter eine geraume Zeit in der Stadt aufhielt. Er war von seiner Gattin und zwei Töchtern begleitet. Sie waren auf der Rückfahrt von einem Besuche begriffen, den sie in einem entfernteren Teile der Gegend gemacht hatten, und waren wie sie sagten, zu dem Hause herauf gefahren, um zu sehen, ob die Rosen schon blühten und um die gewöhnliche Pracht zu bewundern. Sie hatten im Sinne, am Abende wieder fort zu fahren, allein da die Zeit schon so weit vorgerückt war, drang mein Gastfreund in sie, die Nacht in seinem Hause zuzubringen, in welches Begehren sie auch einwilligten. Die Pferde und der Wagen wurden in den Meierhof gebracht, den Reisenden wurden Zimmer angewiesen.

Sie gingen aus denselben aber wieder sehr bald hervor, man begab sich auf den Sandplatz vor dem Hause, und die Rosenschau wurde aufs neue vorgenommen. Es waren zum Teile noch die Stühle vorhanden, die man heute herausgetragen hatte, obwohl der Tisch schon weggeräumt war. Die Mutter setzte sich auf einen derselben und nötigte Mathilden, neben ihr Platz zu nehmen. Die Mädchen gingen neben den Rosen hin, und man redete viel von den Blumen und bewunderte sie.

Vor dem Abendessen wurde noch ein Gang durch den Garten und einen Teil der Felder gemacht, dann begab sich alles auf seine Zimmer.

Da die Stunde zu dem Abendmahle geschlagen hatte, versammelte man sich wieder in dem Speisesaale. Der Fremde und seine Begleiterinnen hatten sich umgekleidet, der Mann erschien sogar im schwarzen Fracke, die Frauen hatten einen Anzug, wie man ihn in der Stadt bei nicht festlichen, aber freundschaftlichen Besuchen hat. Wir waren in unseren gewöhnlichen Kleidern. Aber gerade durch den Anzug der Fremden, an dem sachgemäß nichts zu tadeln war, was ich recht gut beurteilen konnte, weil ich solche Gewänder an meiner Mutter und Schwester oft sah und auch oft Urteile darüber hörte, wurden unsere Kleider nicht in den Schatten gestellt, sondern sie taten eher denen der Fremden, wenigstens in meinen Augen, Abbruch. Der geputzte Anzug erschien mir auffallend und unnatürlich, während der andere einfach und zweckmäßig war. Es gewann den Anschein, als ob Mathilde, Natalie, mein alter Gastfreund und selbst Gustav bedeutende Menschen wären, indes jene einige aus der großen Menge darstellten, wie sie sich überall befinden.

Ich betrachtete während der Zeit des Essens und nachher, da wir uns noch eine Weile in dem Speisezimmer aufhielten, sogar auch die Schönheit der Mädchen. Die ältere von den beiden Töchtern der Fremden – wenigstens mir erschien sie als die ältere – hieß Julie. Sie hatte braune Haare wie Natalie. Dieselben waren reich und waren schön um die Stirne geordnet. Die Augen waren braun, groß und blickten mild. Die Wangen waren fein und ebenmäßig, und der Mund war äußerst sanft und wohlwollend. Ihre Gestalt hatte sich neben den Rosen und auf dem Spaziergange als schlank und edel, und ihre Bewegungen hatten sich als natürliche und würdevolle gezeigt. Es lag ein großer hinziehender Reiz in ihrem Wesen. Die jüngere, welche Apollonia hieß, hatte gleichfalls braune, aber lichtere Haare als die Schwester. Sie waren ebenso reich und wo möglich noch schöner geordnet. Die Stirne trat klar und deutlich von ihnen ab, und unter derselben blickten zwei blaue Augen nicht so groß wie die braunen der Schwester, aber noch einfacher, gütevoller und treuer hervor. Diese Augen schienen von dem Vater zu kommen, der sie auch blau hatte, während die der Mutter braun waren. Die Wangen und der Mund erschienen noch feiner als bei der Schwester und die Gestalt fast unmerkbar kleiner. War ihr Benehmen minder anmutig als das der Schwester, so war es treuherziger und lieblicher. Meine Freunde in der Stadt würden gesagt haben, es seien zwei hinreißende Wesen, und sie waren es auch. Natalie – ich weiß nicht, war ihre Schönheit unendlich größer oder war es ein anderes Wesen in ihr, welches wirkte –, ich hatte aber dieses Wesen noch in einem geringen Maße zu ergründen vermocht, da sie sehr wenig zu mir gesprochen hatte, ich hatte ihren Gang und ihre Bewegungen nicht beurteilen können, da ich mir nicht den Mut nahm, sie zu beobachten, wie man eine Zeichnung beobachtet – aber sie war neben diesen zwei Mädchen weit höher, wahr, klar und schön, daß jeder Vergleich aufhörte. Wenn es wahr ist, daß Mädchen bezaubernd wirken können, so konnten die zwei Schwestern bezaubern; aber um Natalie war etwas wie ein tiefes Glück verbreitet.

Mathilde und mein Gastfreund schienen diese Familie sehr zu lieben und zu achten, das zeigte das Benehmen gegen sie.

Die Mutter der zwei Mädchen schien ungefähr vierzig Jahre alt zu sein. Sie hatte noch alle Frische und Gesundheit einer schönen Frau, deren Gestalt nur etwas zu voll war, als daß sie zu einem Gegenstande der Zeichnung hätte dienen können, wie man wenigstens in Zeichnungen gerne schöne Frauen vorstellt. Ihr Gespräch und ihr Benehmen zeigte, daß sie in der Welt zu dem sogenannten vorzüglicheren Umgang gehöre. Der Vater schien ein kenntnisvoller Mann zu sein, der mit dem Benehmen der feineren Stände der Stadt die Einfachheit der Erfahrung und die Güte eines Landwirtes verband, auf den die Natur einen sanften Einfluß übte. Ich hörte seiner Rede gerne zu. Mathilde erschien bedeutend älter als die Mutter der zwei Mädchen, sie schien einstens wie Natalie gewesen zu sein, war aber jetzt ein Bild der Ruhe und, ich möchte sagen, der Vergebung. Ich weiß nicht, warum mir in den Tagen dieser Ausdruck schon mehrere Male einfiel. Sie sprach von den Gegenständen, welche von den Besuchenden vorgebracht wurden, brachte aber nie ihre eigenen Gegenstände zum Gespräche. Sie sprach mit Einfachheit, ohne von den Gegenständen beherrscht zu werden und ohne die Gegenstände ausschließlich beherrschen zu wollen. Mein Gastfreund ging in die Ansichten seines Gutsnachbars ein und redete in der ihm eigentümlichen klaren Weise, wobei er aber auch die Höflichkeit beging, den Gast die Gegenstände des Gespräches wählen zu lassen. So saßen diese zwei Abteilungen von Menschen an demselben Tische und bewegten sich in demselben Zimmer, wirklich zwei Abteilungen von Menschen.

Daraus, daß sie gerade zur Rosenblüte herauf gefahren waren, erkannte ich, daß die Nachbarn meines Gastfreundes nicht bloß um seine Vorliebe für diese Blumen wußten, sondern daß sie etwa auch Anteil daran nahmen.

Es wurde nach dem Essen nicht mehr ein Spaziergang gemacht, wie in diesen Tagen, sondern man blieb in Gesprächen bei einander und ging später, als es sonst in diesem Hause gebräuchlich war, zur Ruhe.

Am anderen Morgen wurde das Frühmahl in dem Garten eingenommen, und nachdem man sich noch eine Weile in dem Gewächshause aufgehalten hatte, fuhren die Gäste mit der wiederholt vorgebrachten Bitte fort, sie doch auch recht bald auf ihrem Gute zu besuchen, was zugesagt wurde.

Nach dieser Unterbrechung gingen die Tage auf dem Rosenhause dahin, wie sie seit der Ankunft der Frauen dahin gegangen waren. Die Zeit, welche jedes frei hatte, brachten wir wieder öfter gemeinschaftlich zu. Ich wurde nicht selten in diesen Zeiten ausdrücklich zur Gesellschaft geladen. Natalie hatte auch ihre Lernstunden, welche sie gewissenhaft hielt. Gustav sagte mir, daß sie jetzt Spanisch lerne und spanische Bücher mit hieher gebracht habe. Ich hatte doch den Raum, welchen man mir in dem

sogenannten Steinhause eingeräumt hatte, benützt und hatte mehrere meiner Gegenstände dort hingebracht. Gustav las bereits in den Büchern von Goethe. Sein Ziehvater hatte ihm Hermann und Dorothea ausgewählt und ihm gesagt, er solle das Werk so genau und sorgfältig lesen, daß er jeden Vers völlig verstehe, und wo ihm etwas dunkel sei, dort solle er fragen. Mir war es rührend, daß die Bücher alle in Gustavs Zimmer aufgestellt waren und daß man das Zutrauen hatte, daß er kein anderes lesen werde, als welches ihm von dem Ziehvater bezeichnet worden sei. Ich kam oft zu ihm, und wenn ich nach der Kenntnis, die ich bereits von seinem Wesen gewonnen hatte, nicht gewußt hätte, daß er sein Versprechen halten werde, so hätte ich mich durch meine Besuche von dieser Tatsache überzeugt. Mathilde und Natalie standen oft dabei, wenn mein Gastfreund für seine gefiederten Gäste auf der Fütterungstenne Körner streute, und nicht selten, wenn ich des Morgens von einem Gange durch den Garten zurückkam, sah ich, daß bei der Fütterung in dem Eckzimmer, an dessen Fenstern die Fütterungsbrettchen angebracht waren, eine schöne Hand tätig sei, die ich für Nataliens erkannte. Wir besuchten manchmal die Nester, in welchen noch gebrütet wurde oder sich Junge befanden. Die meisten aber waren schon leer, und die Nachkommenschaft wohnte bereits in den Zweigen der Bäume. Oft befanden wir uns in dem Schreinerhause, sprachen mit den Leuten, betrachteten die Fortschritte der Arbeit und redeten darüber. Wir besuchten sogar auch Nachbarn und sahen uns in ihrer Wirtschaftlichkeit um. Wenn wir in dem Hause waren, befanden wir uns in dem Arbeitszimmer meines Gastfreundes, es wurde etwas gelesen, oder es wurde ein geistansprechender Versuch in dem Zimmer der Naturlehre gemacht, oder wir waren in dem Bilderzimmer oder in dem Marmorsaale. Mein Gastfreund mußte oft seine Kunst ausüben und das Wetter voraussagen. Immer, wenn er eine bestimmte Aussage machte, traf sie ein. Oft verweigerte er aber diese Aussage, weil, wie er erklärte, die Anzeigen nicht deutlich und verständlich genug für ihn seien.
Zuweilen waren wir auch in den Zimmern der Frauen. Wir kamen dahin, wenn wir dazu geladen waren. Das kleine letzte Zimmerchen mit der Tapetentür gehörte insbesondere Mathilden. Ich hatte es Rosenzimmer genannt, und es wurde scherzweise der Name beibehalten. Mir war es ein anmutiger Eindruck, daß ich sah, wie liebend und wie hold dieses Zimmer für die alte Frau eingerichtet worden war. Es herrschte eine zusammenstimmende Ruhe in diesem Zimmer mit den sanften Farben Blaßrot, Weißgrau, Grün, Mattveilchenblau und Gold. In all das sah die Landschaft mit den lieblichen Gestalten der Hochgebirge herein.
Mathilde saß gerne auf dem eigentümlichen Sessel am Fenster und sah mit ihrem schönen Angesichte hinaus, dessen Art mein Gastfreund einmal mit einer welkenden Rose verglichen hatte.
In den Zimmern las zuweilen Natalie etwas vor, wenn mein Gastfreund es verlangte. Sonst wurde gesprochen. Ich sah auf ihrem Tische Papiere in schöner Ordnung und neben ihnen Bücher liegen. Ich konnte es nie über mich bringen, auch nur auf die

Aufschrift dieser Bücher zu sehen, viel weniger gar eines zu nehmen und hinein zu schauen. Es taten dies auch andere nie. An dem Fenster stand ein verhüllter Rahmen, an dem sie vielleicht etwas arbeitete; aber sie zeigte nichts davon. Gustav, wahrscheinlich aus Neigung zu mir, um mich mit den schönen Dingen zu erfreuen, die seine Schwester verfertigte, ging sie wiederholt darum an. Sie lehnte es aber jedes Mal auf eine einfache Art ab. Ich hatte einmal in einer Nacht, da meine Fenster offen waren, Zithertöne vernommen. Ich kannte dieses Musikgerät des Gebirges sehr gut, ich hatte es bei meinen Wanderungen sehr oft und von den verschiedensten Händen spielen gehört, und hatte mein Ohr für seine Klänge und Unterschiede zu bilden gesucht. Ich ging an das Fenster und hörte zu. Es waren zwei Zithern, die im östlichen Flügel des Hauses abwechselnd gegen einander und mit einander spielten. Wer Übung im Hören dieser Klänge hat, merkt es gleich, ob auf derselben Zither oder auf verschiedenen, und von denselben Händen oder verschiedenen gespielt wird. In den Gemächern der Frauen sah ich später die zwei Zithern liegen. Es wurde aber in unserer Gegenwart nie darauf gespielt. Mein Gastfreund verlangte es nicht, ich ohnehin nicht, und in dieser Angelegenheit beobachtete auch Gustav eine feste Enthaltung.

Indessen war nach und nach die Zeit herangerückt, in welcher die Rosen in der allerschönsten Blüte standen. Das Wetter war sehr günstig gewesen. Einige leichte Regen, welche mein Gastfreund vorausgesagt hatte, waren dem Gedeihen bei weitem förderlicher gewesen, als es fortdauernd schönes Wetter hätte tun können. Sie kühlten die Luft von zu großer Hitze zu angenehmer Milde herab und wuschen Blatt, Blume und Stengel viel reiner von dem Staube, der selbst in weit von der Straße entfernten und mitten in Feldern gelegenen Orten doch nach lange andauerndem schönem Wetter sich auf Dächern, Mauern, Zäunen, Blättern und Halmen sammelt, als es die Sprühregen, die mein Gastfreund ein paar Male durch seine Vorrichtung unter dem Dache auf die Rosen hatte ergehen lassen, zu tun im Stande gewesen waren. Unter dem klarsten, schönsten und tiefsten Blau des Himmels standen nun eines Tages Tausende von den Blumen offen, es schien, daß keine einzige Knospe im Rückstande geblieben und nicht aufgegangen ist. In ihrer Farbe von dem reinsten Weiß in gelbliches Weiß, in Gelb, in blasses Rot, in feuriges Rosenrot, in Purpur, in Veilchenrot, in Schwarzrot zogen sie an der Fläche dahin, daß man bei lebendiger Anschauung versucht wurde, jenen alten Völkern Recht zu geben, die die Rosen fast göttlich verehrten und bei ihren Freuden und Festen sich mit diesen Blumen bekränzten. Man war täglich, teils einzeln, teils zusammen, zu dem Rosengitter gekommen, um die Fortschritte zu betrachten, man hatte gelegentlich auch andere Rosenteile und Rosenanlagen in dem Garten besucht; allein an diesem Tage erklärte man einmütig, jetzt sei die Blüte am schönsten, schöner vermöge sie nicht mehr zu werden und von jetzt an müsse sie abzunehmen beginnen. Dies hatte man zwar auch schon einige Tage früher gesagt; jetzt aber glaubte man sich nicht mehr zu irren, jetzt glaubte man auf dem Gipfel angelangt zu sein.

So weit ich mich auf das vergangene Jahr zu erinnern vermochte, in welchem ich auch diese Blumen in ihrer Blüte angetroffen hatte, waren sie jetzt schöner als damals.

Es kamen wiederholt Besuche an, die Rosen zu sehen. Die Liebe zu diesen Blumen, welche in dem Rosenhause herrschte, und die zweckmäßige Pflege, welche sie da erhielten, war in der Nachbarschaft bekannt geworden, und da kamen manche, welche sich wirklich an dem ungewöhnlichen Ergebnisse dieser Zucht ergötzen wollten, und andere, die dem Besitzer etwas Angenehmes erzeigen wollten, und wieder andere, die nichts Besseres zu tun wußten, als nachzuahmen, was ihre Umgebung tat. Alle diese Arten waren nicht schwer von einander zu unterscheiden. Die Behandlung derselben war von Seite meines Gastfreundes so fein, daß ich es nicht von ihm vermutet hatte und daß ich diese Eigenschaft an ihm erst jetzt, wo ich ihn unter Menschen beobachten konnte, entdeckte.

Auch Bauern kamen zu verschiedenen Zeiten und baten, daß sie die Rosen anschauen dürfen. Nicht nur die Rosen wurden ihnen gezeigt, sondern auch alles andere im Hause und Garten, was sie zu sehen wünschten, besonders aber der Meierhof, insoferne sie ihn nicht kannten oder ihnen die letzten Veränderungen in demselben neu waren.

Eines Tages kam auch der Pfarrer von Rohrberg, den ich bei meinem vorjährigen Besuche in dem Rosenhause getroffen hatte. Er zeichnete sich einige Rosen in ein Buch, das er mitgebracht hatte, und wendete sogar Wasserfarben an, um die Farben der Blumen so getreu, als nur immer möglich ist, nachzuahmen. Die Zeichnung aber sollte keine Kunstabbildung von Blumen sein, sondern er wollte sich nur solche Blumen anmerken und von ihnen den Eindruck aufbewahren, deren Art er in seinen Garten zu verpflanzen wünschte. Es bestand nehmlich schon seit lange her zwischen meinem Gastfreunde und dem Pfarrer das Verhältnis, daß mein Gastfreund dem Pfarrer Pflanzen gab, womit dieser seinen Garten zieren wollte, den er teils neu um das Pfarrhaus angelegt, teils erweitert hatte.

Unter allen aber schien Mathilde die Rosen am meisten zu lieben. Sie mußte überhaupt die Blumen sehr lieben; denn auf den Blumentischen in ihren Zimmern standen stets die schönsten und frischesten des Gartens, auch wurde gerne auf dem Tische, an welchem wir speisten, eine Gruppe von Gartentöpfen mit ihren Blumen zusammengestellt. Abgebrochen oder abgeschnitten und in Gläser mit Wasser gestellt durften in diesem Hause keine Blumen werden, außer sie waren welk, so daß man sie entfernen mußte. Den Rosen aber wendete sie ihr meistes Augenmerk zu. Nicht nur ging sie zu denen, welche im Garten in Sträuchen, Bäumchen und Gruppen standen, und bekümmerte sich um ihre Hegung und Pflege, sondern sie besuchte auch ganz allein, wie ich schon früher bemerkt hatte, die, welche an der Wand des Hauses blühten. Oft stand sie lange davor und betrachtete sie. Zuweilen holte sie sich einen Schemel, stieg auf ihn und ordnete in den Zweigen. Sie nahm entweder ein welkes Laubblatt ab, das den Blicken der andern entgangen war, oder bog eine Blume heraus, die am vollkommenen Aufblühen gehindert war, oder las ein Käferchen ab oder lüftete die Zweige, wo sie sich zu dicht und zu buschig gedrängt hatten. Zuweilen blieb sie auf dem Schemel stehen, ließ die Hand sinken und betrachtete wie im Sinnen die vor ihr ausgebreiteten Gewächse.

Wirklich war der Tag, den man als den schönsten der Rosenblüte bezeichnet hatte, auch der schönste gewesen. Von ihm an begann sie abzunehmen, und die Blumen fingen an zu welken, so daß man öfter die Leiter und die Schere zur Hand nehmen mußte, um Verunzierungen zu beseitigen.

Auch zwei fremde Reisende waren in das Rosenhaus gekommen, welche sich eine Nacht und einen Teil des darauf folgenden Vormittages in demselben aufgehalten hatten. Sie hatten den Garten, die Felder und den Meierhof besehen. In seine Zimmer und in die Schreinerei hatte sie mein Gastfreund nicht geführt, woraus ich die mir angenehme Bemerkung zog, daß er mir bei meiner ersten Ankunft in seinem Hause eine Bevorzugung gab, die nicht jedem zu Teil wurde, daß ich also eine Art Zuneigung bei ihm gefunden haben mußte.

Gegen das Ende der Rosenblüte kam Eustachs Bruder Roland in das Haus. Da er sich mehrere Tage in demselben aufhielt, fand ich Gelegenheit, ihn genauer zu beobachten. Er hatte noch nicht die Bildung seines Bruders, auch nicht dessen Biegsamkeit; aber er schien mehr Kraft zu besitzen, die seinen Beschäftigungen einen wirksamen Erfolg versprach. Was mir auffiel, war, daß er mehrere Male seine dunkeln Augen länger auf Natalien heftete, als mir schicklich erscheinen wollte. Er hatte eine Reihe von Zeichnungen gebracht und wollte noch einen entfernteren Teil des Landes besuchen, ehe er wiederkehrte, um den Stoff vollkommen zu ordnen.

Ehe Mathilde und Natalie das Rosenhaus verließen, mußte noch der versprochene Besuch auf dem Gute des Nachbars, welches Ingheim hieß und von dem Volke nicht selten der Inghof genannt wurde, gemacht werden. Es wurde hingeschickt und ein Tag genannt, an dem man kommen wollte, welcher auch angenommen wurde. Am Morgen dieses Tages wurden die braunen Pferde, mit denen Mathilde gekommen war und die sie die Zeit über in dem Meierhofe gelassen hatte, vor den Wagen gespannt, der die Frauen gebracht hatte, und Mathilde und Natalie setzten sich hinein. Mein Gastfreund, Gustav und ich, der ich eigens in die Bitte des Gegenbesuchs eingeschlossen worden war, stiegen in einen anderen Wagen, der mit zwei sehr schönen Grauschimmeln meines Gastfreundes bespannt war. Eine rasche Fahrt von einer Stunde brachte uns an den Ort unserer Bestimmung. Ingheim ist ein Schloß, oder eigentlich sind zwei Schlösser da, welche noch von mehreren anderen Gebäuden umgeben sind. Das alte Schloß war einmal befestigt. Die grauen, aus großen viereckigen Steinen erbauten runden Türme stehen noch, ebenso die graue aus gleichen Steinen erbaute Mauer zwischen den Türmen. Beide Teile beginnen aber oben zu verfallen. Hinter den Türmen und Mauern steht das alte, unbewohnte, ebenfalls graue Haus, scheinbar unversehrt; aber von den mit Brettern verschlagenen Fenstern schaut die Unbewohntheit und Ungastlichkeit herab. Vor diesen Werken des Altertums steht das neue weiße Haus, welches mit seinen grünen Fensterläden und dem roten Ziegeldache sehr einladend aussieht. Wenn man von der Ferne kömmt, meint man, es sei unmittelbar an das alte Schloß angebaut, welches hinter ihm emporragt. Wenn man aber in dem Hause selber ist und hinter dasselbe geht, so sieht man, daß das alte Gemäuer noch ziemlich weit zurück ist, daß es auf einem Felsen steht und daß es durch einen breiten, mit einem Obstbaumwald bedeckten Graben von dem neuen Hause getrennt ist. Auch kann man in der Ferne wegen der ungewöhnlichen Größe des alten Schlosses die Geräumigkeit des neuen Hauses nicht ermessen. Sobald man sich aber in demselben befindet, so erkennt man, daß es eine bedeutende Räumlichkeit habe und nicht bloß für das Unterkommen der Familie gesorgt ist, sondern auch eine ziemliche Zahl von Gästen noch keine Ungelegenheit bereitet. Ich hatte wohl den Namen des Schlosses öfter gehört, dasselbe aber nie gesehen. Es liegt so abseits von den gewöhnlichen Wegen und ist durch einen großen Hügel so gedeckt, daß es von Reisenden, welche durch diese Gegend gewöhnlich den Gebirgen zugehen, nicht gesehen werden kann. Als wir uns näherten, entwickelten sich die mehreren Bauwerke. Zuerst kamen wir zu den Wirtschaftsgebäuden oder der sogenannten Meierei. Dieselben standen, wie es bei vielen Besitzungen in unserem Lande der Brauch ist, ziemlich weit entfernt von dem Wohnhause und bildeten eine eigene Abteilung. Von da führte der Weg durch eine Allee uralter großer Linden eine Strecke gegen das neue Haus. Die Allee ist ein Bruchstück von derjenigen, die einmal gegen die Zugbrücke des alten Schlosses hinauf geführt hatte; sie brach daher ab, und wir fuhren die übrige Strecke durch schönen grünen Rasen, der mit einzelnen Blumenhügeln geschmückt war, dem Hause zu. Dasselbe war von weißlich grauer Farbe und hatte säulenartige Streifen und Friese. Alle Fenster, soweit die geöffneten Läden eine Einsicht zuließen, zeigten von Innen schwere Vorhänge. Als der Wagen der Frauen unter dem Überdache der Vorfahrt hielt, stand schon der Herr von Ingheim sammt seiner Gattin und seinen Töchtern am Ende der Treppe zur Bewillkommnung. Sie waren alle mit Geschmack gekleidet, so wie die Dienerschaft, die hinter ihnen stand, in Festkleidern war. Der Herr half den Frauen aus dem Wagen, und da wir mittlerweile auch ausgestiegen und herzugekommen waren, wurden wir von der ganzen Familie begrüßt und die Treppe hinauf geleitet.

Man führte uns in ein großes Empfangszimmer und wies uns Plätze an. Mathilde und Natalie hatten zwar festlichere Kleider an, als sie im Rosenhause trugen, aber dieselben, so edel der Stoff war, zeigten doch keine übermäßige Verzierung oder gar Überladung. Mein Gastfreund, Gustav und ich waren gekleidet, wie man es zu ländlichen Besuchen zu sein pflegt. So ließen wir uns in die prachtvollen Polster, die hier überall ausgelegt waren, nieder. Auf einem Tische, über den ein schöner Teppich gebreitet war, standen Erfrischungen verschiedener Art. Andere Tische, die noch in dem Zimmer standen, waren unbedeckt. Die Geräte waren von Mahagoniholz und schienen aus der ersten Werkstätte der Stadt zu stammen. Ebenso waren die Spiegel, die Kronleuchter und andere Dinge des Zimmers. Eine Ecke an einem Fenster nahm ein sehr schönes Clavier ein. Die ersten Gespräche betrafen die gewöhnlichen Dinge über Wohlbefinden, über Wetter, über Gedeihen der Feld- und Gartengewächse. Die Männer nannten sich wechselweise Nachbar, die Frauen benannten sich gar nicht.

Als man etwas Weniges von den dastehenden Speisen genommen hatte, erhob man sich, und wir gingen durch die Zimmer. Es war eine Reihe, deren Fenster größtenteils gegen Mittag auf die Landschaft hinaus gingen. Alle waren sehr schön nach neuer Art eingerichtet, besonders reich waren die Palisandergeräte im Empfangszimmer der Frau, in welchem, so wie in dem Arbeitszimmer der Mädchen, wieder Claviere standen. Der Herr des Hauses führte besonders mich in den Räumen herum, dem sie noch fremd waren. Die übrige Gesellschaft folgte uns gelegentlich in das eine oder andere Gemach.

Aus den Zimmern ging man in den Garten. Derselbe war wie viele wohlgehaltene und schöne Gärten in der Nähe der Stadt. Schöne Sandgänge, grüne ausgeschnittene Rasenplätze mit Blumenstücken, Gruppen von Zier- und Waldgebüschen, ein Gewächshaus mit Camellien, Rhododendren, Azaleen, Eriken, Calceolarien und vielen neuholländischen Pflanzen, endlich Ruhebänke und Tische an geeigneten schattigen Stellen. Der Obstgarten als Nützlichkeitsstück war nicht bei dem Wohnhause, sondern hinter dem Meierhofe.

Von dem Garten gingen wir, wie es bei ländlichen Besuchen zu geschehen pflegt, in die Meierei. Wir gingen durch die Reihen der glatten Rinder, die meistens weiß gestirnt waren, wir besahen die Schafe, die Pferde, das Geflügel, die Milchkammer, die Käsebereitung, die Brauerei und ähnliche Dinge. Hinter den Scheuern trafen wir den Gemüsegarten und den sehr weitläufigen Obstgarten an. Von diesen gingen wir in die wohlbestellten Felder und in die Wiesen. Der Wald, welcher zu der Besitzung gehört, wurde mir in der Ferne gezeigt.

Nachdem wir unsern ziemlich bedeutenden Spaziergang beendigt hatten, wurden wir in eine ebenerdige große Speisehalle geführt, in welcher der Mittagtisch gedeckt war. Ein einfaches, aber ausgesuchtes Mahl wurde aufgetragen, wobei die Dienerschaft hinter unseren Stühlen stehend bediente. Hatte sich die Familie Ingheim schon bei dem Besuche auf dem Rosenhause als unter die gebildeten gehörig gezeigt, so war dies bei unserem Empfange in ihrem eigenen Hause wieder der Fall. Sowohl bei Vater und Mutter als auch bei den Mädchen war Einfachheit, Ruhe und Bescheidenheit. Die Gespräche bewegten sich um mehrere Gegenstände, sie rissen sich nicht einseitig nach einer gewissen Richtung hin, sondern schmiegten sich mit Maß der Gesellschaft an. Einen Teil der Zeit nach dem Mittagessen brachten wir in den Zimmern des ersten Stockwerkes zu. Es wurde Musik gemacht, und zwar Clavier und Gesang. Zuerst spielte die Mutter etwas, dann beide Mädchen allein, dann zusammen. Jedes der Mädchen sang auch ein Lied. Natalie saß in den seidenen Polstern und hörte aufmerksam zu. Als man sie aber aufforderte, auch zu spielen, verweigerte sie es.

Gegen Abend fuhren wir wieder in das Rosenhaus zurück.

Als Gustav aus unserem Wagen gesprungen war, als mein Gastfreund und ich denselben verlassen hatten, und ich die edle, schlanke Gestalt Nataliens gegen die Marmortreppe hinzu gehen sah, blieb ich ein Weilchen stehen und begab mich dann auch in meine Zimmer, wo ich bis zum Abendessen blieb.
Dieses war wie gewöhnlich, man machte aber nach demselben an diesem Tage keinen Spaziergang mehr.
Ich ging in mein Schlafzimmer, öffnete die Fenster, die man trotz des warmen Tages, weil ich abwesend gewesen war, geschlossen gehalten hatte, und lehnte mich hinaus. Die Sterne begannen sachte zu glänzen, die Luft war mild und ruhig und die Rosendüfte zogen zu mir herauf. Ich geriet in tiefes Sinnen. Es war mir wie im Traume, die Stille der Nacht und die Düfte der Rosen mahnten an Vergangenes; aber es war doch heute ganz anders.
Nach diesem Besuche auf dem Inghofe folgten mehrere Regentage, und als diese beendigt waren und wieder dem Sonnenscheine Platz machten, war auch die Zeit heran genaht, in welcher Mathilde und Natalie das Rosenhaus verlassen sollten. Es war schon Mehreres gepackt worden, und darunter sah ich auch die beiden Zithern, die man in sammtene Fächer tat, welche ihrerseits wieder in lederne Behältnisse gesteckt wurden.
Endlich war der Tag der Abreise festgesetzt worden.
Am Abende vorher war schon das Hauptsächlichste, was mitgenommen werden sollte, in den Wagen geschafft, und die Frauen hatten am Nachmittage an mehreren Stellen Abschied genommen: bei den Gärtnerleuten, in der Schreinerei und im Meierhofe.
Am andern Morgen erschienen sie bei dem Frühmahle in Reisekleidern, während noch Arabella, das Dienstmädchen Mathildens, diejenigen Sachen, die bis zu dem letzten Augenblicke im Gebrauch gewesen waren, in den Wagen packte.
Nach dem Frühmahle, als die Frauen schon die Reisehüte aufhatten, sagte Mathilde zu meinem Gastfreunde:
„Ich danke dir, Gustav, lebe wohl, und komme bald in den Sternenhof."
„Lebe wohl, Mathilde", sagte mein Gastfreund.
Die zwei alten Leute küßten sich wieder auf die Lippen, wie sie es bei der Ankunft Mathildens getan hatten.
„Lebe wohl, Natalie", sagte er dann zu dem Mädchen.
Dasselbe erwiderte nur leise die Worte: „Dank für alle Güte."
Mathilde sagte zu dem Knaben: „Sei folgsam und nimm dir deinen Ziehvater zum Vorbilde."
Der Knabe küßte ihr die Hand.
Dann, zu mir gewendet, sprach sie: „Habet Dank für die freundlichen Stunden, die ihr uns in diesem Hause gewidmet habt. Der Besitzer wird euch für euren Besuch wohl schon danken. Bleibt meinem Knaben gut, wie ihr es bisher gewesen seid, und laßt euch seine Anhänglichkeit nicht leid tun. Wenn es eure schöne Wissenschaft zuläßt, so seid

unter denen, die von diesem Hause aus den Sternenhof besuchen werden. Eure Ankunft wird dort sehr willkommen sein."

„Den Dank muß wohl ich zurückgeben für alle die Güte, welche mir von euch und von dem Besitzer dieses Hauses zu Teil geworden ist", erwiderte ich. „Wenn Gustav einige Zuneigung zu mir hat, so ist wohl die Güte seines Herzens die Ursache, und wenn ihr mich von dem Sternenhofe nicht zurück weiset, so werde ich gewiß unter den Besuchenden sein."

Ich empfand, daß ich mich auch von Natalien verabschieden sollte; ich vermochte aber nicht, etwas zu sagen, und verbeugte mich nur stumm. Sie erwiderte diese Verbeugung ebenfalls stumm.

Hierauf verließ man das Haus und ging auf den Sandplatz hinaus. Die braunen Pferde standen mit dem Wagen schon vor dem Gitter. Die Hausdienerschaft war herbei gekommen, Eustach mit seinen Arbeitern stand da, der Gärtner mit seinen Leuten und seiner Frau und der Meier mit dem Großknechte aus dem Meierhofe waren ebenfalls gekommen.

„Ich danke euch recht schön, liebe Leute", sagte Mathilde, „ich danke euch für eure Freundschaft und Güte, seid für euren Herrn treu und gut. Du, Katharina, sehe auf ihn und Gustav, daß keinem ein Ungemach zustößt."

„Ich weiß, ich weiß" fuhr sie fort, als sie sah, daß Katharina reden wollte, „du tust Alles, was in deinen Kräften ist, und noch mehr, als in deinen Kräften ist; aber es liegt schon so in dem Menschen, daß er um Erfüllung seiner Herzenswünsche bittet, wenn er auch weiß, daß sie ohnehin erfüllt werden, ja daß sie schon erfüllt worden sind."

„Kommt recht gut nach Hause", sagte Katharina, indem sie Mathilden die Hand küßte und sich mit dem Zipfel ihrer Schürze die Augen trocknete.

Alle drängten sich herzu und nahmen Abschied. Mathilde hatte für ein jedes liebe Worte. Auch von Natalien beurlaubte man sich, die gleichfalls freundlich dankte.

„Eustach, vergeßt den Sternenhof nicht ganz", sagte Mathilde zu diesem gewendet, „besucht uns mit den anderen. Ich will nicht sagen, daß euch auch die Dinge dort notwendig haben könnten, ihr sollt unsertwegen kommen."

„Ich werde kommen, hochverehrte Frau", erwiderte Eustach.

Nun sprach sie noch einige Worte zu dem Gärtner und seiner Frau und zu dem Meier, worauf die Leute ein wenig zurück traten.

„Sei gut, mein Kind", sagte sie zu Gustav, indem sie ihm ein Kreuz mit Daumen und Zeigefinger auf die Stirne machte und ihn auf dieselbe küßte. Der Knabe hielt ihre Hand fest umschlungen und küßte sie. Ich sah in seinen großen schwarzen Augen, die in Tränen schwammen, daß er sich gerne an ihren Hals würfe; aber die Scham, die einen Bestandteil seines Wesens machte, mochte ihn zurück halten.

„Bleibe lieb, Natalie", sagte mein Gastfreund.

Das Mädchen hätte bald die dargereichte Hand geküßt, wenn er es zugelassen hätte.

„Teurer Gustav, habe noch einmal Dank", sagte Mathilde zu meinem Gastfreunde. Sie hatte noch mehr sagen wollen; aber es brachen Tränen aus ihren Augen. Sie nahm ein feines, weißes Tuch und drückte es fest gegen diese Augen, aus denen sie heftig weinte. Mein Gastfreund stand da und hielt die Augen ruhig; aber es fielen Tränen aus denselben herab.

„Reise recht glücklich, Mathilde", sagte er endlich, „und wenn bei deinem Aufenthalte bei uns etwas gefehlt hat, so rechne es nicht unserer Schuld an."

Sie tat das Tuch von den Augen, die noch fortweinten, deutete auf Gustav und sagte: „Meine größte Schuld steht da, eine Schuld, welche ich wohl nie werde tilgen können."

„Sie ist nicht auf Tilgung entstanden", erwiderte mein Gastfreund. „Rede nicht davon, Mathilde, wenn etwas Gutes geschieht, so geschieht es recht gerne."

Sie hielten sich noch einen Augenblick bei den Händen, während ein leichtes Morgenlüftchen einige Blätter der abgeblühten Rosen zu ihren Füßen wehte.

Dann führte er sie zu dem Wagen, sie stieg ein, und Natalie folgte ihr.

Es war nach den mehreren Regentagen ein sehr klarer, nicht zu warmer Tag gefolgt. Der Wagen war offen und zurück gelegt. Mathilde ließ den Schleier von dem nehmlichen Hute, den sie bei ihrer Herfahrt gehabt hatte, über ihr Angesicht herabfallen; Natalie aber legte den ihrigen zurück und gab ihre Augen den Morgenlüften. Nachdem auch noch Arabella in den Wagen gestiegen war, zogen die Pferde an, die Räder furchten den Sand und der Wagen ging auf dem Wege hinab der Hauptstraße zu.

Wir begaben uns wieder in das Haus zurück.

Jeder ging in sein Zimmer und zu seinen Geschäften.

Nachdem ich eine Weile in meiner Wohnung gewesen war, suchte ich den Garten auf. Ich ging zu mehreren Blumen, die in einer für Blumen schon so weit vorgerückten Jahreszeit noch blühten, ich ging zu den Gemüsen, zu dem Zwergobste und endlich zu dem großen Kirschbaume hinauf. Von demselben ging ich in das Gewächshaus. Ich traf dort den Gärtner, welcher an seinen Pflanzen arbeitete. Als er mich eintreten sah, kam er mir entgegen und sagte: „Es ist gut, daß ich allein mit euch sprechen kann, habt ihr ihn gesehen?"

„Wen?" fragte ich.

„Nun, ihr waret ja auf dem Inghofe", antwortete er, „da werdet ihr wohl den Cereus peruvianus angeschaut haben."

„Nein, den habe ich nicht angeschaut", erwiderte ich, indem ich mich wohl des Gespräches erinnerte, in welchem er mir erzählt hatte, daß sich eine so große Pflanze dieser Art in dem Inghofe finde, „ich habe auf ihn vergessen."

„Nun, wenn ihr ihn vergessen habt, so wird ihn wohl der Herr angeschaut haben", sagte er.

„Ich glaube, daß uns niemand auf diese Pflanze aufmerksam gemacht hat, als wir in dem Gewächshause waren", erwiderte ich; „denn wenn jemand anderer sich eigens zu dieser Pflanze gestellt hätte, so hätte ich es gewiß bemerkt und hätte sie auch angesehen."
„Das ist sehr sonderbar und sehr merkwürdig", sagte er; „nun, wenn ihr vergessen habt, den Cereus peruvianus anzusehen, so müßt ihr einmal mit mir hinübergehen; wir brauchen nicht zwei Stunden, und es ist ein angenehmer Weg. So etwas seht ihr nicht leicht anders wo. Sie bringen ihn nie zur Blüte. Wenn ich ihn hier hätte, so würde er bald so weiß wie meine Haare blühen, natürlich viel weißer. Die unseren sind noch viel zu klein zum Blühen."
Ich sagte ihm zu, daß ich einmal mit ihm in den Inghof hinübergehen werde, ja sogar, wenn es nicht eine Unschicklichkeit sei und nicht zu große Hindernisse im Wege stehen, daß ich auch versuchen werde, dahin zu wirken, daß diese Pflanze zu ihm herüberkomme.
Er war sehr erfreut darüber und sagte, die Hindernisse seien gar nicht groß, sie achten den Cereus nicht, sonst hätten sie ja die Gesellschaft zu ihm hingeführt, und der Herr wolle sich vielleicht keine Verbindlichkeit gegen den Nachbar auflegen. Wenn ich aber eine Fürsprache mache, so würde der Cereus gewiß herüber kommen.
Wie doch der Mensch überall seine eigenen Angelegenheiten mit sich herum führt, dachte ich, und wie er sie in die ganze übrige Welt hineinträgt. Dieser Mann beschäftigt sich mit seinen Pflanzen und meint, alle Leute müßten ihnen ihre Aufmerksamkeit schenken, während ich doch ganz andere Gedanken in dem Haupte habe, während mein Gastfreund seine eigenen Bestrebungen hat und Gustav seiner Ausbildung obliegt. Das eine Gute hatte aber die Ansprache des Gärtners für mich, daß sie mich von meinen wehmütigen und schmerzlichen Gefühlen ein wenig abzog und mir die Überzeugung brachte, wie wenig Berechtigung sie haben und wie wenig sie sich für das Einzige und Wichtigste in der Welt halten dürfen.
Ich blieb noch länger in dem Gewächshause und ließ mir Mehreres von dem Gärtner zeigen und erklären. Dann ging ich wieder in meine Wohnung und setzte mich zu meiner Arbeit.
Wir kamen bei dem Mittagessen zusammen, wir machten am Nachmittage einen Spaziergang, und die Gespräche waren wie gewöhnlich.

Die Zeit auf dem Rosenhause floß nach dem Besuche der Frauen wieder so hin, wie sie vor demselben hingeflossen war.
Ich hatte die Muße, welche ich mir von meinen Arbeiten im Gebirge zu einem Aufenthalte bei meinem Gastfreunde abgedungen hatte, beinahe schon erschöpft. Das, was ich mir in dem Rosenhause als Ergänzungsarbeit zu tun auferlegt hatte, rückte auch seiner Vollendung entgegen. Ich ließ mir aber deßohngeachtet einen Aufschub gefallen, weil man verabredet hatte, einen Besuch auf dem Sternenhofe zu machen, was, wie ich einsah, Mathildens Wohnsitz war, und weil ich bei diesem Besuche zugegen sein wollte.

Auch war es im Plane, daß wir eine Kirche besuchen wollten, die in dem Hochlande lag und in welcher sich ein sehr schöner Altar aus dem Mittelalter befand. Ich nahm mir vor, das, was mir an Zeit entginge, durch ein länger in den Herbst hinein fortgesetztes Verweilen im Gebirge wieder einzubringen.

Mein Gastfreund hatte in dem Meierhofe wieder Bauarbeiten beginnen lassen und beschäftigte dort mehrere Leute. Er ging alle Tage hin, um bei den Arbeiten nachzusehen. Wir begleiteten ihn sehr oft. Es war eben die letzte Einfuhr des Heues aus den höheren, in dem Alizwalde gelegenen Wiesen, deren Ertrag später als in der Ebene gemäht wurde, im Gange. Wir erfreuten uns an dieser duftenden, würzigen Nahrung der Tiere, welche aus den Waldwiesen viel besser war als aus den fetten Wiesen der Täler; denn auf den Bergwiesen wachsen sehr mannigfaltige Kräuter, die aus den sehr verschiedenartigen Gesteingrundlagen die Stoffe ihres Gedeihens ziehen, während die gleichartigere Gartenerde der tiefen Gründe wenigere, wenngleich wasserreichere Arten hervor bringt. Mein Gastfreund widmete diesem Zweige eine sehr große Aufmerksamkeit, weil er die erste Bedingung des Gedeihens der Haustiere, dieser geselligen Mitarbeiter der Menschen ist. Alles, was die Würze, den Wohlgeruch und, wie er sich ausdrückte, die Nahrungslieblichkeit beeinträchtigen konnte, mußte strenge hintan gehalten werden, und wo durch Versehen oder Ungunst der Zeitverhältnisse doch dergleichen eintrat, mußte das minder Taugliche ganz beseitigt oder zu andern Wirtschaftszwecken verwendet werden. Darum konnte man aber auch keine schöneren, glatteren, glänzenderen und fröhlicheren Tiere sehen als auf dem Asperhofe. Der Wirtschaftsvorteil lag außerdem noch als Zugabe bei; denn da das Schlechtere gar nicht verwendet werden durfte, wurde bei der Behandlung und Einbringung die größte Sorgfalt von den Leuten beobachtet, abgesehen davon, daß mein Gastfreund bei seiner Kenntnis der Witterungsverhältnisse weniger Schaden durch Regen oder dergleichen erlitt als die meisten Landwirte, die sich um diese Kenntnis gar nicht bekümmerten. Und der Nachteil der Nichtanwendung des Schlechteren wurde weit durch den Vorteil des besseren Gedeihens der Tiere aufgewogen. In dem Asperhofe konnte man immer mit einer geringeren Anzahl Tiere größere Arbeiten ausführen als in anderen Gehöften. Hiezu kam noch eine gewisse Fröhlichkeit und Heiterkeit der untergeordneten Leute, die bei jeder sachgemäßen Führung eines Geschäftes, bei dem sie beteiligt sind, und bei einer wenn auch strengen, doch stets freundlichen Behandlung nicht ausbleibt. Ich hörte bei meiner jetzigen Anwesenheit öfter von benachbarten Leuten die Äußerung, das hätte man dem alten Asperhofe nicht angesehen, daß das noch heraus kommen könnte.

Es wurde, da wieder mehrere Gewitter niedergegangen waren, die Luft sich gereinigt hatte und einige schöne Tage erwartet werden konnten, die Reise zu der Kirche mit dem sehenswürdigen Altare festgesetzt.

Im Norden unseres herrlichen Stromes, welcher das Land in einen nördlichen und südlichen Teil teilt, erhebt sich ein Hochland, welches viele Meilen die nördlichen Ufer des Stromes begleitet. In seinem Süden ist eine acht bis zehn Meilen breite,

verhältnismäßig ebene Gegend von großer Fruchtbarkeit, die endlich von dem Zuge der Alpen begrenzt ist. Ich war bisher nur vorzugsweise in die Alpen gegangen, die nördlichen Hochlande hatte ich bloß ein einziges Mal betreten und nur eine kleine Ecke derselben durchwandert. Jetzt sollte ich mit meinem Gastfreunde eine Fahrt in das Innere derselben machen; denn die Kirche, welche das Ziel unserer Reise war, steht weit näher an der nördlichen als an der südlichen Grenze des Hochlandes. Wir fuhren in der Begleitung Eustachs von dem Stromesufer die staffelartigen Erhebungen empor und fuhren dann in dem hohen vielgehügelten Lande dahin. Wir fuhren oft mit unserm Gespann langsam bis auf die höchste Spitze eines Berges empor, dann auf der Höhe fort, oder wir senkten uns wieder in ein Tal, umfuhren oft in Windungen abwärts die Dachung des Berges, legten eine enge Schlucht zurück, stiegen wieder empor, veränderten recht oft unsere Richtung und sahen die Hügel, die Gehöfte und andere Bildungen von verschiedenen Seiten. Wir erblickten oft von einer Spitze das ganze flache gegen Mittag gelegene Land mit seiner erhabenen Hochgebirgskette, und waren dann wieder in einem Talkessel, in welchem wir keine Gegenstände neben unserem Wagen hatten als eine dunkle, weitästige Fichte und eine Mühle. Oft, wenn wir uns einem Gegenstande gleichsam auf einer Ebene nähern zu können schienen, war plötzlich eine tiefe Schlucht in die Ebene geschnitten, und wir mußten dieselbe in Schlangenwindungen umfahren. Ich hatte bei meinem ersten Besuche dieses Hochlandes die Bemerkung gemacht, daß es mir da stiller und schweigsamer vorkomme, als wenn ich durch andere, ebenfalls stille und schweigende Landschaften zog. Ich dachte nicht weiter darüber nach. Jetzt kam mir dieselbe Empfindung wieder. In diesem Lande liegen die wenigen größeren Ortschaften sehr weit von einander entfernt, die Gehöfte der Bauern stehen einzeln auf Hügeln oder in einer tiefen Schlucht oder an einem nicht geahnten Abhange. Herum sind Wiesen, Felder, Wäldchen und Gestein. Die Bäche gehen still in den Schluchten, und wo sie rauschen, hört man ihr Rauschen nicht, weil die Wege sehr oft auf den Höhen dahin führen. Einen großen Fluß hat das Land nicht, und wenn man die ausgedehnte südliche Ebene und das Hochgebirge sieht, so ist es nur ein sehr großer, aber stiller Gesichtseindruck. In den Alpen geht der Straßenzug meistens nur in den Talrinnen, an den Flüssen oder Wildbächen dahin, er kann sich wenig verzweigen, der Verkehr ist auf ihn zusammengedrängt, und es regt sich auf ihm, und es wehet und rauscht an ihm.
In diesem Lande sind noch viele wertvolle Altertümer zerstreut und aufbewahrt, es haben einmal reiche Geschlechter in ihm gewohnt, und die Krieges- und Völkerstürme sind nicht durch das Land gegangen.
Wir kamen in den kleinen Ort Kerberg. Er liegt in einem sehr abgeschiedenen Winkel und ist von keinerlei Bedeutung. Nicht einmal eine Straße von nur etwas lebhaftem Verkehre führt durch, sondern nur einer jener Landwege, wie sie zum Austausche der Erzeugnisse der Bevölkerung dienen und von dem guten Sand- und Steinstoffe des Landes sehr gut gebaut sind. Nur die Lage ist schön, da hier die Bildungen etwas größer sind und, mit dämmerigem Walde teilweise bekleidet, anmutig zusammentreten. Und

doch steht in diesem Orte die Kirche, zu welcher wir auf der Reise waren. Hinter dem Orte, ungefähr nach Mitternacht, liegt ein weitläufiges Schloß auf einem Berge, welches große Garten- und Waldanlagen um sich hat. Auf diesem Schlosse hat einmal ein reiches und mächtiges Geschlecht gewohnt. Einer von ihnen hatte in dem kleinen Orte die Kirche bauen und auszieren lassen. Er hat die Kirche im altdeutschen Stile gebaut, Spitzbogen schließen sie, schlanke Säulen aus Stein teilen sie in drei Schiffe, und hohe Fenster mit Steinrosen in ihren Bögen und mit den kleinen vieleckigen Täfelchen geben ihr Licht. Der Hochaltar ist aus Lindenholz geschnitzt, steht wie eine Monstranze auf dem Priesterplatze und ist von fünf Fenstern umgeben. Viele Zeiten sind vorübergegangen. Der Gründer ist gestorben, man zeigt sein Bild aus rotem Marmor in Halbarbeit auf einer Platte in der Kirche. Andere Menschen sind gekommen, man machte Zutaten in der Kirche, man bemalte und bestrich die steinernen Säulen und die aus gehauenen Steinen gebauten Wände, man ersetzte die zwei Seitenaltäre, von deren Gestalt man jetzt nichts mehr weiß, durch neue, und es geht die Sage, daß schöne Glasgemälde die Monstranze umstanden haben, daß sie fortgekommen seien und daß gemeine viereckige Tafeln in die fünf Fenster gesetzt wurden. Sie verunzieren in der Tat noch jetzt die Kirche. Die neuen Besitzer des Schlosses waren nicht mehr so reich und mächtig, andere Zeiten hatten andere Gedanken bekommen, und so war der geschnitzte Hochaltar von Vögeln, Fliegen und Ungeziefer beschmutzt worden, die Sonne, die ungehindert durch die viereckigen Tafeln hereinschien, hatte ihn ausgedörrt, Teile fielen herab und wurden willkürlich wieder hinauf getan und durcheinander gestellt, und in Arme, Angesichter und Gewänder bohrte sich der Wurm.
Darum haben die Behörden des Landes den Altar wieder hergestellt, und zu diesem gingen wir.

Eustach geleitete uns in die Kirche, es war ein sonniger Vormittag, kein Mensch war zugegen, und wir traten vor das Schnitzwerk. Eustach konnte vieles aus den Regeln der alten Kunst und aus der Geschichte derselben erklären. Er sprach über das Mittelfeld, in welchem drei ganze, überlebensgroße Gestalten auf reich verzierten Gestellen unter reichen Überdächern standen. Es waren die Gestalten des heiligen Petrus, des heiligen Wolfgang – beide in Bischofsgewändern – und des heiligen Christophorus, wie er das Jesuskindlein auf der Schulter trägt, und wie dasselbe nach der Legende dem riesenhaft starken Manne schwer wie ein Weltball wird und seine Kräfte erschöpft, welche Erschöpfung in der Gestalt ausgedrückt ist. Sehr viele kleine Gestalten waren noch nach der Sitte unserer Vorältern in dem Raume zerstreut. An dem Mittelfelde waren in gezierten Rahmen zwei Flügel, auf welchen Bilder in halberhabener Arbeit sich befanden: die Verkündigung des Engels, die Geburt des Heilandes, die Opferung der drei Könige und der Tod Marias. Oberhalb des Mittelstückes war ein Giebel mit der emporstrebenden durchbrochenen Arbeit, die man, wie Eustach meint, fälschlich die gothische nennt, da sie vielmehr mittelalterlich deutsch sei. In diese durchbrochene

Arbeit waren mehrere Gestalten eingestreut. Zu beiden Seiten hinter den Flügeln standen die Gestalten des heiligen Florian und des heiligen Georg in mittelalterlicher Ritterrüstung empor.

Der heilige Florian hatte das Sinnbild des brennenden Hauses und der heilige Georg das des Drachen zu seinen Füßen. Eustach behauptete, daß sich nur aus der Ansicht eines Sinnbildes die Kleinheit solcher Beigaben zu altertümlichen Gestalten erkläre, da unsere kunstsinnigen Altvordern gewiß nicht den großen Fehler der Unverhältnismäßigkeit der Körper der Gegenstände gemacht haben würden. Mein Gastfreund sagte, ohne die Meinung Eustachs verwerfen zu wollen, daß man die Sache auch etwa so auslegen könne, daß man durch die über alles Maß hinausgehende Größe der Gestalten, gegen welche ein Haus oder ein Drache klein sei, ihre Übernatürlichkeit habe ausdrücken wollen.

Mein Gastfreund sagte, es müßten einmal nicht nur viel kunstsinnigere Zeiten gewesen sein als heute, sondern es müßte die Kunst auch ein allgemeineres Verständnis bis in das unterste Volk hinab gefunden haben; denn wie wären sonst Kunstwerke in so abgelegene Orte wie Kerberg gekommen, oder wie befänden sich solche in noch kleineren Kirchen und Kapellen des Hochlandes, die oft einsam auf einem Hügel stehen oder mit ihren Mauern aus einem Waldberge hervor ragen, oder wie wären kleine Kirchlein, Feldkapellen, Wegsäulen, Denksteine alter Zeit mit solcher Kunst gearbeitet: so wie heut zu Tage der Kunstverfall bis in die höheren Stände hinauf rage, weil man nicht nur in die Kirchen, Gräber und heiligen Orte abscheuliche Gestalten, die eher die Andacht zerstören als befördern, von dem Volke stellen läßt, sondern auch bis zu sich hinauf in das herrschaftliche Schloß so oft die leeren und geistesarmen Arbeiten einer ohnmächtigen Zeit zieht. Meines Gastfreundes und Eustachs bemächtigte sich bei diesen Betrachtungen eine Traurigkeit, welche ich nicht ganz begriff.

Wir betrachteten nach dem Altare auch noch die Kirche, betrachteten das Steinbild des Mannes, der sie hatte erbauen lassen, und betrachteten noch andere alte Grabdenkmale und Inschriften. Es zeigte sich hier, daß die fünf Fenster des Priesterplatzes nicht wie die Fenster des Kirchenschiffes in ihren Spitzbogen Steinrosen hatten, was als neuer Beweis galt, daß das Glas aus diesen Fenstern einmal heraus genommen worden war, und daß man zu besserer Gewinnung der Gemälde in den Spitzbogen oder gar zu bequemerer Einsetzung der viereckigen Tafeln die steinernen Fassungen weggeräumt habe.

Ich ging mit manchem Gedanken bereichert neben meinen zwei Begleitern aus der Kirche.

Auf der Rückfahrt schlugen wir einen anderen Weg ein, damit ich auch noch andere Teile des Landes zu sehen bekäme. Wir besuchten noch ein paar Kirchen und kleinere Bauwerke, und Eustach versprach mir, daß er mir, wenn wir nach Hause gekommen wären, die Zeichnungen von den Dingen zeigen würde, welche wir gesehen hatten. Die Männer sprachen auf der Rückreise auch von der mutmaßlichen Zeit, in welcher die Kirche, die das Ziel unserer Reise gewesen war, entstanden sein könnte. Sie schlossen auf diese Zeit aus der Art und Weise des Baues und aus manchen Verzierungen. Sie bedauerten nur, daß man Näheres darüber aus Urkunden nicht erfahren könne, da das Schriftgewölbe des alten Schlosses unzugänglich gehalten werde.

Wir fuhren am Mittage des nächsten Tages wieder die staffelartigen Erhebungen hinab und gelangten in später Nacht in das Rosenhaus.

Ich mahnte in ein paar Tagen darauf den Gärtner an unsern verabredeten Gang nach Ingheim. Er freute sich über meine Achtsamkeit, wie er es nannte, und an einem freundlichen Nachmittage gingen wir in das Schloß hinüber. Wir sagten die Ursache unseres Besuches und wurden mit Zuvorkommenheit empfangen.

Wir gingen sogleich in das Gewächshaus, und es war in Wirklichkeit eine sehr schöne und zu ansehnlicher Größe ausgebildete Pflanze, zu der mich der Gärtner Simon geführt hatte. Ich kannte nicht genau, wie weit sich diese Pflanzen überhaupt entwickeln und welche Größe sie zu erreichen vermögen; aber eine größere habe ich nirgends gesehen. Daß man sie in Ingheim nicht viel achte, erkannte ich ebenfalls; denn der Winkel des Gewächshauses, in welchem sie in freiem Boden stand, war der vernachlässigteste, es lagen Blumenstäbe, Bastbänder, welke Blätter und dergleichen dort, und man hatte ihn mit Gestellen, auf welchen andere Pflanzen standen, verstellt, daß sein Anblick den Augen entzogen werde. Man konnte den grünen Arm dieser Pflanze wohl an der Decke des Hauses hingehen sehen, ich hatte aber dort hinauf bei meiner ersten Anwesenheit nicht geschaut. Mein Begleiter erkannte jetzt, daß es ein Cereus peruvianus sei und erklärte mir seine Merkmale. Sonst aber konnten wir keine Cactus in Ingheim entdecken. Nach mancher Aufmerksamkeit, die uns in dem Schlosse noch zu Teil wurde, begaben wir uns gegen Abend wieder auf den Rückweg, und ich tröstete meinen alten Begleiter mit den Worten, daß ich glaube, daß es nicht schwer sein werde, diese Pflanze in das Rosenhaus zu bringen. Dort würde sie die Sammlung ergänzen und zieren, während sie in Ingheim allein ist. Auch wird man wohl einem Wunsche meines Gastfreundes willfährig sein, und ich werde die Sache schon zu fördern trachten.

Nach kurzer Zeit traten wir unsern Weg zum Besuche in dem Sternenhofe an. Dieses Mal fuhr außer Eustach auch Gustav mit. Die Grauschimmel wurden vor einen größeren Wagen gespannt, als wir in den Hochlanden gehabt hatten, und wir fuhren mit ihnen über den Hügel hinab. Es war sehr früh am Morgen, noch lange vor Sonnenaufgang. Wir fuhren auf der Hauptstraße gegen Rohrberg zu und fuhren endlich auf der Anhöhe an dem Alizwalde empor. Da die Pferde langsam den Weg hinan gingen, sagte mein Gastfreund: „Es ist möglich, daß ihr im vorigen Jahre an dieser Stelle Mathilden und Natalien gesehen habt. Sie erzählten mir, als sie zu Besuche der Rosenblüte zu mir kamen, und ich ihnen von euch, von eurer Anwesenheit bei mir und von eurer an dem Morgen ihrer Ankunft erfolgten Abreise sagte, daß sie einem Fußreisenden auf der Alizhöhe begegnet seien, der dem ungefähr gleich gesehen habe, den ich ihnen beschrieben."

Plötzlich war es mir ganz klar, daß wirklich Mathilde und Natalie die zwei Frauen gewesen waren, welchen ich an jenem Morgen an dieser Stelle begegnet bin. Mir waren jetzt deutlich dieselben Reisehüte vor Augen, die sie auch dieses Mal aufgehabt hatten, ich sah die Züge Nataliens wieder, und auch der Wagen und die braunen Pferde kamen mir in die Erinnerung. Darum also war mir Natalie immer als schon einmal gesehen vorgeschwebt. Ich hatte ja sogar damals gedacht, daß das menschliche Angesicht etwa der edelste Gegenstand für die Zeichnungskunst sein dürfte, und hatte sie als unbeholfener Mensch, der im Zurechtlegen aller Eindrücke geschickter ist als in dem der menschlichen, doch wieder aus meiner Vorstellungskraft verloren. Ich sagte zu meinem Gastfreunde, daß er durch seine Bemerkung meinem Gedächtnisse zu Hilfe gekommen sei, daß ich jetzt alles klar wisse und daß mir auf dieser Anhöhe Mathilde und Natalie begegnet seien, und daß ich ihnen, da der Wagen langsam den Berg hinab fuhr, nachgesehen habe.

„Ich habe mir es gleich so gedacht", erwiderte er.

Aber auch etwas anderes fiel mir ein und machte, daß mein Angesicht errötete. Also hatte mein Gastfreund von mir mit den Frauen gesprochen, und mich sogar beschrieben. Er hatte also einen Anteil an mir genommen. Das freute mich von diesem Manne sehr.

Als wir auf der Höhe des Berges angekommen waren, ließ mein Gastfreund an einer Stelle, wo das Seitengebüsch des Weges eine Durchsicht erlaubte, halten, stand im Wagen auf und bat mich, das gleiche zu tun. Er sagte, daß man an dieser Stelle das Stück des Alizwaldes, das zu dem Asperhofe gehöre, übersehen könne. Er wies mir mit dem Zeigefinger an den Farbunterschieden des Waldes, die durch die Mischung der Buchen und Tannen, durch Licht und Schatten und durch andere Merkmale hervorgebracht wurden, die Grenzen dieses Besitztumes nach. Als ich dies genugsam verstanden und ihm auch mit dem Finger ungefähr die Stellen des Waldes gezeigt hatte, an denen ich schon gewesen war, setzten wir uns wieder nieder und fuhren weiter.

Es war bei dieser Gelegenheit das erste Mal gewesen, daß ich aus seinem Munde den Namen Asperhof gehört habe, mit dem er sein Besitztum bezeichnete.

Nach kurzer Fahrt trennten wir uns von der nach Osten gehenden Hauptstraße und schlugen einen gewöhnlichen Verbindungsweg nach Süden ein. Wir fuhren also dem Hochgebirge näher. Am Mittage blieben wir eine ziemlich lange Zeit zur Erquickung und zum Ausruhen der Pferde, auf deren Pflege mein Gastfreund sehr sah, in einem einzeln stehenden Gasthofe, und es war schon am Abende in tiefer Dämmerung, als mir mein Gastfreund die Umrisse des Sternenhofes zeigte. Ich war schon zweimal in der Gegend gewesen, erinnerte mich sogar im allgemeinen auf das Gebäude und wußte genau, daß am Fuße des Hügels, auf welchem es stand, sehr schöne Ahorne wuchsen. Ich hatte aber nie Ursache gehabt, mich weiter um diese Gegenstände zu kümmern.

Wir kamen bei Sternenscheine zu den mir bekannten Ahornen, fuhren einen Hügel empor, legten einen Torweg zurück und hielten in einem Hofe. In demselben standen vier große Bäume, an deren eigentümlichen, gegen den dunkeln Nachthimmel gehaltenen Bildungen ich erkannte, daß es Ahorne seien. In ihrer Mitte plätscherte ein Brunnen. Auf das Rollen des Wagens unter dem hallenden Torwege kamen Diener mit Lichtern herbei, uns aus dem Wagen zu helfen. Gleich darauf erschien auch Mathilde und Natalie in dem Hofe, um uns zu begrüßen. Sie geleiteten uns die Treppe hinan in einen Vorsaal, in welchem die Begrüßungen im allgemeinen wiederholt wurden und von wo aus man uns unsere Zimmer anwies.

Das meinige war ein großes freundliches Gemach, in welchem bereits auf dem Tische zwei Kerzen brannten. Ich legte, da der Diener die Tür hinter sich geschlossen hatte, meinen Hut auf den Tisch, und das Nächste, was ich tat, war, daß ich mehrere Male schnell in dem Zimmer auf und nieder ging, um die durch das Fahren ersteiften Glieder wieder ein wenig einzurichten. Als dieses ziemlich gelungen war, trat ich an eines der offenen Fenster, um herum zu schauen. Es war aber nicht viel zu sehen. Die Nacht war schon zu weit vorgerückt und die Lichter im Zimmer machten die Luft draußen noch finsterer. Ich sah nur so viel, daß meine Fenster ins Freie gingen. Nach und nach begrenzten sich vor meinen Augen die dunkeln Gestalten der am Fuße des Hügels stehenden Ahorne, dann kamen Flecken von dunkler und fahler Farbe, wahrscheinlich Abwechslung von Feld und Wald, weiter war nichts zu unterscheiden als der glänzende Himmel darüber, der von unzähligen Sternen, aber nicht von dem geringsten Stückchen Mond beleuchtet war.

Nach einer Zeit kam Gustav und holte mich zu dem Abendessen ab. Er hatte eine große Freude, daß ich in dem Sternenhofe sei. Ich ordnete aus meinem Reisesacke, der heraufgeschafft worden war, ein wenig meine Kleider und folgte dann Gustav in das Speisezimmer. Dasselbe war fast wie das in dem Rosenhause. Mathilde saß wie dort in einem Ehrenstuhle oben an, ihr zur Rechten mein Gastfreund und Natalie, ihr zur Linken ich, Eustach und Gustav. Auch hier besorgte eine Haushälterin und eine Magd den Tisch. Der Hergang bei dem Speisen war der nehmliche wie an jenen Abenden bei meinem Gastfreunde, an denen wir alle beisammen gewesen waren.

Um von der Reise ausruhen zu können, trennte man sich bald und suchte seine Zimmer. Ich entschlief unter Unruhe, sank aber nach und nach in festeren Schlummer und erwachte, da die Sonne schon aufgegangen war.

Jetzt war es Zeit, herum zu schauen.

Ich kleidete mich so schnell und so sorgfältig an, als ich konnte, ging an ein Fenster, öffnete es und sah hinaus. Ein ganz gleicher, sehr schön grüner Rasen, der durch keine Blumengebüsche oder dergleichen unterbrochen war, sondern nur den weißen Sandweg enthielt, breitete sich über die gedehnte Dachung des Hügels, auf der das Gebäude stand, hinab. Auf dem Sandwege aber gingen Natalie und Gustav herauf. Ich sah in die schönen jugendlichen Angesichter, sie aber konnten mich nicht sehen, weil sie ihre Augen nicht erhoben. Sie schienen in traulichem Gespräche begriffen zu sein, und bei ihrer Annäherung – an dem Gange, an der Haltung, an den großen dunklen Augen, an den Zügen der Angesichter – sah ich wieder recht deutlich, daß sie Geschwister seien. Ich sah auf sie, so lange ich sie erblicken konnte, bis sie endlich der dunkle Torweg aufgenommen hatte.

Jetzt war die Gegend sehr leer.

Ich blickte kaum auf sie.

Allgemach entwickelten sich aber wieder freundlich Felder, Wäldchen und Wiesen im Gemisch, ich erblickte Meierhöfe rings herumgestreut, hie und da erglänzte ein weißer Kirchturm in der Ferne und die Straße zog einen lichten Streifen durch das Grün. Den Schluß machte das Hochgebirge, so klar, daß man an dem untern Teile seiner Wand die Talwindungen, an dem obern die Gestaltung der Kanten und Flächen und die Schneetafeln wahrnehmen konnte.

Sehr groß und schön waren die Ahorne, die unten am Hügel standen, deshalb mochten sie schon früher bei meinen Reisen durch diese Gegend meine Aufmerksamkeit erregt haben. Von ihnen zogen sich Erlenreihen fort, die den Lauf der Bäche anzeigten.

Das Haus mußte weitläufig sein; denn die Wand, in der sich meine Fenster befanden und die ich, hinausgebeugt, übersehen konnte, war sehr groß. Sie war glatt mit vorspringenden steinernen Fenstersimsen und hatte eine grauweißliche Farbe, mit der sie offenbar erst in neuerer Zeit übertüncht worden war.

Hinter dem Hause mußte vielleicht ein Garten oder ein Wäldchen sein, weil ich Vogelgesang herüber hörte. Auch war es mir zuweilen, als vernähme ich das Rauschen des Hofbrunnens.

Der Tag war heiter.

Ich harrte nun der Dinge, die kommen sollten.

Ein Diener rief mich zu dem Frühmahle. Es war zu derselben Zeit wie im Rosenhause. Als ich in das Speisezimmer getreten war, sagte mir Mathilde, daß es sehr lieb von mir sei, daß ich ihre Freunde und ihren Sohn in den Sternenhof begleitet habe, sie werde sich bemühen, daß es mir in demselben gefalle, wozu ihr ihr Freund, der mir den Asperhof anziehend mache, beistehen müsse.

Ich antwortete, daß ich mich auf die Reise in den Sternenhof sehr gefreut habe und daß ich mich freue, in demselben zu sein. Von einer Bedeutung sei es nicht, daß mir eine Rücksicht zu Teil werde, ich bitte nur, daß man, wenn ich etwas fehle, es nachsehe.

Nach mir trat Eustach ein. Mathilde begrüßte auch ihn noch einmal.

Gustav, der schon zugegen war, gesellte sich zu mir.

Die Frauen waren häuslich und schön, aber minder einfach als in dem Rosenhause gekleidet. Meinen Gastfreund sah ich zum ersten Male in ganz anderen Kleidern als auf seiner Besitzung und auf dem Besuche zu Ingheim. Er war schwarz, mit einem Fracke, der einen etwas weiteren und bequemeren Schnitt hatte als gewöhnlich, und sogar einen leichten Biberhut trug er in der Hand.

Nach dem Frühmahle sagte Mathilde, sie wolle mir ihre Wohnung zeigen. Die andern gingen mit. Wir traten aus dem Speisezimmer in einen Vorsaal. Am Ende desselben wurden zwei Flügeltüren aufgetan, und ich sah in eine Reihe von Zimmern, welche nach der ganzen Länge des Hauses hinlaufen mußte. Als wir eingetreten waren, sah ich, daß in den Zimmern alles mit der größten Reinheit, Schönheit und Zusammenstimmung geordnet war. Die Türen standen offen, so daß man durch alle Zimmer sehen konnte. Die Geräte waren passend, die Wände waren mit zahlreichen Gemälden geziert, es standen Glaskästen mit Büchern, es waren musikalische Geräte da, und auf Gestellen, die an den rechten Orten angebracht waren, befanden sich Blumen. Durch die Fenster sah die nähere Landschaft und die ferneren Gebirge herein.

Es zeigte sich, daß diese Zimmer ein schöner Spaziergang seien, der unter dem Dache und zwischen den Wänden hinführte. Man konnte sie entlang schreiten, von angenehmen Gegenständen umgeben sein und die Kälte oder das Ungestüm des Wetters oder Winters nicht empfinden, während man doch Feld und Wald und Berg erblickte. Selbst im Sommer konnte es Vergnügen gewähren, hier bei offenen Fenstern gleichsam halb im Freien und halb in der Kunst zu wandeln. Da ich meinen Blick mehr auf das Einzelne richtete, fielen mir die Geräte besonders auf. Die waren neu und nach sehr schönen Gedanken gebildet. Sie schickten sich so in ihre Plätze, daß sie gewissermaßen nicht von Außen gekommen, sondern zugleich mit diesen Räumen entstanden zu sein schienen. Es waren an ihnen sehr viele Holzarten vermischt, das erkannte ich sehr bald, es waren Holzarten, die man sonst nicht gerne zu Geräten nimmt, aber sie schienen mir so zu stimmen, wie in der Natur die sehr verschiedenen Geschöpfe stimmen.

Ich machte in dieser Hinsicht eine Bemerkung gegen meinen Gastfreund, und er antwortete: „Ihr habt einmal gefragt, ob Gegenstände, die wir in unserem Schreinerhause neu gemacht haben, in meinem Hause vorhanden seien, worauf ich geantwortet habe, daß nichts von Bedeutung in demselben sei, daß sich aber einige gesammelt in einem anderen Orte befinden, in den ich euch, wenn ihr Lust zu solchen Dingen hättet, geleiten würde. Diese Zimmer hier sind der andere Ort, und ihr seht die neuen Geräte, die in unserem Schreinerhause verfertigt worden sind."

„Es ist aber zu bewundern, wie sehr sie in ihren Abwechslungen und Gestalten hieher passen", sagte ich.

„Als wir einmal den Plan gefaßt hatten, die Zimmer Mathildens nach und nach mit neuen Geräten zu bestellen", erwiderte er, „so wurde die ganze Reihe dieser Zimmer im Grund- und Aufrisse aufgenommen, die Farben bestimmt, welche die Wände der einzelnen Zimmer haben sollten, und diese Farben gleich in die Zeichnungen getragen. Hierauf wurde zur Bestimmung der Größe, der Gestalt und der Farbe, mithin der Hölzer der einzelnen Geräte geschritten. Die Farbezeichnungen derselben wurden verfertigt und mit den Zeichnungen der Zimmer verglichen. Die Gestalten der Geräte sind nach der Art entworfen worden, die wir vom Altertume lernten, wie ich euch einmal sagte, aber so, daß wir nicht das Altertum geradezu nachahmten, sondern selbstständige Gegenstände für die jetzige Zeit verfertigten mit Spuren des Lernens an vergangenen Zeiten. Wir sind nach und nach zu dieser Ansicht gekommen, da wir sahen, daß die neuen Geräte nicht

schön sind und daß die alten in neue Räume zu wohnlicher Zusammenstimmung nicht paßten. Wir haben uns selber gewundert, als die Sachen nach vielerlei Versuchen, Zeichnungen und Entwürfen fertig waren, wie schön sie seien. In der Kunst, wenn man bei so kleinen Dingen von Kunst reden kann, ist eben so wenig ein Sprung möglich als in der Natur. Wer plötzlich etwas so Neues erfinden wollte, daß weder den Teilen noch der Gestaltung nach ein Ähnliches da gewesen ist, der würde so töricht sein wie der, der fordern würde, daß aus den vorhandenen Tieren und Pflanzen sich plötzlich neue, nicht dagewesene entwickeln. Nur daß in der Schöpfung die Allmählichkeit immer rein und weise ist; in der Kunst aber, die der Freiheit des Menschen anheim gegeben ist, oft Zerrissenheit, oft Stillstand, oft Rückschritt erscheint. Was die Hölzer anbelangt, so sind da fast alle und die schönsten Blätter verwendet worden, die wir aus den Knollen der Erlen geschnitten haben, die in unserer Sumpfwiese gewachsen sind. Ihr könnt sie dann betrachten. Wir haben uns aber auch bemüht, Hölzer aus unserer ganzen Gegend zu sammeln, die uns schön schienen, und haben nach und nach mehr zusammengebracht, als wir anfänglich glaubten. Da ist der schneeige, glatte Bergahorn, der Ringelahorn, die Blätter der Knollen von dunkelm Ahorn – alles aus den Alizgründen -, dann die Birke von den Wänden und Klippen der Aliz, der Wachholder von der dürren, schiefen Haidefläche, die Esche, die Eberesche, die Eibe, die Ulme, selbst Knorren von der Tanne, der Haselstrauch, der Kreuzdorn, die Schlehe und viele andere Gesträuche, die an Festigkeit und Zartheit wetteifern, dann aus unseren Gärten der Wallnußbaum, die Pflaume, der Pfirsich, der Birnbaum, die Rose. Eustach hat die Blätter der Hölzer alle gemalt und zur Vergleichung zusammengestellt, er kann euch die Zeichnung einmal im Asperhofe zeigen und die vielen Arten noch angeben, die ich hier nicht genannt habe. In der Holzsammlung müssen sie ja auch vorhanden sein."
Ich betrachtete die Sachen genauer. Die Erlenblätter, von denen mir mein Gastfreund im vorigen Jahre gesagt hatte, daß sie an einem anderen Orte verwendet worden seien, waren in der Tat außerordentlich, so feurig und fast erhaben, auch ungemein groß; alles andere Holz, wie zart, wie schön in der Zusammenstellung, daß man gar nicht ahnen sollte, daß dies in unseren Wäldern ist. Und die Gestalten der Geräte, wie leicht, wie fein, wie anschmiegend, sie waren ganz anders als die jetzt verfertigt werden, und waren doch neu und für unsere Zeit passend. Ich erkannte, welch ein Wert in den Zeichnungen liege, die Eustach habe. Ich dachte an meinen Vater, der solche Dinge so liebt. Ach, wenn er nur hier wäre, daß er sie sehen könnte! Mir war, als gingen mir neue Kenntnisse auf. Ich wagte einen Blick auf Natalie, ich wendete ihn aber schnell wieder weg; sie stand so in Gedanken, daß ich glaube, daß sie errötete, als ich sie anblickte.
Mathilde sagte zu Eustach: „Es ist im Verlaufe der Zeit, ohne daß eine absichtliche Störung vorgekommen wäre, manches hier anders geworden und nicht mehr so schön als anfangs. Wir werden es einmal, wenn ihr Zeit habt und herüber kommen wollt, ansehen, ihr könnt die Fehler erkennen und Mittel zur Abhilfe an die Hand geben."

Wir gingen nun weiter. Durch eine geöffnete Tür gelangten wir in Zimmer, welche in einer anderen Richtung des Hauses lagen. Die durchwanderten hatten nach Süd gesehen, diese sahen nach West. Es waren ein großer Saal und zwei Seitengemächer. Waren die früheren Zimmer lieb und wohnlich gewesen, so waren diese wahrhaft prachtvoll. Der Saal war mit Marmor gepflastert, die Zimmer hatten altertümliche Wandbekleidung, altertümliche Fenstervorhänge und altertümliche Geräte, der Fußboden des Saales enthielt die schönsten, seltensten und zahlreichsten Gattungen unsers Marmors, nach einer Zeichnung eingelegt und so geglättet, daß er alle Dinge spiegelte. Es war der ernsteste und feurigste Teppich. Wir mußten hier auch Filzschuhe anlegen. Auf diesem Spiegelboden standen die schönsten und wohlerhaltensten alten Schreine und andere Einrichtungsstücke. Es waren hier die größten versammelt. In den zwei anstoßenden Gemächern standen auf feurig farbigen Holzteppichen die kleineren, zarteren und feineren. Waren gleich die altertümlichen Geräte nicht schöner als die bei meinem Gastfreunde – ich glaube, schönere wird es kaum geben –, so zeigte sich hier eine Zusammenstimmung, als müßten die, welche diese Dinge ursprünglich hatten herrichten lassen, in ihren einstigen Trachten bei den Türen hereingehen. Es ergriff einen ein Gefühl eines Bedeutungsvollen.
„Die Marmore", sagte mein Gastfreund, „sind aller Orten erworben, geschliffen, geglättet und nach einer altertümlichen Zeichnung vieler Kirchenfenster eingesetzt worden."
„Aber daß ihr die Geräte so zusammen gefunden habt, daß sie wie ein Einziges stimmen, ist zu verwundern", sagte ich.
„Also empfindet ihr, daß sie stimmen?" erwiderte er. „Seht, das ist mir lieb, daß ihr das sagt. Ihr seid ein Beobachter, der nicht von der Sucht nach Altem befangen ist, wie uns unsere Gegner vorwerfen. Ihr empfangt also das Gefühl von den Gegenständen und tragt es nicht in dieselben hinein, wie auch unsere Gegner von uns sagen. Die Sache aber ist nur so: als man die Nichtigkeit und Leere der letztvergangenen Zeiten erkannte und wieder auf das Alte zurück wies und es nicht mehr als Plunder und Trödel ansah, sondern Schönes darin suchte: da geschahen freilich törichte Dinge. Man sammelte wieder Altes und nur Altes. Statt der neuen Mode mit neuen Gegenständen kam die neueste mit alten Gegenständen. Man raffte Schreine, Betschemel, Tische und dergleichen zusammen, weil sie alt waren, nicht weil sie schön waren, und stellte sie auf. Da standen nun Dinge beisammen, die in ihren Zeiten weit von einander ablagen, es konnte nicht fehlen, daß ein Widerwärtiges herauskam und daß die Feinde des Alten, wenn sie Gefühl hatten, sich abwenden mußten. Nichts aber kann so wenig passen, als alte Dinge von sehr verschiedenen Zeiten. Die Vorältern legten so sehr einen eigentümlichen Geist in ihre Dinge – es war der Geist ihres Gemütes und ihres allgemeinen Gefühlslebens –, daß sie diesem Geiste sogar den Zweck opferten. Man bringt Linnen, Kleider und dergleichen in neue Geräte zweckmäßiger unter als in alte. Man kann daher alte Geräte von ziemlich gleicher Zeit, aber verschiedenem Zwecke ohne große Störung des Geistes der Traulichkeit und Innigkeit, der in ihnen wohnt, zusammenstellen, während von unseren

Geräten, die keinen Geist, aber einen Zweck haben, sogleich ein Widersinniges ausgeht, wenn man Dinge verschiedenen Gebrauches in dasselbe Zimmer tut, wie etwa den Schreibtisch, den Waschtisch, den Bücherschrein und das Bett. Die größte Wirkung erzielt man freilich, wenn man alte Geräte aus derselben und guten Zeit, die also denselben Geist haben, und auch Geräte des nehmlichen Zweckes, in ein Zimmer bringt. Da spricht nun in der Wirklichkeit etwas ganz anderes als bei unseren neuen Dingen."
„Und das scheint mir hier der Fall zu sein", sagte ich.
„Es ist nicht Alles alt", erwiderte er. „Viele Dinge sind so unwiederbringlich verloren gegangen, daß es fast unmöglich ist, eine ganze Wohnung mit Gegenständen aus der selben Zeit einzurichten, daß kein notwendiges Stück fehlt. Wir haben daher lieber solche Stücke im alten Sinn neu gemacht, als alte Stücke von einer ganz anderen Zeit zugemischt. Damit aber Niemand irre geführt werde, ist an jedem solchen altneuen Stücke ein Silberplättchen eingefügt, auf welchem die Tatsache in Buchstaben eingegraben ist."
Er zeigte mir nun jene Gegenstände, welche in dem Schreinerhause als Ergänzung hinzugemacht worden sind.
Trotzdem war bei mir der Eindruck immer derselbe, und ich hatte beständig und beständig den Gedanken an meinen Vater in dem Haupte. Man führte mich auch zu den alten, schweren, mit Gold und Silber durchwirkten Fenstervorhängen und zeigte mir dieselben als echt, so auch die ledernen, mit Farben und Metallverzierungen versehenen Belege der Zimmerwände. Nur hat man da in dem Leder nachhelfen und ihm Nahrung geben müssen.
Als ich diese ernsten und feierlichen Gemächer genugsam betrachtet hatte, öffnete Mathilde das schwere Schloß der Ausgangstür, und wir kamen in mehrere unbedeutende Räume, die nach Norden sahen, worunter auch der allgemeine Eintrittssaal und das Speisezimmer waren. Von da gelangten wir in den Flügel, dessen Fenster die Morgensonne hatten. Hier waren die Wohnzimmer Mathildens und Nataliens. Jede hatte ein größeres und ein kleineres Gemach. Sie waren einfach mit neuen Geräten eingerichtet und drückten durch Dinge unmittelbaren Gebrauches die Bewohntheit aus, ohne daß ich die vielen Spielereien sah, mit denen gerne, zwar nicht bei meinen Eltern, aber an anderen Orten unserer Stadt, die Zimmer der Frauen angefüllt sind. In jeder der zwei Wohnungen sah ich eine der Zithern, die in dem Rosenhause gewesen waren. Bei Natalien herrschten besonders Blumen vor. Es standen Gestelle herum, auf welche sie von dem Garten herauf gebracht worden waren, um hier zu verblühen. Auch standen größere Pflanzen, namentlich solche, welche schöne Blätter oder einen schönen Bau hatten, in einem Halbkreise und in Gruppen auf dem Fußboden.
In einem Vorsaale, der den Eintritt zu diesen Wohnungen bildete, befand sich ein Clavier.
Die Zimmer im zweiten Stockwerke des Hauses waren geblieben, wie sie früher gewesen waren. Sie sahen so aus, wie sie gerne in weitläufigen alten Schlössern auszusehen

pflegen. Sie waren mit Geräten vieler Zeiten, die meistens ohne Geschmack waren, mit Spielereien vergangener Geschlechter, mit einigen Waffen und mit Bildern, namentlich Bildnissen, die nach der Laune des Tages gemacht waren, angefüllt. Namentlich waren an den Wänden der Gänge Abbildungen aufgehängt von großen Fischen, die man einmal gefangen, nebst beigefügter Beschreibung, von Hirschen, die man geschossen, von Federwild, von Wildschweinen und dergleichen. Auch Lieblingshunde fehlten nicht. In diesem Stockwerke waren nach Süden die Gastzimmer, und der Flügel derselben war geordnet worden. Hier befand sich auch mein Zimmer nebst dem Gustavs.
Nach der Besichtigung der Zimmer gingen wir in das Freie. Die breite Haupttreppe aus rotem Marmor führte in den Hof hinab. Derselbe zeigte, wie groß das Gebäude sei. Er war von vier ganz gleichen, langen Flügeln umschlossen. In seiner Mitte war ein Becken von grauem Marmor, in welches sich aus einer Verschlingung von Wassergöttinnen vier Strahlen ergossen. Um das Becken standen vier Ahorne, welche gewiß nicht kleiner waren als die, welche den Schloßhügel säumten. Auf dem Sandplatze unter den Ahornen waren Ruhebänke, ebenfalls aus grauem Marmor. Von diesem Sandplatze liefen Sandwege wie Strahlen auseinander. Der übrige Raum war gleichförmiger Rasen, nur daß an den Mauern des Hauses eine Pflasterung von glatten Steinen herum führte.
Von dem Hofe gingen wir bei dem großen Tore hinaus. Ich wendete mich, da wir draußen waren, unwillkürlich um, um das Gebäude zu betrachten. Über dem Tore war ein ziemlich umfangreiches steinernes Schild mit sieben Sternen. Sonst sah ich nichts, als was ich bei meinem Morgenausblicke aus dem Fenster schon gesehen hatte. Wir gingen auf einem Sandwege des grünen Rasens, wir umgingen das Haus und gelangten hinter demselben in den Garten. Hier sah ich, was ich mir schon früher gedacht hatte, daß das Gebäude, welches man wohl ein Schloß nennen mußte, nur aus den vier großen Flügeln bestehe, welche ein vollkommenes Viereck bildeten. Die Wirtschaftsgebäude standen ziemlich weit entfernt in dem Tale.
Der Garten begann mit Blumen, Obst und Gemüse, zeigte aber, daß er in der Entfernung mit etwas endigen müsse, das wie ein Laubwald aussah. Alles war rein und schön gehalten. Der Garten war auch hier mit gefiederten Bewohnern bevölkert, und man hatte ähnliche Vorrichtungen wie im Asperhofe. Die Bäume standen daher auch vortrefflich und gesund. Rosen zeigten sich ebenfalls viele, nur nicht in so besonderen Gruppierungen wie bei meinem Gastfreunde. Die Gewächshäuser des Gartens waren ausgedehnt und weit größer und sorgfältiger gepflegt als auf dem Asperhofe. Der Gärtner, ein junger und, wie es schien, unterrichteter Mann, empfing uns mit Höflichkeit und Ehrfurcht am Eingange derselben. Er zeigte mir mit mehr Genauigkeit seine Schätze, als ich mit der Rücksicht auf meine Begleiter, denen nichts neu war, für vereinbarlich hielt. Es waren viele Pflanzen aus fremden Weltteilen da, sowohl im warmen als im kalten Hause. Besonders erfreut war er über seine reiche Sammlung von Ananas, die einen eigenen Platz in einem Gewächshause einnahmen.

Nicht weit hinter dem Gewächshause stand eine Gruppe von Linden, welche beinahe so schön und so groß waren wie die in dem Garten des Asperhofes. Auch war der Sand unter ihrem Schattendache so rein gefegt, und um die Ähnlichkeit zu vollenden, liefen auf demselben Finken, Ammern, Schwarzkehlchen und andere Vögel so traulich hin, wie auf dem Sande des Rosenhauses. Daß Bänke unter den Linden standen, ist natürlich. Die Linde ist der Baum der Wohnlichkeit. Wo wäre eine Linde in deutschen Landen – und gewiß ist es in andern auch so – unter der nicht eine Bank stände oder auf der nicht ein Bild hinge oder neben welcher sich nicht eine Kapelle befände. Die Schönheit ihres Baues, das Überdach ihres Schattens und das gesellige Summen des Lebens in ihren Zweigen ladet dazu ein. Wir gingen in den Schatten der Linden.
„Das ist eigentlich der schönste Platz in dem Sternenhofe", sagte Mathilde, „und jeder, der den Garten besucht, muß hier ein wenig ruhen, daher sollt ihr auch so tun."
Mit diesen Worten wies sie auf die Bänke, die fast in einem Bogen unter den Stämmen der Linden standen und hinter denen sich eine Wand grünen Gebüsches aufbaute. Wir setzten uns nieder. Das Summen, wie es jedes Mal in diesen Bäumen ist, war gleichmäßig über unserm Haupte, das stumme Laufen der Vögel über den reinen Sand war vor unsern Augen und ihr gelegentlicher Aufflug in die Bäume tönte leicht in unsere Ohren.
Nach einiger Zeit bemerkte ich, daß auch mit Unterbrechungen ein leises Rauschen hörbar sei, gleichsam als würde es jetzt von einem leichten Lüftchen hergetragen, jetzt nicht. Ich äußerte mich darüber.
„Ihr habt recht gehört", sagte Mathilde, „wir werden die Sache gleich sehen."
Wir erhoben uns und gingen auf einem schmalen Sandpfade durch die Gebüsche, die sich in geringer Entfernung hinter den Linden befanden. Als wir etwa vierzig oder fünfzig Schritte gegangen waren, öffnete sich das Dickicht und ein freier Platz empfing uns, der rückwärts mit dichtem Grün geschlossen war. Das Grün bestand aus Epheu, welcher eine Mauer von großen Steinen bekleidete, die an ihren beiden Enden riesenhafte Eichen hatte. In der Mitte der Mauer war eine große Öffnung, oben mit einem Bogen begrenzt, gleichsam wie eine große Nische oder wie eine Tempelwölbung. Im Innern dieser Wölbung, die gleichfalls mit Eppich überzogen war, ruhte eine Gestalt von schneeweißem Marmor – ich habe nie ein so schimmerndes und fast durchsichtiges Weiß des Marmors gesehen, das noch besonders merkwürdig wurde durch das umgebende Grün. Die Gestalt war die eines Mädchens, aber weit über die gewöhnliche Lebensgröße, was aber in der Epheuwand und neben den großen Eichen nicht auffiel. Sie stützte das Haupt mit der einen Hand, den anderen Arm hatte sie um ein Gefäß geschlungen, aus welchem Wasser in ein vor ihr befindliches Becken rann. Aus dem Becken fiel das Wasser in eine in den Sand gemauerte Vertiefung, von welcher es als kleines Bächlein in das Gebüsch lief.
Wir standen eine Weile, betrachteten die Gestalt und redeten über sie. Eustach und ich kosteten auch mittelst einer alabasternen Schale, die in einer Vertiefung des Epheus stand, von dem frischen Wasser, welches sich aus dem Gefäße ergoß.

Hierauf gingen wir hinter der Eppichwand über eine Steintreppe empor und erstiegen einen kleinen Hügel, auf welchem sich wieder Sitze befanden, die von verschiedenen Gebüschen beschattet waren. Gegen das Haus zu aber gewährten sie die Aussicht. Wir mußten uns hier wieder ein wenig setzen. Zwischen den Eichen, gleichsam wie in einem grünen, knorrigen Rahmen erschien das Haus. Mit seinem hohen, steilen Dache von altertümlichen Ziegeln und mit seinen breiten und hochgeführten Rauchfängen glich es einer Burg, zwar nicht einer Burg aus den Ritterzeiten, aber doch aus den Jahren, in denen man noch den Harnisch trug, aber schon die weichen Locken der Perücke auf ihn herabfallen ließ. Die Schwere einer solchen Erscheinung sprach sich auch in dem ganzen Bauwerke aus. Zu beiden Seiten des Schlosses sah man die Landschaft und hinten das liebliche Blau der Gebirge. Die dunkeln Gestalten der Linden, unter denen wir gesessen waren, befanden sich weiter links und störten die Aussicht nicht.

„Man hat sehr mit Unrecht in neuerer Zeit die Mauern dieses Schlosses mit der weißgrauen Tünche überzogen", sagte mein Gastfreund, „wahrscheinlich um es freundlicher zu machen, welche Absicht man sehr gerne zu Ende des vorigen Jahrhunderts an den Tag legte. Wenn man die großen Steine, aus denen die Hauptmauern errichtet sind, nicht bestrichen hätte, so würde das natürliche Grau derselben mit dem Rostbraun des Daches und dem Grün der Bäume einen sehr zusammenstimmenden Eindruck gemacht haben. Jetzt aber steht das Schloß da wie eine alte Frau, die weiß gekleidet ist. Ich würde den Versuch machen, wenn das Schloß mein Eigentum wäre, ob man nicht mit Wasser und Bürsten und zuletzt auf trockenem Wege mit einem feinen Meißel die Tünche beseitigen könnte. Alle Jahre eine mäßige Summe darauf verwendet, würde jährlich die Aussicht, des widrigen Anblickes erledigt zu werden, angenehm vermehren."

„Wir können ja den Versuch nahe an der Erde machen und aus der Arbeit einen ungefähren Kostenanschlag verfertigen", sagte Mathilde; „denn ich gestehe gerne zu, daß mich auch der Anblick dieser Farbe nicht erfreut, besonders, da die Außenseite der Mauern ganz von Steinen ist, die mit feinen Fugen an einander stoßen, und man also bei Erbauung des Hauses auf keine andere Farbe als die der Steine gerechnet hat. Jetzt ist das Schloß von Innen viel natürlicher und, wenn auch nicht an eine Kunstzeit erinnernd, doch in seiner Art zusammenstimmender als von Außen."

„Das Grau der Mauer mit den grauen Steinsimsen der Fenster, die nicht ungeschickt gegliedert sind, mit der Höhe und Breite der Fenster, deren Verhältnis zu den festen Zwischenräumen ein richtiges ist, würde, glaube ich, dem Hause ein schöneres Ansehen geben, als man jetzt ahnt", sagte Eustach.

Mir fielen bei dieser Äußerung die Worte ein, welche mein Gastfreund einmal zu mir gesagt hatte, daß alte Geräte in neuen Häusern nicht gut stehen. Ich erinnerte mich, daß in dem Saale und in den alt eingerichteten Gemächern dieses Schlosses die hohen Fenster, die breiten Räume zwischen ihnen und die eigentümlich gestalteten

Zimmerdecken den Geräten sehr zum Vorteile gereichten, was in Zimmern der neuen Art gewiß nicht der Fall gewesen wäre.

Als wir so sprachen, kamen Natalie und Gustav, die bei der Nymphe des Brunnens zurückgeblieben waren, die Steintreppe zu uns empor. Die Angesichter waren sanft gerötet, die dunkeln Augen blickten heiter in das Freie, und die beiden jugendlichen Gestalten stellten sich mit einer anmutigen Bewegung hinter uns.

Von diesem Hügel der Eichenaussicht gingen wir weiter in den Garten zurück und gelangten endlich in das Gemisch von Ahornen, Buchen, Eichen, Tannen und anderen Bäumen, welches wie ein Wäldchen den Garten schloß. Wir gingen in den Schatten ein, und die Freudenäußerungen und das Geschmetter der Vögel war kaum irgendwo größer als hier. Wir besuchten Stellen, wo man der Natur nachgeholfen hatte, um diese Abteilung noch angenehmer zu machen, und Gustav zeigte mir Bänke, Tischchen und andere Plätze, wo er mit Natalien gesessen war, wo sie gelernt, wo sie als Kinder gespielt hatten. Wir gingen an den wunderbar von Licht und Schatten gesprenkelten Stämmen dahin, wir gingen über die dunkeln und die leuchtenden Stellen der Sandwege, wir gingen an reichen grünenden Büschen, an Ruhebänken und sogar an einer Quelle vorbei und kamen durch Wendungen, die ich nicht bemerkt hatte, an einer Stelle wieder in den freien Garten zurück, die an der entgegengesetzten Seite von der lag, bei welcher wir das Wäldchen betreten hatten.

Wir ließen jetzt die zwei großen Eichen links, ebenso die Linden und gingen auf einem anderen Wege in das Schloß zurück.

Das Mittagessen wurde an dem äußerst schönen Grün des Hügels unmittelbar vor dem Hause unter einem Dache von Linnen eingenommen.

Am Nachmittage besprachen sich Mathilde und Eustach vorläufig über das, was in Hinsicht der Beschädigungen geschehen könnte, welche die neuen Geräte in den Südzimmern sowie die Fußböden und zum Teile auch die alten Geräte in den Westzimmern in der Zeit erlitten hatten. Gegen Abend wurden der Meierhof und die Wirtschaftsgebäude besucht.

So wie Mathilde in dem Rosenhause um den weiblichen Anteil des Hauswesens sich bekümmert, alles, was dahin einschlug, besehen und Anleitungen zu Verbesserungen gegeben hatte: so tat es mein Gastfreund in dem Sternenhofe mit allem, was auf die äußere Verwaltung des Besitzes Bezug hatte, worin er mehr Erfahrung zu haben schien als Mathilde. Er ging in alle Räume, besah die Tiere und ihre Verpflegung und besah die Anstalten zur Bewahrung oder Umgestaltung der Wirtschaftserzeugnisse. War mir dieses Verhältnis schon in dem Rosenhause ersichtlich gewesen, so war es hier noch mehr der Fall. In den Handlungen meines Gastfreundes und in dem kleinen Teile, den ich von seinen Gesprächen mit Mathilde über häusliche Dinge hörte, zeigte er sich als ein Mann, der mit der Bewirtschaftung eines großen Besitzes vertraut ist und die Pflichten, die ihm in dieser Hinsicht zufallen, mit Eifer, mit Umsicht und mit einem

Blicke über das Ganze erfüllt, ohne eben deshalb die Grenzen zu berühren, innerhalb welcher die Geschäfte einer Frau liegen. Das geschah so natürlich, als müßte es so sein und als wäre es nicht anders möglich.

Von dem Meierhofe gingen wir in die Wiesen und auf die Felder, welche zu der Besitzung gehörten. Wir gingen endlich über die Grenzen des Besitztumes hinaus, gingen über den Boden anderer Menschen, die wir zum Teile arbeitend auf den Feldern trafen und mit denen wir redeten. Wir gelangten endlich auf eine Anhöhe, die eine große Umsicht gewährte. Wir blieben hier stehen. Das erste, auf das wir blickten, war das Schloß mit seinem grünen Hügel und im Schoße seiner umgürtenden Ahorne und des begrenzenden Gartenwaldes. Dann gingen wir auf andere Punkte über.

Man zeigte und nannte mir die einzelnen Häuser, die zerstreut in der Landschaft lagen und durch die Linien von Obstbäumen, die hier überall durch das Land gingen, wie durch grüne Ketten zusammenhingen. Dann kam man auf die entfernteren Ortschaften, deren Türme hier zu erblicken waren. In diesem Stoffe konnte ich schon mehr mitreden, da mir die meisten Orte bekannt waren. Als wir aber mit unsern Augen in die Gebirge gelangten, war ich fast der Bewandertste. Ich geriet nach und nach in das Reden, da man mich um verschiedene Punkte fragte, und sah, daß ich Antwort zu geben wußte. Ich nannte die Berge, deren Spitzen erkennbar hervortraten, ich nannte auch Teile von ihnen, ich bezeichnete die Täler, deren Windungen zu verfolgen waren, zeigte die Schneefelder, bemerkte die Einsattlungen, durch welche Berge oder ganze Gebirgszüge zusammenhingen oder getrennt waren, und suchte die Richtungen zu verdeutlichen, in denen bekannte Gebirgsortschaften lagen oder bekannte Menschenstämme wohnten. Natalie stand neben mir, hörte sehr aufmerksam zu und fragte sogar um Einiges.

Als die Sonne untergegangen war und die sanfte Glut von den Gipfeln der Hochgebirge sich verlor, gingen wir in das Schloß zurück.

Das Abendessen wurde in dem Speisezimmer eingenommen.

So brachten wir mehrere Tage in freundlichem Umgange und in heiteren, mitunter belehrenden Gesprächen hin.

Endlich rüsteten wir uns zur Abreise. Am frühesten Morgen war der Wagen bespannt. Mathilde und Natalie waren aufgestanden, um uns Lebewohl zu sagen. Mein Gastfreund nahm Abschied von Mathilde und Natalie, Eustach und Gustav verabschiedeten sich, und ich glaubte auch einige Worte des Dankes für die gütige Aufnahme an Mathilde richten zu müssen. Sie gab eine freundliche Antwort und lud mich ein, bald wieder zu kommen. Selbst zu Natalie sagte ich ein Wort des Abschiedes, das sie leise erwiderte.

Wie sie so vor mir stand, begriff ich wieder, wie ich bei ihrem ersten Anblicke auf den Gedanken gekommen war, daß der Mensch doch der höchste Gegenstand für die Zeichnungskunst sei, so süß gehen ihre reinen Augen und so lieb und hold gehen ihre Züge in die Seele des Betrachters.

Wir stiegen in den Wagen, fuhren den grünen Rasenhügel hinab, wendeten unsern Weg gegen Norden und kamen spät in der Nacht im Rosenhause an.

Mein Bleiben war nun in diesem Hause nicht mehr lange; denn ich hatte keine Zeit mehr zu verlieren. Ich packte meine Sachen ein, bezeichnete die Kisten und Koffer, welchen Weg sie zu nehmen hätten, besuchte alle, von denen ich glaubte, Abschied nehmen zu müssen, dankte meinem Gastfreunde für alle Güte und Freundlichkeit, leistete das Versprechen, wieder zu kommen, und wanderte eines Tages über den Rosenhügel hinunter. Da es zu einer Zeit geschah, in welcher Gustav frei war, begleiteten er und Eustach mich eine Stunde Weges.

Die Erweiterung

Ich ging an den Ort, wo ich meine Arbeiten abgebrochen hatte. Die Leute, welche von meiner Absicht, wieder zu kommen, unterrichtet waren, hatten mich schon lange erwartet. Der alte Kaspar, welcher mein treuester Begleiter auf meinen Gebirgswanderungen war und meistens in einem Ledersacke die wenigen Lebensmittel trug, welche wir für einen Tag brauchten, hatte schon mehrere Male in dem Ahornwirtshause um mich gefragt und war gewöhnlich, wie mir die Wirtin sagte, ehe er eintrat, ein wenig auf der Gasse stehen geblieben und hatte auf die vielen Fenster, welche von der hölzernen Zimmerung des Hauses auf die Ahorne hinausschauten, empor geblickt, um zu sehen, ob nicht aus einem derselben mein Haupt hervorrage. Jetzt saß er wieder bei mir an dem langen Fichtentische unter den grünen Bäumen, und die andern, denen er Botschaft getan hatte, fanden sich ein. Ich war sehr erfreut und es rührte mein Herz, als ich sah, daß diese Leute mit Vergnügen mein Wiederkommen ansahen und sich schon auf die Fortsetzung der Arbeit freuten.

Ich ging sehr rüstig daran, gleichsam als ob mich mein Gewissen drängte, das, was ich durch die längere Abwesenheit versäumt hatte, einzubringen. Ich arbeitete fleißiger und tätiger als in allen früheren Zeiten, wir durchforschten die Bergwände längs ihrer Einlagerungen in die Talsohlen und in ihren verschiedenen Höhepunkten, die uns zugänglich waren oder die wir uns durch unsere Hämmer und Meißel zugänglich machten. Wir gingen die Täler entlang und spähten nach Spuren ihrer Zusammensetzungen, und wir begleiteten die Wasser, die in den Tiefen gingen, und untersuchten die Gebilde, welche von ihnen aus entlegenen Stellen hergetragen und immer weiter und weiter geschoben wurden. Der Hauptsammelplatz für uns blieb das Ahornhaus, und wenn wir auch oft länger von demselben abwesend waren und in anderen Gebirgswirtshäusern oder bei Holzknechten oder auf einer Alpe oder gar im Freien übernachteten, so kamen wir in Zwischenräumen doch immer wieder in das Ahornhaus zurück, wir wurden dort als Eingebürgerte betrachtet, meine Leute fanden ihre Schlafstellen im Heu, ich hatte mein beständiges wohleingerichtetes Zimmer und hatte ein Gelaß, in welches ich meine gesammelten Gegenstände konnte bringen lassen.

Oft, wenn ich von dem Arbeiten ermüdet war oder wenn ich glaubte, in dem Einsammeln meiner Gegenstände genug getan zu haben, saß ich auf der Spitze eines Felsens und schaute sehnsüchtig in die Landschaftsgebilde, welche mich umgaben, oder blickte in einen der Seen nieder, wie sie unser Gebirge mehrere hat, oder betrachtete die dunkle Tiefe einer Schlucht, oder suchte mir in den Moränen eines Gletschers einen Steinblock aus und saß in der Einsamkeit und schaute auf die blaue oder grüne oder schillernde Farbe des Eises. Wenn ich wieder talwärts kam und unter meinen Leuten war, die sich zusammenfanden, war es mir, als sei mir alles wieder klarer und natürlicher.
Von einem Jägersmanne, welcher aber mehr ein Herumstreicher war, als daß er an einem Platze durch lange Zeit als ein mit dem Bezirke und mit dem Wildstande vertrauter Jäger gedient hätte, ließ ich mir eine Zither über die Gebirge herüber bringen. Er kannte, eben weil er nirgends lange blieb und an allen Orten schon gedient hatte, das ganze Gebirge genau und wußte, wo die besten und schönsten Zithern gemacht würden. Er konnte dies darum auch am besten beurteilen, weil er der fertigste und berühmteste Zitherspieler war, den es im Gebirge gab. Er brachte mir eine sehr schöne Zither, deren Griffbrett von rabenschwarzem Holze war, in welchem sich aus Perlenmutter und Elfenbein eingelegte Verzierungen befanden, und auf welchem die Stege von reinem glänzenden Silber gemacht waren. Die Bretter, sagte mein Bote, könnten von keiner singreicheren Tanne sein; sie ist von dem Meister gesucht und in guten Zeichen und Jahren eingebracht worden. Die Füßlein der Zither waren elfenbeinerne Kugeln. Und in der Tat, wenn der Jägersmann auf ihr spielte, so meinte ich, nie einen süßeren Ton auf einem menschlichen Geräte gehört zu haben. Selbst was Mathilde und Natalie in dem Rosenhause gespielt hatten, war nicht so gewesen; ich hatte weit und breit nichts gehört, was an die Handhabung der Zither durch diesen Jägersmann erinnerte. Ich ließ ihn gerne in meiner Gegenwart auf meiner Zither spielen, weil ihm keine so klang wie diese und weil er sagte, sie müsse eingespielt werden.
Er wurde mein Lehrer im Zitherspiele, und ich nahm mir vor, da ich sah, daß er meine Zither allen anderen vorzog, ihm, wenn ich Ursache hätte, mit unseren Lehrstunden zufrieden zu sein, eine gleiche zu kaufen.
Er hatte nehmlich erzählt, daß der Meister mehrere aus dem gleichen Holze wie die meinige und in gleicher Art gefertigt habe. Da sie nun ziemlich teuer gewesen war, so schloß ich, daß der Meister die gleichen nicht so schnell werde verkaufen können und daß noch eine werde übrig sein, wenn ich meinem Lehrer zu dem gewöhnlichen Lohne, den ich ihm in Geld zugedacht habe, noch dieses Geschenk würde hinzufügen wollen.

Ich begann in demselben Sommer auch, mir eine Sammlung von Marmoren anzulegen. Die Stücke, die ich gelegentlich fand oder die ich mir erwarb, wurden zu kleinen Körpern geschliffen, gleichsam dicken Tafeln, die auf ihren Flächen die Art des Marmors zeigten. Wenn ich größere Stücke fand, so bestimmte ich sie außer dem, daß ich die gleiche Art in Tafeln in die Sammlung tat, zu allerlei Gegenständen, zu kleinen Dingen des

Gebrauches auf Schreibtischen, Schreinen, Waschtischen oder zu Teilen von Geräten oder zu Geräten selbst. Ich hoffte, meinem Vater und meiner Mutter eine große Freude zu machen, wenn ich nach und nach als Nebengewinn meiner Arbeiten eine Zierde in ihr Haus oder gar in den Garten brächte; denn ich sann auch darauf, aus einem Blocke, wenn ich einen fände, der groß genug wäre, ein Wasserbecken machen zu lassen.

Im Lauterthale fand ich einmal Roland, den Bruder Eustachs. Er hatte in einer alten Kirche gezeichnet und war jetzt damit beschäftigt, im Gasthause des Lauterthales diese Zeichnungen und einige andere, welche er in der Nähe entworfen hatte, mehr in das Reine zu bringen. Es befand sich nehmlich nicht weit von Lauterthal ein einsamer Hof oder eigentlich mehr ein festes, steinernes, schloßartiges Haus, welches einmal einer Familie gehört hatte, die durch Handel mit Gebirgserzeugnissen und durch immer ausgedehnteren Verkehr in viele Gegenden der Erde wohlhabend und durch Entartung ihrer Nachkommen, durch den Leichtsinn derselben und durch Verschwendung wieder arm geworden war. Einer dieses Geschlechtes hatte das große steinerne Haus gebaut. Es gehörte jetzt einem fremden Herrn aus der Stadt, welcher es seiner Lage und seiner Seltenheiten willen gekauft hatte und es zuweilen besuchte. In dem Hause waren schöne Bauwerke, schöne Steinarbeiten und schöne Arbeiten aus Holz, teils in Zimmerdecken, Türen und Fußböden, teils in Geräten. Die Holzarbeit mußte einmal im Gebirge viel blühender gewesen sein als jetzt. Von diesen Gegenständen durfte nichts aus dem Hause gebracht werden, auch wurde von ihnen nichts verkauft. Roland hatte die Erlaubnis erhalten, zu zeichnen, was ihm als zeichnungswürdig erscheinen würde. Dieses Zweckes halber hielt er sich im Lauterthalwirtshause auf. Ich besuchte mit ihm öfter das Haus, und wir gerieten in mannigfache Gespräche, namentlich, wenn wir abends, nachdem wir beide unser Tagewerk getan hatten, an dem Wirtstische in der großen Stube zusammen kamen. Ich fand in ihm einen sehr feurigen Mann von starken Entschlüssen und von heftigem Begehren, sei es, daß ein Gegenstand der Kunst sein Herz erfüllte oder daß er sonst etwas in den Bereich seines Wesens zu ziehen strebte. Er verließ diese Stätte früher als ich.

Ehe mich meine Geschäfte aus der Gegend führten, fand ich noch etwas, das mich meines Vaters willen sehr freute. Kaspar hatte öfters meinen und Rolands Gesprächen zugehört und mitunter sogar in die Zeichnungen geblickt. Einmal sagte er mir, daß, wenn ich an alten Dingen so ein Vergnügen hätte, er mir etwas zeigen könne, das sehr alt und sehr merkwürdig wäre.

Es gehöre einem Holzknechte, der ein Haus, einen Garten und ein kleines Feldwesen habe, das von seinem Weibe und seinen heranwachsenden Kindern besorgt werde. Wir gingen einmal auf meine Anregung in das Haus hinauf, das jenseits eines Waldarmes mitten in einer trockenen Wiese nicht weit von kleinen Feldern und hart an einem großen, vereinzelten Steinblocke lag, wie sie sich losgerissen oft im Innern von fruchtbaren Gründen befinden. Das alte Werk, welches ich hier traf, war die Vertäfelung von zwei Fensterpfeilern, ungefähr halbmanneshoch. Es war offenbar der Rest einer viel größeren Vertäfelung, welche in der angegebenen Höhe auf dem Fußboden längs der ganzen Wände eines Zimmers herum gelaufen war. Hier bestanden nur mehr die Verkleidungen von zwei Fensterpfeilern; aber sie waren vollkommen ganz. Halberhabne Gestalten von Engeln und Knaben, mit Laubwerk umgeben, standen auf einem Sockel und trugen zarte Simse. Der Besitzer des Häuschens hatte die zwei Verkleidungen in seiner Prunkstube so aufgestellt, daß sie mit der unverzierten Höhlung gegen die Stube schauten. In diese Höhlung hatte er geschnitzte und bemalte Heiligenbilder aus neuerer Zeit gestellt. Vermutlich war das Werk einmal in dem steinernen Hause gewesen und war dort weggekommen, da etwa Nachfolger Veränderungen machten und Gegenstände verschleuderten. Der Besitzer des Wiesenhauses sagte uns, daß sein Großvater die Dinge in einer Versteigerung der Hagermühle gekauft habe, die wegen Verschwendung des Müllers war eingeleitet worden. Meine Nachfragen um die Ergänzungen zu diesen Verkleidungen waren vergeblich, und durch Vermittlung Kaspars erkaufte ich von dem Besitzer die übergebliebenen Reste. Ich ließ Kisten machen, legte die gefugten Teile auseinander, packte sie selber ein und sendete sie unterdessen in das Ahornhaus zu meinen anderen Dingen.

Ich blieb wirklich in jenem Herbste sehr lange im Gebirge. Es lag nicht nur der Schnee schon auf den Bergen, sondern er deckte auch bereits das ganze Land, und man fuhr schon in Schlitten statt in Wägen, als ich von dem Ahornhause Abschied nahm. Ich hatte alle meine Sachen gepackt und hatte sie voraus gesendet, weil ich im künftigen Jahre nicht mehr in diesem freundlichen Hause, sondern irgend wo anders meinen Aufenthalt würde aufschlagen müssen. Ich sagte allen meinen Leuten Lebewohl und ging auf der glattgefrorenen Bahn neben dem rauschenden Flusse, der schon Stücke Ufereis ansetzte, in die ebneren Länder hinaus. Mein Weg führte mich in seinem Verlaufe auf Anhöhen dahin, von welchen ich im Norden die Gegend des Rosenhauses und im Süden die des Sternenhofes erblicken konnte. In dem weißen Gewande, welches sich über die Gefilde breitete und welches von den dunkeln Bändern der Wälder geschnitten war, konnte ich kaum die Hügelgestaltungen erkennen, innerhalb welcher das Haus meines Freundes liegen mußte, noch weniger konnte ich die Umgebungen des Sternenhofes unterscheiden, da ich nie im Winter in dieser Gegend gewesen war. Das aber wußte ich mit Gewißheit, in welcher Richtung das Haus liegen müsse, an dem im vergangenen Sommer so viele Rosen geblüht haben und in welcher das Schloß, hinter dem die alten Linden standen und die Quelle floß, an der die weibliche Gestalt aus weißem Marmor Wache hielt. Die wohltuenden Fäden, die mich nach beiden Richtungen zogen, wurden von dem stärkeren Bande aufgehoben, das mich zu den lieben, teuren Meinigen führte. Als ich das flache Land erreicht hatte und an dem Orte eingetroffen war, in welchem mich meine Kisten erwarten sollten, übergab ich dieselben, die ich unverletzt vorfand, meinem Frächter zur Beförderung an den Strom und empfahl sie ihm, besonders die mit den Altertümern, auf das Angelegentlichste. Am anderen Tage reiste ich in einem Wagen nach. Am Strome ließ ich die Kisten sorgfältig in ein Schiff bringen und fuhr am nächsten Morgen mit dem nehmlichen Schiffe meiner Vaterstadt zu.

Ich langte glücklich dort an, ließ meine Habseligkeiten in unser Haus schaffen, packte zuerst die Kiste mit den Altertümern aus und war beruhigt, als die Holzschnitzereien unversehrt daraus hervor gingen. Die Freude meines Vaters war außerordentlich, die Mutter freute sich des Vaters willen, und die Schwester, deren glänzende Augen bald auf mich, bald auf den Vater schauten, zeigte, daß sie mit mir zufrieden sei. Dieses ließ mir manches vergessen, das beinahe wie eine Sorge in meinem Herzen war. Ich befand mich wieder bei meinen Angehörigen, die mit allen Kräften ihrer Seele an meinem Wohle Anteil nahmen, und dies erfüllte mich mit Ruhe und einer süßen Empfindung, die mir in der letzten Zeit beinahe fremd geworden war.

Ich sah am anderen Tage, als ich in das Speisezimmer ging, den Vater, wie er vor den Verkleidungen stand und sie betrachtete. Bald neigte er sich näher zu ihnen, bald kniete er nieder und befühlte manches mit der Hand oder untersuchte es genauer mit den Augen.

Mir klopfte das Herz vor Freude, und die weißen Haare, welche unter den dunkeln immer häufiger auf seinem Haupte zum Vorschein kamen, erschienen mir doppelt ehrwürdig, und die leichte Falte der Sorge auf seiner Stirne, die in der Arbeit für uns auf diesem Sitze seiner Gedanken entstanden war, während ich meiner Freude nachgehen und die Welt und die Menschen genießen konnte, und während meine Schwester wie eine prachtvolle Rose erblühen durfte, erfüllte mich beinahe mit einer Andacht. Die Mutter kam dazu, er zeigte ihr manches, er erklärte ihr die Stellungen der Gestalten, die Führung und die Schwingung der Stengel und der Blätter und die Einteilung des Ganzen. Die Mutter verstand diese Dinge durch die langjährige Übung viel besser als ich, und ich sah jetzt, daß ich dem Vater etwas weit Schöneres gebracht habe, als ich wußte. Ich nahm mir vor, im nächsten Frühlinge viel genauer nach den zu diesen Verkleidungen noch gehörenden Teilen zu forschen; ich hatte früher nur im allgemeinen gefragt, jetzt wollte ich aber auf das Sorgfältigste in der ganzen Gegend suchen. Nachdem wir noch eine Weile über das Werk geredet hatten, führte mich die Mutter durch alle meine Zimmer und zeigte mir, was man während meiner Abwesenheit getan habe, um mir den Winteraufenthalt recht angenehm zu machen. Die Schwester kam dazu, und da die Mutter fortgegangen war, schlang sie beide Arme um meinen Hals, küßte mich und sagte, daß ich so gut sei und daß sie mich nach Vater und Mutter unter allen Dingen, die auf der Welt sein können, am meisten und am außerordentlichsten liebe. Mir wären bei dieser Rede bald die Tränen in die Augen getreten.

Als ich später in meinem Zimmer allein auf und ab ging, wollte mir mein Herz immer sagen: „Jetzt ist alles gut, jetzt ist alles gut."

Ich kaufte mir am andern Tage eine spanische Sprachlehre, welche mir ein Freund, der sich seit mehreren Jahren mit diesen Dingen abgegeben hatte, anriet. Ich begann neben meinen anderen Arbeiten vorerst für mich in diesem Buche zu lernen, mir vorbehaltend, später, wenn ich es für nötig halten sollte, auch einen Lehrer im Spanischen zu nehmen. Auch fuhr ich nicht nur fort, in den Schauspielen Shakespeares zu lesen, sondern ich wendete die Zeit, die mir von meinen Arbeiten übrig blieb, auch der Lesung anderer dichterischer Werke zu. Ich suchte die Schriften der alten Griechen und Römer wieder hervor, von denen ich schon Bruchstücke während meiner Studienjahre als Pflichterfüllung hatte lesen müssen. Damals waren mir die Gestaltungen dieser Völker, die ich mit ruhigen und kühlen Kräften hatte erfassen können, sehr angenehm gewesen, deshalb nahm ich jetzt die Bücher dieser Art wieder vor.

Meine Zither gereichte der Schwester zur Freude. Ich spielte ihr die Dinge vor, die ich bereits auf diesen Saiten hervorzubringen im Stande war, ich zeigte ihr die Anfangsgründe, und als für uns beide in dieser Übung auch ein Meister aus der Stadt in das Haus kam, lieh ich ihr die Zither und versprach ihr, eine eben so schöne und gute oder eine noch schönere und bessere für sie aus dem Gebirge zu schicken, wenn sie zu bekommen wäre. Ich erzählte ihr, daß der Mann, der mir in dem Gebirge Unterricht im Zitherspiele gebe, bei weitem schöner, wenn auch nicht so gekünstelt spiele als der Meister in der Stadt. Ich sagte, ich wolle in dem Gebirge sehr fleißig lernen und ihr, wenn ich wieder komme, Unterricht in dem erteilen, was ich unterdessen in mein Eigentum verwandelt hätte.

Unter diesen Beschäftigungen und unter andern Dingen, welche schon frühere Winter eingeleitet hatten, ging die kältere Jahreszeit dahin. Als die Frühlingslüfte wehten und die Erde abzutrocknen begann, trat ich meine Sommerwanderung wieder an. Ich wählte doch abermals das Ahornhaus zu meinem Aufenthalte, wenn ich auch wußte, daß ich oft weit von ihm weggehen und lange von ihm würde entfernt bleiben müssen. Es war mir schon zur Gewohnheit geworden, und es war mir lieb und angenehm in ihm.

Das erste, was ich vornahm, war, daß ich Botschaft nach meinem Zitherspieljägersmanne aussandte. Da er überall zu finden ist, kam er sehr bald, und wir verabredeten, wie wir unsere Übungen im Zitherspiele fortsetzen würden. Gleichzeitig begann ich die Forschungen nach jenen Teilen der Wandverkleidungen, welche zu den meinem Vater überbrachten Pfeilerverkleidungen als Ergänzung gehörten. Ich forschte in dem Hause nach, in welchem Roland im vergangenen Sommer gezeichnet hatte, ich forschte bei dem Holzknechte, von welchem mir die Pfeilerverkleidungen waren verkauft worden, ich dehnte meine Forschungen in alle Teile der umliegenden Gegend aus, gab besonders Männern Aufträge, welche oft in die abgelegensten Winkel von Häusern und anderen Gebäuden kommen, wie zum Beispiele Zimmerleuten, Maurern, daß sie mir sogleich Nachricht gäben, wenn sie etwas aus Holz Geschnitztes entdeckten, ich reiste selber an manche Stellen, um nachzusehen: allein es fand sich nichts mehr vor. Als beinahe nicht zu bezweifeln stellte sich heraus, daß die von mir gekauften Verkleidungen einmal zu dem steinernen Hause der ausgestorbenen Gebirgskaufherren gehört haben, in welchem sie die Unterwand eines ganzen Saales umgeben haben mochten. Bei einer einmal vorgenommenen sogenannten Verschönerung späterer, verschwenderisch gewordener

Nachkommen hat man sie wahrscheinlich weg getan und sie fremden Händen überlassen, die sie in abwechselnden Besitz brachten.

Die Pfeilerverkleidungen, welche gleichsam Nischen bildeten, in die man Heiligenbilder tun konnte, sind übrig geblieben, die anderen geraden Teile sind verkommen oder sogar mutwillig zerschlagen oder verbrannt worden.

Gleich in den ersten Tagen meines Aufenthaltes ging ich auch mit meinem Jägersmanne von dem Ahornhause über das Echergebirge in das Echertal, wo der Meister wohnte, von dem der Jäger die Zither für mich gekauft hatte und von dem ich auch eine für meine Schwester kaufen wollte. Dieser Mann verfertigte Zithern für das ganze umliegende Gebirge und zur Versendung. Er hatte noch zwei mit der meinigen ganz gleiche. Ich wählte eine davon, da in der Arbeit und in dem Tone gar keine Verschiedenheit wahrgenommen werden konnte. Der Meister sagte, er habe lange keine so guten Zithern gemacht und werde lange keine solchen mehr machen. Sie seien alle drei von gleichem Holze, er habe es mit vieler Mühe gesucht und mit vielen Schwierigkeiten gefunden. Er werde vielleicht auch nie mehr ein solches finden. Auch werde er kaum mehr so kostbare Zithern machen, da seine entfernten Abnehmer nur oberflächliche Ware verlangten und auch die Gebirgsleute, die wohl die Güte verstehen, doch nicht gerne teure Zithern kauften.

Von dem Zitherspiele, welches mein Jäger mit mir übte, schrieb ich mir so viel auf, als ich konnte, um es der Schwester zum Einlernen und zum Spielen zu bringen.

Gegen die Zeit der Rosenblüte ging ich in den Asperhof und fand die zwei Zimmer schon für mich hergerichtet, welche ich im vorigen Sommer bewohnt hatte.

Am ersten Tage erzählte mir schon der Gärtner Simon, der von seinem Gewächshause zu mir herüber gekommen war, daß der Cereus peruvianus in dem Asperhofe sei. Der Herr habe ihn von dem Inghofe gekauft, und da ich gewiß Ursache dieser Erwerbung sei, so müsse er mir seinen Dank dafür abstatten. Ich hatte allerdings mit meinem Gastfreunde über den Cereus geredet, wie ich es dem Gärtner versprochen hatte; aber ich wußte nicht, wie viel Anteil ich an dem Kaufe hätte, und sagte daher, daß ich den Dank nur mit Zurückhaltung annehmen könne. Ich mußte dem Gärtner in das Cactushaus folgen, um den Cereus anzusehen. Die Pflanze war in freien Grund gestellt, man hatte für sie einen eigenen Aufbau, gleichsam ein Türmchen von doppeltem Glas, auf dem Cactushause errichtet und hatte durch Stützen oder durch Lenkung der Sonnenstrahlen auf gewisse Stellen des Gewächses Anstalten getroffen, daß der Cereus, der sich an der Decke des Gewächshauses im Inghofe hatte krümmen müssen, wieder gerade wachsen könne. Ich hätte nicht gedacht, daß diese Pflanze so groß sei und daß sie sich so schön darstellen würde.

Weil mein Vater an altertümlichen Dingen eine so große Freude hatte, weil ihn die Verkleidungen so sehr erfreut hatten, welche ich ihm im vergangenen Herbste gebracht hatte, so tat ich an meinen Gastfreund, da ich eine Weile in seinem Hause gewesen war,

eine Bitte. Ich hatte die Bitte schon länger auf dem Herzen gehabt, tat sie aber erst jetzt, da man gar so gut und freundlich mit mir in dem Rosenhause war. Ich ersuchte nehmlich meinen Gastfreund, daß er erlaube, daß ich einige seiner alten Geräte zeichnen und malen dürfe, um meinem Vater die Abbilder zu bringen, die ihm eine deutlichere Vorstellung geben würden, als es meine Beschreibungen zu tun im Stande wären.
Er gab die Einwilligung sehr gerne und sagte: „Wenn ihr eurem Vater ein Vergnügen bereiten wollet, so zeichnet und malet, wie ihr wollt, ich habe nicht nur nichts dagegen, sondern werde auch Sorge tragen, daß in den Zimmern, die ihr benützen wollt, gleich alles zu eurer Bequemlichkeit hergerichtet werde. Sollte euch Eustach an die Hand gehen können, so wird er es gewiß sehr gerne tun."
Am folgenden Tage war in dem Zimmer, in welchem sich der große Kleiderschrein befand, mit dem ich anfangen wollte, eine Staffelei aufgestellt und neben ihr ein Zeichnungstisch, ob ich mich des einen oder des andern bedienen wollte. Der Schrein war von seiner Stelle weg in ein besseres Licht gerückt, und alle Fenster bis auf eines waren mit ihren Vorhängen bedeckt, damit eine einheitliche Beleuchtung auf den Gegenstand geleitet würde, der gezeichnet werden sollte. Eustach hatte alle seine Farbstoffe zu meiner Verfügung gestellt, wenn etwa die von mir mitgebrachten irgendwo eine Lücke haben sollten. Das zeigte sich sogleich klar, daß die Zeichnungen jedenfalls mit Farben gemacht werden müßten, weil sonst gar keine Vorstellung von den Gegenständen hätte erzeugt werden können, die aus verschiedenfarbigem Holze zusammengestellt waren.
Ich ging sogleich an die Arbeit. Mein Gastfreund hatte auch für meine Ruhe gesorgt. So oft ich zeichnete, durfte niemand in das Zimmer kommen, in dem ich war, und so lange sich überhaupt meine Gerätschaften in demselben befanden, durfte es zu keinem andern Gebrauche verwendet werden. Um desto mehr glaubte ich meine Arbeit beschleunigen zu müssen.

Es waren indessen Mathilde und Natalie in dem Asperhofe angekommen, und sie lebten dort, wie sie im vorigen Jahre gelebt hatten.
Ich zeichnete fleißig fort. Niemand stellte das Verlangen, meine Arbeit zu sehen. Eustach hatte ich gebeten, daß ich ihn zuweilen um Rat fragen dürfe, was er bereitwillig zugestanden hatte. Ich führte ihn daher zu Zeiten in das Zimmer, und er gab mir mit vieler Sachkenntnis an, was hie und da zu verbessern wäre. Nur Gustav ließ Neugierde nach der Zeichnung blicken; nicht daß ihm geradezu eine Äußerung in dieser Hinsicht entfallen wäre; aber da er sich so an mich angeschlossen hatte und da sein Wesen sehr offen und klar war, so erschien es nicht schwer, den Wunsch, den er hegte, zu erkennen. Ich lud ihn daher ein, mich in dem Zimmer zu besuchen, wenn ich zeichnete, und ich richtete es so ein, daß meine Zeichnungszeit in seine freien Stunden fiel. Er kam fleißig, sah mir zu, fragte um allerlei und geriet endlich darauf, auch ein solches Gemälde versuchen zu wollen. Da mein Gastfreund nichts dawider hatte, so überließ ich ihm

meine Farben zur Benützung, und er begann auf einem Tische neben mir sein Geschäft, indem er den nehmlichen Schrein abbildete wie ich. Im Zeichnen war er sehr unterrichtet, Eustach war sein Lehrmeister; dieser hatte aber bisher noch immer nicht zugegeben, daß sein Zögling den Gebrauch der Farben anfange, weil er von dem Grundsatze ausging, daß zuvor eine sehr sichere und behende Zeichnung vorhanden sein müsse. Die Spielerei aber mit dem Schreine – denn es war nichts weiter als eine Spielerei – ließ er als eine Ausnahme geschehen.
Ich wurde in Kurzem mit der ersten Arbeit fertig. Das Bild sah in den genau und gewissenhaft nachgeahmten Farben fast noch lieblicher und reizender aus als der Gegenstand selber, da alles ins Kleinere und Feinere zusammengerückt war.
Da ich die Zeichnung vollendet hatte, legte ich sie meinem Gastfreunde und Mathilde vor. Sie billigten dieselbe und schlugen einige kleine Änderungen vor. Da ich die Notwendigkeit derselben einsah, nahm ich sie sogleich vor. Hierauf wurde von ihnen so wie von Eustach die Abbildung für fertig erklärt.
Nach dem Kleiderschreine nahm ich den Schreibtisch mit den Delphinen vor.
Weil ich durch die erste Zeichnung schon einige Fertigkeit erlangt hatte, so ging es bei der zweiten schneller, und alles geriet mit mehr Leichtigkeit und Schwung. Ich war fertig geworden und legte auch diese Abbildung Mathilden, meinem Gastfreunde und Eustach vor. Gustav hatte in der Zeit auch seine Zeichnung des großen Schreines vollendet und brachte sie herbei. Er wurde ein wenig ausgelacht, und andererseits wurden ihm auch Dinge angegeben, die er noch zu verändern und hinein zu machen hätte. Auch bei mir wurden Verbesserungen vorgeschlagen. Als wir beide mit unsern Ausfeilungen fertig waren, wurden in dem Zimmer, in welchem wir gezeichnet hatten, die Geräte wieder an den Platz gerückt, und die Staffelei und unsere Malergerätschaften wurden daraus entfernt. Ich hatte mir in diesem Zimmer nur die zwei Gegenstände abzubilden vorgenommen.
Hierauf versuchte ich noch einige kleinere Gegenstände.
Unterdessen waren manche Leute zum Besuche in das Rosenhaus gekommen, wir selber hatten auch einige Nachbarn aufgesucht, hatten Spaziergänge gemacht, und an mehreren Abenden saßen wir im Garten oder vor den Rosen oder unter dem großen Kirschbaume und es wurde von verschiedenen Dingen gesprochen.

Eustach sagte mir einmal, da ich von den Geräten in dem Sternenhofe redete und die Äußerung machte, daß meinen Vater Abbildungen von ihnen sehr freuen würden, es könne keinen Schwierigkeiten unterliegen, daß ich in dem Sternenhofe ebenso zeichnen dürfe wie in dem Asperhause. Ich ging auf die Sache nicht ein, da ich nicht den Mut hatte, mit Mathilde darüber zu sprechen. Am andern Tage zeigte mir Eustach die Einwilligung an, und Mathilde lud mich auf das Freundlichste ein und sagte, daß mir in ihrem Hause jede Bequemlichkeit zu Gebote stehen würde. Ich dankte sehr freundlich für die Güte, und nach mehreren Tagen fuhr ich mit den Pferden meines Gastfreundes in den Sternenhof, während Mathilde und Natalie noch in dem Rosenhause blieben.

Im Sternenhofe fand ich zu meiner Überraschung schon alles zu meinem Empfange vorbereitet. Da Bilder in dem Schlosse waren, hatte man auch mehrere Staffeleien, welche man mir zur Auswahl in das große Zimmer gestellt hatte, in welchem die altertümlichen Geräte standen. Auch ein Zeichnungstisch mit allem Erforderlichen war in das Zimmer geschafft worden. Ich wählte unter den Staffeleien eine und ließ die übrigen wieder an ihre gewöhnlichen Orte bringen. Den Zeichnungstisch behielt ich zur Bequemlichkeit neben der Staffelei bei mir. Es war nun zum Malen beinahe alles so eingerichtet wie im Asperhofe. Auch durfte ich mir die Geräte, die ich zu zeichnen vorhatte, in das Licht rücken lassen wie ich wollte. Zum Wohnen und Schlafen hatte man mir das nehmliche Zimmer hergerichtet, in welchem ich bei meinem ersten Besuche gewesen war. Zum Speisen wurde mir der Saal, in dem ich arbeitete, oder mein Wohnzimmer frei gestellt. Ich wählte das Letzte.

Ich betrachtete mir vorerst die Geräte und wählte diejenigen aus, die ich abbilden wollte. Hierauf ging ich an die Arbeit. Ich malte sehr fleißig, um die Unordnung, welche meine Arbeiten notwendig in dem Hause machen mußten, so kurz als möglich dauern zu lassen. Ich blieb daher den ganzen Tag in dem Saale, nur des Abends, wenn es dämmerte, oder Morgens, ehe die Sonne aufging, begab ich mich in das Freie oder in den Garten, um einen Gang in der erquickenden Luft zu machen oder gelegentlich auch, stille stehend oder auf einer Ruhebank sitzend, die weite Gegend um mich herum zu betrachten. Oft, wenn ich die Pinsel gereinigt und all das unter Tags gebrauchte Malergeräte geordnet und an seinen Platz gelegt hatte, saß ich unter den alten hohen Linden im Garten und dachte nach, bis das späte Abendrot durch die Blätter derselben herein fiel und die Schatten auf dem Sandboden so tief geworden waren, daß man die kleinen Gegenstände, die auf diesem Boden lagen, nicht mehr sehen konnte. Noch öfter aber war ich auf dem Platze hinter der Epheuwand, von welchem aus das Schloß in die großen Eichen eingerahmt zu erblicken war und neben und hinter dem Schlosse sich die Gegend und die Berge zeigten. Es war die Stille des Landes, wenn der heitere Späthimmel sich über das Schloß hinzog, wenn die Spitzen von dessen Dachfähnchen glänzten, sich in Ruhe das Grün herum lagerte und das Blau der Berge immer sanfter wurde.

Zuweilen, in besonders heißen Tagen, ging ich auch in die Grotte, in welcher die Marmornymphe war, freute mich der Kühle, die da herrschte, sah das gleiche Rinnen des Wassers und sah den gleichen Marmor, auf dem nur zuweilen ein Lichtchen zuckte, wenn sich ein später Strahl in dem Wasser fing und auf die Gestalt geworfen wurde.

In dem Schlosse war es sehr einsam, die Diener waren in ihren abgelegenen Zimmern, ganze Reihen von Fenstern waren durch herabgelassene Vorhänge bedeckt, und zu dem Hofbrunnen ging selten eine Gestalt, um Wasser zu holen, daher er zwischen den großen Ahornen eintönig fortrauschte. Diese Stille machte, daß ich desto mehr der Bewohnerinnen dachte, die jetzt abwesend waren, daß ich meinte, ihre Spuren entdecken zu können, und daß ich dachte, ihren Gestalten irgendwo begegnen zu müssen. Besser war es, wenn ich in die Landschaft hinausging. Dort lebten die Klänge der Arbeit, dort sah ich heitere Menschen, die sich beschäftigten, und regsame Tiere, die ihnen halfen.

Es war eine Art von Verwalter in dem Schlosse, der den Auftrag haben mußte, für mich zu sorgen, wenigstens tat er alles, was er zu meiner Bequemlichkeit für nötig erachtete. Er fragte oft nach meinen Wünschen, ließ mehr Speisen und Getränke auf meinen Tisch stellen als nötig war, sorgte stets für frisches Wasser, Kerzen und andere Dinge, ließ eine Menge Bücher, die er aus der Büchersammlung des Schlosses genommen haben mochte, in mein Zimmer bringen und meinte zuweilen, daß es die Höflichkeit erfordere, daß er mehrere Minuten mit mir spreche. Ich machte so wenig als möglich Gebrauch von allen für mich in diesem Schlosse eingeleiteten Anstalten und ging nicht einmal in die Meierei, in welcher es sehr lebhaft war, um durch meine Gegenwart oder durch mein Zuschauen nicht jemanden in seiner Arbeit zu beirren.

Als ich mit den ausgewählten Gegenständen fertig war, hörte ich nicht auf; denn aus ihnen entwickelten sich wieder andere Arbeiten, was seinen Grund darin hatte, daß ein Gegenstand den andern verlangte, was wieder daher rührte, daß die Geräte dieses Zimmers und der Nebengemächer ein Ganzes bildeten, welches man nicht zerstückt denken konnte. Was mir aber zu statten kam, war die große Übung, die ich nach und nach erlangte, so daß ich endlich in einem Tage mehr vor mich brachte als sonst in dreien.

Eustach kam einmal herüber, mich zu besuchen. Ich sah darin ein Zeichen, daß man mir Gelegenheit geben wollte, mich seines Rates zu bedienen. Ich tat dieses auch, freute mich der Worte, die er sprach, und folgte den Ansichten, die er entwickelte. Er erzählte mir auch, daß Mathilde und Natalie noch lange in dem Asperhofe zu bleiben gedächten. Da, wie ich wußte, ihr Besuch in dem vorigen Sommer im Rosenhause viel kürzer gewesen war, so verfiel ich auf den Gedanken, ob sie nicht etwa gerade darum heuer länger in demselben verweilten, um mir Muße zu meinen Arbeiten in dem Sternenhofe zu geben. Ob es nun so sei oder nicht, wußte ich nicht, es konnte aber so sein, und darum beschloß ich, mein Malen abzukürzen. Endlich mußte ich doch einmal schließen, da ich doch nicht alle Gegenstände abbilden konnte. Ich sagte Eustach die Zeit, in der ich fertig sein würde. Er blieb zwei Tage in dem Schlosse, vermaß Manches, untersuchte Einiges in manchen Zimmern und kehrte dann wieder in das Rosenhaus zurück.

Ehe ich ganz fertig war, kamen alle vom Asperhofe herüber und blieben einige Tage. Auch Eustach kam wieder mit. Ich legte vor, was ich gemacht hatte, und es geschah das Nehmliche, was in dem Rosenhause geschehen war. Man billigte im Allgemeinen die Arbeit und stellte hie und da etwas aus, was zu verbessern wäre. Ich hatte schon zu der Abbildung der Geräte im Asperhofe Ölfarben angewendet, weil ich in Behandlung derselben nach und nach eine größere Fertigkeit erlangt hatte als in der der Wasserfarben und weil die Wirkung eine viel größere war. Die Geräte des Sternenhofes hatte ich nun auch mit Ölfarben abgebildet, und diese Abbildungen waren viel gelungener als die im Rosenhause. Ich erkannte die Vorschläge, welche mir gemacht worden waren, an und bemerkte mir sie zur Ausführung.

Eustach ging von dem Sternenhofe wieder in das Rosenhaus zurück; mein Gastfreund, Mathilde, Natalie und Gustav machten eine kleine Reise.

Auch mein Bleiben war nicht mehr lange in dem Schlosse. Ich machte noch fertig, was fertig zu machen war, ich verbesserte, was zu verbessern vorgeschlagen worden war und was mir selber noch in der Zeit als verbeßrungswürdig einfiel und wartete dann ab, bis alles gut getrocknet wäre, um es einpacken und für den Vater in Bereitschaft halten zu können. Da dies geschehen war, dankte ich dem Verwalter sehr verbindlich für alle seine Aufmerksamkeit, gab den Mädchen, die für mich zu tun gehabt hatten, Geschenke, welche ich mir zu diesem Zwecke schon früher angeschafft hatte, und bestieg den Wagen, den mir der Verwalter zu meiner Zurückfahrt in das Rosenhaus zur Verfügung gestellt hatte.

Als ich in dem Rosenhause ankam, traf ich meinen Gastfreund und seine Gesellschaft von der Reise schon zurückgekehrt an. Ich blieb noch mehrere Tage bei ihnen, nahm dann Abschied und begab mich in das Ahornhaus zu meinen Arbeiten zurück.

Ich suchte diese Arbeiten rasch zu betreiben; aber alles war jetzt anders und nahm eine andere Färbung in meinem Herzen an.

Als ich in dem Frühling die Hauptstadt verlassen hatte und dem langsam über einen Berg empor fahrenden Wagen folgte, war ich einmal bei einem Haufen von Geschiebe stehen geblieben, das man aus einem Flußbette genommen und an der Straße aufgeschüttet hatte, und hatte das Ding gleichsam mit Ehrfurcht betrachtet. Ich erkannte in den roten, weißen, grauen, schwarzgelben und gesprenkelten Steinen, welche lauter plattgerundete Gestalten hatten, die Boten von unserem Gebirge, ich erkannte jeden aus seiner Felsenstadt, von der er sich losgetrennt hatte und von der er ausgesendet worden war. Hier lag er unter Kameraden, deren Geburtsstätte oft viele Meilen von der seinigen entfernt ist, alle waren sie an Gestalt gleich geworden, und alle harrten, daß sie zerschlagen und zu der Straße verwendet würden.

Besonders kamen mir die Gedanken, wozu dann alles da sei, wie es entstanden sei, wie es zusammenhänge, und wie es zu unserem Herzen spreche.

Einmal gelangte ich zu dem See hinunter und betrachtete an dem sonnigen Nachmittage die Tatsache, daß die Schönheit der absteigenden Berge meistens gegen einen Seespiegel am größten ist. Kömmt das aus Zufall, haben die abstürzenden, dem See zueilenden Wässer die Berge so schön gefurcht, gehöhlt, geschnitten, geklüftet, oder entspringt unsere Empfindung von dem Gegensatze des Wassers und der Berge, wie nehmlich das erste eine weiche, glatte, feine Fläche bildet, die durch die rauhen absteigenden Riffe, Rinnen und Streifen geschnitten wird, während unterhalb nichts zu sehen ist und so das Rätsel vermehrt wird? Ich dachte bei dieser Gelegenheit: wenn das Wasser durchsichtiger wäre, zwar nicht so durchsichtig wie die Luft, doch beinahe so, dann müßte man das ganze innere Becken sehen, nicht so klar wie in der Luft, sondern in einem grünlichen, feuchten Schleier. Das müßte sehr schön sein. Ich blieb in Folge dieses Gedankens länger an dem See, mietete mich in einem Gasthofe ein und machte mehrere Messungen der Tiefe des Wassers an verschiedenen Stellen, deren Entfernung vom Ufer ich mittelst einer Meßschnur bezeichnete. Ich dachte, auf diese Weise könnte man annähernd die Gestalt des Seebeckens ergründen, könnte es zeichnen und könnte das innere Becken von dem äußeren durch eine sanftere, grünlichere Farbe unterscheiden. Ich beschloß, bei einer ferneren Gelegenheit die Messungen fortzusetzen.

Diese Bestrebungen brachten mich auf die Betrachtung der Seltsamkeiten unserer Erdgestaltungen. In dem Seegrunde sah ich ein Tal, in dessen Sohle, die sich bei andern Tälern mit dem vieltausendfachen Pflanzenreichtume und den niedergestürzten Gebirgsteilen füllt und so einen schönen Wechsel von Pflanzen und Gestein darstellt, kein Pflanzengrund sich entwickelt, sondern das Gerölle sich sachte mehrt, der Boden sich hebt und die ursprünglichen Klüftungen ausfüllt. Dazu kommen die Stücke, die unmittelbar von den Wänden in den See stürzen, dazu kommen die Hügel, die außer der gewöhnlichen Ordnung von bedeutenden Hochwassern in den See geschoben und von dem nachträglichen Wellenschlage wieder abgeflacht werden. In Jahrtausenden und Jahrtausenden füllt sich das Becken immer mehr, bis einmal, mögen hundert oder noch mehr Jahrtausende vergangen sein, kein See mehr ist, auf der ungeheuren Dicke der Geröllschichten der menschliche Fuß wandelt, Pflanzen grünen und selbst Bäume stehen. So kannte ich manche Stellen, die einst Seegrund gewesen waren.

Der Fluß, der Vater des Sees, hatte sich in seinem Weiterlaufe tiefer gewühlt, er hatte den Seespiegel niederer gelegt, der Seegrund hatte sich gehoben, bis nichts mehr war als ein Tal, an dem jetzt die Ufer als grüne Wälle in langen Strecken stehen, mit kräftigen Kräutern, blühenden Büschen und mancher lachenden Wohnung von Menschen prangen, während das, was einmal ein mächtiges Wasser gebildet hatte, jetzt als ein schmales Bändlein in glänzenden Schlangenlinien durch die Landschaft geht.

Ich betrachtete vom See aus die Schichtungen der Felsen. Was bei Kristallen der Blätterdurchgang ist, das zeigt sich hier in großen Zügen. An manchen Stellen ist die Neigung diese, an manchen ist sie eine andere. Sind diese ungeheuren Blätter einst gestürzt worden, sind sie erhoben worden, werden sie noch immer erhoben? Ich zeichnete manche Lagerungen in ihren schönen Verhältnissen und in ihren Neigungen gegen die wagrechte Fläche. Wenn ich so die Blätter durchging und die Gestaltungen ansah, war es mir wie eine unbekannte Geschichte, die ich nicht enträtseln konnte und zu der es doch Anhaltspunkte geben mußte, um die Ahnungen in Nahrung zu setzen.

Wenn ich die Stücke unbelebter Körper, die ich für meine Schreine sammelte, ansah, so fiel mir auf, daß hier diese Körper liegen, dort andere, daß ungeheure Mengen desselben Stoffes zu großen Gebirgen aufgetürmt sind und daß wieder in kleinen Abständen kleine Lagerungen mit einander wechseln. Woher sind sie gekommen, wie haben sie sich

gehäuft? Liegen sie nach einem Gesetze, und wie ist dieses geworden? Oft sind Teile eines größeren Körpers in Menge oder einzeln an Stellen, wo der Körper selber nicht ist, wo sie nicht sein sollen, wo sie Fremdlinge sind. Wie sind sie an den Platz gekommen? Wie ist überhaupt an einer Stelle gerade dieser Stoff entstanden und nicht ein anderer? Woher ist die Berggestalt im Großen gekommen? Ist sie noch in ihrer Reinheit da oder hat sie Veränderungen erlitten, und erleidet sie dieselben noch immer? Wie ist die Gestalt der Erde selber geworden, wie hat sich ihr Antlitz gefurcht, sind die Lücken groß, sind sie klein?
Wenn ich auf meinen Marmor kam – wie bewunderungswürdig ist der Marmor! Wo sind denn die Tiere hin, deren Spuren wir ahnungsvoll in diesen Gebilden sehen? Seit welcher Zeit sind die Riesenschnecken verschwunden, deren Andenken uns hier überliefert wird? Ein Andenken, das in ferne Zeiten zurück geht, die niemand gemessen hat, die vielleicht niemand gesehen hat und die länger gedauert haben als der Ruhm irgend eines Sterblichen.

Eine Tatsache fiel mir auf. Ich fand tote Wälder, gleichsam Gebeinhäuser von Wäldern, nur daß die Gebeine hier nicht in eine Halle gesammelt waren, sondern noch aufrecht auf ihrem Boden standen. Weiße, abgeschälte, tote Bäume in großer Zahl, so daß vermutet werden mußte, daß an dieser Stelle ein Wald gestanden sei. Die Bäume waren Fichten oder Lärchen oder Tannen. Jetzt konnte an der Stelle ein Baum gar nicht mehr wachsen, es sind nur Kriechhölzer um die abgestorbenen Stämme, und auch diese selten. Meistens bedeckt Gerölle den Boden oder größere, mit gelbem Moose überdeckte Steine. Ist diese Tatsache eine vereinzelte, nur durch vereinzelte Ortsursachen hervorgebracht? Hängt sie mit der großen Weltbildung zusammen? Sind die Berge gestiegen, und haben sie ihren Wälderschmuck in höhere, todbringende Lüfte gehoben? Oder hat sich der Boden geändert, oder waren die Gletscherverhältnisse andere? Das Eis aber reichte einst tiefer: wie ist das alles geworden?
Wird sich vieles, wird sich alles noch einmal ganz ändern? In welch schneller Folge geht es? Wenn durch das Wirken des Himmels und seiner Gewässer das Gebirge beständig zerbröckelt wird, wenn die Trümmer herabfallen, wenn sie weiter zerklüftet werden und der Strom sie endlich als Sand und Geschiebe in die Niederungen hinausführt, wie weit wird das kommen? Hat es schon lange gedauert? Unermeßliche Schichten von Geschieben in ebenen Ländern bejahen es. Wird es noch lange dauern? So lange Luft, Licht, Wärme und Wasser dieselben bleiben, so lange es Höhen gibt, so lange wird es dauern. Werden die Gebirge also einstens verschwunden sein? Werden nur flache, unbedeutende Höhen und Hügel die Ebenen unterbrechen, und werden selbst diese auseinander gewaschen werden? Wird dann die Wärme in den feuchten Niederungen oder in tiefen, heißen Schluchten verschwinden, so wie die kalte Luft in Höhen auf die Erde ohne Einfluß sein wird, so daß alle Glieder in unsern Ländern von demselben lauen Stoffe umflossen sind und sich die Verhältnisse aller Gewächse ändern? Oder dauert die

Tätigkeit, durch welche die Berge gehoben wurden, noch heute fort, daß sie durch innere Kraft an Höhe ersetzen oder übertreffen, was sie von Außen her verlieren? Hört die Hebungskraft einmal auf? Ist nach Jahrmillionen die Erde weiter abgekühlt, ist ihre Rinde dicker, so daß der heiße Fluß in ihrem Innern seine Kristalle nicht mehr durch sie empor zu treiben vermag? Oder legt er langsam und unmerklich stets die Ränder dieser Rinde auseinander, wenn er durch sie seine Geschiebe hinan hebt? Wenn die Erde Wärme ausstrahlt und immer mehr erkaltet, wird sie nicht kleiner? Sind dann die Umdrehungsgeschwindigkeiten ihrer Kreise nicht geringer? Ändert das nicht die Passate? Werden Winde, Wolken, Regen nicht anders? Wie viele Millionen Jahre müssen verfließen, bis ein menschliches Werkzeug die Änderung messen kann?

Solche Fragen stimmten mich ernst und feierlich, und es war, als wäre in mein Wesen ein inhaltreicheres Leben gekommen. Wenn ich gleich weniger sammelte und zusammentrug als früher, so war es doch, als würde ich in meinem Innern bei weitem mehr gefördert als in vergangenen Zeiten.

Wenn eine Geschichte des Nachdenkens und Forschens wert ist, so ist es die Geschichte der Erde, die ahnungsreichste, die reizendste, die es gibt, eine Geschichte, in welcher die der Menschen nur ein Einschiebsel ist und wer weiß es, welch ein kleines, da sie von anderen Geschichten vielleicht höherer Wesen abgelöset werden kann. Die Quellen zu der Geschichte der Erde bewahrt sie selber wie in einem Schriftengewölbe in ihrem Inneren auf, Quellen, die vielleicht in Millionen Urkunden niedergelegt sind und bei denen es nur darauf ankömmt, daß wir sie lesen lernen und sie durch Eifer und Rechthaberei nicht verfälschen. Wer wird diese Geschichte einmal klar vor Augen haben? Wird eine solche Zeit kommen oder wird sie nur der immer ganz wissen, der sie von Ewigkeit her gewußt hat?

Von solchen Fragen flüchtete ich zu den Dichtern. Wenn ich von langen Wanderungen in das Ahornhaus zurück kam oder wenn ich ferne von dem Ahornhause in irgend einem Stübchen eines Alpengebäudes wohnte, so las ich in den Werken eines Mannes, der nicht Fragen löste, sondern Gedanken und Gefühle gab, die wie eine Lösung in holder Umhüllung waren und wie ein Glück aussahen. Ich hatte mannigfaltige solcher Männer. Unter den Büchern waren auch solche, in denen Schwulst enthalten war. Sie gaben die Natur in und außer dem Menschen nicht so wie sie ist, sondern sie suchten sie schöner zu machen und suchten besondere Wirkungen hervorzubringen. Ich wendete mich von ihnen ab. Wem das nicht heilig ist was ist, wie wird der Besseres erschaffen können als was Gott erschaffen hat? In der Naturwissenschaft war ich gewohnt geworden, auf die Merkmale der Dinge zu achten, diese Merkmale zu lieben und die Wesenheit der Dinge zu verehren. Bei den Dichtern des Schwulstes fand ich gar keine Merkmale, und es erschien mir endlich lächerlich, wenn einer schaffen wollte, der nichts gelernt hat.

Die Männer gefielen mir, welche die Dinge und die Begebenheiten mit klaren Augen angeschaut hatten und sie in einem sicheren Maße in dem Rahmen ihrer eigenen inneren Größe vorführten. Andere gaben Gefühle in schöner Sittenkraft, die tief auf mich wirkten. Es ist unglaublich, welche Gewalt Worte üben können; ich liebte die Worte und liebte die Männer und sehnte mich oft nach einer unbestimmten, unbekannten glücklichen Zukunft hinaus.

Die Alten, die ich einst zu verstehen geglaubt hatte, kamen mir doch jetzt anders vor als früher. Es schien mir, als wären sie natürlicher, wahrer, einfacher und größer als die Männer der neuen Zeit und als lasse sie der Ernst ihres Wesens und die Achtung vor sich selbst nicht zu den Überschreitungen gelangen, welche spätere Zeiten für schön hielten. Ich trug Homeros, Äschylos, Sophokles, Thukydides fast auf allen Wanderungen mit mir. Um sie zu verstehen, nahm ich alle griechischen Sprachwerke, die mir empfohlen waren, vor und lernte in ihnen. Am förderlichsten im Verstehen war aber das Lesen selber. Bei den Alten nahm ich Geschichtschreiber gerne unter Dichter, sie schienen mir dort einander näher zu stehen als bei den Neuen.

Da geriet auch ich auf das Malen. Die Gebirge standen im Reize und im Ganzen vor mir, wie ich sie früher nie gesehen hatte. Sie waren meinen Forschungen stets Teile gewesen. Sie waren jetzt Bilder, so wie früher bloß Gegenstände. In die Bilder konnte man sich versenken, weil sie eine Tiefe hatten, die Gegenstände lagen stets ausgebreitet zur Betrachtung da. So wie ich früher Gegenstände der Natur für wissenschaftliche Zwecke gezeichnet hatte, wie ich bei diesen Zeichnungen zur Anwendung von Farben gekommen war, wie ich ja vor Kurzem erst Geräte gezeichnet und gemalt hatte: so versuchte ich jetzt auch, den ganzen Blick, in dem ein Hintereinanderstehendes, im Dufte Schwebendes, vom Himmel sich Abhebendes enthalten war, auf Papier oder Leinwand zu zeichnen und mit Ölfarben zu malen. Das sah ich sogleich, daß es weit schwerer war als meine früheren Bestrebungen, weil es sich hier darum handelte, ein Räumliches, das sich nicht in gegebenen Abmessungen und mit seinen Naturfarben, sondern gleichsam als die Seele eines Ganzen darstellte, zu erfassen, während ich früher nur einen Gegenstand mit bekannten Linienverhältnissen und seiner ihm eigentümlichen Farbe in die Mappe zu übertragen hatte. Die ersten Versuche mißlangen gänzlich. Dieses schreckte mich aber nicht ab, sondern eiferte mich vielmehr noch immer stärker an. Ich versuchte wieder und immer wieder. Endlich vertilgte ich die Versuche nicht mehr, wie ich früher getan hatte, sondern bewahrte sie zur Vergleichung auf. Diese Vergleichung zeigte mir nach und nach, daß sich die Versuche besserten und die Zeichnung leichter und natürlicher wurde. Es war ein gewaltiger Reiz für das Herz, das Unnennbare, was in den Dingen vor mir lag, zu ergreifen, und je mehr ich nach dem Ergreifen strebte, desto schöner wurde auch dieses Unnennbare vor mir selbst.

Ich blieb so lange in dem Gebirge, als es nur möglich war und als die zunehmende Kälte einen Aufenthalt im Freien nicht ganz und gar verbot.

Im spätesten Herbste ging ich noch einmal zu meinem Gastfreunde in das Rosenhaus. Es war zur Zeit, da in dem Gebirge schon mannigfaltige Schneelasten auf den Höhen lagen und das flache Land sich schon jedes Schmuckes entäußert hatte. Der Garten meines Freundes war kahl, die Bienenhütte war in Stroh eingehüllt, in den laublosen Zweigen schrillte nur noch manche vereinzelte Kohlmeise oder ein Wintervogel, und über ihnen zogen in dem grauen Himmel die grauen Dreiecke der Gänse nach dem Süden. Wir saßen in den langen Abenden bei dem Feuer des Kamins, arbeiteten unter Tags an der Einhüllung und Einwinterung der Gegenstände, die es bedurften, oder machten an manchem Nachmittage einen Spaziergang, wenn der regsame Nebel die Hügel und die Täler und die Ebenen umwandelte.

Ich zeigte meinem Gastfreunde meine Versuche im landschaftlichen Malen, weil ich es gewissermaßen für eine Falschheit gehalten hätte, ihm nichts von der Veränderung zu sagen, die in mir vorgegangen war. Ich scheute mich sehr, die Versuche vorzulegen, ich tat es aber doch, und zwar zu einer Zeit, da auch Eustach zugegen war. Als Einleitung erklärte ich, wie ich nach und nach dazu gekommen wäre, diese Dinge zu machen.

„Es geht allen so, welche die Gebirge öfter besuchen und welche Einbildungskraft und einiges Geschick in den Händen haben", sagte mein Gastfreund, „ihr braucht euch deshalb nicht beinahe zu entschuldigen, es war zu erwarten, daß ihr nicht bloß bei eurem Sammeln von Steinen und Versteinerungen bleiben werdet, es ist so in der Natur, und es ist so gut."

Die Entwürfe wurden mit viel mehr Ernst und Genauigkeit durchgenommen, als sie verdienten. Da sowohl mein Gastfreund als auch Eustach jedes Blatt öfter betrachtet hatten, sprachen sie mit mir darüber. Ihr Urteil ging einstimmig darauf hinaus, daß mir das Naturwissenschaftliche viel besser gelungen sei als das Künstlerische. Die Steine, die sich in den Vordergründen befänden, die Pflanzen, die um sie herum wüchsen, ein Stück alten Holzes, das da läge, Teile von Gerölle, die gegen vorwärts säßen, selbst die Gewässer, die sich unmittelbar unter dem Blicke befänden, hätte ich mit Treue und mit den ihnen eigentümlichen Merkmalen ausgedrückt. Die Fernen, die großen Flächen der Schatten und der Lichter an ganzen Bergkörpern und das Zurückgehen und Hinausweichen des Himmelsgewölbes seien mir nicht gelungen. Man zeigte mir, daß ich nicht nur in den Farben viel zu bestimmt gewesen wäre, daß ich gemalt hätte, was nur mein Bewußtsein an entfernten Stellen gesagt, nicht mein Auge, sondern daß ich auch die Hintergründe zu groß gezeichnet hätte, sie wären meinen Augen groß erschienen, und das hätte ich durch das Hinaufrücken der Linien angeben wollen. Aber durch Beides, durch Deutlichkeit der Malerei und durch die Vergrößerung der Fernen hätte ich die letzteren näher gerückt und ihnen das Großartige benommen, das sie in der Wirklichkeit besäßen. Eustach riet mir, eine Glastafel mit Canadabalsam zu überziehen, wodurch sie etwas rauher würde, so daß Farben auf ihr haften, ohne daß sie die Durchsichtigkeit verlöre und durch diese Tafel Fernen mit den an sie grenzenden näheren Gegenständen mittelst eines Pinsels zu zeichnen, und ich würde sehen, wie klein sich die größten und ausgedehntesten entfernten Berge darstellen und wie groß das zunächstliegende Kleine würde. Dieses Verfahren aber empfehle er nur, damit man zur Überzeugung der Verhältnisse komme und einen Maßstab gewinne, nicht aber, daß man dadurch künstlerische Aufnahmen von Landschaften mache, weil durch einen solchen Vorgang die künstlerische Freiheit und Leichtigkeit verloren würde, welche in Bezug auf Darstellung das Wesen und das Herz der Kunst sei. Das Auge soll nur geübt und unterrichtet werden, die Seele müsse schaffen, das Auge soll ihr dienen. In Hinsicht der Farbgebung der Fernen riet er mir, dort, wo ich einen Zweifel hätte, ob ich etwas sähe oder nur wisse, es lieber nicht anzugeben und überhaupt in der Farbe lieber unbestimmter als bestimmter zu sein, weil dadurch die Gegenstände an Großartigkeit gewinnen. Sie werden durch die Unbestimmtheit ferner und durch dieses allein größer. Durch Linien des Zeichnenstiftes auf dem kleinen Papiere oder der kleinen Leinwand könne man nichts groß machen. Durch Verdeutlichung werden die Körper näher gerückt und verkleinert. Wenn überhaupt ein Fehler gegen die Genauigkeit gemacht werden müsse – und kein Mensch könne Dinge, namentlich Landschaften, in ihrer völligen Wesenheit geben –, so sei es besser, die Gegenstände großartiger und übersichtlicher zu geben als in zu viele einzelne Merkmale zerstreut. Das erste sei das Künstlerischere und Wirksamere.

Ich sah sehr gut ein, was sie sagten, und wußte auch, woher die Fehler kämen, von denen sie redeten. Ich hatte bisher alle Gegenstände in Hinblick auf meine Wissenschaft gezeichnet, und in dieser waren Merkmale die Hauptsache. Diese mußten in der Zeichnung ausgedrückt sein und gerade die am schärfsten, durch welche sich die Gegenstände von verwandten unterschieden. Selbst bei meinem Zeichnen von Angesichtern hatte ich deren Linien, ihr Körperliches, ihre Licht- und Schattenverteilung unmittelbar vor mir.

Daher war mein Auge geübt, selbst bei fernen Gegenständen das, was sie wirklich an sich hatten, zu sehen, wenn es auch noch so undeutlich war, und dafür auf das, was ihnen durch Luft, Licht und Dünste gegeben wurde, weniger zu achten, ja diese Dinge als Hindernisse der Beobachtung eher weg zu denken als zum Gegenstande der Aufmerksamkeit zu machen. Durch das Urteil meiner Freunde wurde mir der Verstand plötzlich geöffnet, daß ich das, was mir bisher immer als wesenlos erschienen war, betrachten und kennen lernen müsse. Durch Luft, Licht, Dünste, Wolken, durch nahe stehende andere Körper gewinnen die Gegenstände ein anderes Aussehen, dieses müsse ich ergründen, und die veranlassenden Dinge müsse ich, wenn es mir möglich wäre, so sehr zum Gegenstande meiner Wissenschaft machen, wie ich früher die unmittelbar in die Augen springenden Merkmale gemacht hatte. Auf diese Weise dürfte es zu erreichen sein, daß die Darstellung von Körpern gelänge, die in einem Mittel und in einer Umgebung von anderen Körpern schwimmen. Ich sagte das meinen Freunden, und sie billigten meinen Entschluß. Wenn der Nebel oder überhaupt die trübe Jahreszeit einen Blick in die Ferne gestattete, wurde das, was mit Worten gesagt wurde, auch an wirklichen Beispielen erörtert, und wir sprachen über die Art und Weise, wie sich die entfernten Gebirge oder Teile von ihnen oder näher gehende von der Hauptkette sich ablösende Gründe darstellten. Es ist unglaublich, wie sehr ich in jenem kurzen Herbstaufenthalte unterrichtet wurde.

Ich sprach mit meinem Gastfreunde auch von den Dichtern, welche ich las, und erzählte ihm von dem großen Eindrucke, welchen ihre Worte auf mich machten. Wir gingen bei Gelegenheit einmal in sein Bücherzimmer, er führte mich vor die Schreine, in welchen die Dichter standen, und zeigte mir, was er in dieser Hinsicht besaß. Er sagte auch, ich möchte während des Aufenthaltes in seinem Hause von den Büchern Gebrauch machen, wie ich wollte; ich könnte sie im Lesezimmer benützen oder auch in meine Wohnung mit hinübernehmen. Es waren Werke in den ältesten Sprachen da, von Indien bis nach Griechenland und Italien, es waren Werke der neueren Zeiten da und auch der neuesten. Am zahlreichsten waren natürlich die der Deutschen.
„Ich habe diese Bücher gesammelt", sagte er, „nicht als ob ich sie alle verstände; denn von manchen ist mir die Sprache vollkommen fremd; aber ich habe im Verlaufe meines Lebens gelernt, daß die Dichter, wenn sie es im rechten Sinne sind, zu den größten Wohltätern der Menschheit zu rechnen sind. Sie sind die Priester des Schönen und vermitteln als solche bei dem steten Wechsel der Ansichten über Welt, über Menschenbestimmung, über Menschenschicksal und selbst über göttliche Dinge das ewig Dauernde in uns und das allzeit Beglückende. Sie geben es uns im Gewande des Reizes, der nicht altert, der sich einfach hinstellt und nicht richten und verurteilen will. Und wenn auch alle Künste dieses Göttliche in der holden Gestalt bringen, so sind sie an einen Stoff gebunden, der diese Gestalt vermitteln muß: die Musik an den Ton und Klang, die Malerei an die Linien und die Farbe, die Bildnerkunst an den Stein, das Metall und dergleichen, die Baukunst an die großen Massen irdischer Bestandteile, sie müssen mehr oder minder mit diesem Stoffe ringen; nur die Dichtkunst hat beinahe gar keinen Stoff mehr, ihr Stoff ist der Gedanke in seiner weitesten Bedeutung, das Wort ist nicht der Stoff, es ist nur der Träger des Gedankens, wie etwa die Luft den Klang an unser Ohr führt. Die Dichtkunst ist daher die reinste und höchste unter den Künsten. Da ich nun meine, daß es so ist, wie ich sage, so habe ich die Männer, welche die Stimme der Zeiten als große in der Kunst des Dichtens bezeichnete, hier zusammengestellt. Ich habe Dichter in fremden Sprachen, die ich nicht verstand, dazu getan, wenn ich nur wußte, daß sie in der Geschichte ihres Volkes vorzüglich genannt werden, und wenn ich von einem Fachmanne das Zeugnis hatte, daß ich in dem Buche den Dichter besitze, den ich meine. Sie mögen unverstanden hier stehen oder es mag wohl einer oder der andere in diesen Saal kommen, der manchen versteht und liest. Ich habe wohl auch solche Bücher hieher gestellt, die mir gefallen, das Urteil der Zeit mag anders lauten oder erst festzustellen sein. In diesen Büchern habe ich viel Glück gefunden und in dem Alter fast noch mehr als in der Jugend. Wenn auch die Jugend die Worte aus einem goldenen Munde mit einem Sturme und mit Entzücken aufnimmt, wenn sie auch dieselben mit einer Art Schwärmerei und mit Sehnsucht in dem Busen trägt, so ist es doch fast stets

mehr die Wärme des eigenen Gefühles, die sie empfindet, als daß sie die fremde Weisheit und Größe in ein besonnenes, betrachtendes, abwägendes Herz aufnehmen könnte. Ihr seid selber jung, und die Tiefe und Innigkeit der Dichtung mag euch fördern und euer Herz jedem künftigen Großen öffnen, wie die reine Dichtkunst das immer an der Jugend tut; aber ihr werdet selber einmal sehen, um wie viel milder und klarer die verglühende Sonne des Alters in die Größe eines fremden Geistes leuchtet als die feurige Morgensonne der Jugend, die alles mit ihrem Glanze färbt, so wie es eine Tatsache ist, daß die innige, wahre und treue Liebe der alternden Gattin fester und dauernder beglückt als die lodernde Leidenschaft der jungen, schönen, schimmernden Braut. Die Jugend sieht in der Dichtung die eigene Unbegrenztheit und Unendlichkeit der Zukunft, diese verhüllt die Mängel und ersetzt das Abgängige. Sie dichtet in das Kunstwerk, was im eignen Herzen lebt. Daher kömmt die Erscheinung, daß Werke von bedeutend verschiedener Geltung die Jugend auf gleiche Art entzücken können, und daß Erzeugnisse höchster Größe, wenn sie keine Wiederspieglung der Jugendblüte sind, nicht erfaßt werden können. In dem Alter werden selbst solche Glanzstellen der Jugend, die schon sehr ferne liegen, wie etwa die Sehnsucht der ersten Liebe mit ihrer Dunkelheit und Grenzenlosigkeit, oder wie die holde und berauschende Seligkeit der Gegenliebe, oder die Träume künftiger Taten und künftiger Größe, der Blick in ein unendliches, erst kommendes Leben, oder wie das erste Stammeln in irgend einer Kunst, von dem Greise in dem sanften Spiegel seiner Erinnerung beglückender aufgefaßt als von dem Jünglinge, der sie in dem Brausen seines Lebens überhört, und an der grauen Wimper mag manche beseligendere und mitunter schmerzlichere Träne hängen als der feurige Funke, der in überwältigender Empfindung aus dem Auge des Jünglings springt und keine Spur hinterläßt. Ich lese jetzt selten mehr die größten Geister im Zusammenhange – mit kleineren tue ich es wohl, weil sie in einzelnen Stellen minder bedeutend sind –, aber ich lese immer in ihnen und werde wohl bis zu meinem Lebensende in ihnen lesen. Sie begleiten mich mit ihren Gedanken wie mit großen Erquickungen durch den Rest meines Lebens und werden mir wohl, wie ich ahne, an der dunkeln Pforte Kränze aufhängen, als wären sie von meinen eigenen Rosen geflochten. Deshalb gebe ich auch kein Buch aus dem Hause, weil ich nicht weiß, ob ich es nicht in nächster Zeit selber brauchen werde. Im Hause stehen sie jedem, der davon Gebrauch machen will, zu Gebote. Nur für Gustav wird eine Auswahl getroffen, weil er noch zu jung ist und nicht alles sondern kann. Er würde hier zwar nichts gänzlich Schlechtes finden; aber nicht alles Gute würde er verstehen, und dann wäre die daran gewendete Zeit verloren; oder er könnte es mißverstehen, und dann wäre der Erfolg ein unrichtiger. Das Schlechte, das sich Dichtkunst nennt, ist der Jugend sehr gefährlich. In der Wissenschaft zeigt es sich viel leichter auf. In der Mathematik liegt es in der Darstellung, da solche Werke wohl kaum vorkommen dürften, in denen sogar der Stoff fehlerhaft wäre, in der Naturwissenschaft liegt es in der Darstellung wie im Stoffe, in welch letzterem es sich in der Gestalt gewagter Behauptungen ausspricht; nur in der sogenannten Weisheitslehre kann es verborgener sein gleichwie in der Dichtkunst, weil manche Weisheitslehre wie Dichtkunst zusammen gestellt ist und wirkt: aber in den Werken der eigentlichen Dichtkunst versteckt es sich vor dem blühenden Gemüte des Jünglings, dieser breitet seine Blüten und seine Begierden darüber und saugt das Gift in sich. Ein klarer Verstand, der sich von Kindheit an eben zur Klarheit hingeübt hat, und ein gutes, reines Herz sind Schutzwehren vor Schlechtigkeit und Sittenlosigkeit von Dichtungen, weil der klare Verstand den hohlen Schwulst von sich abweist und das reine Herz die Unsittlichkeit ablehnt. Aber Beides geschieht nur gegen die Entschiedenheit des Schlechten. Wo es in Reize verhüllt ist und mit Reinem gemischt, dort ist es am bedenklichsten, und da müssen Ratgeber und väterliche Freunde zu Hilfe stehen, daß sie teils aufklären, teils von vornherein die Annäherung des Übels aufhalten. Gegen die Schlechtigkeit in der Darstellung oder gegen die lange Weile braucht man kein Mittel als sie selber. Ihr seid zwar noch jung; aber ihr seid nicht so jung zu dem Lesen von Dichtern gekommen wie die meisten unserer Jünglinge, und ihr habt so viel in Wissenschaften gelernt, daß ich glaube, daß man euch alle Dichter in die Hände geben kann, ohne Gefahr zu befürchten, selbst bei solchen, die in ihrem Amte sehr zweifelhaft sind. Euer Geist wird sich wohl heraus finden und gerade dadurch noch mehr klären. Da ich von der Weisheitslehre sprach, welche man in unserem deutschen Lande noch immer als Weisheitsliebe mit dem griechischen Worte Philosophie bezeichnet, muß ich euch sagen, was ihr wohl vielleicht schon aus anderen Reden von mir gemerkt haben mögt, daß ich nicht gar sehr viel auf sie halte, wenn sie in ihrem eigenen und eigentümlichen Gewande auftritt. Ich habe alte und neue Werke derselben mit gutem Willen durchgenommen; aber ich habe mich zu viel mit der Natur abgegeben, als daß ich auf ledigliche Abhandlungen ohne gegebener Grundlage viel Gewicht legen könnte, ja sie sind mir sogar widerwärtig. Vielleicht reden wir noch ein anderes Mal von dem Gegenstande. Wenn ich je einige Weisheit gelernt habe, so habe ich sie nicht aus den eigentlichsten Weisheitsbüchern, am wenigsten aus den neuen – jetzt lese ich gar keine mehr – gelernt, sondern ich habe sie aus Dichtern genommen oder aus der Geschichte, die mir am Ende wie die gegenständlichste Dichtung vorkömmt."

Als ich meinen Gastfreund so reden hörte, erinnerte ich mich, daß ich ihn in der Tat viel lesen gesehen habe. Oft war er mit einem Buche unter einem schattigen Baume gesessen oder in rauherer Jahreszeit auf einer sonnigen Bank, oft hatte er sich mit einem auf einen Spaziergang begeben, er ist sehr häufig in dem Lesezimmer gewesen, und er trug Bücher in seine Arbeitsstube. Als wir die letzte Fahrt in den Sternenhof gemacht hatten, hatte er Bücher mitgenommen, und ich glaube von Gustav gehört zu haben, daß er auf jede Reise Bücher einpacke.
Ich ging bei meinem jetzigen Aufenthalte in dem Rosenhause sehr oft in das Bücherzimmer, und wie ich früher vor den Schränken gestanden war, die die Werke der Naturwissenschaften enthielten, und wie ich damals manches Buch in das Lesezimmer

mitgenommen hatte, so stand ich jetzt vor den Schreinen mit den Dichtern, sah viele einzelne der vorhandenen Bücher an, trug manches in das Lesezimmer oder mit Bewilligung meines Gastfreundes in meine Stube und schrieb mir die Aufschrift von manchem in mein Gedenkbuch, um es mir, wenn ich nach Hause gekommen wäre, zu kaufen.

Gegen das Ende meines Aufenthaltes, da noch einige sonnige Tage kamen, zeichnete und malte ich auch mehrere Stücke der schönen getäfelten Fußböden, die in diesem Hause anzutreffen waren. Ich tat dies, um dem Vater von allen Dingen, welche ich gesehen hatte, einiger Maßen Abbildungen bringen zu können.

Als es schon bald zu meiner Abreise kam, sagte mein Gastfreund, er hätte noch etwas mit mir zu reden, und er sprach: „Weil euch euere Natur selber zum Teile aus dem Kreise herausgezogen hat, den ihr um euch gesteckt habt, weil ihr zu euren früheren Bestrebungen noch den Einblick in die Dichtungen gesellt habt, so wie ja schon das Landschaftsmalen als ein Übergang in das Kunstfach ein Schritt aus eurem Kreise war, so erlaubet mir, daß ich als Freund, der euch wohl will, ein Wort zu euch rede. Ihr solltet zu eurem Wesen eine breitere Grundlage legen. Wenn die Kräfte des allgemeinen Lebens zugleich in allen oder vielen Richtungen tätig sind, so wird der Mensch, eben weil alle Kräfte wirksam sind, weit eher befriedigt und erfüllt, als wenn eine Kraft nach einer einzigen Richtung hinzielt. Das Wesen wird dann im Ganzen leichter gerundet und gefestet. Das Streben in einer Richtung legt dem Geiste eine Binde an, verhindert ihn, das Nebenliegende zu sehen und führt ihn in das Abenteuerliche. Später, wenn der Grund gelegt ist, muß der Mann sich wieder dem Einzigen zuwenden, wenn er irgendwie etwas Bedeutendes leisten soll. Er wird dann nicht mehr in das Einseitige verfallen. In der Jugend muß man sich allseitig üben, um als Mann gerade dann für das Einzelne tauglich zu sein. Ich sage nicht, daß man sich in das Tiefste des Lebens in allen Richtungen versenken müsse, wie zum Beispiele in allen Wissenschaften, wie ihr ja selber einmal angefangen habt, das wäre überwältigend oder tötend, ohne dabei möglich zu sein; sondern daß man das Leben, wie es uns überall umgibt, aufsuche, daß man seine Erscheinungen auf sich wirken lasse, damit sie Spuren einprägen, unmerklich und unbewußt, ohne daß man diese Erscheinungen der Wissenschaft unterwerfe. Darin, meine ich, besteht das natürliche Wissen des Geistes, zum Unterschiede von der absichtlichen Pflege desselben. Er wird nach und nach gerecht für die Vorkommnisse des Lebens. Ihr habt, scheint es mir, zu jung einen einzelnen Zug erfaßt, unterbrecht ihn ein wenig, ihr werdet ihn dann freier und großartiger wieder aufnehmen. Schaut auch die unbedeutenden, ja nichtigen Erscheinungen des Lebens an. Geht in die Stadt, sucht euch deren Vorkommnisse zurecht zu legen, kommt dann zu uns auf das Land, lebt einmal eine Weile müßig bei uns, das heißt tut, was euch der Augenblick und die Neigung eingibt, wir wollen dieses Haus und den Garten genießen, wollen den Nachbar Ingheim besuchen, wollen auch zu anderen entfernteren Nachbarn gehen und die Dinge an uns vorüber fließen lassen, wie sie fließen."

Ich dankte ihm für seine Bemerkungen, sagte, daß ich selber so etwas Ähnliches in mir empfinde, daß ich wohl etwas unbeholfen gegen das Leben sei, daß meine Eltern und wohlmeinenden Freunde wohl Nachsicht mit mir haben müssen und daß ich für jeden Wink dankbar sei. Besonders freue mich die Einladung in sein Haus, und ich werde ihr mit vieler Freude Folge leisten.

Als die Zeit meiner Abreise herangekommen war, packte ich die Zeichnungen und alles, was ich in dem Rosenhause hatte, ein, nahm den herzlichsten Abschied von dem alten Manne, Gustav, Eustach, Roland, der gekommen war, verabschiedete mich von allen Bewohnern des Hauses, Gartens und Meierhofes und reiste zu meinen Angehörigen in die Hauptstadt zurück.

Das Erste, was ich dort nach dem innigsten und aufrichtigsten Bewillkommen sah, war, daß mein Vater das teils gläserne, teils hölzerne Häuschen, in welchem die alten Waffen hingen, um welches sich der Epheu rankte und welches im Grunde den äußersten Ansatz oder gleichsam einen Erker des rechten Flügels des Hauses gegen den Garten bildete, in dem vergangenen Sommer hatte umbauen lassen. Er hatte es bedeutend vergrößert, aber die Leisten, Spangen und Rahmen, in denen das Glas befestigt war, hatte er in der früheren Art gelassen, nur waren sie dem Stoffe nach neu gemacht und mit schönen Verzierungen und Schnitzereien versehen. Die Simse des Daches waren nach mittelalterlicher Weise verfertigt, schön geschnitzt und verziert. Der Epheu war wieder an Leisten empor geleitet worden und blickte an manchen Stellen durch das Glas herein. Die Fenster waren nicht mehr nach Außen und Innen zu öffnen wie früher, sondern zum Verschieben. Die größte Veränderung aber war die, daß der Vater zwei Säulen hatte aufführen lassen, während früher die beiden Wände, welche nach Außen geschaut hatten, aus Glas verfertigt gewesen waren. Diese zwei Pfeiler hatten genau die Abmessungen, daß die zwei Verkleidungen, welche ich ihm in dem vorigen Herbste gebracht hatte, auf dieselben paßten. Die Verkleidungen waren aber noch nicht auf ihnen, weil das Mauerwerk zuerst austrocknen mußte, daß das Holz an demselben keinen Schaden nehmen konnte. Der Vater hatte mir nur den ganzen Plan und die Vorrichtungen zu seiner Ausführung gesagt. So wie es mich einerseits freute, daß der Vater das Holzkunstwerk so schätzte, daß er eigens zu dem Zwecke, es anbringen zu können, das Häuschen hatte umbauen lassen, so war es mir andererseits erst recht schmerzlich, daß ich die Ergänzungen zu den Verkleidungen nicht aufzufinden im Stande gewesen war. Ich sagte dem Vater von meinen Bemühungen und von meinem Leidwesen wegen des schlechten Erfolges. Er und die Mutter trösteten mich und sagten, es sei alles auch in der vorhandenen Gestalt recht schön, was verschwunden ist und nicht mehr erlangt werden kann, müsse man nicht eigensinnig anstreben, sondern sich an dem, was eine gute Gunst uns noch erhalten habe, freuen. Das Häuschen werde eine Erinnerung sein, und so oft man sich in demselben, wenn es vollkommen in den Stand gesetzt sein würde, befinden werde, werde einem die Zeit vorschweben, in welcher das

Holzwerk gemacht worden sei, und die, in welcher ein lieber Sohn es zur Freude des Vaters aus dem Gebirge gebracht habe.

Ich mußte mich wohl, obgleich ungern, beruhigen. Es erschien mir jetzt erst recht schön, wenn die Verkleidungen am ganzen Innern des Häuschens herum liefen und über ihnen einerseits die Pfeiler und andererseits die Fenster schimmerten.

Nach einigen Tagen, in welchen die ersten Besprechungen geführt wurden, die nach einer Reise eines Familiengliedes im Schoße einer Familie immer vorfallen, wenn auch die Reise eine jährlich wiederkommende ist, legte ich dem Vater, da unterdessen auch meine Koffer und Kisten angekommen waren, die Abbildungen vor, welche ich von den Geräten und Fußböden im Rosenhause und im Sternenhofe gemacht hatte. Ich war auf die Wirkung sehr neugierig. Ich hatte einen Sonntag abgewartet, an welchem er Zeit hatte und an welchem er gerne nach dem Mittagessen eine geraume Weile in dem Kreise seiner Familie zubrachte. Ich legte die Blätter vor ihm auf einem Tische auseinander. Er schien mir bei ihrem Anblick – ich kann sagen – betroffen. Er sah die Blätter genau an, nahm jedes mehrere Male in die Hand und sagte längere Zeit kein Wort. Endlich ging seine Empfindung in eine unverhohlene Freude über. Er sagte, ich wisse gar nicht, was ich gemacht hätte, ich wisse gar nicht, welchen Wert diese Dinge hätten, ich hätte in früherer Zeit die Schönheit und Zusammenstimmigkeit dieser Dinge mit Worten gar nicht so in das rechte Licht gestellt, wie es sich jetzt in Farbe und Zeichnung, wenn auch beides mangelhaft wäre, beurkunde. Im ersten Augenblicke hielt der Vater die Geräte, welche ich in dem Sternenhofe abgebildet hatte, für wirklich alte; als ich ihn aber auf die tatsächlichen Verhältnisse derselben aufmerksam machte, sagte er, das müsse ein außerordentlicher Mensch sein, der diese Entwürfe gemacht habe, er müsse nicht nur mit der alten Bauart und Zusammenstellung der Geräte sehr vertraut sein, sondern er müsse auch ein ungewöhnliches Schönheitsgefühl haben, um aus der Menge der überlieferten Gestalten das zu wählen, was er gewählt habe. Und die Zusammenreihung der Geräte sei so aus einem Gusse, als wären sie einstens zu einem Zweck und in einer Zeit verfertigt worden. Auch die wirklich alten Geräte im Rosenhause seien von einer Schönheit, wie er sie nie gesehen habe, obgleich ihm die vorzüglichsten und berühmtesten Sammlungen der Stadt und mancher Schlösser bekannt wären. Zwei so auserlesene Stücke wie den großen Kleiderschrank und den Schreibschrank mit den Delphinen dürfte man kaum irgendwo finden. Sie wären wert, in einem kaiserlichen Gemache zu stehen.

Ich erzählte ihm, um den Mann, der die Entwürfe für den Sternenhof gemacht hatte, näher zu bezeichnen, daß ich viele Bauzeichnungen und Zeichnungen von anderen Dingen in dem Rosenhause gesehen habe, welche weit höhere Gegenstände darstellen und auch mit einer ungleich größeren Vollendung ausgeführt seien, als ich bei meinen Abbildungen anzubringen im Stande gewesen wäre. Diese Arbeiten seien bei dem Manne

Vorbildungen gewesen, damit er die Entwürfe hätte machen können, die er gemacht habe.

Er schien auf meine Worte nicht zu achten, sondern legte irgend ein Blatt hin, nahm ein anderes auf und betrachtete es.

„So weit ich aus den Abbildungen urteilen kann", sagte er, „sind die altertümlichen Gegenstände, welche du mir da veranschaulicht hast, nicht nur an sich sehr vortrefflich, sondern sie sind auch höchst wahrscheinlich, wie Farbe und Zeichnung dartut, sehr zweckmäßig wieder hergestellt. Meine Habseligkeiten sinken dagegen zu Unbedeutenheiten herab, und ich sehe aus diesen Blättern, wie man die Sache anfassen muß, wenn man die Zeit, die Kenntnisse und die Mittel dazu hat."

Mich freute es jetzt recht sehr, daß ich auf den Gedanken gekommen war, dem Vater diese Dinge nachzubilden, um ihm eine Vorstellung von ihnen zu geben; mich freute sein Anteil, den er an ihnen nahm, und die Freude, die er darüber hatte.

„Es sind nun zwei Wege, die zu gehen sind", meinte die Mutter, „entweder kannst du dir nach diesen Gemälden die Dinge, die sie darstellen, machen lassen, um dich immerwährend daran zu ergötzen, oder du kannst in den Asperhof und Sternenhof reisen und sie in Wirklichkeit sehen, um eine Freude zu haben, so lange du sie siehst, und in der Erinnerung dich zu laben, wenn du wieder weggereist bist."

Der Vater antwortete: „Die Geräte, die hier gezeichnet sind, nachmachen zu lassen, ist eine Unzukömmlichkeit; denn erstens müßte hiezu die Einwilligung des Eigentümers erlangt werden, und wenn sie auch erlangt worden wäre, so hätten zweitens die nachgebildeten Gegenstände in meinen Augen nicht den Wert, den sie haben sollten, weil sie doch nur, wie die Maler sagen, Copien wären. Es böte sich auch noch der Gedanke, mit Einwilligung des Eigentümers nach diesen Abbildungen neue Zusammenstellungen entwerfen und in Wirklichkeit ausführen zu lassen; allein das verlangt eine so große Geschicklichkeit, welche ich nicht nur mir nicht zutraue, sondern welche ich auch an den Arbeitern in ähnlichen Dingen, die ich in unserer Stadt kenne, nicht aufzufinden hoffe. Und zuletzt wären die verfertigten Gegenstände doch noch immer nichts mehr als halbe Copien. Das Verfertigen geht also nicht. Was deinen zweiten Weg anbelangt, Mutter, so werde ich ihn gewiß gehen. Ich habe mir schon früher bei den Erzählungen von diesen Dingen vorgenommen, die Reise zu ihnen zu machen; jetzt aber, da ich die Abbildungen sehe, werde ich die Reise nicht nur um so gewisser, sondern auch in viel näherer Zeit machen, als es wohl sonst hätte geschehen können."

„Das wird recht schön sein", riefen wir fast alle aus einem Munde.

Die Mutter sagte: „Du solltest gleich die Zeit bestimmen und solltest gleich mit deinem Sohne verabreden, daß er dich in derselben zu dem alten Manne in das Rosenhaus führe, welcher dich schon auch in den Sternenhof geleiten würde."

„Nun, so dränget nur nicht", erwiderte er, „es wird geschehen, das ist genug; binden, wißt ihr, kann sich ein Mann nicht, der von seinem Geschäfte abhängt und nicht wissen kann, welche Umstände einzutreten vermögen, die von ihm Zeit und Handlungen fordern."
Die Mutter kannte ihn zu gut, um weiter in ihn zu dringen, er würde bei seinem ausgesprochenen Satze geblieben sein. Sie beruhigte sich mit dem Erlangten.
Sowohl sie als die Schwester dankten mir, daß ich dem Vater die Bilder gebracht hatte, die ihm ein solches Vergnügen bereiteten.
„Die Fußböden müssen auch vortrefflich sein", rief er aus.
„Sie sind viel schöner als die ungefähre Malerei andeuten kann", erwiderte ich, „mein Pinsel kann noch immer nicht den Glanz und die Zartheit und das Seidenartige der Holzfasern ausdrücken, was man alles dort so liebt, daß nur mit Filzschuhen auf diesen Böden gegangen werden darf."
„Das kann ich mir denken", antwortete er, „das kann ich mir denken."
Hierauf mußte ich ihm alle Hölzer nennen, die hier mit Farben angegeben waren und aus denen die abgebildeten Gegenstände bestanden. Die meisten kannte er ohnehin, was mich freute, weil es der Beweis war, daß ich die Farben nicht unsachgemäß angewendet habe. Die er nicht kannte, nannte ich ihm. Ich wußte sie fast alle ganz genau anzugeben. Er verwunderte sich wieder und immer aufs Neue und suchte sich die Gegenstände recht lebhaft vorzustellen.
Die Mutter und Schwester fragten mich, ob ich recht lange zu dieser Arbeit gebraucht hätte und ob ich nicht dabei beklommen gewesen wäre.
Ich antwortete, daß ich des Zweckes willen sehr fleißig gewesen sei, daß es anfänglich langsam gegangen sei, daß ich aber nach und nach Übung erlangt hätte und daß ich dann weit schneller vorwärtsgekommen sei, als ich selber geahnt habe. Und was die Beklemmung anbelangt, so hätte ich sie freilich im Anfange gehabt; aber da die Dinge einmal auf mich gewirkt hätten, da ich in Eifer geraten wäre, da sich hie und da ein Gelingen eingestellt hätte, namentlich da mir durch die Entschiedenheit der Erscheinung mancher Holzgattung die Farbe gleichsam von selber in die Hand gegeben worden wäre, so hätte sich bald die Unbefangenheit eingefunden und nach und nach sich die Lust hinzu gesellt.
Nach diesen Worten zeigte mir der Vater auch manchen Fehler, den ich in den Arbeiten gemacht hätte, und setzte mir auseinander, wie ich selbe, falls ich wieder ähnliche Dinge entwerfen sollte, vermeiden könnte. Da er Gemälde hatte, da er sich seit Jahren mit denselben beschäftigt hatte, so durfte ihm wohl ein Urteil in dieser Hinsicht zugewachsen sein, und ich erkannte das, was er sagte, als vollkommen richtig an und glaubte mich aber auch befähigt zu fühlen, es in Zukunft besser zu machen.
Nach den Fehlern ging der Vater auch auf die Vorzüge der Arbeit über und sagte, daß er nach den Zeichnungen von Köpfen, die ich vor einiger Zeit gemacht hätte, zu schließen, von mir nicht erwartet hätte, daß ich etwas so Sachgemäßes in Ölfarben würde ausführen können.

Dieser Sonntagsnachmittag war eine sehr liebe, angenehme Zeit.
Die Freundlichkeit der Schwester, die sie besonders an diesem Nachmittage an den Tag legte, war mir ein schönerer Lohn, als wenn ein Kenner gesagt hätte, daß meine Blätter ausgezeichnet seien, das Lob der Mutter, daß ich auf den Vater und das väterliche Haus gedacht habe und aus Liebe zu beiden, um Freude zu bereiten, eine beschwerliche Arbeit unternommen habe, erregte mir die angenehmsten Gefühle, und da auch der Vater mit einigen gewählten Worten seinen Dank aussprach und sagte, daß er dieses Zartgefühl nicht vergessen werde, konnte ich nur mit großer Gewalt die Tränen bemeistern.
Ich gab ihm alle Blätter als Eigentum, und er reihte sie seiner Sammlung von Merkwürdigkeiten ein.
Am nächsten Tage packte ich die Zithern aus, legte beide der Schwester vor und ließ ihr die Wahl, ob sie die meinige oder die neuangekaufte als für sie gehörig annehmen wolle. Sie wählte die neue und freute sich darüber sehr. Ich zeigte ihr auch die Stücke, welche ich mir nach dem Spiele meines Gebirgslehrmeisters geschrieben hatte, und ließ sie ihr in ihrem Zimmer, daß sie sie abschreiben lassen könne und daß sie ihre Übungen danach begönne. Ich versprach ihr, in diesem Winter ihr Lehrer in dieser Kunst zu sein.
Nach einiger Zeit brachte ich auch meine Malereien von Gebirgslandschaften zum Vorscheine. Ich hatte bis dahin immer nicht den Mut dazu gehabt; aber endlich machte mir mein Gewissen zu bittere Vorwürfe, daß ich gegen meine Angehörigen Heimlichkeiten habe. Ich zeigte meinem Vater die Blätter auch an einem Sonntagsnachmittage. Ich blickte ihm erstaunt in das Angesicht, als er dieselben gesehen hatte und das Nehmliche sagte, was mein Gastfreund im Rosenhause und was Eustach gesagt hatten. Bei diesen letzten beiden hatte es mich nicht gewundert, da ich sie für Kenner hielt und da sie Gebirgsbewohner waren. Der Vater aber, der zwar Bilder besaß, war ein Kaufherr und war nie lange in dem Gebirge gewesen. Es erhöhte dies meine Ehrfurcht gegen ihn noch mehr. Er zeigte mir, wo ich unwahr gewesen war, und setzte mir auseinander, wie es hätte sein sollen, was ich augenblicklich begriff. Das was er lobte und richtig fand, gefiel mir selber nachher doppelt so wohl.
Klotilden mußte ich die Blätter noch einmal und allein in ihrem Zimmer zeigen. Sie verlangte, daß ich ihr beinahe alles erkläre. Sie war nie in höherem oder im Urgebirge gewesen, sie wollte sehen, wie diese Dinge beschaffen seien, und sie reizten ihre Aufmerksamkeit sehr. Obgleich meine Malereien keine Kunstwerke waren, wie ich jetzt immer mehr einsah, so hatten sie doch einen Vorzug, den ich erst später recht erkannte und der darin bestand, daß ich nicht wie ein Künstler nach Abrundung noch zusammenstimmender Wirkung oder Anwendung von Schulregeln rang, sondern mich ohne vorgefaßter Einübung den Dingen hingab und sie so darzustellen suchte, wie ich sie sah. Dadurch gewannen sie, was sie auch an Schmelz und Einheit verloren, an Naturwahrheit in einzelnen Stücken und gaben dem Nichtkenner und dem, der nie die Gebirge gesehen hatte, eine bessere Vorstellung als schöne und künstlerisch vollendete Gemälde, wenn sie nicht die vollendetsten waren, die dann freilich auch die Wahrheit

im höchsten Maße trugen. Aus diesem Grunde sagte mir Klotilde durch eine Art unbewußter Ahnung, sie wisse jetzt, wie die Berge aussehen, was sie aus vielen und guten Bildern nicht gewußt hätte. Sie äußerte auch den Wunsch, einmal die hohen Berge selber sehen zu können, und meinte, wenn der Vater die Reise in das Rosenhaus und in den Sternenhof mache und bei dieser Gelegenheit auch die Gebirge besuche, werde sie ihn bitten, sie mitreisen zu lassen. Ich erzählte ihr nun recht viel von den Bergen, beschrieb ihr ihre Herrlichkeit und Größe, machte sie mit manchen Eigentümlichkeiten derselben bekannt und setzte ihr meine verschiedenen Reisen in denselben und meine Bestrebungen ausführlicher als sonst auseinander. Ich hatte nie so viel von den Gebirgen mit ihr geredet. Nach diesen Worten verlangte sie auch, daß ich sie unterrichte, ebensolche Abbildungen verfertigen zu können, wie sie hier vor ihr liegen. Sie wolle sich Farben und alle andere dazu notwendigen Gerätschaften verschaffen. Da sie ohnehin ziemlich gut zeichnen konnte, so war die Sache nicht so schwierig als sie beim ersten Anscheine ausgesehen hatte. Ich versprach ihr meinen Beistand, wenn die Eltern einwilligen würden.

Wir fragten nach einiger Zeit die Eltern. Sie hatten im Ganzen nichts dagegen, nur die Mutter verlangte ausdrücklich, daß diese Arbeiten nur Nebendinge sein sollen, Dinge zum Vergnügen, nicht Hauptbeschäftigungen; denn die Hauptpflicht des Weibes sei ihr Haus, diese Dinge können zwar auch recht wohl in das Haus gehören; aber einseitig oder gar mit Leidenschaft betrieben, untergraben sie eher das Haus, als sie es bauen helfen. Klotilde aber sei schon so alt, daß sie sich ihrem künftigen Berufe zuwenden müsse.

Wir begriffen das alles und versprachen, nichts ins Übermaß gehen lassen zu wollen.

Es wurden alle Erfordernisse angeschafft, und wir begannen in gegönnten Zeiten die Arbeit.

Auch spanisch wollte die Schwester von mir lernen. Ich betrieb es fort, und da ich ihr voraus war, wurde ich auch hierin ihr Lehrer, was die Mutter mit derselben Einschränkung wie das Landschaftsmalen gelten ließ. Es waren also in unserem Hause für dieses Jahr mehr Beschäftigungen für mich vorhanden als in anderen Zeiten.

Es war mir in jenem Herbste besonders wunderbar, daß weder Vater noch Mutter genauer nach meinem Gastfreunde fragten. Sie mußten entweder nach meinen Erzählungen ein entschiedenes Vertrauen in ihn setzen oder sie wollten durch zu vieles Einmischen die Unbefangenheit meiner Handlungen nicht stören.

Bei allen häuslichen Bestrebungen fing ich bei dem herannahenden Winter doch ein etwas anderes Leben an, als ich es bisher geführt hatte, und zwar ein etwas mannigfaltigeres. Ich hatte in vergangener Zeit nur solche Stadtkreise besucht, in welche meine Eltern geladen worden waren oder in welche ich durch Freunde, die ich gewann, gezogen wurde. Diese Kreise bestanden größtenteils aus Leuten von ähnlichem Stande mit dem meines Vaters. Ich spürte Neigung in mir, nun auch Sitten und Gebräuche so wie Ansichten und Meinungen solcher Menschen kennen zu lernen, die sich auf glänzenderen Lebenswegen befanden. Der Zufall gab bald hier, bald da Gelegenheit dazu, und teils suchte ich auch Gelegenheiten. Es geschah, daß ich Bekanntschaften machte und mitunter auch fortsetzen konnte. Ich lernte Leute von höherem Adel kennen, lernte sehen, wie sie sich bewegen, wie sie sich gegenseitig behandeln und wie sie sich gegen solche, die nicht ihres Standes sind, benehmen.

Es lebte eine alte, edle, verwitwete Fürstin in unserer Stadt, deren zu früh verstorbener Gemahl den Oberbefehl in den letzten großen Kriegen geführt hatte. Sie war häufig mit ihm im Felde gewesen und hatte da die Verhältnisse von Kriegsheeren und ihren Bewegungen kennen gelernt, sie war in den größten Städten Europas gewesen und hatte die Bekanntschaft von Menschen gemacht, in deren Händen die ganzen Zustände des Weltteiles lagen, sie hatte das gelesen, was die hervorragendsten Männer und Frauen in Dichtungen, in betrachtenden Werken und zum Teile in Wissenschaften, die ihr zugänglich waren, geschrieben haben, und sie hatte alles Schöne genossen, was die Künste hervorbringen. Einstens war sie in den höheren Kreisen eine der außerordentlichsten Schönheiten gewesen, und noch jetzt konnte man sich kaum etwas Lieblicheres denken als die freundlichen, klugen und innigen Züge dieses Angesichtes. Ein Mann, der sich viel mit Gemälden und ihrer Beurteilung abgab und oft in die Nähe der Fürstin kam, sagte einmal, daß nur Rembrandt im Stande gewesen wäre, die feinen Töne und die kunstgemäßen Übergänge ihres Angesichtes zu malen. Sie hatte jetzt eine Wohnung an der Ostgrenze der innern Stadt, damit die Morgensonne ihre Zimmer füllte und damit sie den freien Blick über das frische Grün und auf die entfernten Vorstädte hätte. Blühende Söhne in hohen kriegerischen Würden besuchten die alte, ehrwürdige Mutter hier, so oft ihr Dienst ihre Anwesenheit in der Stadt gestattete und so oft während dieser Anwesenheit ein Augenblick es erlaubte. Schöne Enkel und Enkelinnen gingen bei ihr aus und ein, und eine zahlreiche Verwandtschaft wurde bald in diesen, bald in jenen Mitgliedern in ihren Zimmern gesehen. Aber geistige Erholung oder Anstrengung – wie man den Ausdruck nehmen will – war ihr ein Bedürfnis geblieben. Sie wollte nicht bloß das wissen, was jetzt noch auf den geistigen Gebieten hervor gebracht wurde, und in dieser Beziehung, wenn irgend ein Werk Ruhm erlangte und Aufsehen machte, suchte sie auch an dessen Pforte zu klopfen und zu sehen, ob sie eintreten könnte; sondern sie nahm oft auch ein Buch von solchen Personen in die Hand, die in ihre Jugendzeit gefallen und dort bedeutsam gewesen waren, sie ging das Werk durch und forschte, ob sie auch jetzt noch die zahlreichen, mit Rotstift gemachten Zeichen und Anmerkungen wieder in derselben Art machen oder ob sie andere an ihre Stelle setzen würde; ja sie nahm Werke der ältesten Vergangenheit vor, die jetzt die Leute, außer sie wären Gelehrte, nur in dem Munde führen, nicht lesen; sie wollte doch sehen, was sie enthielten, und wenn sie ihr gefielen, wurden sie nach manchen Zwischenzeiten wieder hervorgeholt. Von dem, was in den Verhältnissen der Staaten und Völker vorging, wollte sie beständig unterrichtet sein. Sie empfing daher von manchen ihrer Verwandten und Bekannten Briefe, und die vorzüglichsten Zeitungsblätter mußten auf ihren Tisch kommen. Weil aber, obwohl ihre

Augen noch nicht so schwach waren, das viele Lesen, das sie sich hatte auflegen müssen, bei ihrem Alter doch hätte beschwerlich werden können, hatte sie eine Vorleserin, welche einen Teil, und zwar den größten, des Lesestoffes auf sich nahm und ihr vortrug. Diese Vorleserin war aber keine bloße Vorleserin, sondern vielmehr eine Gesellschafterin der Fürstin, die mit ihr über das Gelesene sprach und die eine solche Bildung besaß, daß sie dem Geiste der alten Frau Nahrung zu geben vermochte, so wie sie von diesem Geiste auch Nahrung empfing. Nach dem Urteile von Männern, die über solche Dinge sprechen können, war die Gesellschafterin von außerordentlicher Begabung, sie war im Stande, jedes Große in sich aufzunehmen und wiederzugeben, so wie ihre eigenen Hervorbringungen, zu denen sie sich zuweilen verleiten ließ, zu den beachtenswertesten der Zeit gehörten. Sie blieb immer um die Fürstin, auch wenn diese im Sommer auf ein Landgut, das in einem entfernten Teile des Reiches lag und ihr Lieblingsaufenthalt war, ging, oder wenn sie sich auf Reisen befand oder eine Zeit an einer schönen Stelle unsers Gebirges weilte, wie sie gerne tat. An manchen Abenden zu der Zeit, da sie in der Stadt war, sammelte die Fürstin einen kleinen Kreis um sich, in welchem entweder etwas vorgelesen wurde oder in welchem man über wissenschaftliche oder gesellige oder Staatsdinge oder Dinge der Kunst sprach. Die Kreise waren regelmäßig an gleichen Tagen der Woche, sie waren in der Stadt bekannt, wurden sehr hoch geachtet oder verspottet, wie eben der Beurteilende war, wurden gesucht und bestanden zuweilen aus sehr bedeutenden Personen. In diese Kreise hatte ich Zutritt erlangt. Die Fürstin hatte mich einige Male getroffen, es war einmal von meiner Wissenschaft die Rede gewesen, sie war sehr neugierig, was man denn von der Geschichte der Erdbildung wisse und aus welchen Umständen man seine Schlüsse ziehe, und sie hatte mich in ihre Nähe gezogen. Ich hörte aufmerksam zu, wenn ich an den bestimmten Abenden in ihrem Gesellschaftszimmer war, sprach selber wenig und meistens nur, wenn ich dazu aufgefordert wurde. Die Fürstin saß in schwarzem oder aschgrauem Seidenkleide – lichtere trug sie nie – in ihrem Polsterstuhle und hatte einen Schemel unter ihren Füßen. Die Lampe trug gegen ihre Seite hin einen grünen Schirm und goß ihr Licht in die Gegend der Vorleserin oder des Vorlesers, wenn eben gelesen wurde. Die Andern saßen nach ihrer Bequemlichkeit herum. Meistens bildete sich von selber eine Art Kreis. Man hörte in tiefer Stille dem Vorlesen zu und nahm an den Gesprächen, die nach dem Lesen folgten oder die, wenn gar keine Vorlesung war, den ganzen Abend erfüllten, den eifrigsten Anteil. Die Fürstin konnte ihnen den lebhaftesten und tiefsten Fortgang geben. Es schien, daß das, was die vorzüglichsten Männer in ihrer Gegenwart sprachen, von ihr angeregt wurde und daß ihre größte Gabe darin bestand, das, was in Anderen war, hervor zu rufen. Sie saß dabei mit ihrer äußerst zierlichen Gestalt auf die anmutigste Weise in ihrem Stuhle und bewegte noch als hochbetagte Frau die Gesellschaft mit ihrer lieblichen Schönheit. Zuweilen, wenn sich ihr Inneres erregte, stand sie auf, hielt sich an ihrem Stuhle und erklärte und sprach zu den Anwesenden mit ihrer klaren, zarten, wohllautenden Stimme.

Ich lernte verschiedene Menschen in den Zimmern der Fürstin kennen. Zuweilen war es ein hervorragender Künstler, den man dort sprechen hörte, zuweilen ein Staatsmann, der mit den wichtigsten Angelegenheiten unseres Landes betraut war, oder es war sonst eine bedeutende Persönlichkeit der Gesellschaft, oder es waren die Säulen und die Führer unseres tapferen Heeres. Ich hörte bei der Fürstin Aussprüche, die ich mir merken wollte, die ich mir aufschrieb und die mir ein unveräußerliches Eigentum bleiben sollten. Ich gestehe es, daß ich nie ohne eine gewisse Beklemmung in das Zimmer mit den blaubemalten Wänden und den dunkelblauen Geräten und den einigen Bildern, worunter mich besonders das anzog, welches ihren Landsitz darstellte, trat, und ich gestehe es, daß ich nie das Zimmer ohne Ruhe und Befriedigung verließ. Ich empfand, daß jene Abende für mich von großer Bedeutung, daß sie eine Zukunft seien.
Außer den besonders hervorragenden Menschen lernte ich bei der Fürstin auch noch andere Personen, des höheren Adels unseres Reiches, kennen, kam manches Mal mit den Kreisen desselben in Berührung und sah seine Art, seine Lebensweise und seine Sitten.

Neben diesen Abteilungen der menschlichen Gesellschaft kam ich auch mit anderen zusammen. Es war in der Stadt ein öffentlicher Ort, welcher hauptsächlich von Künstlern aller Art besucht wurde, welche sich dort besprachen, Erfrischungen zu sich nahmen, Zeitungen lasen oder sich mit körperlichen Spielen ergötzten. Diesen Ort besuchte ich gerne. Da war der eine oder der andere Schauspieler von der Hofbühne oder von der Oper, da war ein Maler, dessen Namen damals hoch gepriesen wurde, da waren Tonkünstler, sowohl ausübende als dichtende, da waren Bildhauer und Baumeister, vorzüglich aber waren es Schriftsteller und Dichter, und es befanden sich darunter auch Vorstände und Mitarbeiter an Zeitungsanstalten.
Von anderen Personen waren höhere Staatsdiener, Bürger, Kaufleute und überhaupt solche vorhanden, die einen Anteil an Kunst und Wissenschaft und an einem dahin abzielenden Umgange nahmen. Wenn auch eigentlich nur eine ungezwungene Heiterkeit herrschte, wenn auch nur Spiele zu körperlicher Bewegung und daneben das Schachspiel vorzuherrschen schienen, so waren doch auch Gespräche und, wie es bei solchen Männern zu erwarten war, Gespräche sehr lebhafter Natur im Gange, und waren doch im Grunde die Hauptsache. Da konnte man in leichten Worten den tiefen Geist des Einen sehen oder den ruhigen, der alles zersetzt und in seine Bestandteile auflöst, oder den lebhaften, der darüber weggeht, oder den leichtfertigen, der alles verlacht, oder den, dessen Sitten selbst ein wenig bedenklich waren. Oft war es nur ein Wort, ein Witz, der den Grund geben konnte, um Schlüsse zu bauen. Trotz meiner Schüchternheit, die mich ferne hielt, geriet ich doch in Gespräche und lernte den einen und andern Mann von denen kennen, die sich hier einfanden. Selbst das äußere Benehmen und Gebaren von Männern, die sonst solche Geltung haben, schien mir nicht gleichgiltig.
Ich besuchte in jenem Winter auch gerne Orte, an welchen sich viele Menschen zu ihren Vergnügungen versammeln, um die Art ihrer Erscheinung, ihr Wesen und ihr Verhalten

als eines Ganzen sehen zu können. Vorzüglich ging ich dahin, wo das eigentliche Volk, wie man es jetzt häufig zum Gegensatze der sogenannten Gebildeten nennt, zusammen kömmt. Die man gebildet nennt, sind fast überall gleich; das Volk aber ist ursprünglich, wie ich es bei meinen Wanderungen schon kennen lernte, und hat seine zugearteten Bräuche und Sitten.

Ich ging in die guten Darstellungen von Musikstücken, ich fuhr im Besuche des Hoftheaters fort, ging jetzt auch in die Oper und besuchte manche öffentliche wissenschaftliche Vorträge, dann Kunst- und Büchersammlungen, hauptsächlich aber zur Vervollkommnung meiner eigenen künftigen Arbeiten die Sammlungen von Gemälden.

Den Umgang mit meinem neuen Freunde, dem Sohne des Juwelenhändlers, setzte ich fort. Wir begannen endlich in der Tat einen eigenen Unterrichtsgang über Edelsteine und Perlen. Zwei Tage in der Woche waren festgesetzt, an denen ich zu einer bestimmten, für ihn verfügbaren Stunde kam und so lange blieb, als es eben seine Zeit gestattete. Er führte mich zuerst in die Kenntnis aller jener Mineralien ein, welche man Edelsteine nennt und vorzüglich zu Schmuck benützt. Ebenso zeigte er mir alle Gattungen von Perlen. Hierauf unterrichtete er mich in dem Verfahren, die Juwelen zu erkennen und von falschen zu unterscheiden. Später erst ging er auf die Merkmale der schönen und der minder schönen über. Bei diesem Unterrichte kamen mir meine Kenntnisse in den Naturwissenschaften sehr zu statten, ja ich war sogar im Stande, durch Angaben aus meinem Fache die Kenntnisse meines Freundes zu erweitern, besonders was das Verhalten der Edelsteine zum Lichtdurchgang, zur doppelten Brechung und zu der sogenannten Polarisation des Lichtes anbelangt. Ich hatte aber noch immer nicht den Mut, über die gebräuchliche Fassung der Edelsteine mit ihm zu sprechen und meine Gedanken hierüber ihm mitzuteilen.

Unter diesen Dingen ging neben meinen eigentlichen Arbeiten der Unterricht, den ich meiner Schwester gab, regelmäßig fort. In der Malerei hatte sie noch viel größere Schwierigkeiten als ich, weil sie einesteils weniger geübt war und weil sie anderntheils die Urbilder nicht gesehen, sondern nur fehlerhafte Abbilder vor sich hatte. Im Zitherspiel ging es weit besser. Ich wurde heuer ein wirksamerer Lehrer, als ich es in dem vergangenen Jahre gewesen war, und konnte nach dem, was ich gelernt hatte, überhaupt ein besserer Lehrer für sie sein, als einer in der Stadt zu finden gewesen wäre, obwohl diese Schwierigkeiten überwanden, deren Besiegung mir und Klotilden eine Unmöglichkeit gewesen wäre. Nach meinen Ansichten, die ich in den Bergen gelernt hatte, kam es aber darauf nicht an. Wir lernten endlich wechselweise von einander und brachten manche freudige und empfindungsreiche Stunde an der Zither zu.

Ich mußte zuletzt Klotilden auch im Spanischen unterrichten. Da ich immer einige Schritte vor ihr voraus war, so konnte ich allerdings einen Lehrer für sie wenigstens in den Anfangsgründen vorstellen. Wie es im weiteren Verlaufe zu machen wäre, würde sich zeigen. Wir lebten uns in ein wechselseitiges Tätigkeitsleben hinein.

So verging der Winter, und ich blieb damals bis ziemlich tief in das Frühjahr hinein bei den Meinigen in der Stadt.

Die Annäherung

Obwohl fast den ganzen Winter hindurch davon die Rede gewesen war, daß mich der Vater in dem nächsten Frühlinge in das Gebirge begleiten werde und daß er bei dieser Gelegenheit den Mann im Rosenhause besuchen wolle, um dessen Seltenheiten und Kostbarkeiten zu sehen, so hatte er doch, als der Frühling gekommen war, nicht Zeit, sich von seinen Geschäften zu trennen, und ich mußte wie in allen früheren Jahren meine Reise allein antreten.
Als ich zu meinem Gastfreunde gekommen war, war das Erste, daß ich ihm von den Wandverkleidungen erzählte. Ich hatte früher ihrer nicht erwähnt, weil ich sie doch nicht für so wichtig gehalten hatte. Ich erzählte ihm, daß ich sie in dem Lauterthale gefunden und gekauft habe und daß sie aus Schnitzarbeit von Gestalten und Verzierungen beständen. Der Vater, dem ich sie gebracht, habe eine große Freude darüber gehabt, habe sie nicht nur mit großem Vergnügen empfangen, sondern habe auch einen Teil eines Nebenbaues unseres Hauses umgebaut, um die Verkleidungen geschickt anbringen zu können. Dieses letztere habe mir erst gezeigt, wie wert der Vater diese Dinge halte, und dies habe mich bestimmt, noch genauer nachzuforschen, ob ich denn die Ergänzungen zu dem Getäfel nicht aufzufinden vermöge; denn das, was der Vater habe, seien nur Bruchstücke, und zwar zwei Pfeilerverkleidungen, das übrige fehle. Ich habe wohl schon Nachforschungen in der besten Art, wie ich glaube, angestellt; aber ich wolle sie doch noch fortsetzen und versuchen, ob ich nicht noch neue Mittel und Wege auffinden könne, zu meinem Ziele, wenn es noch vorhanden sei, zu gelangen oder die größtmögliche Gewißheit zu erhalten, daß das Gesuchte nicht mehr bestehe.
Ich beschrieb meinem Gastfreunde, so gut ich es aus der Erinnerung konnte, die Vertäflungen und machte ihn mit dem Fundorte und den Nebenumständen bekannt. Ich verhehlte ihm nicht, daß ich das darum tue, daß er mir einen Rat geben möge, wie ich etwa weiter vorzugehen habe. Es handle sich um einen Gegenstand, der meinem Vater nahe gehe. Nicht vorzüglich, weil diese Dinge schön seien, obwohl dies auch ein Antrieb für sich sein könnte, sondern hauptsächlich darum suche ich darnach zu forschen, weil sie dem Vater Freude machen. Je älter er werde, desto mehr schließe er sich in einem engen Raume ab, sein Geschäftszimmer und sein Haus werden nach und nach seine ganze Welt, und da seien es vorzüglich Werke der bildenden Kunst und die Bücher, mit denen er sich beschäftige und die Wirkung, welche diese Dinge auf ihn machen, wachse mit den Jahren. Er habe sich von dem Schnitzwerke in den ersten Tagen kaum trennen können, er habe es in allen Teilen genau betrachtet und sei zuletzt so mit demselben bekannt geworden, als wäre er bei dessen Verfertigung zugegen gewesen. Darum wolle

ich so vorgehen, daß ich mich nicht in die Lage setze, mir einen Vorwurf machen zu müssen, daß ich in meinen Nachforschungen etwas versäumt habe. Bisher seien sie freilich fruchtlos gewesen.

Mein Gastfreund fragte mich noch um einige Teile des Werkes und seines Auffindens, die ich ihm nicht dargestellt hatte oder die ihm dunkel geblieben waren, und ließ sich die Örtlichkeiten des Auffindens noch einmal auf das Umständlichste beschreiben. Hierauf sagte er mir, ich möge an meinen Vater ungesäumt einen Brief senden und ihn bitten, die genauen Ausmaße des Schnitzwerkes nach Außen und nach Innen zu nehmen und mir zu schicken. Ich begriff augenblicklich die Zweckmäßigkeit der Maßregel und schämte mich, daß sie mir selber nicht früher eingefallen war. Er selber wolle vorläufig an Roland schreiben und ihm dann, wenn sie eingelangt wären, die Ausmaße schicken. Auch wolle er seine Geschäftsführer in jener Gegend beauftragen, sich um die Sache zu bemühen. Wenn das Gesuchte zu finden ist, so dürfte Roland der geeignetste Mithelfer sein, und die anderen Männer, die er noch auffordern werde, hätten sich schon in den verschiedensten Gelegenheiten sehr erprobt.

Ich dankte meinem Gastfreunde auf das Verbindlichste für seine Gefälligkeit und versprach, in nichts säumig zu sein.

Am nächsten Morgen trug ein Bote meinen Brief an den Vater und die Briefe meines Gastfreundes an Roland und andere Männer auf die nächste Post. Mein Gastfreund mußte bis in die tiefe Nacht geschrieben haben, denn es war ein ganzes Päckchen von Briefen. Mich rührte diese Güte außerordentlich, denn ich wußte nicht, wie ich sie verdient hatte.

Daß ich in der ersten Zeit meines Aufenthaltes in dem Rosenhause gleich an alle Orte ging, die mir lieb waren, begreift sich.

In dem Zeichnungszimmer Eustachs fand ich den Musiktisch fertig. Es war seit seiner Vollendung erst eine kurze Zeit verflossen, deshalb stand er noch an dieser Stelle. Ich hatte nicht geahnt, daß das Werk, das ich bei Beginn seiner Wiederherstellung gesehen hatte, sich so darstellen würde, wenn es fertig wäre. Ich hatte Bilder, Bauwerke, Zeichnungen und dergleichen in jüngster Zeit in großer Menge gesehen und selber ähnliche Dinge verfertigt, ich konnte mir daher in solchen Sachen ein kleines Urteil zutrauen; aber, wenn ich nicht gewußt hätte, daß der Rahmen und das Gestelle des Tisches neu gemacht worden sei, so hätte ich es nie erkannt, so sehr paßte beides im Baue, in der ganzen Art und selbst in der Farbe des Holzes zu der Platte. Das ganze Werk stand rein, glänzend und klar vor den Augen. Die Farbe der verschiedenen Hölzer an den Verzierungen, am Laubwerke, am Obste und an den Geräten trat unter der Macht des Harzes kräftig und scharf hervor. Selbst die Mißverhältnisse der Größen in den verschiedenen eingelegten Geräten, zum Beispiele zwischen der Flöte, der Geige, der Trommel, welche mir bei meinem ersten Besuche in dem Schreinerhause Anstoß gegeben hatten, erschienen mir jetzt als naiv und hatten etwas Anziehendes für mich, welches mir die Tischplatte lieber machte als wenn sie ganz fehlerfrei oder etwa nach neuen Kunstbegriffen gemacht gewesen wäre. Ich fragte Eustach, wohin der Tisch zu stehen kommen würde. Er konnte es mir nicht sagen. Es sei darüber nichts eröffnet worden, ob er in dem Hause bleiben oder ob er irgend wohin versendet werden würde. Jetzt bleibe er hier stehen, damit alle Nachtrocknungen in jener allmählichen Stufenfolge vor sich gehen können, wie sie bei jedem neuverfertigten Geräte eintreten müssen, daß es nicht Schaden leide. Die meisten der neuverfertigten oder wiederhergestellten Werke seien zu diesem Zwecke in dem Zeichnungszimmer stehen geblieben, wenn sie anders dort Platz hatten. Ich betrachtete den Tisch noch eine Weile und ging dann zu andern Gegenständen über.

Auch die Gärtnerleute besuchte ich, die Leute des Meierhofes, die Gartenarbeiter, die Dienstleute des Hauses und einige Nachbaren, zu denen wir früher öfter gekommen waren und die ich näher kennen gelernt hatte.

Obwohl ich nach dem Rate und der Einladung meines Gastfreundes entschlossen war heuer meine Berufsarbeit, wenigstens jenes Berufes, den ich mir selber aufgelegt hatte, ruhen zu lassen, sondern einen Teil des Sommers in dem Rosenhause zu verleben und mich meiner Laune und dem Augenblicke hinzugeben: hatte ich doch nicht den Willen, gar nichts zu tun, was mir die größte Qual gewesen wäre, sondern mich bei meinen Handlungen von meinem Vergnügen und der Gelegenheit leiten zu lassen. Mein Gastfreund hatte mir die nehmlichen zwei Zimmer eingeräumt, welche ich bisher stets inne gehabt hatte, und freute sich, daß ich seinen Rat befolgen und einmal auch anderswohin sehen wolle als immer einseitig auf meine Arbeiten, und daß ich einmal zu einem allgemeineren Bewußtsein kommen wolle, als zu dem ich mich bisher gebannt hätte. Ich hatte viele Bücher und Schriften mitgebracht, hatte alle Werkzeuge zur Ölmalerei bei mir und hatte doch aus Vorsicht auch einige Vorrichtungen zu Vermessungen und dergleichen eingepackt.

Wenn man von dem Rosenhause über den Hügel, auf dem der große Kirschbaum steht, nordwärts geht, so kömmt man in die Wiese, durch welche der Bach fließt, an dem mein Gastfreund jene Erlengewächse zieht, welche ihm das schöne Holz liefern, das er neben anderen Hölzern zu seinen Schreinerarbeiten verwendet. Wir waren öfter zu diesem Bache gekommen und seinen Ufern entlang gegangen. Er floß aus einem Gehölze hervor, in welchem mein Gastfreund einige Wasserwerke hatte aufführen lassen, um die Wiese vor Überschwemmungen zu sichern und die Verwilderung des Baches zu verhindern. Im Innern des Gehölzes befindet sich ein ziemlich großer Teich, eigentlich ein kleiner See, da er nicht mit Kunst angelegt, sondern größtenteils von selber entstanden war. Nur Geringes hatte man hinzu gefügt, um nicht Versumpfungen an seinen Rändern und Überflutungen bei seinem Ausflusse entstehen zu lassen. Das Wasser dieses Waldbeckens ist so klar, daß man in ziemlicher Tiefe noch alle die bunten Steine sehen kann, welche auf dem Grunde liegen. Nur schienen sie grünlich blau gefärbt, wie es bei allen Wässern der Fall ist, die aus unsern Kalkalpen oder in deren Nähe fließen. Rings um dieses Wasser ist das Gezweige so dicht, daß man keinen Stein und kaum einen Uferrand sehen kann, sondern die Zweige aus dem Wasser zu ragen scheinen. Die Bäume, die da stehen, sind eines Teils Nadelholz, das mit seinem Ernste sich in die Heiterkeit mischt, die auf den Ästen, Blättern und Wipfeln der Laubbäume ruht, die den vorherrschenden Teil bilden. Vorzugsweise ist die Erle, der Ahorn, die Buche, die Birke und die Esche vorhanden. Zwischen den Stämmen ist reichliches Wuchergestrippe. Der Bach in der Erlenwiese meines Gastfreundes verdankt dem See sein Dasein; aber da dieser aus Quellzuflüssen lebt, so ist der ausfließende Bach oft so trocken, daß man, ohne sich die Sohle zu netzen, über seine hervorragenden Steine gehen kann. Wo er aus dem See geht, ist eine kleine Hütte erbaut, die den Hauptzweck hat, daß die, welche in dem See sich baden wollen, in ihr sich entkleiden können. Der Seegrund geht mit seinen schönen Kieseln so sachte in die Tiefe, daß man ziemlich weit vorwärts gehen und das wallende Wasser genießen kann ohne den Grund zu verlieren. Auch zum Lernen des Schwimmens ist dieser Teil sehr geeignet, weil man an allen Stellen Grund findet und sich unbefangener den Übungen hingeben kann. Weiter draußen beginnt das Gebiet derer, die ihrer Arme und ihrer Bewegungen schon vollständig Herr sind. Gustav ging an Sommertagen fast jeden zweiten Tag mit Eustach oder mit jemand anderm oder zuweilen auch mit meinem Gastfreunde zu dem See hinaus, um in demselben zu schwimmen. Diese Tätigkeit, so wie die andern Körperbewegungen und Übungen, die für ihn in dem Rosenhause angeordnet waren, schienen ihm viele Freude zu machen. Mein Gastfreund hielt auf körperliche Übungen sehr viel, da sie zur Entwicklung und Gesundheit unumgänglich notwendig seien. Er lobte diese Übungen sehr an den Griechen und Römern, welche beiden Völker er auf eine hervorragende Weise ehrte. Das liege auf der Hand, pflegte er zu sagen, daß, so wie die Krankheit des Körpers den Geist zu etwas anderem mache, als er in der Gesundheit des Körpers ist, ein kräftiger und in hohem Maße entwickelter Körper die Grundlage zu allem dem abgebe, was tüchtig und herzhaft heißt. Bei den alten Römern ist ein großer Teil ihrer Erfolge in der Geschichte und ihres früheren Glückes in der Pflege und Entwicklung ihres Körpers zu suchen. Ihr Glück dauerte auch nur so lange, als die vernünftige Pflege ihrer Leibesübungen dauerte. In neuen Schulen vernachlässige man diese Pflege zu sehr, die bei uns um so notwendiger wäre, als sich durch das Zusammengehäuftsein in dunstigen und heißen Stuben ohnehin Übel erzeugen, die dem Aufenthalte in freier Luft fremd sind. Darum werden auch die Geisteskräfte von Schülern der neuen Zeit nicht entwickelt wie sie sollten und wie sie es bei Kindern, die in Wald und Feldern schweifen, freilich auf Kosten ihres höheren Wesens, wirklich sind. Daher stamme ein Teil der Schalheit und Trägheit unserer Zeiten. Ich ging mit Gustav jetzt, da ich viele Muße hatte, sehr fleißig zu dem Wäldchen, und da ich in der Kunst des Schwimmens eine große Fertigkeit hatte, so sah er an mir ein Vorbild, dem er nachstreben konnte, und lernte Gelenkigkeit und Ausdauer mehr, als er es ohne mich gekonnt hätte.

Überhaupt gewann Gustav eine immer größere Neigung zu mir. Es mochte, wie ich mir schon früher gedacht hatte, zuerst der Umstand eingewirkt haben, daß ich ihm an Alter nicht so sehr ferne stand. Dazu mochte sich gesellt haben, daß ich, der ich eigentlich sehr einsam und abgeschlossen erzogen worden war, viel tiefer in spätere Jahre hinein die Merkmale der Kindheit bewahrt haben mochte als andere Leute, die gleichen Alters mit mir waren, und zuletzt konnte jetzt auch das wirken, daß ich bei meiner Geschäftslosigkeit viel mehr Berührungspunkte mit ihm fand, als es bei meinen früheren Anwesenheiten in dem Rosenhause der Fall gewesen war.
Ich schrieb nun auf dem Asperhofe mehr Briefe als sonst, ich las in Dichtern, betrachtete alles um mich herum, schweifte oft weit in die Gegend hinaus; aber diese Lebensweise wurde mir bald beschwerlich, und ich suchte etwas hervor, was mich tiefer beschäftigte. Die Dichter als das Edelste, was mir jetzt begegnete, riefen wieder das Malen hervor. Ich richtete meine Zeichnungsgeräte und meine Vorrichtungen zur Malerei in den Stand und begann wieder meine Übungen im Malen der Landschaft. Ich malte je nach der Laune bald ein Stück Himmel, bald eine Wolke, bald einen Baum oder Gruppen von Bäumen, entfernte Berge, Getreidehügel und dergleichen. Auch schloß ich menschliche Gestalten nicht aus und versuchte Teile derselben. Ich versuchte das Antlitz des Gärtners Simon und das seiner Gattin auf die Leinwand zu bringen. Die beiden Leute hatten eine große Freude über das Ding, und ich gab ihnen die Bilder in ihre Stube, nachdem ich vorher nette Rahmen dazu bestellt und in der Zeit, bis sie eintrafen, mir Abbilder von den Köpfen für meine eigene Mappe gemacht hatte. Ich malte die Hände oder Büsten verschiedener Leute, die sich in dem Rosenhause oder in dem Meierhofe befanden. Meinen Gastfreund oder Eustach oder Gustav zu bitten, daß sie mir als Gegenstand meiner Kunstbestrebungen dienen sollten, hatte ich nicht den Mut, weil die Erfolge noch gar zu unbedeutend waren.

Gustav nahm unter allen den größten Anteil an diesen Dingen. So wie er im vorigen Jahre Geräte mit mir gemalt hatte, versuchte er es heuer auch mit den Landschaften. Sein Ziehvater und sein Zeichnungslehrer hatten nichts dagegen, da nur freie Stunden zu diesen Beschäftigungen verwendet wurden, da seine Körperübungen nicht darunter zu leiden hatten und da sich dadurch das Band zwischen mir und ihm noch mehr befestigte, was mein Gastfreund nicht ungern zu sehen schien, da doch zuletzt der Jüngling niemanden hatte, an wen er das Gefühl der Freundschaft leiten sollte, das in seinen Jahren so gerne erwacht und das sich in sanftem Zuge an einen Gegenstand richtet. Da unter seiner Hand ein Baum, ein Stein, ein Berg, ein Wässerchen in lieblichen Farben hervorging, hatte er eine unaussprechliche Freude. Bei Eustach hatte er nur größtenteils Bau- und Gerätezeichnungen gesehen, und Roland hatte auch nur Ähnliches von seinen Reisen zurück gebracht. Was von Landschaften in der Gemäldesammlung seines Ziehvaters hing, auf denen er wohl grüne Bäume, weiße Wolken, blaue Berge beobachten konnte, hatte er nie um seine Entstehung angeschaut, sondern die Dinge waren da, wie auch andere Dinge da sind, das Haus, der Getreidehügel, der Berg, der ferne Kirchturm, und er hatte nicht daran gedacht, daß auch er solche Gegenstände hervorzubringen vermöchte. Er redete auf Spaziergängen davon, wie dieser Baum sich baue, wie jener Berg sich runde, und er erzählte mir, daß ihm oft von dem Zeichnen lebhaft träume.

Man ließ den Jüngling auch auf größere Entfernungen von dem Rosenhause mit mir gehen. Seine Arbeiten wurden dabei so eingerichtet, daß, wenn sie auch unterbrochen werden mußten, ein wesentlicher Schaden sich nicht einstellen konnte. Dafür gewann er an Gesundheit und körperlicher Abhärtung bedeutend. Wir waren nicht selten mehrere Tage abwesend, und Gustav vergnügte es sehr, wenn wir Abends nach unserem leichten Mahle in einem Gasthause in unser Zimmer gingen, wenn er durch die Fenster auf eine fremde Landschaft hinausschauen konnte, wenn er sein Ränzlein und seine Reisesachen auf dem Tische zurecht richten und dann die ermüdeten Glieder auf dem Gastbette ausstrecken durfte. Wir bestiegen hohe Berge, wir gingen an Felswänden hin, wir begleiteten den Lauf rauschender Bäche und schifften über Seen.

Er wurde stark, und das zeigte sich sichtbar, wenn wir von einer Gebirgswanderung – denn fast immer gingen wir in das Gebirge – zurückkehrten, wenn seine Wangen gebräunt waren, als wollten sie beinahe schwarz werden, wenn seine Locken die dunkle Stirne beschatteten und die großen Augen lebhaft aus dem Angesichte hervor leuchteten. Ich weiß nicht, welcher innere Zug von Neigung mich zu dem Jünglinge hinwendete, der in seinem Geiste zuletzt doch nur ein Knabe war, den ich über die einfachsten Dinge täglicher Erfahrung belehren mußte, namentlich, wenn es Wanderungsangelegenheiten waren, und der mir in seiner Seele nichts bieten konnte, wodurch ich erweitert und gehoben werden mußte, es müßte nur das Bild der vollkommensten Güte und Reinheit gewesen sein, das ich täglich mehr an ihm sehen, lieben und verehren konnte.

Ich ging auch einige Male zu dem Lautersee. Ich hatte im vorigen Jahre angefangen, seine Tiefe an verschiedenen Stellen zu messen, um ein Bild darzustellen, in welchem sich die Berge, die den See umstanden, sichtbar auch unter der Wasserfläche fortsetzten und nur durch einen tieferen Ton gedämpft waren. Der Reiz, der diese Aufnahme herbei geführt hatte, stellte sich wieder ein, und ich setzte die Messungen nach einem Plane fort, um die Talsohle des Sees immer richtiger zu ergründen und das Bild einer größeren Sicherstellung entgegen zu führen. Gustav begleitete mich mehrere Male und arbeitete mit den Männern, die ich gedungen hatte, das Schiff zu lenken, die Schnüre auszuwerfen, die Kloben zu richten, an denen sich die Senkgewichte abwickelten, oder andere Dinge zu tun, die sich als notwendig erwiesen.

Besondere Freude machte es mir, daß ich nach und nach die Feinheiten des menschlichen Angesichtes immer besser behandeln lernte, besonders, was mir früher so schwer war, wenn der leichte Duft der Farbe über die Wangen schöner Mädchen ging, die sich sanft rundeten, schier keine Abwechslung zeigten und doch so mannigfaltig waren. Mir waren die Versuche am angenehmsten, das Liebliche, Sittige, Schelmische, das sich an manchen jungen Land- oder Gebirgsmädchen darstellte, auf der Leinwand nachzuahmen.

Eines Abends, da Blitze fast um den ganzen Gesichtskreis leuchteten und ich von dem Garten gegen das Haus ging, fand ich die Tür, welche zu dem Gange des Amonitenmarmors, zu der breiten Marmortreppe und zu dem Marmorsaale führte, offen stehen. Ein Arbeiter, der in der Nähe war, sagte mir, daß wahrscheinlich der Herr durch die Tür hinein gegangen sei, daß er sich vermutlich in dem steinernen Saale befinden werde, in welchen er gerne gehe, wenn Gewitter am Himmel ständen, und daß die Tür vielleicht offen geblieben sei, damit Gustav, wenn er käme, auch hinaufgehen könnte. Ich blickte in den Marmorgang, sah hinter der Schwelle mehrere Paare von Filzschuhen stehen und beschloß, auch in den steinernen Saal hinauf zu gehen, um meinen Gastfreund aufzusuchen. Ich legte ein Paar von passenden Filzschuhen an und ging den Gang des Amonitenmarmors entlang. Ich kam zu der Marmortreppe und stieg langsam auf ihr empor. Es war heute kein Tuchstreifen über sie gelegt, sie stand in ihrem ganzen feinen Glanze da und erhellte sich noch mehr, wenn ein Blitz durch den Himmel ging und von der Glasbedachung, die über der Treppe war, hereingeleitet wurde. So gelangte ich bis in die Mitte der Treppe, wo in einer Unterbrechung und Erweiterung, gleichsam wie in einer Halle, nicht weit von der Wand die Bildsäule von weißem Marmor steht. Es war noch so licht, daß man alle Gegenstände in klaren Linien und deutlichen Schatten sehen konnte. Ich blickte auf die Bildsäule, und sie kam mir heute ganz anders vor. Die Mädchengestalt stand in so schöner Bildung, wie sie ein Künstler ersinnen, wie sie sich eine Einbildungskraft vorstellen oder wie sie ein sehr tiefes Herz ahnen kann, auf dem niedern Sockel vor mir, welcher eher eine Stufe schien, auf die sie gestiegen war, um herumblicken zu können. Ich vermochte nun nicht weiter zu gehen und richtete meine Augen genauer auf die Gestalt. Sie schien mir von heidnischer Bildung zu sein. Das Haupt stand auf dem Nacken, als blühete es auf demselben. Dieser war ein wenig, aber kaum merklich vorwärts gebogen, und auf ihm lag das eigentümliche Licht, das nur der Marmor hat und das das dicke Glas des Treppendaches hereinsendete. Der Bau der Haare, welcher leicht geordnet gegen den Nacken niederging, schnitt diesen mit einem flüchtigen Schatten, der das Licht noch lieblicher machte. Die Stirne war rein, und es ist begreiflich, daß man nur aus Marmor so etwas machen kann. Ich habe nicht gewußt, daß eine menschliche Stirne so schön ist. Sie schien mir unschuldvoll zu sein und doch der Sitz von erhabenen Gedanken. Unter diesem Throne war die klare Wange ruhig und ernst, dann der Mund, so feingebildet, als sollte er verständige Worte sagen oder schöne Lieder singen, und als sollte er doch so gütig sein. Das Ganze schloß das Kinn wie ein ruhiges Maß. Daß sich die Gestalt nicht regte, schien bloß in dem strengen, bedeutungsvollen Himmel zu liegen, der mit den fernen stehenden Gewittern über das Glasdach gespannt war und zur Betrachtung einlud. Edle Schatten wie schöne Hauche hoben den sanften Glanz der Brust, und dann waren Gewänder bis an die Knöchel

hinunter. Ich dachte es sei Nausikae, wie sie an der Pforte des goldenen Saales stand und zu Odysseus die Worte sagte: „Fremdling, wenn du in dein Land kömmst, so gedenke meiner." Der eine Arm war gesenkt und hielt in den Fingern ein kleines Stäbchen, der andere war in der Gewandung zum Teile verhüllt, die er ein wenig emporhob. Das Kleid war eher eine schön geschlungene Hülle als ein nach einem gebräuchlichen Schnitte verfertigtes. Es erzählte von der reinen, geschlossenen Gestalt und war so stofflich treu, daß man meinte, man könne es falten und in einen Schrein verpacken. Die einfache Wand des grauen Amonitenmarmors hob die weiße Gestalt noch schärfer ab und stellte sie freier. Wenn ein Blitz geschah, floß ein rosenrotes Licht an ihr hernieder, und dann war wieder die frühere Farbe da. Mir dünkte es gut, daß man diese Gestalt nicht in ein Zimmer gestellt hatte, in welchem Fenster sind, durch die alltägliche Gegenstände herein schauen und durch die verworrene Lichter einströmen, sondern daß man sie in einen Raum getan hat, der ihr allein gehört, der sein Licht von oben bekömmt und sie mit einer dämmerigen Halle wie mit einem Tempel umfängt. Auch durfte der Raum nicht einer des täglichen Gebrauchs sein, und es war sehr geeignet, daß die Wände rings herum mit einem kostbaren Steine bekleidet sind. Ich hatte eine Empfindung, als ob ich bei einem lebenden schweigenden Wesen stände, und hatte fast einen Schauer, als ob sich das Mädchen in jedem Augenblicke regen würde. Ich blickte die Gestalt an und sah mehrere Male die rötlichen Blitze und die graulich weiße Farbe auf ihr wechseln. Da ich lange geschaut hatte, ging ich weiter. Wenn es möglich wäre, mit Filzschuhen noch leichter aufzutreten als es ohnehin stets geschehen muß, so hätte ich es getan. Ich ging mit dem lautlosen Tritte langsam über die glänzenden Stufen des Marmors bis zu dem steinernen Saale hinan. Seine Tür war halb geöffnet. Ich trat hinein.
Mein Gastfreund war wirklich in demselben. Er ging in leichten Schuhen mit Sohlen, die noch weicher als Filz waren, auf dem geglätteten Pflaster auf und nieder.
Da er mich kommen sah, ging er auf mich zu und blieb vor mir stehen.
„Ich habe die Tür zu dem Marmorgange offen gesehen", sagte ich, „man hat mir berichtet, daß ihr hier oben sein könntet, und da bin ich herauf gegangen, euch zu suchen."
„Daran habt ihr recht getan", erwiderte er.
„Warum habt ihr mir denn nicht gesagt", sprach ich weiter, „daß die Bildsäule, welche auf eurer Marmortreppe steht, so schön ist?"
„Wer hat es euch denn jetzt gesagt?" fragte er.
„Ich habe es selber gesehen", antwortete ich.
„Nun dann werdet ihr es um so sicherer wissen und mit desto größerer Festigkeit glauben", erwiderte er, „als wenn euch jemand eine Behauptung darüber gesagt hätte."
„Ich habe nehmlich den Glauben, daß das Bildwerk sehr schön sei", antwortete ich, mich verbessernd.
„Ich teile mit euch den Glauben, daß das Werk von großer Bedeutung sei", sagte er.
„Und warum habt ihr denn nie zu mir darüber gesprochen?" fragte ich.

„Weil ich dachte, daß ihr es nach einer bestimmten Zeit selber betrachten und für schön erachten werdet", antwortete er.

„Wenn ihr mir es früher gesagt hättet, so hätte ich es früher gewußt", erwiderte ich.

„Jemandem sagen, daß etwas schön sei", antwortete er, „heißt nicht immer, jemandem den Besitz der Schönheit geben. Er kann in vielen Fällen bloß glauben. Gewiß aber verkümmert man dadurch demjenigen das Besitzen des Schönen, der ohnehin aus eigenem Antriebe darauf gekommen wäre. Dies setzte ich bei euch voraus, und darum wartete ich sehr gerne auf euch."

„Aber was müßt ihr denn die Zeit her über mich gedacht haben, daß ich diese Bildsäule sehen konnte und über sie geschwiegen habe?" fragte ich.

„Ich habe gedacht, daß ihr wahrhaftig seid", sagte er, „und ich habe euch höher geachtet als die, welche ohne Überzeugung von dem Werke reden, oder als die, welche es darum loben, weil sie hören, daß es von Andern gelobt wird."

„Und wo habt ihr denn das herrliche Bildwerk hergenommen?" fragte ich.

„Es stammt aus dem alten Griechenlande", antwortete er, „und seine Geschichte ist sonderbar. Es stand viele Jahre in einer Bretterbude bei Cumä in Italien. Sein unterer Teil war mit Holz verbaut, weil man den Platz, an dem es stand, und der teils offen, teils gedeckt war, zu häufigem Ballschlagen verwendete, und die Bälle nicht selten in die Bude der Gestalt flogen. Deshalb legte man von der Brust abwärts einen dachartigen Schutz an, der die Bälle geschickt herab rollen machte und über den sich die Gestalt wie eine Büste darstellte. Es waren in dem Raume, teils an den Bretterbuden, teils an Mauerstücken, aus denen er bestand, noch andere Gestalten angebracht, ein kleiner Herkules, mehrere Köpfe und ein altertümlicher Stier von etwa drei Fuß Höhe; denn der Platz wurde auch zu Tänzen benützt und war an den Stellen, die keine Wand hatten, mit Schlinggewächsen und Trauben begrenzt, an andern war er offen und blickte über Myrten, Lorbeer, Eichen auf die blauen Berge und den heiteren Himmel dieses Landes hinaus. Gedeckt waren nur Teile des Raumes, besonders dort, wo die Gestalten standen. Diese hatten Dächer über sich wie die niedlichen Täfelchen, welche italienische Mädchen auf dem Kopfe tragen. Im Übrigen war die Bedeckung das Gezelt des Himmels. Mich brachte ein günstiger Zufall nach Cumä, und zu diesem Ballplatze, auf dem sich eben junges Volk belustigte. Gegen Abend, da sie nach Hause gegangen waren, besichtigte ich das Mauerwerk, welches aus Resten alter Kunstbauten bestand, und die Gestalten, welche sämmtlich aus Gips waren, wie sie in Italien so häufig alten edlen Kunstwerken nachgebildet werden. Den Herkules kannte ich insbesondere sehr gut, nur war er hier viel kleiner gebildet. Die Büste des Mädchens – für eine solche hielt ich die Gestalt – war mir unbekannt; allein sie gefiel mir sehr. Da ich mich über die reizende Lage dieses Plätzchens aussprach, sagte die Besitzerin, eine wahrhaftige altrömische Sibylle, es werde hier in Kurzem noch viel schöner werden. Ihr Sohn, der sich durch Handel Geld erworben, werde den Platz in einen Saal mit Säulen verwandeln, es werden Tische herum stehen, und es werden vornehme Fremde kommen, sich hier zu ergötzen.

Die Gestalten müssen weg, weil sie ungleich seien und weil Menschen und Tiere unter einander stehen, ihr Sohn habe schon die schönsten Gipsarbeiten bestellt, die alle gleich groß wären. Sie führte mich zu dem Mädchen und zeigte mir durch eine Spalte der Bretter, daß dasselbe in ganzer Gestalt da stehe und also die andern Dinge weit überrage. Man habe darum an dem oberen Rande der Balken, mit denen die Gestalt umbaut ist, einen hölzernen, bemalten Sockel angebracht, von dem der Oberleib wie eine Büste herab schaue. Dadurch sei die Sache wieder zu den anderen gestimmt worden. Ich fragte, wann ihr Sohn hieherkomme und wann das Umbauen beginnen würde. Da sie mir das gesagt hatte, entfernte ich mich. Zur Zeit des mir von der Alten angegebenen Beginnes des Umbaues fand ich mich auf dem Platze wieder ein. Ich traf den Sohn der Wittwe – eine solche war sie – hier an, und der Bau hatte schon begonnen. Die alten reizenden Mauerstücke waren zum Teile abgetragen, und ihre Stoffe waren geschichtet, um zu dem neuen Baue verwendet zu werden. Die Schlinggewächse und Reben waren ausgerottet, die Gesträuche vor dem Platze vernichtet, und man ebnete ihre Stelle, um dort Rosen anzulegen. Auf der Südseite baute man schon die Sockelmauern, auf welche die Säulen von Ziegeln zu stehen kommen sollten. Die Gestalt des Mädchens, von der man die Balkenverhüllung weggenommen hatte, lag in einer Hütte, welche größtenteils Baugeräte enthielt. Neben ihr lagen der Herkules, der Stier und die Köpfe, die, wie ich jetzt sah, alte Römer darstellten. Mir gefiel nun auch die früher nicht gesehene übrige Gestalt des Mädchens, die nicht wesentlich verletzt war, außerordentlich, und ich erhandelte sie, da die Dinge zum Zwecke des Verkaufes in der Bretterhütte lagen. Aber der Verkäufer sagte, er gebe von der Sammlung nichts einzeln weg, und ich mußte den Stier, den Herkules und die Köpfe mit kaufen. Der Kaufschilling war nicht geringe, da mein Gegenmann die Schönheit der Gestalt recht gut kannte und sie geltend machte; aber ich fügte mich. Ich ließ Kisten machen, um die Dinge fortzuschaffen. Den Stier, den Herkules und die Köpfe verkaufte ich in Italien um ein Geringes, die Mädchengestalt sendete ich wohlverpackt, daß der Gips nicht leide, an meinen damaligen Aufenthaltsort; ich kann euch den Namen jetzt nicht nennen, es war ein kleines Städtchen an dem Gebirge. Mir fiel schon damals auf, daß das Fahrgeld für die Gestalt sehr hoch sei und daß man sich über ihr Gewicht beklagt habe; allein ich hielt es für italienische List, um von mir, dem Fremden, etwas mehr heraus zu pressen. Als ich aber nach Deutschland zurückgekehrt war und als eines Tages die Gipsgestalt, für deren gute Verpackung und Überbringung ich durch mir wohlbekannte Versendungsvermittler gesorgt hatte, in dem Asperhofe ankam, überzeugte ich mich selber von dem ungemeinen Gewichte der Last. Da der Bretterverschlag, in welchem sich die Gestalt befand, nicht so schwer sein konnte, so entstand in mir und Eustach, der damals schon in dem Asperhofe war, der Gedanke, die Gestalt möchte etwa naß geworden sein und durch die Nässe gelitten haben. Wir ließen das Standbild in die hölzerne Hütte schaffen, welche ich teils zu seinem Empfange, teils zur Reinigung von den vielen Schmutzflecken, die es an seinem früheren Standorte erhalten hatte, vor dem Eingange in den Garten hatte aufbauen lassen. Da es dort von den Brettern und von allen seinen andern Hüllen befreit worden war, sahen wir, daß sich unsere Furcht nicht bestätigte. Die Gestalt war so trocken, wie Gips nur überhaupt zu sein vermag. Wir setzten nach und nach die Vorrichtungen in Gebrauch, durch die wir die Gestalt in die Nähe der Glaswand der Hütte auf eine drehbare Scheibe stellen konnten, um sie nach Bequemlichkeit betrachten und reinigen zu können. Da sie auf der Scheibe stand und wir uns von der Sicherheit ihres Standes überzeugt hatten, gingen wir zu ihrer Betrachtung über. Eustach war über ihre Schönheit entzückt und machte mich auf Manches aufmerksam, was mir auf dem Tanz- und Ballplatze bei Cumä und später in der Bauhütte entgangen war. Freilich stand die Gestalt jetzt viel vorteilhafter, da durch die reinen Scheiben der Glaswand das klare Licht auf sie fiel und alle Schwingungen und Schwellungen der Gestaltung deutlich machte. Da wir die Überzeugung gewonnen hatten, daß ein edles Werk in das Haus gekommen sei, beschlossen wir, sofort zu dessen Reinigung zu schreiten. Wir nahmen uns vor, dort, wo der Schmutz nur locker auf der Oberfläche liege und dem reinen Wasser und dem Pinsel weiche, auch nur Wasser und den Pinsel anzuwenden. Leichtes Übertünchen und sanftes Glätten würde die letzte Nachhülfe geben. Für tiefer gehende Verunreinigung wurde die Anwendung des Messers und der Feile beschlossen; nur sollte die äußerste Vorsicht beobachtet und lieber eine kleine Verunreinigung gelassen werden, als daß eine sichtbare Umgestaltung des Stoffes vorgenommen würde. Eustach machte in meiner Gegenwart Versuche, und ich billigte sein Verfahren. Es wurde nun sogleich ans Werk geschritten und die Arbeit in der nächsten Zeit fortgesetzt. Eines Tages kam Eustach zu mir herauf und sagte, er müsse mich auf einen sonderbaren Umstand aufmerksam machen. Er sei auf dem Schulterblatte mit dem feinen Messer auf einen Stoff gestoßen, der nicht das Taube des Gipses habe, sondern das Messer gleiten mache und etwas wie die Ahnung eines Klanges merken lasse. Wenn die Sache nicht so unwahrscheinlich wäre, würde er sagen, daß der Stoff Marmor sei. Ich ging mit ihm in die Bretterhütte hinab. Er zeigte mir die Stelle. Es war ein Platz, mit dem die Gestalt häufig, wenn sie gelegt wurde, auf den Boden kam und der daher durch diesen Umstand und zum Teile durch Versendungen, denen die Gestalt ausgesetzt gewesen sein mochte, mehr abgenützt war als andere. Ich ließ das Messer auf dieser Stelle gleiten, ich ließ es an ihr erklingen, und auch ich hatte das Gefühl, daß es Marmor sei, was ich eben behandle. Weil der Platz, an dem die Versuche gemacht wurden, doch zu augenfällig war, um weiter gehen zu können und ihn etwa zu verunstalten, so beschlossen wir an einem unscheinbareren einen neuen Versuch zu machen. In der Ferse des linken Fußes fehlte ein kleines Stückchen, dort mußte jedenfalls Gips eingesetzt werden, dort beschlossen wir zu forschen. Wir drehten die Gestalt mit ihrer Scheibe in eine Lage, in welcher das helle Licht auf die Lücke an der Ferse fiel. Es zeigte sich, daß neben der kleinen Vertiefung noch ein Stückchen Gips ledig sei und bei der leisesten Berührung herab fallen müsse. Wir setzten das Messer an, das Stück sprang weg, und es zeigte sich auf dem Grunde, der bloß wurde, ein Stoff, der nicht Gips war. Das Auge sagte, es sei

Marmor. Ich holte ein Vergrößerungsglas, wir leiteten durch Spiegel ein schimmerndes Licht auf die Stelle, ich schaute durch das Glas auf sie, und mir funkelten die feinen Kristalle des weißen Marmors entgegen. Eustach sah ebenfalls durch die Linse, wir versuchten an dem Platze noch andere Mittel, und es stellte sich fest, daß die untersuchte Fläche Marmor sei. Nun begannen wir, um das Unglaubliche völlig zu beweisen oder unsere Meinung zu widerlegen, auch an andern Stellen Untersuchungen. Wir fingen an Stellen an, welche ohnehin ein wenig schadhaft waren und gingen nach und nach zu anderen über. Wir beobachteten zuletzt gar nicht mehr so genau die Vorsichten, die wir uns am Anfange auferlegt hatten, und kamen zu dem Ergebnisse, daß an zahlreichen Stellen unter dem Gipse der Gestalt weißer Marmor sei. Der Schluß war nun erklärlich, daß an allen Stellen, auch den nicht untersuchten, der Gips über Marmor liege. Das große Gewicht der Gestalt war nicht der letzte Grund unserer Vermutung. Durch welchen Zufall oder durch welch seltsames Beginnen die Marmorgestalt mit Gips könne überzogen worden sein, war uns unerklärlich. Am wahrscheinlichsten däuchte uns, daß es einmal irgend ein Besitzer getan habe, damit ein fremder Feind, der etwa seine Wohnstadt und ihre Kunstwerke bedrohte, die Gestalt, als aus wertlosem Stoffe bestehend, nicht mit sich fort nehme. Weil nun doch der Feind die Gestalt genommen habe oder weil ein anderer hindernder Umstand eingetreten sei, habe die Decke nicht mehr weggenommen werden können, und der edle Kern habe undenkbar lange Jahre in der schlechten Hülle stecken müssen. Wir fingen nun auf dem Wirbel des Hauptes an, den Gips nach und nach zu beseitigen. Teils, und zwar im Roheren, geschah es mit dem Messer, teils, und zwar gegen das Ende, wurden Pinsel und das auflösende Mittel des Wassers angewendet. Wir rückten so von dem Haupte über die Gestalt hinunter, und alles und jedes war Marmor. Durch den Gips war der Marmor vor den Unbilden folgender Zeiten geschützt worden, daß er nicht das trübe Wasser der Erde oder sonstige Unreinigkeiten einsaugen mußte, und er war reiner als ich je Marmor aus der alten Zeit gesehen habe, ja er war so weiß, als sei die Gestalt vor nicht gar langer Zeit erst gemacht worden. Da aller Gips beseitigt war, wurde die Oberfläche, welche doch durch die feinsten zurückgebliebenen Teile des Überzuges rauh war, durch weiche, wollene Tücher so lange geglättet, bis sich der glänzende Marmor zeigte und durch Licht und Schatten die feinste und zartest empfundene Schwingung sichtbar wurde. Jetzt war die Gestalt erst noch viel schöner als sie sich in Gips dargestellt hatte, und Eustach und ich waren von Bewunderung ergriffen. Daß sie nicht aus neuer Zeit stamme, sondern dem alten Volke der Griechen angehöre, erkannten wir bald. Ich hatte so viele und darunter die als die schönsten gepriesenen Bildwerke der alten Heidenzeit gesehen und vermochte daher zwischen ihnen und den Arbeiten des Mittelalters oder der neuen Zeit zu vergleichen. Ich hatte alle Abbildungen, welche von den Bildwerken der alten Zeit zu bekommen waren, in den Asperhof gebracht, so daß ich neuerdings Vergleichungen anstellen konnte, und daß auch Eustach, welcher nicht so viel in Wirklichkeit gesehen hatte, ein Urteil zu gewinnen vermochte. Nur nach sehr langen und sehr genauen Untersuchungen gaben wir uns mit Festigkeit dem Gedanken hin, daß das Standbild aus der alten Griechenzeit herrühre. Wir lernten bei diesen Untersuchungen, zu deren größerer Sicherstellung wir sogar Reisen unternahmen, die Merkmale der alten und neuen Bildwerke so weit kennen, daß wir die Überzeugung gewannen, die besten Werke beider Zeiten gleich bei der ersten Betrachtung von einander unterscheiden zu können. Das Schlechte ist freilich schwerer in Hinsicht seiner Zeit zu ermitteln. Merkwürdig ist es, daß völlig Wertloses aus der alten Zeit gar nicht auf uns gekommen ist. Entweder ist es nicht entstanden oder eine kunstbegeisterte Zeit hat es sogleich beseitigt. Wir haben in jener Untersuchungszeit viel über alte Kunst gelernt. Von wem und aus welchem Zeitabschnitte aber unser Standbild herrühre, konnten wir nicht ermitteln. Das war jedoch gewiß, daß es nicht der strengen Zeit angehöre und von der späteren, weicheren stamme. Ehe ich aber das Bild aus der Hütte, in welcher es stand, entfernte, ja ehe ich an den Platz dachte, auf welchen ich es stellen wollte, mußte etwas anderes geschehen. Ich reiste nach Italien und suchte bei Cumä den Verkäufer meines Standbildes auf. Er war mit den Umänderungen seines Platzes beinahe fertig. Dieser war jetzt eine Halle neuer Art, in welcher einige Menschen süßen roten Wein tranken, in welcher neue Gipsbilder standen, um welche grüner Rasen war und aus welcher man eine schöne Aussicht hatte. Ich erzählte ihm von der Entdeckung, welche ich gemacht hatte und sagte, er möge nun nach derselben den Preis des Bildes bestimmen. Er könnte es zu diesem Zwecke selber in Deutschland besehen oder es besehen lassen. Er fand Beides nicht für nötig, sondern forderte sogleich eine ansehnliche Summe, die den Wert eines solchen Gegenstandes, deren Preise in den verschiedenen Zeiten sehr wechseln, darstellen mochte. Ich war damals schon in den Besitz meiner größeren Habe gekommen, die mir durch eine Erbschaft zugefallen war, und zeigte mich bereit, die Summe zu erlegen, nur möchte ich mich über das Herkommen des Standbildes noch näher unterrichten und mir die Gewißheit über das Recht verschaffen, das mein Vormann bei so veränderter Sachlage über das Bild habe. Meine Forschungen führten zu nichts weiter, als daß das Bild seit vielen Menschenaltern schon in dem Besitze der Familie sei, von welcher ich es habe, daß einmal Überreste eines alten Gebäudes hier gewesen wären, daß man das Gebäude nach und nach abgebrochen habe, daß man aus Wasserbecken, niederen Säulengittern und andern Dingen von weißem Steine Kalk gebrannt, und daß man aus den Resten des Gebäudes und mit dem Kalke Häuser in den Umgebungen gebaut habe. Es seien mehrere Standbilder bei den Trümmern gewesen und seien verkauft worden. Für das weiße Mädchen mit dem Stabe in der Hand habe man einmal einen Mantel aus Holz gemacht, darüber ist ein Streit in Hinsicht der Zahlung entstanden, und die Schrift, welche den Großvater des jetzigen Besitzers zur Zahlung verurteilte, ist mir in dem Amte zur Einsicht und beglaubigten Abschrift gewiesen worden. Nachdem ich mir noch einen Kaufvertrag über das Marmorbild von einem Notar hatte verfassen lassen und mich mit einer gefertigten Abschrift versehen hatte, erlegte ich die geforderte Summe und reiste wieder nach Hause. Hier wurde beraten, wohin das nun mit allem Rechte mein genannte

Standbild kommen sollte. Es war nicht schwer, die Stelle auszufinden. Ich hatte auf der Marmortreppe schon einen Absatz errichtet, der einerseits die Treppe unterbrechen und ihr dadurch Zierlichkeit verleihen und andrerseits dazu dienen sollte, daß einmal ein Standbild auf ihm stehe und der Treppe den größten Schmuck verleihe. Nachdem wir uns durch Messungen überzeugt hatten, daß die Gestalt für den Platz nicht zu hoch sei, wurde der kleine Sockel verfertigt, auf dem sie jetzt steht, es wurde eine Vorrichtung gebaut, sie auf den Platz zu bringen, und sie wurde auf ihn gebracht. Wir standen nun oft vor der Gestalt und betrachteten sie. Die Wirkung wurde statt schwächer immer größer und nachhaltiger, und unter allen Kunstgegenständen, die ich habe, ist mir dieser der liebste. Das ist der hohe Wert der Kunstdenkmale der alten, heitern Griechenwelt, nicht bloß der Denkmale der bildenden Kunst, die wir noch haben, sondern auch der der Dichtung, daß sie in ihrer Einfachheit und Reinheit das Gemüt erfüllen und es, wenn die Lebensjahre des Menschen nach und nach fließen, nicht verlassen, sondern es mit Ruhe und Größe noch mehr erweitern und mit Unscheinbarkeit und Gesetzmäßigkeit zu immer größerer Bewunderung hinreißen. Dagegen ist in der Neuzeit oft ein unruhiges Ringen nach Wirkung, das die Seele nicht gefangen nimmt, sondern als ein Unwahres von sich stößt. Es sind manche Männer gekommen, das Standbild zu betrachten, manche Freunde und Kenner der alten Kunst, und der Erfolg ist fast immer derselbe gewesen, ein Ernst der Anerkennung und der Würdigung. Wir, Eustach und ich, sind in den Dingen der alten Kunst sehr hiedurch vorgeschritten, und beide sind wir von der alten Kunst erst recht zur Erkenntnis der mittelalterlichen gekommen. Wenn wir die unnachahmliche Reinheit, Klarheit, Mannigfaltigkeit und Durchbildung der alten Gestaltungen betrachtet hatten und zu denen des Mittelalters gingen, bei welchen große Fehler in diesen Beziehungen walten, so sahen wir hier ein Inneres, ein Gemüt voll Ungeziertheit, voll Glauben und voll Innigkeit, das uns fast im Stammeln so rührt wie uns jenes dort im vollendeten Ausdrucke erhebt. Über die Zeit der Entstehung unseres Standbildes können wir auch jetzt noch nichts Festes behaupten, auch nicht, ob es mit anderen aus dem Volke von Standbildern, das in Hellas stand, nach Rom gekommen ist, oder ob es unter den Römern von einem Griechen gefertigt worden ist, wie man es in jener Römerzeit, da griechische Kunst mit nicht hinlänglichem Verständnisse über Italien ausgebreitet wurde, in den Sitz eines Römers gebracht hat und wie es auf ein ganz anderes, entferntes Geschlecht übergegangen ist."

Er schwieg nach diesen Worten, und ich sah den Mann an. Wir waren, während er sprach, in dem Saale auf und nieder gegangen. Ich begriff, warum er diesen Saal bei Abendgewittern aufsucht. Durch die hellen Fenster schaut der ganze südliche Himmel herein, und auch Teile des westlichen und des östlichen sind zu erblicken. Die ganze Kette der hiesigen Alpen kann am Rande des Gesichtskreises gesehen werden. Wenn nun ein Gewitter in jenem Raume entsteht – und am schönsten sind Gewitterwände oder Gewitterberge, wenn sie sich über fernhinziehende Gebirge lagern oder längs des Kammes derselben dahin gehen -, so kann er dasselbe frei betrachten, und es breitet sich

vor ihm aus. Zu dem Ernste der Wolkenwände gesellt sich der Ernst der Wände von Marmor, und daß in dem Saale gar keine Geräte sind, vermehrt noch die Einsamkeit und Größe. Wenn nun vollends schon eine schwache Abenddämmerung eingetreten ist, so zeigt die Oberfläche des Marmors den Widerschein der Blitze, und während wir so auf und nieder gingen, war einige Male der reine, kalte Marmor wie in eine Glut getaucht, und nur die hölzernen Türen standen dunkel in dem Feuer oder zeigten ihre düstere Fügung.
Ich fragte meinen Gastfreund, ob er das Marmorstandbild schon lange besitze.
„Die Zahl der Jahre ist nicht sehr groß", antwortete er, „ich kann sie euch aber nicht genau angeben, weil ich sie nicht in meinem Gedächtnisse behalten habe. Ich werde in meinen Büchern nachsehen und werde euch morgen sagen, wie lange das Bild in meinem Hause steht."
„Ihr werdet wohl erlauben", sagte ich, „daß ich die Gestalt öfter ansehen darf und daß ich mir nach und nach einpräge und immer klarer mache, warum sie denn so schön ist und welches die Merkmale sind, die auf uns eine solche Wirkung machen."

„Ihr dürft sie besehen, so oft ihr wollt", antwortete er, „den Schlüssel zu der Tür des Marmorganges gebe ich euch sehr gerne, oder ihr könnt auch von dem Gange der Gastzimmer über die Marmortreppe hinabgehen, nur müßt ihr sorgen, daß ihr immer Filzschuhe in Bereitschaft habt, sie anzuziehen. Ich freue mich jetzt, daß ich den Marmorgang und die Treppe so habe machen lassen, wie sie gemacht sind. Ich habe damals schon immer daran gedacht, daß auf die Treppe ein Bild von weißem Marmor wird gestellt werden, daß dann am besten das Licht von oben darauf herabfällt und daß die umgebenden Wände so wie der Boden eine dunklere, sanfte Farbe haben müssen. Das reine Weiß – in der lichten Dämmerung der Treppe erscheint es fast als ganz rein – steht sehr deutlich von der umgebenden tieferen Farbe ab. Was aber die Merkmale anbelangt, an denen ihr die Schönheit erkennen wollt, so werdet ihr keine finden. Das ist eben das Wesen der besten Werke der alten Kunst, und ich glaube, das ist das Wesen der höchsten Kunst überhaupt, daß man keine einzelnen Teile oder einzelne Absichten findet, von denen man sagen kann, das ist das Schönste, sondern das Ganze ist schön, von dem Ganzen möchte man sagen, es ist das Schönste; die Teile sind bloß natürlich. Darin liegt auch die große Gewalt, die solche Kunstwerke auf den ebenmäßig gebildeten Geist ausüben, eine Gewalt, die in ihrer Wirkung bei einem Menschen, wenn er altert, nicht abnimmt, sondern wächst, und darum ist es für den in der Kunst Gebildeten so wie für den völlig Unbefangenen, wenn sein Gemüt nur überhaupt dem Reize zugänglich ist, so leicht, solche Kunstwerke zu erkennen. Ich erinnere mich eines Beispieles für diese meine Behauptung, welches sehr merkwürdig ist. Ich war einmal in einem Saale von alten Standbildern, in welchem sich ein aus weißem Marmor verfertigter, auf seinem Sitze zurückgesunkener und schlafender Jüngling befand. Es kamen Landleute in den Saal, deren Tracht schließen ließ, daß sie in einem sehr entfernten Teile des Landes

wohnten. Sie hatten lange Röcke, und auf ihren Schnallenschuhen lag der Staub einer vielleicht erst heute Morgen vollbrachten Wanderung. Als sie in die Nähe des Jünglings kamen, gingen sie behutsam auf den Spitzen ihrer Schuhe vollends hinzu. Eine so unmittelbare und tiefe Anerkennung ist wohl selten einem Meister zu Teil geworden. Wer aber in einer bestimmten Richtung befangen ist und nur die Schönheit, die in ihr liegt, zu fassen und zu genießen versteht, oder wer sich in einzelne Reize, die die neuen Werke bringen, hineingelebt hat, für den ist es sehr schwer, solche Werke des Altertums zu verstehen, sie erscheinen ihm meistens leer und langweilig. Ihr waret eigentlich auch in diesem Falle. Wenngleich nicht von der neuen, nur bestimmte Seiten gebenden Kunst gefangen, habt ihr doch Abbildungen von gewissen Gegenständen, besonders denen eurer wissenschaftlichen Bestrebungen, zu sehr und zu lange in einer Richtung gemacht, als daß euer Auge sich nicht daran gewöhnt, euer Gemüt sich nicht dazu hingeneigt hätte und ungefüger geworden wäre, etwas anderes mit gleicher Liebe aufzunehmen, das in einer anderen Richtung lag, oder vielmehr, das sich in keiner oder in allen Richtungen befand. Ich habe gar nie gezweifelt, daß ihr zu dieser Allgemeinheit gelangen werdet, weil schöne Kräfte in euch sind, die noch auf keinen Afterweg geleitet sind und nach Erfüllung streben; aber ich habe nicht gedacht, daß dies so bald geschehen werde, da ihr noch zu kraftvoll in dem auf seiner Stufe höchst lobenswerten Streben nach dem Einzelnen begriffen waret. Ich habe geglaubt, irgend ein großes, allgemeines menschliches Gefühl, das euch ergreifen würde, würde euch auf den Standpunkt führen, auf dem ich euch jetzt sehe."
Ich konnte eine geraume Zeit auf diese letzte Rede meines Gastfreundes nichts antworten. Wir gingen schweigend in dem Saale auf und nieder, und es war um so stiller, als unsere mit weichen Sohlen bekleideten Füße nicht das geringste Geräusch auf dem glänzenden Fußboden machten. Blitze zuckten zuweilen in den Spiegelflächen um und unter uns, der Donner rollte gleichsam bei den offenen Fenstern herein und die Wolken bauten sich in Gebirgen oder in Trümmern oder in luftigen Länderstrecken durch den weiten Raum auf, den die Fenster des Saales beherrschten.
Ich sagte endlich, daß ich mich jetzt erinnere, wie mein Vater oft geäußert habe, daß in schönen Kunstwerken Ruhe in Bewegung sein müsse.
„Es ist ein gewöhnlicher Kunstausdruck", entgegnete mein Gastfreund, „allein es täte es auch ohne ihn. Man versteht gewöhnlich unter Bewegung Bewegbarkeit. Bewegung kann die bildende Kunst, von der wir hier eigentlich reden, gar nicht darstellen. Da die Kunst in der Regel lebende Wesen, Menschen, Tiere, Pflanzen – und selbst die Landschaft trotz der starrenden Berge ist mit ihren beweglichen Wolken und ihrem Pflanzenschmucke dem Künstler ein Atmendes; denn sonst wird sie ihm ein Erstarrendes – darstellt, so muß sie diese Gegenstände so darstellen, daß es dem Beschauer erscheint, sie könnten sich im nächsten Augenblicke bewegen. Ich will hier wieder aus dem Altertume ein Beispiel anführen. Alle Stoffe, mit welchen Menschen sich bekleiden, nehmen nach der Art der Bewegungen, denen sich verschiedene Menschen gerne hingeben, verschiedene

Gestaltungen an. Ein Freund von mir erkannte einen alten wohlbekannten und trefflichen Schauspieler einmal bei einer Gelegenheit, bei welcher er nur ein Stück des Rockes des Schauspielers sehen konnte. Wenn nun die Gestaltungen der Stoffe, die sich meistens in Falten kund geben, nach der Wirklichkeit nachgebildet werden, nicht nach willkürlichen Zurechtlegungen, die man nach herkömmlichen Schönheitsgesetzen an der Gliederpuppe macht, so liegt in diesen nachgebildeten Gestaltungen zuerst eine bestimmte Eigentümlichkeit und Einzelheit, die den Gegenstand sinnlich hinstellt, und dann drückt die Gestaltung nicht bloß den Zustand aus, in dem sie gegenwärtig ist, sondern sie weist auch auf den zurück, der unmittelbar vorher war und von dem sich die Gebilde noch leise vorfinden, und sie läßt zugleich den nächstkünftigen ahnen, zu dem die Bildungen neigen. Dies ist es, was bei Gewandungen ganz vorzüglich für das beschauende Auge den Begriff der Bewegung gibt und mithin der Lebendigkeit. Dies ist es, da die Alten so gerne nach der Natur arbeiteten, was sie dort, wo sie Gewänder anbringen, so meisterhaft handhaben, daß der Spruch entstanden ist, sie stellten nicht nur dar, was ist, sondern auch, was zunächst war und sein wird. Darum bilden sie in der Gewandung nicht bloß die Hauptteile, sondern auch die entsprechenden Unterabteilungen, und dies mit einer solchen Zartheit und Genauigkeit, daß man auf den Stoff des Werkes vergißt und nur den Stoff der Gewandung sieht und ihn zusammenlegen und in der Hand ballen zu können vermeint. Solcher Bildung gegenüber legen manche Neuen sogenannte edle Falten zurecht, bilden sie im Erze oder Marmor nach, vermeiden hiebei in sorglichem Maße zu große Einzelheiten, um nicht unruhig zu werden, und erzielen hiebei, daß man allerdings große, edle Massen von Faltungen sieht, daß aber in der Falte der Stoff des Werkes, nicht des Gewandes herrscht, daß man die marmorne, die erzene Falte sieht, daß das Gemüt erkältet wird und daß man meint, der Mann, der damit angetan ist, könne nicht gehen, weil ihn die erzene Falte hindere. Wie es mit dem Gewande ist, ist es auch mit dem Leibe, der das Gewand der Seele ist, und die Seele allein kann ja nur der Gegenstand sein, welchen der Künstler durch das Bild und Gleichnis des Leibes darstellt. Hier auch ließen sich die Alten von der Natur leiten, und wenn sie Sünden begingen, die das Auge des naturforschenden Zergliederers, strenge genommen, tadeln müßte, so begingen sie keine, die das nicht so stofflich blickende Auge der Kunst zu verdammen gezwungen wäre. Dafür zeigt die Schwingung der Gliederflächen in ihren Teilen und Unterabteilungen eine solche Ausbildung und Durchführung, daß die Zustände von jetzt und von unmittelbar vorher und nachher sichtbar werden, daß die Glieder, wie ich vorher von der Gewandung sagte, die Vorstellung der Beweglichkeit geben und daß sie leben. Wie bei den Gewändern bilden manche Neue auch die Glieder ins Größere, Allgemeinere, weniger Ausgeführte, um nicht krampfig zu werden, und dann geraten die Muskeln gerne wie glatte, spröde, unbiegsame Glaskörper, und die Gestalt kann sich nicht rühren. Das Gesagte mag ungefähr den Begriff von dem geben, was man in der Kunst unter Bewegung versteht. Was man unter Ruhe begreift, das mag wohl zuerst darin bestehen, daß jeder

Gegenstand, den die bildende Kunst darstellt, genau betrachtet, in Ruhe ist. Der laufende Wagen, das rennende Pferd, der stürzende Wasserfall, die jagende Wolke, selbst der zuckende Blitz sind in der Abbildung ein Starres, Bleibendes, und der Künstler kann nur durch die früher von mir angedeuteten Mittel die Bewegung als Bewegbarkeit, als Täuschung des Auges darstellen, wodurch er zugleich seinen Gegenstand über die Grenzen des unmittelbar Dargestellten hinaushebt und ihm eine ungleich größere Bedeutung gibt. Aber die dargestellte Bewegung darf nicht zu gewaltsam sein, sonst helfen die Mittel nicht, der Künstler scheitert und wird lächerlich. Zum Beispiele Pferde, die von einem Felsen durch die Luft hinabstürzen, dürfen nicht in der Luft fallend gemalt werden – wenigstens dürfte dies leichter eine den Verstand befriedigende Zeichnung als ein das ganze Kunstvermögen entzückendes Bild werden. Darum darf der in seinen Gestalten sich stets erneuende Wasserfall mit weit geringerer Gefahr dargestellt werden als eine Flüssigkeit, die aus einem Gefäße gegossen wird, wobei die Einbildungskraft sich mit dem Gedanken quält, daß das Gefäß nicht leer wird. Der in hohen Lüften auf seinen Schwingen ruhende Geier ist im Bilde erhaben, der dicht vor unsern Augen auf seine Beute stürzende kann sehr mißlich werden. Der an Bergen emporsteigende Nebel ist lieblich, der von einer abgefeuerten Kanone aufsteigende Rauch verletzt uns durch sein immerwährendes Bleiben. Es ist begreiflich, daß die Grenzen zwischen dem Darstellbaren in der Bewegung nicht fest zu bestimmen sind und daß größere Begabungen viel weiter hierin gehen dürfen als kleinere. So sah ich schon sehr oft gemalte fahrende Wägen. Die Pferde sind gewöhnlich ihrer Fußstellung nach im schönsten Laufe begriffen, während die Speichen der Wagenräder klar und sichtbar in völliger Ruhe starren. Der größere Künstler wird uns den Nebel der sausenden Speichen darstellen und manches Andere zutun und zusammenstellen, daß wir den Wagen wirklich fahren sehen. Außer dem hier gegebenen Begriffe von stofflicher Ruhe mag wohl unter Ruhe weit öfter die künstlerische zu verstehen sein, die ein Kunstwerk, sei es Bild, Dichtung oder Musik, nie entbehren kann, ohne aufzuhören, ein Kunstwerk zu sein. Es ist diese Ruhe jene allseitige Übereinstimmung aller Teile zu einem Ganzen, erzeugt durch jene Besonnenheit, die in höchster kunstliebender Begeisterung nie fehlen darf, durch jenes Schweben über dem Kunstwerke und das ordnende Überschauen desselben, wie stark auch Empfindungen oder Taten in demselben stürmen mögen, die das Kunstschaffen des Menschen dem Schaffen Gottes ähnlich macht und Maß und Ordnung blicken läßt, die uns so entzücken. Bewegung regt an, Ruhe erfüllt, und so entsteht jener Abschluß in der Seele, den wir Schönheit nennen. Es ist nicht zu zweifeln, daß sich Andere vielleicht Anderes bei diesen Worten denken, daß dieses Andere gut oder besser als das Meinige sein kann – gewöhnlich geht es mit solchen Gangwörtern so, daß jeder seinen eigenen Sinn hinein legt. Das Beste ist, daß die schaffende Kraft in der Regel nicht nach solchen aufgestellten Sätzen wirkt, sondern das Rechte trifft, weil sie die Kraft ist, und es desto sicherer trifft, je mehr sie sich auf ihrem eigentümlichen Wege naturgemäß ausbildet. Für das Verständnis der Kunst, für solche, welche ihre Werke beschauen und sich darüber besprechen, sind Auslegungen derselben Einkleidung ihres Wesens in Worte eine sehr nützliche Sache, nur muß man die Worte nicht zum Hauptgegenstande machen und auf einen Sinn, den man ihnen beilegt, nicht so bestehen, daß man alles verdammt, was nicht nach diesem Sinne ist. Sonst müßte man ja den größten und einzigen Künstler am meisten tadeln, Gott, der so unzählige Gestaltungen erschaffen hat und dessen Werke ja wirklich von Menschen untergeordneten Geistes getadelt werden, die meinen, sie hätten es anders gemacht."

Bei diesen Worten kam Gustav in den Saal. Die Dämmerung hatte schon stark zugenommen, es regnete aber noch immer nicht.
„Dieser steht noch auf demselben Stande, auf welchem ihr früher gestanden seid", sagte mein Gastfreund auf Gustav weisend, der auf ihn zuging.
„Wie meinst du das, Vater?" fragte der Knabe.
„Wir redeten von Kunst", antwortete mein Gastfreund, „und da behaupte ich, daß du noch nicht in der Lage bist, Kunstwerke so erkennen und beurteilen zu können wie unser Gast hier."
„Wohl, das behaupte ich selber", sagte Gustav, „er ist darum auch teilweise mein Lehrer, und wenn er in der Erkenntnis der Kunst dir und Eustach und der Mutter nachstrebt, so werde ich meines Teils ihm wieder nachstreben."
„Das ist gut", sagte mein Gastfreund, „aber das ist es nicht so ganz, wovon wir sprachen, allein es tut nichts zur Sache und gehört auch nicht zur Wesenheit."
Mit diesen Worten, gleichsam um ferneren Fragen vorzubeugen, trat er an ein Fenster und wir mit ihm.
Wir betrachteten eine Weile die Erscheinung vor uns, die über dem immer dunkler werdenden Gefilde immer großartiger wurde, und gingen dann, da der Abend beinahe in Finsternis übergehen wollte und die Stunde des Abendessens gekommen war, über die Marmortreppe in das Speisezimmer hinunter.
Das Gewitter war in der Nacht ausgebrochen, hatte einen Teil derselben mit Donnern und einen Teil mit bloßem Regen erfüllt und machte dann einem sehr schönen und heiteren Morgen Platz.
Das Erste, was ich an diesem Tage tat, war, daß ich zu dem marmornen Standbilde ging. Ich hatte es gestern, da wir über die Treppe hinabstiegen, nicht mehr deutlich und nur von einem Blitze oberflächlich beleuchtet gesehen. Die Finsternis war auf der Treppe schon zu groß gewesen. Heute stand es in der ruhigen und klaren Helle des Tages, welche das Glasdach auf die Treppe sendete, schmucklos und einfach da. Ich hatte nicht gedacht, daß das Bild so groß sei. Ich stellte mich ihm gegenüber und betrachtete es lange.
Mein Gastfreund hatte Recht, ich konnte keine eigentliche einzelne Schönheit entdecken, was wir im neuen Sinne Schönheit heißen, und ich erinnerte mich auf der Treppe sogar, daß ich oft von einem Buche oder von einem Schauspiele, ja von einem

Bilde sagen gehört hatte, es sei voller Schönheiten, und dem Standbilde gegenüber fiel mir ein, wie unrecht entweder ein solcher Spruch sei oder, wenn er berechtigt ist, wie arm ein Werk sei, das nur Schönheiten hat, selbst dann, wenn es voll von ihnen ist und das nicht selber eine Schönheit ist; denn ein großes Werk, das sah ich jetzt ein, hat keine Schönheiten und um so weniger, je einheitlicher und einziger es ist. Ich geriet sogar auf den Gedanken und auf die Erfahrung, die ich mir nie klar gemacht hatte, daß, wenn man sagt, dieser Mann, diese Frau habe eine schöne Stimme, schöne Augen, einen schönen Mund, eben damit zugleich gesagt ist, das andere sei nicht so schön; denn sonst würde man nicht Einzelnes herausheben. Was bei einem lebenden Menschen gilt, dachte ich, gilt bei einem Kunstwerke nicht, bei welchem alle Teile gleich schön sein müssen, so daß keiner auffällt, sonst ist es eben als Kunstwerk nicht rein und ist im strengsten Sinne genommen keines. Dessenohngeachtet, daß ich, oder vielmehr eben darum, weil ich keine einzelnen Schönheiten an dem Standbilde zu entdecken vermochte, machte es, wie ich mir jetzt ganz klar bewußt war, wieder einen außerordentlichen Eindruck auf mich. Der Eindruck war aber nicht einer, wie ich ihn öfter vor schönen Sachen hatte, ja selbst vor Dichtungen, sondern er war, wenn ich den Ausdruck gebrauchen darf, allgemeiner, geheimer, unenträtselbarer, er wirkte eindringlicher und gewaltiger; aber seine Ursache lag auch in höheren Fernen, und mir wurde begreiflich, ein welch hohes Ding die Schönheit sei, wie schwerer sie zu erfassen und zu bringen sei als einzelne Dinge, die die Menschen erfreuen und wie sie in dem großen Gemüte liege und von da auf die Mitmenschen hinausgehe, um Großes zu stiften und zu erzeugen. Ich empfand, daß ich in diesen Tagen in mir um Vieles weiter gerückt werde.

In der nächsten Zeit sprach ich auch mit Eustach über das Standbild. Er war sehr erfreut darüber, daß ich es als so schön erkannte, und sagte, daß er sich schon lange darnach gesehnt habe, mit mir über dieses Werk zu sprechen; allein es sei unmöglich gewesen, da ich selber nie davon geredet habe und eine Zwiesprache nur dann ersprießlich werde, wenn man beiderseitig von einem Gegenstande durchdrungen sei. Wir betrachteten nun miteinander das Bildwerk und machten uns wechselseitig auf Dinge aufmerksam, die wir an demselben zu erkennen glaubten. Besonders war es Eustach, der über das Marmorbild, so sehr es sich in seiner Einfachheit und seiner täglich sich vor mir immer staunenswerter entwickelnden Natürlichkeit jeder Einzelverhandlung zu entziehen schien, doch über sein Entstehen, über die Art seiner Verhältnisse, über seine Gesetzmäßigkeit und über das Geheimnis seiner Wirkung sachkundig zu sprechen wußte. Ich hörte begierig zu und empfand, daß es wahr sei, was er sprach, obgleich ich ihn nicht immer so genau verstand wie meinen Gastfreund, da er nicht so klar und einfach zu sprechen wußte wie dieser. Ich schritt in der Erkenntnis des Bildes vor, und es war mir, als ob es nach seinen Worten immer näher an mich heran gerückt würde.

Er suchte viele Zeichnungen hervor, auf denen sich Abbildungen von Standbildern oder andern geschnitzten oder auf anderem Wege hervorgebrachten Gestalten des

Mittelalters befanden. Wir verglichen diese Gestalten mit der aus dem Griechentume stammenden.

Auch wirkliche Gestaltungen von kleinen Engeln, Heiligen oder anderen Personen, die sich in dem Rosenhause oder in der Nähe befanden, suchte er zur Vergleichung herbei zu bringen. Es zeigte sich hier für meine Augen, daß das wahr sei, was mein Gastfreund über griechische und mittelalterliche Kunst gesagt hatte. Es war mir wie ein jugendlicher und doch männlich gereifter Sinn voll Maß und Besonnenheit sowie voll herrlicher Sinnfälligkeit, der aus dem Griechenwerke sprach. In den mittelalterlichen Gebilden war es mir ein liebes, einfaches, argloses Gemüt, das gläubig und innig nach Mitteln griff, sich auszusprechen, der Mittel nicht völlig Herr wurde, dies nicht wußte und doch Wirkungen hervorbrachte, die noch jetzt ihre Macht auf uns äußern und uns mit Staunen erfüllen. Es ist die Seele, die da spricht und in ihrer Reinheit und in ihrem Ernste uns mit Bewunderung erfüllt, während spätere Zeiten, von denen Eustach zahlreiche Abbildungen von Bildwerken vorlegte, trotz ihrer Einsicht, ihrer Aufgeklärtheit und ihrer Kenntnis der Kunstmittel nur frostige Gestalten in unwahren Flattergewändern und übertriebenen Gebärden hervorbrachten, die keine Glut und keine Innigkeit haben, weil sie der Künstler nicht hatte, und die nicht einmal irgend eine Seele zeigen, weil der Künstler nicht mit der Seele arbeitete, sondern mit irgend einer Überlegung nach eben herrschenden Gestaltungsansichten, weshalb er das, was ihm an Gefühl abging, durch Unruhe und Heftigkeit des Werkes zu ersetzen suchte. Was die Sinnfälligkeit anlangt, so schien mir das Mittelalter nicht nach Vollendung in derselben gestrebt zu haben. Neben einem Haupte, das in seiner Einfachheit und Gegenständlichkeit trefflich und tadellos war, befinden sich wieder Bildungen und Gliederungen, die beinahe unmöglich sind. Der Künstler sah dies nicht; denn er fand den Zustand seines Gemütes in dem Ausdrucke seines Werkes, mehr hatte er nicht beabsichtigt, und nach Verschmelzung des Sinnentumes strebte er nicht, weil es ihm, wenigstens in seiner Kunsttätigkeit ferne lag und er einen Mangel nicht empfand. Darum stellt sich auch bei uns die Wirkung der Innerlichkeit ein, obgleich wir, unähnlich dem schaffenden Künstler des Mittelalters, die sinnlichen Mängel des Werkes empfinden. Dies spricht um so mehr für die Trefflichkeit der damaligen Arbeiten.

Es waren recht schöne Tage, die ich mit Eustach in diesen Vergleichungen und diesen Bestrebungen hinbrachte.

Ich wurde auch wieder auf die Gemälde alter und längstvergangener Zeiten zurückgeführt. Ich hatte in meiner frühesten Jugend eine Abneigung vor alten Gemälden gehabt. Ich glaubte, daß in ihnen eine Dunkelheit und Düsterheit herrsche, die dem fröhlichen Reize der Farben, wie er in den neuen Bildern sich vorstellt und wie ich ihn auch in der Natur zu sehen meinte, entgegen und weit untergeordnet sei. Diese Meinung hatte ich zwar fahren gelassen, als ich selber zu malen begonnen und nach und nach gesehen hatte, daß die Dinge der Natur und selber das menschliche Angesicht die heftigen Farben nicht haben, die sich in dem Farbekasten befinden, daß aber dafür die

Natur eine Kraft des Lichtes und des Schattens besitze, die wenigstens ich durch alle meine Farben nicht darzustellen vermochte. Deßohngeachtet war mir die Erkenntnis dessen, was die Malerkunst in früheren Zeiten hervorgebracht hatte, nicht in dem Maße aufgegangen, als es der Sache nach notwendig gewesen wäre. Wenn ich gleich im Einzelnen vorgeschritten war und Manches in alten Bildern als sehr schön erkannt hatte, so war ich doch fort und fort zu sehr in meinen Bestrebungen auf dem Gebiete der Natur befangen, als daß ich auf andere Gebilde als die der Natur mit kräftiger Innerlichkeit geachtet hätte. Darum erschienen mir Pflanzen, Faltern, Bäume, Steine, Wässer, selbst das menschliche Angesicht als Gegenstände, die würdig wären, von der Malerkunst nachgebildet zu werden; aber alte Bilder erschienen mir nicht als Nachbildungen, sondern gewissermaßen als kostbare Gegenstände, die da sind und auf denen sich Dinge befinden, die man gewohnt ist als auf Gemälden befindliche zu sehen. Diese Richtung hatte für mich den Nutzen, daß ich bei meinen Versuchen, Gegenstände der Natur zu malen, nicht in die Nachahmung irgend eines Meisters verfiel, sondern daß meine Arbeiten mit all ihrer Fehlerhaftigkeit etwas sehr Gegenständliches und Naturwahres hatten; aber es erwuchs mir auch der Nachteil daraus, daß ich nie aus alten Meistern lernte, wie dieser oder jener die Farben und Linien behandelt habe und daß ich mir alles selber mühevoll erfinden mußte und in Vielem gar zu einem Ziele nicht gelangte. Obwohl ich später der Betrachtung mittelalterlicher Gemälde mich mehr zuwandte und sogar im Winter viele Zeit in Gemäldesammlungen unserer Stadt zubrachte, so war doch ein früherer Zustand noch mehr oder weniger unbewußt vorherrschend und die Kunst des Pinsels fand von mir nicht die Hingabe, die sie verdient hätte. Als ich jetzt mit Eustach die Zeichnungen mittelalterlicher bildender Kunst durchging, als ich mit ihm ein mir wie ein neues Wunder aufgegangenes Werk des alten Griechentums betrachtete, als ich dieses Werk mit den minder alten unserer Vorfahren verglich und die Unterschiede und Beziehungen einsehen lernte: da fing ich auch an, die Gemälde meines Gastfreundes anders zu betrachten, als ich bisher sie und andere Gemälde betrachtet hatte. Ich ging nicht nur oft in sein Bilderzimmer und verweilte lange Zeit in demselben, sondern ich ließ mir auch das Verzeichnis der Bilder geben, um nach und nach die Meister kennen zu lernen, die er versammelt hatte, ich bat, daß mir erlaubt werde, mir das eine oder andere Bild, wie ich es eben wünschte, auf die Staffelei stellen zu dürfen, um es so kennen zu lernen, wie mich ein innerer Drang trieb, und ich brachte oft mehrere Tage in Untersuchung eines einzigen Bildes zu. Welch ein neues Reich öffnete sich vor meinen Blicken! Wie die Dichter mir eine Welt der Seele aufschlossen, so lag hier wieder eine Welt, es war wieder eine Welt der Seele, wieder dieselbe Welt der hochgehenden Seele der Dichtkunst; aber mit wie ganz anderen Mitteln war sie hier erstrebt und erreicht. Welche Kraft, welche Anmut, welche Fülle, welche Zartheit, und wie war dem Schöpfer eine ähnliche, eine gleiche, aber menschliche Schöpfung nachgeschaffen. Ich lernte die Beziehungen der alten Malerei – mein Freund hatte fast lauter alte Bilder – zu der Natur kennen. Ich lernte einsehen, daß die alten Meister die

Natur getreuer und liebevoller nachahmten als die neuen, ja daß sie im Erlernen der Züge der Natur eine unsägliche Ausdauer und Geduld hatten, vielleicht mehr, als ich empfand, daß ich selber hätte, und vielleicht mehr, als mancher Kunstjünger der Gegenwart haben mag. Ich konnte nicht aburteilen, da ich zu wenige Werke der Gegenwart kannte und so betrachtet hatte, als ich jetzt ältere Bilder betrachtete; aber es schien mir ein größeres Eingehen in das Wesen der Natur kaum möglich. Ich begriff nicht, wie ich das so lange nicht in dem Maße hatte sehen können, als ich es hätte sehen sollen. Wenn aber auch die Alten, wie ich hier mit ihnen umging, sich der Wirklichkeit sehr beflissen und sich ihr sehr hingaben, so ging das doch nicht so weit, als ich bei der Abbildung meiner naturwissenschaftlichen Gegenstände geschritten war, von denen ich alle Einzelheiten, so weit es nur immer möglich gewesen war, zu geben gesucht hatte. Dies wäre, wie ich einsah, der Kunst hinderlich gewesen, und statt einen ruhigen Gesammteindruck zu erzielen, wäre sie in lauter Einzelheiten zerfallen. Die Meister, welche mein Gastfreund in seiner Sammlung besaß, verstanden es, das Einzelne der Natur in großen Zügen zu fassen und mit einfachen Mitteln – oft mit einem einzigen Pinselstriche – darzustellen, so daß man die kleinsten Merkmale zu erblicken wähnte, bei näherer Betrachtung aber sah, daß sie nur der Erfolg einer großen und allgemeinen Behandlung waren. Diese große Behandlung sicherte ihnen aber auch Wirkungen im Großen, die dem entgehen, welcher die kleinsten Gliederungen in ihren kleinsten Teilen bildet. Ich sah erst jetzt, welche schöne Gestalten aus dem menschlichen Geschlechte auf der Malerleinwand lebten, wie edel ihre Glieder sind, wie mannigfaltig – strahlend, kräftig, geistvoll, milde – ihr Antlitz, wie adelig ihre Gewänder, und wäre es eine Bettlerjacke, und wie treffend die Umgebung. Ich sah, daß die Farbe der Angesichter und anderer Teile das leuchtende Licht menschlicher Gestaltungen ist, nicht der Farbestoff, mit dem der Unkundige seinen Gebilden ein widriges Rot und Weiß gibt, daß die Schatten so tief gehen, wie sie die Natur zeigt, und daß die Umgebung eine noch größere Tiefe hat, wodurch jene Kraft erzielt wird, die sich der nähert, welche die Schöpfung durch wirklichen Sonnenschein gibt, den niemand malen kann, weil man den Pinsel nicht in Licht zu tauchen vermag, eine Kraft, die ich jetzt an den alten Bildern so bewunderte. Von der außermenschlichen Natur sah ich leuchtende Wolken, klare Himmelsgebilde, ragende, reiche Bäume, gedehnte Ebenen, starrende Felsen, ferne Berge, helle, dahinfließende Bäche, spiegelnde Seen und grüne Weiden, ich sah ernste Bauwerke und ich sah das sogenannte stille Leben in Pflanzen, Blumen, Früchten, in Tieren und Tierchen. Ich bewunderte das Geschick und den Geist, womit alles zurechtgelegt und hervorgebracht ist. Ich erkannte, wie unsere Vorfahren Landschaften und Tiere malten. Ich erstaunte über den zarten Schmelz, womit einer mittelst Überfarben seinen Gebilden eine Durchsichtigkeit gab, oder über die Stärke, womit ein anderer undurchsichtige Farben hinstellte, daß sie einen Berg bildeten, der das Licht fängt und spiegelt und es so zwingt, das Bild mit zu malen, zu dem ein Licht in dem Farbenkasten nicht war. Ich erkannte, wie der eine in durchsichtigen Farben untermalte

und auf diese seine festen, körperigen Farben aufsetzte, oder wie ein anderer Farbe auf Farbe mit breitem Pinsel hinstellt und mit ihm die Übergänge vermittelt und mit ihm die Zeichnung umreißt. Daß alte Bilder düsterer sind, erschien mir einleuchtend, da das Öl die Farben nachdunkeln macht und der Firniß eine dunkle bräunliche Farbe erhält. Beides haben umsichtige Meister mehr als voreilige zu vermeiden gewußt, und mein Gastfreund hatte Bilder, die in schöner Pracht und Farbenherrlichkeit leuchteten, obwohl auch bei ihnen die Würde bewahrt blieb, daß sie mehr die Kraft des Tones als auffallende oder etwa gar unwahre Farben brachten. Da ich schon viel mit Farben beschäftigt gewesen war, so verweilte ich oft lange bei einem Bilde, um zu ergründen, wie es gemalt ist und auf welche Weise die Stoffe behandelt worden sind. In dem Rosenzimmerchen Mathildens, wohin mich mein Gastfreund führte, um auch dort die Bilder zu sehen, hingen vier kleine Gemälde, davon zwei von Tizian waren, eines von Dominichino und eines von Guido Reni. Sie waren an Größe fast gleich und hatten gleiche Rahmen. Sie waren die schönsten, die mein Gastfreund besaß. Je mehr man sie betrachtete, desto mehr fesselten sie die Seele. Ich bat ihn fast zu oft, mir diese vier Bildchen zu zeigen, und er ermüdete nicht, mir immer die Frauengemächer aufzuschließen, mich in das Zimmerchen zu führen, mich die Bilder betrachten zu lassen und mit mir darüber zu sprechen. Er nahm sie öfter herab und stellte sie auf dem Tische oder auf einem Sessel so auf, daß sie in dem besten Lichte standen. Ich brachte merkwürdige Tage in jener Zeit in dem Rosenhause meines Freundes zu. Mein Wesen war in einer hohen, in einer edlen und veredelnden Stimmung.
Ich fragte ihn einmal, woher er denn die Bilder erhalten habe.
„Sie sind recht nach und nach in das Haus gekommen, wie es der Sammelfleiß und mitunter auch der Zufall gefügt hat", antwortete er. „Ich habe von einem Oheime mehrere geerbt; sie waren aber nicht die besten, wie ich sie jetzt habe, ich verkaufte einen Teil davon, um mir andere, wenn auch wenigere, aber bessere zu kaufen. Ich habe euch schon einmal gesagt, daß ich in Italien gewesen bin. Ich habe drei Reisen in dieses Land gemacht. Da hat sich Manches gefunden. Ich habe stets nach Bildern gesucht, habe Manches gekauft, Manches wieder verkauft, Neues gekauft, und so war ein fortlaufender Wechsel, bis es so wurde, wie es jetzt ist. Nun aber verkaufe oder vertausche ich nichts mehr, selbst wenn mir etwas Außerordentliches vorkäme, das ich nicht ohne Weggabe eines Früheren erkaufen könnte. Mit dem Alter wird man so anhänglich an das Gewohnte, daß man es nicht missen kann, wenn es auch verbraucht zu werden beginnt und verschossen und verschollen ist. Ich lege alte Kleider nicht gerne ab, und wenn ich eines der Bilder, die mich nun so lange umgeben, aus dem Hause lassen müßte, so würde ich einem großen Schmerze nicht entgehen. Sie mögen nun bleiben, wie sie sind und wo sie sind, bis ich scheide. Selbst der Gedanke, daß ein Nachfolger die Bilder so lasse und sie ehre, wie sie hier sind, hat für mich etwas sehr Angenehmes, obwohl er töricht ist und ich ihm aus dem Wege gehe; denn darin besteht das Leben der Welt, daß ein Streben und Erringen und darum ein Wandel ist, welcher Wandel auch hier eintreten wird. Ich

habe auch längere Zeit schon nichts mehr gekauft, außer einer recht lieben kleinen Landschaft von Ruysdael, die neben der Tür im Bilderzimmer hängt und die ihr so gerne anschaut. Ich würde nur etwas sehr Wertvolles kaufen, in so ferne es meine Kräfte zuließen. Ich habe oft Jahre lang auf ein Bild warten müssen, das mir sehr gefiel und das ich zu haben wünschte, entweder, weil der Besitzer eigensinnig war und, obwohl er das Bild weggeben wollte, doch Bedingungen an die Hingabe knüpfte, die nicht zu erfüllen waren, oder weil er sich von dem Bilde nicht trennen wollte, obgleich er es mißhandelte und zu Grunde gehen ließ. Zuweilen mußte ich schlechtere Bilder kaufen, die durch Farbenreiz oder andere Eigenschaften das Auge ansprachen, um einen Vorrat zum Tausche zu haben. Es gibt nehmlich Leute, welche Freude an Bildern haben, welche ältere bedeutende Bilder nicht weggeben, wenn sie solche besitzen, sie aber doch nicht erkennen und sie durch schlechte Behandlung Schaden leiden lassen. Sie ziehen ein Gemälde vor, welches sie besser verstehen, welches ihnen mehr gefällt, wenn es auch im Werte minder ist, und sind zu einem Tausche bereit. Dieser macht ihnen Freude, und wenn ich ihnen darlegte, daß ihr Gemälde einen höheren Wert habe als das meinige, und wenn ich diesen Wert nach genauer Schätzung durch Geld ausglich, so war das Vergnügen noch größer; denn sie zweifelten doch immer, ob ich Recht habe und das alte Bild nicht aus Vorliebe überschätze, da ihnen ja ihre Augen sagten, daß der Unterschied nicht so groß sei. Auf diese Weise bekam ich manches Angenehme, ohne meinem Billigkeitsgefühle nahe treten zu müssen, was bei Bildergeschäften so leicht der Fall wird. Die heilige Maria mit dem Kinde, welche euch so wohl gefällt und welche ich beinahe eine Zierde meiner Sammlung nennen möchte, hat mir Roland auf dem Dachboden eines Hauses gefunden. Er war dorthin mit dem Eigentümer gestiegen, um altes Eisenwerk, darunter sich mittelalterliche Sporen und eine Klinge befanden, zu kaufen. Das Bild war ohne Blindrahmen und war nicht etwa zusammengerollt, sondern wie ein Tuch zusammengelegt und lag im Staube. Roland konnte nicht genau erkennen, ob es einen Wert habe, und kaufte es dem Manne um ein Geringes ab. Ein Soldat hatte es einmal aus Italien geschickt. Er hatte es als bloße Packleinwand benützt und hatte Wäsche und alte Kleider in dasselbe getan, die ihm zu Hause ausgebessert werden sollten. Darum hatte das Bild Brüche, wo nehmlich die Leinwand zusammengelegt gewesen war, an welchen Brüchen sich keine Farbe zeigte, da sie durch die Gewalt des Umbiegens weggesprungen war. Auch hatte man, da wahrscheinlich die Fläche zum Zwecke einer Umhüllung zu groß gewesen war, Streifen von ihr weggeschnitten. Man sah die Schnitte noch ganz deutlich, während die anderen Ränder sehr alt waren und noch die Spuren von den Nägeln zeigten, mit denen sie einst an den Blindrahmen befestigt gewesen waren. Auch war, durch die Mißhandlungen der Zeiten herbeigeführt, an andern Stellen als an denen der Brüche die Farbe verschwunden, so daß man nicht nur den Grund des Gemäldes, sondern hie und da auch die lediglichen nackten Fäden der alten Leinwand sehen konnte. So kam das Bild auf dem Asperhofe an. Wir breiteten es zuerst auseinander, wuschen es mit reinem Wasser und mußten dann, um es als Fläche zu erhalten und es betrachten zu können, Gewichte auf seine vier Ecken legen. So lag es auf dem Fußboden des Zimmers vor uns. Wir erkannten, daß es das Werk eines italienischen Malers sei, wir erkannten auch, daß es aus älterer Zeit stamme; aber von welchem Künstler es herrühre oder auch nur aus welcher Zeit es sei, war nach dem Zustande, in welchem die Malerei sich befand, durchaus nicht zu bestimmen. Teile, welche ganz waren, ließen indessen ahnen, daß das Gemälde einen nicht zu geringen Wert haben dürfte. Wir gingen nun daran, ein Brett zu verfertigen, auf welches das Bild geklebt werden könnte. Wir bereiten solche Bretter gewöhnlich aus Eichenholz, das aus zwei übereinander liegenden Stücken, deren Fasern auf einander senkrecht sind, und einem Roste besteht, damit dem sogenannten Werfen oder Verbiegen des Holzes vorgebeugt werde. Als das Brett fertig und die Verkittung an demselben vollkommen ausgetrocknet war, wurde das Gemälde auf dasselbe aufgezogen. Wir hatten dort, wo die Ränder des Bildes weggeschnitten waren, die Holzfläche größer gemacht und die neu entstandenen Stellen mit passender Leinwand gut ausgeklebt, um dem Gemälde annähernd wieder eine Gestalt geben zu können, die es ursprünglich gehabt haben mochte und in der es sich den Augen wohlgefällig zeigte. Hierauf wurde daran gegangen, das Bild von dem alten, hie und da noch vorfindlichen Firnisse und von dem Schmutze, den es hatte, zu reinigen. Der Firniß war durch die gewöhnlichen Mittel leicht wegzubringen, nicht so leicht aber der durch Jahrhunderte veraltete Schmutz, ohne daß man in Gefahr kam, auch die Farben zu beschädigen. Das gereinigte, auf der Staffelei stehende Gemälde wies uns nun eine viel größere Schönheit, als es uns nach der ersten oberflächlichen Waschung gezeigt hatte; aber es war durch die vielen Sprünge, Risse und nackten Stellen noch so verunstaltet, daß eine genaue Würdigung auch jetzt nicht möglich war, selbst wenn wir bedeutend größere Erfahrungen gehabt hätten als wir hatten. Roland und Eustach schritten zur Ausbesserung. Kein Ding kann schwieriger sein, und durch keins sind Gemälde so sehr entstellt und entwertet worden. Ich glaube, wir haben einen nicht unrichtigen Weg eingeschlagen. Eine ursprüngliche Farbe durfte gar nicht bedeckt werden. Zum Glücke hatte das Bild gar nie eine Ausbesserung oder sogenannte Übermalung erhalten, so daß entweder nur die ursprüngliche Farbe vorhanden war oder gar keine. In die farbentblößten Stellen wurde die Farbe, welche die umgrenzenden Ränder zeigten, gleichsam wie ein Stift eingesetzt, bis die Grube erfüllt war. Wir nahmen die Farben so trocken als möglich und so dicht gerieben, als es der Laufer auf dem Steine, ohne stecken zu bleiben zuwege bringen konnte. Wenn sich aber doch wieder nach dem Trocknen eine Vertiefung zeigte, wurde dieselbe neuerdings mit der nehmlichen Farbe ausgefüllt und so fortgefahren, bis eine Höhlung nicht mehr entstand. Erhöhungen, die blieben, wurden mit einem feinen Messer gleichgeschliffen. Auch über unausrottbaren Schmutz wurde die Farbe seiner Umgebung gelegt. Wenn die Farbe nach längerer Zeit durch das Öl, das sie enthielt, und durch andere Ursachen, die vielleicht noch mitwirken, nachgedunkelt war und sich in dem Gemälde als Fleck zeigte, wurde mit äußerst trockener Farbe und mit der Spitze eines feinen Pinsels die Stelle so lange gleichsam ausgepunktet, bis sie sich von der Umgebung durchaus nicht mehr unterschied. Dieses Verfahren wurde zuweilen mehrere Male wiederholt. Zuletzt konnte man mit freien Augen die Plätze, an welchen sich neue Farben befanden, gar nicht mehr erkennen. Nur das Vergrößerungsglas zeigte noch die Ausbesserungen. Wir brachten Jahre mit diesem Verfahren zu, besonders da Zwischenzeiten waren, die mit andern Arbeiten ausgefüllt werden mußten und da unser Vorgehen selber Zwischenzeiten bedingte, in denen die Farben auszutrocknen hatten oder in denen man ihnen Zeit geben mußte, die Veränderungen zu zeigen, die notwendig bei ihnen eintreten müssen. Dafür aber war an dem vollendeten Gemälde nicht zu merken, daß es nicht in allen Teilen ein altes sei, es hatte die feinen Sprünge alter Bilder und hatte alle die Reinheit und Klarheit des Pinsels, der es ursprünglich geschaffen hatte. Wenn man alte Bilder bei Ausbesserungen übermalt und dadurch stimmt, so ist nicht selten ein Überzug über die feinen Linien, welche die Zeit in alte Bilder sprengt, und dieser Überzug zeigt nicht nur, daß das Bild ausgebessert worden ist, sondern er stellt auch einen feinen Schleier dar, der über die Farben gebreitet ist und sie trüb und undurchsichtig macht. Solche Bilder geben oft einen düstern, unerfreulichen und schwerlastenden Eindruck. Es werden Viele unser Tun in Herstellung alter Bilder unbedeutend und unerheblich nennen, besonders da es so viele Zeit und so viele Anstalten erforderte; uns aber machte es eine große und eine innige Freude. Ihr werdet es gewiß nicht tadeln, da ihr einen so großen Anteil an den Hervorbringungen der Kunst zu nehmen beginnt. Wenn nach und nach die Gestalt eines alten Meisters vor uns aufstand, so war es nicht bloß das Gefühl eines Erschaffens, das uns beseelte, sondern das noch viel höhere eines Wiederbelebens eines Dinges, das sonst verloren gewesen wäre und das wir selber nicht hätten erschaffen können. Als schon bereits einige Teile des Bildes fertig waren, zeigte es sich, daß die Farben reiner und glänzender seien, als wir gedacht hatten, und daß das Bild einen vorzüglicheren Wert habe, als Anfangs unsere Vermutung war. So lange die vielen Sprünge und farblosen Stellen und so lange die unreinen Flecke, die wir nicht hatten beseitigen können, auf dem Gemälde waren, übten sie auch auf das Nichtzerstörte und sogar auf das sehr wohl Erhaltene einen Einfluß aus und ließen es im Ganzen mißfärbiger erscheinen, als es war. Nachdem aber in einer ziemlich großen Fläche die widerstreitenden Stellen mit den entsprechenden Farben zugedeckt waren und die neue Farbe die alte, statt ihr zu widersprechen, unterstützte, so kam eine Reinheit, ein Schmelz, eine Durchsichtigkeit und sogar ein Feuer zu Stande, daß wir in Erstaunen gerieten; denn bei starkbeschädigten Bildern kann man die Folgerichtigkeit der Übergänge nicht beurteilen, bis man sie nicht vollendet vor sich hat. Freilich mochte der besondere Farbenfluß sich noch höher darstellen, da er von den unverbesserten und widerwärtigen Stellen umgeben und gehoben wurde; aber das war schon vorauszusehen, daß, wenn das ganze Bild fertig sein würde, seine Stimmung einen entschieden künstlerischen Eindruck machen müsse. Ich hatte während der Arbeit viele Mühe darauf verwendet, die ganze Geschichte und die Herkunft des Bildes zu erforschen; allein ich kam zu keinem

Ergebnisse. Der Soldat, der die Leinwand aus Italien geschickt hatte, war längst gestorben, und es lebte überhaupt niemand mehr, der in näherer Beziehung zu dem Ereignisse gestanden wäre; denn dasselbe hatte sich weit früher zugetragen, als ich gedacht hatte. Der Großvater des letzten Besitzers des Bildes hatte öfter erzählt, daß er sagen gehört habe, daß ein aus dem Hause gebürtiger Soldat einmal seine Strümpfe und Hemden in ein Muttergottesbild eingewickelt aus Welschland nach Hause geschickt habe. Die Wahrheit der Erzählung bestätigte sich dadurch, daß man noch das alte zerstörte Marienbild auf dem Dachboden des Hauses fand. Ich konnte auch nicht ergründen, welche Gelegenheit es gewesen sei, die jenen deutschen Soldaten nach Welschland geführt hatte. Von dem, herauszufinden, aus welcher Gegend Italiens das Bild gekommen sei, konnte nun vollends gar keine Rede mehr sein. Als nach langer Zeit, nach vieler Mühe und mancher Unterbrechung das Gemälde in einem schönen, altertümlich gearbeiteten Goldrahmen fertig vor uns stand, war es eine Art Fest für uns. Roland war herbei gerufen worden, da er gegen den Schluß des Werkes eine Reise angetreten und die Vollendung seinem Bruder überlassen hatte. Mehrere Nachbaren waren geladen worden, ja ein Freund und Kenner alter Kunst, dem ich die Sache gemeldet hatte, war sogar von ziemlich weiter Entfernung herzugekommen, um die Wiederherstellung zu sehen, und Andere, wenn sie auch nicht geladen waren, hatten sich eingefunden, da sie durch Zufall Kenntnis von der Begebenheit erhalten hatten, und wußten, daß sie auf dem Asperhofe nicht unwillkommen sein würden. Es ist nicht wahr, was man öfter sagt, daß eine schöne Frau ohne Schmuck schöner sei als in demselben; und eben so ist es nicht wahr, daß ein Gemälde zu seiner Geltung nicht des Rahmens bedürfe. Ich hatte zu unserem Marienbilde einen Rahmen nach Zeichnungen aus mittelalterlichen Gegenständen bestellt und hatte dessen Ausführung gelegentlich, wenn mich ein Geschäft oder mein Wille in die Stadt brachte, überwacht. Er war weit eher auf dem Asperhofe angekommen, als das Bild fertig war, und mußte die Zeit über in seiner Kiste verpackt harren. Wir versuchten auch nicht ein einziges Mal das Bild in ihn zu fügen, ehe es fertig war, um den Eindruck nicht zu schwächen. Bei neuen Bildern zeigt freilich der Rahmen erst, daß noch Manches hinzuzufügen und zu ändern ist, und Vieles muß an solchen Bildern erst gemacht werden, wenn man sie bereits in einem Rahmen gesehen hat. Bei alten Bildern, die wiederhergestellt werden, ist das anders, besonders, wenn sie auf unsere Weise hergestellt werden. Da gibt das Vorhandene den Weg der Herstellung an, man kann nicht anders malen, als man malt, und die Tiefe, das Feuer und der Glanz der Farben ist daher durch das bereits auf der Leinwand Befindliche bedingt. Wie dann das Bild in einem Rahmen aussehen werde, liegt nicht in der Willkür des Wiederherstellers, und wenn es in dem Rahmen trefflich oder minder gut steht, so ist das Sache des ursprünglichen Meisters, dessen Werk man nicht ändern darf. Als unsere Maria, welche noch nicht einmal einen Firniß erhalten hatte, aus den altertümlichen Gestalten des Rahmens, die sehr paßten, heraussah, so war es ein wunderbarer Anblick, und erst jetzt sahen wir, welche Lieblichkeit und Kraft der alte

Meister in seinem Bilde dargelegt hatte. Obwohl der Rahmen erhabene Arbeit in Blumen, Verzierungen und sogar in Teilen der menschlichen Gestalt enthielt und auf demselben Glanzlichter von starker Wirkung angebracht waren, so erschien das Bild doch nicht unruhig, ja es beherrschte den Rahmen und machte seinen Reichtum zu einer anmutigen Mannigfaltigkeit, während es selber durch seine Gewalt sich geltend machte und in den erhebenden Farben von würdigem Schmucke umgeben thronte. Ein leiser Ruf entschlüpfte den Lippen aller Anwesenden, und ich freute mich, daß ich mich nicht getäuscht hatte, als ich auf die Macht des Bildes rechnend einen so reichen Rahmen für dasselbe bestellt hatte. Wir standen lange davor und betrachteten die Schönheit der Farbengebung an den entblößten Teilen so wie die der Gewandung und der Gründe, was im Vereine mit der Einfachheit und Hoheit der Linienführung und mit der maßvollen Anordnung der Flächen ein so würdevolles und heiliges Ganzes bildete, daß man sich eines tiefen Ernstes nicht erwehren konnte, der wie wahrhaftige Andacht war. Erst später fingen wir zu sprechen an, beredeten dieses und jenes und kamen, wie es natürlich war, dahin, Vermutungen über den Meister zu wagen. Es wurde Guido Reni genannt, es wurde Tizian genannt, es wurde die Rafaelische Schule genannt. Für alles hatte man Gründe, und der Schluß war, wie er es auch noch heute ist, daß man nicht wußte, von wem das Bild sei. Roland war außerordentlich vergnügt, daß er die Sache in ihrer Entstehung schon geahnt und durch den Kauf eine so zweckmäßige Handlung ausgeführt habe. Damals war er noch außerordentlich jung, er war bei Weitem nicht so eingeübt wie jetzt und war daher seiner Handlung nicht ganz sicher. Eustach sah man es an, daß ihm, wie der Volksausdruck sagt, das Herz vor Freude lache. Eine freundliche Bewirtung meiner Gäste war damals das Ende des Tages. Wir suchten in der folgenden Zeit eine Stelle, an welcher das Bild am vorteilhaftesten aufgehängt werden könnte. Roland erhielt eine Belohnung in einem Werke, das er sich schon lange gewünscht hatte, und Eustach, das sah ich wohl, fand seine schönste Befriedigung darin, daß er näher in unsere Kunstkreise gezogen wurde. Dem Manne, von welchem das Bild in seinem verstümmelten Zustande gekauft worden war, gab ich noch eine Summe, mit welcher er weit über seine Erwartung abgefunden war; denn das Bild hätte er doch nie herstellen lassen können, er wäre auch auf den Gedanken nicht gekommen, und ohne Roland wäre das Bild nicht verkauft worden, bis es immer mehr verfallen und einmal vernichtet worden wäre. Oft stand ich in späteren Zeiten noch davor und hatte manche Freude in Betrachtung des Werkes. Ich sah das Angesicht und die Hände der Mutter an und sah das teils nackte, teils durch schöne Tücher schicklich verhüllte Kind. Ein dem Lande Italien so häufig zukommendes Zeichen ist es, daß das Kind nicht in den Armen der Mutter gehalten wird, sondern daß es mit schönem Hinneigen zu derselben und von ihr leicht und sanft umfaßt auf einem erhöhten Gegenstande vor ihr steht. Der Künstler hat dadurch nicht nur Gelegenheit gefunden, den Körper des Kindes in einer weit schöneren Stellung zu malen, als wenn er von der Mutter an ihren Busen gehalten gewesen wäre, sondern er hat noch den weit höheren Vorteil erreicht, das göttliche Kind in seiner Kraft

und in seiner Freiheit zu zeigen, was die Wirkung hat, als ehrten wir gleichsam schon die Macht, mit welcher es einstens handeln wird. Daß südliche Völker den Heiland als Kind in so großer sinnlicher Schönheit malen, hat mich immer entzückt, und wenn auf meinem Bilde das heilige Kind eher wie ein kräftiger, wunderschöner Leib des Südens aussieht, so beirrt mich das nicht, sehen doch die Jesuskinder und die Johanneskinder des herrlichen Rafael auch so aus, und die Wirkung ist doch eine so gewaltige. Daß die Mutter, deren Mund so schön ist, die Augen gegen Himmel wendet, sagt mir nicht ganz zu. Die Wirkung, scheint mir, ist hierin ein wenig überboten, und der Künstler legt in eine Handlung, die er seine Gestalt vor uns vornehmen läßt, eine Bedeutung, von der er nicht machen kann, daß wir sie in der bloßen Gestalt sehen. Wer durch einfachere Mittel wirkt, wirkt besser. Wenn er die Heiligkeit und Hoheit statt in die erhobenen Augen in die bloße Gestalt hätte legen können, wobei die Augen einfach vor sich hinblickten, so hätte er besser getan. Rafael läßt seine Madonnen ruhig und ernst blicken, und sie werden Himmelsköniginnen, während so manche andere nur betende Mädchen sind. Aus diesem möchte ich auch schließen, daß das Bild nicht aus der Rafaelschen Schule ist, so sehr die herrliche Gestalt des Kindes daran erinnert. Das Bild hängt nicht mehr dort, wo es Anfangs war. Wir haben alle Bilder mehrere Male umgehängt, und es gewährt eine eigene Freude, zu versuchen, ob in einer andern Anordnung die Wirkung des Ganzen nicht eine bessere sei. Auch darüber haben wir ernste Beratungen und vielerlei Versuche angestellt, welche Farbe wir den Wänden geben sollen, daß sich die Bilder am besten von ihnen abheben. Wir blieben dann bei dem rötlichen Braun stehen, das ihr jetzt noch in dem Gemäldezimmer findet. Ich lasse nun nichts mehr ändern. Die jetzige Lage der Bilder ist mir zu einer Gewohnheit und ist mir lieb geworden, und ich möchte ohne übeln Eindruck die Sache nicht anders sehen. Sie ist mir eine Freude und eine Blume meines Alters geworden. Die Erwerbung der Bilder, die, wie ihr schon aus meinen früheren Worten schließen könnt, nicht immer so leicht war wie die der heiligen Maria, stellt eine eigene Linie in dem Gange meines Lebens dar, und diese Linie ist mit Vielem versehen, was mir teils einen freudigen, teils einen trüben Rückblick gewährt. Wir sind in manche Verhältnisse geraten, haben manche Menschen kennen gelernt und haben manche Zeit mit Wiederherstellung der Bilder, mit Verwindung von Täuschungen, mit Hineinleben in Schönheiten zugebracht, wir haben auch manche zu Zeichnungen und Entwürfen von Rahmen verwendet; denn alle Gemälde haben wir nach und nach in neue, von uns entworfene Rahmen getan, und so stehen nun die Werke um mich wie alte, hochverehrungswürdige Freunde, die es täglich mehr werden und die eine Annehmlichkeit und eine Wonne für meine noch übrigen Tage sind."
Daß ich durch die Erzählung meines Gastfreundes der Sammlung seiner Bilder noch mehr zugewendet wurde, begreift sich.
Ich lenkte meine Aufmerksamkeit nun auch auf die Kupferstiche meines Gastfreundes. Da dieselben nicht unter Glas und Rahmen waren, sondern sich in großen Laden des Tisches im Lesezimmer befanden, so konnte man sie weit bequemer betrachten als die

Gemälde. Ich nahm mir zuerst die Mappen nach einander heraus und sah alle Kupferstiche der Reihe nach an. Dann aber ging ich an eine mehr geordnete Betrachtung. So wie mein Gastfreund nicht Bücher aus dem Hause gab, wohl aber einem Gaste in sein Zimmer die verlangten bringen ließ, so tat er es auch mit den Kupferstichen, nur gab er immer gleich eine ganze Mappe in ein Zimmer, nicht aber leicht einzelne Blätter. Er tat dies der Erhaltung und Schonung willen. Weil ich nun nicht viele Stunden im Lesezimmer ununterbrochen mit Ansehen von Kupferstichen zubringen mochte, so ließ mir mein Gastfreund die einzelnen Mappen nach und nach in meine Wohnung bringen, und ich konnte die in ihnen enthaltenen Werke mit Muße betrachten, konnte diese Beschäftigung auch durch Anderes unterbrechen und konnte, wenn ich die Mappe durch eine beliebige Zeit in meiner Wohnung gehabt hatte, dieselbe durch eine andere ersetzen. Später, da ich alle Mappen genau durchsucht hatte, wobei ich mir diejenigen Werke aufzeichnete, die mir ganz besonders gefielen oder die von meinem Gastfreunde und Eustach als vorzüglich bezeichnet waren, schlug ich mir bei Gelegenheit nur die eine oder andere auf, um das eine oder andere mir sehr liebe Werk des Grabstichels zu besehen. Ich merkte mir in meinem Gedenkbuche auch diejenigen an, welche ich mir gleichfalls kaufen wollte, wenn es solche waren, die man noch im Handel bekommen konnte. Ich lernte bei diesen Untersuchungen die Art und Weise des Vortrags verschiedener Meister und verschiedener Zeiten kennen und endlich auch würdigen, und ich fand wieder, wie es bei den Gemälden der Fall ist, daß mit geringen Ausnahmen auch diese Kunst eine schönere Vergangenheit gehabt habe, als sie eine Gegenwart habe, ja bei den Kupferstichen konnte ich dies noch genauer kennen lernen als bei Gemälden, da mein Freund alte und neue Kupferstiche hatte, während in seinem Bilderzimmer nur sehr wenige neue Bilder hingen, die Vergleichung also schwieriger war, und ich mich auf die neuen Bilder weniger erinnerte, welche ich in der Stadt gesehen hatte und welche ich auch mit anderen Augen mochte angeschaut haben. Ich lernte die Feinheiten, die Großartigkeit, die Schönheit, die Ruhe in der Behandlung immer mehr kennen und würdigen und beschloß, da mir Kupferstiche weit leichter zu erwerben waren als Gemälde, vorläufig damit zu beginnen, mir Blätter, die ich für trefflich hielt, zu kaufen und eine Sammlung anzubahnen. Es war eine ziemliche Zeit hingegangen, die ich mit Betrachtung und Einprägung der Kupferstiche und Gemälde verbrachte. Eustach war häufig bei mir, wir sprachen über die Dinge, und ich lernte täglich höher von diesem Manne denken.
Ich kam während dieser Zeit auch öfter in das Schreinerhaus und andere Werkstätten und sah zu, was da verfertiget werde.
Bei diesen Veranlassungen fiel es mir auf, daß mein Gastfreund noch nicht begonnen hatte, aus dem in Wahrheit gewiß außerordentlich schönen Marmor, den ich ihm gebracht hatte, dessen Schönheit ich ganz gewiß zu beurteilen verstand und der ihm selber viele Freude gemacht zu haben schien, etwas verfertigen zu lassen. Ich konnte auch den Marmor in dem Rosenhause gar nicht auffinden. Er war in dem Vorratshause

gelegen, wo sich auch öfter Steine von mir befunden hatten. Jetzt war er nicht mehr dort. War er, um nicht Verletzungen zu erfahren, in einen anderen, sichereren Ort gebracht worden oder hatte man ihn doch irgendwohin gesendet, wo an ihm gearbeitet wurde? Das Letzte war nicht denkbar, da mein Gastfreund alle Dinge aus Holz und Stein in seinem Hause arbeiten ließ, wozu auch nicht nur die Vorrichtungen und Werkzeuge vorhanden waren, sondern wohin auch zu jeder Zeit die etwa noch mangelnden Arbeitskräfte gezogen werden können.

Ich machte eines Tages eine Reise in das Lauterthal und hielt mich einige Zeit in demselben auf. Es war nicht, um meine gewöhnliche Beschäftigung dort vorzunehmen, sondern um nach den Arbeiten mit meinem Marmor zu sehen. In der Nähe des Ahorngasthauses – etwa zwei Wegestunden von demselben entfernt – befand sich die Anstalt, in welcher Marmor gesägt und geschliffen wurde und in welcher man verschiedene Dinge aus Marmor verfertigte. Der Ort hieß das Rothmoor, weshalb, konnte ich nicht ergründen; denn es war überall Gestein und rauschendes Wasser, und von einem Moore war auf Meilen in der Länge und Breite nichts zu finden; aber der Ort hieß so. Es befanden sich dort mehrere Stücke Marmor von mir, damit aus denselben etwas für den Vater gemacht würde. Das größte Stück war fast rosenrot, und es sollte daraus ein Wasserbecken für den Garten werden. Das Becken aber hatte ich selber entworfen. Aus großer Vorliebe für Gewächse hatte ich seine Gestalt aus dem Gewächsreiche genommen. Es war ein Blatt, welches dem der Einbeere sehr ähnlich war, in welchem die glänzende dunkelschwarze Kugel liegt. Ich hatte das Blatt nach einem wirklichen aus Wachs gebildet, nur die Auszackung machte ich geringer und die Tiefe größer. Das Wachsblatt wurde von einem Arbeiter, der des Gestaltens sehr kundig war, in Gips bedeutend größer nachgebildet, und nach dem Gipsblatte sollte das Marmorbecken gearbeitet werden. In der Tiefe desselben sollte wie bei dem Einbeerenblatte die Kugel liegen, und aus einem Stiele, der sich über das Blatt erhebt, soll das Wasser in einem feinen Strahle in das Blatt springen. Das Blatt selber sollte von Rosenmarmor, der Stamm und Stengel von einem anderen, dunkleren sein. Ich bestrebte mich in dem Rothmoore nachzusehen, wie weit die Arbeit gediehen sei, und versuchte durch Besprechungen für größere Leichtigkeit und Reinheit einzuwirken. Aus anderem Marmor sollten andere Dinge verfertigt werden. Zuerst das Pflaster um die Einbeere herum. Das Blatt sollte sein Wasser auf dieses Pflaster hinabgießen, dasselbe sollte auf seiner Ebene eine sanfte Rinne bilden, um das Wasser weiter zu leiten. Die Farbe des Pflasters sollte blaß gelblich sein. Ich hatte eine erkleckliche Anzahl Stücke hiezu zusammengebracht. Für eine Laube in dem Garten hatte ich die Platte eines Tischchens beabsichtigt. Sonst waren noch kleine Tragsteine, ein paar Simse und Briefbeschwerer im Werke. Die Sachen waren in Arbeit. Als Daraufgabe war ein Nest, in welchem zwei Eier lagen, deren Marmor fast täuschend die Farbe von Kibitzeiern hatte.

Ich war mit den Arbeiten, so weit sie jetzt gediehen waren, sehr zufrieden. Der Stein zu dem Becken war nicht nur in seine allgemeine Gestalt geschnitten worden, sondern das Blatt war in rohen Umrissen fertig, so daß zur feineren Ausfeilung und zur Glättung geschritten werden konnte. Es arbeiteten zwei Menschen ausschließlich an diesem Gegenstande. Mit dem Gipsvorbilde ließ ich noch einige Veränderungen vornehmen. Es war mir nicht leicht genug und zeigte mir nicht hinlänglich das Weiche des Pflanzenlebens.

Ich ging in die Berge, suchte Pflanzen der Einbeere und brachte sie sammt ihrer Erde in Töpfen zurück, damit sie nicht zu schnell welkten und uns länger als Muster dienen könnten. An diesen Pflanzen suchte ich zu zeigen, was an dem Vorbilde noch fehle. Ich erklärte, wo ein Blatteil sich sanfter legen, ein Rand sich weicher krümmen müsse, damit endlich das Steinbild, wenn es fertig wäre, nicht den Eindruck hervorbringe, als ob es gemacht worden, sondern den, als ob es gewachsen wäre. Da ich mich bemühte, die Sache ohne Verletzung des Mannes, welcher das Gipsvorbild verfertiget hatte, darzulegen und sie eher in das Gewand einer Beratung einzukleiden, so ging man auf meine Ansichten sehr gerne ein, und da die ersten Versuche gelangen und das Becken durch die größere Ähnlichkeit, die es mit dem Blatte erlangte, auch sichtbar an Schönheit gewann, so ging man mit Eifer an die Fortsetzung, suchte sich den Pflanzenmerkmalen immer mehr zu nähern und erlebte die Freude, daß endlich das Werk in ungemein edlerer Vollendung dastand als früher. Selbst für künftige Arbeiten hatte man durch dieses Verfahren einen Anhaltspunkt gewonnen, und Hoffnungen geschöpft, sich in schönere und heiterere Kreise zu schwingen. Der Werkmeister sprach unverhohlen mit mir über die Sache. Früher hatte man nach hergebrachten Gestalten und Zeichnungen Gegenstände verfertigt, dieselben versandt und Preise dafür erhalten, die solchen Waren gewöhnlich zukommen, so daß die Anstalt bestehen konnte, aber einer gehäbigen und wohlhabenden Blüte doch nicht teilhaftig war. Daß man sich an Pflanzen als Vorbilder wenden könne, war ihnen nicht eingefallen.

Jetzt richtete man den Blick auf sie und fand, daß alle Berge voll von Dingen stünden, die ihnen Fingerzeige geben könnten, wie sie ihre Werke zu verfertigen und zu veredeln hätten.

Ich blieb so lange da, bis das Gipsblatt vollkommen fertig war, und bis ich mich darüber beruhigt hatte, welche Werkzeuge zum Messen angewendet würden, damit die Gestalt des Vorbildes mit allen ihren Verhältnissen in die Nachbildung übergehen könnte.

Nachdem ich noch die Bitte um Beschleunigung der Arbeit angebracht hatte, damit ich sie so bald als möglich in den Garten des Vaters bringen könnte, und nachdem ich versprochen hatte, in diesem Sommer noch einen Besuch in der Anstalt zu machen, trat ich den Rückweg in das Rosenhaus wieder an.

Ich bestieg auf meiner Wanderung, die ich in den Bergen zu Fuße machte, das Eiskar, setzte mich auf einen Steinblock und sah beinahe den ganzen Nachmittag in tiefem Sinnen auf die Landschaften, die vor mir ausgebreitet waren, hinaus.

In dem Rosenhause beschäftigte ich mich wieder mit Betrachtung der Bilder. Ich nahm sogar ein Vergrößerungsglas und sah die Gemälde an, wie denn die verschiedenen alten Meister gemalt haben, ob der eine einen stumpfen, starren Pinsel genommen habe, der andere einen langen, weichen, ob sie mit breitem oder spitzigem gearbeitet, ob sie viel untermalt haben oder gleich mit den schweren, undurchsichtigen Farben darauf gegangen seien, ob sie in kleinen Flächen fertig gemacht oder das Große vorerst angelegt und es in allen Teilen nach und nach der Vollendung zugeführt hätten.
Mein Gastfreund war in diesen Dingen sehr erfahren und stand mir bei.
Von den Dichtern nahm ich jetzt Calderon vor. Ich konnte ihn bereits in dem Spanischen lesen und vertiefte mich mit großem Eifer in seinen Geist.
Wir besuchten mehrere Male den Inghof. Es wurde dort Musik gemacht, es wurde gespielt, wir besuchten die schönsten Teile der Umgebung oder besahen, was der Garten oder der Meierhof oder das Haus Vorzügliches aufzuweisen hatte.
Zur Zeit der Rosenblüte kamen Mathilde und Natalie auf den Asperhof. Wir wußten den Tag der Ankunft und erwarteten sie. Als sie ausgestiegen waren, als Mathilde und mein Gastfreund sich begrüßt hatten, als einige Worte von den Lippen der Mutter zu Gustav gesprochen worden waren, wendete sie sich zu mir und sprach mit den freundlichsten Mienen und mit dem liebevollsten Blick ihrer Augen die Freude aus, mich hier zu finden, zu wissen, daß ich mich schon ziemlich lange bei ihrem Freunde und ihrem Sohne aufgehalten habe, und zu hoffen, daß ich die ganze schöne Jahreszeit auf dem Asperhofe zubringen werde.
Ich erwiderte, daß ich heuer beschlossen habe, den ganzen Sommer über bloß für mein Vergnügen zu leben und daß ich es mit großem Danke anerkennen müsse, daß mir erlaubt sei, auf diesem Sitze verweilen zu dürfen, der das Herz, den Verstand und das ganze Wesen eines jungen Mannes so zu bilden geeignet sei.
Natalie stand vor mir, da dieses gesprochen worden war. Sie erschien mir in diesem Jahre vollkommener geworden und war so außerordentlich schön, wie ich nie in meinem ganzen Leben ein weibliches Wesen gesehen habe.
Sie sagte kein Wort zu mir, sondern sah mich nur an. Ich war nicht im Stande, etwas aufzufinden, was ich zur Bewillkommnung hätte sagen können. Ich verbeugte mich stumm, und sie erwiderte diese Verbeugung durch eine gleiche.
Hierauf gingen wir in das Haus.
Die Tage verflossen wie die in den vergangenen Jahren. Nur eine einzige Ausnahme trat ein. Man begann nach und nach von den Bildern zu sprechen, man sprach von der Marmorgestalt, welche auf der schönen Treppe des Hauses stand, man ging öfter in das Bilderzimmer und besah Verschiedenes, und man verweilte manche Augenblicke in der dämmerigen Helle der Treppe, auf welche von oben die sanfte Flut des Lichtes hernieder sank, und vergnügte sich an der Herrlichkeit der dort befindlichen Gestalt und der Pracht ihrer Gliederung. Ich erkannte, daß Mathilde in der Beurteilung der Kunst

erfahren sei und daß sie dieselbe mit warmem Herzen liebe. Auch an Natalien sah ich, daß sie in Kunstdingen nicht fremd sei und daß sie in ihrer Neigung etwas gelten. Ich machte also jetzt die Erfahrung, daß man in früherer Zeit, da ich mein Augenmerk noch weniger auf Gemälde und ähnliche Kunstwerke gerichtet hatte und dieselben einen tiefen Platz in meinem Innern noch nicht einnahmen, mich geschont habe, daß man nicht eingegangen sei, in meiner Gegenwart von den in dem Hause befindlichen Kunstwerken zu sprechen, um mich nicht in einen Kreis zu nötigen, der in jenem Augenblicke noch beinahe außerhalb meiner Seelenkräfte lag. Mir kam jetzt auch zu Sinne, daß in gleicher Weise mein Vater nie zu mir auf eigenen Antrieb von seinen Bildern gesprochen habe und daß er sich nur insoweit über dieselben eingelassen, als ich selber darauf zu sprechen kam und um dieses oder jenes fragte. Sie haben also sämmtlich einen Gegenstand vermieden, der in mir noch nicht geläufig war und von dem sie erwarteten, daß ich vielleicht mein Gemüt zu ihm hinwenden würde. Mich erfüllte diese Betrachtung einigermaßen mit Scham, und ich erschien mir gegenüber all den Personen, die nun durch meine Vorstellung gingen, als ungefüg und unbehilflich; aber da sie immer so gut und liebreich gegen mich gewesen waren, so schloß ich aus diesem Umstande, daß sie nicht nachteilig über mich geurteilt und daß sie meinen Anteil an dem, was ihnen bereits teuer war, als sicher bevorstehend betrachtet haben. Dieser Gedanke beruhigte mich eines Teiles wieder. Besonders aber gereichte es mir zur Genugtuung, daß sie mit einer Art von Freude in die Gespräche eingingen, die sich jetzt über bildende Kunst entspannen, daß also das nicht unsachgemäß sein mußte, was ich in dieser Richtung jetzt äußerte, und daß es ihnen angenehm war, mit mir auf einer Lebensrichtung zusammen zu treffen, welche für sie Wichtigkeit hatte.

Eines Tages, da die Blüte der Rosen schon beinahe zu Ende war, wurde ich unfreiwillig der Zeuge einiger Worte, welche Mathilde an meinen Gastfreund richtete und welche offenbar nur für diesen allein bestimmt waren. Ich zeichnete in einer Stube des Erdgeschosses ein Fenstergitter. Das Erdgeschoß des Hauses hatte lauter eiserne Fenstergitter. Diese waren aber nicht jene großstäbigen Gitter, wie man sie an vielen Häusern und auch an Gefängnissen anbringt, sondern sie waren sanft geschweift und hatten oben und unten eine flache Wölbung, die mitten, gleichsam wie in einen Schlußstein, in eine schöne Rose zusammenlief. Diese Rose war von vorzüglich leichter Arbeit und war ihrem Vorbilde treuer, als ich irgendwo in Eisen gesehen hatte. Außerdem war das ganze Gitter in zierlicher Art zusammengestellt, und die Stäbe hatten nebst der Schlußrose noch manche andere bedeutsame Verzierungen. Es war fast gegen Abend, als ich mich in einer Stube des Erdgeschosses, deren Fenster auf die Rosen hinausgingen, befand, um mir vorläufig die ganze Gestalt des Gitters, die außen zu sehr von den Rosen verdeckt war, zu entwerfen. Die einzelnen Verzierungen, deren Hauptentwicklung nach außen ging, wollte ich mir später einmal von dorther zeichnen. Da ich in meine Arbeit vertieft war, dunkelte es vor dem Fenster, wie wenn die Laubblätter vor demselben von einem Schatten bedeckt würden. Da ich genauer hinsah, erkannte ich, daß jemand vor dem Fenster stehe, den ich aber der dichten Ranken willen nicht erkennen konnte. In diesem Augenblicke ertönte durch das geöffnete Fenster klar und deutlich Mathildens Stimme, die sagte: „Wie diese Rosen abgeblüht sind, so ist unser Glück abgeblüht."

Ihr antwortete die Stimme meines Gastfreundes, welcher sagte: „Es ist nicht abgeblüht, es hat nur eine andere Gestalt."

Ich stand auf, entfernte mich von dem Fenster und ging in die Mitte des Zimmers, um von dem weiteren Verlaufe des Gespräches nicht mehr zu vernehmen. Da ich ferner überlegt hatte, daß es nicht geziemend sei, wenn mein Gastfreund und Mathilde später erführen, daß ich zu der Zeit, als sie ein Gespräch vor dem Fenster geführt hatten, in der Stube gewesen sei, der jenes Fenster angehörte, so entfernte ich mich auch aus derselben und ging in den Garten. Da ich nach einer Zeit meinen Gastfreund, Mathilden, Natalie und Gustav gegen den großen Kirschbaum zugehen sah, begab ich mich wieder in die Stube und holte mir meine Zeichnungsgeräte, die ich dort liegen gelassen hatte; denn der Abend war mittlerweile so dunkel geworden, daß ich zum Weiterzeichnen nicht mehr sehen konnte.

Als die Rosenblüte gänzlich vorüber war, beschlossen wir, uns auch eine Zeit in dem Sternenhofe aufzuhalten. Da wir den Hügel zu ihm hinan fuhren, sah ich, daß Gerüste an dem Mauerwerke aufgeschlagen waren, und als wir uns genähert hatten, erkannte ich, daß die Arbeiter, die sich auf den Gerüsten befanden, damit beschäftigt waren, die Tünche von den breiten Steinen, welche an die Oberfläche der Mauern gingen, abzunehmen und die Steine zu reinigen. Man hatte vorher an einem abgelegenen Teile des Hauses einen Versuch gemacht, welcher sich bewährte und welcher dartat, daß das Haus ohne Tünche viel schöner aussehen werde.

In dem Sternenhofe wurde ich so freundlich behandelt, wie in der früheren Zeit, ja wenn ich meinem Gefühle trauen durfte und wenn man so feine Unterscheidungen machen darf, noch freundlicher als früher. Mathilde zeigte mir selber alles, von dem sie glaubte, daß es mir von einigem Werte sein könnte, und erklärte mir bei diesem Vorgange alles, von dem sie glaubte, daß es einer Erklärung bedürfen könnte. Während dieses meines Aufenthaltes erfuhr ich auch, daß Mathilde das Schloß von einem vornehmen Manne gekauft hatte, der selten auf demselben gewesen war und es ziemlich vernachlässigt hatte. Vor ihm war es im Besitze einer Verwandten gewesen, deren Großvater es gekauft hatte. In der Zeit vorher war ein häufiger Wechsel der Eigentümer gewesen, und das Gut war sehr herab gekommen. Mathilde fing damit an, daß sie die zum Schlosse gehörigen Untertanen, welche Zehnte und Gaben in dasselbe zu entrichten hatten, gegen ein vereinbartes Entgelt für alle Zeiten von ihren Pflichten entband und sie zu unbeschränkten Eigentümern auf ihrem Grunde machte. Das zweite, was sie tat, bestand darin, daß sie die Liegenschaften des Schlosses selber zu bewirtschaften begann, daß sie einen geschlossenen Hausstand von Gesinde und ihrer eigenen Familie begründete und mit diesem Hausstande lebte. Sie richtete den Meierhof zurecht und brachte mit Hilfe tätiger Leute, die sie aufnahm, die Felder, die Wiesen und Wälder in einen besseren Stand.

Die schönen Zeilen von Obstbäumen, welche durch die Fluren liefen und die mir bei meinem ersten Aufenthalte schon so sehr gefallen hatten, waren von ihr selber gepflanzt, und wenn sie gute, selbst ziemlich erwachsene Obstbäume irgendwo erhalten konnte, so scheute sie nicht die Zeit und den Aufwand, sie bringen und auf ihren Grund setzen zu lassen. Da die Nachbarn dieses Verfahren allmählich nachahmten, so erhielt die Gegend das eigentümliche und wohlgefällige Ansehen, das sie von den umliegenden Ländereien unterschied.

Die Gemälde, welche sich in den Wohnzimmern Mathildens und Nataliens befanden, hatten nach meiner Meinung im Ganzen genommen zwar nicht den Wert wie die im Asperhofe, aber es waren manche darunter, welche mir nach meinen jetzigen Ansichten mit der größten Meisterschaft gemacht schienen. Ich sagte die Sache meinem Gastfreunde, er bestätigte sie und zeigte mir Gemälde von Tizian, Guido Reni, Paul Veronese, Van Dyck und Holbein. Unbedeutende oder gar schlechte Bilder, wie ich sie, so weit mir jetzt dieses meine Rückerinnerung plötzlich und wiederholt vor Augen brachte, in manchen Sammlungen, die mir in früheren Jahren zugänglich gewesen waren, gesehen hatte, befanden sich weder in der Wohnung Mathildens noch in dem Asperhofe. Wir sprachen auch hier so wie in dem Rosenhause von den Gemälden, und es gehörte zu den schönsten Augenblicken, wenn ein Bild auf die Staffelei getan worden war, wenn man die Fenster, die ein störendes Licht hätten senden können, verhüllt hatte, wenn das Bild in die rechte Helle gerückt worden war, und wenn wir uns nun davor befanden. Mathilde und mein Gastfreund saßen gewöhnlich, Eustach und ich standen, neben uns Natalie und nicht selten auch Gustav, welcher bei solchen Gelegenheiten sehr bescheiden und aufmerksam war. Öfter sprach hauptsächlich mein Gastfreund von dem Bilde, öfter aber auch Eustach, wozu Mathilde ihre Worte oder einfachen Meinungen gesellte. Man wiederholte vielleicht oft gesagte Worte, man zeigte sich Manches, das man schon oft gesehen hatte, und machte sich auf Dinge aufmerksam, die man ohnehin kannte. So wiederholte man den Genuß und verlebte sich in das Kunstwerk. Ich sprach sehr selten mit, höchstens fragte ich und ließ mir etwas erklären. Natalie stand daneben und redete niemals ein Wort.

Zur Nymphe des Brunnens, die unter der Eppichwand im Garten war, ging ich auch öfter. Früher hatte ich den wunderschönen Marmor bewundert, desgleichen mir nicht vorgekommen war; jetzt erschien mir auch die Gestalt als ein sehr schönes Gebilde. Ich verglich sie mit der auf der Treppe im Hause meines Gastfreundes stehenden. Wenn auch jenes an Hoheit, Würde und Ernst weit den Vorzug in meinen Augen hatte, so war dieses doch auch für mich sehr anmutig, weich und klar, es hatte eine beschwichtigende Ruhe, wie die Göttin eines Quells sollte, und hatte doch wieder jenes Reine und, ich möchte sagen, Fremde, das ein Gemälde nicht hat, das aber der Marmor so gerne zeigt.

Ich wurde mir dieser Empfindung des Fremden jetzt klarer bewußt, und ich erfuhr auch, daß sie mich schon in früherer Zeit ergriffen hatte, wenn ich mich Marmorbildwerken gegenüber befand. Es wirkte bei dieser Gestalt noch ein Besonderes mit, was in meiner Beschäftigung der Erdforschung seinen Grund hat, nehmlich, daß der Marmor gar so schön und fast fleckenlos war. Er gehörte zu jener Gattung, die an den Rändern durchscheinend ist, deren Weiße beinahe funkelt und uns verleitet, zu meinen, man sähe die zarten Kristalle wie Eisnadeln oder wie Zuckerkörner schimmern. Diese Reinheit hatte für mich an der Gestalt etwas Erhabenes. Nur dort, wo das Wasser aus dem Kruge floß, den die Gestalt umschlungen hielt, war ein grünlicher Schein in dem Marmor, und der Staffel, auf dem der am tiefsten herabgehende Fuß ruhte, war ebenfalls grün und von unten durch die herauf dringende Feuchtigkeit ein wenig verunreinigt. Der Marmor an dem Bilde meines Freundes war wohl trefflich, es mochte wahrscheinlich parischer sein; aber er hatte schon einigermaßen die Farbe alten Marmors, während die Nymphe wie neu war, als wäre der Marmor aus Carrara. Ich dachte mir wohl auch, und meine Freunde bestätigten es, daß das Bildwerk neueren Ursprunges sei; aber wie bei dem meines Gastfreundes wußte man auch hier den Meister nicht.

Ich saß sehr gerne in der Grotte bei dem Bildwerke. Es war da ein Sitz von weißem Marmor in einer Vertiefung, die sich seitwärts von der Nymphe in das Bauwerk zurück zog und von der aus man die Gestalt sehr gut betrachten konnte. Es war ein sanftes Dämmern auf dem Marmor, und im Dämmern war es wieder, als leuchtete der Marmor. Man konnte hier auch das leise Rinnen des Wassers aus dem Kruge, das Kräuseln desselben in dem Becken, das Hinabträufeln auf den Boden und das gelegentliche Blitzen auf demselben sehen.

Zur Wohnung hatte man mir dieselbe Räumlichkeit gegeben, die ich in den ersten zwei Malen inne hatte, da ich in diesem Schlosse war. Man hatte sie mit allen Bequemlichkeiten ausgestattet, auf die man nur immer denken konnte und deren ich zum größten Teile nicht bedurfte; denn ich war in meinem Reiseleben gewohnt geworden, in den äußeren Dingen auf das Einfachste vorzugehen.

Da wir von dem Sternenhofe Abschied nahmen, sagte mir Mathilde auf die liebe, freundliche Weise Lebewohl, mit der sie mich empfangen hatte.

Wir besuchten auf unserer Rückreise mehrere Landwirte, welche in der Gegend einen großen Ruf genossen, und besahen, was sie auf ihren Gütern eingeführt hatten und was sie zum Wohle des Landes auszubreiten wünschten. Mein Gastfreund nahm Rebstecklinge, Abteilungen von Samen und Abbildungen von neuen Vorrichtungen mit nach Hause.

Ehe ich die Rückreise zu den Meinigen antrat, ging ich noch einmal in das Rothmoor, um zu sehen, wie weit die Arbeiten aus meinem Marmor gediehen wären. Von den kleineren Dingen waren manche fertig. Das Wasserbecken und die größeren Arbeiten mußten in das nächste Jahr hinüber genommen werden. Ich billige diese Anordnung; denn es war mir lieber, daß die Sache gut gemacht würde, als daß sie bald fertig wäre.

Das Vollendete packte ich ein, um es mit nach Hause zu nehmen.

In dem Rosenhause fand ich bei meiner Zurückkunft einen Brief von Roland, der über die Ergebnisse der Nachforschungen nach den Ergänzungen zu den Pfeilerverkleidungen meines Vaters sprach. Es war keine Hoffnung vorhanden, die Ergänzungen zu finden. Im ganzen Gebirge war nichts, was mit den beschriebenen Verkleidungen Ähnlichkeit hatte, überhaupt sind da keine Verkleidungen und Vertäflungen vorhanden gewesen, wohin Roland seit Jahren seine Wanderungen angestellt hatte, sie müßten denn sehr verborgen sein, wornach man ein Auffinden so dem Zufalle anheim geben müsse, wie das durch Zufall entdeckt worden sei, was ich meinem Vater gebracht hätte. In Hinsicht der Vertäflungen aber, um welche es sich hier handle, sei beinahe Gewißheit vorhanden, daß sie zerstört worden seien. Die Ausmaße, welche ihm über die in den Händen meines Vaters befindlichen Werke zugesendet worden seien, passen genau auf ein Gemach im Steinhause des Lauterthales, woher gleich Anfangs der Ursprung der Dinge vermutet worden sei und welches Gemach jetzt öde steht. Es habe zwei Pfeiler, an denen die noch vorhandenen Verkleidungen gewesen sein müssen. Die Zwischenarbeiten sind eben so zerstört worden wie Vieles, was sich in jenem steinernen Schlößchen befunden habe; denn sonst mußten sie sich entweder in dem Gebäude oder in der Gegend vorfinden, was beides nicht der Fall ist, oder sie müßten sehr im Verborgenen sein, da doch sonst die Nachforschungen, welche nun schon durch zwei Jahre angestellt und bekannt geworden seien, die Leute veranlaßt haben dürften, die Sachen zum Verkaufe um einen guten Kaufschilling zu bringen. Man müsse also seine Gedanken dahin richten, daß nichts zu finden sei, und wenn doch noch etwas gefunden würde, so müsse man es als eine unverhoffte Gunst ansehen. Mein Gastfreund und ich sagten, daß wir ungefähr auf dieses Ergebnis gefaßt gewesen seien.

Als der Herbst ziemlich vorgeschritten war, begab ich mich auf die Rückreise in meine Heimat. Es war ein sehr heiterer Sonntagsmorgen, den ich zu meiner Ankunft auserwählt hatte, weil ich wußte, daß an diesem Tage der Vater zu Hause sein würde und ich daher den Nachmittag in dem vollen Kreise der Meinigen zubringen konnte. Ich war nicht wie gewöhnlich auf einem Schiffe gekommen, sondern ich hatte meine Wanderung längs des ganzen Gebirges gegen Sonnenaufgang unternommen und war dann mitternachtwärts mit einem Wagen in unsere Stadt gefahren. Den Vater traf ich sehr heiter an, er schien gleichsam um mehrere Jahre jünger geworden zu sein. Die Augen glänzten in seinem Angesichte, als wäre ihm eine sehr große Freude widerfahren. Auch die anderen sahen sehr vergnügt und fröhlich aus.

Nach dem Mittagessen führte er mich in das gläserne Häuschen und zeigte mir, daß sich die Verkleidungen bereits auf den Pfeilern befänden. Es war ein bewunderungswürdiger Anblick, ich hätte nie gedacht, daß sich die Schnitzerei so gut darstellen würde. Sie war vollkommen gereinigt und schwach mit Firniß überzogen worden.

„Siehst du", sagte der Vater, „wie sich alles schön gestaltet hat. Die Holzverkleidung fügt sich, als wäre sie für diese Pfeiler gemacht worden. Es ist fast auch so der Fall; wenn nicht die Holzverkleidung für die Pfeiler gemacht worden ist, so sind doch die Pfeiler für die Holzverkleidung gemacht worden. Was aber von weit größerer Bedeutung ist, besteht darin, daß das Holzkunstwerk in das ganze Häuschen so paßt, als wäre sie ursprünglich für dasselbe bestimmt gewesen – und dies freut mich am meisten. Ich kann mich daher auch nicht so betrüben wie du, daß die anderen Teile der Verkleidungen nicht aufzufinden gewesen sind. Ich müßte das ganze Häuschen wieder umbauen, wenn die Ergänzungen zum Vorscheine gekommen wären; denn schwerlich würden sie hieher passen, und zu verstümmeln oder zu vergrößern würden sie ihrer Natur nach nicht sein. Wir wollen daher das Vorhandene genießen, und kömmt durch ein Wunder die Ergänzung zum Vorscheine, so wird sich schon zeigen, was zu tun sei. Du siehst, wir haben uns viele Mühe gegeben, die Lücken auszufüllen und alles in einen natürlichen Zusammenhang zu bringen."

So war es auch. Über den Verkleidungen befanden sich an den Pfeilern Spiegel eingesetzt, deren Rahmen die Verzierungen der Verkleidung fortsetzten und zu den Verzierungen der Fensterstäbe und Fensterkreuze hinüber leiteten. Unter den Fenstern waren Simse und Vertäflungen so angebracht, daß sie eine ruhigere Fläche zwischen den Schnitzwerken abgaben. Ich sprach gegen meinen Vater meine Bewunderung aus, daß man der Sache eine solche Gestalt zu geben gewußt habe.

„Es ist uns aber auch ein sehr tüchtiger Lehrmeister beigestanden", erwiderte er, „und wir waren in der Lage, nach seinem Rate noch Manches in unserem begonnenen Werke abzuändern; denn sonst wäre es nicht so geworden, wie es geworden ist. Setze dich zu uns, daß ich es dir erzähle."

Er saß mit der Mutter auf einer Bank, die aus feinen Rohrstäben geflochten war, die Schwester und ich nahmen ihnen gegenüber auf Sesseln Platz.

„Dein Gastfreund", fing er an, „hat uns ausgefunden und hat, als du zwei Wochen fort warest, seine Bauzeichnungen und die Zeichnungen vieler anderer Gegenstände hieher gesendet, daß ich sie ansehe. Er hat mir auch den Antrag gemacht, daß ich manche, die mir besonders gefielen, zu meinem Gebrauche nachzeichnen lassen dürfe, nur möchte ich ihm die Blätter vorher alle senden und die bezeichnen, deren Nachbildung ich wünschte, er würde sie mir dann gelegentlich zu diesem Gebrauche zustellen. Ich lehnte diese Erlaubnis ab, nur Einzelnes von Verzierungen oder Stäben ließ ich flüchtig heraus zeichnen, in so fern ich erkannte, daß es mir bei meinen nächsten Anordnungen würde dienlich sein. Den größten Nutzen aber schöpften wir – mein Arbeiter und ich – aus der Anschauung des Ganzen überhaupt. Wir lernten hier neue Dinge kennen, wir sahen, daß es Schöneres gibt, als wir selber haben, so daß wir den Plan und die Ausführung zu den Arbeiten in dem Häuschen hier viel besser machten, als wir sonst beides gemacht haben würden.

Die Zeichnungen von den Bauwerken, Geräten und anderen Dingen, welche mir dein Gastfreund gesandt hat, sind so schön, daß es vielleicht wenige gleiche gibt. Ich habe wohl in jüngeren Jahren bei meinen Reisen und Wanderungen sehr schöne und hie und da schönere Bauwerke gesehen; aber Zeichnungen von Bauwerken habe ich nie so vollendet klar und rein gesehen. Ich hatte eine große Freude bei dem Anschauen dieser Dinge, und wer in dem Besitze einer so trefflichen Sammlung der schönsten, zahlreichen und dabei so mannigfaltigen Gegenstände ist, der kann niemals mehr bei seinen Anordnungen in das Unbedeutende, Leere und Nichtige verfallen, ja er muß bei gehöriger Benützung, und wenn sein Geist die Dinge in sich aufzunehmen versteht, nur das Hohe und Reine hervorbringen. Das ist eine seltne Gunst des Schicksales, wenn ein Mann die Muße, Mittel und Mitarbeiter hat, solche Werke anlegen zu können. Es gehörte zu meinen schönsten Augenblicken, in diesen Sammlungen blättern zu dürfen und mich in die Anschauung dessen, was mich besonders ansprach, zu vertiefen. Vielleicht gönnt es doch noch einmal eine spätere Gunst, von dem Anerbieten dieses Mannes Gebrauch machen zu können und hie und da etwas zu Stande zu bringen, was nicht ganz ein unwerter Zuwachs zu meinen letzten Tagen ist.
Also gefällt dir das, was wir zu unseren Verkleidungen hatten hinzu machen lassen?"
„Vater, sehr", erwiderte ich; „aber ich habe jetzt andere Dinge zu reden; ich kann mich von meinem Erstaunen nicht erholen, daß mein Gastfreund seine Zeichnungen hieher gesendet hat, die er so liebt, die er gewiß nicht weniger liebt als seine Bücher, von denen er doch keines aus seinem Hause gibt. Ich habe eine so große Freude über dieses Ereignis, daß ich nicht Worte finde, sie nur halb auszudrücken. Vater, mein Gefühl hat in jüngster Zeit einen solchen Aufschwung genommen, daß ich die Sache selber nicht begreife, ich muß mit dir darüber reden, ich habe sehr viele Dinge mit dir zu reden.
Meinem Gastfreunde muß ich auf das Wärmste und Heißeste danken, sobald ich ihn sehe, er hat mir durch die Sendung der Zeichnungen an dich die höchste Gunst erzeigt, die er mir nur zu erzeigen im Stande war."
„Dann muß ich dich bitten, mit mir zu gehen und noch etwas anzuschauen", sagte mein Vater.
Er führte mich in sein Altertumszimmer. Die Mutter und die Schwester gingen mit.
An einem Pfeiler, der mit einem langen, altertümlich gefaßten Spiegel geschmückt war, stand der Tisch mit den Musikgeräten, den ich im Rosenhause in der Wiederherstellung befindlich und zu Anfang dieses Sommers bereits vollendet gesehen hatte.
Ich konnte vor Verwunderung kein Wort sagen.
Der Vater, der mein Gefühl verstand, sagte: „Der Tisch ist mein Eigentum. Er ist mir in diesem Sommer gesendet worden, und es war die Bitte beigefügt, ich möge ihn unter meinen andern Dingen als Erinnerung an einen Mann aufstellen, dessen größte Freude es wäre, einem Andern, der seine Neigung gleichen Dingen zuwende wie er, ein Vergnügen zu machen."
„Da muß ich nun augenblicklich zu meinem Freunde reisen", rief ich.

„Den Dank habe ich ihm wohl schon ausgedrückt", sagte der Vater; „aber wenn du hingehen und es mit dem eigenen Munde tun willst, so freut es mich um desto mehr."
Die Schwester hüpfte oder sprang beinahe in dem Zimmer herum und rief: „Ich habe es mir gedacht, daß er so handeln wird, ich habe es mir gedacht. O der Freude, o der Freude! Wirst du bald abreisen?"
„Morgen mit dem frühesten Tagesanbruch", erwiderte ich, „heute müssen noch Pferde bestellt werden."
„Es ist eine späte Jahreszeit und du bist kaum gekommen, mein Sohn", sagte die Mutter; „aber ich halte dich nicht ab. Der Tisch und noch mehr die Gesinnung des Mannes, der ihn sendete, haben auf deinen Vater wie ein Glück gewirkt. Das müssen vortreffliche Menschen sein."
„Sie haben ihres Gleichen nicht auf Erden", rief ich. Ohne zu säumen schickte ich den Knecht auf die Post, um mir auf den nächsten Morgen um vier Uhr zwei Pferde zu bestellen. Dann sprachen wir noch von dem Tische. Der Vater breitete sich über seine Eigenschaften aus, er erklärte uns dieses und jenes und setzte mir dann in einer längeren Beweisführung auseinander, warum er gerade auf diesem Platze stehen müsse, auf dem er stehe. Ohne von den Gemälden des Vaters etwas zu sagen, auf welche ich mich sehr gefreut hatte und von denen ich mit dem Vater hatte reden wollen, und ohne auf meinen diesjährigen Sommeraufenthalt näher einzugehen, ließ ich den Rest des Tages verfließen und erwartete mit Ungeduld den Morgen. Nur gelegentliche Fragen des Vaters beantwortete ich und hörte zu, wenn er wieder von dem sprach, was in diesem Sommer ein Ereignis für ihn gewesen war. Vor dem Schlafengehen nahmen wir Abschied, und ich begab mich auf meine Zimmer.
Um drei Uhr des Morgens war ein leichter Lederkoffer gepackt, und eine halbe Stunde später stand ich in guten Reisekleidern da. In dem Speisezimmer, in welchem noch ein Frühstück für mich bereit stand, erwarteten mich die Mutter und die Schwester. Der Vater, sagten sie, schlummre noch sehr sanft. Das Frühmahl war eingenommen, die Pferde standen vor dem Haustore, die Mutter verabschiedete sich von mir, die Schwester begleitete mich zu dem Wagen, küßte mich dort auf das Innigste und Freudigste, ich stieg ein und der Wagen fuhr in der noch überall dicht herrschenden Finsternis davon.
Ich war nie mit eigenen Postpferden gefahren, weil ich die Auslage für Verschwendung hielt. Jetzt tat ich es, mir ging die Reise noch immer nicht schnell genug, und auf jeder Post, wo ich neue Pferde und einen neuen Wagen erhielt, däuchte mir der Aufenthalt zu lange.
Ich hatte den Vater um den Brief nicht gefragt, der mit den Zeichnungen oder mit dem Tische gekommen war, auch hatte ich mich nicht um die Art erkundigt, wie diese Dinge eingelangt seien. Der Vater hatte ebenfalls nichts davon erwähnt. Ich beschloß, meinem Vorhaben treu zu bleiben und hierüber eine Frage nicht zu stellen.

Nach einer nur durch das notwendige Essen von mir unterbrochenen Fahrt bei Tag und Nacht kam ich gegen den Mittag des zweiten Tages in dem Rosenhause an. Ich hielt vor dem Gitter, gab einem Knechte, der gar nicht erstaunt war, weil er an mein Gehen und Kommen in diesem Hause gewohnt sein mochte, meinen Koffer, sendete Wagen und Pferde auf die letzte Post, in die sie gehörten, zurück, ging in das Haus und fragte nach meinem Freunde.
Er sei in seinem Arbeitszimmer, sagte man mir.
Ich ließ mich melden und wurde hinaufgewiesen.
Er kam mir lächelnd entgegen, als ich eintrat. Ich sagte, er scheine zu wissen, weshalb ich komme.
„Ich glaube es mir denken zu können", antwortete er.
„Dann werdet ihr euch nicht wundern", sagte ich, „daß ich in diesem Jahre, für welches ich schon Abschied genommen habe, mittelst einer sehr eiligen Reise noch einmal in euer Haus komme. Ihr habt meinem Vater eine doppelte Freude erwiesen, ihr habt zu mir nichts gesagt, mein Vater hat mir auch nichts geschrieben, wahrscheinlich, um den Eindruck, wenn ich die Sache selber sähe, größer zu machen: ich müßte ein sehr unrechtlicher Mensch sein, wenn ich nicht käme und für den Jubel, der in mein Herz kam, nicht dankte. Ich weiß nicht, wodurch ich es denn verdient habe, daß ihr das getan habt, was ihr tatet; ich weiß nicht, wie ihr denn mit meinem Vater zusammenhänget, daß ihr ihm ein so kostbares Geschenk macht und daß ihr mit den Zeichnungen so in Liebe an ihn dachtet.
Ich danke euch tausendmal und auf das herzlichste dafür. Ich habe euch für alles Freundliche, was mir in eurem Hause zu Teil geworden ist, in meinem Herzen gedankt, ich habe euch auch mit Worten gedankt. Dieses aber ist das Liebste, was mir von euch gekommen ist, und ich biete euch den heißesten Dank dafür an, der sich am besten aussprechen würde, wenn es mir nur auch einmal gegönnt wäre, für euch etwas tun zu können."
„Das dürfte sich vielleicht auch einmal fügen", antwortete er, „das Beste aber, was der Mensch für einen andern tun kann, ist doch immer das, was er für ihn ist. Das Angenehmste an der Sache ist mir, daß ich mich nicht getäuscht habe und daß euer Vater an den Sendungen Freude hatte und daß die Freude des Vaters auch euch Freude machte. Im übrigen ist ja alles sehr einfach und natürlich. Ihr habt mir von den altertümlichen Dingen erzählt, welche euer Vater besitzt und welche ihm Vergnügen machen, ihr habt von seinen Bildern gesprochen, ihr habt ihm Schnitzwerke gebracht, für welche er eigens einen kleinen Erker seines Hauses umbauen ließ, ihr habt euch große Mühe gegeben, die Ergänzungen zu den Schnitzereien zu finden, habt sogar meinen Rat hiebei eingeholt, und es war euch unangenehm, befürchten zu müssen, daß ihr das Gesuchte trotz alles Strebens nicht finden würdet. Da dachte ich, daß ich vielleicht mit einem meiner Gegenstände eurem Vater ein Vergnügen machen könnte, besprach mich mit Eustach und sandte den Tisch. Das Übersenden der Zeichnungen war

auch ganz folgerichtig. Ihr habt im vorigen Jahre mit vieler Mühe hier und im Sternenhofe Abbildungen von Geräten gemacht, um eurem Vater nur im Allgemeinen eine Vorstellung von dem zu geben, was hier ist. Wie nahe lag es also, ihm Zeichnungen zu schicken, in denen noch weit mehr, weit Umfassenderes und weit Edleres enthalten ist, obgleich sie nur die Sammlung eines einzelnen Menschen sind und weit hinter dem zurückstehen, was an Prachtwerken hie und da besteht. Wir haben vielerlei an alten Geräten hier, wir können etwas entbehren, haben schon Manches weggegeben, und geben gerne etwas einem Manne, der damit Freude hat und der es zu pflegen und zu achten versteht."

„Es würde mir sehr viel Schmerz machen", sagte ich, „wenn ihr nur im Entferntesten denken könntet, daß ich mit meinen Handlungen auf ein solches Ergebnis habe hinzielen können."

„Das habe ich nie geglaubt, mein junger Freund", antwortete er, „sonst hätte ich die Sachen gar nicht geschickt. Aber es ist die zwölfte Stunde nahe. Gehet mit mir in das Speisezimmer. Wir wußten zwar von eurer Ankunft nichts; aber es wird sich schon etwas vorfinden, daß ihr nicht Hunger leiden müsset und daß auch wir nicht einen Abbruch leiden."

Mit diesen Worten gingen wir in das Speisezimmer.

Nach dem Essen wurde ich von Gustav in meine Wohnung geleitet, die immer in reinlichem Stande gehalten wurde und die jetzt von einem schwachen Feuer wohltätig erwärmt war. Mir tat eine Ruhe etwas not, und die mäßige Wärme erquickte meine Glieder.

Im Laufe des Nachmittages sagte mein Gastfreund zu mir: „Es ist nie ein so schöner Spätherbst gewesen als heuer, meine Witterungsbücher weisen keinen solchen seit meinem Hiersein aus, und es sind alle Anzeichen vorhanden, daß dieser Zustand noch mehrere Tage dauern wird. Nirgends aber sind solche klare Spätherbsttage schöner als in unseren nördlichen Hochlanden. Während nicht selten in der Tiefe Morgennebel liegen, ja der Strom täglich in seinem Tale Morgens den Nebelstreifen führt, schaut auf die Häupter des Hochlandes der wolkenlose Himmel herab und geht über sie eine reine Sonne auf, die sie auch den ganzen Tag hindurch nicht verläßt. Darum ist es auch in dieser Jahreszeit in dem Hochlande verhältnismäßig warm, und während die rauhen Nebel in der Tiefgegend schon die Blätter von den Obstbäumen gestreift haben, prangt oben noch mancher Birkenwald, mancher Schlehenstrauch, manches Buchengehege mit seinem goldenen und roten Schmucke. Nachmittags ist dann gewöhnlich auch die Aussicht über das ganze Tiefland deutlicher als je zu irgend einer Zeit im Sommer. Wir haben daher beschlossen, heuer noch eine Reise in das Hochland zu machen, wie ich es in früherer Zeit schon in manchen Jahren getan habe. Die Entfernungen sind dort nicht so groß, und sollten sich die Vorboten melden, daß das Wetter sich zur Änderung anschicke, so können wir jederzeit den Heimweg antreten und ohne viel Ungemach den Asperhof wieder erreichen. Morgen wird Mathilde und Natalie eintreffen, sie fahren mit uns, auch Eustach begleitet uns. Wolltet ihr nicht auch den Weg mit uns machen und einige Tage der lieblichen Spätzeit mit uns genießen? Kömmt dann Schnee oder Regen, wenn wir wieder in meinem Hause angelangt sind, so werdet ihr wohl auf dem Postwagen eure Heimreise machen können und das Wetter wird euch nicht viel anhaben."

„Es kann mir nie viel anhaben", entgegnete ich, „weil ich gegen seine Einflüsse abgehärtet bin, auch könnte mir in dem Gefühle, welches ich gegen euch habe, keine größere Annehmlichkeit begegnen, als einige Zeit in eurer Gesellschaft zu reisen; aber zu Hause wissen sie nichts davon und erwarten mich wahrscheinlich schon bald."

„Ihr könntet sie ja in einem Briefe verständigen", sagte er.

„Das kann ich tun", erwiderte ich. „Wenn ich auch gleich nach meiner Ankunft nach einer viele Monate dauernden Abwesenheit wieder fortgereist bin, wenn sie mich auch schon in den nächsten Tagen erwarten, so werden sie doch einsehen, daß ein längerer Aufenthalt in der Gesellschaft eines Mannes, zu welchem ich in einer Angelegenheit wie die zwischen uns vorgefallene gereist bin, nur in der Natur der Sache gegründet ist. Sie würden es weit über nehmen, wenn ich unter den bestehenden Verhältnissen nach Hause käme, als wenn ich noch eine Weile bei euch bleibe."

„Ich habe euch meine Frage und mein Anerbieten gestellt", antwortete mein Gastfreund, „handelt nach eurem besten Ermessen. Was ihr tut, wird wohl das Rechte sein."

„Ich schreibe sogleich den Brief."

„Gut, und ich werde ihn sofort auf die Post senden."

Ich ging in meine Zimmer und schrieb einen Brief an den Vater. Es war wohl das Rechte, was ich tat. Wie schwer würden es mir Vater, Mutter und Schwester verziehen haben, wenn ich mich nicht mit Freude an einen Mann zu einer kurzen Reise angeschlossen hätte, der so an unserm Hause gehandelt hat.

Als ich mit dem Briefe fertig war, trug ich ihn hinab, und der Knecht, der gewöhnlich zu allen Botengängen verwendet wurde, wartete schon auf ihn, um nebst anderen Aufträgen ihn an den Ort zu bringen, in welchem er auf die Post kommen sollte.

Am anderen Tage, schon im Verlaufe des Vormittages, kamen Mathilde und Natalie. Es schien, daß allen die Ursache, weshalb ich, nachdem ich schon Abschied genommen hatte, wieder in das Rosenhaus gekommen war, Freude machte. Sie sahen mich freundlicher an. Selbst Natalie, die mich so gemieden hatte, war anders. Ich glaubte einige Male, wenn ich abgewendet war, ihren Blick auf mich gerichtet zu wissen, den sie aber sogleich, wenn ich hinsah, weg wendete. Gustav schloß sich mit ganzem Herzen an mich an und hatte darüber kein Hehl. Ich wußte schon, daß er mir immer seine Neigung in großem Maße zugewendet habe, und ich erwiderte sie aus dem Grunde meiner Seele. Nachmittags wurden die Vorbereitungen zur Reise gemacht, und am anderen Morgen noch vor Aufgang der Sonne fuhren wir ab. Mit Mathilde fuhren Natalie und ein

Dienstmädchen, mit meinem Gastfreunde fuhren Eustach, Gustav und ich. Mit Roland sollten wir irgend wo im Lande zusammen treffen, er sollte eine Strecke mit uns reisen, und für diesen Fall war es dann bestimmt, daß Gustav in dem Wagen der Mutter untergebracht werden mußte. Die eigentümliche Art des Hochlandes erzeugte einen eigentümlichen Plan des Reisens. Wir hatten nehmlich beschlossen, über manchen steilen und länger dauernden Berg hinan zu gehen, ebenso über manchen hinab. Dies sollte die ganze Gesellschaft zuweilen zusammen bringen, zuweilen trennen. Man konnte auf diese Art Manches gemeinschaftlich genießen, Manches vereinzelt, sich aber in Kürze davon Mitteilungen machen.

Ehe noch die Sonne den höchsten Punkt ihres Bogens erklommen hatte, waren wir bereits die Dachung empor gekommen, welche das niedrere Land von dem Hochlande trennt, und fuhren nun in das eigentliche Ziel unserer Reise hinein.

Mein Gastfreund hatte Recht. In dem milden, sanften Schimmer der Nachmittagsonne, die hier fast wärmer schien als in den Ebenen und Tälern des Tieflandes, fuhren wir einem lieblichen Schauplatze entgegen. Selbst untergeordnete Umstände vereinigten sich, die Reise angenehm zu machen. Die sandigen Straßen des Oberlandes, welche auch sehr gut gebaut waren, zeigten sich, ohne staubig zu sein, sehr trocken, was von den Wegen in der Tiefe nicht gesagt werden konnte, die teils durch die täglichen Morgennebel getränkt, teils ihres schweren Bodens halber schon in langen Strecken feucht, kühl und schmutzig waren. So rollten wir bequem dahin, alles war klar, durchsichtig und ruhig. Nataliens gelber Reisestrohhut tauchte vor uns auf oder verschwand, so wie ihr Wagen einen leichten Wall hinan ging oder jenseits desselben hinab fuhr.

Die Sonne stand an dem wolkenlosen Himmel, aber schon tief gegen Süden, gleichsam als wollte sie für dieses Jahr Abschied nehmen. Die letzte Kraft ihrer Strahlen glänzte noch um manches Gestein und um die bunten Farben des Gestrippes an dem Gesteine. Die Felder waren abgeerntet und umgepflügt, sie lagen kahl den Hügeln und Hängen entlang, nur die grünen Tafeln der Wintersaaten leuchteten hervor. Die Haustiere, des Sommerzwanges entledigt, der sie auf einen kleinen Weidefleck gebannt hatte, gingen auf den Wiesen, um das nachsprossende Gras zu genießen, oder gar auf den Saatfeldern umher. Die Wäldchen, die die unzähligen Hügel krönten, glänzten noch in dieser späten Zeit des Jahres entweder goldgelb in dem unverlorenen Schmuck des Laubes oder rötlich oder es zogen sich bunte Streifen durch das dunkle, bergan klimmende Grün der Föhren empor. Und über allem dem war doch ein blasser, sanfter Hauch, der es milderte und ihm einen lieben Reiz gab. Besonders gegen die Talrinnen oder Tiefen zu war die blaue Farbe zart und schön. Aus diesem Dufte heraus leuchteten hie und da entfernte Kirchtürme oder schimmerten einzelne weiße Punkte von Häusern. Das Tiefland war von den Morgennebeln befreit, es lag sammt dem Hochgebirge, das es gegen Süden begrenzte, überall sichtbar da und säumte weithinstreichend das abgeschlossene Hügelgelände, auf dem wir fuhren, wie eine entfernte, duftige, schweigende Fabel. Von

Menschentreiben darin war kaum etwas zu sehen, nicht die Begrenzungen der Felder, geschweige eine Wohnung, nur das blitzende Band des Stromes war hie und da durch das Blau gezogen. Es war unsäglich, wie mir alles gefiel, es gefiel mir bei weitem mehr als früher, da ich das erste Mal dieses Land mit meinem Gastfreunde genauer besah. Ich tauchte meine ganze Seele in den holden Spätduft, der alles umschleierte, ich senkte sie in die tiefen Einschnitte, an denen wir gelegentlich hin fuhren, und übergab sie mit tiefem, innerem Abschlusse der Ruhe und Stille, die um uns waltete.

Als wir einmal einen langen Berg empor klommen, dessen Weg einerseits an kleinen Felsstücken, Gestrippe und Wiesen dahinging, andererseits aber den Blick in eine Schlucht und jenseits derselben auf Berge, Wiesen, Felder und entfernte Waldbänder gewährte, als die Wägen voran gingen und die ganze Gesellschaft langsam folgte, vielfach stehen bleibend und sich besprechend, geriet ich neben Natalien, die mich, nachdem wir eine Weile geschwiegen hatten, fragte, ob ich noch das Spanische betreibe.

Ich antwortete ihr, daß ich es erst seit Kurzem zu lernen begonnen habe, daß ich aber seit der Zeit immer darin fortgefahren sei und daß ich zuletzt mich an Calderon gewagt habe.

Sie sagte, von ihrer Mutter sei ihr das Spanische empfohlen worden. Es gefalle ihr, sie werde nicht davon ablassen, so weit nehmlich ihre Kräfte darin ausreichen, und sie finde in dem Inhalte der spanischen Schriften, besonders in der Einsamkeit der Romanzen, in den Pfaden der Maultiertreiber und in den Schluchten und Bergen eine Ähnlichkeit mit dem Lande, in dem wir reisen. Darum gefalle ihr das Spanische, weil ihr dieses Land hier so gefalle. Sie würde am liebsten, wenn es auf sie ankäme, in diesen Bergen wohnen.

„Mir gefällt auch dieses Land", erwiderte ich, „es gefällt mir mehr, als ich je gedacht hätte. Da ich zum ersten Male hier war, übte es auf mich schier keinen Reiz aus, ja mit seinem raschen Wechsel und doch mit der großen Ähnlichkeit aller Gründe stieß es mich eher ab, als es mich anzog. Da ich mit unserem Gastfreunde später einmal einen größeren Teil bereiste, war es ganz anders, ich fand mich zu dieser Weitsicht und Beschränktheit, zu dieser Enge und Großartigkeit, zu dieser Einfachheit und Mannigfaltigkeit hingeneigt. Ich fühlte mich bewegt, obwohl ich an ganz andere Gestalten gewohnt war und sie liebte, nehmlich an die des Hochgebirges. Heute aber gefällt mir alles, was uns umgibt, es gefällt mir so, daß ich es kaum zu sagen im Stande bin."

„Seht, das geht immer so", erwiderte sie. „Als ich mit meinem Vater zum ersten Male hier war, freilich befand ich mich noch in den Kinderjahren, war mir das unaufhörliche Auf- und Abfahren so unangenehm, daß ich mich auf das Äußerste wieder in unsere Stadt und in deren Ebenen zurück sehnte. Nach langer Zeit fuhr ich mit der Mutter durch diese Gegenden und später wiederholt in derselben Gesellschaft wie heute, außer euch, und jedes Mal wurde mir das Land und seine Gestaltungen, ja selbst seine Bewohner lieber. Auch das ist eigentümlich und angenehm, daß man Wagenreisen und Fußreisen verbinden kann. Wenn man, wie wir jetzt tun, die Wägen verläßt und einen langen Berg hinan geht oder ihn hinab geht, wird einem das Land bekannter, als wenn man immer in dem Wagen bleibt. Es tritt näher an uns. Die Gesträuche an dem Wege, die Steinmauern, die sie hier so gerne um die Felder legen, ein Birkenwäldchen mit den kleinsten Dingen, die unter seinen Stämmen wachsen, die Wiesen, die sich in eine Schlucht hinab ziehen, und die Baumwipfel, welche aus der Schlucht herauf sehen, hat man unmittelbar vor Augen. In Ebenen eilt man schnell vorbei. Hier ist gerade so eine Schlucht, wie ich sprach."

Wir blieben ein Weilchen stehen und sahen in die Schlucht hinab. Beide sprachen wir gar nichts. Endlich fragte ich sie, woher sie denn wisse, daß ich die spanische Sprache lerne.

„Unser Gastfreund hat es uns gesagt", erwiderte sie, „er hat uns auch gesagt, daß ihr Calderon leset."

Nach diesen Worten gingen wir weiter. Die andere Gesellschaft, welche vor uns gewesen war, blieb im Gespräche stehen, und wir erreichten sie. Die Gespräche wurden allgemeiner und betrafen meistens die Gegenstände, welche man eben, entweder in nächster Nähe oder in großer Entfernung, sah.

Weil nach Untergang der Sonne gleich große Kühle eintrat und unsere Reise nicht den Zweck hatte, große Strecken zurück zu legen, sondern das zu genießen, was die Zeit und der Weg boten, so wurde, als die Sonne hinter den Waldsäumen hinab sank, Halt gemacht und die Nachtherberge bezogen. Die Einteilung war schon so gemacht worden, daß wir zu dieser Zeit in einem größeren Orte eintrafen. Wir gingen noch ins Freie. Wie schnell war in Kurzem der Schauplatz geändert! Die belebende und färbende Sonne war verschwunden, alles stand einfärbiger da, die Kühle der Luft ließ sich empfinden, in der Tiefe der Wiesengründe zogen sich sehr bald Nebelfäden hin, das ferne Hochgebirge stand scharf in der klaren Luft, während das Tiefland verschwamm und Schleier wurde. Der Westhimmel war über den dunkeln Wäldern hellgelb, manche Rauchsäule stieg aus einer Wohnung gegen ihn auf, und bald auch glänzte hie und da ein Stern, die feine Mondessichel wurde über den Zacken des westlichen Waldes sichtbar, um in sie zu sinken.

Wir gingen nun in ein Zimmer, das für uns geheizt worden war, verzehrten dort unser Abendessen, blieben noch eine Zeit in Gesprächen sitzen und begaben uns dann in unsere Schlafgemächer.

Am andern Tage war ein klarer Reif über Wiesen und Felder. Die Nebelfäden unserer Umgebung waren verschwunden, alles lag scharf und funkelnd da, nur das Tiefland war ein einziger wogender Nebel, jenseits dessen das Hochgebirge deutlich mit seinen frischen und sonnigen Schneefeldern dastand.

Kurz nach Aufgang der Sonne fuhren wir fort, und bald waren ihre milden Strahlen zu spüren. Wir empfanden sie, der Reif schmolz weg und in Kurzem zeigte sich uns die Gegend wieder wie gestern.

Wir besuchten eine Kirche, in welcher mein Gastfreund Ausbesserungen an alten Schnitzereien machen ließ. Es war aber gerade jetzt nicht viel zu sehen. Ein Teil der

Gegenstände war in das Rosenhaus abgegangen, ein anderer war abgebrochen und lag zum Einpacken bereit. Die Kirche war klein und sehr alt. Sie war in den ersten Anfängen der gothischen Kunst gebaut. Ihre Abbildung befand sich unter den Bauzeichnungen Eustachs. Als wir alles besehen hatten, fuhren wir wieder weiter.

Nachmittags gesellte sich Roland zu uns. Er hatte uns in einem Gasthause erwartet, in welchem unsere Pferde Futter bekamen.

Ich konnte, da wir uns eine Weile in dem Hause aufhielten, und später bei einer andern Gelegenheit, da wir eine Strecke zu Fuß gingen, wieder bemerken, daß seine Blicke zuweilen auf Natalien hafteten.

Er hatte Zeichnungen in einem Buche, das er bei sich trug, und er hatte Bemerkungen und Vorschläge in sein Gedenkbuch geschrieben. Er teilte von beiden Einiges mit, soweit es die Reise gestattete, und versprach, Abends, wenn wir in der Herberge angelangt sein würden, noch Mehreres vorzulegen.

Am nächsten Tage Nachmittags kamen wir nach Kerberg und besahen die Kirche und den schönen geschnitzten Hochaltar. Mir gefiel er jetzt viel besser, als da ich ihn in Gesellschaft meines Gastfreundes und Eustachs zum ersten Male gesehen hatte. Ich begriff nicht, wie ich damals mit so wenig Anteil vor diesem außerordentlichen Werke hatte stehen können; denn außerordentlich erschien es mir trotz seiner Fehler, die, wie ich wohl sah, in jedem Werke altdeutscher Kunst zu finden sein würden, die ich aber in dem Bildnerwerke, das auf der Treppe meines Freundes stand, nicht fand. Wir blieben lange in der Kirche, und ich wäre gerne noch länger geblieben. Vor der Ruhe, dem Ernste, der Würde und der Kindlichkeit dieses Werkes kam eine Ehrfurcht, ja fast ein Schauer in mein Herz, und die Einfachheit der Anlage bei dem großen Reichtume des Einzelnen beruhigte das Auge und das Gemüt. Wir sprachen über das Werk, und aus dem Gespräche erkannte ich jetzt recht deutlich, daß früher auch vor diesem Werke die zwei Männer auf meine Unkenntnis Rücksicht genommen hatten, und ich dankte es ihnen in meinem Herzen. Ich nahm mir vor, einmal von dieser Schnitzarbeit ein genaues Abbild zu machen und es meinem Vater zu bringen.

Ich äußerte mich, wie schön, wie groß einmal die Kunst gewirkt habe und wie dies jetzt anders geworden scheine.

„Es sind in der Kunst viele Anfänge gemacht worden", sagte mein Gastfreund. „Wenn man die Werke betrachtet, die uns aus sehr alten Zeiten überliefert worden sind, aus den Zeiten der ägyptischen Reiche, des assyrischen, medischen, persischen, der Reiche Indiens, Kleinasiens, Griechenlands, Roms – Vieles wird noch erst in unsern Zeiten aus der Erde zu Tage gefördert, Vieles harrt noch der zukünftigen Enthüllung, wer weiß, ob nicht sogar auch Amerika Schätzenswertes verbirgt -, wenn man diese Werke betrachtet und wenn man die besten Schriften liest, die über die Entwicklung der Kunst geschrieben worden sind: so sieht man, daß die Menschen in der Erschaffung einer Schöpfung, die der des göttlichen Schöpfers ähnlich sein soll – und das ist ja die Kunst, sie nimmt Teile, größere oder kleinere, der Schöpfung und ahmt sie nach -, immer in Anfängen geblieben sind, sie sind gewissermaßen Kinder, die nachäffen. Wer hat noch erst nur einen Grashalm so treu gemacht, wie sie auf der Wiese zu Millionen wachsen, wer hat einen Stein, eine Wolke, ein Wasser, ein Gebirge, die gelenkige Schönheit der Tiere, die Pracht der menschlichen Glieder nachgebildet, daß sie nicht hinter den Urbildern wie schattenhafte Wesen stehen, und wer hat erst die Unendlichkeit des Geistes darzustellen gewußt, die schon in der Endlichkeit einzelner Dinge liegt, in einem Sturme, im Gewitter, in der Fruchtbarkeit der Erde mit ihren Winden, Wolkenzügen, in dem Erdballe selber und dann in der Unendlichkeit des Alls? Oder wer hat nur diesen Geist zu fassen gewußt? Einige Völker sind sinniger und inniger geworden, andere haben ins Größere und Weitere gearbeitet, wieder andere haben den Umriß mit keuscher und reiner Seele aufgenommen und andere sind schlicht und einfältig gewesen. Nicht ein Einzelnes von diesen ist die Kunst, alles zusammen ist die Kunst, was da gewesen ist und was noch kommen wird. Wir gleichen den Kindern auch darin, daß, wenn sie ein Haus, eine Kirche, einen Berg aus Erde nur entfernt ähnlich ausgeführt haben, sie eine größere Freude darüber empfinden, als wenn sie das um Unvergleichliches schönere Haus, die schönere Kirche oder den schöneren Berg selbst ansehen. Wir haben ein innigeres und süßeres Gefühl in unserem Wesen, wenn wir eine durch Kunst gebildete Landschaft, Blumen oder einen Menschen sehen, als wenn diese Gegenstände in Wirklichkeit vor uns sind. Was die Kinder bewundern, ist der Geist eines Kindes, der doch so viel in der Nachahmung hervorgebracht hat, und was wir in der Kunst bewundern, ist, daß der Geist eines Menschen, uns gleichsam sinnlich greifbar, ein Gegenstand unserer Liebe und Verehrung, wenn auch fehlerhaft, doch dem etwas nachgeschaffen hat, den wir in unserer Vernunft zu fassen streben, den wir nicht in den beschränkten Kreis unserer Liebe ziehen können und vor dem die Schauer der Anbetung und Demütigung in Anbetracht seiner Majestät immer größer werden, je näher wir ihn erkennen. Darum ist die Kunst ein Zweig der Religion, und darum hat sie ihre schönsten Tage bei allen Völkern im Dienste der Religion zugebracht. Wie weit sie es in dem Nachschaffen bringen kann, vermag niemand zu wissen. Wenn schöne Anfänge da gewesen sind, wie zum Beispiele im Griechentume, wenn sie wieder zurück gesunken sind, so kann man nicht sagen, die Kunst sei zu Grunde gegangen; andere Anfänge werden wieder kommen, sie werden ganz Anderes bilden, wenn ihnen gleich allen das Nehmliche zu Grunde liegt und liegen wird, das Göttliche; und niemand kann sagen, was in zehntausend, in hunderttausend Jahren, in Millionen von Jahren oder in Hunderten von Billionen von Jahren sein wird, da niemand den Plan des Schöpfers mit dem menschlichen Geschlechte auf der Erde kennt. Darum ist auch in der Kunst nichts ganz unschön, so lange es noch ein Kunstwerk ist, das heißt, so lange es das Göttliche nicht verneint, sondern es auszudrücken strebt, und darum ist auch nichts in ihr ohne Möglichkeit der Übertreffung schön, weil es dann schon das Göttliche selber wäre, nicht ein Versuch des menschlichen Ausdruckes desselben. Aus dem nehmlichen Grunde sind nicht alle Werke aus den schönsten Zeiten gleich schön und nicht alle aus den verkommensten oder

rohesten gleich häßlich. Was wäre denn die Kunst, wenn die Erhebung zu dem Göttlichen so leicht wäre, wie groß oder klein auch die Stufe der Erhebung sei, daß sie Vielen, ohne innere Größe und ohne Sammlung dieser Größe bis zum sichtlichen Zeichen, gelänge? Das Göttliche mußte nicht so groß sein, und die Kunst würde uns nicht so entzücken. Darum ist auch die Kunst so groß, weil es noch unzählige Erhebungen zum Göttlichen gibt, ohne daß sie den Kunstausdruck finden, Ergebung, Pflichttreue, das Gebet, Reinheit des Wandels, woran wir uns auch erfreuen, ja woran die Freude den höchsten Gipfel erreichen kann, ohne daß sie doch Kunstgefühl wird. Sie kann etwas Höheres sein, sie wird als Höchstes dem Unendlichen gegenüber sogar Anbetung und ist daher ernster und strenger als das Kunstgefühl, hat aber nicht das Holde des Reizes desselben. Daher ist die Kunst nur möglich in einer gewissen Beschränkung, in der die Annäherung zu dem Göttlichen von dem Banne der Sinne umringt ist und gerade ihren Ausdruck in den Sinnen findet. Darum hat nur der Mensch allein die Kunst, und wird sie haben, so lange er ist, wie sehr die Äußerungen derselben auch wechseln mögen. Es wäre des höchsten Wunsches würdig, wenn nach Abschluß des Menschlichen ein Geist die gesammte Kunst des menschlichen Geschlechtes von ihrem Entstehen bis zu ihrem Vergehen zusammenfassen und überschauen dürfte."
Mathilde antwortete hierauf mit Lächeln: „Das wäre ja im Großen, was du jetzt im Kleinen tust, und es dürfte hiezu eine ewige Zeit und ein unendlicher Raum nötig sein."
„Wer weiß, wie es mit diesen Dingen ist", erwiderte mein Gastfreund, „und es wird hier wie überall gut sein: Ergebung, Vertrauen, Warten."

Eustach öffnete die Mappe, in welcher er die Zeichnung des Altares und die Zeichnungen von Teilen der Kirche, von der Kirche selber und von Gegenständen hatte, die sich in der Kirche befanden.
Wir verglichen die Zeichnung mit dem Altare, es wurde Manches bemerkt, Manches gelobt, Manches zur Verbesserung der Zeichnung vorgeschlagen.
Wir betrachteten auch die Kirche, wir betrachteten Teile derselben, wir besahen Grabmäler und unter ihnen auch den großen roten Stein, auf welchem der Mann mit der hohen, schönen Stirne abgebildet ist, der die Kirche und den Altar gegründet hatte.
Wie blieben an diesem Tage in Kerberg. Wir stiegen auf den Berg, auf welchem das alte Schloß lag, und sahen das Schloß und den in dem tiefsten herbstlichen Zustande stehenden Garten an. Wir gingen auf den Stellen, auf welchen die alten mächtigen und reichen Leute gegangen waren, die einst hier gewohnt hatten, und auch der Mann, als dessen Tat die Kirche in dem Tale steht.
„Was alle diese Menschen getan haben", sagte mein Gastfreund, „wäre zum Teile in den Papieren und Pergamenten enthalten, die in den Schlössern und Häusern dieses Landes und mitunter auch in entfernten Städten liegen. Einige wissen einen Teil dieser Taten, die meisten sind damit völlig unbekannt, und diejenigen, welche auf den Spuren herum gehen, die ihre Vorfahren getreten haben, wissen oft nicht, wer diese gewesen sind. Es

wäre nicht unziemlich, wenn durch Öffnung der Briefgewölbe in allen Ländern auch Einzelgeschichten von Familien und Gegenden verfaßt würden, die unser Herz oft näher berühren und uns greiflicher sind als die großen Geschichten der großen Reiche. Man betritt wohl diesen Weg, aber vielleicht nicht ausreichend und nicht in der rechten Art."
Von Kerberg aus wendeten wir uns am folgenden Tage den höher gelegenen Teilen des Landes zu, das dichter und ausgebreiteter bewaldet war als die bisher befahrenen Gegenden und von dem uns durch das Dämmer des Vormittages die breiten und weithinziehenden Bergesrücken mit Nadeldunkel und Buchenrot entgegen sahen.
Mein Gastfreund hatte Recht gehabt. Ein Tag wurde immer schöner als der andere. Nicht der geringste Nebel war auf der Erde, auf welcher wir reiseten, nicht das geringste Wölkchen am Himmel, der sich über uns spannte. Die Sonne begleitete uns freundlich an jedem Tage, und wenn sie schied, schien sie zu versprechen, morgen wieder so freundlich zu erscheinen.
Roland blieb drei Tage bei uns, dann verließ er uns, nachdem er vorher noch Zeichnungen und andere Papiere in den Wagen meines Gastfreundes gepackt hatte. Er wollte noch bis zum Eintritte des schlechten Wetters in dem Lande bleiben und dann in das Rosenhaus zurückkehren.
Alles war recht lieb und freundlich auf dieser Reise, die Gespräche waren traulich und angenehm, und jedes Ding, eine kleine alte Kirche, in der einst Gläubige gebetet, eine Mauertrümmer auf einem Berge, wo einst mächtige und gebietende Menschen gehaust hatten, ein Baum auf einer Anhöhe, der allein stand, ein Häuschen an dem Wege, auf das die Sonne schien, alles gewann einen eigentümlichen sanften Reiz und eine Bedeutung.
Am achten Tage wandten wir unsere Wägen wieder gegen Süden, und am neunten Abend trafen wir in dem Asperhofe ein.
Ehe ich mich zu meiner Heimreise rüstete, sah ich noch einmal Manches der herrlichen Bilder meines Gastfreundes, drückte manches Außerordentliche der Bücher in meine Seele, sah die geliebten Angesichter der Menschen, die mich umgaben, und sah manchen Blick der Landschaft, die sich zu tiefem Ersterben rüstete.
Mein Herz war gehoben und geschwellt, und es war, als breitete sich in meinem Geiste die Frage aus, ob nun ein solches Vorgehen, ob die Kunst, die Dichtung, die Wissenschaft das Leben umschreibe und vollende, oder ob es noch ein Ferneres gäbe, das es umschließe und es mit weit größerem Glück erfülle.

Der Einblick

Ich fuhr bei sehr schlechtem Wetter, welches mit Wind, Regen und Schnee nach den hellen und sonnigen Tagen, die wir in dem Hochlande zugebracht hatten, gefolgt war, von dem Rosenhause ab. Die Pferde meines Gastfreundes brachten mich auf die erste

Post, wo schon ein Platz für mich in dem in der Richtung nach meiner Heimat gehenden Postwagen bestellt war. Mathilde und Natalie waren zwei Tage vor mir abgereist, da sich schon die Zeichen an dem Himmel zeigten, daß die milden Tage für dieses Jahr zu Ende gehen würden. Roland war von seiner Wanderung in dem Asperhofe eingetroffen. Alles hatte auf stürmische Änderung in dem Luftraume hingedeutet. Ich weiß nicht, warum ich so lange geblieben war. Es erschien mir auch einerlei, ob das Wetter übel sei oder nicht. Ich war von meinen Wanderungen her an jedes Wetter gewohnt, um so mehr konnte mir dasselbe gleichgültig sein, wenn ich in einem vollkommen geschützten Wagen saß und auf einer wohlgebauten Hauptstraße dahin rollte.

Am dritten Tage Mittags nach meiner Abreise von dem Rosenhause traf ich bei den Meinigen ein. Die zweite Ankunft in diesem Jahre.

Sie hatten aus meinem Briefe die Verspätung meiner Ankunft entnommen, den Grund vollständig gebilligt und wären, wie ich ganz richtig vorausgesehen hatte, unwillig auf mich geworden, wenn ich anders gehandelt hätte. Ich erzählte nun alles, was sich nach meiner schnellen Abreise von Hause begeben hatte. Da bei meiner ersten Ankunft gleich die eine Ursache zur Wiederabreise vorgekommen war, so konnte ich auch jetzt erst nach und nach erzählen, was sich im vergangenen Sommer mit mir zugetragen habe. Der Vater kam sehr häufig auf die Zeichnungen zurück, die ihm mein Gastfreund gesendet hatte, und aus seinen Reden war zu entnehmen, wie sehr er die Geschicklichkeit des Mannes anerkannte, der die Zeichnungen gemacht hatte, und wie hoch in seiner Achtung der stehe, auf dessen Veranlassung sie entstanden waren. Er führte mich neuerdings zu dem Musikgerättische, zeigte mir noch einmal, warum er ihn gerade an diesen Platz gestellt habe, und fragte mich wieder, ob ich mit der Wahl des Ortes einverstanden sei. Mich wunderte Anfangs die Frage, da er sonst nicht gewohnt war, mich in solchen Dingen zu Rate zu ziehen. Nach meiner Ansicht war der Tisch in dem Altertumszimmer an dem Fensterpfeiler in passender Umgebung sehr gut gestellt und zeigte seine Eigenschaften in dem besten Lichte. Ich wiederholte daher meine vollkommene Billigung des Platzes, die ich schon vor meiner Abreise ausgesprochen hatte. Später aber sah ich wohl recht deutlich, daß es nur die Freude an diesem Stücke war, was den Vater zur Wiederholung der Frage über die Zweckmäßigkeit des Platzes und zum wiederholten Zurückkommen zu dem Tische veranlaßt hatte. Das freudige Wesen, welches ich bei meiner ersten Ankunft in seiner ganzen Gestalt ausgedrückt gesehen zu haben glaubte, erschien mir jetzt auch noch über ihn verbreitet. Selbst die Mutter und die Schwester schienen mir vergnügter zu sein als in andern Zeiten – ja mir war es, als liebten mich alle mehr als sonst, so gut, so freundlich, so hingebend waren sie. Wie sehr dieses Gefühl, von den Seinen geliebt zu sein, das Herz beseligt, ist mit Worten nicht auszusprechen.

Ich erzählte meinem Vater von dem Marmorbilde, welches auf der Treppe im Hause meines Gastfreundes steht, und suchte ihm eine Beschreibung von diesem Kunstwerke zu machen. Er sah mich sehr aufmerksam an, ja mir war es einige Male, als sähe er mich gewissermaßen betroffen an. Er fragte um Manches und veranlaßte mich neuerdings von dem Bilderwerke zu sprechen. Es schien ihn sehr angelegentlich zu berühren.

Ich erzählte ihm dann auch von der Brunnengestalt in dem Sternenhofe, verglich sie mit der Treppengestalt im Rosenhause, suchte den Unterschied hervorzuheben, und suchte für die Treppengestalt weit den Vorzug zu gewinnen, obgleich sie der älteren Zeit angehöre und die andere etwa erst im vergangenen Jahrhunderte verfertigt worden sei, und obgleich diese fast blendend reinen Marmor habe, die andere aber einen, dem man das hohe Alter schon ansehe. Er fragte auch hier noch um Vergleichungspunkte, und ich sah, daß er die Sache ergriff und Einsicht von ihr hatte. Ich erzählte ihm dann auch von den Gemälden meines Gastfreundes, ich nannte ihm die Meister, von denen Werke vorhanden wären, und bemühte mich, Beschreibungen von den Bildern zu geben, welche mich am meisten in Anspruch genommen hätten. Er tat auch in dieser Hinsicht zahlreiche Fragen und machte, daß ich mich über den Gegenstand weiter ausbreitete, als ich wohl ursprünglich im Sinne hatte.

Am zweiten Tage nach meiner Ankunft, da wir wieder von diesen Dingen gesprochen hatten, nahm er mich bei der Hand und führte mich in sein Bilderzimmer. Ich war absichtlich seit meiner Ankunft nicht in demselben gewesen und hatte mir dessen Besuch auf eine ruhigere Zeit aufgehoben. Ich hatte die zwei Tage in Gesprächen mit meinen Eltern hingebracht, zum Teile hatte ich sie auch benützt, die Dinge, welche ich ihnen und der Schwester gebracht hatte, zu übergeben. Darunter waren auch die kleineren Marmorgegenstände, welche im Rothmoore fertig geworden waren. Der Rest der Zeit war mit Auspacken, Einräumen und mit einigen Ankunftsbesuchen ausgefüllt worden. Da wir in das Zimmer getreten waren und die Mitte desselben erreicht hatten, ließ er meine Hand fahren, sagte aber nichts. Ich war im größten Erstaunen. Die Bilder, welche vorhanden waren und deren Zahl geringe war, weit geringer als bei meinem Gastfreunde, ja selbst im Sternenhofe, erschienen mir als außerordentlich schön, als ganz vollendete, zusammenstimmende Meisterwerke, wie sie, wenn ich dem ersten Eindrucke trauen durfte, bei meinem Gastfreunde in dieser gleich hohen und zusammengehörigen Schönheit nicht vorhanden waren. Es befand sich, wie ich bald entdeckte, kein Bild der neueren oder neusten Zeit darunter, sämmtlich gehörten sie der älteren Zeit an, wenigstens, wie ich wahrzunehmen glaubte, dem sechzehnten Jahrhunderte. Ein ganz tiefes, eigentümliches Gefühl kam in meine Seele. Das ist die große und nicht zu beschreibende Liebe des Vaters. Diese kostbaren Dinge besaß er, an diesen Dingen hing sein Herz, sein Sohn war vorüber gegangen, ohne sie zu beachten, und der Vater entzog dem Sohne doch kein Teilchen der Zuneigung, er opferte sich ihm, er opferte ihm fast sein Leben, er sorgte für ihn und suchte ihm nicht einmal zu beweisen, wie schön die Sachen wären. Ich erfuhr, wie sehr ich auch hier geschont worden war.

„Das sind ja herrliche Bilder", rief ich in Rührung aus.

„Ich glaube, daß sie nicht unbedeutend sind", erwiderte er mit einer durch Bewegung ergriffenen Stimme.

Dann gingen wir näher, um sie zu betrachten. Es waren in der Tat lauter alte Gemälde, keines von besonders großen Abmessungen, keines von kunstwidriger Kleinheit. Ich tat die Bemerkung, daß er keine neuen Bilder habe.
„Es hat sich so gefügt", sagte er, „ich habe schon einige der hier befindlichen Stücke von deinem Großvater, der auch ein Freund von solchen Dingen war, geerbt, und anderes habe ich gelegentlich erworben.
Die mittelalterliche Kunst steht wohl höher als die neue. In ihr ist ein größerer Reichtum schöner Werke vorhanden als in der neuen, es ist daher leichter möglich, ein fehlerfreies altes Bild zu erwerben als ein neues. Wer Bilder unserer Zeiten liebt, gibt solche, die an Schönheit keinen Tadel verdienen, nicht zum Kaufe, sie sind daher nicht leicht zu erhalten. Bilder, die von Anfängern oder von solchen herrühren, die schwach in der Kunst sind, stehen leicht und an vielen Orten, teils von den Künstlern, teils von Händlern, wie es auch in früheren Zeiten gewesen sein wird, zum Kaufen. Zu diesen konnte ich nie eine Neigung fassen, daher ist es gekommen, daß ich lauter alte Bilder besitze. Es war ein kräftiges und gewaltiges Geschlecht, das damals wirkte. Dann kam eine schwächliche und entartetere Zeit. Sie meinte es besser zu machen, wenn sie die Gestalten reicher und verblasener bildete, wenn sie heftiger in der Farbe und weniger tief im Schatten würde. Sie lernte das Alte nach und nach mißachten, daher ließ sie dasselbe verfallen, ja die mit der Unkenntnis eintretende Rohheit zerstörte Manches, besonders wenn wilde und verworrene Zeitläufe eintraten. Man wendete dann wieder um und achtete allgemeiner wieder das Alte – von allen Seiten mißachtet war es niemals. – Man suchte sogar nachzuahmen, nicht bloß in der Malerkunst, sondern auch, und zwar noch mehr in der Baukunst; man konnte aber das Vorbild weder in der Grundeinheit noch in der Ausführung erreichen, so gut und treu die neuen Einzelnheiten auch gewesen sein mochten. Es ist langsam besser geworden, was sich eben in dem Zeichen kund tat, daß man alte Bauwerke wieder schätzte – ich selber weiß noch eine Zeit, in welcher Reisende und Schriftsteller, die man für gelehrt und spruchberechtigt achtete, die gothische Bauweise für barbarisch und veraltet erklärten –, daß man alte Bilder hervor zog, ja alte Geräte sammelte und in dem Schnitte der Kleider alte Gebilde und Wendungen teilweise einführte. Möge man auf diesem Wege zum Besseren fortfahren und nicht bloß das Alte wieder zu einer Mode machen, die den Geist nicht kennt, sondern nur die Veränderung liebt. Du kannst es noch erleben, wenn wieder eine Höhe eintritt; denn ein Schwellen von Tiefe in Höhe und ein Sinken aus der Höhe in die Tiefe war immer vorhanden. Wenn die Erkenntnis des Altertums, nicht bloß des unsern, sondern des noch schönern des Griechentums, wie es sich jetzt auszusprechen scheint, immer fortschreitet und nicht ermattet, so werden wir auch dahin kommen, daß wir eigene Werke werden ersinnen können, in denen die ernste Schönheitsmuse steht, nicht Leidenschaft oder Absicht oder ein äußerlicher Reiz oder ledigliche planlose Heftigkeit, Werke, die nicht nachgeahmt sind oder in denen nur ein älterer Stil ausgedrückt ist. Wenn wir dahin gekommen sind, dann dürften wir wohl auch gesellschaftlich auf einer

Stufe stehen, daß nicht bloß Teile unseres Volkes nach Außen mächtig sind, sondern das ganze Volk, und daß es dann mit seinem Leben gelassen kräftig auf das Leben anderer Völker wirkt. Ich denke immer, die sind glücklich, die die Lerchen dieses Frühlings singen hören; aber diese werden den Zustand nicht so empfinden wie der, der andere gesehen hat, so wie der Unschuldige seine Unschuld nicht empfindet, der rechtliche Mann seine Rechtschaffenheit nicht hoch anschlägt und verdorbene Zeiten ihre Verdorbenheit nicht kennen."

Ich dachte, da mein Vater so sprach, an meinen Gastfreund, der ähnlich fühlt und sich ähnlich ausspricht. Aber es ist ja kein Wunder, daß Männer, die ein ähnliches Streben haben, also auch ähnlichen Geist besitzen, auf ähnliche Gedanken kommen, besonders, wenn sie an Alter nicht zu verschieden sind.

Wir betrachteten nun das Einzelne.

Mein Vater hatte Bilder von Tizian, Guido Reni, Paul Veronese, Annibale Carracci, Dominichino, Salvator Rosa, Nikolaus Poussin, Claude Lorrain, Albrecht Dürer, den beiden Holbein, Lucas Cranach, Van Dyck, Rembrandt, Ostade, Potter, van der Neer, Wouvermann und Jakob Ruisdael. Wir gingen von dem einen zu dem andern, betrachteten ein jedes, taten manches Bild auf die Staffelei und redeten über ein jedes. Mein Herz war voll Freude. Es erschien mir jetzt immer deutlicher, was ich beim ersten Anblicke nur vermutet hatte, daß die Bilder in dem Gemäldezimmer meines Vaters lauter vorzügliche seien, und daß sie noch dazu an Wert so sehr zusammen stimmten, daß das Ganze eben den Eindruck eines Außerordentlichen machte. Ich hatte schon so viel Urteil gewonnen, daß ich dachte, nicht gar zu weit mehr in die Irre geraten zu können. Ich äußerte mich in dieser Beziehung gegen meinen Vater, und er versicherte in der Tat, daß er glaube, daß er nicht nur gute Meister besitze, sondern auch von diesen Meistern nach seiner Erfahrung, die er sich in vielen Jahren, in vielen Gemäldesammlungen und im Lesen vieler Werke über Kunst erworben habe, bessere von ihren Arbeiten. Ich gab mich den Bildern immer inniger hin und konnte mich von manchem kaum trennen. Das Köpfchen von einem jungen Mädchen, das ich mir einmal zu einem Zeichnungsmuster genommen hatte, stammte von Hans Holbein dem Jüngern her. Es war so zart, so lieb, daß es jetzt auch wieder einen Zauber auf mich ausübte, wie es wohl auch damals ausgeübt haben mußte; denn sonst hätte ich es ja nicht zum Vorbilde genommen. Kaum waren hier Mittel zu entdecken, mit denen der Künstler gewirkt hatte. Eine so einfache, so natürliche Färbung mit wenig Glanz und Vortreten der Farben, so gering scheinende harmlose Linien und doch eine solche Lieblichkeit, Reinheit, Bescheidenheit, daß man kaum weggehen konnte. Die blonden Haare, die sich von der Stirn gegen hinten zogen, waren fast mit keinem Aufwande gemacht, und doch konnte es kaum etwas Schöneres geben als diese blonden Locken. Der Vater erlaubte, daß ich mir das Bild zweimal auf die Staffelei stellen durfte.

Als wir mit dem Anschauen der Bilder fertig waren, zog der Vater eine flache Lade aus einem Kasten in dem Altertumszimmer, stellte die Lade auf einen Tisch in der Nähe des Fensters und lud mich ein, hinzu zu gehen und seine geschnittenen Steine anzusehen. Ich tat es.

Hier war meine Verwunderung fast noch größer als bei den Bildern. Ich fand auf den Steinen die Gestalten wieder, wie die eine war, welche auf der Treppe des Hauses meines Gastfreundes stand.

„Das sind lauter antike Bildungen", sagte mein Vater.

Es waren verschiedene Steine von verschiedenem Werte und verschiedener Größe. Edelsteine, die durch ihren Stoff einen hohen Wert nach unsern heutigen Begriffen haben, wie Saphire, Rubine, waren nicht dabei; doch aber mindere, die wohl als Schmuck getragen werden können, und, wie ich mich jetzt deutlich erinnerte, von unserer Mutter auch bei Gelegenheiten getragen wurden. Es war ein Onyx da, auf welchem eine Gruppe in der gewöhnlichen halb erhabenen Arbeit geschnitten war. Ein Mann saß in einem altertümlichen Stuhle. Er hatte nur geringe Bekleidung. Seine Arme ruhten sehr schlicht an seiner Seite und sein feines Angesicht war nur ein wenig gehoben. Er war noch ein sehr junger Mann. Frauen, Mädchen, Jünglinge standen seitwärts in leichterer Arbeit und weniger kräftig hervorgehoben, eine Göttin hielt einen Kranz oberhalb des Hauptes des sitzenden Mannes. Mein Vater sagte, das sei sein bester wie größter Stein und der sitzende Mann dürfte Augustus sein. Wenigstens stimme sein Halbangesicht, wie es auf dem Steine sei, mit jenen Halbangesichtern Augustus' zusammen, die man auf den gut erhaltenen Münzen dieses Mannes sehe. Die Gestalt, die Gliederung, die Haltung dieses Mannes, die Gestalten der Mädchen, Frauen und Jünglinge, ihre Bekleidung, ihre Stellungen in Ruhe und Einfachheit, die deutliche und naturgemäße Ausführung der kleinen Teile in den Gliedern und Gewändern machten auf mich wieder jene ernste, tiefe, fremde, zauberartige Wirkung, welche die Gestalt auf der Treppe in dem Hause meines Gastfreundes in mir hervorgebracht hatte, da ich im vergangenen Sommer während des Gewitters zu ihr empor gestiegen war. Auf den andern Steinen befanden sich Männer in Helmen, entweder schöne junge Angesichter oder alte mit ehrwürdigen Bärten. Solche, die in mittleren Mannesjahren standen, waren gar nicht vorhanden. Auch Frauenköpfe waren auf einigen Steinen zu sehen. Auf mehreren zeigten sich ganze Gestalten, ein Hermes mit den Flügeln an den Füßen, ein schreitender Jüngling oder einer, der mit dem Arme zum Wurfe mit einem Steine ausholt. Diese Gestalten waren so genau und richtig, daß sie das Vergrößerungsglas ertrugen. Steine mit andern Dingen als menschliche Gestalten hatte mein Vater gar nicht. Ich erinnerte mich, daß ich irgendwo – des Ortes konnte ich mich nicht mehr entsinnen – Käfer auf Steine geschnitten gesehen hatte.

„Ich habe die Steine mit menschlichen Gestalten vorgezogen", sagte mein Vater, als ich in dieser Hinsicht eine Bemerkung machte, „weil sie mir doch dasjenige schienen, was zu dem Menschen in der nächsten Beziehung steht. Ich bin nicht reich genug, eine große Sammlung von geschnittenen Steinen anlegen zu können, in welcher alle Gattungen

enthalten sind, so fern man überhaupt Gelegenheit hat, sie zu kaufen, und weil ich das nicht konnte, so habe ich mich lediglich auf menschliche Gestalten beschränkt und unter diesen wieder auf jene, deren Erwerb mir ohne Einfluß auf mein Hauswesen möglich war; denn es gibt da Kunstwerke in diesem Fache, welche ein ganzes Vermögen in Anspruch nehmen, von dessen Rente manche kleine Familie, deren Ansprüche nicht zu bedeutend sind, leben könnte."
Die Männer in den Helmen trugen diese Kopfbedeckung in der gewöhnlichen Art, wie man sie auf den alten Münzen sieht und wie ich sie schon auf Abbildungen von Kunstwerken in halberhabener Arbeit gesehen habe, die sich auf griechischen oder römischen Bauten befanden. Die einfache Art, den Helm zu tragen, wenn er auch eine noch so kostbare Arbeit ist, habe ich an Abbildungen aus späteren Zeiten, namentlich aus dem Mittelalter, nicht mehr gefunden. Die Angesichter hatten Züge, die etwas Fremdes wiesen, das jetzt nicht mehr vorkömmt und auf eine entlegene Zeit zurückdeutet. Die Züge waren meistens einfach, ja sogar oft unbegreiflich einfach, und doch waren sie schön, schöner und menschlich richtiger – so schien es mir wenigstens – als sie jetzt vorkommen. Die Stirnen, die Nasen, die Lippen waren strenger, ungekünstelter und schienen der Ursprünglichkeit der menschlichen Gestalt näher. Dies war selbst bei den Abbildungen der Greise der Fall und sogar da, wo man vermuten durfte, das abgebildete Haupt sei das Bildnis eines Menschen, der wirklich gelebt hat. Es konnte diese Gestaltung nicht Eingebung des Künstlers sein, da offenbar die Steine verschiedenen Zeiten und verschiedenen Meistern angehörten; sie mußte also Eigentum jener Vergangenheit gewesen sein. Die Köpfe der Frauen waren auch schön, oft überraschend schön; sie hatten aber auch etwas Eigentümliches, das sich von unsern gewohnten Vorstellungen entfernte, sei es in der Art, das Haupthaar aufzustecken und es zu tragen, sei es, wie sich Stirne und Nase zeigten, sei es im Nacken, im Halse, im Beginne der Brust oder der Arme, wenn diese Teile noch auf dem Bilde waren, sei es in dem uns fernliegenden Ganzen. Allgemein aber waren diese Köpfe kräftiger und erinnerten mehr an die Männlichkeit als die unserer heutigen Frauen. Sie erschienen dadurch reizender und ehrfurchterweckender. Die Ausführung dieser Abbildungen zeigte sich so rein, so entwickelt und folgerichtig, daß man nirgends, auch nicht im Kleinsten, versucht wurde, zu denken, daß etwas fehle, ja daß man im Gegenteile die Gebilde wie Naturnotwendigkeiten ansah und daß einem in der Erinnerung an spätere Werke war, diese seien kindliche Anfänge und Versuche. Die Künstler haben also große und einfache Schönheitsbegriffe gehabt, sie haben sich diese aus der Schönheit ihrer Umgebung genommen und diese Schönheit der Umgebung durch ihre Schönheitsbegriffe wieder verschönert. So sehr mir die Bilder des Vaters gefielen, so sehr mir die Bilder meines Gastfreundes gefallen hatten, so sehr wurde ich, wie ich durch die Marmorgestalt meines Gastfreundes ernster und höher gestimmt worden war als durch seine Bilder, auch durch die geschnittenen Steine meines Vaters ernster und höher gestimmt als durch seine Bilder. Er mußte das fühlen. Er sagte nach einer Weile, da wir

die Steine angeschaut hatten, da ich mich in dieselben vertieft und manchen mehrere Male in meine Hände genommen hatte: „Das, was die Griechen in der Bildnerei geschaffen haben, ist das Schönste, welches auf der Welt besteht, nichts kann ihm in andern Künsten und in späteren Zeiten an Einfachheit, Größe und Richtigkeit an die Seite gesetzt werden, es wäre denn in der Musik, in der wir in der Tat einzelne Satzstücke und vielleicht ganze Werke haben, die der antiken Schlichtheit und Größe verglichen werden können. Das haben aber Menschen hervorgebracht, deren Lebensbildung auch einfach und antik gewesen ist, ich will nur Bach, Händel, Haydn, Mozart nennen. Es ist sehr schade, daß von der griechischen Malerei nichts übrig geblieben ist als Teile von dem, was in dieser Kunst immer als ein untergeordneter Zweig betrachtet worden ist, von der Wandmalerei und Gebäudeverzierung. Da die griechische Dichtkunst das Höchste ist, was in dieser Kunstabteilung besteht, da ihre Baukunst als Muster einfacher Schönheit, besonders für die Gestaltung ihres Landes, gilt, da ihre Geschichtschreiber und Redner kaum ihresgleichen haben, so ist anzunehmen, daß ihre Malerei auch diesen Dingen gleichgeartet gewesen sein müsse. Sie sprechen in Schriften, die bis auf unsere Tage gekommen sind, von ihren Bauwerken, von ihrer Weltweisheit, Geschichtschreibung, Dichtkunst und Bildnerkunst nicht höher als von ihrer Malerei, ja nicht selten scheint es, als zögen sie diese noch vor, also muß auch sie vom höchsten Belange gewesen sein; denn es ist nicht anzunehmen, daß Schriftsteller, die doch endlich der Ausdruck, wenn auch der gehobene, ihrer Zeit und ihres Volkes sind, so feine Kenntnisse und so feines Gefühl in andern Künsten gehabt haben und für Fehler der Malerei blind gewesen wären. Wahrscheinlich würden wir uns an Strenge und Rundung in ihrer Malerei ergötzen und sie bewundern, wie wir es mit ihren Bildsäulen tun. Ob wir an ihnen für unsere Malerei etwas lernen könnten, weiß ich nicht, so wie ich nicht weiß, wie viel es ist, was wir an ihrer Bildhauerei gelernt haben.
Diese Steine sind durch viele Jahre mein Vergnügen gewesen. Oft in trüben Stunden, wenn Sorgen und Zweifel das Leben seines Duftes beraubten und es dürr vor mich hinzubreiten schienen, bin ich zu dieser Sammlung gegangen, habe diese Gestalten angeschaut, bin in eine andere Zeit und in eine andere Welt versetzt worden und bin ein anderer Mensch geworden."

Ich sah meinen Vater an. Hatte ich früher schon oft Gelegenheit gehabt, ihn hoch zu achten, und hatte ich zu verschiedenen Zeiten entdeckt, daß er bedeutendere Eigenschaften besitze, als ich geahnt hatte, so war ich doch nie in der Lage, ihn beurteilen zu können, wie ich ihn jetzt beurteilte. In Geschäfte der eintönigsten Art gezwungen oder vielleicht selber und freiwillig in diese Geschäfte gegangen – denn er führte sie mit einer Ordnung, mit einer Rechtlichkeit, mit einer Ausdauer, mit einer Anhänglichkeit an sie, daß man staunen mußte -, hatte er, der unscheinbar seinen bürgerlichen Obliegenheiten nachkam und von dem Viele nur glauben mochten, daß er in seinem Hause einige Spielereien von alten Geräten, Bildern und Büchern habe, vielleicht einen tieferen und einsameren Kreis um sich gezogen, als ich jetzt noch erkennen konnte, und hatte ohne Anspruch an diesem Kreise fort gebaut. Ich empfand Ehrfurcht vor ihm und fragte ihn, ob er die Schriftsteller, von denen er spreche, griechisch gelesen habe.

„Wie könnte ich sie denn anders gelesen haben und noch lesen, wenn ich sie lieben soll", antwortete er, „die alte vorchristliche Welt hat so ganz andere Vorstellungen als die unsere, die Völkerwanderung hat so sehr einen Abschnitt in der Geschichte gemacht, daß die Werke der vorher gewesenen Völker gar nicht übersetzt werden können, weil unsere Sprachen in ihrem Körper und in ihrem Geiste auf die alten Vorstellungen nicht passen. Im Lesen in ihrer Sprache und in ihren Dichtungen und Geschichten wird man nach und nach einer von ihnen und lernt ihre Art beurteilen, was man sonst nie mehr kann. In unsern Schulen lernen wir ja römisch und griechisch, und wenn man in der Zeit nach der Schule noch etwas nachhilft und fleißig in den alten Schriften liest, so fügt sich die Sache ohne Mühe und gelingt leichter, als man etwa das Französische, Italienische oder Englische lernt, wie es ja jetzt die meisten Leute tun."

„Du hast ja aber auch diese Sprachen gelernt", sagte ich.

„Wie sie auch andere lernen", antwortete er, „und wie es mein Stand forderte."

„Ich habe es bis heute nicht gewußt, daß du in den alten Sprachen Bücher liesest", sagte ich, „und was noch mehr ist, daß du dich in die Dichtkunst, in die Geschichte und Weltweisheit der Völker, deren Schriften du liesest, vertiefest. Du weißt, daß wir uns nie anmaßten, die Bücher zu untersuchen, in denen du liesest."

„Es war keine Ursache vorhanden, dir zu erzählen, was ich lese", antwortete er, „ich dachte, es wird sich schon geben. Deine Mutter wußte es wohl."

Die Hochachtung für den Vater, der ohne Aufheben mehr war, als der Sohn geahnt hatte, und der geduldig auf den Sohn gewartet hatte, ob er auf dem Wege zu ihm stoßen werde, war nicht die einzige Frucht dieses Tages. Ich empfand recht wohl, daß der Vater auch mich höher achtete und daß er eine große Freude habe, daß der Sohn nun auch in Kunstdingen sich ihm nähere. Daß wir in einigen wissenschaftlichen Sachen zusammen trafen, wußte ich wohl, da wir über Gegenstände der Geschichte, der Dichtungen und über andere in jüngster Zeit manchmal gesprochen hatten.

Ich wußte aber nie, in wie ferne und auf welchen Wegen der Vater zu diesen Dingen gekommen war. Heute hatte ich einen größern Einblick getan, und ich wußte nun auch gar nicht, welch eine geregelte wissenschaftliche Bildung der Vater aus seinen früheren Jahren hinter sich habe und ob es nicht etwa gar aus dieser wissenschaftlichen Bildung herzuschreiben sei, daß er mich gerade meinen Weg habe gehen lassen, der mir selber zuweilen abenteuerlich vorgekommen war. Ich mußte jetzt doppelt wünschen, daß mein Vater einmal mit meinem Gastfreunde zusammen käme, um mit ihm über ähnliche Gegenstände zu sprechen, wie er heute zu mir gesprochen hatte. Ich konnte doch nicht hinreichend eingehen und wußte auch nicht, in wie ferne er in seinen Urteilen über altgriechische Bildnerkunst, Dichtkunst, Malerei und über die neuere Musik Recht habe.

Allein der Vater arbeitete so ruhig in seinem Berufsgeschäfte weiter, er war in alle Einzelheiten desselben so vertieft und sorgte für den regelmäßigen Fortgang desselben, daß es nicht leicht zu erwarten war, daß er sich zu einer Reise entschließen würde.
Gegen das Ende unseres Gespräches kam auch die Mutter und Klotilde herein. Das Angesicht der Mutter wurde sehr heiter, als sie uns bei den Steinen stehen sah, als sie sah, daß der Vater sie mir zeigte und erklärte, und als sie auch erkennen mochte, daß in dem Wesen des Vaters eine Freude sei, und daß die Annäherung, die sie geahnt habe, wirklich eingetreten sei.
Wir gingen noch einige Male bald in das Bilderzimmer, bald in das Altertumszimmer, in welchem noch immer die Lade mit den Steinen auf dem Tische stand, und redeten über Verschiedenes.
„Diese Kunstwerke", sagte der Vater, da er die Steine wieder verschlossen hatte und da wir uns aus diesem Zimmer entfernten, „könnt ihr in euren Besitz bringen. Wenn ihr Sinn und tiefe Liebe für dieselben habet, so werdet ihr sie nach unserem Tode in einer von mir gemachten und, wie ich glaube, gerechten Teilung empfangen. Sterbe ich vor eurer Mutter, so bleiben sie als Denkmal unseres friedlichen Hauses in der Lage, in der sie jetzt sind, und sie werden euch erst eingehändigt, wenn mir auch die Mutter gefolgt ist. Will Klotilde dir ihren Anteil abtreten, so ist die Summe schon bestimmt, welche du ihr dafür geben mußt, und so auch umgekehrt. Ist bei beiden nach unserm Absterben eine solche Liebe zu diesen Bildern und Steinen nicht vorhanden, daß ihr sie unzersplittert bewahret, so ist schon bestimmt, daß auf eure hierin eingeholte Erklärung dieselben gegen ein Entgelt, das nicht unbillig ist, an einen Ort übergehen, an welchem sie beisammen bleiben. Ich glaube aber wohl, daß diese Neigung in unserm Hause fortdauern werde."
Wir antworteten auf diese Rede nichts, weil sie einen Gegenstand berührte, der, wie entfernt wir ihn uns auch denken mußten, doch schmerzlich auf uns einwirkte.
Ich verlegte mich nach dieser gemachten Erfahrung mit noch größerem Eifer auf die Kenntnis der Werke der bildenden Kunst. Ich lernte mich in die Bilder des Vaters bis in die kleinsten Einzelheiten hinein und war zu diesem Zwecke sehr oft und zuweilen lange in dem Bilderzimmer, ich besuchte alle größeren zugänglichen Sammlungen und suchte deren Bilder zu ergründen, ich besah alle Bildnerwerke, die in unserer Stadt einen Ruf hatten, und strebte nach einer genauen Kenntnis ihrer Beschaffenheiten, ich las endlich namhafte Werke über die Kunst und verglich meine Gedanken und Gefühle mit den in den Büchern gefundenen. Ich sprach viel mit meinem Vater über diese Gegenstände, wir näherten uns immer mehr, meine Empfindungen wurden stets inniger, und ich versenkte meine Seele in sie. Unsern Erzdom bewunderte ich jetzt in einem höheren Maße als in allen früheren Zeiten, und ich stand manche Stunde vor seinem ungeheuren Baue. Selbst die Gebilde der Mathematik, wenn ich wieder zu Zeiten etwas in ihr zu tun hatte, erschienen mir zuweilen schön und zierlich, was mir namentlich bei einigen französischen Mathematikern geschah. Das Malen schöner Köpfe setzte ich fort und

eben so wurde das Zeichnen und Malen von Landschaften, welches ich im vorigen Jahre mit der Schwester begonnen hatte, nicht bei Seite gesetzt. Ich nahm mit ihr die Zeichnungen vor, welche sie im vergangenen Sommer während meiner Abwesenheit gemacht hatte, und so wie ich von meinem Gastfreunde, von Eustach und von dem Vater über die Fehler belehrt worden war, die sich in meinen Landschaftsversuchen befanden, so belehrte ich Klotilden wieder über die ihrigen.

Seit ich Mathilden kannte, besonders aber jetzt, nachdem ich öfter in ihrer Gesellschaft gewesen war und im Spätherbste die Reise mit ihr und den andern in das Hochland gemacht hatte, war ich auch auf die Angesichter ältlicher und alter Frauen aufmerksam geworden. Man tut sehr Unrecht, und ich bin mir bewußt, daß ich es auch getan habe, und gewiß handeln andere Leute in ihrer Jugend ebenfalls so, wenn man die Angesichter von Frauen und Mädchen, sobald sie ein gewisses Alter erreicht haben, sofort beseitigt und sie für etwas hält, das die Betrachtung nicht mehr lohnt. Ich fing jetzt zu denken an, daß es anders sei. Die große Schönheit und Jugend reißt unsere Aufmerksamkeit hin und erregt ein tiefstes Gefallen; warum sollten wir aber mit dem Geiste nicht auch ein Angesicht betrachten, über welches Jahre hingegangen sind? Liegt nicht eine Geschichte darin, oft eine unbekannte voll Schmerzen oder Schönheit, die ihren Widerschein auf die Züge gießt, daß wir sie mit Rührung lesen oder ahnen? Die Jugend weist auf die Zukunft hin, das Alter erzählt von einer Vergangenheit. Hat diese kein Recht auf unsern Anteil? Als ich Mathilden das erste Mal sah, fiel mir das Bild der verblühenden Rose ein, welches mein Gastfreund von ihr gebraucht hatte, es fiel mir ein, weil ich es so treffend fand; und später oft, wenn ich Mathilden betrachtete, gesellte sich das Bild wieder zu meinen Gedanken, es erregten sich neue und es erzeugte sich eine ganze Folge davon. Ich hatte mir einmal gedacht, daß Mathilde aussehe wie ein Bild der Vergebung, und später dachte ich es mir öfter. Ihr Angesicht mußte sehr schön gewesen sein, vielleicht gar so schön wie jetzt Nataliens, nun ist es ganz anders; aber es spricht leise von einer Vergangenheit, daß wir meinen, wir müßten sie vernehmen können, und wir vernähmen sie auch gerne, weil sie uns so anziehend scheint. Sie muß manche Neigungen gehabt haben, sie muß manche Freuden erlebt und manches Gut verloren haben, sie hat Schmerzen und Kummer ertragen; aber sie hat alles Gott geopfert und hat gesucht, mit sich in das Gleiche zu kommen, sie ist mit den Menschen gut gewesen, und jetzt ist sie in tiefem Glücke, mit manchem unerfüllten Wunsche und mit mancher kleinern und größern Sorge, die sie sinnen macht. Als ich einen Mann sagen gehört hatte, daß die Fürstin, in deren Abendgesellschaften ich zuweilen sein durfte, so schöne Töne in dem Angesichte habe, daß sie nur Rembrandt zu malen im Stande wäre, wurde ich nicht bloß auf die Fürstin noch mehr aufmerksam, die in ihrem hohen Alter noch so schön war, sondern ich betrachtete auch Mathilden wieder genauer und lernte die Schönheit, wenn schon manche Jahre über sie gegangen sind, besser kennen. Ich fing nun an, Männer und Frauen, die in höherem Alter sind, zu betrachten und sie um die Bedeutung ihrer Züge zu erforschen. Dabei fielen mir die Greisenköpfe auf den Steinen meines Vaters ein. Ich betrachtete die Steine öfter, da mir der Zugang zu denselben erlaubt war, und verglich die Köpfe, die sich auf ihnen befanden, mit denjenigen, die mir in dem jetzt lebenden Geschlechte aufstießen. Beide Arten waren wirklich nicht mit einander vergleichbar und es zeigten sich in ihnen die Verschiedenheiten menschlicher Geschlechter. Das Antlitz der Fürstin erschien mir nun um vieles schöner als in der früheren Zeit, daß ich aber nicht auf den Wunsch geriet, es malen zu wollen, also noch weniger dem Wunsche einen Ausdruck gab, begreift sich. In den Angesichtern der Manchen, welche ich jetzt eifriger betrachtete, fand ich freilich oft etwas, das mir nicht gefiel, sei es Neid, sei es irgend eine Begierlichkeit, sei es bloße Abgelebtheit oder Geistlosigkeit, sei es etwas Anderes, ich stellte bei solchen Gelegenheiten meine Betrachtung bald ein und hegte nicht den Wunsch, das Gesehene zu malen. Seit ich Gustav besser kennen gelernt hatte und näher mit ihm befreundet worden war, betrachtete ich auch gerne Köpfe von Jünglingen, ob sie nicht Gegenstände zum Malen abgäben. Wenn gleich sein Angesicht ebenfalls nicht jenen schönen und einfachen Angesichtern auf den Steinen meines Vaters glich, die besonders edel und merkwürdig aus den Helmen heraus sahen, so war es ihnen doch näher als alle andern, welche ich jetzt zu erblicken Gelegenheit hatte, und war überhaupt so schön, wie es selten einen Kopf eines Knaben geben wird, der eben in das Jünglingsalter übertritt.

Wenn der Ausdruck der Mienen der Jünglinge unserer Stadt oft darauf hinwies, daß ihr Geist verzogen worden sein mag, wenn sie etwas Weichliches oder etwas zu sehr Herausforderndes oder etwas hatten, das schon über ihre Jahre hinausging, ohne doch Kraft zu zeigen, so war Gustavs Antlitz so kräftig, daß es vor Gesundheit zu schwellen schien, es war so einfach, daß es gleichsam keinen Wunsch, keine Sorge, kein Leiden, keine Bewegung aussprach, und doch war es wieder so weich und gütig, daß man, wenn der feurige Blick nicht gewesen wäre, in das Angesicht eines Mädchens zu blicken geglaubt haben würde.

Ich zeichnete und malte meine Köpfe jetzt anders als noch kurz vorher. Wenn ich früher, vorzüglich bei Beginne dieser meiner Beschäftigung, nur auf Richtigkeit der äußeren Linien sah, so weit ich dieselbe darzustellen vermochte, und wenn ich nur die Farben annäherungsweise zu erringen im Stande war, so glaubte ich, mein Ziel erreicht zu haben: jetzt sah ich aber auf den Ausdruck, gleichsam, wenn ich das Wort gebrauchen darf, auf die Seele, welche durch die Linien und die Farben dargestellt wird. Seit ich die Marmorgestalt in dem Hause meines Gastfreundes so lieben gelernt hatte und in die Bilder mich vertiefte, welche ich in dem Rosenhause getroffen hatte und in dem Hause meines Vaters vorfand, war alles anders als früher, ich suchte und haschte nach irgend einem Innern, nach irgend etwas, das weit außer dem Bereiche von Linien und Farben lag, das größer war als diese Dinge und doch durch sie darzustellen sein mußte. Einen Kopf so zu zeichnen oder gar zu malen, wie ich jetzt wollte, war viel schwerer als wie ich früher anstrebte, es war, ohne einen Vergleich zuzulassen, schwerer; aber es war nicht zu umgehen, wenn man überhaupt die Sache machen wollte, es war dichten, wenn ein

Dichtungswerk geliefert sein sollte. Ich stellte meine Aufgabe kleiner, ich suchte die Züge auf einem bescheidenen Raume zu entwerfen und begnügte mich mit den Andeutungen in Zeichnung und Farben, wenn nur ein Inneres zu sprechen begann, ohne daß ich darauf beharrte, daß aus dem Begonnenen ein ausgeführtes Bild werden sollte, was nicht selten, wenn ich es versuchte, das Innere wieder vertilgte und das Gemälde seelenlos machte. Mein Vater wurde der Richter und war jetzt ein strenger, während er früher alles einfach hatte gelten lassen, was ich unternahm. Er pflegte zu sagen, das, was ich jetzt vor Augen habe, sei das Künstlerische, mein Früheres sei ein Vergnügen gewesen. Ich nahm häufig, wenn ich nicht in das Reine kommen konnte, zu den Bildern meine Zuflucht und suchte zu ergründen, wie es dieser und jener gemacht habe, um zu dem Ausdrucke zu gelangen, den er darstellte. Mein Vater sagte, das sei der geschichtliche Weg der Kunst, man könne ihn verfolgen, wenn man große Bildersammlungen besuche und wenn die Werke ohne große Lücken da sind, um sie vergleichen zu können. Das sei auch außer der genauesten Betrachtung der Natur und der Liebe zu ihr der Weg, auf dem die Kunst wachse und auf dem sie bei den verschiedenen Anfängen, die sie in verschiedenen Zeiten und Räumen gehabt habe, gewachsen ist, bis sie wieder versank oder zerstört wurde, um wieder zu beginnen und zu versuchen, ob sie steigen könne. Wo der bare Hochmut auftritt, der alles Gewesene verwirft und aus sich schaffen will, dort ist es mit der Kunst wie auch mit andern Dingen in dieser Welt aus, und man wirft sich in das bloße Leere. Außer dem Zeichnungsunterrichte setzte ich mit der Schwester auch die Übungen in der spanischen Sprache und im Zitherspiele fort. Sie war ohnehin von Kindheit an geneigt gewesen, alles, was ich tat, ein wenig nachzuahmen, und ich hatte immer die Lust gehabt, ihr Führer zu werden. Dies blieb jetzt zum Teile auch so fort.

Der Unterricht, welchen mir mein Freund, der Sohn des Juwelenhändlers, in der Edelsteinkunde gegeben hatte, wurde wieder aufgenommen und fortgesetzt. Da wir auch außerdem in manchen Stunden einen freundlichen Umgang mit einander pflegten, so nahm ich mir eines Tages, obwohl es mir stets schwer wird, jemandem über seinen ihm eigentümlichen Beruf etwas zu sagen, doch den Mut, ihn meine Gedanken über die Fassung der Edelsteine wissen zu lassen, wie ich nehmlich glaube, daß es nicht richtig sei, wenn die Edelsteine von der Fassung erdrückt würden; daß ich es aber auch für nicht richtig halte, wenn sie keine andere Fassung hätten, als die sie brauchten, um an dem Kleidungsstücke mit dem Halt, den sie benötigen, befestigt werden zu können; und daß daher der Mittelweg sich darbiete, daß die Schönheit des Steines durch die Schönheit der Gestaltgebung vergrößert werde, wodurch es sich möglich mache, daß der an sich so kostbare Stoff das Kostbarste würde, nehmlich ein Kunstwerk. Ich wies hiebei auf die Gestaltungen hin, welche die Kunst des Mittelalters hege und aus denen geschöpft und weiter fortgeschritten werden könne. „Du hast im Grunde vollkommen Recht", erwiderte mein Freund, „wir fühlen das alle mehr oder minder klar, außer denen, welchen alles gleichgültig und unwesentlich ist, was nicht unmittelbar zum Erwerbe führt; darum sind auch allerlei Versuche gemacht worden und werden noch gemacht, die Fassung zu vergeistigen. Sie gelingen insoferne mehr oder weniger, je nachdem es größere oder kleinere Künstler sind, welche die Entwürfe machen. Hierin liegt aber eine mehrfache Schwierigkeit. Zuerst sind die, welche in Juwelen und Perlen arbeiten, sehr selten Künstler, sie können es nicht leicht werden, weil die Vorbereitung dazu zu viel Zeit und Kräfte in Anspruch nehmen würde; werden sie es aber, so bleiben sie gleich Künstler, verfertigen Kunstwerke und arbeiten nicht in Edelsteinen, was ihrem Geiste und ihrem Einkommen abträglich wäre. Müssen nun Künstler um Entwürfe angegangen werden, so bietet sich zweitens der Übelstand, daß der Künstler die Juwelen zu wenig kennt und die Fassung daher zu wenig auf ihre Natur berechnen kann, wozu sich noch gesellt, daß die großen Künstler schwer zugänglich sind, Entwürfe für Edelsteinfassungen auszuarbeiten, es müßte denn dies eine besondere Liebhaberei sein; und wenn sie es tun, so kömmt die Fassung sehr teuer. Deshalb muß man zu geringeren Künstlern seine Zuflucht nehmen, welche dann auch wieder geringere Entwürfe liefern. Wir haben die Sache in unserer Handelsstube ganz im Klaren. Wir versuchen auch von Zeit zu Zeit ein wirkliches Kunstwerk in Perlen und edlen Steinen darzustellen und warten, ob ein Kenner komme und es übernehme; denn der Leute, welche Edelsteine brauchen, sind viel mehr als welche Kunstdinge suchen. Solche Werke in großer Zahl ausführen zu lassen, hindert uns der Mangel an zahlreichen trefflichen Entwürfen und der Mangel an Käufern, da der Juwelenverkauf doch endlich unser Erwerb ist. Da unsere gewöhnlichen Kunden aber doch so viel Geschmack haben, daß sie eine unedle Fassung beleidigen würde, so wählen wir den natürlichsten Weg, die Fassung im Stoffe edel und in der Gestalt auf das Einfachste zu machen, so daß die Schönheit der Steine oder der Perlen allein es ist, was herrscht, und der Anker, an dem es haftet, sich verbirgt. Was deinen Gedanken von mittelalterlichen Gestaltungen anbelangt, so ist er nicht neu; man hat schon solche versucht, und der Freiherr von Risach hat bei uns nach beigebrachten Zeichnungen Dinge ähnlicher Art verfertigen lassen." Mir leuchtete die Sache sehr ein, und ich konnte sie nicht weiter bereden. Ich betrachtete von nun an mit noch größerer Sorgfalt und Genauigkeit die Arbeiten, welche mein Freund in den verschiedenen Werkstätten der Stadt machen ließ. Sie waren meistens sehr schön, ja ich glaube, schöner, als man sie irgendwo zu sehen gewohnt ist. Desungeachtet mußte ich behaupten, daß wenn nur überhaupt ein edlerer und höherer Sinn für Kunst vorhanden wäre, diejenigen Leute, welche große Summen für Schmuck ausgeben, dieselben Summen oder vielleicht noch größere dahin verwenden würden, daß sie gleich wirkliche Kunstwerke in Juwelen bestellten. Dagegen erwiderte mein Freund, daß, wie hoch der Kunstsinn auch stehe und wie weit er sich verbreite, doch die Zahl derer immer größer bleiben würde, welche bloß Schmuck als Schmucksachen kaufen, als derer, welche Kunstwerke in Kleinodien entwerfen und ausführen lassen, was er allerdings als die höchste Spitze seines Berufes ansehen würde. Dazu komme noch, daß mancher, der Kunstsinn habe, von der Schönheit der Steine sich gefangen nehmen lasse und zuletzt nichts begehre als diese einzige Schönheit. In dem letzten Grunde hatte mein Freund ganz besonders Recht; denn je mehr ich selber die Steine betrachtete, je mehr ich mit ihnen umging, eine desto größere Macht übten sie auf mich, daß ich begriff, daß es Menschen gibt, welche bloß eine Edelsteinsammlung ohne Fassung anlegen und sich daran ergötzen. Es liegt etwas Zauberhaftes in dem feinen sammtartigen Glanze der Farbe der Edelsteine. Ich zog die farbigen vor, und so sehr die Diamanten funkelten, so ergriff mich doch mehr das einfache, reiche, tiefe Glühen der farbigen.

Meinen Beruf, den ich im Sommer bei Seite gesetzt hatte, nahm ich wieder auf. Ich machte mir gleichsam Vorwürfe, daß ich ihn so verlassen und mich einem planlosen Leben hatte hingeben können. Ich tat das, wozu der Winter gewöhnlich ausersehen war, und setzte die Arbeiten der vorigen Zeiten fort. Das Regelmäßige der Beschäftigung übte bald seine sanfte Wirkung auf mich; denn was ich trotz der freudigen Stimmung, in welcher ich aus meinen Erringungen in der Kunst und in der Wissenschaft war, doch Schmerzliches in mir hatte, das wich zurück und mußte erblassen vor der festen, ernsten, strengen Beschäftigung, die der Tag forderte und die ihn in seine Zeiten zerlegte.

Ich besuchte auch, wie im vergangenen Winter, meine Kreise, dann Musik- und Kunstanstalten.

Daß das alles vereinigt werden konnte, mußte eine genaue Zeiteinteilung gemacht werden, und ich mußte die Zeit richtig verwenden. Dazu war ich wohl von Kindheit an gewöhnt worden, ich stand sehr früh auf und hatte Manches für den Tag schon an der Lampe fertig gemacht, wenn die allgemeine Frühstunde in unserm Hause heran rückte und man sich zu dem Frühmahle versammelte. Dazu brauchte ich nicht viel Schlaf und konnte manche Stunde von der beginnenden Nacht nehmen. Die Tätigkeit stärkte, und wenn ein Schwung und eine Erhebung in meinem Wesen war, so wurde der Schwung und die Erhebung durch die Tätigkeit noch klarer und fester.

Einer meiner ersten Gänge war nach meiner Zurückkunft zu der Fürstin, um mich ihr vorzustellen.

Sie war selber erst vor wenigen Tagen von ihrem Lieblingslandsitze in die Stadt zurückgekehrt und noch nicht recht heimisch. Sie empfing mich sehr freundlich wie immer und fragte mich um meine Beschäftigungen während des Sommers. Ich konnte ihr nicht viel sagen und erzählte ihr außer den Messungen, die ich am Lautersee vorgenommen hatte, von meinen Kunstbestrebungen, meiner Kunstneigung und meiner Liebe zu den Dichtungen. Von den besonderen Verhältnissen zu meinem Gastfreunde erwähnte ich nur das Allgemeine, weil ich es für anmaßend gehalten hätte, einer alten, würdigen Frau, deren Beziehungen ausgebreitet und inhaltsreich waren, unaufgefordert Einzelheiten von meinem Leben mitzuteilen. Sie ging auch nicht näher darauf ein, dafür verweilte sie desto eifriger bei der Kunst und bei den Dichtern. Sie fragte mich, was ich gelesen hätte, wie ich es aufgefaßt hätte und was ich darüber dächte. Sie zeigte sich hierbei mit allen den Werken bekannt, welche ich ihr nannte, nur hatte sie das Griechische, von dem ich ihr erzählte, bloß in der Übersetzung gelesen. Sie ging im

Allgemeinen auf die Gegenstände ein und verweilte bei manchem Einzelnen ganz besonders. Unsere Ansichten trafen oft zusammen, oft gingen sie auch auseinander, und sie suchte ihre Meinung zu begründen, was mir zum mindesten immer manche neue Gesichtspunkte gab. In Bezug auf die Kunst verlangte sie, daß ich ihr einige Zeichnungen und Malereien zeigen möchte, deren Wahl ich selber vornehmen könne, wenn ich schon nicht alle vor ihre Augen bringen wollte.

Ich sagte, daß alle wohl zu viel wären, namentlich, da ich in erster Zeit so viele bloß naturwissenschaftliche Zeichnungen gemacht habe, und daß ich selber die Grenze nicht angeben könne, wo die naturwissenschaftlichen Zeichnungen in die künstlerisch angelegten übergingen. Ich würde aus allen Zeitabschnitten etwas auswählen und es ihr bringen. Es wurde ein Tag bestimmt, an welchem ich zur Mittagszeit zu ihr kommen sollte.

Ich kam an dem Tage, es war niemand als die Vorleserin zugegen, und es wurde der Befehl gegeben, niemanden vorzulassen; denn ihr allein hätte ich ja die Zeichnungen gebracht, nicht jedem fremden Auge, das dazu käme. Sie sah alle Blätter an und billigte alle, besonders erregten naturwissenschaftliche Pflanzenzeichnungen ihre Aufmerksamkeit, weil sie sich viel mit Pflanzenkunde beschäftigt hatte, noch jetzt Anteil an dieser Wissenschaft nahm und sie besonders bei ihren Landaufenthalten pflegte. Sie freute sich an der Genauigkeit der Abbildungen und sagte mir ganz richtig, welche den Urbildern am meisten entsprächen. Nach diesen Pflanzenzeichnungen sagten ihr am meisten die der Köpfe zu. An den landschaftlichen Versuchen mochte ihr die Einseitigkeit aufgefallen sein, da sie gewiß eine Kennerin landschaftlicher Bildungen war, weil sie sehr gerne im Sommer einige Wochen an irgend einer der schönsten Stellen unseres Landes verweilte. Sie äußerte sich aber in dieser Richtung nicht. Von den Köpfen sagte sie, daß man auf diese Weise eine ganze Sammlung merkwürdiger Menschen anlegen könne. Ich erwiderte, darauf sei ich nicht ausgegangen, ich könnte auch nicht so leicht beurteilen, wer ein merkwürdiger Mensch sei. Es habe mir nur, da ich lange Zeit Gegenstände der Natur gezeichnet hatte, eingeleuchtet, daß das menschliche Antlitz der würdigste Gegenstand für Zeichnungen sei, und da habe ich die Versuche begonnen, es in solchen auszudrücken. Ich habe anfangs dabei unwissend fast immer die Richtung von Naturzeichnungen verfolgt, bis sich mir etwas Höheres zeigte, dessen Darstellung darüber hinausgeht, das uns erst die Züge und Mienen recht menschlich macht und dessen Vergegenwärtigung ich nun anstrebe, in Ungewißheit, ob es gelingen werde oder nicht.

Sie fragte auch nach denjenigen von meinen wissenschaftlichen Bestrebungen, die ich im Zusammenhange aufgeschrieben habe, und ließ den Wunsch blicken, etwas Zusammengehöriges zu erfahren. Die Geschichte, wie unsere Erde entstanden sei und wie sie sich bis auf die heutigen Tage entwickelt habe, müßte den größten Anteil erwecken. Ich entgegnete, daß wir nicht so weit seien und daß ich am wenigsten zu denen gehöre, welche einen ergiebigen Stoff zu neuen Schlüssen geliefert haben, so sehr

ich mich auch bestrebe, für mich, und wenn es angeht, auch für Andere so viel zu fördern, als mir nur immer möglich ist. Wenn sie davon und auch von dem, was Andere getan haben, Mitteilungen zu empfangen wünsche, ohne sich eben in die vorhandenen wissenschaftlichen Werke vertiefen und den Gegenstand als eigenen Zweck vornehmen zu wollen, so werde sich wohl Zeit und Gelegenheit finden. Sie zeigte sich zufrieden und entließ mich mit jener Güte und Anmut, die ihr so eigen war.
Seit dieser Zeit verwandelte sich mein Verhältnis zu ihr in ein anderes. Da ich nun einmal unter Tags in ihrer Wohnung gewesen war, geschah dies öfter, entweder, wenn wir Werke oder Abbildungen anzuschauen hatten, wozu das Licht der abendlichen Lampen nicht ausreichend gewesen wäre, oder wenn sie mich zu Gesprächen einladen ließ, die dann gewöhnlich zwischen ihr, ihrer Gesellschafterin und mir vorfielen – selten geschah es, daß einer ihrer Söhne gelegentlich anwesend war oder eine Enkelin oder jemand von ihren näheren Anverwandten – und bei denen meistens die Geschichte der Erde oder etwas in die Naturlehre Einschlägiges der Gegenstand war. Öfter machte ich auch selber einen kurzen Besuch, um mich um den Zustand ihrer Gesundheit zu erkundigen. Auch die Abende kamen in Bezug auf mich in eine andere Gestalt. Da wir einmal von Dichtungen geredet hatten, mit denen ich mich in der letzten Zeit beschäftigte und da gerade diese Dichtungen aus einer vergangenen Zeit stammten, die nichts mit den Tageserzeugnissen gemein hatte, da die Fürstin sich in ihren jetzigen Jahren mit diesen Dingen nicht beschäftigte und die Zeit schon ziemlich weit hinter ihr lag, in der sie Kenntnis von solchen Werken genommen hatte, so wurde beschlossen, wieder das eine oder das andere vorzunehmen und es gemeinschaftlich zu genießen. Das geschah an Abenden, und ich mußte oft die Pflicht des Vorlesers übernehmen, besonders wenn die Gesellschaft nicht zahlreich war, was sich gerne an Abenden ereignete, in denen Dichtungen vorgenommen wurden. In diese Pflicht geriet ich bei Gelegenheit der Vornahme einiger spanischen Romanzen. Die Fürstin, die Gesellschafterin, ich und noch ein Mann, welcher zugegen war, verstanden schlecht spanisch; doch war beschlossen worden, die Romanzen in spanischer Sprache zu lesen. Das Vorlesen wurde mir aufgetragen, und wie schlecht oder gut es ging, wir verstanden doch mit eingemischten Erklärungen und mit gelegentlichen Gesprächen in unserer Muttersprache zuletzt die Romanzen. Nach diesem Vorgange mußte ich nun auch öfter in deutscher Sprache vorlesen, und es geschah nicht selten, daß ich um meine Meinung über Teile des Gelesenen befragt wurde und daß man eine Erklärung verlangte. Dies wurde um so mehr der Fall, als wir uns auch über Abteilungen aus Cervantes und Calderon wagten. In andern Sprachen, besonders im Italienischen des Dante und Tasso, las sehr gerne die Gesellschafterin der Fürstin. Das Alte aus dem Griechischen – es wurde nur die Ilias und Odysseus, dann einiges aus Äschylos vorgenommen – mußte ich ganz allein in deutscher Übersetzung vorlesen. Es wurde da auch sehr viel über das uralte gesellschaftliche Leben der Griechen, über ihre häuslichen Einrichtungen, über ihren Staat, ihre Kunst und über die Gestalt und Beschaffenheit ihres Landes und ihrer Meere gesprochen. Ich wurde zu

diesen Beschäftigungen in diesem Winter weit öfter zu der Fürstin eingeladen, als es früher der Fall gewesen war. Der Frühling und die Zeit, in welcher man wieder den Landaufenthalt zu suchen pflegt, kam uns zu früh, wir verabredeten noch, was wir in dem nächsten Winter vorzunehmen gedächten, und die Fürstin beurlaubte mich mit vieler und sehr gewinnender Freundlichkeit.

Die Beschäftigungen im Kreise unserer Familie bestanden jetzt in sehr häufigen Gesprächen zwischen dem Vater und mir über die Kunst und über Bücher. Er erzählte mir, wie er dazu gekommen wäre, Bilder lieb zu gewinnen und sich Bilder zu sammeln. Er kam hiebei auf seine Jugend, und da er in einer freudigeren und erregteren Stimmung war, als sonst, so erzählte er mir ausführlich, wie er dieselbe verlebt habe. Er stellte mir dar, wie er sich die Mittel, um etwas lernen zu können, selber habe verschaffen müssen, und wie ihm sein älterer Bruder, der ein sehr begabter Mensch gewesen wäre, hierin zwar ein wenig, aber in der Tat sehr wenig habe beistehen können, weil er sich selbst alles habe herbei schaffen müssen und nur um wenige Jahre älter gewesen sei. Nach Anweisung vernünftiger Menschen habe er zu lesen begonnen, und manchen freien Tag in seiner Lehrzeit habe er in seiner Kammer bei den Büchern zugebracht. Er habe, da er frei wurde und teils in unserer Stadt, teils in den ersten Handelsplätzen Europas Dienste tat, die Bekanntschaft von Künstlern gemacht, habe sie in ihren Arbeitsstuben besucht, habe über die Art zu malen sich Kenntnisse gesammelt und sei mit diesen Kenntnissen in die berühmtesten Bildersammlungen der größten Städte gegangen. Hiebei sei es ihm widerfahren, daß er zweimal im Lernen habe von vorne anfangen müssen. So sei es ihm in Rom, wohin er sich von Triest aus begeben hatte, um dort ein halbes Jahr für sich selber zu leben, klar geworden, daß er gar nichts wisse. Er habe wieder unverdrossen angefangen, und von Rom schreibe sich seine Liebe für alte Bilder her. Sein Bruder habe den Weg durch die Staatsschulen gemacht, und da er ihn sehr liebte, habe er von ihm auch die Liebe zu den alten Sprachen angenommen. In seinen Diensten habe er mehr freie Zeit gehabt als da er noch lernte, und diese Zeit habe er zu seinen Lieblingsneigungen angewendet. Mit einem alten Abte, der die Verwaltung seines Klosters abgegeben hatte und seine würdevolle Muße, wie er sich ausdrückte, im Winter in unserer Stadt genoß, habe er alte Dichter und Geschichtschreiber gelesen. Der Abt sei ein großer Freund der alten Schriften gewesen, habe bei ihm Neigung zu diesen Dingen entdeckt und sei ihm mit seinen Kenntnissen beigestanden. Er habe sehr oft im Zimmer des Abtes laut aus den sogenannten Classikern lesen müssen. Die Bekanntschaft desselben habe er bei seinem Dienstherrn in unserer Stadt gemacht, in dessen Hause dem Abte, der einst Lehrer dieses Dienstherrn gewesen sei, jährlich ein oder zwei Male ein Fest gegeben wurde. Der Dienstherr, der letzte, bei dem sich mein Vater befunden, sei ein Ehrenmann gewesen, der seinen Leuten nicht nur Gelegenheit verschafft habe, etwas lernen zu können, indem er sie zu den vorkommenden Reisen benützte, auf denen sie Geschäftsfreunde, Handelsverbindungen, Verkehrswege und dergleichen kennen lernten, sondern der ihnen auch Zeit gönnte, selber, wenn sie nicht die Mittel zu großen Geschäftsanlagen besaßen, mit kleinen Anfängen zu größeren Unternehmungen und zu endlicher Selbstständigkeit schreiten zu können. So habe auch der Vater mit kleinen Ersparnissen begonnen, habe sich ausgedehnt und sei endlich, da die Anfänge unter den Flügeln seines Herrn geschehen seien, mit dessen Unterstützung ein selbstständiger Kaufmann geworden. Was er zu Vergnügungen hätte verwenden können, habe er bei Seite gelegt und habe sich entweder ein Buch oder ein Kunstwerk gekauft oder habe eine Reise zu seiner Belehrung gemacht. Da sich seine Verbindungen mehrten und stets ergiebiger zu werden versprachen, habe er meine Mutter kennen gelernt und ihre Hand gewonnen. Sie habe eine nicht unbeträchtliche Mitgift in das Haus gebracht, und so sei gemeinschaftlich der Grund gelegt worden, daß wir Kinder nun nicht nur frei und unabhängig bei unsern Eltern in ihrem eigenen Hause leben können, sondern auch für die Zukunft einen Notpfennig zu erwarten hätten, und daß er selber sich mit Manchem habe umringen können, was ihm die sanfte Neigung seines Herzens geboten habe und was ihm als Erheiterung und nach der Liebe seiner Gattin und der Wohlgeratenheit seiner Kinder auch als Lohn seines Alters dienen werde. Der betagte Abt habe ihn als seinen letzten Schüler noch getraut und sei bald darauf gestorben. Mit der jungen Frau habe er dreimal seine alten Eltern, welche ferne in einem waldigen Lande von einer wenig ergiebigen Feldwirtschaft lebten, besucht, sie seien dann kurz darauf eins nach dem andern gestorben.

Sein Dienstherr habe uns noch aus der Taufe gehoben, sei dann von den Geschäften zurück getreten, habe bei seinem einzigen Kinde, einer Tochter, die an einen angesehenen Güterbesitzer verheiratet war, gelebt und sei bei ihr auch endlich gestorben. So haben sich alle Verhältnisse geändert. Das heimatliche Waldhaus mit der geringen Feldwirtschaft haben er und sein Bruder einer Schwester geschenkt, diese sei ohne Kinder gestorben, und da weder er noch der Bruder das Haus bewirtschaften konnten, so haben sie eingewilligt, daß es an einen entfernten Verwandten falle. Der Bruder sei während unserer Unmündigkeit gestorben, eben so die Großeltern von mütterlicher Seite und endlich ein Großoheim von eben dieser Seite, der uns Kinder zu Erben eingesetzt, und da die Mutter keine Geschwister gehabt habe, so seien wir nun allein und so sei keine Verwandtschaft weder von väterlicher noch von mütterlicher Seite übrig. Er habe die Liebe, welche ihm durch den Tod seiner Angehörigen, denen er, besonders dem Bruder, eine treue Erinnerung weihe, anheimgefallen sei, an die Mutter und uns übertragen, sein Haus sei nun sein Alles, und wir zwei, die Schwester und ich, sollten verbunden bleiben und sollten in Neigung nicht von einander lassen, besonders wenn auch wir allein sein und er und die Mutter im Kirchhofe schlummern würden.

Diese Ermahnung zur Liebe war nicht nötig; denn daß wir, die Schwester und ich, uns mehr lieben könnten, als wir taten, schien uns nicht möglich, nur die Eltern liebten wir beide noch mehr, und wenn eine Anspielung darauf gemacht wurde, daß sie uns einst verlassen sollten, so betrübte uns das außerordentlich, und wohin wir die Liebe, die uns dann zurückfallen sollte, wenden würden, wußten wir sehr wohl, wir würden sie an gar nichts wenden, sie würde von selber über die Grabhügel hinaus gegen die verstorbenen Eltern bis an unser Lebensende fortdauern.

Die andern Vorkommnisse, die zwar auch in unserer Familie, aber nicht in ihr allein, sondern zugleich in Gesellschaft von geladenen Menschen vorfielen, waren mir nicht so angenehm als in früheren Zeiten, ja sie waren mir eher widerwärtig und dünkten mir Zeitverlust. Sie bestanden beinahe gleichmäßig wie in früheren Jahren aus abendlichen Kreisen, in denen gesprochen wurde, oder aus Gesellschaften, in denen etwas Musik oder gar Tanz vorkam. An dem letzteren nahm ich gar keinen Teil, und die Schwester, welche, wie ich schon seit länger wahrnahm, schier alle meine Neigungen teilte, tat es sehr wenig und flüchtete an solchen Abenden sehr gerne zu mir. Ich hatte die Leute, darunter aber vorzüglich die jungen, welche bei solchen Gelegenheiten zu uns kamen, schon genau kennen gelernt, und wenn ich in früherer Zeit eine Scheu, ja sogar eine gewisse Gattung von Ehrfurcht vor ihnen gehabt hatte, so war dies jetzt nicht mehr der Fall; ich hatte durch Nachdenken und durch Erfahrungen im Umgange mit andern Menschen einsehen gelernt, daß das, wovor ich besonders eine Scheu hatte, nehmlich ihre Sicherheit und Vornehmheit, nur ein Ding ist welches man lernt, wenn man sehr viel in solchen Gesellschaften ist, wie sie bei uns waren, und wenn man in diesen Gesellschaften viel spricht und in den Vordergrund tritt. Und daß dieses Ding nicht schwer zu erlernen ist, sah ich daraus, daß es solche inne hatten, deren Geisteskräfte hoch zu achten ich nicht veranlaßt war. Meine Erfahrungen an Menschen hatte ich aber nicht bloß in hohen Ständen gemacht, sondern auch in niedern, und in diesen zwar nicht in der Stadt, sondern bei Gebirgsbewohnern und Landbebauern. In hohen Ständen sah ich junge Leute, namentlich bei der Fürstin war das der Fall, welche jenes Benehmen, das mir sonst so hoch über mir schien, nicht hatten, sondern sich einfach und wenig vortretend gaben, höflich und nicht linkisch waren, und an das Wort, das ich öfter in meiner Jugend gehört, aber falsch verstanden hatte, „ein junger Mann von guter Erziehung" erinnerten. In den untern Ständen habe ich manchen Mann kennen gelernt, der, wenn er vor solchen stand, die er für höher erachtete als sich selbst, nicht die Mühe übernahm, auch höher in seinem Benehmen sein zu wollen, sondern der ruhig so sprach, wie er die Sache verstand, und ruhig die Rede anhörte, die ihm ein Anderer erwiderte. Dieser Mann schien mir auch von höherer Erziehung als die, welche viele Arten des Benehmens wissen und ersichtlich machen. Ein gültiges Beispiel gab mein Gastfreund, der noch einfacher war als jene Männer, von denen ich sagte, daß ich sie bei der Fürstin gesehen habe, und dessen Rede und Tun so klare Achtung erzeugten. Selbst sein Anzug, der Anfangs auffiel, stimmte zu Allem. Auch Eustach, Gustav aber ganz gewiß, standen im entschiedenen Vorzuge vor meinen Gesellschaftsleuten. Weil ich nun diese Menschen sehr gut kannte und weil sie mir keine hohe Rücksichtnahme mehr einflößten, war es mir unersprießlich, mit ihnen zu sein, und es erschien mir, daß ich die Zeit besser würde benützen können. Aber auch die Erfahrungen in dieser Hinsicht mochte mein Vater für nützlich gehalten haben. Ich machte sie nur an jungen Männern. Über Mädchen konnte ich ein Urteil gar nicht sagen, weil ich sehr wenig mit ihnen sprach und weil mich natürlich keine in meiner Zurückgezogenheit aufsuchen konnte. Wie älteren Leuten, Männern wie Frauen, kam mir oft jemand entgegen, dem ich Achtung zollen mußte; aber auch zu alten Leuten wie zu Mädchen konnte ich mich nicht drängen. Unter denen, welchen ich mehr zugetan war, stand der Sohn des Juwelenhändlers oben an, ich war ihm wirklich in der eigentlichen Bedeutung ein Freund. Wir brachten außer unseren Kleinodienlehrstunden manche Zeit mit einander zu, wir besprachen verschiedene Dinge und lasen auch mitunter kleine Abschnitte von Schriften mit einander, die wir gemeinschaftlich achteten. Seine Eltern waren sehr liebenswürdig und fein. Der junge Preborn war mir auch nicht unangenehm. Er sprach noch öfter von der schönen Tarona und bedauerte sehr, daß sie auf weite Reisen gegangen und daher gar nicht in die Stadt gekommen sei, weswegen er mir sie nie habe zeigen können. An den eigentlichen Vergnügungen, die junge Männer unter sich anstellten, nahm ich nur ungemein selten Teil. Daß ich aber auch überhaupt viel weniger mit Männern meines Alters umging und nicht, wie es bei vielen jungen Leuten in unserer Stadt der Gebrauch ist, Tage mit ihnen zubrachte und dies öfter wiederholte, rührte daher, daß ich viele Beschäftigungen hatte und daß mir daher zu wenig Zeit übrig blieb, sie auf Anderes zu verwenden. Am liebsten war es mir, wenn ich mit meinen Angehörigen allein war.

Ich ging nach dem Winter ziemlich spät im Frühlinge auf das Land. So erfreulich der letzte Sommer für mich gewesen war, so sehr er mein Herz gehoben hatte, so war doch etwas Unliebes in dem Grunde meines Innern zurück geblieben, was nichts anders schien als das Bewußtsein, daß ich in meinem Berufe nicht weiter gearbeitet habe und einer planlosen Beschäftigung anheim gegeben gewesen sei. Ich wollte das nun einbringen und den größten Teil des Sommers einer festen und angestrengten Tätigkeit weihen. Ich nahm alle Geräte und Werke mit, welche ich zur Fortsetzung meiner Arbeiten brauchte. Freie Stunden, die nach genauer Zeiteinteilung übrig blieben, wollte ich dann meinen Lieblingsdingen widmen.

Ich kam in das Ahornwirtshaus und bestellte mir dahin auch die Leute, die ich verwenden wollte, wenn sie sich nehmlich bereit erklärten, mir in entferntere Teile der Gebirge zu folgen, wohin mich heuer meine Arbeiten führen würden. Der alte Kaspar wollte mitgehen, zwei andere auch, und so hatte ich genug. Ich erkundigte mich nach meinem Zitherspiellehrer, er war fort und so gut wie verschollen. Kein Mensch wußte etwas von ihm. Ich ging in das Rothmoor, um nachzusehen, wie weit die Marmorarbeiten gediehen waren. Sie wurden heuer fertig, und ich konnte sie im Herbste nach Hause bringen lassen. Da das geschehen war, verließ ich für diesen Sommer das Ahornwirtshaus, in welchem ich nun so lange gewohnt hatte, um mich in die Bergabteilung zu begeben, die ich durchforschen wollte. Ich ging mit einem wehmütigen Gefühle von dem Hause fort.

An einer Stelle, wo das Gebirge weit verzweigt und wild verflochten, aber deßohngeachtet bei Weitem nicht so schön war wie das, welches ich verlassen hatte, setzte ich mich wie in einem Mittelpunkte meiner Bestrebungen fest. Ich vermißte das heitere, fensterschimmernde Ahornhaus, ich vermißte das ganze Tal, in dem ich beinahe heimisch geworden war. In einem Hause, das an der Öffnung dreier Täler lag und mir daher den geeignetsten Platz abgab, mietete ich mich ein. Schwarzer Tannenwald sah auf meine Fenster, schritt an den Bächen, welche aus den drei Tälern kamen, neben feuchten Wiesen und andern offenen Stellen in die Talgründe hinein und zog sich auf die Berge. Die höheren Kuppen oder gar die Schneeberge konnte man wegen der Enge des Tales über den finstern Tannen nicht sehen. Das mochte auch die Ursache sein, daß das Haus und die mehreren in den Waldlehnen zerstreuten und an den Bächen hingehenden Hütten die Tann hießen. Mauern, mit grünem Moose bewachsen, bildeten mein Haus und grenzten an ein zerfallenes Gärtchen, in welchem wenig mehr als Schnittlauch wuchs. Auf der Gasse war der Boden schwarz, und dieselbe Schwärze zog sich in das Gras hinein; denn das Einzige, welches häufig an diesem Wirtshause ankam und da hielt, damit sich Menschen und Tiere erquickten, waren Kohlenfuhren. In dem ganzen, bei näherer Besichtigung sich als ungeheuer zeigenden Waldgebiete waren die Kohlenbrennereien zerstreut, und ganze Züge von den schwarzen Fuhrwerken und den schwarzen Fuhrmännern zogen die düstere Straße hinaus, um die Kohlen gegen die Ebenen zu bringen, von wo sie sogar bis in unsere Stadt befördert wurden. Nur ein einziges Zimmer mit kleinen Fenstern und eisernen Kreuzen daran konnte ich haben. In demselben war ein Tisch, zwei Stühle, ein Bett und eine bemalte Truhe, in die ich Kleider und andere Dinge legen konnte. Für meine größeren Kisten wurde mir ein Verschlag in einem Schuppen eingeräumt. Kaspar und die andern schliefen, wenn wir uns in dem Hause befanden, in der Scheuer im Heu. Ich ließ mein Gepäcke größtenteils in meinen Koffern, hing nur das Nötige an Nägel, die in dem Zimmer waren, legte meine Schreibgeräte, meine wissenschaftlichen Bücher und meine Dichter auf den Tisch, füllte das Bettgestelle mit meinen von Hause mitgebrachten Bettstücken, stellte meine Bergstöcke in eine Ecke und war eingerichtet. Die Sonne, welche am späten Vormittage bei einem Fenster meines Zimmers hereinkam, streifte am Nachmittage das andere, um bald die Spitzen der Tannen zu vergolden und zu verschwinden. Ich war in manchen ähnlichen Herbergen schon gewesen, war daran gewöhnt, fügte mich und wurde mit dem Wirte, der Wirtin und einer rührigen Tochter, einfachen, gutmütigen Leuten, die einen kleinen Gedankenkreis hatten, bald bekannt. Sonst kam noch manches Mal ein Gebirgsjäger, ein seltener Wandersmann oder ein Hausierer in das Tannwirtshaus. Die größte Zahl der Gäste bestand außer den Kohlenführern in Holzknechten, welche in den großen Wäldern zerstreut waren und welche gerne an Samstagen oder an Tagen vor großen Festen heraus kamen, um zu den Ihrigen zu gehen. Da verweilten sie denn nun nicht selten gerne ein wenig in dem Tannwirtshause, um sich ein Gutes zu tun. Die Hauptbeschäftigung aller Bewohner der Tann war die Holzarbeit und ihr Hauptreichtum waren Kühe und Ziegen, welche täglich in die Wälder gingen und von welchen die jüngeren den ganzen Sommer hindurch auf der Höhe der Waldungen und der Holzschläge blieben.

Von diesem Hause aus fingen wir nun an, unsere Beschäftigungen zu betreiben. Durch die langen und weithingestreckten Waldungen ging unser Hammer, und die Leute trugen die Zeugen der verschiedenen Bodenbeschaffenheiten, auf denen die ausgedehnten Waldbestände wuchsen, in der Gestalt der mannigfaltigen Gesteine in die Tann. Wenn auch von unserem Gasthause aus die Felsenberge oder gar das Eis nicht zu erblicken waren, so waren sie darum nicht weniger vorhanden. Weil hier Alles großartiger war, da wir uns tiefer im Gebirge und näher seinem Urstocke befanden, so dehnten sich auch die Wälder in mächtigeren Anschwellungen aus, und wenn man durch eine Reihe von Stunden in dem dunkeln Schatten der feuchten Tannen und Fichten gegangen war, so wurden endlich ihre Reihen lichter, ihr Bestand minderte sich, erstorbene Stämme oder solche, die durch Unfälle zerstört worden waren, wurden häufiger, das trockene Gestein mehrte sich, und wenn nun freie Plätze mit kurzem Grase oder Sandgrieß oder Knieholz folgten, so sah man dämmerige Wände in riesigen Abmessungen vor den Augen stehen, und blitzende Schneefelder waren in ihnen, oder zwischen auseinanderschreitenden Felsen schaute ein ganz in Weiß gehüllter Berg hervor. Die Gesteinwelt folgte nun in noch größeren Ausdehnungen auf die Waldwelt. Uns führte unsere Absicht oft aus der Umschließung der Wälder in das Freie der Berge hinaus. Wenn die Bestandteile eines ganzen Gesteinzuges ergründet waren, wenn alle Wässer, die der Gesteinzug in die Täler sendet, untersucht waren, um jedes Geschiebe, das der Bach führt, zu betrachten und zu verzeichnen, wenn nun nichts Neues nach mehrfacher und genauer Untersuchung sich mehr ergab, so wurde versucht, sich des Zuges selbst zu bemächtigen und seine Glieder, so weit es die Macht und Gewalt der Natur zuließ, zu begehen. In die wildesten und abgelegensten Gründe führte uns so unser Plan, auf die schroffsten Grate kamen wir, wo ein scheuer Geier oder irgend ein unbekanntes Ding vor uns aufflog und ein einsamer Holzarm hervor wuchs, den in Jahrhunderten kein menschliches Auge gesehen hatte; auf lichte Höhen gelangten wir, welche die ungeheure Wucht der Wälder, in denen unser Wirtshaus lag, und die angebauteren Gefilde draußen, in denen die Menschen wohnten, wie ein kleines Bild zu unsern Füßen legten. Meine Leute wurden immer eifriger. Wie überhaupt der Mensch einen Trieb hat, die Natur zu besiegen und sich zu ihrem Herrn zu machen, was schon die Kinder durch kleines Bauen und Zusammenfügen, noch mehr aber durch Zerstören zeigen und was die Erwachsenen dadurch dartun, daß sie die Erde nicht nur zur nahrungssprossenden machen, wie der Dichter des Achilleus so oft sagt, sondern sie auch vielfach zu ihrem Vergnügen umgestalten, so sucht auch der Bergbewohner seine Berge, die er lieb hat, zu zähmen, er sucht sie zu besteigen, zu überwinden und sucht selbst dort hinan zu klettern, wohin ihn ein weiterer, wichtigerer Zweck gar nicht treibt. Die Erzählung solcher bestandener Züge bildet einen Teil der Würze des Lebens der

Bergbewohner. Meine Leute waren in einer gesteigerten Freude und Empfindung, wenn wir mit dem Hammer und Meißel teils Stufen in die glatten Wände schlugen, teils Löcher machten, unsere vorrätigen Eisen eintrieben, auf solche Weise Leitern verfertigten und auf einen Standort gelangten, auf den zu gelangen eine Unmöglichkeit schien.

Wir kamen oft eine Reihe von Tagen nicht in unser Tannwirtshaus hinab.

Ich suchte auch gerne auf die Gipfel hoher Berge zu gelangen, wenn mich selbst eben meine Beschäftigung nicht dahin führte. Ich stand auf dem Felsen, der das Eis und den Schnee überragte, an dessen Fuß sich der Firnschrund befand, den man hatte überspringen müssen oder zu dessen Überwindung wir nicht selten Leitern verfertigten und über das Eis trugen, ich stand auf der zuweilen ganz kleinen Fläche des letzten Steines, oberhalb dessen keiner mehr war, und sah auf das Gewimmel der Berge um mich und unter mir, die entweder noch höher mit den weißen Hörnern in den Himmel ragten und mich besiegten oder die meinen Stand in anderen Luftebenen fortsetzten oder die einschrumpften und hinab sanken und kleine Zeichnungen zeigten, ich sah die Täler wie rauchige Falten durch die Gebilde ziehen und manchen See wie ein kleines Täfelchen unten stehen, ich sah die Länder wie eine schwache Mappe vor mir liegen, ich sah in die Gegend, wo gleichsam wie in einen staubigen Nebel getaucht die Stadt sein mußte, in der alle lebten, die mir teuer waren, Vater, Mutter und Schwester, ich sah nach den Höhen, die von hier aus wie bläuliche Lämmerwolken erschienen, auf denen das Asperhaus sein mußte und der Sternenhof, wo mein lieber Gastfreund hauste, wo die gute, klare Mathilde wohnte, wo Eustach war, wo der fröhliche, feurige Gustav sich befand und wo Nataliens Augen blickten.

Alles schwieg unter mir, als wäre die Welt ausgestorben, als wäre das, daß sich Alles von Leben rege und rühre, ein Traum gewesen. Nicht einmal ein Rauch war auf die Höhe hinauf zu sehen, und da wir zu solchen Besteigungen stets schöne Tage wählten, so war auch meistens der Himmel heiter und in der dunkelblauen Finsternis hin eine endlosere Wüste, als er in der Tiefe und in den mit kleinen Gegenständen angefüllten Ländern erscheint. Wenn wir hinab stiegen, wenn Kaspar hinter uns die Eisen aus den Steinen zog und in den Sack tat, den er an einem Stricke um die Schultern hängen hatte, wenn wir nun die Leiter über den Firnschrund zurückzogen oder im Falle, daß wir keine Leiter gebraucht hatten, über den Spalt gesprungen waren, so zeigte sich in dem Ernste von Kaspars harten Zügen oder in den Angesichtern der Andern, die uns begleiteten, eine gewisse Veränderung, so daß ich schloß, daß der Stand, auf dem wir gestanden waren, einen Eindruck auf sie gemacht haben mußte.

Die Stunden oder Tage, die ich mir von meiner Arbeit abdingen konnte, weil ich Ruhe brauchte oder das Wetter mich hinderte, wendete ich zur Entwerfung leichter Landschaftsgebilde an, und die Tiefe der Nacht wurde, ehe sich die Augen schlossen, durch die großen Worte eines, der schon längst gestorben war und der sie uns in einem Buche hinterlassen hatte, erhellt, und wenn die Kerze ausgelöscht war, wurden die

Worte in jenes Reich mit hinüber genommen, das uns so rätselhaft ist und das einen Zustand vorbildet, der uns noch unergründlicher erscheint.
Wie in der jüngstvergangenen Zeit konnte ich auch jetzt nicht mehr mit der bloßen Sammlung des Stoffes meiner Wissenschaft mich begnügen, ich konnte nicht mehr das Vorgefundene bloß einzeichnen, daß ein Bild entstehe, wie Alles über einander und neben einander gelagert ist – ich tat dieses zwar jetzt auch sehr genau –, sondern ich mußte mich stets um die Ursache fragen, warum etwas sei, um die Art, wie es seinen Anfang genommen habe. Ich baute in diesen Gedanken fort und schrieb, was durch meine Seele ging, auf. Vielleicht wird einmal in irgend einer Zukunft etwas daraus.

Zur Zeit der Rosenblüte machte ich einen Abschnitt in meinem Beginnen, ich wollte mir eine Unterbrechung gönnen und den Asperhof besuchen.
Ich lohnte meine Leute ab, gab ihnen das Versprechen, daß ich sie in Zukunft wieder verwenden werde, legte zu ihrem Lohne noch ein kleines Heimreisegeld und entließ sie. In dem Tannhause verpackte ich Alles wohl, was mein Eigentum war, berichtigte das, was ich schuldig geworden, sagte, daß ich wiederkommen werde, daß man mir das Dagelassene unterdessen gut bewahren möge und fuhr in einem einspännigen Gebirgswäglein durch den tiefen Weg, der von dem rauschenden Bache des Tannwirtshauses waldaufwärts führt, davon. Als ich die Heerstraße erreicht hatte, sendete ich meinen Fuhrmann zurück und wählte für die weitere Fahrt einen Platz im Postwagen. Die Strecke von der letzten Post zu meinem Freunde legte ich zu Fuße zurück. Für Nachsendung meines Gepäckes trug ich Sorge.
Ich war später gekommen, als ich eigentlich beabsichtigt hatte. In der tiefen Abgeschiedenheit und in der hohen kühlen Lage der Tann hatte ich mich über das, was draußen geschah, getäuscht. In dem freieren Lande war ein warmer Frühling und ein sehr warmer Frühsommer gewesen, was ich in den Bergen nicht so genau hatte ermessen können. Darum blühten schon die Rosen mit freudiger Fülle in allen Gärten, an denen ich vorüber kam. In schöner Vollkommenheit schauten die untadeligen Laubkronen meines Gastfreundes über das dunkle Dach des Hauses und standen an den beiden Flügeln des Gartengitters, als ich den Hügel hinan stieg. Die Fenstervorhänge, welche teils ein wenig geöffnet, teils der Hitze willen geschlossen waren, luden mich gastlich ein, und der Schmelz des Gesanges der Vögel und mancher lautere vereinzelte Ruf grüßte mich wie einen, der hier schon lange bekannt ist.
Da ich die Einrichtung des Gittertores kannte, drückte ich an der Vorrichtung, der Flügel öffnete sich und ich trat in den Garten.
Mein Gastfreund war bei den Bienen. Ich erfuhr das von dem Gärtner, welcher der erste war, den ich zu sehen bekam. Er ordnete etwas an einem Geranienbeete in der Nähe des Einganges. Ich schlug den Weg zu den Bienen ein. Mein Gastfreund stand vor der Hütte und erwartete das Erscheinen einer jungen Familie, die schwärmen wollte. Er sagte mir dieses, als ich hinzutrat, ihn zu begrüßen. Der Empfang war beinahe bewegt, wie

zwischen einem Vater und einem Sohne, so sehr war meine Liebe zu ihm schon gewachsen, und eben so mochte auch er schon eine Zuneigung zu mir gewonnen haben. Da er doch wohl von seinem Vorhaben nicht weggehen konnte, sagte ich, ich wolle die andern auch begrüßen, und er billigte es. Er hatte mir erzählt, daß Mathilde und Natalie in dem Asperhofe seien.

Ich ging gegen das Haus. Gustav hatte es schon erfahren, daß ich da sei, er flog die Treppe herunter und auf mich zu. Gruß, Gegengruß, Fragen, Antworten, Vorwürfe, daß ich so spät gekommen sei und daß ich in dem Frühlinge doch nicht einige Tage benützt habe, um in den Asperhof zu gehen. Er sagte, daß er mir sehr viel zu erzählen habe, daß er mir alles erzählen wolle und daß ich recht lange, lange da bleiben müsse.

Er führte mich nun zu seiner Mutter. Diese saß an einem Tische im Gebüsche und las. Sie stand auf, da sie mich nahen sah, und ging mir entgegen. Sie reichte mir die Hand, die ich, wie es in unserer Stadt Sitte war, küssen wollte. Sie ließ es nicht zu. Ich hatte wohl schon früher bemerkt, daß sie nicht zugab, daß ihr die Hand geküßt werde; aber ich hatte in dem Augenblicke nicht daran gedacht. Sie sagte, daß ich ihr sehr willkommen sei, daß sie mich schon früher erwartet habe und daß ich nun eine nicht zu kurze Zeit meinen hiesigen Freunden schenken müsse. Wir gingen unter diesen Worten wieder zu dem Tische zurück, auf den sie ihr Buch gelegt hatte, und sie hieß mich an ihm Platz nehmen. Ich setzte mich auf einen der dastehenden Stühle. Gustav blieb neben uns stehen. Ihr Angesicht war so heiter und freundlich, daß ich meinte, es nie so gesehen zu haben. Oder es war wohl immer so, nur in meiner Erinnerung war es ein wenig zurück getreten. Wirklich, so oft ich Mathilden nach längerer Trennung sah, erschien sie mir, obwohl sie eine alternde Frau war, immer lieblicher und immer anmutiger. Zwischen den Fältchen des Alters und auf den Zügen, welche auf eine Reihe von Jahren wiesen, wohnte eine Schönheit, welche rührte und Zutrauen erweckte. Und mehr als diese Schönheit war es, wie ich wohl jetzt erkannte, da ich so viele Angesichter so genau betrachtet hatte, um sie nachzubilden, die Seele, welche gütig und abgeschlossen sich darstellte und auf die Menschen, die ihr naheten, wirkte. Um die reine Stirne zog sich das Weiß der Haubenkrause, und ähnliche weiße Streifen waren um die feinen Hände. Auf dem Tische stand ein Blumentopf mit einer dunkeln, fast veilchenblauen Rose. Sie lehnte sich in dem Rohrstuhle, auf dem sie saß, zurück, faltete die Hände auf ihrem Schooße und sagte: „Wir werden in dem Sternenhofe ein kleines Fest feiern. Ihr wißt, daß wir begonnen haben, die Tünche, womit die großen Steinflächen, die die Mauern unsers Hauses bekleiden, in früheren Jahren überstrichen worden sind, wegzunehmen, weil unser Freund meinte, daß dieselbe das Haus entstelle und daß es sich weit schöner zeigen würde, wenn sie weggenommen und der bloße Stein sichtbar wäre. Heuer ist nun die ganze vordere Fläche des Hauses fertig geworden, die Gerüste werden eben abgebrochen, und da werden, wenn die Spuren auch auf dem Boden vor dem Hause vertilgt sind, wenn der Sand geebnet ist, wenn der Rasen gereinigt und gewaschen ist, daß er keine Kalkflecke, sondern das reine Grün zeigt, wir alle hinausfahren, um die

Sache zu betrachten und ein Urteil abzugeben, ob das Haus den Gewinn gemacht habe, der sich uns versprochen hat.

Es werden auch andere Menschen kommen, es werden wahrscheinlich sich einige Nachbarn einfinden, und da ihr zu unsern Freunden aus dem Asperhofe gehört, und da wir alle euer Urteil in Anschlag bringen möchten, so seid ihr gebeten, auch dabei zu sein und die Gesellschaft zu vermehren."

„Mein Urteil ist wohl sehr geringe", antwortete ich, „und wenn es nicht ganz verwerflich ist, und wenn ich mir einige Kenntnisse und eine bestimmte Empfindung des Schönen erworben habe, so danke ich Alles dem Besitzer dieses Hauses, der mich so gütig aufgenommen und Manches in mir hervor gezogen hat, das wohl sonst nie zu irgend einer Bedeutung gekommen wäre. Ich werde also kaum zur Feststellung der Sache auf dem Sternenhofe etwas beitragen können, und meine Ansicht wird gewiß die meines Gastfreundes und Eustachs sein; aber da ihr mich so freundlich einladet und da es mir eine Freude macht, in eurem Hause sein zu können, so nehme ich die Einladung gerne an, vorausgesetzt, daß die Zeit nicht zu spät bestimmt ist, da ich doch wohl noch in diesem Sommer in den Ort meiner jetzigen Tätigkeit zurückkehren und Einiges vor mich bringen möchte."

„Die Zeit ist sehr nahe", erwiderte sie, „es ist ohnehin schon seit länger her gebräuchlich, daß nach der Rosenblüte, zu welcher ich immer in diesem Hause eingeladen bin, unsere hiesigen Freunde auf eine Weile in den Sternenhof hinüber fahren. Das wird auch heuer so sein.

Während hier die feinen Blätter dieser Blumen sich vollkommen entwickeln und endlich welken und abfallen, wird unser Hausverwalter in dem Sternenhofe Alles in Ordnung bringen, daß keine Verwirrung mehr zu sehr sichtbar ist, er wird uns hierüber einen Brief schreiben und wir werden den Tag der Zusammenkunft bestimmen. Von dem Urteile, wenn irgend eines mit einem überwiegenden Gewichte zu Stande kömmt, wird es abhängen, ob auch die Kosten zu der Reinigung der andern Teile des Hauses verwendet werden oder ob der jetzige Zustand, daß eine Seite von der Tünche befreit ist, die übrigen aber damit behaftet sind, der gewiß weniger schön ist, als wenn Alles übertüncht geblieben wäre, fortbestehen oder ob gar das Befreite wieder übertüncht werden solle. Daß ihr übrigens eure Ansichten geringe achtet, daran tut ihr Unrecht. Wenn in der Nähe unsers Freundes Einiges an euch früher zur Blüte kam, so ist dies wohl sehr natürlich; es ist ja Alles an uns Menschen so, daß es wieder von andern Menschen groß gezogen wird, und es ist das glückliche Vorrecht bedeutender Menschen, daß sie in andern auch das Bedeutende, das wohl sonst später zum Vorscheine gekommen wäre, früher entwickeln. Wie sicher in euch die Anlage zu dem Höheren und Größeren vorhanden war, zeigt schon die Wahl, mit der ihr aus eigenem Antriebe auf eine wissenschaftliche Beschäftigung gekommen seid, die sonst unsere jungen Leute in den Jahren, in denen ihr euch entschieden habt, nicht zu ergreifen pflegen, und daß euer Herz dem Schönen zugewendet war, geht daraus hervor, daß ihr schon bald begannet, die Gegenstände eurer Wissenschaft abzubilden, worauf der, dem der bildende Sinn mangelt, nicht so leicht verfällt, er macht sich eher schriftliche Verzeichnisse, und endlich habt ihr ja in Kurzem die Abbildung anderer Dinge, menschlicher Köpfe, Landschaften, versucht und habt euch auf die Dichter gewendet. Daß es aber auch nicht ein unglücklicher Tag war, an welchem ihr über diesen Hügel herauf ginget, zeigt sich in einer Tatsache: ihr liebt den Besitzer dieses Hauses, und einen Menschen lieben können ist für den, der das Gefühl hat, ein großer Gewinn."

Gustav hatte während dieser Rede die Mutter stets freundlich angesehen.

Ich aber sagte: „Er ist ein ungewöhnlicher, ein ganz außerordentlicher Mensch."

Sie erwiderte auf diese Worte nichts, sondern schwieg eine Weile. Später fing sie wieder an: „Ich habe mir diese Rosenpflanze auf den Tisch gestellt, gewissermaßen als die Gesellschafterin meines Lesens – gefällt euch die Blume?"

„Sie gefällt mir sehr", antwortete ich, „wie mir überhaupt alle Rosen gefallen, die in diesem Hause gezogen werden."

„Sie ist eine neue Art", sagte sie, „ich habe aus England einen Brief bekommen, in welchem eine Freundin mit Auszeichnung von einer Rose sprach, die sie in Kew gesehen habe und deren Namen sie hinzu fügte. Da ich in dem Verzeichnisse unserer Rosen den Namen nicht fand, dachte ich, daß dies eine Art sein dürfte, welche unser Freund nicht hat. Ich schrieb an die Freundin, ob sie mir eine solche Rosenpflanze verschaffen könne. Mit Hilfe eines Mannes, der uns beide kennt, erhielt sie die Pflanze, und in diesem Frühlinge wurde sie mir in einem Topfe, sehr wohl und sinnreich verpackt, aus England geschickt. Ich pflegte sie, und da die Blumen sich entwickeln wollten, brachte ich sie unserm Freunde. Die Rosen öffneten sich hier vollends, und wir sahen – besonders er, der alle Merkmale genau kennt –, daß diese Blume sich in der Sammlung dieses Hauses noch nicht befindet. Eustach bildete sie ab, daß wir sie festhalten und ob die, welche in Zukunft kommen werden, ihr gleichen. Mein Freund schrieb nach England um Pfropfreiser für den nächsten Frühling, diese Pflanze bleibt indessen in dem Topfe und wird hier besorgt werden."

Während sie so sprach, regten sich die Zweige neben einem schmalen Pfade, der aus dem Gebüsche auf den Platz führte, und Natalie trat auf dem Pfade hervor. Sie war erhitzt und trug einen Strauß von Feldblumen in der Hand. Sie mußte nicht gewußt haben, daß ein Fremder bei der Mutter sei; denn sie erschrak sehr, und mir schien, als ginge durch das Rot des erwärmten Angesichtes eine Blässe, die wieder mit einem noch stärkeren Rot wechselte. Ich war ebenfalls beinahe erschrocken und stand auf.

Sie war an der Ecke des Gebüsches stehen geblieben, und ich sagte die Worte: „Mich freut es sehr, mein Fräulein, euch so wohl zu sehen."

„Mich freut es auch, daß ihr wohl seid", erwiderte sie.

„Mein Kind, du bist sehr erhitzt", sagte die Mutter, „du mußt weit gewesen sein, es kömmt schon die Mittagsstunde, und in derselben solltest du nicht so weit gehen. Setze dich ein wenig auf einen dieser Sessel, aber setze dich in die Sonne, damit du nicht zu schnell abkühlest."

Natalie blieb noch ein ganz kleines Weilchen stehen, dann rückte sie folgsam einen von den herumstehenden Sesseln so, daß er ganz von der Sonne beschienen wurde, und setzte sich auf ihn. Sie hatte den runden Hut mit dem nicht gar großen Schirme, wie ihn Mathilde und sie sehr gerne auf Spaziergängen in der Nähe des Rosenhauses und des Sternenhofes trugen, als sie aus dem Gebüsche getreten war, in der Hand gehabt, jetzt, da die Sonne auf ihren Scheitel schien, setzte sie ihn auf. Sie legte den Strauß von Feldblumen, den sie gebracht hatte, auf den Tisch und fing an, die einzelnen Gewächse heraus zu suchen und gleichsam zu einem neuen Strauße zu ordnen.

„Wo bist du denn gewesen?" fragte die Mutter.

„Ich bin zu mehreren Rosenstellen in dem Garten gegangen", antwortete Natalie, „ich bin zwischen den Gebüschen neben den Zwergobstbäumen und unter den großen Bäumen, dann zu dem Kirschbaume empor und von da in das Freie hinaus gegangen. Dort standen die Saaten und es blühten Blumen zwischen den Halmen und in dem Grase. Ich ging auf dem schmalen Wege zwischen den Getreiden fort, ich kam zur Felderrast, saß dort ein wenig, ging dann auf dem Getreidehügel auf mehreren Rainen ohne Weg zwischen den Feldern herum, pflückte diese Blumen und ging dann wieder in den Garten zurück."

„Und hast du dich denn lange auf dem Berge aufgehalten, und hast du alle Zeit zu dem Aufsuchen und Pflücken dieser Blumen verwendet?" fragte Mathilde.

„Ich weiß nicht, wie lange ich mich auf dem Berge aufgehalten habe; aber ich meine, es wird nicht lange gewesen sein", antwortete Natalie, „ich habe nicht bloß diese Blumen gepflückt, sondern auch auf die Gebirge geschaut, ich habe auf den Himmel gesehen und auf die Gegend, auf diesen Garten und auf dieses Haus geblickt."

„Mein Kind", sagte Mathilde, „es ist kein Übel, wenn du in den Umgebungen dieses Hauses herum gehst; aber es ist nicht gut, wenn du in der heißen Sonne, die gegen Mittag zwar nicht am heißesten ist, aber immerhin schon heiß genug, auf dem Hügel herum gehst, welcher ihr ganz ausgesetzt ist, welcher keinen Baum – außer bei der Felderrast – und keinen Strauch hat, der Schatten bieten könnte. Und du weißt auch nicht, wie lange du in der Hitze verweilst, wenn du dich in das Herumsehen vertiefest oder wenn du Blumen pflückest und in dieser Beschäftigung die Zeit nicht beachtest."

„Ich habe mich in das Blumenpflücken nicht vertieft", erwiderte Natalie, „ich habe die Blumen nur so gelegentlich gelesen, wie sie mir in meinem Dahingehen aufstießen. Die Sonne tut mir nicht so weh, liebe Mutter, wie du meinst, ich empfinde mich in ihr sehr wohl und sehr frei, ich werde nicht müde, und die Wärme des Körpers stärkt mich eher, als daß sie mich drückt."

„Du hast auch den Hut an dem Arme getragen", sagte die Mutter.

„Ja, das habe ich getan", antwortete Natalie, „aber du weißt, daß ich dichte Haare habe, auf dieselben legt sich die Sonnenwärme wohltätig, wohltätiger als wenn ich den Hut auf

dem Haupte trage, der so heiß macht, und die freie Luft geht angenehm, wenn man das Haupt entblößt hat, an der Stirne und an den Haaren dahin."
Ich betrachtete Natalie, da sie so sprach. Ich erkannte erst jetzt, warum sie mir immer so merkwürdig gewesen ist, ich erkannte es, seit ich die geschnittenen Steine meines Vaters gesehen hatte. Mir erschien es, Natalie sehe einem der Angesichter ähnlich, welche ich auf den Steinen erblickt hatte, oder vielmehr in ihren Zügen war das Nehmliche, was in den Zügen auf den Angesichtern der geschnittenen Steine ist. Die Stirne, die Nase, der Mund, die Augen, die Wangen hatten genau etwas, was die Frauen dieser Steine hatten, das Freie, das Hohe, das Einfache, das Zarte und doch das Kräftige, welches auf einen vollständig gebildeten Körper hinweist, aber auch auf einen eigentümlichen Willen und eine eigentümliche Seele. Ich blickte auf Gustav, der noch immer neben dem Tische stand, ob ich auch an ihm etwas Ähnliches entdecken könnte. Er war noch nicht so entwickelt, daß sich an ihm schon das Wesen der Gestalt aussprechen konnte, die Züge waren noch zu rund und zu weich; aber es däuchte mir, daß er in wenigen Jahren so aussehen würde, wie die Jünglingsangesichter unter den Helmen auf den Steinen aussehen, und daß er dann Natalien noch mehr gleichen würde. Ich blickte auch Mathilden an; aber ihre Züge waren wieder in das Sanftere des Alters übergegangen; ich glaubte deßohngeachtet, vor nicht langer Zeit müßte auch sie ausgesehen haben, wie die älteren Frauen auf den Steinen aussehen. Natalie stammte also gleichsam aus einem Geschlechte, das vergangen war und das anders und selbständiger war als das jetzige. Ich sah lange auf die Gestalt, welche beim Sprechen bald die Augen zu uns aufschlug, bald sie wieder auf ihre Blumen nieder senkte. Daß ihr Haupt so antik erschien, wie der Vater mit einem altrömischen Beiworte von seinen Steinen sagte, mochte zum Teile auch daher kommen – wenigstens gewann ihre Erscheinung dadurch -, daß es mit einem richtig gebildeten Halse aus einem ganz einfachen, schmucklosen Kleide hervor sah. Keine überflüssige Zutat von Stoffen und keine Kette oder sonst ein Schmuck umgab den Hals – dieses macht nur die bloß anmutigen Angesichter noch anmutiger -, sondern das Kleid mit einer nicht auffallenden Farbe und mit einem nicht auffallenden Schnitte schloß den reinen Hals und ging an der übrigen Gestalt hernieder.
Die Mutter sah Natalien freundlich an, da sie sprach, und sagte dann: „Der Jugend ist alles gut, der Jugend schlägt alles zum Gedeihen aus, sie wird wohl auch empfinden, was ihr not tut, wie das Alter empfindet, was es bedarf – Ruhe und Stille -, und unser Freund sagt ja auch, man soll der Natur ihr Wort reden lassen; darum magst du gehen, wie du fühlest, daß du es bedarfst, Natalie, du wirst kein Unrecht begehen, wie du es ja nie tust, du wirst keine Maßregel außer Acht lassen, die wir dir gesagt haben, und du wirst dich in deine Gedanken nicht so vertiefen, daß du deinen Körper vergäßest."
„Das werde ich nicht tun, Mutter", entgegnete Natalie, „aber lasse mich gehen, es ist ein Wunsch in mir, so zu verfahren. Ich werde ihn mäßigen, wie ich kann; ich tue es um deinetwillen, Mutter, daß du dich nicht beunruhigest. Ich möchte auf dem Felderhügel herum gehen, dann auch in dem Tale und in dem Walde, ich möchte auch in dem Lande

gehen und Alles darin beschauen und betrachten. Und die Ruhe schließt dann so schön das Gemüt und den Willen ab."

Daß Natalie doch durch das Wandeln in der heißen Sonne unmittelbar vor der Mittagszeit sich erhitzt habe, zeigte ihr Angesicht. Dasselbe behielt die Röte, welche es nach dem ersten Erblassen erhalten hatte, und verlor sie nur in geringem Maße, während sie an dem Tische saß, was doch eine geraume Zeit dauerte. Es blühte dieses Rot wie ein sanftes Licht auf ihren Wangen und verschönerte sie gleichsam wie ein klarer Schimmer. Sie fuhr in ihrem Geschäfte mit den Blumen fort, sie legte eine nach der andern von dem größeren Strauße zu dem kleineren, bis der kleinere Strauß der größere wurde, der größere aber sich immer verkleinerte. Sie schied keine einzige Blume aus, sie warf nicht einmal einen Grashalm weg, der sich eingefunden hatte; es erschien also, daß sie weniger eine Auslese der Blumen machen, als dem alten Strauße eine neue, schönere Gestalt geben wollte. So war es auch, denn der alte Strauß war endlich verschwunden und der neue lag allein auf dem Tische.

Mathilde hatte ihr Buch immer vor sich auf dem Tische liegen und sah nicht wieder hinein. Sie frug mich um meinen letzten Aufenthalt und um meine letzten Arbeiten. Ich setzte ihr beides auseinander.

Gustav hatte sich indessen auch auf einen Sessel, ganz nahe an mir, gesetzt, und hörte aufmerksam zu.

Als die Sonne im Mittage angekommen war und nachgerade unsern ganzen Tisch erfüllt hatte, erschien Arabella, um uns zum Mittagessen zu rufen.

Ein Mann, der in dem Garten arbeitete, mußte den Blumentopf in das Haus tragen. Mathilde nahm das Buch und ein Arbeitskörbchen, das neben ihr auf dem Tische gestanden war, Natalie nahm ihren Blumenstrauß, hing ihren Hut wieder an ihren Arm, und so gingen wir in das Haus. Die Frauen wandelten vor uns, Gustav und ich gingen hinter ihnen.

Daß ich mich gegen meinen Gastfreund, gegen Eustach, gegen Gustav und selbst gegen die Leute des Hauses verteidigen mußte, weil ich heuer so spät gekommen sei, nahm mich nicht Wunder, da ich immer so freundlich hier aufgenommen worden war, und da man sich beinahe daran gewöhnt hatte, daß ich alle Sommer in das Rosenhaus komme, wie ja auch mir diese Besuche zur Gewohnheit geworden waren.

Mein Gastfreund und ich sprachen von den Dingen, welche ich im Laufe des heurigen Sommers unternommen hatte, so wie er mir auch in den ersten Tagen alles zeigte, was in dem Rosenhause geschah und was sich in meiner Abwesenheit verändert hatte.

Ich sah, daß die Zeit der Rosenblüte nicht so lange dauern werde, weil ich ja auch nicht zu ihrem ersten Anfange, sondern etwas später gekommen war.

Die Bilder gaben mir wieder eine süße Empfindung, und die hohe Gestalt auf der Treppe trat mir immer näher, seit ich die geschnittenen Steine gesehen hatte und seit ich wußte, daß etwas unter den Lebenden wandle, das ähnlich sei. Ich ging mit Gustav oder allein öfter in der Gegend herum.

Eines Nachmittages waren wir in dem Rosenzimmer. Mathilde sprach recht freundlich von verschiedenen Gegenständen des Lebens, von den Erscheinungen desselben, wie man sie aufnehmen müsse und wie sie in dem Laufe der Jahre sich ablösen. Mein Gastfreund antwortete ihr. Bei dieser Gelegenheit sah ich erst, wie zart und schön für das Zimmer gesorgt worden war; denn die vier an Größe wie an Rahmen gleichen Gemälde, die in demselben hingen, waren trotz ihrer Kleinheit bei Weitem das Herrlichste und Außerordentlichste, was es an Gemälden im Rosenhause gab. Ich hatte mein Urteil doch schon so weit gebildet, um bei dem großen Unterschiede, der da waltete, das einsehen zu können. Doch leitete ich auch meinen Gastfreund auf den Gegenstand, und er gab meine Wahrnehmung, freilich in sehr bescheidenen Ausdrücken, weil Mathilde zugegen war, zu. Wir besahen, nachdem das Gespräch eine Wendung genommen hatte, die Bilder und machten uns auf das Zarte, Liebliche und Hohe derselben aufmerksam.

Besuche, wie gewöhnlich zur Rosenzeit, kamen auch heuer; aber ich mischte mich weniger als etwa in früheren Jahren unter die Leute.

Natalie ging wirklich, wie ich jetzt selber wahrnahm, in diesem Sommer mehr als in vergangenen im Garten und in der Gegend herum, sie ging viel weiter und ging auch öfter allein. Sie ging nicht bloß bei dem großen Kirschbaume öfter in das Freie und ging dort zwischen den Saaten herum, sondern sie ging auch geradewegs über den Hügel hinab zu der Straße, oder sie ging in den Meierhof oder längs der Hügel dahin, oder sie ging ein Stück auf dem Wege nach dem Inghofe. Wenn sie zurückgekehrt war, saß sie in ihrem Lehnstuhle und blickte auf das, was vor ihr oder in ihrer Umgebung geschah.

Eines Tages, da ich selber einen weiten Weg gemacht hatte und gegen Abend in das Rosenhaus zurück kehrte, sah ich, da ich von dem Erlenbache hinauf eine kürzere Richtung eingeschlagen hatte, auf bloßem Rasen zwischen den Feldern gegangen, auf der Höhe angekommen war und nun gegen die Felderrast zuging, auf dem Bänklein, das unter der Esche derselben steht, eine Gestalt sitzen. Ich kümmerte mich nicht viel um sie und ging meines Weges, welcher gerade auf den Baum zuführte, weiter. Ich konnte, wie nahe ich auch kam, die Gestalt nicht erkennen; denn sie hatte nicht nur den Rücken gegen mich gekehrt, sondern war auch durch den größten Teil des Baumstammes gedeckt. Ihr Angesicht blickte nach Süden. Sie regte sich nicht und wendete sich nicht. So kam ich fast dicht gegen sie heran. Sie mußte nun meinen Tritt im Grase oder mein Anstreifen an das Getreide gehört haben; denn sie erhob sich plötzlich, wendete sich um, damit sie mich sähe, und ich stand vor Natalien. Kaum zwei Schritte waren wir von einander entfernt. Das Bänklein stand zwischen uns. Der Baumstamm war jetzt etwas seitwärts. Wir erschraken beide. Ich hatte nehmlich nicht – auch nicht im Entferntesten – daran gedacht, daß Natalie auf dem Bänklein sitzen könne, und sie mußte erschrocken sein, weil sie plötzlich Schritte hinter sich gehört hatte, wo doch kein Weg ging, und weil

sie, da sie sich umwendete, einen Mann vor sich stehen gesehen hatte. Ich mußte annehmen, daß sie nicht gleich erkannt habe, daß ich es sei.
Ein Weilchen standen wir stumm gegenüber, dann sagte ich: „Seid ihr es, Fräulein, ich hatte nicht gedacht, daß ich euch unter dem Eschenbaume sitzend finden würde."
„Ich war ermüdet", antwortete sie, „und setzte mich auf die Bank, um zu ruhen. Auch dürfte es wohl an der Zeit später geworden sein, als man gewohnt ist, mich nach Hause kommen zu sehen."
„Wenn ihr ermüdet seid", sagte ich, „so will ich nicht Ursache sein, daß ihr steht, ich bitte, setzet euch, ich will, so schnell ich kann, durch die Felder und den Garten eilen und euch Gustav herauf senden, daß er euch nach Hause begleite."
„Das wird nicht nötig sein", erwiderte sie, „es ist ja noch nicht Abend, und selbst wenn es Abend wäre, so droht wohl nirgends ringsherum eine Gefahr. Ich bin schon viel weiter allein gegangen, ich bin allein nach Hause zurückgekehrt, meine Mutter und unser Gastfreund haben deshalb keine Besorgnisse gehabt. Heute bin ich bis auf dem Raitbühel bei dem roten Kreuze gewesen und bin von dort zu der Bank hieher zurück gegangen."
„Das ist ja fast über eine Stunde Weges", sagte ich.
„Ich weiß nicht, wie lange ich gegangen bin", antwortete sie, „ich ging zwischen den Feldern hin, auf denen die ungeheure Menge des Getreides steht, ich ging an manchem Strauche hin, den der Rain enthält, ich ging an manchem Baume vorbei, der in dem Getreide steht, und kam zu dem roten Kreuze, das aus den Saaten empor ragt."
„Wenn ich sehr gut gehe", sagte ich, „so brauche ich von hier bis zu dem roten Kreuze eine Stunde."
„Ich habe, wie ich sagte, die Zeit nicht gezählt", entgegnete sie, „ich bin von hier zu dem Kreuze gegangen, und bin von dem Kreuze wieder hieher zurück gekehrt."
Während dieser Worte war ich aus der ungefügen Stellung im Grase hinter dem Bänklein auf den freien Raum herüber getreten, der sich vor dem Baume ausbreitet, Natalie hatte eine leichte Bewegung gemacht und sich wieder auf das Bänkchen gesetzt.
„Nach einem solchen Gange bedürft ihr freilich der Ruhe", sprach ich.
„Es ist auch nicht gerade deswillen", antwortete sie, „weshalb ich diese Bank suchte. So ermüdet ich bin, so könnte ich wohl noch recht gut den Weg durch die Felder und den Garten nach Hause, ja noch einen viel weiteren machen; aber es gesellte sich zu dem körperlichen Wunsche noch ein anderer."
„Nun?"
„Auf diesem Platze ist es schön, das Auge kann sich ergehen, ich bin bei meinen Gedanken, ich brauche diese Gedanken nicht zu unterbrechen, was ich doch tun muß, wenn ich zu den Meinigen zurück kehre."
„Und darum ruhet ihr hier?"
„Darum ruhe ich hier."
„Seid ihr von eurer Kindheit an gerne allein in den Feldern gegangen?"

„Ich erinnere mich des Wunsches nicht", antwortete sie, „wie es denn überhaupt einige Zeitabschnitte in meiner Kindheit gibt, an welche ich mich nicht genau erinnern kann, und da der Wunsch in meinem Gedächtnisse nicht gegenwärtig ist, so wird auch die Tatsache nicht gewesen sein, obwohl es wahr ist, daß ich als Kind lebhafte Bewegungen sehr geliebt habe."

„Und jetzt führt euch eure Neigung öfter in das Freie?" fragte ich.

„Ich gehe gerne herum, wo ich nicht beengt bin", antwortete sie, „ich gehe zwischen den Feldern und den wallenden Saaten, ich steige auf die sanften Hügel empor, ich wandere an den blätterreichen Bäumen vorüber und gehe so fort, bis mich eine fremde Gegend ansieht, der Himmel über derselben gleichsam ein anderer ist und andere Wolken hegt. Im Gehen sinne und denke ich dann. Der Himmel, die Wolken darin, das Getreide, die Bäume, die Gesträuche, das Gras, die Blumen stören mich nicht. Wenn ich recht ermüdet bin und auf einem Bänklein wie hier oder auf einem Sessel in unserem Garten oder selbst auf einem Sitze in unserem Zimmer ausruhen kann, so denke ich, ich werde nun nicht wieder so weit gehen. – Und wo seid denn ihr gewesen?" fragte sie, nachdem sie sich unterbrochen und ein Weilchen geschwiegen hatte.

„Ich bin nach dem Essen von dem Erlenbache zu dem Teiche hinauf gegangen", antwortete ich, „dann durch das Gehölze auf den Balkhügel empor, von dem man die Gegend von Landegg sieht und den Turm seiner Pfarrkirche erblicken kann. Von dem Balkhügel bin ich dann noch auf den Höhen fortgegangen, bis ich zu den Rohrhäusern gekommen bin. Da ich dort schon zwei starke Wegstunden von dem Asperhofe entfernt war, schlug ich den Rückweg ein. Ich hatte im Hingehen viele Zeit verbraucht, weil ich häufig stehen geblieben war und verschiedene Dinge angesehen hatte, deshalb wählte ich nun einen kürzeren Rückgang. Ich ging auf Feldpfaden und mannigfaltigen Kirchenwegen durch die Felder, bis ich zwischen Dernhof und Ambach wieder zu dem Seewalde und zu dem Erlenbache herabkam. Von dort aus waren mir Raine bekannt, die am kürzesten auf die Felderrast herüber führten. Obwohl auf ihnen kein Weg führt, ging ich doch auf ihrem Grase fort und kam so gegen euch herzu."

„Da müßt ihr ja recht müde sein", sagte sie und machte eine Bewegung auf dem Bänklein, um mir Platz neben sich zu verschaffen.

Ich wußte nicht recht, wie ich tun sollte, setzte mich aber doch an ihrer Seite nieder.

„Habt ihr etwa ein Buch mit euch genommen, um auf dieser Bank zu lesen", fragte ich, „oder habt ihr nicht Blumen gepflückt?"

„Ich habe kein Buch mitgenommen und habe keine Blumen gepflückt", antwortete sie, „ich kann nicht lesen, wenn ich gehe, und kann auch nicht lesen, wenn ich im freien Felde auf einer Bank oder auf einem Steine sitze."

Wirklich sah ich auch gar nichts neben ihr, sie hatte kein Körbchen oder sonst irgend etwas, das Frauen gerne mit sich zu tragen pflegen, um Gegenstände hinein legen zu können; sie saß müßig auf dem Bänklein, und ihr Strohhut, den sie von dem Haupte genommen hatte, lag neben ihr in dem Grase.

„Die Blumen pflücke ich", fuhr sie nach einem Weilchen fort, „wenn sie bei Gelegenheit an dem Wege stehen. Hier herum ist meistens der Mohn, der aber wenig zu Sträußen paßt, weil er gerne die Blätter fallen läßt, dann sind die Kornblumen, die Wegnelken, die Glocken und andere. Oft pflücke ich auch keine Blumen, wenn sie noch so reichlich vor mir stehen."

Mir war es seltsam, daß ich mit Natalien allein unter der Esche der Felderrast sitze. Ihre Fußspitzen ragten in den Staub der vor uns befindlichen offenen Stelle hinaus, und der Saum ihrer Kleider berührte denselben Staub. In der Krone der Esche rührte sich kein Blättchen; denn die Luft war still. Weit vor uns hinabgehend und weit zu unserer Rechten und Linken hin sowie rückwärts war das grüne, der Reife entgegen harrende Getreide. Aus dem Saume desselben, der uns am nächsten war, sahen uns der rote Mohn und die blauen Kornblumen an. Die Sonne ging dem Untergange zu und der Himmel glänzte an der Stelle, gegen die sie ging, fast weißglühend über die Saatfelder herüber, keine Wolke war und das Hochgebirge stand rein und scharf geschnitten an dem südlichen Himmel.

„Und habt ihr bei dem roten Kreuze auch ein wenig geruht?" fragte ich nach einer Weile.

„Bei dem roten Kreuze habe ich nicht geruht", antwortete sie, „man kann dort nicht ruhen, es steht fast unter lauter Halmen des Getreides, ich lehnte mich mit einem Arme an seinen Stamm und sah auf die Gegend hinaus, auf die Felder, auf die Obstbäume und auf die Häuser der Menschen, dann wendete ich mich wieder um und schlug den Rückweg zu diesem Bänklein ein."

„Wenn heiterer Himmel ist und die Sonne scheint, dann ist es in der Weite schön", sagte ich.

„Es ist wohl schön", erwiderte sie, „die Berge gehen wie eine Kette mit silbernen Spitzen dahin, die Wälder sind ausgebreitet, die Felder tragen den Segen für die Menschen, und unter all den Dingen liegt das Haus, in welchem die Mutter und der Bruder und der väterliche Freund sind; aber ich gehe auch an bewölkten Tagen auf den Hügel oder an solchen, an denen man nichts deutlich sehen kann. Als Bestes bringt der Gang, daß man allein ist, ganz allein, sich selber hingegeben. Tut ihr bei euren Wanderungen nicht auch so, und wie erscheint denn euch die Welt, die ihr zu erforschen trachtet?"

„Es war zu verschiedenen Zeiten verschieden", antwortete ich; „einmal war die Welt so klar als schön, ich suchte Manches zu erkennen, zeichnete Manches und schrieb mir Manches auf. Dann wurden alle Dinge schwieriger, die wissenschaftlichen Aufgaben waren nicht so leicht zu lösen, sie verwickelten sich und wiesen immer wieder auf neue Fragen hin. Dann kam eine andre Zeit; es war mir, als sei die Wissenschaft nicht mehr das Letzte, es liege nichts daran, ob man ein Einzelnes wisse oder nicht, die Welt erglänzte wie von einer innern Schönheit, die man auf ein Mal fassen soll, nicht zerstückt, ich bewunderte sie, ich liebte sie, ich suchte sie an mich zu ziehen und sehnte mich nach etwas Unbekanntem und Großem, das da sein müsse."

Sie sagte nach diesen Worten eine Zeit hindurch nichts; dann aber fragte sie: „Und ihr werdet in diesem Sommer noch einmal in euren Aufenthaltsort zurück kehren, den ihr euch jetzt zu eurer Arbeit auserkoren habt?"
„Ich werde in denselben zurück kehren", antwortete ich.
„Und den Winter bringt ihr bei euren lieben Angehörigen zu?" fragte sie weiter.
„Ich werde ihn wie alle bisherigen in dem Hause meiner Eltern verleben", sagte ich.
„Und seid ihr in dem Winter im Sternenhofe?" fragte ich nach einiger Zeit.
„Wir haben ihn früher zuweilen in der Stadt zugebracht", antwortete sie, „jetzt sind wir schon einige Male in dem Sternenhofe geblieben, und zwei Mal haben wir eine Reise gemacht."
„Habt ihr außer Klotilden keine andere Schwester?" fragte sie, nachdem wir wieder ein Weilchen geschwiegen hatten.
„Ich habe keine andere", erwiderte ich, „wir sind nur zwei Kinder, und das Glück, einen Bruder zu besitzen, habe ich gar nie kennen gelernt."
„Und mir ist wieder das Glück, eine Schwester zu haben, nie zu Teil geworden", antwortete sie.
Die Sonne war schon untergegangen, die Dämmerung trat ein, und wir waren immer sitzen geblieben. Endlich stand sie auf und langte nach ihrem Hute, der in dem Grase lag. Ich hob denselben auf und reichte ihn ihr dar. Sie setzte ihn auf und schickte sich zum Fortgehen an. Ich bot ihr meinen Arm. Sie legte ihren Arm in den meinigen, aber so leicht, daß ich ihn kaum empfand. Wir schlugen nicht den Weg auf den Anhöhen hin zu dem Gartenpförtchen ein, das in der Nähe des Kirschbaumes ist, sondern wir gingen auf dem Pfade, der von der Felderrast zwischen dem Getreide abwärts läuft, gegen den Meierhof hinab. Wir sprachen nun gar nicht mehr. Ihr Kleid fühlte ich sich neben mir regen, ihren Tritt fühlte ich im Gehen. Ein Wässerlein, das unter Tags nicht zu vernehmen war, hörte man rauschen, und der Abendhimmel, der immer goldener wurde, flammte über uns und über den Hügeln der Getreide und um manchen Baum, der beinahe schwarz da stand. Wir gingen bis zu dem Meierhofe. Von demselben gingen wir über die Wiese, die zu dem Hause meines Gastfreundes führt, und schlugen den Pfad zu dem Gartenpförtchen ein, das in jener Richtung in der Gegend der Bienenhütte angebracht ist. Wir gingen durch das Pförtchen in den Garten, gingen an der Bienenhütte hin, gingen zwischen Blumen, die da standen, zwischen Gesträuch, das den Weg säumte, und endlich unter Bäumen dahin und kamen in das Haus. Wir gingen in den Speisesaal, in welchem die Andern schon versammelt waren. Natalie zog hier ihren Arm aus dem meinigen. Man fragte uns nicht, woher wir gekommen wären und wie wir uns getroffen hätten. Man ging bald zu dem Abendessen, da die Zeit desselben schon heran gekommen war.
Während des Essens sprachen Natalie und ich fast nichts.
Als wir uns im Speisesaale getrennt hatten und als jedes in sein Zimmer gegangen war, löschte ich die Lichter in dem meinigen sogleich aus, setzte mich in einen der

gepolsterten Lehnstühle und sah auf die Lichttafeln, welche der inzwischen heraufgekommene Mond auf die Fußböden meiner Zimmer legte. Ich ging sehr spät schlafen, las aber nicht mehr, wie ich es sonst in jeder Nacht gewohnt war, sondern blieb auf meinem Lager liegen und konnte sehr lange den Schlummer nicht finden.

In den Tagen, die auf jenen Abend folgten, schien es mir, als weiche mir Natalie aus. Die Zithern hörte ich wieder in ein paar Nächten, sie wurden sehr gut gespielt, was ich jetzt mehr empfinden und beurteilen konnte als früher. Ich sprach aber nichts darüber, und noch weniger sagte ich etwas davon, daß ich selber in diesem Spiele nicht mehr so unerfahren sei. Meine Zither hatte ich nie in das Rosenhaus mitgenommen.

Endlich nahte die Zeit, in welcher man in den Sternenhof gehen sollte. Mathilde und Natalie reisten in Begleitung ihrer Dienerin früher dahin, um Vorkehrungen zu treffen und die Gäste zu empfangen. Wir sollten später folgen.

In der Zeit zwischen der Abreise Mathildens und der unsrigen tat mein Gastfreund eine Bitte an mich. Sie bestand darin, daß ich ihm in dem kommenden Winter eine genaue Zeichnung von den Vertäflungen anfertigen möchte, welche ich meinem Vater aus dem Lauterthale gebracht hatte und welche von ihm in die Pfeiler des Glashäuschens eingesetzt worden waren. Die Zeichnung möchte ich ihm dann im nächsten Sommer mitbringen. Ich fühlte mich sehr vergnügt darüber, daß ich dem Manne, zu welchem mich eine solche Neigung zog und dem ich so viel verdankte, einen Dienst erweisen konnte und versprach, daß ich die Zeichnung so genau und so gut machen werde, als es meine Kräfte gestatten.

An einem der folgenden Tage fuhren mein Gastfreund, Eustach, Roland, Gustav und ich in den Sternenhof ab.

Das Fest

Ein Fest in dem Sinne, wie man das Wort gewöhnlich nimmt, war es nicht, was in dem Sternenhofe vorkommen sollte, sondern es waren mehrere Menschen zu einem gemeinschaftlichen Besuche eingeladen worden, und diese Einladungen hatte man auch nicht eigens und feierlich, sondern nur gelegentlich gemacht. Übrigens stand es in Hinsicht des Sternenhofes so wie des Asperhofes jedem Freunde und jedem Bekannten frei, zu was immer für einer Zeit einen Besuch zu machen und eine Weile zu bleiben.

Als wir am zweiten Tage nach unserer Abreise von dem Asperhofe – wir hatten einen kleinen Umweg gemacht – in dem Sternenhofe eintrafen, waren schon mehrere Menschen versammelt. Fremde Diener, zuweilen seltsam gekleidet, gingen, wie sich das allemal findet, wenn mehrere Familien zusammen kommen, in der Nähe des Schlosses herum oder auf dem Wege zwischen dem Meierhofe und dem Schlosse hin und her. Man hatte einen Teil der Wägen und Pferde in dem Meierhofe untergebracht. Wir fuhren bei dem Tore hinein, und unser Wagen hielt im Hofe. Ich hatte schon, da wir den Hügel hinan fuhren und uns dem Schlosse näherten, einen Blick auf dessen vorderste Mauer geworfen, an der jetzt die bloßen Steine ohne Tünche sichtbar waren, und hatte mein Urteil schnell gefaßt. Mir gefiel die neue Gestalt um Außerordentliches besser als die frühere, an welche ich jetzt kaum zurück denken mochte. Meine Begleiter äußerten sich während des Hinzufahrens nicht, ich sagte natürlich auch nichts. Im Hofe näherten sich Diener, welche unser Gepäcke in Empfang nehmen und Wagen und Pferde unterbringen sollten. Der Hausverwalter führte uns die große Treppe hinan und geleitete uns in das Gesellschaftszimmer. Dasselbe war eines von jenen Zimmern, die in einer Reihe fortlaufen und mit den neuen, im Asperhofe verfertigten Geräten versehen sind. Die Türen aller dieser Zimmer standen offen. Mathilde saß an einem Tische und eine ältliche Frau neben ihr. Mehrere andere Frauen und Mädchen so wie ältere und jüngere Männer saßen an verschiedenen Stellen umher. Auf dem unscheinbarsten Platze saß Natalie. Mathilde so wie Natalie waren gekleidet, wie die Frauen und Mädchen von den besseren Ständen gekleidet zu sein pflegten; aber ich konnte doch nicht umhin, zu bemerken, daß ihre Kleider weit einfacher gemacht und verziert waren als die der anderen Frauen, daß sie aber viel besser zusammen stimmten und ein edleres Gepräge trugen, als man dies sonst findet. Mir war, als sähe ich den Geist meines Gastfreundes daraus hervorblicken, und wenn ich an höhere Kreise unserer Stadt, zu denen ich Zutritt hatte, dachte, so schien es mir auch, daß gerade dieser Anzug derjenige vornehme sei, nach welchem die Andern strebten. Mathilde stand auf und verbeugte sich freundlich gegen uns. Das taten die Andern auch, und wir taten es gegen Mathilde und gegen die Andern. Hierauf setzte man sich wieder, und der Hausverwalter und zwei Diener sorgten, daß wir Sitze bekamen. Ich setzte mich an eine Stelle, welche sehr wenig auffällig war. Die Sitte des gegenseitigen Vorstellens der Personen, wie sie fast überall vorkömmt, scheint in dem Rosenhause und in dem Sternenhofe nicht strenge gebräuchlich zu sein; denn ich wußte schon mehrere Fälle, in denen es unterblieben war; besonders wenn sich mehrere Menschen zusammen gefunden hatten. Bei der gegenwärtigen Gelegenheit unterblieb es auch. Man überließ es eher den Bemühungen des Einzelnen, sich die Kenntnis über eine Person zu verschaffen, an der ihm gelegen war, oder man überließ es eher dem Zufalle, miteinander bekannt zu werden, als daß man bei jedem neuen Ankömmlinge das Verzeichnis der Anwesenden gegen ihn wiederholt hätte. Zudem schienen sich hier die meisten Personen zu kennen. Mich wollte man wahrscheinlich aus dem Spiele lassen, weil ich nie, wenn fremde Menschen in den Asperhof gekommen waren, gefragt hatte, wer sie seien. Gustav benahm sich hier auch beinahe wie ein Fremder. Nachdem er sich gegen seine Mutter sehr artig verbeugt, in die allgemeine Verbeugung gegen die Andern eingestimmt und Natalien zugelächelt hatte, setzte er sich bescheiden auf einen abgelegenen Platz und hörte aufmerksam zu. Mein Gastfreund und Eustach so wie auch Roland waren in den gebräuchlichen Besuchkleidern, ich ebenfalls. Mir kamen diese Männer in ihren schwarzen Kleidern fremder und fast geringer vor als in ihrem gewöhnlichen Hausanzuge.

Mein Gastfreund war bald mit verschiedenen Anwesenden im Gespräche. Allgemein wurde von allgemeinen und gewöhnlichen Dingen geredet, und das Gespräch ging bald zwischen einzelnen, bald zwischen mehreren Personen hin und wider. Ich sprach wenig und fast ausschließlich nur, wenn ich angeredet und gefragt wurde. Ich sah auf die Versammlung vor mir oder auf manchen Einzelnen oder auf Natalien. Roland rückte einmal seinen Stuhl zu mir und knüpfte ein Gespräch über Dinge an, die uns beiden nahe lagen. Wahrscheinlich tat er es, weil er sich ebenso vereinsamt unter den Menschen empfand wie ich.

Nachdem man den Nachmittagstee, bei dem man eigentlich versammelt war, verzehrt und sich schon zum größten Teile erhoben hatte und in Gruppen zusammen getreten war, wurde der Vorschlag gemacht, sich in den Garten zu begeben und dort einen Spaziergang zu machen. Der Vorschlag fand Beifall. Mathilde erhob sich und mit ihr die älteren Frauen. Die jüngeren waren ohnehin schon gestanden. Ein schöner alter Herr, wahrscheinlich der Gatte der ältlichen Frau, welche neben Mathilden gesessen war, bot der Hausfrau den Arm, um sie über die Treppe hinab zu geleiten, dasselbe tat mein Gastfreund mit der ältlichen Frau. Einige Paare entstanden noch auf diese Weise, das Andere ging gemischt. Ich blieb stehen und ließ die Leute an mir vorüber gehen, um mich nicht vorzudrängen. Natalie ging mit einem schönen Mädchen an mir vorüber und sprach mit demselben, als sie an mir vorbei ging. Ich war, mit Roland und Gustav, der letzte, welcher über die Treppe hinab ging. Im Garten war es so, wie es bei einer größeren Anzahl von Gästen in ähnlichen Fällen immer zu sein pflegt. Man bewegte sich langsam vorwärts, man blieb bald hier, bald da stehen, betrachtete dieses oder jenes, besprach sich, ging wieder weiter, löste sich in Teile und vereinigte sich wieder. Ich achtete auf alles, was gesprochen wurde, gar nicht. Natalie sah ich mit demselben Mädchen gehen, mit dem sie an mir in dem Gesellschaftszimmer vorüber gegangen war, dann gesellten sich noch ein paar hinzu. Ich sah sie mit ihrem lichtbraunen Seidenkleide zwischen andern hervorschimmern, dann sah ich sie wieder nicht, dann sah ich sie abermals wieder. Gebüsche deckten sie dann ganz. Die jungen Männer, welche ich in der Gesellschaft getroffen hatte, gingen bald mit dem älteren Teile, bald mit dem jüngeren. Roland und Gustav gesellten sich zu mir, und wenn Gustav fragte, wie es dort aussehe, wo ich jetzt gearbeitet habe, ob hohe Berge sind, weite Täler, und ob es so freundlich ist wie am Lautersee, und ob ich noch weiter vordringen wolle, und in welche Berge ich dann komme: so sprach Roland wieder von den Anwesenden und nannte mir manchen und erzählte mir von ihren Verhältnissen. Durch seine Reisen in dem Lande, durch seinen Aufenthalt in Kirchen, Kapellen, verfallenen Schlössern und allen bedeutenderen Orten erfuhr er mehr, als irgend ein Anderer erfahren konnte, und durch sein lebhaftes Wesen und sein gutes Gedächtnis wurde er zur Erforschung angeleitet und war im Stande, das Erforschte zu bewahren. Die ältliche Frau, welche wir bei unserem Eintritte in das Gesellschaftszimmer neben Mathilden sitzen gesehen hatten, war die Besitzerin eines großen Anwesens, etwa eine halbe Tagereise von dem Sternenhofe entfernt. Ihr

Name war Tillburg, wie auch ihr Schloß hieß. Sie hatte sich mit allen Annehmlichkeiten und mit allem, was prächtig war, umringt. Ihre Gewächshäuser waren die schönsten im Lande, ihr Garten enthielt alles, was in der Zeit als vorzüglich auftauchte und wurde von zwei Gärtnern und einem Obergärtner nebst vielen Gehilfen besorgt, ihre Zimmer wiesen Geräte und Stoffe von allen Hauptstädten der Welt auf, und ihre Wägen waren das Bequemste und Zierlichste, was man in dieser Art hatte. Gemälde, Bücher, Zeitschriften, kleine Spielereien waren in ihren Wohnzimmern zerstreut. Sie machte Besuche in der Umgegend und empfing auch solche gerne. Im Winter ist sie selten in ihrem Schlosse und immer nur auf kurze Zeit, sie macht gerne Reisen und hält sich besonders oft in südlichen Gegenden auf, von denen sie Merkwürdigkeiten zurückbringt. Sie war die einzige Tochter und Erbin ihrer Eltern, ein Bruder, den sie hatte, war in der zartesten Jugend gestorben. Der Mann mit dem freundlichen Angesichte, welcher Mathilden aus dem Saale geführt hatte, war ihr Gatte. Er war ebenfalls das einzige Kind reicher Eltern, die Verbindung hatte sich ergeben, und so waren zwei große Vermögen in eins zusammen gekommen. Er teilte nicht gerade die Liebhabereien seiner Gattin, war ihnen aber auch nicht entgegen. Er hatte keine Leidenschaften, war einfach, machte seiner Gattin, die er sehr liebte, gerne eine Freude und fand in den Reisen derselben, auf denen er sie begleitete, halb sein eigenes Vergnügen, halb eines, weil er das ihrige teilte. Er verwaltete aber von jeher die Besitzungen sehr einsichtig. Die Tillburg stammt von ihm. Einer von den jungen Männern, die im Gesellschaftszimmer waren, der schlanke Mann mit den lebhaften dunkeln Augen ist der Sohn, und zwar das einzige Kind dieser Eheleute, er ist gut erzogen worden, und man kann nicht wissen, ob von Tillburg her nicht zartere Beziehungen zu dem Sternenhofe gewünscht werden.
Gustav machte bei diesen Worten eine leichte Seitenbewegung gegen Roland, sah ihn an, sagte aber nichts.
Ich erinnerte mich der Tillburg, die ich sehr gut kannte, aber nie betreten hatte. Ich war öfter in ihrer Nähe vorüber gekommen und hatte die vier runden Türme an ihren vier Ecken, denen man in der neueren Zeit eine lichte Farbe gegeben hatte, eine Tünche, wie man sie gerade jetzt von dem Sternenhofe wieder weg haben will, nicht angenehm empfunden, wie sie sich so scharf von dem Grün der nahen Bäume und dem Blau der fernen Berge und des Himmels abhoben, welchen letzteren sie beinahe finster machten.
„Der kleinere Mann mit den weißen Haaren, der in der Nähe des mittleren Fensters gesessen und öfter aufgestanden war", fuhr Roland fort, „ist der Besitzer von Haßberg. Sein Vater hatte die Besitzung erst gekauft und sie ursprünglich für einen jüngeren Sohn bestimmt, da der ältere das Stammgut Weißbach erben sollte; allein der jüngere Sohn und der Vater starben, und so hatte der ältere Weißbach und Haßberg. Er übergab nach einiger Zeit seinem Sohne das Stammgut und zog sich nach Haßberg zurück. Er ist einer jener Männer, die immer erfinden und bauen müssen. In Weißbach hat er schon mehrere Bauten aufgeführt.

In Haßberg richtete er eine Musterwirtschaft ein, er verbesserte die Felder und Wiesen und friedigte sie mit schönen Hecken ein, er errichtete einen auserlesenen Viehstand und führte in geschützten Lagen den Hopfenbau ein, der sich unter seine Nachbarn verbreitete und eine Quelle des Wohlstandes eröffnete. Er dämmte dem Ritflusse Wiesen ab, er mauerte die Ufer des Mühlbaches heraus, er baute eine Flachsröstanstalt, baute neue Ställe, Scheuern, Trockenhäuser, Brücken, Stege, Gartenhäuser, und ändert im Innern des Schlosses beständig um. Er ist im Laufe des ganzen Tages mit Nachschauen und Anordnen beschäftigt, zeichnet und entwirft in der Nacht, und wenn irgendwo im Lande über Führung einer Straße oder Anlegung eines Bewirtschaftungsplanes oder Errichtung eines Gebäudes Rat gepflogen wird, so wird er gerufen, und er macht bereitwillig die Reisen auf seine eigenen Kosten. Selbst bei der Regierung des Landes ist sein Wort nicht ohne Bedeutung. Die Frau mit dem aschgrauen Kleide ist seine Gattin, und die zwei Mädchen, welche vor Kurzem mit Natalie gegen die Eichen zugingen, sind seine Töchter. Frau und Töchter reden ihm zu, er solle sich mehr Ruhe gönnen, da er schon alt wird, er sagt immer: Das ist das Letzte, was ich baue; allein ich glaube, den letzten Plan zu einem Baue wird er auf seinem Totenbette machen. Unser Freund hält in diesen Dingen große Stücke auf ihn."

Da wir um die Ecke eines Gebüsches bogen und gegen die Eichen, welche an der Eppichwand stehen, zugingen, sahen wir wieder eine Menschengruppe vor uns. Roland, der einmal im Zuge war, sagte: „Der Mann in dem feinen schwarzen Anzuge, vor dem seine Gattin in dem nelkenbraunen Seidenkleide geht, ist der Freiherr von Wachten, dessen Sohn hier ebenfalls zugegen ist, ein Mann von mittelgroßer Gestalt, der im Gesellschaftszimmer so lange am Eckfenster gestanden war, ein junger Mann von vielen angenehmen Eigenschaften, der aber zu oft in den Sternenhof kömmt, als daß es sich durch bloßen Zufall erklären ließe.

Der Freiherr verwaltet seine Besitzungen gut, er hat keine besondere Vorliebe, hält alles und jedes in der ihm zugehörigen Ordnung und wird immer reicher. Da er nur den einzigen Sohn und keine Tochter hat, so wird die künftige Gattin seines Sohnes eine sehr ansehnliche und sehr reiche Frau. Die Familie lebt im Winter häufig in der Stadt. Die Güter liegen etwas zerstreut. Thondorf mit den schönen Wiesen und dem großen Waldgarten müßt ihr ja kennen."

„Ich kenne es", antwortete ich.

„Auf dem Randek hat er ein zerfallendes Schloß", fuhr Roland fort, „in welchem wunderschöne Türen sind, die aus dem sechzehnten Jahrhunderte stammen dürften. Der Verwalter rät ihm, die Türen nicht herzugeben, und so zerfallen sie nach und nach. Sie sind in unsern Zeichnungsbüchern enthalten und würden Gemächer, im Stile jener Zeit gebaut und eingerichtet, sehr zieren. Sogar zu Tischen oder anderen Dingen, falls man sie als Türen nicht verwenden könnte, würden sie sehr brauchbar sein. Ich habe auch in der sehr zerfallenen Kapelle von Randek außerordentlich schöne Tragsteine

gezeichnet. Meistens wohnt der Freiherr im Sommer in Wahlstein, schon ziemlich tief in den Bergen, wo die Elm hervorströmt."
„Ich kenne den Sitz", antwortete ich, „und kenne auch die Familie im Allgemeinen."
„Der Mann mit den schneeweißen Haaren", sprach Roland weiter, „heißt Sandung, er veredelt die Schafzucht, und der eine von den zwei neben ihm gehenden Männern ist der Besitzer des sogenannten Berghofes, ein allgemein geachteter Mann, und der andere ist der Oberamtmann von Landegg. Es fehlen noch die vom Inghof, dann sind mehrere Vertreter der hier herum wohnenden Leute vorhanden. Ich teile sie, wenn ich in meiner Liebhaberei im Lande herum reise, nach ihren Liebhabereien in Gruppen ein, und man könnte eine Landmappe so nach diesen Liebhabereien mit Farben zeichnen, wie ihr die Gebirge mit Farben zeichnet, um das Vorkommen der verschiedenen Gesteine anzuzeigen."
Da wir wieder eine Wendung machten, ganz nahe an der rechten Seite der Eppichwand, ging Mathilde mit der Frau von Tillburg auf einem Nebenwege gegen uns hervor. Sie blieb vor uns stehen und sagte zu mir: „Ihr habt meiner Brunnennymphe nicht so viel Aufmerksamkeit geschenkt als ihr solltet; ihr zieht die Gestalt auf der Treppe unsers Freundes zu sehr vor. Sie verdient es wohl; allein ihr müßt doch die hiesige auch ein wenig genauer ansehen und sie mir ein wenig schön heißen."
„Ich habe sie schön geheißen", erwiderte ich, „und wenn meine ganz unbedeutende Meinung etwas gilt, so soll ihr die Anerkennung gewiß nicht entgehen."
„Wir besuchen nun ohnehin alle die Grotte", entgegnete sie.
Nach diesen Worten ging sie mit ihrer Begleiterin auf dem Hauptwege gegen die Eppichwand vor, wir folgten. Die Anderen kamen in verschiedenen Richtungen herzu, und man ging zu der Marmorgestalt in der Brunnenhalle.
Einige gingen hinein, Andere blieben mehr am Eingange stehen, und man redete über die Gestalt. Diese ruhte indessen in ihrer Lage, und die Quelle rann sanft und stetig fort. Es waren nur allgemeine Dinge, welche über das Bildwerk gesprochen wurden. Mir kam es fremd vor, die geputzten Menschen in den verschiedenfarbigen Kleidern vor dem reinen, weißen, weichen Marmor stehen zu sehen. Roland und ich sprachen nichts.
Man entfernte sich wieder von dem Marmor, ging langsam an der Eppichwand hin und stieg die Stufen zu der Aussicht empor. Auf dieser verweilte man eine Zeit und ging dann gegen die Linden zurück. Nach Betrachtung der Linden und des schönen Platzes unter ihnen begab sich der Zug wieder auf den Rückweg in das Schloß. Eustach hatte ich beinahe die ganze Zeit nicht gesehen.
Zugleich mit uns kamen im Schlosse Wägen an, in denen die von Ingheim und noch einige Gäste saßen. Nachdem man sich bewillkommt hatte und nachdem die Angekommenen sich von den überflüssigen Reisekleidern befreit hatten, teilte sich, wie es bei ähnlichen Gelegenheiten stets vorkömmt, die Gesellschaft in Gruppen, von denen einige vor dem Hause standen und plauderten, andere auf den Sandwegen im Rasen herumgingen, wieder andere gegen den Meierhof wandelten. Als die Abendröte hinter

den Bäumen erschien, die in schönen Zeilen im Westen des Schlosses die Felder säumten, und als ihr Glühen immer blässer wurde und dem Gelb des Spätabends Platz machte, sammelten sich die Leute wieder. Die einen kehrten von ihrem Spaziergange, die anderen von ihrem Gespräche, die dritten von ihrer Betrachtung verschiedener Gegenstände zurück, und man begab sich in das Speisezimmer. In demselben begann nun ein Abend, wie sie auf dem Lande, wo man von dem Umgange mit Seinesgleichen viel ausgeschlossener ist, zu den vergnügtesten gehören. Ich habe diese Betrachtung, da ich im Sommer immer ferne von der Stadt war, öfter machen können. Da man Menschen, mit denen man gleiche Gesinnungen und gleiche Meinungen hat, auf dem Lande viel seltener sieht als in der Stadt, da man mit dem Raume nicht so kargen muß wie in der Stadt, wo jede Familie nur das mit vielen Kosten erschwingt, was sie für sich und nächste Angehörige braucht, da die Lebensmittel auf dem Lande gewöhnlich aus der ersten und unmittelbaren Quelle bei der Hand sind, auch strenge Anforderungen hierin nicht gemacht werden: so ist man auf dem Lande viel gastfreundlicher als in der Stadt, und Gelegenheiten, wo man sich in einem Zimmer und um einen Tisch versammelt, werden da viel fröhlicher, ungezwungener und auch herzlicher begangen, weil man sich freut, sich wieder zu sehen, weil man um alles fragen will, was sich an den verschiedenen Stellen, woher die Ankömmlinge gekommen sind, zugetragen hat, weil man die eigenen Erlebnisse mitteilen und weil man seine Ansichten austauschen will.

Der Tisch war schon gedeckt, der Hausverwalter wies allen ihre Plätze an, die zur Vermeidung von dennoch möglichen Verwirrungen noch überdies durch von seiner Hand geschriebene Zettel bezeichnet waren, und man setzte sich. Der Mann hatte gesorgt, daß solche, die sich gut kannten, nahe zusammen kamen.

Deßohngeachtet schritt man mit der Freimütigkeit des Landes und alter Bekannter dazu, die Zettel noch zu verwechseln und sich gegen die Anordnungen des Mannes zusammen zu setzen. Von der Decke des Zimmers hing eine sanft brennende Lampe hernieder, und außer ihr wurde die Tafel noch durch verteilte strahlende Kerzen erhellt. Mathilde nahm den Mittelsitz ein und richtete ihre Freundlichkeit und ihr ruhiges Wesen gegen alle, die in ihrem Bereiche waren, und selbst gegen die entferntesten Plätze suchte sie ihre Aufmerksamkeit zu erstrecken. Die bekannteren und älteren Gäste saßen ihr zunächst, die jüngeren entfernter. Julie, die Tochter Ingheims mit den heiteren braunen Augen, saß mir fast gegenüber, ihre Schwester, die blauäugige Apollonia, etwas weiter unten. Sie hatten sehr geschmackvolle Kleider an, das Geschmeide, das sie trugen, hätte, wie ich meinte, etwas weniger sein sollen. Neben beiden saßen die jungen Männer Tillburg und Wachten. Natalie saß zwischen Eustach und Roland. Ob es so angeordnet, ob es ihre eigene Wahl war, wußte ich nicht. Man trug ein einfaches Mahl auf, und fröhliche Gespräche belebten es. Man sprach von den Begebnissen der Gegend, man neckte sich mit kleinen Erlebnissen, man teilte sich Erfahrungen mit, die man in seinem Kreise gemacht hatte, man sprach von Büchern, die in der Gegend neu waren, und beurteilte sie, man erzählte, was man im Bereiche seiner Liebhaberei Neues erworben, was man für

Reisen gemacht und was man für fernere vorhabe. Auch auf die Geschichte des Landes kam es, auf seine Verwaltung, auf Verbesserungen, die zu machen wären, und auf Schätze, die noch ungehoben liegen. Selbst Wissenschaft und Kunst war nicht ausgeschlossen. Mancher Scherz erheiterte die Anwesenden, und man schien sehr vergnügt, sich so in einen Kreis versammelt zu haben, wo sich Neues ergab und wo man Altes wieder beleben konnte.
Nach ein paar schnell vergangenen Stunden stand man auf, die Lichter zu dem Gange in die verschiedenen Schlafgemächer wurden angezündet, und man begab sich allmählich zur Ruhe.

Am andern Morgen nach dem Frühmahle, da die höher gestiegene Sonne die Gräser bereits getrocknet hatte, begab man sich in das Freie, um das Urteil über die Arbeiten an der Vorderseite des Hauses zu fällen. Alle gingen mit. Selbst Dienerschaft stand seitwärts in der Nähe, als ob sie wüßte, was geschehe – und sie wußte es wohl auch – und als ob sie sich dabei beteiligen sollte. Man ging einige hundert Schritte von der Vorderseite des Hauses weg, wendete sich dann um, blieb im Grase stehen und betrachtete die von der Tünche befreite Wand. Hierauf umging man in einem weiten Bogen eine Ecke des Hauses, um auch eine Wand zu sehen, auf welcher sich noch die Tünche befand. Nachdem man Beides wohl angeschaut hatte, nahm man einen Stand ein, der beide Ansichten gestattete.
Nach und nach wurden Meinungen laut. Man fragte zuerst die älteren und ansehnlicheren Gäste. Diese gaben fast alle ihr Urteil unbestimmt und mit Vorsicht ab. Beide Einrichtungen hätten ihr Gutes, an beiden wird etwas auszustellen sein, und es komme auf Geschmack und Vorliebe an. Da das Gespräch allgemeiner wurde, traten schon manche Meinungen abgeschlossener hervor. Einige sagten, es sei etwas Besonderes und nicht überall Vorkommendes, die nackten Steine aus einer Wand stehen zu lassen. Wenn die Kosten nicht zu scheuen sind, möge man es an dem ganzen Schlosse so machen, und man habe dann etwas sehr Eigenes. Andere meinten, es sei doch überall Sitte, die Wände selbst gegen Außen mit einer Tünche zu bekleiden, ein licht getünchtes Haus sei sehr freundlich, darum hätten auch die Vorbesitzer des Hauses so getan, um sein Ansehen dem neuen Geschmacke näher zu bringen. Darauf sagten wieder Andere, die Gedanken der Menschen seien wechselvoll, einmal habe man die großen viereckigen Steine, aus denen das Äußere dieser Wände bestehe, nackt hervor sehen lassen, später habe man sie überstrichen, jetzt sei eine Zeit gekommen, wo man wieder auf das Alte zurück gehe und es verehre, man könne also die Steine wieder nacktlegen.
Mein Gastfreund vernahm die Meinungen, und antwortete in unbestimmten und nicht auf eine einzelne Ansicht gestellten Worten, da alles, was gesagt wurde, sich ungefähr in demselben Kreise bewegte. Mathilde sprach nur Unbedeutendes, und Eustach und Roland schwiegen ganz. Von der feurigen Natur des letzten wunderte es mich am meisten. Ich schloß aus dieser Tatsache, daß meine Freunde ihre Meinung entweder

schon gefaßt hatten oder daß sie dieselbe erst für sich fassen wollten. Diese eben abgehaltene Beschau erschien mir also etwas Allgemeines, Unwesentliches, als eine nachbarliche Artigkeit, als eine Gelegenheit, zusammen zu kommen, um sich gemeinschaftlich zu sehen und zu sprechen, wie man es bei andern Anlässen auch tut.
Mir erschien die Bloßlegung der Steine unbedingt als das Natürlichste. Wie ich wohl schon erkennen gelernt hatte, ist bei Denkmälern – und je größer und würdiger sie sein sollen, um desto mehr ist dies der Fall – der Stoff nicht gleichgültig, und dann darf er aber nicht mit Fremdartigem vermengt werden. Ein Siegesbogen, selbst wenn er unter Dach steht, darf von Marmor sein, weniger schon von Ziegeln oder Holz, ganz und gar nicht von gegossenem Eisen oder festgeklebtem Papier. Eine Bildsäule kann von Marmor, Metall oder Holz sein, weniger von groben Steinen, ganz und gar nicht von allerlei zusammengefügten Bestandteilen. Unsere neuen Häuser, die nur bestimmt sind, Menschen aufzunehmen, um ihnen Obdach zu geben, haben nichts Denkmalartiges, sei es ein Denkmal für den Glanz einer Familie, sei es ein Denkmal der abgeschlossenen und wohlgenossenen Wohnlichkeit für irgend ein Geschlecht. Darum werden sie fachartig aus Ziegeln gebaut und mit einer Schicht überstrichen, wie man auch lackiertes Geräte macht oder künstliches Gestein malt. Schon die aus bloßem Holze zur Wohnung eines Geschlechtes in unseren Gebirgsländern (nicht zur Spielerei in Gärten) erbauten Häuser haben Denkmalartiges, noch mehr die Schlösser, die aus festen Steinen gefügt sind, die Torbogen, die Pfeiler, die Brücken und noch mehr die aus Stein gebauten Kirchen. Daraus ergab sich mir von selber, daß diejenigen, die dieses Schloß so bauten, daß die Außenseiten der Wände fest gefügte viereckige, unbestrichene Steine sind, Recht gehabt haben, und daß die, welche die Steine bestrichen, im Unrechte waren, und daß die, welche sie wieder bloß legen, abermals im Rechte sind. Ich sah, daß man an sämtlichen Steinen, weil sonst die Kalktünche nicht zu vertilgen gewesen wäre, die Oberfläche mit scharfen Hämmern erneuert hatte. Dies gab wohl den Steinen etwas, das ein lichteres Grau ist, als die alten Simse und Tragsteine hatten, die nicht getüncht waren; allein durch Zeit und Wetter werden sich auch die erneuerten Steinoberflächen wieder dunkler färben.

Man ging, da man eine Weile gesprochen hatte, obwohl ein eigentliches Urteil nicht gefällt worden war, wieder in das Haus zurück, und auch die Dienerschaft, welche zugeschaut hatte, ging auseinander, gleichsam als ob die Sache jetzt aus wäre.
In dem Hause zerstreuten sich die Gäste, manche begaben sich in Zimmer, manche gingen in das Freie. Ich nahm in meinem Schlafgemache, wozu mir das nehmliche Zimmer, welches ich früher bewohnt hatte, angewiesen worden war, einen leichteren Hut und einen bequemeren Rock und ging dann auch in den Garten. Ich ging ganz allein in einem dunkeln Gange zwischen Gebüschen hin, und es war mir wohl, daß ich allein war. Ich schlug die abgelegenen, wenig gangbaren und auch weniger im Stande gehaltenen Wege ein, damit ich niemanden begegne und damit sich niemand zu mir

geselle. Es war auch wirklich kein Mensch in den Gängen, und ich sah nur kleine Vögel, welche ungescheut in ihnen liefen und Futter von der Erde pickten. Ich umging den Lindenplatz und kam hinter ihm aus dem Gebüsche heraus. Von da ging ich in einem großen Umwege der Eppichwand zu und hatte vor, in die Nymphengrotte zu treten, wenn niemand in ihr wäre. Als ich schon nahe an der Grotte war und schief in dieselbe blicken konnte, sah ich, daß Natalie auf dem Marmorbänklein sitze, welches sich seitwärts von der Nymphengestalt befand. Sie saß an dem innersten Ende des Bänkleins. Ihr blaßgraues Seidenkleid schimmerte aus der dunkeln Höhlung heraus. Einen Arm ließ sie an ihrer Gestalt ruhen, den andern hatte sie auf die Lehne des Bänkleins gestützt und barg die Stirn in ihrer Hand. Ich blieb stehen und wußte nicht, was ich tun sollte. Daß ich nicht in die Grotte gehen wolle, war mir klar; allein die kleinste Wendung, die ich machte, konnte ein Geräusch erregen und sie stören. Aber ohne daß ich ein Geräusch machte, sah sie auf und sah mich stehen. Sie erhob sich, ging aus der Grotte, ging mit beeilten Schritten an der Eppichwand hin und entfernte sich in das Gebüsch. In Kurzem sah ich den Schimmer ihres Kleides verschwinden. Eine ganz kleine Zeit blieb ich stehen, dann ging ich in die Grotte hinein. Ich setzte mich auf dieselbe Marmorbank, auf der sie gesessen war und sah in das Rinnen des Wassers, sah auf die einsame Alabasterschale, die neben dem Becken stand, und sah auf den ruhigen, glänzenden Marmor. Ich saß sehr lange. Da sich Stimmen näherten und da ich vermuten mußte, daß man die Brunnengestalt besuchen würde, stand ich auf, ging aus der Grotte, ging in das Gebüsch und begab mich auf denselben Wegen, auf denen ich gekommen war, in das Schloß zurück.

Der Mittag vereinigte noch einmal alle Gäste bei dem Mahle. Mehrere von ihnen hatten beschlossen, gleich nach demselben fort zu fahren, um noch vor der Nacht ihre Heimat zu erreichen. Man brachte einen fröhlichen Trinkspruch aus auf die schöne Gestaltung des Schlosses und einen Dank für die herzliche Bewirtung. Der Spruch wurde mit einem Wunsche für das Wohl der Gesellschaft und für baldiges Wiedersehen erwidert. Die heitere Sommersonne verklärte das Zimmer, und die Blumen des Gartens schmückten es.

Nach dem Mahle fuhren mehrere der Gäste fort, und im Laufe des Nachmittages entfernten sich alle.

Wir, die nach dem Asperhofe mußten, hatten beschlossen, morgen früh abzufahren.

Bei dem Abendessen kam das Gespräch auf das Unternehmen an dem Hause. Ich sah, daß die Übriggebliebenen schon einig waren. Es sprach nun mein Gastfreund, es sprachen Eustach und Roland. Sie hatten alle meine Ansicht. Ich wurde aufgefordert, auch meine Meinung zu sagen. Ich sprach sie nach meiner innern Empfindung aus. Alle mochten sie wohl so erwartet haben. Über den Aufwand zur Deckung der künftigen Kosten sprach mein Gastfreund mit Mathilden besonders. Durch das Abschlagen der Steine mit scharfen Hämmern hatten sich die Auslagen größer gezeigt, als man Anfangs vermuten konnte. Mein Gastfreund riet daher, daß man die Arbeit auf längere Fristen

ausdehnen solle, wodurch die Kosten weniger empfindlich würden und, da doch das Schaffen des Schönen das Vergnügen bilde, dieses Vergnügen sich verlängere. Man billigte den Vorschlag und freute sich auf das Wachsen des Edleren und freute sich auf den Augenblick, wenn das Haus in einem würdigen Gewande da stehen würde und man die Beruhigung hätte, es so dem künftigen Besitzer übergeben zu können.
Mit dem Anbruche des nächsten Tages fuhren mein Gastfreund, Eustach, Roland, Gustav und ich auf dem Wege nach dem Rosenhause dahin.
Als ich in Hinsicht der eben zugebrachten Tage etwas über das Landleben sagte und die Annehmlichkeiten desselben berührte, und als wir eine Zeit über diesen Gegenstand gesprochen hatten, sagte mein Gastfreund: „Das gesellschaftliche Leben in den Städten, wenn man es in dem Sinne nimmt, daß man immer mit fremden Personen zusammen ist, bei denen man entweder mit andern zum Besuche ist, oder die mit andern bei uns sind, ist nicht ersprießlich. Es ist das nehmliche Einerlei wie das Leben in Orten, die den großen Städten nahe sind. Man sehnt sich, ein anderes Einerlei aufzusuchen; denn wohl ist jedes Leben und jede Äußerung einer Gegend ein Einerlei, und es gewährt einen Abschluß, von dem einen Einerlei in ein anderes über zu gehen. Aber es gibt auch ein Einerlei, welches so erhaben ist, daß es als Fülle die ganze Seele ergreift und als Einfachheit das All umschließt. Es sind erwählte Menschen, die zu diesem kommen und es zur Fassung ihres Lebens machen können."
„In der Weltgeschichte kömmt wohl Ähnliches vor", sagte ich.
„In der Weltgeschichte kömmt es vor", antwortete er, „wo ein Mensch durch eine große Tat, die sein Leben erfüllt, diesem Leben eine einfache Gestalt geben kann, abgelöst von allem Kleinlichen – in der Wissenschaft, wo ein großartiges Feld höchsten Erringens vor dem Menschen liegt – oder in der Klarheit und Ruhe der Lebensanschauungen, die endlich Alles auf einige ausgedehnte, aber einfältige Grundlinien zurück führt. Jedoch sind auch hier Maße und Abstufungen wie in allen andern Dingen des Lebens."
„Von den zwei Hauptzeiträumen, welche das menschliche Geschlecht betroffen haben", erwiderte ich, „von dem sogenannten antiken und dem heutigen, dürfte wohl der griechisch-römische das Meiste von dem Gesagten aufzuweisen haben."
„Wir wissen zuletzt gar nicht, welche Zeiträume es in der Geschichte gegeben hat", antwortete er. „Die Griechen und Römer sind unserer Zeit am nächsten, wir sind aus ihnen hervor gegangen und wissen von ihnen auch das Meiste. Wer weiß, wie viele Völkerabschnitte es gegeben hat und wie viele unbekannte Geschichtsquellen noch verborgen sind. Wenn einmal ganze Reihen solcher Völkerzustände wie Griechen- und Römertum vorliegen, dann läßt sich eher über unsere Frage etwas sagen. Oder sind etwa solche Reihen nur dagewesen und vergessen worden, und werden überhaupt die hintersten Stücke der Weltgeschichte vergessen, wenn sich vorne neue ansetzen und ihrer Entwicklung entgegen eilen? Wer wird dann nach zehntausend Jahren noch von Hellenen oder von uns reden? Ganz andere Vorstellungen werden kommen, die Menschen werden ganz andere Worte haben, mit ihnen in ganz anderen Sätzen reden,

und wir würden sie gar nicht verstehen, wie wir nicht verstehen würden, wenn etwas zehntausend Jahre vor uns gesagt worden wäre und uns vorläge, selbst wenn wir der Sprache mächtig wären. Was ist dann jeder Ruhm? Aber kehren wir zu unserem Gegenstande zurück und sehen wir von Ägyptern, Assyrern, Indern, Medern, Hebräern, Persern, von denen Kunde zu uns herüber gekommen ist, ab und vergleichen wir uns nur allein mit der griechisch-römischen Welt, so dürfte in ihr wirklich mehr einfache Lebensgröße gelegen sein als in der unsern liegt. Ich verwundere mich oft, wenn ich in der Lage bin, zu entscheiden, welchen von beiden ich den Preis geben soll, Cäsars Taten oder Cäsars Schriften, wie sehr ich im Schwanken begriffen bin und wie wenig ich es weiß. Beides ist so klar, so stark, so unbeirrt, daß wir wenig desgleichen haben dürften."
„Jene alten Verhältnisse des Handelns und Denkens waren aber, wie ich glaube, auch weniger verwickelt als die unsrigen", sagte ich.
„Sie hatten einen nicht so ausgedehnten Schauplatz wie wir", erwiderte er, „obwohl auch der Platz der Taten zu Cäsars Zeit – Britannien, Gallien, Italien, Asien, Afrika -, oder zu Alexanders Zeit – Griechenland und Orient – nicht ganz klein war. Ihre Verhältnisse nach Außen gestalteten sich daher leichter; aber im Innern dürften sie bei der großen Zahl der mithandelnden Personen, von denen die meisten Stimme und Gewalt in Staatsdingen hatten, nicht so leicht gewesen sein, und die Macht, diese Gemüter durch Wort, Erscheinung und Handlung zu gewinnen und zu leiten, dürfte schwierig zu erwerben gewesen sein und dürfte eben dem Wesen eines Mannes die feste Gestalt aufgedrückt haben, die wir so oft an ihm bewundern. Unsere Zeit ist eine ganz verschiedene. Sie ist auf den Zusammensturz jener gefolgt und erscheint mir als eine Übergangszeit, nach welcher eine kommen wird, von der das griechische und römische Altertum weit wird übertroffen werden. Wir arbeiten an einem besondern Gewichte der Weltuhr, das den Alten, deren Sinn vorzüglich auf Staatsdinge, auf das Recht und mitunter auf die Kunst ging, noch ziemlich unbekannt war, an den Naturwissenschaften. Wir können jetzt noch nicht ahnen, was die Pflege dieses Gewichtes für einen Einfluß haben wird auf die Umgestaltung der Welt und des Lebens. Wir haben zum Teile die Sätze dieser Wissenschaften noch als totes Eigentum in den Büchern oder Lehrzimmern, zum Teile haben wir sie erst auf die Gewerbe, auf den Handel, auf den Bau von Straßen und ähnlichen Dingen verwendet, wir stehen noch zu sehr in dem Brausen dieses Anfanges, um die Ergebnisse beurteilen zu können, ja wir stehen erst ganz am Anfange des Anfanges. Wie wird es sein, wenn wir mit der Schnelligkeit des Blitzes Nachrichten über die ganze Erde werden verbreiten können, wenn wir selber mit großer Geschwindigkeit und in kurzer Zeit an die verschiedensten Stellen der Erde werden gelangen, und wenn wir mit gleicher Schnelligkeit große Lasten werden befördern können? Werden die Güter der Erde da nicht durch die Möglichkeit des leichten Austauschens gemeinsam werden, daß Allen Alles zugänglich ist? Jetzt kann sich eine kleine Landstadt und ihre Umgebung mit dem, was sie hat, was sie ist und was sie weiß, absperren: bald wird es aber nicht mehr so sein, sie wird in den allgemeinen Verkehr

gerissen werden. Dann wird, um der Allberührung genügen zu können, das, was der Geringste wissen und können muß, um Vieles größer sein als jetzt. Die Staaten, die durch Entwicklung des Verstandes und durch Bildung sich dieses Wissen zuerst erwerben, werden an Reichtum, an Macht und Glanz vorausschreiten und die andern sogar in Frage stellen können. Welche Umgestaltungen wird aber erst auch der Geist in seinem ganzen Wesen erlangen? Diese Wirkung ist bei Weitem die wichtigste. Der Kampf in dieser Richtung wird sich fortkämpfen, er ist entstanden, weil neue menschliche Verhältnisse eintraten, das Brausen, von welchem ich sprach, wird noch stärker werden, wie lange es dauern wird, welche Übel entstehen werden, vermag ich nicht zu sagen; aber es wird eine Abklärung folgen, die Übermacht des Stoffes wird vor dem Geiste, der endlich doch siegen wird, eine bloße Macht werden, die er gebraucht, und weil er einen neuen menschlichen Gewinn gemacht hat, wird eine Zeit der Größe kommen, die in der Geschichte noch nicht dagewesen ist. Ich glaube, daß so Stufen nach Stufen in Jahrtausenden erstiegen werden. Wie weit das geht, wie es werden, wie es enden wird, vermag ein irdischer Verstand nicht zu ergründen. Nur das scheint mir sicher, andere Zeiten und andere Fassungen des Lebens werden kommen, wie sehr auch das, was dem Geiste und Körper des Menschen als letzter Grund inne wohnt, beharren mag."
Wir gingen nun in manches Einzelne dieses Stoffes ein, behandelten es im Fahren und suchten die möglichen Folgen anzugeben. Besonders wurden Zweige der Naturwissenschaften genannt, welche vorzugsweise vorgeschritten waren und Einfluß zu gewinnen schienen, wie die Chemie und andere. Roland war entschieden für Neuerung, wenn sie auch Alles umstürzte, mein Gastfreund und Eustach hegten den Wunsch, daß jenes Neue, welches bleiben soll, weil es gut ist – denn wie vieles Neue ist nicht gut -, nur allgemach Platz finden und ohne zu große Störung sich einbürgern möchte. So ist der Übergang ein längerer, aber er ist ein ruhigerer und seine Folgen sind dauernder.
Nach dem Mittagsessen kam das Gespräch auf die Brunnennymphe im Sternenhofe, und mein Gastfreund erzählte mir, wie sie erworben worden war. Ein Mann, der entfernt mit Mathilden verwandt war, hatte zu seinem großen Vermögen noch Erbschaften gemacht. Er verlegte sich auf Sammlungen. Er hatte Münzen, er hatte Siegel, er hatte keltische und römische Altertümer, Musikgeräte, Tulpen und Georginen, Bücher, Gemälde und Bildsäulen. Er baute in seinem Garten an sein Haus, welches etwas erhöht stand, eine große Fläche, die er mit Steinen pflasterte und von welcher künstliche steinerne Stufen in mehreren Richtungen nach dem Garten hinab gingen. Auf die Brüstungen dieser Fläche und auf die Einfassungen der Treppen wurden Bildsäulen gesetzt. Es gehörte zu den größten Vergnügungen des Mannes, auf der Fläche hin und her zu gehen. Das tat er auch oft, wenn die heißeste Sonne am Himmel stand und das Pflaster in die Sohlen brannte. Außerdem hatte er auch noch Bildsäulen auf den Treppen des Hauses und in den Zimmern. Die Nymphe, welche jetzt Mathilde besitzt, hatte er in einem Brunnentempel im Garten. Er hatte sie von seinem Großoheime geerbt. Sie soll zu den

Jugendzeiten desselben von einem italienischen Bildhauer für einen Fürsten verfertigt worden sein, dessen schneller Todfall das Übergehen an ihre Bestimmung vereitelte. So kam sie nach mehreren Zufällen an den Großoheim, der Verbindungen mit dem Künstler hatte. Man sagt, diese Bildsäule sei der Anfang zu der Bildsäulenliebhaberei des Vetters Mathildens gewesen. Als dieser Mann starb, fand sich ein letzter Wille geschrieben vor, daß alle Kunstwerke an Kunstkenner oder Kunstliebhaber, nicht aber an Händler verkauft werden und daß das Geld dafür und die anderen Dinge, die er hinterlassen, und zwar letztere nach einem Schätzungswerte, unter seine entfernten Verwandten verteilt werden sollten; denn Kinder oder nähere Verwandte hatte er nicht. Da nun die Nymphe weitaus das schönste Kunstwerk war, welches er besaß, da Mathilde es immer bewundert hatte, da sie schon im Besitze des Sternenhofes war und in demselben schon schöne Gemälde untergebracht hatte: so war es ihr nicht schwer, sich als eine Kunstliebhaberin auszuweisen und das Bildwerk anzukaufen. Man gönnte es ihr mehr als einem Fremden, weil auf diese Weise das Kunstwerk gewissermaßen in der Familie blieb und sie überdies auch mehr in die gemeinschaftliche Erbschaft zahlte, als ein Fremder getan haben würde.
Sie brachte das ihr so liebe Werk in den Sternenhof und stellte es dort in einem Saale auf. Erst lange darnach wurde durch Eustachs und meines Gastfreundes Bemühungen zwischen den Eichen, die schon standen, die Eppichwand und die Quellengrotte gebaut und so der Gestalt ein würdiger und wirkungsvoller Aufenthaltsort gegeben, da sie für den Saal doch immer zu groß und ihre Stellung und ihre Beschäftigung unpassend gewesen war. Den Krug, aus welchem das Wasser rann, hatte sie schon, das Becken und die Bank sind neu gemacht worden, die Alabasterschale hat Mathilde aus ihrem Besitztume dazu gegeben.
Wir kamen am Abende im Rosenhause an. Am andern Tage bat ich meinen Gastfreund, er möge erlauben, daß ich eine Nachzeichnung von der Zeichnung des Kerberger Altares, die er besitze, mache, und diese Zeichnung meinem Vater zum Geschenke bringe. Er erlaubte es sehr gerne. Die Zeichnung war nach dem Vorschlage, welcher auf der Reise in das Hochland gemacht worden war, von Roland verbessert worden, und so wurde sie mir übergeben.
Ich schloß mich in mein Zimmer ein und arbeitete mehrere Tage fleißig von Sonnenaufgang bis Sonnenuntergang, bis ich mit der Zeichnung fertig war. Ich verpackte sie nun sehr wohl und gab meinem Gastfreunde die Urzeichnung zurück.
Nun hielt ich mich nicht mehr länger in dem Asperhofe auf und eilte in die Tann.
Ich stieg dort auf Berge, ich arbeitete sehr angestrengt, ich spielte sehr viel auf meiner Zither und las in meinen Büchern.
Eines Tages gegen den Spätsommer hin hörte ich mit Allem auf. Ich packte meine Kisten, tat die Werkzeuge und die Schriften, die sich auf meine Arbeiten bezogen, in ihre Fächer und Koffer, entließ fast alle Leute, versah die Kisten mit Aufschriften, verordnete ihre Versendung und ging dann in das Lauterthal. Dort nahm ich nur den alten Kaspar und

von den jungen Männern einen, der mir besonders lieb geworden war, und beschloß, die Messung des Lautersees zu Ende zu bringen.

Ich mietete mich in dem Seewirtshause ein, richtete alle Geräte, welche mir zu meinem Vorhaben nötig waren, zurecht, ließ diejenigen neu verfertigen, welche ich nicht hatte, und ging ans Werk. Ich arbeitete recht fleißig. So lange das Licht des Tages leuchtete, waren wir auf dem Wasser. Nachts – außer einigen Stunden Schlafes – war ich an dem Papiere teils mit Rechnungen, teils mit Schreiben, teils sogar mit Zeichnen beschäftigt. Ich wiederholte einige Messungen, welche ich in früheren Zeiten vorgenommen hatte, um mich von der Beständigkeit oder Wandelbarkeit des Wasserstandes oder des Seegrundes zu überzeugen. Da ein durchaus gleicher Wasserstand nicht zu denken ist, so bezog ich meine Messungen auf einen mittleren Stand und stellte immer die Frage, wie tief unter diesem Stande die bestimmten Stellen des Seegrundes liegen. Dieser mittlere Stand, der nach demjenigen genommen wurde, welcher in der meisten Zeit des Jahres herrscht, war in meiner Abbildung auch der Wasserspiegel. Ihn nahm ich bei den Nachmessungen zur Richtschnur. In größeren Entfernungen von dem Ufer hatte sich der Seegrund seit dem Beginne meiner Messungen nicht geändert, oder wenn er sich geändert hatte, war es so wenig, daß es durch unsere Meßwerkzeuge nicht wahrzunehmen war. An jenen Ufern oder in der Nähe derselben, wo große Tiefen herrschten und steile, ruhige Wände standen, an denen bei Regengüssen höchstens schmale Bänder oder seichte Wasserflächen niederrieseln, war ebenfalls keine Veränderung. Aber an seichten Stellen bei flacheren Ufern, wo der Regen Gerölle und andere Dinge einführt, fanden sich schon Veränderungen vor. Am meisten aber waren die Wandlungen und am größten, wo eine Schlucht sich gegen das Wasser öffnete, aus welcher ein Bergbach hervorströmte, der, je nachdem er weiter her floß oder bei Güssen heftiger anschwoll, auch größere Berge von Gerölle in den See schob und dort liegen ließ. Nach der Wiederholung dieser alten Messungen wurde zu neuen geschritten, die zur Vollendung der mir zum Ziele gesetzten Kenntnisse notwendig waren. Ebenso wurden die Zeichnungen der Gebilde, welche sich außerhalb des Wassers als Ufer befanden, fleißig fortgesetzt.

Zweimal wurde die Arbeit unterbrochen. Ich ging in das Rothmoor, um nachzusehen, wie weit die Dinge, die aus meinen Marmoren verfertigt werden sollten, gediehen wären und wie gut sie ausgeführt würden. Die Fortschritte waren zu loben. Man sagte – und ich selber sah die Möglichkeit ein –, daß in diesem Sommer noch alles fertig werden würde. Aber in Hinsicht der Güte hatte ich Ausstellungen zu machen. Ich ordnete mit Bitten, Vorstellungen und Versprechen an, daß man das, was ich angab, so genau und so rein mache, wie ich es wollte.

Wenn Regenzeit war, so daß die Wolken an den Bergen herum hingen und weder diese noch die Gestalt des Sees richtig zu überblicken waren, so blieb ich zu Hause und zeichnete und malte dasjenige in mein Hauptblatt, was ich im Freien auf viele

Nebenblätter aufgenommen hatte. So rückte das Unternehmen der Vollendung immer näher.

Endlich waren die Arbeiten im Freien beendigt, und es erübrigte nur noch, die vielen Angaben, welche in meinen Papieren zerstreut waren und welche ich bisher nicht hatte bewältigen können, in die Zeichnung einzutragen und die Gestalten, welche ich auf einzelnen Blättern hatte, teils mit der Hauptzeichnung wegen der Richtigkeit zu vergleichen, teils diese, wo es nottat, zu ergänzen. Auch Farben mußten auf verschiedene Stellen aufgetragen werden.

Nach langer Arbeit und nach vielen Schwierigkeiten, die ich zur Erzielung einer großen Genauigkeit zu überwinden hatte, war das Werk eines Tages fertig, und der ganze Entwurf lag in schwermütiger Düsterheit und in einer Schönheit vor meinen Augen, die ich selber nicht erwartet hatte. Ich betrachtete allein die Abbildung eine Weile, da niemand war, der das Anschauen mit mir geteilt hätte, rollte dann das Blatt auf eine Walze, verpackte es sehr gut in einen Koffer, nahm von dem See und von allen Bewohnern des Seewirtshauses Abschied und begab mich auf den Weg in das Ahornhaus des Lauterthales.

Dort siedelte ich mich an. Ich ging nun täglich in das Rothmoor, blieb den ganzen Tag dort und kehrte Abends zurück, so daß ich in der Dämmerung im Ahornhause ankam. Ich sah im Rothmoore den Arbeiten an meinen Marmoren zu, dem Schneiden, Feilen, Reiben, Schleifen und Glätten. Ich gab auch an, wie Manches zu behandeln sei und wie es einer größeren Vollendung, namentlich aber einer größern Genauigkeit entgegen geführt werden könnte.

Das Wasserbecken meines Vaters wurde nach und nach fertig und die kleineren Dinge, welche gemacht werden sollten, waren ebenfalls vollendet. Die Sonne schien in die Bauhütte, und das Becken erglänzte recht rein und schön in derselben. Ich ließ von starken Balken Behältnisse zimmern. In diese wurden die Teile des Beckens mit Winden, Hebeln und Stricken gepackt und zur Versendung bereitet. Die Wägen mußten eigens vorgerichtet werden, damit die Behältnisse an den Strom gebracht werden könnten. Diese Vorrichtung war endlich fertig. Das Aufladen wurde bewerkstelligt, und die Wägen gingen ab. Ich ging mit ihnen bis an den Strom und verließ sie keinen Augenblick, um wo möglich jeden Unfall zu verhüten. Am Strome wurden die Behältnisse auf ein Schiff verladen und weiter befördert. Von dem Landungsplatze vor unserer Stadt wurden sie endlich wieder durch starke Wägen in unsern Garten gebracht.

Es wurde nun daran geschritten, das Wasserwerk in diesem Herbste noch fertig zu machen. Der Vater hatte auf Briefe von mir und auf gesendete Maße den Dingen bereits vorarbeiten lassen. Es wurden nun noch mehrere Arbeiter gedungen und ein Wasserbaukundiger genommen, welcher die Arbeiten zu leiten hatte. Ich war den ganzen Tag bei dem Werke zugegen und half mit. Der Vater kargte sich ebenfalls alle mögliche Zeit ab, um zugegen sein und zuschauen zu können. Die Röhren wurden gelegt, die Steigröhre verzapft, der Stengel über sie gebaut, mit den nötigen Eisen gestärkt und verlötet, und an demselben wurde das Blatt befestigt. Der Pfropfen, welcher den in das Blatt mündenden Stengel geschlossen gehalten hatte, wurde gelüftet, und der reine Strahl fiel auf die im Blatte liegende Einbeere hinunter, füllte das Becken und glitt von demselben, als es gefüllt war, auf den sanften gelb marmornen Fußboden nieder und rieselte in dessen Rinne weiter. Die Farben stimmten sehr gut zusammen, das Dunkel des Stengels hob sich von dem Rosenrot des Blattes ab, und das Gelb des Fußbodens gab dem Rosenrot eine schönere Farbe und einen feineren Glanz. Es waren mehrere Gäste zur Eröffnung des Werkes geladen worden, und diese sowie Vater, Mutter und Schwester freuten sich des Gelingens.

Der Vater reichte mir als Gegengeschenk, sehr schön gebunden und auf den Deckeln mit halberhabener Arbeit versehen, das Nibelungenlied. Ich dankte ihm sehr dafür.

Es wurde beschlossen, für den Winter ein Bretterhäuschen über das Wasserwerk machen zu lassen und dasselbe gut zu verwahren, daß keine Kälte eindringen könne. Für den Frühling wurden Pläne entworfen, wie man die Gartenumgebungen des Beckens einrichten solle, daß der ganze Anblick ein desto würdigerer und schönerer sei. Man hoffte, bis zum Eintritte der besseren Jahreszeit mit den Entwürfen im Reinen zu sein und beginnen zu können.

Ich übergab außer dem Becken auch die andern Marmorgegenstände, welche in dem Rothmoore waren verfertiget worden. Darunter befanden sich Säulen und Simse, welche an einer Stelle verwendet werden sollten, die am Ende des Gartens lag, eine Aussicht auf die Berge und auf die Umgebung bot und auf welcher der Vater etwas zu errichten vorhatte, das der Aussicht würdig wäre und sie besser genießen lasse. Ich meinte, es dürfte eine schöne Fassung anzulegen sein, die den Platz begrenzt, die breite Flächen hat, daß man sich auf dieselben lehnen und Dinge auf sie legen könne und an der sich Sitze befänden, auf welchen man ausruhen könne. Wenn in der Nähe dieser Fassung ein Tisch wäre, würde es noch besser sein. Außerdem hatte ich Schalen zu beliebigem Gebrauche gebracht, Ringe, die einen Vorhang fassen, Tischplatten, Pfeilerverzierungen, Steine von verschiedener Farbe, die im Vierecke geschliffen waren und die man der Reihe nach auf Papier oder Ähnliches legen konnte, und noch mehrere Dinge dieser Art. Dem Vater zeigte ich die Zeichnung von dem Kerberger Altare und sagte, daß ich sie eigens für ihn gemacht habe und sie ihm hiemit übergebe. Er war sehr erfreut darüber und dankte mir dafür. Der Altar war ihm zwar nicht neu, er hatte ihn in früherer Zeit, ehe er wieder hergestellt worden war, gesehen, und die Zeichnung des wiederhergestellten Altares war unter den von meinem Gastfreunde dem Vater im vorigen Jahre gesendeten Zeichnungen gewesen. Deßohngeachtet war es ihm sehr angenehm, die Zeichnung zu besitzen und sie öfter und nach Muße betrachten zu können. Er machte mich auf mehrere Dinge aufmerksam, die er nach wiederholter Betrachtung entdeckt hatte. Zuerst sah er, daß der Altar viel reicher und mannigfaltiger sei, als da er ihn in noch unverbessertem Zustande vor vielen Jahren in Wirklichkeit gesehen hatte; dann machte er mich darauf aufmerksam, daß dieses Werk schon die Rundlinie habe, daß die Türmchen durch gewundene Stäbe in Gestalten von Pyramiden gebildet und daß die menschlichen Gestalten schon sehr durchgearbeitet seien, was alles darauf hindeute, daß das Werk nicht mehr der Zeit der strengen gothischen Bauart angehöre, sondern derjenigen, wo diese Art sich schon zu verwandeln begonnen hatte. Auch zeigte er mir, daß Teile der Verzierungen im Laufe der Zeiten an andere Orte gestellt worden seien als an die sie gehören, daß die Büsten sich nicht an dem rechten Platze befinden und daß menschliche Gestalten verloren gegangen sein müssen. Er holte Bücher aus seinem Bücherschreine herbei, in denen Abbildungen waren und aus denen er mir die Wahrheit dessen bewies, was er behauptete. Ich sagte ihm, daß mein Gastfreund und Eustach der nehmlichen Meinung sind, daß aber die Wiederherstellungen, welche man an dem Altare gemacht hat, im strengen Wortverstande nicht Wiederherstellungen gewesen seien, sondern daß man sich zuerst nur zum Zwecke gesetzt habe, den Stoff zu erhalten und weitere Umänderungen oder größere Ergänzungen einer ferneren Zeit aufzubewahren, wenn sich überhaupt die Mittel und Wege dazu fänden. Nur solche Ergänzungen sind gemacht worden, bei denen die Gestalt des Gegenstandes unzweifelhaft gegeben war.

Die Bücher des Vaters machten mich auf die Sache, die sie behandelten, mehr aufmerksam, ich bat ihn, daß er sie mir in meine Wohnung leihe, und begann sie durchzugehen. Sie führten mich dahin, daß ich die Baukunst und ihre Geschichte vom Anfange an genauer kennen zu lernen wünschte und mir alle Bücher, die hiezu nötig waren, nach dem Rate meines Vaters und Anderer ankaufte.

Der Bund

Der Winter verging wie gewöhnlich. Ich richtete meine mitgebrachten Dinge in Ordnung und holte an Schreibgeschäften nach, was im Sommer wegen der Tätigkeit im Freien und der anderweitig verlorenen Zeit im Rückstande geblieben war. Der Umgang mit den Meinigen in dem engsten Kreise des Hauses war mir das Liebste, er war mein größtes Vergnügen, er war meine höchste Freude. Der Vater bezeigte mir von Tag zu Tag mehr Achtung. Liebe konnte er mir nicht in größerem Maße bezeigen, denn diese hatte er mir immer höchstmöglich bewiesen; aber so wie er früher bei der zärtlichsten Sorgfalt für mein Wohl und bei der Herbeischaffung alles dessen, was zu meinem Unterhalte und meiner Ausbildung notwendig gewesen ist, mich meine Wege gehen ließ, immer freundlich und liebevoll war und nicht begehrte, daß ich mich in andere Richtungen begebe, die ihm etwa bequemer sein mochten: so war er zwar dies jetzt alles auch; aber er fragte mich doch häufiger um meine Bestrebungen und ließ sich die Dinge, welche darauf Bezug hatten, auseinandersetzen, er holte meinen Rat und meine Meinung in Angelegenheiten seiner Sammlungen oder in denen des Hauses ein und handelte

darnach, er sprach über Werke der Dichter, der Geschichtschreiber, der Kunst mit mir, und tat dies öfter, als es in früheren Zeiten der Fall gewesen war. Er brachte in meiner Gesellschaft manche Zeit bei seinen Bildern, bei seinen Büchern und bei seinen andern Dingen zu und versammelte uns gerne in dem Glashäuschen, das eine erwärmte Luft durchwehte, die sich traulich um die alten Waffen, die alten Schnitzwerke und die Pfeilerverkleidungen ergoß. Er sprach von verschiedenen Dingen und schien sich wohl zu fühlen, den Abend in dem engsten Kreise seiner Familie zubringen zu können. Mir schien es, daß er zu der jetzigen Zeit nicht nur früher aus seiner Schreibstube nach Hause komme als sonst, sondern daß er sich auch mehr innerhalb der Mauern desselben aufhalte als in früheren Jahren. Die Mutter war sehr freudig über die Heiterkeit des Vaters, sie ging gerne in seine Pläne ein und beförderte alles, was sie in ihrem Kreise zu der Erfüllung derselben tun konnte. Sie schien uns Kinder mehr zu lieben als in jeder vergangenen Zeit. Klotilde wendete sich immer mehr und mehr zu mir, sie war gleichsam mein Bruder, ich war ihr Freund, ihr Ratgeber, ihr Gesellschafter. Sie schien gar keine andere Empfindung als für unser Haus zu haben. Wir setzten unsere Übungen im Spanischen, im Zitherspielen, im Zeichnen und Malen fort.
Trotz dieser Dinge war sie auch im Hauswesen eifrig, um der Mutter Folge zu leisten und ihren Beifall zu gewinnen. Wenn etwas in dieser Art, das eine größere Sorgfalt und Geschicklichkeit erheischte, besonders gelang und dies erkannt wurde, so war ihre Befriedigung größer, als wenn sie bei einer ernsten und wichtigen Bewerbung vor einer ansehnlichen Versammlung den Preis davon getragen hätte.
In den Gesellschaften, die in kleineren oder größeren Kreisen, nur seltener als in früheren Jahren, in unserem Hause statt fanden, wurden jetzt auch mehr Gespräche geführt als da wir noch jünger waren. Es wurden ernsthafte Dinge in Untersuchung gezogen, Angelegenheiten des Staates, allgemeine öffentliche Unternehmungen oder Erscheinungen, die von sich reden machten. Man sprach auch von seinen Beschäftigungen, von seinen Liebhabereien oder von dem gewöhnlichen Tagesstoffe, wie etwa das Theater ist oder wie Begebenheiten sind, die sich in den nächsten Umgebungen zutragen. Im Übrigen wurde auch zu den bekannten Vergnügungen gegriffen, Musik, Tanz, Liedersingen. Manche jüngere Leute lernten sich da neu kennen, ältere setzten die früher bestandene Bekanntschaft fort.
Ich besuchte meine Freunde, besprach mich mit ihnen und erzählte ihnen im Allgemeinen, womit ich mich eben beschäftige. Sie teilten mir aus dem Kreise ihrer Erlebnisse mit und machten mich auf manche Persönlichkeiten aufmerksam.
Ich setzte meine Malerei fort, ich betrieb die Edelsteinkunde und besuchte manches Theater. Das Lesen der Bücher über Baukunst vergnügte mich sehr, und es eröffnete sich mir da ein neues Feld, das manches Ersprießliche und manche Förderung versprach.
Die Abende bei der Fürstin erschienen mir immer wichtiger. Es hatte sich nach und nach eine Gesellschaft zusammen gefunden, deren Mitglieder sich häufig und gerne in dem Zimmer der Fürstin versammelten. Es wurden die anziehendsten Stoffe verhandelt, und

man schrak nicht zurück, wenn jemand die Fragen der allerneuesten Weltweisheit auf die Bahn brachte. Man legte sich die Dinge zurecht, wie man konnte, man kleidete die eigentümliche Redeweise der sogenannten Fachmänner in die gewöhnliche Sprache und wendete den gewöhnlichen Verstand darauf an. Was durch diese Mittel und durch die der Gesellschaft herausgebracht werden konnte, das besaß man, und wenn es von der Gesellschaft als ein Gewinn betrachtet wurde, so behielt man es als einen Gewinn. Wenn aber nur Worte da zu sein schienen, von denen man eine greifbare Bedeutung nicht ermitteln konnte, so ließ man die Sache dahin gestellt sein, ohne ihr eine Folge zu geben und ohne über sie aburteilen zu wollen. Die Dichter und das Spanische wurden lebhaft fortgesetzt.

Wenn sehr klare Tage waren und eine heitere Sonne ein erhellendes Licht in den Zimmern vermittelte, so war ich in dem Glashäuschen und arbeitete an den Abbildungen der Pfeilerverkleidungen für meinen Gastfreund. Ich wollte sie so gut machen, als es mir nur möglich wäre, um dem Manne, dem ich so viel verdankte und den ich so hoch achtete, Zufriedenheit abzugewinnen oder ihm gar etwa ein Vergnügen zu bereiten. Ich wollte zuerst Zeichnungen von den Verkleidungen entwerfen und nach ihnen Bilder in Ölfarben ausführen. Ich machte die Zeichnungen auf lichtbraunes Papier, tiefte die Schatten in Schwarz ab, erhöhte die Lichter in einem helleren Braun und setzte die höchsten Glanzstellen mit Weiß auf. Als ich die Zeichnungen in dieser Art fertig hatte und durch vielfache Vergleichungen und Abmessungen überzeugt war, daß sie in allen Verhältnissen richtig seien, setzte ich noch den Maßstab hinzu, nach dem sie ausgeführt waren. Ich schritt nun zur Verfertigung der Bilder.

Sie wurden etwas kleiner als die Entwürfe gemacht, aber im genauen Verhältnisse zu denselben. Ich benutzte zum Malen immer die nehmlichen Vormittagsstunden, um die Glanzpunkte, die Lichter und die Schatten in ihrer vollen Richtigkeit zu erfassen und auch der Farbe im Allgemeinen ihre Treue geben zu können. Es zeigte sich mir da eine Erfahrung in den Farben wieder bestätigt, die ich schon früher gemacht hatte. Auf die mit schwachem Firnisse überzogenen Holzschnitzwerke nahmen die umgebenden Gegenstände einen solchen Einfluß, daß sich Schwerter, Morgensterne, dunkelrotes Faltenwerk, die Führung der Wände, des Fußbodens, die Fenstervorhänge und die Zimmerdecke in unbestimmten Ausdehnungen und unklaren Umrissen in ihnen spiegelten. Ich merkte bald, daß, wenn alle diese Dinge in die Farbe der Abbildungen aufgenommen werden sollten, die dargestellten Gegenstände wohl an Reichtum und Reiz gewinnen, aber an Verständlichkeit verlieren würden, so lange man nicht das Zimmer mit allem, was es enthält, mit malt, und dadurch die Begründung aufzeigt. Da ich dies nicht konnte und mein Zweck es auch nicht erheischte, so entfernte ich alles Zufällige und stark Einwirkende aus dem Zimmer und malte dann die Schnitzereien, wie sie sich sammt den übergebliebenen Einwirkungen mir zeigten, um einerseits wahr zu sein und um andererseits, wenn ich jede Einwirkung der Umgebung weg ließe, nicht etwas geradezu Unmögliches an ihre Stelle zu setzen und den Gegenstand seines Lebens zu berauben, weil er dadurch aus jeder Umgebung gerückt würde, keinen Platz seines Daseins und also überhaupt kein Dasein hätte. Was die wirkliche Ortsfarbe der Schnitzereien sei, würde sich aus dem Ganzen schon ergeben und müßte aus ihm erkannt werden. Ich wendete bei der Arbeit sehr viele Mühe auf und suchte sie so genau, als es meiner Kraft und meinen Kenntnissen möglich war, zu verrichten. Ich erhöhte und vertiefte die Farben so lange und suchte nach dem richtigen Tone und dem erforderlichen Feuer so lange, bis das Bild, neben die Gegenstände gestellt, aus der Ferne von ihnen nicht zu unterscheiden war. Die Zeichnung des Bildes mußte richtig sein, weil sie vollkommen genau nach dem ursprünglichen Entwurfe gemacht worden war, den ich nach mathematischen Weisungen zusammen gestellt hatte. Als die Sache nach meiner Meinung fertig war, zeigte ich sie dem Vater, welcher sie auch mit Ausnahme von kleinen Anständen, die er erhob, billigte. Die Anstände beseitigte ich zu seiner Zufriedenheit. Hierauf wurde alles in taugliche Fächer gebracht und zur Vorführung bereit gehalten.

Es waren fast die Tage des Vorfrühlings herangekommen, ehe ich mit diesem Werke fertig war. Dies hatte seinen Grund auch vorzüglich darin, daß ich die späteren hellen Wintertage mehr als die früheren trüben hatte benützen können.
Im Frühlinge trat ich meine Reise wieder an.
Ich machte zuerst einen Besuch bei meinem Gastfreunde, brachte ihm die Fächer, in denen die Abbildungen der Pfeilerverkleidungen enthalten waren, und händigte ihm sowohl den Entwurf als auch das Farbenbild der Schnitzereien ein. Er berief Eustach in seine Stube, in welcher die Dinge ausgepackt wurden, herüber. Beide sprachen sich sehr günstig über die Arbeit aus, und zwar günstiger als über jede frühere, die ich ihnen vorgelegt hatte. Ich war darüber sehr erfreut. Eustach sagte, daß man sehr gut die Ortsfarben und die, welche durch fremde Einwirkungen entstanden waren, unterscheiden könne, und daß man aus den letzten die Beschaffenheit der Umgebungen zu ahnen vermöge. Sie stellten das Bild in die nötige Entfernung und betrachteten es mit Gefallen. Besonders anerkennend sprach Eustach über die Richtigkeit und Brauchbarkeit des unfarbigen Entwurfes.
Ich reiste nach dem kurzen Besuche in dem Rosenhause in die Gegend der Tann, blieb auch dort nur kurz und drang tiefer in das Gebirge ein, um eine Mittelstelle zu finden, von der aus ich meine neuen Arbeiten unternehmen könnte. Als ich eine solche gefunden hatte, ging ich in das Lauterthal und dort in das Ahornwirtshaus, um meinen Kaspar und die Andern, welche mir im vorigen Jahre geholfen hatten, auch für das heurige zu dingen. Als dies, wie ich glaube zu gegenseitiger Zufriedenheit, abgetan war, blieb ich noch einige Tage in dem Ahornhause, teils damit sich meine Leute zu der Abreise rüsten konnten, teils um das mir liebgewordene Haus, das liebgewordene Tal und die Umgebung wieder ein wenig zu genießen. Ich ging bei dieser Gelegenheit mehrere Male in das Rothmoor, um dort nachzusehen, was man eben für Gegenstände aus Marmor mache. Mir schien es, als wäre die Anstalt seit einem Jahre sehr gediehen.

Ich besprach mich auch dort über Arbeiten, die für mich auszuführen wären, falls ich den hiezu nötigen Marmor fände. Erkundigungen, um auf Spuren der Ergänzungen der Pfeilerverkleidungen meines Vaters, die ich in dieser Gegend gekauft hatte, zu kommen, waren auch heuer wie in früherer Zeit fruchtlos.
Ein Ereignis trat in dem Lauterthale ein, das mich sehr erheiterte. Mein Zitherspiellehrer, der einige Zeit gleichsam verschollen war, war wieder da. Er zeigte viele Freude, mich zu sehen, und sagte, er wolle mir in das Kargrat folgen, welches jetzt der Mittelpunkt meiner Arbeiten war, ein Dörfchen auf grasigen, baum- und buschlosen Anhöhen, ganz nahe dem ewigen Eise, mit armen Bewohnern und einem vielleicht noch ärmeren, genügsamen Pfarrer. Er sagte, er wolle diejenigen Arbeiten, die ich ihm auftragen werde, gegen Lohn verrichten, und in freier Zeit wollen wir auf der Zither spielen. Er habe noch keinen Schüler gehabt, mit dem ihm die Übungen auf der Zither so viele Freude gemacht hätten. Ich beschloß, einen Versuch zu wagen, und wir wurden über die gegenseitigen Bedingungen einig.
Als alles in Bereitschaft war, gingen wir aus dem Ahornhause in das Kargrat ab. Ich ging mit den Leuten auf abgelegenen und schneller zum Ziele führenden Gebirgspfaden. Nur einmal hatten wir eine Strecke gebahnter Straße, auf welcher ich zwei leichte Wägen mietete. Im Kargrat fand ich ein kleines Zimmerchen. Für meine Leute wurde eine Scheune zurecht gerichtet, und zur Aufbewahrung meiner Gegenstände wurde aus Brettern ein ganz kleines Häuschen eigens erbaut. Wir waren nun in der Nähe der höchsten Höhen. In mein winziges Fenster sahen die drei Schneehäupter der Leiterköpfe, hinter denen die steile, ziemlich schlanke, blendend weiße Nadel der Karspitze hervorragte, und neben denen die edelsteinglänzenden Bänke der Simmen oder des Simmieises sich dehnten. Um den sehr spitzen Kirchturm des Dörfchens wehte die scharfe, fast harte Gebirgsluft und senkte sich auf unsere Häupter und Angesichter nieder. Weit ab gegen die Tiefe zu lagen die anderen Berge und die dichter bewohnten und bevölkerten Länder.
Über das Zitherspiel meines wiedergefundenen Lehrers war ich wirklich sehr erfreut. Ich hatte in der Zeit, während welcher ich ihn nicht gesehen hatte, schon beinahe vergessen, wie vortrefflich er spiele. Alles, was ich seit dem gehört hatte, erblaßte zur Unbedeutenheit gegen sein Spiel, von dem ich den Ausdruck „höchste Herrlichkeit" gebrauchen muß. Er scheint von diesem seinem Musikgeräte auch ergriffen und beherrscht zu sein; wenn er spielt, ist er ein anderer Mensch und greift in seine und in die Tiefen anderer Menschen, und zwar in gute. Auf diesen Berghöhen war das schöne Spiel fast noch schöner, noch rührender und einsamer.
Wie uns im vorigen Jahre Wälder und Wände eingeschlossen hatten und nur wenige Stellen uns freien Umblick verschafften, so waren wir heuer fast immer auf freien Höhen, und nur ausnahmsweise umschlossen uns Wände oder Wälder. Der häufigste Begleiter unserer Bestrebungen war das Eis.

Als die Kalendertage sagten, daß die Rosenblüte schon beinahe vorüber sein müsse, beschloß ich, meine Freunde zu besuchen. Ich ordnete im Kargrat alles für meine Abwesenheit und Wiederkunft an und begab mich auf den Weg.

Als ich in dem Asperhofe ankam, sagten mir der Gärtner und die Dienstleute, daß Mathilde, Natalie, mein Gastfreund, Eustach, Roland und Gustav in den Sternenhof fort seien. Die Rosen waren schon verblüht, und man hatte mich nicht mehr erwartet. Mein Gastfreund hatte gesagt, daß ich, weil ich ihm im Frühlinge mitgeteilt hatte, daß ich heuer ganz nahe an dem Simmiese wohnen werde, wahrscheinlich im Sommer von dorther den weiten Weg nicht werde haben machen wollen, und daß zu vermuten sei, daß ich im Herbst meine Arbeit abkürzen und auf eine Zeit bei meinen Freunden einsprechen werde. Sollte ich aber dennoch kommen, so hatten die Leute den Auftrag, zu sagen, daß man mich bitte, in den Sternenhof nachzukommen.

Ich mietete also des andern Tages auf der Post einen leichten Wagen und schlug die Richtung nach dem Sternenhofe ein.

Als ich in der Umgebung desselben angekommen war, sah ich an Zäunen und in Gärten noch manche Rose frisch blühen, obwohl im Asperhofe weder auf dem Gitter noch im Garten eine zu erblicken gewesen war, außer mancher welken und gerunzelten Blume, die man abzunehmen vergessen hatte. Auch auf der Anhöhe, die zu dem Schlosse empor leitete, waren an Rosenbüschen, die gelegentlich den Rasen säumten, weil man im Sternenhofe die Rosen nicht eigens pflegte, sondern sie nur wie gewöhnlich als schönen Gartenschmuck zog, noch Knospen, die ihres Aufbrechens harrten. Diese Tatsache mag daher kommen, weil der Sternenhof näher an den Gebirgen und höher liegt als das Rosenhaus meines Freundes.

In dem Hofe des Hauses nahmen die Leute mein Gepäck und die Pferde in Empfang und wiesen mich die große Treppe hinan. Da ich gemeldet worden war, wurde ich in Mathildens Zimmer geführt und fand sie in demselben allein. Sie ging mir fast bis zu der Tür entgegen und empfing mich mit derselben offenen Herzlichkeit und Freundlichkeit, die ihr immer eigen war. Sie führte mich zu dem Tische, der an einem mit Blumen geschmückten Fenster stand, wo sie gerne saß, und wies mir ihr gegenüber einen Stuhl an dem Tische an. Als wir uns gesetzt hatten, sagte sie: „Es freut mich sehr, daß ihr noch gekommen seid, wir haben geglaubt, daß ihr heuer den weiten Weg nicht machen würdet."

„Wo man mich so freundlich aufnimmt", antwortete ich, „und wo man mich so gütig behandelt, dahin mache ich gerne einen Weg, ich mache ihn jedes Jahr, wenn er auch weit ist, und wenn ich auch meine Beschäftigung unterbrechen muß."

„Und jetzt findet ihr mich und Natalien nur allein in diesem Hause", erwiderte sie, „die Männer, da sie sahen, daß ihr nach dem Abblühen der Rosen noch nicht gekommen waret, meinten, ihr würdet im Sommer nun gar nicht mehr kommen, und haben eine kleine Reise angetreten, die auch Gustav mitmacht, weil er das Reisen so liebt. Sie besuchen eine kleine Kirche in einem abgelegenen Gebirgstale, deren Zeichnung Roland

gebracht hat. Die Kirche wurde in der Zeichnung sehr schön befunden, und zu ihr sind sie nun unter Rolands Führung auf dem Wege. Wo sie nach der Besichtigung derselben hinfahren werden, weiß ich nicht; aber das weiß ich, daß sie nur einige Tage ausbleiben und in den Sternenhof zurückkehren werden. Ihr müßt sie hier erwarten, sie werden eine Freude haben, euch zu sehen, und ich werde mich bemühen, alles Erforderliche einzuleiten, daß ihr indessen hier die beste Bequemlichkeit haben könnet."
„Der Bequemlichkeit", erwiderte ich, „bin ich weder gewohnt, noch schlage ich sie hoch an. Ich möchte nur nicht eine Störung in euer jetziges einsames Hauswesen bringen. Das Höchste, was mir zu Teil werden kann, habe ich empfangen, eine freundliche Aufnahme."
„Wenn auch gewiß eine freundliche Aufnahme das Höchste ist, und wenn ihr auch eine Bequemlichkeit nicht begehret", antwortete sie, „so ist die Freundlichkeit in den Mienen bei der Aufnahme eines Gastes nicht das Einzige, so schätzenswert sie dort ist, sondern sie muß sich auch in der Tat äußern, und es muß uns erlaubt sein, unsere Pflicht, die uns lieb ist, zu erfüllen, und dem Gaste eine so gute Wohnlichkeit zu bereiten, als es die Umstände erlauben, er mag sie nun benützen oder nicht."
„Was ihr für eine Pflicht haltet, will ich nicht bestreiten", antwortete ich, „ich will es nicht beirren, nur wünschen muß ich, daß es mit so wenig eigener Aufopferung als möglich verbunden ist."
„Diese wird nicht groß sein", sagte sie, „auf einige Aufmerksamkeit in Hinsicht der Genauigkeit und Willigkeit der Leute kömmt es an, und diese müsset ihr mir schon erlauben."
Sie zog mit diesen Worten an einer Glockenschnur und bedeutete den hereinkommenden Diener, daß er ihr den Hausverwalter rufe.
Da dieser erschienen war, sagte sie ihm mit sehr einfachen und kurzen Worten, daß für einen längeren Aufenthalt für mich in dem Hause auf das Beste gesorgt werden möge. Als er sich entfernen wollte, trug sie ihm noch auf, vorerst dem Fräulein zu sagen, wer gekommen sei, sie würde es später auch selber melden, und zum Abendessen würden wir in dem Speisezimmer zusammen kommen.
Der Hausverwalter entfernte sich, und Mathilde sagte, jetzt wäre das Hauptsächlichste getan, und es erübrige später nur noch, sich einen Bericht über die Mittel und die Art der Ausführung geben zu lassen.
Wir gingen nun auf andere Gespräche über. Mathilde fragte mich um mein Befinden und um das Allgemeine meiner Beschäftigungen, denen ich mich in diesem Sommer hingegeben habe.
Ich antwortete ihr, daß mein körperliches Befinden immer gleich wohl geblieben sei. Man habe mich von Kindheit an zu einem einfachen Leben angeleitet, und dieses, verbunden mit viel Aufenthalt im Freien, habe mir eine dauernde und heitere Gesundheit gegeben. Mein geistiges Befinden hänge von meinen Beschäftigungen ab. Ich suche dieselben nach meiner Einsicht zu regeln, und wenn sie geordnet und nach meiner

Meinung mit Aussicht auf einen Erfolg vor sich gehen, so geben sie mir Ruhe und Haltung. Sie sind aber in den letzten Jahren, was meine Hauptrichtung anbelangt, fast immer dieselben geblieben, nur der Schauplatz habe sich geändert. Die Nebenrichtungen sind freilich andere geworden, und dies werde wohl fortdauern, so lange das Leben daure.

Hierauf fragte ich nach dem Wohlbefinden aller unserer Freunde.

Mathilde antwortete, man könne hierüber sehr befriedigt sein. Mein Gastfreund fahre in seinem einfachen Leben fort, er bestrebe sich, daß sein kleiner Fleck Landes seine Schuldigkeit, die jedem Landbesitze zum Zwecke des Bestehenden obliege, bestmöglich erfülle, er tue seinen Nachbarn und andern Leuten viel Gutes, er tue es ohne Gepränge und suche hauptsächlich, daß es in ganzer Stille geschehe, er schmücke sich sein Leben mit der Kunst, mit der Wissenschaft und mit andern Dingen, die halb in dieses Gebiet, halb beinahe in das der Liebhabereien schlagen, und er suche endlich sein Dasein mit jener Ruhe der Anbetung der höchsten Macht zu erfüllen, die alles Bestehende ordnet. Was zuletzt auch noch zum Glücke gehört, das Wohlwollen der Menschen, komme ihm von selber entgegen. Eustach und der ziemlich selbständige Roland haben sich zum Teile an dieses Gewebe von Tätigkeiten angeschlossen, zum Teile folgen sie eigenen Antrieben und Verhältnissen. Gustav strebe erst auf der Leiter seiner Jugend empor, und sie glaube, er strebe nicht unrichtig. Wenn dieses sei, so werde dann die letzte Sprosse an jede Höhe dieses Lebens anzulegen sein, auf der ihm einmal zu wandeln bestimmt sein dürfte. Was endlich sie selber und Natalie betreffe, so sei das Leben der Frauen immer ein abhängiges und ergänzendes, und darin fühle es sich beruhigt und befestigt. Sie beide hätten den Halt von Verwandten und nahen Angehörigen, dem sie zur Festigung von Natur aus zugewiesen wären, verloren, sie leben unsicher auf ihrem Besitztume, sie müßten Manches aus sich schöpfen wie ein Mann und genießen der weiblichen Rechte nur in dem Widerscheine des Lebens ihrer Freunde, mit dem der Lauf der Jahre sie verbunden habe. Das sei die Lage, sie daure ihrer Natur nach so fort und gehe ihrer Entwicklung entgegen. Mich hatte diese Darstellung Mathildens beinahe ernst gemacht. Die Stimmung milderte sich wieder, da wir auf die Erzählung von Dingen kamen, die sich in diesem Sommer zugetragen hatten. Mathilde berichtete mir über die Rosenblüte, über die Besuche in derselben, über ihr Leben auf dem Sternenhofe und über das Gedeihen alles dessen, was der Jahresernte entgegen sehe. Ich beschrieb ihr ein wenig meinen jetzigen Aufenthaltsort, erklärte ihr, was ich anstrebe, und erzählte ihr, auf welchen Wegen und mit welchen Mitteln wir es auszuführen versuchen.

Nachdem das Gespräch auf diese Art eine Zeit gedauert hatte, empfahl ich mich und begab mich in mein Zimmer.

Es war mir dieselbe Wohnung eingeräumt und hergerichtet worden, welche ich jedes Mal, so oft ich in dem Sternenhofe gewesen war, inne gehabt hatte. Ein Diener hatte mich von dem Vorzimmer Mathildens in dieselbe geführt. Sie hatte beinahe genau dasselbe Ansehen wie früher, wenn ich ein Bewohner dieses Hauses gewesen war. Sogar

die Bücher, welche der Hausverwalter jedes Mal zu meiner Beschäftigung herbeigeschafft hatte, waren nicht vergessen worden. Nachdem ich mich eine Weile allein befunden hatte, trat dieser Hausverwalter herein und fragte mich, ob alles in der Wohnung in gehöriger Ordnung sei oder ob ich einen Wunsch habe. Als ich ihm die Versicherung gegeben hatte, daß alles über meine Bedürfnisse trefflich sei, und nachdem ich ihm für seine Mühe und Sorgfalt gedankt hatte, entfernte er sich wieder.
Ich überließ mich eine Zeit der Ruhe, dann ging ich in den Räumen herum, sah bald bei dem einen, bald bei dem andern Fenster auf die bekannten Gegenstände, auf die nahen Felder und auf die entfernten Gebirge hinaus und kleidete mich dann zu dem Abendessen anders an.
Zu diesem Abendessen wurde ich bald, da ich spät am Tage in dem Schlosse angekommen war, gerufen.
Ich begab mich in den Speisesaal und fand dort bereits Mathilden und Natalien. Mathilde hatte sich anders angekleidet, als ich sie bei meiner Ankunft in ihrem Zimmer getroffen hatte. Von Natalien wußte ich dies nicht; aber da sie ein ähnliches Kleid anhatte wie Mathilde, so vermutete ich es und mußte überzeugt sein, daß man ihr meine Ankunft gemeldet habe. Wir begrüßten uns sehr einfach und setzten uns zu dem Tische.
Mir war es äußerst seltsam und befremdend, daß ich mit Mathilden und Natalien allein in ihrem Hause bei dem Abendtische sitze.
Die Gespräche bewegten sich um gewöhnliche Dinge.
Nach dem Speisen entfernte ich mich bald, um die Frauen nicht zu belästigen, und zog mich in meine Wohnung zurück.
Dort beschäftigte ich mich eine Zeit mit Papieren und Büchern, die ich aus meinem Koffer hervorgesucht hatte, geriet dann in Sinnen und Denken und begab mich endlich zur Ruhe.

Der folgende Tag wurde zu einem einsamen Morgenspaziergange benützt, dann frühstückten wir mit einander, dann gingen wir in den Garten, dann beschäftigte ich mich bei den Bildern in den Zimmern. Der Nachmittag wurde zu einem Gange in Teile des Meierhofes und auf die Felder verwendet, und der Abend war wie der vorhergegangene.
Mit Natalien war ich, da sie jetzt mit ihrer Mutter allein in dem Schlosse wohnte, beinahe fremder als ich es sonst unter vielen Leuten gewesen war.
Wir hatten an diesem Tage nicht viel mit einander gesprochen und nur die allergewöhnlichsten Dinge.
Der zweite Tag verging wie der erste. Ich hatte die Bilder wieder angesehen, ich war in den Zimmern mit den altertümlichen Geräten gewesen und hatte den Gängen, Gemächern und Abbildungen des oberen Stockwerkes einen Besuch gemacht.
Am dritten Tage meines Aufenthaltes in dem Sternenhofe, nachmittags, da ich eine Weile in die Zeilen des alten Homer geblickt hatte, wollte ich meine Wohnung, in der

ich mich befand, verlassen und in den Garten gehen. Ich legte die Worte Homers auf den Tisch, begab mich in das Vorzimmer, schloß die Tür meiner Wohnung hinter mir ab und ging über die kleinere Treppe im hinteren Teile des Hauses in den Garten.

Es war ein sehr schöner Tag, keine einzige Wolke stand an dem Himmel, die Sonne schien warm auf die Blumen, daher es stille von Arbeiten und selbst vom Gesange der Vögel war. Nur das einfache Scharren und leise Hämmern der Arbeiter hörte ich, welche mit der Hinwegschaffung der Tünche des Hauses in der Nähe meines Ausganges auf Gerüsten beschäftigt waren. Ich ging neben Gebüschen und verspäteten Blumen einem Schatten zu, welcher sich mir auf einem Sandwege bot, der mit ziemlich hohen Hecken gesäumt war. Der Sandweg führte mich zu den Linden, und von diesen ging ich durch eine Überlaubung der Eppichwand zu. Ich ging an ihr entlang und trat in die Grotte des Brunnens. Ich war von der linken Seite der Wand gekommen, von welcher man beim Herannahen den schöneren Anblick der Quellennymphe hat, dafür aber das Bänkchen nicht gewahr wird, welches in der Grotte der Nymphe gegenüber angebracht ist. Als ich eingetreten war, sah ich Natalien auf dem Bänklein sitzen. Sie war sehr erschrocken und stand auf. Ich war auch erschrocken; dennoch sah ich in ihr Angesicht. In demselben war ein Schwanken zwischen Rot und Blaß, und ihre Augen waren auf mich gerichtet.

Ich sagte: „Mein Fräulein, ihr werdet mir es glauben, wenn ich euch sage, daß ich von dem Laubgange an der linken Seite dieser Wand gegen die Grotte gekommen bin und euch habe nicht sehen können, sonst wäre ich nicht eingetreten und hätte euch nicht gestört."

Sie antwortete nichts und sah mich noch immer an.

Ich sagte wieder: „Da ich euch nun einmal beunruhigt habe, wenn auch gegen meinen Willen, so werdet ihr mir es wohl gütig verzeihen, und ich werde mich sogleich entfernen."

„Ach nein, nein", sagte sie.

Da ich schwankte und die Bedeutung der Worte nicht erkannte, fragte ich: „Zürnet ihr mir, Natalie?"

„Nein, ich zürne euch nicht", antwortete sie, und richtete die Augen, die sie eben niedergeschlagen hatte, wieder auf mich.

„Ihr seid auf diesen Platz gegangen, um allein zu sein", sagte ich, „also muß ich euch verlassen."

„Wenn ihr mich nicht aus Absicht meidet, so ist es nicht ein Müssen, daß ihr mich verlasset", antwortete sie.

„Wenn es nicht eine Pflicht ist, euch zu verlassen", erwiderte ich, „so müßt ihr euren Platz wieder einnehmen, von dem ich euch verscheucht habe. Tut es, Natalie, setzt euch auf eure frühere Stelle nieder."

Sie ließ sich auf das Bänkchen nieder, ganz vorn gegen den Ausgang, und stützte sich auf die Marmorlehne.

Ich kam nun auf diese Weise zwischen sie und die Gestalt zu stehen. Da ich dieses für unschicklich hielt, so trat ich ein wenig gegen den Hintergrund. Allein jetzt stand ich wieder aufrecht vor dem leeren Teile der Bank in der nicht sehr hohen Halle, und da mir auch dieses eher unziemend als ziemend erschien, so setzte ich mich auf den andern Teil der Bank und sagte: „Liebt ihr wohl diesen Platz mehr als andere?"
„Ich liebe ihn", antwortete sie, „weil er abgeschlossen ist und weil die Gestalt schön ist. Liebt ihr ihn nicht auch?"
„Ich habe die Gestalt immer mehr lieben gelernt, je länger ich sie kannte", antwortete ich.
„Ihr ginget früher öfter her?" fragte sie.
„Als ich durch die Güte eurer Mutter manche Geräte in dem Sternenhofe zeichnete und fast allein in demselben wohnte, habe ich oft diese Halle besucht", erwiderte ich. „Und später auch, wenn ich durch freundliche Einladung hieher kam, habe ich nie versäumt, an diese Stelle zu gehen."
„Ich habe euch hier gesehen", sagte sie.
„Die Anlage ist gemacht, daß sie das Gemüt und den Verstand erfüllet", antwortete ich, „die grüne Wand des Eppichs schließt ruhig ab, die zwei Eichen stehen wie Wächter und das Weiß des Steins geht sanft von dem Dunkel der Blätter und des Gartens weg."
„Es ist alles nach und nach entstanden, wie die Mutter erzählt", erwiderte sie, „der Eppich ist erzogen worden, die Wand vergrößert, erweitert und bis an die Eichen geführt. Selbst in der Halle war es einmal anders. Die Bank war nicht da. Aber da der Marmor so oft betrachtet wurde, da die Menschen vor ihm standen oder selbst in der Halle neben ihm, da die Mutter ebenfalls die Gestalt gerne betrachtete und lange betrachtete: so ließ sie aus dem gleichen Stoffe, aus dem die Nymphe gearbeitet ist, diese Bank machen, und ließ dieselbe mit der kunstreichen, vorchristlich ausgeführten Lehne versehen, damit sie einerseits zu dem vorhandenen Werke stimme und damit andererseits das Werk mit Ruhe und Erquickung angesehen werden könne. Mit der Zeit ist auch die Alabasterschale hieher gekommen."
„Die Menschen werden von solchen Werken gezogen", antwortete ich, „und die Lust des Schauens findet sich."
„Ich habe diese Gestalt von meiner Kindheit an gesehen und habe mich an sie gewöhnt", sagte sie, „haltet ihr nicht auch den bloßen Stein schon für sehr schön?"
„Ich halte ihn für ganz besonders schön", erwiderte ich.
„Mir ist immer, wenn ich ihn lange betrachte", sagte sie, „als hätte er eine sehr große Tiefe, als sollte man in ihn eindringen können und als wäre er durchsichtig, was er nicht ist. Er hält eine reine Fläche den Augen entgegen, die so zart ist, daß sie kaum Widerstand leistet und in der man als Anhaltspunkte nur die vielen feinen Splitter funkeln sieht."
„Der Stein ist auch durchsichtig", antwortete ich, „nur muß man eine dünne Schichte haben, durch die man sehen will. Dann scheint die Welt fast goldartig, wenn man sie

durch ihn ansieht. Wenn mehrere Schichten übereinander liegen, so werden sie in ihrem Anblicke von Außen weiß, wie der Schnee, der auch aus lauter durchsichtigen kleinen Eisnadeln besteht, weiß wird, wenn Millionen solcher Nadeln auf einander liegen."
„So habe ich nicht unrecht empfunden", sagte sie.
„Nein", erwiderte ich, „ihr habt recht geahnt."
„Wenn die Edelsteine nicht nach dem geachtet werden, was sie kosten", sagte sie, „sondern nach dem, wie sie edel sind, so gehört der Marmor gewiß unter die Edelsteine."
„Er gehört unter dieselben, er gehört gewißlich unter dieselben", erwiderte ich. „Wenn er auch als bloßer Stoff nicht so hoch im Preise steht wie die gesuchten Steine, die nur in kleinen Stücken vorkommen, so ist er doch so auserlesen und so wunderbar, daß er nicht bloß in der weißen, sondern auch in jeder andern Farbe begehrt wird, daß man die verschiedensten Dinge aus ihm macht, und daß das Höchste, was menschliche bildende Kunst darzustellen vermag, in der Reinheit des weißen Marmors ausgeführt wird."
„Das ist es, was mich auch immer sehr ergriff, wenn ich hier saß und betrachtete", sagte sie, „daß in dem harten Steine das Weiche und Runde der Gestaltung ausgedrückt ist, und daß man zu der Darstellung des Schönsten in der Welt den Stoff nimmt, der keine Makel hat. Dies sehe ich sogar immer an der Gestalt auf der Treppe unsers Freundes, welche noch schöner und ehrfurchterweckender als dieses Bildwerk hier ist, wenngleich ihr Stoff in der Länge der vielen Jahre, die er gedauert hat, verunreinigt worden war."
„Es ist gewiß nicht ohne Bedeutung", entgegnete ich, „daß die Menschen in den edelsten und selbst hie und da ältesten Völkern zu diesem Stoffe griffen, wenn sie hohes Göttliches oder Menschliches bilden wollten, während sie Ausschmückungen in Laubwerk, Simsen, Säulen, Tiergestalten und selbst untergeordnete Menschen- und Götterbilder aus farbigem Marmor, aus Sandstein, aus Holz, Ton, Gold oder Silber verfertigten. Es wäre zugänglicherer, behandelbarerer Stoff gewesen: Holz, Erde, weicher Stein, manche Metalle; sie aber gruben weißen Marmor aus der Erde und bildeten aus ihm. Aber auch die andern Edelsteine, aus denen man verschiedene Dinge macht, geschnittene Steine, allerlei Gestalten, Blumen- und Zierwerk, so wie endlich diejenigen, die man besonders Edelsteine nennt und zum Schmucke der menschlichen Gestalt und hoher Dinge anwendet, haben in ihrem Stoffe etwas, das anzieht und den menschlichen Geist zu sich leitet, es ist nicht bloß die Seltenheit oder das Schimmern, das sie wertvoll macht."
„Habt ihr auch die Edelsteine kennen zu lernen gesucht?" fragte sie.
„Ein Freund hat mir Vieles von ihnen gezeigt und erklärt", antwortete ich.
„Sie sind freilich für die Menschen sehr merkwürdig", sagte sie.
„Es ist etwas Tiefes und Ergreifendes in ihnen", antwortete ich, „gleichsam ein Geist in ihrem Wesen, der zu uns spricht, wie zum Beispiele in der Ruhe des Smaragdes, dessen Schimmerpunkten kein Grün der Natur gleicht, es müßte nur auf Vogelgefiedern, wie das des Colibri, oder auf den Flügeldecken von Käfern sein – wie in der Fülle des Rubins, der mit dem rosensammtnen Lichtblicke gleichsam als der vornehmste unter den

gefärbten Steinen zu uns aufsieht – wie in dem Rätsel des Opals, der unergründlich ist – und wie in der Kraft des Diamantes, der wegen seines großen Lichtbrechungsvermögens in einer Schnelligkeit wie der Blitz den Wechsel des Feuers und der Farben gibt, den kaum die Schneesterne noch der Sprühregen des Wasserfalles haben. Alles, was den edlen Steinen nachgemacht wird, ist der Körper ohne diesen Geist, es ist der inhaltleere, spröde, harte Glanz statt der reichen Tiefe und Milde."
„Ihr habt von der Perle nicht gesprochen."
„Sie ist kein Edelstein, gesellt sich aber im Gebrauche gerne zu ihm. In ihrem äußern Ansehen ist sie wohl das Bescheidenste; aber nichts schmückt mit dem so sanft umflorten Seidenglanze die menschliche Schönheit schöner als die Perle. Selbst an dem Kleide eines Mannes, wo sie etwas hält, wie die Schleife des Halstuches oder wie die Falte des Brustlinnens, dünkt sie mich das Würdigste und Ernsteste."
„Und liebt ihr die Edelsteine als Schmuck?" fragte sie.
„Wenn die schönsten Steine ihrer Art ausgewählt werden", antwortete ich, „wenn sie in einer Fassung sind, welche richtigen Kunstgesetzen entspricht, und wenn diese Fassung an der Stelle, wo sie ist, einen Zweck erfüllt, also notwendig erscheint: dann ist wohl kein Schmuck des menschlichen Körpers feierlicher als der der Edelsteine."
Wir schwiegen nach diesen Worten, und ich konnte Natalien jetzt erst ein wenig betrachten. Sie hatte ein mattes hellgraues Seidenkleid an, wie sie es überhaupt gerne trug. Das Kleid reichte, wie es bei ihr immer der Fall war, bis zum Halse und bis zu den Knöcheln der Hand. Von Schmuck hatte sie gar nichts an sich, nicht das Geringste, während ihr Körper doch so stimmend zu Edelsteinen gewesen wäre. Ohrgehänge, welche damals alle Frauen und Mädchen trugen, hatte weder Mathilde je, seit ich sie kannte, getragen, noch trug sie Natalie.
In unserem Schweigen sahen wir gleichsam wie durch Verabredung gegen das rieselnde Wasser.
Endlich sagte sie: „Wir haben von dem Angenehmen dieses Ortes gesprochen und sind von dem edlen Steine des Marmors auf die Edelsteine gekommen; aber eines Dinges wäre noch Erwähnung zu tun, das diesen Ort ganz besonders auszeichnet."
„Welches Dinges?"
„Des Wassers. Nicht bloß, daß dieses Wasser vor vielen, die ich kenne, gut zur Erquickung gegen den Durst ist, so hat sein Spielen und sein Fließen gerade an dieser Stelle und durch diese Vorrichtungen etwas Besänftigendes und etwas Beachtungswertes."
„Ich fühle wie ihr", antwortete ich, „und wie oft habe ich dem schönen Glänzen und dem schattenden Dunkel dieses lebendigen flüchtigen Körpers an dieser Stelle zugesehen, eines Körpers, der wie die Luft wohl viel bewunderungswürdiger wäre als es die Menschen zu erkennen scheinen."
„Ich halte auch das Wasser und die Luft für bewunderungswürdig", entgegnete sie, „die Menschen achten nur so wenig auf Beides, weil sie überall von ihnen umgeben sind. Das

Wasser erscheint mir als das bewegte Leben des Erdkörpers, wie die Luft sein ungeheurer Odem ist."

„Wie richtig sprecht ihr", sagte ich, „und es sind auch Menschen gewesen, die das Wasser sehr geachtet haben; wie hoch haben die Griechen ihr Meer gehalten, und wie riesenhafte Werke haben die Römer aufgeführt, um sich das Labsal eines guten Wassers zuzuleiten. Sie haben freilich nur auf den Körper Rücksicht genommen und haben nicht, wie die Griechen die Schönheit ihres Meeres betrachteten, die Schönheit des Wassers vor Augen gehabt; sondern sie haben sich nur dieses Kleinod der Gesundheit in bester Art verschaffen wollen. Und ist wohl etwas außer der Luft, das mit größerem Adel in unser Wesen eingeht als das Wasser? Soll nicht nur das reinste und edelste sich mit uns vereinigen? Sollte dies nicht gerade in den gesundheitverderbenden Städten sein, wo sie aber nur Vertiefungen machen und das Wasser trinken, das aus ihnen kömmt? Ich bin in den Bergen gewesen, in Tälern, in Ebenen, in der großen Stadt und habe in der Hitze, im Durste, in der Bewegung den kostbaren Kristall des Wassers und seine Unterschiede kennen gelernt. Wie erquickt der Quell in den Bergen und selbst in den Hügeln, vorzüglich wenn er am reinsten aus dem reinen Granit fließt, und, Natalie, wie schön ist außerdem der Quell!"

Hatte nun Natalie schon früher einen Durst empfunden und hatte derselbe ihr Gespräch auf das Wasser gelenkt, oder war durch das Gespräch ein leichter Durst in ihr hervorgerufen worden: sie stand nun auf, nahm die Alabasterschale in die Hand, ließ sie sich in dem sanften Strahle füllen, setzte sie an ihre schönen Lippen, trank einen Teil des Wassers, ließ das übrige in das tiefere Becken fließen, stellte die leere Schale an ihren Platz und setzte sich wieder zu mir auf die Bank.

Mir war das Herz ein wenig gedrückt, und ich sagte: „Wenn wir beide das Schöne dieses Ortes betrachtet und wenn wir von ihm und von andern Dingen, auf die er uns führte, gerne gesprochen haben, so ist doch etwas in ihm, was mir Schmerz erregt."

„Was kann euch denn an diesem Orte Schmerz erregen?" fragte sie.

„Natalie", antwortete ich, „es ist jetzt ein Jahr, daß ihr mich an dieser Halle absichtlich gemieden habt. Ihr saßet auf derselben Bank, auf welcher ihr jetzt sitzet, ich stand im Garten, ihr tratet heraus und ginget von mir mit beeiligten Schritten in das Gebüsch."

Sie wendete ihr Angesicht gegen mich, sah mich mit den dunklen Augen an und sagte: „Dessen erinnert ihr euch, und das macht euch Schmerz?"

„Es macht mir jetzt im Rückblicke Schmerz und hat ihn mir damals gemacht", antwortete ich.

„Ihr habt mich ja aber auch gemieden", sagte sie.

„Ich hielt mich ferne, um nicht den Schein zu haben, als dränge ich mich zu euch", entgegnete ich.

„War ich euch denn von einer Bedeutung?" fragte sie.

„Natalie", antwortete ich, „ich habe eine Schwester, die ich im höchsten Maße liebe, ich habe viele Mädchen in unserer Stadt und in dem Lande kennen gelernt; aber keines, selbst nicht meine Schwester, achte ich so hoch wie euch, keines ist mir stets so gegenwärtig und erfüllt mein ganzes Wesen wie ihr."

Bei diesen Worten traten die Tränen aus ihren Augen und flossen über ihre Wangen herab.

Ich erstaunte, ich blickte sie an und sagte: „Wenn diese schönen Tropfen sprechen, Natalie, sagen sie, daß ihr mir auch ein wenig gut seid?"

„Wie meinem Leben", antwortete sie.

Ich erstaunte noch mehr und sprach: „Wie kann es denn sein, ich habe es nicht geglaubt."

„Ich habe es auch von euch nicht geglaubt", erwiderte sie.

„Ihr konntet es leicht wissen", sagte ich. „Ihr seid so gut, so rein, so einfach. So seid ihr vor mir gewandelt, ihr waret mir begreiflich wie das Blau des Himmels, und eure Seele erschien mir so tief wie das Blau des Himmels tief ist. Ich habe euch mehrere Jahre gekannt, ihr waret stets bedeutend vor der herrlichen Gestalt eurer Mutter und der eures ehrwürdigen Freundes, ihr waret heute, wie ihr gestern gewesen waret und morgen wie heute, und so habe ich euch in meine Seele genommen zu denen, die ich dort liebe, zu Vater, Mutter, Schwester – nein, Natalie, noch tiefer, tiefer -"

Sie sah mich bei diesen Worten sehr freundlich an, ihre Tränen flossen noch häufiger, und sie reichte mir ihre Hand herüber.

Ich faßte ihre Hand, ich konnte nichts sagen und blickte sie nur an.

Nach mehreren Augenblicken ließ ich ihre Hand los und sagte: „Natalie, es ist mir nicht begreiflich, wie ist es denn möglich, daß ihr mir gut seid, mir, der gar nichts ist und nichts bedeutet?"

„Ihr wißt nicht, wer ihr seid", antwortete sie. „Es ist gekommen, wie es kommen mußte. Wir haben viele Zeit in der Stadt zugebracht, wir sind oft den ganzen Winter in derselben gewesen, wir haben Reisen gemacht, haben verschiedene Länder und Städte gesehen, wir sind in London, Paris und Rom gewesen. Ich habe viele junge Männer kennen gelernt. Darunter sind wichtige und bedeutende gewesen. Ich habe gesehen, daß mancher Anteil an mir nahm; aber es hat mich eingeschüchtert, und wenn einer durch sprechende Blicke oder durch andere Merkmale es mir näher legte, so entstand eine Angst in mir, und ich mußte mich nur noch ferner halten. Wir gingen wieder in die Heimat zurück. Da kamet ihr eines Sommers in den Asperhof, und ich sah euch. Ihr kamet im nächsten Sommer wieder. Ihr waret ohne Anspruch, ich sah, wie ihr die Dinge dieser Erde liebtet, wie ihr ihnen nach ginget und wie ihr sie in eurer Wissenschaft hegtet – ich sah, wie ihr meine Mutter verehrtet, unsern Freund hochachtetet, den Knaben Gustav beinahe liebtet, von eurem Vater, eurer Mutter und eurer Schwester nur mit Ehrerbietung spracht, und da   da "

„Da, Natalie?"

„Da liebte ich euch, weil ihr so einfach, so gut und doch so ernst seid."

„Und ich liebte euch mehr, als ich je irgend ein Ding dieser Erde zu lieben vermochte."

„Ich habe manchen Schmerz um euch empfunden, wenn ich in den Feldern herumging."

„Ich habe es ja nicht gewußt, Natalie, und weil ich es nicht wußte, so mußte ich mein Inneres verbergen und gegen jedermann schweigen, gegen den Vater, gegen die Mutter, gegen die Schwester und sogar gegen mich. Ich bin fortgefahren, das zu tun, was ich für meine Pflicht erachtete, ich bin in die Berge gegangen, habe mir ihre Zusammensetzung aufgeschrieben, habe Gesteine gesammelt und Seen gemessen, ich bin auf den Rat eures Freundes einen Sommer beschäftigungslos in dem Asperhofe gewesen, bin dann wieder in die Wildnis gegangen und zu der Grenze des Eises emporgestiegen. Ich konnte nur eure Mutter, euren Freund und euren Bruder immer wärmer lieben: aber, Natalie, wenn ich auf den Höhen der Berge war, habe ich euer Bild in dem heitern Himmel gesehen, der über mir ausgespannt war, wenn ich auf die festen, starren Felsen blickte, so erblickte ich es auch in dem Dufte, der vor denselben webte, wenn ich auf die Länder der Menschen hinausschaute, so war es in der Stille, die über der Welt gelagert war, und wenn ich zu Hause in die Züge der Meinigen blickte, so schwebte es auch in denen."
„Und nun hat sich alles recht gelöset."
„Es hat sich wohl gelöset, meine liebe, liebe Natalie."
„Mein teurer Freund!"
Wir reichten uns bei diesen Worten die Hände wieder und saßen schweigend da.

Wie hatte seit einigen Augenblicken alles sich um mich verändert, und wie hatten die Dinge eine Gestalt gewonnen, die ihnen sonst nicht eigen war. Nataliens Augen, in welche ich schauen konnte, standen in einem Schimmer, wie ich sie nie, seit ich sie kenne, gesehen hatte. Das unermüdlich fließende Wasser, die Alabasterschale, der Marmor waren verjüngt; die weißen Flimmer auf der Gestalt und die wunderbar im Schatten blühenden Lichter waren anders; die Flüssigkeit rann, plätscherte oder pippte oder tönte im einzelnen Falle anders; das sonnenglänzende Grün von draußen sah als ein neues freundlich herein, und selbst das Hämmern, mit welchem man die Tünche von den Mauern des Hauses herabschlug, tönte jetzt als ein ganz verschiedenes in die Grotte von dem, das ich gehört hatte, als ich aus dem Hause gegangen war.
Nach einer geraumen Weile sagte Natalie: „Und von dem Abende im Hoftheater habt ihr auch nie etwas gesprochen."
„Von welchem Abende, Natalie?"
„Als König Lear aufgeführt wurde."
„Ihr seid doch nicht das Mädchen in der Loge gewesen?"
„Ich bin es gewesen."
„Nein, ihr seid so blühend wie eine Rose, und jenes Mädchen war blaß wie eine weiße Lilie."
„Es mußte mich der Schmerz entfärbt haben. Ich war kindisch, und es hat mir damals wohlgetan, in euren Augen allein unter allen denen, die die Loge umgaben, ein Mitgefühl mit meiner Empfindung zu lesen. Diese Empfindung wurde durch euer Mitgefühl zwar noch stärker, so daß sie beinahe zu mächtig wurde; aber es war gut. Ich habe nie einer

Vorstellung beigewohnt, die so ergreifend gewesen wäre. Ich sah es als einen günstigen Zufall an, daß mir eure Augen, die bei dem Leiden des alten Königs übergeflossen waren, bei dem Fortgehen aus dem Schauspielhause so nahe kamen. Ich glaubte ihnen mit meinen Blicken dafür danken zu müssen, daß sie mir beigestimmt hatten, wo ich sonst vereinsamt gewesen wäre. Habt ihr das nicht erkannt?"

„Ich habe es erkannt und habe gedacht, daß der Blick des Mädchens wohlwollend sei, und daß er ein Einverständnis über unsere gemeinschaftliche Empfindung bei der Vorstellung bedeuten könne."

„Und ihr habt mich also nicht wieder erkannt?"

„Nein, Natalie."

„Ich habe euch gleich erkannt, als ich euch in dem Asperhofe sah."

„Es ist mir lieb, daß es eure Augen gewesen sind, die mir den Dank gesagt haben; der Dank ist tief in mein Gemüt gedrungen. Aber wie konnte es auch anders sein, da eure Augen das Liebste und Holdeste sind, was für mich die Erde hat."

„Ich habe euch schon damals in meinem Herzen höher gestellt als die andern, obwohl ihr ein Fremder waret und obwohl ich denken konnte, daß ihr mir in meinem ganzen Leben fremd bleiben werdet."

„Natalie, was mir heute begegnet ist, bildet eine Wendung in meinem Leben, und ein so tiefes Ereignis, daß ich es kaum denken kann. Ich muß suchen, alles zurecht zu legen und mich an den Gedanken der Zukunft zu gewöhnen."

„Es ist ein Glück, das uns ohne Verdienst vom Himmel gefallen, weil es größer ist als jedes Verdienst."

„Drum lasset uns es dankbar aufnehmen."

„Und ewig bewahren."

„Wie war es gut, Natalie, daß ich die Worte Homers, die ich heute nachmittag las, nicht in mein Herz aufnehmen konnte, daß ich das Buch weglegte, in den Garten ging und daß das Schicksal meine Schritte zu dem Marmor des Brunnens lenkte."

„Wenn unsere Wesen zu einander neigten, obgleich wir es nicht gegenseitig wußten, so würden sie sich doch zugeführt worden sein, wann und wo es immer geschehen wäre, das weiß ich nun mit Sicherheit."

„Aber sagt, warum habt ihr mich denn gemieden, Natalie?"

„Ich habe euch nicht gemieden, ich konnte mit euch nicht sprechen, wie es mir in meinem Innern war, und ich konnte auch nicht so sein, als ob ihr ein Fremder wäret. Doch war mir eure Gegenwart sehr lieb. Aber warum habt denn auch ihr euch ferne von mir gehalten?"

„Mir war wie euch. Da ihr so weit von mir waret, konnte ich mich nicht nahen. Eure Gegenwart verherrlichte mir Alles, was uns umgab, aber das dunkle künftige Glück schien mir unerreichbar."

„Nun ist doch erfüllt, was sich vorbereitete."

„Ja, es ist erfüllt."

Nach einem kleinen Schweigen fuhr ich fort: „Ihr habt gesagt, Natalie, daß wir das Glück, das uns vom Himmel gefallen ist, ewig aufbewahren sollen. Wir sollen es auch ewig aufbewahren. Schließen wir den Bund, daß wir uns lieben wollen, so lange das Leben währt, und daß wir treu sein wollen, was auch immer komme und was die Zukunft bringe, ob es uns aufbewahrt ist, daß wir in Vereinigung die Sonne und den Himmel genießen, oder ob jedes allein zu beiden emporblickt und nur des andern mit Schmerzen gedenken kann."

„Ja, mein Freund, Liebe, unveränderliche Liebe, so lange das Leben währt, und Treue, was auch die Zukunft von Gunst oder Ungunst bringen mag."

„O Natalie, wie wallt mein Herz in Freude! Ich habe es nicht geahnt, daß es so entzückend ist, euch zu besitzen, die mir unerreichbar schien."

„Ich habe auch nicht gedacht, daß ihr euer Herz von den großen Dingen, denen ihr ergeben waret, wegkehren und mir zuwenden werdet."

„O meine geliebte, meine teure, ewig mir gehörende Natalie!"

„Mein einziger, mein unvergeßlicher Freund!"

Ich war von Empfindung überwältigt, ich zog sie näher an mich und neigte mein Angesicht zu ihrem. Sie wendete ihr Haupt herüber und gab mit Güte ihre schönen Lippen meinem Munde, um den Kuß zu empfangen, den ich bot.

„Ewig für dich allein", sagte ich.

„Ewig für dich allein", sagte sie leise.

Schon als ich die süßen Lippen an meinen fühlte, war mir, als sei ein Zittern in ihr und als flößen ihre Tränen wieder.

Da ich mein Haupt wegwendete und in ihr Angesicht schaute, sah ich die Tränen in ihren Augen.

Ich fühlte die Tropfen auch in den meinen hervorquellen, die ich nicht mehr zurückhalten konnte. Ich zog Natalien wieder näher an mich, legte ihr Angesicht an meine Brust, neigte meine Wange auf ihre schönen Haare, legte die eine Hand auf ihr Haupt und hielt sie so sanft umfaßt und an mein Herz gedrückt. Sie regte sich nicht, und ich fühlte ihr Weinen. Da diese Stellung sich wieder löste, da sie mir in das Angesicht schaute, drückte ich noch einmal einen heißen Kuß auf ihre Lippen zum Zeichen der ewigen Vereinigung und der unbegrenzten Liebe. Sie schlang auch ihre Arme um meinen Hals und erwiderte den Kuß zu gleichem Zeichen der Einheit und der Liebe. Mir war in diesem Augenblicke, daß Natalie nun meiner Treue und Güte hingegeben, daß sie ein Leben eins mit meinem Leben sei. Ich schwor mir, mit allem, was groß, gut, schön und stark in mir ist, zu streben, ihre Zukunft zu schmücken und sie so glücklich zu machen, als es nur in meiner Macht ist und erreicht werden kann.

Wir saßen nun schweigend neben einander, wir konnten nicht sprechen und drückten uns nur die Hände als Bestätigung des geschloßnen Bundes und des innigsten Verständnisses.

Da eine Zeit vergangen war, sagte endlich Natalie: „Mein Freund, wir haben uns der Fortdauer und der Unaufhörlichkeit unserer Neigung versichert, und diese Neigung wird auch dauern; aber was nun geschehen und wie sich alles Andere gestalten wird, das hängt von unsern Angehörigen ab, von meiner Mutter, und von euren Eltern."
„Sie werden unser Glück mit Wohlwollen ansehen."
„Ich hoffe es auch; aber wenn ich das vollste Recht hätte, meine Handlungen selber zu bestimmen, so würde ich nie auch nicht ein Teilchen meines Lebens so einrichten, daß es meiner Mutter nicht gefiele; es wäre kein Glück für mich. Ich werde so handeln, so lange wir beisammen auf der Erde sind. Ihr tut wohl auch so?"
„Ich tue es; weil ich meine Eltern liebe und weil mir eine Freude nur als solche gilt, wenn sie auch die ihre ist."
„Und noch jemand muß gefragt werden."
„Wer?"
„Unser edler Freund. Er ist so gut, so weise, so uneigennützig. Er hat unserm Leben einen Halt gegeben, als wir ratlos waren, er ist uns beigestanden, als wir es bedurften, und jetzt ist er der zweite Vater Gustavs geworden."
„Ja, Natalie, er soll und muß gefragt werden; aber sprecht, wenn eins von diesen nein sagt?"
„Wenn eines nein sagt, und wir es nicht überzeugen können, so wird es Recht haben, und wir werden uns dann lieben, so lange wir leben, wir werden einander treu sein in dieser und jener Welt; aber wir dürften uns dann nicht mehr sehen."
„Wenn wir ihnen die Entscheidung über uns anheim gegeben haben, so müßte es wohl so sein; aber es wird gewiß nicht, gewiß nicht geschehen."
„Ich glaube mit Zuversicht, daß es nicht geschehen wird."
„Mein Vater wird sich freuen, wenn ich ihm sage, wie ihr seid, er wird euch lieben, wenn er euch sieht, die Mutter wird euch eine zweite Mutter sein und Klotilde wird sich euch mit ganzer Seele zuwenden."
„Ich verehre eure Eltern und liebe Klotilde schon so lange, als ich euch von ihnen reden und erzählen hörte. Mit meiner Mutter werde ich noch heute sprechen, ich könnte die Nacht nicht über das Geheimnis heraufgehen lassen. Wenn ihr zu euren Eltern reiset, sagt ihnen, was geschehen ist, und sendet bald Nachricht hieher."
„Ja, Natalie."
„Geht ihr von hier wieder in die Berge?"
„Ich wollte es; nun aber hat sich Wichtigeres ereignet, und ich muß gleich zu meinen Eltern. Nur auf Kurzes will ich, so schnell es geht, in meinen jetzigen Standort reisen, um die Arbeiten abzubestellen, die Leute zu entlassen und Alles in Ordnung zu bringen."
„Das muß wohl so sein."
„Die Antwort meiner Eltern bringt dann nicht eine Nachricht, sondern ich selber."
„Das ist noch erfreulicher. Mit unserm Freunde wird wohl hier geredet werden."
„Natalie, dann habt ihr eine Schwester an Klotilden und ich einen Bruder an Gustav."

„Ihr habt ihn ja immer sehr geliebt. Alles ist so schön, daß es fast zu schön ist."
Dann sprachen wir von der Zurückkunft der Männer, was sie sagen würden und wie unser Gastfreund die schnelle Wendung der Dinge aufnehmen werde.
Zuletzt, als die Gemüter zu einer sanfteren Ruhe zurückgekehrt waren, erhoben wir uns, um in das Haus zu gehen. Ich bot Natalien meinen Arm, den sie annahm. Ich führte sie der Eppichwand entlang, ich führte sie durch einen schönen Gang des Gartens, und wir gelangten dann in offnere, freie Stellen, in denen wir eine Umsicht hatten.
Als wir da eine Strecke vorwärts gekommen waren, sahen wir Mathilden außerhalb des Gartens gegen den Meierhof gehen. Das Pförtchen, welches von dem Garten gegen den Meierhof führt, war in der Nähe und stand offen.
„Ich werde meiner Mutter folgen und werde gleich jetzt mit ihr sprechen", sagte Natalie.
„Wenn ihr es für gut haltet, so tut es", erwiderte ich.
„Ja, ich tue es, mein Freund. Lebt wohl."
„Lebt wohl."
Sie zog ihren Arm aus dem meinigen, wir reichten uns die Hände, drückten sie uns, und Natalie schlug den Weg zu dem Pförtchen ein.
Ich sah ihr nach, sie blickte noch einmal gegen mich um, ging dann durch das Pförtchen, und das graue Seidenkleid verschwand unter den grünen Hecken des Grundes.
Ich ging in das Haus und begab mich in meine Wohnung.
Da lag das Buch, in welchem die Worte Homers waren, die heute die Gewalt über mein Herz verloren hatten – es lag, wie ich es auf den Tisch gelegt hatte. Was war indessen geschehen! Die schönste Jungfrau dieser Erde hatte ich an mein Herz gedrückt. Aber was will das sagen? Das edelste, wärmste, herrlichste Gemüt ist mein, es ist mir in Liebe und Neigung zugetan. Wie habe ich das verdient, wie kann ich es verdienen?!
Ich setzte mich nieder und sah gegen die Ruhe der heitern Luft hinaus.
Ich verließ an diesem Tage gar nicht mehr das Haus. Gegen Abend ging ich in den Gang, der im Norden des Hauses hinläuft, und sah auf den Garten hinaus. Auf einer freien Stelle, in welcher ein weißer Pfad durch Wiesengrün hingeht, sah ich Mathilden mit Natalien wandeln.
Ich ging wieder in mein Zimmer zurück.
Als es dunkelte, wurde ich zu dem Abendessen gerufen.
Da Mathilde und Natalie in den Speisesaal getreten waren, lud mich Mathilde mit einem sanften Lächeln und mit der Freundlichkeit, die ihr immer eigen war, ein, an ihrer Seite Platz zu nehmen.

Die Entfaltung

Wir waren in dem nehmlichen Zimmer zum Speisen zusammen gekommen, in dem wir die Zeit her, die ich im Schlosse gewesen war, unser Mahl am Morgen, Mittag und Abend,

wie es die Tageszeit brachte, eingenommen hatten, der Tisch war mit dem klaren, weißen, feinen Linnen gedeckt, in das schönere und altertümlichere Blumen als jetzt gebräuchlich sind, gleichsam wie Silber in Silber eingewebt waren, der Diener stand mit den weißen Handschuhen hinter uns, der Hausverwalter ging in dem Zimmer hin und her, und es war an der Wand der Schrein mit den Fächerabteilungen, in denen die mannigfaltigen Dinge sich befanden, die in einem Speisezimmer stets nötig sind: aber heute war mir alles wie feenhaft, Mathilde hatte ein veilchenblaues Seidenkleid mit dunkleren Streifen an, und um die Schultern war ein Gewebe von schwarzen Spitzen. Sie kleidete sich jedes Mal, wenn ein Gast da war, zum Speisen neu an, hatte es bisher meinetwillen auch getan und hatte es an diesem Abende nicht unterlassen. Mit dem feinen, lieben und freundlichen Angesichte, das durch die dunkle Seide fast noch feiner und schöner wurde, ließ sie sich in ihren Armstuhl zwischen uns nieder. Natalie war rechts und ich links. Natalie hatte nicht Zeit gefunden, ihr Kleid zu wechseln, sie hatte dasselbe lichtgraue Seidenkleid an, das sie am Nachmittage getragen hatte und das mir so lieb geworden war. Ich getraute mir fast nicht, sie anzusehen, und auch sie hatte die großen, schönen, unbeschreiblich edlen Augen größtenteils auf die Mutter gerichtet. So vergingen einige Augenblicke. Es wurde das Gebet gesprochen, das Mathilde immer in ihrem Armstuhle sitzend stille mit gefalteten Händen verrichtete und das daher die Anderen ebenfalls sitzend und stille vollbrachten. Als dieses geschehen war, wurden, wie es der Gebrauch in diesem Hause eingeführt hatte, die Flügeltüren geöffnet, ein Diener trat mit einem Topfe herein, setzte ihn auf den Tisch, der Hausverwalter nahm den Deckel desselben ab und sagte, wie er immer tat: „Ich wünsche sehr wohl zu speisen." Mathilde streckte den Arm mit dem dunkeln Seidenkleide aus, nahm den großen silbernen Löffel und schöpfte, wie sie es sich nie nehmen ließ zu tun, Suppe für uns auf die Teller, welche der Diener darreichte. Der Hausverwalter hatte, da er alles in Ordnung sah, das Zimmer nach seiner Gepflogenheit verlassen. Das Abendessen war nun wie alle Tage. Mathilde sprach freundlich und heiter von verschiedenen Gegenständen, die sich eben darboten, und vergaß nicht, der abwesenden Freunde zu erwähnen und des Vergnügens zu gedenken, das ihre Rückkunft veranlassen werde. Sie sprach von der Ernte, von dem Segen, der heuer überall so reichlich verbreitet sei, und wie sich alles, was sich auf der Erde befinde, doch zuletzt immer wieder in das Rechte wende. Als die Zeit des Abendessens vorüber war, erhob sie sich, und es wurden die Anstalten gemacht, daß sich jedes in seine Wohnung begebe. Mit derselben sanften Güte, mit der sie mich vor dem Abendessen begrüßt hatte, verabschiedete sie sich nun, wir wünschten uns wechselseitig eine glückliche Ruhe und trennten uns.
Als ich in meinem Zimmer angekommen war, trat ich in der Nacht dieses Tages, der für mich in meinem bisherigen Leben am merkwürdigsten geworden war, an das Fenster und blickte gegen den Himmel. Es stand kein Mond an demselben und keine Wolke, aber in der milden Nacht brannten so viele Sterne, als wäre der Himmel mit ihnen angefüllt und als berührten sie sich gleichsam mit ihren Spitzen. Die Feierlichkeit traf

mich erhebender, und die Pracht des Himmels war mir eindringender als sonst, wenn ich sie auch mit großer Aufmerksamkeit betrachtet hatte. Ich mußte mich in der neuen Welt erst zurecht finden. Ich sah lange mit einem sehr tiefen Gefühle zu dem sternbedeckten Gewölbe hinauf. Mein Gemüt war so ernst, wie es nie in meinem ganzen Leben gewesen war. Es lag ein fernes, unbekanntes Land vor mir. Ich ging zu dem Lichte, das auf meinem Tische brannte und stellte meinen undurchsichtigen Schirm vor dasselbe, daß seine Helle nur in die hinteren Teile des Zimmers falle und mir den Schein des Sternenhimmels nicht beirre. Dann ging ich wieder zu dem Fenster und blieb vor demselben. Die Zeit verfloß, und die Nachtfeier ging indessen fort. Wie es sonderbar ist, dachte ich, daß in der Zeit, in der die kleinen, wenn auch vieltausendfältigen Schönheiten der Erde verschwinden und sich erst die unermeßliche Schönheit des Weltraums in der fernen, stillen Lichtpracht auftut, der Mensch und die größte Zahl der andern Geschöpfe zum Schlummer bestimmt ist! Rührt es daher, daß wir nur auf kurze Augenblicke und nur in der rätselhaften Zeit der Traumwelt zu jenen Größen hinan sehen dürfen, von denen wir eine Ahnung haben, und die wir vielleicht einmal immer näher und näher werden schauen dürfen? Sollen wir hienieden nie mehr als eine Ahnung haben? Oder ist es der großen Zahl der Menschen nur darum bloß in kurzen schlummerlosen Augenblicken gestattet, zu dem Sternenhimmel zu schauen, damit die Herrlichkeit desselben uns nicht gewöhnlich werde und die Größe sich nicht dadurch verliere? Aber ich bin ja wiederholt in ganzen Nächten allein gefahren, die Sternbilder haben sich an dem Himmel sachte bewegt, ich habe meine Augen auf sie gerichtet gehalten, sie sind dunkelschwarzen, gestaltlosen Wäldern oder Erdrändern zugesunken, andere sind im Osten aufgestiegen, so hat es fortgedauert, die Stellungen haben sich sanft geändert und das Leuchten hat fortgelächelt, bis der Himmel von der nahenden Sonne lichter wurde, das Morgenrot im Osten erschien und die Sterne wie ein ausgebranntes Feuerwerksgerüste erloschen waren. Haben da meine vom Nachtwachen brennenden Augen die verschwundene stille Größe nicht für höher erkannt als den klaren Tag, der alles deutlich macht? Wer kann wissen, wie dies ist. Wie wird es jenen Geschöpfen sein, denen nur die Nacht zugewiesen ist, die den Tag nicht kennen? Jenen großen, wunderbaren Blumen ferner Länder, die ihr Auge öffnen, wenn die Sonne untergegangen ist, und die ihr meistens weißes Kleid schlaff und verblüht herabhängen lassen, wenn die Sonne wieder aufgeht? Oder den Tieren, denen die Nacht ihr Tag ist? Es war eine Weihe und eine Verehrung des Unendlichen in mir.
Träumend, ehe ich entschlief, begab ich mich auf mein Lager, nachdem ich vorher das Licht ausgelöscht und die Vorhänge der Fenster absichtlich nicht zugezogen hatte, damit ich die Sterne hereinscheinen sähe.

Des anderen Morgens sammelte ich mich, um mir bewußt zu werden, was geschehen ist und welche tiefe Pflichten ich eingegangen war. Ich kleidete mich an, um in das Freie zu gehen und mein Angesicht und meinen Körper der kühlen Morgenluft zu geben.

Als ich mein Zimmer verlassen hatte, suchte ich einen Gang zu gewinnen, der im südlichen Teile des Schlosses in der Länge desselben dahin läuft. Seine Fenster münden in den Hof und von ihm gehen Türen in die gegen Mittag liegenden Zimmer Mathildens und Nataliens. Diese Türen, einst vielleicht zum Gebrauche für Gäste bestimmt, waren jetzt meistens geschlossen, weil die Verbindung im Innern der Zimmer hergestellt war. Ich hatte den Gang darum aufgesucht, weil er an der Westseite des Schlosses zu einer kleinen Treppe führt, die abwärts geht und in ein Pförtchen endet, das gewöhnlich des Morgens geöffnet wurde und durch das man unmittelbar in die Felder auf breite, trockene Wege gelangen konnte, die den Wanderer unbemerkter ins Weite führen, als es durch den Hauptausgang des Schlosses möglich gewesen wäre. Die Bewohnerinnen der Zimmer, die an den Gang stießen, glaubte ich darum nicht stören zu können, weil das Steinpflaster des Ganges seiner ganzen Länge nach mit einem weichen Teppiche belegt war, der keine Tritte hören ließ.
Außerdem hatte die Sonne auch bereits einen so hohen Morgenbogen zurückgelegt, daß zu vermuten war, daß alle im Schlosse schon längst aufgestanden sein würden.
Da ich gegen das Ende des Ganges und in die Nähe der Treppe gekommen war, sah ich eine Tür offen stehen, von der ich vermutete, daß sie zu den Zimmern der Frauen führen müsse. War die Tür offen, weil man fortgehen wollte oder weil man eben gekommen war? Oder hatte eine Dienerin in der Eile offen gelassen, oder war irgend ein anderer Grund? Ich zauderte, ob ich vorbeigehen sollte; allein, da ich wußte, daß die Tür doch nur in einen Vorsaal ging und da die Treppe schon so nahe war, die mich ins Freie führen sollte, so beschloß ich, vorbei zu gehen und meine Schritte zu beschleunigen. Ich schritt auf dem weichen Teppiche fort und trat nur behutsamer auf. Da ich an der Tür angekommen war, sah ich hinein. Was ich vermutet hatte, bestätigte sich, die Tür ging in einen Vorsaal. Derselbe war nur klein und mit gewöhnlichen Geräten versehen. Aber nicht bloß in den Vorsaal konnte ich blicken, sondern auch in ein weiteres Zimmer, das mit einer großen Glastür an den Vorsaal stieß, welche Glastür noch überdies halb geöffnet war. In diesem Zimmer aber stand Natalie. An den Wänden hinter ihr erhoben sich edle mittelalterliche Schreine. Sie stand fast mitten in dem Gemache vor einem Tische, auf welchem zwei Zithern lagen und von welchem ein sehr reicher altertümlicher Teppich nieder hing. Sie war vollständig, gleichsam wie zum Ausgehen gekleidet, nur hatte sie keinen Hut auf dem Haupte. Ihre schönen Locken waren auf dem Hinterhaupte geordnet und wurden von einem Bande oder etwas Ähnlichem getragen. Das Kleid reichte wie gewöhnlich bis zu dem Halse und schloß dort ohne irgend einer fremden Zutat. Es war wieder von lichtem, grauem Seidenstoffe, hatte aber sehr feine, stark rote Streifen. Es schloß die Hüften sehr genau und ging dann in reichen Falten bis auf den Fußboden nieder. Die Ärmel waren enge, reichten bis zum Handgelenke und hatten an diesem wie am Oberarme dunkle Querstreifen, die wie ein Armband schlossen. Natalie stand ganz aufrecht, ja der Oberkörper war sogar ein wenig zurückgebogen. Der linke Arm war ausgestreckt und stützte sich mittelst eines aufrecht stehenden Buches, auf das

sie die Hand legte, auf das Tischchen. Die rechte Hand lag leicht auf dem linken Unterarm. Das unbeschreiblich schöne Angesicht war in Ruhe, als hätten die Augen, die jetzt von den Lidern bedeckt waren, sich gesenkt und sie dächte nach. Eine solche reine, feine Geistigkeit war in ihren Zügen, wie ich sie an ihr, die immer die tiefste Seele aussprach, doch nie gesehen hatte. Ich verstand auch, was die Gestalt sprach, ich hörte gleichsam ihre inneren Worte: „Es ist nun eingetreten!" Sie hatte mich nicht kommen gehört, weil der Teppich den Fußboden des Ganges bedeckte und sie konnte mich nicht sehen, weil ihr Angesicht gegen Süden gerichtet war. Ich beobachtete nur zwei Augenblicke ihre sinnende Stellung und ging dann leise vorüber und die Treppe hinunter. Es erfüllte mich gleichsam mit einem Meere von Wonne, Natalien von der nehmlichen Empfindung beseelt zu sehen, die ich hatte, von der Empfindung, sich das errungene, kaum gehoffte und so hoch gehaltene Gut geistig zu sichern, sich klar zu machen, was man erhalten hat und in welche neue, unermeßlich wichtige Wendung des Lebens man eingetreten sei. Ich konnte es kaum fassen, daß ich es sei, um den eine Gestalt, die das Schönste ausdrückt, was mir bis jetzt bekannt geworden ist, eine Gestalt, die man wohl auch stolz geheißen, die sich bisher von jeder Neigung abgewendet hatte, in diese tiefe sinnende Empfindung gesunken sei. Ich dachte mir, daß ich, so lange ich lebe, und sollte mein Leben bis an die äußerste Grenze des menschlichen Alters oder darüber hinaus gehen, mit jedem Tropfen meines Blutes, mit jeder Faser meines Herzens sie lieben werde, sie möge leben oder tot sein, und daß ich sie fort und fort durch alle Zeiten in der tiefsten Seele meiner Seele tragen werde. Es erschien mir als das süßeste Gefühl, sie nicht nur in diesem Leben, sondern in tausend Leben, die nach tausend Toden folgen mögen, immer lieben zu können. Wie viel hatte ich in der Welt gesehen, wie viel hatte mich erfreut, an wie Vielem hatte ich Wohlgefallen gehabt: und wie ist jetzt alles nichts, und wie ist es das höchste Glück, eine reine, tiefe, schöne menschliche Seele ganz sein eigen nennen zu können, ganz sein eigen!

Ich ging durch das Pförtchen hinaus, das ich nur angelehnt fand, und ging auf dem Wege fort, der an dieser Seite vor dem Schlosse vorbei führt und dann in die Felder hinaus geht. Er ist breit, mit feinem Sande belegt und eignet sich daher seiner Trockenheit willen ganz besonders zu Morgenspaziergängen. Er ist von dem vorigen Besitzer des Schlosses angelegt und von Mathilden verbessert worden. Er geht von dem Pförtchen nach beiden Richtungen, nach Norden und nach Süden, ziemlich weit fort und bildet auf diese Weise zu dem Schlosse eine Berührungslinie. Roland hatte ihn scherzweise auch immer den Berührweg genannt. Die Obstbäume, die ihn jetzt häufig säumen, hat Mathilde meistens schon erwachsen an ihn versetzt. Früher war der ganze Weg eine Allee von Pappeln gewesen; allein, da er ganz gerade durch die Gegend geht und mit den geraden Bäumen bepflanzt war, so erschien er sehr unschön und für einen Lustweg, was er sein sollte, wenig geeignet. Nach Beratungen mit ihren Freunden hatte Mathilde die Pappeln, welche außerdem auch den Feldern sehr schädlich waren, nach und nach beseitigt. Sie waren gefällt und ihre Wurzeln ausgegraben worden. Da man die Obstbäume an ihre Stelle setzte, vermied man es absichtlich, an allen Plätzen, an welchen Pappeln gestanden waren, Obstbäume zu pflanzen, damit nicht wieder statt der Pappelallee eine Obstbaumallee würde, was zwar minder unschön als früher gewesen wäre, aber doch immer noch nicht schön. Durch diese Unterbrechung der Baumpflanzung erhielt der Weg, dessen gerade Richtung schwer zu beseitigen gewesen wäre und die doch sonst zu eigentümlich war, als daß man sie hätte abändern sollen, wenn man nicht Alles nach ganz neuen Gedanken einrichten wollte, die nötige Abwechslung. Mitternachtwärts von dem Schlosse führt er durch Wiesen und Felder an Gebüschen hin, steigt dann zu einem Walde hinan, in welchen er eine Strecke eindringt. Südwärts geht er durch Felder, hat dort besonders schöne Apfelbäume an seinen Seiten, wölbt sich sanft über einen Ackerrücken und gewährt von ihm eine schöne Aussicht in die Gebirge.

Ich schlug die Richtung nach Süden ein, wie ich überhaupt sehr gerne bei dem Beginne eines Spazierganges so gehe, daß ich leicht nach Mittag sehe, das Licht vor mir habe und in den schöneren Glanz und die lieblichere Färbung der Wolken blicken kann. Der Himmel war wie gestern ganz heiter, die Sonne stand in seinem östlichen Teile und begann die Tropfen, welche an allen Gräsern und an dem Laube der Bäume hingen, aufzusaugen. Die Morgenkühle war noch nicht vergangen, obwohl der Einfluß der Sonne immer mehr und mehr bemerkbar wurde. Ich sah mit neuen Augen auf alle Dinge um mich, es schien, als hätten sie sich verjüngt und als müßte ich mich wieder allmählich an ihren Anblick gewöhnen. Ich kam auf die Anhöhe und sah auf den langen Zug der Gebirge. Die blauen Spitzen blickten auf mich herüber, und die vielen Schneefelder zeigten mir ihren feinen Glanz. Ich sah auch die Berghäupter an dem Kargrat, wo ich zuletzt gearbeitet hatte. Mir war, als wäre es schon viele Jahre, seit ich in jenen Eisfeldern und Schneegründen gewesen war. Ich ließ, während ich so dastand, die milde Luft, den Glanz der Sonne und das Prangen der Dinge auf mich wirken. Sonst hatte ich immer irgend ein Buch in meine Tasche gesteckt, wenn ich in der Gegend herum gehen wollte; heute hatte ich es nicht getan.

Mir war jetzt nicht, als sollte ich irgend ein Buch lesen. Ich ging nach einer Weile wieder an den Bäumen dahin, an denen schon die mannigfaltigen Äpfel hingen, die jeder nach seiner Art brachte und die schon hie und da ihre eigentümliche Farbe zu erhalten begannen. Ich ging so lange auf der Anhöhe des Felderrückens fort, bis sie sich leicht zu senken anfing, über welche Senkung der Weg noch hinabgeht, um in dem Tale an der Grenze eines fremden Gutes zu enden oder vielmehr in einen anderen Weg überzugehen, der die Eigenschaften aller jener Fußwege hat, die in unzähligen Richtungen unser Land durchziehen und auf deren taugliche Beschaffenheit, Verbesserung oder Verschönerung niemand denkt. Ich ging auf der Senkung des Weges nicht mehr hinunter, weil ich nicht talwärts kommen wollte, wo die Blicke beengt sind.

Ich wendete mich um und hatte den Anblick des Schlosses vor mir, welches jetzt von solcher Bedeutung für mich geworden war. Die Fenster schimmerten in dem Glanze der Sonne, das Grau der von der Tünche befreiten südlichen Mauer schaute sanft zu mir herüber, das dunkle Dach hob sich von der Bläue der nördlichen Luft ab, und ein leichter Rauch stieg von einigen seiner Schornsteine auf.

Ich ging langsam auf dem Rücken des Feldes an den Obstbäumen vorüber meines Weges zurück, bis er sachte gegen das Schloß abwärts zu gehen begann.

An dieser Stelle sah ich jetzt, daß mir eine Gestalt, welche mir früher durch Baumkronen verdeckt gewesen sein mochte, entgegen kam, welche die Gestalt Nataliens war. Wir gingen beide schneller, als wir uns erblickten, um uns früher zu erreichen. Da wir nun zusammen trafen, blickte mich Natalie mit ihren großen dunkeln Augen freundlich an und reichte mir die Hand. Ich empfing sie, drückte sie herzlich und sagte einen innigen Gruß.

„Es ist recht schön", sprach sie, „daß wir gleichzeitig einen Weg gehen, den ich heute schon einmal gehen wollte, und den ich jetzt wirklich gehe."

„Wie habt ihr denn die Nacht zugebracht, Natalie?" fragte ich.

„Ich habe sehr lange den Schlummer nicht gefunden", antwortete sie, „dann kam er doch in sehr leichter, flüchtiger Gestalt. Ich erwachte bald und stand auf. Am Morgen wollte ich auf diesen Weg heraus gehen und ihn bis über die Felderanhöhe fortsetzen; aber ich hatte ein Kleid angezogen, welches zu einem Gange außer dem Hause nicht tauglich war. Ich mußte mich daher später umkleiden und ging jetzt heraus, um die Morgenluft zu genießen."

Ich sah wirklich, daß sie das lichte graue Kleid mit den feinen tiefroten Streifen nicht mehr an habe, sondern ein einfacheres, kürzeres, mattbraunes trage. Jenes Kleid wäre freilich zu einem Morgenspaziergange nicht tauglich gewesen, weil es in reichen Falten fast bis auf den Fußboden nieder ging. Sie hatte jetzt einen leichten Strohhut auf dem Haupte, welchen sie immer bei ihren Wanderungen durch die Felder trug. Ich fragte sie, ob sie glaube, daß noch so viel Zeit vor dem Frühmahle sei, daß sie über die Felderanhöhe hinaus und wieder in das Schloß zurückkommen könne.

„Wohl ist noch so viel Zeit", erwiderte sie, „ich wäre ja sonst nicht fortgegangen, weil ich eine Störung in der Hausordnung nicht verursachen möchte."

„Dann erlaubt ihr wohl, daß ich euch begleite?" sagte ich.

„Es wird mir sehr lieb sein", antwortete sie.

Ich begab mich an ihre Seite, und wir wandelten den Weg, den ich gekommen war, zurück.

Ich hätte ihr sehr gerne meinen Arm angeboten; aber ich hatte nicht den Mut dazu.

Wir gingen langsam auf dem feinen Sandwege dahin, an einem Baumstamme nach dem andern vorüber, und die Schatten, welche die Bäume auf den Weg warfen, und die Lichter, welche die Sonne dazwischen legte, wichen hinter uns zurück. Anfangs sprachen wir gar nicht, dann aber sagte Natalie: „Und habt ihr die Nacht in Ruhe und Wohlsein zugebracht?"

„Ich habe sehr wenig Schlaf gefunden; aber ich habe es nicht unangenehm empfunden", entgegnete ich, „die Fenster meiner Wohnung, welche mir eure Mutter so freundlich hatte einrichten lassen, gehen in das Freie, ein großer Teil des Sternenhimmels sah zu mir herein. Ich habe sehr lange die Sterne betrachtet. Am Morgen stand ich frühe auf, und da ich glaubte, daß ich niemand in dem Schlosse mehr stören würde, ging ich in das Freie, um die milde Luft zu genießen."

„Es ist ein eigenes erquickendes Labsal, die reine Luft des heiteren Sommers zu atmen", erwiderte sie.

„Es ist die erhebendste Nahrung, die uns der Himmel gegeben hat", antwortete ich. „Das weiß ich, wenn ich auf einem hohen Berge stehe und die Luft in ihrer Weite wie ein unausmeßbares Meer um mich herum ist. Aber nicht bloß die Luft des Sommers ist erquickend, auch die des Winters ist es, jede ist es, welche rein ist und in welcher sich nicht Teile finden, die unserm Wesen widerstreben."

„Ich gehe oft mit der Mutter an stillen Wintertagen gerade diesen Weg, auf dem wir jetzt wandeln. Er ist wohl und breit ausgefahren, weil die Bewohner von Erltal und die der umliegenden Häuser im Winter von ihrem tief gelegenen Fahrwege eine kleine Abbeugung über die Felder machen und dann unseren Spazierweg seiner ganzen Länge nach befahren. Da ist es oft recht schön, wenn die Zweige der Bäume voll von Kristallen hängen oder wenn sie bereift sind und ein feines Gitterwerk über ihren Stämmen und Ästen tragen.

Oft ist es sogar, als wenn sich der Reif in der Luft befände und sie mit ihm erfüllt wäre. Ein feiner Duft schwebt in ihr, daß man die nächsten Dinge nur wie in einen Rauch gehüllt sehen kann. Ein anderes Mal ist der Himmel wieder so klar, daß man alles deutlich erblickt. Er spannt sich dunkelblau über die Gefilde, die in der Sonne glänzen, und wenn wir auf die Höhe der Felder kommen, können wir von ihr den ganzen Zug der Gebirge sehen. Im Winter ist die Landschaft sehr still, weil die Menschen sich in ihren Häusern halten, so viel sie können, weil die Singvögel Abschied genommen haben, weil das Wild in die tieferen Wälder zurück gegangen ist, und weil selbst ein Gespann nicht den tönenden Hufschlag und das Rollen der Räder hören läßt, sondern nur der einfache Klang der Pferdeglocke, die man hier hat, anzeigt, daß irgend wo jemand durch die Stille des Winters fährt. Wir gehen auf der klaren Bahn dahin, die Mutter leitet die Gespräche auf verschiedene Dinge, und das Ziel unserer Wanderung ist gewöhnlich die Stelle, wo der Weg in das Tal hinabzugehen anfängt. In der Stadt habt ihr die schönen Winterspaziergänge nicht, welche uns das Land gewährt."

„Nein, Natalie, die haben wir nicht. Wir haben von der dem Winter als Winter eigentümlichen Wesenheit nichts als die Kälte; denn der Schnee wird auch aus der Stadt fortgeschafft", erwiderte ich, „und nicht bloß im Winter, auch im Sommer hat die Stadt nichts, was sich nur entfernt mit der Freiheit und Weite des offenen Landes vergleichen ließe. Eine erweiterte Pflege der Kunst und der Wissenschaft, eine erhöhte Geselligkeit und die Regierung des menschlichen Geschlechts sind in der Stadt, und diese Dinge begreifen auch das, was man in der Stadt sucht. Einen Teil von Wissenschaft und Kunst aber kann man wohl auch auf dem Lande hegen, und ob größere Zweige der allgemeinen Leitung der Menschen auch auf das Land gelegt werden könnten, als jetzt geschieht, weiß ich nicht, da ich hierin zu wenig Kenntnisse habe. Ich trage schon lange den Gedanken in mir, einmal auch im Winter in das Hochgebirge zu gehen und dort eine Zeit zuzubringen, um Erfahrungen zu sammeln. Es ist seltsam und reizt zur Nachahmung, was uns die Bücher melden, die von Leuten verfaßt wurden, welche im Winter hochgelegene Gegenden besucht oder gar die Spitzen bedeutender Berge erstiegen haben."

„Wenn es für Leben und Gesundheit keine Gefahr hat, solltet ihr es tun", antwortete sie. „Es ist wohl ein Vorrecht der Männer, das Größere wagen und erfahren zu können. Wenn wir zuweilen im Winter in großen Städten gewesen sind und dort das Leben der verschiedenen Menschen gesehen haben, dann sind wir gerne in den Sternenhof zurückgegangen. Wir haben hier in manchen größeren Zeiträumen alle Jahreszeiten genossen und haben jeden Wechsel derselben im Freien kennen gelernt. Wir sind mit Freunden verbunden, deren Umgang uns veredelt, erhebt, und zu denen wir kleine Reisen machen. Wir haben einige Ergebnisse der Kunst und in einem gewissen Maße auch der Wissenschaft, so weit es sich für Frauen ziemt, in unsere Einsamkeit gezogen."

„Der Sternenhof ist ein edler und ein würdevoller Sitz", entgegnete ich, „er hat sich ein schönes Teil des Menschlichen gesammelt und muß nicht das Widerwärtige desselben hinnehmen. Aber es mußten auch viele Umstände zusammentreffen, damit es so werden konnte, wie es ward."

„Das sagt die Mutter auch", erwiderte sie, „und sie sagt, sie müsse der Vorsehung sehr danken, daß sie ihre Bestrebungen so unterstützt und geleitet habe, weil wohl sonst das Wenigste zu Stande gekommen wäre."

Wir hatten in der Zeit dieses Gespräches nach und nach die höchste Stelle des Weges erreicht. Vor uns ging es wieder abwärts. Wir blieben eine Weile stehen.

„Sagt mir doch", begann Natalie wieder, „wo liegt denn das Kargrat, in welchem ihr euch in diesem Teile des Sommers aufgehalten habt? Man muß es ja von hier aus sehen können."

„Freilich kann man es sehen", antwortete ich, „es liegt fast im äußersten Westen des Teiles der Kette, der von hier aus sichtbar ist. Wenn ihr von jenen Schneefeldern, die rechts von der sanftblauen Kuppe, welche gerade über der Grenzeiche eures Weizenfeldes sichtbar ist, liegen, und die fast wie zwei gleiche, mit der Spitze nach aufwärts gerichtete Dreiecke aussehen, wieder nach rechts geht, so werdet ihr lichte, fast wagrecht gehende Stellen in dem graulichen Dämmer des Gebirges sehen, das sind die Eisfelder des Kargrats."

„Ich sehe sie sehr deutlich", erwiderte sie, „ich sehe auch die Spitzen, die über das Eis empor ragen. Und auf diesem Eise seid ihr gewesen?"
„An seinen Grenzen, die es in allen Richtungen umgeben", antwortete ich, „und auf ihm selber."
„Da müßt ihr ja auch deutlich hieher gesehen haben", sagte sie.
„Die Berggestaltungen des Kargrates, die wir hier sehen", erwiderte ich, „sind so groß, daß wir seine Teile wohl von hier aus unterscheiden können; aber die Abteilungen der hiesigen Gegend sind so klein, daß ihre Gliederungen von dort aus nicht erblickt werden können. Das Land liegt wie eine mit Duft überschwebte einfache Fläche unten. Mit dem Fernrohre konnte ich mir einzelne bekannte Stellen suchen, und ich habe mir die Bildungen der Hügel und Wälder des Sternenhofes gesucht."
„Ach nennt mir doch einige von den Spitzen, die wir von hier aus sehen können", sagte sie.
„Das ist die Kargratspitze, die ihr über dem Eise als höchste seht", erwiderte ich, „und rechts ist die Glommspitze und dann der Ethern und das Krummhorn. Links sind nur zwei, der Aschkogel und die Sente."
„Ich sehe sie", sagte sie, „ich sehe sie."
„Und dann sind noch geringere Erhöhungen", fuhr ich fort, „die sich gegen die weiteren Berghänge senken, die keinen Namen haben und die man hier nicht sieht."
Da wir noch eine Weile gestanden waren, die Berge betrachtet und gesprochen hatten, wendeten wir uns um und wandelten dem Schlosse zu.
„Es ist doch sonderbar", sagte Natalie, „daß diese Berge keinen weißen Marmor hervorbringen, da sie doch so viel verschiedenfarbigen haben."
„Da tut ihr unseren Bergen ein kleines Unrecht", antwortete ich, „sie haben schon Lager von weißem Marmor, aus denen man bereits Stücke zu mannigfaltigen Zwecken bricht, und gewiß werden sie in ihren Verzweigungen noch Stellen bergen, wo vielleicht der feinste und ungetrübteste weiße Marmor ist."
„Ich würde es lieben, mir Dinge aus solchem Marmor machen zu lassen", sagte sie.
„Das könnt ihr ja tun", erwiderte ich, „kein Stoff ist geeigneter dazu."
„Ich könnte aber nach meinen Kräften nur kleine Gegenstände anfertigen lassen, Verzierungen und dergleichen", sagte sie, „wenn ich die rechten Stücke bekommen könnte, und wenn meine Freunde mir mit ihrem Rate beiständen."
„Ihr könnt sie bekommen", antwortete ich, „und ich selber könnte euch hierin helfen, wenn ihr es wünscht."
„Es wird mir sehr lieb sein", erwiderte sie, „unser Freund hat edle Werke aus farbigem Marmor in seinem Hause ausführen lassen, und ihr habt ja auch schöne Dinge aus solchem für eure Eltern veranlaßt."
„Ja, und ich suche noch immer schöne Stücke Marmor zu erwerben, um sie gelegentlich zu künftigen Werken zu verwenden", antwortete ich.

„Meine Vorliebe für den weißen Marmor habe ich wohl aus den reichen, schönen und großartigen Dingen gezogen", entgegnete sie, „die ich in Italien aus ihm ausgeführt gesehen habe. Besonders wird mir Florenz und Rom unvergeßlich sein. Das sind Dinge, die unsere höchste Bewunderung erregen, und doch, habe ich immer gedacht, ist es menschlicher Sinn und menschlicher Geist, der sie entworfen und ausgeführt hat. Euch werden auch Gegenstände bei eurem Aufenthalte im Freien erschienen sein, die das Gemüt mächtig in Anspruch nehmen."

„Die Kunstgebilde leiten die Augen auf sich, und mit Recht", antwortete ich, „sie erfüllen mit Bewunderung und Liebe. Die natürlichen Dinge sind das Werk einer anderen Hand, und wenn sie auf dem rechten Wege betrachtet werden, regen sie auch das höchste Erstaunen an."

„So habe ich wohl immer gefühlt", sagte sie.

„Ich habe auf meinem Lebenswege durch viele Jahre Werke der Schöpfung betrachtet", erwiderte ich, „und dann auch, so weit es mir möglich war, Werke der Kunst kennen gelernt, und beide entzückten meine Seele."

Mit diesen Gesprächen waren wir allmählich dem Schlosse näher gekommen und waren jetzt bei dem Pförtchen.

An demselben blieb Natalie stehen und sagte die Worte: „Ich habe gestern sehr lange mit der Mutter gesprochen, sie hat von ihrer Seite eine Einwendung gegen unseren Bund nicht zu machen."

Ihre feinen Züge überzog ein sanftes Rot, als sie diese Worte zu mir sprach. Sie wollte nun sogleich durch das Pförtchen hinein gehen, ich hielt sie aber zurück und sagte: „Fräulein, ich hielte es nicht für Recht, wenn ich euch etwas verhehlte. Ich habe euch heute schon einmal gesehen, ehe wir zusammentrafen. Als ich am Morgen über den Gang hinter euren Zimmern ins Freie gehen wollte, standen die Türen in einen Vorsaal und in ein Zimmer offen, und ich sah euch in diesem letztern an einem mit einem altertümlichen Teppiche behängten Tischchen, die Hand auf ein Buch gestützt, stehen."

„Ich dachte an mein neues Schicksal", sagte sie.

„Ich wußte es, ich wußte es", antwortete ich, „und mögen die himmlischen Mächte es so günstig gestalten, als es der Wille derer ist, die euch wohlwollen."

Ich reichte ihr beide Hände, sie faßte sie, und wir drückten uns dieselben.

Darauf ging sie in das Pförtchen ein und über die Treppe empor.

Ich wartete noch ein wenig.

Da sie oben war und die Tür hinter sich geschlossen hatte, stieg ich auch die Treppe empor.

Das ganze Wesen Nataliens schien mir an diesem Morgen glänzender, als es die ganze Zeit her gewesen war, und ich ging mit einem tief, tief geschwellten Herzen in mein Zimmer.

Dort kleidete ich mich insoweit um, als es nötig war, die Spuren des Morgenspazierganges zu beseitigen und anständig zu erscheinen, dann ging ich, da die Stunde des Frühmahles schon heran nahte, in das Speisezimmer.

Ich war in demselben allein. Der Tisch war schon gedeckt und Alles zum Morgenmahle in Bereitschaft gesetzt. Nachdem ich eine Weile gewartet hatte, kam Mathilde mit Natalie zugleich in das Zimmer. Natalie hatte sich umgekleidet, sie hatte jetzt ein festlicheres Kleid an als sie beim Morgenspaziergange getragen hatte, weil sie gleich Mathilden bei Tische einen Gast durch ein besseres Kleid ehrte. Mit der gewöhnlichen Ruhe und Heiterkeit, aber mit einer fast noch größeren Freundlichkeit als sonst begrüßte mich Mathilde und wies mir meinen Platz an. Wir setzten uns. Wir waren nun bei dem Frühmahle, wie wir es die mehreren Tage her gewohnt waren. Dieselben Gegenstände befanden sich auf dem Tische und derselbe Vorgang wurde befolgt wie immer. Obgleich nur ein Dienstmädchen ab und zu ging und wir in den Zwischenzeiten allein waren, indem Mathilde nach ihrer Gepflogenheit manche Handlungen, die bei einem solchen Frühmahle nötig sind, an dem Tische selbst verrichtete, so wurde doch über unsere besonderen Angelegenheiten auch jetzt nicht gesprochen. Gewöhnliche Dinge, wie sie sich an gewöhnlichen Tagen darbieten, bildeten den Inhalt der Gespräche. Teils Kunst, teils die schönen Tage der Jahreszeit, die eben war, und teils ein Abschnitt des Aufenthaltes während der Rosenzeit im Asperhofe wurden abgehandelt. Dann standen wir auf und trennten uns.

Und so wurde auch am ganzen Tage von dem Verhältnisse, in welches ich zu Natalien getreten war, nichts gesprochen.

Wir fanden uns noch im Laufe des Vormittags im Garten zusammen. Mathilde zeigte mir einige Veränderungen, welche sie vorgenommen hatte. Mehrere zu sehr in geraden Linien gezogene geschorne Hecken, die sich noch in einem abgelegenen Teile des Gartens befunden hatten, waren beseitigt worden und hatten einer leichteren und gefälligeren Anlage Platz gemacht. Blumenbeete waren gezogen worden und mehrere Pflanzen, welche man erst kennen gelernt hatte, welche mein Gastfreund sehr liebte und unter denen sich außerordentlich schöne befanden, waren in eine Gruppe gestellt worden. Mathilde nannte ihre Namen, Natalie hörte aufmerksam zu. Am Nachmittage wurde ein Spaziergang gemacht. Zuerst besuchten wir die Arbeiter, welche mit der Hinwegschaffung der Tünche von der Steinbekleidung des Hauses beschäftigt waren, und sahen eine Zeit hindurch zu. Mathilde tat mehrere Fragen und ließ sich in Erörterungen über Dinge ein, die diese Angelegenheit betrafen. Dann gingen wir in einem großen Bogen längs des Rückens der Anhöhen herum, die zu einem Teile das Tal beherrschen, in dem das Schloß liegt. Wir kamen an dem Saume eines Wäldchens vorüber, von dem man das Schloß, den Garten und die Wirtschaftsgebäude sehen konnte, und gingen endlich durch den nördlichen Arm desselben Spazierweges in das Schloß zurück, in dessen südlichem Teile ich heute Morgens mit Natalien gewandelt war.

Gegen Abend kam der Wagen mit den Wanderern an.

Mein Gastfreund stieg zuerst heraus, dann folgten fast gleichzeitig die übrigen, jüngeren Männer. Ich wurde von allen gegrüßt und von allen getadelt, daß ich so spät gekommen sei. Man begab sich in das gemeinschaftliche Gesellschaftszimmer und besprach sich dort eine Weile, ehe man sich in die Gemächer verfügen wollte, die für einen jeden bestimmt waren.

Mein Gastfreund fragte mich, wo ich mich heuer aufgehalten und welche Teile des Gebirges ich durchstreift habe. Ich antwortete ihm, daß ich ihm schon im Allgemeinen gesagt habe, daß ich an den Simmigletscher gehen werde, daß ich aber meinen besonderen Wohnort im Kargrat aufgeschlagen habe, in dem mit dem Gebirgsstocke gleichnamigen kleinen Dörflein. Von da aus habe ich meine Streifereien gemacht. Ich nannte ihm die einzelnen Richtungen, weil er besonders in der Gegend der Simmen sehr bekannt war. Eustach sprach über die schönen Naturbilder, die in jenen Gestaltungen vorkommen. Roland sagte, ich möchte doch auch einmal die Klamkirche, in der sie gewesen seien, besuchen; die Zeichnungen werde mir Eustach schon zeigen, damit ich einen vorläufigen Überblick davon zu erlangen vermöge. Gustav grüßte mich einfach mit seiner Liebe und Freundschaft, wie er es immer getan hatte. Auf die gelegentliche Frage meines Gastfreundes, ob ich nun lange in der Gesellschaft meiner Freunde zu bleiben gesonnen sei, antwortete ich, daß mich eine wichtige Angelegenheit vielleicht schon in sehr kurzer Zeit fortführen könnte.

Nach diesen allgemeinen Gesprächen begaben sich die Reisenden in ihre Zimmer, um die Spuren der Reise zu beseitigen, staubige Kleider abzulegen, sich sonst zu erfrischen oder Mitgebrachtes in eine Ordnung zu richten.

Wir sahen uns erst bei dem Abendessen wieder.

Dasselbe war so heiter und freundlich, wie es immer gewesen war.

Am anderen Morgen nach dem Frühmahle ging mein Gastfreund eine Zeit mit Mathilden im Garten spazieren, dann kam er in mein Zimmer und sagte zu mir: „Ihr habt Recht, und es ist sehr gut von euch, daß ihr das, was euren hiesigen Freunden lieb und angenehm ist, euren Eltern und euren Angehörigen sagen wollt."

Ich erwiderte nichts, errötete und verneigte mich sehr ehrerbietig.

Ich erklärte im Laufe des Vormittages, daß ich, sobald es nur immer möglich wäre, abreisen müßte. Man stellte mir Pferde bis zur nächsten Post zur Verfügung, und nachdem ich mein kleines Gepäck geordnet hatte, beschloß ich, noch vor dem Mittage die Reise anzutreten. Man ließ es zu. Ich nahm Abschied. Die klaren, heiteren Augen meines Gastfreundes begleiteten mich, als ich von ihm hinwegging. Mathilde war sanft und gütig, Natalie stand in der Vertiefung eines Fensters, ich ging zu ihr hin und sagte leise: „Liebe, liebe Natalie, lebet wohl."

„Mein lieber, teurer Freund, lebet wohl", antwortete sie ebenfalls leise, und wir reichten uns die Hände.

Nach einem Augenblicke verabschiedete ich mich auch von den anderen, die, da sie wußten, daß ich abreisen werde, in das Gesellschaftszimmer gekommen waren. Ich schüttelte Eustach und Roland die Hände und empfing Gustavs Kuß, welche innigere Art des Bewillkommens und Scheidens schon seit längerer Zeit zwischen uns üblich geworden war und welche mir heute so besonders wichtig wurde.
Hierauf ging ich die Treppe hinab und bestieg den Wagen.
Mathildens Pferde brachten mich auf die nächste Post. Dort sendete ich sie zurück und nahm andere in der Richtung nach dem Kargrat. Ich gönnte mir wenig Ruhe. Als ich dort angekommen war, erklärte ich meinen Leuten, daß Umstände eingetreten wären, welche die Fortsetzung der heurigen Arbeiten nicht erlaubten. Ich entließ sie also, händigte ihnen aber den Lohn ein, den sie bekommen hätten, wenn sie mir in der ganzen vertragsmäßigen Zeit gedient hätten. Sie waren hierüber zufrieden. Der Jäger und Zitherspieler war früher, ehe ich gekommen war, fortgegangen. Wohin er sich begeben habe, wußten die Leute selber nicht. Das Verhältnis mit meinen Arbeitern zu ordnen, war mir das Wichtigste auf meinem Arbeitsplatze gewesen; deshalb war ich hingereist. Ich hatte ihnen vor meinem Besuche im Asperhofe gesagt, daß ich bald wieder kommen werde, hatte ihnen während meiner Abwesenheit Arbeit aufgetragen und hatte ihnen Arbeit nach meiner Wiederkunft in Aussicht gestellt. Dieses mußte nun umgeändert werden. Da es geschehen war, gab ich meine Sachen im Kargrat so in Verwahrung, daß sie gesichert waren, und reiste sogleich wieder ab. Ich hatte die Pferde, die ich von dem letzten größeren Orte in das Kargrat mitgenommen hatte, bei mir behalten und fuhr jetzt mit ihnen wieder fort. Auf dem ersten Postamte verlangte ich eigene Postpferde und schlug die Richtung zu meinen Eltern ein.
Als ich dort angekommen war, machte mein unvermutetes Erscheinen beinahe den Eindruck des Erstaunens. Alle Ereignisse waren so schnell gekommen, daß, da einmal meine Abreise zu meinen Eltern festgesetzt war, ein Brief, der sie von meiner Ankunft benachrichtigt hätte, wahrscheinlich nicht früher zu ihnen gekommen wäre als ich selbst. Sie konnten sich daher nicht erklären, warum ich ohne vorhergegangene Benachrichtigung nun im Sommer statt im Herbste komme. Ich sagte ihnen auf ihre Frage, daß allerdings ein Grund zu meiner jetzigen Heimreise vorhanden sei, aber keineswegs ein unangenehmer, daß ich in Ungeduld so schnell abgereist sei und daß ich ihnen eine frühere Nachricht von meiner Ankunft nicht habe zugehen lassen können. Hierauf waren sie beruhigt und, wie es ihre Art war, fragten sie mich nun nicht nach meinem Grunde.

Am andern Morgen, ehe der Vater in die Stadt ging, begab ich mich zu ihm in das Bücherzimmer und sagte ihm, daß ich zu Natalien, der Tochter der Freundin meines Gastfreundes, schon seit langer Zeit her eine Zuneigung gefaßt habe, daß diese Neigung in mir verborgen geblieben und daß es mein Vorsatz gewesen sei, sie, wenn sie ohne Aussicht wäre, zu unterdrücken, ohne daß ich je zu irgend jemandem ein Wort darüber sagte. Nun habe aber Natalie auch mich ihres Anteils nicht für unwert gehalten, ich habe davon nichts gewußt, bis ein Zufall, da wir von anderen, weit entlegenen Dingen sprachen, die gegenseitig unbekannte Stimmung zu Tage brachte. Da haben wir nun einen Bund geschlossen, daß wir uns unsere Neigung bewahren wollen, so lange wir leben, und daß wir sie in dieser Art nie einem anderen Wesen schenken würden. Natalie habe verlangt, und mein Sinn stimmte diesem Verlangen vollkommen bei, daß wir unseren Angehörigen diese Tatsache mitteilen sollten, damit wir uns unseres Gutes durch ihre Zustimmung erfreuen oder, wenn von einem Teile die Billigung versagt würde, die Neigung zwar unverändert erhalten, aber den persönlichen Umgang aufheben. Da nun Nataliens Angehörige nichts eingewendet haben, so sei ich hier, um die Sache meinen Eltern zu sagen, und ihm sage ich sie zuerst, der Mutter würde ich sie später mitteilen.

„Mein Sohn", antwortete er, „du bist mündig, du hast das Recht, Verträge abzuschließen und hast einen sehr wichtigen abgeschlossen. Da ich dich genau kenne, da ich dich seit einiger Zeit noch viel genauer kennen zu lernen Gelegenheit hatte als ich dich früher kannte, so weiß ich, daß deine Wahl einen Gegenstand getroffen hat, der, wenn ihm auch gewiß wie allen Menschen Fehler eigen sind, an Wert und Güte entsprechen wird. Wahrscheinlich hat er beide Dinge in einem höheren Maße als die Menschen, wie sie in größerer Menge jetzt überall sind. In dieser Meinung bestärken mich noch mehrere Umstände. Eure Neigung ist nicht schnell entstanden, sondern hat sich vorbereitet, du hast sie überwinden wollen, du hast nichts gesagt, du hast uns von Natalien wenig erzählt, also ist es kein hastiges, fortreißendes Verlangen, welches dich erfaßt hat, sondern eine auf dem Grunde der Hochachtung beruhende Zuneigung. Bei Natalien ist es wahrscheinlich auch so, weil, wie du gesagt hast, ihre Gegenneigung vorhanden war, ehe du sie erkennen konntest. Ferner hat bei deinem Gastfreunde die Gesammtheit deines Wesens eine so entschiedene Förderung erhalten, du hast nach manchem Besuche bei ihm auch so hervorragende Einzelheiten zurückgebracht, daß ihm eine große Güte und Bildung eigen sein muß, die auf seine Umgebung übergeht. Ich habe nichts einzuwenden."

Obgleich ich mir vorgestellt hatte, daß mein Vater dem geschlossenen Bunde kein Hindernis entgegenstellen werde, so war ich doch bei dieser Unterredung beklommen und ernst gewesen, so wie in der Haltung meines Vaters eine tiefe Ergriffenheit nicht zu verkennen gewesen war. Jetzt, da er geredet hatte, kam in mein Herz eine Freudigkeit, die sich auch in meinen Augen und in meinen Mienen ausgedrückt haben mußte. Mein Vater blickte mich gütig und freundlich an und sagte: „Du wirst mit der Mutter von diesem Gegenstande nicht so leicht sprechen, ich werde deine Stelle vertreten und ihr von dem geschlossenen Bunde erzählen, daß du schneller über die Mitteilung hinwegkömmst. Lasse den Vormittag vergehen, nach dem Mittagessen werde ich die Mutter in dieses Zimmer bitten. Klotilde wird dann gelegentlich auch Kenntnis von deinem Schritte erhalten."

Wir verließen nun das Bücherzimmer. Mein Vater rüstete sich, in seine Geschäftsstube in die Stadt zu gehen, wie er sich jeden Morgen gerüstet hatte. Als er fertig war, nahm er von der Mutter Abschied und ging fort. Der Vormittag verfloß, wie gewöhnlich die Zeit nach meiner Ankunft verflossen war. Die Mutter und Klotilde fragten nicht nach dem Grunde meines ungewöhnlichen Zurückkommens und gingen ihren Geschäften nach. Als das Mittagmahl vorüber war, nahm der Vater die Mutter in das Bücherzimmer und blieb eine Weile mit ihr dort. Als sie wieder zu mir und Klotilden herauskamen, blickte sie mich freundlich an, sagte aber nichts.
Sie setzten sich wieder zu uns, und wir blieben noch eine Zeit an dem Tische sitzen.
Als wir aufgestanden waren, gingen wir in den Garten, welchen ich jetzt durch eine Reihe von Jahren nicht im Sommer gesehen hatte. Die Rosen, welche hie und da zerstreut waren, glichen nicht denen meines Gastfreundes, waren aber auch nicht schlechter als die, welche sich in dem Sternenhofe befanden. Der Garten, welcher mir in meiner Kindheit immer so lieb und traulich gewesen war, erschien mir jetzt klein und unbedeutend, obwohl seine Blumen, die gerade in dieser Sommerzeit noch blühten, seine Obstbäume, seine Gemüse, Weinreben und Pfirsichgitter nicht zu den geringsten der Stadt gehörten. Es zeigte sich nur eben der Unterschied eines Stadtgartens und des Gartens eines reichen Landbesitzers. Man wies mir alles, was man für wichtig erachtete, und machte mich auf alle Veränderungen aufmerksam. Man schien sich gleichsam zu freuen, daß man mich doch einmal zu Anfang der heißeren Jahreszeit hier habe, während ich sonst nur immer am Beginne der kälteren gekommen war, wenn die Blätter abfielen und der Garten sich seines Schmuckes entäußerte. Gegen den Abend ging der Vater wieder in die Stadt. Wir blieben in dem Garten. Da sich in einem Augenblicke die Schwester mit dem Aufbinden eines Rebenzweiges beschäftigte und ich mit der Mutter allein an dem Marmorbrunnen der Einbeere stand, in welchen das köstliche helle Wasser nieder rieselte, sagte sie zu mir: „Ich wünsche, daß jedes Glück und jeder Segen vom Himmel dich auf dem sehr wichtigen Schritte begleiten möge, den du getan hast, mein Sohn. Wenn du auch sorgsam gewählt hast, und wenn auch alle Bedingungen zum Gedeihen vorhanden sind, so bleibt der Schritt doch ein schwerer und wichtiger, noch steht das Zusammenfinden und das Einleben in einander bevor."
„Möge es uns Gott so gewähren, wie wir glauben, es erwarten zu dürfen", antwortete ich, „ich wollte auch kein Glück gründen, ohne daß ich meine Eltern darum fragte und ohne daß ihr Wille mit dem meinigen übereinstimmte. Zuerst mußte wohl Gewißheit gesucht werden, ob sich die Neigungen zusammen gefunden hätten. Als dieses erkannt war, mußte der Sinn und die Zustimmung der Angehörigen erforscht werden, und deshalb bin ich hier."
„Der Vater sagt", erwiderte sie, „daß alles recht ist, daß der Weg sich ebnen wird und daß jene Dinge, die in jeder Verbindung und also auch in dieser im Anfange ungefügig sind, hier eher ihre Gleichung finden werden als irgendwo. Wenn er es aber auch nicht gesagt hätte, so wüßte ich es doch. Du bist unter so vortrefflichen Leuten gewesen, du

würdest auch ohne dem nicht unwürdig gewählt haben, und hast du gewählt, so ist dein Herz gut und wird sich in Kürze in ein Frauenherz finden, wie auch sie ihr Leben in dem deinigen finden wird. Es sind nicht alle, es sind nicht viele Verbindungen dieser Art glücklich; ich kenne einen großen Teil der Stadt und habe auch einen nicht zu kleinen Teil des Lebens beobachtet. Du hast im Grunde nur unsere Ehe gesehen: möge die deinige so glücklich sein, als es die meine mit deinem ehrwürdigen Vater ist."
Ich antwortete nicht, es wurden mir die Augen naß.
„Klotilde wird jetzt einsam sein", fuhr die Mutter fort, „sie hat keine andere Neigung als unser Haus, als Vater und Mutter und als dich."
„Mutter", antwortete ich, „wenn du Natalien sehen wirst, wenn du erfahren wirst, wie sie einfach und gerecht ist, wie ihr Sinn nach dem Gültigen und Hohen strebt, wie sie schlicht vor uns allen wandelt und wie sie viel, viel besser ist als ich, so wirst du nicht mehr von einer Vereinsamung sprechen, sondern von einer Verbindung, Klotilde wird um eines mehr haben als jetzt, und du und der Vater werdet um eines mehr haben. Aber auch Mathilde, mein Gastfreund und der Kreis jener trefflichen Menschen wird in eure Verbindung gezogen werden, ihr werdet zu ihnen hingezogen werden, und was bis jetzt getrennt war, wird Einigung sein."
„Ich habe mir es so gedacht, mein Sohn", antwortete die Mutter, „und ich glaube wohl, daß es so kommen wird; aber Klotilde wird die Art ihrer Neigung zu dir umwandeln müssen, und möge das alles mit gelindem Kelche vorübergehen."

Zu dem Ende dieser Worte war auch Klotilde herzu gekommen. Sie brachte mir eine Rose und sagte mit heiteren Mienen, daß sie mir dieselbe bloß darum gebe, um mir einen kleinen Ersatz für alle die Rosen zu bieten, welche ich heuer im Asperhofe durch meine Hieherreise versäumt habe.
Mir fiel es bei diesen Worten erst auf, daß im väterlichen Garten die Rosen blühten, während sie doch in dem höher gelegenen und einer rauheren Luft ausgesetzten Asperhofe schon verblüht waren. Ich sprach davon. Man fand den Grund bald heraus. Die Asperhofrosen waren den ganzen Tag der Sonne ausgesetzt, mochten auch besser gepflegt werden und einen besseren Boden haben, während hier teils durch Bäume, die man des kleineren Raumes wegen enger setzen mußte, teils durch die Mauern näherer und entfernterer Häuser vielfältig Schatten entstand.
Ich nahm die Rose und sagte, Klotilde würde meinem Gastfreunde einen schlechten Dienst tun, wenn sie in seinem Garten eine Rose pflückte.
„Dort würde ich nicht den Mut dazu haben", antwortete sie.
Wir blieben nun eine Weile bei dem Marmorwasserwerke stehen. Klotilde zeigte mir, was der Vater im Frühlinge habe machen lassen, zum Teile, um den Wasserzug noch mehr zu sichern, zum Teile, um Verschönerungen anzubringen. Ich sah, wie trefflich und zweckmäßig er die Dinge hatte zubereiten lassen und wie sehr ich von ihm lernen

könne. Ich freute mich schon auf die Zeit, die nicht mehr ferne sein konnte, in welcher der Vater mit meinem Gastfreunde zusammen kommen würde.

Als wir von dem Wasserwerke weg gingen, führte mich Klotilde nun zu dem Platze, von welchem eine Aussicht in die Gegend geboten ist und den man mit einer Brustwehr zu versehen beschlossen hatte. Die Brustwehr war schon zum Teile fertig. Sie war aufgemauert, war mit den von mir gebrachten Marmorplatten belegt und war seitwärts mit Marmor bekleidet, den sich der Vater verschafft hatte. Auch meine Simse und Tragsteine waren verwendet. Ich sah aber, daß noch Vieles an Marmor fehlte und versprach, daß ich suchen werde, zu Stande zu bringen, daß die ganze Brustwehr aus gleichartigen Stücken und in gleicher Weise könne hergestellt werden.

„Du siehst, daß wir auch in der Ferne deiner denken und dir etwas Angenehmes zu bereiten streben", sagte Klotilde.

„Ich habe ja nie daran gezweifelt", antwortete ich, „und denke auch eurer, wie meine Briefe beweisen."

„Du solltest doch wieder einmal einen ganzen Sommer hier bleiben", sagte sie.

„Wer weiß, was geschieht", erwiderte ich.

Als die Dunkelheit bereits mit ihrer vollen Macht hereinzubrechen anfing, kam der Vater wieder aus der Stadt, und wir nahmen unser Abendessen in dem Waffenhäuschen. Da sehr lange Tage waren und da es nach dem Eintreten der völligen Finsternis schon ziemlich spät war, so konnten wir nach dem Speisen nicht mehr so lange in dem Häuschen mit den gläsernen Wänden beim Brennen der traulichen Lichter sitzen bleiben, wie in dem Herbste, wenn ich nach einer langen Sommerarbeit wieder zu den Meinigen zurückgekehrt war. Auch hatte man heute in dem lauen Abende mehrere der Glasabteilungen geöffnet, der Eppich flüsterte in einem gelegentlichen Luftzuge, und die Flamme im Innern der Lampe wankte unerfreulich. Wir trennten uns und suchten unsere Ruhe.

Am anderen Tage am frühesten Morgen kam Klotilde zu mir. Als ich auf ihr Pochen geöffnet hatte und sie eingetreten war, verkündigte ihr Angesicht, daß die Mutter über meine Angelegenheit mit ihr gesprochen habe. Sie sah mich an, ging näher, fiel mir um den Hals und brach in einen Strom von Tränen aus. Ich ließ ihr ein Weilchen freien Lauf und sagte dann sanft: „Klotilde, wie ist dir denn?"

„Wohl und wehe", antwortete sie, indem sie sich von mir zu einem Sitze führen ließ, auf den ich mich neben ihr niederließ.

„Du weißt nun also alles?"

„Ich weiß alles. Warum hast du mir es denn nicht früher gesagt?"

„Ich mußte doch vorher mit den Eltern sprechen, und dann, Klotilde, hatte ich gegen dich gerade den wenigsten Mut."

„Und warum hast du nicht in früheren Sommern etwas gesagt?"

„Weil nichts zu sagen war. Es ist erst jetzt zu gegenseitiger Kenntnis gekommen, und da bin ich hergeeilt, mich den Meinigen zu offenbaren. Als das Gefühl nur das meine war und die Zukunft sich noch verhüllte, durfte ich nicht reden, weil es mir nicht männlich schien und weil die Empfindung, die vielleicht in Kurzem gänzlich weggetan werden mußte, durch Worte nicht gesteigert werden durfte."

„Ich habe es immer geahnt", sagte Klotilde, „und habe dir immer das höchste und größte Glück gewünscht. Sie muß sehr gut, sehr lieb, sehr treu sein. Ich habe nur das Verlangen, daß sie dich so liebt wie ich."

„Klotilde", antwortete ich, „du wirst sie sehen, du wirst sie kennen lernen, du wirst sie lieben; und wenn sie mich dann auch nicht mit der in der Geburt gegründeten schwesterlichen Liebe liebt, so liebt sie mich mit einer anderen, die auch mein Glück, dein Glück, das Glück der Eltern vermehren wird."

„Ich habe oft gedacht, wenn du von ihr erzähltest, wie wenig du auch sagtest, und gerade, weil du wenig sagtest", fuhr sie fort, „daß sich etwa da ein Band entwickeln könnte, daß es sehr zu wünschen wäre, daß du ihre Neigung gewännest und daß daraus eine bessere Einigung entstehen könnte als durch die Verbindung mit einem Mädchen unserer Stadt oder mit einem anderen."

„Und nun ist es so", erwiderte ich.

„Warum hast du denn nie ein Bild von ihr gemalt?" fragte sie.

„Weil ich sie eben so wenig oder noch weniger darum bitten konnte als dich oder die Mutter oder den Vater. Ich hatte nicht das Herz dazu", antwortete ich.

„Nun sei recht glücklich, sei zufrieden bis in dein höchstes Alter, und bereue nie, auch nicht im geringsten den Schritt, den du getan hast", sagte sie.

„Ich glaube, daß ich ihn nie bereuen werde, und ich danke dir innig für deine Wünsche, meine teure, meine geliebte Klotilde", erwiderte ich.

Sie trocknete ihre Tränen mit dem Tuche, ordnete gleichsam ihr ganzes Wesen und sah mich freundlich an.

„Wer wird jetzt mit mir zeichnen, spanische Bücher lesen, Zither spielen, wem werde ich alles sagen, was mir in das Herz kömmt?" sprach sie nach einer Weile.

„Mir, Klotilde", erwiderte ich, „alles, was ich früher war, werde ich dir bleiben. Lesen, Zeichnen, Zitherspielen wirst du mit Natalien; auch mitteilen wirst du dich ihr, und mit ihr wirst du das alles vollführen, was du bisher mit mir vollführt hast. Lerne sie nur erst kennen, und du wirst begreifen, daß es wahr ist, was ich sage."

„Ich möchte sie gerne sehr bald sehen", sagte sie.

„Du wirst sie bald sehen", antwortete ich, „es muß sich jetzt eine Verbindung unserer Familie mit jenen Menschen, bei denen ich bisher so häufig gewesen bin, anknüpfen; ich wünsche selber, daß du sie bald, sehr bald sehest."

„Bis dahin aber mußt du mir sehr viel von ihr erzählen, und wenn es möglich ist, mußt du mir ein Bild von ihr bringen", sagte sie.

„Ich werde dir erzählen", antwortete ich, „jetzt, da wir einmal von der Sache gesprochen haben, werde ich dir sehr gerne erzählen, ich werde mit dir leichter von dem Bunde reden als mit ihr selber. Ob ich dir ein Bild werde bringen oder schicken können, weiß

ich nicht; wenn es möglich ist, werde ich es tun. Aber es wird nur in dem Falle sein können, wenn ein Bild von ihr da ist und man es mir, oder eine Abbildung davon überläßt. Behalte es dann, bis du mit ihr selber zusammen kömmst und wir in freundlicher Verbindung mit einander leben. Endlich aber, Klotilde..."
„Endlich?"
„Endlich wird doch auch die Zeit kommen, in welcher du von uns ausscheiden wirst, zwar nicht mit deinem Geiste, wohl aber mit einem Teile deiner Beziehungen, wenn nehmlich auch du eine tiefere Verbindung eingehst."
„Nie, nie werde ich das tun", rief sie beinahe heftig, „nein, ich könnte ihm zürnen, ihm, der mein Herz hier wegführen würde. Ich liebe nur den Vater, die Mutter und dich. Ich liebe dieses stille Haus und alle, die berechtigt in demselben aus und ein gehen, ich liebe das, was es enthält, und die Dinge, die sich in ihm allmählich gestalten, ich werde Natalien und ihre Angehörigen lieben, aber nie einen Fremden, der mich von euch ziehen wollte."
„Er wird dich aber von uns ziehen, Klotilde", sagte ich, „und du wirst doch da bleiben, er wird berechtigt sein, hier aus und ein zu gehen, er wird ein Ding sein, das sich in dem Hause allmählich gestaltet, und du wirst vielleicht nicht von Vater und Mutter gehen dürfen, gewiß aber wird kein Zwang sein, daß du sie oder mich weniger lieben müssest."
„Nein, nein, rede mir nicht von diesen Dingen", erwiderte sie, „es peinigt mich und zerstört mir das Herz, das ich dir mit großer Teilnahme in der Morgenstunde habe bringen wollen."
„Nun, so reden wir nicht mehr davon, Klotilde", sagte ich, „sei nur beruhigt und bleibe bei mir."
„Ich bleibe ja bei dir", antwortete sie, „und sprich freundlich zu mir."
Sie hatte die letzte Spur der Tränen von ihrem Angesichte vertilgt, sie setzte sich auf dem Sitze neben mir noch mehr zurecht, und ich mußte mit ihr sprechen. Sie fragte mich von neuem um Natalien, wie sie aussehe, was sie tue, wie sie sich zu ihrer Mutter, ihrem Bruder und zu meinem Gastfreunde verhalte. Ich mußte ihr erzählen, wann ich sie zum ersten Male gesehen habe, wann ich in dem Sternenhofe gewesen sei, wann sie den Asperhof besucht habe, wann ein Ahnungsgefühl in mein Herz gekommen, wie es dort gewachsen sei, wie ich mit mir gekämpft habe, was dann gekommen sei und wie es sich gefügt habe, daß wir endlich die Worte zu einander gefunden haben.
Ich erzählte ihr gerne, ich erzählte ihr immer leichter, und je mehr sich die Worte von dem Herzen löseten, desto süßer wurde mein Gefühl. Ich hatte nicht geglaubt, daß ich von diesem meinem innersten Wesen zu irgend jemandem sprechen könnte; aber Klotildens Seele war der einzige liebe Schrein, in welchem ich das Teure niederlegen konnte.
Wir blieben sehr lange sitzen, immer fragte mich Klotilde wieder um Neues und wieder um Altes. Da kam die Mutter in meine Stube. Da sie uns in vertraulichem Gespräche sitzen fand, setzte sie sich auch zu dem Tische, der vor mir und Klotilden stand, und

sagte nach einer kurzen Weile, daß sie gekommen sei, uns zum Frühmahle zu holen. Sie hätte Klotilden nirgends gesehen und hätte gemeint, daß sie an diesem Morgen bei mir sein müsse.

„Meine geliebten Kinder", fuhr sie fort, „bewahrt euch eure Liebe, entfremdet euch nie eure Herzen und bleibt euch in allen Lagen zugewandt, wie ihr euch jetzt und wie ihr den Eltern zugewandt seid; dann werdet ihr einen Schatz haben, der einer der schönsten im Leben ist, und der so oft verkannt wird. Ihr werdet in eurer Vereinigung sittlich stark sein, ihr werdet die Freude eures Vaters bilden, und mir werdet ihr das Glück meines Alters sein."

Wir antworteten nichts auf diese Rede, weil uns ihr Inhalt so natürlich war, und folgten der Mutter aus dem Zimmer.

Der Vater harrte schon unser in dem Speisegemache, und da jetzt die Ursache meiner unvermuteten Nachhausekunft allen bekannt war und keines sich dagegen erklärte, so sprachen wir nun unverhohlen gemeinschaftlich von der Angelegenheit. Die Eltern hegten die besten Erwartungen von dem neuen Bunde und freuten sich der Übereinstimmung zwischen mir und der Schwester. Ich mußte ihnen nun, wie ich es schon gegen Klotilde getan hatte, noch Mehreres von Natalien erzählen, wie sie sei, was sie tue, wohin sich ihre Bildung neige und wie sie ihre Jugend könne zugebracht haben. Auch von Mathilden und dem Sternenhofe so wie von dem Asperhofe und meinem Gastfreunde mußte ich noch Manches nachholen, was das Bild ergänzen sollte, welches sich die Meinigen von den dortigen Verhältnissen machten. Ich sagte ihnen auch, daß ein günstiges Geschick hier walte, da gerade Natalie jenes Mädchen gewesen sei, welches einmal bei der Aufführung des König Lear in einer Loge neben mir so ergriffen gewesen sei, welches mir großen Anteil eingeflößt, und mich, der ich den Schmerz im Trauerspiele geteilt hätte, im Herausgehen gleichsam zum Danke freundlich angeblickt habe. Erst in letzter Zeit sei das aufgeklärt worden.

Der Vater sagte, daß die Familien, die durch längere Zeit gleichsam durch ein unsichtbares Band verbunden gewesen waren, durch das Band der geistigen Entwicklung seines Sohnes und des Verkehrs desselben mit beiden Teilen, auch in der Wirklichkeit sich nähern, sich kennen lernen und in eine Verbindung treten werden.

Die Mutter entgegnete, das sei jetzt die dringendste Veranlassung, ja es sei nicht nur eine gesellschaftliche, sondern sogar eine Familienpflicht, daß der Vater, welcher, je älter er werde, mit einer desto wärmeren Ausdauer, welche unbegreiflich ist, sich an seine Arbeitsstube kette, nun endlich einmal sich den Geschäften entreiße, eine Reise mache und sich in derselben nur mit heiteren und schönen Dingen beschäftige.

„Nicht nur ich werde eine Reise machen", antwortete er, „sondern auch du und Klotilde. Wir werden die Menschen dort, welche meinen Sohn so freundlich aufgenommen haben, besuchen. Aber auch sie werden eine Reise machen; denn auch sie werden zu uns in die Stadt kommen und in diesen Zimmern verweilen. Wann aber diese Reisen stattfinden werden, läßt sich jetzt noch gar nicht beurteilen. Jedenfalls muß unser Sohn zuerst allein wieder hinreisen und muß die Einwilligung seiner Familie überbringen. Seinem Ermessen und hauptsächlich den Ratschlägen seines älteren Freundes wird es dann anheimgegeben sein, wie die Sachen im weiteren Verlaufe sich entwickeln sollen. Die Reise unseres Sohnes muß aber sogleich geschehen; denn so fordert es die neue Pflicht, die er eingegangen ist. Wir werden abwarten, welche Nachrichten er uns von seiner Ankunft im Sternenhofe zusenden oder welche Meinung er uns selber überbringen wird."

„Die Reise, mein Vater", entgegnete ich, „wünsche ich, so bald es nur möglich ist, anzutreten, am liebsten sogleich morgen oder wenn ein Aufschub sein muß, doch übermorgen."

„Es wird nicht verspätet sein, wenn du übermorgen reisest, da sich noch Einiges zum Besprechen ergeben kann", antwortete er.

Klotilde äußerte ihre Freude, daß einmal alle eine Reise antreten würden.

„Und für den guten Vater könnte nun öfter der Anlaß gegeben sein", sagte die Mutter, „daß er in das Freiere und Weitere komme, daß er reine Luft atme und Berg und Wald und Feld betrachte."

„Ich werde doch einmal, meine liebe Therese, mein Buch abschließen", erwiderte der Vater, „und es wird für mich der Stillstand der Geschäfte eintreten. Sie mögen in andere Hände übergehen oder sich ganz auflösen. Dann wird es Zeit sein, im Anblicke von Berg, Wald und Feld ein Haus zu mieten oder zu bauen, daß wir im Sommer dort und im Winter hier wohnen, wenn wir nicht gar lieber auch manchen Winter draußen bleiben wollen."

„So hast du oft gesagt", antwortete die Mutter, „aber es ist nicht geschehen."

„Wenn Zeit und Ort darnach angetan sind, wird es geschehen", erwiderte er.

„Wenn dann noch deine Gesundheit und dein geistiges Wesen davon den gewünschten Nutzen ziehen", sagte die Mutter, „werde ich jeden Winter preisen, welchen wir mitten in irgend einem Lande zubringen."

„Es wird sich Vieles ereignen, woran wir jetzt nicht denken", antwortete der Vater.

Wir standen von dem Frühmahle auf, und jedes ging an seine Geschäfte.

Im Laufe des Vormittages ließ mich die Mutter wieder zu sich bitten und fragte mich, wie ich es denn zu halten gedenke, wo ich mit Natalien wohnen wolle. Es sei in dem Hause Platz genug, nur müßte alles gerichtet werden. Auch seien viele andere Dinge zu ordnen, besonders meine Kleider, in denen ich doch nun anders sein müsse. Sie wünsche meine Meinung zu hören, damit man zu rechter Zeit beginnen könne, um noch fertig zu werden.

Ich sagte, daß ich in der Tat auf diese Angelegenheit nicht gedacht habe, daß ihre Erwägung wohl noch Zeit habe, und daß wir vor Allem den Vater um Rat fragen sollten. Sie war damit einverstanden.

Als wir nach dem Mittagsessen den Vater fragten, war er meiner Meinung, daß es noch zu frühe sei, an diese Dinge zu denken. Es würde schon zu rechter Zeit geschehen, daß alles, was not tue, in Ordnung gesetzt werden könne. Jetzt seien andere Dinge zu besprechen und zu bedenken. Wenn es an der Zeit sei, werde es die Mutter erfahren, daß sie alle ihre Maßregeln ausreichend treffen könne.
Sie war damit zufrieden.

Nachmittags fragte ich in der Stadt im Hause der Fürstin an und erfuhr, daß dieselbe zufällig auf mehrere Tage anwesend sei. Sie habe die Absicht, nach Riva zu gehen, um dort einige Wochen an den Ufern des blauen Gardasees zu verleben. Sie sei jetzt eben damit beschäftigt, die Vorbereitungen zu dieser Reise zu machen. Ich ließ anfragen, wann ich sie sprechen könnte, und wurde auf den nächsten Tag um zwölf Uhr bestellt.
Ich nahm zu dieser Zeit eine Mappe mit einigen meiner Arbeiten zu mir und verfügte mich in ihre Wohnung. Nach den freundlichen Empfangsworten drückte sie ihre Verwunderung aus, mich jetzt hier zu finden. Ich gab die Verwunderung für ihre Person zurück. Sie führte mir als Grund ihre beabsichtigte Reise an, und ich sagte, daß plötzlich gekommene Angelegenheiten meinen Sommeraufenthalt unterbrochen und mich in die Stadt geleitet hätten.
Sie fragte mich um meine Arbeiten während der Zeit meiner Abwesenheit.
Ich erklärte ihr dieselben. Als ich von dem Simmigletscher sprach, nahm sie besonderen Anteil, weil ihr dieses Gebirge aus früherer Zeit her bekannt war. Ich mußte ihr genau beschreiben und zeigen, wo wir gewesen und was wir getan haben. Ich zog die Zeichnungen, die ich in Farben von den Eisfeldern, ihren Einränderungen, ihrer Einbuchtung, ihrer Abgleitung und ihrem oberen Ursprunge gemacht hatte und in meiner Mappe mit mir trug, hervor und breitete sie vor ihr aus. Sie ließ sich jedes, auch das Kleinste an diesen Zeichnungen beschreiben und erklären. Ich mußte ihr auch versprechen, bei nächster günstiger Gelegenheit meine Zeichnung von dem Grunde des Lautersees ihr vorzulegen und auf das Genaueste zu erörtern. Es sei ihr dies doppelt wünschenswert, weil sie jetzt selber zu einem See reise, der einer der merkwürdigsten des südlichen Alpenabhanges sei. Hierauf befragte sie mich um meine anderen Bestrebungen auf dem Gebiete der bildenden Kunst, worauf ich erwiderte, daß ich heuer außer den Gletscherzeichnungen, die doch wieder fast nur wissenschaftlicher Natur seien, nichts hatte machen können, weder in Landschaften noch in Abbildung menschlicher Köpfe.
„Wenn ihr ein sehr schönes jugendliches Angesicht abbilden wollt", sagte sie, „so müsset ihr suchen, das Angesicht der jungen Tarona abbilden zu dürfen. Ich bin alt, habe viel erfahren, habe sehr viele Menschen gesehen und betrachtet, aber es ist mir wenig vorgekommen, das edler, einnehmender und liebenswürdiger gewesen wäre als die Züge der Tarona."
Ich errötete sehr tief bei diesen Worten.

Sie richtete die klaren, lieben Augen auf mich, lächelte sehr fein und sagte: „Haltet ihr etwa schon Jemanden für das Schönste?"

Ich antwortete nicht, und sie schien auch eine Antwort nicht zu erwarten. Von Natalien konnte ich ihr nichts sagen, da die Sache nicht so weit gediehen war, um sie Andern verkündigen zu können.

Wir brachen ab, ich verabschiedete mich bald, sie reichte mir gütig die Hand, welche ich küßte, und lud mich ein, ja im künftigen Winter sehr bald von dem Gebirge zurück zu kommen, da auch sie sehr bald in der Stadt einzutreffen gedenke.

Ich antwortete, daß ich über jenen Zeitpunkt jetzt durchaus nicht zu verfügen im Stande sei.

Am zweiten Tage Morgens stand ich reisefertig in meinem Zimmer. Der Wagen war vor das Haus bestellt worden. Ich hatte mir es nicht versagen können, in einem besonderen Wagen so schnell als möglich in den Sternenhof zu fahren. Vater, Mutter und Schwester waren in dem Speisezimmer, um von mir Abschied zu nehmen. Ich begab mich auch in dasselbe, und wir nahmen ein kleines Frühmahl ein. Nach demselben sagte ich Lebewohl.

„Gott segne dich, mein Sohn", sprach die Mutter, „Gott segne dich auf deinem Wege, er ist der entscheidende, du bist nie einen so wichtigen gegangen. Wenn mein Gebet und meine Wünsche etwas vermögen, wirst du ihn nicht bereuen."

Sie küßte mich auf den Mund und machte mir das Zeichen des Kreuzes auf die Stirn.

Der Vater sagte: „Du hast von deiner frühen Jugend an erfahren, daß ich mich nicht in deine Angelegenheiten menge; handle selbstständig und trage die Folgen. Wenn du mich frägst, wie du jetzt getan hast, so werde ich dir immer beistehen, in so weit es meine größere Erfahrung vermag. Aber einen Rat möchte ich dir doch in dieser wichtigen Angelegenheit geben oder vielmehr nicht einen Rat geben, sondern deine Aufmerksamkeit möchte ich auf einen Umstand leiten, auf den du vielleicht in der Befangenheit dieser Tage nicht gedacht hast. Ehe du das ernste Band schließest, ist noch Manches für dich notwendig, deinen Geist und dein Gemüt zu stärken und zu festigen. Eine Reise in die wichtigsten Städte Europas und zu den bedeutendsten Völkern ist ein sehr gutes Mittel dazu. Du kannst es, deine Vermögenslage hat sich sehr gebessert, und ich lege wohl auch etwas dazu, wie ich überhaupt mit dir Abrechnung halten muß."

Ich war sehr bewegt und konnte nicht sprechen. Ich nahm den Vater nur bei der Hand und dankte ihm stumm.

Klotilde nahm mit Tränen Abschied und sagte leise, als ich sie an mich drückte: „Gehe mit Gott, es wird Alles recht sein, was du tust, weil du gut bist und weil du auch klug bist."

Ich sprach die Hoffnung aus, daß ich bald wieder kommen werde, und ging die Treppe hinab.

Meine Reise war sehr schnell, weil überall die Pferde schon bestellt waren, weil ich nirgends schlief und zum Essen nur die kürzeste Zeit verwendete.

Als ich im Sternenhofe in das Zimmer Mathildens trat, kam sie mir entgegen und sagte: „Seid willkommen, es ist Alles, wie ich gedacht habe; denn sonst wäret ihr nicht zu mir, sondern zu unserem Freunde gekommen."
„Meine Angehörigen ehren euch, ehren unseren Freund und glauben an unser Glück und an unsere Zukunft", erwiderte ich.
„Seid willkommen, Natalie", sagte ich, als diese gerufen worden und in das Zimmer getreten war, „ich bringe freundliche Grüße von den Meinigen."
„Seid willkommen", antwortete sie, „ich habe immer gehofft, daß es so geschehen und daß eure Abwesenheit so kurz sein wird."
„Meine Hoffnung war wohl auch dieselbe", erwiderte ich, „aber jetzt ist alles klar, und jetzt ist völlige Beruhigung vorhanden."
Wir blieben bei Mathilden und sprachen einige Zeit miteinander.
Am zweiten Tage nach meiner Ankunft reiste ich zu meinem Gastfreunde. Mathilde hatte mir einen Wagen und Pferde mit gegeben.
Als ich in das Schreinerhaus gekommen war, in welchem sich mein Gastfreund bei meiner Ankunft befand, reichte er mir die Hand und sagte: „Ich bin von eurer Rückkunft bereits benachrichtigt; man hat mir von dem Sternenhofe gleich nach eurem Eintreffen in demselben geschrieben."
Eustach sah mich seltsam an, so daß ich vermutete, er wisse auch bereits von der Sache. Wir gingen nun in das Haus, und man öffnete mir meine gewöhnliche Wohnung. Gustav kam nach einer Weile zu mir herauf und konnte seiner Freude beinahe kein Ende machen, daß alles sei, wie es ist. Mein Gastfreund hatte ihm die Tatsache erst heute eröffnet. Er sprach ohne Rückhalt aus, daß ihm die Sache so weit, weit lieber sei, als wenn Tillburg seine Schwester aus dem Hause geführt hätte, dessen Wille wohl immer dahin gerichtet gewesen wäre.

Das Vertrauen

Ich blieb einige Zeit bei meinem Gastfreunde, teils, weil er es selber verlangte, teils, um jene Ruhe zu gewinnen, die ich sonst immer hatte und die ich brauchte, um in meinen Bestrebungen klar zu sehen und sie nach gemachter Einsicht zu ordnen.
Die Leute blickten mich fragend oder verwundert an. Vermutlich hatte es sich ausgebreitet, in welche Beziehung ich zu Personen getreten bin, welche Freunde des Hauses sind und welche oft in dasselbe als Besuchende kommen. Nirgends aber trat mir der Anschein entgegen, als ob man mir das Verhältnis mißgönnte oder es mit ungünstigen Augen ansähe. Im Gegenteile, die Leute waren fast freundlicher und dienstwilliger als vorher. Ich kam in das Gartenhaus. Der Gärtner Simon trat mir mit einer Art Ehrerbietung entgegen und rief seine Gattin Clara herbei, um ihr zu sagen, daß ich da sei, und um sie zu veranlassen, daß sie mir ihre Verbeugung mache. Er hatte dies

sonst nie getan. Als diese Art von Vorstellung vorüber war, führte er mich erst in den Garten, wie er mit kurzem Ausdrucke bloß seine Gewächshäuser nannte. Er zeigte mir wieder seine Pflanzen, erklärte mir, was neu erworben worden war, was sich besonders schön entwickelt habe und was in gutem Stande geblieben sei; er erzählte mir auch, welche Verluste man erlitten habe, wie die Pflanzen im schönsten Gedeihen gewesen seien, die man verloren habe und welchen besonderen Ursachen man ihren Verlust zuschreiben müsse. Er bedachte hiebei nicht, daß etwa meine Gedanken anderswo sein könnten, wie er bei einer früheren Gelegenheit auch nicht geahnt hatte, daß mein Gemüt abwesend sei, da er mir ebenfalls mit vieler Lust und großer Umsicht seine Gewächse erklärt hatte. Besonders eifrig war er in der Darlegung der Vorzüge und Schönheiten der Rose, welche die Frau des Sternenhofes für den Herrn des Hauses aus England verschrieben habe. Er führte mich zu ihr und zeigte mir alle Vortrefflichkeiten derselben. Dann mußte ich auch mit ihm in das Cactushaus gehen, wo er mir sogleich den Cereus Peruvianus wies, der durch meine Güte, wie er sich ausdrückte, in den Asperhof gekommen sei. Er wachse bereits steilrecht in seinem Glasfache empor, was durch viele Mühe und Kunst bewirkt worden sei. Die gelbliche Farbe vom Inghofe sei in die dunkelblau-grüne, gleichsam mit einem Dufte überflogene übergegangen, welche die völlige Gesundheit der Pflanze beweise. Wenn es so fortgehe, so könne auch noch die Freude der fabelhaften weißen Blumen der lebendigen Säule in dieses Haus kommen. Er führte mich dann zu einigen Cactusgestalten, die eben im Blühen begriffen waren. Es lag eine ziemlich große Sammellinse in der Nähe, um die Blumen und nebstbei auch die Waffen und die Gestaltungen der Pflanzenkörper unter dem Einflusse des vollen Sonnenlichtes betrachten zu können. Er bat mich, die Linse zu gebrauchen. Es war eine farblos zeigende und zugleich eine, bei welcher die Abweichung wegen der Kugelgestalt auf ein Kleinstes gebracht war. Überhaupt wies sie sich als vortrefflich aus. Er erzählte mir, daß der Herr das Vergrößerungsglas eigens zum Betrachten der Cacteen habe machen, es in das schöne Elfenbein fassen und in das reine Sammetfach habe legen lassen. Heute erst sei er noch in dem Cactushause gewesen und habe mit dem Glase die Blüten und viele Stacheln angeschaut. Ich bediente mich des Glases und sah in den von den seidenartigen Blumenblättern umstandenen gelben, weißen oder rosenfarbigen Kelch hinein, wie sie eben vorhanden waren. Daß der Glanz dieser Blumenfarben besonders schön, weit schöner als die feinste Seide und als der der meisten Blumen sei, wußte ich ohnehin, mußte es mir aber doch von dem Gärtner Simon zeigen lassen, so wie er auch der schönen, grün oder rosig oder dunkelrotbraun dämmernden Tiefe des Kelches erwähnte, aus der die Wucht der schlanken Staubfäden aufsteige, die keine Blüte so zierlich habe. Überhaupt seien die Cactusblumen die schönsten auf der Welt, wenn man etwa einige Schmarotzergewächse und ganz wenige andere, vereinzelte Blumen ausnehme. Er machte mich auch auf einen Umstand aufmerksam, den ich nicht wußte, oder den ich nicht beobachtet hatte, daß nehmlich bei einigen Kugelcactus sich die Blumen stets aus neuen Stachelaugen, meistens mit ganz kurzem Stengel, entwickeln,

während sie bei andern auf einem mehr oder minder hohen Stiele aus vorjährigen oder noch älteren Stachelaugen sich erheben. Er sagte, das werde gewiß einmal einen Grund zu einer neuen Einteilung dieser Cactusgestalt geben. Er zeigte mir an vorhandenen Gewächsen den Unterschied, und ich mußte ihn erkennen. Er sagte, daß dies nicht zufällig sei und daß er die Tatsache schon dreißig Jahre beobachte. Damals, als er jung gewesen, seien kaum einige dieser Gestaltungen bekannt gewesen, jetzt vermehre sich die Kenntnis derselben bedeutend, seit die Menschen zur Einsicht ihrer Schönheit gekommen sind und Reisende Pflanzen aus Amerika senden, wie jener Reisende, der von deutschen Landen aus fast in der ganzen Welt gewesen sei. Es könne nur Unverstand oder Oberflächlichkeit oder Kurzsichtigkeit diese Pflanzengattung ungestaltig nennen, da doch nichts regelmäßiger und mannigfaltiger und dabei reizender sei als eben sie. Nur eine erste genaue Betrachtung und Vergleichung derselben sei nötig, und nur ein sehr kurzes Fortsetzen dieser Betrachtung, damit die Gegner dieser Pflanzen in warme Verehrer derselben übergehen – es müßte nur ein Mensch überhaupt kein Freund der Pflanzen sein, welche Gattung es vielleicht in der Welt nicht gibt. Als ich das Pflanzenhaus verließ, begleitete er mich bis an die Grenze der Gewächshäuser, und auch seine Gattin trat aus der Tür ihrer Wohnung, um sich von mir zu verabschieden.
In dem Blumengarten und in der Abteilung der Gemüse blieben die Arbeitsleute vor mir stehen, nahmen den Hut ab und grüßten mich artig.
Eustach war mild und freundlich wie gewöhnlich; aber er war noch weit inniger, als er es in früheren Zeiten gewesen war. Mich freute die Billigung gerade von diesem Menschen ungemein. Er zeigte mir alles, was in der Arbeit war und was sich an wirklichen Dingen, was an Zeichnungen, was an Nachrichten in der jüngsten Zeit zu dem bereits Vorhandenen hinzugefunden hatte. Er sagte, daß mein Gastfreund in Kurzem eine ziemlich weit entfernte Kirche besuchen werde, in welcher man auf seine Kosten Wiederherstellungen mache, und daß er mich zu dieser Reise einladen wolle. Ich sah unter allen vorhandenen Dingen und Stoffen den sehr schönen Marmor nicht, den ich meinem Gastfreunde zum Geschenke gemacht hatte, und war auch nie in Kenntnis gekommen, daß daraus etwas verfertigt worden sei. Es sprach niemand davon, und ich fragte auch nicht. In mancher Stunde sah ich den Arbeiten zu, welche in dem Schreinerhause ausgeführt wurden.
Roland war wie gewöhnlich im Sommer nicht in dem Asperhofe anwesend.
Mit Eustach besuchte ich auch die Bilder meines Gastfreundes, seine Kupferstiche, seine Schnitzereien und seine Geräte. Wir sprachen über die Dinge, und ich suchte mir ihren Wert und ihre Bedeutung immer mehr eigen zu machen. Auch in das Bücherzimmer, den Marmorsaal und das Treppenhaus meines Gastfreundes ging ich. Wie war die Gestalt auf der Treppe erhaben, edel und rein gegen die Nymphe in der Grotte des Gartens im Sternenhofe, die mir in der letzten Zeit so lieb geworden war. Durch meine Bitte ließ sich mein Freund bewegen, mir die Zimmer aufzuschließen, in denen Mathilde und Natalie während ihres Aufenthaltes in dem Asperhofe wohnen. Ich blieb länger als in

den anderen in dem letzten kleinen Gemache mit der Tapetentür, welches ich die Rose genannt hatte. Mich umwehte die Ruhe und Klarheit, die in dem ganzen Wesen Mathildens ausgeprägt ist, die in den Farben und Gestalten des Zimmers sich zeigte und die in den unvergleichlichen Bildern lag, die hier aufgehängt waren.
Wir gingen auch in den Meierhof. Die Leute begegneten mir achtungsvoll, sie zeigten mir alle Räume und wiesen, was sich in ihnen befinde, was dort gearbeitet werde, wozu sie dienen und was sich in neuerer Zeit geändert habe. Der Meier hatte seine besondere Freude an der neuen, von ihm selbst verbesserten Zucht der Füllen und an dem Volke aller von meinem Gastfreunde eingeführten Gattungen von Hühnern. Als wir uns von dem Meierhofe entfernten und uns der vielstimmige Gesang der Vögel aus dem Garten des Hauses entgegen schallte, sah ich im Rückblicke, daß sich unter dem Torwege eine Gruppe von Mägden mit ihren blauen Schürzen und weißen Hemdärmeln gesammelt habe und uns nachschaue.
Wenn ich auch erkannte, daß ich der Gegenstand der Aufmerksamkeit geworden war, so entschlüpfte doch Niemandem ein Wort, welches einen Grund dieser Aufmerksamkeit angedeutet hätte.
Gustav, welcher wohl Anfangs seine Freude gegen mich ausgesprochen hatte, daß es sei, wie es ist, und daß keiner von denen, die es gewollt hatten, seine Schwester fortgeführt, sprach nun von dem Gegenstande nicht mehr und schloß sich nur noch herzlicher, wenn dieses möglich war, an mich an.
Mein Gastfreund sagte mir endlich auch von der Reise nach der Kirche, von welcher Eustach gesprochen hatte, und lud mich zu derselben ein. Ich nahm die Einladung an.

Wir fuhren eines Morgens von dem Asperhofe fort, mein Gastfreund, Eustach, Gustav und ich. Gustav wird, wie mir mein Gastfreund sagte, auf jede kleinere Reise von ihm mitgenommen. Wenn dies bei ausgedehnteren Reisen nicht der Fall sein kann, so wird er zu seiner Mutter in den Sternenhof gebracht. Wir kamen erst am zweiten Tage bei der Kirche an. Roland, welcher von unserer Ankunft unterrichtet gewesen war, erwartete uns dort. Die Kirche war ein Gebäude im altdeutschen Sinn. Sie stammte, wie meine Freunde versicherten, aus dem vierzehnten Jahrhunderte her. Die Gemeinde war nicht groß und nicht besonders wohlhabend. Die letztvergangenen Jahrhunderte hatten an dieser Kirche viel verschuldet. Man hatte Fenster zumauern lassen, entweder ganz oder zum Teile, man hatte aus den Nischen der Säulen die Steinbilder entfernt und hatte hölzerne, die vergoldet und gemalt waren, an ihre Stelle gebracht. Weil aber diese größer waren als ihre Vorgänger, so hat man die Stellen, an die sie kommen sollten, häufig ausgebrochen, und die früheren Überdächer mit ihren Verzierungen weggeschlagen. Auch ist das Innere der ganzen Kirche mit bunten Farben bemalt worden. Als dieses in dem Laufe der Jahre auch wieder schadhaft wurde und sich Ausbesserungsarbeiten an der Kirche als dringlich notwendig erwiesen, gab sich auch kund, daß die Mittel dazu schwer aufzubringen sein würden. Die Gemeinde geriet beinahe über den Umfang der

Arbeiten, die vorzunehmen wären, in großen Hader. Offenbar waren in früheren Zeiten reiche und mächtige Wohltäter gewesen, welche die Kirche hervorgerufen und erhalten hatten. In der Nähe stehen noch die Trümmer der Schlösser, in denen jene wohlhabenden Geschlechter gehaust hatten. Jetzt steht die Kirche allein als erhaltenes Denkmal jener Zeit auf dem Hügel, einige in neuerer Zeit erbaute Häuser stehen um sie herum, und rings liegt die Gemeinde in den in dem Hügellande zerstreuten Gehöften. Die Besitzer der Schloßruinen wohnen in weit entfernten Gegenden und haben, da sie ganz anderen Geschlechtern angehören, entweder nie eine Liebe zu der einsamen Kirche gehabt oder haben sie verloren. Der Pfarrer, ein schlichter, frommer Mann, der zwar keine tiefen Kenntnisse der Kunst hatte, aber seit Jahren an den Anblick seiner Kirche gewöhnt war und sie, da sie zu verfallen begann, wieder gerne in einem so guten Zustande gesehen hätte, als nur möglich ist, schlug alle Wege ein, zu seinem Ziele zu gelangen, die ihm nur immer in den Sinn kamen. Er sammelte auch Gaben. Auf letztem Wege kam er zu meinem Gastfreunde. Dieser nahm Anteil an der Kirche, die er unter seinen Zeichnungen hatte, reiste selber hin und besah sie. Er versprach, daß er, wenn man seinen Plan zur Wiederherstellung der Kirche billige und annehme, alle Kosten der Arbeit, die über den bereits vorhandenen Vorrat hinausreichen, tragen und die Arbeit in einer gewissen Zahl von Jahren beendigen werde. Der Plan wurde ausgearbeitet und von allen, welche in der Angelegenheit etwas zu sprechen hatten, genehmigt, nachdem der Pfarrer schon vorher, ohne ihn gesehen zu haben, sehr für ihn gedankt und sich überall eifrig für seine Annahme verwendet hatte. Es wurde dann zur Ausführung geschritten, und in dieser Ausführung war mein Gastfreund begriffen. Die Füllmauern in den Fenstern wurden vorsichtig weggebrochen, daß man keine der Verzierungen, welche in Mörtel und Ziegeln begraben waren, beschädige, und dann wurden Glasscheiben in der Art der noch erhaltenen in die ausgebrochenen Fenster eingesetzt. Die hölzernen Bilder von Heiligen wurden aus der Kirche entfernt, die Nischen wurden in ihrer ursprünglichen Gestalt wieder hergestellt. Wo man unter dem Dache der Kirche oder in anderen Räumen die alten schlanken Gestalten der Heiligenbilder wieder finden konnte, wurden sie, wenn sie beschädigt waren, ergänzt, und an ihre mutmaßlichen Stellen gesetzt. Für welche Nischen man keine Standbilder auffinden konnte, die wurden leer gelassen. Man hielt es für besser, daß sie in diesem Zustande verharren, als daß man eins der hölzernen Bilder, welche zu der Bauart der Kirche nicht paßten, in ihnen zurückgelassen hätte. Freilich wäre die Verfertigung von neuen Standbildern das Zweckmäßigste gewesen; allein das war nicht in den Plan der Wiederherstellung aufgenommen worden, weil es über die zu diesem Werke verfügbaren Kräfte meines Gastfreundes ging. Alle Nischen aber, auch die leeren, wurden, wenn Beschädigungen an ihnen vorkamen, in guten Stand gesetzt. Die Überdächer über ihnen wurden mit ihren Verzierungen wieder hergestellt. Zu der Übertünchung des Innern der Kirche war ein Plan entworfen worden, nach welchem die Farbe jener Teile, die nicht Stein waren, so unbestimmt gehalten werden sollte, daß ihr Anblick dem eines bloßen Stoffes am ähnlichsten wäre. Die Gewölberippen, deren Stein nicht mit Farbe bestrichen war, so wie alles Andere von Stein wurde unberührt gelassen, und sollte mit seiner bloß stofflichen Oberfläche wirken. Die Gerüste zu der Übertünchung waren bereits dort geschlagen, wo man mit Leitern nicht auslangen konnte. Freilich wäre in der Kirche noch vieles Andere zu verbessern gewesen. Man hatte den alten Chor verkleidet und ganz neue Mauern zu einer Emporkirche aufgeführt, man hatte ein Seitenkapellchen im neuesten Sinne hinzugefügt, und es war ein Teil der Wand des Nebenschiffes ausgenommen worden, um eine Vertiefung zu mauern, in welche ein neuer Seitenaltar zu stehen kam. Alle diese Fehler konnten wegen Unzulänglichkeit der Mittel nicht verbessert werden. Der Hauptaltar in altdeutscher Art war geblieben. Roland sagte, es sei ein Glück gewesen, daß man im vorigen Jahrhunderte nicht mehr so viel Geld gehabt habe als zur Zeit der Erbauung der Kirche, denn sonst hätte man gewiß den ursprünglichen Altar weggenommen und hätte einen in dem abscheulichen Sinne des vergangenen Jahrhunderts an seine Stelle gesetzt. Mein Gastfreund besah alles, was da gearbeitet wurde, und es ward ein Rat mit Eustach und Roland gehalten, dem auch ich beigezogen wurde, um zu erörtern, ob alles dem gefaßten Plane getreu gehalten werde, und ob man nicht Manches mit Aufwendung einer mäßigen Summe noch zu dem ursprünglich Beabsichtigten hinzu tun könnte, was der Kirche not täte und was ihr zur Zierde gereichte. Die Ansichten vereinigten sich sehr bald, da die Männer nach der nehmlichen Richtung hin strebten und da ihre Bildungen in dieser Hinsicht sich wechselweise zu dem gleichen Ergebnisse durchdrungen hatten. Ich konnte sehr wenig mitreden, obgleich ich gefragt wurde, weil ich einerseits zu wenig mit den vorhandenen Grundlagen vertraut war und weil andererseits meine Kenntnisse in dem Einzelnen der Kunst, um welche es sich hier handelte, mit denen meiner Freunde nicht Schritt halten konnten. Der Pfarrer hatte uns sehr freundlich aufgenommen und wollte uns sämmtlich in seinem kleinen Hause beherbergen. Mein Gastfreund lehnte es ab, und wir richteten uns, so gut es ging, in dem Gasthofe ein. Der Ehrerbietung und des Dankes aber konnte der bescheidene Pfarrer gegen meinen Gastfreund kein Ende finden. Auch kam eine Abordnung mehrerer Gemeindeglieder, um, wie sie sagten, ihre Aufwartung zu machen und ihren Dank darzubringen. Wirklich, wenn man die schlanken, edlen Gestaltungen der Kirche ansah, welche da einsam auf ihrem Hügel in einem abgelegenen Teile des Landes stand, in dem man sie gar nicht gesucht hätte, und die schon geschehenen Verbesserungen betrachtete, welche ihre feinen Glieder wieder zu Ansehen und Geltung brachten, so konnte man nicht umhin, sich zu freuen, daß die reinen blauen Lüfte wieder den reinen, einfachen Bau umfächelten, wie sie ihn umfächelt hatten, als er nach dem Haupte des längst verstorbenen Meisters aus den Händen der Arbeitsleute hervor gegangen war. Und wirklich mußte man sich auch zum Danke verpflichtet fühlen, daß es einen Mann gab, wie mein Gastfreund war, der aus Liebe zu schönen Dingen, und ich muß wohl auch hinzufügen, aus Liebe zur Menschheit, einen Teil seines Einkommens, seiner Zeit und seiner Einsicht opferte, um manch Edles dem Verfalle zu entreißen und vor die Augen der Menschen wohlgebildete und hohe Gestaltungen zu bringen, daß sie sich daran, wenn sie dessen fähig sind und den Willen haben, erheben und erbauen können.

Das alles wußten aber die Gemeindeglieder nicht, sie dankten nur, weil sie meinten, daß es ihre Schuldigkeit sei.

Nachdem mein Gastfreund den Bau gut befunden und mit Eustach, dem eigentlichen Werkmeister, das Nähere angeordnet hatte, und nachdem auch Roland die Zusicherung gegeben hatte, daß er dem Wunsche meines Gastfreundes gemäß öfter nachsehen und Bericht erstatten werde, rüsteten wir uns, unsere verschiedenen Wege zu gehen. Roland wollte wieder in das nahe liegende Gebirge zurückkehren, von dem er zu der Kirche heraus gekommen war, und wir wollten den Weg nach dem Asperhofe antreten. Roland entfernte sich zuerst. Wir besuchten noch den Inhaber eines Glaswerkes in der Nähe, der von großem Einflusse war, und begaben uns dann auf den Weg nach dem Hause meines Freundes.

Auf dem Rückwege kamen wir über die Bildung des Schönen zu sprechen, wie es gut sei, daß Menschen aufstehen, die es darstellen, daß über ihre Mitbrüder auch dieses sanfte Licht sich verbreite und sie immer zu hellerer Klarheit fort führe; daß es aber auch gut sei, daß Menschen bestehen, welche geeignet sind, das Schöne in sich aufzunehmen und es durch Umgang auf Andere zu übertragen, besonders, wenn sie noch, wie mein Gastfreund, das Schöne überall aufsuchen, es erhalten und es durch Mühe und Kraft wieder herzustellen suchen, wo es Schaden gelitten hatte. Es sei ein ganz eigenes Ding um die Befähigung und den Drang hiezu.

„Wir haben schon einmal über Ähnliches gesprochen", sagte mein Gastfreund, „meine Erfahrungen in der Zeit meines Lebens haben mich gelehrt, daß es ganz bestimmte Anlagen zu ganz bestimmten Dingen gibt, mit denen die Menschen geboren werden. Nur in der Größe unterscheiden sich diese Anlagen, in der Möglichkeit, sich auszusprechen, und in der Gelegenheit, kräftig zur Wirksamkeit kommen zu können. Dadurch scheint Gott die Mannigfaltigkeit der Taten mit ihrem nachdrücklichsten Erfolge, wie es auf der Erde notwendig ist, vermitteln zu wollen. Es erschien mir immer merkwürdig, wo ich Gelegenheit hatte, es zu beobachten, wie bei Menschen, die bestimmt sind, ganz Ungewöhnliches in einer Richtung zu leisten, sich ihre Anlage bis in die feinsten Fäden ihres Gegenstandes ausspricht und zu ihm hindrängt, während sie in Anderm bis zum Kindlichen unwissend bleiben können. Einer, der über Kunstdinge trotz aller Belehrung, trotz alles Umganges, trotz langjähriger täglicher Berührung mit auserlesenen Kunstwerken nie Anderes als Ungereimtes sagen konnte, war ein Staatsmann, der die feinsten Abschattungen seines Gegenstandes durchdrang, der die Gedanken der Völker und die Absichten der Menschen und Regierungen, mit denen er verkehrte, erriet und es verstand, alle Dinge seinen Zwecken dienstbar machen zu können, so daß das Anderen wie ein Zauberwerk eines Geistes erschien, was gleichsam ein Naturgesetz war. In meiner Jugend kannte ich einen Mann, der mit einem Verstande,

über den wir uns vor Bewunderung kaum zu fassen wußten, in die Tiefen eines Kunstwesens, das er besprechen wollte, einging, und Gedanken zu Tage brachte, von denen wir nicht begriffen, wie sie in das Herz eines Menschen haben kommen können; während er die Meinungen und Absichten ganz gewöhnlicher Menschen und gerade solcher, die tief unter ihm standen, nicht durchschaute und den notwendigen Gang der Staaten nicht sah, weil ihm das Auge dafür versagt war oder weil er im Drange seiner Gegenstände darauf nicht achtete. Ich könnte noch mehrere Beispiele anführen: den zum Feldherrn Geborenen im Richtersaale um Mein und Dein, oder den, der wissenschaftliche Stoffe fördert, in der Bildung eines Heeres. So hat Gott es auch Manchen gegeben, daß sie dem Schönen nachgehen müssen und sich zu ihm wie zu einer Sonne wenden, von der sie nicht lassen können. Es ist aber immer nur eine bestimmte Zahl von solchen, deren einzelne Anlage zu einer besonderen großen Wirksamkeit ausgeprägt ist. Ihrer können nicht viele sein, und neben ihnen werden die geboren, bei denen sich eine gewisse Richtung nicht ausspricht, die das Alltägliche tun und deren eigentümliche Anlage darin besteht, daß sie gerade keine hervorragende Anlage zu einem hervorragenden Gegenstande haben. Sie müssen in großer Menge sein, daß die Welt in ihren Angeln bleibt, daß das Stoffliche gefördert werde und alle Wege im Betriebe sind. Sehr häufig aber kömmt es nun leider auf den Umstand an, daß der rechten Anlage der rechte Gegenstand zugeführt wird, was so oft nicht der Fall ist."
„Könnte denn nicht die Anlage den Gegenstand suchen, und sucht sie ihn nicht auch oft?" fragte Eustach.
„Wenn sie in großer Macht und Fülle vorhanden ist, sucht sie ihn", entgegnete mein Gastfreund, „zuweilen aber geht sie in dem Suchen zu Grunde."
„Das ist ja traurig, und dann wird ihr Zweck verfehlt", antwortete Eustach.
„Ich glaube nicht, daß ihr Zweck deshalb ganz verfehlt wird", sagte mein Gastfreund, „das Suchen und das, was sie in diesem Suchen fördert und in sich und Anderen erzeugt, war ihr Zweck. Es müssen eben verschiedene, und zwar verschieden hohe und verschieden geartete Stufen erstiegen werden. Wenn jede Anlage mit völliger Blindheit ihrem Gegenstande zugeführt würde und ihn ergreifen und erschöpfen müßte, so wäre eine viel schönere und reichere Blume dahin, die Freiheit der Seele, die ihre Anlage einem Gegenstande zuwenden kann oder sich von ihm fern halten, die ihr Paradies sehen, sich von ihm abwenden und dann trauern kann, daß sie sich von ihm abgewendet hat, oder die endlich in das Paradies eingeht und sich glücklich fühlt, daß sie eingegangen ist."
„Oft habe ich schon gedacht", sagte ich, „da die Kunst so sehr auf die Menschen wirkt, wie ich an mir selber, wenn auch nur erst kurze Zeit, zu beobachten Gelegenheit hatte, ob denn der Künstler bei der Anlage seines Werkes seine Mitmenschen vor Augen habe und dahin rechne, wie er es einrichten müsse, daß auf sie die Wirkung gemacht werde, die er beabsichtiget."

„Ich hege keine Zweifel, daß es nicht so ist", erwiderte mein Gastfreund, „wenn der Mensch überhaupt seine ihm angeborne Anlage nicht kennt, selbst wenn sie eine sehr bedeutende sein sollte und wenn er mannigfaltige Handlungen vornehmen muß, ehe seine Umgebung ihn oder er sich selber inne wird, ja wenn er zuletzt sich seiner Freiheit gemäß seiner Anlage hingeben oder sich von ihr abwenden kann: so wird er wohl im Wirken dieser Anlage nicht so zu rechnen im Stande sein, daß sie an einem gewissen Punkte anlanden müsse; sondern je größer die Kraft ist, um so mehr, glaube ich, wirkt sie nach den ihr eigentümlichen Gesetzen, und das dem Menschen inwohnende Große strebt, unbewußt der Äußerlichkeiten, seinem Ziele zu und erreicht desto Wirkungsvolleres, je tiefer und unbeirrter es strebt. Das Göttliche scheint immer nur von dem Himmel zu fallen. Es hat wohl Menschen gegeben, welche berechnet haben, wie ein Erzeugnis auf die Mitmenschen wirken soll, die Wirkung ist auch gekommen, sie ist oft eine große gewesen, aber keine künstlerische und keine tiefe; sie haben etwas Anderes erreicht, das ein Zufälliges und Äußeres war, das die, welche nach ihnen kamen, nicht teilten und von dem sie nicht begriffen, wie es auf die Vorgänger hatte wirken können. Diese Menschen bauten vergängliche Werke und waren nicht Künstler, während das durch die wirkliche Macht der Kunst Geschaffene, weil es die reine Blüte der Menschheit ist, nach allen Zeiten wirkt und entzückt, so lange die Menschen nicht ihr Köstlichstes, die Menschheit, weggeworfen haben."

„Es ist einmal in der Stadt die Frage gestellt worden", sagte ich, „ob ein Künstler, wenn er wüßte, daß sein Werk, das er beabsichtigt, zwar ein unübertroffenes Meisterwerk sein wird, daß es aber die Mitwelt nicht versteht und daß es auch keine Nachwelt verstehen wird, es doch schaffen müsse oder nicht. Einige meinten, es sei groß, wenn er es täte, er tue es für sich, er sei seine Mit- und Nachwelt. Andere sagten, wenn er etwas schaffe, von dem er wisse, daß es die Mitwelt nicht verstehe, so sei er schon töricht und vollends, wenn er es schaffe und weiß, daß auch keine Nachwelt es begreifen wird."

„Dieser Fall wird wohl kaum sein", antwortete mein Gastfreund, „der Künstler macht sein Werk, wie die Blume blüht, sie blüht, wenn sie auch in der Wüste ist und nie ein Auge auf sie fällt. Der wahre Künstler stellt sich die Frage gar nicht, ob sein Werk verstanden werden wird oder nicht. Ihm ist klar und schön vor Augen, was er bildet, wie sollte er meinen, daß reine, unbeschädigte Augen es nicht sehen? Was rot ist, ist es nicht allen rot? Was selbst der gemeine Mann für schön hält, glaubt er das nicht für alle schön? Und sollte der Künstler das wirklich Schöne nicht für die Geweihten schön halten? Woher käme denn sonst die Erscheinung, daß einer ein herrliches Werk macht, das seine Mitwelt nicht ergreift? Er wundert sich, weil er eines andern Glaubens war. Es sind dies die Größten, welche ihrem Volke voran gehen und auf einer Höhe der Gefühle und Gedanken stehen, zu der sie ihre Welt erst durch ihre Werke führen müssen. Nach Jahrzehnten denkt und fühlt man wie jene Künstler, und man begreift nicht, wie sie konnten mißverstanden werden. Aber man hat durch diese Künstler erst so denken und fühlen gelernt. Daher die Erscheinung, daß gerade die größten Menschen die naivsten sind.

Wenn nun der früher angegebene Fall möglich wäre, wenn es einen wahren Künstler gäbe, der zugleich wüßte, daß sein beabsichtigtes Werk nie verstanden werden würde, so würde er es doch machen, und wenn er es unterläßt, so ist er schon gar kein Künstler mehr, sondern ein Mensch, der an Dingen hängt, die außer der Kunst liegen. Hieher gehört auch jene rührende Erscheinung, die von manchen Menschen so bitter getadelt wird, daß einer, dem recht leicht gangbare Wege zur Verfügung stünden, sich reichlich und angenehm zu nähren, ja zu Wohlstand zu gelangen, lieber in Armut, Not, Entbehrung, Hunger und Elend lebt und immer Kunstbestrebungen macht, die ihm keinen äußeren Erfolg bringen und oft auch wirklich kein Erzeugnis von nur einigem Kunstwerte sind. Er stirbt dann im Armenhause oder als Bettler oder in einem Hause, wo er aus Gnaden gehalten wurde."

Wir waren unseres Freundes Meinung. Eustach ohnehin schon, weil er die Kunstdinge als das Höchste des irdischen Lebens ansah und ein Kunststreben als bloßes Bestreben schon für hoch hielt, wie er auch zu sagen pflegte, das Gute sei gut, weil es gut sei. Ich stimmte bei, weil mich das, was mein Gastfreund sagte, überzeugte, und Gustav mochte es geglaubt haben – Erfahrungen hatte er nicht -, weil ihm alles Wahrheit war, was sein Pflegevater sagte.

Von einem Streben, das gewissermaßen sein eigener Zweck sei, vom Vertiefen der Menschen in einen Gegenstand, dem scheinbar kein äußerer Erfolg entspricht und dem der damit Behaftete doch alles Andere opfert, kamen wir überhaupt auf Verschiedenes, an das der Mensch sein Herz hängt, das ihn erfüllt und das sein Dasein oder Teile seines Daseins umschreibt. Nachdem wir wirklich eine größere Zahl von Dingen durchsprochen hatten, die zu dem Menschen in das von uns angeführte Verhältnis treten können, als ich je vermutet hätte, machte mein Gastfreund folgenden Ausspruch: „Wenn wir hier alle die Dinge ausschließen, die nur den Körper oder das Tierische des Menschen betreffen und befriedigen und deren andauerndes Begehren mit Hinwegsetzung alles Andern wir mit dem Namen Leidenschaft bezeichnen, weshalb es denn nichts Falscheres geben kann, als wenn man von edlen Leidenschaften spricht, und wenn wir als Gegenstände höchsten Strebens nur das Edelste des Menschen nennen: so dürfte alles Drängen nach solchen Gegenständen vielleicht nicht mit Unrecht nur mit einem Namen zu benennen sein, mit Liebe. Lieben als unbedingte Werthaltung mit unbedingter Hinneigung kann man nur das Göttliche oder eigentlich nur Gott; aber da uns Gott für irdisches Fühlen zu unerreichbar ist, kann Liebe zu ihm nur Anbetung sein, und er gab uns für die Liebe auf Erden Teile des Göttlichen in verschiedenen Gestalten, denen wir uns zuneigen können: so ist die Liebe der Eltern zu den Kindern, die Liebe des Vaters zur Mutter, der Mutter zum Vater, die Liebe der Geschwister, die Liebe des Bräutigams zur Braut, der Braut zum Bräutigam, die Liebe des Freundes zum Freunde, die Liebe zum

Vaterlande, zur Kunst, zur Wissenschaft, zur Natur, und endlich gleichsam kleine Rinnsale, die sich von dem großen Strome abzweigen, Beschäftigungen mit einzelnen, gleichsam kleinlichen Gegenständen, denen sich oft der Mensch am Abende seines Lebens wie kindlichen Notbehelfen hingibt, Blumenpflege, Zucht einer einzigen Gewächsart, einer Tierart und so weiter, was wir mit dem Namen Liebhaberei belegen. Wen die größeren Gegenstände der Liebe verlassen haben, oder wer sie nie gehabt hat, und wer endlich auch gar keine Liebhaberei besitzt, der lebt kaum und betet auch kaum Gott an, er ist nur da.

So faßt es sich, glaube ich, zusammen, was wir mit der Richtung großer Kräfte nach großen Zielen bezeichnen, und so findet es seine Berechtigung."

„Jene Zeit", sagte er nach einer Weile, „in welcher die Kirchen gebaut worden sind, wie wir eben eine besucht haben, war in dieser Hinsicht weit größer als die unsrige, ihr Streben war ein höheres, es war die Verherrlichung Gottes in seinen Tempeln, während wir jetzt hauptsächlich auf den stofflichen Verkehr sehen, auf die Hervorbringung des Stoffes und auf die Verwendung des Stoffes, was nicht einmal ein an sich gültiges Streben ist, sondern nur beziehungsweise, in so fern ihm ein höherer Gedanke zu Grunde gelegt werden kann. Das Streben unserer älteren Vorgänger war auch insbesondere darum ein höheres, weil ihm immer Erfolge zur Seite standen, die Hervorbringung eines wahrhaft Schönen. Jene Tempel waren die Bewunderung ihrer Zeit, Jahrhunderte bauten daran, sie liebten sie also, und jene Tempel sind auch jetzt in ihrer Unvollendung oder in ihren Trümmern die Bewunderung einer wieder erwachenden Zeit, die ihre Verdüsterung abgeschüttelt hat, aber zum allseitigen Handeln noch nicht durchgedrungen ist. Sogar das Streben unserer unmittelbaren Vorgänger, welche sehr viele Kirchen nach ihrer Schönheitsvorstellung gebaut, noch mehr Kirchen aber durch zahllose Zubauten, durch Aufstellung von Altären, durch Umänderungen entstellt und uns eine sehr große Zahl solcher Denkmale hinterlassen haben, ist in so ferne noch höher als das unsere, indem es auch auf Erbauung von Gotteshäusern ausging, auf Darstellung eines Schönen und Kirchlichen, wenn es sich auch in dem Wesen des Schönen von den Vorbildern der früheren Jahrhunderte entfernt hat. Wenn unsere Zeit von dem Stofflichen wieder in das Höhere übergeht, wie es den Anschein hat, werden wir in Baugegenständen nicht auch gleich das Schöne verwirklichen können. Wir werden Anfangs in der bloßen Nachahmung des als schön Erkannten aus älteren Zeiten befangen sein, dann wird durch den Eigenwillen der unmittelbar Betrauten manches Ungereimte entstehen, bis nach und nach die Zahl der heller Blickenden größer wird, bis man nach einer allgemeineren und begründeteren Einsicht vorgeht und aus den alten Bauarten neue, der Zeit eigentümlich zugehörige, entsprießen."

„In der Kirche, welche wir eben gesehen haben", sagte ich, „liegt nach meiner Meinung eine eigentümliche Schönheit, daß es nicht begreiflich ist, wie eine Zeit gekommen ist, in welcher man es verkennen und so Manches hinzufügen konnte, was vielleicht schon an sich unschön ist, gewiß aber nicht paßt."

„Es waren rauhe Zeiten über unser Vaterland gekommen", erwiderte er, „welche nur in Streit und Verwüstung die Kräfte übten und die tieferen Richtungen der menschlichen Seele ausrotteten. Als diese Zeiten vorüber waren, hatte man die Vorstellung des Schönen verloren, an seine Stelle trat die bloße Zeitrichtung, die nichts als schön erkannte als sich selber und daher auch sich selber überall hinstellte, es mochte passen oder nicht. So kam es, daß römische oder korinthische Simse zwischen altdeutsche Säulen gefügt wurden."

„Aber auch unter den altdeutschen Kirchen ist diese, welche wir verlassen haben, wenn ich nach den Kirchen, die ich gesehen habe, urteilen darf, eine der schönsten und edelsten", sagte ich.

„Sie ist klein", erwiderte mein Gastfreund, „aber sie übertrifft manche große. Sie strebt schlank empor wie Halme, die sich wiegen, und gleicht auch den Halmen darin, daß ihre Bögen so natürlich und leicht aufspringen wie Halme, die da nicken. Die Rosen in den Fensterbögen, die Verzierungen an den Säulenknäufen, an den Bogenrippen, so wie die Rose der Turmspitze sind so leicht wie die verschiedenen Gewächse, die in dem Halmenfelde sich entwickeln."

„Darum überkam mich auch wieder ein Gedanke", antwortete ich, „den ich schon öfter hatte, daß man nehmlich die Fassung von Edelsteinen im Sinne altdeutscher Baudenkmale einrichten sollte, und daß man dadurch zu schöneren Gestaltungen käme."

„Wenn ihr den Gedanken so nehmet", erwiderte er, „daß sich die, welche Edelsteine fassen, im Sinne der alten Baumeister bilden sollen, welche Würdiges und Schönes auf einfache und erhebende Art darstellten, so dürftet ihr, glaube ich, recht haben. Wenn ihr aber meint, daß Gestaltungen, welche an mittelalterlichen Gebäuden vorkommen, im verkleinerten Maßstabe sofort als Schmuckdinge zu gebrauchen seien, so dürftet ihr euch irren."

„So habe ich es gemeint", sagte ich.

„Wir haben schon einmal über diesen Gegenstand gesprochen", erwiderte er, „und ich habe damals selber auf die altertümliche Kunst als die Grundlage von Schmuck hingewiesen; aber ich habe damit nicht bloß die Baukunst gemeint, sondern jede Kunst, auch die der Geräte, der Kirchenstoffe, der weltlichen Stoffe, die Malerkunst, die Bildhauerkunst, die Holzschneidekunst und Ähnliches. Auch habe ich nicht die unmittelbare Nachahmung der Gestaltungen gemeint, sondern die Erkennung des Geistes, der in diesen Gestaltungen wohnt, das Erfüllen des Gemütes mit diesem Geiste, und dann das Schaffen in dieser Erkenntnis und in diesem Erfülltsein. Es steht der Übertragung der baulichen Gestaltungen auf Schmuck auch ein stoffliches Hindernis entgegen. Die Gebäude, an denen der Schönheitssinn besonders zur Ausprägung kam, waren immer mehr oder weniger ernste Gegenstände: Kirchen, Palläste, Brücken und im Altertume Säulen und Bögen. Im Mittelalter sind die Kirchen weit das Überwiegende; bleiben wir also bei ihnen. Um den Ernst und die Würde der Kirche darzustellen, ist der

Stoff nicht gleichgültig, aus dem man sie verfertiget. Man wählte den Stein als den Stoff, aus dem das Großartigste und Gewaltigste von dem, was sich erhebt, besteht, die Gebirge. Er leiht ihnen dort, wo er nicht von Wald oder Rasen überkleidet ist, sondern nackt zu Tage steht, das erhabenste Ansehen. Daher gibt er auch der Kirche die Gewalt ihres Eindruckes. Er muß dabei mit seiner einfachen Oberfläche wirken und darf nicht bemalt oder getüncht sein. Das Nächste unter dem Emporstrebenden, was sich an das Gebirge anschließt, ist der Wald. Ein Baum übt nach dem Felsen die größte Macht. Daher ist die Kirche in Würde und künstlerischem Ansehen auch noch von Holz denkbar, sobald es nicht bemalt und nicht bestrichen ist. Eine eiserne Kirche oder gar eine von Silber könnte nicht anders als widrig wirken, sie würde nur wie roher Prunk aussehen, und von einer Kirche aus Papier, gesetzt, man könnte den Wänden auf die Dauer Widerstand gegen Wetter und den Verzierungen durch Pressen oder dergleichen die schönsten Gestalten geben, wendet sich das Herz mit Widerwillen und Verachtung ab. Mit dem Stoffe hängt die Gestaltung zusammen. Der Stein ist ernst, er strebt auf und läßt sich nicht in die weichsten, feinsten und gewundensten Erscheinungen biegen. Ich rede von dem Bausteine, nicht von dem Marmor. Daher hat man die Gestalten der Kirche aus ihm emporstrebend, einfach und stark gemacht, und wo Biegungen vorkommen, sind sie mit Maß und mit einem gewissen Adel ausgeführt und überladen nicht die Wände und die andern Bildungen. In der Zeit, als sie das Übergewicht zu bekommen anfingen, hörte auch die strenge Schönheit der Kirchen auf und die Niedlichkeit begann. Zu den Fassungen unseres Schmuckes nehmen wir Metall, und zwar meistens Gold. Das Metall aber hat wesentlich andere Merkmale als der Stein. Es ist schwerer; darf also, ohne uns zu drücken, nicht in größeren Stücken angewendet werden, sondern muß in zarte Gestaltungen auseinander laufen.

Dabei hat es unter allen Stoffen die größte Biegsamkeit und Dehnbarkeit, wir glauben ihm daher die kühnsten Windungen und Verschlingungen und fordern sie von ihm. Die Bildungen, besonders Zieraten aus Gold, können daher nicht genau dieselben sein wie die aus Stein, wenn beide schön sein sollen. Aber aus dem inneren Geiste des einen, glaube ich, kann man recht gut und soll man den innern Geist des andern kennen, und es dürfte Treffliches heraus kommen."

Ich vermochte gegen diese Ansicht nichts Wesentliches einzuwenden. Eustach führte sie noch genauer durch Beispiele aus, die er von bekannten Steingestaltungen an Kirchen hernahm. Er zeigte, wie eine geläufige, leichte, kirchliche Steinbildung, wenn man sie etwa aus Gold machen lasse, sogleich schwer, träg und unbeholfen werde, und er zeigte auch, wie man nach und nach die Steingestaltung umwandeln müsse, daß sie zu einer für Gold tauge, und da lebendig und eigentümlich werde. Er versprach mir, daß er mir über diese Angelegenheit, wenn wir nach Hause gekommen sein würden, Zeichnungen zeigen würde. Ich sah hieraus, wie sehr meine Freunde über diesen Gegenstand nachgedacht haben und wie sie tatsächlich in ihn eingegangen seien.

„Es sind aber nicht bloß die Äußerlichkeiten an unserer Kirche sehr schön", fuhr mein Gastfreund fort, „sondern die Gestalten der Heiligen auf dem Altare und in den Nischen sind schöner, als man sie sonst meistens aus dem Zeitalter, aus welchem die Kirche stammt, zu sehen gewohnt ist. Wenn ich sagte, daß die griechischen Bildergestalten eine größere sinnliche Schönheit haben als die aus dem Mittelalter, so ist dieses nicht ausnahmslos so. Es gibt auch höchst liebliche Gestalten aus dem Mittelalter, und wo keine Verzeichnung ist und wo sich Sinnlichkeit zeigt, sind sie meistens wärmer als die griechischen. In der kleinen Kirche ist Ähnliches vorhanden, deshalb habe ich so gerne ihre Wiederherstellung übernommen, deshalb bedaure ich, daß meine Mittel nicht so groß sind, die gänzliche Vollendung herbeiführen zu können, und deshalb habe ich so sehr nach den Gestalten, die in den Nischen fehlen, suchen lassen, um so viel als möglich die Kirche zu bevölkern, wenn auch der Gedanke Raum hatte, daß vielleicht nicht einmal alle Gestalten fertig geworden und alle Plätze besetzt gewesen seien. Vielleicht steht einmal eine höhere und allgemeinere Kraft auf, die diese und noch wichtigere Kirchen wieder in ihrer Reinheit darstellt."

Wir kamen am zweiten Tage in dem Asperhofe an, und ich sagte, daß ich nun nicht mehr lange da verweilen könne. Mein Gastfreund erwiderte, daß er in einigen Tagen in den Sternenhof fahren werde, daß er mich einlade, ihn zu begleiten und daß ich bis dahin noch bei ihm bleiben möge.

Ich erklärte, daß bei mir wohl einige Tage keinen wesentlichen Unterschied machten, daß ich aber doch wünsche, bald zu meinen Eltern zurückkehren zu können.

So war der Abend vor der Abreise in den Sternenhof gekommen, und mein Gastfreund sagte an demselben in einem gelegenen Augenblicke zu mir: „Ihr tretet nun zu jemandem, der mir nahe ist, in ein inniges Verhältnis; es ist billig, daß ihr alles wisset, wie es in dem Sternenhofe ist und in welchen Beziehungen ich zu demselben stehe. Ich werde euch alles darlegen. Damit ihr aber in noch viel größerer Ruhe seid und mit Klarheit das Mitgeteilte aufnehmen könnet, so werde ich es euch erzählen, wenn ihr wieder in den Asperhof kommt. Ihr werdet jetzt zu euren Eltern gehen, wie ihr sagt, um ihnen zu berichten, wie ihr aufgenommen worden seid und wie die Angelegenheit steht. Wenn ihr dann nach eurem beliebigen Willen wieder zu mir kommt, sei es zu was immer für einer Zeit, so werdet ihr willkommen sein und bereitwilligen Empfang finden."

Am anderen Morgen saß ich nebst Gustav mit ihm in dem Wagen, und wir fuhren dem Sternenhofe zu.

Wir wurden dort so freundlich und heiter aufgenommen wie immer, ja noch freundlicher und heiterer als sonst. Die Zimmer, welche wir immer bewohnt hatten, standen für uns, wie für Personen, welche zu der Familie gehörten, in Bereitschaft. Natalie stand mit lieblichen Mienen neben ihrer Mutter und sah ihren älteren Freund und mich an. Ich grüßte mit Ehrerbietung die Mutter und fast mit gleicher Ehrerbietung die Tochter. Gustav war etwas schüchterner als sonst und blickte bald mich, bald Natalien an. Wir sprachen die gewöhnlichen Bewillkommungsworte und andere unbedeutende Dinge. Dann verfügten wir uns in unsere Zimmer.

Noch an demselben Tage und am nächsten besah mein Gastfreund verschiedene Dinge, welche zur Bewirtschaftung des Gutes gehörten, besprach sich mit Mathilden darüber, besuchte selbst ziemlich entfernte Stellen und ordnete im Namen Mathildens an. Auch die Arbeiten in der Hinwegschaffung der Tünche von der Außenseite des Schlosses besah er. Er stieg selber auf die Gerüste, untersuchte die Genauigkeit der Hinwegschaffung der aufgetragenen Kruste und die Reinheit der Steine. Er prüfte die Größe der in einer gewöhnlichen Zeit vollbrachten Arbeit und gab Aufträge für die Zukunft. Wir waren bei den meisten dieser Beschäftigungen gemeinschaftlich zugegen.

Man behandelte mich auf eine ausgezeichnete Art. Mathilde war so sanft, so gelassen und milde wie immer. Wer nicht genauer geblickt hätte, würde keinen Unterschied zwischen sonst und jetzt gewahr geworden sein. Sie war immer gütig und konnte daher nicht gütiger sein. Ich empfand aber doch einen Unterschied. Sie richtete das Wort so offen an mich wie früher; aber es war doch jetzt anders. Sie fragte mich oft, wenn es sich um Dinge des Schlosses, des Gartens, der Felder, der Wirtschaft handelte, um meine Meinung, wie einen, der ein Recht habe und der fast wie ein Eigentümer sei. Sie fragte gewiß nicht, um meine Meinung so gründlich zu wissen; denn mein Gastfreund gab die besten Urteile über alle diese Gegenstände ab, sondern sie fragte so, weil ich einer der ihrigen war. Sie hob aber diese Fragen nicht hervor und betonte sie nicht, wie jemand getan hätte, bei dem sie Absicht gewesen wären, sondern sie empfand das Zusammengehörige unseres Wesens und gab es so. Mir ging diese Behandlung ungemein lieb in die Seele. Mein Gastfreund war wohl beinahe gar nicht anders; denn sein Wesen war immer ein ganzes und geschlossenes; aber auch er schien herzlicher als sonst.

Gustav verlor sein anfängliches schüchternes Wesen. Obwohl er auch jetzt noch kein Wort sagte, welches auf unser Verhältnis anspielte – das taten auch die anderen nicht, und er hatte eine zu gute Erziehung erhalten, um, obgleich er noch so jung war, hierin eine Ausnahme zu machen –, so ging er doch zuweilen plötzlich an meine Seite, nahm mich bei einem Arme, drückte ihn oder nahm mich bei der Hand und drückte sie mit der seinen. Nur mit Natalie war es ganz anders. Wir waren beinahe scheuer und fremder, als wir es vor jenem Hervorleuchten des Gefühles in der Grotte der Brunnennymphe gewesen waren. Ich durfte sie am Arme führen, wir durften mit einander sprechen; aber wenn dies geschah, so redeten wir von gleichgültigen Dingen, welche weit entfernt von unseren jetzigen Beziehungen lagen. Und dennoch fühlte ich ein Glück, wenn ich an ihrer Seite ging, daß ich es kaum mit Worten hätte sagen können. Alles, die Wolken, die Sterne, die Bäume, die Felder schwebten in einem Glanze, und selbst die Personen ihrer Mutter und ihres alten Freundes waren verklärter. Daß in Natalien Ähnliches war, wußte ich, ohne daß sie es sagte.

Wenn wir an dem Scheunentore des Meierhofes vorbeigingen oder an einer anderen Tür oder an einem Felde oder sonst an einem Platze, auf welchem gearbeitet wurde, so traten

die Menschen zusammen, blickten uns nach und sahen uns mit denselben bedeutungsvollen Augen an, mit denen man mich in dem Asperhofe angeschaut hatte. Es war mir also klar, daß man auch hier wußte, in welchen Beziehungen ich zu der Tochter des Hauses stehe. Ich hätte es auch aus der größeren Ehrerbietung der Diener heraus lesen können, wenn es mir nicht schon sonst deutlich gewesen wäre. Aber auch hier wie in dem Asperhofe bemerkte ich, daß es etwas Freundliches war, etwas, das wie Freude aussah, was sich in den Mienen der Leute spiegelte. Sie mußten also auch hier mit dem, was sich vorbereitete, zufrieden sein. Ich war darüber tief vergnügt; denn auf welchem Stande der Entwickelung die Leute immer stehen mögen, so ist es doch gewiß, wie ich aus dem Umgange mit vielen Menschen reichlich erfahren habe, daß Geringere die Höheren oft sehr richtig beurteilen und namentlich, wenn Verbindungen geschlossen werden, seien es Freundschaften, seien es Ehen, mit richtiger Kraft erkennen, was zusammen gehört und was nicht. Daß sie mich also zu Natalien gehörig ansahen, erfüllte mich mit nachhaltender inniger Freude.
Wie Natalie über diese Kundgebungen der Leute dachte, konnte ich nicht erkennen. Nachdem so drei Tage vergangen waren, nachdem wir die verschiedensten Stellen des Schlosses, des Gartens, der Felder und der Wälder gemeinschaftlich besucht hatten, nachdem wir auch manchen Augenblick in den Gemäldezimmern und in denen mit den altertümlichen Geräten zugebracht und an Verschiedenem uns erfreut hatten, nachdem endlich auch alles, was in Angelegenheiten des Gutes zu besprechen und zu ordnen war, zwischen Mathilden und meinem Gastfreunde besprochen und geordnet worden war, wurde auf den nächsten Tag die Abreise beschlossen. Wir verabschiedeten uns auf eine ähnliche Weise, wie wir uns bewillkommt hatten, der Wagen war vorgefahren, und wir schlugen die Richtung zurück ein, in der wir vor vier Tagen gekommen waren.

Ich fuhr mit meinem Gastfreunde nur bis an die Poststraße und auf derselben bis zur ersten Post. Dort trennten wir uns. Er fuhr auf Nebenwegen dem Asperhofe zu, weil er mir zu lieb einen Umweg gemacht hatte, ich aber schlug mit Postpferden die Richtung gegen das Kargrat ein. Ich war entschlossen, im Kargrat für jetzt ganz abzubrechen und also die Gegenstände, die ich noch dort hatte, fortschaffen zu lassen. Als ich in dem kleinen Orte eingetroffen war, richtete ich meine Verhältnisse zurecht, ließ meine Dinge einpacken und schickte sie fort. Ich nahm von dem Pfarrer, welchen ich kennen gelernt hatte, Abschied, verabschiedete mich auch von meinen Wirtsleuten und von den anderen Menschen, die mir bekannt geworden waren, sagte, daß ich nicht weiß, wann ich in das Kargrat zurückkehren werde, um meine Arbeiten, welche ich wegen eines schnell eingetretenen Umstandes hatte abbrechen müssen, fortzusetzen, und reiste wieder ab.
Ich ging jetzt in das Lauterthal, um es zu besuchen. Es war in der Richtung nach meiner Heimat ein geringer Umweg, und ich wollte das Tal, das mir lieb geworden war, wieder sehen. Besonders aber führte mich ein Zweck dahin. Obwohl ich wenig Hoffnung hatte,

daß mein Auftrag, den ich in dem Tale gegeben hatte, zu forschen, ob sich nicht doch noch die Ergänzungen zu den Vertäflungen meines Vaters fänden, einen Erfolg haben werde, so wollte ich doch nicht nach Hause reisen, ohne in dieser Hinsicht Nachfrage gehalten zu haben. Die gewünschten Ergänzungen hatten sich zwar nicht gefunden, auch keine Spur zu denselben war entdeckt worden; aber manche Leute hatte ich gesehen, denen ich in früheren Tagen geneigt worden war, Gegenstände hatte ich erblickt, von denen ich in vergangenen Jahren zu meinem Vergnügen umringt gewesen war.

Ich ging auch in das Rothmoor. Dort fand ich die Arbeiten noch in einem höheren Maße entwickelt und im Gange, als sie es bei meiner letzten Anwesenheit gewesen waren. Von mehreren Orten hatte man Bestellungen eingesendet, selbst von unserer Stadt, wo das Becken der Einbeere bekannt geworden war und manchen Beifall gefunden hatte, waren Briefe geschickt worden. Fremde kamen zu Zeiten in diese abgelegene Gegend, machten Käufe und hinterließen Aufträge. Ich sah also, daß sich Manches hier gebessert habe, betrachtete die Arbeiten und bestellte auch wieder einige neue, weil ich teils noch Stücke schönen Marmors hatte, aus denen irgend etwas gemacht werden konnte und weil anderen Teils in dem Garten des Vaters zur Brüstung oder zu anderen Stellen noch Gegenstände fehlten. Die Leute hatten mich recht freundlich und zuvorkommend empfangen, sie zeigten mir, was im Gange war, welche Verbesserungen sie eingeführt hatten und welche sie noch beabsichtigen. Sie ließen hiebei nicht unerwähnt, daß ich der kleinen Anstalt immer zugetan gewesen sei und daß ich zu den Verbesserungen manchen Anlaß und manchen Fingerzeig gegeben habe. Ich drückte meine Freude über alles das aus und versprach, daß ich, wenn ich in die Nähe käme, jederzeit recht gerne einen kurzen Besuch in dem Rothmoor machen würde.

Nach diesem unbedeutenden Aufenthalte im Lauterthale und im Rothmoor setzte ich meine Reise zu meinen Eltern ohne weitere Verzögerung fort.

Die Mitteilung

Zu Hause hatten sie mich noch nicht erwartet, weil ich ihnen durch meinen Brief angezeigt hatte, daß ich mit meinem Gastfreunde eine kleine Reise zu einer altertümlichen Kirche machen würde. Auch hatten sie sich vorgestellt, daß ich noch einmal in meinen Aufenthaltsort in das Hochgebirge gehen und mich auf der Rückreise eine Zeit in dem Sternenhofe aufhalten werde. Sie irrten aber; denn obwohl ich in beiden Orten war, war ich doch nicht lange dort, und es drängte mein Herz, den Meinigen zu eröffnen, wie meine Angelegenheiten stehen. Als ich dieses getan hatte, waren sie bei Weitem weniger ergriffen, als ich erwartet hatte. Sie freuten sich, aber sie sagten, sie hätten gewußt, daß es so sein würde, ja sie hätten seit Jahren die jetzige Entwicklung schon geahnt. Im Rosenhause und im Sternenhofe, meinten sie, würde man mich nicht so freundschaftlich und gütig behandelt haben, wenn man mich nicht lieb gehabt und wenn man nicht selbst das, was sich jetzt ereignet hat, als etwas Angenehmes betrachtet hätte, dessen Spuren man ja doch habe entstehen sehen müssen. So lieb mir diese Ansicht war, weil sie die Gesinnungen meiner Angehörigen gegen mich ausdrückte, so konnte ich doch nicht umhin, zu denken, daß nur die Meinigen die Sache so betrachten, weil sie eben die Meinigen sind, und daß sie mich auch darum des Empfangenen für würdig erachteten. Ich aber wußte es anders, weil ich Natalien und ihre Umgebung kannte und ihren Wert zu ahnen vermochte. Ich konnte das, was mir begegnete, nur als ein Glück ansehen, welches mir ein günstiges Schicksal entgegen geführt hatte und dessen immer würdiger zu werden ich mich bestreben müsse.

Mein Vater sagte, es sei alles gut, die Mutter ließ in wehmütiger und freudiger Stimmung immer wieder die Worte fallen, daß denn so gar nichts für ein so wichtiges Verhältnis vorbereitet sei; die Schwester sah mich öfter sinnend und betrachtend an.

Ich sprach die Bitte aus, daß die Eltern mir nun beistehen müßten, das, was in den gegenwärtigen Verhältnissen zu tun sei, auf das Schicklichste zu tun, und ich legte auch den Wunsch dar, daß ich nach des Vaters Ansicht eine größere Reise unternehmen möchte.

„Es sind mehrere Dinge nötig", sagte der Vater. „Zuerst, glaube ich, erwartet man von deinen Eltern eine Annäherung an sie; denn die Angehörigen der Braut können sich nicht schicklich zuerst den Angehörigen des Bräutigams vorstellen. Außerdem hat mir dein Gastfreund Liebes erwiesen, was ich ihm noch nicht habe vergelten können. Ferner hat dir dein Gastfreund Mitteilungen zu machen, die er für notwendig hält; und endlich solltest du wirklich, wie du auch selber wünschest, eine größere Reise machen, um wenigstens im Allgemeinen Menschen und Welt näher kennen zu lernen. Was deine Gegenleute tun werden, ist ihre Sache, und wir müssen es erwarten. Unsere Angelegenheit ist jetzt, das, was uns obliegt, auf solche Weise zu tun, daß wir uns weder vordrängen noch daß etwas geschehe, was wie geringere Achtung dessen aussähe, was uns durch diese Verbindung geboten wird. Ich glaube, die natürlichste Ordnung wäre folgende. Du mußt zuerst die Mitteilungen deines Freundes anhören, weil sie dir zuerst ohne Bedingung angetragen worden sind. Dann werde ich mit deiner Mutter eine Reise zur Mutter deiner Braut machen und bei dieser Gelegenheit deinen Gastfreund besuchen. Endlich magst du den Vorschlag tun, daß du eine Reise zu höherer Ausbildung zu unternehmen wünschest. Weil aber dein Gastfreund selber gesagt hat, daß du, ehe er dir seine Mitteilungen macht, zu größerer Ruhe kommen sollst, und weil es andererseits unziemend wäre, zu sehr zu drängen, so kannst du nicht jetzt sogleich zu ihm gehen und ihn um seine Eröffnungen bitten, sondern du mußt eine Zeit verfließen lassen und ihn später, vielleicht im Winter, besuchen. Dadurch sieht er auch, daß du einerseits nicht zudringlich bist und daß du andererseits, da du in ungewohnter Jahreszeit zu ihm kömmst, doch die Sehnsucht zu erkennen gibst, deine Sache zu fördern. Und damit du gewisser zu der erforderlichen Ruhe gelangest, schlage ich dir vor, mich auf einer kleinen Reise in meine Geburtsgegend zu begleiten, die wir in Kürze antreten können. Wenn du dann im Winter zu deinem Gastfreunde kömmst, so kannst du ihm unsere Grüße bringen und ihm sagen, daß wir mit Beginn der schöneren Jahreszeit kommen und für dich um die Hand der Tochter seiner Freundin werben werden."

Alle waren mit diesem Vorschlage vollkommen einverstanden. Besonders freute sich die Mutter, als sie hörte, daß der Vater von freien Stücken auf einen Reiseplan gekommen sei, dessen Richtung sie gar nicht erraten hätte.

„Ich muß mich ja üben", erwiderte er, „wenn ich im Frühlinge eine Reise in das Oberland bis in die Nähe der Gebirge antreten soll, die uns auch in den Rosenhof bringt und weiß Gott wie weit noch führen kann; denn wenn Leute, die immer zu Hause sind, einmal von der Wanderungslust ergriffen werden, dann können sie auch ihres Reisens kein Ende finden und besuchen Gegend um Gegend."

Ich aber sagte hierauf: „Weil Klotilde nie die Gebirge gesehen hat, weil sie in dieser ganzen Angelegenheit am weitesten zurückgesetzt ist, weil ich ihr immer versprochen habe, sie in die Berge zu führen, und weil die Erfüllung dieses Versprechens durch meine größere Reise wieder hinaus geschoben werden könnte: so mache ich ihr den Vorschlag, mit mir, wenn ich mit dem Vater von unserer kleinen Reise zurückgekommen bin, einen Teil des Herbstes in dem Hochgebirge zuzubringen. Die Tage des Herbstes, selbst die des Spätherbstes, sind in den Gebirgen meistens sehr schön, und wir können in den klaren Lüften weiter herum sehen, als es oft in dem schwülen und gewitterreichen Dunstkreise der Monate Juni oder Juli möglich ist."

Klotilde nahm diesen Vorschlag mit Freude an, und ich versprach ihr, in den Tagen, die noch bis zu meiner Abreise mit dem Vater verfließen werden, alles anzugeben, was sie an Kleidern und sonstigen Dingen zu der Gebirgsreise bedürfe, welche Gegenstände sie dann während meiner Abreise vorrichten lassen könne.

„Wenn ich zu den Mitteilungen meines Freundes an Ruhe gewinnen muß", setzte ich hinzu, „so könnten diese Reisen das beste Mittel dazu abgeben."

Der Vater und die Mutter waren mit meinem Vorschlage sehr zufrieden. Die Mutter sagte nur, sie werde an den Vorbereitungen Klotildens mitarbeiten und besonders darauf sehen, daß alles vorhanden sei, was zu dem Schutze der Gesundheit gehöre.

Ich erwiderte, daß das sehr gut sei und daß ich auch bei der Reise selber alle Maßregeln ergreifen werde, daß Klotildens Gesundheit keinen Schaden leide.

Wir fingen wirklich am andern Tage an, die Dinge zu bereden, welche Klotilde zur Reise brauche. Sie ging rüstig an die Anschaffung. Ich entwarf ein Verzeichnis der Notwendigkeiten, welches ich nach und nach ergänzte. Als einige Zeit verflossen war, glaubte ich es so vervollständigt zu haben, daß nun nicht leicht mehr etwas Wesentliches vergessen werden konnte.

Indessen rückte auch der Tag heran, an welchem ich mit dem Vater abreisen sollte.

Am frühen Morgen desselben setzten wir uns in den leichten Reisewagen, dessen sich der Vater immer bedient hatte, wenn er größere Entfernungen zurücklegen mußte. Jetzt war er lange nicht mehr aus dem Wagenbehältnis gekommen. Auf Anordnung der Mutter wurde er einige Tage vorher von Sachkundigen genau untersucht, ob er nicht heimliche Gebrechen habe, welche uns in Schaden bringen könnten. Als dies einstimmig verneint worden war, gab sie sich zufrieden. Wir hatten Postpferde, wechselten dieselben an gehörigen Orten und hielten uns in ihnen so lange auf, als es uns beliebte. Gegen jeden Abend ließ der Vater noch bei Tageslicht halten, es wurde das Nachtlager bestellt und wir machten vor dem Abendessen einen Spaziergang. In diesen Tagen, an denen ich mehr Stunden hintereinander ununterbrochen mit dem Vater zubrachte, als dies je vorher der Fall gewesen war, sprach ich auch mehr mit ihm als je zu einer anderen Zeit. Wir sprachen von Kunstdingen: er erzählte mir von seinen Bildern, sagte mir Manches über ihre Erwerbung, was ich noch nicht wußte, und verbreitete sich in guter Rede über ihren Kunstwert, er kam auf seine Steine und erklärte mir Manches; wir ergingen uns in Büchern, die uns beiden geläufig waren, setzten ihren Wert, wenn er dichterisch oder wissenschaftlich war, auseinander und erinnerten uns gegenseitig an Teile des Inhaltes; wir sprachen auch von Zeitereignissen und von der Lage unsers Staates.

Er erzählte mir endlich von seinem kaufmännischen Geschäfte und machte mich mit dessen Grundlagen und Stellungen bekannt. Er zeigte mir Teile der Gegend, durch die wir fuhren, und unterrichtete mich von dem Schicksale mancher Familie, die in diesem oder jenem Abschnitte der Landschaft wohnte. Unter diesen Verhältnissen kamen wir am vierten Tage an dem Orte unserer Bestimmung an. Die Gegend war mir völlig unbekannt, weil mich meine Wanderungen nie hieher getragen hatten.

Am Saume des Waldes, der den Norden unseres Landes begrenzt, ging ein Tal hin, das einst Wald gewesen war und das jetzt zerstreute Häuser, einzelne Felder, Wiesen, Felsen, Schluchten und rinnende Wasser in seinem Bereiche hegte. Eines der Häuser, halb aus Holz gezimmert und halb gemauert, war das Geburtshaus meines Vaters. Es stand am Rande eines Wäldchens, das von dem großen Walde herstammte, der einst diese ganzen Gegenden bedeckt hatte. Es war gegen West durch eine Gruppe sehr großer und dicht stehender Buchen gedeckt, daß ihm die Winde von dorther wenig anhaben konnten, hatte gegen Ost den Schutz eines Felsens, im Norden den des großen Waldbandes und schaute gegen Süden auf seine nicht unbeträchtlichen Wiesen und Felder, deren Ergiebigkeit in Getreide gering, in Futterkräutern außerordentlich war, weshalb der größere Reichtum auch in Herden bestand. Wir fuhren in das Gasthaus des Tales, ließen unsere Reisedinge abpacken, bestellten uns auf einige Tage Wohnung und besuchten dann die sehr entfernten Verwandten, welche jetzt des Vaters Stammhaus bewohnten. Es war gegen Mittag. Sie nahmen uns, da wir uns entdeckt hatten, sehr freundlich auf und verlangten, daß wir unser Gepäcke holen lassen und bei ihnen wohnen sollten. Nur auf die dringenden Vorstellungen des Vaters, daß wir ihnen die Bequemlichkeit nähmen und selber keine gewännen, gaben sie nach und verlangten nur noch, daß wir zum bevorstehenden Mittagessen bei ihnen bleiben sollten, was wir annahmen.

Da wir nun in der großen Wohnstube saßen, zeigte mir der Vater den geräumigen Ahorntisch, bei dem er und seine Geschwister ihre Nahrung eingenommen hatten. Der Tisch war alt geworden, aber der Vater sagte, daß er noch in derselben Ecke stehe, von den zwei Fenstern beglänzt und von der hereinscheinenden Sonne beleuchtet wie einst. Er zeigte mir seine gewesene, neben der Stube befindliche Schlafkammer.

Dann gingen wir hinaus, er wies mir die Treppe, die auf den hölzernen Gang führte, welcher rings um den Hof lief, und den Quell, der sich noch immer mit hellem Wasser in den Granittrog ergoß, welchen schon sein Urgroßvater hatte hauen lassen, er wies mir den Stall, die Scheune und hinter ihr den Waldweg, auf dem er, noch ein halbes Kind, mit einem Stabe in der Hand die Heimat verlassen habe, um in der Fremde sein Glück zu suchen. Wir gingen sogar in das Freie und dort herum. Der Vater blieb häufig stehen und erinnerte sich noch der Fruchtgattungen, welche auf verschiedenen Stellen gestanden waren, als er mit einem Täfelchen, darauf sich rote und schwarze Buchstaben befanden, in das eine Viertelstunde entlegene hölzerne Haus ging, das an der Straße stand, von Buchen umgeben war und die Schule für alle Kinder des Tales vorstellte. Er sagte, es sei alles noch wie zur Zeit seiner Kindheit, die nehmlichen Begrenzungen, die nehmlichen kleinen Feldwege und dieselben Wassergräben und Quellrinnsale. Er sagte, es sei ihm, als ständen sogar dieselben Arnicablumen auf der Wiese, die er als Knabe angeschaut habe, und da er mich zu dem Steinbühl geführt hatte, der am Rande der Felder lag, so ragten die Himbeerzweige empor, rankten sich die dornenreichen Brombeerreben um die Steine und wucherten die Erdbeerblätter, gerade wie die, von denen er als Knabe gepflückt hatte. Vom Steinbühl gingen wir zu dem einfachen Essen, das wir mit unsern Verwandten verzehrten. Nach demselben besuchten wir mit dem jetzigen Eigentümer alle Besitzungen. Der Vater sagte, dort habe sein Vater gepflügt, geeggt, gegraben, hier habe seine Mutter mit der Schwester, der Magd und den Tagelöhnern Heu gemacht, dort seien die Kühe und Ziegen gegen den Wald hinan gegangen wie sie jetzt gehen, und die Seinigen haben ausgesehen wie die Leute jetzt aussehen.

Als wir zurückgekehrt waren, verabschiedeten wir uns, der Vater dankte für die Bewirtung und sagte, daß er gegen den Abend noch einmal in das Haus kommen werde. Da wir uns in dem Zimmer unseres Gasthofes befanden, öffnete der Vater seinen Koffer und nahm allerlei Dinge aus demselben hervor, welche zu Geschenken für die Bewohner des Hauses bestimmt waren, in dem wir gespeist hatten. Ich war von ihm nie in die Kenntnis gesetzt worden, welche Bewohner wir in seinem Vaterhause treffen würden, er mußte sie wohl auch selber nicht genau gekannt haben. Ich war also nicht mit Geschenken versehen. Der Vater hatte aber auch für diesen Fall gesorgt, er gab mir mehrere Dinge, besonders Stoffe, kleine Schmucksachen und Ähnliches, um es bei unserem Abendbesuche in dem Hause auszuteilen. Er hatte nicht gleich bei seiner

Ankunft die Geschenke mitnehmen wollen, weil er es, obwohl die Leute nur die gewöhnlichen Talbewohner dieser Gegend waren, für unschicklich hielt, mit Gaben belastet das Haus zu betreten und ihnen gleichsam sagen zu wollen: Ich glaube, daß ihr das für das Wichtigste haltet. Jetzt aber war er ihnen etwas schuldig geworden und konnte den Dank für die gute Aufnahme abstatten.

Als wir die Geschenke in dem Hause verteilt und dafür die Freude und den Dank der Empfänger geerntet hatten, die in zwei Eheleuten mittlerer Jahre, in deren zwei Söhnen, einer Tochter und in einer alten Großmutter bestanden – den Knecht und die zwei Mägde nicht gerechnet –, war es mittlerweile Nacht geworden, und wir kehrten wieder in unsere Herberge zurück.

Wir blieben noch vier Tage in der Gegend. Der Vater besuchte in meiner Begleitung viele Stellen, die ihm einst lieb gewesen waren, einen kleinen See, einen Felsblock, von dem eine schöne Aussicht war, eine Gartenanlage in einem nicht sehr entfernten schloßähnlichen Gebäude, die hölzerne Schule und vor allem die eine und eine halbe Wegestunde entfernte Kirche, welche das Gotteshaus des Tales war und um welche der Kirchhof bog, in welchem sein Vater und seine Mutter ruhten. Eine weiße Marmortafel, die er und sein Bruder hatten setzen lassen, ehrte ihr Angedenken. Sonst ging der Vater auch fast in allen Zeiten des Tages auf den Wegen der Felder und des Waldes herum.

Am fünften Tage traten wir die Rückreise zu den Unsrigen an.

Wir waren am frühen Morgen noch zu unsern Verwandten gegangen. Sie waren, wie es bei Landleuten in solchen Fällen gebräuchlich ist, schöner angekleidet als sonst und erwarteten uns. Wir nahmen in herzlicher Weise Abschied. Ich versprach, da ich ohnehin das Wandern gewohnt sei und viele Gegenden besuche, auch hieher wieder zu kommen und noch öfter in dem kleinen Hause vorzusprechen. Der Vater sagte, es könne sein, daß er wieder komme oder auch nicht, wie es sich eben beim Alter füge. Man müsse erwarten, was Gott gewähre. Die Leute begleiteten uns in das Gasthaus und blieben da, bis wir den Wagen bestiegen hatten. Aus den Worten ihres Abschiedes und ihrer Danksagungen erkannte ich, daß der Vater ihnen auch eine Summe Geldes gegeben haben müsse. Sie sahen uns sehr lange nach.

Im Fortfahren war der Vater anfangs ernst und wortkarg, es mochte ihm das Herz schwer gewesen sein. Später entwickelte sich bei uns wieder ein Verkehr der Rede, wie er auf der Herreise gewesen war.

Am Abende des dritten Tages nach unserer Abfahrt waren wir wieder in dem Hause in der Vaterstadt.

Die Mutter war sehr erfreut, daß der Aufenthalt von elf Tagen in der freien Luft für den Vater von so wohltätigen Folgen gewesen sei. Seine Wangen haben sich nicht nur schön rot gefärbt, sie seien auch voller geworden, und das Auge sei weit klarer, als wenn es immer auf das Papier seiner Schreibstube geblickt hätte.

„Das ist nur die Wirkung des Anfangs und eine Folge des Reizes des Wechsels auf die körperlichen Gebilde", sagte der Vater, „im Verlaufe der Zeit gewöhnt sich Blut, Muskel

und Nerv an die freie Luft und Bewegung und das erste rötet sich nicht mehr so, und die letzten schwellen. Allerdings aber wirkt viel Aufenthalt in freier Luft und gehörige Bewegung, in welche sich keine Sorgen mischen, weit günstiger auf die Gesundheit, als ein stetiges Sitzen in Stuben und ein Hingeben an Gedanken für die Zukunft. Wir werden schon einmal, und wer weiß wie nahe die Zeit ist, auch dieses Glück genießen und uns recht darüber freuen."
„Wir werden uns freuen, wenn du es genießest", erwiderte die Mutter, „du entbehrst es am meisten und dir ist es am nötigsten. Wir Andern können in unsern Garten und in die Umgebung der Stadt gehen, du suchst immer die düstere Stube. Weil du es aber schon so oft gesagt hast, so wird es doch einmal wahr werden."
„Es wird wahr werden, Mutter", antwortete der Vater, „es wird wahr werden."
Sie wendete sich an uns, wir sollen bestätigen, daß der Vater nie so gesund und so heiter ausgesehen habe als nach dieser kurzen Reise.
Wir gaben es zu.
Nun mußte aber auch noch auf eine andere Reise gedacht werden, weil heuer einmal der Sommer der Reisen war, und wir mußten dieselbe ins Werk setzen, meine und Klotildens Fahrt ins Gebirge. Der Herbst war schon da, wie ich an den Buchenblättern um das Geburtshaus meines Vaters hatte wahrnehmen können, die bereits im Begriffe waren, die rote Farbe vor ihrem Abfallen zu gewinnen. Es war keine Zeit mehr zu verlieren.
Für Klotilden waren die Vorbereitungen fertig, ich brauchte keine, weil ich immer in Bereitschaft war, und so konnten wir ungesäumt unsere verabredete Fahrt beginnen. Die Mutter legte mir das Wohl der Schwester sehr an das Herz, der Vater sagte, wir sollen die Muße nach unserer besten Einsicht genießen, und so fuhren wir bei dem Aufgange einer klaren Herbstsonne aus dem Tore unseres Hauses.
Ich wollte die Schwester, welche ihre erste größere Reise machte, nicht der Berührung mit anderen Menschen in einem gemeinschaftlichen Wagen aussetzen, da man deren Wesen und Benehmen nicht voraus wissen konnte; deshalb zog ich es vor, mit Postpferden so lange zu fahren, als es mir gut erscheinen würde, und dann die Art unsers Weiterkommens im Gebirge je nach der Sachlage zu bestimmen. Es hatte diese Art zu reisen noch den Vorteil, daß ich anhalten konnte, wo ich wollte, und daß ich der Schwester Manches erklären durfte, ohne dabei auf jemand Rücksicht nehmen zu müssen, der als Zeuge gegenwärtig wäre. Auch konnten wir uns in unseren geschwisterlichen Gesprächen über unsere Angehörigen, unser Haus und andere Dinge nach der freien Stimmung unserer Seele bewegen. Auf diese Art fuhren wir zwei Tage. Ich gönnte ihr öfter Ruhe, da sie ein fortwährendes Fahren nicht gewohnt war, und endete immer noch lange vor Abend unsere Tagreise. Wir sahen die Berge schon immer in der Nähe von einigen Meilen mit unserem Wege gleich laufen; aber ihre Teile waren hier weniger wichtig. Es war mir äußerst lieblich, die Gestalt der Schwester neben mir in dem Wagen zu wissen, ihr schönes Angesicht zu sehen und ihren Atem zu empfinden.

Ihre schwesterliche Rede und die frische Weise, alles, was ihr neu war, in die vollkommen klare Seele aufzunehmen, war mir unaussprechlich wohltätig.

Am Vormittage des dritten Tages ließ ich sie ruhen. Für den Nachmittag mietete ich einen Wagen, und wir fuhren von der Poststraße weg gerade dem Gebirge zu. Unsere Fahrt war von angenehmer und heiterer Stimmung begleitet, und wir ergingen uns in mannigfaltigen Gesprächen. Als die blauen Berge in der klaren Luft, die einen milchig grünlichen Schimmer hatte, uns entgegen traten, leuchtete ihr Auge immer freundlicher und ihre Mienen waren teilnehmend der Gegend, in die wir fuhren, zugekehrt. Gleich wie bei dem Vater röteten sich nach dieser dreitägigen Reise auch ihre zarten Wangen, und ihre Augen wurden glänzender. So kamen wir endlich an dem Orte an, den ich für unsere Nachtruhe bestimmt hatte. An demselben rauschte die grüne Afel mit ihren Gebirgswässern vorüber, welches Rauschen durch ein schief über das Flußbett gezogenes Wehr noch vermehrt wurde. Waldhänge in langen Rücken begannen schon sich zu erheben, und oberhalb des dunkeln Randes eines bedeutend hohen Buchenwaldes blickte bereits das rote Haupt eines im Abende glühenden Berges herein, auf welchem schon einzelne Strecken von Schnee lagen.

Des andern Tages mietete ich ein Gebirgswägelchen, wie sie zum Fortkommen auf Wegen, die nicht Poststraßen sind, in den Gebirgen am besten dienen und deren Pferde an die Gegenstände des Gebirges und an die Beschaffenheit seiner Wege gewöhnt und daher am zuverlässigsten sind. Wir brachten unsere Sachen in demselben, so gut es ging, unter und fuhren der glänzenden Afel entgegen, immer tiefer in die Berge hinein. Ich nannte jeden Namen eines vorzüglichen Berges, machte auf die Bildungen aufmerksam und suchte die Farben, die Lichter und die Schatten zu erörtern. Überall begannen schon die Laubwälder die rötliche und gelbliche Färbung anzunehmen, was den Hauch über all den Gestaltungen noch lieblicher machte.

Da ich in eine gewisse Tiefe des Gebirges gekommen war, änderte ich die Richtung und fuhr nun nach der Länge desselben hin. Als zwei Tage vergangen waren und der dritte auch schon dem Nachmittag zuneigte, blickte uns aus der Tiefe des Tales das Gewässer des Lautersees entgegen. Wir kamen um den Rücken eines breiten Waldberges herum, und die Glanzstellen entwickelten sich immer mehr. Endlich lag der größte Teil des Spiegels unter dem Gezweige der Tannen, der Buchen und der Ahorne zu unsern Füßen. Wir sanken mit unserem Wäglein auf dem schmalen Wege immer tiefer und tiefer, bis wir nach etwa zwei Stunden an dem Ufer des Sees anlangten und die Steinchen in seinen seichten Buchten hätten zählen können. Wir fuhren an dem Ufer dahin, umfuhren eine kleine Strecke des Sees und kamen in dem Seewirtshause an. Dort lohnte ich unsern Fuhrmann ab und mietete uns für mehrere Tage ein. Klotilde mußte dasselbe Zimmer bekommen, welches ich während der Zeiten meiner Vermessungen des Lautersees innegehabt hatte. Ich begnügte mich mit einem kleineren Stübchen in ihrer Nähe. Man staunte das schöne, und wie man sich ausdrückte, vornehme Mädchen an, und ich gewann sichtbar an Ansehen, da ich eine solche Schwester hatte.

Alle, die ein Ruder führen konnten oder die geübt waren, Steigeisen anzulegen und einen Alpenstock zu gebrauchen, kamen herzu und boten ihre Dienste an. Ich sagte, daß ich sie rufen werde, wenn wir sie bedürfen und daß wir uns dann ihrer Gesellschaft sehr erfreuen würden.

Zuerst machte ich Klotilden ein wenig in ihrem Zimmerchen wohnhaft. Ich zeigte ihr bedeutsame Stellen, die sie aus ihren Fenstern sehen konnte, und nannte ihr dieselben. Ich zeigte ihr, wie ich in verschiedenen Richtungen auf dem See gefahren war, um seine Tiefe zu messen, und wie wir uns bald auf dieser, bald auf jener Stelle des Wassers festsetzen mußten. Sie richtete sich Farben und Zeichnungsgeräte zurechte, um zu versuchen, ob sie nicht auch nach der unmittelbaren Anschauung von den Räumen ihres Zimmerchens aus etwas von den Gestaltungen, die sie hier sehen konnte, auf das Papier zu übertragen vermöchte.

Die folgenden Tage brachten wir damit zu, in den Umgebungen des Seehauses Spaziergänge zu machen, damit Klotilde sich ein wenig in diese Bildungen einlebe. Das vorausgesagte schöne Wetter war eingetroffen, es dauerte fort, und so konnten wir uns der Freude und dem Vergnügen, welche diese Gänge uns gewährten, um so ungestörter hingeben, als auch der Stand unserer Gesundheit ein vortrefflicher war und die Befürchtungen, welche die Mutter und zum Teile auch ich in Hinsicht Klotildens gehegt hatten, nicht in Erfüllung gingen. Wir schickten von hier aus Briefe nach Hause.

In der Folge der Tage führte ich sie auf den See hinaus. Ich führte sie auf die verschiedenen Teile, die entweder an sich schön und bedeutend waren oder von denen man schöne und merkwürdige Anblicke gewinnen konnte. Ich unterstützte sie mit allen meinen Erfahrungen, die ich mir durch meine mehrfältigen Aufenthalte in dem Gebirge gesammelt hatte. Sie nahm alles mit einer tiefen Seele auf, und durch meine Hilfe waren ihr manche Umwege erspart, welche diejenigen, die zum ersten Male die Berge besuchen, machen müssen, ehe es ihnen gelingt, sich die Größe und Erhabenheit der Gebirge aufschließen zu können. Auf den Seefahrten unterstützten uns zwei junge Schiffer, die meine steten Begleiter bei meinen Messungen gewesen waren. Wir gingen auch bergan. Ich hatte Klotilden Fußbekleidungen machen lassen, welche nach Innen weich, nach Außen aber hart und dem rauhen Geröllé Widerstand leistend waren. Auf dem Haupte trug sie einen bequemen Schirmhut und in der Hand einen eigens für sie gemachten Alpenstock. Wenn wir auf die Höhen kamen, wurde mit Freude die Aussicht genossen. Klotilde versuchte auch nach der Anschauung etwas zu zeichnen und zu malen; aber die Ergebnisse waren noch weit mangelhafter als bei mir, da sie einen geringeren Vorrat von Erfahrung zu dem Versuche brachte.

Nachdem über eine Woche vergangen war, führte ich Klotilden mittelst eines gleichen Fuhrwerkes, wie wir sie bisher im Gebirge gehabt hatten, in das Lauterthal und in das Ahornhaus. Dort fanden wir ein besseres Unterkommen als in dem Seehause, und wir erhielten zwei nebeneinander befindliche geräumige und freundliche Zimmer, deren Fenster auf die Ahorne vor dem Hause hinausgingen und durch die gelben Blätter

derselben auf die blauduftigen Höhen sahen, die vom Hause gegen den Süden standen. Ich zeigte meine Schwester der Wirtin, ich zeigte sie dem alten Kaspar, der auf die Kunde meiner Ankunft sogleich herbei gekommen war, und ich zeigte sie den andern, welche sich gleichfalls reichlich eingefunden hatten. Es war hier ein noch größerer Jubel als in dem Seehause, es freute sie, daß eine solche Jungfrau in die Berge gekommen und daß sie meine Schwester sei. Sie boten ihre Dienste an und näherten sich mit einiger Scheu. Klotilde betrachtete alle diese Menschen, die ich ihr als meine Begleiter und Gehilfen bei meinen Arbeiten vorstellte, mit Vergnügen, sie sprach mit ihnen und ließ sich wieder erzählen. Sie lernte sich immer mehr in die Art dieser Leute ein. Ich fragte um meinen Zitherspiellehrer, weil ich Klotilden diesen Mann zeigen wollte und weil ich auch wünschte, daß sie sein außerordentliches Spiel mit eigenen Ohren hören möchte. Wir hatten zu diesem Zwecke unsere beiden Zithern in unserm Gepäcke mitgenommen. Man sagte mir aber, daß seit der Zeit, als ich ihnen erzählt habe, daß er von meinen Arbeiten fortgegangen sei, kein Mensch, weder in den nähern noch in den fernern Tälern, etwas von ihm gehört habe. Ich sagte also Klotilden, daß sie keinen andern als die gewöhnlichen einheimischen Zitherspieler werde hören können, wie sie dieselben auch bereits gehört habe und wie sie ihr anziehender erschienen seien als die Kunstspieler in der Stadt und als ich, der ich wahrscheinlich ein Zwitter zwischen einem Kunstspieler und einem Spieler des Gebirges sei. Wir richteten uns in unserem Zimmer ein und begannen ungefähr so zu leben, wie wir in der Umgebung des Seehauses gelebt hatten. Ich führte Klotilden in das Echertal zu dem Meister, welcher unsere Zithern verfertigt hatte. Er besaß noch immer die dritte Zither, welche mit meiner und Klotildens ganz gleich war. Er sagte, es seien zwar Käufer von Zithern gekommen, die diese gepriesen hätten; aber das seien Gebirgsleute gewesen, die nicht so viel Geld haben, sich eine solche Zither kaufen zu können. Die Andern, welche die Mittel besäßen, vorzüglich Reisende, ziehen Zithern vor, welche eine schöne Ausschmückung haben, wenn sie auch teurer sind, und lassen die stehen, deren Tugenden sie nicht zu schätzen wissen. Er spielte ein wenig auf ihr, er spielte mit einer großen Fertigkeit; aber in jener wilden und weichen Weise, mit welcher mein schweifender Jägersmann spielte und welche gerade diesem Musikgeräte so zusagte, vermochte weder er zu spielen noch hatte ich jemanden so spielen gehört. Ich sagte dem alten Manne, daß das Mädchen meine Schwester sei und daß sie auch eine von den drei Zithern besitze, von denen er sage, daß sie die besten seien, die er in seinem Leben gemacht habe. Er hatte seine Freude darüber, gab Klotilden ein Bündel Saiten und sagte: „Es sind meine besten Zithern und werden wohl auch meine besten bleiben."
Wir besuchten die Täler und einige Berge um das Ahornhaus, und Kaspar oder ein Anderer waren zuweilen unsere Begleiter und Träger.
Ich führte Klotilden auch in das Häuschen, in welchem ich die Pfeilerverkleidungen für den Vater gekauft hatte, ich führte sie in das steinerne Schloß, in welchem sie

ursprünglich gewesen sein mochten, und ich führte sie auch in das Rothmoor, wo sie das Arbeiten in Marmor betrachten konnte.
Wir blieben länger in dem Ahornhause, als wir im Seehause gewesen waren, und alle Menschen waren hier noch freundlicher, zutraulicher und hilfreicher als dort. Die Wirtin war unermüdet in Dienstanerbietungen gegen meine Schwester. Zu Ende unseres Aufenthaltes traten hier kühle und regnerische Tage ein. Wir verbrachten sie still in der heitern Wohnlichkeit des Hauses. Aber aus der Beschaffenheit des Laubes an den Bäumen und dem Aussehen der Herbstpflanzen auf den Matten, aus dem Verhalten der Tiere und aus der Beschaffenheit des Pelzes derselben erkannte ich, daß die dauernde kalte und unfreundliche Zeit noch nicht gekommen sei und daß noch warme und klare Tage eintreten müssen. Als daher das Wetter sich wieder aufheiterte, verließ ich mit Klotilden das Ahornhaus und schlug den Weg in das Kargrat ein.

Ich hatte mich in meinen Voraussetzungen nicht getäuscht. Nachdem zwei halb heitere und kühle Tage gewesen waren, die wir mit Fahren zugebracht hatten, zog wieder ein ganz heiterer, zwar am Morgen kalter, in seinem Verlaufe aber sich schnell erwärmender Tag über die beschneiten Gipfel herauf, dem eine Reihe schöner und warmer Tage folgte, die den Schnee auf den Höhen und den, welcher das Eis der Gletscher bedeckt hatte, wieder weg nahmen und das letztere so weit sichtbar machten, als es in diesem Sommer überhaupt sichtbar gewesen war. Wir hatten am zweiten dieser schönen Tage das Kargrat erreicht. Die Reise war darum von so langer Dauer gewesen, weil wir kleine Tagefahrten gemacht hatten und weil wir die Berge hinan und hinab recht langsam gefahren waren. Wir zogen in die Ärmlichkeit unserer Wohnung, die durch die Größe und Öde der Gegend, von welcher sie umgeben war, noch mehr herabgedrückt wurde, ein. Am zweiten Tage nach unserer Ankunft, da alles vorbereitet worden war, folgte mir Klotilde auf das Simmieis. Es waren Führer, Träger von Lebensmitteln und von Allem, was auf einer solchen Wanderung notwendig oder nützlich sein konnte, und endlich auch solche, die eine Sänfte hatten, mitgegangen. Wir waren am ersten Tage bis zur Karzuflucht gekommen. Dort waren wir in dem aus Holzblöcken für die Besteiger der Karspitze gezimmerten Häuschen über Nacht geblieben, hatten aus mitgebrachtem Holze Feuer gemacht und uns unser Abendessen bereitet.
Mit Anbruch des nächsten Tages gingen wir weiter und kamen im Glanze des Vormittages auf die Wölbung des Gletschers. Daß an eine Besteigung der Karspitze nicht gedacht werden konnte, war natürlich.
Wir betrachteten hier nun, was zu betrachten war, und als sich Kälte in den Gliedern einstellen wollte, traten wir den Rückweg an. In der Zuflucht wurden wieder Speisen bereitet, und dann gingen wir vollends hinab. Als wir zurückgekehrt waren, sank mir Klotilde fast erschöpft an das Herz.
Ich legte am andern Tage Klotilden mehrere Zeichnungen, die ich von Gletschern, ihren Einfassungen, Wölbungen, Spaltungen, Zusammenschiebungen und dergleichen

gemacht hatte, vor, damit sie in der frischen Erinnerung das Gesehene mit dem Abgebildeten vergleichen konnte. Ich machte auf Vieles aufmerksam, führte Manches in ihr Gedächtnis zurück und erwähnte hier auch als an der geeignetsten Stelle, wie sehr die Abbildung hinter der Wirklichkeit zurück bleibe. In den nächsten zwei Tagen besuchten wir noch verschiedene Stellen, von denen wir das Eis und die Schneegestaltungen dieser Berge betrachten konnten. Auch einen Wassersturz von einer steilrechten Wand zeigte ich Klotilden. Hierauf aber begann ich auf unsere Rückreise zu den Eltern zu denken. Die Zeit war nach und nach so vorgerückt, daß ein Aufenthalt in diesen hochgelegenen Räumen, besonders für ein der Stadt gewohntes Mädchen, nicht mehr ersprießlich war. Ich schlug daher Klotilden vor, nun auf dem nächsten Wege durch das ebenere Land unsere Heimat zu gewinnen zu suchen. Sie war damit einverstanden. Von dem nächsten größeren Orte her wurde ein Fuhrwerk bestellt, welches uns auf die erste Post bringen sollte. Wir nahmen von unserer Wirtin und ihrem Manne so wie von unsern Trägern und Führern, die noch zum Empfange eines kleinen Geschenkes herbei gekommen waren, Abschied; wir verabschiedeten uns von dem Pfarrer, der uns zuweilen besucht und uns auf Schönheiten, von seinem kleinen Gesichtskreise aus, aufmerksam gemacht hatte, und fuhren auf unserem Karren, der nur mit einem Pferde bespannt war, auf dem schmalen Wege von dem Kargrat hinab. Das Letzte, was wir von dem kleinen Örtchen sahen, war die mit Schindeln bedeckte Wand des Pfarrhofes und die gleichfalls mit Schindeln bedeckte Wand der schmalen Seite der Kirche. Ich sagte Klotilden, daß diese Bedeckungen notwendig seien, um die in diesen Höhen stark wirkende Gewalt des Regens und des Schnees von dem Mauerwerke abzuhalten. Wir konnten nur noch einen Blick auf die zwei Gebäude tun, dann trat eine Höhe zwischen unsere Augen und sie. Wir glitten mit unserem Fuhrwerke sehr schnell abwärts, wilde Gründe umgaben uns, und endlich empfing uns der Wald, der die Niederungen suchte, in ihnen dahin zog und schon wohnlicher und wärmer war. Wir kamen unter Wiegen und Ächzen unseres Wägleins immer tiefer und tiefer, Fahrgeleise von Holzwegen, die den Wald durchstrichen, mündeten in unsere Straße, diese wurde fester und breiter, und wir fuhren zuweilen schon eben und behaglich dahin.

Als wir den Ort erreicht hatten, an welchem sich die nächste Post befand, lohnte ich den Führer meines Wägleins ab, sendete ihn zurück und nahm Postpferde. Wir fuhren in gerader Richtung auf dem kürzesten Wege aus dem Gebirge gegen das flachere Land, um die Heerstraße zu gewinnen, die nach unserer Heimat führte. Immer mehr und mehr sanken die Berge hinter uns zurück, die milde Herbstsonne, die sie beschien, färbte sie immer blauer und blauer, die Höhen, die uns jetzt begegneten, wurden stets kleiner und kleiner, bis wir in das Land hinaus kamen, dessen Gefilde mit lauter dem Menschen nutzbarem Grunde bedeckt waren. Dort trafen wir auf die große Straße. Bisher waren wir gegen Norden gefahren, jetzt änderten wir die Richtung und fuhren dem Osten zu. Wir hatten auch bessere Wägen.

Da wir einen Tag auf dieser Straße gefahren waren, ließ ich an einem Orte halten und beschloß, einen Tag an demselben zu bleiben; den Abend und die Nacht brachten wir in Ruhe zu. Am andern Tage gegen Mittag führte ich die Schwester auf einen mäßig hohen Hügel. Der Tag war ein sehr schöner Herbsttag, der Schleier, welcher im Vormittage so Hügel als Gründe zart umwebt hatte, war einer völligen Klarheit gewichen. Ich befestigte mittelst Schrauben mein Fernrohr an dem Stamme einer Eiche und richtete es. Dann hieß ich Klotilden durchsehen und fragte sie, was sie sähe.

„Ein hohes, dunkles Dach", sagte sie, „aus welchem mehrere breite und mächtige Rauchfänge empor ragen. Unter dem Dache ist ein Gemäuer von ebenfalls dunkler Farbe, in welchem große Fenster in gemäßen Entfernungen stehen. Das Gebäude scheint ein Viereck zu sein."

„Und was siehst du weiter, Klotilde, wenn du das Rohr in die Umgebungen des Gebäudes richtest?" fragte ich.

„Bäume, die hinter dem Hause stehen, gleichsam wie ein Garten", antwortete sie. „Die Mauern des Gebäudes sind dort licht wie die unserer Häuser. Dann sehe ich Felder, in ihnen wieder Bäume, hie und da ein Haus und endlich wolkenartige Spitzen, die wie das Hochgebirge sind, das wir verlassen haben."

„Es ist das Hochgebirge", antwortete ich.

„Ist das etwa – –?" fragte sie, den Kopf von dem Fernrohre wegwendend und mich ansehend.

„Ja, Klotilde, das Gebäude ist der Sternenhof", antwortete ich.

„Wo Natalie wohnt?" fragte sie.

„Wo Natalie wohnt, wo die edle Mathilde verweilt, wo so treffliche Menschen ein und aus gehen, wohin meine Gedanken sich mit Empfindung wenden, wo sanfte Gegenstände der Kunst thronen und wo ein liebes Land um all die Mauern herum liegt", antwortete ich.

„Das ist der Sternenhof!" sagte Klotilde, blickte wieder in das Fernrohr und sah lange durch dasselbe.

„Ich habe dich mit Freude auf diesen Hügel geführt, Klotilde", sagte ich, „um dir diesen Ort zu zeigen, in dem mein warmes Herz schlägt und ein tiefer Teil von meinem Wesen wohnt."

„Ach lieber, teurer Bruder", antwortete sie, „wie oft gehen meine Gedanken an den Ort und wie oft weilt mein Gemüt in seinen mir noch unbekannten Mauern!"

„Du begreifst aber", sagte ich, „daß wir jetzt nicht hingehen können und daß die Angelegenheit ihre naturgemäße Entwickelung haben muß."

„Ich begreife es", antwortete sie.

„Du wirst sie sehen, an deinem Herzen halten und sie lieben", sagte ich.

Klotilde sah wieder in das Rohr, sie sah sehr lange in dasselbe und betrachtete alles genau. Ich lenkte ihren Blick auf die Teile, die mir wichtig schienen, erklärte ihr alles und erzählte von dem Schlosse und von denen, die in demselben sind.

Es war indessen der Mittag gekommen, wir lösten das Fernrohr ab und gingen langsam unserer Wohnung zu.

„Kann man hier nicht auch das Rosenhaus deines Freundes sehen?" fragte sie im Heimgehen.

„Hier nicht", erwiderte ich, „hier ist nicht einmal der höchste Teil der Rosenhausgegend zu erblicken, weil der Kronwald, den du gegen Norden siehst, sie deckt. Im Weiterfahren werden wir auf einen Hügel kommen, von dem aus ich dir die Anhöhe zeigen kann, auf welcher das Haus liegt und von dem aus du mit dem Fernrohre das Haus sehen kannst."

Wir gingen in unsere Wohnung, und am nächsten Tage fuhren wir weiter. Als wir an die Stelle gekommen waren, von welcher man die Höhe des Asperhofes sehen konnte, ließ ich halten, wir stiegen aus, ich zeigte Klotilden den Hügel, auf welchem das Haus meines Gastfreundes liegt, richtete das Fernrohr und ließ sie durch dasselbe das Haus erblicken. Wir waren aber hier so weit von dem Asperhofe entfernt, daß man selbst durch das Fernrohr das Haus nur als ein weißes Sternchen sehen konnte. Nach dessen Betrachtung fuhren wir wieder weiter.

Als nach diesem Tage der dritte vergangen war, fuhren wir gegen Abend durch den Torweg des Vorstadthauses unserer Eltern ein.

„Mutter", rief ich, da uns diese und der Vater, der unsere Ankunft gewußt hatte und daher zu Hause geblieben war, entgegen kamen, „ich bringe sie dir gesund und blühend zurück."

Wirklich war Klotilde, wie es dem Vater auf seiner kleinen Reise ergangen war, durch die Luft und die Bewegung kräftiger, heiterer und in ihrem Angesichte reicher an Farbe geworden, als sie es je in der Stadt gewesen war.

Sie sprang von dem Wagen in die Arme der Mutter und begrüßte diese und dann auch den Vater freudenvoll; denn es war das erste Mal gewesen, daß sie die Eltern verlassen hatte und auf längere Zeit in ziemlicher Entfernung von ihnen gewesen war. Man führte sie die Treppe hinan und dann in ihr Zimmer. Dort mußte sie erzählen, erzählte gerne und unterbrach sich öfter, indem sie das inzwischen heraufgebrachte Gepäck aufschloß und die mannigfaltigen Dinge heraus nahm, die sie in den verschiedenen Ortschaften zu Geschenken und Erinnerungen gekauft oder an mancherlei Wanderstellen gesammelt hatte. Ich war ebenfalls mit in ihr Zimmer gegangen, und als wir geraume Weile bei ihr gewesen waren, entfernten wir uns und überließen sie einer notwendigen Ruhe.

Nun folgte für Klotilden fast eine Zeit der Betäubung, sie beschrieb, sie erzählte wieder, sie setzte sich vor Zeichnungen hin, blätterte in ihnen oder zeichnete selber und suchte in der Erinnerung Gesehenes nachzubilden.

Aber auch für mich war diese Reise nicht ohne Erfolg gewesen. Was ich halb im Scherze, halb im Ernste gesagt hatte, daß ich durch diese Reise zu einer größeren Ruhe kommen werde, ist in Wirklichkeit eingetroffen. Klotilde, welche alle die Gegenstände, die mir längst bekannt waren, mit neuen Augen angeschaut, welche alles so frisch, so klar und so tief in ihr Gemüt aufgenommen hatte, hatte meine Gedanken auf sich gelenkt, hatte

mir selber etwas Frisches und Ursprüngliches gegeben und mir Freude über ihre Freude mitgeteilt, so daß ich gleichsam gestärkter und befestigter über meine Beziehungen nachdenken und sie mir gewissermaßen vor mir selber zurecht legen konnte.
Ich hatte mit Natalien keinen Briefwechsel verabredet, ich hatte nicht daran gedacht, sie wahrscheinlich auch nicht. Unser Verhältnis erschien mir so hoch, daß es mir kleiner vorgekommen wäre, wenn wir uns gegenseitig Briefe geschickt hätten. Wir mußten in der Festigkeit der Überzeugung der Liebe des Andern ruhen, durften uns nicht durch Ungeduld vermindern und mußten warten, wie sich alles entwickeln werde. So konnte ich mit dem Gefühle von Seligkeit von Natalien fern sein, konnte mich freuen, daß alles so ist, wie es ist, und konnte dessen harren, was meine Eltern und Nataliens Angehörige beginnen werden.
Klotilden, welche ihren Bergen, Lüften, Seen und Wäldern die Farbe geben wollte, die sie gesehen hatte, suchte ich beizustehen und zeigte ihr, worin sie fehle und wie sie es immer besser machen könne. Wir wußten es jetzt, daß man die zarte Kraft, wie sie uns in der Wesenheit der Hochgebirge entgegen tritt, nicht darstellen könne und die Kunst des großen Meisters nur in der besten Annäherung bestehe. Auch in ihrem Bestreben, die Art, wie sie im Gebirge die Zither spielen gehört hatte und die eigentümlichen Töne, die ihr dort vorgekommen waren, nachzuahmen, suchte ich ihr zu helfen. Wir konnten wohl beide unsere Vorbilder nicht völlig erreichen, freuten uns aber doch unserer Versuche.
Bei einigen Freunden machte ich gelegentlich zwei oder drei Besuche.
So war der Winter gekommen. Ich faßte, weil ich schon nach dem Rate des Vaters beschlossen hatte, im Winter meinen Gastfreund zu besuchen, zugleich auch den Entschluß, einmal im Winter in das Hochgebirge zu gehen und, wenn dies möglich sein sollte, einen hohen Berg zu besteigen und auf dem Eise eines Gletschers zu verweilen. Ich bestimmte hierzu den Januar als den beständigsten und meistens auch klarsten Monat des Winters. Gleich nach seinem Beginne fuhr ich von dem Hause meiner Eltern ab und fuhr in dem flimmernden Schnee und in der blendenden Hülle, die alle Fluren deckte, im Schlitten der Gegend zu, in welcher meine Freunde lebten. Das Wetter war schon durch zehn Tage beständig und mäßig kalt gewesen, der Schnee war reichlich, und auf der Bahn glitten die Fahrzeuge wie in den Lüften dahin. Wie ich sonst nie anders als im offenen Wagen fuhr, so fuhr ich auch jetzt, mit guten Pelzen versehen, im offenen Schlitten und freute mich der weichen Hülle, die um meinen Körper war, und auch der, die überall und allüberall lag, freute mich der schweigenden bereiften Wälder, der ruhenden Obstbäume, die ihre weißen Gitter ausstreckten, der Häuser, von denen der wohnliche Rauch aufstieg, und der Unzahl der Sterne, die Nachts in dem kalten und finsteren Himmel feuriger funkelten als je sonst im Sommer. Ich hatte vor, zuerst die Gebirge und dann meinen Gastfreund zu besuchen.

Ich fuhr bis in die Nähe des Lauterthales. Da ich die Straße verlassen sollte, mietete ich einen einspännigen Schlitten, weil in den Seitenwegen, auf denen man immer im Winter nur mit einem Pferde fährt, die Bahn zu enge ist, als daß zwei Pferde sicher neben einander gehen könnten, und fuhr in das Tal und in das Ahornwirtshaus. Die Ahorne streckten ungeheure, abenteuerlich gestaltete, entblätterte und mit feinen Zweigen wie mit Bärten versehene Arme der winterlichen Luft entgegen, das fensterreiche Wirtshaus war in seiner braunen Farbe gegen die Schneedecke auf seinem Dache und gegen den Schnee, der überall ringsum lag, noch brauner als sonst, und die Fichtentische vor dem Hause waren abgebrochen und in Aufbewahrung getan worden. Die Wirtin empfing mich mit Erstaunen und mit Freude, daß ich in einer solchen Jahreszeit komme, und gab mir das beste Versprechen, daß meine Stube so warm und heimlich sein solle, als wehe kein einziges Lüftchen hinein, und so licht, als schiene die Sonne, wenn sie überhaupt scheint, sonst nirgends hin als auf meine Fenster. Ich ließ meine Gerätschaften in die Stube bringen, und bald loderte auch ein lustiges Feuer in dem Ofen derselben, der ausnahmsweise, wie es sonst in den Gebirgen fast gar nicht vorkömmt, von Innen zu heizen war. Die Wirtin hatte es so einrichten lassen, weil von Außen der Zugang zu dem Ofen so schwer gewesen war. Als ich mich ein wenig erwärmt und meine Hauptsachen in Ordnung gebracht hatte, ging ich in die allgemeine Gaststube hinunter. In ihr waren verschiedene Leute anwesend, die der Weg vorbei führte oder die eine kleine Erquickung und ein Gespräch suchten. Bei den vielen und sehr nahe stehenden Fenstern drang ein reichliches Licht herein, so daß die Sonnenstrahlen des Wintertages um die Tische spielten, was um so wohltätiger war, da auch eine behagliche Wärme von den in dem großen Ofen brennenden Klötzen das Zimmer erfüllte. Ich fragte wieder um meinen Zitherspiellehrer, es hatte niemand etwas von ihm gehört. Ich fragte um den alten Kaspar, er war gesund, und es wurde auf meine Bitte um ihn gesendet. Ich sagte, daß ich im Sinne hätte, von dem Lautersee in die Eisfelder der Echern hinaufzusteigen. Ich hätte Anfangs Lust gehabt, das Simmieis an der Karspitze zu besuchen; aber der Zugang ins Kargrat sei mir im Winter sehr unangenehm, und wenn die Echern auch etwas tiefer liegen als die Simmen, so seien sie doch schöner und von unvergleichlich wohlgebildeten Felsen eingefaßt. Alle rieten mir von meinem Unternehmen ab, es sei im Winter nicht durchzudringen, und die Kälte sei auf den Bergen so groß, daß sie kein Mensch zu ertragen vermöge. Ich widerlegte die Einwürfe vorerst dadurch, daß ich sagte, es sei eben im Winter niemand auf den Echern gewesen, wie sie selber berichten, und daß man daher nichts Sicheres wissen könne.

„Aber man kann es sich denken", erwiderten viele.

„Erfahrung ist noch besser", sagte ich.

Indessen kam der alte Kaspar. Die Sache wurde ihm gleich von den Anwesenden erzählt, und er riet auch entschieden von dem Unternehmen ab. Ich sagte, daß viele Forscher in Naturdingen im Winter schon auf hohen Bergen gewesen seien, auf höheren als den Echern, daß sie dort Nächte und zuweilen auch eine Reihe von Tagen und Nächten zugebracht haben. Man wendete immer ein, das seien andere Berge gewesen, und in den hiesigen gehe es durchaus nicht. Der alte Kaspar verstand sich endlich ganz allein dazu, mich, wenn ich durchaus wolle, zu begleiten. Aber das Wetter, meinte er, müßten wir uns sorgsam dazu auslesen. Ich erwiderte ihm, daß ich Geräte bei mir hätte, die mir anzeigen, wenn eine schöne Zeit bevorstehe, daß ich mich auch ein wenig auf die Zeichen an dem Himmel verstehe und daß ich selber auf den Höhen nicht gar gerne in einen Schneesturm oder in einen langedauernden Nebel geraten möchte. Alle andern Leute, welche mir sonst gerne bei meinen Bergarbeiten geholfen hatten und welche ich ebenfalls ins Wirtshaus hatte rufen lassen, lehnten es durchaus ab, mich im Winter in die Echern zu begleiten. Dem Kaspar sagte ich, er müsse sich vorbereiten. Ich hätte selber verschiedene Dinge bei mir, von denen er sich die aussuchen könne, von welchen er glaube, daß er sie auf unserer Wanderung mitnehmen möge. Den Tag, an welchem wir zum See hinunter gehen werden, würde ich ihm dann schon sagen. Ich ging unter den lebhaftesten Gesprächen der Anwesenden über diesen Gegenstand in meine Stube zurück und brachte den Abend in derselben zu. Ich wußte, daß sie nun tief in die Nacht hinein über die Sache sprechen würden und daß in den nächsten Tagen für das ganze Tal diese Unternehmung den Stoff der Unterredungen bilden würde.

Es meldete sich nun auch wirklich keiner mehr, um mich und Kaspar zu begleiten.

Die Zeit bis zum Beginne unsers Unternehmens brachte ich damit zu, daß ich Wanderungen in der Umgegend machte. Ich betrachtete die Wälder, die in Ruhe und Pracht dastanden, ich betrachtete die Höhen, auf welchen die unermeßlichen Schneemengen lagen, ich betrachtete die Echernwand, von der eine Last von Eiszapfen niederhing, deren manche die Dicke von Bäumen hatten, zuweilen losbrachen und mit Krachen und Klingen in den Schnee niederstürzten, ich ging auf Berge und schaute in die stille, gleichsam verdichtete Winterluft und auf alle die weißen Gebilde, die durch dunkle Wälder, durch Felsen und durch das sanfte Blau der fernen Bergzüge geschnitten waren.

Gegen die Mitte des Januars, zu welcher Zeit gewöhnlich das Wetter am ausdauerndsten zu sein pflegt, stellten sich die Zeichen ein, daß längere Zeit schöne Tage sein werden. Ein etwas weicher Luftzug der vorigen Tage hatte sich verloren, die graue Decke am Himmel war verschwunden und den verwaschenen Federwolken war eine tiefe Bläue gefolgt. Die Luft zog aus Osten, die Kälte mehrte sich, der Schnee flimmerte und Abends zeigte sich der feine bläuliche Duft in den Gründen, der heitere Morgen und immer größere Kälte versprach. Meine Werkzeuge gaben starken Luftdruck und große Trockenheit an.

Ich sagte dem alten Kaspar, daß wir nunmehr aufbrechen würden. Wir nahmen an Alpenstöcken, Steigeisen, Stricken, Schneereifen, Decken, Kleidern, was wir nötig erachteten, eine Schaufel, eine Axt, Kochgeschirr und Lebensmittel auf mehrere Tage. So bepackt gingen wir zu dem See. Dort teilten wir unsere Dinge in zwei bequeme

Lasten, daß jeder mit der seinigen so leicht als möglich gehen könne, und erwarteten den nächsten Morgen.

Beim Grauen des Lichtes machten wir uns auf den Weg und stiegen mit unseren sehr hohen Stiefeln, die ich eigens zu diesem Zwecke hatte machen lassen, in den tiefen Schnee der Wege, die zu den Höhen, auf die wir wollten, führten, die aber nur im Sommer betreten wurden, die jetzt keine Spur zeigten und die wir nur fanden, weil wir der Gegend sehr kundig waren. Wir gingen mehrere Stunden in diesem tiefen Schnee, dann kamen Wälder, in denen er niederer lag und durch welche das Fortkommen leichter war. Viele Gerölle und schiefliegende Wände, die nun folgten, zeigten ebenfalls weniger Schnee als die Tiefe, und es war über sie im Winter leichter zu gehen, als ich es im Sommer gefunden hatte, da die Unebenheiten und die kleinen scharfen Riffe und Steine mit einer Schneedecke überhüllt waren. Als wir die ersten Vorberge überwunden hatten und auf die Hochebene der Echern gekommen waren, von der man wieder den blauen See recht tief und dunkel in der weißen Umgebung unten liegen sah, machten wir ein wenig Halt. Die Oberfläche der Echern oder die Hochebene, wie man sie auch gerne nennt, ist aber nichts weniger als eine Ebene, sie ist es nur im Vergleiche mit den steilen Abhängen, welche ihre Seitenwände gegen den See bilden. Sie besteht aus einer großen Anzahl von Gipfeln, die hinter und neben einander stehen, verschieden an Größe und Gestalt sind, tiefe Rinnen zwischen sich haben und bald in einer Spitze sich erheben, bald breitgedehnte Flächen darstellen. Diese sind mit kurzem Grase und hie und da mit Kniefőhren bedeckt, und unzählige Felsblöcke ragen aus ihnen empor. Es ist hier am schwersten durchzukommen. Selbst im Sommer ist es schwierig, die rechte Richtung zu behalten, weil die Gestaltungen einander so ähnlich sind und ein ausgetretener Pfad begreiflicher Weise nicht da ist: wie viel mehr im Winter, in welchem die Gestalten durch Schneeverhüllungen überdeckt und entstellt sind, und selbst da, wo sie hervorragen, ein ungewohntes und fremdartiges Ansehen haben. Es sind mehrere Alpenhütten in diesem Gebiete zerstreut, und es befinden sich im Sommer Herden hier oben, die aber, wie zahlreich sie auch sind, in der großen Ausdehnung verschwinden und sich gegenseitig oft Monate lang nicht sehen. Wir wünschten noch beim Lichte des Tages über diese Erdbildungen hinüber zu kommen und hatten vor, zur Einhaltung der Richtung uns gegenseitig in unserer Kenntnis der Riffe und der Hügelgestaltungen zu unterstützen und uns die entscheidenden Bildungen wechselseitig zu nennen und zu beschreiben. Am oberen Ende der Hochebene, wo wieder die größeren Felsenbildungen beginnen und das Verirren weit weniger möglich ist, steht im Bereiche großer Kalksteinblöcke eine Sennhütte, die Ziegenalpe genannt, welche das Ziel unserer heutigen Wanderung war. Am Rande der Bergansteigung und dem Anfange der Hochebene, wo wir jetzt waren, setzten wir uns nieder. Es liegt da ein großer Stein, der beinahe ganz schwarz ist. Er ist nicht nur dieser Farbe willen an sich merkwürdig, sondern besonders darum, weil er durch eben diese Farbe, dann durch seine Größe und seine seltsame Gestalt von Weitem gesehen werden kann und denen, die von der Ziegenalpe durch die Hochebene abwärts

kommen, zum Zeichen, und wenn sie bei ihm angelangt sind, zur Beruhigung des richtig zurückgelegten Weges dient. Weil Vielen, die auf der Hochebene sind, Sennen, Alpenwanderern, Jägern, der Stein ein Versammlungsort ist, so findet sich von ihm ab schon ein merkbar ausgetretener Pfad und man kann die Richtung zu dem See hinab nicht mehr leicht verfehlen. Auch ist die gegen Sonnenaufgang überhängende Gestalt des Felsens geeignet, vor Regen und heftigen Westwinden zu schützen. Als wir bei ihm angelangt waren, sahen wir freilich keine Spur eines Menschen rings um ihn; denn unberührter Schnee lag bis zu seinen Wänden hinzu, und er stand noch einmal so schwarz aus dieser Umgebung hervor. Wir fanden aber auf kleineren Steinen, die unter seinem Überdache lagen, und auf die der Schnee nicht hereingefallen war, Raum zum Sitzen und folgten dieser Einladung willig, da sich schon Ermüdung eingestellt hatte. Kaspar schnallte die Umhüllungen der Decken auseinander und holte zwei leichte, aber wärmende Pelze und andere Pelzsachen hervor, die ich dazu bestimmt hatte, unsere Körper und Füße, die im Wandern sich sehr erwärmt hatten, in der Ruhe vor Verkühlung zu schützen. Als wir diese Pelzdinge umgetan hatten, schritten wir dazu, uns durch Speise und Trank zu erquicken. Etwas Wein und Brod reichte zu dem Zwecke hin. Ich betrachtete, nachdem unser Mahl vollendet war, den Wärmemesser, welchen ich gleich nach unserer Ankunft an einer freien Stelle auf meinen Alpenstock aufgehängt hatte, und zeigte meinem Begleiter Kaspar, daß die Wärme hier oben größer sei, als wir sie gestern zu gleicher Tageszeit unten in der Ebene des Sees gehabt hatten. Die Sonne schien sehr kräftig auf den Schnee, es wehte kein Lüftchen, an dem grünlich blaulichen Himmel lagerten nur ein paar sehr dünne weißliche Streifen. Auch konnte man von dem Steinvorsprunge, von dem aus der See zu erblicken war, fast deutlich wahrnehmen, daß unten nicht nur die dichtere, sondern auch kältere Luft liege. Denn so deutlich und klar der See zu erblicken war, so zog sich doch an den weißen oder weißgesprenkelten Wänden desselben ein feiner blaulich schillernder Dunst hin zum Zeichen, daß dort unsere obere, wärmere Luft mit der unteren, schon seit längerer Zeit über dem See stehenden kälteren zusammengrenze und sich da ein sanfter Beschlag bilde. Ich schaute nur noch auf den Feuchtigkeitsmesser und den des Luftdruckes, dann packte Kaspar unsere Decken und Pelze, ich meine Geräte ein, und wir gingen unsers Weges weiter.
Mit großer Vorsicht suchten wir die Richtung, die uns nottat, zu bestimmen. Auf jeder Stelle, die eine größere Umsicht gewährte, hielten wir etwas an und suchten uns die Gestalt der Umgebung zu vergegenwärtigen und uns des Raumes, auf dem wir standen, zu vergewissern. Ich zog zum Überflusse auch noch die Magnetnadel zu Rate. In den Niederungen und Mulden zwischen einzelnen Höhen mußten wir uns der Schneereife bedienen. Gegen den späten Nachmittag stiegen uns die höheren und dunkleren Zacken der Echern aus dem Schnee entgegen. Als die Sonne fast nur mehr um ihre eigene Breite von dem Rande des Gesichtskreises entfernt war, kamen wir in der Ziegenalpe an. Hier hatten wir einen eigentümlichen Anblick. Es ist da eine Stelle, von welcher aus man nicht mehr zu dem See oder zu seiner Umgebung zurücksehen kann, dafür öffnet sich gegen

Sonnenuntergang ein weiter Blick in die Lichtung des Lauterthales, besonders aber in das Echertal, in welchem der Mann wohnt, welcher meine und Klotildens Zither gemacht hatte. In diese Ferne wollte ich noch einen Blick tun, ehe wir in die Hütte gingen. Aber ich konnte die Täler nicht sehen. Die Wirkung, welche sich aus dem Aneinandergrenzen der oberen, wärmeren Luft und der unteren, kälteren, wie ich schon am schwarzen Steine bemerkt hatte, ergab, war noch stärker geworden, und ein einfaches, wagrechtes, weißlichgraues Nebelmeer war zu meinen Füßen ausgespannt. Es schien riesig groß zu sein und ich über ihm in der Luft zu schweben.

Einzelne schwarze Knollen von Felsen ragten über dasselbe empor, dann dehnte es sich weithin, ein trübblauer Strich entfernter Gebirge zog an seinem Rande, und dann war der gesättigte, goldgelbe, ganz reine Himmel, an dem eine grelle, fast strahlenlose Sonne stand, zu ihrem Untergange bereitet. Das Bild war von unbeschreiblicher Größe. Kaspar, welcher neben mir stand, sagte: „Verehrter Herr, der Winter ist doch auch recht schön." „Ja, Kaspar", sagte ich, „er ist schön, er ist sehr schön."

Wir blieben stehen, bis die Sonne untergegangen war. Die Farbe des Himmels wurde für einen Augenblick noch höher und flammender, dann begann alles nach und nach zu erbleichen und schmolz zuletzt in ein farbloses Ganzes zusammen. Nur die gewaltigen Erhebungen, die gegen Süden standen und die das Eis, das wir besuchen wollten, enthielten, glommen noch von einem unsichern Lichte, während mancher Stern über ihnen erschien. Wir gingen nun in dem beinahe finster gewordenen und ziemlich unwegsamen Raume zur Hütte, um in derselben unsere Vorbereitungen zum Übernachten zu treffen. Die Hütte war, wie es im Winter immer ist, wo sie leer steht, nicht gesperrt. Ein Holzriegel, der sehr leicht zu beseitigen war, schloß die Tür. Wir traten ein, steckten eine Kerze in unsern Handleuchter und machten Licht. Wir suchten das Gemach der Sennerinnen und ließen uns dort nieder. In den Schlafstellen war etwas Heu, ein grober Brettertisch stand in der Mitte des Gemaches, eine Bank lief an der Wand hin und eine bewegliche stand an dem Tische. Wir hatten vor, hier erst unser eigentliches warmes Tagesmahl zu bereiten. Aber, worauf wir kaum gefaßt waren, es zeigte sich nirgends auch nicht der geringste Vorrat von Holz. Ich hatte für den Fall Weingeist bei mir, um einige Schnitten Braten in einer flachen Pfanne rösten zu können; aber wir zogen es vorzüglich wegen der Erwärmung des Körpers vor, ein Stück Bank zu verbrennen und dem Eigentümer Ersatz zu leisten. Kaspar machte sich mit der Axt an die Arbeit, und bald loderte ein lustiges Feuer auf dem Herde. Ein Abendessen wurde bereitet, wie wir es oft bei unsern Gebirgsarbeiten bereitet hatten, aus dem Heu der Schlafstellen, den Decken und den Pelzen wurden Betten zurecht gemacht, und nachdem ich noch meine Meßwerkzeuge, die im Freien vor der Hütte aufgehängt waren, betrachtet hatte, begaben wir uns zur Ruhe. Auch jetzt am späten Abende war bei ganz heiterem, sternenvollem Himmel eine viel mindere Kälte in dieser Höhe als ich vermutet hatte.

Ehe der Tag graute, standen wir auf, machten Licht, kleideten uns vollständig an, richteten all unsere Dinge zurecht, bereiteten ein Frühmahl, verzehrten es und traten unsern Weg an. Die Echernspitze stand fast schwarz im Süden, wir konnten sie deutlich in die blasse Luft über dem Haustein, der uns noch unsere Eisfelder deckte, empor ragen sehen. Der Tag war wieder ganz heiter. Obgleich es noch nicht licht war, durften wir eine Verirrung nicht fürchten, denn wir mußten geraume Zeit zwischen Felsen empor gehen, die unsere Richtung von beiden Seiten begrenzten und uns nicht abweichen ließen. Wir legten, weil der Schnee in diesen Rinnen sich angehäuft hatte, unsere Schneereife an und gingen in der ungewissen Dämmerung vorwärts. Nach etwas mehr als einer Stunde Wanderung kamen wir auf die Höhe hinaus, wo die Gegend sich wieder öffnet und gegen Osten weite Felder hinziehen. Diese biegen, nachdem sie sich ziemlich hoch erhoben, gegen Süden um einen Fels herum und lassen dann den Eisstock erblicken, zu dem wir wollten. Dieser drückt mit großer Macht von Süden gegen Norden herab und hat zu seiner südlichen Begrenzung die Echernspitze. Auf den erklommenen Feldern war es schon ganz licht; allein die Berge, welche wir am östlichen Rande derselben unter uns und weit draußen erblicken sollten, waren nicht zu sehen, sondern am Rande der mit Schnee bedeckten Felder setzte sich eine Farbe, die nur ein klein wenig von der Schneefarbe verschieden war, fast ins Unermeßliche fort, die des Nebels. Er hatte seit gestern noch mehr überhand genommen und begrenzte unsere Höhe als Insel. Kaspar wollte erschrecken. Ich aber machte ihn aufmerksam, daß der Himmel über uns ganz heiter sei, daß dieser Nebel von jenem sehr verschieden sei, der bei dem Beginne des Regen- oder Schneewetters zuerst die Spitzen der Berge in Gestalt von Wolken einhüllt, sich dann immer tiefer, oft bis zur Hälfte der Berge, hinabzieht und den Wanderern so fürchterlich ist; unser Nebel sei kein Hochnebel, sondern ein Tiefnebel, der die Bergspitzen, auf denen das Verirren so schrecklich sei, freilasse und der beim Höhersteigen der Sonne verschwinden werde. Im schlimmsten Falle, wenn er auch bliebe, sei er nur eine wagrechte Schichte, die nicht höher stehe, als wo der schwarze Stein liegt. Von dort hinab aber ist uns der Weg sehr bekannt, wir müssen unsere eigenen Fußstapfen finden und können an ihnen abwärts gehen.

Kaspar, welcher mit dem Gebirgsleben sehr vertraut war, sah meine Gründe ein und war beruhigt.

Während wir standen und sprachen, fing sich an einer Stelle der Nebel im Osten zu lichten an, die Schneefelder verfärbten sich zu einer schöneren und anmutigeren Farbe, als das Bleigrau war, mit dem sie bisher bedeckt gewesen waren, und in der lichten Stelle des Nebels begann ein Punkt zu glühen, der immer größer wurde und endlich in der Größe eines Tellers schweben blieb, zwar trübrot, aber so innig glimmend wie der feurigste Rubin. Die Sonne war es, die die niederen Berge überwunden hatte und den Nebel durchbrannte. Immer rötlicher wurde der Schnee, immer deutlicher, fast grünlich seine Schatten, die hohen Felsen zu unserer Rechten, die im Westen standen, spürten auch die sich nähernde Leuchte und röteten sich. Sonst war nichts zu sehen als der ungeheure, dunkle, ganz heitere Himmel über uns, und in der einfachen großen Fläche, die die Natur hieher gelegt hatte, standen nur die zwei Menschen, die da winzig genug sein mußten. Der Nebel fing endlich an seiner äußersten Grenze zu leuchten an wie geschmolzenes Metall, der Himmel lichtete sich und die Sonne quoll wie blitzendes Erz aus ihrer Umhüllung empor. Die Lichter schossen plötzlich über den Schnee zu unsern Füßen und fingen sich an den Felsen. Der freudige Tag war da.

Wir banden uns die Stricke um den Leib und ließen ein ziemlich langes Stück von der Leibbinde des einen zu der des andern gehen, damit, wenn einer, da wir jetzt über eine sehr schiefe Fläche zu gehen hatten, gleiten sollte, er durch den andern gehalten würde. Im Sommer war diese Fläche mit vielen kleinen und scharfen Steinen bedeckt, daher der Übergang über sie viel leichter. Im Winter kannte man den Boden nicht, und der Schnee konnte ins Gleiten geraten. Ohne Hilfe der Schneereife, die hier, weil sie unbehilflich machten, nur gefährlich werden konnten, gelangten wir mit angewandter Vorsicht glücklich hinüber, lösten die Stricke, bogen nach einer darauf erfolgten mehrstündigen Wanderung um die Felsen und standen an dem Gletscher und auf dem ewigen Schnee.

Auf dem Eise, da wir nach uns sehr bekannten Richtungen auf demselben vorschritten, zeigte sich beinahe mit Rücksicht auf den Sommer gar keine Veränderung. Da auch im Sommer fast jeder Regen des Tales die Höhen entweder gar nicht trifft oder auf ihnen Schnee ist, so war es jetzt auf dem Gletscher wie im Sommer, und wir schritten auf bekannten Gebieten vorwärts. Wo die Eismengen geborsten und zertrümmert waren, hatte sie an ihren Oberflächen der Schnee bedeckt, mit den Seitenflächen sahen sie grünlich oder bläulich schillernd aus dem allgemeinen Weiß hervor, weiter aufwärts, wo die Gletscherwölbung rein dalag, war sie mit Schnee bedeckt. Der einzige Unterschied bestand, daß jetzt keine einzige breite oder lange Eisstelle bloßgelegt in ihrer grünlichen Farbe da stand, was doch zuweilen im Sommer geschieht. Wir verweilten einige Zeit auf dem Eise und nahmen auf demselben auch unser Mittagmahl, in Wein und Brod bestehend, ein.

Unter uns hatte sich aber indessen eine Veränderung vorbereitet. Der Nebel war nach und nach geschwunden, ein Teil der fernen oder der näheren Berge war nach dem andern sichtbar geworden, verschwunden, wieder sichtbar geworden, und endlich stand Alles im Sonnenglanze ohne ein Flöckchen Nebel, der wie ausgetilgt war, in sanfter Bläue oder wie in goldigem Schimmer oder wie im fernen, matten Silberglanze, in tiefem Schweigen und unbeweglich da. Die Sonne strahlte einsam ohne einer geselligen Wolke an dem Himmel. Die Kälte war auch hier nicht groß, geringer als ich sie im Tale beobachtet hatte, und nicht viel größer als sie auch zu Sommerszeiten auf diesen Höhen ist.

Nachdem wir uns eine geraume Weile auf dem Eise aufgehalten hatten, traten wir den Rückweg an. Wir gelangten leicht an den gewöhnlichen Ausgang des Gletschers, von wo aus man das Hinabgehen über die Berge einleitet. Wir fanden unsere Fußstapfen, die in der ungetrübten Oberfläche des Schnees, da hierauf selten auch Tiere kommen, sehr

deutlich erkennbar waren, und gingen nach ihnen fort. Wir kamen glücklich über die schiefe Fläche und langten gegen Abend in der Ziegenalpe an. Es war hier schon zu dunkel, um noch etwas von der Umgebung sehen zu können. Wir hielten in der Hütte wieder unser warm zubereitetes Abendmahl, wärmten uns am Reste der Bank und erquickten uns durch Schlaf. Der nächste Morgen war abermals klar, in den Tälern lag wieder der Nebel. Da auch die Nacht vollkommen windstill gewesen war, so hatten wir uns jetzt in Hinsicht unsers Rückweges über die Hochebene nicht zu sorgen. Unsere Fußstapfen standen vollkommen unverwischt da, und ihnen konnten wir uns anvertrauen. Selbst da, wo wir ratend gestanden waren und etwa den Alpenstock seitwärts unseres Standortes in den Schnee gestoßen hatten, war die Spur noch völlig sichtbar. Wir kamen früher als wir gedacht hatten an dem schwarzen Steine an. Dort hielten wir wieder unser Mittagmahl und gingen dann unter dem sich immer mehr und mehr lichtenden Nebel, der uns aber hier kein wesentliches Hindernis mehr machte, die steile Senkung der Berge hinunter. Der an ihrem Fuße beobachtete Wärmemesser zeigte wirklich eine größere Kälte, als wir auf den Bergen gehabt hatten.
Am Nachmittage waren wir wieder in dem Seewirtshause.
Am andern Tage gingen wir in das Ahornhaus im Lauterthale. Alles umringte uns und wollte unsere Erlebnisse wissen. Sie wunderten sich, daß die Unternehmung so einfach gewesen sei, besonders aber, daß die Kälte, die schon im Sommer gegen die Wärme der Täler so abstehe, im Winter nicht ganz fürchterlich soll gewesen sein. Kaspar war ein wichtiger Mann geworden.
Ich aber war von dem, was ich oben gesehen und gefunden hatte, vollkommen erfüllt. Die tiefe Empfindung, welche jetzt immer in meinem Herzen war und welche mich angetrieben hatte, im Winter die Höhen der Berge zu suchen, hatte mich nicht getäuscht. Ein erhabenes Gefühl war in meine Seele gekommen, fast so erhaben wie meine Liebe zu Natalien. Ja, diese Liebe wurde durch das Gefühl noch gehoben und veredelt, und mit Andacht gegen Gott, den Herrn, der so viel Schönes geschaffen und uns so glücklich gemacht hat, entschlief ich, als ich wieder zum ersten Male in meinem Bette in der wohnlichen Stube des Ahornhauses ruhte.
Es hat mich nicht gereut, daß ich noch die Weihe dieser Unternehmung auf mich genommen hatte, ehe ich zu meinem Gastfreunde ging, um ihm meinen Winterbesuch zu machen.
Ich hielt mich nur noch so lange in dem Lauterthale auf, um noch die bedeutendsten Stellen desselben im Winterschmucke zu sehen und um die Einleitung zu treffen, daß dem Eigentümer der Ziegenalpe die Bank, die wir verbrannt hatten, ersetzt würde. Dann fuhr ich in einem Schlitten in der Richtung nach dem Asperhofe hinaus. Kaspar hatte recht herzlich von mir Abschied genommen, er war mir durch diese Unternehmung noch mehr befreundet geworden, als er es früher gewesen war.
Die größere Wärme in den oberen Teilen der Luft, welche nur ein Vorbote des beginnenden Südwindes gewesen war, hatte sich nun völlig geltend gemacht, der

Südwind war in den Höhen eingetreten, obwohl es in der Tiefe noch kalt war, Wolken hatten die Berge umhüllt, zogen über die Länder hinaus und schüttelten Regen herab, der in Gestalt von Eiskörnern unten ankam und mir um das Haupt und die Wangen prasselte, als ich in dem Asperhofe eintraf.

Die Pferde und der Schlitten wurden in den Meierhof gebracht, ich ging zu meinem Gastfreunde. Er saß in seinem Arbeitszimmer und ordnete Pergamentblätter, von denen er einen großen Stoß vor sich hatte. Ich begrüßte ihn, und er empfing mich wie immer gleich freundlich.

Ich sagte ihm, daß ich seit meiner letzten Anwesenheit im Asperhofe fast immer gereist sei. Erst hätte ich noch das Kargrat besucht, weil ich dort zu ordnen gehabt hätte, dann sei ich zu meinen Eltern gegangen, hierauf habe ich mit meinem Vater einen Besuch in seiner Heimat gemacht, dann sei ich mit meiner Schwester auf eine Zeit, um ihr ein Vergnügen zu bereiten, in das Hochgebirge gefahren, als hierauf der Winter gekommen sei, habe ich die Echerngletscher besucht, und nun sei ich hier.

„Ihr seid wie immer herzlich willkommen", sagte er, „bleibt bei uns, so lange es euch gefällt, und seht unser Haus wie das eurer Eltern an."

„Ich danke euch, ich danke euch sehr", erwiderte ich.

Er zog an der Klingel zu seinen Füßen, und die alte Katharina kam herauf. Er befahl ihr, meine Zimmer zu heizen, daß ich sie sehr bald benützen könne.

„Es ist schon geschehen", antwortete sie. „Als wir den jungen Herrn hereinfahren sahen, ließ ich durch Ludmilla gleich heizen, es brennt schon; aber ein wenig gelüftet muß noch werden, neue Überzüge müssen kommen, der Staub muß abgewischt werden, ihr müßt euch schon ein wenig gedulden."

„Es ist gut und recht", sagte mein Gastfreund, „sorge nur, daß alles wohnlich sei."

„Es wird schon werden", antwortete Katharina und verließ das Zimmer.

„Ihr könnt, wenn ihr wollt", sagte er dann zu mir, „indessen, bis eure Wohnung in Ordnung ist, mit mir zu Eustach hinüber gehen und sehen, was eben gearbeitet wird. Wir können hiebei auch bei Gustav anklopfen und ihm sagen, daß ihr gekommen seid."

Ich nahm den Vorschlag an. Er zog eine Art Überrock über seine Kleider, die beinahe wie im Sommer waren, an, und wir gingen aus dem Zimmer. Wir begaben uns zuerst zu Gustav, und ich begrüßte ihn. Er flog an mein Herz, und sein Ziehvater sagte ihm, er dürfe uns in das Schreinerhaus begleiten. Er nahm gar kein Überkleid, sondern verwechselte nur seinen Zimmerrock mit einem etwas wärmeren und war bereit, uns zu folgen. Wir gingen über die gemeinschaftliche Treppe hinab, und als wir unten angekommen waren, sah ich, daß mein Gastfreund auch heute an dem unfreundlichen Wintertage barhäuptig ging. Gustav hatte eine ganz leichte Kappe auf dem Haupte. Wir gingen über den Sandplatz dem Gebüsche zu. Die Eiskörner, welche eine bereifte, weiße und rauhe Gestalt hatten, mischten sich mit den weißen Haaren meines Freundes und sprangen auf seinem zwar nicht leichten, aber noch nicht für eine strenge Winterkälte eingerichteten Überrocke. Die Bäume des Gartens, die uns nahe standen, seufzten in dem Winde, der von den Höhen immer mehr gegen die Niederungen herab kam und an Heftigkeit mit jeder Stunde wuchs. So gelangten wir gegen das Schreinerhaus. Wie bei meiner ersten Annäherung stieg auch heute ein leichter Rauch aus demselben empor, aber er ging nicht wie damals in einer geraden luftigen Säule in die Höhe, sondern wie er die Mauern des Schornsteins verließ, wurde er von dem Winde genommen, in Flatterzeug verwandelt und nach verschiedenen Richtungen gerissen. Auch waren nicht die grünen Wipfel da, an denen er damals empor gestiegen war, sondern die nackten Äste mit den feinen Ruten der Zweige standen empor und neigten sich im Winde über das Haus herüber. Auf dem Dache desselben lag der Schnee. Von Tönen konnten wir bei dieser Annäherung aus dem Innern nichts hören, weil außen das Sausen des Windes um uns war.

Da wir eingetreten waren, kam uns Eustach entgegen, und er grüßte mich noch freundlicher und herzlicher, als er es sonst immer getan hatte. Ich bemerkte, daß um zwei Arbeiter mehr als gewöhnlich in dem Hause beschäftigt waren. Es mußte also viele oder dringende Arbeit geben. Die Wärme gegen den Wind draußen empfing uns angenehm und wohnlich im Hause. Eustach geleitete uns durch die Werkstube in sein Gemach. Ich sagte ihm, daß ich gekommen sei, um auch einen kleinen Teil des Winters in dem Asperhofe zu bleiben, den ich in demselben nie gesehen und den ich nur meistens in der Stadt verlebt habe, wo seine Wesenheit durch die vielen Häuser und durch die vielen Anstalten gegen ihn gebrochen werde.

„Bei uns könnt ihr ihn in seiner völligen Gestalt sehen", sagte Eustach, „und er ist immer schön, selbst dann noch, wann er seine Art so weit verleugnet, daß er mit warmen Winden, blaugeballten Wolken und Regengüssen über die schneelose Gegend daher fährt. So weit vergißt er sich bei uns nie, daß er in ein Afterbild des Sommers, wie zuweilen in südlichen Ländern, verfällt und warme Sommertage und allerlei Grün zum Vorschein bringt. Dann wäre er freilich nicht auszuhalten."

Ich erzählte ihm von meinem Besuche auf dem Echerngletscher und sagte, daß ich doch auch schon manchen schönen und stürmischen Wintertag im Freien und ferne von der großen Stadt zugebracht habe.

Hierauf zeigte er mir Zeichnungen, welche zu den früheren neu hinzu gekommen waren, und zeigte mir Grund- und Aufrisse und andere Pläne zu den Werken, an denen eben gearbeitet werde. Unter den Zeichnungen befanden sich schon einige, die nach Gegenständen in der Kirche von Klam genommen worden waren, und unter den Plänen befanden sich viele, die zu den Ausbesserungen gehörten, die mein Gastfreund in der Kirche vornehmen ließ, welche ich mit ihm besucht hatte.

Nach einer Weile gingen wir auch in die Arbeitsstube und besahen die Dinge, die da gemacht wurden. Meistens betrafen sie Gegenstände, welche für die Kirche, für die eben gearbeitet wurde, gehörten. Dann sah ich ein Zimmerungswerk aus feinen Eichen- und Lärchenbohlen, welches wie der Hintergrund zu Schnitzwerken von Vertäflungen aussah, auch erblickte ich Simse, wie zu Vertäflungen gehörend. Von Geräten war ein Schrein in Arbeit, der aus den verschiedensten Hölzern, ja mitunter aus seltsamen, die man sonst gar nicht zu Schreinerarbeiten nimmt, bestehen sollte. Er schien mir sehr groß werden zu wollen; aber seinen Zweck und seine Gestalt konnte ich aus den Anfängen, die zu erblicken waren, nicht erraten. Ich fragte auch nicht darnach, und man berichtete mir nichts darüber.

Als wir uns eine Zeit in dem Schreinerhause aufgehalten und auch über andere Gegenstände gesprochen hatten, als sich in demselben befanden oder mit demselben in Beziehung standen, entfernten wir uns wieder, und mein Freund und Gustav geleiteten mich in das Wohnhaus zurück und dort in meine Zimmer. In ihnen war es bereits warm, ein lebhaftes Feuer mußte den Tönen nach, die zu hören waren, in dem Ofen brennen, alles war gefegt und gereinigt, weiße Fenstervorhänge und weiße Überzüge glänzten an dem Bette und an jenen Geräten, für die sie gehörten, und alle meine Reisesachen, welche ich in dem Schlitten geführt hatte, waren bereits in meiner Wohnung vorhanden. Mein Gastfreund sagte, ich möge mich hier nun zurecht finden und einrichten, und er verließ mich dann mit Gustav.

Ich packte nun die Gegenstände, welche ich in meinen Reisebehältnissen hatte, aus und verteilte sie so, daß die beiden Gemächer, welche mir zur Verfügung standen, recht winterlich behaglich, wozu die Wärme, die in den Zimmern herrschte, einlud, ausgestattet waren. Ich wollte es so tun, ich mochte mich nun lange oder kurz in diesen Räumen aufzuhalten haben, was von den Umständen abhing, die nicht in meiner Berechnung lagen. Besonders richtete ich mir meine Bücher, meine Schreibdinge und auch Vorbereitungen zu gelegentlichem Zeichnen so her, daß alles dies meinen Wünschen, so weit ich das jetzt einsah, auf das Beste entsprach. Nachdem ich mit allem fertig war, kleidete ich mich auch um, damit die Reisekleider mit bequemeren und häuslichen vertauscht wären.

Hierauf machte ich einen Spaziergang. Ich ging in dem Garten meinen gewöhnlichen Weg zu dem großen Kirschbaume hinauf. Aus dem in dem Schnee wohl ausgetretenen Pfade sah ich, daß hier häufig gegangen werde und daß der Garten im Winter nicht verwaist ist, wie es bei so vielen Gärten geschieht und wie es aber auch bei meinen Eltern nicht geduldet wird, denen der Garten auch im Winter ein Freund ist. Selbst die Nebenpfade waren gut ausgetreten, und an manchen Stellen sah ich, daß man nach dauerndem Schneefalle auch die Schaufel angewendet habe. Die zarteren Bäumchen und Gewächse waren mit Stroh verwahrt, alles, was hinter Glas stehen sollte, war wohl geschlossen und durch Verdämmungen geschützt, und alle Beete und alle Räume, die in ihrer Schneehülle dalagen, waren durch die um sie geführten Wege gleichsam eingerahmt und geordnet. Die Zweige der Bäume waren von ihrem Reife befreit, der Schnee, der in kleinen Kügelchen daher jagte, konnte auf ihnen nicht haften, und sie standen desto dunkler und beinahe schwarz von dem umgebenden Schnee ab. Sie beugten sich im Winde und sausten dort, wo sie in mächtigen Abteilungen einem großen

Baume angehörten und in ihrer Dichtheit gleichsam eine Menge darstellten. In den entlaubten Ästen konnte ich desto deutlicher und häufiger die Nestbehälter sehen, welche auf den Bäumen angebracht waren. Von den gefiederten Bewohnern des Gartens war aber nichts zu sehen und zu hören. Waren wenige oder keine da, konnte man sie in dem Sturme nicht bemerken oder haben sie sich in Schlupfwinkel, namentlich in ihre Häuschen, zurückgezogen? In den Zweigen des großen Kirschbaumes herrschte der Wind ganz besonders. Ich stellte mich unter den Baum neben die an seinem Stamme befindliche Bank und sah gegen Süden. Das dunkle Baumgitter lag unter mir, wie schwarze, regellose Gewebe auf den Schnee gezeichnet, weiter war das Haus mit seinem weißen Dache, und weiter war nichts; denn die fernere Gegend war kaum zu erblicken. Bleiche Stellen oder dunklere Ballen schimmerten durch, je nachdem das Auge sich auf Schneeflächen oder Wälder richtete, aber nichts war deutlich zu erkennen, und in langen Streifen, gleichsam in nebligen Fäden, aus denen ein Gewebe zu verfertigen ist, hing der fallende Schnee von dem Himmel herunter. Von dem Kirschbaume konnte ich nicht in das Freie hinausgehen; denn das Pförtchen war geschlossen. Ich wendete mich daher um und ging auf einem anderen Wege wieder in das Haus zurück.

An demselben Tage erfuhr ich auch, daß Roland anwesend sei. Mein Gastfreund holte mich ab, mich zu ihm zu begleiten. Man hatte ihm in dem Wohnhause ein großes Zimmer zurecht gerichtet. In demselben malte er eben eine Landschaft in Ölfarben. Als wir eintraten, sahen wir ihn vor seiner Staffelei stehen, die zwar nicht mitten in dem Zimmer, doch weiter von dem Fenster entfernt war, als dies sonst gewöhnlich der Fall zu sein pflegt. Das zweite der Fenster war mit einem Vorhange bedeckt. Er hatte ein leinenes Überkleid an seinem Oberkörper an und hielt gerade das Malerbrett und den Stab in der Hand. Er legte beides auf den nahestehenden Tisch, da er uns kommen sah, und ging uns entgegen. Mein Gastfreund sagte, daß er mich zu dem Besuche bei ihm aufgefordert habe und daß Roland wohl nichts dagegen haben werde.

„Der Besuch ist mir sehr erfreulich", sagte er, „aber gegen mein Bild wird wohl viel einzuwenden sein."

„Wer weiß das?" sagte mein Gastfreund.

„Ich wende viel ein", antwortete Roland, „und Andere, die sich des Gegenstandes bemächtigen, werden auch wohl viel einzuwenden haben."

Wir waren während dieser Worte vor das Bild getreten.

Ich hatte nie etwas Ähnliches gesehen. Nicht, daß ich gemeint hätte, daß das Bild so vortrefflich sei, das konnte man noch nicht beurteilen, da sich Vieles in den ersten Anfängen befand, auch glaubte ich zu bemerken, daß Manches wohl kaum würde bemeistert werden können. Aber in der Anlage und in dem Gedanken erschien mir das Bild merkwürdig. Es war sehr groß, es war größer als man gewöhnlich landschaftliche Gegenstände behandelt sieht, und wenn es nicht gerollt wird, so kann es aus dem Zimmer, in welchem es entsteht, gar nicht gebracht werden. Auf diesem wüsten Raume waren nicht Berge oder Wasserfluten oder Ebenen oder Wälder oder die glatte See mit

schönen Schiffen dargestellt, sondern es waren starre Felsen da, die nicht als geordnete Gebilde empor standen, sondern, wie zufällig, als Blöcke und selbst hie und da schief in der Erde staken, gleichsam als Fremdlinge, die wie jene Normannen auf dem Boden der Insel, die ihnen nicht gehörte, sich seßhaft gemacht hatten. Aber der Boden war nicht wie der jener Insel oder vielmehr, er war so, wo er nicht von den im Altertume berühmten Kornfeldern bekleidet oder von den dunkeln, fruchtbringenden Bäumen bedeckt ist, sondern wo er zerrissen und vielgestaltig ohne Baum und Strauch mit den dürren Gräsern, den weiß leuchtenden Furchen, in denen ein aus unzähligen Steinen bestehender Quarz angehäuft ist und mit dem Gerölle und mit dem Trümmerwerke, das überall ausgesät ist, der dörrenden Sonne entgegenschaut. So war Rolands Boden, so bedeckte er die ungeheure Fläche, und so war er in sehr großen und einfachen Abteilungen gehalten, und über ihm waren Wolken, welche einzeln und vielzählig schimmernd und Schatten werfend in einem Himmel standen, welcher tief und heiß und südlich war.
Wir standen eine Weile vor dem Bilde und betrachteten es. Roland stand hinter uns, und da ich mich einmal wendete, sah ich, daß er die Leinwand mit glänzenden Augen betrachtete. Wir sprachen wenig oder beinahe nichts.
„Er hat sich die Aufgabe eines Gegenstandes gestellt, den er noch nicht gesehen hat", sagte mein Gastfreund, „er hält sich ihn nur in seiner Einbildungskraft vor Augen. Wir werden sehen, wie weit er gelingt. Ich habe wohl solche Dinge oder vielmehr ihnen Ähnliches weit unten im Süden gesehen."
„Ich bin nicht auf irgend etwas Besonderes ausgegangen", antwortete Roland, „sondern habe nur so Gestaltungen, wie sie sich in dem Gemüte finden, entfaltet. Ich will auch Versuche in Ölfarben machen, welche mich immer mehr gereizt haben als meine Wasserfarben und in denen sich Gewaltiges und Feuriges darstellen lassen muß."
Ich bemerkte, als ich seine Geräte näher betrachtete, daß er Pinsel mit ungewöhnlich langen Stielen habe, daß er also sehr aus der Ferne arbeiten müsse, was bei einer so großen Leinwandfläche wohl auch nicht anders sein kann und was ich auch aus der Behandlung ersah. Seine Pinsel waren ziemlich groß, und ich sah auch lange, feine Stäbe, an deren Spitzen Zeichnungskohlen angebunden waren, mit welchen er entworfen haben mußte. Die Farben waren in starken Mengen auf der Palette vorhanden.
„Der Herr dieses Hauses ist so gütig", sagte Roland, „und läßt mich hier wirtschaften, während ich verbunden wäre, Zeichnungen zu machen, welche wir eben brauchen, und während ich an Entwürfen arbeiten sollte, die zu den Dingen notwendig sind, die eben ausgeführt werden."
„Das wird sich alles finden", antwortete mein Gastfreund, „ihr habt mir schon Entwürfe gemacht, die mir gefallen. Arbeitet und wählt nach eurem Gutdünken, euer Geist wird euch schon leiten."

Um Roland, der hier vor seinem Werke stand und dessen ganze Umgebung, wie sie in dem Zimmer ausgebreitet war, auf Ausführung dieses Werkes hinzielte, nicht länger zu stören, da die Wintertage ohnehin so kurz waren, entfernten wir uns.
Da wir den Gang entlang gingen, sagte mein Gastfreund: „Er sollte reisen."
Als es dunkel geworden war, versammelten wir uns in dem Arbeitszimmer meines Gastfreundes bei dem wohlgeheizten Ofen. Es war Eustach, Roland, Gustav und ich zugegen. Es wurde von den verschiedensten Dingen gesprochen, am meisten aber von der Kunst und von den Gegenständen, welche eben in der Ausführung begriffen waren. Es mochte wohl Vieles vorkommen, was Gustav nicht verstand, er sprach auch sehr wenig mit; aber es mochte doch das Gespräch ihn mannigfaltig fördern, und selbst das Unverstandene mochte Ahnungen erregen, die weiter führen oder die aufbewahrt werden und in Zukunft geeignet sind, feste Gestaltungen, die sich fügen wollen, einleiten zu helfen. Ich wußte das sehr wohl aus meiner eigenen Jugend und selbst auch aus der jetzigen Zeit.
Da ich in mein Schlafgemach zurückgekehrt war, fühlte ich es recht angenehm, daß die Scheite aus dem Buchenwalde meines Gastfreundes, der ein Teil des Alizwaldes war, in dem Ofen brennen. Ich beschäftigte mich noch eine Zeit mit Lesen und teilweise auch mit Schreiben.

Am anderen Morgen war Regen. Er fiel in Strömen aus bläulich gefärbten, gleichartigen, über den Himmel dahin jagenden Wolken herab. Der Wind hatte zu solcher Heftigkeit zugenommen, daß er um das ganze Haus heulte. Da er aus Südwesten kam, schlug der Regen an meine Fenster und rann an dem Glase in wässerigen Flächen nieder. Aber da das Haus sehr gut gebaut war, so hatte Regen und Wind keine anderen Folgen als daß man sich recht geborgen in dem schützenden Zimmer fand. Auch ist es nicht zu leugnen, daß der Sturm, wenn er eine gewisse Größe erreicht, etwas Erhabenes hat und das Gemüt zu stärken im Stande ist. Ich hatte die ersten Morgenstunden bei Licht in Wärme damit hingebracht, dem Vater und der Mutter einen Brief zu schreiben, worin ich ihnen anzeige, daß ich auf dem Echerneise gewesen sei, daß ich alle Vorsicht beim Hinaufsteigen und Heruntergehen angewendet habe, daß uns nicht der geringste Unfall zugestoßen sei und daß ich mich seit gestern bei meinem Freunde im Rosenhause befinde. An Klotilden legte ich ein besonderes Blatt bei, worin ich, auf ihre teilweise Kenntnis des Gebirges, die sie sich auf der mit mir gemachten Reise erworben hatte, bauend, eine kleine Beschreibung des winterlichen Hochgebirgbesuches gab. Als es dann heller geworden und die Stunde zum Frühmahle gekommen war, ging ich in das Speisezimmer hinunter. Ich erfuhr nun hier, daß es im Winter der Gebrauch sei, daß Eustach und Roland, deren gestrige Anwesenheit bei dem Abendessen ich für zufällig gehalten hatte, mit meinem Gastfreunde und Gustav an einem Tische speisen. Es sollte auch im Sommer so sein; allein da oft in dieser Jahreszeit in dem Schreinerhause lange vor Sonnenaufgang aufgestanden und zu einer Arbeit geschritten wird, so verändern sich die Stunden, an denen eine Erquickung des Körpers notwendig wird, und Eustach hat selber gebeten, daß ihm dann die Zeit und Art seines Essens zu eigener Wahl überlassen werde. Roland ist ohnehin zu jener Jahreszeit meistens von dem Hause abwesend. Ich war nie so spät im Winter in dem Rosenhause gewesen, daß ich diese Einrichtung hätte kennen lernen können. Mein Gastfreund, Eustach, Roland, Gustav und ich saßen also beim Frühmahltische. Das Gespräch drehte sich hauptsächlich um das Wetter, welches so stürmisch herein gebrochen war, und es wurde erläutert, wie es hatte kommen müssen, wie es sich erklären lasse, wie es ganz natürlich sei, wie jedes Hauswesen sich auf solche Wintertage in der Verfassung halten müsse und wie, wenn das der Fall sei, man dann derlei Ereignisse mit Geduld ertragen, ja darin eine nicht unangenehme Abwechslung finden könne. Nach dem Frühmahle begab sich jedes an seine Arbeit. Mein Gastfreund ging in sein Zimmer, um dort im Ordnen der Pergamente, das er angefangen hatte, fortzufahren, Eustach ging in die Schreinerei, Roland, für den die Zeit trotz des trüben Tages doch endlich auch hell genug zum Malen geworden war, begab sich zu seinem Bilde, Gustav setzte sein Lernen fort und ich ging wieder in meine Zimmer. Da ich dort eine Zeit mit Lesen und Schreiben zugebracht hatte und da der Sturm, statt sich zu mildern, in den Vormittagstunden nur noch heftiger geworden war, beschloß ich doch, wie es meine Gewohnheit war, auf eine Zeit in das Freie zu gehen. Ich wählte eine zweckmäßige Fußbekleidung, nahm meinen Wachsmantel, der eine Wachshaube hatte, die man über den Kopf ziehen konnte, und ging über die gemeinschaftliche Treppe hinab. Ich schlug den Weg durch das Gittertor auf den Sandplatz vor dem Hause ein. Dort konnte der Südwestwind recht an meine Person fallen, und er trieb mir die Tropfen, welche für einen Winterregen bedeutend groß waren, mit Prasseln auf meinen Überwurf, in das Angesicht, in die Augen und auf die Hände. Ich blieb auf dem Platze ein wenig stehen und betrachtete die Rosen, welche an der Wand des Hauses gezogen wurden. Manche Stämmchen waren durch Stroh geschützt, bei manchen war stellenweise die Erde über den Wurzeln mit einer schützenden Decke bekleidet, andere waren bloß fest gebunden, bei allen aber sah ich, daß man außerordentliche Schutzmittel nicht angewendet habe und daß alle nur gegen Verletzungen von äußerlicher Gewalt gesichert waren.

Der Schnee konnte sie überhüllen, wie ich noch die Spuren sah, der Regen konnte sie begießen, wie ich heute erfuhr, aber nirgends konnte der Wind ein Stämmchen oder einen Zweig lostrennen und mit ihm spielen oder ihn zerren. Die ganze Wand des Hauses war auch im Übrigen unversehrt, und der Regen, der gegen dieselbe anschlug, konnte ihr nichts anhaben. Ich ging von dem Sandplatze über den Hügel hinunter. Der Schnee hatte schon die Gewalt des Regens verspürt, welcher ziemlich warm war. Die weiche, sanfte und flaumige Gestalt war verloren gegangen, etwas Glattes und Eisiges hatte sich eingestellt, und hie und da standen gezackte Eistrümmer gleichsam wie zerfressen da. Das Wasser rann in Schneefurchen, die es gewühlt hatte, nieder, und an offenen Stellen, wo es durch die löcherichte Beschaffenheit des Schnees nicht verschluckt wurde, rieselte es über die Gräser hinab. Ich ging, ohne auf einen Weg zu achten, durch den wässerigen Schnee fort. In der Tiefe des Tales lenkte ich gegen Osten. Ich ging eine Strecke fort, ging dort über die Wiesen und ließ das Schauspiel auf mich wirken. Es war fast herrlich, wie der Wind, welcher den Schnee nicht mehr heben konnte, den Regen auf ihn nieder jagte, wie schon Stellen bloß lagen, wie die grauen Schleier gleichsam bänderweise nieder rollten und wie die trüben Wolken über dem bleichen Gefilde unbekümmert um Menschentun und Menschenwerke dahin zogen.

Ich richtete endlich in der Tiefe der Wiesen meinen Weg nordwärts gegen den Meierhof hinauf. Als ich dort angelangt war, erfuhr ich, daß der Herr, wie man hier meinen Gastfreund kurzweg nannte, heute auch schon da gewesen, aber bereits wieder fortgegangen sei. Er hatte Mehreres besichtigt und Mehreres angeordnet. Ich fragte, ob er heute auch barhäuptig gewesen sei, und es wurde bejaht. Da ich den Meierhof besehen hatte und in verschiedenen Räumen desselben herum gegangen war, sah ich erst recht, was ein wohleingerichtetes Haus sei. Der Regen fiel auf dasselbe nieder wie auf einen Stein, in den er nicht eindringen und von dem er äußerlich nur in Jahrhunderten etwas herab waschen könne. Keine Ritze zeigte sich für das Einlassen des Wassers bereit, und kein Teilchen der Bekleidung schickte sich zur Loslösung an. Im Innern wurden die Arbeiten getan wie an jedem Tage. Die Knechte reinigten Getreide mit der sogenannten Getreideputzmühle, schaufelten es seitwärts und maßen es in Säcke, damit es auf den Schüttboden gebracht werde. Der Meier war dabei beschäftigt, ordnete an und prüfte die Reinheit. Ein Teil der Mägde war in den Ställen beschäftigt, ein Teil richtete auf der Futtertenne das Futter zurecht, ein Teil spann, und die Frau des Meiers ordnete in der Milchkammer. Ich sprach mit allen, und sie zeigten Freude, daß ich sogar in dieser Jahreszeit einmal gekommen sei.

Von dem Meierhofe ging ich über den mit Obstbäumen bepflanzten Raum gegen den Garten hinüber. Das Pförtchen an dieser Seite war unter Tags selbst im Winter nicht gesperrt. Ich ging durch dasselbe ein und begab mich in die Wohnung des Gärtners. Dort legte ich meinen Wachsmantel, durch dessen Falten das Wasser rann, ab und setzte mich auf die reine, weiße Bank vor dem Ofen. Der alte Mann und seine Frau empfingen mich recht freundlich. In ihrem ganzen Wesen war etwas sehr Aufrichtiges. Seit geraumer Zeit war bei diesen alten Leuten beinahe etwas Elternhaftes gegen mich gewesen. Die Gärtnersfrau Clara sah mich immer wieder gleichsam verstohlen von der Seite an. Wahrscheinlich dachte sie an Natalien. Der alte Simon fragte mich, ob ich denn nicht in die Gewächshäuser gehen und die Pflanzen auch im Winter besehen wolle.

Das sei außer dem Besuche, den ich ihm und seiner Gattin machen wollte, meine Nebenabsicht gewesen, erwiderte ich.

Er nahm einen anderen Rock um und geleitete mich in die Gewächshäuser, welche an seine Wohnung stießen. Ich nahm wirklich großen Anteil an den Pflanzen selber, da ich mich ja in früherer Zeit viel mit Pflanzen beschäftigt hatte, und nahm Anteil an dem Zustande derselben. Wir gingen in alle Räume des nicht unbeträchtlich großen

Kalthauses und begaben uns dann in das Warmhaus. Nicht bloß, daß ich die Pflanzen nach meiner Absicht betrachtete, nahm ich mir auch die Zeit, freundlich anzuhören, was mein Begleiter über die einzelnen sagte, und hörte zu, wie er sich über Lieblinge ziemlich weit verbreitete. Diese Hingabe an seine Rede und die Teilnahme an seinen Pfleglingen, die ich ihm stets bewiesen hatte, mochten nebst dem Anteile, den er mir an der Erwerbung des Cereus peruvianus zuschrieb, Ursache sein, daß er eine gewisse Anhänglichkeit gegen mich hegte. Als wir an dem Ausgange der Gewächshäuser waren, welcher seiner Wohnung entgegengesetzt lag, fragte er mich, ob ich auch in das Cactushaus gehen wolle, er werde zu diesem Behufe, da wir einen freien Raum zu überschreiten hätten, meinen Wachsmantel holen. Ich sagte ihm aber, daß dies nicht nötig sei, da er ja auch ohne Schutz herüber gehe, daß mein Gastfreund heute schon barhäuptig in dem Meierhofe gewesen sei, und daß es mir nicht schaden werde, wenn ich auch einmal eine kurze Strecke im Regen ohne Kopfbedeckung gehe.

„Ja der Herr, der ist Alles gewohnt", antwortete er.

„Ich bin zwar nicht Alles, aber Vieles gewohnt", erwiderte ich, „und wir gehen schon so hinüber."

Er ließ sich von seinem Vorhaben endlich abbringen, und wir gingen in das Cactushaus. Er zeigte mir alle Gewächse dieser Art, besonders den Peruvianus, welcher wirklich eine prachtvolle Pflanze geworden war, er verbreitete sich über die Behandlung dieser Gewächse während des Winters, sagte, daß mancher schon im Hornung blüht, daß nicht alle eine gewisse Kälte vertragen, sondern in der wärmeren Abteilung des Hauses stehen müssen, besonders verlangen dieses viele Cereusarten, und er ging dann auf die Einrichtung des Hauses selbst über und hob es als eine Vorzüglichkeit heraus, daß der Herr für jene Stellen, an denen die Gläser über einander liegen, ein so treffliches Bindemittel gefunden habe, durch welches das Hereinziehen des Wassers an den übereinandergelegten Stellen des Glases unmöglich sei und das diesen Pflanzen so nachteilige Herabfallen von Wassertropfen vermieden werde. Dadurch kann es auch allein geschehen, daß an Regentagen und an Tagen, an welchen Schnee schmilzt, das Haus nicht mit Brettern gedeckt werden müsse, was finster macht und den Pflanzen schädlich ist. Ich könne das ja heute sehen, wie bei einem Regen so heftiger Art nicht ein Tröpflein herein dringen kann oder vom Winde hereingeschlagen wird. Bretter würden überhaupt über dieses Haus nicht gelegt. Gegen den Hagel sei es durch dickes Glas und den Panzer geschützt, und wenn kalte Nächte zu erwarten sind, werde eine Strohdecke angewendet, und der Schnee werde durch Besen entfernt. Mir war wirklich der Umstand merkwürdig und wichtig, daß hier kein Herabtropfen von dem Glasdache statt finde, was meinem Vater so unangenehm ist. Ich nahm mir vor, meinen Gastfreund um Eröffnung des Verfahrens zu ersuchen, um dasselbe dem Vater mitzuteilen. Als wir auf dem Rückwege durch die anderen Gewächshäuser gingen, sah ich, daß auch hier kein Herabtropfen vorhanden sei, und mein Begleiter bestätigte es.

Da ich noch ein Weilchen in der Wohnung der Gärtnerleute geblieben war und mit der Gärtnerfrau gesprochen hatte, machte ich Anstalt zum Heimwege. Die Gärtnerfrau hatte meinen Wachsmantel in der Zeit, in der ich mit ihrem Manne in den Gewächshäusern gewesen war, an seiner Außenfläche von allem Wasser befreit und ihn überhaupt handlich und angenehm hergerichtet. Ich dankte ihr, sagte, daß er wohl bald wieder verknittert sein würde, empfahl mich freundlich, nahm die anderseitigen freundlichen Empfehlungen in Empfang und ging dann in meine Zimmer.
Dort kleidete ich mich sorgfältig um und ging dann zu meinem Gastfreunde. Er war eben mit Gustav beschäftigt, der ihm Rechenschaft von seinen Morgenarbeiten ablegte. Ich fragte, ob es mir erlaubt wäre, in das Bildergemach oder in ähnliche zu gehen.
„Das Lesezimmer und das Bilderzimmer so wie das mit den Kupferstichen sind ordnungsgemäß geheizt", antwortete mein Gastfreund, „der Büchersaal, der Marmorsaal und die Marmortreppe werden leidlich warm sein. Verschlossen ist keiner der Räume. Bedient euch derselben, wie ihr es zu Hause tun würdet."

Ich dankte und entfernte mich. Nach meiner Kenntnis der Tageinteilung wußte ich, daß er seine Beschäftigung mit Gustav fortsetzte.
Ich ging zuerst auf die Marmortreppe. Ich suchte sie von oben zu gewinnen. Als ich von dem gemeinschaftlichen Gange in den oberen Teil des Marmorganges eingetreten war, zog ich, wie es hier vorgeschrieben war, Filzschuhe, welche immer in Bereitschaft standen, an und ging die glatte, schöne Treppe hinunter.
Als ich in die Mitte derselben gekommen war, wo sich der breite Absatz befindet, hielt ich an; denn das war das Ziel meiner Wanderung gewesen. Ich wollte die altertümliche Marmorgestalt betrachten. Selbst heute in dem bleiernen Lichte, das durch die Glaswölbung, welche noch dazu durch das auf ihr rinnende Wasser getrübt war, gleichsam träge nieder fiel, war die Erscheinung eine gewaltige und erhebende. Die hehre Jungfrau, sonst immer sanft und hoch, stand heute in den flüssigen Schleiern des dumpferen Lichtes zwar trüb, aber mild da, und der Ernst des Tages legte sich auch als Ernst auf ihre unaussprechlich anmutigen Glieder. Ich sah die Gestalt lange an, sie war mir, wie bei jedem erneuerten Anblicke, wieder neu. Wie sehr mir auch die blendend weiße Gestalt der Brunnennymphe im Sternenhofe nach der jüngsten Vergangenheit als liebes Bild in die Seele geprägt worden war, so war sie doch ein Bild aus unserer Zeit und war mit unseren Kräften zu fassen: hier stand das Altertum in seiner Größe und Herrlichkeit. Was ist der Mensch, und wie hoch wird er, wenn er in solcher Umgebung, und zwar in solcher Umgebung von größerer Fülle weilen darf!
Ich ging langsam die Treppe wieder hinan und ging in den Marmorsaal. Seine Größe, seine Leerheit, der, wenn ein solches Wort erlaubt ist, dunkle Glanz, der von dem dunkeln und mit ungewissen und zweideutigen Lichtern wechselnden Tage auf seinen Wänden lag und wechselte, ließ sich nach dem Anblicke der Gestalt des Altertums tragen und ertragen. Ja, der Saal erschien mir in dem finstern Tage noch größer und ernster als

sonst, und ich weilte gerne in ihm, fast so gerne wie an jenem Abende, an welchem ich mit meinem Gastfreunde unter dem sanften Blitzen eines Gewitterhimmels in ihm auf und ab gegangen war.

Ich ging auch jetzt wieder in demselben hin und wider und ließ den Sturm draußen mit seinen trüben Lichtern, die Wände hier innen mit ihrem matten Glanze und die Erinnerung der eben gesehenen Gestalt in mir wirken.

Nach einer Zeit trat ich durch die Tür, welche in das Bilderzimmer führt. Die Bilder hingen in dem düsteren Glanze des Tages da und konnten selbst dort, wo der Künstler die kraftvollsten Mittel des Lichtes und Schattens angewendet hatte, nicht zur vollen Wirksamkeit gelangen, weil das, was die Bilder erst recht malen hilft, fehlte, die Macht eines sonnigen und heiteren Tages. Selbst als ich zu einigen, die ich besonders liebte, näher getreten war, selbst als ich vor einem Guido, der auf der Staffelei stand, die nahe an das Fenster und in das beste Licht gerückt worden war, niedersaß, um ihn zu betrachten, konnte die Empfindung, die sonst diese Werke in mir erregten, nicht emporkeimen. Ich erkannte bald die Ursache, welche darin bestand, daß ohnehin eine viel höhere in meinem Gemüte waltete, welche durch die Gestalt des Altertums in mir hervorgerufen worden war. Die Gemälde erschienen mir beinahe klein. Ich ging in das Bücherzimmer, nahm mir Odysseus aus seinem Schreine, begab mich in das Lesezimmer, in welchem die gesellige Flamme, die Freundin des Menschen, die ihm in der Finsternis Licht und im Winter des Nordens Wärme gibt, hinter dem feinen Gitter eines Kamines freundlich loderte, und in welchem alles auf das Reinlichste geordnet war, setzte mich in einiger Entfernung von dem Fenster in einen weichen Sitz und begann unter dem Prasseln des Regens an den Fenstern von der ersten Zeile an zu lesen. Die fremden Worte, die als lebendig gesprochen einer fernen Zeit angehörten, die Gestalten, welche durch diese Worte in unsere Zeit mit all ihrer ihnen einstens angehörigen Eigentümlichkeit heraufgeführt wurden, schlossen sich an die Jungfrau an, welche ich auf der Treppe hatte stehen gesehen. Als Nausikae kam, war es mir wieder, wie es mir bei der ersten richtigen Betrachtung der Marmorgestalt gewesen war, die Gewänder des harten Stoffes löseten sich zu leichter Milde, die Glieder bewegten sich, das Angesicht erhielt wandelbares Leben, und die Gestalt trat als Nausikae zu mir. Es war auch die Erinnerung jenes Abends gewesen, die heute meine Hand, als ich von der Treppe in den Marmorsaal und in das Bilderzimmer herauf gekommen war und in diesen keine Befriedigung gefunden hatte, zu den Worten Homers im Odysseus greifen ließ. Als die Helden das Mahl in dem Saale genossen hatten, als der Sänger gerufen worden war, als die Worte jenes Liedes vernommen worden waren, dessen Ruhm damals bis zu dem Himmel reichte, als Odysseus das Haupt verhüllt hatte, damit man die Tränen nicht sähe, welche ihm aus den Augen flossen, als endlich Nausikae schlicht und mit tiefem Gefühle an den Säulen der Pforte des Saales stand: da gesellte sich auch lächelnd das schöne Bild Nataliens zu mir; sie war die Nausikae von jetzt, so wahr, so einfach, nicht prunkend mit ihrem Gefühle und es nicht verhehlend. Beide Gestalten verschmolzen in

einander, und ich las und dachte zugleich, und bald las ich und bald dachte ich, und als ich endlich sehr lange bloß allein gedacht hatte, nahm ich das Buch, das vor mir auf dem Tische lag, wieder auf, trug es in das Bücherzimmer auf seinen Platz und ging durch den Marmorsaal und den Gang der Gastzimmer in meine Wohnung zurück.
Das Werk des Vormittages war abgetan.

Am Mittagtische fanden sich wieder dieselben Personen ein, welche bei dem Frühmahle versammelt gewesen waren. Nach dem Genusse eines einfachen, aber für Gedeihen und Gesundheit sehr wohl zubereiteten Mahles, wie es immer in dem Rosenhause sein mußte, nach manchem freundlichen und erheiternden Gespräche stand man auf, um wieder zu seinen Geschäften zu gehen, die jedem ernst und wichtig genug waren, mochten sie nun im Erwerben von Kenntnissen bestehen, wie fast ausschließlich bei Gustav, oder mochten sie im Vorwärtsdringen in der Kunst oder auf wissenschaftlichem Felde oder in einer richtigeren Gestaltung der eigenen Lebenslage enthalten sein.
Für den heutigen Nachmittag war ein besonderes Geschäft vorbehalten worden, zu welchem auch Roland kommen und deshalb seine heutige Arbeit an seinem Bilde abbrechen mußte. Es war eine Sammlung von Kupferstichen eingelangt, welche zum Kaufe angeboten waren, und deren Besichtigung man auf den heutigen Nachmittag anberaumt hatte. Mein Gastfreund lud mich zu der Sache ein. Die Kupferstiche lagen in zwei Mappen in dem Zimmer meines Gastfreundes. Wir gingen über die Treppe, die für die Dienerschaft bestimmt war, in sein Zimmer empor und rückten den Tisch, auf welchem die Mappen lagen, näher an ein Fenster, damit wir die Blätter besser betrachten konnten. Die Mappen wurden geöffnet, und bald sah man, daß der Sammler der in denselben enthaltenen Stücke kein Mann gewesen sei, der von der Tiefe der Kunst, von ihrem Ernste und von ihrer Bedeutung für das menschliche Leben eine Vorstellung gehabt habe. Er war eben ein Sammler gewöhnlicher Art gewesen, der die Menge und die Mannigfaltigkeit der Stücke vor Augen gehabt hatte. Jetzt lag er im Grabe, und seine Erben mußten weder für die Verhältnisse der Kunst zum menschlichen Leben noch für Sammeln von was immer für einer Art einen Sinn gehabt haben, daher sie alle Hefte meinem Gastfreunde, von dem sie gehört hatten, daß er solche Merkwürdigkeiten suche, zum Verkaufe anboten. Neben ganz wertlosen Erzeugnissen des Grabstichels nach heutiger unbedeutender Weise, wie sie in Büchern und Bilderwerken zum Behufe des Gelderwerbes vorkommen, neben Steinzeichnungen mit der Feder und der Kreide befanden sich auch bessere Werke von jetzt und besonders einige Stücke aus älterer Zeit von großem Werte. Mein Gastfreund und seine zwei Gehilfen sprachen bei dieser Gelegenheit Manches über Kupferstiche, was mir neu war und woran ich die Bedeutung dieses Kunstzweiges mehr kennen lernte, als ich sie früher kannte. Da er die Übersetzung der Werke der großen Meister aller Zeiten vermitteln kann, da er ein Bild, das nur einmal da ist, das für viele Menschen an fernen und ihnen nie erreichbaren Orten sich befindet, oder das als Eigentum eines einzelnen Mannes nicht einmal allen denen, die denselben

Ort mit ihm bewohnen, zugänglich ist, vervielfältiget und zur Anschauung in viele Orte und in ferne Zeiten bringen kann, so sollte man ihm wohl die größte Aufmerksamkeit schenken. Wenn er nicht einer gewissen, zu bestimmten Zeiten in Schwung kommenden Art huldigt, sondern strebt, die Seele des Meisters, wie sie sich in dem Bilde darstellt, wieder zu geben, wenn er nicht bloß die Stoffe, wie sie sich in dem Bilde befinden, von der Zartheit des menschlichen Angesichtes und der menschlichen Hände angefangen durch den Glanz der Seide und die Glätte des Metalles bis zu der Rauhigkeit der Felsen und Teppiche herab, sondern auch sogar die Farben, die der Maler angewendet hat, durch verschiedene, aber immer klare, leicht geführte und schöngeschwungene Linien, die niemals unbedeutend, niemals durch Absonderlichkeit auffallend sein, niemals einen bloßen Fleck bilden dürfen und die er zur Bemeisterung jedes neuen Gegenstandes neu erfinden kann, darstellt: dann kann er zwar nicht der Malerei in ihren Wirkungen an die Seite gesetzt werden, die sie auf ihre Beschauer geradehin ausübt, aber er kann ihr an Kunstwirkung überhaupt als ebenbürtig erkannt werden, weil er auf eine größere Zahl von Menschen wirkt und bei denen, welche die nachgeahmten Gemälde nicht sehen können, eine desto tiefere und vollere Kunstwirkung hervorbringt, je tiefer und edler er selber ist. Dies habe ich bei meinem Gastfreunde in der Zeit, als ich mit ihm in Verbindung war, immer mehr kennen gelernt, und dies ist mir wieder besonders klar geworden, als die Kupferstiche durchgesehen wurden und als man über ihren Wert und über Mittel, Wege und Wirkung der Kupferstecherkunst überhaupt sprach. Es wurde, da man die Einzelheiten der guten Blätter genau untersucht und ihre Vorzüge und ihre Mängel sorglich besprochen hatte, festgesetzt, daß man der guten Stücke willen die ganze Sammlung kaufen wolle, wenn ihr Preis einen gewissen Betrag, den man anbot und den man gerechter und billiger Weise geben konnte, nicht überstige. Die schlechten Blätter wollte man dann vernichten, weil sie durch ihr Dasein eine gute Wirkung nicht nur nicht hervorbringen, sondern das Gefühl dessen, der nichts Besseres sieht, statt es zu heben, in eine rohere und verbildetere Richtung lenken, als es nähme, wenn ihm nichts als die Gegenstände der Natur geboten würden. Den Geist des Menschen, sagten die Männer, verunreinigte falsche Kunst mehr als die Unberührtheit von jeder Kunst. Da es dämmerte, wurden die Kupferstiche in ihre Behältnisse getan, der Tisch wurde wieder an seine Stelle gerückt, und wir trennten uns.
Der Sturm hatte eher zu als ab genommen, und der Regen schlug in Strömen an die Fenster.
Abends waren wir wieder in dem Arbeitszimmer meines Gastfreundes vereinigt, nur Gustav fehlte, weil er sich in seinem Zimmer noch mit seiner Tagesaufgabe beschäftigte. Ehe wir zu dem Abendessen gingen, zeichnete mein Gastfreund noch den Stand der naturwissenschaftlichen Geräte, welche sich auf Luftdruck, Feuchtigkeit, Wärme, Electricität und dergleichen bezogen, in seine Bücher, und dann ging er durch das ganze Haus und besah den Verhalt der Dinge in demselben, die geförderten Arbeiten der

Hausleute, ihr jetziges Tun und den allfälligen Einfluß des heutigen stürmischen Wetters.

Bei dem Abendessen wurde, nachdem man die Nahrungsbedürfnisse in kurzer Zeit gestillt und heitere Gespräche geführt hatte, noch aus einem Buche vorgelesen, das damal neu war. Es betraf größtenteils die Geschichte des Seidenbaues und der Seidenweberei, und besonders wurde der Abschnitt behandelt, wie dieses Gewerbe aus dem fernsten Morgenlande nach Syrien, nach Arabien, Egypten, Byzanz, dem Peloponnes, nach Sicilien, Spanien, Italien und Frankreich gekommen sei. Mein Gastfreund behauptete, daß in der Anfertigung von jenen Prachtstoffen, die aus Seide und Gold oder Silber bestanden, was die Feinheit und Zartheit des Gewebes, was dessen Weichheit, verbunden mit mildem Glanze, gegen den die heutigen Stoffe dieser Art, in ihrer Steifheit und in ihrem harten Schimmer stark abstehen, und was endlich den Schwung, die feine Zierlichkeit und die reiche Einbildungskraft in den Zeichnungen betrifft, die Zeit des dreizehnten und vierzehnten Jahrhunderts den späteren Zeiten und besonders der unsrigen weit vorzuziehen sei. Er habe zu spät angefangen, diesem Zweige des Altertumes, der beinahe ein Zweig der Kunst sei, seine Aufmerksamkeit zu widmen. Eine Sammlung solcher Stoffe müßte merkwürdig sein, er könne aber keine mehr anlegen, da sie Reisen durch ganz Europa, ja durch nicht unbedeutende Teile von Asien und Afrika voraussetze und wahrscheinlich die Kräfte eines einzelnen Mannes überschreite. Gesellschaften oder der Staat könnten solche Sammlungen zur Vergleichung, zur Belehrung, ja zur Bereicherung der Geschichte selber zu Stande bringen. In reichen Abteien, in den Kleiderschreinen alter berühmter Kirchen, in Schatzkammern und andern Behältnissen königlicher Burgen und größerer Schlösser dürfte sich Vieles finden, was dort zu entbehren wäre und in einer Sammlung Sprache und Bedeutung gewänne. Wie viel müßte nach den Kreuzzügen aus dem Morgenlande nach Europa gekommen sein, da selbst einfache Ritter mit dort gewonnener Beute an Gold und kostbaren Stoffen in die Heimat zurückgekehrt seien und sich Prunk außer bei kirchlichen Feierlichkeiten, Krönungen, Aufzügen, Kampfspielen auch im gewöhnlichen Verkehre mehr eingefunden hatte, als er früher gewesen war. Wie müßte dieser Zweig auch ein Licht auf die mit seinem Blühen ganz gleich laufende Zeit werfen, in welcher jene merkwürdigen Kirchen gebaut wurden, deren erhabene Überbleibsel noch heute unsere Bewunderung erregen, wie müßte er auch eine Beziehung eröffnen zur Verzierungskunst jener Zeit in Steinmetzarbeit, in Elfenbein- und Holzschnitzerei, ja zum Beginne der später blühenden großen Malerschulen in dem Norden und Süden Europas, und wie müßte er sogar auf Gedanken über Anschauungsweise der Völker, ihre Verbindungen und ihre Handelswege leiten. Tun das ja auch Münzen, tun es Siegel und andere, diesen untergeordnete Dinge. Roland sagte, er wolle nun solche Stoffe zu sammeln suchen.

Wir gingen an jenem Abende später auseinander als gewöhnlich.

Am anderen Morgen, als ich aufgestanden war und das beginnende Licht einen Ausblick durch die Fenster gestattete, sah ich frischen Schnee über alle Gefilde ausgebreitet, und in dichten Flocken, die um das Glas der Fenster spielten, fiel er noch immer von dem Himmel herunter. Der Wind hatte etwas nachgelassen, die Kälte mußte gestiegen sein. Wir machten an diesem Tage alle zusammen einen ziemlich großen Spaziergang. Im Garten wurde herumgegangen, ob etwas zu richten sei, die Gewächshäuser wurden besucht, in dem Meierhofe wurde nachgesehen und Abends wurde in dem Buche, welches von der Seidenweberei handelte, weiter gelesen. Der Schneefall hatte bis in die Dämmerung gedauert, dann kamen heitere Stellen an dem Himmel zum Vorscheine.

Wie diese zwei Tage vergangen waren, so vergingen nun mehrere, und mein Gastfreund begann nicht, seine Mitteilungen, welche er versprochen hatte, zu machen. Wir hatten außer der Zeit, die jeder in seiner Wohnung bei seinen Arbeiten zubrachte, manche Gänge durch die Gegend gemacht, was um so angenehmer war, als nach den stürmischen Tagen bei meiner Ankunft sich heiteres, stilles und kaltes Wetter eingestellt hatte. Ich war zu mancher Zeit in der Gesellschaft meines Gastfreundes, ich sah ihm zu, wenn er seine Vögel vor dem Fenster fütterte oder wenn er für Ernährung der Hasen außerhalb der Grenze seines Gartens sorgte, was des tiefen Schnees willen, der gefallen war, doppelt notwendig wurde, wir hatten weitere Fahrten in dem Schlitten gemacht, um Nachbarn zu besuchen, Manches zu besprechen oder die freie Luft und die Bewegung zu genießen, einmal war ich mit meinem Gastfreunde zu einer Brücke gefahren, die er mit mehreren Männern beschauen sollte, weil man vorhatte, sie im Frühlinge neu zu bauen – man hatte meinen Gastfreund nicht verschont und ihn mit Gemeindeämtern betraut –, mehrere Male waren wir in verschiedenen Teilen der Wälder gewesen, um bei dem Fällen der Hölzer nachzusehen, welche zum Bauen und zur Verarbeitung in dem Schreinerhause verwendet werden sollten, welche Fällung in dieser Jahreszeit vor sich gehen mußte; wir waren auch einmal im Inghofe gewesen und hatten die dortigen Gewächshäuser besehen. Der Hausverwalter und der Gärtner hatten uns bereitwillig und freundlich herum geführt. Der Herr des Besitztums war mit seiner Familie in der Stadt.

Eines Tages kam mein Gastfreund in meine Wohnung, was er öfter tat, teils um mich zu besuchen, teils um nach zu sehen, ob es mir nicht an etwas Notwendigem gebreche. Nachdem das Gespräch über verschiedene Dinge eine Weile gedauert hatte, sagte er: „Ihr werdet wohl wissen, daß ich der Freiherr von Risach bin."

„Lange wußte ich es nicht", antwortete ich, „jetzt weiß ich es schon eine geraume Zeit."

„Habt ihr nie gefragt?"

„Ich habe nach der ersten Nacht, die ich in eurem Hause zugebracht habe, einen Bauersmann gefragt, welcher mir die Antwort gab, ihr seiet der Aspermeier. An demselben Tage forschte ich auch in weiterer Entfernung, ohne etwas Genaues zu erfahren. Später habe ich nie mehr gefragt."

„Und warum habt ihr denn nie gefragt?"

„Ihr habt euch mir nicht genannt; daraus schloß ich, daß ihr nicht für nötig hieltet, mir euren Namen zu sagen, und daraus zog ich für mich die Maßregel, daß ich euch nicht fragen dürfe, und wenn ich euch nicht fragen durfte, durfte ich es auch einen andern nicht."

„Man nennt mich hier in der ganzen Gegend den Asperherrn", antwortete er, „weil es bei uns gebräuchlich ist, den Besitzer eines Gutes nach dem Gute, nicht nach seiner Familie zu benennen. Jener Name erbt in Hinsicht aller Besitzer bei dem Volke fort, dieser ändert sich bei einer Änderung des Besitzstandes, und da müßte das Volk stets wieder einen neuen Namen erlernen, wozu es viel zu beharrend ist. Einige Landleute nennen mich auch den Aspermeier, wie mein Vorgänger geheißen hat."

„Ich habe einmal zufällig euren richtigen Namen nennen gehört", sagte ich.

„Ihr werdet dann auch wissen, daß ich in Staatsdiensten gestanden bin", erwiderte er.

„Ich weiß es", sagte ich.

„Ich war für dieselben nicht geeignet", antwortete er.

„Dann sagt ihr etwas, dem alle Leute, die ich bisher über euch gehört habe, widersprechen. Sie loben eure Staatslaufbahn insgesammt", erwiderte ich.

„Sie sehen vielleicht auf einige einzelne Ergebnisse", antwortete er, „aber sie wissen nicht, mit welchem Ungemache des Entstehens diese aus meinem Herzen gekommen sind. Sie können auch nicht wissen, wie die Ergebnisse geworden wären, wenn ein Anderer von gleicher Begabung, aber von größerer Gemütseignung für den Staatsdienst, oder wenn gar einer von auch noch größerer Begabung sie gefördert hätte."

„Das kann man von jedem Dinge sagen", erwiderte ich.

„Man kann es", antwortete er, „dann soll man aber das, was nicht gerade mißlungen ist, auch nicht sogleich loben. Hört mich an. Der Staatsdienst oder der Dienst des allgemeinen Wesens überhaupt, wie er sich bis heute entwickelt hat, umfaßt eine große Zahl von Personen. Zu diesem Dienste wird auch von den Gesetzen eine gewisse Ausbildung und ein gewisser Stufengang in Erlangung dieser Ausbildung gefordert und muß gefordert werden. Je nachdem nun die Hoffnung vorhanden ist, daß einer nach Vollendung der geforderten Ausbildung und ihres Stufenganges sogleich im Staatsdienste Beschäftigung finden und daß er in einer entsprechenden Zeit in jene höheren Stellen empor rücken werde, welche einer Familie einen anständigen Unterhalt gewähren, widmen sich mehr oder wenigere Jünglinge der Staatslaufbahn. Aus der Zahl derer, welche mit gutem Erfolge den vorgeschriebenen Bildungsweg zurückgelegt haben, wählt der Staat seine Diener und muß sie im Ganzen daraus wählen. Es ist wohl kein Zweifel, daß auch außerhalb dieses Kreises Männer von Begabung für den Staatsdienst sind, von großer Begabung, ja von außerordentlicher Begabung; aber der Staat kann sie, jene ungewöhnlichen Fälle abgerechnet, wo ihre Begabung durch besondere Zufälle zur Erscheinung gelangt und mit dem Staate in Wechselwirkung gerät, nicht wählen, weil er sie nicht kennt und weil das Wählen ohne nähere Kenntnis und ohne die vorliegende

Gewähr der erlangten vorgeschriebenen Ausbildung Gefahr drohte und Verwirrung und Mißleitung in die Geschäfte bringen könnte.

Wie nun diejenigen, welche die Vorbereitungsjahre zurückgelegt haben, beschaffen sind, so muß sie der Staat nehmen. Oft sind selbst große Begabungen in größerer Zahl darunter, oft sind sie in geringerer, oft ist im Durchschnitte nur Gewöhnlichkeit vorhanden. Auf diese Beschaffenheit seines Personenstoffes mußte nun der Staat die Einrichtung seines Dienstes gründen. Der Sachstoff dieses Dienstes mußte eine Fassung bekommen, die es möglich macht, daß die zur Erreichung des Staatszweckes nötigen Geschäfte fortgehen und keinen Abbruch und keine wesentliche Schwächung erleiden, wenn bessere oder geringere einzelne Kräfte abwechselnd auf die einzelnen Stellen gelangen, in denen sie tätig sind. Ich könnte ein Beispiel gebrauchen und sagen, jene Uhr wäre die vortrefflichste, welche so gebaut wäre, daß sie richtig ginge, wenn auch ihre Teile verändert würden, schlechtere an die Stelle besserer, bessere an die Stelle schlechterer kämen. Aber eine solche Uhr dürfte kaum möglich sein. Der Staatsdienst mußte sich aber so möglich machen oder sich nach der Entwicklung, die er heute erlangt hat, aufgeben. Es ist nun einleuchtend, daß die Fassung des Dienstes eine strenge sein muß, daß es nicht erlaubt sein könne, daß ein Einzelner den Dienstesinhalt in einer andern Fassung als in der vorgeschriebenen anstrebe, ja daß sogar mit Rücksicht auf die Zusammenhaltung des Ganzen ein Einzelnes minder gut verrichtet werden muß, als man es, von seinem Standpunkte allein betrachtet, tun könnte. Die Eignung zum Staatsdienste von Seite des Gemütes, abgesehen von den andern Fähigkeiten, besteht nun auch in wesentlichen Teilen darin, daß man entweder das Einzelne mit Eifer zu tun im Stande ist, ohne dessen Zusammenhang mit dem großen Ganzen zu kennen, oder daß man Scharfsinn genug hat, den Zusammenhang des Einzelnen mit dem Ganzen zum Wohle und Zwecke des Allgemeinen einzusehen und daß man dann dieses Einzelne mit Lust und Begeisterung vollführt. Das letztere tut der eigentliche Staatsmann, das erste der sogenannte gute Staatsdiener. Ich war keins von beiden. Ich hatte von Kindheit an, freilich ohne es damals oder in den Jugendjahren zu wissen, zwei Eigenschaften, die dem Gesagten geradezu entgegen standen. Ich war erstens gerne der Herr meiner Handlungen. Ich entwarf gerne das Bild dessen, was ich tun sollte, selbst und vollführte es auch gerne mit meiner alleinigen Kraft. Daraus folgte, daß ich schon als Kind, wie meine Mutter erzählte, eine Speise, ein Spielzeug und dergleichen lieber nahm als mir geben ließ, daß ich gegen Hilfe widerspenstig war, daß man mich als Knaben und Jüngling ungehorsam und eigensinnig nannte, und daß man in meinen Männerjahren mir Starrsinn vorwarf. Das hinderte aber nicht, daß ich dort, wo mir ein Fremdes durch Gründe und hohe Triebfedern unterstützt gegeben wurde, dasselbe als mein Eigenes aufnahm und mit der tiefsten Begeisterung durchführte. Das habe ich einmal in meinem Leben gegen meine stärkste Neigung, die ich hatte, getan, um der Ehre und der Pflicht zu genügen. Ich werde es euch später erzählen. Daraus folgt, daß ich eigensinnig in der Bedeutung des Wortes, wie man es gewöhnlich nimmt, nicht gewesen bin und es auch im Alter, in dem man überhaupt immer milder wird, gewiß nicht bin. Eine zweite Eigenschaft von mir war, daß ich sehr gerne die Erfolge meiner Handlungen abgesondert von jedem Fremdartigen vor mir haben wollte, um klar den Zusammenhang des Gewollten und Gewirkten überschauen und mein Tun für die Zukunft regeln zu können. Eine Handlung, die nur gesetzt wird, um einer Vorschrift zu genügen oder eine Fassung zu vollenden, konnte mir Pein erregen. Daraus folgte, daß ich Taten, deren letzter Zweck ferne lag oder mir nicht deutlich war, nur lässig zu vollführen geneigt war, während ich Handlungen, wenn ihr Ziel auch sehr schwer und nur durch viele Mittelglieder zu erreichen war, mit Eifer und Lust zu Ende führte, sobald ich mir nur den Hauptzweck und die Mittelzwecke deutlich machen und mir aneignen konnte. Im ersten Falle vermochte ich es mir nur durch die Vorstellung, daß der Zweck wenn auch dunkel, doch ein hoher sei, abzuringen, daß ich mit aller Kraft an das Werk ging, wobei ich aber immer zum Eilen geneigt war, weshalb man mich auch ungeduldig schalt: im zweiten Falle gingen die Kräfte von selber an das Werk, und es wurde mit der größten Ausdauer und mit Verwendung aller gegebenen Zeit zu Stande gebracht, weshalb man mich auch wieder hartnäckig nannte. Ihr werdet in diesem Hause Dinge gesehen haben, aus denen euch klar geworden ist, daß ich Zwecke auch mit großer Geduld verfolgen kann. Sonderbar ist es überhaupt und dürfte von größerer Bedeutung sein, als man ahnt, daß mit dem zunehmenden Alter die Weitaussichtigkeit der Pläne wächst, man denkt an Dinge, die unabsehliche Strecken jenseits alles Lebenszieles liegen, was man in der Jugend nicht tut, und das Alter setzt mehr Bäume und baut mehr Häuser als die Jugend. Ihr seht, daß mir zwei Hauptdinge zum Staatsdiener fehlen, das Geschick zum Gehorchen, was eine Grundbedingung jeder Gliederung von Personen und Sachen ist, und das Geschick zu einer tätigen Einreihung in ein Ganzes und kräftiger Arbeit für Zwecke, die außer dem Gesichtskreise liegen, was nicht minder eine Grundbedingung für jede Gliederung ist. Ich wollte immer am Grundsätzlichen ändern und die Pfeiler verbessern, statt in einem Gegebenen nach Kräften vorzugehen, ich wollte die Zwecke allein entwerfen und wollte jede Sache so tun, wie sie für sich am besten ist, ohne auf das Ganze zu sehen und ohne zu beachten, ob nicht durch mein Vorgehen anderswo eine Lücke gerissen werde, die mehr schadet als mein Erfolg nützt. Ich wurde, da ich noch kaum mehr als ein Knabe war, in meine Laufbahn geführt, ohne daß ich sie und mich kannte, und ich ging in derselben fort, so weit ich konnte, weil ich einmal in ihr war und mich schämte, meine Pflicht nicht zu tun. Wenn einiges Gute durch mich zu Stande kam, so rührt es daher, daß ich einerseits in Betrachtung meines Amtes und seiner Gebote meinen Kräften eine mögliche Tätigkeit abrang und daß andererseits die Zeitereignisse solche Aufgaben herbei führten, bei denen ich die Pläne des Handelns entwerfen und selber durchführen konnte. Wie tief aber mein Wesen litt, wenn ich in Arten des Handelns, die seiner Natur entgegengesetzt sind, begriffen war, das kann ich euch jetzt kaum ausdrücken, noch wäre ich damals im Stande gewesen, es auszudrücken. Mir fiel in jener Zeit immer und unabweislich die Vergleichung ein, wenn etwas, das

Flossen hat, fliegen, und etwas, das Flügel hat, schwimmen muß. Ich legte deshalb in einem gewissen Lebensalter meine Ämter nieder. Wenn ihr fragt, ob es denn notwendig sei, daß sich in der Gliederung des Staatsdienstes eine so große Anzahl von Personen befinde, und ob man nicht einen Teil der allgemeinen Geschäfte, wie sie jetzt sind, zu besonderen Geschäften machen und sie besonderen Körperschaften oder Personen, die sie hauptsächlich angehen, überlassen könnte, wodurch eine größere Übersicht in den Staatsdienst käme und wodurch es möglich würde, daß sich hervorragende Begabungen mehr im Entwerfen und Vollführen von Plänen zu allgemeinem Besten geltend machen könnten: so antworte ich: diese Frage ist allerdings eine wichtige und ihre richtige Beantwortung von der größten Bedeutung; aber eben die richtige Beantwortung in allen ihren Einzelnheiten dürfte eine der schwersten Aufgaben sein, und ich getraue mir nicht, von mir zu behaupten, daß ich diese richtige Beantwortung zu geben im Stande wäre. Auch liegt dieser Gegenstand unserem heutigen Gespräche zu ferne, und wir können ein anderes Mal von ihm reden, so weit wir im Urteile über ihn zu kommen vermögen. Das ist gewiß: wenn auch im gegenwärtigen Staatsdienste Veränderungen notwendig sein sollten, und wenn die Veränderungen in dem früher angeführten Sinne vor sich gehen werden, so hat der gegenwärtige Zustand doch in den allgemeinen Umwandlungen, denen der Staat so wie jedes menschliche Ding und die Erde selbst unterworfen ist, sein Recht, er ist ein Glied der Kette und wird seinem Nachfolger so weichen, wie er selber aus seinem Vorläufer hervor gegangen ist. Wir haben schon vielmal über Lebensberuf gesprochen, und daß es so schwer ist, seine Kräfte zu einer Zeit zu kennen, in welcher man ihnen ihre Richtung vorzeichnen, das heißt, einen Lebensweg wählen muß. Wir hatten bei unsern Gesprächen hauptsächlich die Kunst im Auge, aber auch von jeder andern Lebensbeschäftigung gilt dasselbe. Selten sind die Kräfte so groß, daß sie sich der Betrachtung aufdrängen und die Angehörigen eines jungen Menschen zur Ergreifung des rechten Gegenstandes für ihn führen, oder daß sie selber mit großer Gewalt ihren Gegenstand ergreifen. Ich hatte außer den Eigenschaften meines Geistes, die ich euch eben darlegte, noch eine besondere, deren Wesenheit ich erst sehr spät erkannte. Von Kindheit an hatte ich einen Trieb zur Hervorbringung von Dingen, die sinnlich wahrnehmbar sind. Bloße Beziehungen und Verhältnisse sowie die Abziehung von Begriffen hatten für mich wenig Wert, ich konnte sie in die Versammlung der Wesen meines Hauptes nicht einreihen. Da ich noch klein war, legte ich allerlei Dinge aneinander und gab dem so Entstandenen den Namen einer Ortschaft, den ich etwa zufällig öfter gehört hatte, oder ich bog eine Gerte, einen Blumenstengel und dergleichen zu einer Gestalt und gab ihr einen Namen, oder ich machte aus einem Fleckchen Tuch den Vetter, die Muhme; ja sogar jenen abgezogenen Begriffen und Verhältnissen, von denen ich sprach, gab ich Gestalten und konnte sie mir merken. So erinnere ich mich noch jetzt, daß ich als Kind öfter das Wort Kriegswerbung hörte. Wir bekamen damals einen neuen Ahorntisch, dessen Plattenteile durch dunkelfarbige Holzkeile an einander gehalten wurden. Der Querschnitt dieser Keile kam als eine dunkle Gestalt an der Dicke der Platte quer über die Fuge zum Vorscheine, und diese Gestalt hieß ich die Kriegswerbung. Diese sinnliche Regung, die wohl alle Kinder haben, wurde bei mir, da ich heran wuchs, immer deutlicher und stärker. Ich hatte Freude an allem, was als Wahrnehmbares hervorgebracht wurde, an dem Keimen des ersten Gräsleins, an dem Knospen der Gesträuche, an dem Blühen der Gewächse, an dem ersten Reife, der ersten Schneeflocke, an dem Sausen des Windes, dem Rauschen des Regens, ja an dem Blitze und Donner, obwohl ich beide fürchtete. Ich ging zusehen, wenn die Zimmerleute Holz aushauten, wenn eine Hütte gezimmert, ein Brett angenagelt wurde. Ja, die Worte, die einen Gegenstand sinnlich vorstellbar bezeichneten, waren mir weit lieber als die, welche ihn nur allgemein angaben. So zum Beispiele traf es mich viel mächtiger, wenn jemand sagte: der Graf reitet auf dem Schecken, als: er reitet auf einem Pferde. Ich zeichnete mit einem Rotstifte Hirsche, Reiter, Hunde, Blumen, mit Vorliebe aber Städte, von denen ich ganz wunderbare Gestalten zusammensetzte. Ich machte aus feuchtem Lehm Palläste, aus Holzrinde Altäre und Kirchen. Ich nenne diesen Trieb Schaffungslust. Er ist bei vielen Menschen mehr oder minder vorhanden. Eine noch größere Zahl aber hat die Bewahrungslust, von der der Geiz eine häßliche Abart ist. Selbst in späteren Jahren trat diese Lust nicht zurück. Da ich einmal an unserem schönen Strome zu wohnen kam und im ersten Winter zum ersten Male das Treibeis sah, konnte ich mich nicht satt sehen an dem Entstehen desselben und an dem gegenseitigen Anstoßen und Abreiben der mehr oder minder runden Kuchen. Selbst in den nächstfolgenden Wintern stand ich oft stundenlange an dem Ufer und sah den Eisbildungen zu, besonders der Entstehung des Standeises. Das, was Vielen so unangenehm ist, das Verlassen einer Wohnung und das Beziehen einer andern, machte mir Lust. Mich freute das Einpacken, das Auspacken und die Instandsetzung der neuen Räume. In den Jünglingsjahren trat eine weitere Seite dieses Triebes hervor. Ich liebte nicht bloß Gestalten, sondern ich liebte schöne Gestalten. Dies war wohl auch schon in dem Kindertriebe vorhanden. Rote Farben, sternartige oder vielverschlungene Dinge sprachen mich mehr an als andere. Es kam aber diese Eigenschaft damals weniger zum Bewußtsein. Als Jüngling begehrte ich die Gestalten wie sie als Körper aus der Bildhauerei und Baukunst hervor gehen, als Flächen, Linien und Farben aus der Malerei, als Folge der Gefühle in der Musik, der menschlich sittlichen und der irdisch merkwürdigen Zustände in der Dichtkunst. Ich gab mich diesen Gestalten mit Wärme hin und verlangte Gebilde, die ihnen ähnlich sind im Leben. Felsen, Berge, Wolken, Bäume, die ihnen glichen, liebte ich, die entgegengesetzten verachtete ich. Menschen, menschliche Handlungen und Verhältnisse, die ihnen entsprachen, zogen mich an, die andern stießen mich ab. Es war, ich erkannte es spät, im Grunde die Wesenheit eines Künstlers, die sich in mir offenbarte und ihre Erfüllung heischte. Ob ich ein guter oder ein mittelmäßiger Künstler geworden wäre, weiß ich nicht. Ein großer aber wahrscheinlich nicht, weil dann nach allem Vermuten doch die Begabung durchgebrochen wäre und ihren Gegenstand ergriffen hätte. Vielleicht irre ich mich auch darin, und es war mehr bloß die Anlage des

Kunstverständnisses, was sich offenbarte, als die der Kunstgestaltung. Wie das aber auch ist: in jedem Falle waren die Kräfte, die sich in mir regten, dem Wirken eines Staatsdieners eher hinderlich als förderlich. Sie verlangten Gestalten und bewegten sich um Gestalten. So wie aber der Staat selber die Ordnung der gesellschaftlichen Beziehungen der Menschen ist, also nicht eine Gestalt, sondern eine Fassung: so beziehen sich die Ergebnisse der Arbeiten der Staatsmänner meist auf Beziehungen und Verhältnisse der Staatsglieder oder der Staaten, sie liefern daher Fassungen, nicht Gestalten. So wie ich in der Kindheit oft den abgezogenen Begriffen eine Gestalt leihen mußte, um sie halten zu können, so habe ich oft in gereiften Jahren im Staatsdienste, wenn es sich um Staatsbeziehungen, um Forderungen anderer Staaten an uns oder unseres Staates an andere handelte, mir die Staaten als einen Körper und eine Gestalt gedacht und ihre Beziehungen dann an ihre Gestalten angeknüpft. Auch habe ich nie vermocht, die bloßen eigenen Beziehungen oder den Nutzen unseres Staates allein als das höchste Gesetz und die Richtschnur meiner Handlungen zu betrachten. Die Ehrfurcht vor den Dingen, wie sie an sich sind, war bei mir so groß, daß ich bei Verwicklungen, streitigen Ansprüchen und bei der Notwendigkeit, manche Sachen zu ordnen, nicht auf unsern Nutzen sah, sondern auf das, was die Dinge nur für sich forderten und was ihrer Wesenheit gemäß war, damit sie das wieder werden, was sie waren, und das, was ihnen genommen wurde, erhalten, ohne welchem sie nicht sein können, was sie sind. Diese meine Eigenschaft hat mir manchen Kummer bereitet, sie hat mir hohen Tadel zugezogen; aber sie hat mir auch Achtung und Anerkennung eingebracht. Wenn meine Meinung angenommen und ins Werk gesetzt worden war, so hatte die neue Ordnung der Dinge, weil sie auf das Wesentliche ihrer Natur gegründet war, Bestand, sie brachte in so ferne, weil wir vor erneuerten Unordnungen, also vor wiederholter Kraftanstrengung geschützt waren, unserem Staate einen größeren Nutzen, als wenn wir früher den einseitigen angestrebt hätten, und ich erhielt Ehrenzeichen, Lob und Beförderung. Wenn ich in jenen Tagen der schweren Arbeit eine Ruhezeit hatte und auf einer kleinen Reise die erhabene Gestalt eines Berges sah oder eine Hügelreihe sich türmender Wolken oder die blauen Augen eines freundlichen Landmädchens oder den schlanken Körper eines Jünglings auf einem schönen Pferde – oder wenn ich auch nur in meinem Zimmer vor meinen Gemälden stand, deren ich damals schon manche sammelte, oder vor einer kleinen Bildsäule, so verbreitete sich eine Ruhe und ein Wohlbehagen über mein Inneres, als wäre es in seine Ordnung gerückt worden. Wenn ein künstlerisches Gestaltungsvermögen in mir war, so war es das eines Baumeisters oder eines Bildhauers oder auch noch das eines Malers, gewiß aber nicht das eines Dichters oder gar eines Tonsetzers. Die ersteren Gegenstände zogen mich immer mehr an, die letzteren standen mir ferner. Wenn es aber mehr eine Kunstliebe war, was sich in mir äußerte, nicht eine Schöpfungskraft, so war es immerhin auch ein Vermögen der Gestalten, aber nur eines, die Gestalten aufzunehmen. Wenn diese Art von Eigentümlichkeit den Besitzer zunächst beglückt, wie ja jede Kraft, selbst die

Schaffungskraft, zuerst ihres Besitzers willen da ist, so bezieht sie sich doch auch auf andere Menschen, wie in zweiter Hinsicht jede Kraft, selbst die eigenste eines Menschen, nicht in ihm verschlossen bleiben kann, sondern auf andere übergeht. Es ist eine sehr falsche Behauptung, die man aber oft hört, daß jedes große Kunstwerk auf seine Zeit eine große Wirkung hervorbringen müsse, daß ferner das Werk, welches eine große Wirkung hervor bringt, auch ein großes Kunstwerk sei, und daß dort, wo bei einem Werke die Wirkung ausbleibt, von einer Kunst nicht geredet werden kann. Wenn irgend ein Teil der Menschheit, ein Volk, rein und gesund am Leibe und an der Seele ist, wenn seine Kräfte gleichmäßig entwickelt, nicht aber nach einer Seite unverhältnismäßig angespannt und tätig sind, so nimmt dieses Volk ein reines und wahres Kunstwerk treu und warm in sein Herz auf, wozu es keiner Gelehrsamkeit, sondern nur seiner schlichten Kräfte bedarf, die das Werk als ein ihnen Gleichartiges aufnehmen und hegen. Wenn aber die Begabungen eines Volkes, und seien sie noch so hoch, nach einer Richtung hin in weiten Räumen voraus eilen, wenn sie gar auf bloße Sinneslust oder auf Laster gerichtet sind, so müssen die Werke, welche eine große Wirkung hervor bringen sollen, auf jene Richtung, in der die Kräfte vorzugsweise tätig sind, hinzielen, oder sie müssen Sinneslust und Laster darstellen. Reine Werke sind einem solchen Volke ein Fremdes, es wendet sich von ihnen. Daher rührt die Erscheinung, daß edle Werke der Kunst ein Zeitalter rühren und begeistern können, und daß dann ein Volk kömmt, dem sie nicht mehr sprechen. Sie verhüllen ihr Haupt und harren bis andere Geschlechter an ihnen vorüber wandeln, die wieder reines Sinnes sind und zu ihnen empor blicken. Diesen lächeln sie und von diesen werden sie wieder wie herübergerettete Heiligtümer in Tempel gebracht. In entarteten Völkern blüht zuweilen, aber sehr selten, ein reines Werk wie ein vereinsamter Strahl hervor, es wird nicht beachtet und wird später von einem Menschenforscher entdeckt, wie jener Gerechte in Sodoma. Damit aber der Dienst der Kunst leichter werde, sind in jedem Zeitalter solche, denen ein tieferer Sinn für Kunstwerke gegeben ward, sie sehen mit klarerem Auge in ihre Teile, nehmen sie mit Wärme und Freude in ihr Herz und übergeben sie so ihren Mitmenschen. Wenn man die Erschaffenden Götter nennt, so sind jene die Priester dieser Götter. Sie verzögern den Schritt des Unheiles, wenn der Kunstdienst zu verfallen beginnt, und sie tragen, wenn es nach der Finsternis wieder hell werden soll, die Leuchte voran. Wenn ich nun ein solcher war, wenn ich bestimmt war, durch Anschauung hoher Gestalten der Kunst und der Schöpfung, die mir ja immer mit freundlichen Augen zugewinkt haben, Freude in mein Herz zu sammeln, und Freude, Erkenntnis und Verehrung der Gestalten auf meine Mitmenschen zu übertragen, so war mir meine Staatslaufbahn in diesem Berufe wieder sehr hinderlich, und dürftige Spätblüten können den Sommer, dessen kräftige Lüfte und warme Sonne unbenützt vorüber gingen, nicht ersetzen. Es ist traurig, daß man sich nicht so leicht den Weg, der der vorzüglichste in jedem Leben sein soll, wählen kann. Ich wiederhole, was wir oft gesagt haben und womit euer ehrwürdiger Vater auch übereinstimmt, daß der Mensch seinen Lebensweg seiner selbst willen zur vollständigen

Erfüllung seiner Kräfte wählen soll. Dadurch dient er auch dem Ganzen am Besten, wie er nur immer dienen kann. Es wäre die schwerste Sünde, seinen Weg nur ausschließlich dazu zu wählen, wie man sich so oft ausdrückt, der Menschheit nützlich zu werden. Man gäbe sich selber auf und müßte in den meisten Fällen im eigentlichen Sinne sein Pfund vergraben. Aber was ist es mit der Wahl? Unsere gesellschaftlichen Verhältnisse sind so geworden, daß zur Befriedigung unserer stofflichen Bedürfnisse ein sehr großer Aufwand gehört. Daher werden junge Leute, ehe sie sich selber bewußt werden, in Laufbahnen gebracht, die ihnen den Erwerb dessen, was sie zur Befriedigung der angeführten Bedürfnisse brauchen, sichern. Von einem Berufe ist da nicht die Rede. Das ist schlimm, sehr schlimm, und die Menschheit wird dadurch immer mehr eine Herde. Wo noch eine Wahl möglich ist, weil man nicht nach sogenanntem Broderwerbe auszugehen braucht, dort sollte man sich seiner Kräfte sehr klar bewußt werden, ehe man ihnen den Wirkungskreis zuteilt. Aber muß man nicht in der Jugend wählen, weil es sonst zu spät ist? Und kann man sich in der Jugend immer seiner Kraft bewußt werden? Es ist schwierig, und mögen, die beteiligt sind, darüber wachen, daß weniger leichtsinnig verfahren werde. Lasset uns über diesen Gegenstand abbrechen. Ich wollte euch das, was ich gesagt habe, sagen, ehe ich euch erzähle, wie ich mit den Angehörigen eurer künftigen Braut zusammenhänge. Ich sagte es euch, damit ihr ungefähr den Stand beurteilen könnt, auf dem ich nun stehe. Wir wollen zur Fortsetzung eine andere Zeit bestimmen."
Nach diesen Worten ging das Gespräch auf andere Gegenstände über, wir machten dann auch einen Spaziergang, dem sich auch Gustav zugesellte.

Der Rückblick

Ohne daß ich eine nähere oder entferntere Aufforderung oder Bitte gemacht hätte, fuhr mein Gastfreund nach Verlauf eines Tages in seinen Mitteilungen fort. Er hatte gefragt, ob er eine Zeit in meinem Zimmer zubringen dürfe, und ich hatte es begreiflicher Weise bejaht. Wir saßen an einem angenehmen und stillen Feuer, das von sehr großen und dichten Buchenklötzen unterhalten wurde, er lehnte sich in seinem Polsterstuhle zurück und sagte: "Ich möchte, wenn es euch genehm ist, heute meine Mitteilungen an euch vollenden. Ich habe Sorge getragen, daß wir nicht gestört werden, ihr dürft nur sagen, ob ihr mich hören wollt."
„Ihr wißt, daß es mir nicht nur angenehm, sondern auch meine Pflicht ist", antwortete ich.
„Zuerst muß ich von mir erzählen", begann er, „es dürfte so notwendig sein. Ich bin im Dorfe Dallkreuz in dem sogenannten Hinterwalde geboren worden. Ihr wißt, daß der Name Hinterwald nicht mehr so viel zu bedeuten hat, als er sagt. Einmal war er wie über die ganze Gegend, welche von unserem Strome als ein Gebilde von Hügeln nordwärts

geht, auch über die Gründe von Dallkreuz verbreitet. Dallkreuz war damals nicht, und sein Entstehen mochte mit dem Aufschlagen von einigen Holzarbeiterhütten begonnen haben. Jetzt sind Felder, Wiesen und Weiden über das ganze Hügelland gebreitet, und einige Reste der alten Waldungen schauen ernst auf diese Gründe herab. Das Haus meines Vaters stand außerhalb des Ortes in der Nähe einiger anderer, war aber doch frei genug, um auf Wiesen, Felder, Gärten und im Süden auf ein sehr schönes blaues Waldband zu sehen. Als ich ein Knabe von zehn Jahren war, kannte ich alle Bäume und Gesträuche der Gegend und konnte sie nennen, ich kannte die vorzüglichsten Pflanzen und Gesteine, ich kannte alle Wege, wußte, wohin sie führten und war in allen benachbarten Orten schon gewesen, die sie berühren. Ich kannte alle Hunde von Dallkreuz, wußte, welche Farben sie hatten, wie sie hießen und wem sie gehörten. Ich liebte die Wiesen, die Felder, die Gesträuche, unser Haus außerordentlich, und unsere Kirchenglocken däuchten mir das Lieblichste und Anmutigste, was es nur auf Erden geben kann. Meine Eltern lebten in Frieden und Eintracht, ich hatte noch eine Schwester, welche meine Knabenfahrten mit mir machen mußte. Zu unserem Hause, das nur ein Erdgeschoß hatte, welches aber schneeweiß war und weithin in dem Grün leuchtete, gehörten Wiesen, Felder und Wäldchen. Der Vater ließ aber das durch Knechte verwalten, er selber trieb einen Handel mit Flachs und Linnen, der ihn auf vielfache Reisen führte. Ich wurde, da ich noch ein Kind war, zu dem Erben dieser Dinge bestimmt, sollte aber vorher auf einer Lehranstalt die notwendige Ausbildung bekommen. Der Vater hatte, als dessen Eltern, die ich nur wenig gekannt hatte, gestorben waren, keine Verwandten mehr. Meine Mutter, die der Vater von ferne her geholt hatte, hatte noch einen Bruder, der aber mit ihr, weil sie als von einem wohlhabenden Hause stammend eine Verbindung unter ihrem Stande, wie er sich ausdrückte, geschlossen hatte, zerfallen war und durch nichts versöhnt werden konnte. Wir wußten nichts von ihm, man vermied es, seiner Erwähnung zu tun, und oft in einem ganzen Jahre wurde sein Name nicht genannt. Die Zustände meines Vaters aber blühten empor, und er war fast der Angesehenste in der Gegend. In dem Jahre, nach dessen Ende ich in die Lehranstalt abgehen sollte, trafen mehrere Unglücksfälle ein. Hagelschaden verwüstete die Felder, ein Teil des Gebäudes brannte ab, und als das alles wieder hergestellt und in das Geleise gebracht worden war, starb der Vater eines plötzlichen, unvorhergesehenen Todes. Ein lässiger Vormund, hinterlistige Handelsfreunde, welche zweifelhafte Forderungen stellten, und ein unglücklicher Prozeß, der daraus entsprang, brachten für die Mutter eine Lage herbei, in welcher sie mit Sorgen für unsere Zukunft zu kämpfen hatte. Sie war, da man endlich alles zur Ruhe gebracht hatte, auf das Notdürftigste beschränkt. Ich mußte im Herbste das geliebte Haus, das geliebte Tal und die geliebten Angehörigen verlassen. Mit ärmlicher Ausstattung ging ich an der Hand eines größeren Schülers zu Fuß den ziemlich weiten Weg in die Lehranstalt. Dort gehörte ich zu den Dürftigsten. Aber die Mutter sandte das, was sie senden konnte, so genau und zu rechter Zeit, daß ich nie viel, aber doch das zum Bestehen Nötige hatte. Es war an der Anstalt Sitte, daß die Knaben in den höheren Abteilungen denen in den niedreren außerordentlichen Unterricht erteilten und dafür ein Entgelt bekamen. Da ich einer der besten Schüler war, so wurden mir in meinem vierten Lehrjahre schon einige Knaben zum Unterrichten zugeteilt, und ich konnte der Mutter die Auslagen für mich erleichtern. Nach zwei Jahren erwarb ich mir bereits so viel, daß ich meinen ganzen Unterhalt selbst bestreiten konnte. Jede Jahresferien brachte ich bei der Mutter und Schwester in dem weißen Hause zu. Von dem Antreten des Hauses als Erbschaft war nun keine Rede mehr. Ich dachte, ich werde mir durch meine Kenntnisse eine Stellung verschaffen und das Haus und den Grundbesitz einmal als Notpfennig der Schwester überlassen. So war die Zeit heran gekommen, in welcher ich mich für einen Lebensberuf entscheiden mußte. Die damals übliche Vorbereitungsschule, die ich eben zurückgelegt hatte, führte nur zu einigen Lebensstellungen und machte zu andern eher untauglich als tauglich. Ich entschloß mich für den Staatsdienst, weil mir die andern Stufen, zu denen ich von meinen jetzigen Kenntnissen emporsteigen konnte, noch weniger zusagten. Meine Mutter konnte mir mit keinem Rate beistehen. Ich hatte mir ein kleines Sümmchen durch außerordentliche Sparsamkeit zusammengelegt. Mit diesem und tausend Segenswünschen der Mutter versehen und mit den Abschiedstränen der geliebten Schwester benetzt begab ich mich auf die Reise in die Stadt. Zu Fuße wanderte ich durch unser Tal hinaus, und suchte durch allerlei Betrachtungen die Tränen zu ersticken, welche mir immer in die Augen steigen wollten. Als unsere Wäldergestalten hinter mir lagen, als die Herbstsonne schon auf ganz andere Felder schien, als ich durch meine Jugend hindurch gesehen hatte, wurde mein Gemüt nach und nach leichter, und ich durfte nicht mehr fürchten, daß mir jeder, der mir begegnete, ansehen könne, daß mir das Weinen so nahe sei. Die Entschlossenheit, welche mir eingegeben hatte, in die große Stadt zu gehen und dort mein Heil in dem Berufe eines Staatsdieners zu suchen, ließ mich immer fester und rascher meinen Weg verfolgen und tausend glänzende Schlösser in die Luft bauen. Als ich an jenem Rande angekommen war, wo unser höheres Land in großen Absätzen gegen den Strom hinabgeht und ganz andere Gestaltungen anfangen, sah ich noch einmal um, segnete das Mutterherz, das nun beinahe schon eine Tagereise weit hinter mir lag, streichelte gleichsam mit den Fingern die schönen, langwimperigen Augenlider der Schwester, die immer etwas blaß aussah, segnete unser weißes Haus mit dem roten Dache, segnete all die Felder und Wäldchen, die hinter mir lagen und die ich durchwandelt hatte, und stieg, nun wirklich schwere Tränen in den Augen tragend, in den tiefen Weg hinunter, welcher damals unter hohem Laubdache hingehend einen der Pässe ausmachte, die das rauhere Oberland mit dem tiefen Stromlande verbinden. Ich konnte nun, nachdem ich drei Schritte gemacht hatte, die Gestaltungen meines Geburtslandes nicht mehr sehen, nur sein Rand war alles, was meine Augen erreichen konnten und was mich noch lange begleiten würde. Ganz andere Bildungen lagen vor mir. Es war mir, ich müsse umkehren, um nur noch einmal zurück schauen zu können. Ich tat es aber nicht, weil ich mich vor mir selber schämte, und ich ging beeiligten Schrittes den Weg hinunter und immer tiefer hinunter. Ich durfte auch nichts verzögern, wenn ich vor Einbruch der Nacht noch zu dem Strome hinunter gelangen wollte, auf dem mich am andern Morgen ein Schiff weiter tragen sollte. Die herbstliche Abendsonne spielte durch die Zweige, manche Kohlmeise ließ einen Ruf erschallen, wie ihn die hatten erschallen lassen, welche jetzt noch in meinen heimatlichen Bergwäldchen verweilen, mancher Fuhrmann, mancher Wanderer begegnete mir, ich ging mit ernstem Herzen weiter, und als die Sonne untergegangen war, hörte ich das Rauschen des Stromes, der mir nun so wichtig geworden war, und sah sein goldenes abendliches Glänzen."

„Ich vergesse mich", unterbrach sich hier mein Gastfreund, „und erzähle euch Dinge, die nicht wichtig sind; aber es gibt Erinnerungen, die, wie unbedeutende Gegenstände sie auch für Andere betreffen, doch für den Eigentümer im höchsten Alter so kräftig dastehen, als ob sie die größte Schönheit der Vergangenheit enthielten."

„Ich bitte euch", entgegnete ich, „fahret so fort und entzieht mir nicht die Bilder, die euch aus früheren Zeiten übrig sind, sie gehen schöner in das Gemüt und verbinden leichter, was verbunden werden soll, als wenn von dem lebendigen Leben ein flacher Schatten gegeben werden sollte. Auch ist meine Zeit, wenn anders die eurige nicht strenger zugemessen ist, kein Hindernis, daß ihr mir irgend etwas vorenthalten solltet."

„Meine Zeit", antwortete er, „ist entweder so gemessen, daß ich nichts Anderes tun sollte, als auf mein Ende sehen, oder daß ich über sie verfügen kann, wie ich will; denn was sollte ein so alter Mann noch Ausschließliches zu tun haben? Er mag für die paar Stunden, die ihm übrig sind, noch Blumen zurecht legen, wie er will. Ich tue ja eigentlich hier auf dieser Besitzung nichts anders. Auch dürfte das, was ich euch sagen will, für euch nicht ganz unwichtig sein, wie sich wohl in der Folge zeigen wird. Ich fahre daher fort, wie sich eben unter den Worten die Erzählung gibt."

„Die Nacht verbrachte ich in gutem Schlummer, und der erste Morgen sah mich auf einem jener rohen, kleinen Schiffe, wie sie damals mit verschiedenen Gütern beladen unsern Strom abwärts befuhren, und auch Menschen mit sich nahmen. Mehrere junge Leute, die entweder ganz gleichen oder ähnlichen Beruf mit mir verfolgten, standen auf dem Verdecke und legten sogar manches Mal Hand an die Ruder, da unser Schiff auf dem breiten, rauschenden Strome sich abwärts bewegte und die kleine Stadt, die uns Nachtherberge gegeben hatte, sich aus den Morgennebeln ringend unsern Augen immer weiter und weiter zurück trat. Manches Lied, mancher Spruch, der aus der Schar meiner Begleiter hervortrat, machte seine Wirkung auf mich, und ich wurde stärker und entschlossener."

„Als am Abende des zweiten Tages unserer Wasserfahrt der hohe schlanke Turm der Stadt, deren Miteinwohner ich nun werden sollte, gleichsam luftig blau unter den Gebüschen der Ufer sichtbar wurde, als man sich rief und das Zeichen sich zeigte, das man nun nach Verlauf von etwas mehr als einer Stunde erreichen werde, wollte mir das Herz im Busen wieder unruhiger pochen. Dieses Merkmal vergangener Menschenalter, dachte ich, welches so viele große und gewaltige Schicksale gesehen hatte, wird nun auch auf dein kleines Geschick herabsehen, es mag sich nun gut oder übel abspinnen, und wird, wenn es längstens abgelaufen ist, wieder auf Andere schauen. Wir fuhren rascher zu, weil alles hoffnungsvoll die Ruder führte, die Entschloßneren sangen ein Lied, und ehe noch die Stunde um war, legte unser Schiff an der steinernen Einfassung des Flusses im Angesichte sehr großer Häuser an. Ein älterer Schüler, der schon zwei Jahre in der Stadt zugebracht hatte und jetzt von den bei seinen Eltern verlebten Ferien zurückkehrte, erbot sich, mir einen Gasthof zur Unterkunft zu zeigen und mir morgen zur Auffindung eines Wohnzimmerchens für mich behilflich zu sein. Ich nahm es dankbar an. Unter dem Torwege des Gasthofes, in den er mich geführt hatte, nahm er Abschied von mir und versprach, mich morgen mit Tagesanbruch zu besuchen. Er hielt Wort, ehe ich angekleidet war, stand er schon in meinem Zimmer, und ehe die Sonne den Mittag erreichte, waren meine Sachen schon in einem Mietzimmerchen, das wir für mich gefunden hatten, untergebracht. Er verabschiedete sich und suchte seine wohlbekannten Kreise auf. Ich habe ihn später selten mehr gesehen, da uns nur die Schiffahrt zusammengebracht hatte und da seine Laufbahn eine ganz andere war als die meine. Als ich von meinem Stübchen ausging, die Stadt zu betrachten, befiel mich wieder eine sehr große Bangigkeit. Diese ungeheure Wildnis von Mauern und Dächern, dieses unermeßliche Gewimmel von Menschen, die sich alle fremd sind und an einander vorübereilen, die Unmöglichkeit, wenn ich einige Gassen weit gegangen war, mich zurecht zu finden, und die Notwendigkeit, wenn ich nach Hause wollte, mich Schritt für Schritt durchfragen zu müssen, wirkte sehr niederdrückend auf mich, der ich bisher immer in einer Familie gelebt hatte und stets an Orten gewesen war, in denen ich alle Häuser und Menschen kannte. Ich ging zu dem Vorstande der Rechtsschule, um mich für die Vorbereitungsjahre zum Staatsdienste einschreiben zu lassen. Er nahm mich meiner trefflichen Zeugnisse willen sehr gut auf und ermahnte mich, durch die große Stadt mich von meinem Fleiße nicht abbringen zu lassen. Ach Gott, die große Stadt war für mich bei meinen so kargen Mitteln nichts als ein Wald, dessen Bäume auf mich keine Beziehung haben, und sie trieb mich durch ihre Fremdartigkeit eher zum Fleiße an, als daß sie mich abgehalten hätte. Am Tage der Eröffnung des Unterrichtes ging ich, der ich nun doch schon einige auf mich bezügliche Wege wußte, in die hohe Schule. Dort wogte ein großes Gewimmel durch einander. Alle Fächer wurden hier gelehrt, und für alle Fächer fanden sich Schüler. Die meisten sahen sehr begabt, gebildet und behende aus, so daß ich wieder im Glauben an meine nur geringen Kräfte zu zagen anfing, hier gleichen Schritt halten zu können. Ich begab mich in den Lehrsaal, in den ich gehörte, und setzte mich auf einen der mittleren Plätze. Die Lehrstunde begann und ging vorüber, so wie nun viele nach und nach begannen und vorüber gingen. Sie und die ganze Stadt hatten noch immer etwas Ungewöhnliches für mich. Das Liebste war mir, in meinem Stübchen zu sitzen, an meine Vergangenheit zu denken und sehr lange Briefe an meine Mutter zu schreiben."

„Als einige Zeit verflossen war, wuchs mir Mut und Kraft im Herzen. Unser Lehrer, ein würdiger Rat in der Rechtsversammlung der Schule, lehrte fragend. Ich schrieb getreulich seine Lehren in meine Hefte. Als schon eine große Zahl meiner Mitschüler gefragt worden war, als endlich die Reihe auch mich getroffen hatte, erkannte ich, daß ich Vielen, die mich an Kleidern und äußerem Benehmen übertrafen, in unserem Lehrfache nicht nachstehe, sondern einer großen Zahl vor sei. Dies lehrte mich nach und nach die mir bisher fremd gebliebenen Verhältnisse der Stadt würdigen, und sie wurden mir immer mehr und mehr vertraut. Einige Schüler hatte ich schon früher gekannt, da sie vor mir von der nehmlichen Lehranstalt, in der ich bisher gewesen war, hieher übergetreten waren; andere lernte ich noch kennen. Als meine Barschaft, mit der ich sehr strenge Haus hielt, sich schon sichtlich zu verringern begann, wurde ich von einem meiner Mitschüler, der mein Nachbar auf der Schulbank war und aus meinem Munde gehört hatte, daß ich früher Unterricht gegeben habe, aufgefordert, seine zwei kleinen Schwestern zu unterrichten. Wir hatten durch die tägliche Berührung eine Art Freundschaft geschlossen und waren einander geneigt. Als er daher zu Hause gehört hatte, daß man für die zwei kleinen Mädchen einen Lehrer suche, schlug er mich vor und erzählte mir auch von der Sache. Die Eltern wollten mich sehen, er führte mich zu ihnen und ich wurde angenommen. Auch hatten die Schritte, welche ich selber nach meiner Berechnung der Dinge getan hatte, um durch Erteilung von Unterricht einen Erwerb zu bekommen, Erfolg. Sie hatten zwar keinen bedeutenden, auf einen solchen hatte ich nicht gerechnet, aber sie hatten doch einen. So war das in Erfüllung gegangen, was ich durch meine Umsiedlung in die große Stadt angestrebt hatte. Ich lebte jetzt sorgenfrei, hatte in dem Hause meines Freundes, in welches ich öfter geladen wurde, eine Gattung Familienumgang und konnte mit allem Eifer der Erlernung meines Faches mich widmen."

„In den ersten Ferien besuchte ich die Mutter und Schwester. Ich hatte die besten Zeugnisse in meinem Koffer und konnte ihnen von meinen sehr guten anderweitigen Erfolgen erzählen; denn gegen das Ende des Schuljahres hatten sich diese sehr gebessert. Mit ganz anderem Herzen als vor einem Jahre konnte ich nach dem Ende der Ferien das mütterliche Haus verlassen, und die Reise in die Stadt antreten."

„Nach dem zweiten Jahre konnte ich die Meinigen nicht mehr besuchen. Ich war in der Stadt bekannt geworden, die Art, wie ich Kinder unterrichtete, sagte vielen Familien zu, man suchte mich und gab mir auch einen größeren Lohn. Ich konnte mir dadurch mehr erwerben, legte mir stets etwas als Sparpfennig zurück und hatte bei der Freudigkeit meines Gemütes über diesen Fortgang Kraft genug, neben meinem Fache auch noch meine Lieblingswissenschaften Mathematik und Naturlehre zu betreiben. Nur das Einzige war störend, daß die Familien, bei denen ich Unterricht gab, nicht gerne sahen, daß ich durch eine Reise den Unterricht unterbreche. Es war diese Forderung eine begreifliche, ich blieb mit den Meinigen in einem lebhafteren Briefwechsel als früher und verabredete mit ihnen, daß ich nicht eher als nach Beendigung meines Lehrganges sie wieder besuchen, dann aber einige Monate bei ihnen bleiben wolle. Hiemit waren auch die, in deren Dienste ich stand, zufrieden."

„Die Stadt, welche mir Anfangs so unheimlich gewesen war, wurde mir immer lieber. Ich gewöhnte mich daran, immer fremde Menschen in den Gassen und auf den Plätzen zu sehen und darunter nur selten einem Bekannten zu begegnen; es erschien mir dieses so weltbürgerlich, und wie es früher mein Gemüt niedergedrückt hatte, so stählte es jetzt dasselbe. Einen schönen Einfluß übten auf mich die großen wissenschaftlichen und Kunsthilfsmittel, welche die Stadt besitzt.

Ich besuchte die Büchersammlungen, die der Gemälde, ich ging gerne in das Schauspiel und hörte gute Musik. Es lebte von jeher ein großer Eifer für wissenschaftliche Bestrebungen in mir, und ich konnte demselben jetzt bei der Heiterkeit meiner Lage Nahrung geben. Was ich bedurfte und was ich durch meine Mittel mir nicht hätte anschaffen können, fand ich in den Sammlungen. Da ich den sogenannten Vergnügungen nicht nachging, sondern in meinen Bestrebungen mein Vergnügen fand, so hatte ich Zeit genug, und weil ich gesund und stark war, reichte auch meine Kraft aus. In hohem Maße befriedigten mich einige schöne Gebäude, besonders Kirchen, dann Bildsäulen und Gemälde. Ich brachte manchen Tag damit zu, mich in die Betrachtung der kleinsten Teile dieser Dinge zu vertiefen. Auch hatte ich manche Familien kennen gelernt, wurde bei ihnen aufgenommen und bildete nach und nach meinen Umgang mit Menschen etwas mehr heraus."

„Da ich in dem zweiten Jahre meiner Lernzeit war, vermählte sich meine Schwester. Ich hatte ihren jetzigen Gatten schon früher gekannt. Er war ein sehr guter Mann, hatte keine Leidenschaften, keine übeln Gewohnheiten, war häuslich sogar auch tätig, hatte eine angenehme Körpererscheinung, war aber sonst nichts mehr. Diese Vermählung hatte mir keine Freude und kein Leid gemacht. Da ich meine Schwester so liebte, so war mir stets, daß sie nie einen andern Mann als den allerherrlichsten bekommen solle. Dies war nun wohl nicht der Fall. Die Mutter schrieb mir, daß mein Schwager seine Gattin sehr verehre, daß er lange und treu um sie geworben und endlich ihr Herz gewonnen habe. Sie wohnen in unserem Hause, und von da aus treibe er still und emsig sein kleines Handelsgeschäft, das sie nähre. Ich schrieb einen Brief entgegen, worin ich den Vermählten Glück und Segen wünschte und den Schwager bat, seine Gattin sehr zu lieben, zu schonen und zu ehren; denn ich glaube, daß sie es verdiene. Die Antworten versprachen alles, so wie die folgenden Briefe immer den Stempel eines stillen häuslichen Friedens trugen."

„In diesen Verhältnissen kam die Zeit heran, da ich mit den letzten Prüfungen meine Vorbereitungsjahre beendigt hatte. Ich richtete eben mein Reisegepäcke zusammen, um der Verabredung gemäß nach langer Trennung die Meinigen wieder zu sehen, als ein Brief von der Hand der Schwester kam, dessen Inneres häufige Tränenspuren zeigte und der mir sagte, daß unsere Mutter gestorben sei. Sie war vor einiger Zeit krank geworden, man hielt das Übel nicht für gefährlich, und da man mich in der Vorbereitung zu meinen

letzten Prüfungen wußte, so wollte man mir, um mich nicht zu stören, keine Meldung von der Krankheit zukommen lassen. So zog es sich durch zehn Tage hin, von wo es sich rasch verschlimmerte, und ehe man es sich versah, mit dem Tode endigte. Man konnte mir nur mehr diesen melden. Ich raffte sofort alles zusammen, was zu einer Reise nötig schien, schrieb zwei Zeilen an einen Freund, worin ich ihn bat, die Sache meinen Bekannten, die ich ihm bezeichnete, zu melden und mich zu entschuldigen, daß ich ohne Abschied abreise.
Hierauf ging ich auf die Post und ließ mich einschreiben. Zwei Stunden darnach saß ich schon in dem Wagen, und obwohl wir in der Nacht wie am Tage fuhren, obwohl ich von der letzten Post aus, an der der Weg nach meiner Heimat ablenkte, eigene Pferde nahm und mittelst Wechsels derselben unaufhörlich fortfuhr, so kam ich doch zu spät, um die irdische Hülle meiner Mutter noch einmal sehen zu können. Sie ruhte bereits im Grabe. Nur in ihren Kleidern, in Geräten, im Arbeitszeuge, das auf ihrem Tischchen lag, sah ich die Spuren ihres Daseins. Ich warf mich in eine Lehnbank und wollte in Tränen vergehen. Es war der erste große Verlust, den ich erlitten hatte. Zur Zeit des Todes des Vaters war ich zu jung gewesen, um ihn recht empfinden zu können. Obwohl der erste Schmerz unsäglich heiß gewesen war und ich geglaubt hatte, ihn nicht überleben zu können, so verminderte er sich wider meinen Willen von Tag zu Tag immer mehr, bis er zu einem Schatten wurde und ich mir nach Verlauf von einigen Jahren keine Vorstellung mehr von dem Vater machen konnte. Jetzt war es anders. Ich hatte mich daran gewöhnt, die Mutter als das Bild der größten häuslichen Reinheit zu betrachten, als das Bild des Duldens, der Sanftmut, des Ordnens und des Bestehens. So war sie ein Mittelpunkt für unser Denken geworden, und mir kam fast nicht zu Sinne, daß das je einmal anders werden könne. Jetzt wußte ich erst, wie sehr wir sie liebten. Sie, die nie gefordert hatte, die nie auf sich irgend eine Beziehung gemacht hatte, die geräuschlos immer gegeben hatte, die jedes Schicksal als eine Fügung des Himmels empfangen hatte und die in ruhigem Glauben ihre Kinder der Zukunft anvertraut hatte, war nicht mehr. Unter der Decke der Schollen schlummerte ihr Herz, das dort vielleicht so ergebungsvoll schlummerte, wie es sonst in der Kammer unter der Hülle seiner weißen Decke geschlummert hatte. Die Schwester war wie ein Schatten, sie wollte mich trösten, und ich wußte nicht, ob sie des Trostes nicht noch bedürftiger wäre als ich. Der Gatte meiner Schwester war in einer gewissen Ergebung, er war stille und ging an die Beschäftigungen seines Berufes. Ich ließ mir nach einer Zeit das frische Grab der Mutter zeigen, weinte dort meine Seele aus und betete für sie zu dem Herrn des Himmels. Da ich in das Haus zurückgekehrt war, besuchte ich alle Räume, in denen sie zuletzt geweilt hatte, besonders ihr eigenes Stübchen, in welchem man alles gelassen hatte, wie es bei ihrer Erkrankung gewesen war. Der Schwager und die Schwester boten mir an und baten mich, eine Zeit bei ihnen zu verweilen. Ich nahm es an. In dem hinteren Teile des Hauses, den ich immer am meisten geliebt hatte, war schon vor der Erkrankung der Mutter ein Zimmer für mich, größtenteils durch ihre Hände, hergerichtet worden. Dieses Zimmer

bezog ich und packte darin meinen Koffer aus. Seine zwei Fenster gingen in den Garten, die weißen Fenstervorhänge hatte noch die Mutter geordnet, und das Linnen des Bettes war durch ihre vorsorglichen Finger gleichgestrichen worden. Ich getraute mir kaum, etwas zu berühren, um es nicht zu zerstören. Ich blieb sehr lange unbeweglich in dem Zimmer sitzen. Dann ging ich wieder durch das ganze Haus. Es schien mir gar nicht, als ob es das wäre, in welchem ich die Tage meiner Kindheit verlebt hatte. Es erschien mir so groß und fremd. Die Wohnung, welche sich meine Schwester und ihr Gatte darin eingerichtet hatten, war früher nicht da gewesen, dafür war das Gemach für Vater und Mutter, das immer, auch nach seinem Tode, noch bestanden war, verschwunden, ebenso fand ich das Zimmer für uns Kinder nicht mehr, welches ich in allen Ferien, die ich zu Hause zugebracht hatte, noch in dem Zustande aus unserer früheren Zeit her gesehen hatte. Es war eben eine neue Haushaltung in dem Gebäude eingerichtet worden. Unter dem Dache angekommen, sah ich, daß man schadhafte Stellen des Daches ausgebessert hatte, daß man neue Ziegel genommen hatte und daß an den Kanten, wo sich früher die Rundziegel befunden hatten, die neue Art der Verklebung durch Mörtel angewendet worden war. Dies alles tat mir wehe, obwohl es natürlich war, und obwohl ich es zu einer andern Zeit kaum beachtet haben würde. Jetzt aber war mein Gemüt durch den Schmerz erregt, und jetzt schien es mir, als ob man alles Alte, auch die Mutter, aus dem Hause hinaus gedrängt hätte."

„Ich lebte von jetzt an still in dem Zimmer, las, schrieb, ging täglich auf das Grab der Mutter, besuchte die Felder und manches Wäldchen, hielt mich aber von den Menschen ferne, weil sie immer von meinem Verluste redeten und mit den Worten in ihm stets wühlten. Das Haus war auch sehr stille. Die Vermählten hatten noch keine Kinder, mein Schwager, dessen Wesen friedlich und einfach war, befand sich größtenteils außer Hause, die Schwester besorgte mit der einzigen Magd, die sie hatte, die häuslichen Geschäfte, und wenn die Abenddämmerung kam, wurde die Tür, die gegen die Straße ging, mit den eisernen Stangen von Innen verriegelt, und nur die in den Garten führende blieb offen, bis die Stunde zum Schlafen kam, wo sie dann auch die Schwester mit eigenen Händen schloß. Das häusliche Glück der zwei Ehegatten schien fest gegründet zu sein, das war eine Linderung für meine Wunde, und ich verzieh dem Schwager, daß er nicht ein Mann war, der durch hohe Begabung und den Schwung seiner Seele die Schwester zu einem himmlischen Glücke emporgeführt hatte."

„So vergingen mehrere Wochen. Vor meiner Abreise ging ich noch in unser Gerichtsamt, verzichtete dort für meine Schwester auf jeden Erbanspruch des von unsern Eltern hinterlassenen Besitztumes und ließ meine Rechte auf die Schwester überschreiben. So war den beiden Gatten das Dasein, so lange es ihnen der Himmel verlieh, gesichert; ich hatte als Erbteil den Unterricht bekommen und hoffte durch das, was er mir an Kenntnissen eingebracht hatte und was ich mir noch erwerben wollte, den Unterhalt meines Lebens schon zu decken. Hierauf reiste ich, von dem Danke und von den wärmsten Wünschen für mein Wohl von der Schwester und dem Schwager begleitet, wieder in die Stadt ab."

„In derselben begann ich jetzt ein sehr zurückgezogenes Leben zu führen. Ich hatte mir so viel erspart, daß ich nur einen kleinen Teil meiner Zeit zum Unterrichtgeben verwenden mußte. Die übrige wendete ich für mich an und verlegte mich auf Naturwissenschaften, auf Geschichte und Staatswissenschaften. Meinen eigentlichen Beruf ließ ich etwas außer Acht. Die Wissenschaften und die Kunst, deren Vergnügen ich nie entsagte, füllten mein Herz aus. Ich suchte jetzt weniger als je die Gesellschaft von Menschen auf. Die Notwendigkeit, die Zeit der Vorbereitung zu meinem Berufe recht zu benutzen und mir außerdem noch meinen Lebensunterhalt zu erwerben, hatte mich schon in früheren Jahren fast nur auf mich allein zurückgewiesen, und ich setzte jetzt dies Leben fort."

„Allein es dauerte nicht lange in dieser Art. Schon nach einem halben Jahre, als ich das Grab der Mutter verlassen hatte, kam mir von meinem Schwager die Nachricht zu, daß zu den zwei Gräbern des Vaters und der Mutter auf unserer Familienbegräbnisstätte ein drittes Grab gekommen sei, das meiner Schwester. Sie hatte sich seit dem Tode der Mutter nicht recht erholt, und eine unversehene Verkühlung raffte sie dahin. Der Schwager schrieb mir, und wie ich sah, in aufrichtigem Kummer, daß er nun ganz verlassen sei, daß er keine Freude mehr habe, daß er einsam sein Leben zubringen wolle, daß er wohl von der Verewigten zum Erben eingesetzt worden sei, daß er aber gerne mit mir teilen wolle, er habe kein Kind, seine einzige Freude liege im Grabe, er achte nicht mehr viel auf Besitzungen, sein Stückchen Brod, welches für sein einfaches Leben recht klein sein dürfe, werde er für die Zeit schon finden, die er noch zubringen müsse, ehe er zu Kornelien gehen könne. Da der Mann meine Schwester sehr geliebt hatte, da ihre Briefe an mich immer von ihrem Glücke erzählten, gönnte ich ihm das kleine Besitztum und schrieb ihm zurück, daß ich keine Ansprüche erhebe und daß er das Hinterlassene ungeteilt genießen möge. Er dankte mir, ich sah aber aus seinem Briefe, daß er über das Geschenk eben keine sonderliche Freude habe."

„Ich zog mich nun noch mehr zurück, und mein Leben war sehr trübe. Ich zeichnete viel, ich bildete zuweilen auch etwas in Ton und suchte sogar manches in Farben darzustellen. Nach einiger Zeit kam mir von befreundeter Hand der Antrag, daß ich bei einer gebildeten und wohlhabenden Familie wohnen möchte, daß ich einen Teil des Unterrichtes eines Knaben, der in der Familie sei, gegen vorteilhafte Bedingungen übernehmen möchte, worunter auch die war, daß ich nicht gebunden sei, daß ich öfter abwesend sein und zum Teile sogar kleine Reisen machen könne. In der Verödung, in der ich mich befand, hatte die Aussicht auf ein Familienleben eine Art Anziehung für mich, und ich nahm den Antrag unter der Bedingung an, daß ich die Freiheit haben müsse, in jedem Augenblicke das Verhältnis wieder auflösen zu können. Die Bedingung wurde zugestanden, ich packte meine Sachen, und nach drei Tagen fuhr ich in der Richtung nach dem Landsitze der Familie ab. Dieser Sitz war ein angenehmes Haus in der Nähe großer Meiereien, die einem Grafen gehörten. Das Haus war beinahe zwei Tagereisen von der Stadt entfernt. Es war sehr geräumig, hatte eine sonnige Lage, liebliche Rasenplätze um sich und hing mit einem großen Garten zusammen, in dem teils Gemüse, teils Obst, teils Blumen gezogen wurden. Der Besitzer des Hauses war ein Mann, der von reichlichen Renten lebte, sonst aber kein Amt noch irgend eine andere Beschäftigung zum Gelderwerb hatte. So war er mir geschildert worden, mit dem Beifügen, daß er ein sehr guter Mann sei, mit dem sich jedermann vertrage, daß er eine treffliche, sorgsame Frau habe und daß außer dem Knaben nur noch ein halberwachsenes Mädchen da sei. Diese Dinge waren es auch vorzüglich, welche mich zur Annahme bestimmt hatten. Mein Name sei der Familie in einem Hause genannt worden, mit dem sie in sehr inniger Beziehung stand, und ich sei sehr empfohlen worden. Man hatte mir auf die letzte Post einen Wagen entgegen gesandt. Es war ein schöner Nachmittag, als ich in Heinbach, das war der Name des Hauses, einfuhr. Wir hielten unter einem hohen Torwege, zwei Diener kamen die Treppe herab, um meine Sachen in Empfang zu nehmen und mir mein Zimmer zu zeigen. Als ich noch im Wagen mit Herausnehmen von ein paar Büchern und andern Kleinigkeiten beschäftigt war, kam auch der Herr des Hauses herunter, begrüßte mich artig und führte mich selber in meine Wohnung, die aus zwei freundlichen Zimmern bestand. Er sagte, ich möge mich hier zurecht richten, möge hiebei nur meine Bequemlichkeit vor Augen haben, ein Diener sei angewiesen, meine Befehle zu vollziehen, und wenn ich fertig sei und etwa heute noch wünsche, mit seiner Gattin zu sprechen, so möge ich klingeln, der Diener werde mich zu ihr führen. Hierauf verließ er mich unter höflichem Abschiede. Der Mann gefiel mir sehr wohl. Ich entledigte mich meiner staubigen Kleider, reinigte mich, legte nur das Notwendigste in meinem Zimmer in Ordnung, kleidete mich dann besuchsgemäß an und ließ die Frau des Hauses fragen, ob ich bei ihr erscheinen dürfe. Sie sendete eine bejahende Antwort. Ich wurde über einen Gang geführt, in welchem allerlei Bilder hingen, wir traten in einen Vorsaal und von dem in das Zimmer der Frau. Es war ein großes Zimmer mit drei Fenstern, an welches ein niedliches Gemach stieß. In diesem Zimmer waren heitere Geräte, einige Bilder, und die Nachmittagssonne war durch sanfte Vorhänge gedämpft. Die Frau saß an einem großen Tische, zu ihren Füßen spielte ein Knabe, und seitwärts an einem kleinen Tischchen saß ein Mädchen und hatte ein Buch vor sich. Es schien, es habe vorgelesen. Die Frau stand auf und ging mir entgegen. Sie war sehr schön, noch ziemlich jung, und was mir am meisten auffiel war, daß sie sehr schöne braune Haare, aber tief dunkle, große schwarze Augen hatte. Ich erschrak ein wenig, wußte aber nicht warum. Mit einer Freundlichkeit, die mein Zutrauen gewann, hieß sie mich einen Platz nehmen, und als ich dies getan hatte, nannte sie meinen Vor- und Familiennamen, hieß mich beinahe herzlich willkommen und sagte, daß sie sich schon sehr gesehnt habe, mich unter ihrem Dache zu sehen."

„Alfred, rief sie, komm und küsse diesem Herrn die Hand!"

„Der Knabe, welcher bisher neben ihr gespielt hatte, stand auf, trat vor mich, küßte mir die Hand und sagte: Sei willkommen!"

„Sei auch du willkommen, erwiderte ich und drückte ein wenig das Händchen des Knaben. Er hatte ein sehr rosiges Angesicht, ebenfalls braune Haare wie die Mutter, aber dunkelblaue Augen, wie ich sie an dem Vater gesehen zu haben glaubte."

„Das ist das Kind, dessentwillen ich euch so sehr in unser Haus gewünscht habe, sagte sie. Ihr sollt dasselbe weniger unterrichten, dazu sind Lehrer da, welche das Haus besuchen, sondern wir bitten euch, daß ihr bei uns lebet, daß ihr dem Knaben öfter eure Gesellschaft gönnt, daß er außer dem Umgange mit seinem Vater auch den eines jungen Mannes hat, was auf ihn Einfluß nehmen möge. Erziehung ist wohl nichts als Umgang, ein Knabe, selbst wenn er so klein ist, muß nicht immer mit seiner Mutter oder wieder nur mit Knaben umgehen. Der Unterricht ist viel leichter als die Erziehung. Zu ihm darf man nur etwas wissen und es mitteilen können, zur Erziehung muß man etwas sein. Wenn aber einmal jemand etwas ist, dann, glaube ich, erzieht er auch leicht. Meine Freundin Adele, die Gattin des Kaufherrn, dessen Warengewölbe dem großen Tore des Erzdomes gegenüber ist, hat mir von euch erzählt. Wenn ihr es für gut findet, den Knaben auch in irgend etwas zu unterrichten, so ist es eurem Ermessen überlassen, wie und wie weit ihr es tut."

„Ich konnte auf diese Worte nichts antworten; ich war sehr errötet."

„Mathilde, sagte die Frau, begrüße auch diesen Herrn, er wird jetzt bei uns wohnen."

„Das Mädchen, welches immer bei seinem aufgeschlagenen Buche sitzen geblieben war, stand jetzt auf und näherte sich mir. Ich erstaunte, daß das Mädchen schon so groß sei, ich hatte es mir kleiner gedacht. Es war auf einem etwas niederen Stuhle gesessen. Da es in meine Nähe gekommen war, stand ich auf, wir verneigten uns gegen einander, Mathilde ging wieder zu ihrem Sitze, und ich nahm auch den meinigen wieder ein. Die Frau hatte wohl diese Begrüßung eingeleitet, um mein Erröten vorüber gehen zu machen. Es war auch zum großen Teile vorüber gegangen. Sie hatte eine Antwort auf ihre an mich gerichtete Rede auch wahrscheinlich nicht erwartet. Sie fragte mich jetzt um mehrere gleichgültige Dinge, die ich beantwortete.

In meine näheren Verhältnisse oder etwa gar in die meiner Familie ging sie nicht ein. Nachdem die Unterredung eine Weile gedauert hatte, verabschiedete sie mich, sagte, ich möchte von der Reise etwas ausruhen, bei dem Abendessen würden wir uns wieder sehen. Der Knabe hatte während der ganzen Zeit meine Hand gehalten, war neben mir stehen geblieben und hatte öfter zu meinem Angesichte heraufgeschaut. Ich löste jetzt meine Hand aus der seinen, grüßte ihn noch, verneigte mich vor der Mutter und verließ das Zimmer."

„Als ich in meiner Wohnung angekommen war, setzte ich mich auf einen der schönen Stühle nieder. Jetzt wußte ich, weshalb man mir so gute Bedingungen gestellt hatte und wie schwer meine Aufgabe war. Ich zagte. Das Benehmen der Frau hatte mir sehr gefallen, darum zagte ich noch mehr. Als ich eine Zeit auf meinem Stuhle gesessen war,

erhob ich mich wieder, und es fiel mir ein, daß ich ja dem Herrn des Hauses auch einen Besuch zu machen habe. Ich klingelte und verlangte von dem eintretenden Diener, daß er mich zu dem Herrn führe. Der Diener antwortete, der Herr sei in den Wald gegangen und werde erst Abends zurückkehren. Er hatte den Befehl hinterlassen, daß man mir sage, ich möge nur meine Reisesachen auspacken, möge ausruhen und möge mir seinethalben keine Pflichten auflegen, morgen könne das Weitere besprochen werden. Ich legte daher die Kleider, welche ich zu dem Besuche bei der Frau genommen hatte, wieder ab, zog mich anders an und brachte meine Sachen nun in meiner Wohnung in Ordnung. Bei dieser Beschäftigung ging mir nach und nach der ganze Rest des noch übrigen Tages dahin. Als ich fertig war, dämmerte es bereits. Nachdem ich mich gereinigt und zum Abendessen angekleidet hatte, sagte mir mein Diener, daß sich der Herr, der schon nach Hause zurückgekehrt sei, zum Besuche bei mir melde. Ich sagte zu, der Herr kam und fragte, ob man in meiner Wohnung alles nach Gebühr vorbereitet habe und ob ich nichts vermisse. Ich antwortete, daß alles meine Erwartung übertreffe und daher ein weiteres Begehren die größte Unbescheidenheit wäre. Er sagte, daß er nun wünsche, daß mein Eintritt in sein Haus gesegnet sei, daß mein Aufenthalt darin erfreulich sein möge und daß ich es einst nicht mit Reue und Schmerz verlasse. Hierauf lud er mich zum Abendessen ein. Wir gingen in ein sehr heiteres Speisezimmer, in welchem ein einfaches Abendmahl unter einfachen Gesprächen eingenommen wurde. Bei demselben war der Herr, die Frau, die zwei Kinder und ich gegenwärtig."
„Am nächsten Vormittage ließ ich anfragen, ob ich den Herrn besuchen dürfe. Ich wurde dazu eingeladen, und mein Diener führte mich zu ihm. Ich war in denselben Besuchkleidern wie gestern bei der Frau. Der Herr saß bei Papieren und Schriften, er erhob sich bei meinem Eintritte, ging mir entgegen, grüßte mich auf das Ausgezeichnetste und führte mich zu einem Tische.
Er war schon völlig und sehr fein angekleidet. Als wir uns niedergelassen hatten, sagte er: Seid mir noch einmal in meinem Hause willkommen. Ihr seid uns so empfohlen worden, daß wir uns glücklich schätzen, daß ihr zu uns gekommen seid, daß ihr eine Zeit bei uns wohnen wollt und daß ihr erlaubt, daß mein lieber Knabe, dem ich eine glückselige Zukunft wünsche, eure Gesellschaft genieße. Ich glaube, ihr werdet vielleicht in einiger Zeit sehen, daß wir eure Freunde sind, und ihr werdet uns etwa auch eure Freundschaft schenken. Richtet eure Beschäftigungen ein, wie ihr wollt, verlegt euch auf das, was euer künftiger Beruf fordert und betrachtet euch in allen Stücken wie in eurem eigenen Hause. Ihr werdet euch wohl hier an Einfachheit gewöhnen müssen. Wir haben hier und in der Stadt wenig Besuch und machen auch wenig. Mathilde wird von der Frau selber erzogen. Mit Erzieherinnen hatten wir kein Glück. Wir gaben es daher auf, für Mathilden eine Gesellschafterin zu suchen. Sie ist bei der Mutter, zuweilen sieht sie Mädchen ihres Alters, und manches Mal wohnt sie Gesprächen und Spaziergängen mit zwei älteren guten und lieben Mädchen bei. Sonst ist sie in ihrer Ausbildung begriffen und bringt ihre Zeit mit Lernen zu. Wie es mit dem Knaben ist, werdet ihr wohl sehen.

Man hat uns gesagt, daß ihr in der Stadt sehr zurückgezogen gelebt habt, deshalb glaubten wir, daß ihr bei uns nicht gar sehr die menschliche Gesellschaft vermissen werdet. Ich beschäftige mich mit einigen wissenschaftlichen Dingen, und wenn euch ein Gespräch hierin, falls wir in den Gegenständen zusammentreffen, nicht unangenehm ist, so betrachtet mich als euren älteren Bruder, und zwar nicht bloß hierin, sondern auch in allen anderen Dingen."

„Ich bin durch eure Güte sehr beschämt, antwortete ich, und sehe jetzt erst, wie groß die Aufgabe ist, die ich in eurem Hause habe. Ich weiß nicht, ob ich ihr auch nur in einem geringen Maße werde genügen können."

„Es wird vielleicht nicht schwer sein, zu genügen, erwiderte er."

„Wenn es aber doch nicht geschähe? fragte ich."

„Dann wären wir so offen und sagten es euch, damit man darnach handeln könnte, antwortete er."

„Das erleichtert mir mein Herz sehr, erwiderte ich; denn auf diese Weise wird nie Mißtrauen aufkommen können. Ich habe bisher nur in zwei Familien gelebt, in der meiner Mutter – denn mein Vater ist in meiner frühen Jugend gestorben – und in der eines würdigen alten Amtmannes, in dessen Hause ich während meiner lateinischen Schulen in Kost und Wohnung war. Die erste Familie ist mir wie jedem Menschen unvergeßlich, und die zweite ist es mir auch."

„Vielleicht wird es auch die unsere, sagte er, jetzt laßt euch das Haus und sein Zugehör zeigen, daß ihr den Schauplatz kennt, auf dem ihr ein Weilchen leben sollt. Oder wollt ihr etwas anders tun, so tut es. Zu mir steht euch der Zutritt stets offen, laßt euch nicht ansagen und klopft nicht an meine Tür."

„Mit diesen Worten war unser Gespräch zu Ende, wir erhoben uns, verabschiedeten uns, er reichte mir freundlich die Hand, und ich verließ das Zimmer."

„Ich kleidete mich nun in meine gewöhnlichen Kleider und ließ fragen, ob Alfred Zeit habe, mich zu begleiten und mir etwas von dem Hause und dem Garten zu zeigen. Man antwortete, daß Alfred gleich kommen werde und daß er hinlänglich Zeit habe. Die Mutter führte den Knaben selbst zu mir, und sie brachte auch einen Diener mit, welcher einen Bund Schlüssel trug und den Auftrag hatte, mir die Räume des Hauses zu zeigen. Der Diener war ein alter Mann und schien die Aufsicht über die andern Dienstleute zu haben. Die Mutter entfernte sich sogleich wieder. Ich sprach einige freundliche Worte mit dem Knaben, welcher über sieben Jahre alt schien, er erwiderte diese Worte unbefangen und, wie ich glaubte, zutraulich. Dann gingen wir, die Räume des Hauses zu betrachten. Das Haus war nicht alt, es war kein Schloß und mochte in dem siebenzehnten Jahrhunderte gebaut worden sein. Es bestand aus zwei Flügeln, die einen rechten Winkel bildeten und einen Sandplatz einschlossen. Die Zufahrt war aber von entgegengesetzter Seite, daher der Sandplatz, welcher Blumenbeete hatte, mehr einem Garten und einem Spielplatze für die Kinder als einer Anfahrt glich. Es waren auf demselben, und zwar an den Mauern des Hauses, auch Linnendächer zum Aufspannen

gegen die Sonne angebracht. Das Haus hatte ein Erdgeschoß und ein Stockwerk. Durch beide lief der Länge nach ein breiter Gang, von dem aus man in die Zimmer gelangen konnte. Die Mauern des Ganges waren schneeweiß, hatten Stuckarbeit, schön vergitterte Fenster und zeigten braune, wohlgebohnte Gemächertüren. An vielen Stellen der Gänge hingen Gemälde. Sie waren durchaus nicht vorzüglich, aber auch bei Weitem nicht so schlecht, als solche Gang- und Treppengemälde gewöhnlich zu sein pflegen. Die Gegenstände, welche auf ihnen abgebildet waren, drehten sich in einem kleinen Kreise: Landschaften mit Ansichten der Umgebung oder merkwürdiger Gebäude, Tiere – vorzüglich Hunde mit Jagdgerätschaften -, Küchengeschirr oder Inneres von Zimmern und anderen Gelassen. Der alte Diener schloß manche Gemächer auf, die im Gebrauche waren; denn das Haus hatte mehr, als die jetzigen Bewohner benützten. Es war ein großer, mit sehr schönen Geräten versehener Saal da, in welchem, wenn es notwendig war, Gesellschaften aufgenommen wurden, dann waren andere Zimmer zu verschiedenem Gebrauche, darunter ein sehr großes Bücherzimmer und die Zimmer für Gäste. Alles war sehr schön eingerichtet und rein und ordentlich gehalten. Als wir das Haus gesehen hatten, sagte Alfred, Raimund, der alte Diener, sei nun nicht mehr vonnöten, den Garten werde er mir schon allein zeigen. Ich war damit einverstanden, verabschiedete den alten Diener und ging mit Alfred ins Freie. Das Erdgeschoß, worin sich die Küche, die Gesindezimmer und dergleichen befanden, hatten wir nicht besucht. Die Ställe und Wagenbehälter waren abseits des Hauses in eigenen Gebäuden. Als wir in das Freie gekommen waren, zeigte sich ein sehr schöner Rasenplatz, der von mannigfaltigen, künstlich angelegten Wegen durchkreuzt war. Auf diesem Rasenplatze standen in ziemlichen Entfernungen sehr große Bäume. Zu jedem führte ein Weg, und fast unter jedem stand ein Bänkchen oder ein Sitz. Alfred führte mich zu den meisten und nannte mir sie. Mich erfreute dieses Zeichen des Gedächtnisses und der Aufmerksamkeit. Er erzählte mir auch, was sie bald unter diesem, bald unter jenem Baume getan und wie sie gespielt hätten. Die Bäume waren Eichen, Linden, Ulmen und eine Anzahl sehr großer Birnbäume. Diese Art von Wald hatte etwas sehr Anmutiges."
„Ich darf allein nicht zu dem Teiche gehen, sagte Alfred, weil ich leicht hinein fallen könnte, und ich gehe auch nicht hin; aber weil du heute bei mir bist, so dürfen wir ihn besuchen. Komme mit, ich habe Brot bei mir, um es den Enten und den Fischen zu geben."
„Er faßte mich bei der Hand, und ich ließ mich von ihm führen. Er geleitete mich durch ein kleines Gebüsch zu einem mäßig großen Teiche, der das Merkwürdige hatte, daß auf ihm hölzerne Hüttchen in geringen Entfernungen angebracht waren, die die Bestimmung hatten, daß darin Wildenten nisteten. Das geschah auch reichlich. Es war noch nicht so weit im Sommer, und wir sahen noch manche Mutter mit ihren fast erwachsenen, aber noch nicht flugfähigen Jungen auf dem Wasser herumschwimmen. An den Ufern waren an verschiedenen Stellen Futterbrettchen angebracht. Im Wasser selber bewegte sich eine große Zahl schwerfälliger Karpfen. Alfred zog ein Weißbrot aus

seiner Tasche, zerbrach es in kleine Stückchen, warf diese einzeln in das Wasser und hatte seine Freude daran, wenn die Enten und auch manch ungeschickter Mund eines Karpfen darnach haschten. Es schien, daß er mich dieses Zweckes halber zu dem Teiche geführt hatte. Als er mit seinem Brote fertig war, gingen wir weiter. Er sagte: Wenn du auch den Garten sehen willst, so werde ich dich schon hinführen."

„Ja, wohl will ich ihn sehen, antwortete ich."

„Er führte mich nun aus dem Gebüsche, wir begaben uns auf die entgegengesetzte Seite des Hauses, dort war ein mit einem Gitter umgebener großer Garten, und wir gingen durch das Tor desselben hinein. Blumen, Gemüse, Zwerg- und Lattenobst empfingen uns. In der Ferne sah ich die größeren und wahrscheinlich sehr edlen Obstbäume stehen. Daß mir der Garten um viel mehr gefiel als der Teich, sagte ich Alfred nicht, er mochte es auch nicht wissen. In sehr schöner Art waren hier die Blumen gepflegt, die man gewöhnlich in Gärten findet. Sie hatten nicht bloß ihre ihnen zusagenden Plätze, sondern sie waren auch zu einem sehr schönen Ganzen zusammengestellt. An Gemüsen glaubte ich die besten Arten zu sehen, wie man sie nur immer in den Handlungen der Stadt finden konnte. Zwischen ihnen stand das Zwergobst. Die Gewächshäuser enthielten Blumen, aber auch Früchte. Ein sehr langer Gang, welcher mit Wein überwölbt war, führte uns in den Obstgarten. Die Bäume standen in guten Entfernungen, waren gut gehalten, hatten Grasboden unter sich, und es führten auch hier wieder Wege von einem zum andern. An seiner rechten Seite war dieser Gartenteil von dichtem Haselnußgebüsche begrenzt. Ein Pfad führte uns durch dasselbe hindurch. Wir trafen jenseits einen freien Platz, auf welchem ein ziemlich großes Gartenhaus stand. Es war gemauert, hatte hohe Fenster, ein Ziegeldach und seine Gestalt war ein Sechseck. Die Außenseite dieses Hauses war ganz mit Rosen überdeckt. Es waren Latten an dem Mauerwerke angebracht und an diese Latten waren die Rosenzweige gebunden. Sie standen in Erde vor dem Hause, hatten verschiedene Größe und waren so gebunden, daß die ganzen Mauern überdeckt waren. Da eben die Zeit der Rosenblüte war und diese Rosen außerordentlich reich blühten, so war es nicht anders, als stände ein Tempel von Rosen da und es wären Fenster in dieselben eingesetzt. Alle Farben, von dem dunkelsten Rot, gleichsam Veilchenblau, durch das Rosenrot und Gelb bis zu dem Weiß, waren vorhanden. Bis in eine große Entfernung verbreitete sich der Duft. Ich stand lange vor diesem Hause, und Alfred stand neben mir. Außer den Rosen an dem Gartenhause waren auf dem ganzen Platze Rosengesträuche und Rosenbäumchen in Beeten zerstreut. Sie waren nach einem sinnvollen Plane geordnet, das zeigte sich gleich bei dem ersten Blicke. Alle Stämmchen trugen Täfelchen mit ihrem Namen."

„Das ist der Rosengarten, sagte Alfred, da sind viele Rosen, es darf aber keine abgepflückt werden."

„Wer pflanzt denn diese Rosen und wer pflegt sie? fragte ich."

„Der Vater und die Mutter, antwortete Alfred, und der Gärtner muß ihnen helfen."

„Ich ging zu allen Rosenbeeten, und ging dann um das ganze Haus herum. Als ich alles betrachtet hatte, gingen wir auch in das Haus hinein. Es war mit Marmor gepflastert, auf dem feine Rohrmatten lagen. In der Mitte stand ein Tisch und an den Wänden Bänkchen, deren Sitze von Rohr geflochten waren. Eine angenehme Kühle wehte in dem Hause; denn die Fenster, durch welche die Sonne herein scheinen konnte, waren durch gegliederte Balken zu schützen. Da wir wieder aus dem Innern dieses Gartenhauses getreten waren, besuchten wir noch einmal den Obstgarten und gingen bis an sein Ende. Da wir an das Gartengitter gekommen waren, sagte Alfred: Hier ist der Garten zu Ende und wir müssen wieder umkehren."

„Das taten wir auch, wir gingen wieder zu dem Eingangstore zurück, durchschritten es, begaben uns in das Haus, und ich führte Alfred zu seiner Mutter."

„Das war das Haus und der Garten in Heinbach, der Besitzung des Herrn und der Frau Makloden."

„Der erste Tag verging sehr gut, so auch ein zweiter, ein dritter und mehrere. Ich wohnte mich in meine zwei Zimmer ein, und die Stille des Landes tat mir in meiner jetzigen Gemütsverfassung sehr wohl. Für den Unterricht Alfreds war in der Art gesorgt, daß der Graf, dessen Meiereien in der Nähe von Heinbach lagen, und ein Herr von Heinbach, wie man Makloden jetzt auch nannte, eine Summe stifteten und dem Lehrer der Gemeinde Heinbach zulegten unter der Bedingung, daß ein in gewissen Fächern gebildeter Mann stets diese Stelle bekleide, welchen sie in Vorschlag zu bringen das Recht hatten und der die Verbindlichkeit übernahm, die Kinder des Hauses Heinbach und die des Verwalters der Meiereien in ihren Wohnungen zu unterrichten, wofür er aber besonders bezahlt wurde. Die Schule und die Kirche Heinbach waren eine kleine halbe Wegstunde von dem Herrenhause entfernt. Der Lehrer kam jeden Nachmittag herüber und blieb eine Zeit bei Alfred. Mathilde wurde nur mehr in seltenen Stunden noch von ihm unterrichtet. Für Alfred sollte ich die Art der Lehrstunden einrichten, was ich auch im Übereinkommen mit dem Lehrer, der ein sehr bescheidener und nicht ungebildeter junger Mann war, tat. Den Unterricht in gewissen Dingen, jetzt vor allem den Sprachunterricht, behielt ich mir vor. So kam die Sache in den Gang und so ging sie fort."

„Das Leben in Heinbach war wirklich sehr einfach.

Man stand mit der Morgensonne auf, versammelte sich in dem Speisezimmer zum Frühmahle, dem einiges Gespräch folgte, und ging dann an seine Geschäfte. Die Kinder mußten ihre Aufgaben machen, von denen Mathilde besonders von der Mutter manche in einigen Zweigen bekam. Der Vater ging in seine Stube, las, schrieb oder er sah in dem Garten oder in dem kleinen Grundbesitze nach, der zu dem Hause gehörte. Ich war teils in meiner Wohnung mit meinen Arbeiten, die ich in der Stadt begonnen hatte und hier fortsetzte, beschäftigt, teils war ich in Alfreds Zimmer und überwachte und leitete, was er zu tun hatte. Die Mutter stand mir hierin bei, und sie hielt es für ihre Pflicht, noch mehr um Alfred zu sein als ich. Der Mittag versammelte uns wieder in dem Speisezimmer, am Nachmittage waren Lehrstunden und der Rest des Tages wurde zu

Gesprächen, zu Spaziergängen, zum Aufenthalte im Garten oder, besonders wenn Regenwetter war, zum gemeinschaftlichen Lesen eines Buches benutzt. Was man im Freien tun konnte, wurde lieber im Freien als in Zimmern abgemacht. Besonders war hiezu der Aufenthalt unter den Linnendächern am Hause geeignet, den die Mutter sehr liebte. Stundenlang war sie mit irgend einer weiblichen Arbeit und die Kinder mit ihrem Schreibzeuge oder mit Büchern auf diesem Platze beschäftigt. Dies war besonders der Fall, wenn die Vormittagssonne die Luft durchwürzte und doch noch nicht so viel Kraft hatte, die Mauern zu erhitzen und den Aufenthalt an ihnen zu verleiden. Auch wurden die mannigfaltigen Bänkchen auf dem Rasenplatze, vor welche man Tischchen stellte, und das Innere des Rosenhauses benützt. Zuweilen wurden größere Spaziergänge verabredet. An solchen Tagen waren keine Lehrstunden, man bestimmte die Zeit, in welcher fortgegangen werden sollte, alle mußten gerüstet sein, und mit dem betreffenden Glockenschlage wurde aufgebrochen. Wir besuchten zuweilen einen Berg, einen Wald oder gingen durch schöne, ansprechende Gründe. Manches Mal war es auch eine Ortschaft, in welche wir uns begaben. Um das Haus lagen in geringen Entfernungen Besitztümer von Familien, mit denen die Bewohner von Heinbach Umgang pflegten. Öfter fuhr ein Wagen vor unserem Hause vor, öfter fuhr der unsere in die Nachbarschaft. Die Kinder mischten sich zur Geselligkeit und ältere traten zusammen. Die Mutter Alfreds sah es gerne, wie sie mir sagte, wenn eine Freundin Mathildens bei ihr durch längere Zeit verweilte, sie aber konnte sich nie entschließen, ihre Tochter zu anderen Leuten auf Besuch zu geben. Sie wollte nicht getrennt sein. Auch, meinte sie, würde sich Mathilde fern von ihr nicht wohl fühlen. Von Künsten wurde bei wechselseitigen Besuchen vorzüglich die Musik geübt. Es war der Gesang, der gepflegt wurde, das Clavier, und zu vierstimmigen Darstellungen die Geigen. Der Vater Alfreds schien mir ein Meister auf der Geige zu sein. Wir hörten solchen Vorstellungen zu. Wir Unbeschäftigten sahen aber auch sehr gerne zu, wenn die Kinder auf dem Rasenplatze hüpften und sich in ihren Spielen ergötzten. Bei alle dem besorgte die Mutter Alfreds aber auch ihr ausgedehntes Hauswesen. Sie gab den Dienern und Mägden hervor, was das Haus brauchte, sorgte für die richtige und zweckmäßige Verwendung, leitete die Einkäufe und ordnete die Arbeiten an. Die Bekleidung des Herrn, der Frau und der Kinder war sehr ausgezeichnet, aber auch sehr einfach und wohlbildend. Nach dem Abendessen saß man oft noch eine geraume Weile in Gesprächen bei dem Tische, und dann suchte jedes sein Zimmer."

„So war eine Zeit vergangen, und so kam nach und nach der Herbst. Ich lebte mich immer mehr in das Haus ein und fühlte mich mit jedem Tage wohler. Man behandelte mich sehr gütig. Was ich bedurfte, war immer da, ehe das Bedürfnis sich noch klar dargestellt hatte. Aber auch nicht bloß das wurde hergestellt, was ich bedurfte, sondern auch das, was zum Schmucke des Lebens geeignet ist. Blumen, die ich liebte, wurden in Töpfen in meine Zimmer gestellt, ein Buch, ein neues Zeichnungsgeräte fand sich von Zeit zu Zeit ein, und da ich einmal auf mehrere Tage abwesend war, sah ich bei meiner

Rückkehr meine Wohnung mit Farben bekleidet, die ich einmal bei einem Besuche in einem Nachbarschlosse sehr gelobt hatte.

Bei Spaziergängen gesellte sich der Vater Alfreds gerne zu mir, wir gingen abgesondert von den Andern und führten Gespräche, die mir in dem, was er sagte, sehr inhaltreich schienen. Ebenso war die Mutter Alfreds nicht ungeneigt, sich mit mir zu besprechen. Wenn ich in Alfreds Zimmer war, das an das ihrige grenzte, kam sie gerne herein und sprach mit mir, oder sie ließ mich in ihr Zimmer treten, wies mir einen Sitz an und redete mit mir. Ich hatte ihr nach und nach alle meine Familienverhältnisse erzählt, sie hatte teilnehmend zugehört und hatte manches Wort gesprochen, das höchst wohltätig in meine Seele ging. Alfred war mir gleich in den ersten Tagen zugetan, und diese Neigung wuchs. Sein Wesen war nicht verbildet. Er war körperlich sehr gesund, und dies wirkte auch auf seinen Geist, der nebstdem überall von den Seinigen mit Maß und Ruhe umgeben war. Er lernte sehr genau und lernte leicht und gut, er war folgsam und wahrhaftig. Ich wurde ihm bald zugeneigt. Noch ehe der Winter kam, verlangte er, daß er nicht mehr neben der Mutter, sondern neben mir wohnen solle, er sei ja kein so kleiner Knabe mehr, daß er die Mutter immer brauche, und er müsse nun bald neben den Männern sein. Man willfahrte ihm auf meine Bitte, er bekam ein Zimmer neben mir, und der Diener, der bis jetzt nebst andern meine Aufträge zu besorgen gehabt hatte, wurde uns gemeinschaftlich beigegeben. Sein Körper entwickelte sich auch ziemlich regsam, er war in dem Sommer gewachsen, sein Haupt war regelmäßiger und sein Blick war stärker geworden."

„So endete der Herbst, und als bereits die Reife an jedem Morgen auf den Wiesen lagen, zogen wir in die Stadt. Hier änderte sich Manches. Alfred und ich wohnten wohl wieder neben einander; aber statt des Himmels und der Berge und der grünen Bäume sahen Häuser und Mauern in unsere Fenster herein. Ich war es von früherem Stadtleben gewohnt, und Alfred achtete wenig darauf. Es wurden mehr Lehrer in mehr Fächern genommen, und die Lehrstunden waren gedrängter als auf dem Lande. Auch kamen wir mit viel mehr Menschen in Berührung und die Einwirkungen vervielfältigten sich. Aber auch hier wurde ich nicht minder gut behandelt als auf dem Lande. Ich wurde nach und nach zur Familie gerechnet, und alles was überhaupt der Familie gemeinschaftlich zukam, wurde auch mir zugeteilt. Die Mutter Alfreds sorgte für meine häuslichen Angelegenheiten, und nur die Anschaffung von Kleidern, Büchern und dergleichen war meine Sache."

„Als kaum die ersten Frühlingslüfte kamen, gingen wir wieder nach Heinbach. Mathilde, Alfred und ich saßen in einem Wagen, der Vater und die Mutter in einem anderen. Alfred wollte nicht von mir getrennt sein, er wollte neben mir sitzen. Man mußte es daher so einrichten, daß Mathilde uns gegenüber saß. Sie war, als ich das Haus betreten hatte, noch nicht völlig vierzehn Jahre alt. Jetzt ging sie gegen fünfzehn. Sie war in dem vergangenen Jahre bedeutend gewachsen, so daß sie wohl so groß war wie ein vollendetes Mädchen. Ihr Körper war äußerst schlank, aber sehr gefällig gebildet. Man kleidete sie gerne in dunkle Stoffe, die ihr wohl standen. Wenn sie in dem tiefen Blau oder in dem Nelkenbraun oder in der Farbe des Veilchens ging und das schöne Weiß das Kleid oben säumte, so wurde eine Anmut sichtbar, die gleichsam sagte, daß alles sei, wie es sein muß. Ihre Wangen waren sehr frisch, sanft rot und wurden jetzt ein wenig länglich, ihr Mund war fast rosenrot, die großen Augen waren sehr glänzend schwarz, und die reinen braunen Haare gingen von der sanften Stirne zurück. Die Mutter liebte sie sehr, sie ließ sie fast gar nicht von sich, sprach mit ihr, ging mit ihr spazieren, unterrichtete sie auf dem Lande selber und wohnte in der Stadt jeder Unterrichtsstunde bei, die ein fremder Lehrer erteilte. Nur mit mir und Alfred ließ sie sie im vergangenen Sommer oft im Garten auf dem Rasenplatze, ja sogar in der Gegend herum gehen. Da ging ich mit beiden Kindern, fragte sie, erzählte ihnen, ließ mich selber fragen und ließ mir erzählen. Alfred hielt mich größtenteils an der Hand oder suchte sich überhaupt irgendwie an mich anzuhängen, sei es selbst mit einem Hakenstäbchen, das er sich von irgend einem Busche geschnitten hatte. Mathilde wandelte neben uns. Ich hatte nur den Auftrag, zu sorgen, daß sie keine heftigen Bewegungen mache, welche an sich für ein Mädchen nicht anständig sind und ihrer Gesundheit schaden könnten, und daß sie nicht in sumpfige oder unreine Gegenden komme und sich ihre Schuhe oder ihre Kleider beschmutze; denn man hielt sie sehr rein. Ihre Kleider mußten immer ohne Makel sein, ihre Zähne, ihre Hände mußten sehr rein sein, und ihr Haupt und ihre Haare wurden täglich so vortrefflich geordnet, daß kein Tadel entstehen konnte. Ich zeigte den Kindern die Berge, die zu sehen waren, und nannte sie, ich lehrte sie die Bäume, die Gesträuche und selbst manche Wiesenpflanzen kennen, ich las ihnen Steinchen, Schneckenhäuschen, Muscheln auf und erzählte ihnen von dem Haushalte der Tiere, selbst solcher, die groß und mächtig sind und in entfernten Wäldern oder gar in Wüsten wohnen. Alfred liebte das Walten und das Tun der Vögel sehr, besonders ihren Gesang. Er freute sich, aus dem Fluge einen Vogel zu erraten, und wenn die Stimmen in dem Gebüsche oder im Walde ertönten, konnte er alle die Sänger herzählen, von denen sie strömten. Er lehrte dies ein wenig auch Mathilden und fragte sie bei manchem Laute, woher er rühre. Ich hatte die Vorschriften der Mutter nie überschritten, und Mathilde gewann an Schönheit des Aussehens und an Gesundheit durch diese Spaziergänge. So wie die Mutter im Sommer und Herbste sie mit uns hatte herum gehen lassen, so ließ sie sie jetzt mit uns fahren. Sie saß zwei Tage uns gegenüber. Es war am Morgen und Abende noch ziemlich kühl. Ich hatte einen Mantel, und Alfred war in einen warmen Überrock geknöpft. Mathilde hatte über ihr dunkles Wollkleid, aus dem nicht einmal die Spitzen ihrer Schuhe hervorsahen, ein Mäntelchen, das ihren ganzen Oberkörper bis an das Kinn verhüllte, auf dem Haupte hatte sie einen warmen, wohlgefütterten Hut, dessen weite Flügel sich wohl anschmiegten, so daß nichts, als beinahe nur die Wangen, welche in der Märzluft noch röter geworden waren, und die glänzenden Augen hervorsahen. Wir beredeten, was wir in dem nächsten Sommer vornehmen wollten. Der Hauptinhalt unserer Gespräche aber war, daß alles, was uns auf unserem Wege oder in dessen Nähe begegnete, bemerkt wurde, daß wir es nannten und darüber sprachen. So kamen wir endlich bei heiterem und klarem Märzwetter in Heinbach an. Die Bäume vor den Fenstern hatten noch kein Laub, der Garten war öde und die Felder waren noch nicht grün, außer dort, wo sie die Wintersaaten trugen."

„Obwohl es draußen sehr unwirtlich war, wenn man den äußerst freundlichen blauen Himmel abrechnet, so war es in dem Hause sehr heimisch. Alles war auf das Reinlichste geputzt und zu dem Empfange der Bewohner hergerichtet. Die Zimmer glänzten, die Fenster spiegelten, durch die Vorhänge schien eine helle Märzsonne herein und in den Kaminen brannte ein behagliches Feuer. Meine zwei Gemächer waren um ein sehr liebliches Eckzimmerchen vermehrt worden, und man hatte mir schönere und bequemere Geräte in meine Wohnung gestellt. Ich traf jetzt die Veranstaltung, daß die Tür von meiner Wohnung in Alfreds Zimmer immer offen war, daß beide Wohnungen eine bildeten und daß ich gleichsam neben einem jüngeren Bruder lebte. Hatte ich eine Arbeit vor, bei der eine Störung hindernd gewesen wäre, so ging ich in mein Eckzimmer."

„Das Leben in dem Landhause begann jetzt wieder wie in dem vorigen Sommer. Wenn auch noch kein Laub auf den Bäumen war, wenn sich das Grün der Wiesen noch dürftig zeigte und auf den Feldern für die Sommerfrucht noch die nackte Scholle lag, so gingen wir doch schon vielfach spazieren. Alfred und ich gingen täglich, selbst wenn trübes Wetter war, nur nicht, wenn heftiger Regen von dem Himmel strömte. Wenn nach einem klaren Morgen, an dem wir noch die Erde und die Dächer weiß gesehen hatten, ein heiterer Tag kam und die Wege trocken waren, ging Mathilde mit uns, und wir führten sie auf Anhöhen oder Felder, wo wir kurz vorher die schönsten Triller der Lerchen gehört hatten. Diese Sänger waren die einzigen, die mit uns schon die Gegend bevölkerten."

„Nach und nach wurde das Weiß auf Feld und Wiesen seltener, die Sonne schien kräftiger, das Feuer in den Kaminen war nicht mehr nötig, die Wiesen gewannen Grün, die Bäume Knospen und an den Zweigen der Lattenpfirsiche im Garten erschienen einzelne Blüten. Die Sänger der Luft erschienen in verschiedenen Gestalten und Farben. Wenn ich irgendwo Veilchen oder andere Frühlingsblumen fand, welche Mathilde nicht mit uns hatte pflücken können, so brachte ich sie ihr in einem Strauße für das Blumenglas ihres Tischchens nach Hause. Als Dank für solche Aufmerksamkeiten erhielt ich zu meinem Geburtsfeste, welches in die ersten Tage des Frühlings fiel, von ihrer Hand gestickt ein rundes Deckchen, worauf ein silberner Handleuchter, den mir Mathildens Mutter gab, zu stehen bestimmt war."

„Der Frühling war endlich mit voller Pracht gekommen. Im vergangenen Jahre hatte ich ihn in dieser Gegend nicht gesehen, weil ich erst später angelangt war. Überhaupt hatte ich meines längern Stadtlebens willen schon lange nicht einen vollkommenen Frühling in der Tiefe des Landes erblickt. Nur an der Grenze des Landes, das heißt, wo es an die Stadt reicht, hatte ich den einen oder andern Frühlingstag zugebracht oder irgend einen Sonnenblick erlauscht. Das teilt man aber mit Vielen, die aus der Stadt hinaus kommen,

und muß es im Gedränge und Staube genießen. In Heinbach war Einsamkeit und Stille, die blaue Luft schien unermeßlich, und die Blütenfülle wollte die Bäume erdrücken. Jeden Morgen strömte neue Würze durch die geöffneten Fenster. Man fühlte in Heinbach, wie sehr mich Ungewohnten dieser Reichtum überrasche und freue, und man suchte mir diese Freude auf jede Weise noch fühlbarer zu machen und sie zu erhöhen. Jeden Tag wurden die Blumen in meiner Wohnung durch neu aufgeblühte aus den Gewächshäusern ersetzt. Wenn in dem freien Grunde sich etwas zeigte, sei es ein Gesträuch, sei es eine Blume, so machte man mich darauf aufmerksam, man brachte den größten Teil der Zeit im Freien zu, und machte weit öfter und weit längere Spaziergänge als sonst. Mathilde erzählte mir es, wenn sie den Gesang eines Vogels gehört hatte, wenn Faltern vorüber geflogen waren, wenn sich ein Becher in einem Gebüsche geöffnet hatte, ja sie gab mir zuweilen Blumen, um sie in meiner Wohnung aufzubewahren."
„So verging der Frühling, und der Sommer rückte vor.
War mir das Leben im vergangenen Jahre in dieser Familie angenehm gewesen, so war es mir in diesem noch angenehmer. Wir gewöhnten uns immer mehr an einander, und mir war zuweilen, als hätte ich wieder eine unzerstörbare Heimat. Der Herr des Hauses zeichnete mich aus, er besuchte mich oft in meiner Wohnung und sprach lange mit mir, er lud mich zu sich, zeigte mir seine Sammlungen, seine Arbeiten und sprach über Gegenstände, die bewiesen, daß er mich auch achte. Mathildens Mutter war sehr liebreich, freundlich und gütig. Sie sorgte wie früher für mich; aber sie tat es einfacher und fast wie ein Ding, das sich von selber verstehe. Wir waren oft alle in ihrem Zimmer und spielten ein kindisches Spiel oder trieben Musik. Alfred hatte gleich Anfangs schon viel Zutrauen zu mir gezeigt, dieses Zutrauen war immer gewachsen und war dann unbedingt geworden. Er war ein vortrefflicher Knabe, offen, klar, einfach, gutmütig, lebendig, ohne doch einem heftigen Zorne anheimzufallen, heiter, unschuldig und folgsam. Er war jetzt gegen neun Jahre alt, entwickelte sich stets fröhlicher und gewann am Geiste sowie am Körper. Mathilde wurde immer herrlicher, sie war zuletzt feiner als die Rosen an dem Gartenhause, zu denen wir sehr gerne gingen. Ich liebte beide Kinder unsäglich. Wenn Alfred Unterrichtsstunde hatte, war ich dabei und leitete und überwachte sie, ich überwachte sein Lernen und fragte ihn immer um das Gelernte, damit er sich bei dem Lehrer keine Blöße gebe. Die Gegenstände, die ich mit ihm vornahm, vermehrte ich ansehnlich, ich suchte sie ihm recht gut beizubringen, und er lernte sie auch besser als früher bei andern Lehrern. Vater und Mutter waren oft bei dem Unterrichte zugegen und überzeugten sich von den Fortschritten. Mathilde nahm ich nicht nur sehr gerne, sondern viel lieber als früher zu unsern Spaziergängen mit. Ich sprach mit ihr, ich erzählte ihr, ich zeigte ihr Gegenstände, die an unserm Wege waren, hörte ihre Fragen, ihre Erzählungen und beantwortete sie. Bei rauhen Wegen oder wo Nässe zu befürchten war, zeigte ich ihr die besseren Stellen oder die Richtungen, auf denen man trockenen Fußes gehen konnte. Zu Hause nahm ich an ihren Bestrebungen Anteil. Ich sah öfter ihre Zeichnungen an und gab ihr einen Rat, den sie sehr gerne

verlangte und befolgte. Sie freute sich sehr, wenn das Veränderte dann viel besser aussah. Ich war dabei, wenn sie auf dem Claviere spielte, und hörte zu, so lange ihre Finger aus den Saiten die Töne hervor zu locken suchten. Ich schrieb ihr in Hefte sehr zierlich ab, wenn sie irgendwo einen Gesang hörte und sich denselben aus dem Gedächtnisse in Musiknoten aufschrieb. Dies war besonders in Hinsicht der Zither der Fall, die sie spielen zu lernen angefangen hatte, die sie sehr liebte und auf der sie bedeutende Fortschritte machte. Oft hörte die Mutter Mathildens mit Aufmerksamkeit zu, wenn sie anmutige Weisen aus den Metallsaiten hervorbrachte, und ich und Alfred regten uns nicht und lauschten. Ich las ihr und der Mutter aus ihren Büchern vor und bezeichnete schöne Stellen durch eingelegte Zeichen. Auch Blumen, Waldfrüchte und dergleichen brachte ich ihr, wenn ich dachte, daß sie ihr Freude machen könnten."

„Der Sommer war beinahe vergangen und der Herbst stand bevor. Wir hatten so viel getan, daß uns die Zeit sehr kurz schien. Wir waren uns auch genug, um unsere Stunden zu erfüllen. Wenn fremde Kinder zugegen waren, wenn Spiele veranstaltet waren und alle auf dem heiteren Rasen hüpften und sprangen, stand Mathilde seitwärts und sah teilnahmslos zu. Wir fuhren auch nicht so oft in die Nachbarschaft wie im vergangenen Jahre, und verlangten es auch nicht."

„Eines Tages nachmittags standen wir drei an dem Ausgange des langen Laubenweges, der mit Reben bekleidet ist und zu dem Obstgarten führt. Mathilde und ich standen ganz allein an der Mündung des Laubganges, Alfred war unter den Bäumen damit beschäftigt gewesen, einige Täfelchen, die an den Stämmen hingen und schmutzig geworden waren, zu reinigen, dann las er abgefallenes halbreifes Obst zusammen, legte es in Häufchen und sonderte das bessere von dem schlechteren ab. Ich sagte zu Mathilden, daß der Sommer nun bald zu Ende sei, daß die Tage mit immer größerer Schnelligkeit kürzer werden, daß bald die Abende kühl sein würden, daß dann dieses Laub sich gelb färben, daß man die Trauben ablesen und endlich in die Stadt zurückkehren würde."

„Sie fragte mich, ob ich denn nicht gerne in die Stadt gehe."

„Ich sagte, daß ich nicht gerne gehe, daß es hier gar so schön sei und daß es mir vorkomme, in der Stadt werde alles anders werden."

„Es ist wirklich sehr schön, antwortete sie, hier sind wir alle viel mehr beisammen, in der Stadt kommen Fremde dazwischen, man wird getrennt und es ist, als wäre man in eine andere Ortschaft gereist. Es ist doch das größte Glück, Jemanden recht zu lieben."

„Ich habe keinen Vater, keine Mutter und keine Geschwister mehr, erwiderte ich, und ich weiß daher nicht, wie es ist."

„Man liebt den Vater, die Mutter, die Geschwister, sagte sie, und andere Leute."

„Mathilde, liebst du denn auch mich? erwiderte ich."

„Ich hatte sie nie du genannt, ich wußte auch nicht, wie mir die Worte in den Mund kamen, es war, als wären sie mir durch eine fremde Macht hineingelegt worden. Kaum hatte ich sie gesagt, so rief sie: Gustav, Gustav, so außerordentlich, wie es gar nicht auszusprechen ist."

„Mir brachen die heftigsten Tränen hervor."
„Da flog sie auf mich zu, drückte die sanften Lippen auf meinen Mund und schlang die jungen Arme um meinen Nacken. Ich umfaßte sie auch und drückte die schlanke Gestalt so heftig an mich, daß ich meinte, sie nicht loslassen zu können. Sie zitterte in meinen Armen und seufzte."
„Von jetzt an war mir in der ganzen Welt nichts teurer, als dieses süße Kind."
„Als wir uns losgelassen hatten, als sie vor mir stand, erglühend in unsäglicher Scham, gestreift von den Lichtern und Schatten des Weinlaubes, und als sich, da sie den süßen Atem zog, ihr Busen hob und senkte, war ich wie bezaubert, kein Kind stand mehr vor mir, sondern eine vollendete Jungfrau, der ich Ehrfurcht schuldig war. Ich fühlte mich beklommen."
„Nach einer Weile sagte ich: Teure, teure Mathilde."
„Mein teurer, teurer Gustav, antwortete sie."
„Ich reichte ihr die Hand und sagte: Auf immer, Mathilde."
„Auf ewig, antwortete sie, indem sie meine Hand faßte."
„In diesem Augenblicke kam Alfred auf uns herzu. Er bemerkte nichts. Wir gingen schweigend neben ihm in dem Gange dahin. Er erzählte uns, daß die Namen der Bäume, die auf weiße Blechtäfelchen geschrieben sind, welche Täfelchen an Draht von dem untersten Aste jedes Baumes hernieder hängen, von den Leuten oft sehr verunreinigt würden, daß man sie alle putzen solle, und daß der Vater den Befehl erlassen sollte, daß ein jeder, der einen Baum wäscht, putzt oder dergleichen oder der sonst eine Arbeit bei ihm verrichtet, sich sehr in Acht zu nehmen habe, daß er das Täfelchen nicht bespritzt oder sonst eine Unreinigkeit darauf bringt. Dann erzählte er uns, daß er schöne Borsdorfer Äpfel gefunden habe, welche durch einen Insektenstich zu einer früheren, beinahe vollkommenen Reife gediehen seien. Er habe sie am Stamme des Baumes zusammengelegt und werde den Vater bitten, sie zu untersuchen, ob man sie nicht doch brauchen könne. Dann seien viele andere, welche vor der Zeit abfielen, weil die Bäume heuer mit zu viel Obst beladen wären und ihre Kraft nicht genug ist, alle zur Reife zu bringen. Diese habe er auch zusammengelegt, so viele er in der ersten Baumreihe habe finden können. Sie werden wohl zu gar nichts tauglich sein. Er freue sich schon sehr auf den Herbst, wo man alles das herabnehmen werde und wo auch die schönen roten, blauen und goldgrünen Trauben von diesem Ganggeländer heruntergelesen werden würden. Es sei gar nicht mehr lange bis dahin."
„Wir sprachen nicht und gingen einige Male in dem Gange mit ihm hin und wider."
„Die große Erregung hatte sich ein wenig gelegt, und wir gingen in das Haus. Ich ging aber nicht mit Mathilden zu ihrer Mutter, wie ich sonst immer getan hatte, sondern nachdem ich Alfred in sein Zimmer geschickt hatte, schweifte ich durch die Büsche herum und ging immer wieder auf den Platz, von welchem ich die Fenster sehen konnte, innerhalb welcher die teuerste aller Gestalten verweilte. Ich meinte, ich müsse sie durch mein Sehnen zu mir herausziehen können. Es war erst ein Augenblick, seit wir uns

getrennt hatten, und mir erschien es so lange. Ich glaubte, ohne sie nicht bestehen zu können, ich glaubte, jede Zeit sei ein verlornes Gut, in welcher ich das holde, schlanke Mädchen nicht an mein Herz drückte. Ich hatte früher nie irgend ein Mädchen bei der Hand gefaßt als meine Schwester, ich hatte nie mit einem ein liebes Wort geredet oder einen freundlichen Blick gewechselt. Dieses Gefühl war jetzt wie ein Sturmwind über mich gekommen. Ich glaubte sie durch die Mauern in ihrem Zimmer gehen sehen zu müssen mit dem langen kornblumenblauen Kleide, mit den glanzvollen Augen und dem rosenherrlichen Munde. Es bewegte sich der Fenstervorhang, aber sie war nicht an demselben; es schimmerte an dem Glase wie von einem rosigen Angesichte, aber es war nur ein schiefes Hereinleuchten der beginnenden Abendröte gewesen. Ich ging wieder durch die Büsche, ich ging durch den Weinlaubengang in den Obstgarten, der Weinlaubengang war mir jetzt ein fremdwichtiges Ding, wie ein Pallast aus dem fernsten Morgenlande. Ich ging durch das Haselnußgebüsch zu dem Rosenhause, es war, als blühten und glühten alle Rosen um das Haus, obwohl nur die grünen Blätter und die Ranken um dasselbe waren. Ich ging wieder zu unserem Wohnhause zurück und ging auf den Platz, von dem ich Mathildens Fenster sehen mußte. Sie beugte sich aus einem heraus und suchte mit den Augen. Als sie mich erblickt hatte, fuhr sie zurück. Auch mir war es gewesen, da ich die holde Gestalt sah, als hätte mich ein Wetterstrahl getroffen. Ich ging wieder in die Büsche. Es waren Flieder in jener Gegend, die eine Strecke Rasen säumten und in ihrer Mitte eine Bank hatten, um im Schatten ruhen zu können. Zu dieser Bank ging ich immer wieder zurück. Dann ging ich wieder auf ein Fleckchen Rasen und sah gegen die Fenster. Sie beugte sich wieder heraus. Dies taten wir ungezählte Male, bis der Flieder in dem Rot der Abendröte schwamm und die Fenster wie Rubinen glänzten. Es war zauberhaft, ein süßes Geheimnis mit einander zu haben, sich seiner bewußt zu sein und es als Glut im Herzen zu hegen. Ich trug es entzückt in meine Wohnung."

„Als wir zum Abendessen zusammen kamen, fragte mich Mathildens Mutter: Warum seid ihr denn heute, da ihr mit den Kindern aus dem Garten zurückgekehrt waret, nicht mehr zu mir gegangen?"

„Ich vermochte auf diese Frage nicht ein Wort zu antworten; es wurde aber nicht beachtet."

„Ich schlief in der ganzen Nacht kaum einige Augenblicke. Ich freute mich schon auf den Morgen, an dem ich sie wieder sehen würde. Wir trafen alle in dem Speisesaale zu dem Frühmahle zusammen. Ein Blick, ein leichtes Erröten sagte alles, sie sagten, daß wir uns besaßen und daß wir es wußten. Den ganzen Morgen brachte ich mit Alfred im eifrigen Lernen zu. Gegen Mittag, als Gräser und Laubblätter getrocknet waren, gingen wir in den Garten. Mathilde flog mit einem Buche, in dem sie eben gelesen hatte, aus dem Hause, sie eilte auf uns zu, und wir tauschten den Blick der Einigung. Sie sah mich innig an, und ich fühlte, wie meine Empfindung aus meinen Augen strömte. Wir gingen durch den Blumengarten und durch den Gemüsegarten auf den Weinlaubengang zu. Es war, als hätten wir uns verabredet, dorthin zu gehn. Mathilde und ich sprachen gewöhnliche Dinge, und in den gewöhnlichen Dingen lag ein Sinn, den wir verstanden. Sie gab mir ein Weinblatt, und ich verbarg das Weinblatt an meinem Herzen. Ich reichte ihr ein Blümchen, und sie steckte das Blümchen in ihren Busen. Ich nahm ihr das Papierstreifchen, welches als Merkmal in ihrem Buche steckte, und behielt es bei mir. Sie wollte es wieder haben, ich gab es nicht, und sie lächelte und ließ es mir. Wir kamen in das Haselgebüsch, durchstreiften es und traten vor die Rosen des Gartenhauses. Sie nahm einige welke Blätter ab und reinigte dadurch den Zweig. Ich tat das Nehmliche mit dem Nachbarzweige. Sie gab mir ein grünes Rosenblatt, ich knickte einen zarten Zweig, was eigentlich nicht erlaubt war, und gab ihr den Zweig. Sie wendete sich einen Augenblick ab, und da sie sich wieder uns zugewandt, hatte sie den Rosenzweig bei sich verborgen. Wir gingen in das Gartenhaus, sie stand an dem Tische und stützte sich mit ihrer Hand auf die Platte desselben. Ich legte meine Hand auch auf die Platte, und nach einigen Augenblicken hatten sich unsere Finger berührt. Sie stand wie eine feurige Flamme da, und mein ganzes Wesen zitterte. Im vorigen Sommer hatte ich ihr oft die Hand gereicht, um ihr über eine schwierige Stelle zu helfen, um sie auf einem schwanken Stege zu stützen oder sie auf schmalem Pfade zu geleiten. Jetzt fürchteten wir, uns die Hände zu geben, und die Berührung war von der größten Wirkung. Es ist nicht zu sagen, woher es kommt, daß vor einem Herzen die Erde, der Himmel, die Sterne, die Sonne, das ganze Weltall verschwindet, und vor dem Herzen eines Wesens, das nur ein Mädchen ist und das Andere noch ein Kind heißen. Aber sie war wie der Stengel einer himmlischen Lilie zaubervoll, anmutsvoll, unbegreiflich."

„Wir gingen wieder in das Haus, und wir gingen, ehe wir zu dem Mittagessen gerufen wurden, zu der Mutter. Bei der Mutter waren wir stiller und wortarmer als gewöhnlich. Mathilde suchte sich ein Papierstreifchen und legte es wieder an jener Stelle in das Buch, wo ich ihr das Merkzeichen herausgenommen hatte. Dann setzte sie sich zu dem Claviere und rief einzelne Töne aus den Saiten. Alfred erzählte, was wir in dem Garten getan hatten und berichtete der Mutter, daß wir verdorrte und unbrauchbare Blätter von den Rosenzweigen, die an den Latten des Gartenhauses angebunden sind, herabgenommen hätten.

Hierauf wurden wir zu dem Mittagessen gerufen. Nachmittag war kein Spaziergang. Die Eltern gingen nicht, und ich schlug Alfred und Mathilden keinen vor. Ich nahm ein Buch eines Lieblingsdichters, las sehr lange, und feurige Tränen wie heiße Tropfen kamen öfter in meine Augen. Später saß ich auf der Bank in dem Fliedergebüsche und schaute zuweilen durch die Zweige auf die Wohnung Mathildens. Dort stand manches Mal das Mädchen, das so schön wie ein Engel war, an dem Fenster. Gegen den Abend spielte Mathilde in dem Zimmer der Mutter auf dem Claviere sehr ernst, sehr schön und sehr ergreifend. Dann nahm sie noch die Zither und spielte auf derselben ebenfalls. Die Saiten mußten sie so ergriffen haben, daß sie nicht aufhören konnte. Sie spielte immer fort, und die Töne wurden immer rührender und ihre Verbindung immer natürlicher. Die Mutter lobte sie sehr. Der Vater, welcher in einem Geschäfte in der nächsten kleinen Stadt gewesen war, kam endlich auch zur Mutter, und wir blieben in dem Zimmer derselben, bis wir zu dem Abendessen gerufen wurden. Der Vater nahm Mathilden an den Arm und führte sie zärtlich in den Speisesaal."

„Es begann nun eine merkwürdige Zeit. In meinem und Mathildens Leben war ein Wendepunkt eingetreten. Wir hatten uns nicht verabredet, daß wir unsere Gefühle geheim halten wollen; dennoch hielten wir sie geheim, wir hielten sie geheim vor dem Vater, vor der Mutter, vor Alfred und vor allen Menschen. Nur in Zeichen, die sich von selber gaben und die wie von selber auf die Lippen kamen, machten wir sie uns gegenseitig kund. Tausend Fäden fanden sich, an denen unsere Seelen zu einander hin und her gehen konnten.

Wenn wir in dem Besitze von diesen tausend Fäden waren, so fanden sich wieder tausend und mehrten sich immer. Die Lüfte, die Gräser, die späten Blumen der Herbstwiese, die Früchte, der Ruf der Vögel, die Worte eines Buches, der Klang der Saiten, selbst das Schweigen waren unsere Boten. Und je tiefer sich das Gefühl verbergen mußte, desto gewaltiger war es, desto drängender loderte es in dem Innern. Auf Spaziergänge gingen wir drei, Mathilde, Alfred und ich, jetzt weniger als sonst, es war, als scheuten wir uns vor der Anregung. Die Mutter reichte oft den Sommerhut und munterte auf. Das war dann ein großes, ein namenloses Glück. Die ganze Welt schwamm vor den Blicken, wir gingen Seite an Seite, unsere Seelen waren verbunden, der Himmel, die Wolken, die Berge lächelten uns an, unsere Worte konnten wir hören, und wenn wir nicht sprachen, so konnten wir unsere Tritte vernehmen, und wenn auch das nicht war, oder wenn wir stille standen, so wußten wir, daß wir uns besaßen, der Besitz war ein unermeßlicher, und wenn wir nach Hause kamen, war es, als sei er noch um ein Unsägliches vermehrt worden. Wenn wir in dem Hause waren, so wurde ein Buch gereicht, in dem unsere Gefühle standen, und das Andere erkannte die Gefühle, oder es wurden sprechende Musiktöne hervorgesucht, oder es wurden Blumen in den Fenstern zusammengestellt, welche von unserer Vergangenheit redeten, die so kurz und doch so lang war. Wenn wir durch den Garten gingen, wenn Alfred um einen Busch bog, wenn er in dem Gange des Weinlaubes vor uns lief, wenn er früher aus dem Haselgebüsche war als wir, wenn er uns in dem Innern des Gartenhauses allein ließ, konnten wir uns mit den Fingern berühren, konnten uns die Hand reichen oder konnten gar Herz an Herz fliegen, uns einen Augenblick halten, die heißen Lippen an einander drücken und die Worte stammeln: Mathilde, dein auf immer und auf ewig, nur dein allein, und nur dein, nur dein allein!"

„O ewig dein, ewig, ewig, Gustav, dein, nur dein und nur dein allein."

„Diese Augenblicke waren die allerglückseligsten."

„So war der tiefe Herbst gekommen. Wir hatten in dem Reste des Sommers ein Äußeres nicht vermißt. Mathilde und Alfred hatten immer weniger verlangt, in die Nachbarschaft zu fahren, und so war es gekommen, daß auch die Eltern weniger fuhren und daß auch Fremde weniger zu uns kamen. Wenn sie aber da waren, wenn auch Alfred an den

Spielen und Ergötzungen der Kinder Teil nahm, so war Mathilde doch teilnahmloser als je. Sie hielt sich ferne, wie eine, die nicht hieher gehört. Auch in ihrem körperlichen Wesen war in dieser kurzen Zeit eine große Veränderung vorgegangen. Sie war stärker geworden, ihre Wangen waren purpurner, ihre Augen glänzender geworden.
Alfred liebte mich sehr. Neben seinen Eltern und seiner Schwester liebte er vielleicht nichts so sehr als mich, und ich vergalt es ihm mit ganzer Seele."
„Der späte Herbst war endlich dem Beginne des Winters gewichen. Wie wir sehr früh von der Stadt auf das Land gingen, so blieben wir auch sehr tief in die sinkende Jahreszeit hinein auf demselben. Alfreds Erwartung war in Erfüllung gegangen. Das Obst und die Trauben waren abgenommen worden. Auf den Zweigen der Bäume war kein Blatt mehr, und der Nebel und der Frost zogen sich durch die Gründe des Tales. Da gingen wir in die Stadt. Dort war Mathilde enger umgrenzt. Lehrer, Erziehungsstunden, Unterricht, Arbeiten drängten sich an sie heran. Ihr ganzes Wesen aber war begeisterter und getragener, und ich erschien mir reich, um Vieles reicher als die Besitzer all der Häuser, der Palläste und des Glanzes der ungeheuren Stadt. Wir konnten uns nur seltener sprechen; aber wenn sie mir auf dem Gange begegnete, wenn sie mir in dem Zimmer der Mutter einige Worte sagen konnte, wenn in der Menge das Geschick uns an einander vorüberführte oder wenn uns ein anderer günstiger Augenblick gegeben war, dann sagten mir ihre schönen Augen, dann sagten einige Worte, wie sehr wir uns liebten, wie unveränderlich diese Liebe sei und wie unbegrenzt unsere Seelen einander beherrschen. Sie wurde jetzt auch von andern Leuten bemerkt, und junge Männer richteten ihre Augen auf sie; aber wenn man ihr entgegen kam, wenn ihr gehuldigt wurde, wenn man sie in einer Familie feierte, so war sie ganz ruhig gegen diese Dinge, setzte ihnen gar keine Äußerung entgegen, und ihr engelschönes Wesen sagte mir, es sagte es nur von mir verstanden, daß sie mit ihrer wundervollen Gestalt, mit der Wärme ihrer Seele und dem Glanz ihres Aufblühens nur mich beglücke, und daß es ihr Wonne mache, mich beglücken zu können. Oft, wenn ich von weiten Gängen in der Stadt zurückkehrte und zu dem Hause kam, in welchem wir wohnten, blieb ich stehen und betrachtete das Haus. Es war merkwürdiger, es war gefeit worden vor den Häusern der Stadt, und mit Rührung sah ich auf die Mauern, innerhalb welcher das Wesen wohnte, das von überirdischen Räumen gekommen war, meine Seele zu erfüllen. Mathilde sah die Vergötterung, welche ich ihr weihte, sie sah dieselbe genau auf den geheimen Wegen, auf denen ich ihre Liebe erkannte, und Freude leuchtete darüber von ihrer Stirne, welche gleichfalls nur von mir gesehen wurde. Die Eltern Mathildens fingen auch an, sie in vorzüglichere Stoffe zu kleiden, als sie bisher getan hatten, und wenn sie mit edlen Gewändern angetan vor mir stand, kam sie mir ferner und näher, fremder und angehöriger vor als sonst."
„Eines Tages, als ich über die Treppe unsers Hauses, welches nur von unserer Familie allein bewohnt wurde, herabging, um einen Freund zu besuchen, begegnete mir Mathilde. Sie war mit der Mutter an das Haus gefahren, die Mutter war in dem Wagen sitzen geblieben, sie aber sollte hinaufgehen, um irgend etwas zu holen. Sie war in

schwarze Seide gekleidet, ein seidenes Mäntelchen war um ihre Schultern, und aus dem Hute mit dem grünen Flore sah das blühende, durch die Kälte erfrischte Angesicht hervor. Da wir uns hinter einer Biegung der Treppe begegneten, wurde sie dunkelglühend. Ich erschrak und sagte aber: O Mathilde, Mathilde, du himmelvolles Wesen, alle streben sie nach dir, wie wird das werden, o wie wird das werden?!"
„Gustav, Gustav, antwortete sie, du bist der trefflichste von allen, du bist ihr König, du bist der Einzige, alles ist gut und herrlich, und Millionen Kräfte sollen es nicht zerreißen können."
„Ich ergriff ihre Hand, ein glühender Kuß, nur einen Augenblick gegeben, aber mit fest aneinandergedrückten Lippen, bekräftigte die Worte. Ich hörte ihre Seide die Treppe emporrauschen, ich aber ging die Stufen hinunter. Da ich unten die gläserne Doppeltür der Treppe geöffnet hatte, sah ich den Wagen stehen. Hinter den Fenstern desselben saß freundlich die Mutter Mathildens und sah mich an. Ich grüßte sie ehrerbietig und ging vorüber. Ich ging nun nicht mehr zu dem Freunde, den ich hatte besuchen wollen."
„Mit Alfred betrieb ich das, was er zu lernen hatte, immer eifriger, ich war immer sorgsamer, daß er es gut inne habe, und legte, wo ich konnte, wie früher und in noch größerem Maße selber Hand an. Auch auf den Gang seiner Entwickelung im Allgemeinen suchte ich so einzuwirken, wie es mir nur möglich war. Ich sprach sehr viel mit ihm und ging sehr viel mit ihm um. Er schloß sich, da er es wohl wußte, daß ich ihn liebe, immer inniger an mich an, ja er schloß sich auf das Innigste und fast ausschließlich an mich. Er wohnte wie auf dem Lande so auch in der Stadt neben mir."
„Im ersten Frühlinge fuhren wir wieder wie im vorigen Jahre nach Heinbach. Es war wieder die Veranstaltung getroffen, daß Mathilde, Alfred und ich in einem Wagen fuhren. Alfred saß wieder neben mir und schmiegte sich an mich. Mathilde saß gegenüber. Und so konnten wir uns zwei Tage mit den Augen der Liebe ungehindert ansehen und konnten mit einander sprechen. Und wenn wir auch von gleichgültigen Dingen redeten, so hörten wir doch unsere Stimme, und in gewöhnlichen Dingen zitterte das tiefe Herz durch. Jene zwei Tage waren die glückseligsten meines Lebens."
„Auf dem Lande begann nun wieder ein Leben, wie es im vergangenen Jahre gewesen war. Wir waren ungebunden und konnten leichter unsere Seelen tauschen. Wir waren freier in dem Zimmer der Mutter oder in dem des Vaters, wir konnten den Garten besuchen, wir konnten unter den Bäumen des Rasenplatzes wandeln und wir konnten spazieren gehen. Am liebsten wurde uns der Weinlaubengang. Er war ein Heiligtum geworden, seine Zweige sahen uns vertraut an, seine Blätter wurden unsere Zeugen, und durch seine Verschlingungen bebte manches tiefe Wort und wehte mancher Hauch der unergründlichsten Glückseligkeit. Fast ebenso lieb war uns das Gartenhaus. Manchen Flug der Wonne deckte es mit seinen schützenden Mauern, und es umgab uns wie ein stiller Tempel, wenn wir alle drei eintraten und zwei Gemüter wallten. Wir gingen oft an diese beiden Orte. Die Verbindungsfäden wuchsen tausendfach, Mathilde wurde stets

noch herrlicher, sie wurde von Andern immer heißer begehrt, aber ihre Seele schloß sich nur fester an die meinige."

„Ich machte jetzt oft sehr große Wege allein. Wenn ich so weit war, daß ich das Haus nicht mehr sehen konnte und wenn ich so dastand und die weißen Wolken betrachtete, die über dem Hause stehen mußten, und wenn ich auf den Wald sah, jenseits dessen das Haus sich befand, so kam eine tiefe Bewegung in mich. Und wenn ich dann nach Hause eilte, ins Innere der Mauern ging, sie da sah und an ihr die Freude des Wiedersehens erkannte, so frohlockte gleichsam springend mir das Herz in dem Busen über meinen unendlichen Besitz."

„Dennoch war allgemach etwas da, das wie ein Übel in mein Glück bohrte. Es nagte der Gedanke an mir, daß wir die Eltern Mathildens täuschen. Sie ahnten nicht, was bestand, und wir sagten es ihnen nicht. Immer drückender wurde mir das Gefühl und immer ängstender lastete es auf meiner Seele. Es war wie das Unheil der Alten, welches immer größer wird, wenn man es berührt."

„Eines Tages, da eben die Rosenblüte war, sagte ich zu Mathilden, ich wolle zur Mutter gehen, ihr alles entdecken und sie um ihr gütiges Vorwort bei dem Vater bitten. Mathilde antwortete, das werde gut sein, sie wünsche es, und unser Glück müsse dadurch sich erst recht klären und befestigen."

„Ich ging nun zur Mutter Mathildens und sagte ihr alles mit schlichten Worten, aber mit zagender Stimme."

„Ich habe das von euch nicht erwartet und nicht geahnt, erwiderte sie, ich kann euch auch einen Bescheid nicht geben. Ich muß erst mit meinem Gatten sprechen. Kommt in einer Stunde in mein Zimmer, und ich werde euch antworten."

„Ich verbeugte mich, verließ ihr Gemach und begab mich in mein Eckzimmer."

„Als die Stunde vorüber war, ging ich in das Besuchzimmer der Mutter Mathildens. Sie erwartete mich schon. Sie saß an ihrem Tische, um den wir uns so oft versammelt hatten. Sie bot mir auch einen Stuhl an. Nachdem ich mich gesetzt hatte, sagte sie: Mein Gatte ist mit mir gleicher Ansicht. Wir haben euch ein Vertrauen geschenkt, das so groß war, daß wir es nicht verantworten können. Ihr gabet uns Grund zu diesem Vertrauen. Wir wollen nicht weiter darüber rechten. Aber eins muß gesprochen werden. Die Verbindung, welche ihr beide geschlossen habt, ist ohne Ziel, wenigstens ist jetzt ein Ziel nicht abzusehen. Ihr mögt wohl beide einen gleichen Anteil an der Schließung dieses Bundes haben. Aber beide dürftet ihr vielleicht an seine Folgen nicht gedacht haben, sonst könnten wir euch schwerer entschuldigen. Ihr habt euch nur eurem Gefühle hingegeben. Ich begreife das. Ich kann mir nur nicht erklären, daß ich es nicht schon früher begriffen habe. Ich habe euch so – so sehr vertraut. Hört mich aber jetzt an. Mathilde ist noch ein Kind, es muß eine Reihe von Jahren vergehen, in denen sie noch lernen muß, was ihr für ihren einstigen Beruf not tut, es muß noch eine Reihe von Jahren vergehen, ehe sie nur begreift, was der Bund ist, den sie eben geschlossen hat. Sie ist lebhaft, sie hat ein Gefühl von ihrer Seele Besitz nehmen lassen, welches ihr angenehm ist und welches wahrscheinlich diese ihre ganze Seele erfüllt. Sollen wir sie in diesem Gefühle befangen sein lassen in der ganzen Zeit, in der sie erst die wichtigsten Vorbereitungen zu ihrem künftigen Leben treffen muß, oder soll sie ruhiger sein, um diese Vorbereitungen in dem rechten Maße treffen zu können? Soll das Gefühl nun fortdauern, immer fort, bis wir sagen können, daß sie Braut sei? Wenn es fortdauert, wird es nicht peinigende Stunden bringen, da es nicht so bald in seinen natürlichen Abschluß gelangen kann und Zweifel, Ungeduld, Vorwärtsstreben, Unmut und Schmerz in seinem Gefolge führen? Wird es da nicht jene schönen, edlen, heitern, ruhigen Tage wegfressen, die der aufblühenden Jungfrau bestimmt sind, ehe sie den Brautkranz in ihre Haare flicht? Sind nicht oft frühzeitige, auf weite Ziele gerichtete Neigungen die Zerstörerinnen des Lebensglückes geworden? Wenn ihr Mathilden liebt, wenn ihr sie mit wahrhafter Liebe eures Herzens liebt, könnt ihr sie einer solchen Gefahr aussetzen wollen? Gräbt nicht tiefes Sehnen und heftiges Fühlen, durch Jahre fortgesetzt, alle Kräfte des Menschen an? Und wie, wenn die Neigung des einen schwindet und das andere trostlos ist? Oder wenn sie in beiden ermattet und eine Leere hinter sich läßt? Ihr werdet beide sagen, das sei bei euch nicht möglich. Ich weiß, daß ihr jetzt so fühlt, ich weiß, daß es bei euch vielleicht auch nicht möglich ist; allein ich habe oft gesehen, daß Neigungen aufhörten und sich änderten, ja daß die stärksten Gefühle, welche allen Gewalten trotzten, dann, da sie keinen andern Widerstand mehr hatten als die zähe, immer dauernde, aufreibende Zeit, dieser stillen und unscheinbaren Gewalt unterlegen sind. Soll Mathilde – ich will sagen eure Mathilde – dieser Möglichkeit anheimgegeben werden? Ist ihr das Leben, in das sie jetzt mit frischer Seele hinein sieht, nicht zu gönnen? Es ist größere Liebe, auf die eigene Seligkeit nicht achten, ja die gegenwärtige Seligkeit des geliebten Gegenstandes auch nicht achten, aber dafür das ruhige, feste und dauernde Glück desselben begründen. Das, glaube ich, ist eure und ist Mathildens Pflicht. Ihr könnt mir nicht einwenden, daß dieses Glück durch eine Verbindung, die sogleich geschlossen wird, zu begründen sei. Wenn auch Mathildens Vermögen so groß wäre, daß daraus ein Familienbesitzstand gegründet werden könnte, wenn ihr es auch über euch vermöchtet, von dem Vermögen eurer Gattin wenigstens eine Zeit hindurch zu leben, was ich bezweifle, so wäre damit doch noch nichts gewonnen, da Mathilde, wie ich sagte, die bei weitem größere Zahl von Eigenschaften noch nicht besitzt, welche eine Gattin und Mutter besitzen muß, da sie ferner nach den Ansichten, die wir über das körperliche Wohl unserer Kinder für unsere Pflicht halten, wenigstens vor sechs oder sieben Jahren sich nicht vermählen kann, und da also die Unsicherheit und Gefahr, wie ich früher sprach, auch bei dieser eurer Behauptung für sie und euch vorhanden wären. Da die Kinder in dem Alter Mathildens ihren Eltern ohne Bedingung zu folgen haben, und da gute Kinder, wozu ich Mathilden zähle, auch wenn es ihrem Herzen Schmerz macht, gerne folgen, weil sie der Liebe und der bessern Einsicht der Eltern vertrauen; so hätte ich nur sagen dürfen, mein Gatte und ich erkennen, daß zum Wohle Mathildens das Band, das sie geschlungen hat, nicht fortdauern dürfe und daß sie daher dasselbe abbrechen möge; allein ich habe euch die Gründe unserer Ansicht entwickelt, weil ich euch hochachte und weil ich auch gesehen habe, daß ihr mir zugetan seid, wie ja auch euer Geständnis beweist, welches freilich etwas früher hätte gemacht werden sollen. Erlaubt, daß ich nun auch von euch etwas spreche. Ihr seid, wenn auch älter als Mathilde, doch als Mann noch so jung, daß ihr die Lage in der ihr seid, kaum zu beurteilen fähig sein dürftet. Mein Gatte und ich sind der Ansicht, daß ihr, so weit wir euch kennen, durch euer Gefühl, das immer edel und warm ist, in die Neigung zu Mathilden, der wir auch als Eltern immerhin einigen Liebreiz zusprechen müssen, gestürzt worden seid, daß sich euch das Gefühl als etwas Hohes und Erhabenes angekündigt hat, das euch noch dazu so beseligte, und daß ihr daher an keinen Widerstand gedacht habt, der euch ja auch als Untreue an Mathilden erscheinen mußte. Allein eure Lage, in dieser Art genommen, darf nicht als die gesetzmäßige bezeichnet werden. Ihr seid so jung, ihr habt euch in den Anfang einer Laufbahn begeben. Ihr müßt nun in derselben fortfahren oder, wenn ihr sie mißbilligt, eine andere einschlagen. In ganz und gar keiner kann ein Mann von eurer Begabung und eurem inneren Wesen nicht bleiben. Welche lange Zeit liegt nun vor euch, die ihr benützen müßt, euch in jene feste Lebenstätigkeit zu bringen, die euch not tut, und euch jene äußere Unabhängigkeit zu erwerben, die ihr braucht, damit ihr Beides zur Errichtung eines dauernden Familienverhältnisses anwenden könnt. Welche Unsicherheit in euren Bestrebungen, wenn ihr eine verfrühte Neigung in dieselben hinein nehmt, und welche Gefahren in dieser euch beherrschenden Neigung für euer Wesen und euer Herz! Es wird euch beiden jetzt Schmerz machen, das geknüpfte Band zu lösen oder wenigstens aufzuschieben, wir wissen es, wir fühlen den Schmerz, ihr beide dauert uns, und wir machen uns Vorwürfe, daß wir die entstandene Sachlage nicht zu verhindern gewußt haben; aber ihr werdet beide ruhiger werden, Mathilde wird ihre Bildung vollenden können, ihr werdet in eurem zukünftigen Stande euch befestigt haben, und dann kann wieder gesprochen werden. Ihr hättet auch ohne diese Neigung nicht lange mehr in eurer gegenwärtigen Stellung bleiben können. Wir verdanken euch sehr viel. Unser Alfred und auch Mathilde reiften an euch sehr schön empor. Aber eben deshalb hätten wir es nicht über unser Gewissen bringen können, euch länger zu unserem Vorteile von eurer Zukunft abzuhalten, und mein Gatte hatte sich vorgenommen, mit euch über diese Sache zu sprechen. Überdenkt, was ich euch sagte. Ich verlange heute keine Antwort; aber gebt sie mir in diesen Tagen. Ich habe noch einen Wunsch, ich kenne euch und ich will ihn euch deshalb anvertrauen. Ihr habt eine sehr große Gewalt über Mathilden, wie wir wohl immer gesehen haben, wie sie uns in ihrer Größe aber nicht erschienen ist, wendet, wenn meine Worte bei euch einen Eindruck machten, diese Gewalt auf sie an, um sie von dem zu überzeugen, was ich euch gesagt habe, und um das arme Kind zu beruhigen. Wenn es euch gelingt, glaubt mir, so erweiset ihr Mathilden dadurch eine große Liebe, ihr erweiset sie euch und auch uns. Geht dann mit dem Eifer, der Begabung und der Ausdauer, wie ihr sie in unserem Hause bewiesen habt, an euren Beruf. Wir waren euch alle sehr zugetan, ihr werdet wieder Neigung und

Anhänglichkeit finden, ihr werdet ruhiger werden und alles wird sich zum Guten wenden."

„Sie hatte ausgesprochen, legte ihre schöne, freundliche Hand auf den Tisch und sah mich an."

„Ihr seid ja so blaß wie eine getünchte Wand, sagte sie nach einem Weilchen."

„In meine Augen drangen einzelne Tränen, und ich antwortete: Jetzt bin ich ganz allein. Mein Vater, meine Mutter, meine Schwester sind gestorben. Mehr konnte ich nicht sagen, meine Lippen bebten vor unsäglichem Schmerz."

„Sie stand auf, legte ihre Hand auf meinen Scheitel und sagte unter Tränen mit ihrer lieblichen Stimme: Gustav, mein Sohn! Du bist es ja immer gewesen, und ich kann einen besseren nicht wünschen. Geht jetzt beide den Weg eurer Ausbildung, und wenn dann einst euer gereiftes Wesen dasselbe sagt, was jetzt das wallende Herz sagt, dann kommt beide, wir werden euch segnen. Stört aber durch Fortspinnen, Steigern und vielleicht Abarten eurer jetzigen heftigen Gefühle nicht die euch so nötige letzte Entwicklung."

„Es war das erste Mal gewesen, daß sie mich du genannt hatte."

„Sie verließ mich und ging einige Schritte im Zimmer hin und wieder."

„Verehrte Frau, sagte ich nach einer Weile, es ist nicht nötig, daß ich euch morgen oder in diesen Tagen antworte; ich kann es jetzt sogleich. Was ihr mir an Gründen gesagt habt, wird sehr richtig sein, ich glaube, daß es wirklich so ist, wie ihr sagt; allein mein ganzes Innere kämpft dagegen, und wenn das Gesagte noch so wahr ist, so vermag ich es nicht zu fassen. Erlaubt, daß eine Zeit hierüber vergehe und daß ich dann noch einmal durchdenke, was ich jetzt nicht denken kann. Aber eins ist es, was ich fasse. Ein Kind darf seinen Eltern nicht ungehorsam sein, wenn es nicht auf ewig mit ihnen brechen, wenn es nicht die Eltern oder sich selbst verwerfen soll. Mathilde kann ihre guten Eltern nicht verwerfen, und sie ist selber so gut, daß sie auch sich nicht verwerfen kann. Ihre Eltern verlangen, daß sie jetzt das geschlossene Band auflösen möge, und sie wird folgen. Ich will es nicht versuchen, durch Bitten das Gebot der Eltern wenden zu wollen. Die Gründe, welche ihr mir gesagt habt und welche in mein Wesen nicht eindringen wollen, werden in dem eurigen fest haften, sonst hättet ihr mir sie nicht so nachdrücklich gesagt, hättet sie mir nicht mit solcher Güte und zuletzt nicht mit Tränen gesagt. Ihr werdet davon nicht lassen können. Wir haben uns nicht vorzustellen vermocht, daß das, was für uns ein so hohes Glück war, für die Eltern ein Unheil sein wird. Ihr habt es mir mit eurer tiefsten Überzeugung gesagt. Selbst wenn ihr irrtet, selbst wenn unsere Bitten euch zu erweichen vermöchten, so würde euer freudiger Wille, euer Herz und euer Segen mit dem Bunde nicht sein, und ein Bund ohne der Freude der Eltern, ein Bund mit der Trauer von Vater und Mutter müßte auch ein Bund der Trauer sein, er wäre ein ewiger Stachel, und euer ernstes oder bekümmertes Antlitz würde ein unvertilgbarer Vorwurf sein. Darum ist der Bund, und wäre er der berechtigteste, aus, er ist aus auf so lange, als die Eltern ihm nicht beistimmen können. Eure ungehorsame Tochter würde ich nicht so unaussprechlich lieben können, wie ich sie jetzt liebe, eure gehorsame werde ich ehren

und mit tiefster Seele, wie fern ich auch sein mag, lieben, so lange ich lebe. Wir werden daher das Band lösen, wie schmerzhaft die Lösung auch sein mag. – O Mutter, Mutter! – laßt euch diesen Namen zum ersten und vielleicht auch zum letzten Male geben –, der Schmerz ist so groß, daß ihn keine Zunge aussprechen kann und daß ich mir seine Größe nie vorzustellen vermocht habe!"
„Ich erkenne es, antwortete sie, und darum ist ja der Kummer, den ich und mein Gatte empfinden, so groß, daß wir unserem teuren Kinde und euch, den wir auch lieben, die Seelenkränkung nicht ersparen können."
„Ich werde morgen Mathilden sagen, erwiderte ich, daß sie ihrem Vater und ihrer Mutter gehorchen müsse. Heute erlaubt mir, verehrte Frau, daß ich meine Gedanken etwas ordne – und daß ich auch noch andere Dinge ordne, die not tun."
„Die Tränen waren mir wieder in die Augen getreten."
„Sammelt euch, lieber Gustav, sagte sie, und tut, was ihr für gut haltet, sprecht mit Mathilden oder sprecht auch nicht, ich schreibe euch nichts vor. Es wird eine Zeit kommen, in der ihr einsehen werdet, daß ich euch nicht so unrecht tue, als ihr jetzt vielleicht glauben möget."
„Ich küßte ihr die Hand, die sie mir gütig gab, und verließ das Zimmer."
„Am andern Tage bat ich Mathilden, mit mir einen Gang in den Garten zu machen. Wir gingen durch den ersten Teil desselben, und wir gingen durch den Weinlaubengang bis zu dem Gartenhause, an dem die Rosen blühten. Während wir so wandelten, sprachen wir fast kein Wort, außer daß wir sagten, wie uns hie und da eine Blume gefalle, wie das Weinlaub schön sei und wie der Tag sich so ausgeheitert habe. Wir waren zu gespannt auf das, was da kommen werde, Mathilde auf das, was ich ihr mitzuteilen habe, und ich auf das, wie sie die Mitteilung aufnehmen werde. In der Nähe des Gartenhauses war eine Bank, auf welche von einem Rosengebüsche Schatten fiel. Ich lud sie ein, mit mir auf der Bank Platz zu nehmen. Sie tat es. Es war das erste Mal, daß wir ganz allein in den Garten gingen und daß wir allein bei einander auf einer Bank saßen. Es war das Vorzeichen, daß uns dies in Zukunft entweder ungestört werde gestattet sein oder daß es das letzte Mal sei und daß man darum ein unbedingtes Vertrauen in uns setze. Ich sah, daß Mathilde das empfinde; denn in ihrem ganzen Wesen war die höchste Erwartung ausgeprägt. Deßohngeachtet rief sie mit keinem Worte den Anfang der Mitteilungen hervor. Mein Wesen mochte sie in Angst gesetzt haben; denn obwohl ich mir unzählige Male in der Nacht die Worte zusammengestellt hatte, mit denen ich sie anreden wollte, so konnte ich doch jetzt nicht sprechen, und obwohl ich suchte, meine Empfindungen zu bemeistern, so mochte doch der Schmerz in meinem Äußern zu lesen gewesen sein. Da wir schon eine Weile gesessen waren, auf unsere Fußspitzen gesehen und, was zu verwundern war, uns nicht an der Hand gefaßt hatten, fing ich an, mit zitternder Stimme und mit stockendem Atem zu sagen, was ihre Eltern meinen, und daß sie den Wunsch hegen, daß wir wenigstens für die jetzige Zeit unser Band auflösen mögen. Ich ging auf die Gründe, welche die Mutter angegeben hatte, nicht ein, und legte Mathilden nur dar,

daß sie zu gehorchen habe und daß unter Ungehorsam unser Bund nicht bestehen könne."

„Als ich geendet hatte, war sie im höchsten Maße erstaunt."

„Ich bitte dich, wiederhole mir nur in Kurzem, was du gesprochen hast und was wir tun sollen, sagte sie."

„Du mußt den Willen deiner Eltern tun und das Band mit mir lösen, antwortete ich."

„Und das schlägst du vor, und das hast du der Mutter versprochen, bei mir auszuwirken? fragte sie."

„Mathilde, nicht auszuwirken, antwortete ich, wir müssen gehorchen; denn der Wille der Eltern ist das Gesetz der Kinder."

„Ich muß gehorchen, rief sie, indem sie von der Bank aufsprang, und ich werde auch gehorchen; aber du mußt nicht gehorchen, deine Eltern sind sie nicht. Du mußtest nicht hieher kommen und den Auftrag übernehmen, mit mir das Band der Liebe, das wir geschlossen hatten, aufzulösen. Du mußtest sagen: Frau, eure Tochter wird euch gehorsam sein, sagt ihr nur euren Willen; aber ich bin nicht verbunden, eure Vorschriften zu befolgen, ich werde euer Kind lieben, so lange ein Blutstropfen in mir ist, ich werde mit aller Kraft streben, einst in ihren Besitz zu gelangen. Und da sie euch gehorsam ist, so wird sie mit mir nicht mehr sprechen, sie wird mich nicht mehr ansehen, ich werde weit von hier fortgehen; aber lieben werde ich sie doch, so lange dieses Leben währt und das künftige, ich werde nie einer Andern ein Teilchen von Neigung schenken und werde nie von ihr lassen. So hättest du sprechen sollen, und wenn du von unserm Schlosse fortgegangen wärest, so hätte ich gewußt, daß du so gesprochen hast, und tausend Millionen Ketten hätten mich nicht von dir gerissen, und jubelnd hätte ich einst in Erfüllung gebracht, was dir dieses stürmische Herz gegeben. Du hast den Bund aufgelöset, ehe du mit mir hieher gegangen bist, ehe du mich zu dieser Bank geführt hast, die ich dir gutwillig folgte, weil ich nicht wußte, was du getan hast. Wenn jetzt auch der Vater und die Mutter kämen und sagten: Nehmet euch, besitzet euch in Ewigkeit, so wäre doch alles aus. Du hast die Treue gebrochen, die ich fester gewähnt habe als die Säulen der Welt und die Sterne an dem Baue des Himmels."

„Mathilde, sagte ich, was ich jetzt tue, ist unendlich schwerer, als was du verlangtest."

„Schwer oder nicht schwer, von dem ist hier nicht die Rede, antwortete sie, von dem, was sein muß, ist die Rede, von dem, dessen Gegenteil ich für unmöglich hielt. Gustav, Gustav, Gustav, wie konntest du das tun?"

„Sie ging einige Schritte von mir weg, kniete, gegen die Rosen, die an dem Gartenhause blühten, gewendet, in das Gras nieder, schlug die beiden Hände zusammen und rief unter strömenden Tränen: Hört es, ihr tausend Blumen, die herabschauten, als er diese Lippen küßte, höre es du, Weinlaub, das den flüsternden Schwur der ewigen Treue vernommen hat, ich habe ihn geliebt, wie es mit keiner Zunge in keiner Sprache ausgesprochen werden kann. Dieses Herz ist jung an Jahren, aber es ist reich an Großmut; alles, was in ihm lebte, habe ich dem Geliebten hingegeben, es war kein

Gedanke in mir als er, das ganze künftige Leben, das noch viele Jahre umfassen konnte, hätte ich wie einen Hauch für ihn hingeopfert, jeden Tropfen Blut hätte ich langsam aus den Adern fließen und jede Faser aus dem Leibe ziehen lassen – und ich hätte gejauchzt dazu. Ich habe gemeint, daß er das weiß, weil ich gemeint habe, daß er es auch tun würde. Und nun führt er mich heraus, um mir zu sagen, was er sagte. Wären was immer für Schmerzen von Außen gekommen, was immer für Kämpfe, Anstrengungen und Erduldungen; ich hätte sie ertragen, aber nun er – er –! Er macht es unmöglich für alle Zeiten, daß ich ihm noch angehören kann, weil er den Zauber zerstört hat, der alles band, den Zauber, der ein unzerreißbares Aneinanderhalten in die Jahre der Zukunft und in die Ewigkeit malte."

„Ich ging zu ihr hinzu, um sie empor zu heben. Ich ergriff ihre Hand. Ihre Hand war wie Glut. Sie stand auf, entzog mir die Hand, und ging gegen das Gartenhaus, an dem die Rosen blühten."

„Mathilde, sagte ich, es handelt sich nicht um den Bruch der Treue, die Treue ist nicht gebrochen worden. Verwechsle die Dinge nicht. Wir haben gegen die Eltern unrecht gehandelt, daß wir ihnen verbargen, was wir getan haben, und daß wir in dem Verbergen beharrend geblieben sind. Sie fürchten Übles für uns. Nicht die Zerstörung unserer Gefühle verlangen sie, nur die Aufhebung des Äußerlichen unseres Bundes auf eine Zeit."

„Kannst du eine Zeit nicht mehr du sein? erwiderte sie, kannst du eine Zeit dein Herz nicht schlagen lassen? Äußeres, Inneres, das ist alles eins, und alles ist die Liebe. Du hast nie geliebt, weil du es nicht weißt."

„Mathilde, antwortete ich, du warst immer so gut, du warst edel, rein, herrlich, daß ich dich mit allen Kräften in meine Seele schloß: heute bist du zum ersten Male ungerecht. Meine Liebe ist unendlich, ist unzerstörbar, und der Schmerz, daß ich dich lassen muß, ist unsäglich, ich habe nicht gewußt, daß es einen so großen auf Erden gibt; nur der ist größer, von dir verkannt zu sein. Ich unterscheide nicht, wer dir das Gebot der Eltern hätte sagen sollen, es ist das einerlei, sie sind die Eltern, das Gebot ist das Gebot, und das Heiligste in uns sagt, daß die Eltern geehrt werden müssen, daß das Band zwischen Eltern und Kind nicht zerstört werden darf, wenn auch das Herz bricht. So fühlte ich, so handelte ich, und ich wollte dir das Notwendige recht sanft und weich sagen, darum übernahm ich die Sendung; ich glaubte, es könne dir niemand das Bittere so sanft und weich sagen wie ich, darum kam ich. Aus Güte, aus Mitleid kam ich. Die Pflicht leitete mich, in der Pflicht bricht mein Herz, und in dem brechenden Herzen bist du."

„Ja, ja, das sind die Worte, sagte sie, indem ihr Schluchzen immer heftiger und fast krampfhaft wurde, das sind die Worte, denen ich sonst so gerne lauschte, die so süß in meine Seele gingen, die schon süß waren, als du es noch nicht wußtest, denen ich glaubte wie der ewigen Wahrheit. Du hättest es nicht unternehmen müssen, mich zur Zerreißung unserer Liebe bewegen zu wollen, es soll, wenn hundertmal Pflicht, dir nicht möglich gewesen sein. Darum kann ich dir jetzt nicht mehr glauben, deine Liebe ist nicht die, die ich dachte und die die meinige ist. Ich habe den Vergleichpunkt verloren und weiß nicht, wie alles ist. Wenn du einst gesagt hättest, der Himmel ist nicht der Himmel, die Erde nicht die Erde, ich hätte es dir geglaubt. Jetzt weiß ich es nicht, ob ich dir glauben soll, was du sagst. Ich kann nicht anders, ich weiß es nicht, und ich kann nicht machen, daß ich es weiß. O Gott! daß es geworden ist, wie es ward, und daß zerstörbar ist, was ich für ewig hielt! Wie werde ich es ertragen können?"

„Sie barg ihr Angesicht in den Rosen vor ihr, und ihre glühende Wange war auch jetzt noch schöner als die Rosen. Sie drückte das Angesicht ganz in die Blumen und weinte so, daß ich glaubte, ich fühle das Zittern ihres Körpers oder es werde eine Ohnmacht ihren Schmerz erschöpfen. Ich wollte sprechen, ich versuchte es mehrere Male; aber ich konnte nicht, die Brust war mir zerpreßt und die Werkzeuge des Sprechens ohne Macht. Ich faßte nach ihrem Körper, sie zuckte aber weg, wenn sie es empfand. Dann stand ich unbeweglich neben ihr. Ich griff mit der bloßen Hand in die Zweige der Rosen, drückte, daß mir leichter würde, die Dornen derselben in die Hand und ließ das Blut an ihr nieder rinnen."

„Als das eine Zeit gedauert hatte, als sich ihr Weinen etwas gemildert hatte, hob sie das Angesicht empor, trocknete mit dem Tuche, das sie aus der Tasche genommen, die Tränen und sagte: Es ist alles vorüber. Weshalb wir noch länger hier bleiben sollen, dazu ist kein Grund, lasse uns wieder in das Haus gehen und das Weitere dieser Handlung verfolgen. Wer uns begegnet, soll nicht sehen, daß ich so sehr geweint habe."

„Sie trocknete neuerdings mit dem Tuche die Augen, ließ neue Tränen nicht mehr hervorquellen, richtete sich empor, strich sich die Haare ein wenig zurecht und sagte: Gehen wir in das Haus."

„Sie richtete sich mit diesen Worten zum Gehen gegen den Weinlaubengang, und ich ging neben ihr. Das Blut an meiner Hand konnte sie nicht sehen. Ich unternahm es nicht mehr, sie zu trösten, ich sah, daß ihre Verfassung dafür nicht empfänglich war. Auch erkannte ich, daß sie im Zorne gegen mich ihren Schmerz leichter ertrage, als wenn dieser Zorn nicht gewesen wäre. Wir gingen schweigend in das Haus. Dort gingen wir in das Zimmer der Mutter. Mathilde warf sich ihrer Mutter an das Herz. Ich küßte der Frau die Hand und entfernte mich."

„Den ganzen übrigen Teil des Tages verbrachte ich damit, meine Habe zu packen, um morgen dieses Haus verlassen zu können. Mathildens Vater besuchte mich einmal und sagte: Kränket euch nicht zu sehr, es wird vielleicht noch alles gut."

„Im Übrigen waren seine Gründe, die er freundlich und sanft sagte, die nehmlichen wie die seiner Gattin. Auch Mathildens Mutter kam einmal zu mir herüber, lächelte trübsinnig bei meinem Treiben und gab mir die Hand. Meine Hoffnungen waren düsterer, als es die dieser zwei Menschen zu sein schienen. Mathildens Glauben an mich war erschüttert. Da ich meine Absicht, morgen abreisen zu wollen, erklärt hatte, und man nichts mehr dagegen einwendete, was man Anfangs tat, rief ich Alfred und sagte ihm, daß ich nicht etwa eine größere Reise vor habe, wie er glauben mochte, sondern daß ich auf lange, vielleicht auf immer dieses Haus verlasse. Es seien Umstände eingetreten, die dies notwendig machten. Er fiel mir mit Schluchzen um den Hals, ich konnte ihn gar nicht besänftigen, ja ich weinte beinahe selber laut. Er wurde später zu beiden Eltern, die in der Schreibstube des Vaters waren, geholt, damit sie ihn beruhigten. Sein Schlafzimmer war heute unter der Aufsicht eines Dieners ein anderes. Als er in dasselbe gebracht worden war, ging ich zu den Eltern und sagte ihnen den Dank für alles Gute, das ich in ihrem Hause genossen habe. Sie dankten mir auch und ließen mich Hoffnungen erblicken. Es ward verabredet, daß ich mit den Pferden des Hauses auf die nächste Post gebracht werden solle. Mathilde erschien nicht zum Abendessen."

„Am nächsten Morgen wurde der Wagen bepackt. Ich machte mich reisefertig. Es war mir erlaubt worden, von Mathilden Abschied nehmen zu dürfen. Sie weigerte sich aber, mich zu sehen. Ich ging daher in meine Wohnung, reichte dem alten Raimund die Hand und sagte: Lebe wohl, Raimund."

„Lebt recht wohl, junger Herr, antwortete er, und seid recht glücklich."

„Du weißt nicht, Raimund!"

„Ich weiß, ich weiß, junger Herr – es kann ja werden."

„Lebe wohl."

„Ich ging nun die Treppe hinab, er begleitete mich. Unten bei dem Wagen stand der Herr und die Frau des Hauses und mehrere von den Dienstleuten. Auch vom Meierhofe waren Leute herbei gekommen. Alfred, der spät entschlummert war, schlief noch; die Besitzer des Hauses nahmen auf eine auszeichnende Weise von mir Abschied, die Umstehenden beurlaubten sich auch, wünschten mir Glück und eine fröhliche Wiederkehr. Ich bestieg den Wagen und fuhr von Heinbach dahin."

„Der Besitzer dieses Hauses hatte mir einmal gesagt: Vielleicht verlasset ihr einst unser Haus nicht mit Reue und Schmerz."

„Ich verließ es nicht mit Reue, aber mit Schmerz."

„Er hatte auch die Vermutung ausgesprochen, daß mir etwa auch seine Familie unvergeßlich bleiben dürfte. Sie blieb mir unvergeßlich."

„Ich verabschiedete auf der Post den Wagen aus Heinbach, das letzte Merkmal aus diesem Orte, und ließ mich nach der Stadt einschreiben, wo ich so lange gewesen war, wo ich meine Lernzeit vollendet hatte, von wo ich nach Heinbach gegangen war, und wo sich das Haus von Mathildens Eltern befand. Ich blieb aber nicht in der Stadt."

„In der Nähe meiner Heimat ist im Walde eine Felskuppe, von welcher man sehr weit sieht. Sie geht mit ihrem nördlichen Rücken sanft ab und trägt auf ihm sehr dunkle Tannen. Gegen Süden stürzt sie steil ab, ist hoch und geklüftet und sieht auf einen dünnbestandenen Wald, zwischen dessen Stämmen Weidegrund ist. Jenseits des Waldes erblickt man Wiesen und Feld, weiter ein bläuliches Moor, dann ein dunkelblaues Waldband und über diesem die fernen Hochgebirge. Ich ging von der Stadt in meine Heimat und von der Heimat auf diese Felskuppe. Ich saß auf ihr und weinte bitterlich. Jetzt war ich verödet, wie ich früher nie verödet gewesen war. Ich sah in das dunkle Innere der Schlünde und fragte, ob ich mich hinabwerfen solle. Das Bild meiner verstorbenen Mutter mischte sich in diese unklare, schauerliche Vorstellung, und wurde mir ein Liebes, an das ich denken mußte. Ich ging täglich auf diese Kuppe und blieb oft mehrere Stunden auf ihr sitzen. Ich weiß nicht, warum ich sie suchte. In meiner Jugend war ich oft auf ihr, und wir machten uns das Vergnügen, Steine ziemlicher Größe von ihr hinab zu werfen, um den Steinstaub aufwirbeln zu sehen, wenn der Geworfene auf Klippen stieß, und um sein Gepolter in den Klippen und sein Rasseln in dem am Fuße des Felsens befindlichen Gerölle zu hören. Von dieser Kuppe war kein Einblick in jene Länder, in denen Mathildens Wohnung lag, man sah nicht einmal Gebirgszüge, die an sie grenzten. Ich ging auch nach und nach in anderen Teilen der Umgebung meines Heimatortes herum. Mein Schwager war ein sanfter und stiller Mann, und wir sprachen in meinem Geburtshause oft einen ganzen Tag hindurch nicht mehr als einige Worte."

„Als eine geraume Zeit vergangen war, dachte ich auf meine Abreise und auf meine Berufsarbeiten, die ich schon so lange vergessen hatte und auf die ich, in dem Hause in Heinbach befangen, vielleicht noch länger nicht gedacht haben würde."

„Ich ging wieder in die Stadt, in der ich meine Habe gelassen hatte, und widmete mich ernstlich der Laufbahn, zu welcher ich eigentlich die Vorbereitungsschulen besucht hatte. Ich meldete mich zum Staatsdienste, wurde eingereiht und arbeitete jetzt sehr fleißig in dem Bereiche der unteren Stellen, in welchen ich war. Ich lebte noch zurückgezogener als sonst. Mein kleines Gehalt und das Erträgnis meines Ersparten reichten hin, meine Bedürfnisse zu decken. Ich wohnte in einem Teile der Vorstadt, welcher von dem Hause der Eltern Mathildens sehr weit entfernt war. Im Winter ging ich fast nirgends hin als von meiner Wohnstube in meine Amtsstube, welcher Weg wohl sehr lange war, und von der Amtsstube in meine Wohnstube. Meine Nahrung nahm ich in einem kleinen Gasthause an meinem Wege ein. Freunde und Genossen besuchte ich wenig, mir war alle Verbindung mit Menschen verleidet. Als Erholung diente mir der Betrieb der Geschichte der Staatswissenschaften und der Wissenschaften der Natur. Ein Gang auf dem Walle der äußeren Stadt oder eine Wanderung in einem einsamen Teil der Umgebungen der Stadt gaben mir Luft und Bewegung. Mathilden sah ich einmal. Sie fuhr mit ihrer Mutter in einem offenen Wagen in einer der breiten Straßen der Vorstädte, in einer Gegend, in welcher ich sie nicht vermutet hatte. Ich blickte hin, erkannte sie und meinte umsinken zu müssen. Ob sie mich gesehen hat, weiß ich nicht. Ich ging dann in meine Amtsstube zu meinem Schreibtische. In der ersten Zeit wurde ich von meinen Vorgesetzten wenig beachtet. Ich arbeitete mit einem außerordentlichen Fleiße, er war mir Arznei für eine Wunde geworden, und ich flüchtete gern zu dieser Arznei. So lange alle diese Verhältnisse, welche in meinen Amtsgeschäften vorkamen, in meinem Haupte waren, war nichts Anderes darin. Schmerzvoll waren nur die Zwischenräume. Auch die Wissenschaften leiteten nicht so sicher ab. Mein Fleiß lenkte endlich die Aufmerksamkeit auf sich, man beförderte mich. Anfangs ging es langsamer, dann schneller. Nach dem Verlaufe von mehreren Jahren war ich in einer der ehrenvolleren Stellungen des Staatsdienstes, welche zu dem Verkehre mit dem gebildeteren Teile der

Stadteinwohnerschaft berechtigten, und ich hatte die gegründete Aussicht, noch weiter zu steigen. In solchen Verhältnissen werden gewöhnlich die Ehen mit Mädchen aus ansehnlicheren Häusern geschlossen, welche dann zu glücklichem und ehrenvollem Familienleben führen. Mathilde mußte jetzt ein und zwanzig oder zwei und zwanzig Jahre alt sein. Irgend eine Annäherung ihrer Eltern an mich hatte nicht statt gefunden, auch konnte ich nicht die geringsten Merkmale auffinden, wie unermüdlich ich auch suchte, daß sie sich nach mir erkundigt hätten. Ich konnte also unmittelbare Schritte zur Annäherung an sie nicht tun. Ich leitete also solche mittelbar ein, welche sie auf die gewisseste Art von der Unwandelbarkeit meiner Neigung überzeugten. Ich erhielt die unzweideutigsten Beweise zurück, daß mich Mathilde verachte. Zu einer Verehelichung, wozu ihres Reichtums und ihrer unbeschreiblichen Schönheit willen sich die glänzendsten Anträge fanden, konnte sie nicht gebracht werden.
Mit tiefem, schwerem Ernste breitete ich nun das Bahrtuch der Bestattung über die heiligsten Gefühle meines Lebens."
„Ich will euch nicht mit dem behelligen, wie es mir weiter in meiner Staatslaufbahn erging. Es gehört nicht hieher und ist euch wohl im Wesentlichen bekannt. Die Kriege brachen aus, ich wurde abwechselnd zu verschiedenen Stellen versetzt, große, umfassende Arbeiten, Reisen, Berichte, Vorschläge wurden erfordert, ich wurde zu Sendungen verwendet, kam mit den verschiedensten Menschen in Berührung, und der Kaiser wurde, ich kann es wohl sagen, beinahe mein Freund. Als ich in den Freiherrnrang erhoben wurde, kam mein alter Oheim Ferdinand aus der Entfernung zu mir, um, wie er sagte, mir seine Aufwartung zu machen. Obwohl er meine Mutter vernachlässigt hatte, ja nach dem Tode meines Vaters durch seine Zurückhaltung beinahe hart gegen sie gewesen war, so nahm ich ihn doch freundlich auf, weil er in meiner Verlassenheit zuletzt der einzige Verwandte war, den ich noch hatte. Wir blieben seit jener Zeit mit einander in Briefwechsel. Es kamen wohl viele Menschen mit mir in Verbindung und ich lernte manche Seiten der Gesellschaft kennen; aber teils waren die Verbindungen Geschäftsverbindungen, teils drängten sich Menschen an mich, die durch mich zu steigen hofften, teils waren die Begegnungen ganz gleichgültig. Wie schwer mir aber meine Geschäfte wurden, wie sehr ich im Grunde zu ihnen nicht geeignet war, davon habe ich euch schon gesagt. Ich war nach und nach beinahe ein alter Mann geworden. Da ich viel in der Entfernung lebte, wußte ich manche Beziehungen der Hauptstadt nicht. Mathilde hatte sich in etwas vorgerückteren Jahren vermählt. Der Friede wurde dauernd hergestellt, ich blieb wieder beständig in der Hauptstadt, und hier tat ich etwas, das mir ein Vorwurf bis zu meinem Lebensende sein wird, weil es nicht nach den reinen Gesetzen der Natur ist, obwohl es tausend Mal und tausend Mal in der Welt geschieht. Ich heiratete ohne Liebe und Neigung. Es war zwar keine Abneigung vorhanden, aber auch keine Neigung. Die Hochachtung war gegenseitig groß. Man hatte mir viel davon gesagt, daß es meine Pflicht sei, mir einen Familienstand zu gründen, daß ich im Alter von teuern Angehörigen umgeben sein müsse, die mich lieben, pflegen und schützen

und auf die meine Ehren und mein Name übergehen können. Es sei auch Pflicht gegen die Menschheit und den Staat. Auf meine Einwendung, daß ich eine Neigung gegen irgend ein weibliches Wesen nicht habe, sagten sie, Neigungen führen oft zu unglücklichen Verbindungen, Kenntnis der gegenseitigen Beschaffenheit und wechselseitige Hochachtung bauen dauerndes Glück. Trotz meiner gereifteren Jahre hatte ich in diesen Dingen noch immer sehr wenige Kenntnisse. Meine Jugendneigung, die so heftig und beinahe ausschweifend gewesen war, hatte kein Glück gebracht. Ich heiratete also ein Mädchen, welches nicht mehr jung war, eine angenehme Bildung hatte, vom reinsten Wandel war und gegen mich tiefe Verehrung empfand. Man sagte, ich hätte reich geheiratet, weil mein Hauswesen ein ansehnliches war; allein die Sache verhielt sich nicht so. Meine Gattin hatte mir eine namhafte Mitgift gebracht, aber ich hätte eine größere Gabe hinzulegen können. Da ich in meinem mäßigen Leben beinahe nichts brauchte, so hatte ich, besonders da ich einmal in höherer Stellung war, bedeutende Ersparungen gemacht. Diese legte ich in den damaligen Staatspapieren nieder, und da dieselben nach Beendigung des Krieges ansehnlich stiegen, so war ich beinahe ein reicher Mann. Wir lebten zwei Jahre in dieser Ehe, und in dieser wußte ich, was ich vor der Schließung derselben nicht gewußt hatte, daß nehmlich keine ohne Neigung eingegangen werden soll. Wir lebten in Eintracht, wir lebten in hoher Verehrung der gegenseitigen guten Eigenschaften, wir lebten in wechselweisem Vertrauen und in wechselweiser Aufmerksamkeit, man nannte unsere Ehe musterhaft; aber wir lebten bloß ohne Unglück. Zu dem Glücke gehört mehr als Verneinendes, es ist der Inbegriff der Holdseligkeit des Wesens eines Andern, zu dem alle unsre Kräfte einzig und fröhlich hinziehen. Als Julie nach zwei Jahren gestorben war, betrauerte ich sie redlich; aber Mathildens Bild war unberührt in meinem Herzen stehen geblieben. Ich war jetzt wieder allein. Zur Schließung einer neuen Ehe war ich nicht mehr zu bewegen. Ich wußte jetzt, was ich vorher nicht gewußt hatte. Liebe und Neigung, dachte ich, ist ein Ding, das seinen Zug an meinem Herzen vorüber genommen hatte."
„Ein Jahr nach dem Tode Juliens starb mein Oheim und setzte mich zu dem Erben seines beträchtlichen Vermögens ein."
„Meine Geschäfte wurden mir indessen von Tag zu Tag schwerer. So wie ich in früheren Zeiten schon gedacht hatte, daß der Staatsdienst meiner Eigenheit nicht entspreche und daß ich besser täte, wenn ich ihn verließe: so wuchs dieser Gedanke bei genauerem Nachdenken und schärferem Selbstbeobachten zu immer größerer Gewißheit, und ich beschloß, meine Ämter niederzulegen. Meine Freunde suchten mich daran zu verhindern, und Mancher, den ich als feste Säule des Staates kennen zu lernen Gelegenheit gehabt und mit dem ich in schwierigen Zeiten manche harte Amtsstunde durchgemacht hatte, sagte eindringlich, daß ich meine Tätigkeit nicht einstellen sollte. Aber ich blieb unerschüttert. Ich zeigte meinen Austritt an. Der Kaiser nahm ihn wohlwollend und mit übersendeten Ehren an. Ich hatte die Absicht, mir für die letzten Tage meines Lebens einen Landsitz zu gründen und dort einigen wissenschaftlichen

Arbeiten, einigem Genusse der Kunst, so weit ich dazu fähig wäre, der Bewirtschaftung meiner Felder und Gärten und hie und da einer gemeinnützigen Maßregel für die Umgebung zu leben. Manches Mal könnte ich in die Stadt gehen, um meine alten Freunde zu besuchen, und zuweilen könnte ich eine Reise in die entfernteren Länder unternehmen. Ich ging in meine Heimat. Dort fand ich meinen Schwager schon seit vier Jahren gestorben, das Haus in fremden Händen und völlig umgebaut. Ich reiste bald wieder ab. Nach mehreren mißglückten Versuchen fand ich diesen Platz, auf dem ich jetzt lebe, und setzte mich hier fest. Ich kaufte den Asperhof, baute das Haus auf dem Hügel und gab nach und nach der Besitzung die Gestalt, in der ihr sie jetzt sehet. Mir hatte das Land gefallen, mir hatte diese reizende Stelle gefallen, ich kaufte noch mehrere Wiesen, Wälder und Felder hinzu, besuchte alle Teile der Umgebung, gewann meine Beschäftigung lieb und machte mehrere Reisen in die bedeutendsten Länder Europas. So bleichten sich meine Haare, und Freude und Behagen schien sich bei mir einstellen zu wollen."

„Als ich schon ziemlich lange hier gewesen war, meldete man mir eines Tages, daß eine Frau den Hügel herangefahren sei und daß sie jetzt mit einem Knaben vor den Rosen, die sich an den Wänden des Hauses befinden, stehe. Ich ging hinaus, sah den Wagen und sah auch die Frau mit dem Knaben vor den Rosen stehen. Ich ging auf sie zu. Mathilde war es, die einen Knaben an der Hand haltend und von strömenden Tränen überflutet die Rosen ansah. Ihr Angesicht war gealtert und ihre Gestalt war die einer Frau mit zunehmenden Jahren."

„Gustav, Gustav, rief sie, da sie mich angeblickt hatte, ich kann dich nicht anders nennen als: du. Ich bin gekommen, dich des schweren Unrechtes willen, das ich dir zugefügt habe, um Vergebung zu bitten. Nimm mich einen Augenblick in dein Haus auf."

„Mathilde, sagte ich, sei gegrüßt, sei auf diesem Boden, sei tausend Mal gegrüßt und halte dieses Haus für deines."

„Ich war mit diesen Worten zu ihr hinzugetreten, hatte ihre Hand gefaßt und hatte sie auf den Mund geküßt."

„Sie ließ meine Hand nicht los, drückte sie stark, und ihr Schluchzen wurde so heftig, daß ich meinte, ihre mir noch immer so teuere Brust müsse zerspringen."

„Mathilde, sagte ich sanft, erhole dich."

„Führe mich in das Haus, sprach sie leise."

„Ich rief erst durch mein Glöckchen, welches ich immer bei mir trage, meinen Hausverwalter herzu und befahl ihm, Wagen und Pferde unterzubringen. Dann faßte ich Mathildens Arm und führte sie in das Haus. Als wir in dem Speisezimmer angelangt waren, sagte ich zu dem Knaben: Setze dich hier nieder und warte, bis ich mit deiner Mutter gesprochen und die Tränen, die ihr jetzt so weh tun, gemildert habe."

„Der Knabe sah mich traulich an und gehorchte. Ich führte Mathilde in das Wartezimmer und bot ihr einen Sitz an. Als sie sich in die weichen Kissen niedergelassen hatte, nahm ich ihr gegenüber auf einem Stuhle Platz. Sie weinte fort, aber ihre Tränen wurden nach und nach linder. Ich sprach nichts. Nachdem eine Zeit vergangen war, quollen ihre Tropfen sparsamer und weniger aus den Augen, und endlich trocknete sie die letzten mit ihrem Tuche ab. Wir saßen nun schweigend da und sahen einander an. Sie mochte auf meine weißen Haare schauen, und ich blickte in ihr Angesicht. Dasselbe war schon verblüht; aber auf den Wangen und um den Mund lag der liebe Reiz und die sanfte Schwermut, die an abgeblühten Frauen so rührend sind, wenn gleichsam ein Himmel vergangener Schönheit hinter ihnen liegt, der noch nachgespiegelt wird. Ich erkannte in den Zügen die einstige prangende Jugend."

„Gustav, sagte sie, so sehen wir uns wieder. Ich konnte das Unrecht nicht mehr tragen, das ich dir angetan habe."

„Es ist kein Unrecht geschehen, Mathilde, sagte ich."

„Ja, du bist immer gut gewesen, antwortete sie, das wußte ich, darum bin ich gekommen. Du bist auch jetzt gut, das sagt dein liebes Auge, das noch so schön ist wie einst, da es meine Wonne war. O ich bitte dich, Gustav, verzeihe mir."

„O teure Mathilde, ich habe dir nichts zu verzeihen, oder du hast es mir auch, antwortete ich. Die Erklärung liegt darin, daß du nicht zu sehen vermochtest, was zu sehen war, und daß ich dann nicht näher zu treten vermochte, als ich hätte näher treten sollen. In der Liebe liegt alles. Dein schmerzhaftes Zürnen war die Liebe, und mein schmerzhaftes Zurückhalten war auch die Liebe. In ihr liegt unser Fehler und in ihr liegt unser Lohn."

„Ja, in der Liebe, erwiderte sie, die wir nicht ausrotten konnten. Gustav, ich bin dir doch trotz allem treu geblieben und habe nur dich allein geliebt. Viele haben mich begehrt, ich wies sie ab; man hat mir einen Gatten gegeben, der gut, aber fremd neben mir lebte, ich kannte nur dich, die Blume meiner Jugend, die nie verblüht ist. Und du liebst mich auch, das sagen die tausend Rosen vor den Mauern deines Hauses, und es ist ein Strafgericht für mich, daß ich gerade zu der Zeit ihrer Blüte gekommen bin."

„Rede nicht von Strafgerichten, Mathilde, erwiderte ich, und weil alles Andere so ist, so lasse die Vergangenheit und sage, welche deine Lage jetzt ist. Kann ich dir in irgend etwas helfen?"

„Nein, Gustav, entgegnete sie, die größte Hilfe ist die, daß du da bist. Meine Lage ist sehr einfach. Der Vater und die Mutter sind schon längst tot, der Gatte ist ebenfalls vor Langem gestorben und Alfred – du hast ihn ja recht geliebt -"

„Wie ich einen Sohn lieben würde, antwortete ich."

„Er ist auch tot, sagte sie, er hat kein Weib, kein Kind hinterlassen, das Haus in Heinbach und das in der Stadt hat er noch bei seinen Lebzeiten verkauft. Ich bin im Besitze des Vermögens der Familie und lebe mit meinen Kindern einsam. Lieber Gustav, ich habe dir den Knaben gebracht – wie wußtest du denn, daß er mein Sohn sei?"

„Ich habe deine schwarzen Augen und deine braunen Locken an ihm gesehen, antwortete ich."

„Ich habe dir den Knaben gebracht, sagte sie, daß du sähest, daß er ist wie dein Alfred – fast sein Ebenbild -, aber er hat niemanden, der so lieb mit ihm umgeht, wie du mit

Alfred umgegangen bist, der ihn so liebt, wie du Alfred geliebt hast, und den er wieder so lieben könnte, wie Alfred dich geliebt hat."
„Wie heißt der Knabe? fragte ich."
„Gustav, wie du, antwortete sie."
„Ich konnte meine Tränen nicht zurückhalten."
„Mathilde, sagte ich, ich habe nicht Weib, nicht Kind, nicht Anverwandte. Du warst das Einzige, was ich in meinem ganzen Leben besaß und behielt. Lasse mir den Knaben, lasse ihn bei mir, ich will ihn lehren, ich will ihn erziehen."
„O mein Gustav, rief sie mit den schmerzlichsten Tönen der Rührung, wie wahr ist mein Gefühl, das mich an dich, den besten der Menschen, wies, als ich ein Kind war, und das mich nicht verlassen hatte, so lange ich lebte."
„Sie war aufgestanden, hatte ihr Haupt auf meine Schulter gelegt und weinte auf das Innigste. Ich konnte mich nicht mehr beherrschen, meine Tränen flossen unaufhaltsam, ich schlang meine Arme um sie und drückte sie an mein Herz. Und ich weiß nicht, ob je der heiße Kuß der Jugendliebe tiefer in die Seele gedrungen und zu größrer Höhe erhebend gewesen ist als dieses verspätete Umfassen der alten Leute, in denen zwei Herzen zitterten, die von der tiefsten Liebe überquollen. Was im Menschen rein und herrlich ist, bleibt unverwüstlich und ist ein Kleinod in allen Zeiten."
„Als wir uns getrennt hatten, geleitete ich sie zu ihrem Sitze, nahm den meinigen wieder ein, und fragte: Hast du noch andere Kinder?"
„Ein Mädchen, welches mehrere Jahre älter ist als der Knabe, erwiderte sie, ich werde dir dasselbe auch bringen, es hat ebenfalls die schwarzen Augen und die braunen Haare wie ich. Das Mädchen behalte ich, den Knaben lasse, weil du so gütig bist, um dich leben, so lange du willst. Er möge werden wie du. O, ich hatte kaum geahnt, wie hier alles werden wird."
„Mathilde, beruhige dich jetzt, sagte ich, ich werde den Knaben holen, wir werden mit ihm freundlich sprechen."
„Ich tat es, trat mit dem Knaben an der Hand herein und wir sprachen mit dem Kinde und abwechselnd unter uns noch eine geraume Weile. Ich zeigte Mathilden hierauf das Haus, den Garten, den Meierhof und alles Andere. Gegen Abend fuhr sie wieder fort, um in Rohrberg zu übernachten. Den Knaben sollte sie der Verabredung gemäß wieder mit sich nehmen, ihn ausrüsten und vorbereiten und ihn, wie sie es für gelegen halte, bringen. Wir blieben von dem Augenblicke an in Briefwechsel, und als eine Zeit vergangen war, brachte sie mir Gustav, der noch bei mir ist, sie brachte mir auch Natalien, die damals im ersten Aufblühen begriffen war. Eine größere Gleichheit als zwischen diesem Kinde und dem Kinde Mathilde kann nicht mehr gedacht werden. Ich erschrak, als ich das Mädchen sah. Ob in den Jahren, in denen jetzt Natalie ist, Mathilde auch ihr gleich gewesen ist, kann ich nicht sagen; denn da war ich von Mathilden schon getrennt."

„Es begann nun eine sehr liebliche Zeit. Mathilde kam mit Natalien öfter, um uns zu besuchen. Ich machte ihr in den ersten Tagen den Vorschlag, daß ich die Rosen, wenn sie ihr schmerzliche Erinnerungen weckten, von dem Hause entfernen wolle. Sie ließ es aber nicht zu, sie sagte, sie seien ihr das Teuerste geworden und bilden den Schmuck dieses Hauses. Sie hatte sich zu einer solchen Milde und Ruhe gestimmt, wie ihr sie jetzt kennt, und diese Lage ihres Wesens befestigte sich immer mehr, je mehr sich ihre äußeren Verhältnisse einer Gleichmäßigkeit zuneigten und je mehr ihr Inneres, ich darf es wohl sagen, sich beglückt fühlte.

Ein freundlicher Verkehr hatte sich entwickelt, Gustav hatte sich an mich gewöhnt, ich an ihn, und aus der Gewöhnung war Liebe entstanden. Mathilde gab Rat in meinem Hauswesen, ich in der Verwaltung ihrer Angelegenheiten. Nataliens Erziehung wurde oft zwischen uns besprochen und Schritte getan, die wir verabredet hatten. Und in der gegenseitigen Hilfleistung stärkte sich die Neigung, die wir gegen einander hatten, die nie verschwunden war, die sich zu einem edlen, tiefen freundlichen Gefühle gebildet hatte und die nun offen und rechtmäßig bestehen konnte. Ich hatte wieder Jemanden, den ich zu lieben vermochte, und Mathilde konnte ihr Herz, das mir immer gehört hatte, unumwunden an mein Wohl und an mein Wesen wenden. Nach einer Zeit wurde der Sternenhof verkäuflich. Ich schlug Mathilden den Kauf vor. Sie besah das Gut. Seiner Nachbarschaft mit mir willen und schon seiner Linden willen, die sie an die großen Bäume auf dem Rasenplatze vor dem Hause in Heinbach erinnerten, war sie zu dem Kaufe geneigt. Auch hatte der Sternenhof überhaupt große Ähnlichkeit mit dem Hause in Heinbach, war an sich eine sehr angenehme Besitzung und gab Mathilden für den Rest ihres Lebens einen festen Punkt und einige Abrundung ihrer Verhältnisse. Also wurde er erworben. Um dieselbe Zeit ließ ich in meinem Hause die Wohnung für Mathilden und Natalien herrichten. In dem Sternenhofe war viel Arbeit, bis alles zur gefälligen Wohnlichkeit geordnet war. Und auch nach dieser Zeit wurde beständig geändert und umgewandelt, bis das Haus so war, wie es jetzt ist. Und selber jetzt, wie ihr wißt, wird dort wie hier gebaut, befestigt, verschönert, und es wird wohl immer so fortgehen. Die Rosen, dieses Merkmal unserer Trennung und Vereinigung, sollten vorzugsweise auf dem Asperhofe bleiben, weil es Mathilden lieb war, daß sie dieselben dort gefunden hatte. Jede Rosenblütezeit verlebte sie bei mir, sie liebte diese Blumen außerordentlich, pflegte sie und konnte sich freuen, wenn sie mir eine Art, die ich noch nicht hatte, zubringen konnte. Dafür ließ ich ihr in ihrem Schlosse die Geräte machen, die ihr so viel Vergnügen bereiten. Gustav wurde von Tag zu Tage trefflicher und versprach, einmal ein Mann zu werden, woran seines Gleichen Freude haben sollten. Natalie wurde nicht bloß schön und herrlich, sondern sie wurde auch im Umgange mit ihrer Mutter so rein und edel, wie Wenige sind. Sie hatte das tiefe Gefühl ihrer Mutter erhalten; aber teils durch ihr Wesen, teils durch eine sehr sorgfältige Erziehung ist mehr Ruhe und Stetigkeit in ihr Dasein gekommen. Zwischen Mathilden und mir war ein eigenes Verhältnis. Es gibt eine eheliche Liebe, die nach den Tagen der feurigen, gewitterartigen Liebe, die den

Mann zu dem Weibe führt, als stille, durchaus aufrichtige süße Freundschaft auftritt, die über alles Lob und über allen Tadel erhaben ist, und die vielleicht das Spiegelklarste ist, was menschliche Verhältnisse aufzuweisen haben. Diese Liebe trat ein. Sie ist innig, ohne Selbstsucht, freut sich, mit dem Andern zusammen zu sein, sucht seine Tage zu schmücken und zu verlängern, ist zart und hat gleichsam keinen irdischen Ursprung an sich.
Mathilde nimmt Anteil an meinen Bestrebungen. Sie geht mit mir in den Räumen meines Hauses herum, ist mit mir in dem Garten, betrachtet die Blumen oder Gemüse, ist in dem Meierhofe und schaut seine Erträgnisse an, geht in das Schreinerhaus und betrachtet, was wir machen, und sie beteiligt sich an unserer Kunst und selbst an unsern wissenschaftlichen Bestrebungen. Ich sehe in ihrem Hause nach, betrachte die Dinge im Schlosse, im Meierhofe, auf den Feldern, nehme Teil an ihren Wünschen und Meinungen und schloß die Erziehung und die Zukunft ihrer Kinder in mein Herz. So leben wir in Glück und Stetigkeit gleichsam einen Nachsommer ohne vorhergegangenen Sommer. Meine Sammlungen vervollständigen sich, die Baulichkeiten runden sich immer mehr, ich habe Menschen an mich gezogen, ich habe hier mehr gelernt als sonst in meinem ganzen Leben, die Spielereien gehen ihren Gang, und etwas Weniges nütze ich doch auch noch."
Er schwieg nach diesen Worten eine Weile, und ich auch. Dann fuhr er wieder fort: „Ich habe das alles mitteilen müssen, damit ihr wißt, wie ich mit der Familie in dem Sternenhofe zusammenhänge, und damit in dem Kreise, in welchen ihr nun auch tretet, für euch Klarheit ist. Die Kinder wissen die Verhältnisse im Allgemeinen, ein näheres Eingehen war für sie nicht so nötig wie für euch. Ich wünsche nicht, daß ihr gegen eure künftige Gattin Geheimnisse habt, ihr könnt Natalien mitteilen, was ich euch sagte, ich konnte es, wie ihr begreifet, nicht. Über Nataliens Zukunft sprach ich oft mit Mathilden. Sie sollte einen Gatten bekommen, den sie aus tiefer Neigung nimmt. Es sollte die gegenseitige größte Hochachtung vorhanden sein. Durch Beides sollte sie das Glück finden, das ihre Mutter und ihren väterlichen Freund gemieden hat. Mathilde hat in Begleitung des alten Raimund, der seitdem gestorben ist, große Reisen gemacht. Sie hat auf denselben dauerndere Ruhe gesucht und auch gefunden. Sie hat sie in der Betrachtung der edelsten Kunstwerke des menschlichen Geschlechtes und in der Anschauung mancher Völker und ihres Treibens gefunden. Natalie ist dadurch befestigt, veredelt und geglättet worden. Manche junge Männer hat sie kennen gelernt, aber sie hat nie ein Zeichen einer Neigung gegeben. Sogenannte sehr glänzende Verbindungen sind auf diese Weise für sie verloren gegangen. Ich hätte auch große Sorge gehabt, wenn ich unter unseren jungen Männern hätte wählen müssen. Als ihr zum ersten Male an dem Gitter meines Hauses standet und ich euch sah, dachte ich: Das ist vielleicht der Gatte für Natalien. Warum ich es dachte, weiß ich nicht. Später dachte ich es wieder, wußte aber warum. Natalie sah euch und liebte euch, so wie ihr sie. Wir kannten das Keimen der gegenseitigen Neigung. Bei Natalien trat sie Anfangs in einem höheren

Schwunge ihres ganzen Wesens, später in einer etwas schmerzlichen Unruhe auf. In euch erschloß sie euer Herz zu einer früheren Blüte der Kunst und zu einem Eingehen in die tieferen Schätze der Wissenschaft. Wir warteten auf die Entwicklung. Zu größerer Sicherheit und zur Erprüfung der Dauer ihrer Gefühle brachten wir absichtlich Natalien zwei Winter nicht in die Stadt, daß sie von euch getrennt sei, ja sie wurde von ihrer Mutter wieder auf größere Reisen und in größere Gesellschaften gebracht. Ihre Gefühle aber blieben beständig und die Entwicklung trat ein. Wir geben euch mit Freuden das Mädchen in eure Liebe und in euren Schutz, ihr werdet sie beglücken und sie euch; denn ihr werdet euch nicht ändern, und sie wird sich auch nicht ändern. Gustav wird einmal den Sternenhof und was dazu gehört erhalten; denn das Haus ist Mathilden so lieb geworden, daß sie wünscht, daß es ein Eigentum ihrer Familie bleibe und daß die kommenden Geschlechter das ehren, was die erste Besitzerin darin niedergelegt hat. Gustav wird es tun, das wissen wir schon, und seinen Nachfolgern die gleiche Gesinnung einzupflanzen, wird wohl auch sein Bestreben sein. Natalie erhält von mir den Asperhof mit allem, was in ihm ist, nebst meinen Barschaften. Ihr werdet mein Andenken hier nicht verunehren."

Mir traten die Tränen in die Augen, da er so sprach, und ich reichte ihm meine Hand hinüber. Er nahm sie und drückte sie herzlich.

„Ihr könnt hier auf dem Asperhofe wohnen oder in dem Sternenhofe oder bei euren Eltern. Überall wird Platz für euch zu machen sein. Ihr könnt auch euern Aufenthalt abwechselnd zwischen uns teilen, und das wird wohl wahrscheinlich der Fall sein, bis sich alle unsere Verhältnisse dem neuen Ereignisse gemäß gerichtet haben. Die Schriften bezüglich der Übertragung meines Vermögens an Natalien werden ihr nach der Vermählung eingehändigt werden. So lange ich lebe, erhält sie einen Teil, den Rest nach meinem Tode. Wie ihr mit dem, was sie jetzt empfängt, gebaren sollt, darüber wird euer Vater die beste Belehrung geben können. Er wird wohl mit mir auch darüber sprechen. Natalie erhält auch nach ihrer Vermählung den Teil, der ihr aus dem Nachlasse ihres Vaters Tarona gebührt."

„Ist Nataliens Name Tarona?" fragte ich.

„Habt ihr das nicht gewußt?" fragte er seinerseits.

„Ich habe Mathilden immer die Frau von Sternenhof nennen gehört", antwortete ich, „bin mit Mathilden und Natalien nirgends zusammen gewesen als im Sternenhofe, Asperhofe und Inghofe, und da wurden beide stets bei ihrem Vornamen genannt. Weitere Forschungen stellte ich gar nie an."

„Mathilde ließ geschehen, daß sie nach dem Sternenhofe geheißen wurde, der Name war ihr lieber. So mag es wohl gekommen sein, daß ihr keinen andern gehört habt. Für Gustav wird die Erlaubnis zur Führung dieses Namens nachgesucht werden."

„Aber die Tarona, erzählte man mir, sei gerade in jenem Winter, an welchem ich Natalien in der Loge gesehen habe, nicht in der Stadt gewesen", sagte ich, und dachte an Preborn, welcher mir diese Tatsache mitgeteilt hatte.

„Ganz richtig", erwiderte mein Gastfreund, „wir sind auch nur zur Aufführung des König Lear hingefahren. Ich war in der Loge hinter Natalien, habe euch aber nicht gesehen."
„Ich euch auch nicht", antwortete ich.
„Natalie hat uns von dem jungen Manne erzählt, der ihr im Schauspielhause aufgefallen sei", erwiderte er, „aber erst nach langer Zeit konnte sie uns eröffnen, daß ihr es gewesen seid."
„Habe ich euch nicht einmal im Winter in der Stadt nach der Wiedergenesung des Kaisers, mit euren Ehrenzeichen geschmückt, fahren gesehen?" fragte ich.
„Das ist möglich", antwortete er, „ich war in jener Zeit in der Stadt und an dem Hofe."
„Nun mein sehr lieber junger Freund", sagte er nach einer Weile, „ich habe euch von meinem Leben erzählt, da ihr einer der unseren werden sollt, ich habe zu euch von meinem tiefsten Herzen geredet, und jetzt enden wir dieses Gespräch."
„Ich bin euch Dank schuldig", antwortete ich, „allein all das Gehörte ist noch zu mächtig und neu in mir, als daß ich jetzt die Worte des Dankes finden könnte. Nur eins berührt mich fast wie ein Schmerz, daß ihr mit Mathilden nach eurer Wiedervereinigung nicht in einen nähern Bund getreten seid."
Der Greis errötete bei diesen Worten, er errötete so tief und zugleich so schön, wie ich es nie an ihm gesehen hatte.
„Die Zeit war vorüber", antwortete er, „das Verhältnis wäre nicht mehr so schön gewesen, und Mathilde hat es auch wohl nie gewünscht."
Er war schon früher aufgestanden, jetzt reichte er mir die Hand, drückte die meine herzlich und verließ das Zimmer.
Ich blieb eine geraume Weile stehen und suchte meine Gedanken zur Sammlung zu bringen. Das wäre mir nie zu Sinne gekommen, als ich zum ersten Male zu diesem Hause heraufstieg und des andern Tages seinen Inhalt sah, daß alles so kommen würde, wie es kam, und daß das alles zu meinem Eigentume bestimmt sei. Auch begriff ich jetzt, weshalb er meistens, wenn er von seinem Besitze sprach, das Wort „unser" gebrauchte. Er bezog es schon auf Mathilden und ihre Kinder.
Nachdem ich noch eine Zeit in meiner Wohnung verweilt hatte, verließ ich sie, um in frischer Luft einen Spaziergang zu machen und noch das Gehörte in mir ausklingen zu lassen.

Der Abschluß

Am nächsten Tage ging ich im Laufe des Vormittages zu einer Stunde, an welcher ich meinen Gastfreund weniger beschäftigt wußte, in gewähltem Anzuge in seine Stube und dankte ihm innig für das Vertrauen, welches er mir geschenkt habe, und für die Achtung, welche er mir dadurch erweise, daß er mich würdig erachte, Nataliens Gatte zu werden.

„Was das Vertrauen anbelangt", erwiderte er, „so ist es natürlich, daß man nicht jeden, der uns ferne steht, in unsere innersten Angelegenheiten einweiht; aber eben so natürlich ist es, daß derjenige, der für die Zukunft einen Teil, ich möchte sagen unserer Familie ausmachen wird, auch alles wisse, was diese Familie betrifft. Ich habe euch das Wesentlichste gesagt, einzelne kleine Umstände, die der Vorstellungskraft nicht immer gegenwärtig sind, ändern wohl an der Sachlage nichts. Was die Hochachtung anbelangt, die darin liegt, daß ich euch zu Nataliens Gatten geeignet erachte, so habt ihr vor allen Männern dieser Erde den unermeßlichen Vorzug, daß euch Natalie liebt und euch und keinen andern will; aber auch trotz dieses Vorzuges würden Mathilde und ich, dem man hierin ein Recht eingeräumt hat, nie eingewilligt haben, wenn uns euer Wesen nicht die Zuversicht eingeflößt hätte, daß da ein dauernd glückliches Familienband geknüpft werden könne. Was die Hochachtung anbelangt, die ich euch, abgesehen von dieser Angelegenheit, schuldig bin, so habe ich meiner Meinung nach euch die Beweise derselben gegeben. Wenn ich auch gedacht habe, ihr dürftet Nataliens künftiger Gatte sein, so war der Eintritt dieses Ereignisses so unbestimmt, da es ja auf die Entstehung einer gegenseitigen Neigung ankam, daß der Gedanke daran auf mein Benehmen gegen euch keinen Einfluß haben konnte, ja im Verlaufe der Zeiten war der Gedanke erst der Sohn meiner Meinung von euch."
„Ihr habt mir wirklich so viele Beweise eures Wohlwollens und eurer Schonung gegeben", antwortete ich, „daß ich gar nicht weiß, wie ich sie verdiene; denn Vorzüge von was immer für einer Art sind gar nicht an mir."
„Das Urteil über den Grund, woraus Achtung und Neigung oder Mißachtung und Abneigung entsteht, muß immer Andern überlassen werden; denn wenn man zuletzt auch annähernd weiß, was man in einem Fache geleistet hat, wenn man sich auch seines guten Willens im Wandel bewußt ist, so kennt man doch alle Abschattungen seines Wesens nicht, in wie ferne sie gegen Andere gerichtet sind, man kennt sie nur in der Richtung gegen sich selbst, und beide Richtungen sind sehr verschieden. Übrigens, mein lieber Sohn, wenn es auch ganz in der Ordnung ist, daß man in der Gesellschaft der Menschen einen gewissen Anstand und Abstand in Kleidern und sonstigem Benehmen zeigt, so wäre es in der eigenen Familie eine Last. Komme also in Zukunft in deinen Alltagsgewändern zu mir. Und wenn ich auch kein Verwandter deiner Braut bin, so betrachte mich als einen solchen, wie etwa als ihren Pflegevater. Es wird schon alles recht werden, es wird schon alles gut werden."
Er hatte bei diesen Worten die Hand auf mein Haupt gelegt, sah mich an, und in seinen Augen standen Tränen.
Ich hatte nie im Verkehre mit mir die Augen dieses Greises naß werden gesehen; ich war daher sehr erschüttert und sagte: „So erlaubt mir, daß ich in dieser ernsten Stunde auch meinen Dank für das ausspreche, was ich in diesem Hause geworden bin; denn wenn ich irgend etwas bin, so bin ich es hier geworden, und gewährt mir in dieser Stunde auch eine Bitte, die mir sehr am Herzen liegt: erlaubt, daß ich eure ehrwürdige Hand küsse."

„Nun, nur dieses eine Mal", erwiderte er, „oder höchstens noch einmal, wenn du mit Natalien, die ein Kleinod meines Herzens ist, von dem Altare gehst."
Ich faßte seine Hand und drückte sie an meine Lippen; er legte aber die andere um meinen Nacken und drückte mich an sein Herz. Ich konnte vor Rührung nicht sprechen.
„Bleibe noch eine Weile in diesem Hause", sagte er später, „dann gehe zu den Deinigen und leiste ihnen Gesellschaft. Dein Vater bedarf deiner Person auch."
„Darf ich den Meinigen eure Mitteilung erzählen?" fragte ich.
„Ihr müßt es sogar tun", antwortete er, „denn eure Eltern haben ein Recht, zu wissen, in welche Gesellschaft ihr Sohn durch Schließung eines sehr heiligen Bundes tritt, und sie haben auch ein Recht, zu wünschen, daß ihr Sohn nicht Geheimnisse vor ihnen habe. Ich werde übrigens wohl selber mit eurem Vater über dieses und viele andere Dinge sprechen."
Wir beurlaubten uns hierauf, und ich verließ das Zimmer.
Den Rest des Vormittages verbrachte ich mit Abfassung eines Briefes an meine Eltern.
Am Nachmittage suchte ich Gustav auf, und er erhielt die Erlaubnis, mit mir einen weiteren Weg in der Gegend zu machen. Wir kamen in der Dämmerung zurück, und er mußte die Zeit, welche er am Tage verloren hatte, bei der Lampe nachholen.
Unter Arbeiten in meinen Papieren, in welche ich einige Ordnung zu bringen suchte, im Umgange mit meinem Gastfreunde, der mir leutselig manche Zeit schenkte, unter manchem Besuche im Schreinerhause, wo Eustach sehr beschäftigt war, oder bei seinem Bruder Roland, der jeden lichten Augenblick des Tages zu seinem Bilde benützte, und endlich unter manchem weiten Gange in der Umgebung, da dieser Winter der erste war, den ich so tief im Lande zubrachte, verging noch die Zeit bis gegen die Mitte des Hornung. Ich nahm nun Abschied, sendete meine Sachen auf die Post nach Rohrberg und ging zu Fuße nach, harrte dort der Ankunft des Wagens aus dem Westen, erhielt, da er gekommen war, einen Platz in ihm und fuhr meiner Heimat zu.

Ich wurde wie immer sehr freudig von den Meinigen gegrüßt und mußte ihnen von der Winterreise im Hochgebirge erzählen. Ich tat es, und erzählte ihnen in den ersten Tagen auch, was mir mein Gastfreund mitgeteilt hatte. Es war ihnen bisher unbekannt gewesen.
„Ich habe Risach oft nennen gehört", sagte mein Vater, „und stets war der Ausdruck der Hochachtung mit der Nennung seines Namens verbunden. Von der Familie, welche Heinbach besaß, habe ich nur Alfred flüchtig gekannt. Mit Tarona war ich einmal in einer entfernten Geschäftsverbindung gestanden."
Die Jugendbeziehungen meines Gastfreundes zu Mathilden mußten sehr geheim gehalten worden sein, da weder je der Vater noch irgend jemand aus seiner Bekanntschaft von dieser Sache etwas gehört hatte, obwohl über ähnliche Gegenstände die Sprechlust am regesten zu sein pflegt. Daß meine Mitteilungen an meine Angehörigen nach dem Bunde mit Natalien den größten Eindruck machten, ist begreiflich. Deßohngeachtet hatte ich doch auch dem Vater etwas gebracht, was ihn sehr

freute. Ich war in den letzten Tagen meines Aufenthaltes in dem Rosenhause noch bei dem Gärtner gewesen und hatte ihn ersucht, mir die Vorschrift zur Bereitung des Bindemittels an den Gläsern des Gewächshauses zu verschaffen, wodurch das Hineinziehen des Wassers zwischen die Gläser und das dadurch bewirkte Herabtropfen verhindert wird. Er hatte die Vorschrift wohl nicht selber, ging aber zu meinem Gastfreunde, und durch diesen erhielt ich sie. Ich erzählte meinem Vater von der Sache und übergab ihm die Anleitung zur Bereitung.
„Das wird das für die Pflanzen so schädliche Herabtropfen des Winterwassers in unserem hiesigen Gewächshause also für die Zukunft verhindern", sagte er, „noch mehr freue ich mich aber, es gleich neu in den neuen Gewächshäusern anwenden zu können, welche neben dem Landhause stehen werden, das ich bauen werde."
Die Mutter lächelte.
„Bereitet euch einstweilen auf die Reise in den Sternenhof und in das Rosenhaus vor", sagte der Vater, „alles Andere ist geschehen, der Schritt, der nun zu tun ist, liegt uns ob. In den ersten Tagen des Frühlings werden wir hinreisen, und ich werde für meinen Sohn werben. Ihr Weiber bereitet euch gerne auf solche Dinge vor, tut es und beeilt euch, ihr habt nicht lange Zeiten vor euch, zwei Monate und etwas darüber. Was mir bis dahin obliegt, wird nicht auf sich warten lassen."
Daß diese Maßregel Beifall hatte, ging aus der Sachlage hervor; die Zeit zur Vorbereitung aber wollte man etwas kurz nennen. Der Vater sagte, es dürfe nicht das Geringste zugegeben werden, weil man es sonst der Wichtigkeit des Verhältnisses nähme. Das war einleuchtend.
Es ging nun an ein Arbeiten und Bestellen, und kein Tag war, dem nicht seine Last zugeteilt wurde. Die Mutter traf auch Vorbereitungen für den Fall, daß die neuen Ehegatten in ihrem Hause wohnen würden. Der Vater sagte ihr zwar, daß meiner Verbindung noch meine große Reise vorangehen werde; allein sie widerlegte ihn mit der Bemerkung, daß es keinen Schaden bringe, wenn Manches früher fertig sei, als man es eben brauche. Er ließ sofort ihrem hausmütterlichen Sinne seinen Lauf.
Zu Ende des Märzes brachte der Vater einen sehr schönen Wagen in das Haus. Es war ein Reisewagen für vier Personen. Er hatte den Wagen nach seinen eigenen Angaben machen lassen.
„Wir müssen unsere Freunde ehren", sagte er, „wir müssen uns selber ehren, und wer kann wissen, ob wir den Wagen nicht noch öfter brauchen werden."
Er verlangte, daß man ihn genau besehe und in Hinsicht seiner Bequemlichkeit, besonders für Reisegegenstände von Frauen, prüfe. Es geschah, und man mußte die Einrichtung des Wagens loben. Es war Festigkeit mit Leichtigkeit verbunden, und bei einer gefälligen Gestalt bot er Räumlichkeit für alle nötigen Dinge.
„Ich bin nun fertig", sagte er, „sorgt, daß eure Vorbereitungen nicht zu lange dauern."

Aber auch die Frauen waren zu der rechten Zeit in Bereitschaft. Der Vater hatte den Beginn der Baumblüte und des Blätterknospens als Reisezeit bestimmt, und zu dieser Zeit fuhren wir auch fort.

Ich fuhr nun einen Weg, den ich so oft allein oder mit Fremden in einem Wagen zurückgelegt hatte, mit allen meinen Angehörigen. Wir fuhren mit Pferden, die wir uns auf jeder Post geben ließen; allein wir fuhren zur Bequemlichkeit der Mutter und Klotildens, weshalb wir uns oft länger an einem Orte aufhielten und kleine Tagereisen machten. Ein sehr schönes Wetter und eine Fülle von weißen und rotschimmernden Blüten begleitete uns.

Am vierten Tage vormittags fuhren wir in dem Sternenhofe ein. Mathilde war von unserer Ankunft unterrichtet worden. Wir hatten das Wagendach zurückgelegt, und alle Blicke meiner Angehörigen hafteten schon von weiter Entfernung her auf dem Blütenhügel, auf dem das Schloß stand, sie richteten sich jetzt auf die Gestalt des Bauwerkes, endlich auf das Sternenschild über dem Tore, auf die Wölbung des Torweges und zuletzt auf Mathilden und Natalien, die da standen, um uns zu empfangen. Wir stiegen aus. Natalie wechselte die Farben zwischen Blaß und Purpurrot. Man wartete nicht weiter mit dem Gruße. Klotilde und Natalie lagen sich an dem Halse und weinten. Meine ehrwürdige Mutter war von Mathilden umfaßt und an das Herz gedrückt. Dann wurde der Vater von ihr anmutsvoll und herzlich gegrüßt, sie reichte ihm beide Hände und sah ihn mit ihren Augen, die noch immer so schön waren, auf das Innigste an. Natalie hatte indessen die Hand meiner Mutter gefaßt und sie geküßt. Diese gab den Kuß auf die Stirne des schönen Mädchens zurück. Der Vater wollte wahrscheinlich etwas Heiteres oder gar Scherzhaftes zu Natalien sagen; aber als er sie näher anblickte, wurde er sehr ernst und beinahe scheu, er grüßte sie anständig und sehr fein. Wahrscheinlich hatte ihn ihre Schönheit überrascht oder er erinnerte sich, wie es auch mir ergangen war, an die Pracht seiner geschnittenen Steine. Klotilde wurde von Mathilden auch an das Herz gedrückt. Auf mich dachte beinahe niemand. Ob dieser Empfang der strengen Umgangssitte oder irgend einer Rangordnung gemäß war, darnach fragte niemand. Wir gingen unter einander gemischt die Treppe hinan und wurden in Mathildens Gesellschaftszimmer geführt. Dort lieh man den Grüßen erst lebhaftere Worte und einen geregelten Ausdruck.

„So lange haben wir uns gekannt und erst jetzt sehen wir uns", sagte Mathilde zu meinen Eltern, als sie dieselben zum Niedersitzen auf ihre Plätze veranlaßt hatte.

„Es war ein Wunsch von vielen Jahren", entgegnete mein Vater, „daß wir die Menschen sähen, die gegen meinen Sohn so wohlwollend waren und die sein Wesen so sehr gehoben hatten."

„Das ist nun Natalie, meine teure Klotilde", sagte ich, indem ich beide Mädchen einander vorstellte, „das ist Natalie, die ich so sehr liebe, so sehr wie dich selbst."

„Nein, mehr als mich, und so ist es auch recht", erwiderte Klotilde.

„Sei meine Schwester", sagte Natalie, „ich werde dich lieben wie eine Schwester, ich werde dich lieben, so sehr es nur mein Herz vermag."
„Ich nenne dich auch du", erwiderte Klotilde, „ich liebe meinen Bruder wie mein eigenes Herz, und werde dich auch so lieben."
Die beiden Mädchen umarmten sich wieder und küßten sich wieder.
Als wir uns um den Tisch gesetzt hatten, sagte ich zu Natalien: „Und mich grüßt ihr beinahe gar nicht."
„Ihr wißt es ja doch", erwiderte sie, indem sie mich freundlich ansah.
Das Gespräch dauerte nun allgemeiner über denselben Gegenstand fort.
Die zwei Frauen konnten sich kaum genug betrachten und nahmen sich immer wieder bei den Händen.
Als man endlich auf andere Gegenstände übergegangen war und über die Reise und ihre Annehmlichkeiten und Unannehmlichkeiten gesprochen hatte, sagte mein Vater, daß wir noch sämtlich in Reisekleidern seien, daß wir uns verabschieden müßten, und er fragte, wann er die Ehre haben könnte, sich Mathilden wieder vorstellen zu dürfen.
„Nicht Vorstellung", erwiderte sie, „Besuch, wann ihr immer wollt."
„Also in zwei Stunden", entgegnete mein Vater.

Wir gingen in unsere Zimmer, und mein Vater wies uns an, uns in Festkleider zu kleiden. Nach zwei Stunden ging er allein mit der Mutter, beide wie an einem hohen Festtage geschmückt, zu Mathilden, welche sie zu sprechen verlangten. Mathilde empfing sie in dem großen Gesellschaftszimmer, und mein Vater warb um die Hand Nataliens für mich. Nach wenigen Augenblicken wurden Natalie, Klotilde und ich hineingerufen, und Mathilde sagte: „Der Herr und die Frau Drendorf haben für ihren Sohn Heinrich um deine Hand geworben, Natalie."
Natalie, welche in einem so festlichen Kleide da stand, wie ich sie nie gesehen hatte, weshalb sie mir beinahe fremd erschien, blickte mich mit Tränen in den Augen an. Ich ging auf sie zu, faßte sie an der Hand, führte sie vor ihre Mutter, und wir sprachen einige Worte des Dankes. Sie entgegnete sehr freundlich. Dann gingen wir zu meinen Eltern und dankten ihnen gleichfalls, die gleichfalls freundlich antworteten. Klotilde war in ihrem Festanzuge sehr befangen, was auch fast bei allen Andern der Fall war. Mein Vater löste die Stimmung, indem er zu einem Tische schritt, auf welchem er ein Kästchen niedergestellt hatte. Er nahm das Kästchen, näherte sich Natalien und sagte: „Liebe Braut und künftige Tochter, hier bringe ich ein kleines Geschenk; aber es ist eine Bedingung daran geknüpft. Ihr seht, daß ein Faden um das Schloß liegt und daß der Faden ein Siegel trägt. Schneidet den Faden nicht eher ab als nach eurer Vermählung. Den Grund meiner Bitte werdet ihr dann auch sehen. Wollt ihr sie freundlich erfüllen?"
„Ich danke für eure Güte innig", antwortete Natalie, „und ich werde die Bedingung erfüllen."

Sie empfing das Kästchen aus der Hand des Vaters. Auch die Mutter und Klotilde gaben ihr Geschenke, so wie Mathilde und Natalie Gegenstände aus den benachbarten Zimmern herbeiholten, um die Mutter, Klotilden und den Vater zu beschenken. Natalie und ich gaben uns nichts. Dann setzten wir uns um einen Tisch nieder, und es begannen herzliche Gespräche. Am Schlusse sagte Mathilde: „So wäre denn der Bund, den die Herzen unserer Kinder geschlossen haben, auch durch die Beistimmung der Eltern bekräftigt. Der Tag der ewigen Verbindung mag nach ihrem Wunsche und unserer Meinung festgesetzt werden. Wir wollen darüber jetzt nicht sprechen, sondern es der Beratung und Vereinbarung anheimgeben."

Nach diesen Worten trennten wir uns und begaben uns in unsere Zimmer.

Die festlichen Kleider wurden nun abgelegt, und es begann das Besuchsleben, wie es in ähnlichen Verhältnissen und namentlich, wenn man in so nahe Beziehungen getreten ist, der Fall zu sein pflegt. Mathilde führte nach und nach den Vater und die Mutter in alle Teile des Schlosses, des Gartens, des Meierhofes, der Felder, der Wiesen und der Wälder. Sie zeigte ihnen alle Zimmer des Hauses: ihre Wohnzimmer, die Zimmer mit den alten Geräten, sie zeigte ihnen die Bilder und was sich nur immer in dem Schlosse befand. Sie ging mit ihnen in den Garten: zu den Linden, zu allen Obstbäumen, zu den Blumenbeeten, in die Grotte mit der Brunnennymphe, auf die Eppichwand und in jede Anlage, die in dem Garten enthalten war. Ebenso wurde alles, was sich auf die Landwirtschaft bezog, auf das Genaueste durchgenommen. Gegen den Abend, wenn die Sonnenstrahlen milde auf die blühende Erde leuchteten, wurde ein gemeinschaftlicher Gang durch irgend einen Teil der Gegend gemacht. Wiederholt gingen wir die ganze Länge des Berührweges durch, und die Eltern fanden Gefallen an dieser Bahn, die eine freie und rüstige Bewegung in trüben Tagen so wie im Winter auf eine angenehme Weise gestatte. Der Vater konnte über alles der Freude und des Lobes kein Ende finden. Mathilde und die Mutter sprachen oft lange und immer sehr freundlich mit einander, sie tauschten wahrscheinlich ihre Ansichten über Häuslichkeit und Verwaltung des Zugehörigen aus. Natalie und Klotilde waren fast unzertrennlich, sie schlossen sich an einander an, bezeigten sich jede Innigkeit, und oft, wenn wir alle in das Schloß zurückgekehrt waren, gingen sie noch auf einem einsamen Wege des Gartens oder auf einem Pfade des nächstgelegenen Feldes herum.

„Siehst du, Klotilde", sagte ich, „ich konnte dir kein Bild von Natalie bringen, weil keins da war, jetzt hast du sie selber."

„Um wie viel lieber als jedes Bild", antwortete sie, „aber ein Bild muß doch ausgeführt werden, damit man später wisse, wie sie in diesen Jahren ausgesehen habe."

cht Tage entließ uns Mathilde nicht von dem Sternenhofe, und jeder Tag fand seine freundliche Beschäftigung. Am neunten wurden die Anstalten gemacht, daß wir alle in das Rosenhaus abreisen konnten. Mathilde und die Eltern fuhren in unserem Reisewagen. Natalie, Klotilde und ich in dem Wagen Mathildens.

Als wir den Hügel hinanfuhren, konnte mein Vater seine Neugierde kaum mehr bemeistern. Ich sah ihn öfter in dem Wagen aufstehen und herumblicken. Es war ein wolkig heiterer Tag, Strichregen gingen auf entferntere Wälder nieder, Sonnenblicke schnitten goldne Bilder auf den Hügeln und Ebenen aus, und das Haus meines Gastfreundes schaute sanft von seiner Anhöhe hernieder. Obwohl, da wir von der Stadt abfuhren, dort bereits alles in Blüte stand, war in der Umgebung des Rosenhauses trotz der Zeit, die wir auf der Reise und in dem Hause Mathildens zugebracht hatten, doch noch die Baumblüte nicht vorüber, sondern sie war erst in ihrer vollen Entfaltung. Denn das Land hier lag um ein Bedeutendes höher als die Stadt. Ein Teil des Wintergetreides stand auf dem Hügel in üppigstem Wuchse, ein Teil schickte sich dazu an, das Sommergetreide keimte hie und da, und hie und da war noch die braune Erde zu sehen. Mein Gastfreund hatte durch Mathilden Nachricht von unserer Ankunft erhalten. Als wir bei dem Gitter anfuhren, stand er mit Gustav, Eustach, Roland, mit der Haushälterin Katharine, mit dem Hausverwalter, mit dem Gärtner und anderen Leuten auf dem Sandplatze vor dem Gitter, um uns zu empfangen. Wir stiegen aus, und da standen sich nun mein Vater und mein Gastfreund gegenüber. Der letztere hatte schneeweiße Haare, mein Vater etwas minder weiße, aber liebe, ehrwürdige Männer waren beide. Sie reichten sich die Hand, sahen sich einen Augenblick an und schüttelten sich dann ihre Rechte herzlich.

„Seid mir gegrüßt, seid mir tausendmal gegrüßt an meiner Schwelle", sagte mein Gastfreund, „selten ist hier einer eingegangen, der so willkommen gewesen wäre wie ihr, und selten habe ich mich nach jemandem so gesehnt wie nach euch. Wir sind nun so lange in Verbindung und ich habe euch schon so lange in der Liebe eures Sohnes geliebt."
„Ich euch in der Liebe eures jungen Freundes", erwiderte mein Vater, „es ist einer meiner liebsten Tage, der mich unter dieses Dach bringt. Ich komme in das Haus des Mannes, den ich durch meinen Sohn kenne, obgleich ich auch den Staatsmann hochachten muß. Ich komme mit der Schuld des Dankes belastet. Ihr habt mich ausgezeichnet, ehe ich es nur im geringsten Maße um euch verdient hatte."
„Laßt das jetzt, es machte mir ja selber Freude", entgegnete mein Gastfreund, „aber seht, so begeht man Fehler, wenn man von einer Leidenschaft befangen ist, besonders, wenn zwei alte Altertumsfreunde zusammentreffen. Ich habe versäumt, eurer verehrten Gattin meinen ersten Gruß darzubringen, wie es Pflicht gewesen wäre. Aber, teure Frau, ihr werdet es, wenn auch nicht ganz entschuldigen, doch als ein geringeres Vergehen ansehen, als eine andere Frau, da ihr euren Gatten und seine Beziehungen zu seinen Schätzen kennt. Seid mir gegrüßt, und wenn ich sage, daß ich euch nicht minder als euren Gatten hieher gewünscht habe, so sage ich die Wahrheit, und euer eigener Sohn ist gegen euch Zeuge, wenn ihr meine Worte bezweifeln wolltet. Es freut mich, euch in mein Haus führen zu können, erlaubt, daß ich eure Hand fasse. Mathilde, Natalie, Heinrich, ihr müsset heute etwas Nebensache sein, und dieses Fräulein, das ich wohl

schon als Klotilde kenne, wird erlauben, daß ich sie auch ein wenig liebe und um Gegenneigung bitte. Gustav, führe das Fräulein."

„Gönnt mir die Gnade, euch führen zu dürfen", sagte Gustav zu Klotilden.

Sie sah den Jüngling sanft an und sagte: „Ich bitte um die Gefälligkeit."

„Ehe wir gehen", sagte mein Gastfreund noch, „sehet noch hier meine zwei ausgezeichneten Künstler Eustach und Roland, die mit mir in unserem Besitze leben, den ich Sorgenfrei nennen würde, wenn er nicht voll von Sorgen steckte. Sie wollen euch vor dem Hause begrüßen. Seht da auch meine Katharine, die das Haus zusammenhält, und dann meinen Hausverwalter und Gärtner und Andere, welche die Lust des Empfanges nicht missen wollten."

Mein Vater reichte jedem die Hand, und die Mutter und Klotilde verbeugten sich auf das Artigste.

Hierauf nahm mein Gastfreund den Arm meiner Mutter, mein Vater den Mathildens, ich Nataliens, Gustav Klotildens, und so gingen wir bei dem Eisengitter in den Garten und in das Haus. Die Wägen fuhren in den Meierhof. In dem Hause wurden wir gleich in unsere Zimmer geführt. Mathilde und Natalie gingen in ihre gewöhnliche Wohnung. Für meinen Vater und für meine Mutter war ein Aufenthalt von drei Zimmern eigens gerichtet worden. Sie hatten sehr schöne Wandbekleidungen und vorzügliche Geräte. Für alle und jede Bequemlichkeit war gesorgt. Klotilde hatte ein zierliches blaßblaues Zimmerchen daneben. Ich ging von der Wohnung meiner Eltern in meine Zimmer, welche die gewöhnlichen waren. Gustav besuchte mich hier in dem ersten Augenblicke, und umschlang mich mit der größten Freude und Liebe.

„Nun ist doch alles sicher und gewiß", sagte er.

„Sicher und gewiß", entgegnete ich, „wenn Gott sein Vollbringen gibt. Jetzt bist du mein teurer, vielgeliebter Bruder in der Tat, wenn du es auch der Fassung nach erst in einiger Zeit wirst."

„Darf ich auch du sagen?" fragte er.

„Von ganzem Herzen", erwiderte ich.

„Also du, mein geliebter, mein teurer Bruder", sagte er.

„Auf immer, so lange wir leben, was auch sonst für Zwischenfälle kommen mögen", sagte ich.

„Auf immer", antwortete er, „aber jetzt kleide dich schnell um, damit du nicht zu spät kommst. Man wird in dem Besuchsaale zu ebener Erde noch einmal zu einem Gruße zusammenkommen, ehe man zum Mittagessen geht. Ich muß mich selber zurecht richten."

Es war so, wie Gustav gesagt hatte, und es war an alle die Einladung ergangen. Er verließ mich, und ich kleidete mich um.

Wir versammelten uns in dem Besuchzimmer zu ebener Erde, in welchem ich, da ich das erste Mal in diesem Hause war, allein gewartet hatte, während mein Gastfreund gegangen war, ein Mittagessen für mich zu bestellen. Ich hatte damals den Gesang der Vögel hereingehört. Der eingelegte Fußboden war heute mit einem sehr schönen Teppiche ganz überspannt. Auch Eustach und Roland waren zu der Versammlung eingeladen worden.

Als sich alle eingefunden hatten, stand mein Gastfreund, welcher so festlich angezogen war wie wir, auf und sprach: „Ich richte noch einmal an alle, welche gekommen sind, den Empfangsgruß innerhalb der Wände dieses Hauses. Es ist ein schöner Tag.

Wenn gleich mancher liebe Freund und gewissermaßen Schlachtkamerade, den ich noch besitze, nicht hier ist, so kann eben nicht immer alles, was man liebt, versammelt sein. Das Eigentliche ist hier, ist aus einem lieben Anlasse hier, aus welchem ein noch schönerer Tag für Manche hervorgehen kann. Ihr, sehr hochgeehrte Frau, die Mutter des jungen Mannes, welcher zu verschiedenen Malen unter dem Dache dieses Hauses gewohnt hat, seid dem Hause willkommen. Es hat euren Namen oft gehört und die Namen eurer Tugenden, und wenn der Schall der Rede oft auch ganz Anderes zu verkünden schien, so gingen unbewußt eure Eigenschaften daraus hervor, sammelten sich hier und erzeugten Ehrerbietung und, erlaubt einem alten Manne das Wort, Liebe. Ihr, mein edler Freund – gönnt mir den Namen auch, den ich euch so gerne gebe -, ein graues Haupt wie ich, aber ehrwürdiger in der Verehrung seiner Kinder und darum auch in der anderer Leute, ihr habt mit eurer Gattin unsichtbar dieses Haus bewohnt und ehrt es, da es eure Gestalt nun selber in seinen Räumen sieht. Ihr, Klotilde, wandeltet mit euren Eltern hier und seid gleichfalls in eurem Eigentume. Zu dir, Mathilde, spreche ich erst jetzt, nachdem ich zu den Andern gesprochen habe, die nicht so oft die Schwelle dieses Hauses betreten haben wie du. Du bringst uns heute etwas, das allen lieb sein wird. Sei deshalb nicht mehr gegrüßt und willkommen, als du hier immer gegrüßt und willkommen gewesen bist. Sei willkommen, Natalie, und seid gegrüßt, Heinrich. Eustach, Roland, Gustav sind als Zeugen hier von dem, was da geschieht."

Meine Mutter antwortete hierauf: „Ich habe immer gedacht, daß wir in diesem Hause werden herzlich empfangen werden, es ist so, ich danke sehr dafür."

„Ich danke auch, und möge die gute Meinung von uns sich bewähren", sagte der Vater.

Klotilde verneigte sich nur.

Mathilde sprach: „Sei bedankt für deinen Gruß, Gustav, und wenn du sagst, daß ich etwas bringe, das allen lieb sein wird, so berichte ich, daß Heinrich Drendorf und Natalie vor neun Tagen im Sternenhofe verlobt worden sind. Wir haben den Weg zu dir gemacht, um deine Billigung zu dieser Vornahme zu erwirken. Du hast immer wie ein Vater an Natalien gehandelt. Was sie ist, ist sie größtenteils durch dich. Daher könnte ein Band sie nie beglücken, das deinen vollen Segen nicht hätte."

„Natalie ist ein gutes, treffliches Mädchen", erwiderte mein Gastfreund, „sie ist durch ihr innerstes Wesen und durch ihre Erziehung das geworden, was sie ist. Ich mag ein Weniges beigetragen haben, wie alle nicht bösen Menschen, mit denen wir umgehen, zu unserem Wesen etwas Gutes beitragen. Du weißt, daß der geschlossene Bund meine

Billigung hat, und daß ich ihm alles Glück wünsche. Weil du mich aber Vater Nataliens nennst, so mußt du erlauben, daß ich auch als Vater handle. Natalie erhält als meine Erbin den Asperhof mit allem Zubehör und allem, was darin ist, sie erhält auch, da ich gar keine Verwandten besitze, meine ganze übrige Habe. Die Ausfolgung geschieht in der Art, daß sie einen Teil des gesammten Vermögens an ihrem Vermählungstage empfängt nebst den Papieren, welche ihr das Anrecht auf den Rest zusprechen, der ihr an meinem Todestage anheim fällt. Einige Geschenke an Freunde und Diener werden in den Papieren enthalten sein, die sie gerne verabfolgen wird. Weil ich Vater bin, so werde ich auch meine liebe Tochter ausstatten, von ihrer Mutter kann sie nur Geschenke annehmen. Und einen Eigensinn müßt ihr mir gestatten, dessen Bekämpfung von eurer Seite mich sehr schmerzen würde. Die Vermählung soll auf dem Asperhofe gefeiert werden. Hieher ist der Bräutigam vor mehreren Jahren zuerst gekommen, hier habt ihr ihn kennen gelernt, hier ist vielleicht die Neigung gekeimt und hier endlich wohnt ja der Vater, wie er eben genannt worden ist. Vom Vermählungstage an wird im Asperhofe für die jungen Eheleute eine Wohnung in Bereitschaft stehen, es wird aber an sie nicht die Forderung gestellt werden, daß sie dieselbe benützen. Sie sollen nach ihrer Wahl ihre Wohnung aufschlagen: entweder im Asperhofe oder im Sternenhofe oder in der Stadt oder auch abwechslungsweise, wie es ihnen gefällt."
Mathilde war während dieser ganzen Rede mit Würde und Anstand in ihrem Sitze gesessen, wie überhaupt in der ganzen Versammlung ein tiefer Ernst herrschte. Mathilde suchte ihre Haltung zu bewahren; allein aus ihren Augen stürzten Tränen, und ihr Mund zitterte vor starker Bewegung. Sie stand auf und wollte reden; aber sie konnte nicht und reichte nur ihre Hand an Risach. Dieser ging um den Tisch – denn eine Ecke desselben trennte sie –, drückte Mathilden sanft in ihren Sitz nieder, küßte sie sachte auf die Stirne und strich einmal mit seiner Hand über ihre Haare, die sie glatt gescheitelt über der feinen Stirne hatte.
Mein Vater nahm hierauf, da Risach wieder an seinem Platze war, das Wort, und sprach: „Es ist noch ein Vater da, welcher auch einige Worte reden und einige Bedingungen stellen möchte. Vor allem, Freiherr von Risach, empfanget den innigsten Dank von mir im Namen meiner Familie, daß ihr ein Mitglied derselben zu einem Mitgliede der eurigen aufzunehmen für würdig erachtet habt. Unserer Familie ist dadurch eine Ehre erzeigt worden, und mein Sohn Heinrich wird sich sicherlich bestreben, sich alle jene Eigenschaften zu erwerben, welche ihm zur Erfüllung seiner neuen Pflichten und zur Darstellung jener Menschenwürde überhaupt nötig sind, ohne welche man ein Teil der besseren menschlichen Gesellschaft nicht sein kann. Ich hoffe, daß ich hierin für meinen Sohn bürgen kann, und ihr selber hofft es, da ihr ihn in die Stellung aufgenommen habt, in der er ist. Mein Sohn wird in die neue Haushaltung bringen, was nicht für unbillig erachtet werden soll. In meinem Hause in der Stadt wird eine anständige Wohnung für die Neuvermählten immer in Bereitschaft stehen, und wenn ich das Landleben einmal

vorziehen sollte, so werden sie auch in meiner neuen Wohnung einen Platz finden. Ihr eigenes ständiges Haus mögen sie nach Belieben aufschlagen.

Daß die Vermählung in dem Asperhofe sei, ist nach meiner Meinung gerecht, und ich glaube, es wird niemand die Maßregel bestreiten. Und nun habe ich noch eine Bitte an euch, Freiherr von Risach, nehmt mich alten Mann und meine alte Gattin nebst unsrer Tochter nicht ungerne in euren Familienkreis auf. Wir sind bürgerliche Leute und haben als solche einfach gelebt; aber in jedem Verhältnisse unsere Ehre und unsern guten Namen aufrecht zu erhalten gesucht."

„Ich kenne euch schon lange", antwortete Risach, „obwohl nicht persönlich, und habe euch schon lange hoch geachtet. Noch höher achtete und liebte ich euch, als ich euren Sohn kennen gelernt hatte. Wie sehr es mich freut, in eine nähere Umgangsverbindung mit euch zu kommen, kann euch euer Sohn sagen und wird euch die Zukunft zeigen. Was die Bürgerlichkeit anlangt, so gehörte ich zu diesem Stande. Vergängliche Handlungen, die man Verdienste nannte, haben mich auf eine Zeit aus ihm gerückt, ich kehre durch meine angenommene Tochter wieder zu ihm zurück, der mir allein gebührt. Ehrenvoller, würdiger Mann einer stetigen Tätigkeit und eines wohlgegründeten Familienlebens, wenn ihr mich, der ich Beides nicht habe, für wert erachtet, so kommt an mein Herz und laßt uns die letzten Lebenstage freundlich mit einander gehen."

Beide Männer verließen ihre Plätze, begegneten sich auf halbem Wege zu einander, schlossen sich in die Arme und hielten sich einen Augenblick fest. Wie erschütternd das auf alle wirkte, zeigte die Tatsache, daß es totenstill im Zimmer war und daß manche Augen feucht wurden.

Meine Mutter war, da Risach Mathilden verlassen hatte, zu ihr gegangen, hatte sich neben sie gesetzt und hatte ihre beiden Hände gefaßt. Die Frauen küßten sich und hielten sich noch immer beinahe umfangen.

Ich und Natalie traten jetzt vor Risach und sagten, daß wir ihm für alles Liebe und Gute gegen uns aufs Tiefste danken und daß unser einziges Bestreben sein werde, seiner guten Meinung über uns immer würdiger zu werden.

„Ihr seid lieb und freundlich und ehrlich", sagte er, „und alles wird gut werden."

Wir gingen wieder an unsere Plätze, und Eustach, Klotilde, Roland, Gustav und selbst die Eltern wünschten uns nun alles Glück und allen Segen.

Hierauf nahm das Gespräch eine Wendung auf einfachere und gewöhnlichere Dinge. Man stand auch öfter auf und mischte sich durcheinander. Meine Mutter hatte heute einige der schönsten geschnittenen Steine meines Vaters als Schmuck an ihrem Körper. Mein Gastfreund hatte öfter darauf hingeblickt; allein jetzt konnten er und Eustach dem Reize nicht mehr widerstehen, sie traten zu meiner Mutter, betrachteten verwundert die Steine und sprachen über dieselben. Später kam auch Roland hinzu. Meinem Vater glänzten die Augen vor Freude.

Als das Gespräch noch eine Weile gedauert hatte, trennte man sich und bestellte sich auf einen Spaziergang, der noch vor dem Mittagessen statt finden sollte. Auf dem Sandplatze vor dem Rosengitter an dem Hause wollte man sich versammeln.
Wir kleideten uns in andere Kleider und kamen vor dem Hause zusammen.
Mein Vater, der wahrscheinlich sehr neugierig war, alles in diesem Hause zu sehen, hatte sich zu Risach gesellt, sie standen vor den Rosengewächsen, und mein Gastfreund erklärte dem Vater alles. Mathilde war an der Seite meiner Mutter, Klotilde und Natalie hielten sich an den Armen, und ich und Gustav so wie zu Zeiten auch Eustach und Roland hielten uns in der Nähe der alten Männer auf. Wir gingen von dem Sandplatze in den Garten, damit die Meinigen zuerst diesen sähen. Mein Gastfreund machte für meinen Vater den Führer und zeigte und erklärte ihm alles. Wo meine Mutter und Klotilde an dem Gesehenen Anteil nahmen, wurde es ihnen von ihren Begleiterinnen erläutert.
„Da sehe ich ja aber doch Faltern", sagte mein Vater, als wir eine geraume Strecke in dem Garten vorwärts gekommen waren.
„Es wäre wohl kaum denkbar und möglich, daß meine Vögel alle Keime ausrotteten", antwortete mein Gastfreund, „sie hindern nur die unmäßige Verbreitung. Einiges bleibt aber immer übrig, was für das nächste Jahr Nahrung liefert. Zudem kommen auch von der Ferne Faltern hergeflogen. Sie wären wohl auch die schönste Zierde eines Gartens, wenn ihre Raupen nicht so oft für unsere menschlichen Bedürfnisse so schädlich wären."
„Bringen denn nicht aber auch die Vögel manchen Baumfrüchten Schaden?" fragte mein Vater.
„Ja, sie bringen Schaden", entgegnete mein Gastfreund, „er trifft hauptsächlich die Kirschenarten und andere weichere Obstgattungen; aber im Verhältnisse zu dem Nutzen, den mir die Vögel bringen, ist der Schaden sehr geringe, sie sollen von dem Überflusse, den sie mir verschaffen, auch einen Teil genießen, und endlich, da sie neben ihrer natürlichen Nahrung von mir noch außerordentliche und mitunter Leckerbissen bekommen, so ist dadurch der Anlaß zu Angriffen auf mein Obst geringer."
Wir gingen durch den ganzen Garten. Jedes Blumenbeet, jede einzelne merkwürdigere Blume, jeder Baum, jedes Gemüsebeet, der Lindengang, die Bienenhütte, die Gewächshäuser, alles wurde genau betrachtet. Der Tag hatte sich beinahe ganz ausgeheitert, und eine Fülle von Blüten lastete und duftete überall. Wir gingen bis zu dem großen Kirschbaume empor und sahen von ihm über den Garten zurück. Der Vater fühlte sich ganz glücklich, alles das sehen und betrachten zu können. Die Mutter mochte wohl ihren Umgebungen nicht so viel Aufmerksamkeit geschenkt haben wie der Vater, und sie mochte mit Mathilden mehr über das Wohl und Wehe und über die Zukunft ihrer Kinder gesprochen haben. Auch dürfte der Inhalt der Gespräche zwischen Klotilden und Natalien nicht vorherrschend der Garten gewesen sein. Sie konnten manche Fäden über andere Dinge anzuknüpfen gehabt haben.

Von dem großen Kirschbaume mußte wieder in das Haus zurückgegangen werden, weil die Zeit, welche noch bis zu dem Mittagessen gegeben gewesen war, ihren Ablauf genommen hatte. Man verfügte sich einen Augenblick in seine Zimmer und versammelte sich dann im Speisesaale.

Der Nachmittag war zur Besichtigung des Meierhofes, der Wiesen und Felder bestimmt. Wir gingen von dem großen Kirschbaume auf den Getreidehügel hinaus und auf ihm fort bis zu der Felderrast. Wir gingen genau den Weg, welchen ich an jenem Abende mit meinem Gastfreunde gegangen war, als ich mich zum ersten Male in dem Asperhofe befunden hatte. Wir sahen von der Felderrast ein wenig herum. Die Esche hatte eben ihre ersten kleinen Blätter angesetzt und suchte sie auszubreiten. Wir konnten uns nicht niedersetzen, weil das Bänkchen dazu viel zu klein war. Von der Felderrast gingen wir in den Meierhof. Wir schlugen den Weg ein, welchen ich einmal mit Natalien allein gewandelt war. Nach der Besichtigung des Meierhofes, in welchem mein Gastfreund meinem Vater das Kleinste und Größte zeigte, und in welchem er ihm erklärte, wie alles früher ausgesehen hatte, was daraus geworden war und was noch werden sollte, gingen wir durch die Meierhofwiesen, durch die Felder am Abhange des Hügels des Rosenhauses, dann den Hügel herum, endlich in das Gehölze des Teiches und von ihm an dem Erlenbache zurück, so daß wir wieder zu dem großen Kirschbaume kamen und von ihm in das Haus zurückkehrten. Es war mittlerweile Abend geworden. Alles hatte die Bewunderung meines Vaters erregt.

Der nächste Tag war dazu bestimmt, das Innere des Hauses, seine Kunstschätze und alles, was es sonst enthielt, zu besehen. Mein Gastfreund führte meinen Vater zuerst in alle Zimmer des Erdgeschosses, dann über den Marmorgang die Treppe hinan zur Marmorgestalt. Wir waren alle mit, außer Eustach und Roland. Bei der Marmorgestalt hielten wir uns sehr lange auf. Von ihr gingen wir in den Marmorsaal, in welchem mein Gastfreund meinem Vater alle Marmorarten nannte und ihm die Orte ihres Vorkommens bezeichnete. Dann besuchten wir nach und nach die Wohnzimmer meines Gastfreundes, die Zimmer mit den Bildern, Büchern, Kupferstichen, das Lesezimmer, das Eckzimmer mit den Vogelbrettchen und endlich die Gastzimmer und die Wohnung Mathildens. Auch Rolands Gemach wurde besehen, in welchem auf einer Staffelei sein beinahe fertiges Bild stand. Den Beschluß machte der Besuch des Schreinerhauses und die Besichtigung seiner Einrichtung und alles dessen, was da eben gefördert wurde. War mein Vater schon gestern voll Bewunderung gewesen, so war er heute beinahe außer sich. Die Marmorgestalt hatte seinen Beifall so sehr, daß er sagte, er könne sich von seinen Reisen her nicht auf Vieles erinnern, was von altertümlichen Werken besser wäre als diese Gestalt. Sie wurde von allen Seiten besehen und wieder besehen, dieser Teil und jener Teil und das Ganze wurde besprochen. So etwas, sagte mein Vater, könne er nicht entfernt aufweisen, nur einige seiner alten geschnittenen Steine könnten neben dieser Gestalt noch besehen werden. Der Marmorsaal gefiel ihm sehr, und der Gedanke, ein solches Gemach zu bauen, erschien ihm als ein äußerst glücklicher. Er pries die Geduld

meines Gastfreundes im Suchen des Marmors und lobte die, welche die Zusammenstellung entworfen hatten, daß etwas so Reines und Großartiges zu Stande gekommen sei. Die alten Geräte, die Bilder, die Bücher, die Kupferstiche beschäftigten meinen Vater auf das Lebhafteste, er sah alles genau an und sprach als Liebhaber und auch als Kenner über Vieles. Mein Gastfreund verständigte sich leicht mit ihm, ihre Ansichten trafen häufig zusammen und ergänzten sich häufig, in so ferne man überhaupt Ansichten in einer Gesellschaft, in welcher man sich kurz fassen mußte, aussprechen konnte. Meine Mutter freute sich innig über die Freude des Vaters. So war es denn also doch in Erfüllung gegangen, was sie so oft gewünscht hatte, daß mein Vater das Haus meines Gastfreundes besuchte, und es war auf eine liebe Art in Erfüllung gegangen, die sie sich gewiß einstens nicht gedacht hatte. Rolands Bild betrachtete der Vater sehr aufmerksam, er hielt es für höchst bedeutend, er sprach mit Risach über Verschiedenes in demselben und äußerte sich, daß, nach diesem Werke zu urteilen, Roland eine hoffnungsvolle Zukunft vor sich haben dürfte. Daß es meinen Gastfreund mit Vergnügen erfüllte, daß seine Schöpfungen mit solcher Anerkennung von einem Manne, aus dessen Worten die Berechtigung zu einem Urteile hervorging, betrachtet werden, ist begreiflich. Die zwei Männer schlossen sich immer mehr an einander und vergaßen zuweilen ein wenig die übrige Gesellschaft. In dem Schreinerhause, in welchem Eustach den Führer machte, wurden nicht nur alle Zeichnungen und Pläne durchgesehen, sondern die ganze Einrichtung und die Art, wie hier verfahren werde, sammt allen Werkzeugen, wurde einer genauen Beobachtung unterzogen. Der Vater war voll der Billigung darüber. Mit Besichtigung dieser Dinge war der ganze Tag verbraucht worden.
Am nächsten Tage fuhr man in den Alizwald, damit mein Gastfreund meinen Eltern den Forst zeigen konnte, welcher zu dem Asperhofe gehörte.
Die folgenden Tage waren für die Gesellschaft schon weniger vereinigend. Man zerstreute sich und ging dem nach, was eben die meiste Anziehungskraft ausübte. Zu mir und Natalien kamen nach und nach alle Bewohner des Rosenhauses und des Meierhofes, um uns Glück und Segen zu unserer bevorstehenden Vereinigung zu wünschen. Sie hatten jetzt erst, nach geschehener Verlobung, die Gewißheit davon erhalten, hatten es aber in früherer Zeit aus den Vorgängen, die sie sahen, gemutmaßt und geschlossen. Mein Vater holte Vieles wieder im Einzelnen nach, was er im Allgemeinen gesehen hatte, er war bald hier, bald dort und war viel mit dem Besitzer des Hauses beschäftigt. Die Frauen ließen sich das angelegen sein, was Sache des Hauswesens ist, und verkehrten manche Weile mit Katharinen. Wir jüngeren Leute gingen viel in dem Garten herum, besuchten manche Stelle und machten Spaziergänge. Wir waren mehrere Male bei den Gärtnerleuten, saßen einmal lange bei ihrem Tische und besahen einmal ausführlich für uns die Gewächshäuser und ließen uns das Vorhandene von dem Gärtner erklären. Eines Tages waren wir auch alle im Inghofe, und die Bewohner des Inghofes waren eines andern Tages im Asperhofe. Der Pfarrer von Rohrberg und mehrere der angeseheneren Bewohner der Gegend waren von nahe oder

von ferne herzugekommen, um zu dem ihnen bekannt gewordenen Ereignisse ihren Glückwunsch darzubringen. Selbst Bauersleute der Nachbarschaft und Andere, die mich und Natalien kannten, kamen zu demselben Zwecke.
Wir mußten zwölf Tage in dem Asperhofe zubringen, dann aber wurde unser Reisewagen bepackt, und wir traten die Rückreise in unsere Vaterstadt an.

Da wir zu Hause angekommen waren, wurde sogleich daran gegangen, Zimmer in Bereitschaft zu setzen, daß wir den Gegenbesuch, wenn er eintreffen würde, anstandsvoll empfangen könnten. Ich rüstete mich indessen auch noch zu etwas Anderem, was noch vor der Verbindung mit Natalien statthaben mußte, zu meiner großen Reise. Ich suchte die Anstalten so zu treffen, daß ich glaubte, nichts Wesentliches außer Acht gelassen zu haben. Die Notwendigkeit, mir durch diese Reise noch Manches, was mir fehlte, anzueignen und in dieser Hinsicht nicht zu weit hinter Natalien zurückstehen zu müssen, war mir einleuchtend, und eben so einleuchtend war es mir, daß ich eine größere Reise allein machen müsse, ehe ich in künftiger Zeit mit Natalien eine Reise antreten könnte. Ich hatte auch vor, mich gleich nach der Zeit, in der uns der Gegenbesuch abgestattet sein würde, auf die Reise zu begeben.
Der Gegenbesuch kam drei Wochen nach dem Tage, an welchem wir in der Stadt angelangt waren. Ein Brief hatte ihn vorher angekündigt. Mathilde, Risach, Natalie und Gustav trafen in einem schönen Reisewagen ein. Sie wurden in die für sie in Bereitschaft gehaltenen Zimmer geführt. Nachdem sie sich umgekleidet hatten, kamen wir zum Gruße in unserem Besuchzimmer zusammen. Der Empfang in unserem Hause war so herzlich und innig, wie er nur immer in dem Sternenhofe und in dem Hause meines Gastfreundes gewesen war. In allen Mienen war Freude, und alle Worte setzten die begonnene Bekanntschaft und die sich entwickelnde Freundschaft fort. Selbst bis auf die Dienerschaft pflanzte sich das angenehme Gefühl über. Aus einzelnen Worten und aus den heitern Angesichtern entnahm man, wie sehr ihnen die wunderschöne Braut gefalle. Was unser Haus und die Stadt für die Gäste Angenehmes bieten konnte, wurde ihnen zur Verfügung gestellt. Wie auf den beiden Landsitzen wurde auch hier alles gezeigt, was das Haus enthält.
Die Gäste wurden in die Zimmer geführt, besahen Bilder, Bücher, alte Schreine und geschnittene Steine. Sie kamen in das gläserne Eckhäuschen und in alle Teile des Gartens. In Hinsicht der Bilder meines Vaters sprach sich mein Gastfreund dahin aus, daß sie als Ganzes durchaus wertvoller seien als seine Sammlung, obwohl er auch einzelne Stücke besitze, welche dem Besten aus meines Vaters Sammlung an die Seite gestellt werden könnten. Meinen Vater freute dieses Urteil, und er sagte, er hätte ungefähr dasselbe gefällt.
Die geschnittenen Steine, sagte mein Gastfreund, seien auserlesen, und denen hätte er nichts Gleiches entgegenzustellen, es müßte nur das Marmorstandbild sein.

„Das ist es auch, und das ist das Höchste, was in beiden Kunstsammlungen besteht", erwiderte mein Vater.

Die Schnitzarbeiten im Glashäuschen waren meinem Gastfreunde aus meinen Abbildungen bekannt. Er beschäftigte sich aber doch mit ihrer genauen Besichtigung und erteilte ihnen mit Rücksicht auf die Zeit ihrer Entstehung viel Lob. Mein Einbeerblatt aus Marmor im Garten wurde einer Anerkennung nicht für unwürdig erachtet. Meinen Vater erquickte die Würdigung seiner Schätze von einem Manne, wie Risach war, sehr, und ich glaube, er hatte keine angenehmeren Stunden gehabt, seit er alle diese Dinge zusammen gebracht, als die Zeit, die Risach bei ihm gewesen war. Selbst jenen Augenblick dürfte er kaum vorgezogen haben, da sich zum ersten Male meine Augen für den Wert dessen geöffnet hatten, was er besaß. Bei mir war es damals nur Gefühl gewesen, bei Risach war jetzt es Urteil.

Zum Vergnügen außer dem Hause geschahen zwei Theaterbesuche, drei gemeinschaftliche Besuche in Kunstsammlungen und einige Fahrten in die Umgebung. Bei dieser Zusammenkunft wurde auch die Vermählungszeit besprochen. Ich sollte meine angekündigte Reise unternehmen und nach der Zurückkunft sollte kein Aufschub mehr stattfinden. Der Tag werde dann festgestellt werden. Nach dieser Verabredung wurde Abschied genommen. Der Abschied war dieses Mal sehr schwer, weil er auf länger genommen wurde und weil unglückliche Zufälle in der Abwesenheit nicht unmöglich sein konnten. Aber wir waren standhaft, wir scheuten uns, vor Zeugen, selbst vor so lieben, einen Schmerz zu äußern, sondern trennten uns und versprachen, uns zu schreiben.

Als uns unsere Gäste verlassen hatten, zeigten wir in Briefen an einige uns sehr befreundete Familien meine Verlobung an. Zur Fürstin ging ich selbst, um ihr dieses Verhältnis zu eröffnen. Sie lächelte herzlich und sagte, daß sie sehr wohl bemerkt habe, daß ich einmal, da sie des Namens Tarona Erwähnung getan hatte, äußerst heftig errötet sei.

Ich erwiderte, daß ich damals nur errötet sei, weil sie mich auf einer inneren Neigung betroffen habe, den Namen Tarona habe ich in jener Zeit an Natalien noch gar nicht gekannt. Ich sprach auch von meiner Reise, sie lobte diesen Entschluß sehr und erzählte mir von den Verhältnissen verschiedener Hauptstädte, in denen sie in früheren Jahren zeitweilig gewohnt hatte. Sie erwähnte kurz auch Manches über das äußere Ansehen der Länder, da sie eine große Freundin landschaftlicher Schönheiten war. Sie hatte eben in dem Augenblicke vor, wieder an den Gardasee zu gehen, den sie schon öfter besucht hatte. Das war auch die Ursache, daß sie noch so spät im Frühlinge in der Stadt war. Sie ersuchte mich, nach meiner Zurückkunft wieder bei ihr auf ein Weilchen zu erscheinen. Ich versprach es.

Meine Reise wurde nun keinen Augenblick mehr verzögert. Ich nahm von den Meinigen Abschied und fuhr eines Tages zu dem Tore unserer Stadt hinaus.

Ich ging zuerst über die Schweiz nach Italien; nach Venedig, Florenz, Rom, Neapel, Syrakus, Palermo, Malta. Von Malta schiffte ich mich nach Spanien ein, das ich von Süden nach Norden mit vielfachen Abweichungen durchzog. Ich war in Gibraltar, Granada, Sevilla, Cordoba, Toledo, Madrid und vielen anderen, minderen Städten. Von Spanien ging ich nach Frankreich, von dort nach England, Irland und Schottland und von dort über die Niederlande und Deutschland in meine Heimat zurück. Ich war um einen und einen halben Monat weniger als zwei Jahre abwesend gewesen. Wieder war es Frühling, als ich zurückkehrte, die mächtige Welt der Alpen, der Feuerberge Neapels und Siciliens, der Schneeberge des südlichen Spaniens, der Pyrenäen und der Nebelberge Schottlands hatten auf mich gewirkt. Das Meer, vielleicht das Großartigste, was die Erde besitzt, nahm ich in meine Seele auf. Unendlich viel Anmutiges und Merkwürdiges umringte mich. Ich sah Völker und lernte sie in ihrer Heimat begreifen und oft lieben. Ich sah verschiedene Gattungen von Menschen mit ihren Hoffnungen, Wünschen und Bedürfnissen, ich sah Manches von dem Betriebe des Verkehrs, und in bedeutenden Städten blieb ich lange und beschäftigte mich mit ihren Kunstanstalten, Bücherschätzen, ihrem Verkehre, gesellschaftlichem und wissenschaftlichem Leben und mit lieben Briefen, die aus der Heimat kamen, und mit solchen, die dorthin abgingen.
Ich kam auf meiner Rückreise früher in die Gegend des Asperhofes und des Sternenhofes als in meine Heimat. Ich sprach daher in beiden ein. Alles war sehr wohl und gesund und fand mich sehr gebräunt. Hier erfuhr ich auch eine Veränderung, die mit meinem Vater vorgegangen war und die sie mir in den Briefen verschwiegen hatten, damit ich überrascht würde. Alle seine Anspielungen, daß er plötzlich einmal in den Ruhestand treten werde, daß er sich, ehe man sichs versieht, auf dem Lande befinden werde, daß sich Vieles ereignen werde, woran man jetzt nicht denke, daß man nicht wisse, ob man nicht den Reisewagen öfter brauchen könne, waren in Erfüllung gegangen. Er hatte sein Handelsgeschäft abgetreten und hatte den auf einer sehr lieblichen Stelle zwischen dem Asperhofe und Sternenhofe gelegenen, verkäuflich gewordenen Gusterhof gekauft, den er eben für sich einrichten lasse. Man freute sich schon darauf, wie er sich in diesem neuen Besitztume häuslich und wohnlich niederlassen werde. Ich nahm mir nicht Zeit, diesen Hof, den ich von Außen kannte, zu besuchen, weil ich Natalien, die mir wie ein Gut wieder gegeben worden war, nicht noch unnötig länger von meiner Seite entfernt wissen wollte. Nach innigem Empfange und Abschiede reiste ich zu meinen Eltern, und reiste Tag und Nacht, um bald einzutreffen. Sie wußten von meiner Ankunft und empfingen mich freudig. Ich richtete mich sogleich in meiner Wohnung ein. Es war mir seltsam und wohltuend, den Vater jetzt immer zu Hause und ihn stets mit Plänen, Entwürfen, Zeichnungen umringt zu sehen. Er war während meiner Abwesenheit fünf Male in dem Gusterhofe und bei diesen Gelegenheiten öfter bei Mathilde oder Risach als Gast gewesen. Die Mutter und Klotilde hatten ihn zweimal begleitet. Er war in diesen zwei Jahren um ein gut Teil jünger geworden. Auch die Bewohner des Sternen- und

Asperhofes hatten sich einmal im Winter bei meinen Eltern als Gäste eingefunden. Die Bande waren sehr schön und lieb geflochten.

Gleich am ersten Tage meiner Anwesenheit im elterlichen Hause führte mich meine Mutter in die Zimmer, die für mich und Natalien als Wohnung hergerichtet worden waren, wenn wir uns in der Stadt aufhalten wollten. Ich hatte gar nicht gedacht, daß in dem Hause so viel Platz sei, so geräumig war die Wohnung. Sie war zugleich so schön und edel angeordnet, daß ich meine Freude daran hatte. Ich sprach bei dieser Gelegenheit von dem Vermählungstage, und die Mutter antwortete, daß der Vater glaube, es sei nun keine Ursache einer Säumnis, und von uns, als von der Seite des Bräutigams, müsse die Anregung ausgehen. Ich bat um Beschleunigung, und am folgenden Tage gingen schon unsere Briefe in den Sternenhof und zu Risach ab. In Kurzem kam die Antwort zurück, und der Tag war nach unsern Vorschlägen festgesetzt. Der Sammelplatz war der Asperhof.

Meinem Versprechen getreu stellte ich mich nun auch bei der Fürstin. Sie war schon auf ihren Landsitz abgereist. Ich schrieb ihr daher einige Zeilen, daß ich zurück sei, und zeigte ihr meinen Vermählungstag an. In kurzer Zeit kam eine Antwort von ihr nebst einem Päckchen, welches ein Erinnerungszeichen an meine Vermählungsfeier von ihr enthalte. Sie könne es mir nicht persönlich übergeben, weil sie seit einigen Wochen kränklich sei und sich deshalb so früh auf das Land habe begeben müssen. Das Erinnerungszeichen liege schon seit länger in Bereitschaft. Ich öffnete das Päckchen. Es enthielt eine einzige, aber sehr große und sehr schöne Perle. Die Fassung war fast keine. Nur ein Stengel und ein Goldscheibchen hafteten an der Perle, daß sie eingeknöpft werden konnte. Ich freute mich außerordentlich über die Gesinnung der edlen Fürstin, über die Trefflichkeit des Geschmackes und über dessen Sinnigkeit; denn eine Perle ist es ja in meinen Augen, die ich mir als Geschenk an meine Brust zu heften im Begriffe war. Ich schrieb eine innige Dankantwort zurück.

Unsere Vorbereitungen waren bald gemacht, und wir reisten ab.

„Wir können ja unsere letzten Rüstungen in meinem Landhause machen", sagte der Vater mit heiterem Lächeln.

Wir fuhren in den Gusterhof. Eine kleine, aber freundlich bestellte Wohnung, die der Vater vorläufig für solche Gelegenheiten hatte herrichten lassen, empfing uns. Es war ein liebliches Gefühl, in unserem eigenen, uns zugehörigen Landsitze zu sein. Der Vater schien dieses Gefühl am tiefsten zu hegen, und die Mutter freute sich dessen ungemein. Wir blieben hier so lange und vervollständigten unsere Vorbereitungen, daß wir zwei Tage vor der Vermählung in dem Asperhofe eintreffen konnten. Mathilde und Natalie waren schon anwesend, da wir ankamen. Wir begrüßten uns herzlich. Alles war in einer gewissen Spannung der Vorbereitungen. Ich konnte Natalien oft nur auf einige Augenblicke sehen. Klotilde wurde auch sofort hineingezogen. Botschaften kamen und gingen ab, Gäste und Trauzeugen trafen ein. Ich selber war in einer Art Beklemmung.

Am Nachmittage des ersten Tages fand ich einmal Mathilden, meinen Gastfreund und Gustav im Lindengange auf und ab wandeln. Ich gesellte mich zu ihnen. Gustav verließ uns bald.
„Wir sprachen eben davon, daß mein Sohn sich nun bald von hier entfernen und in die Welt gehen müsse", sagte Mathilde, „habt ihr ihn nach eurer Reise nicht auch verändert gefunden?"
„Er ist ein vollkommener Jüngling geworden", erwiderte ich, „ich habe auf meinen Reisen keinen gesehen, der ihm gleich wäre. Er war ein sehr kraftvoller Knabe und ist auch ein solcher Jüngling geworden, aber, wie ich glaube, gemilderter und sanfter. Ja, sogar in seinen Augen, die noch glänzender geworden sind, erscheint mir etwas, das beinahe wie das Schmachten bei einem Mädchen ist."
„Es freut mich, daß ihr das auch bemerkt habt", sagte mein Gastfreund, „es ist so, und es ist sehr gut, wenn auch gefährlich, daß es so ist. Gerade bei sehr kraftvollen Jünglingen, deren Herz von keinem bösen Hauche angeweht worden ist, tritt in gewissen Jahren ein Schmachten ein, das noch holder wirkt als bei heranblühenden Mädchen. Es ist dies nicht Schwäche, sondern gerade Überfülle von Kraft, die so reizend wirkt, wenn sie aus den meistens dunkeln, sanftschimmernden Augen blickt und gleichsam wie ein Juwel an den unschuldigen Wimpern hängt. Solche Jünglinge dulden aber auch, wenn böse Schicksalstage kommen, mit einem Starkmute, der der Krone eines Märtyrers wert wäre, und wenn das Vaterland Opfer heischt, legen sie ihr junges Leben einfach und gut auf den Altar. Sie können aber auch zu falscher Begeisterung getrieben und mißbraucht werden, und wenn ein solches Jünglingsauge zu rechter Zeit in das rechte Mädchenauge schaut, so flammt die plötzlichste, heißeste, aber oft auch unglücklichste Liebe empor, weil der junge, unverfälschte Mann sie fast unausrottbar in sein Herz nimmt. Wir werden, wenn die jetzige Angelegenheit vorüber ist, weiter von dem sprechen, was etwa not tut."
„Ich sehe ja das Gute und die Gefahr", sagte Mathilde.
Wir gingen bald in das Haus zurück.
„Er muß in die Härte der Welt, die wird ihn stählen", sagte mein Gastfreund auf dem Wege dahin.

Endlich war der Vermählungstag angebrochen. Die Trauung sollte am Vormittage in der Kirche zu Rohrberg stattfinden, in welche der Asperhof eingepfarrt war. Der Versammlungsort war der Marmorsaal, dessen Fußboden zu diesem Zwecke mit feinem grünem Tuche überspannt worden war. Gleiches Tuch lag auf allen Treppen. Ich kleidete mich in meinen Zimmern an, tat ein Gebet zu Gott und wurde von einem meiner Trauzeugen in den Marmorsaal geführt. Von unsern Angehörigen waren erst die Männer dort. Die Zeugen und die meisten Gäste waren zugegen. Risach war im Staatskleide und mit allen seinen Ehren geschmückt. Da tat sich die Tür, die von dem Gange hereinführte, auf und Natalie mit ihrer und meiner Mutter, mit Klotilden und mit noch andern Frauen und Mädchen trat herein. Sie war prachtvoll gekleidet und mit Edelsteinen gleichsam übersät; aber sie war sehr blaß. Die Edelsteine waren in mittelalterlicher Fassung, das sah ich wohl; aber ich hatte nicht die Stimmung, auch nur einen Augenblick darauf zu achten. Ich ging ihr entgegen und reichte ihr sanft die Hand zum Gruße. Sie zitterte sehr. Mein Gastfreund sagte zu meinen Eltern: „Das Lieblingsgespräch eures Sohnes waren bisher seine Eltern und seine Schwester, wer ein so guter Sohn ist, wird auch ein guter Gatte werden."

„Die schöneren Eigenschaften, die eine Zukunft gewähren", sagte mein Vater, „hat er von euch gebracht, wir haben es wohl gesehen und haben ihn darum immer mehr geliebt, ihr habt ihn gebildet und veredelt."

„Ich muß antworten wie bei Natalien", erwiderte mein Gastfreund, „sein Selbst hat sich entwickelt und aller Umgang, der ihm zu Teil geworden, vorerst der eurige, hat geholfen."

Ich wollte etwas sprechen, konnte aber vor Bewegung nicht.

Gustav, der in der Nähe der Frauen stand, sah mich an, ich ihn auch. Er war ebenfalls sehr blaß.

Indessen hatten sich alle nach und nach eingefunden, die bei der Trauung gegenwärtig sein sollten, die Stunde der Abfahrt war da und der Hausverwalter meldete, daß alles in Bereitschaft sei.

Mathilde machte Natalien das Zeichen des Kreuzes auf die Stirne, den Mund und die Brust, und diese beugte sich mit ihren Lippen auf die Hand der Mutter nieder. Dann faßten die Mädchen den Schleier, der wie ein Silbernebel von dem Haupte Nataliens bis zu ihren Füßen reichte, hüllten sie in ihn, und Natalie ging, von ihren Mädchen umringt und von den Frauen geleitet, die Treppe hinunter, auf welcher die Marmorgestalt stand. Wir folgten. Mit mir waren meine Zeugen und Risach und der Vater. Den ersten Teil der Wagenreihe nahmen die Frauen, die Braut und die Mädchen ein, den letzten die Männer und ich. Wir stiegen ein, der Zug setzte sich in Bewegung. Es war viel Volk gekommen, die Brautfahrt zu sehen. Darunter erblickte ich meinen Zitherspiellehrer, welcher mir mit einem grünen Hute, auf dem er Federn hatte, winkte. Die Bewohner des Meierhofes und die Diener des Hauses waren größtenteils vorausgegangen und harrten unser in der Kirche. Einige befanden sich auch in den Wägen. Der Zug fuhr langsam den Hügel hinab. In der Kirche erwartete uns der Pfarrer von Rohrberg, wir traten vor den Altar, und die Trauung ward vollbracht.

Zum Zurückfahren kamen Natalie und ich allein in einen Wagen. Sie sprach nichts, der Schleier blieb zurückgeschlagen und Tropfen nach Tropfen floß aus ihren Augen.

Da wir wieder in dem Marmorsaale waren, wurden auf den langen Tisch, den man heute hier aufgerichtet und mit vielen Stühlen umgeben hatte, von Risach und von meinem Vater die Papiere niedergelegt, die sich auf unsere Vermählung und unser Vermögen bezogen. Ich aber nahm indessen Natalien an der Hand und führte sie durch das Bilder- und Lesezimmer in das Bücherzimmer, in welchem wir allein waren. Dort stellte ich mich ihr gegenüber und breitete die Arme aus. Sie stürzte an meine Brust. Wir umschlangen uns fest und weinten beide beinahe laut.

„Meine teure, meine einzige Natalie!" sagte ich.

„O mein geliebter, mein teurer Gatte", antwortete sie, „dieses Herz gehört nun ewig dir, habe Nachsicht mit seinen Gebrechen und seiner Schwäche."

„O mein teures Weib", entgegnete ich, „ich werde dich ohne Ende ehren und lieben, wie ich dich heute ehre und liebe. Habe auch du Geduld mit mir."

„O Heinrich, du bist ja so gut", antwortete sie.

„Natalie, ich werde suchen, jeden Fehler dir zu Liebe abzulegen", erwiderte ich, „und bis dahin werde ich jeden so verhüllen, daß er dich nicht verwunde."

„Und ich werde bestrebt sein, dich nie zu kränken", antwortete sie.

„Alles wird gut werden", sagte ich.

„Es wird alles gut werden, wie unser zweiter Vater gesagt hat", antwortete sie.

Ich führte sie näher an das Fenster, und da standen wir und hielten uns an den Händen. Die Frühlingssonne schien herein, und neben den Diamanten glänzten die Tropfen, die auf ihr schönes Kleid gefallen waren.

„Natalie, bist du glücklich?" sagte ich nach einer Weile.

„Ich bin es in hohem Maße", antwortete sie, „mögest du es auch sein."

„Du bist mein Kleinod und mein höchstes Gut auf dieser Erde", erwiderte ich, „es ist mir noch wie im Traume, daß ich es errungen habe, und ich will es erhalten, so lange ich lebe."

Ich küßte sie auf den Mund, den sie freundlich bot. In ihre feinen Wangen war das Rot zurückgekehrt.

In diesem Augenblicke hörten wir Tritte in dem Nebenzimmer, und Mathilde, meine Mutter, Risach, mein Vater und Klotilde, die uns gesucht hatten, traten ein.

„Mutter, teure Mutter", sagte ich zu Mathilden, indem ich allen entgegen ging, Mathildens Hand faßte und sie zu küssen strebte. Mathilde hatte sich nie die Hand von irgend jemandem küssen lassen. Dieses Mal erlaubte sie, daß ich es tue, indem sie sanft sagte: „Nur das eine Mal."

Dann küßte sie mich auf die Stirne und sagte: „Sei so glücklich, mein Sohn, als du es verdienst und als es die wünscht, die dir heute ihr halbes Leben gegeben hat."

Risach sagte zu mir: „Mein Sohn, ich werde dich jetzt du nennen, und du mußt zu mir wie zu deinem ersten Vater auch dies Wörtchen sagen – mein Sohn, nach dem, was heute vorgefallen ist, ist deine erste Pflicht, ein edles, reines, grundgeordnetes Familienleben zu errichten. Du hast das Vorbild an deinen Eltern vor dir, werde, wie sie sind. Die Familie ist es, die unsern Zeiten not tut, sie tut mehr not als Kunst und Wissenschaft, als Verkehr, Handel, Aufschwung, Fortschritt oder wie alles heißt, was begehrungswert erscheint. Auf der Familie ruht die Kunst, die Wissenschaft, der menschliche Fortschritt, der Staat. Wenn Ehen nicht beglücktes Familienleben werden, so bringst du vergeblich das Höchste in der Wissenschaft und Kunst hervor, du reichst es einem Geschlechte, das

sittlich verkommt, dem deine Gabe endlich nichts mehr nützt und das zuletzt unterläßt, solche Güter hervor zu bringen. Wenn du auf dem Boden der Familie einmal stehend – viele schließen keine Ehe und wirken doch Großes –, wenn du aber auf dem Boden der Familie einmal stehst, so bist du nur Mensch, wenn du ganz und rein auf ihm stehst. Wirke dann auch für die Kunst oder für die Wissenschaft, und wenn du Ungewöhnliches und Ausgezeichnetes leistest, so wirst du mit Recht gepriesen, nütze dann auch deinen Nachbarn in gemeinschaftlichen Angelegenheiten und folge dem Rufe des Staates, wenn es not tut. Dann hast du dir gelebt und allen Zeiten. Gehe nur den Weg deines Herzens wie bisher und alles wird sich wohl gestalten."
Ich reichte ihm die Hand, er zog mich an sich und küßte mich auf den Mund.
Natalie war indessen in den Armen meiner Mutter, meines Vaters und Klotildens gewesen.
„Er wird gewiß bleiben, wie er heute ist", sagte sie, wahrscheinlich auf einen Wunsch für die Zukunft antwortend.
„Nein, mein teures Kind", sagte meine Mutter, „er wird nicht so bleiben, das weißt du jetzt noch nicht: er wird mehr werden, und du wirst mehr werden. Die Liebe wird eine andere, in vielen Jahren ist sie eine ganz andere; aber in jedem Jahr ist sie eine größere, und wenn du sagst, jetzt lieben wir uns am meisten, so ist es in Kurzem nicht mehr wahr, und wenn du statt des blühenden Jünglings einst einen welken Greis vor dir hast, so liebst du ihn anders, als du den Jüngling geliebt hast; aber du liebst ihn unsäglich mehr, du liebst ihn treuer, ernster und unzerreißbarer."
Mein Vater wandte sich ab und fuhr sich mit der Hand über die Augen.
Meine Mutter küßte Natalien noch einmal und sagte: „Du liebe, gute, teure Tochter."
Natalie gab den Kuß zurück und schlang die Arme um den Hals meiner Mutter.
„Kinder, jetzt müssen wir zu den Andern gehen", sagte Risach.
Wir gingen in den Saal. Dort gab Risach Papiere in die Hände Nataliens. Sie legte sie in die meinigen. Mein Vater gab mir auch Papiere. Alle Anwesenden wünschten uns nun Glück, vor allem Gustav, den ich die letzte Zeit her gar nicht gesehen hatte. Er fiel der Schwester um den Hals und auch mir. In seinen schönen Augen perlten Tränen. Dann beglückwünschten uns Eustach, Roland, die vom Inghofe, der Pfarrer von Rohrberg, der mich auf unser erstes Zusammentreffen in diesem Hause an jenem Gewitterabende erinnerte, und alle Andern.
Risach sagte, daß jetzt jedem zwei Stunden zur Verfügung gegeben seien, dann müsse sich alles in dem Marmorsaale zu einem kleinen Mahle versammeln.
Natalie wurde von ihren Trauungsjungfrauen in die Gemächer ihrer Mutter geführt, daß sie dort die Trauungsgewänder ablege. Ich ging in meine Wohnung, kleidete mich um und verschloß die Papiere, ohne sie anzusehen. Nach einer geraumen Zeit ging ich in das Vorzimmer zu Mathildens Wohnung und fragte, ob Natalie schon in Bereitschaft sei, ich ließe bitten, mit mir einen kurzen Gang durch den Garten zu machen. Sie erschien in einem schönen, aber sehr einfachen Seidenkleide und ging mit mir die Treppe hinab. Sie

reichte mir den Arm und wir wandelten eine Zeit unter den großen Linden und auf anderen Gängen des Gartens herum.

Nachdem die zwei Stunden verflossen waren, wurde mit der Glocke das Zeichen zum Mahle gegeben. Alles begab sich in den Saal und erhielt dort seine Sitze angewiesen. Das Mahl war, wie gewöhnlich bei Risach, einfach, aber vortrefflich. Für Kenner und Liebhaber standen sehr edle Weine bereit. Es war nie in dem Saale ein Mahl abgehalten worden, und der Ernst des Marmors, bemerkte mein gewesener Gastfreund, dürfe nur in den Ernst des edelsten Weines nieder blicken. Trinksprüche wurden ausgebracht und sogar Reime auf ewiges Wohl hergesagt.

„Habe ich es gut gemacht, Natta", sagte mein einstiger Gastfreund, „daß ich dir den rechten Mann ausgesucht habe? Du meintest immer, ich verstände mich nicht auf diese Dinge, aber ich habe ihn auf den ersten Blick erkannt. Nicht bloß die Liebe ist so schnell wie die Electricität, sondern auch der Geschäftsblick."

„Aber Vater", sagte Natalie errötend, „wir haben ja über diesen Gegenstand nie gestritten, und ich konnte dir die Fähigkeit nicht absprechen."

„So hast du dir es gewiß gedacht", erwiderte er, „aber richtig habe ich doch geurteilt: er war immer sehr bescheiden, hat nie vorlaut geforscht und gedrängt und wird gewiß ein sanfter Mann werden."

„Und du, Heinrich", sagte er nach einer Weile, „werde darum nicht stolz. Verdankst du mir nicht endlich ganz und gar Alles? Du hast einmal, da du zum ersten Male in diesem Hause warst, in der Schreinerei gesagt, daß der Wege sehr verschieden sind und daß man nicht wissen könne, ob der, der dich eines Gewitters wegen zu mir herauf geführt hat, nicht ein sehr guter Weg gewesen ist, worauf ich antwortete, daß du ein wahres Wort gesprochen habest und daß du es erst recht einsehen werdest, wenn du älter bist; denn in dem Alter, dachte ich mir damals, übersieht man erst die Wege, wie ich die meinigen übersehen habe. Wer hätte aber damals geglaubt, daß mein Wort die Bedeutung bekommen werde, die es heute hat? Und alles hing davon ab, daß du hartnäckig gemeint hast, ein Gewitter werde kommen, und daß du meinen Gegenreden nicht geglaubt hast."

„Darum, Vater, war es Fügung, und die Vorsicht selber hat mich zu meinem Glücke geführt", sagte ich.

„Die alte Frau, die in dem dunkeln Stadthause unsere Wohnungsnachbarin und zuweilen unser Gast war", sagte mein Vater, „hat dir, Heinrich, die Weissagung gemacht, es werde recht viel aus dir werden: und nun bist du bloß, wie du selber sagst, glücklich geworden."

„Das Andere wird kommen", riefen mehrere Stimmen.

„Eine gute Eigenschaft habe ich an deiner Gattin zu ihren andern Tugenden entdeckt", fuhr mein Vater fort, „sie ist nicht neugierig; oder hast du, liebe Tochter, das Kästchen schon eröffnet, welches ich dir gegeben habe?"

„Nein, Vater, ich wartete auf deinen Wink", antwortete Natalie.

„So lasse das Kästchen bringen", entgegnete mein Vater.

Es geschah. Der Faden mit dem Siegel wurde entzwei geschnitten, das Kästchen geöffnet, und auf weißem Sammt lag ein außerordentlich schöner Schmuck von Smaragden. Ein allgemeiner Ruf der Verwunderung machte sich hörbar. Nicht nur waren die Steine an sich, obwohl nicht zu den größten ihrer Art gehörend, sehr schön, sondern die Fassung, die Steine nicht drückend, war doch so leicht und so schön, daß das Ganze wie ein zusammengehöriges, in einander gewachsenes Werk, wie ein wirkliches Kunstwerk, erschien. Selbst Eustach und Roland sprachen ihre Verwunderung aus, und vollends Risach. Sie versicherten, daß sie keine neue Arbeit gesehen hätten, die dieser gliche.
„Dein Freund, mein Heinrich, hat diesen Schmuck fertigen lassen", sagte mein Vater, „wir haben Smaragde gewählt, weil er eben sehr schöne und in erforderlicher Anzahl hatte, weil Smaragde unter allen farbigen Steinen den Ton des weiblichen Halses und Angesichtes am sanftesten heben, und weil du tief gefärbte und reine Smaragde so liebst. Und alle hier sind tief und rein. Wir haben gesucht, nach deinen Grundsätzen die Steine fassen zu lassen. Es sind viele Zeichnungen gemacht, gewählt, verworfen und wieder gewählt worden. Es dürfte der beste Zeichner unserer Stadt sein, der endlich das Vorliegende zusammen gestellt hat. Es wurde hierauf beinahe Tag und Nacht gearbeitet, um zu rechter Zeit fertig zu sein. Geöffnet sollte das Kästchen darum nicht werden, damit meine Tochter nicht etwa bloß mir zu Liebe diesen Schmuck an ihrem Trauungstage nehme und einen schöneren und kostbareren, den sie besitze, zu ihrem Leidwesen ruhen lasse."
„Sie besitzt keinen schöneren", erwiderte Risach, „wir haben den, welchen sie heute trug, nach Zeichnungen, die wir aus mittelalterlichen Gegenständen frei zusammen trugen, ebenfalls bei Heinrichs Freunde verfertigen lassen. Mathilde, laß doch den Schmuck herbei bringen, daß wir beide vergleichen."
Mathilde reichte an Natalien ein Schlüsselchen, und diese holte selber das Fach, in welchem der Schmuck lag. Er war eine Zusammensetzung von Diamanten und Rubinen. Er sah so zart, rein und edel aus, wie ein in Farben gesetztes mittelalterliches Kunstwerk. Ein wahrer Zauber lag um diese Innigkeit von Wasserglanz und Rosenröte in die sinnigen Gestalten verteilt, die nur aus den Gedanken unserer Vorfahren so genommen werden können. Und dennoch stand nach einstimmigem Urteil der Smaragdschmuck nicht zurück. Der Künstler der Gegenwart kam zu Ehren.
„Es ist aber auch keiner in unserer Stadt und vielleicht in weiten Kreisen, der so zeichnen kann", sagte mein Vater, „er huldigt keinem Zeitgeschmacke, sondern nur der Wesenheit der Dinge, und hat ein so tiefes Gemüt, daß der höchste Ernst und die höchste Schönheit daraus hervorblicken. Oft wehte es mich aus seinen Gestalten so an wie aus den Nibelungen oder wie aus der Geschichte der Ottone. Wenn dieser Mann nicht so bescheiden wäre und statt den Dingen, womit man ihn überhäuft, lieber große Gemälde machte, er würde seines Gleichen jetzt nicht haben und nur mit den größten Meistern der Vergangenheit zusammengestellt werden können."

„Ein Schmuck in seinem Fache", sagte eine Stimme, „ist doch wie ein Bild ohne Rahmen, oder noch mehr wie ein Rahmen ohne Bild."

„Freilich ist es so", entgegnete Risach, „man kann jedes Ding nur an seinem Platze beurteilen, und da mein Freund als mein Nebenbuhler aufgetreten ist, so wäre es nicht zu verwerfen – Natta, bist du mein liebes Kind?"

„Vater, wie gerne!" antwortete diese.

Sie stand von ihrem Stuhle auf, entfernte sich und kam so gekleidet wieder, daß man ihr einen kostbaren Schmuck umlegen konnte. Es geschah zuerst mit den Diamanten und Rubinen. Wie herrlich war Natalie, und es bewährte sich, daß der Schmuck der Rahmen sei. Am Vormittage, in beklemmenden und tieferen Gefühlen befangen, konnte ich dem Schmucke keine Aufmerksamkeit schenken. Jetzt sah ich die schönen Gestaltungen wie von einem sanften Scheine umgeben. Im Mittelpunkte aller Blicke errötete die junge Frau, und die Rosen ihrer Farbe gaben den Rubinen erst die Seele und empfingen sie von ihnen. Der Ausdruck der Bewunderung war allgemein. Hierauf wurde der Smaragdschmuck umgelegt. Aber auch er war vollendet. Der dunkle, tiefe Stein gab der Oberfläche von Nataliens Bildungen etwas Ernstes, Feierliches, fremdartig Schönes. War der Diamantschmuck wie fromm erschienen, so erschien der Smaragdschmuck wie heldenartig. Keiner erhielt den Preis. Risach und der Vater stimmten selber überein. Natalie nahm ihn wieder ab, beide Schmuckstücke wurden in ihre Fächer gelegt, Natalie trug sie fort und erschien nach einer Zeit wieder in ihrem früheren Anzuge.

Bei dem Smaragdschmucke hatte sich etwas Auffälliges ereignet. Von ihm waren die Ohrgehänge im Fache zurückgeblieben. Der Diamantschmuck enthielt keine Ohrgehänge. Mathilde und Natalie trugen Ohrgehänge nicht, weil nach ihrer Meinung der Schmuck dem Körper dienen soll. Wenn aber der Körper verwundet wird, um Schmuck in die Verletzung zu hängen, werde er Diener des Schmuckes.

Als noch immer von den Steinen gesprochen wurde, was ihre Bestimmung sei und wie sie sich auf dem Körper ganz anders ansehen lassen als in ihrem Fache, sagte Eustach etwas, das mir als sehr wahr erschien: „Was die innere Bestimmung der Edelsteine ist", sprach er, „kann nach meiner Meinung niemand wissen: für den Menschen sind sie als Schmuck an seinem Körper am schönsten, und zwar zuerst an den Teilen, die er entblößt trägt, dann aber an seinem Gewande und an allem, was sonst mit ihm in Berührung kommt, wie Königskronen, Waffen. An bloßen Geräten, wie wichtig sie sind, erscheinen die Steine als tot, und an Tieren sind sie entwürdigt."

Man sprach noch länger über diesen Gegenstand und erläuterte ihn durch Beispiele.

„Da heute unser Wettkampf unentschieden geblieben ist", sagte Risach zu meinem Vater, „so wollen wir nun sehen, wer mit geringerem Aufwande seinen Sitz zu einem größeren Kunstwerke machen kann, du deinen Drenhof, oder wenn du ihn lieber Gusterhof nennen willst, oder ich meinen Asperhof."

„Du bist schon im Vorsprunge", entgegnete mein Vater, „und hast gute Zeichner bei dir: ich fange erst an, und mein Zeichner liefert mir wahrscheinlich keine Zeichnung mehr."

„Wenn es uns im Asperhofe an Arbeit fehlt, so werden wir in den Drenhof hinüber geliehen", sagte Eustach.
„Auch dann, wenn wir hier Arbeit haben", erwiderte Risach, „ich will dem Feinde Waffen liefern."

Der Nachmittag war ziemlich vorgerückt und es fehlte nicht mehr viel zum Abende. Das Mahl war schon längst aus und man saß nur mehr, wie es öfter geschieht, im Gespräche um den Tisch.
Mir war schon länger her das Benehmen des Gärtners Simon aufgefallen; denn er, so wie die vorzüglicheren Diener des Hauses und Meierhofes, war zu Tische geladen worden. Die Andern hatten in dem Meierhofe ein Mahl. Ich hatte ihm am Morgen zur Erinnerung an den heutigen Tag eine silberne Dose mit meinem Namen in dem Deckel gegeben. Diese Dose hatte er bei sich auf dem Tische und sprach ihr unruhig zu. Manches Mal flüsterte er mit seinem Weibe, das an seiner Seite saß, und öfter ging er fort und kam wieder. Eben trat er nach einer solchen Entfernung wieder in den Saal. Er setzte sich nicht und schien mit sich zu kämpfen. Endlich trat er zu mir und sprach: „Alles Gute belohnt sich, und euch erwartet heute noch eine große Freude."
Ich sah ihn befremdet an.
„Ihr habt den Cereus peruvianus vom Untergange gerettet", fuhr er fort, „wenigstens hätte er leicht untergehen können, und ihr seid Ursache gewesen, daß er in dieses Haus gekommen ist, und heute noch wird er blühen. Ich habe ihn durch Kälte zurück zu halten gesucht, selbst auf die Gefahr hin, daß er die Knospe abwerfe, damit er nicht eher blühe als heute. Es ist alles gut gegangen. Eine Knospe steht zum Entfalten bereit. In mehreren Minuten kann sie offen sein. Wenn die Gesellschaft dem Gewächshause die Ehre antun wollte…"
„Ja, Simon, ja, wir gehen hin", sagte mein Gastfreund.
Sofort erhob man sich von dem Tische und rüstete sich zu dem Gange in die Gewächshäuser. Simon hatte alles Andere um die Stelle des Peruvianus, der in ein eigenes Glashäuschen hinein ragte, entfernt und Platz zum Betrachten der Pflanze gemacht. Die Blume war, da wir hinkamen, bereits offen. Eine große, weiße, prachtvolle, fremdartige Blume. Alles war einstimmig im Lobe derselben.
„So viele Menschen den Peruvianus haben", sagte Simon, „denn gar selten ist er eben nicht, so mächtig groß sie auch seinen Stamm ziehen, so selten bringen sie ihn zur Blüte. Wenige Menschen in Europa haben diese weiße Blume gesehen. Jetzt öffnet sie sich, morgen mit Tagesanbruch ist sie hin. Sie ist kostbar mit ihrer Gegenwart. Mir ist es geglückt, sie blühen zu machen – und gerade heute. – Es ist ein Glück, das die wahrste Freude hervorbringen muß."
Wir blieben ziemlich lange und erwarteten das völlige Entfalten.
„Es kommen auch nicht viele Blumen, wie bei gemeinen Gewächsen, hervor", sagte Simon wieder, „sondern stets nur eine, später etwa wieder eine."

Mein Gastfreund schien wirklich Freude an der Blume zu haben, ebenso auch Mathilde. Natalie und ich dankten Simon besonders für seine große Aufmerksamkeit und sagten, daß wir ihm diese Überraschung nie vergessen werden. Dem alten Manne standen die Tränen in den Augen. Er hatte Lampen um die Blume angebracht, die bei hereinbrechender Dämmerung angezündet werden sollten, wenn etwa jemand die Blume in der Nacht betrachten wolle. Bei längerem Anschauen gefiel uns die Blume immer mehr. Es dürften in unsern Gärten wenige sein, die an Seltsamkeit, Vornehmheit und Schönheit ihr gleichen. Von den Anwesenden hatte sie nie einer gesehen. Wir gingen endlich fort, und der eine und der andere versprach, im Laufe des Abends noch einmal zu kommen.

Da wir auf dem Rückwege waren und an dem Gebüsche, das sich in der Nähe des Lindenganges befindet, vorbeigingen, ertönte dicht am Wege in den Büschen ein Zitherklang. Risach, welcher meine Mutter führte, blieb stehen, ebenso mein Vater und Mathilde und dann auch die Andern, die sich eben in unserer Nähe befanden. Ich war mit Natalien mehr gegen den Busch getreten; denn ich erkannte augenblicklich den Klang meines Zitherspiellehrers. Er trug eine ihm eigentümliche Weise vor, dann hielt er inne, dann spielte er wieder, dann hielt er wieder inne, und so fort. Es waren lauter Weisen, die er selber ersonnen hatte oder die ihm vielleicht eben in dem Augenblicke in den Sinn gekommen waren. Er spielte mit aller Kraft und Kunst, die ich an ihm so oft bewundert hatte, ja er schien heute noch besser als je zu spielen. Es war, als wenn er nichts auf Erden liebte als seine Zither. Alles, was sich in der Nähe befand, lauschte unbeweglich, und nicht einmal ein Zeichen eines Beifalles wurde laut. Nur Mathilde sah einmal auf Natalien hin, und zwar so bedeutsam, als wollte sie sagen: das haben wir nicht gehört, und das vermögen wir nicht hervorzubringen. Die Zither war ein lebendiges Wesen, das in einer Sprache sprach, die allen fremd war und die alle verstanden. Als die Töne endlich nicht mehr wieder beginnen zu wollen schienen, trat ich mit Natalien ins Gebüsch, und da saß mein Zitherspiellehrer an einem Tischchen und hatte seine Zither vor sich. Sein Anzug war graues Tuch und sehr abgetragen, sein grüner Hut lag neben der Zither auf dem Tische.

„Joseph, bist du wieder in der Gegend?" fragte ich ihn.

„So recht nicht", antwortete er, „ich bin gekommen, euch auf der Hochzeit einmal gut aufzuspielen."

„Das hast du getan und das kann keiner so", sagte ich, „du sollst dafür eine Freude haben, und ich weiß dir eine zu verschaffen, welche dir die größte ist. Bessere Hände können das, was ich dir geben will, nicht fassen als die deinen. Das Rechte muß zusammenkommen. Ich bin dir ohnehin auch noch einen Dank schuldig für dein eifriges Lehren und für deine Begleitung im Gebirge."

„Dafür habt ihr mich bezahlt, und das Heutige tat ich freiwillig", sagte er.

„Warte nur einige Tage hier, dann wirst du empfangen, was ich meine", sprach ich.

„Ich warte gerne", erwiderte er.

„Du sollst gut gehalten sein", sagte ich.
Indessen waren alle Andern auch herbeigekommen und überschütteten den Mann mit Lob. Risach lud ihn ein, eine Weile in seinem Hause zu bleiben. Er spielte noch einige Weisen, er vergaß beinahe, daß ihm jemand zuhöre, spielte sich hinein und hörte endlich auf, ohne auf die Umstehenden Rücksicht zu nehmen, genau so, wie er es immer tat. Wir entfernten uns dann.
Ich rief sogleich den Hausverwalter herbei, sagte ihm, er möge mir einen Boten besorgen, welcher auf der Stelle in das Echertal abzugehen bereit sei. Der Hausverwalter versprach es. Ich schrieb einige Zeilen an den Zithermacher, legte das nötige Geld bei, versprach noch mehr zu senden, wenn es nötig sein sollte, und verlangte, daß er die dritte Zither, welche die gleiche von der meinigen und der meiner Schwester sei, in eine Kiste wohlverpackt dem Boten mitgebe, der den Brief bringt. Der Bote erschien, ich gab ihm das Schreiben und die nötigen Weisungen, und er versprach, die heutige Nacht zu Hilfe zu nehmen und in kürzester Frist zurück zu sein. Ich hielt mich nun für sicher, daß nicht etwa im letzten Augenblicke die Zither wegkomme, wenn sie überhaupt noch da sei.
Indessen war es tief Abend geworden. Ich ging mit Natalien und Klotilden noch einmal zu dem Cereus peruvianus, der im Lampenlicht fast noch schöner war. Simon schien bei ihm wachen zu wollen. Immer gingen Leute ab und zu. Joseph hörten wir auch noch einmal spielen. Er spielte in der großen unteren Stube, wir traten ein, er hatte guten Wein vor sich, den ihm Risach gesendet hatte. Das ganze Hausvolk war um ihn versammelt. Wir hörten lange zu, und Klotilde begriff jetzt, warum ich im Gebirge so gestrebt habe, daß sie diesen Mann höre.
Ein Teil der Gäste hatte noch heute das Haus verlassen, ein anderer wollte es bei Anbruch des nächsten Tages tun und einige wollten noch bleiben.
Im Laufe des folgenden Vormittages, da sich die Zahl der Anwesenden schon sehr gelichtet hatte, kamen noch einige Geschenke zum Vorscheine. Risach führte uns in das Vorratshaus, welches neben dem Schreinerhause war. Dort hatte man einen Platz geschafft, auf welchem mehrere mit Tüchern verhüllte Gegenstände standen. Risach ließ den ersten enthüllen, es war ein kunstreich geschnittener Tisch und hatte den Marmor als Platte, welchen ich einst meinem Gastfreunde gebracht hatte, und über dessen Schicksal ich später in Ungewißheit war.
„Die Platte ist schöner als tausende", sagte Risach, „darum gebe ich das Geschenk meines einstigen Freundes in dieser Gestalt meinem jetzigen Sohne. Keinen Dank, bis alles vorüber ist."
Nun wurde ein großer, hoher Schrein enthüllt.
„Ein Scherz von Eustach an dich, mein Sohn", sagte Risach.
Der Schrein war von allen Hölzern, welche unser Land aufzuweisen hat, in eingelegter Arbeit verfertigt. Eustach hatte die Zusammenstellung entworfen. Die Sache sah außerordentlich reizend aus. Ich hatte bei meinem Winterbesuche im Asperhofe an diesem Schreine arbeiten gesehen. Ich hatte damals die Ansammlung von Hölzern

seltsam gefunden, auch hatte ich den Zweck des Schreines nicht erkannt. Er war in mein Arbeitszimmer für meine Mappen bestimmt.

Zuletzt wurden mehrere Gegenstände enthüllt. Es waren die Ergänzungen zu meines Vaters Vertäflungen. Das war gleich auf den ersten Blick zu erkennen und erregte Freude; aber ob sie die rechten oder nachgebildete seien, war nicht zu entscheiden. Risach klärte alles auf. Es waren nachgebildete. Zu diesem Behufe hatte man von mir die Abbildungen der Vertäflungen des Vaters verlangt. Roland hatte vergeblich nach den echten geforscht. Er hatte Messungen nach den vorhandenen Resten vorgenommen und nach Orten gesucht, auf welche die Messungen paßten. In einem abgelegenen Teile der Holzbauten des steinernen Hauses hatte er endlich Bohlen gefunden, welche den Messungen genau entsprachen. Die Bohlen waren teils vermorscht, teils zerrissen und trugen die Verletzungen, wie man die Schnitzereien von ihnen herab gerissen hatte. Es war nun fast gewiß, daß die Ergänzungen verloren gegangen seien. Man machte daher die Nachbildungen. In demselben Winterbesuche hatte ich auch das Bohlenwerk zu diesen Schnitzereien gesehen. Mein Vater erklärte die Arbeit für außerordentlich schön.

„Sie hat auch lange gedauert, mein lieber Freund", sagte Risach, „aber wir haben sie für dich zu Stande gebracht, und sie wird genau in dein Glashäuschen passen oder leicht einzupassen sein; außer du zögest vor, die Schnitzereien in den Drenhof bringen zu lassen."

„So wird es auch geschehen, mein Freund", sagte mein Vater.

Nun ging es erst an ein Danksagen und an ein Ausdrücken der Freude. Die Geber lehnten jeden Dank von sich ab. Man beschloß, die Gegenstände in kurzer Zeit auf ihren Bestimmungsort zu bringen.

An diesem Tage und in den folgenden verließen uns nach und nach alle Fremden, und erst jetzt begann ein liebes Leben unter lauter Angehörigen. Risach hatte für mich und Natalien eine sehr schöne Wohnung herrichten lassen. Sie konnte nicht groß sein, war aber sehr zierlich. In den zwei Jahren meiner Abwesenheit waren ihre Wände bekleidet und waren neue, ausgezeichnete Geräte für sie angeschafft worden. Wir beschlossen aber, unsere regelmäßige Wohnung so lange in dem Sternenhofe aufzuschlagen, bis ihn Gustav würde übernehmen können, damit Mathilde in der Zwischenzeit nicht zu vereinsamt wäre. Dabei würde ich oft in den Asperhof kommen, um mit Risach zu beratschlagen oder zu arbeiten, oft würden auch die Andern kommen, und oft würden wir uns da oder im Gusterhofe oder im Sternenhofe oder in der Stadt besuchen und zeitweilig dort wohnen. Mit Natalien hatte ich eine größere Reise vor. Für den Fall, daß ich in was immer für Angelegenheiten abwesend sein sollte, nahm jedes Haus das Recht in Anspruch, Natalien beherbergen zu dürfen.

Der Zitherspieler spielte täglich und oft ziemlich lange vor uns. Am fünften Tage kam die Zither. Ich überreichte sie ihm, und er, da er sie erkannte, wurde fast blaß vor Freude. Dieses Geschenk durfte das beste für ihn genannt werden; von diesem Geschenke wird er sich nicht trennen, während es von jedem andern zweifelhaft wäre, ob er es nicht verschleudere. Als er die Zither gestimmt und auf ihr gespielt hatte, sahen wir erst, wie trefflich sie sei. Er wollte fast gar nicht aufhören zu spielen. Risach ließ ihm noch über ihr Fach ein wasserdichtes Lederbehältnis machen. Nach mehreren Tagen nahm er Abschied und verließ uns.

Wir machten alle eine kleine Reise in das Ahornwirtshaus, und ich stellte Kaspar und alle Andern, die mit mir in Verbindung gewesen waren, Risach, Mathilden, meinen Eltern und Natalien vor. Wir blieben sechs Tage in dem Ahornhause. Von da gingen wir in den Sternenhof. Die Tünche war nun überall von ihm weggenommen worden, und er stand in seiner reinen, ursprünglichen Gestalt da. Auch hier wurden wir in die Wohnung eingeführt, die während meiner Abwesenheit für uns hergestellt worden war. Sie konnte in dem weitläufigen Gebäude viel größer sein als die im Asperhofe. Sie war zu einer vollständigen Haushaltung hergerichtet.

Von dem Sternenhofe gingen wir in die Stadt. Dort machten wir alle Besuche, welche in den Kreisen meiner Eltern und in denen Mathildens notwendig waren. Risach stellte manchem Freunde seine angenommene und neuvermählte Tochter nebst ihrem Gatten und ihrer Mutter vor. Ich erfuhr, daß meine Vermählung mit Natalie Tarona Aufsehen errege; ich erfuhr, daß insbesondere einige meiner Freunde – sie hatten sich wenigstens immer so genannt – geäußert haben, das sei unbegreiflich. Nataliens Neigung zu mir war mir stets ein Geschenk und daher unbegreiflich; da aber nun diese es aussprachen, begriff ich, daß es nicht unbegreiflich sei. Ich besuchte meinen Juwelenfreund, der wirklich ein Freund geblieben war. Er hatte die innigste Freude über mein Glück. Ich führte ihn in unsere Familien ein. Bekannt war er mit allen Teilen schon lange gewesen. Ich dankte ihm sehr für die prachtvolle Fassung der Diamanten und Rubinen und des Smaragdschmuckes. Er fühlte sich über Risachs und meines Vaters Urteil sehr beglückt. „Wenn wir solche Kunden in großer Zahl hätten, wie diese zwei Männer sind, teurer Freund", sagte er, „dann würde unsere Beschäftigung bald an die Grenzen der Kunst gelangen, ja sich mit ihr vereinigen. Wir würden freudig arbeiten, und die Käufer würden erkennen, daß die geistige Arbeit auch einen Preis habe wie die Steine und das Gold."

Ich nahm bei ihm eine sehr wertvolle und mit Kunst verzierte Uhr als Gegenscherz für Eustachs Mappenschrein. Klotilde hatte sie ausgewählt. Für Roland ließ ich einen Rubin in einen Ring fassen, daß er ihn zur Erinnerung an mich trage und meine Dankbarkeit für seine Bemühungen zur Auffindung der Ergänzungen der Pfeilerverkleidungen anerkenne.

„Er ist ohnehin ein Nebenbuhler von mir", sagte ich, „er hat Natalien oft lange und bedeutend angesehen."

„Das hat einen sehr unschuldigen Grund", entgegnete mein Gastfreund, „Roland erwarb sich ein Liebchen mit gleichen Augen und Haaren, wie sie Natalie besitzt. Er hat uns das öfter gesagt. Das Mädchen ist die Tochter eines Forstmeisters im Gebirge und ihm äußerst zugetan. Da nun der Arme ihren Anblick oft lange entbehren muß, so sah er zur Erquickung Natalien an. Es hat Schwierigkeiten mit diesem jungen Manne, ich wünsche

sein Wohl. Er kann ein bedeutender Künstler werden oder auch ein unglücklicher Mensch, wenn sich nehmlich sein Feuer, das der Kunst entgegen wallt, von seinem Gegenstande abwendet und sich gegen das Innere des jungen Mannes richtet. Ich hoffe aber, daß ich alles werde ins Gleiche bringen können."
Da alle notwendigen Dinge in der Stadt abgetan waren, wurde die Rückreise angetreten, und zwar in den Asperhof. Die Zeit der Rosenblüte war herangerückt, und heuer sollte sie von den vereinigten Familien als ein Denkzeichen der Vergangenheit und aber auch als eins der Zukunft zum ersten Male in dieser Vereinigung und mit besonderer Festlichkeit begangen werden. Mein Vater sollte sehen, welche Gewalt die Menge und die Mannigfaltigkeit auszuüben im Stande ist, wenn diese Menge und Mannigfaltigkeit auch nur lauter Rosen sind. Nach Verlauf der Rosenblüte sollte alles und jedes, das durch diese Vermählung unterbrochen worden war, in das alte Geleise zurückkehren.

Da wir in dem Asperhofe angekommen waren, gelangte ich erst zu einiger Ruhe. Da sah ich auch gelegentlich die Papiere an, die uns Risach und der Vater gegeben hatten, und erstaunte sehr. Beide enthielten für uns viel mehr, als wir nur entfernt vermutet hatten. Risach wollte bis zu seinem Tode das Haus in der Art wie bisher fort bewirtschaften, damit, wie er sagte, er seinen Nachsommer bis zum Ende ausgenießen könne. Unser Rat und unsere Hilfe in der Bewirtschaftung wird ihm Freude machen. Einen namhaften Teil seiner Barschaft hatte er uns übergeben. Und weil öfter zwei Familien in dem Asperhofe sein können, so lagen den Papieren Pläne bei, daß auf einem schönen Platze zwischen dem Rosenhause und dem Meierhofe, hart am Getreide, ein neues Haus aufgeführt und sogleich zum Baue geschritten werden möge. Aber auch das von dem Vater uns Übergebene war der gesammten Habe Risachs ebenbürtig und übertraf weit meine Erwartungen. Als wir unsern Dank abstatteten und ich mein Befremden ausdrückte, sagte der Vater: „Du kannst darüber ganz ruhig sein; ich tue mir und Klotilden keinen Abbruch. Ich habe auch meine heimlichen Freuden und meine Leidenschaften gehabt. Das geben verachtete bürgerliche Gewerbe eben, bürgerlich und schlicht betrieben. Was unscheinbar ist, hat auch seinen Stolz und seine Größe. Jetzt aber will ich der Schreibstubenleidenschaft, die sich nach und nach eingefunden, Lebewohl sagen und nur meinen kleineren Spielereien leben, daß ich auch einen Nachsommer habe wie dein Risach."
Als wir einige Zeit in dem Rosenhause verweilt hatten, traten eines Tages Natalie und ich zu unserem neuen Vater und baten ihn, er möge ein Versprechen von uns annehmen, dessen Annahme uns sehr freuen würde.
„Und was ist das?" fragte er.
„Daß wir, wenn du uns dereinst in dieser Welt früher verlassen solltest als wir dich, keine Veränderung in allem, wie es sich in dem Hause und in der Besitzung vorfindet, machen wollen, damit dein teures Andenken bestehe und forterbe", sagten wir.

„Da tut ihr zu viel", antwortete er, „ihr versprecht etwas, dessen Größe ihr nicht kennt. Diese Bande darf ich nicht um euren Willen und eure Verhältnisse legen, sie könnten von den übelsten Folgen sein. Wollt ihr mein Gedächtnis in mannigfachem Bestehenlassen ehren, tut es und pflanzt auch euren Nachkommen diesen Sinn ein, sonst ändert, wie ihr wünscht und wie es not tut. Wir wollen, so lange ich lebe, selber noch mit einander ändern, verschönern, bauen; ich will noch eine Freude haben, und mit euch zu ändern und zu wirken ist mir lieber, als wenn ich es allein tue."

„Aber der Erlenbach muß als Denkmal der schönen Geräte bestehen bleiben."

„Setzt eine Urkunde auf, daß ihm nichts angetan werde von Geschlecht zu Geschlecht, bis seine Reste vermodern oder ein Wolkenguß ihn von seiner Stelle feget."

Er küßte Natalien, wie er gerne tat, auf die Stirne, mir reichte er die Hand.

Als die Rosenzeit wirklich recht innig und zum Staunen meiner Angehörigen, welche so etwas nie gesehen hatten, vorüber gegangen war, nahmen wir Abschied, die Vereinigung, welche nun so lange bestanden hatte, löste sich und die Tage kehrten in ihren gewöhnlichen Abfluß zurück. Meine Eltern gingen mit Klotilden in den Gusterhof, wo sie bis zum Winter bleiben wollten, und ich siedelte mit Natalien in unsere ständige Wohnung in den Sternenhof über. Wir sollten nun die eigentliche Familie desselben sein, Mathilde werde bei uns wohnen und mit an unserem Tische speisen. Die Bewirtschaftung des Gutes sollte ebenfalls ich leiten. Ich übernahm die Pflicht und bat um Mathildens Beihilfe, so ausgedehnt sie dieselbe leisten wolle. Sie sagte es zu.

So rückte nun die Zeit in ihr altes Recht, und ein einfaches, gleichmäßiges Leben ging Woche nach Woche dahin.

Nur im Herbste fand eine Abwechslung statt. Die Vettern aus dem Geburtshause des Vaters besuchten meine Eltern in dem Gusterhofe. Wir fuhren zu ihnen hinüber. Der Vater ließ sie reichlich beschenkt in einem Wagen in ihre Heimat zurückführen.

Mit Beginn des Winters war Rolands Bild fertig. Es war seiner Größe willen zu rollen, hatte einen großen Goldrahmen, der zu zerlegen war, und wurde in dem Marmorsaale auf einer Staffelei aufgestellt. Wir reisten alle in den Asperhof. Das Bild wurde vielfach betrachtet und besprochen. Roland war in einer gehobenen, schwebenden Stimmung; denn was auch die Meinung seiner Umgebung war, wie sehr sie auch das Hervorgebrachte lobte und wohl auch Hindeutungen gab, was noch zu verbessern wäre: so mochte ihm sein Inneres versprechen, daß er einmal vielleicht noch weit Höheres, ja ein ganz Großes zu Stande zu bringen vermögen werde. Risach sagte ihm die Mittel zu, reisen zu können und ordnete die Zubereitung zu einer baldigen Abreise nach Rom an. Gustav mußte noch den Winter im Asperhofe zubringen. Im Frühlinge sollte er endlich in die Welt gehen.

So waren nun mannigfaltige Beziehungen geordnet und geknüpft.

Mathilde hatte einmal, da ich sie im Sternenhofe besuchte, zu mir gesagt, das Leben der Frauen sei ein beschränktes und abhängiges, sie und Natalie hätten den Halt von Verwandten verloren, sie müßten Manches aus sich schöpfen wie ein Mann und in dem

Widerscheine ihrer Freunde leben. Das sei ihre Lage, sie daure ihrer Natur nach fort und gehe ihrer Entwicklung entgegen. Ich hatte mir die Worte gemerkt und hatte sie tief ins Herz genommen.

Ein Teil dieser Entwicklung, glaubte ich nun, war gekommen, der zweite wird mit Gustavs Ansiedlung eintreten. An mir hatten die Frauen wieder einen Halt gewonnen, daß sich ein fester Kern ihres Daseins wieder darstelle; ein neues Band war durch mich von ihnen zu den Meinigen geschlungen, und selbst das Verhältnis zu Risach hatte an Rundung und Festigkeit gewonnen. Den Abschluß der Familienzusammengehörigkeit wird dann Gustav bringen.

Was mich selber anbelangt, so hatte ich nach der gemeinschaftlichen Reise in die höheren Lande die Frage an mich gestellt, ob ein Umgang mit lieben Freunden, ob die Kunst, die Dichtung, die Wissenschaft das Leben umschreibe und vollende oder ob es noch ein Ferneres gäbe, das es umschließe und es mit weit größerem Glück erfülle. Dieses größere Glück, ein Glück, das unerschöpflich scheint, ist mir nun von einer ganz anderen Seite gekommen als ich damals ahnte. Ob ich es nun in der Wissenschaft, der ich nie abtrünnig werden wollte, weit werde bringen können, ob mir Gott die Gnade geben wird, unter den Großen derselben zu sein, das weiß ich nicht; aber eines ist gewiß, das reine Familienleben, wie es Risach verlangt, ist gegründet, es wird, wie unsre Neigung und unsre Herzen verbürgen, in ungeminderter Fülle dauern, ich werde meine Habe verwalten, werde sonst noch nützen, und jedes, selbst das wissenschaftliche Bestreben, hat nun Einfachheit, Halt und Bedeutung.